W0314600

Fantasy

Herausgegeben von Wolfgang Jeschke

Von Henry Rider Haggard erschienen gleicher Ausstattung in der Reihe
HEYNE SCIENCE FICTION & FANTASY:

Sie · 06/4130
Allan Quatermain · 06/4131
Ayesha — sie kehrt zurück · 06/4132
Sie und Allan · 06/4133
König Salomons Diamanten · 06/4134
Die heilige Blume · 06/4135
Das Halsband des Wanderers · 06/4136
Tochter der Weisheit · 06/4137
Das Sehnen der Welt · 06/4138
Morgenstern · 06/4146
Als die Welt erbebte · 06/4147
Das Nebelvolk · 06/4148
Das Herz der Welt · 06/4149
Kleopatra · 06/4310
Der Geist von Bambatse · 06/4311
Allan Quatermain der Jäger · 06/4367
Allan Quatermain und die Eisgötter · 06/4368
Das Elfenbeinkind · 06/4369
Der Gelbe Gott · 06/4370
Heu-Heu oder das Monster · 06/4466
Nada die Lilie · 06/4467
Der Schatz im See · 06/4545
Marie · 06/4601
Kind des Sturms · 06/4656
Zikalis Rache · 06/4707
Der Allan der Antike · 06/4874
Der Ring der Königin von Saba (in Vorb.)
Die Jungfrau der Sonne (in Vorb.)

Sonderausgaben:

Die Rückkehr der Göttin · 06/4950
(mit den Romanen *Sie* · *Ayesha — Sie kehrt zurück* und *Sie und Allan*)

Die Berge des Mondes · 06/4951
(mit den Romanen *Allan Quatermain*, *König Salomons Diamanten* und *Nada die Lilie*)

HENRY RIDER HAGGARD

Die Berge des Mondes

3 Romane in einem Band

Allan Quatermain
König Salomons Diamanten
Nada die Lilie

Mit zwei Nachworten
von
FRANZ ROTTENSTEINER
und einem Essay
des Autors

WILHELM HEYNE VERLAG
MÜNCHEN

HEYNE SCIENCE FICTION & FANTASY
Band 06/4951

Titel der englischen Originalausgabe
ALLAN QUATERMAIN · KING SALOMON'S MINES
NADA THE LILY
Das Umschlagbild malte Thomas Thiemeyer

Redaktion: Wolfgang Jeschke

(Ersterscheinungsdaten, Übersetzer etc.
jeweils im Impressum der einzelnen Romane)
Printed in Germany 1993
Umschlaggestaltung: Atelier Ingrid Schütz, München
Technische Betreuung: Manfred Spinola
Satz: Schaber Satz- und Datentechnik, Wels
Druck und Bindung: Ebner Ulm

ISBN 3-453-06584-0

Inhalt

Erster Roman

Allan Quatermain

ALLAN QUATERMAIN
Originaltitel: ALLAN QUATERMAIN
Ein Vorabdruck des Romans erfolgte in der Zeitschrift
›Longman's Magazine‹ in vols. IX—X (Januar bis August 1887);
die englische Buchausgabe erschien am 1. Juli 1887
im Verlag Longmans, Green in London, die amerikanische
am 1. Juli 1887 im Verlag Harper in New York

(Der Roman erschien 1979 als Band 06/4131 in der Reihe
HEYNE SCIENCE FICTION & FANTASY)
Aus dem Englischen übersetzt von Joachim Pente
Zeichnungen von Charles H. M. Kerr

Inhalt

very sincerely yours
Allan Quatermain

Nach dem Gemälde, das sich im Besitz von George Curtis, Esq., befindet

VORWORT DES AUTORS

23. Dezember

Soeben habe ich meinen Jungen zu Grabe getragen, meinen armen, schönen Jungen, der mein ganzer Stolz war. Es bricht mir das Herz. Es ist ein schwerer Schlag, den einzigen Sohn auf solche Weise zu verlieren, aber so es des Herrn Wille ist, so soll er geschehen. Wer bin ich, daß ich mich beklagen sollte? Das große Rad des Schicksals dreht sich unerbittlich weiter, und es zermalmt uns alle eines Tages; den einen früher, den andern später – wann, das spielt keine Rolle; letztendlich kann keiner ihm entrinnen. Wir werfen uns nicht vor dieses Rad, wie die armen Inder; wir fliehen vor ihm in alle Himmelsrichtungen – wir flehen um Erbarmen; allein – es nützt uns nichts; das schwarze Rad des Schicksals donnert über uns hinweg und hinterläßt nichts als Staub.

Der arme Harry! Wie zeitig doch sein Ende gekommen war! Sein Leben sollte doch gerade erst beginnen! Er machte sich so gut in dem Krankenhaus. Seine letzte Prüfung hatte er mit Auszeichnung bestanden, was mich mit großem Stolz erfüllte; viel mehr noch als ihn, glaube ich. Und dann mußte er in jenes Hospital für Pockenkranke gehen. Er schrieb mir noch, er habe keine Furcht vor den Pocken, und er wolle unbedingt sein Wissen darüber erweitern. Und nun hat eben diese Krankheit ihn dahingerafft, und ich, alt, grau und verwittert, wie ich bin, bin der einzige, der geblieben ist, ihn zu betrauern, und ich habe weder Kind noch Enkel, die mir in meiner Trauer Trost spenden könnten. Ich hätte ihn vor diesem grausamen Schicksal bewahren können – ich habe genug Geld für uns beide; mehr als genug – »König

Salomons Schatzkammern«* haben mir Mittel im Überfluß eingebracht. Aber ich sagte mir, laß den Jungen seinen Lebensunterhalt selbst verdienen, laß ihn hart arbeiten, damit er sich der wohlverdienten Ruhe erfreuen kann. Und nun hat die ewige Ruhe ihn ereilt, noch bevor er richtig zu arbeiten begonnen hatte. Oh, mein guter Sohn, mein armer Sohn!

Ich bin wie der Mann aus dem Gleichnis in der Bibel, der viele Güter anhäufte und Scheunen dafür erbaute – Güter für meinen Jungen, und Scheunen, diese darin zu bewahren; und nun hat der Herr ihn zu sich gerufen, und ich bin übriggeblieben, allein und verzweifelt. Wäre doch meine Seele von mir gegangen und nicht die meines armen Jungen!

Wir beerdigten ihn heute nachmittag im Schatten des grauen alten Kirchturms in dem Dorf, in dem mein Haus steht. Es war ein trauriger, düsterer Dezembernachmittag, und der Himmel war bleischwer vor Schnee. Es fiel jedoch nicht viel. Der Sarg war neben dem Grab aufgestellt, und ein paar große Flocken ließen sich auf ihm nieder. Wie weiß sie schienen auf dem schwarzen Tuch! Es gab eine kleine Verzögerung – man hatte vergessen, die Seile, an denen der Sarg in das Grab hinabgelassen wird, mitzubringen. Wir traten ein paar Schritte zurück und warteten schweigend, daß man sie hole. Sanft fielen die dicken Flocken auf den Sarg; eine neben die andere – wie eine vom Himmel herabgesandte Weihe, und auf Harrys Leichentuch zerschmolzen die Flocken zu Tränen. Aber das war noch nicht alles: ein kleines Rotkehlchen kam keck herbeigeflogen und setzte sich auf den Sarg, wo es laut zu singen begann. Da überwältigte mich der Schmerz, und ich brach zusammen. Ebenso erging es Sir Henry Curtis, einem wahren Baum von einem Mann. Und auch Captain Good mußte sich schmerzerfüllt

* »King Salomon's Mines«, der Roman, mit dem Henry Rider Haggard Weltruhm erlangte, erschien 1885. Eine deutsche Ausgabe erschien zuletzt unter dem Titel »König Salomons Schatzkammern« 1971 in der Sammlung »Klassische Abenteuer« im Diogenes Verlag Zürich.

Arthur John Rider Haggard
(Jock)
Er starb am 8. Februar 1891

abwenden, wie ich trotz meiner eigenen unendlichen Trauer bemerkte.

Diese Worte, unterzeichnet mit ›Allan Quatermain‹, sind ein Auszug aus meinen Tagebuchaufzeichnungen. Diese Worte wurden vor mehr als zwei Jahren geschrieben. Ich schreibe den Auszug deshalb hier, weil mir scheint, daß er den treffendsten Anfang darstellt für die Geschichte, die ich mich hier und jetzt zu schreiben anschicke; möge Gott mich solange am Leben erhalten, bis ich sie vollendet habe! Wenn nicht – nun, so macht es nichts. Den obigen Tagebuchauszug schrieb ich ungefähr siebentausend Meilen entfernt von dem Orte, an dem ich jetzt liege und langsam und unter unsäglichen Mühen diese Worte schreibe. Zu meiner Seite steht ein hübsches Mädchen und wedelt die Fliegen von meinem Antlitz. Harry ist dort, und ich bin hier; und doch fühle ich irgendwie, daß ich nicht mehr weit von Harry entfernt bin.

Wenn ich in England weilte, pflegte ich in einem sehr schönen Haus zu leben – ich nenne es zumindest ›schön‹, vergleichsweise gesehen, wenn ich nach dem Standard der Häuser gehe, an die ich mich während meiner langen Aufenthalte in Afrika gewöhnt hatte. Nun, dieses Haus, von dem ich spreche, stand keine fünfhundert Yard entfernt von der alten Kirche, neben der Harry seine letzte Ruhe gefunden hat. Dorthin begab ich mich, nachdem die Bestattungszeremonie beendet war, und nahm etwas zu mir; denn es ist nicht gut, fast Hungers zu sterben, auch wenn man soeben noch alle seine irdische Hoffnung zu Grabe getragen hat. Ich konnte jedoch kaum etwas herunterbekommen, und so verfiel ich bald darauf, unstet auf und ab zu gehen, oder besser ausgedrückt: zu humpeln – ich bin auf einer Seite lahm, seit mich einmal ein Löwe gebissen hat. Ich humpelte also auf und ab und hin und her und ging wie gehetzt in meinem Vestibül umher (mein Haus in England verfügt über ein solches). An allen vier Wänden dieses Vestibüls waren Gehörne angebracht – insgesamt wohl etwa hundert, deren Träger ich alle eigenhändig geschossen hatte. Es sind durchwegs prächtige Exemplare, da ich niemals Hörner behalte, die nicht in jeder Hinsicht makellos sind, es sei denn, daß dann und wann besondere Umstände und Erlebnisse, die mit ihrem Erwerb verbunden waren, mich dazu anhielten, sie als Andenken zu bewahren. In der Mitte des Raumes jedoch, über dem großen Kamin, befand sich eine von Jagdtrophäen freie Stelle; dort hatte ich alle meine Gewehre aufgehängt. Einige davon besaß ich schon seit vierzig Jahren – uralte Vorderlader, die heutzutage niemand mehr eines Blickes würdigen würde. Eines von ihnen war ein Elefantengewehr mit schmalen Streifen von Rimpi oder grüner Haut um den Griff und das Schloß, von der Art, wie die Holländer sie besaßen; »Roer« nennen sie es. Dieses Gewehr war von dem Vater des Buren, von dem ich es vor vielen Jahren gekauft hatte, wie er mir damals erzählte, in der Schlacht am Blutigen Fluß benutzt worden, kurz nachdem Dingaan in Natal eingefallen war und sechshundert Männer, Frauen und Kinder abgeschlachtet hatte, woraufhin die Buren jenen Ort, an dem sie gestorben waren, »Weenen« genannt hatten. Das heißt soviel wie »Ort des Weinens«. Und diesen Namen trägt das besagte Gewehr bis zum heutigen Tage, und es wird bis in alle Zeiten so heißen. Manch einen Elefanten habe ich mit dieser alten Büchse erlegt. Sie bedurfte lediglich einer Handvoll Schwarzpulvers und einer Kugel von drei Unzen Gewicht, und schon schoß sie wie der Teufel.

So schritt ich also auf und ab, und mein Blick hing unverwandt auf den Gewehren und auf den Hörnern, die ich mit eben jenen Gewehren erbeutet hatte; und da erwuchs allmählich in mir eine große Sehnsucht – übermächtig regte sich in mir der Wunsch, fortzugehen von hier – fort von dem Orte, an dem ich satt und wohlgenährt lebe, wieder zurück in jenes wilde Land, in dem ich mein Leben verbracht hatte, in dem ich meine liebe Frau kennengelernt hatte und wo der arme Harry geboren wurde. Zurück in das Land, in dem ich so vieles, Gutes wie Böses, erlebt hatte. Der Hunger auf die Wildnis hatte mich wieder überkommen; ich konnte dieses Dasein hier nicht länger ertragen. Ja, ich würde fortgehen und so sterben, wie ich gelebt hatte: bei den wilden Tieren und den Eingeborenen. Und während ich noch in meinem Vestibül auf und ab schritt, erwachte in mir wieder die Sehnsucht, das Mondlicht zu betrachten, wie es silbrigweiß über den unendlichen Steppen glänzte und über dem geheimnisvollen Buschmeer; zu beobachten, wie in weiter Ferne das Wild in einer langen Linie über die Hügelkämme zum Wasser zieht. Leidenschaft kann übermächtig sein im Augenblick des Todes, so sagt man, und mein Herz war tot in jener Nacht. Jedoch – ungeachtet meines Leides – ich glaube, kein Mann, der vierzig Jahre lang ein Leben geführt hat wie ich, kann sich ungestraft und ohne Schaden an sich zu nehmen an ein Leben in diesem steifen, gespreizten und spröden England gewöhnen; dieses Land mit seinen kunstvoll zurechtgestutzten Hecken und seinen kultivierten Feldern, mit seinen steifen, förmlichen Umgangsformen und seinen Massen wohlgekleideter Menschen. Unweigerlich beginnt er, sich wieder nach dem herben Atem der Wüstenluft zu sehnen; ja – unerträglich wird in ihm diese Sehnsucht. Er träumt wieder von dem herrlichen Anblick der Zulu-Impis, wie sie in die Reihen ihrer Feinde hineinbrechen wie die Brandung auf einen Felsen, und sein Herz erhebt sich rebellierend gegen die Enge, die das Leben in der Zivilisation ihm aufzwingt. Ja! Diese Zivilisation, wohin wird sie den Menschen noch führen! Vierzig Jahre und länger habe ich unter den Wilden gelebt und sie und ihre Art zu leben studiert. Und jetzt lebe ich seit einigen Jahren hier in England, und seither habe ich mein Bestes getan, auf meine eigene, einfältige Weise vom Wesen der Kinder des Lichts zu lernen. Und was habe ich gefunden? Daß man einen großen Abgrund zugestopft hat? Nein, nur einen ganz kleinen, einen, wie ihn der Gedanke eines einfachen, schlichten Mannes mit Leichtigkeit zu überspringen vermag. Ich behaupte, so wie der Wilde, so ist auch der weiße Mann, nur mit dem Unterschied, daß der letztere erfindungsreicher ist und mehr von der Gabe der Logik und der Kombination besitzt. Und noch ein Unterschied: der Wilde – so wie ich ihn kennengelernt habe – ist in einem großen Ausmaße frei von der Gier nach Geld, die sich wie eine Krebsgeschwulst in das Herz des weißen Mannes frißt. So niederschmetternd der Gedanke auch sein mag; aber in allen wesentlichen Dingen sind die Söhne der Zivilisation mit dem Wilden identisch. Ich wage zu behaupten, daß die höchst zivilisierte und mit den Segnungen der Kultur versehene weiße Lady, die diese Worte liest, für die Gedanken eines alten Trottels mit dem simplen Geist eines Jägers nicht viel mehr als ein Lächeln übrig hat, wenn sie an ihre schwarze, perlengeschmückte Geschlechtsgenossin denkt; nicht viel anders wird sich der gepflegte, kultivierte und eitle Müßiggänger verhalten, der mit gezierten Manieren in seinem Club sein Dinner einnimmt, dessen Kosten allein so hoch sind, daß sich eine hungernde Familie eine ganze Woche davon ernähren könnte. Aber, liebe Lady, so sagt doch, was sind das für schöne Dinge, die Ihr selbst dort um Euren Hals tragt? Haben sie nicht eine überaus frappierende Ähnlichkeit mit den Perlenketten, die die Wilde sich um ihren Hals hängt, besonders dann, wenn Ihr Euer wunderschönes, tief ausgeschnittenes Kleid tragt? Die Art, in der Ihr Euch beim Klange von Hörnern und Trommeln im Kreise dreht, Euer Gefallen an Färbemitteln und allerlei Puder, die Art, in der Ihr Euch ach so gern dem reichen Krieger unterwerft, der sich Euch zum Heiraten gefangen hat, und die Schnelligkeit, mit der sich Euer Geschmack an aller Art gefiederten Kopfschmuckes wandelt – all dies deutet doch auf eine gewisse Verwandtschaft hin; und schließlich vergeßt nicht, daß Ihr in den fundamentalen Prinzipien Eurer Natur ohnehin nicht anders seid als jene schwarzen Frauen. Und was Euch anbetrifft, verehrte Herren der Schöpfung, die Ihr ebenfalls über meine Worte lacht: Gesetzt, zu Euch kommt ein Mann und schlägt Euch ins Gesicht, während Ihr gerade Eure exquisiten Tafelfreuden genießt, dann werden wir ja sehen, wieviel von einem Wilden auch in *Euch* steckt.

Mit Exempeln solcher Art könnte ich nun endlos fortfahren, aber wozu wäre das schon gut! Zivilisation ist nichts weiter als eine mit einer dünnen Silberschicht überzogene Art der Wildheit. Die ist nichts weiter als aufgeblasene Hoffart; sie kommt daher, gleichsam wie ein Nordlicht, das bald wieder erlischt, und das den Himmel nur noch schwärzer als vorher erscheinen läßt. Aus dem Boden der Barbarei ist sie emporgesprossen wie ein Baum, und ich glaube, daß sie früher oder später auch wieder zu Boden fallen wird wie ein Baum, sie wird untergehen, so wie einst die ägyptische Zivilisation untergegangen ist, oder wie die griechische untergangen ist oder die römische, und wie so viele andere schon zuvor, an die die Welt sich heute kaum noch erinnert. Verstehen Sie mich jedoch nun nicht als jemanden, der in Bausch und Bogen alle unsere modernen Institutionen verdammt, die doch zum Teil den gesammelten Erfahrungsschatz der Menschheit darstellen, angewandt zu unser aller Wohl. Natürlich gibt es große Errungenschaften – Hospitäler zum Beispiel; und doch: bedenken Sie, wir sind es, die die kranken Menschen heranziehen, mit denen sie sich füllen. In der Wildnis gibt es diese nicht. Auch wird sich hier die Frage aufwerfen: Wie viele dieser segensreichen Einrichtungen verdanken wir dem Christentum als einer von der Zivilisation gesondert zu betrachtenden Institution? Und so neigt sich die Waage wieder zur anderen Seite, und das Ganze sieht so aus: hier ein Gewinn – dort ein Verlust, und über beiden Waagschalen Mutter Naturs großer Durchschnittswert, deren Gesamtsumme einen der Faktoren darstellt in jener gewaltigen Gleichung, in der das Resultat ebenso groß sein wird wie die unbekannte Größe ihres Zweckes.

Ich entschuldige mich nicht und bitte nicht um Nachsicht wegen dieser meiner Abschweifung, insbesondere, da dies ein Vorwort ist, über das alle jungen Leute und die, denen es niemals gefällt, nachzudenken (und das ist eine sehr schlechte Angewohnheit), natürlich leicht hinweglesen werden. Es erscheint mir überaus wünschenswert, daß wir manchmal versuchen, unsere eigenen Grenzen, die die Natur uns gesetzt hat, zu erkennen und zu verstehen, damit wir nicht vom Stolz auf unser Wissen allzusehr in die Höhe getragen werden. Der Geist des Menschen ist fast unbegrenzt, und er dehnt sich wie ein elastisches Band, aber die menschliche Natur ist wie ein eiserner Ring. Wir können, soviel wir auch wollen, an seiner Innenseite entlanggehen, wir können ihn auf Hochglanz polieren, wir können ihn sogar auf einer Seite ein wenig flachdrücken, wodurch er sich auf der anderen ein wenig nach außen drückt, aber wir werden *niemals*, solange die Welt besteht und der Mensch existiert, in der Lage sein, seinen Durchmesser zu vergrößern. Er ist das einzig Feste, Unveränderliche – unverrückbar wie die Sterne, dauerhafter noch und härter als die mächtigsten Gebirge, unveränderbar wie die Wege des Ewigen. Die menschliche Natur ist das Kaleidoskop Gottes, und die kleinen Splitter gefärbten Glases, unsere Leidenschaften, Hoffnungen, Ängste, Freuden und unser Trachten nach Gut und Böse und was weiß ich noch alles; sie drehen sich in Seiner mächtigen Hand so sicher und unaufhaltsam, wie es auch die Sterne tun, und unablässig formen sie sich zu neuen Mustern und Kombinationen. Die einzelnen Elemente des Ganzen bleiben jedoch dieselben, und auf immer und ewig wird die Anzahl der bunten Glassplitter gleich bleiben; sie wird weder größer noch kleiner werden.

Da dies so ist, sehen wir einmal die Sache aus Gründen der Anschaulichkeit so: wir bestehen aus zwanzig Teilen; neunzehn davon sind wild und einer zivilisiert. Und wenn wir wirklich unser Wesen verstehen wollen, dann müssen wir auf die neunzehn ungezähmten, wilden Teile unserer Natur achten, und nicht auf den einen zwanzigsten, welcher, wiewohl in Wirklichkeit so unbedeutend, die neunzehn anderen überlagert und verdeckt und dadurch ihr eigentliches Wesen verändert erscheinen läßt, just wie die Schuhwichse den Stiefel in einem anderen Glanze erstrahlen läßt oder das Furnier die rohe Tischplatte. Und eben auf diese neunzehn dauerhaften und nützlichen »wilden« Teile unseres Wesens fallen wir in der Not zurück, und nicht auf den einen geschliffenen, in Wirklichkeit jedoch so substanzlosen. Sollte man nicht verlangen können, daß die Zivilisation unsere Tränen fortwischt? Und doch weinen wir, und oft kann nichts uns Trost spenden. Sie verabscheut doch zutiefst das Kriegswesen; und doch kämpfen wir für Haus und Hof, für Ehre und Ruhm, und wir frohlocken im Kampfe. Und dergleichen Exempel lassen sich zahllose finden, in allen Bereichen unseres Lebens.

Wenn unser Herz uns wehtut und unser Haupt in den Staub geschickt wird, dann läßt uns die Zivilisation völlig im Stich. Dann kriechen wir zurück und legen uns wie kleine Kinder an die große Brust von Mutter Natur, auf daß sie doch unseren Schmerz lindern möge und uns vergessen mache, oder daß sie uns zumindest der Erinnerung an den von ihr selbst vollführten Schlag entledige. Wer hat nicht schon einmal in seiner unendlichen Gram die Sehnsucht verspürt, an dem Antlitz der allumfassenden Mutter emporzublicken; auf einem hohen Berge zu liegen und den Lauf der Wolken zu betrachten, die dort oben am Himmel entlangziehen; dem Tosen der Brandung zu lauschen, die sich im ewigen Rhythmus am Gestade bricht; sein eigenes armseliges kleines Leben für eine Weile mit ihrem gewaltigen Atem verschmelzen zu lasen? Wer hat in solchen Momenten nicht schon den Wunsch verspürt, den beruhigenden, steten Schlag ihres ewigen Herzens zu spüren, sein Leiden zu vergessen und sein eigenes Ich gänzlich aufsaugen zu lassen von jener ungeheuren, unmerklich pulsierenden Energie, aus der wir sind, aus der wir entstanden, und mit der wir wieder eins werden, die uns unser Leben gab und die uns eines fernen Tages auch wieder unser Ende bringen wird.

Und so geschah es also, daß ich, als ich in meiner tiefen Trauer so in meinem eichenholzgetäfelten Vestibül meines Hauses in Yorkshire auf und ab schritt, daß ich mich wieder einmal danach sehnte, mich in die Arme von Mutter Natur zu werfen. Nicht die Natur, wie Ihr sie kennt, verehrter Leser, die Natur, die da aus wohlgepflegten Wäldern winkt oder uns in Gestalt wohlbestellter Kornfelder zulächelt, sondern jene Natur, die so ist, wie sie an jenem Tage war, als das Schöpfungswerk vollendet wurde, unbefleckt noch vom schmutzigen Schweiße der Menschheit. Ich wollte wieder dort hin, wo die wilden Tiere waren, zurück in das Land, dessen Geschichte keiner kennt, zurück zu den wilden Eingeborenen, die ich liebe, obwohl einige von ihnen beinahe ebenso gnadenlos sind wie die Politische Ökonomie. Vielleicht konnte ich dort lernen, an den armen Harry in seinem kühlen Grab zu denken, ohne das Gefühl zu haben, als breche mir das Herz entzwei.

Doch Schluß nun mit diesem egoistischen Gerede, und ich will auch nichts mehr davon erwähnen. Aber wenn Ihr, deren Blick vielleicht eines Tages auf diese meine zu Papier gebrachten Gedanken fallen sollte, schon an dieser Stelle angekommen seid, dann bitte ich Euch, auszuharren und weiterzulesen, denn was ich Euch zu berichten habe, sind die abenteuerlichsten Begebenheiten; sie sind noch nie berichtet worden und werden nie wieder berichtet werden.

Allan Quatermain

1

Des Konsuls Garn

Seit dem Begräbnis meines armen Jungen war eine Woche vergangen. Eines Abends, als ich in meinem Zimmer auf und ab ging und nachdachte, läutete es plötzlich an der Eingangspforte. Ich ging die Treppe hinunter, um selbst zu öffnen. Und herein kamen meine alten Freunde Sir Henry Curtis und Captain John Good, R. N.* Sie traten in das Vestibül und nahmen vor dem großen Kamin Platz, in dem gerade, wie mir wieder einfällt, ein besonders gutes Feuer brannte.

»Es ist sehr freundlich von euch, einmal vorbeizuschauen«, sagte ich, »es muß ziemlich anstrengend gewesen sein, durch den tiefen Schnee zu stapfen.«

Sie schwiegen; Sir Henry stopfte mit gemessenen Bewegungen seine Pfeife und zündete sie mit einem glühenden Span an. Als er sich zu diesem Zwecke nach vorn beugte, hatten die Flammen im Kamin gerade ein gasiges Stück Fichtenholz erwischt und loderten hell auf. Dadurch trat die ganze Szene plastisch hervor, und ich mußte unwillkürlich denken, wie prächtig dieser Mann doch aussieht! Ein ruhiges, stark ausgeprägtes Gesicht, markante Züge, große graue Augen, blonder Bart und ebensolche Haare – kurz, ein prächtiges Exemplar von einem Menschen. Seine Statur entsprach ganz seinem Gesicht. Nie zuvor habe ich breitere Schultern oder eine mächtigere Brust gesehen. Sir Henrys Statur ist in der Tat so gewaltig, daß er trotz seiner Größe von fast sechseinhalb Fuß nicht lang wirkt. Wie ich ihn so betrachtete, konnte ich nicht umhin, mir vorzustellen, was

---

* Royal Navy

für einen kuriosen Kontrast mein kleiner, vertrockneter Körper im Gegensatz zu diesem formidablen Mannsbild abgeben mußte. Stellt Euch einen kleinen, runzligen Mann vor, mit gelblicher Gesichtshaut, dreiundsechzig Jahre alt, mit dürren Händen, großen braunen Augen, grauem, kurzgeschnittenen Haar, das vom Kopf absteht wie die Borsten einer alten, abgenutzten Scheuerbürste – das Ganze von einem Gesamtgewicht (in Kleidern) von knapp über einem Zentner – und Ihr werdet Euch ein recht gutes Bild machen können von Allan Quatermain, genannt der Jäger, oder, in der Sprache der Eingeborenen, ›Macumazahn‹-Anglicè, d. h. der, der in der Nacht über einen klaren Blick verfügt, oder, auf gut Englisch, ein gerissener Bursche, den man nicht so leicht hereinlegen kann.

Good, der andere Besucher, hat weder mit Curtis noch mit mir Ähnlichkeit; er ist klein, dunkelhaarig und beleibt – *sehr* beleibt, um ehrlich zu sein. Er hat lebhaft funkelnde, schwarze Augen. In eines davon hat er sein unvermeidliches Monokel geklemmt. Wenn ich ›beleibt‹ sage, dann ist das eine wohlwollende Untertreibung: ich bedauere es außerordentlich, unumwunden feststellen zu müssen, daß Good in den letzten Jahren geradezu abstoßend fett geworden ist. Sir Henry behauptet immer, das sei eine Folge des Müßiggangs und allzu üppiger Ernährung. Good ist davon verständlicherweise überhaupt nicht erbaut, kann diesen Vorwurf jedoch auch nicht entkräften.

Nachdem wir eine Weile schweigend beieinandergesessen hatten, nahm ich ein Streichholz und zündete die Lampe an, die auf dem Tisch stand, da das Zwielicht allmählich eine düstere Stimmung zu verbreiten begann, wie sie einem besonders dann aufs Gemüt schlägt, wenn man nicht einmal eine Woche zuvor die ganze Hoffnung seiner alten Tage zu Grabe getragen hat. Als nächstes nahm ich aus einem Schrank, der hinter der Wandtäfelung verborgen war, eine Flasche Whisky und einige Gläser und Wasser. Diese Dinge mache ich am liebsten, wenn ich allein bin; es irritiert mich, beständig jemand an meiner Seite zu haben, so als wäre ich ein achtzehn Monate altes Baby. Curtis und Good hatten die ganze Zeit über geschwiegen; vermutlich fühlten sie instinktiv, daß sie in diesem Moment nichts hätten sagen können, was mir über meine Trauer hinweghelfen konnte. So begnügten sie sich damit, mich durch ihre bloße Anwesenheit und ihr unausgesprochenes Mitgefühl ein wenig aufzumuntern. Seit dem Begräbnis war es erst ihr zweiter Besuch. Ich glaube, daß uns ganz einfach die Tatsache, daß jemand *bei uns* ist, in den dunkelsten Stunden unseres Grams Trost spendet; nicht seine Worte sind es, die uns aufrichten; oft haben sie nur den zweifelhaften Erfolg, uns zu reizen. Wenn ein schlimmer Sturm droht, sucht das Wild immer den Schutz der Herde; gleichzeitig aber verstummt es.

Sie saßen still da, rauchten und tranken Whisky mit Wasser, und ich stand, ebenfalls rauchend, am Feuer und schaute sie an.

Schließlich brach ich das Schweigen. »Meine lieben Freunde«, hob ich an, »wie lange ist es her, seit wir von Kukuanaland zurückgekehrt sind?«

»Drei Jahre«, antwortete Good. »Warum fragst du?«

»Ich frage deshalb, weil ich glaube, daß ich lange genug die Zivilisation genossen habe. Ich werde wieder zurück in die Wildnis gehen.«

Sir Henry lehnte seinen Kopf zurück in die Sessellehne und ließ dann sein lautes, schallendes Lachen ertönen. »Es ist wirklich zu lustig«, sagte er, noch immer lachend. »Findest du nicht auch, Good?«

Good strahlte mich mit geheimnisvollem Blick durch sein Monokel an und murmelte: »Ja, lustig – sehr lustig in der Tat.«

»Ich verstehe nicht ganz«, sagte ich und schaute die beiden abwechselnd an. Ich bin nämlich kein großer Freund von Geheimnissen.

»Wirklich nicht, alter Knabe?« fragte Sir Henry. »Dann will ich es mal erklären. Als Good und ich den Weg hier heraufkamen, hatten wir ein Gespräch.«

»Was einem ja nicht sonderlich schwerfällt, wenn Good dabei ist«, warf ich spöttisch ein; Good plaudert nämlich überaus gern. »Und worüber habt ihr euch unterhalten?«

»Nun, was meinst du wohl?« ließ mich Sir Henry raten.

Ich schüttelte den Kopf. Es war unwahrscheinlich, daß ich das Richtige treffen würde; Good redet über so vieles.

»Nun, dann will ich es verraten: wir sprachen über einen kleinen Plan, den ich mir ausgeheckt habe; nämlich, falls du auch dazu bereit bist, unsere Siebensachen zusammenzupacken und wieder nach Afrika auf eine Expedition zu gehen.«

Bei diesen Worten machte ich buchstäblich einen Luftsprung. »Das kann doch nicht wahr sein!« rief ich.

»Doch es ist aber wahr, und Good ist derselben Meinung; nicht wahr, Good?«

»So ist es«, sagte der andere Gentleman.

»Hör zu, alter Knabe«, fuhr Sir Henry mit beträchtlicher Begeisterung in seiner Stimme und seinen Gesten fort. »Ich habe es ebenfalls satt, völlig satt, hier tatenlos herumzusitzen mit der einzigen Beschäftigung, den Landedelmann zu spielen, und das in einem Land, das noch einmal an seinen Landedelmännern ersticken wird. Schon seit mehr als einem Jahr hat mich eine Ruhelosigkeit gepackt wie bei einem alten Elefanten, der Gefahr wittert. Ich träume ständig von Kukuanaland und Gagool und den Minen des Königs Salomon. Ich versichere dir, ich leide an einer immer unerträglicher werdenden Sucht. Ich bin es leid, Fasanen und Rebhühner zu schießen. Ich will endlich wieder einmal auf Großwildjagd gehen. Du kennst ja sicher selber das Gefühl – wer einmal Branntwein und Wasser gekostet hat, dessen Gaumen kann keine Milch mehr schmecken. Das Jahr, das wir zusammen unten in Kukuanaland verbracht haben, bedeutet mir mehr als all die übrigen Jahre meines Lebens zusammengerechnet. Vielleicht mag man mich einen Dummkopf schelten, daß ich so darunter leide, hier zu sein, aber ich kann nichts dagegen machen; ich will unbedingt wieder dorthin gehen, und, was noch viel mehr ist, ich *werde* es in die Tat umsetzen.« Er schwieg einen Augenblick lang, um dann weiterzusprechen: »Und warum, so frage ich mich, sollte ich eigentlich nicht gehen? Ich habe weder Frau noch Eltern, noch sonst jemand, dessentwegen ich hierbleiben müßte. Sollte mir etwas zustoßen, dann geht die Baronetswürde an meinen Bruder George und seinen Jungen über, wie es schließlich und endlich ohnehin der Fall sein würde. Ich bin für niemanden hier von allzu großer Wichtigkeit.«

»Großartig«, jubelte ich, »ich habe mir immer gedacht, daß du früher oder später wieder Heimweh kriegen würdest. Und wie ist es bei dir, Good? Welche Gründe haben dich dazu bewogen, daß du den Wunsch hast, wieder auf Wanderschaft zu gehen? Gibt es einen?«

»Es gibt einen«, sagte Good mit feierlicher Betonung in der Stimme. »Ich tu nie etwas ohne Grund; und es ist keine Frau im Spiel – zumindest, wenn das der Grund sein sollte, dann müßten es wohl schon mehrere sein.«

Ich schaute ihn noch einmal an. Good ist wirklich von einer manchmal überwältigenden Frivolität. »Nun, was ist es dann?« fragte ich.

»Nun, wenn du es wirklich wissen willst, dann werde ich es dir sagen, obwohl ich ja nicht gern von solch delikaten und im höchsten Maße persönlichen Dingen rede: der Grund ist, ich werde langsam zu fett.«

»Sei still, Good!« rief Sir Henry. »Und nun, Quatermain, sag uns, was schlägst du vor? Wohin sollen wir gehen?«

Bevor ich antwortete, zündete ich meine Pfeife an, die ausgegangen war. »Habt ihr schon einmal vom Mount Kenia gehört?« fragte ich.

»Kenne ich nicht«, sagte Good.

»Habt ihr jemals von der Insel Lamu gehört?« fragte ich weiter.

»Nein. Doch halt, warte einmal – liegt sie nicht ungefähr 300 Meilen nördlich von Sansibar?«

»Ja. Nun hört einmal gut zu. Ich habe folgenden Plan: Wir gehen zuerst nach Lamu und von dort aus etwa 250 Meilen landeinwärts bis zum Mount Kenia. Von dort aus orientieren wir uns weiter landeinwärts bis zum Mount Lekakisera. Das sind noch einmal 200 Meilen, oder etwa annähernd. Weiter ist meines Wissens noch nie ein Weißer ins Landesinnere vorgedrungen. Und dann, falls wir so weit kommen, gehen wir von dort aus geradewegs ins unbekannte Landesinnere. Was haltet ihr von diesem Vorhaben, Freunde?«

»Ziemlich abenteuerlicher Plan«, sagte Sir Henry nachdenklich.

»Du hast recht«, gab ich zur Antwort, »es ist wirklich ein ziemliches Abenteuer, aber ich gehe davon aus, daß wir alle drei ja auf der Suche nach großen Abenteuern sind. Wir wollen einen Tapetenwechsel; und den werden wir bekommen – und was für einen! Mein ganzes Leben lang war ich von dem Wunsch beseelt, jenes Gebiet kennenzulernen, und jetzt bin ich fest dazu entschlossen, diesem Wunsch nachzugeben, bevor ich sterbe. Der Tod meines armen Sohnes hat die letzten Bande zwischen mir und der Zivilisation zerrissen. Ich will wieder zu meinen Eingeborenen zurück. Und jetzt werde ich euch noch etwas erzählen: Seit vielen Jahren habe ich immer wieder Gerüchte davon gehört, es gebe eine große weiße Rasse, die angeblich irgendwo in jener Gegend beheimatet sein soll. Ich habe mir in den Kopf gesetzt, nachzuforschen, ob in diesen Gerüchten etwas Wahres steckt. Wenn ihr Burschen Lust habt mitzukommen, das wäre eine tolle Sache; wenn nicht, dann werde ich alleine aufbrechen.«

»Du kannst auf mich rechnen, obwohl ich nicht an deine weiße Rasse glaube«, sagte Sir Henry Curtis, wobei er sich erhob und mir seinen Arm auf die Schulter legte.

»Dito«, sagte Good trocken; »ich werde mich sofort darauf einrichten und ein bißchen was für meinen Körper tun. Was auch immer passiert; laßt uns zum Mount Kenia aufbrechen und zu der anderen Stelle mit dem unaussprechlichen Namen und nach einer weißen Rasse forschen, die es nicht gibt. Mir ist es recht; ich bin dabei.«

»Was meinst du, wann wir aufbrechen können?« fragte Sir Henry.

»Ziemlich abenteuerlicher Plan«, sagte Sir Henry nachdenklich

»Auf den Tag genau in einem Monat«, antwortete ich. »Mit dem Dampfer der British India; und seid nicht so sicher, daß Dinge nur deshalb nicht zu existieren brauchen, weil ihr zufällig noch nichts von ihnen gehört habt. Erinnert euch nur an die Minen des Königs Salomon!«

Etwa vierzehn Wochen waren seit diesem Gespräch vergangen, und der Schauplatz dieser Geschichte ist inzwischen ein völlig anderer.

Nach zahlreichen Überlegungen und Nachforschungen kamen wir zu dem Entschluß, als Ausgangspunkt unserer Reise zum Mount Kenia einen Ort in der Nähe der Tanamündung zu wählen, und nicht Mombasa, das über hundert Meilen näher zu Sansibar lag. Zu diesem Entschluß veranlaßten uns gewisse Informationen, die uns ein deutscher Handelsmann gab, den wir auf dem Dampfer in Aden kennengelernt hatten. Ich glaube, er war der schmutzigste Deutsche, den ich je kennengelernt habe; aber sonst war der Kerl in Ordnung, und er konnte uns eine Menge wertvoller Informationen geben. »Lamu«, sagte er mit einem schrecklichen deutschen Akzent, »Sie fahren nach Lamu – oh, es ist wunderschön dort!« Dabei strahlte sein feistes Gesicht vor Entzücken. »Anderthalb Jahre lebe ich schon dort und habe noch nie mein Hemd gewechselt – noch nie!«

Und so kam es, daß wir, auf der Insel angekommen, das Schiff mit unserem ganzen Hab und Gut verließen, und, da wir nicht wußten, wohin wir gehen sollten, frech direkt zum Hause des Konsuls Ihrer Majestät marschierten, wo man uns einen sehr gastfreundlichen Empfang bereitete.

Lamu ist ein sehr eigentümlicher Ort, aber was mir als erstes ins Gedächtnis kommt, wenn ich an diesen Ort zurückdenke, ist sein unüberbietbarer Gestank und der allgegenwärtige Schmutz. Letzterer ist geradezu unerträglich. Direkt unterhalb des Konsulatsgebäudes liegt der Strand, oder besser ausgedrückt, eine Schlammgrube, die diesen Namen trägt. Bei Ebbe liegt dieser »Strand« frei und dient als Deponie für den gesamten Müll und Abfall, den die Stadt hervorbringt. Dies ist auch der Ort, an dem die Frauen Kokosnüsse in den Schlamm eingraben. Sie lassen sie dort liegen, bis die äußere Schale verfault ist. Nach einiger Zeit graben sie sie wieder aus; die dadurch gewonnenen Fasern benutzen sie dann zur Herstellung von Matten und ähnlichen Dingen. Da dieses Verfahren schon seit Generationen angewandt wird, kann man den Zustand der Küste kaum noch mit Worten beschreiben; es bedarf schon einiger Phantasie dazu. Ich habe während meines Lebens schon viele abscheuliche Gerüche ertragen müssen, aber der entsetzliche Gestank, der von dem Strand in Lamu herüberwehte, als wir beim Schein des Mondes nicht unter, sondern auf dem gastfreundlichen Dach unseres Freundes, des Konsuls, saßen, übertraf bei weitem alles bisher Dagewesene. Als er mir in die Nase stieg, verblaßte die Erinnerung an alle üblen Gerüche zuvor zu einem Nichts. Kein Wunder, daß die Menschen in Lamu an Fieber erkranken. Und dennoch entbehrte der Ort nicht eines gewissen Liebreizes; er zeichnete sich durch eine eigentümliche, anheimelnde Schlichtheit aus, obwohl er möglicherweise – wahrscheinlich sogar – sehr schnell seinen Reiz auf den Betrachter verlieren würde und langweilig werden würde.

»Nun, was ist euer Ziel, Gentlemen?« fragte unser Freund, der gastfreundliche Konsul, als wir nach dem Dinner unsere Pfeifen angezündet hatten.

»Wir haben vor, zum Mount Kenia vorzustoßen, und von da aus weiter zum Mount Lekakisera«, antwortete Sir Henry. »Quatermain ist da etwas zu Ohren gekommen; in dem weiter landeinwärts liegenden unerforschten Gebiet soll angeblich eine weiße Rasse existieren.«

Der Konsul machte plötzlich einen interessierten Eindruck und sagte, er selbst habe auch schon davon gehört.

»Was habt Ihr davon gehört?« fragte ich.

»Ach, nicht viel. Alles, was ich davon weiß, habe ich einem Brief entnommen, den ich vor ungefähr einem Jahr von Mackenzie, dem schottischen Missionar, erhielt. Seine Missionsstation, die ›Highlands‹, befindet sich an der äußersten schiffbaren Stelle des Tana. In dem Brief stand etwas darüber.«

»Habt Ihr den Brief hier?«

»Nein. Ich habe ihn vernichtet; aber ich erinnere mich, daß der Missionar darin von einem Mann berichtete, der in seiner Station eingetroffen war und erzählte, er habe in einer Entfernung von zwei Monatsreisen jenseits des Mount Lekakisera, in einer Gegend, die noch nie eines Europäers Fuß betreten hat – soweit ich zumindest orientiert bin –, einen See namens Laga entdeckt. Von da aus sei er weiter in nordöstlicher Richtung vorgedrungen, und nach einem Monat unsäglicher Strapazen, die er auf einem Marsch durch Wüsten, tiefes Dornengestrüpp und riesige Berge erlitten hätte, sei er schließlich in ein Land gelangt, in dem Weiße wohnen, die dort in Gebäuden aus Stein hausen. Dort habe man ihn eine ganze Weile sehr gastfreundlich aufgenommen und bewirtet, bis schließlich die Priester dieses Landes das Gerücht in Umlauf gesetzt hätten, er sei ein Teufel. Daraufhin hätten die Leute ihn fortgejagt. Acht Monate brauchte er, um sich bis zu Mackenzies Station durchzuschlagen. Wie ich hörte, war er todkrank, als er dort eintraf, und starb kurz darauf. Das ist alles, was ich darüber weiß. Wenn Ihr mich fragt; ich glaube, die Geschichte ist von Anfang bis Ende erlogen. Wenn Ihr jedoch mehr darüber erfahren wollt, dann rate ich Euch, den Tana hinaufzufahren und Euch bei Mackenzie nach weiteren Einzelheiten zu erkundigen.«

Sir Henry und ich schauten uns an. Hier war zumindest ein Ansatzpunkt.

»Ich glaube, wir werden zu Mr. Mackenzie fahren«, sagte ich.

»Das ist natürlich das beste, was Ihr machen könnt«, gab der Konsul zur Antwort. »Aber ich warne Euch: Euer Marsch dorthin wird sicherlich mit einigen Gefahren verbunden sein; wie ich hörte, sind die Masai in der Gegend, ziemlich unangenehme Zeitgenossen, wie Ihr wahrscheinlich wißt. Das beste wird sein, Ihr sucht Euch einige gute

Männer als persönliche Diener und als Jäger aus und mietet Euch von Dorf zu Dorf jeweils neue Träger. Das wird wahrscheinlich eine Menge Unannehmlichkeiten mit sich bringen, aber vielleicht ist es insgesamt gesehen billiger und vorteilhafter, als eine Karawane aufzustellen. Außerdem wird die Gefahr des Desertierens geringer sein.«

Ein glücklicher Zufall wollte es, daß sich in Lamu gerade eine Gruppe von Wakwafi Askari (Kriegern) aufhielt. Die Wakwafi, eine Mischung aus Masai und Wataveta, sind eine feine, starke Rasse, deren Krieger alle männlichen Tugenden aufweisen. Sie besitzen viele der guten Qualitäten, über die auch die Zulu verfügen, und besitzen die ausgeprägte Fähigkeit zur Zivilisation. Darüberhinaus sind sie als große Jäger bekannt. Folgendes war geschehen: Diese hervorragenden Männer waren erst kurz zuvor von einer langen Expedition mit einem Engländer namens Jutson zurückgekehrt. Dieser war in Mombasa, einer Hafenstadt, die ungefähr 150 Meilen unterhalb von Lamu lag, aufgebrochen und war um den Kilimandscharo, einen der höchsten bekannten Berge Afrikas, herumgereist. Der arme Kerl war auf dem Rückweg, nur noch einen Tagesmarsch von Mombasa entfernt, am Fieber gestorben. Ein hartes Schicksal, so kurz vor dem rettenden Hafen zugrunde zu gehen, wenn man schon so viele Gefahren glorreich überstanden hat, aber es war nun einmal der Lauf der Dinge. Seine Jäger hatten ihn begraben und waren dann nach Lamu gekommen. Unser Freund, der Konsul, schlug uns vor, den Versuch zu machen, diese Männer bei uns zu verdingen. Gesagt, getan, am folgenden Morgen machten wir uns in Begleitung eines Dolmetschers auf den Weg zu der Gruppe.

Wir trafen sie zur rechten Zeit in einer Lehmhütte am Stadtrand an. Drei der Männer saßen draußen vor der Hütte. Es waren prächtige, offenherzig dreinblickende Burschen von mehr oder weniger zivilisiertem äußeren Erscheinen. Wir eröffneten ihnen vorsichtig, warum wir gekommen waren; zunächst mit geringem Erfolg. Sie erklärten uns, sie wären im Augenblick nicht in der Verfassung, an solch einen

Plan auch nur zu denken, erschöpft und müde, wie sie seien von der langen und beschwerlichen Reise; darüberhinaus wären sie in tiefer Trauer über den Verlust ihres Herrn. Sie hätten vor, nach Hause zurückzukehren und sich daselbst eine Weile auszuruhen. All dies hörte sich alles andere als vielversprechend an. Um zunächst einmal auf ein anderes Thema zu kommen, fragte ich sie danach, wo sich die anderen Männer aus ihrer Gruppe befänden. Man habe mir gesagt, es wären insgesamt sechs, und ich könne lediglich drei sehen. Einer der Männer sagte, sie schliefen in der Hütte und ruhten sich noch von den Strapazen aus – »der Schlaf zog an ihren Augenlidern, und der Kummer machte ihre Herzen schwer wie Blei: es war das Beste für sie, sich schlafenzulegen, denn der Schlaf bringt Vergessen. Aber sie müßten jetzt aufgewacht sein.«

Im selben Augenblick kamen sie gähnend aus der Hütte. Die beiden ersten Männer gehörten offensichtlich zur selben Rasse wie die, mit denen wir gerade gesprochen hatten; sie trugen auch die gleiche Kleidung. Das Erscheinen des dritten und letzten hingegen traf mich wie ein überraschender Schlag. Der Mann war großgewachsen und breit, ich würde sagen, er war weit größer als sechs Fuß, dabei jedoch hager, mit schlanken, drahtigen Armen und Beinen. Schon der erste Blick verriet mir, daß es kein Wakwafi war: er war ein reinrassiger Zulu. Als er aus der Hütte heraustrat, hielt er gerade mit seiner schmalen, aristokratischen Hand sein Gesicht halb verdeckt, um ein Gähnen zu verbergen. Aus diesem Grunde konnte ich nur erkennen, daß es sich um einen »Keshla«, oder einen Beringten*, handelte. Auch konnte ich erkennen, daß er ein großes, dreieckiges Loch in seiner Stirn

* Es ist bei den Zulu Brauch, daß ein Mann den Ring empfängt (der aus einer Art schwarzem Gummi gemacht ist, zusammen mit dem Haar verknüpft und solange poliert wird, bis er in einem glänzenden Schwarz erstrahlt), sobald er eine bestimmte Würde oder ein bestimmtes Alter erreicht hat, oder sobald er der Ehemann einer genügend großen Anzahl von Frauen ist. Bis zu dem Zeitpunkt, an dem er für würdig erachtet wird, einen Ring zu tragen, wird er als Knabe betrachtet, auch wenn er schon fünfunddreißig Jahre oder gar älter ist. – *A. Q.*

hatte. Eine Sekunde später nahm er die Hand vom Gesicht, und zum Vorschein kam ein kräftiges Zulugesicht mit einem spöttisch lächelnden, humorvollen Mund, einem kurzen wolligen Bart, mit einem Anflug von Grau darin, und zwei braunen Augen, deren Blick scharf war wie der eines Falken. Ich erkannte den Mann sofort wieder, obwohl ich ihn zwölf Jahre lang nicht mehr gesehen hatte. »Sei gegrüßt, Umslopogaas!« sagte ich ganz ruhig in der Sprache der Zulu.

Der riesige Mann (der in seinem eigenen Volk berühmt ist als »der Sprecht« oder auch als »der Schlächter«) fuhr zusammen, und fast hätte er die langstielige Streitaxt, die er in der Hand hielt, fallen lassen. Im selben Moment hatte er mich schon erkannt, und dann begrüßte er mich überschwenglich mit einem blumenreichen Wortschwall, dem seine Gefährten, die Wakwafi, mit offenen Mündern und weit aufgerissenen Augen zuhörten.

»Koos (Anführer)«, begann er, »Koos-y-Pagate! Koos-y-um-cool! (Anführer aus alter Zeit – mächtiger Anführer) Koos! Baba! (Vater) Macumazahn, alter Jäger, Totschläger der Elefanten, Verspeiser der Löwen, Schlauer und Gerissener! Achtsamer! Tapferer! Schneller! Der, dessen Schuß niemals fehlgeht, dessen Schlag immer trifft, der eine Hand ergreift und sie bis zum Tode festhält (d. h. der ein treuer Freund ist). Koos! Baba! Weise ist die Stimme unseres Volkes, die da sagt: ›Der Berg trifft niemals mit dem Berg zusammen, aber bei Tagesanbruch oder am Abend wird der Mann wieder mit dem Mann zusammentreffen.‹ Siehe! Ein Bote kam aus Natal hergereist. ›Macumazahn ist tot!‹ rief er. ›Das Land wird Macumazahn nicht mehr wiedererblicken.‹ Dies war vor vielen Jahren. Doch nun, siehe da! An diesem Orte des Gestankes finde ich Macumazahn, meinen Freund, wieder. Da ist kein Platz für Zweifel. Die Mähne des alten Schakals ist ein wenig grau geworden; doch ist nicht sein Auge so scharf, sind nicht seine Zähne so spitz wie eh und je? Ha! Ha! Macumazahn, erinnerst du dich daran, wie du die Kugel mitten in das Auge des wütend angreifenden Büffel jagtest? Erinnerst du dich ...?«

Ich hatte ihn nicht unterbrochen, da ich bemerkte, welch tiefen Eindruck seine enthusiastische Begrüßungsrede auf die fünf Wakwafi machte, die zumindest einen Teil dessen, was er sagte, zu verstehen schienen. Nun jedoch hielt ich es für an der Zeit, seinen Redeschwall einzudämmen; nichts auf der Welt ist mir so zuwider wie die Angewohnheit der Zulu, jemanden in höchsten Tönen zu preisen – ›bongern‹ – wie sie es nennen. »Ruhe jetzt!« rief ich. »Ward all dein lärmender Redefluß gedämmt, seit ich dich das letzte Mal sah, so daß er nun so mächtig aus dir hervorbricht und uns gleichsam überschwemmt? Was tust du hier mit diesen Männern – du, der du Stammesführer in Zululand warst, als ich dich zum letzten Male sah? Wie kommt es, daß du so fern deiner Heimat bist und ich dich hier mit Fremden zusammen vorfinde?«

Umslopogaas stützte sich auf seine lange Streitaxt (die nichts anderes war als ein Schlachtbeil, mit einem wunderschönen Griff aus Rhinozeroshorn), und sein grimmiges Gesicht nahm einen traurigen Ausdruck an.

»Mein Vater«, begann er, »ich habe dir etwas zu erzählen, aber ich kann es nicht vor den Ohren dieser Unwürdigen (umfagozana) – er deutete dabei auf die Wakwafi Askari – aussprechen. Es ist nur für dein Ohr bestimmt. Mein Vater, dieses will ich dir nun berichten« – und hier wurde sein Gesicht wieder grimmig –, »eine Frau verriet mich an den Feind und bedeckte meinen Namen mit Schande – ja, meine eigene Frau, ein Mädchen mit rundem Gesicht, betrog mich. Aber ich entrann dem Tode; ja, ich überwand jene, die gekommen waren, um mich abzuschlachten. Ich führte nur drei mächtige Hiebe mit dieser meiner Axt Inkosi-kaas – sicherlich kann sich mein Vater noch an sie erinnern –, einen nach rechts, einen nach links, und einen nach vorn, aber es reichte, um drei Männer tot zu Boden zu strecken. Und dann floh ich, und, wie mein Vater weiß, sind meine Füße, auch jetzt noch, da ich alt bin, wie die Füße der Saasaby*,

* Eine der schnellsten und leichtfüßigsten der afrikanischen Antilopen. – *A. Q.*

und kein Mann auf der Welt kann mich einholen, wenn ich ihm einmal entsprungen bin. Also flog ich davon, und auf meiner Fährte hetzten die Boten des Todes, und ihre Stimmen waren wie die Stimme des Hundes, der seiner Beute nachjagt. Aus meinem eigenen Kraal floh ich, und beim Laufen sah ich die, die mich verraten hatte, wie sie gerade Wasser von einer Quelle schöpfte. Ich flog auf sie zu wie der Schatten des Todes, und als ich sie erreicht hatte, streckte ich sie mit meiner Axt nieder, und ihr Haupt sank herunter und fiel in die Wasserschale. Dann floh ich weiter nach Norden. Tag um Tag zog ich weiter; drei Monate reiste ich, ohne zu rasten und ohne zu ruhen. Ich lief immer weiter, um in der Ferne das Vergessen zu finden. Und so traf ich auf die Expedition des weißen Jägers, der jetzt tot ist, und schließlich gelangte ich hierher mit seinen Dienern. Ich habe nichts mitgenommen; ich, der ich von hoher Geburt war, ja, vom Geblüt Chakas, des großen Königs – ein Häuptling, Hauptmann des Regiments der Nkomobakosi –, bin nun ein Umherirrender an einem fremden Orte, ein Mann ohne Kraal. Nichts habe ich mitgenommen außer dieser meiner Axt; von all meiner Habe ist nur sie mir geblieben. Sie haben mein Vieh aufgeteilt; sie haben mir meine Frauen weggenommen; und meine Kinder kennen mich nicht mehr. Doch mit dieser meiner Axt ...« – er schwang die wunderbare Waffe in einer kreisförmigen Bewegung über seinem Haupt, so daß sie ein zischendes Geräusch erzeugte, als sie durch die Luft schnitt –, »mit dieser meiner Axt werde ich mir einen neuen Pfad zum Glück bahnen. Ich habe gesprochen!«

Ich schaute ihn an und schüttelte den Kopf. »Umslopogaas«, sagte ich, »ich kenne dich aus alter Zeit. Immer voller Ehrgeiz, immer dabei, Pläne zum großen Ruhm auszuhekken; ich fürchte, dieses Mal hast du dir zuviel zugemutet. Vor vielen Jahren, als du Ränke schmieden wolltest gegen Cetywayo, den Sohn des Panda, da warnte ich dich, und du hörtest auf meinen Rat. Doch nun, da ich nicht in deiner Nähe war, um dir in den Arm zu fallen, da hast du mit eigenen Füßen die Fallgrube durchbrochen, die du selbst gegraben hast. Ist es nicht so? Aber was geschehen ist, ist geschehen. Wer kann den abgestorbenen Baum wieder zum Grünen bringen; wer kann das Licht, das im letzten Jahre leuchtete, noch einmal erblicken? Wer kann das gesprochene Wort bewahren oder den Geist der Gefallenen wieder zum Leben erwecken? Was die Zeit verschlingt, das kommt nie wieder zurück. Laß es dem Vergessen anheimfallen!

Und nun höre, Umslopogaas! Ich kenne dich als einen großen Krieger und als einen tapferen Mann, der treu ist bis in den Tod. Selbst in Zululand, wo alle Männer tapfer sind, gab man dir den Ehrennamen ›der Schlächter‹, und nachts erzählt man sich am Feuer von deiner Stärke und von deinen großen Taten. Höre, was ich dir nun sage! Du siehst dort jenen großen Mann stehen, meinen Freund ...« – ich deutete auf Sir Henry – »Er ist ein eben solcher Krieger wie du, und da er genauso stark ist wie du, könnte er dich über seine Schulter werfen. Incubu ist sein Name. Und du siehst auch den anderen, den mit dem runden Bauch, dem leuchtenden Auge und dem freundlichen Gesicht. Bougwan (Glasauge) ist sein Name, und er ist ein guter und aufrechter Mann. Er gehört zu jenem seltsamen Stamme, der sein Leben auf dem Wasser verbringt und in schwimmenden Kraals lebt.

Nun, wir drei, die du hier siehst, wollen gerne ins Landesinnere reisen, jenseits des Dongo Egere, des großen weißen Berges (Mount Kenia), und tief in das unbekannte Gebiet dahinter. Wir wissen nicht, was wir dort finden werden; wir wollen auf die Jagd gehen und Abenteuer erleben und neue Gebiete entdecken, da wir es müde sind, daheim am Ofen zu sitzen und jeden Tag dieselben alten Dinge zu sehen. Willst du mit uns kommen? Dir soll das Kommando über alle unsere Diener zufallen. Was jedoch mit dir geschehen wird, weiß ich nicht. Schon einmal reisten wir drei zusammen, so wie jetzt, auf der Suche nach Abenteuern. Mit uns ging ein Mann so wie du – Umbopa war sein Name. Und siehe da! Wir ließen ihn zurück als König eines großen Landes, mit zwanzig Impis (Regimentern). Jedes davon zählte

3000 federgeschmückte Krieger, die alle auf seinen Befehl hörten. Was dir widerfahren wird, kann ich nicht wissen; vielleicht wartet auf dich und auf uns der Tod. Willst du das Glück mit beiden Händen ergreifen und mit uns kommen, oder fürchtest du dich, Umslopogaas?«

Der große Mann lächelte. »Du irrst, Macumazahn«, antwortete er. »Zu meiner Zeit schmiedete ich Ränke und machte viele Pläne, aber nicht Ehrgeiz war es, der mich zur Strecke brachte, sondern – Schande über mich, daß ich das bekennen muß – das Antlitz einer schönen Frau. Laß es nun geschehen sein. Wir werden also wieder die alten Zeiten erleben, Macumazahn, da wir zusammen große Kämpfe durchstanden und in Zululand jagten. Ja, ich werde mit euch kommen. Leben oder Tod, was macht es schon, solange die Axt ihr Ziel erreicht und schnell und hart trifft. Ich werde alt, ich werde alt, und ich habe noch nicht genug gekämpft! Und doch bin ich ein Krieger unter Kriegern; seht meine Narben!« – bei diesen Worten zeigte er auf die zahllosen Narben, Stichwunden und Schnitte, mit denen sein Oberkörper und seine Arme und Beine übersät waren. »Seht das Loch in meinem Kopf; das Gehirn spritzte mir dort heraus; dennoch tötete ich den, dem ich diesen Hieb zu verdanken hatte, und lebe noch immer. Weißt du, wie viele Männer ich in fairem Zweikampf tötete, Macumazahn? Schau, diese Axt kann dir erzählen, wie viele es waren.« Er deutete auf die lange Reihe von Kerben, die er in den hörnernen Griff seiner Waffe geschnitzt hatte. »Zähle sie, Macumazahn – hundertdrei – und ich habe nur die gezählt, die ich aufgeschlitzt habe*.«

»Schweig nun«, entgegnete ich, da ich bemerkte, daß der Blutrausch ihn allmählich wieder überkam. »Schweig! Zu Recht nennt man dich den ›Schlächter‹. Wir wollen nicht von deinen Bluttaten hören. Bedenke, wenn du uns wirklich

* Anspielung auf den Brauch der Zulu, den Bauch eines getöteten Feindes zu öffnen. Es herrscht bei ihnen der Aberglaube, daß, falls sie das nicht tun, und der Körper des Getöteten anschwillt, der Körper desjenigen, der ihn getötet hat, ebenfalls anschwillt. – *A. Q.*

begleiten willst; wir kämpfen nur zur Selbstverteidigung! Nun hör, wir brauchen Begleiter. Diese Männer hier ...« – ich zeigte auf die Wakwafi, die sich während unseres ›indaba‹ (Gesprächs) ein wenig zurückgezogen hatten – »sagen, sie wollen nicht mitkommen.«

»Wollen nicht mitkommen!« schrie Umslopogaas voller Entrüstung. »Wo ist der Hund, der da sagt, er wolle nicht mitkommen, wenn mein Vater es befiehlt? Du da ...« – und mit einem Riesensatz sprang er auf den Wakwafi zu, mit dem ich zuerst gesprochen hatte, packte ihn am Arm und zerrte ihn zu uns. – »Du Hund!« rief er und schüttelte den erschrockenen Mann durch wie ein Lumpenbündel. »Sagtest du, du wollest nicht mit meinem Vater gehen? Sag das noch einmal, und ich erwürge dich« – seine langen Finger legten sich um die Gurgel des armen Kerls –, »dich und die anderen, mit denen du zusammen bist. Hast du vergessen, wie ich es mit deinem Bruder machte?«

»Ja, ja, wir werden mit dem weißen Mann gehen«, brachte der Mann keuchend hervor.

»Weißer Mann!« ereiferte sich Umslopogaas in gespieltem Zorn, den jedoch die leiseste Provokation sehr schnell in echten verwandeln konnte. »Von wem sprichst du, frecher Hund?«

»Wir werden mit dem großen Häuptling mitgehen.«

»So!« sagte Umslopogaas, nun wieder in ruhigem Ton. Er löste seinen Griff so plötzlich, daß der Mann strauchelte und hintenüberfiel. »Ich dachte mir doch, daß ihr mitkommen würdet.«

»Dieser Umslopogaas scheint eine eigentümliche Überlegenheit über seine Gefährten zu haben«, bemerkte Good später gedankenverloren.

2

Die schwarze Hand

Alsbald verließen wir Lamu, und zehn Tage später befanden wir uns an einem Ort namens Charra, am Ufer des Tanaflusses. In der Zwischenzeit hatten wir schon so manches Abenteuer mitgemacht, worüber ich jedoch hier nicht im einzelnen berichten will. Unter anderem besuchten wir eine verfallene Stadt, von denen es an dieser Küste eine ganze Reihe gibt. Sie müssen einstmals, nach ihrer Ausdehnung und den zahlreichen Überresten von Moscheen und steinernen Gebäuden zu urteilen, stark bevölkert gewesen sein. Diese verfallenen Städte sind sehr alt. Sie müssen – wie ich glaube – zu den Zeiten des Alten Testaments Stätten von großem Reichtum und enormer Macht gewesen sein. Sie waren wohl Stützpunkte des Handelsverkehrs mit Indien und anderen überseeischen Gebieten. Doch nun ist ihr Ruhm längst Geschichte – die Jagd auf schwarze Sklaven hat ihrer Blütezeit ein Ende gesetzt –, und wo einst reiche Kaufleute aus allen Teilen der damals zivilisierten Welt sich niedergelassen und ihre Waren auf den menschengefüllten Marktplätzen feilgeboten hatten, da hielt jetzt der Löwe des Nachts Hof; und wo einst das Stimmengewirr der Sklaven und der laute Ruf der Händler und Käufer erscholl, da hallt nun sein schreckliches Gebrüll in den ausgestorbenen und hohlen Gassen wider. In einer solchen Stadt entdeckten wir auf einer Anhöhe unter einem Haufen von Dreck, überwu chert mit Ranken, zwei der schönsten steinernen Torwege, die ich je gesehen hatte. Die Reliefs auf ihnen waren exzellent, und ich bedaure nur, daß wir keine Möglichkeit hatten, sie mitzunehmen. Zweifelsohne waren sie einst die Eingänge zu einem Palast gewesen, von dem jedoch nicht eine Spur mehr zu sehen war, obwohl es wahrscheinlich ist, daß seine Ruinen unter dem Hügel verborgen sind.

Fort! Verschüttet und verweht! Der Weg, den alles dereinst gehen muß. Wie die vornehmen Herren und Damen, die einst in ihren Mauern lebten, so hatten auch diese Städte ihre Blüte erlebt, und nun sind sie verfallen wie Babylon und Ninive, und wie es auch London und Paris einst sein werden. Nichts auf der Welt ist für immer von Bestand. Das ist ein unauslöschliches Gesetz. Männer und Frauen, Königreiche und stolze Städte, Herrschaftshäuser, Fürstentümer und Weltreiche, Berge, Flüsse und unendlich tiefe Seen, Welten, ja Universen, sie alle haben ihre Blütezeit, und sie alle müssen einst untergehen. In einem Ort wie diesem, verfallen, ausgestorben und vergessen, da kann ein religiöser Mensch ein Symbol des universellen Schicksals erkennen. Denn in diesem unseren System, da ist kein Platz für Stillstand – nichts und niemand kann auf dem Wege verweilen und den Gang der Dinge aufhalten; weder die Aufwärtsbewegung der Dinge, zum Leben hin, noch den Fall der Dinge, abwärts, zum Tode hin. Die Fügung, dieser gestrenge Herr, sie bewegt uns und alle Dinge weiter, unaufhaltsam weiter, bergan und bergab und geradeaus; es gibt keine Rast für die müden Beine, bis uns zu guter Letzt der Schlund verschluckt und wir von den Gestaden des Vergänglichen hinabgerissen werden in die unendliche See des Ewigen.

In Charra kam es zwischen uns und dem Anführer der Träger, die wir bis dorthin gemietet hatten, zu einem heftigen Streit. Er wollte uns einen erheblichen Extralohn abpressen. Im Verlaufe dieses Streites drohte er uns damit, uns die Masai – später mehr von ihnen – auf den Hals zu hetzen. In derselben Nacht lief er gemeinsam mit allen Trägern, die wir gemietet hatten, davon und nahm den größten Teil der Waren mit, die wir in seine Obhut gegeben hatten. Zu unserem Glück hatten sie jedoch unsere Gewehre, die Munition und unsere persönliche Habe an Ort und Stelle gelassen; nicht aus Freundlichkeit, sondern einfach weil sich die Waffen in der Obhut der fünf Wakwafi befunden hatten. Nach diesem Zwischenfall war es klar für uns, daß wir von Karawanen und Trägern ein für allemal genug hatten. Es gab auch in der Tat wirklich nicht mehr viel, was noch den

Aufwand einer Karawane gerechtfertigt hätte. Wie sollte es nun weitergehen?

Es war Good, der schließlich auf die Lösung des Problems kam. »Hier ist doch Wasser«, sagte er und deutete auf den Tanafluß, »und erst gestern noch sah ich eine Gruppe von Eingeborenen, die mit Kanus Flußpferde jagte. Wenn ich richtig verstanden habe, dann liegt Mr. Mackenzies Missionsstation doch am Ufer des Tana. Warum nehmen wir nicht einfach Kanus und paddeln flußaufwärts bis zu der Station?«

Es braucht wohl nicht sonderlich erwähnt zu werden, daß dieser brillante Vorschlag mit großem Beifall aufgenommen wurde. Ich machte mich unverzüglich auf den Weg, passende Kanus von den in der Umgebung lebenden Eingeborenen zu kaufen. Innerhalb von drei Tagen gelang es mir, zwei große Kanus zu erwerben; beide waren aus je einem einzigen Stamm leichten Holzes gefertigt, den man ausgehöhlt hatte, und jedes der beiden Kanus vermochte sechs Personen mitsamt Gepäck zu tragen. Die beiden Boote kosteten uns nahezu unsere gesamte restliche Habe, bestehend aus Tuchen und diversen anderen Waren.

Am Tag darauf fuhren wir los. Im ersten Kanu befanden sich Good, Sir Henry und drei unserer Wakwafi-Begleiter; im zweiten ich, Umslopogaas und die beiden anderen Wakwafi. Da wir stromaufwärts fahren mußten, waren wir gezwungen, in jedem Kanu mit vier Paddeln zu arbeiten. Das bedeutete, daß wir alle, mit Ausnahme von Good, wie Galeerensklaven rudern mußten. Es war fürchterlich anstrengend. Ich sage, mit Ausnahme von Good, denn kaum hatte er seinen Fuß ins Boot gesetzt, war er in seinem Element und übernahm das Kommando über die Gruppe. Er ließ uns ordentlich schuften. An Land ist Good ein gutherziger, jovialer Mensch, hat immer einen Scherz parat; in einem Boot jedoch war Good, wie wir nur allzu bald zu unserem Verdruß feststellen mußten, ein wahrer Dämon. Der erste Grund war natürlich: er wußte alles, was mit Schiffen zusammenhing, und wir wußten nichts. Welches nautische

Problem auch auftauchte: von der Torpedoausrüstung eines Kriegsschiffes bis zur bestmöglichen Art, ein afrikanisches Kanu zu manövrieren, Good war eine unerschöpfliche Informationsquelle, was wir, um es milde auszudrücken, nicht waren. Auch was die Disziplin anbetraf, war er unerbittlich, und, um es klipp und klar auszudrücken: er kam wie der leibhaftige Royal Navy-Offizier über uns und zahlte uns all die Sticheleien, mit denen wir ihn an Land so gern und häufig aufzogen, doppelt und dreifach heim. Andererseits jedoch muß ich neidlos anerkennen, daß er die Boote auf eine bewundernswerte Art im Griff hatte.

Am zweiten Tag unserer Fahrt gelang es Good mit Hilfe von einigen Tüchern und Stangen, in beiden Booten je ein Segel anzubringen, wodurch unsere Anstrengungen nicht unerheblich erleichtert wurden. Aber die Strömung war sehr stark, und wir schafften bestenfalls zwanzig Meilen pro Tag. Es war uns das Beste erschienen, im Morgengrauen abzulegen und bis etwa halb elf zu paddeln. Danach war für gewöhnlich die Sonne zu heiß, um größere Anstrengungen zu unternehmen. Wir legten dann am Ufer an, vertäuten unsere Kanus und aßen unser karges Mahl. Danach schliefen wir oder vertrieben uns die Zeit anderweitig bis etwa gegen drei Uhr, worauf wir wieder ablegten. Wir ruderten dann weiter, bis etwa eine Stunde vor Sonnenuntergang. Das war der Zeitpunkt, das Nachtquartier aufzuschlagen. Sobald wir angelegt hatten, pflegte Good sofort mit Hilfe der Askari einen kleinen »scherm«, d. h. eine Einfriedung zu errichten, wozu er Dornbuschzweige zusammensuchte. Alsdann machte er ein Feuer. Ich, Sir Henry und Umslopogaas gingen dann gewöhnlich los, um etwas Geeignetes für den Kochtopf zu schießen. Im allgemeinen war dies keine sehr schwierige Aufgabe, da das Ufer des Tana von allen möglichen Arten von Wild im Überfluß bevölkert war. Eines Abends schoß Sir Henry eine junge Giraffenkuh, deren Markknochen ein exzellentes Mahl abgaben; ein paar Abende später rückte ich mit einem Wasserbüffel an; und einmal gelang es Umslopogaas (der, wie die meisten Zulus, nicht besonders gut mit einem Gewehr umgehen konnte) zu seiner überaus großen Befriedigung, eine schöne, fette Elenantilope mit einer Martini, die ich ihm geliehen hatte, zu erlegen. Ab und zu bereicherten wir unsere Speisekarte mit Perlhühnern oder Buschtrappgänsen *(paau)* – beides hier sehr häufig vorkommende Tiere –, die wir mit einer Schrotflinte schossen; oder wir fingen uns ein paar der herrlichen gelben Fische, von denen der Tana nur so wimmelt, und die – soweit ich weiß – die Haupternährungsquelle der Krokodile darstellen.

Drei Tage nach unserem Aufbruch ereignete sich etwas, das auf nahendes Unheil schließen ließ. Wir manövrierten die Boote gerade ans Ufer, um wie gewöhnlich unser Nachtquartier aufzuschlagen, als wir plötzlich eine Gestalt erblickten, die kaum vierzig Yards entfernt auf einer Hügelkuppe stand und unser Kommen beobachtete. Ein Blick genügte; ich war sicher – obwohl ich noch nie mit eigenen Augen ein Mitglied des Stammes gesehen hatte –, daß es sich bei dem Mann um einen Masai Elmoran, d.h., um einen jungen Krieger, handelte. Und in der Tat, auch wenn ich Zweifel gehabt hätte, so wären diese sehr schnell beseitigt worden: aus den Mündern unserer Wakwafi ertönte fast einstimmig der Schreckensruf: »*Masai!*« Die Wakwafi sind, wie ich – glaube ich – schon erwähnte, selbst Masaimischlinge.

Und was für ein Bild, wie er da oben in seinem wilden Kriegsschmuck stand! Obwohl ich ja zeit meines Lebens an den Anblick von Wilden gewöhnt war; ich konnte mich nicht erinnern, jemals zuvor einen ähnlich furchteinflößenden und ehrfurchtgebietenden Anblick vor mir gehabt zu haben! Was mir als erstes auffiel, war die enorme Größe des Mannes. Er war bestimmt so groß wie Umslopogaas und von schöner, wenn auch etwas zu hagerer Gestalt. Und sein Gesicht! Er sah wirklich aus wie ein Teufel. In der Rechten hielt er einen Speer von bestimmt fünfeinhalb Fuß Länge. Die geschliffene Spitze war zweieinhalb Fuß lang und wohl an die drei Zoll breit. An ihrem Fuße befand sich ein eiserner Widerhaken, der mehr als einen Fuß maß. Mit der Linken hielt er einen großen, hervorragend gefertigten länglichen Schild aus Büffelhaut, der mit fremdartigen heraldischen Emblemen bemalt war. Über seinen Schultern trug er einen riesigen Umhang aus Habichtfedern, und um seinen Hals hatte er ein »naibere« gewunden, ein Baumwollband, ungefähr siebzehn Fuß lang, anderthalb Fuß breit, in dessen Mitte ein farbiger Streifen entlanglief. Den Umhang aus gegerbtem Ziegenleder, der zu Friedenszeiten seine normale Kluft darstellte, hatte er lose um seine Hüften geschlungen; er diente ihm jetzt als Gürtel, durch den er auf der rechten Seite sein kurzes Schwert mit birnenförmiger Klinge, auf der linken seinen gewaltigen Knüppel gesteckt hatte. Das Schwert war aus einem einzigen Stück Stahl gefertigt und steckte in einer hölzernen Scheide. Aber das wahrscheinlich Bemerkenswerteste und Eindrucksvollste an seiner Kleidung war sein Kopfschmuck aus Straußenfedern. Er war am Kinn befestigt und ging vor den Ohren her zur Stirn. Er hatte die Form einer Ellipse und umrahmte das Gesicht des Kriegers völlig, so daß der diabolische Ausdruck auf seinem Gesicht aus einer Art federnem Feuerrad hervorzuspringen schien. Um die Fußknöchel trug er Fransen aus schwarzem Haar, und vom oberen Teil seiner Waden hingen lange, dornenartige Sporen herab, an denen Büschel aus dem prächtig schwarzen, welligen Haar des Colobusaffen befestigt waren.

Das also war die kunstvolle Tracht des Masai Elmoran, der von dem Hügel herab das Herannahen unserer Kanus beobachtete. Man muß diese Krieger, um sie in all ihrer Pracht wirklich würdigen zu können, selbst gesehen haben. Nur ist es leider so, daß die, die einmal einen Blick davon erhaschen, meist nicht mehr die Gelegenheit haben, sie jemandem zu beschreiben. Natürlich konnte ich die einzelnen Details seines Kriegsschmuckes nicht bei diesem ersten Zusammentreffen ausmachen, da ich in der Tat von dem Gesamteindruck, den er auf mich machte, überwältigt war, aber ich hatte später noch Gelegenheit genug, die Einzelheiten seiner Kleidung, die diesen Gesamteindruck ausmachen, gebührend kennenzulernen.

Während wir noch überlegten, was wir tun sollten, reckte sich der Masaikrieger zu ehrfurchtgebietender Haltung hoch, machte eine drohende Gebärde mit seinem Speer, wandte sich um und verschwand hinter dem Hügel.

»Halloo!« rief Sir Henry aus dem anderen Boot, wobei er seine Hände vor dem Mund zu einem Trichter formte. »Unser freundlicher Karawanenführer hat sein Wort gehalten und die Masai auf uns gehetzt. Haltet ihr es nicht für zu gefährlich, jetzt an Land zu gehen?«

Ich hielt es unter diesen Umständen auf jeden Fall für ziemlich gefährlich, an Land zu gehen; andererseits hatten wir keine Möglichkeit, in den Kanus zu kochen, und wir hatten in den Booten auch nichts, was wir roh hätten verzehren können. Da war natürlich guter Rat teuer. Schließlich war es Umslopogaas, der die Lage erst einmal erleichterte, indem er sich freiwillig als Kundschafter meldete. Er kroch in das Buschwerk schnell und gewandt wie eine Schlange, während wir die Boote im Strom hielten und auf ihn warteten. Eine halbe Stunde später kehrte er zurück und meldete, daß weit und breit kein Masai zu sehen wäre. Er hatte jedoch die Stelle entdeckt, an der sie erst kurz zuvor ihr Lager aufgeschlagen hatten, und verschiedene Anzeichen hatten darauf hingedeutet, daß sie etwa eine Stunde zuvor das Lager verlassen hatten und weitergezogen waren. Der Mann, den wir gesehen hatten, war ohne Zweifel zurückgelassen worden, um den anderen zu melden, wie wir uns verhielten.

Wir entschlossen uns daraufhin, an Land zu gehen, stellten eine Wache auf, trafen alle Vorbereitungen und nahmen unser Abendessen ein. Nach dem Essen berieten wir über unsere Lage. Es war natürlich denkbar, daß das Auftauchen des Masaikriegers überhaupt nichts mit uns zu tun hatte, sondern daß er zu einer Gruppe gehörte, die sich auf einem Raub- und Plünderungszug gegen irgendeinen anderen Stamm befand. Unser Freund, der Konsul, hatte uns nämlich berichtet, daß solche Züge zur Zeit wieder an der Tagesordnung waren. Aber wenn wir an die Drohung des Karawanenführers zurückdachten und uns die drohende Gebärde vergegenwärtigten, mit der der Masai Elmoran seinen Speer auf uns gerichtet hatte, dann schien diese Erklärung sehr unwahrscheinlich. Im Gegenteil: allem Augenschein nach hatte die Gruppe es auf uns abgesehen; sie schienen nur auf eine günstige Gelegenheit zu warten, in der sie uns angreifen konnten. Wenn dies der Fall war – woran keiner von uns ernstlich zweifelte –, dann gab es für uns zwei Möglichkeiten: entweder weiterzuziehen, oder den Rückzug anzutreten. Die letztere Möglichkeit wurde jedoch auf der Stelle verworfen, denn es war klar, daß wir mit denselben Gefahren konfrontiert sein würden, ob wir nun weiterzögen oder zurückführen. Außerdem hatten wir uns dazu entschlossen, unsere Fahrt um jeden Preis fortzusetzen. Unter diesen Umständen hielten wir es jedoch für sehr gefährlich, am Ufer zu übernachten. Wir stiegen also wieder in unsere Kanus, paddelten bis in die Mitte des Stromes, der an dieser Stelle nicht sehr breit war, und verankerten sie dort mit Hilfe von großen Steinen, die wir an Seile aus Kokosnußfasern banden, von denen wir in jedem der Boote im Überfluß hatten.

Hier jedoch fraßen uns die Moskitos beinahe bei lebendigem Leibe. Das – in Verbindung mit der Sorge um unsere nicht sehr aussichtsreiche Lage – brachte mich, im Gegensatz zu den anderen, völlig um den Schlaf. Ich lag also wach, rauchte, dachte über viele Dinge nach, und lauschte den pausenlosen Attacken der Moskitos des Tanaflusses. Da ich jedoch ein sehr praktisch veranlagter Mensch bin, kreisten meine Gedanken hauptsächlich darum, wie wir den schurkischen Masai entwischen konnten. Es war eine wunderschöne Nacht. Der Mond stand am Himmel, und ich war – abgesehen von der Moskitoplage, der Gefahr, die wir liefen, am Fieber zu erkranken, wenn wir an einem solchen Orte schliefen, dem Krampf, den ich durch die beengte Lage in dem Kanu allmählich in meinem rechten Bein verspürte, sowie dem fürchterlichen Geruch, den der Wakwafi, der direkt neben mir schlief, ausströmte – guter Dinge und in angenehmer Stimmung. Das Mondlicht spielte auf der Oberfläche des Wassers, das unaufhaltsam an uns vorbeirauschte, dem Meere zu, wie das Leben der Menschen dem Tode entgegenfließt, und es glitzerte an den Stellen, wo die Bäume keine Schatten warfen und das Mondlicht ungehindert auf das Wasser treffen konnte, wie Silberfolie. In der Nähe der Ufer jedoch war es sehr dunkel, und der Nachtwind sang mit einem tiefen Seufzen sein trauriges Lied im Schilf. Zu unserer Linken, auf der entfernteren Seite des Ufers, war eine kleine Einbuchtung mit einem Sandstrand, auf dem keine Bäume standen. Dort konnte ich die schemenhaften Umrisse einer Gruppe von Antilopen erkennen, die sich langsam auf das Wasser zubewegten. Plötzlich erscholl ein unheilvolles Röhren, und sie stoben blitzschnell davon. Nach einer Weile erkannte ich die mächtige Gestalt Seiner Majestät, des Löwen, der nun ans Wasser gekommen war, um mit gierigem Trunk sein Nachtmahl zu beschließen. Kurz darauf verschwand er wieder, und dann vernahm ich, etwa fünfzig Yards oberhalb von uns, den knisternden Laut berstenden Schilfes. Einige Minuten später tauchte eine riesige schwarze Masse aus dem Wasser auf, kaum zwanzig Yards von mir entfernt, und gab ein schnaubendes Geräusch von sich. Es war der Kopf eines Flußpferdes. Lautlos tauchte es wieder unter, nur um unmittelbar danach ein paar Yards neben unserem Kanu wieder aufzutauchen. Das war mir nun doch entschieden zu nah, und ich fühlte mich ziemlich unbehaglich, zumal das Flußpferd sich nun auch noch ganz augenscheinlich dazu animiert fühlte, herauszukriegen, was in drei Teufels Namen das für ein Ding war, das da so dicht neben ihm auf dem Wasser schaukelte. Es öffnete sein riesiges Maul, wahrscheinlich, um zu gähnen, und verhalf mir damit zu einem hervorragenden Einblick in das Innere seines mit riesigen Zähnen ausgestatteten Rachens. Mir schoß der Gedanke durch den Kopf, mit welcher Leichtigkeit es unser Kanu mit einem einzigen Biß zermalmen konnte. Schon halb entschlossen, ihm eins aus meiner großkalibrigen Büchse zu verpassen, überlegte ich mir dann doch, es besser in Ruhe zu lassen und abzuwarten, bis es tatsächlich das Boot angriff. Im selben Augenblick verschwand es auch schon wieder unter der Wasseroberfläche und ward nicht mehr gesehen.

Als ich, noch nach dem Flußpferd Ausschau haltend, meinen Blick über das rechte Ufer schweifen ließ, kam es mir so vor, als sähe ich eine dunkle Gestalt zwischen den Bäumen entlanghuschen. Ich habe sehr gute Augen, und ich war ziemlich sicher, etwas gesehen zu haben; es war mir jedoch unmöglich, zu sagen, ob es sich um einen Vogel, ein Tier oder einen Menschen gehandelt hatte. In diesem Moment jedoch schob sich eine große dunkle Wolke vor den Mond, und es wurde mit einem Schlag stockfinster. Zur gleichen Zeit erhob sich, obwohl alle anderen Geräusche des Waldes verstummt waren, das langgezogene Geheul einer gehörnten Eule, deren Ruf ich sehr gut kannte. Nach einer Weile verstummte auch dieser Laut, und außer dem Rascheln der Bäume und des Schilfs im Winde herrschte nun absolute Stille.

Aber irgendwie war ich auf unerklärliche Weise plötzlich nervös geworden. Es gab eigentlich keinen besonderen Grund für meine Nervosität, abgesehen von den alltäglichen Gefahren natürlich, die dem Reisenden in Zentralafrika auf Schritt und Tritt begegnen können. Und dennoch war ich es. Wenn mich irgend etwas fürchterlich in Rage bringt, weil ich einfach an so etwas nicht glauben will, dann sind das Vorahnungen. Und genau eine solche hatte ich in diesem Augenblick: ich war ganz plötzlich erfüllt, ja besessen von der unbezweifelbaren Vorahnung, daß eine schreckliche Gefahr herannahe. Ich wollte mich indessen um keinen Preis von diesem Gefühl irre machen lassen, obschon ich spürte, daß mir der kalte Schweiß auf der Stirn stand. Ich wollte die anderen nicht in Aufruhr bringen. Ich wurde von Sekunde zu Sekunde unruhiger, und mein Puls jagte wie der eines Sterbenden; das entsetzliche Gefühl, in ohnmächtigem Schrecken befangen zu sein, ein Gefühl, das jedem vertraut ist, der dann und wann an Alpträumen leidet, ließ meine Nerven förmlich flattern. Dennoch war mein Wille immer noch stärker als meine Furcht, und ich zwang mich dazu, ruhig in meiner mehr als unbequemen Position in dem Kanu zu verharren. (Ich saß eigentlich mehr, als daß ich lag, im Bug des Kanus zusammengekauert.) Nur dann und wann drehte ich meinen Kopf ein wenig, um Umslopogaas und die beiden Wakwafi im Blickfeld zu haben, die neben respektive hinter mir schliefen.

Von weitem hörte ich ein leises Platschen: das Flußpferd. Dann ertönte wieder das langgezogene Heulen der Eule; es hörte sich unnatürlich an; eher wie ein Schrei*. Der Wind sang in den Baumwipfeln sein Klagelied; sein seufzender Ton ließ mir das Blut in den Adern gefrieren. Über mir hing der tiefschwarze Busen der Wolken, und unter mir gluckerte unheilvoll die schwarze Flut des Wassers, und ich fühlte mich, als sei nur noch ich alleine mit dem Tod zwischen den beiden schaurigen Elementen. Ich kam mir trostlos und verlassen vor.

Plötzlich stockte mir der Atem, und das Herz schien stehenzubleiben. War es nur eine Einbildung, oder bewegten wir uns tatsächlich von der Stelle? Ich wandte den Blick, um nach dem anderen Kanu zu schauen, das längs dem unseren liegen mußte. Ich konnte es nicht sehen; statt dessen sah ich eine dürre, krallenartige Hand, die sich langsam über den Rand des kleinen Bootes schob. Es mußte ein Alptraum sein! Im selben Moment tauchte ein dunkles, diabolisch verzerrtes Gesicht aus dem Wasser auf. Das Kanu wippte mit einem kurzen Ruck auf die Seite, ein Messer blitzte auf, und dann zerriß ein grauenhafter Schrei die Luft. Es war der Wakwafi, der neben mir lag (derselbe arme Kerl, dessen Ausdünstungen mich so gestört hatten). Etwas Warmes spritzte mir ins Gesicht. Im Bruchteil einer Sekunde brach der Bann, der mich gelähmt hatte; ich wußte jetzt nur zu

* Ohne Zweifel war dieser Vogel ohne Flügel. Ich erfuhr später, daß das Heulen dieser Eule ein beliebtes Signal bei den Masaistämmen ist. – *A. Q.*

gut, daß es kein Alptraum war, sondern daß die Masai uns vom Wasser her angriffen. Ich griff nach der erstbesten Waffe, die mir in die Hand geriet. Es war Umslopogaas' Streitaxt. Ich holte aus und hieb sie mit aller Kraft in die Richtung, aus der das Aufblitzen des Messers gekommen war. Die Schneide traf den Arm eines Mannes genau an der Stelle, an der der Arm auf dem dicken hölzernen Bootsrand auflag. Krachend durchschlug sie den Arm und fuhr in das Holz. Der Hieb hatte den Arm ein Stück oberhalb des Handgelenkes vom Körper abgetrennt! Der Mann gab nicht den geringsten Laut von sich. Wie ein Gespenst war er aus dem Dunkel aufgetaucht, und wie ein Gespenst verschwand er wieder. Zurück ließ er eine blutige Hand, die noch immer ein großes Messer umklammert hielt, oder besser ein kurzes Schwert, das tief im Herzen unseres armen Dieners steckte.

Augenblicklich entstand ein völliger Wirrwarr, und ich glaubte zu sehen – ob zu Recht oder zu Unrecht, weiß ich nicht –, wie mehrere Köpfe sich auf das rechtsseitige Ufer zubewegten, auf das auch wir jetzt rasch zutrieben; sie hatten unser Ankerseil mit einem Messer durchtrennt. Kaum hatte ich das erkannt, als ich auch schon durchschaute, was sie damit bezweckten: das Boot sollte ans rechte Ufer treiben (denn genau dorthin zog uns die Strömung). Dort stand dann sicherlich schon eine Gruppe Masai bereit, die nur darauf warteten, uns ihre schaufelförmigen Speerspitzen in den Leib zu bohren. Ich nahm eines der Paddel, gab Umslopogaas das andere (der überlebende Askari war zu verängstigt und verstört, um in diesem Augenblick von irgend einem Nutzen zu sein), und gemeinsam ruderten wir aus Leibeskräften zur Mitte des Stroms hin, und keine Sekunde zu früh! Schon im allernächsten Moment wären wir auf Grund gelaufen, und das hätte unser Ende bedeutet.

Sobald wir auf sicherer Distanz waren, machten wir uns daran, das Boot wieder stromaufwärts zu paddeln, zu der Stelle, an der das andere Kanu vertäut lag. Das war in der Dunkelheit ein verdammt schwieriges und gefährliches

Stück Arbeit. Als einzigen Orientierungspunkt hatten wir die hallenden Rufe von Goods Stentorstimme, die er in kurzen Abständen wie ein Nebelhorn erschallen ließ, um uns die Richtung zu weisen. Aber schließlich schlossen wir zu dem anderen Kanu auf. Erleichtert stellten wir fest, daß die anderen überhaupt nicht behelligt worden waren. Mit Sicherheit hatte der Mann, dem ich den Arm abgehackt hatte, und der unser Tau durchgeschnitten hatte, auch das Tau des anderen Kanus durchschneiden sollen, aber davon hatte ihn wohl der unwiderstehliche Drang abgehalten, einen von uns zu ermorden, als sich ihm die Chance dazu bot. Dieser Tatsache, die einen von uns das Leben und ihn seine Hand gekostet hatte, verdankten wir alle zweifelsohne die Rettung vor einem Massaker. Wäre nicht diese grausige Hand über dem Bootsrand aufgetaucht – ein Anblick, den ich bis zur Stunde meines Todes nie wieder vergessen werde –, dann wäre das Kanu, noch bevor ich die Lage erkannt hätte, unweigerlich an Land getrieben, und diese Geschichte wäre niemals geschrieben worden.

3

Die Missionsstation

Wir befestigten das verbliebene Ende unseres Taus an dem anderen Kanu und warteten im Sitzen auf das Herannahen der Morgendämmerung. Immer wieder beglückwünschten wir uns zu unserer glücklichen Rettung, die wir wirklich mehr der Gunst der Vorsehung zu verdanken hatten als unserer eigenen Vorsicht oder Tapferkeit. Endlich graute der Morgen; selten hatte mich der Anblick des Lichts mit größerer Dankbarkeit erfüllt, obwohl es – zumindest, was mein Kanu betraf – einen gespenstischen Anblick enthüllte. Am Boden des kleinen Bootes lag zusammengekrümmt der unglückliche Askari; das kurze Schwert steckte in seiner Brust, und die abgehackte Hand hielt noch immer den Griff umklammert. Ich konnte diesen Anblick nicht länger ertragen. Wir zogen also so schnell wie möglich den Stein hoch, der dem anderen Kanu als Anker gedient hatte, banden ihn an dem Ermordeten fest und kippten ihn über Bord. Er sank sofort auf den Grund. Das letzte, was wir von ihm sahen, waren ein paar Luftblasen! O weh! Wenn eines Tages unsere letzte Stunde gekommen ist, dann werden die meisten von uns, so wie er, nichts weiter als ein paar Blasen zurücklassen, die Zeugnis von unserem vergangenen Dasein ablegen; und diese Blasen werden schnell zerplatzen. Die Hand seines Mörders warfen wir in den Strom, wo sie langsam unterging. Das Schwert, dessen elfenbeinerner Griff mit Einlegearbeiten aus Gold verziert war (offenbar arabischer Herkunft), behielt ich für mich, um es als Jagdmesser zu benutzen. Es sollte sich noch als sehr nützlich erweisen.

Nachdem ein Mann in mein Kanu umgestiegen war, machten wir uns erneut auf den Weg. Die Stimmung war sehr niedergeschlagen, und die nahe Zukunft schien uns alles andere als rosig. Wir waren alle von der Hoffnung beseelt, noch vor Einbruch der Nacht die ›Highlands‹ zu erreichen, Mackenzies Missionsstation. Zu allem Überfluß fing es kaum eine Stunde nach Sonnenaufgang in Strömen zu regnen an. Wir waren sofort bis auf die Haut durchnäßt. Alle paar Minuten mußten wir Wasser aus unseren Kanus schöpfen. Und da der Regen den Wind niederschlug, konnten wir auch mit unseren Segeln nichts mehr anfangen und mußten, so gut es eben ging, zusehen, wie wir mit unseren Paddeln vorankamen.

Um elf Uhr machten wir an einer offenen Stelle des linken Flußufers halt. Da der Regen ein wenig nachgelassen hatte, gelang es uns, ein Feuer anzuzünden und ein paar Fische, die wir schnell gefangen hatten, zu rösten. Wir wagten nicht, vom Ufer wegzugehen, um nach Wild zu suchen. Um zwei Uhr brachen wir wieder auf und nahmen ein paar geröstete Fische als Vorrat mit. Kurze Zeit später wurde der

Regen heftiger als je zuvor. Darüberhinaus wurde es immer schwieriger, die Boote auf dem Fluß zu manövrieren, da inzwischen zahlreiche Felsen aufgetaucht waren, die aus dem Wasser ragten; dazu liefen wir ständig Gefahr, in einer der Untiefen auf Grund zu laufen. Die durch den heftigen Regen reißend gewordene Strömung tat ein übriges, ein Vorankommen fast unmöglich zu machen. Es war uns sehr bald klar, daß wir das gastliche Haus des Reverend Mackenzie auf keinen Fall mehr vor Einbruch der Nacht erreichen würden – eine Aussicht, die alles andere als geeignet war, unsere Stimmung zu heben. Obwohl wir uns bis zur Erschöpfung verausgabten – mehr als eine Meile pro Stunde konnten wir beim besten Willen nicht schaffen. Wir rechneten damit, um fünf Uhr nachmittags (um diese Zeit würden wir alle völlig ermattet sein) noch immer ungefähr zehn Meilen unterhalb der Missionsstation zu sein. Wir mußten uns also wohl oder übel daran machen, die bestmögliche Lösung für das Übernachtungsproblem zu suchen. Nach unseren jüngsten Erlebnissen wagten wir nicht mehr, an Land zu gehen, insbesondere, da die Ufer des Tana an dieser Stelle mit dichtem Buschwerk bewachsen waren, welches eine vorzügliche Deckung für mindestens fünftausend Masai bot.

Ich bereitete mich innerlich schon wieder darauf vor, eine weitere Nacht in dem Kanu zu verbringen, als wir ein Stück stromaufwärts eine kleine, felsige Insel von ungefähr fünfzehn Yards im Quadrat erspähten, die fast in der Mitte des Flusses lag. Wir steuerten auf sie zu, zogen die Kanus ans Ufer, gingen an Land und versuchten es uns so bequem wie möglich zu machen, was unter den gegebenen Umständen nicht gerade leicht war. Das Wetter hatte sich um keinen Deut geändert; es war einfach abscheulich. Es goß wie aus Kübeln, und nach kurzer Zeit klapperten uns vor Kälte die Zähne. Ein Feuer anzuzünden war völlig unmöglich. Wenigstens ein Gutes hatte der Regen indessen: unsere Askari erklärten übereinstimmend, daß nichts auf der Welt die Masai dazu bringen konnte, uns bei diesem Wetter anzugreifen, da sie nichts so sehr haßten, wie im Nassen herumzulaufen, vielleicht – wie Good mutmaßte – weil sie den Gedanken an eine Wäsche nicht ausstehen können. Wir aßen etwas von dem faden, vom Regen durchweichten Fisch – mit Ausnahme von Umslopogaas, der, wie die meisten Zulus, keinen Fisch mag – und tranken einen Schluck Brandy, von dem wir glücklicherweise noch ein paar Flaschen hatten, und dann begann das, was mit einer einzigen Ausnahme – nämlich, als wir drei, Sir Henry, Good und ich, beinahe im Schnee des Sheba während unserer Reise nach Kukuanaland vor Kälte gestorben wären – die unangenehmste, qualvollste Nacht war, die ich je erlebt hatte. Sie schien endlos zu sein, und mehr als einmal hatte ich die Befürchtung, zwei unserer Askari würden vor Nässe und Kälte erfrieren. Und in der Tat; hätte ich ihnen nicht in regelmäßigen Abständen ein wenig von dem Brandy eingeflößt, dann wären sie mit Sicherheit gestorben; kein Afrikaner kann Kälte lange ertragen. Erst läßt sie ihn erstarren und lähmt ihn, dann bringt sie ihn um. Ich sah deutlich, daß selbst der alte Eisenfresser Umslopogaas fürchterlich unter ihr litt. Im seltsamen Gegensatz zu den Askari jedoch, die ohne Unterlaß stöhnten und ihr Los bejammerten, ertrug er die Kälte, ohne auch nur einen einzigen Laut der Klage von sich zu geben. Zu allem Überfluß vernahmen wir gegen ein Uhr nachts wieder das unheilvolle Geheul der Eule, so daß wir uns auf der Stelle genötigt sahen, uns auf einen erneuten Angriff vorzubereiten. Ich glaube nicht, daß wir, wenn sie es tatsächlich versucht hätten, noch echten Widerstand hätten leisten können. Aber entweder war die Eule dieses Mal echt, oder die Masai fühlten sich selbst zu elend, um noch an eine Offensive zu denken – die sie nur äußerst selten, wenn überhaupt, im Buschland unternehmen; jedenfalls war von ihnen weit und breit nichts zu sehen.

Endlich, nach einer wahren Ewigkeit, glitt die Dämmerung über das Wasser, eingehüllt in geisterhaft anmutende Dunstschleier, und mit dem Heraufkommen des Tageslichts hörte der Regen auf. Und dann ging die wunderbare, herrliche Sonne auf, die den Schleier des Dunstes zerriß und die kalte Luft schnell aufwärmte. Benommen und aufs äußerste erschöpft rappelten wir uns auf und kamen taumelnd auf unseren Füßen zu stehen. Dankbar gaben wir uns den erquickenden Strahlen der Sonne hin. Ich kann sehr gut nachempfinden, warum primitive Völker zu Sonnenanbetern werden, insbesondere dann, wenn sie durch ihre Lebensumstände häufig der Kälte ausgeliefert sind.

Eine halbe Stunde später machten wir schon wieder schnelle Fahrt mit Hilfe eines frischen Windes. Unsere Lebensgeister waren mit dem Sonnenschein zurückgekehrt, und wir lachten schon wieder über die Schwierigkeiten und Gefahren, die uns tags zuvor noch beinahe zermalmt hätten.

Gutgelaunt fuhren wir weiter bis gegen elf Uhr. Als wir gerade wie gewohnt eine Pause einlegen wollten, um uns auszuruhen und uns etwas zum Essen zu schießen, sahen wir von weitem hinter einer scharfen Biegung des Flusses ein äußerst solide wirkendes Haus im europäischen Baustil. Rings um das Haus, das wunderschön auf einem Hügel gelegen war, zog sich eine Veranda. Das Ganze war umgeben von einer hohen Steinmauer mit einem Graben am Außenrand. Direkt dem Haus gegenüber stand eine riesige, das Haus in Schatten tauchende Kiefer, deren Wipfel wir schon seit zwei Tagen durch das Fernglas gesehen hatten, ohne jedoch zu wissen, daß es sich um den Orientierungspunkt der Missionsstation handelte. Ich war der erste, der das Haus erblickte, und unwillkürlich stieß ich einen lauten Jubelschrei aus, in den die anderen, eingeschlossen die Eingeborenen, freudig einfielen. Jetzt war natürlich kein Gedanke mehr an Rast. Mit neuen Kräften paddelten wir weiter, denn wir hatten, obwohl das Haus ganz nahe zu sein schien, noch ein ordentliches Stück Weg vor uns. Gegen ein Uhr endlich befanden wir uns am Anfang der Flußbiegung, in der das Haus lag. Wir steuerten das Ufer an, kletterten aus den Kanus, und just in dem Moment, als wir die Boote auf den Strand zogen, erblickten wir drei Gestalten, in ordentlich aussehende englische Kleider gehüllt, die eilig den

Hügel heruntergelaufen kamen, um uns zu begrüßen. Noch ein paar Schritte durch das Gehölz, und dann standen sie vor uns.

»Ein Gentleman, eine Lady und ein Mädchen«, rief Good nach einem prüfenden Blick durch sein Monokel aus, »in zivilisierten Kleidern kommen durch einen zivilisierten Garten, um uns hier, an einem solchen Orte, zu begrüßen! Hol mich der Teufel, wenn das nicht das Komischste ist, was wir je erlebt haben!«

Good hatte recht: Die Szene wirkte in der Tat sehr komisch – mehr wie eine Szene aus einem Traum oder einer italienischen Oper als der Wirklichkeit. Dieses Gefühl der Unwirklichkeit wurde auch keineswegs dadurch in Mitleidenschaft gezogen, daß wir in gutem, breitem Schottisch angesprochen wurden, welches ich jedoch leider hier nicht reproduzieren kann.

»Willkommen, meine Herren«, begrüßte uns Mr. Makkenzie, ein grauhaariger, etwas eckig erscheinender Mann mit roten Wangen und einem freundlichen Gesicht; »ich hoffe, es geht Ihnen allen gut. Meine Eingeborenen berichteten mir vor einer Stunde, sie hätten zwei Kanus mit weißen Männern erspäht, die den Fluß heraufkämen. Und da wollten wir Sie gleich hier in Empfang nehmen.«

»Ich darf Ihnen sagen, daß wir uns sehr freuen, einmal wieder einen Europäer hier zu sehen«, ergänzte die Lady, eine bezaubernde, sehr gut aussehende Frau.

Wir nahmen unsere Hüte ab und stellten uns vor.

»Sicherlich sind Sie alle fürchterlich müde und hungrig, meine Herren«, sagte Mrs. Mackenzie. »Also treten Sie ein; wir freuen uns wirklich, endlich wieder einmal Weiße bei uns zu Gast zu haben. Der letzte Weiße, der hierher kam, war Alphonse – Sie werden Alphonse gleich sehen –, und das ist nun schon ein Jahr her.«

Mittlerweile waren wir den Hügel hinaufgegangen, dessen unterer Teil mit Quittenzäunen und hie und da mit rohen Steinwällen in Kaffirgärten aufgeteilt war, in denen gerade Mais, Kürbis, Kartoffeln usw. zur Reife gelangt waren.

In den Ecken dieser Gärten standen in kleinen Gruppen ordentliche, gepflegte, pilzförmige Hütten. Darin wohnten Mr. Mackenzies Eingeborene, deren Frauen und Kinder nun aus den Hütten gelaufen kamen, um uns, während wir den Hügel hinaufstiegen, zu begrüßen. Mitten durch die Gärten schlängelte sich der Pfad, der zum Haus führte. Er war auf beiden Seiten von einer Reihe von Orangenbäumen gesäumt, die – obwohl erst vor zehn Jahren angepflanzt – in dem milden Klima des Hochlands unterhalb des Mount Kenia, dessen Fuß ungefähr 5000 Fuß über dem Meeresspiegel liegt, schon zu einer imposanten Größe herangewachsen waren, und die nun mit goldenen Früchten beladen waren. Nach einem beschwerlichen Anstieg von ungefähr einer Viertelmeile – der Hügel war ziemlich steil – kamen wir an einen wunderschönen Quittenzaun, der ebenfalls mit Früchten bedeckt war und der, wie Mr. Mackenzie uns erzählte, ein Grundstück von ungefähr vier Morgen Land umschloß, auf dem sein privater Garten, sein Haus, die Kirche und diverse Nebengebäude standen. Die Fläche nahm die ganze Kuppe des Hügels in Anspruch. Und was für ein Garten es war! Der Anblick eines schönen Gartens hatte schon immer mein Herz höher schlagen lassen, und ich hätte vor Freude die Arme in die Luft werfen können, als ich den von Mr. Mackenzie erblickte. Reihe an Reihe standen da alle bekannten Sorten von europäischen Obstbäumen, alle gepfropft; auf der Kuppe dieses Hügels herrschte ein so mildes Klima, daß beinahe alle in England üblichen Gemüsearten, Bäume und Blumen üppig gediehen, sogar mehrere Arten des Apfels, der normalerweise in einem zu heißen Klima holzig wird und sich hartnäckig weigert, zu einer halbwegs eßbaren Frucht heranzureifen. Außerdem wuchsen in seinem Garten Erdbeeren, Tomaten (welch wunderbare Tomaten!), Melonen, Gurken; kurz, jede Art von Gemüse und Obst.

»Was für einen wunderschönen Garten Sie haben!« rief ich enthusiastisch, voller Bewunderung für dieses Prachtstück von Garten (und auch nicht ganz ohne Neid).

»Ja«, erwiderte der Missionar, »es ist ein sehr guter Garten; er hat mir meine Mühen wirklich gedankt. Aber in erster Linie habe ich dem Klima zu danken. Wenn Sie hier einen Pfirsichkern in den Boden stecken, dann trägt er im vierten Jahr schon Früchte, und Rosen blühen schon nach einem Jahr. Es ist ein hervorragendes Klima.«

Wir kamen jetzt an einen zehn Fuß breiten, wassergefüllten Graben, hinter dem eine acht Fuß hohe, mit Schießscharten versehene Steinmauer war. Die Mauerkrone war dicht gesprenkelt mit scharfen Steinen, die in den noch weichen Mörtel hineingedrückt worden waren.

»Das da«, sagte Mr. Mackenzie und zeigte auf den Graben und die Mauer, »ist mein *magnum opus;* dies und die Kirche, die sich auf der anderen Seite des Hauses befindet. Zusammen mit zwanzig Eingeborenen habe ich zwei Jahre dafür gebraucht, den Graben zu ziehen und die Mauer zu errichten; denn erst als das geschafft war, fühlte ich mich sicher. Und nun kann ich allen Wilden in Afrika Trotz bieten, da die Quelle, die den Graben speist, sich innerhalb der Mauer befindet; sie fließt winters wie sommers von der Kuppe des Hügels, und im Haus befindet sich ein ständiger Lebensmittelvorrat, der uns vier Monate lang reicht.«

Wir schritten über eine hölzerne Planke und betraten durch eine winzig schmale Öffnung in der Mauer das, was Mrs. Mackenzie als *ihre* Domäne bezeichnete – den Blumengarten, dessen Schönheit ich wirklich nicht mit Worten beschreiben kann. Ich kann mich nicht erinnern, jemals zuvor solche Rosen, solche Gardenien oder Kamelien gesehen zu haben. (Die Samen oder Sprosse dafür waren alle aus England geschickt worden.) Ein Eckchen des Gartens beherbergte eine Sammlung zwiebelförmiger Wurzeln, die zum größten Teil Flossie, Mr. Mackenzies kleine Tochter, in der Umgebung der Missionsstation gesammelt hatte. Einige davon waren von wirklich seltener Schönheit. In der Mitte des Gartens, genau gegenüber der Veranda, sprudelte ein wunderschöner Springbrunnen von herrlich klarem Wasser aus dem Boden und fiel in ein steinernes Becken, das man mit viel Sorgfalt so gebaut hatte, daß es alles Wasser auffing. Von dort aus rann das Wasser durch einen Überlauf in eine Auffangrinne, die es wiederum in den Wassergraben rings um die Außenmauer leitete. Der Wassergraben seinerseits diente als kleiner Stausee, der immer einen nie versiegenden Vorrat an Wasser enthielt, mit dem man alle die unterhalb liegenden Gärten berieseln konnte.

Das Haus selbst, ein massives, einstöckiges Gebäude, war mit Steinplatten gedeckt und hatte eine hübsche Veranda. Das Gebäude bestand aus vier Flügeln, die ein Viereck bildeten. Drei dieser Flügel waren Wohn- und Schlafräume, der vierte beherbergte die Küchen, die somit abseits vom Haus lagen – in einem heißen Land eine sehr vorteilhafte Lösung. Inmitten des quadratischen Innenhofes befand sich das vielleicht Bemerkenswerteste, das wir an diesem zauberhaften Orte bisher gesehen hatten: ein einzelner Nadelbaum, wie er in zahlreichen Spielarten im Hochland dieses Teils von Afrika freistehend anzutreffen ist. Dieser großartige Baum, der – wie Mr. Mackenzie uns mitteilte – den Orientierungspunkt für einen Umkreis von fünfzig Meilen darstellte (wir selbst hatten ihn ja schon während der letzten vierzig Meilen unserer Reise ständig sehen können), mußte wohl an die dreihundert Fuß hoch sein. Der Stamm hatte einen Yard über dem Boden gemessen etwa sechzehn Fuß im Durchmesser. Bis zu einer Höhe von etwa siebzig Fuß war der braune, nach oben hin immer schlanker werdende Stamm bar jeglicher Äste. Erst dort entsprangen dem Stamm wunderschöne, dunkelgrüne Zweige, die von unten wie gigantische Farne aussahen. Sie gingen waagerecht vom Stamm ab, und da sie weit über das Haus und den Blumengarten hinausragten, spendeten sie beiden ein hohes Maß an wohltuendem Schatten, ohne jedoch – da sie so hoch waren – den Zugang von ausreichend Licht und Luft zu verhindern.

»Was für ein schöner Baum!« rief Sir Henry begeistert.

»Ja, Sie haben recht; es ist ein wunderschöner Baum. Meines Wissens gibt es in der ganzen Umgegend keinen, der ihm auch nur annähernd gleichkommt«, antwortete Mr. Mackenzie. »Ich nenne ihn meinen Wachtturm. Wie Sie sehen können, habe ich am untersten Ast eine Strickleiter befestigt. Und wenn ich nun sehen will, was in einem Umkreis von fünfzehn Meilen vor sich geht, dann brauche ich bloß hinaufzuklettern und ein Fernglas mitzunehmen. Aber Sie sind jetzt sicherlich sehr hungrig, und ich bin sicher, daß das Essen fertig ist. Treten Sie ein, liebe Freunde; es ist zwar nur ein bescheidenes Heim, aber für diese wilde Gegend ist es gut genug. Und dann will ich Ihnen noch etwas verraten: wir haben einen französischen Koch.« Mit diesen Worten führte er uns auf die Veranda.

Während ich hinter ihm herging und mir den Kopf darüber zerbrach, was in drei Teufels Namen er wohl damit gemeint haben könnte, erschien plötzlich aus einer Tür, die vom Haus auf die Veranda führte, ein flinker kleiner Mann. Er trug einen sauberen, blauen Baumwollanzug, Schuhe aus gegerbtem Fell, und fiel sofort ins Auge wegen seines geschäftigen Gehabes und Gesichtsausdruckes sowie wegen seines mächtigen schwarzen Schnauzbartes, dessen Spitzen er kunstvoll nach oben gezwirbelt hatte, so daß sie wie die Hörner eines Büffels in die Luft ragten.

»Madame 'eißt mich zu sagen, daß das Dinner serviert ist. Messieurs, meine Empfehlung.« Plötzlich bemerkte er Umslopogaas, der hinter uns herbummelte und mit seiner Streitaxt spielte, und er warf verdutzt die Hände in die Luft. *»Ah, mais quel homme!«* stieß er auf Französisch hervor. *»Quel sauvage affreux!* Sehen Sie doch nur seine große 'ackbeil und das große Loch in seinem Kopf!«

»Ja«, rief Mr. Mackenzie, »aber was redest du denn da, Alphonse?«

»Was rede isch da!« rief der kleine Franzose, der noch immer wie gebannt Umslopogaas anstarrte, dessen Anblick ihn ungemein zu faszinieren schien. »Warum ich von ihm rede« – und er zeigte mit dem Finger auf Umslopogaas –, »von *ce monsieur noir*«.

Über diese Geste und das *»monsieur noir«* mußten wir alle

laut lachen, und Umslopogaas, der inzwischen bemerkt hatte, daß es um ihn ging, legte grimmig die Stirn in Falten; denn nichts ärgerte ihn mehr, als wenn seine Würde durch eine persönliche Frechheit angekratzt wurde.

»*Parbleu!*« rief Alphonse. »Er ist wütend – er macht eine Grimasse. Sein Gesicht gefällt mir nischt. Isch verschwinde.« Und das tat er auch mit bemerkenswerter Geschwindigkeit.

Mr. Mackenzie fiel herzlich in unser lautes Gelächter ein, von dem wir uns noch immer nicht erholt hatten. »Er ist schon ein eigentümlicher Mensch, dieser Alphonse. Ich werde Ihnen nach und nach mal seine Geschichte erzählen; in der Zwischenzeit wollen wir erst einmal das Ergebnis seiner Kochkünste probieren.«

»Dürfte ich fragen«, sagte Sir Henry, nachdem wir das wirklich ausgezeichnete Mittagessen beendet hatten, »wie Sie in dieser Einöde an einen französischen Koch geraten sind?«

»Oh«, antwortete Mrs. Mackenzie, »er kam aus freien Stücken vor einem Jahr zu uns und fragte, ob wir irgendeine Verwendung für ihn hätten. Er hatte in Frankreich in irgendwelchen Schwierigkeiten gesteckt und war dann nach Sansibar geflohen, wo er feststellte, daß die französische Regierung schon um seine Auslieferung nachgesucht hatte. Daraufhin schlug er sich Hals über Kopf in die Büsche, floh ins Landesinnere und wurde halbverhungert von der Karawane aufgelesen, die gerade auf dem Weg war, uns unseren alljährlichen Warenvorrat zu liefern. Die Männer brachten ihn dann zu uns. Sie sollten ihn einmal dazu bringen, Ihnen die Geschichte selbst zu erzählen.«

Nach dem Essen zündeten wir unsere Pfeifen an, und Sir Henry gab unserem Gastgeber eine ausführliche Beschreibung unserer Fahrt bis zur Missionsstation. Als er fertig war, machte Mr. Mackenzie ein ernstes Gesicht.

»Es ist ganz offensichtlich, daß diese schurkischen Masai Sie verfolgen, und ich danke dem Herrn, daß Sie dieses Haus sicher erreicht haben. Ich glaube nicht, daß sie es wagen werden, Sie hier anzugreifen. Dennoch ist es sehr ungünstig, daß fast alle meine Männer zur Küste hinuntergefahren sind mit Elfenbein und anderen Waren. Die Karawane besteht aus zweihundert Männern, und aus diesem Grund habe ich im Augenblick nicht mehr als zwanzig Männer zu Verteidigungszwecken zur Verfügung, falls die Masai uns wirklich angreifen sollten. Ich will trotzdem sofort die nötigen Anweisungen geben.« Er ging ans Fenster, rief einen Schwarzen, der gerade draußen im Garten zu tun hatte, und redete mit ihm in einem Suaheli-Dialekt. Der Mann hörte genau zu, nickte und verschwand.

»Ich hoffe inbrünstig, daß wir Sie in keinerlei Schwierigkeiten bringen«, sagte ich sehr beunruhigt, als er sich wieder hingesetzt hatte. »Ehe wir Ihnen durch unsere Anwesenheit diese blutrünstigen Schurken auf den Hals locken, ziehen wir lieber weiter und versuchen, so durchzukommen.«

»Das werden Sie gefälligst bleibenlassen. Wenn die Masai kommen, dann kommen sie eben, und dann ist die Sache ein für allemal erledigt. Ich denke, daß wir ihnen einen warmen Empfang bereiten können. Nicht für alle Masai auf der Welt würde ich einem Menschen die Tür weisen.«

»Das erinnert mich daran«, sagte ich, »daß der Konsul in Lamu mir erzählt hat, er hätte von Ihnen einen Brief erhalten, in dem Sie schrieben, in Ihrer Station sei ein Mann eingetroffen, der behauptet habe, er wäre mit einem weißen Volk im Innern des Landes in Berührung gekommen. Glauben Sie, daß an dieser Geschichte etwas Wahres dran war? Ich frage deshalb, weil ich ein- oder zweimal in meinem Leben Gerüchte von Eingeborenen, die von weit oben aus dem Norden kamen, gehört habe, daß eine solche Rasse existiere.«

Anstelle einer Antwort ging Mr. Mackenzie kurz aus dem Raum und kam mit einem sehr merkwürdigen Schwert wieder. Es war lang, und die gesamte Klinge, die sehr dick und schwer war, war bis auf einen Rand, der von der Scheide nach innen gemessen etwa ein Viertelzoll breit war, mit Ornamenten geschmückt, und zwar so, wie wir mit einer Laubsäge dünne Holzplatten bearbeiten, also durchbrochen. Hier jedoch handelte es sich um Stahl! Er war auf sehr kunstvolle Art so durchbrochen, daß die Festigkeit des Schwertes nicht beeinträchtigt war. Allein diese Tatsache war schon merkwürdig genug, aber noch weitaus beeindruckender war die Tatsache, daß alle Kanten der Löcher, die man in die Klinge geschnitten hatte, mit wunderschönen Einlegearbeiten aus Gold versehen waren, das man auf eine mir völlig unerklärliche Weise auf den Stahl aufgeschweißt hatte*.

»Haben Sie jemals ein solches Schwert gesehen?« fragte Mr. Mackenzie.

Wir alle betrachteten es mit prüfenden Blicken und schüttelten den Kopf.

»Nun, ich zeige es Ihnen deswegen, weil der Mann, der es mitbrachte, behauptete, es von jenem weißen Volk zu haben, und weil es mehr oder weniger ein Hinweis dafür ist, daß an der Geschichte, die ich sonst als glatte Lüge angesehen hätte, wohl doch etwas Wahres ist. Passen Sie auf: Ich werde Ihnen alles erzählen, was ich über diese Angelegenheit weiß; es ist nicht viel. Eines späten Nachmittags – es war kurz vor Sonnenuntergang – saß ich gerade auf der Veranda, als ein Mann auf mich zugehumpelt kam und sich vor mir niederkauerte. Er sah elend, abgerissen und halb verhungert aus. Auf meine Frage, woher er käme und was er wolle, antwortete er mit einer langen, unzusammenhängend erscheinenden Erzählung. Er erzählte etwas von einem Stamm weit oben im Norden, dem er angehört habe, und daß dieser Stamm von einem anderen vernichtet worden wäre. Er und ein paar andere Überlebende wären dann noch weiter nach Norden getrieben worden bis an einen See namens Laga. Von dort aus schlug er sich anscheinend zu einem anderen See durch, der irgendwo in den Bergen lie-

---

* Seitdem habe ich Hunderte von diesen Schwertern gesehen und geprüft, aber es ist mir niemals gelungen, herauszufinden, wie die Goldplatten in die durchbrochenen Stellen der Klinge eingelegt wurden. Die Waffenschmiede in Zu-Vendis, die sie herstellen, verpflichten sich durch einen Eid, das Geheimnis nicht preiszugeben. – *A. Q.*

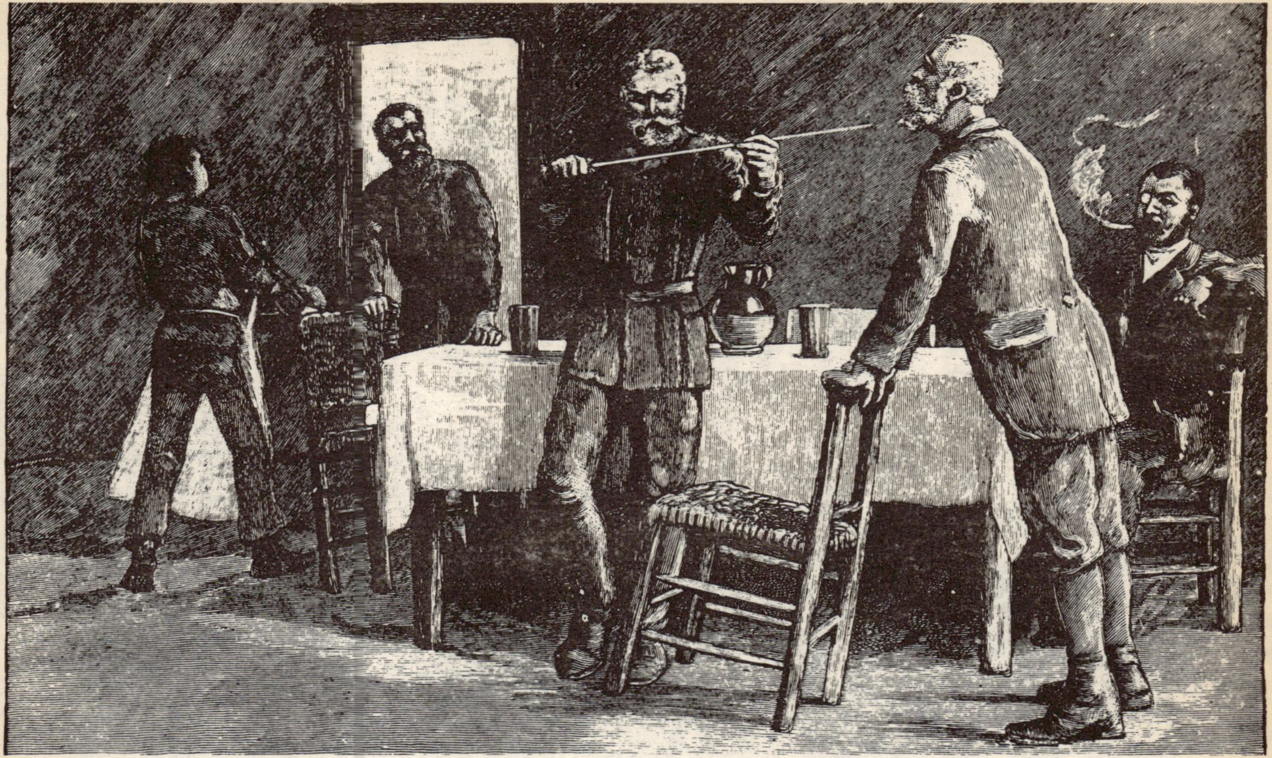

Wir alle betrachteten es mit prüfenden Blicken und schüttelten den Kopf

gen soll. Er nannte ihn ›einen See ohne Boden‹. Dort seien seine Frau und sein Bruder an einer Infektionskrankheit gestorben – vermutlich Pocken –, woraufhin die Leute ihn wieder aus ihrem Dorf hinaus in die Wildnis gejagt hätten. Zehn Tage lang sei er halbverhungert in den Bergen herumgeirrt, bis er in einen dichten Dornenwald geraten sei. Dort fanden ihn eines Tages einige *Weiße*, die dort zufällig auf der Jagd waren. Sie nahmen ihn mit in eine Stadt, in der alle Leute weiß waren und in Steinhäusern lebten. Dort hielt man ihn eine Woche in einem Haus eingeschlossen, bis eines Nachts ein Mann mit weißem Bart, den er wohl für eine Art ›Medizinmann‹ hielt, zu ihm kam und ihn untersuchte. Daraufhin wurde er fortgeführt und wieder zurück durch den Dornenwald gebracht, an dessen Rand man ihn mit Lebensmitteln versorgte, ihm dieses Schwert gab (das behauptete er zumindest) und ihn laufen ließ.«

»Und was machte er dann?« fragte Sir Henry, der mit atemlosem Interesse zugehört hatte.

»Oh! Seiner Erzählung nach scheint er noch fürchterliche Strapazen und Entbehrungen durchgemacht zu haben. Er muß wochenlang von Wurzeln und Beeren gelebt haben und von ein paar Tieren, dic cr ab und zu fangen und töten konnte. Irgendwie schaffte er es dann doch, zu überleben, und schließlich schlug er sich in kleinen Etappen nach Süden durch und kam hierher. Von den Einzelheiten seiner langen Reise konnte ich leider nichts mehr erfahren; ich sagte ihm, er solle am nächsten Morgen wieder zu mir kommen, und beauftragte einen meiner Eingeborenenhäuptlingc, dic Nacht über für ihn zu sorgen. Der Häuptling nahm den Mann mit, aber da der Mann an Krätze litt, weigerte sich die Frau des Häuptlings, ihn in die Hütte zu lassen, aus Furcht, sie könne sich anstecken. Man gab ihm ein paar Decken und sagte ihm, er solle draußen übernachten. Zufällig trieb sich gerade zu der Zeit ein Löwe in der Gegend herum. Wie es der Teufel will, wittert er den unglückseligen Wanderer, springt ihn an und beißt ihm fast den Kopf ab, ohne daß die Leute auch nur das Geringste davon merken. Das war sein Ende und das Ende seiner Geschichte von dem weißen Volk. Ob sie nun wahr ist oder nicht, vermag ich auch nicht zu sagen. Was halten Sie davon, Mr. Quatermain?«

Ich schüttelte den Kopf und antwortete: »Ich weiß es nicht. Dieser große Kontinent hält so viele merkwürdige Dinge in seinem Herzen versteckt, daß ich mich hüten werde, ein Urteil abzugeben. Es täte mir leid, sagen zu müssen, daß an der Geschichte nichts Wahres ist. Nun denn, wir haben jedenfalls die feste Absicht, es herauszufinden. Wir haben vor, zum Lekakisera zu reisen. Vorausgesetzt, wir kommen überhaupt so weit, wollen wir von dort aus zu diesem Laga-See vorstoßen. Und wenn jenseits dieses Sees tatsächlich Weiße leben, dann werden wir alles daransetzen, sie zu finden.«

»Sie sind sehr wagemutig«, sagte Mr. Mackenzie mit einem Lächeln, und damit war das Thema beendet.

4

Alphonse und seine Annette

Nach dem Essen machten wir einen Rundgang durch die ganze Missionsstation, die ich als die erfolgreichste und auch schönste ihrer Art von allen, die ich in Afrika gesehen habe, bezeichnen würde. Als wir auf die Veranda zurückkehrten, fanden wir Umslopogaas damit beschäftigt, die Gelegenheit wahrzunehmen und seiner Lieblingsbeschäftigung nachzugehen: dem Säubern der Gewehre. Dies war die einzige *Arbeit*, die er machte, oder um die man ihn bitten konnte. Es war nämlich unter der Würde eines Zuluhäuptlings, körperliche Arbeit zu verrichten. Diese jedoch tat er gern, und er machte sie auch mit großer Sorgfalt. Es war schon ein seltsamer Anblick, dem großen Zulu zuzuschauen, wie er da auf der Erde saß, seine Streitaxt hinter sich an die Wand gelehnt, und wie er mit seinen langen, aristokratischen Händen mit peinlicher Sorgfalt, ja fast zärtlich, den Mechanismus der Hinterlader säuberte. Er hatte für jedes der Gewehre einen Namen. Die Doppelläufige von Sir Henry hieß »Donnerer«; eine andere, meine 500 Express, die einen besonders scharfen Knall hatte, war »Die-Kleine-die-wie-eine-Peitsche-spricht«; die Winchester-Repetiergewehre waren »Die-Frauen,-die-so-schnell-sprechen,-daß-man-die-Worte-nicht-auseinanderhalten-kann«; die sechs Martinis waren »Das niedere Volk«; und so weiter mit allen anderen Gewehren. Es war schon sehr sonderbar, wenn man ihm zuhörte, wie er mit jedem einzelnen Gewehr sprach, während er es reinigte, so als sei es ein lebendiges Wesen, und das alles mit dem drolligsten Humor. Dasselbe tat er auch mit seiner Streitaxt, die er als einen sehr intimen Freund zu betrachten schien. Manchmal unterhielt er sich stundenlang mit ihr und erzählte ihr von allen seinen großen, vergangenen Abenteuern – von denen einige wahrhaft schrecklich genug waren. Mit einem Anflug von grimmigem Humor hatte er sie »Inkosi-kaas«, getauft, welches das Zuluwort für »Anführerin« oder »weiblicher Häuptling« ist. Lange Zeit hatte ich mir keinen Reim darauf machen können, warum er ihr ausgerechnet diesen Namen gegeben hatte. Schließlich hatte ich ihn danach gefragt, und er hatte mir erklärt, die Axt sei deswegen ganz offensichtlich weiblich, weil sie die Angewohnheit der Frauen habe, ihre Nase ganz tief in anderer Leute Dinge zu stecken, und eine Führerin sei sie doch ganz klar deswegen, weil alle Männer vor ihr niederfielen, mit Stummheit geschlagen bei dem Anblick ihrer Schönheit und Macht. Ebenso, wie er ihr von ihren gemeinsamen Abenteuern erzählte, so fragte er sie auch in kniffligen Situationen um Rat. Auf die Frage, warum er das tue, sagte er, er mache es deshalb, weil Inkosi-kaas zwangsläufig ungeheuer weise geworden sein müsse, da sie schon »in die Köpfe so vieler Leute hineingeschaut habe«.

Ich hob die Axt auf und schaute mir die fürchterliche

Waffe aus der Nähe an. Sie war, wie ich schon sagte, eine Art Schlachtbeil. Der Griff, der aus einem einzigen riesigen Rhinozeroshorn gefertigt war, hatte eine Länge von drei Fuß und drei Zoll. Er war ungefähr einen und einen Viertelzoll dick und hatte am Ende einen Knauf, der so dick war wie eine Mandarine und verhindern sollte, daß die Hand vom Griff rutschte. Dieser Horngriff war trotz seiner Massivität so flexibel wie Schilfrohr und damit praktisch unzerbrechlich. Aber um doppelt sicherzugehen, daß er auch hielt, war er an den Stellen, wo die Hand ihn umfaßte, im Abstand von jeweils ein paar Zoll mit Kupferdraht umwickelt. Kurz vor der Stelle, an der der Griff ins Blatt eintrat, befanden sich zahlreiche Kerben; eine für jeden Mann, der mit der Axt im Kampfe getötet worden war. Das Blatt selbst bestand aus edelstem Stahl – vermutlich, ja höchstwahrscheinlich, europäischer Provenienz; Umslopogaas wußte selber nichts Genaueres vom Ursprung der Axt – er hatte sie von einem Häuptling erbeutet, den er vor vielen, vielen Jahren im Zweikampf getötet hatte. Sie war nicht sehr schwer – meiner Schätzung nach wog sie nicht mehr als zweieinhalb Pfund. Die Schneide hatte eine leichte Konkavwölbung – nicht, wie sonst bei den Streitäxten der Wilden üblich, konvex – und war scharf wie eine Rasierklinge. An ihrer breitesten Stelle maß sie etwa fünfdreiviertel Zoll. Auf der anderen Seite, gegenüber der Schneide, ragte ein dicker Dorn hervor, etwa vier Zoll lang. Die letzten zwei Zoll davon waren hohl und wie eine Lederstanze geformt. Sie hatte seitlich eine Öffnung, die dazu diente, alles, was sich in den Hohlraum am Ende der Stanze drückte, eben wieder herauszuschieben. In dieser Hinsicht ähnelte sie in der Tat exakt dem Schlachtbeil eines Metzgers. Mit eben dieser stanzenartigen Spitze schlug Umslopogaas, wie wir später entdeckten, auf seinen Gegner ein; er hieb damit ein sauberes, rundes Loch in den Schädel seines Kontrahenten. Die breite Schneide benutzte er nur zum Rundschlag, oder auch bisweilen im Handgemenge. Ich glaube, er betrachtete den Dorn als ein für einen geschickten Sportsmann angemesseneres, da schwieriger zu handhabendes Gerät. Die Art und Weise, in der er im Zweikampf mit dem spitzen Ding auf den Schädel seines Opfers einhieb, hatte ihm auch den Namen »der Specht« eingebracht. In seiner Hand war dieser Stachel aus Stahl eine fürchterliche Waffe, die äußerst wirksam war.

So sah also Inkosi-kaas aus, Umslopogaas Axt, die bemerkenswerteste und fürwahr todbringendste Nahkampfwaffe, die ich je in meinem Leben gesehen habe. Er hätschelte und umsorgte sie wie ein Kind und legte sie fast nie aus der Hand, es sei denn, während er aß, und dann hatte er sie immer quer unter seinen Beinen liegen.

Ich hatte gerade Umslopogaas seine Axt zurückgegeben, als Miß Flossie kam und mich zu ihrer Blumensammlung entführte. Sie zeigte mir afrikanische Lilien und zahlreiche blütentragende Sträucher und Stauden, von denen mir mehrere Arten völlig unbekannt waren, und von denen auch – soviel ich weiß – die botanische Wissenschaft keine Kenntnis hat. Ich fragte sie, ob sie schon einmal etwas von der ›Goyalilie‹ gesehen oder gehört habe, von der mir Reisende berichtet hatten, die dieser seltenen Blume gelegentlich in Zentralafrika ansichtig, und von der vollendeten, majestätischen Schönheit dieser Blume in den Bann gezogen worden waren. Diese Lilie, von der die Eingeborenen behaupten, sie blühe nur alle zehn Jahre einmal, gedeiht nur in dürrem, unfruchtbarem Boden. Sie hat eine im Verhältnis zu ihrer Blüte nur sehr kleine Wurzel, die im allgemeinen etwa vier Pfund wiegt. Diese Blume (die ich nur zu bald unter Umständen, die dazu angetan waren, ihren Anblick immer in mein Gedächtnis einzubrennen, zum ersten Mal erblicken sollte), ist von solch erlesener, unübertroffener Schönheit, und die Süße ihres Duftes ist so betörend, daß mir einfach die Worte fehlen, sie zu beschreiben. Die Blüte – es ist nur eine einzige – steht auf einem dicken, fleischigen Stengel, der seitlich abgeflacht ist. Der, den ich sah, hatte einen Durchmesser von vierzehn Zoll. Die ganze Blume ähnelt in ihrer trompetenartigen Form ein wenig einer aufrecht stehenden, gewöhnlichen *»Longiflorum«*. Der Stengel verbreitert sich zu einem wunderschönen grünen Kelch, der in seiner frühen Wachstumsphase dem einer Wasserrose nicht unähnlich ist. Sobald die Blüte sich jedoch öffnet, platzt der grüne Kelch auf und teilt sich in vier einzelne Blätter, die sich anmutig zurückkräuseln, auf den Stengel zu. Dann kommt die Blüte selbst, ein einziger großer Bogen von atemberaubendem Weiß, welcher wiederum einen Kelch aus tiefem, samtigem Karmesinrot umschließt, aus dessen Mitte ein goldfarbener Stempel entspringt. Nie habe ich eine Blume gesehen, die dieser in ihrer bezaubernden Schönheit und ihrem unbeschreiblichen Duft gleichkam, und da ich glaube, daß sie nur sehr wenigen bekannt ist, habe ich mir die Freiheit genommen, sie so ausführlich zu beschreiben. Ich erinnere mich noch sehr gut daran, daß mir, als ich sie zum ersten Mal sah, mit einem Schlag klar wurde, daß selbst in einer Blume etwas von der majestätischen Größe ruht, die ihren Schöpfer auszeichnet. Zu meiner großen Freude bestätigte Miß Flossie mir, daß sie diese Blume sehr gut kenne, und daß sie – leider erfolglos – versucht habe, sie in ihrem Garten zu ziehen. Sie sagte, daß die Blume in dieser Jahreszeit in voller Blüte stehe, und daß sie glaube, mir ein Exemplar verschaffen zu können.

Danach fragte ich sie, ob sie sich nicht alleine fühlte unter all den Eingeborenen und so ganz ohne Kameradinnen in ihrem eigenen Alter.

»Allein?« rief sie erstaunt aus. »O nein, nicht im geringsten! Ich fühle mich so glücklich wie ein Fisch im Wasser; außerdem habe ich meine eigenen Freunde und Kameraden. Was für ein schrecklicher Gedanke, unterzugehen in einer Menge weißer Mädchen, die alle so sind wie ich! Wo wäre denn dann noch ein Unterschied? Hier«, sagte sie und warf stolz ihren Kopf hoch, »bin ich *ich*; und alle Eingeborenen im Umkreis kennen die ›Wasserrose‹ – so nennt man mich nämlich hier – und sind bereit, zu tun, was ich will. Aber in den Büchern, die ich über die kleinen Mädchen in England gelesen habe, ist das ganz anders. Jeder sieht sie als eine Last an, und sie müssen das tun, was ihre Erzieherinnen wollen. Oh! Ich glaube, es würde mir das Herz brechen, wenn ich so eingesperrt wäre und nicht frei sein könnte wie hier – frei wie der Wind.«

»Würde es dir denn nicht gefallen, etwas zu lernen?« wollte ich wissen.

»Ich lerne doch hier etwas! Vater unterrichtet mich in Latein, Französisch und Mathematik.«

»Und fürchtest du dich niemals unter all diesen wilden Männern?«

»Ob ich mich fürchte? O nein! Sie tun mir nie was Böses. Sie glauben, daß ich ›Ngai‹ (von göttlicher Herkunft) bin, weil ich so weiß bin und blondes Haar habe. Und schauen Sie …« – sie griff mit ihrer kleinen Hand in das Mieder ihres Kleides und zog einen doppelläufigen, vernickelten Derringer hervor –, »ich trage ihn immer geladen bei mir, und wenn jemand versuchen sollte, mir was anzutun, dann würde ich auf ihn schießen. Einmal habe ich einen Leoparden erschossen, der auf meinen Esel springen wollte, als ich gerade vorbeiritt. Ich war zu Tode erschrocken, aber ich schoß ihm ins Ohr, und er fiel tot um. Und jetzt habe ich sein Fell über meinem Bett hängen. Schauen Sie doch einmal!« fuhr sie mit veränderter Stimme fort, wobei sie mich am Arm faßte und mit dem Finger auf etwas weit Entferntes deutete. »Ich sagte Ihnen doch vorhin, daß ich Kameraden habe; dort hinten ist einer von ihnen.«

Ich folgte mit den Augen ihrem ausgestreckten Arm – und zum ersten Mal sah ich den majestätischen Gipfel des Mount Kenia. Bisher war der Berg die ganze Zeit über im Dunst verborgen gewesen, doch jetzt erstrahlte seine Schönheit unverhüllt aus vielen tausend Fuß Entfernung zu uns herüber, auch wenn der Fuß des Berges noch immer von Dunst umgeben war, so daß der stolze Gipfel, der fast zwanzigtausend Fuß in den Himmel ragt, sich wie eine Vision aus einem Märchen ausnahm, wie er dort zwischen Himmel und Erde schwebte, wie auf einem luftigen Wolkenbette. Die würdevolle Erhabenheit und die strahlende

Ich folgte mit den Augen ihrem ausgestreckten Arm – und zum ersten Mal sah ich den majestätischen Gipfel des Mount Kenia. Bisher war der Berg die ganze Zeit über im Dunst verborgen gewesen, doch jetzt erstrahlte seine Schönheit unverhüllt aus vielen tausend Fuß Entfernung zu uns herüber

Schönheit dieses weißen Gipfels zu beschreiben vermag meine Feder nicht. Da stand er, aufrecht, erhaben und rein – eine gleißende weiße Pracht, deren spitze Krone gleichsam das Blau des Himmels zu durchbohren schien. Und wie ich so stand und gemeinsam mit dem kleinen Mädchen den Anblick jenes gewaltigen Berges in mich aufnahm, da fühlte ich, wie mein Herz gleichsam einen Sprung tat vor unbeschreiblicher Freude, und für einen Augenblick durchströmten meinen Geist große, wundervolle Gedanken, während die Strahlen der untergehenden Sonne den schneebedeckten Gipfel in Licht badeten. Mr. Mackenzies Eingeborene nennen den Berg den »Finger Gottes«, und für mich war er ein Zeichen des ewigen Friedens und der reinen, erhabenen Stille, die gewiß hoch über unserer fieberkranken Welt ruht. Irgendwo hatte ich einmal eine Zeile aus einem Gedicht gelesen:

»Schön ist, was ewige Freude gewährt.«

Diese Stelle fiel mir in diesem Moment ein, und zum erstenmal wurde mir vollkommen bewußt, was der Dichter damit aussagen wollte. Armselig wäre in der Tat der Mensch, der jenen mächtigen, schneebedeckten Gipfel – jenes alte weiße Grab der Jahrtausende – betrachten könnte, ohne dabei seine eigene, gänzliche Bedeutungslosigkeit zu spüren, und den nicht der Wunsch überkommen würde, Gott – oder wie immer auch er Ihn nennt – aus tiefstem Herzen zu lobpreisen. Solche hehren Momente sind wie Visionen des Geistes; weit reißen sie das Fenster der Kammer auf, welche unser eigenes kleines, selbstsüchtiges Ich ist. Sie lassen etwas von dem Atemhauch in uns herein, der in den wogenden Sphären wallt, und für einen Moment wird unsere Dunkelheit erhellt vom weit entfernten Schein jenes weißen Lichts, in dem der Thron des Herrn erstrahlt.

O ja, schöne Dinge sind in der Tat ein ewiger Quell der Freude, und ich kann gut verstehen, was die kleine Flossie damit meinte, als sie vom Mount Kenia als ihrem Kameraden sprach. Ebenso wie Umslopogaas, der wilde, alte Zulu, als ich ihm den Gipfel zeigte, der da in weiter Ferne leuchtete, als er sagte: »Ein Mann könnte ihn tausend Jahre betrachten, ohne daß sein Durst, ihn zu sehen, gestillt wäre.« Er gab jedoch sogleich dieser seiner poetischen Empfindung eine etwas andere Einfärbung, als er in einer Art Singsang, und mit einem Anflug jener seltsam anmutenden Imagination, die für ihn so bemerkenswert war, hinzufügte, er wünschte, wenn er einst tot wäre, daß sein Geist für immer auf dem schneebedeckten Gipfel sitzen solle und mit dem unheimlichen Heulen des Wirbelwindes oder auf einem Blitzstrahl hinabfahren möge und »töten, töten, töten«.

»Wen willst du denn dann noch töten, du alter Bluthund?« wollte ich wissen.

Diese Frage verwirrte ihn, aber nach einem Augenblick des Nachenkens antwortete er: »Die anderen Schatten.«

»Du würdest also sogar nach deinem Tode noch fortfahren zu morden?«

»Ich morde nicht«, erwiderte er hitzig; »ich töte in fairem Zweikampf. Ein Mann ist dazu geboren, zu töten. Wer nicht tötet, wenn das Blut in ihm kocht, ist eine Frau und kein Mann. Die, die nicht töten, sind Sklaven. Ich sage, ich töte in fairem Kampfe. Und wenn ich einmal im ›Reich der Schatten‹ bin, wie ihr Weißen es nennt, dann hoffe ich, auch dort in fairem Kampfe töten zu können. Möge mein Schatten verflucht sein und bis ins Mark verdorren, wenn er anfängt, hinterrücks zu morden wie ein Buschmann mit seinen giftigen Pfeilen!« Mit diesen Worten schritt er stolz und würdevoll davon und ließ mich betreten zurück.

Jetzt kehrten auch die Späher, die unser Gastgeber am frühen Morgen ausgeschickt hatte, um nach den Masai Ausschau zu halten, zurück und berichteten, sie hätten die ganze Umgebung in einem Umkreis von fünfzehn Meilen durchkämmt, ohne auch nur einen einzigen Elmoran gesehen zu haben. Sie glaubten, diese wilden Gesellen hätten die Verfolgung aufgegeben und wären wieder dahin zurückgekehrt, woher sie gekommen waren. Mr. Mackenzie seufzte erleichtert, als er das hörte, und auch wir waren beruhigt, denn von den Masai hatten wir wirklich einstweilen genug. Es herrschte bei allen die Auffassung vor, die Masai hätten eine weitere Verfolgung als aussichtslos angesehen, als sie feststellen mußten, daß wir die Missionsstation, deren Wehrhaftigkeit sie offensichtlich kannten, erreicht hatten. Wie irrig diese Auffassung war, sollte sich bald herausstellen. Nachdem die Späher wieder gegangen waren und auch Flossie und Mrs. Mackenzie sich zur Nachtruhe begeben hatten, kam Alphonse, der kleine Franzose, zu uns, und Sir Henry, der sehr gut Französisch spricht, bat ihn, zu erzählen, was ihn nach Zentralafrika verschlagen hatte. Er tat es auch, aber in einem so herrlichen Kauderwelsch, daß es mir schwerfällt, es hier wiederzugeben.

»Mein Großvater«, begann er, »war Soldat der Garde und diente unter Napoleon. Er war bei dem Rückzug aus Moskau dabei und lebte zehn Tage von seine eigene Gamaschen und ein Paar, das er hatte gestohlen von eine Kamerad. Er war immer betrunken – er starb betrunken, und ich kann mich erinnern, daß isch 'abe gespielt Trommel auf seinem Sarg. Mein Vater ...«

An dieser Stelle machten wir den Vorschlag, er solle doch die Geschichte seiner Vorfahren nicht in allzu epischer Breite vortragen und lieber etwas schneller auf seine eigene Geschichte zu sprechen kommen.

»Bien, messieurs!« sagte der drollige kleine Mann und machte eine höfliche Verbeugung. »Isch wollte nur demonstrieren, daß das militärische Prinzip nischt vererbbar ist. Meine Großvater war ein großartige Mann, eine Fresser von Feuer und Gamaschen, mehr als sechs Fuß groß, breite Proportion. Sein Erkennungszeichen war sein Moustache. Isch 'abe geerbt den Moustache und – und sonst nichts.

Messieurs, isch bin eine Koch und isch bin geboren in Marseille. In diese schöne Stadt isch 'abe verbracht meine glückliche Jugend. Viele Jahre isch 'abe gespült die Teller in Hôtel Continental. Ah, das war goldene Zeit!« Er gab einen tiefen Seufzer von sich. »Isch bin ein Franzose. Muß isch noch sagen, Messieurs, daß isch bewundere Schönheit?

Nein; isch bewundere alles, was ist schön. Messieurs, wir lieben alle Rosen in einem Garten, aber wir pflücken nur eine. *Isch* pflückte eine, Messieurs, aber sie stach mir in den Finger. Sie war eine Zimmermädchen und hieß Annette. Sie 'atte eine 'inreißende Figur und das Gesischt von eine Engel, und ihr 'erz – hélas, Messieurs, das isch 'ätte gern besessen! – war schwarz und glitschig wie eine frischgefettete Stiefel. Isch liebte sie bis zur Raserei, isch betete sie an bis zur Verzweiflung. Sie er'ob misch – in jeder 'insicht; sie inspirierte misch. Nie zuvor 'atte isch gekocht wie isch jetzt kochte (denn in 'otel sie 'atten misch befördert), wo Annette, meine 'eißgeliebte Annette, misch anläschelte. Nie ...« – seine männliche Stimme verfiel in ein herzzerreißendes Schluchzen – »nie isch werde wieder so gut kochen.« Dann brach er in Tränen aus.

»Kopf hoch!« versuchte Sir Henry ihn aufzumuntern und klopfte ihm kräftig auf den Rücken. »Man weiß nie, was noch alles passieren kann. Ihrem Essen von heute nach zu urteilen, sind Sie jedenfalls schon wieder auf dem besten Wege der Genesung.«

Alphonse hörte auf zu weinen und begann seinen Rücken zu massieren. »Monsieur will bestimmt misch trösten, aber seine 'and ist sehr schwer. Isch erzähle weiter: Wir liebten uns, und wir waren beide glücklisch mit der Liebe von die andere. Die Vögel in ihre kleine Nester konnten nicht glücklischer sein als Alphonse und seine Annette. Dann kam der Schlag – sapristi! – isch darf nischt daran denken! Messieurs werden vergeben, wenn isch weine. Isch hatte eine schleschte Los; ich wurde 'erangezogen zu Militärdienst. So wollte Schicksal sisch räschen an misch, weil isch Herz von Annette gewonnen hatte.

Der schrecklische Moment kam; isch mußte gehen. Isch versuchte wegzulaufen, aber brutale Soldaten fingen misch wieder ein und schlugen misch mit Kolben von Muskete, bis sisch die Spitzen von meinem Moustache vor Schmerz aufrollten. Isch 'atte eine Cousin, eine Tuch'ändler, wohl'abend, aber sehr 'äßlisch. Er 'atte eine gute Nummer gezogen, und er 'atte Mitleid mit mir, als sie misch mit dem Gewehr knufften. ›Dir, mein liebe Cousin‹, sagte isch zu ihm, ›dir, in dessen Adern fließt das blaue Blut von unserem 'elden'aften Großvater, dir vertraue isch Annette an. Wache gut über sie, während isch jage nach Ruhm auf dem Feld der Ehre.‹

›Sei guten Mutes‹, sagte er, ›das werde isch tun.‹ Und – verdammt – das tat er auch; und wie!

Isch ging fort. Isch lebte in die Kaserne und aß schwarze Suppe. Isch bin eine feinfühlige Mann und von Natur aus ein Poet, und isch litt 'öllenqualen in dieser scheußlichen, rauhen Umgebung. Da war eine Feldwebel, und er 'atte einen Rohrstock. Ah, diese Rohrstock, wie er wirbelte! Hélas, niemals isch werde ihn vergessen!

Eines Morgens kam die Nachrischt; mein Bataillon sollte nach Tongking. Der Feldwebel und die anderen brutalen Scheusale waren überglücklisch. Isch – isch 'olte ein Erkundigungen über Tongking. Sie waren nicht sehr nach meine Geschmack. In Tongking gibt es wilde Chinesen, die einen aufschlitzen. Mein künstlerisches Zartgefühl – denn isch bin auch ein Künstler – war angewidert von dem Gedanken, daß isch sollte werden aufgeschlitzt. Die wahre Mann entscheidet sisch schnell. Isch entschied misch. Isch beschloß, nischt aufgeschlitzt zu werden. Isch desertierte.

Isch erreischte Marseille, als alter Mann verkleidet. Isch ging zu dem Haus von meine Cousin – der, in dessen Adern das heroische Blut von meine Großvater fließt –, und da saß Annette. Es war gerade die Zeit der Kirschen. Sie hatten eine doppelte Kirsche mit zwei Stielen. Mein Cousin steckte die Kirsche in den Mund und Annette die andere. Dann saugten sie die Kirschen mit den Stielen ein, bis ihre Lippen sisch berührten. Und dann – ah, wie fürchterlisch, daß isch das sagen muß –, dann küßten sie sisch. Das Spielschen war 'übsch anzusehen, aber es machte misch rasend. Das 'elden'afte Blut von meine Großvater begann in mir zu kochen. Isch stürzte in die Küsche. Isch schlug mit der Krücke von die alte Mann, als die isch verkleidet war, auf meine

Cousin ein. Er fiel hin – isch 'atte ihn getötet! O weh! Isch glaube, daß isch ihn wirklisch getötet habe! Annette kreischte. Die Gendarmes kamen. Isch floh. Isch erreischte den 'afen. Isch versteckte misch auf einem Schiff. Das Schiff stach in See. Der Kapitän entdeckte misch und verprügelte misch. Er packte die Gelegenheit beim Schopf. Von einem ausländischen 'afen schickte er einen Brief zur Polizei. Er brachte mich nischt an Land zurück, weil isch so gut kochte. Isch mußte während der ganzen Fahrt nach Sansibar für ihn kochen. Als isch Lohn forderte, trat er misch. Das Blut von meine 'eroische Großvater begann wieder in mir zu kochen, und isch schüttelte die Faust vor sein Gesischt und schwor ihm Rache. Er trat misch noch einmal. In Sansibar war ein Telegramm. Isch verwünschte die Mann, die 'at den Telegraph erfunden. Und jetzt verwünsche isch ihn wieder. Isch sollte ver'aftet werden wegen Desertion, wegen Mord und *que sais-je*? Isch entfloh aus dem Gefängnis. Isch floh, isch ver'ungerte. Isch traf die Männer von Monsieur le Curé. Sie brachten misch 'ier'er. Und nun bin isch 'ier, ich bin voll von Kummer. Aber isch gehe nischt zurück nach Frankreich. Besser, mein Leben zu riskieren in diese schrecklische Wildnis, als ins Zucht'aus zu kommen.«

Er hielt einen Augenblick inne, und wir erstickten fast vor Lachen. Wir mußten unsere Gesichter abwenden.

»Ah! Sie weinen, Messieurs«, sagte Alphonse. »Kein Wunder, es ist eine traurige Geschischte.«

»Vielleicht wird das heldenhafte Blut Ihres Großvaters schließlich doch noch triumphieren«, sagte Sir Henry. »Vielleicht werden auch Sie noch seine Größe erlangen. Wir werden jedenfalls sehen. Und jetzt schlage ich vor, daß wir alle zu Bett gehen. Ich bin todmüde, und wir hatten letzte Nacht auf diesem verdammten Felsen nicht viel Schlaf.«

Wir folgten gern seinem Vorschlag. Es war schon ein eigentümliches Gefühl nach unseren jüngsten Erlebnissen, sich wieder in einem ordentlichen Zimmer in ein sauberes Bett mit frischen, weißen Laken zu legen.

5

Umslopogaas gibt ein Versprechen ab

Am nächsten Morgen vermißte ich beim Frühstück Flossie. Ich fragte, wo sie sei.

»Nun«, sagte ihre Mutter, »als ich heute morgen aufstand, fand ich außen an meiner Tür einen Zettel, auf dem – Aber lesen Sie doch selbst, ich habe die Nachricht hier.« Sie reichte mir den Zettel, auf dem folgendes zu lesen war:

Liebste Mutter! Es wird gerade hell, und ich habe mich zu den Hügeln aufgemacht, um Mr. Quatermain eine Blüte der Lilie zu suchen, die er so sehr mag. Ich habe den weißen Esel mitgenommen. Warte bitte nicht auf mich, ich bin bald wieder da. Das Kindermädchen und ein paar der Boys sind auch mit. Zu essen haben wir auch mitgenommen, da wir vielleicht den ganzen Tag über wegbleiben. Ich bin nämlich entschlossen, die Lilie zu finden, und wenn ich zwanzig Meilen dafür laufen muß.

Flossie

»Hoffentlich macht sie nichts Unvernünftiges«, sagte ich. Mir war gar nicht wohl bei dem Gedanken. »Ich hatte wirklich nicht die Absicht, Flossie wegen der Blume Unannehmlichkeiten zu bereiten.«

»Ach, Flossie kann schon für sich selbst sorgen«, sagte ihre Mutter. »So etwas tut sie oft. Sie ist eben ein echtes Kind der Wildnis.« Mr. Mackenzie jedoch, der in diesem Augenblick hereinkam und den Zettel selbst zum erstenmal las, machte ein ziemlich ernstes Gesicht, auch wenn er nichts sagte.

Nach dem Frühstück nahm ich ihn beiseite und fragte ihn, ob es nicht möglich wäre, jemanden hinter dem Mädchen herzuschicken und es wieder zurück nach Hause zu holen. Ich dachte dabei natürlich noch immer an die Möglichkeit, daß noch Masai in der Gegend waren. Und wenn Flossie in deren Hände geraten sollte, dann wäre das sicherlich nicht ungefährlich.

»Ich fürchte, das hätte keinen Zweck«, sagte er. »Inzwischen kann sie schon fünfzehn Meilen entfernt von hier sein, und es ist unmöglich zu sagen, welchen Weg sie genommen hat. Dort hinten sind die Hügel.« Er deutete auf eine lange Hügelkette, die sich beinahe parallel zum Verlauf des Tanaflusses hinzog und in der Ferne allmählich in eine mit dichtem Buschwerk bewachsene Ebene überging.

Ich schlug vor, auf den großen Baum im Innenhof zu klettern und die Umgebung mit dem Fernglas abzusuchen. Mr. Mackenzie gab noch schnell ein paar seiner Leute Anweisung, Flossies Fährte zu folgen, und dann stiegen wir auf den Baum. Der Aufstieg war trotz der beidseitig befestigten, soliden Strickleiter eine nicht ganz einfach zu bewältigende Aufgabe, zumindest für eine Landratte. Good hingegen kletterte so behende hinauf, als hätte er nie in seinem Leben etwas anderes gemacht.

Als wir die Höhe erreichten, auf der die ersten farnförmigen Äste aus dem Stamm kamen, stiegen wir ohne jede Schwierigkeit auf eine Plattform aus Brettern, die quer über mehrere Äste genagelt waren. Die Plattform bot Platz für mindestens ein Dutzend Leute. Die Aussicht, die sich uns von hier oben bot, war überwältigend. Meilenweit, soweit das Fernglas reichte, wogte der Busch in alle Richtungen wie ein grünes Meer, nur hie und da unterbrochen durch das hellere Grün bebauter Flächen oder durch die glitzernde Oberfläche eines Sees. Im Nordwesten erhob der Mount Kenia sein mächtiges Haupt, und wir konnten fast von seinem Fuße aus den Lauf des Tana verfolgen, der sich wie eine silbern glänzende Schlange durch das Meer von Grün wand, bis er, weit außerhalb unserer Sichtweite, in den Ozean mündete. Es ist ein herrliches Land, und es bedarf nur der Hand des zivilisierten Menschen, um zu einem höchst produktiven zu werden.

Aber soviel wir auch schauten, von Flossie und ihrem weißen Esel war nichts zu sehen, so daß wir schließlich enttäuscht wieder hinunterkletterten. Als ich auf die Veranda kam, traf ich Umslopogaas an, der dort saß und mit langsamen Bewegungen seine Axt schärfte. Er tat dies mit dem kleinen Wetzstein, den er ständig bei sich trug.

»Was tust du, Umslopogaas?« fragte ich ihn.

»Ich rieche Blut«, lautete seine Antwort. Mehr war nicht aus ihm herauszubekommen.

Nach dem Mittagessen stiegen wir wieder auf den Baum und suchten die Umgebung mit einem Fernglas ab, aber auch diesmal ohne Erfolg. Als wir wieder unten waren, war Umslopogaas noch immer damit beschäftigt, Inkosi-kaas zu schärfen, obwohl sie schon eine Klinge wie ein Rasiermesser hatte. Vor ihm stand Alphonse und beäugte ihn mit einer Mischung aus Furcht und Faszination. Umslopogaas bot in der Tat einen furchterregenden Anblick: Er hockte da, in der Manier der Zulus, die Beine über Kreuz, schaute mit drohenden Augen aus seinem wilden und dennoch intelligenten Gesicht und schärfte ohne Unterlaß seine mörderische Axt.

»Oh, das Ungeheuer, der schrecklichste Mann!« rief der kleine französische Koch, wobei er in höchster Verwunderung die Arme hob. »Sehen Sie nur das Loch in seinem Kopf! Die 'aut darauf schägt auf und ab wie die von eine kleine Bébé! Aber wer würde schon so eine Bébé auf den Schoß nehmen?« Bei diesem Gedanken fing er laut prustend an zu lachen.

Umslopogaas schaute von seiner Beschäftigung auf, und ein drohender Glanz trat in seine Augen.

»Was sagt die kleine ›Büffelkuh‹?« (Umslopogaas hatte ihm diesen Namen gegeben wegen seines Schnauzbartes und seines weibisch anmutenden Gehabes.) »Er soll sich vorsehen, sonst stutze ich ihm seine Hörner. Hüte dich, kleiner Affe, hüte dich!«

Zu seinem Unglück jedoch lachte Alphonse, der inzwischen seine Furcht überwunden zu haben schien, immer lauter über *»ce drôle d'un monsieur noir«*. Gerade wollte ich ihm die Warnung zurufen, daß er besser damit aufhören solle, als plötzlich der riesige Zulu mit einem gewaltigen Satz von der Veranda sprang und vor Alphonse landete. In seinen Augen leuchtete eine Art bösartiger Begeisterung. Er begann, seine Axt im Kreise dicht über dem Kopf des Franzosen wirbeln zu lassen.

»Bewegen Sie sich nicht!« rief ich. »Bleiben Sie ganz still stehen, wenn Ihnen Ihr Leben lieb ist. Er wird Ihnen nichts tun.« Ich bezweifle, daß Alphonse mich überhaupt hörte. Zu seinem Glück schien der Schreck ihn fast versteinert zu haben, so daß er sich auch ohne meine Warnung nicht vom Fleck rührte.

Was dann folgte, war die außergewöhnlichste Darbietung mit dem Schwert, oder besser, mit der Axt, die ich jemals gesehen habe. Zuerst kreiste die Axt über Alphonses Kopf, mit einem scharfen Pfeifton und einer so immensen Geschwindigkeit, daß die Schneide aussah wie ein durchgehendes Band aus blitzendem Stahl. Der wirbelnde Kreis kam immer näher an den Kopf des unglückseligen Alphonse, bis er schließlich wie eine Sense durch den Haarschopf des Kochs fuhr. Plötzlich änderte der singende Kreis seine Richtung, und nun flog die Schneide buchstäblich am Körper des Franzosen entlang, immer auf und ab, nie mehr als ein Achtelzoll von den Gliedmaßen entfernt, ohne sie jedoch auch nur zu streifen. Es war ein faszinierender Anblick: Der kleine Mann, dem offenbar klar geworden war, daß er sich nicht bewegen durfte, ohne einen raschen Tod zu riskieren, stand zur Salzsäure erstarrt da, während sein schwarzer Peiniger sich drohend über ihm erhoben hatte und ihn mit den stählernen Blitzen seiner Axt gleichsam einwickelte. Dies ging so länger als eine Minute, bis ich plötzlich das pfeifende Ungeheuer seitlich am Kopf des Franzosen vorbeihuschen sah. Es folgte ein bogenförmiger Schwung nach außen, und dann blieb die Schneide abrupt hoch erhoben in der Luft stehen. Ein schwarzes, buschiges Etwas fiel im selben Moment zu Boden; es war eine der hochgezwirbelten Bartspitzen des kleinen Franzosen.

Umslopogaas lehnte sich auf den Stiel von Inkosi-kaas

und brach in ein langanhaltendes, dröhnendes Lachen aus. Alphonse sank, überwältigt und ermattet vor Furcht, auf die Knie, während wir wie gebannt dastanden, noch immer gefangen in atemloser Faszination über diese Lehrstunde nahezu übermenschlicher Meisterschaft in der Handhabung einer Waffe. »Inkosi-kaas ist scharf genug!« rief Umslopogaas. »Der Hieb, der der Büffelkuh das eine Horn abschnitt, hätte ausgereicht, den Schädel eines Mannes vom Scheitel bis zum Kinn zu spalten. Nur wenige hätten ihn so führen können wie ich; und keiner hätte ihn außer mir so führen können, daß er nicht auch die Schulter mit abgehackt hätte. Sieh her, du kleines Kalb! Glaubst du noch immer, daß man ungestraft über mich lachen kann? Nur um Haaresbreite bist du dem Tode entronnen. Lache nicht noch einmal, sonst wird diese Haaresbreite schwinden! Ich habe gesprochen!«

»Was soll diese Narretei?« rief ich Umslopogaas empört zu. »Bist du verrückt geworden? Zwanzigmal warst du nahe daran, den Mann zu töten!«

»Und doch habe ich ihn nicht getötet, Macumazahn. Dreimal erschien in mir, als Inkosi-kaas noch über ihm kreiste, das Begehren, ihm ein Ende zu bereiten und sie ihm mit lautem Krachen durch den Schädel fahren zu lassen. Und doch tat ich es nicht. Nein, es war nur ein Scherz. Aber sag der ›Kuh‹, daß es nicht gut ist, einen wie mich zu verspotten. Und nun gehe ich mir einen Schild machen, Macumazahn, denn ich rieche Blut; fürwahr, ich rieche Blut. Hast du nie gesehen, wenn vor der Schlacht plötzlich die Geier am Himmel erscheinen? Sie riechen das Blut, Macumazahn, und meine Nase ist feiner als ihre. Dort hinten ist eine getrocknete Ochsenhaut; daraus werde ich mir einen Schild machen.«

»Da haben Sie aber einen ungemütlichen Gefolgsmann bei sich«, sagte Mr. Mackenzie, der Zeuge dieser außergewöhnlichen Szene gewesen war. »Er hat Alphonse zu Tode erschreckt; schauen Sie doch nur!« Er machte eine Geste in die Richtung des kleinen Franzosen, der sich wieder aufgerappelt hatte und mit kalkweißem Gesicht und zitternden Knien ins Haus wankte. »Ich glaube kaum, daß er noch einmal seine Späße mit ›le monsieur noir‹ treiben wird.«

»Ja«, antwortete ich, »mit Umslopogaas ist nicht gut Kirschen essen. Wenn man ihn reizt, dann ist er wie ein Rasender; und doch hat er auf seine Weise ein weiches Herz. Ich erinnere mich noch, wie er vor Jahren mal wochenlang ein krankes Kind gesundpflegte. Er ist schon ein eigenartiger Mensch, aber er ist treu wie Gold und eine ehrliche Haut, und wenn Gefahr droht, dann ist er eine Stütze von unschätzbarem Wert.«

»Er sagt, er rieche Blut«, fuhr Mr. Mackenzie fort. »Ich will nur hoffen, daß er nicht recht behält. Ich beginne mir langsam große Sorgen wegen meiner Tochter zu machen. Sie muß sehr weit gegangen sein, sonst wäre sie schon längst wieder hier. Es ist schon halb vier.«

Ich erinnerte ihn daran, daß Flossie doch Proviant mitgenommen hatte und auch, wenn alles glatt abliefe, nicht vor Einbruch der Dunkelheit zu erwarten sei. Dabei machte ich mir längst selber große Sorgen und fürchtete, daß der Missionar nicht merken würde, wie wenig ich von dem, was ich gesagt hatte, überzeugt war.

Kurz darauf kehrten die Männer zurück, die Mr. Mackenzie ausgesandt hatte, um nach Flossie zu suchen. Sie hatten wohl die Fährte des Esels ein paar Meilen verfolgen können, hatten sie dann jedoch auf steinigem Boden verloren und nicht wiederfinden können. Daraufhin hatten sie die ganze Umgebung der Stelle, an der die Spur aufhörte, durchkämmt, jedoch ohne Erfolg.

Der Nachmittag schleppte sich träge dahin; die Stimmung war sehr gedrückt. Als allmählich die Abenddämmerung hereinbrach und von Flossie noch immer kein Lebenszeichen gekommen war, wuchs die Besorgnis fast ins Unerträgliche. Die arme Mutter schien von ihrer Furcht arg mitgenommen und machte einen äußerst niedergeschlagenen Eindruck. Der Vater indessen behielt einen bewundernswert kühlen Kopf. Alles, was getan werden konnte, wurde auch getan. In alle Himmelsrichtungen wurden erneut Späher ausgesandt; Schüsse wurden abgefeuert und der Ausguck auf dem großen Baum wurde nun ständig besetzt gehalten. Aber auch diese Maßnahmen fruchteten nichts.

Die Nacht kam, und von der kleinen blonden Flossie war nach wie vor nichts zu sehen.

Um acht Uhr aßen wir zu Abend. Es war ein trauriges Mahl, Mrs. Mackenzie war gar nicht bei Tisch erschienen. Wir drei schwiegen die ganze Zeit über; denn abgesehen von unserer natürlichen Sorge um das Verbleiben der kleinen Flossie lastete schwer das Gefühl auf uns, daß wir es waren, die unseren freundlichen Gastgeber in diese traurige Lage gebracht hatten. Kurz bevor das Essen beendet war, stand ich auf, entschuldigte mich und verließ die Tafel. Ich wollte nach draußen und die Situation überdenken. Ich ging auf die Veranda, zündete meine Pfeife an und setzte mich auf einen Stuhl, der etwa zwölf Fuß von der rechten Seite des Gebäudekomplexes entfernt stand, das heißt – der aufmerksame Leser wird sich gewiß daran erinnern – genau gegenüber einer der engen Türen des Schutzwalles, der das Haus und den Blumengarten umschloß. Ich hatte etwa sechs oder sieben Minuten dort gesessen, als ich glaubte, das Geräusch einer sich öffnenden oder schließenden Tür wahrzunehmen. Ich schaute angestrengt in die Richtung der Tür und horchte, aber da sich nichts tat, war ich ziemlich sicher, mich getäuscht zu haben. Es war stockfinster; der Mond war noch nicht aufgegangen.

Eine Minute war verstrichen, als plötzlich etwas Rundes mit einem weichen, dumpfen Aufschlag auf den Steinfußboden der Veranda fiel und an mir vorbeikullerte.

Ich blieb einen Moment lang regungslos sitzen und überlegte, was das Ding sein konnte. Ich kam schließlich zu dem Ergebnis, daß es sich um ein Tier handeln müsse. Da schoß mir mit einem Mal ein ganz anderer Gedanke durch den Kopf, und ich sprang mit einem Satz auf. Das runde Ding lag nur ein paar Schritte von mir entfernt regungslos auf dem Boden. Ich streckte meine Hand danach aus; es rührte sich nicht. Ein Tier war es also ganz eindeutig nicht. Ich berührte es vorsichtig mit der Hand. Es fühlte sich weich und warm an. Hastig hob ich es hoch und hielt es gegen das matte Licht der Sterne.

Es war ein frisch abgetrennter Menschenkopf!

Ich bin ein alter Haudegen und nicht mehr so leicht aus der Fassung zu bringen, aber ich gestehe freimütig, daß mir übel wurde beim Anblick dieses grausigen Fundes. Wie war der Kopf hierhergelangt? Wessen Kopf war es? Ich legte ihn wieder auf den Boden und rannte zu der schmalen Tür. Nichts zu hören, niemand zu sehen. Ich wollte schon in die Dunkelheit außerhalb des Schutzwalles hinausgehen, als mir bewußt wurde, daß ich damit riskierte, erstochen zu werden. Ich trat also wieder zurück in den Schutz der Mauer, zog die Tür zu und verriegelte sie. Dann ging ich zurück auf die Veranda und rief mit so ruhiger Stimme, wie ich konnte, Curtis. Anscheinend hatte mich dennoch der Klang meiner Stimme verraten, denn nicht nur Sir Henry kam aufgeregt herausgelaufen, sondern auch Good und Makkenzie hatten sich vom Tisch erhoben und kamen auf die Veranda.

»Was ist passiert?« rief der Geistliche mit nervöser Stimme.

Es blieb mir keine Wahl; ich mußte ihnen alles erzählen.

Mr. Mackenzie wurde unter seiner rosigen Gesichtshaut totenbleich. Wir standen unmittelbar neben der Flurtür, und in dem daraus fallenden Licht konnte ich alles recht gut erkennen. Mackenzie ergriff den Kopf bei den Haaren und hielt ihn ins Licht.

»Es ist der Kopf von einem der Männer, die Flossie begleitet haben«, brachte er keuchend hervor.

Wir standen wie angewurzelt da und starrten uns gegenseitig entsetzt an. Was sollten wir nun tun?

Im selben Moment klopfte es an der Tür, die ich gerade noch verriegelt hatte, und eine ängstliche Stimme rief: »Öffne, mein Vater, öffne!«

Die Tür wurde aufgeschlossen, und herein stürzte ein zu

Tode verängstigter Mann. Es war einer der Späher, die Mackenzie ausgesandt hatte.

»Mein Vater«, schrie er, »die Masai sind hinter uns her! Ich sah eine riesige Anzahl von ihnen um den Hügel herumkommen. Sie sind auf dem Weg zu dem alten steinernen Kraal unten an dem kleinen Fluß. Mein Vater, mache dein Herz stark! Mitten unter ihnen sah ich den weißen Esel, und auf ihm ritt die Wasserrose (Flossie). Ein Elmoran führte den Esel und neben ihm ging weinend das Kindermädchen. Die Männer, die am Morgen mit ihr gegangen sind, konnte ich nicht erkennen.«

»Lebte das Kind?« fragte Mackenzie mit heiserer Stimme.

»Sie war weiß wie der Schnee, mein Vater, aber wohlbehalten. Sie kamen ganz dicht an mir vorbei, und als ich von meinem Versteck aufblickte, sah ich ganz deutlich ihr Gesicht im Licht der Sterne.«

»Gott stehe ihr und uns bei!« brachte der Geistliche mit einem Stöhnen hervor.

»Zu wie vielen sind sie?« wollte ich wissen.

»Mehr als zweihundert – zweihundert und ein halbes Hundert.«

Wieder warfen wir uns einen Blick zu. Was sollten wir in dieser Lage tun? Ein lautes, forderndes Rufen an der Tür schreckte uns aus unseren Gedanken auf.

»Öffne die Tür, weißer Mann; öffne die Tür! Hier ist ein Bote – ein Bote, der mit dir sprechen will.«

Umslopogaas rannte zur Mauer, hielt sich mit seinen langen Armen an der Krone fest, zog sich ein Stück hoch und schaute über die Mauer hinweg nach draußen.

»Ich sehe nur einen einzelnen Mann«, meldete er. »Er ist bewaffnet und trägt einen Korb bei sich.«

»Öffne die Tür!« rief ich ihm zu. »Nimm deine Axt, stell dich neben den Eingang und laß den Mann herein. Sollte noch ein weiterer folgen, dann töte ihn.«

Der Zulu öffnete die Tür. Rasch stellte er sich in den Schatten der Mauer und hob seine Axt, bereit, sofort zuzuschlagen. Just in diesem Augenblick ging der Mond auf. Ein paar Sekunden warteten wir gespannt, und dann kam ein Masai Elmoran zur Tür hereinstolziert. Er trug den vollen Kriegsschmuck, wie ich ihn schon beschrieben habe. Bei sich hatte er einen großen Korb. Die Spitze seines Speers blitzte hell im Mondlicht auf, während er auf uns zuging. Er war von athletischer Statur. Sein Alter schätzte ich auf etwa fünfunddreißig Jahre. Tatsächlich schien keiner der Masai, die ich bisher gesehen hatte, kleiner als sechs Fuß zu sein, obwohl die meisten von ihnen noch ziemlich jung waren. Der Masai blieb vor uns stehen, setzte den Korb ab und rammte seinen Speer in den Boden, so daß er aufrecht stand.

»Laßt uns sprechen«, sagte er. »Der erste Bote, den wir zu euch sandten, konnte nicht sprechen.« Er zeigte auf den Kopf, der auf dem Steinfußboden lag. Nun, da der Mond auf ihn schien, gab er einen grausigen Anblick ab. »Aber ich habe Worte zu sagen, wenn ihr Ohren habt, sie zu hören. Auch Geschenke habe ich mitgebracht« – er wies auf den Korb, der auf der Erde stand, und stieß ein solch unverschämtes Lachen aus, wie man es kaum beschreiben kann, aber welches man doch bewundern mußte, wenn man bedachte, daß er sich praktisch in der Höhle des Löwen befand.

»Sprich weiter!« sagte Mr. Mackenzie.

»Ich bin der ›Lygonani‹ (Kriegshauptmann) einer Abteilung der Masai vom Guasa Amboni. Ich verfolgte mit meinen Männern diese drei weißen Männer« – er deutete auf Sir Henry, Good und mich –, »aber sie waren zu schlau für uns und konnten hierher fliehen. Wir haben mit ihnen einen Streit auszufechten und werden sie töten.«

»Werdet ihr das wirklich, mein Freund?« sagte ich mehr zu mir selbst.

»Als wir diese Männer verfolgten, fingen wir heute morgen zwei schwarze Männer, eine schwarze Frau, einen weißen Esel und ein weißes Mädchen. Einen der schwarzen Männer töteten wir – sein Kopf liegt dort auf dem Boden. Der andere konnte uns entkommen. Die schwarze Frau, das kleine weiße Mädchen und den weißen Esel nahmen wir mit. Als Beweis für das, was ich sage, habe ich diesen Korb mitgebracht. Das weiße Mädchen trug ihn bei sich. Ist es nicht der Korb deiner Tochter?«

Mr. Mackenzie nickte. Der Krieger fuhr fort: »Gut! Mit dir und deiner Tochter haben wir keinen Streit, wir wollen auch nichts von euch – nur dein Vieh. Wir haben es schon eingefangen – zweihundertvierzig Köpfe – ein Tier für den Vater eines jeden Kriegers.«*

Mr. Mackenzie seufzte tief; seine Viehherde bedeutete ihm sehr viel. Er hatte sie mit Sorgfalt und unter großen Mühen herangezogen.

»So. Außer daß wir dein Vieh nehmen, wird nichts geschehen, aber nur ...«, fügte er freimütig hinzu, wobei er einen Blick auf die Mauer warf, »weil dieser Platz zu schwer einzunehmen ist. Aber mit diesen Männern ist es etwas anderes! Tage und Nächte haben wir sie verfolgt; wir müssen sie töten. Wenn wir unverrichteter Dinge zu unserem Kraal zurückkehren, dann werden alle Mädchen uns verspotten und verhöhnen. So lästig es auch sein mag; sie müssen sterben.

Nun habe ich einen Vorschlag für dich. Wir möchten nicht gerne das kleine Mädchen töten; es ist zu hübsch, um ihm ein Leid zuzufügen. Auch ist es sehr tapfer. Gib uns einen dieser drei Männer – Leben gegen Leben –, und wir werden sie freilassen, dazu noch die schwarze Frau. Dies ist ein großzügiges Angebot, weißer Mann. Wir wollen nur einen, nicht alle drei. Wir werden eine andere Gelegenheit abwarten, bis wir auch die anderen beiden töten können. Ich suche mir nicht einmal den Mann heraus, der mir am besten gefallen würde – nämlich der Große dort« – er zeigte auf Sir Henry –, »er sieht sehr kräftig aus und würde nicht so schnell sterben.«

»Und wenn ich sage, ich liefere den Mann nicht aus?« fragte Mr. Mackenzie.

* Der Masai Elmoran oder junge Krieger darf keinen Besitz erwerben. So ist es zu erklären, daß alle Beute, die sie in der Schlacht erwerben, allein ihren Vätern zukommt. – *A. Q.*

»Tu das nicht, weißer Mann!« erwiderte der Masai. »Denn in diesem Fall wird deine Tochter sterben, sobald der Morgen graut. Die Frau, die bei ihr ist, sagt, du hättest keine anderen Kinder. Wenn sie älter wäre, dann würde ich sie als Sklavin nehmen; da sie aber noch so jung ist, werde ich sie mit meinen eigenen Händen töten – mit diesem Speer. Wenn du willst, kannst du Zeuge ihrer Hinrichtung werden. Ich gebe dir freies Geleit dazu.« Dann lachte der Schurke aus vollem Halse über seinen brutalen Scherz.

In der Zwischenzeit hatte ich fieberhaft nachgedacht, wie man es häufig in Notsituationen tut. Ich war entschlossen, mich selbst gegen Flossie austauschen zu lassen. Ich wage kaum, das zu erwähnen, aus lauter Furcht, man könnte mich mißverstehen. Daß um Himmels willen bei keinem der Gedanke aufkomme, daran sei irgend etwas Heroisches oder sonst so ein Unsinn. Es war lediglich eine Frage des gesunden Menschenverstandes und zudem ein Gebot der Gerechtigkeit, die mich dazu verleiteten, mich als Tauschobjekt anzubieten. Mein Leben war alt und wertlos, ihres hingegen war jung und voller Zukunft. Ihren Tod hätten sowohl ihr Vater als auch ihre Mutter kaum verwinden können; mein Tod hingegen hätte bei niemandem eine sonderlich große Lücke hinterlassen; im Gegenteil – gewisse wohltätige Institutionen hätten allen Grund gehabt, sich darüber zu freuen. Außerdem trug indirekt ich die Schuld daran, daß das liebe kleine Mädchen in diese schlimme Situation geraten war. Und nicht zuletzt war ich der Meinung, daß ein Mann weit besser dafür gewappnet war, dem Tode in einer so schrecklichen Gestalt zu begegnen, als ein kleines Kind. Das heißt nicht, daß ich beabsichtigte, mich von diesen Bestien langsam und grauenvoll zu Tode martern zu lassen – dazu steckt viel zuviel von einem Feigling in mir; denn von Natur aus bin ich ein sehr furchtsamer Mensch. Mein Plan war, mich nach dem geglückten Austausch, wenn das Mädchen in Sicherheit war, sofort zu erschießen. Ich bin sicher, daß der Allmächtige die besonderen Umstände des Falles in Betracht gezogen und mir den Selbstmord verziehen hätte. All dies und vieles andere schoß mir innerhalb von nur ein paar Sekunden durch den Kopf.

»Hören Sie, Mackenzie«, rief ich. »Sagen Sie dem Mann, daß ich mich für Flossie austauschen lassen will. Die einzige Bedingung, die ich stelle, ist die, daß sie mich erst dann töten, wenn Flossie unversehrt hier im Haus angelangt ist.«

»Was?« entfuhr es Sir Henry und Good gleichzeitig. »Das läßt du schön bleiben!«

»Nein, nein«, mischte sich Mr. Mackenzie ein, »ich werde um keinen Preis meine Hände mit dem Blut eines Menschen besudeln. Wenn es Gottes Entscheidung ist, daß meine Tochter diesen schrecklichen Tod erleidet, so soll Sein Wille geschehen. Sie sind ein tapferer Mann, Quatermain (was auf keinen Fall stimmt), und ein edelgesinnter dazu, aber ich werde nicht zulassen, daß Sie in den Tod gehen.«

»Wenn sich keine andere Lösung finden läßt, dann werde ich gehen!« sagte ich in einem Ton, der keinen Widerspruch zuließ.

»Diese Angelegenheit ist zu wichtig, als daß wir sie auf der Stelle entscheiden könnten«, sagte Mackenzie, an den Elmoran gewandt. »Wir müssen die Sache erst überdenken. Du wirst unsere Antwort noch vor dem Morgengrauen erhalten.«

»Wie du willst, weißer Mann«, sagte der Wilde in gleichgültigem Ton. »Aber vergiß nicht: Wenn deine Antwort zu spät eintrifft, dann wird die kleine weiße Knospe niemals zu einer Blume heranwachsen. Denn hiermit werde ich die Knospe abschneiden.« Bei diesen Worten faßte er an den Speer, der neben ihm im Boden steckte. »Wenn ich nicht genau wüßte, daß deine Männer nicht hier sind, würde ich glauben, daß du uns hereinlegen und in der Nacht angreifen willst. Aber ich weiß von der Frau, die bei dem Mädchen ist, daß alle deine Männer bis auf zwanzig unten an der Küste sind. Es ist nicht klug, weißer Mann«, fügte er mit einem höhnischen Lachen hinzu, »für deinen ›Boma‹ (Kraal) nur eine so kleine Besatzung zu haben. Ich wünsche dir eine gute Nacht, weißer Mann, und auch euch, ihr anderen weißen Männer, deren Augen ich bald für immer schließen werde, wünsche ich eine gute Nacht. Beim Morgengrauen erwarte ich eure Antwort. Wenn nicht, dann wird alles so geschehen, wie ich es gesagt habe; vergeßt das nicht.« Dann wandte er sich Umslopogaas zu, der die ganze Zeit hinter ihm gestanden und ihn beäugt hatte. »Öffne mir die Tür, Bursche, aber schnell!«

Das war zuviel für den Geduldsfaden des alten Häuptlings. Während der letzten zehn Minuten hatte es ihm schon gewaltig in den Fingern gejuckt, und bei dem Gedanken, es dem Masai Lygonani zu geben, war ihm buchstäblich das Wasser im Munde zusammengelaufen. Und jetzt das – da war das Maß voll. Er legte seine große Hand auf die Schulter des Elmorans und drehte den Masai so zu sich herum, daß sie sich Auge in Auge gegenüberstanden. Dann schob er sein wutverzerrtes Gesicht ganz nahe an die höhnisch grinsende, bösartige federumrahmte Fratze des Masai und knurrte leise:

»Siehst du mich?«

»Ja, Bursche, ich sehe dich.«

»Und siehst du das hier?« Bei diesen Worten hielt er ihm Inkosi-kaas ganz dicht vor das Gesicht.

»Ja, Bursche, auch dein Spielzeug sehe ich; und was ist damit?«

»Du räudiger Hund von einem Masai, du jämmerlicher, prahlerischer Windbeutel, du elende Memme, die sich an kleinen Kindern vergreift, mit diesem ›Spielzeug‹ werde ich dir deine Gliedmaßen der Reihe nach abhacken. Sei froh, daß du als Bote hier bist, sonst würde ich hier, auf der Stelle, deine stinkenden Glieder über das Gras verstreuen.«

Der Masai schüttelte seinen großen Speer und lachte laut und ausgiebig. »Ich wünschte, wir könnten uns Mann gegen Mann gegenüberstehen. Dann würden wir ja sehen.« Dann wandte er sich ab und ging, immer noch lachend, auf die Tür zu.

»Du wirst mir noch früh genug Mann gegen Mann gegenüberstehen, hab keine Angst«, erwiderte Umslopogaas, immer noch in demselben drohenden Tonfall. »Du wirst mir Auge in Auge gegenüberstehen, mir, Umslopogaas, vom Blute des Chaka, aus dem Volke der Amazulu, Hauptmann im Regiment der Nkomabakosi! Du wirst mir gegenüberstehen wie schon so viele vor dir, und du wirst dich Inkosikaas beugen, wie ebenfalls schon viele vor dir. Ja, lache nur weiter! In der übernächsten Nacht werden die Schakale lachen, wenn sie dir mit ihren Zähnen das Fleisch von den Rippen reißen!«

Als der Lygonani fort war, hatte einer von uns die Idee, den Korb zu öffnen, den er als Beweis dafür mitgebracht hatte, daß Flossie sich in seiner Hand befand. Als wir den Deckel hoben, fanden wir ein wunderschönes, vollständiges Exemplar der Goyalilie, die ich ja schon ausführlich beschrieben habe. Sie war voll aufgeblüht und gänzlich unversehrt. Darunter lag eine Botschaft in Flossies kindlicher Handschrift. Sie war mit Bleistift auf einen Fetzen fettiges Papier geschrieben, in das der Proviant eingepackt gewesen war:

Liebste Eltern! lautete die Anrede. *Die Masai haben uns gefangen, als wir mit der Lilie auf dem Heimweg waren. Ich versuchte ihnen zu entkommen, aber es ist mir nicht gelungen. Sie haben Tom umgebracht; der andere Mann ist fortgelaufen. Dem Kindermädchen und mir haben sie nichts getan, aber sie sagen, sie wollen uns gegen einen von Mr. Quatermains Begleitern eintauschen. Das will ich auf keinen Fall! Laßt nicht zu, daß irgend jemand sein Leben für meines opfert. Versucht, sie während der Nacht anzugreifen. Sie wollen drei der Ochsen, die sie gestohlen haben, schlachten und damit ein Festmahl abhalten. Ich habe ja meine Pistole, und wenn bis zum Morgengrauen keine Hilfe gekommen ist, werde ich mich erschießen. Sie sollen mich nicht töten! Wenn ich sterben sollte, dann vergeßt mich nie, liebste Eltern. Ich habe schreckliche Angst, aber ich vertraue auf Gott. Ich wage nicht, noch mehr zu schreiben, weil sie anfangen, es zu merken. Lebt wohl.*

Flossie

Quer über die Rückseite war gekritzelt: *Liebe Grüße an Mr. Quatermain. Sie werden den Korb zu euch bringen, und er wird die Lilie bekommen.*

Als ich diese Zeilen las, die jenes kleine, tapfere Mädchen in einer Lage geschrieben hatte, die schrecklich und aussichtslos genug gewesen wäre, selbst einen starken Mann in tiefste Verzweiflung sinken zu lassen, da traten mir Tränen in die Augen, und in meinem Innersten schwor ich, sie nicht dem Tode auszuliefern, wenn mein Leben doch reichen sollte, sie zu retten.

Unmittelbar nachdem wir die Nachricht gelesen hatten, begannen wir eifrig und leidenschaftlich, ja heftig, über die Situation zu diskutieren. Wieder sagte ich, daß ich gehen würde, und wieder lehnte Mackenzie es strikt ab, und Curtis und Good legten als die wahrhaft treuen Männer, die sie sind, feierlich das Versprechen ab, mitzugehen, wenn ich wirklich gehen sollte, und Seite an Seite mit mir zu sterben.

»Jedenfalls«, sagte ich schließlich, »müssen wir unbedingt noch vor der Morgendämmerung etwas unternehmen.«

»Dann laßt uns unsere Chance wahrnehmen und sie mit allen verfügbaren Leuten angreifen!« schlug Sir Henry vor.

»Ja, das ist gut!« knurrte Umslopogaas auf Zulu. »Du hast gesprochen wie ein Mann, Incubu. Wovor sollen wir uns fürchten? Zweihundertfünfzig Masai, fürwahr! Wie viele sind wir? Der Häuptling dort« – er deutete auf Mr. Mackenzie – »hat zwanzig Mann. Du, Macumazahn, hast fünf Männer, und dazu kommen fünf weiße Männer. Das sind insgesamt dreißig Mann – wahrlich genug. Höre, Macumazahn, der du schlau und erfahren im Kriege bist. Was sagt das Mädchen? Diese Männer essen und feiern; so soll es denn ihr Totenmahl sein! Was sagte der Hund, den ich beim Morgengrauen in Stücke zu hauen gedenke? Daß er keinen Angriff befürchte, weil wir so wenige seien. Kennst du den alten Kraal, in dem die Masai ihr Lager aufgeschlagen haben? Ich habe ihn heute morgen gesehen; er sieht so aus«; er beschrieb mit dem Finger ein Oval auf dem Fußboden. »Hier ist der große Eingang. Er ist angefüllt mit Dornengestrüpp und öffnet sich zu einer steilen Anhöhe hin. Nun, Incubu, du und ich, wir werden ihn mit Äxten gegen hundert Mann halten, die versuchen, auszubrechen! Nun seht; so soll die Schlacht gehen: Wenn das Licht auf den Hörnern der Ochsen zu schimmern beginnt – nicht vorher, sonst ist es zu dunkel, und nicht später, sonst wachen sie auf und erblikken uns –, soll Bougwan mit zehn Männern um den Kraal herumkriechen bis zu der Stelle am anderen Ende des Kraals, wo der schmale Eingang ist. Dort töten sie lautlos den Wachtposten, so daß er keinen Laut von sich gibt, und halten sich bereit. Dann kriechen Incubu, ich und einer der Askari – der mit der breiten Brust, er ist ein tapferer Mann – zu dem breiten Eingang, der mit Dornenbüschen gefüllt ist, und töten auch dort den Wachtposten, und dann beziehen wir, mit Streitäxten bewaffnet, unsere Stellung – jeder an einer Seite des Pfades, der zum Eingang führt, und der dritte ein paar Schritte vom Eingang entfernt, um die zu töten, die es schaffen, an den beiden am Tor vorbeizukommen. An der Stelle wird der größte Ansturm kommen. Es bleiben sechzehn Mann übrig. Laßt uns diese Männer in zwei Gruppen aufteilen. Mit einer davon sollst du gehen, Macumazahn, und mit einer der ›Betmann‹ (Mr. Mackenzie). Sie sollen, mit Gewehren bewaffnet, auf die Seiten des Kraals gehen; eine Gruppe zur Rechten und eine zur Linken. Und wenn du, Macumazahn, wie ein Ochse brüllst, dann sollen alle aus ihren Gewehren das Feuer auf die schlafenden Masai eröffnen; sie müssen dabei aufpassen, daß sie nicht das kleine Mädchen treffen. Dann soll Bougwan am anderen Ende des Kraals seinen Kriegsschrei ausstoßen, über die Mauer springen und mit seinen zehn Männern die Masai zum Zweikampf stellen. Und es wird so sein, daß die Soldaten, benommen von der Speise und dem Schlaf, verwirrt vom Feuer der Gewehre, vom Fallen der Männer und von den Speeren Bougwans, aufspringen und wie gehetztes Wild auf den dornenbewehrten Eingang zustürzen. Und dann werden von beiden Seiten die Kugeln in sie hineinfahren, und am Eingang stehen Incubu und ich und warten auf jene, die den Feuerhagel überstanden haben und zum Eingang gelangt sind. Das ist mein Plan, Macumazahn; wenn du einen besseren hast, dann nenne ihn!«

Als er mit der Darlegung seines Plans fertig war, erklärte ich den anderen die Einzelheiten desselben, die sie nicht ganz verstanden hatten. Und einhellig und vorbehaltlos teilten sie meine Bewunderung für diesen klugen, wohldurchdachten Plan, den der alte Zulu da ausgeheckt hatte. Auf seine Art war Umslopogaas sicherlich der vortrefflichste General, den ich je kennengelernt habe. Nach einer kurzen Debatte entschlossen wir uns, den Plan, so wie er stand, zu akzeptieren, da er unter diesen Umständen das einzig Mögliche war und – angesichts der Tatsache, daß wir eigentlich auf verlorenem Posten standen – wenigstens ein Fünkchen Hoffnung auf Erfolg in uns weckte. Eine Hoffnung, die uns in Anbetracht der gewaltigen Übermacht und der Grausamkeit unserer Widersacher ohnehin nur theoretisch zu sein schien.

»Du alter Löwe«, sagte ich anerkennend zu Umslopogaas, »du verstehst es ebenso, zu beißen, wie auf der Lauer zu liegen. Du weißt genau, wann man zupacken und wann man warten muß.«

»Ja, ja, Macumazahn«, gab er zur Antwort. »Seit dreißig Jahren bin ich Krieger, und ich habe vieles erlebt. Es wird ein großer Kampf werden. Ich rieche Blut – ich sage dir, ich rieche Blut.«

6

Die Nacht vergeht

Wie man sich gewiß vorstellen kann, hatte die gesamte Bewohnerschaft der Missionsstation beim ersten Anzeichen des Auftauchens der Masai im Innern des Steinwalles Zuflucht gesucht. Nun standen sie alle – Männer, Frauen und zahllose Kinder – dicht zusammengedrängt in kleinen Gruppen beieinander, sprachen in ehrfürchtigem Ton von den grausamen Sitten und Bräuchen der Masai und beklagten schon im voraus das schreckliche Los, das ihrer harrte, wenn es diesen blutrünstigen Wilden gelänge, die Mauer zu überwinden.

Unmittelbar nachdem wir uns auf den Plan, den Umslopogaas vorgeschlagen hatte, geeinigt hatten, schickte Mr. Mackenzie nach vier aufgeweckten Burschen zwischen zwölf und fünfzehn Jahren und beauftragte sie, von verschiedenen Stellen aus das Lager der Masai zu beobachten und in regelmäßigen Abständen zu melden, was sich dort tat. Weitere Jungen, ja sogar Frauen, wurden längs der Mauer in bestimmten Abständen postiert, um uns im Falle eines Überraschungsangriffes frühzeitig warnen zu können.

Nachdem diese Maßnahmen in die Wege geleitet worden waren, trommelte unser Gastgeber die zwanzig Mann, die seine ganze Streitmacht darstellten, auf dem Innenhof zusammen und hielt eine ernste Ansprache. Es war in der Tat eine beeindruckende Szene – keiner der Anwesenden wird sie so leicht vergessen können. Direkt neben dem mächtigen Stamm des Baumes stand der Missionar, den eckigen Körper mit einem Arm gegen den Stamm gelehnt; den anderen Arm hielt er ausgestreckt empor, während er sprach. Er stand barhäuptig da, und sein offenes, freundliches Gesicht spiegelte deutlich die Seelenqual wider, die er litt. Neben ihm auf einem Stuhl saß seine arme Frau, das Gesicht in den Händen vergraben. Daneben stand Alphonse, überaus kummervoll dreinblickend, und hinter ihm standen wir drei. Im Hintergrund war Umslopogaas riesige Gestalt zu sehen, wie üblich auf den Stiel seiner Axt gestützt. Im Vordergrund, die Gesichter uns zugewandt, standen und hockten die wehrfähigen Männer – einige mit Gewehren in der Hand, andere mit Speeren und Schilden bewaffnet. Mit gespannter Aufmerksamkeit lauschten sie jedem Wort, das über die Lippen des Sprechers kam. Das weiße Licht des Mondes, das durch die Äste des großen Baumes fiel, tauchte die Szene in einen fremdartigen, wilden Glanz, und das melancholische Seufzen des Nachtwindes, der durch die Nadeln des Baumes über uns strich, verstärkte nur das Gefühl tiefer Traurigkeit, dessen die ohnehin tragische Situation auch so nicht entbehrte.

»Männer!« sprach Mr. Mackenzie, nachdem er alle Umstände des Falles klar und offen vor ihnen dargelegt und ihnen den Plan, der unsere letzte Hoffnung war, in allen Einzelheiten erklärt hatte – »Männer! Seit vielen Jahren bin ich wie ein guter Freund zu euch! Ich habe euch Schutz und Obdach geboten, ich bin euch Lehrer und Beschützer gewesen, ich habe euch und die euren vor Schaden bewahrt, und zusammen sind wir glücklich und wohlhabend geworden. Ihr selber habt verfolgen können, wie meine kleine Tochter – die Wasserrose, wie ihr sie nennt – aufwuchs, wie sie Jahr für Jahr größer wurde: vom zarten Säugling zum fröhlichen Kinde, und vom Kinde zum Mädchen. Sie war die Spielgefährtin eurer Kinder, und wenn ihr krank wart, so half sie euch gesundpflegen. Und darum habt ihr sie immer geliebt.«

»So war es und so ist es«, sagte eine tiefe Stimme. »Und wir werden unser Leben einsetzen, sie zu retten!«

»Ich danke euch von ganzem Herzen – ich danke euch. Ich bin von der tiefen Gewißheit erfüllt, daß ihr in dieser Stunde der Bedrängnis, da ihr Leben an einem seidenen Faden hängt, den wilde und grausame Menschen – die fürwahr ›nicht wissen, was sie tun‹ – abschneiden wollen, daß ihr in dieser Stunde höchster Not alles, was in euren Kräften steht, tun werdet, um sie zu retten, und um mich und ihre Mutter vor dem gebrochenen Herzen zu bewahren. Denkt auch an eure eigenen Frauen und Kinder. Wenn sie stirbt, wird nach ihrem Tode ein Angriff auf uns hier erfolgen, und im günstigsten Falle können wir unsere eigene Haut retten; aber eure Häuser und Gärten werden zerstört werden, und ihr werdet all eure Habe und euer Vieh verlieren. Ich bin, wie ihr wißt, ein Mann des Friedens. Niemals in all diesen vielen Jahren habe ich meine Hand gegen einen Menschen erhoben, um sein Blut zu vergießen. Doch nun sage ich euch: kämpft! Im Namen des Herrn, der uns hieß, unser Leben und unser Haus zu verteidigen, sage ich euch, kämpft! Schwört mir«, rief er mit doppelter Leidenschaft in der Stimme, »schwört mir, daß ihr bis zum letzten Mann, bis zum letzten Blutstropfen Seite an Seite mit mir und diesen tapferen weißen Männern euer Letztes geben werdet, um meine Tochter vor einem grausamen Tode zu bewahren!«

»Sprich nicht weiter, mein Vater«, sagte wieder die tiefe Stimme, die einem der Ältesten der Missionsstation gehörte, einem kräftigen, entschlossenen Mann; »wir schwören es. Wer diesen Eid bricht, soll wie ein räudiger Hund sterben, und seine Knochen sollen den Schakalen zum Fraß vorgeworfen werden! Es ist ein gewaltiges Wagnis, mein Vater, mit so wenigen so viele anzugreifen, aber wir werden es tun, auch wenn wir dabei untergehen. Wir schwören es!«

»Ja, wir schwören es«, stimmten die anderen ein.

»Ja, wir schwören es«, sagte ich.

»Es ist gut«, sagte Mr. Mackenzie. »Ihr seid brave Männer, auf die man in der Not bauen kann, und die sich nicht wie ein Schilfrohr dem Winde beugen. Und nun, liebe Freunde, laßt uns gemeinsam – Schwarze wie Weiße – niederknien und in Demut zu Seinem mächtigen Thron aufschauen. Lasset uns beten, daß Er, in dessen Hand unser aller Leben liegt, der Herr ist über Leben und Tod, uns armen Sündern gnädig sei, daß er uns stark mache, auf daß wir in der Schlacht, die uns im ersten Lichte des Morgens bevorsteht, mit seiner Hilfe obsiegen.«

Mit diesen Worten fiel er auf die Knie, und wir alle folgten seinem Beispiel, bis auf Umslopogaas, der noch immer im Hintergrund stand, grimmig auf seine Axt gelehnt. Der wilde alte Zulu hatte keine Götter, und es gab nichts, was er verehrte, es sei denn, seine Streitaxt Inkosi-kaas.

»O Gott aller Götter«, begann der Geistliche, und seine tiefe Stimme, die vor Bewegung zitterte, hallte durch die Stille und brach sich trotz der Zweige an dem grünen Dach des Baumes, das sich hoch über uns wölbte; »Beschützer der Elenden und Geknechteten, Zuflucht der Bedrohten, Bewahrer der Hilflosen, erhöre unser Flehen! Allmächtiger Vater, zu dir kommen wir in Bescheidenheit und Demut. Erhöre unser Gebet! Ein einziges Kind gabst du uns – ein unschuldiges Kind, erzogen im Glauben an Dich –, und nun schwebt über ihm der drohende Schatten des Todesschwertes, und es ist in der Hand wilder Menschen, in der Erwartung eines furchtbaren Todes. Stehe ihm bei, o Gott, und gib ihm in dieser Stunde deinen Trost. Errette es, o himmlischer Vater! O du Gott der Schlacht, in dessen Hände das Schicksal aller Menschen liegt, sei mit uns in der Stunde des Haders. Wenn wir in den Schatten des Todes treten, mache uns stark. Lasse deinen göttlichen Atem in die Reihen unseres Feindes fahren, auf daß er in alle Winde verstreut werde. Verwandle seinen Stolz in Nichts und seine Kraft in Wasser. Gib uns deinen Schutz und führe uns sicher durch die Schlacht. Wirf über uns den Schild deiner unendlichen Macht. Vergiß uns nicht in der Stunde unserer höchsten Not. Hilf uns zu verhindern, daß der Grausame unsere Kinder vor die Felsen schmettert. Erhöre unser Flehen! Und für die von uns, die jetzt noch stark und gesund vor dir auf der Erde knien und vielleicht bei Sonnenaufgang schon vor deinem Thron stehen, erhöre unser Gebet! Mache sie rein, o Herr! Befreie sie von ihren Sünden gegen das Blut des Lammes! Und wenn ihr Geist sie verläßt, so empfange ihn im Himmel der Gerechten! Schreite voran, o Herr, schreite voran, wenn wir uns in die Schlacht stürzen, so wie du es beim Volke Israel getan hast. O Gott des Kampfes, erhöre unser Flehen!«

Er hielt inne, und nach einem Augenblick des Schweigens erhoben wir uns. Wir mußten nun mit aller Sorgfalt unsere Vorbereitungen treffen. Es war jetzt – wie Umslopogaas treffend bemerkte – an der Zeit, mit dem ›Schwätzen‹ aufzuhören und zu handeln. Die Männer, die die einzelnen Gruppen bilden sollten, wurden sorgfältig ausgesucht und mit noch größerer Sorgfalt und Akribie auf ihre Aufgaben vorbereitet. Sie erhielten präzise Instruktionen, was sie in welchem Moment zu tun hatten. Nach langer Überlegung kamen wir zu der Überzeugung, daß die zehn Männer, die von Good angeführt werden sollten, und die die Aufgabe hatten, das Lager zu stürmen, nicht mit Feuerwaffen ausgerüstet werden sollten; das heißt, mit Ausnahme von Good, der sowohl einen Revolver als auch ein kurzes Schwert hatte – das Masaischwert, das ich aus dem Körper des armen Kerls, der in dem Kanu ermordet worden war, herausgezogen hatte. Wir befürchteten nämlich, daß, wenn sie Feuerwaffen trügen und die Masai von drei Seiten zugleich unter Kreuzfeuer genommen würden, auch ein paar von unseren eigenen Leuten getroffen werden könnten. Außerdem schien es uns allen, daß die Aufgabe, die sie zu erfüllen hatten, am besten mit dem kalten Stahl erledigt werden konnte – besonders trat natürlich Umslopogaas dafür ein, der, wie man sich leicht denken kann, ein leidenschaftlicher Verfechter des kalten Stahls war.

Wir verfügten über vier Winchester-Repetiergewehre sowie ein halbes Dutzend Martinis. Ich selbst nahm eines der Repetiergewehre – mein eigenes; eine ausgezeichnete Waffe für diesen Zweck, wo es auf möglichst schnelles Feuern ankam. Anstelle des schwerfälligen Mechanismus, mit dem sie im allgemeinen ausgerüstet sind, hatte es ordentliche Klappenvisiere. Mr. Mackenzie nahm ebenfalls eins, und die restlichen beiden gingen an zwei von seinen Männern, die sie bedienen konnten und als gute Schützen bekannt waren. Die Martinis und ein paar andere Gewehre aus dem Besitz von Mr. Mackenzie wurden zusammen mit einem ausreichenden Vorrat an Munition an die übrigen Eingeborenen verteilt, die die beiden Gruppen bilden sollten, deren Aufgabe es war, das Feuer von beiden Seiten des Kraals auf die schlafenden Masai zu eröffnen. Zum Glück waren mehr oder weniger alle ausreichend mit der Bedienung eines Gewehres vertraut.

Was Umslopogaas anbetrifft; er war – wie wir wissen – mit seiner Axt bewaffnet. Um es hier noch einmal in Erinnerung zu rufen: Er, Sir Henry und der stärkste der Askari hatten die Aufgabe, den dornenbewehrten Eingang des Kraals gegen den voraussichtlichen Ansturm der Ausbrechenden zu verteidigen. Dazu waren natürlich Gewehre ungeeignet. Also machten Sir Henry und der Askari sich daran, sich auf die gleiche Weise wie der Zulu zu bewaffnen. Zufällig verfügte Mr. Mackenzie in seinem kleinen Lagerhaus über eine Auswahl von Axteisen mit Hammerrücken aus bestem englischen Stahl. Sir Henry suchte sich eines davon aus; es wog etwa zweieinhalb Pfund und hatte eine sehr breite Schneide. Der Askari wählte ein etwas kleineres. Nachdem Umslopogaas die beiden Axteisen mit einer zusätzlichen Schneide versehen hatte, befestigten wir sie an dreieinhalb Fuß lange Stiele, von denen Mr. Mackenzie glücklicherweise noch ein paar auf Vorrat hatte. Sie waren aus einem leichten, aber außergewöhnlich harten, bruchsicheren Holz eines einheimischen Baumes. Es ähnelt dem Holz der englischen Esche, ist jedoch elastischer. Nachdem wir zwei passende Stiele mit großer Sorgfalt ausgewählt hatten und ihre Enden mit Kerben versehen hatten, um ein Abgleiten der Hand zu verhindern, steckten wir die Axteisen so fest wie eben möglich auf das andere Ende der Stiele und tauchten die Waffen eine halbe Stunde lang in einen Eimer Wasser, damit das Holz aufquoll und sich so stark in dem Steckloch des Eisens ausdehnte, daß höchstens das Verbrennen des Stieles das Eisen wieder freigegeben hätte. Nachdem Umslopogaas diese wichtige Prozedur eigenhändig durchgeführt hatte, begab ich mich in mein Zimmer und öffnete eine kleine, metallbeschlagene Holzkiste, die ich seit unserer Abfahrt aus England noch nicht aufgemacht hatte. Sie enthielt – nun, was glaubt Ihr wohl? – nicht mehr und nicht weniger als vier Panzerhemden.

Auf einer früheren Reise, die wir drei in einen anderen Teil Afrikas gemacht hatten, verdankten wir einmal unser Leben Panzerhemden, die die Eingeborenen hergestellt hatten. Und da ich mich daran noch erinnern konnte, hatte ich, bevor wir uns auf unsere jetzige abenteuerliche Expedition begeben hatten, angeregt, daß wir uns wieder passende Hemden aus Eisengewebe anfertigen lassen sollten. Das war gar nicht so einfach, denn die Kunst des Herstellens von Rüstungen ist derweil ausgestorben. Aber wenn man den Handwerkern in Birmingham nur lange genug auf die Nerven fällt und auch anständig bezahlt, dann sind sie auch fähig, aus Stahl so ziemlich alles zu machen. Schließlich befanden wir uns jedenfalls in dem Besitz der herrlichsten Panzerhemden aus Stahl, die man sich vorstellen kann. Es waren Meisterstücke handwerklichen Könnens. Das Gewebe war zusammengesetzt aus Tausenden und Abertausenden winziger, aber fester Ringe aus bestem Stahl. Diese Hemden (eigentlich waren es eine Art Jerseys mit stählernen Ärmeln) waren mit luftdurchlässigem Waschleder gefüttert; sie hatten nicht den typisch metallischen Glanz von Stahl, sondern die bräunliche Farbe eines Gewehrlaufes. Meines wog genau sieben Pfund; es schmiegte sich so sanft an den Körper an, daß ich das Gefühl hatte, es tagelang wie eine zweite Haut tragen zu können, ohne mich daran wundzuscheuern. Sir Henry besaß gleich zwei; ein normales – nämlich einen Jersey mit herunterhängenden Klappen, die auch der oberen Partie der Oberschenkel noch einen gewissen Schutz boten – und dazu ein zweites, das er selbst entworfen hatte. Es war nach dem Muster der Kleider geschnitten, die man als Hemdhosen oder »Kombination« feilbietet, und wog zwölf Pfund. Diese kombinierte Hemdhose, deren Gesäßteil aus Waschleder bestand, schützte zwar den gesamten Körper bis hinunter zu den Knien, aber es war doch ein wenig hinderlich, weil man es längs des Rückens schnüren mußte. Außerdem beeinträchtigte es mit seinen zwölf Pfund Gewicht doch ziemlich die Bewegungsfreiheit. Zu diesen Hemden gehörten noch Kopfbedeckungen, die wie aus vier Einzelteilen bestehende braunwollene Reisekappen aussahen. Dazu hatten sie noch Ohrenklappen. Diese Kappen waren ebenfalls mit Stahlgewebe überzogen, so daß sie einen ausgezeichneten Schutz für den Kopf darstellten.

Es mutet fast ein bißchen lächerlich an, wenn man heutzutage von Kettenhemden als einem Schutz spricht – heute, wo nicht mehr Pfeile durch die Luft fliegen, sondern Kugeln, gegen die diese Hemden natürlich völlig machtlos sind. Aber da, wo man es mit Wilden zu tun hat, die mit Äxten oder ähnlichen Waffen ausgerüstet sind, stellen diese Hemden in der Tat einen trefflichen Schutz dar. Und wenn sie gut gearbeitet sind und gut passen, machen sie den Träger gegen primitive Waffen fast unverwundbar. Oft ist mir der Gedanke durch den Kopf gegangen, daß, wenn die englische Regierung während der Kolonialkriege, besonders dem gegen die Zulus, doch nur auf die Idee gekommen wäre, ihre Männer mit solchen Panzerhemden auszustatten, manch ein Mann heute noch leben könnte, der längst tot und vergessen ist.

Angesichts der Situation, in der wir steckten, beglückwünschten wir uns für unsere weise Voraussicht, die Hemden mitgenommen zu haben, und für das Glück, das wir gehabt hatten, daß nicht auch sie von unseren schurkischen Trägern gestohlen worden waren, als sie uns mit fast allen unseren Ausrüstungsgegenständen davongelaufen waren. Da Curtis zwei besaß und sich nach reiflicher Überlegung dazu entschlossen hatte, die Kombination anzuziehen – das zusätzliche Gewicht von drei oder vier Pfund war für einen Mann von seiner Körperkraft keine wesentliche Beeinträchtigung, ganz abgesehen davon, daß der fast vollkommene Schutz, den die Kombination bot, für einen Mann, der ohne jeglichen Schild kämpfte, von enormer Wichtigkeit war –, machte ich den Vorschlag, daß er das andere Hemd Umslopogaas lieh, der ja auf ebenso gefährlichem wie ruhmvollem Posten kämpfen sollte. Curtis war sofort einverstanden, und er rief den Zulu zu sich. Umslopogaas brachte Curtis' Axt mit, die er inzwischen fertig hatte und die seiner kritischen Prüfung standgehalten hatte. Als wir ihm das stählerne Hemd zeigten und ihm eröffneten, daß er es tragen solle, stand er diesem Plan zuerst ablehnend gegenüber. Dreißig Jahre lang habe er in seiner eigenen Haut gekämpft, und nun wolle er nicht auf seine alten Tage noch in einer Haut aus Eisen kämpfen. Daraufhin nahm ich einen schweren Speer, breitete das Hemd auf dem Boden aus und hieb den Speer mit aller Kraft darauf. Mit lautem Klirren federte die Waffe von dem Hemd zurück, ohne auch nur einen Kratzer auf dem Gewebe aus gehärtetem Stahl zu hinterlassen. Diese Demonstration schaffte es schon fast, ihn umzustimmen. Und als ich ihm dann noch eindringlich klarmachte, daß er in einer Situation, in der jeder Mann zehnfach zählte, nicht einfach aufgrund altmodischer Vorurteile einen so hervorragenden Schutz für Leib und Leben in den Wind schlagen durfte, und daß er außerdem, wenn er ein solches Hemd trug, auf einen Schild verzichten und mit beiden Händen kämpfen konnte, gab er schließlich nach und streifte sich die »Eisenhaut« über. Und in der Tat – obwohl das Hemd ja für Sir Henry angefertigt worden war, paßte es dem riesigen Zulu wie eine zweite Haut. Die beiden Männer waren fast gleichgroß. Und obwohl Curtis den größeren Eindruck machte, bin ich fast geneigt zu sagen, daß der Unterschied eher der Einbildung zuzuschreiben ist als der Realität. In Wirklichkeit, würde ich sagen, war er vielleicht ein wenig stämmiger, aber eigentlich nicht größer. Vielleicht hatte er etwas muskulösere Arme. Umslopogaas hatte vergleichsweise dünne Arme, diese aber hatten die Stärke von Drahtseilen. Jedenfalls, wie sie nun beide so dastanden, die Axt in der Hand, in braune Kettenhemden gehüllt, die wie eine zweite Haut ihre mächtigen Oberkörper umschmiegten, dabei jeden Muskel und jede Kontur nachzeichneten, gaben sie in der Tat das Bild eines Paars ab, vor dem sich wohl selbst noch eine Gruppe von zehn starken Männern gefürchtet hätte.

Es war nun fast ein Uhr morgens. Wie die Späher berichteten, schickten sich die Masai allmählich an, schlafenzugehen, nachdem sie das Blut der Ochsen getrunken und gewaltige Mengen Fleisch verzehrt hatten. An den beiden Eingängen des Kraals hatten sie Posten aufgestellt. Flossie, so sagten die Späher, befand sich nicht weit von der auf der westlichen Seite gelegenen Mauer des Kraals entfernt, etwa in der Mitte. Bei ihr befanden sich das Kindermädchen und der weiße Esel, den man an einen Holzpflock gebunden hatte. Ihre Füße hatte man zusammengebunden, und um sie herum lagen Masaikrieger.

Da wir im Augenblick absolut nichts tun konnten als warten, aßen wir etwas und gingen uns für ein paar Stunden schlafen legen. Der gute alte Umslopogaas war einfach bewundernswert: So als mache der bevorstehende Kampf nicht den geringsten Eindruck auf ihn, legte er sich einfach auf die Erde und war in Sekundenschnelle in tiefen Schlaf gesunken. Ich weiß nicht, wie es den anderen erging; ich für mein Teil fand jedenfalls keinen Schlaf. Ich muß zu meinem Leidwesen gestehen, daß ich, wie immer bei solchen Ereignissen, Angst verspürte. Nun, da mein anfänglicher Enthusiasmus über Umslopogaas vortrefflichen Plan schon ein wenig verflogen war, muß ich der Wahrheit halber zugeben, daß mir die Situation alles andere als behagte. Wir waren alles in allem dreißig Mann; viele davon verfügten zweifellos über nur sehr ungenügende Kampferfahrung, und mit diesen dreißig Mann wollten wir zweihundertundfünfzig Masai angreifen! Zweihundertundfünfzig Masai, die zu den heißblütigsten, todesmutigsten, schrecklichsten Wilden Afrikas gerechnet werden, und die zu allem Überfluß auch noch durch eine Steinmauer geschützt waren! Es war in der Tat ein Unternehmen, das schon an Wahnsinn grenzte. Und was das Ganze noch hirnverbrannter machte, war die

Wahrscheinlichkeit, daß die Wachtposten uns bemerken und Alarm schlagen würden, wenn wir versuchten, unsere Posten einzunehmen. Eines war sonnenklar: wenn das geschehen sollte; nämlich, daß die Wachtposten uns entdeckten – und jedes kleinste Geräusch, und sei es bloß das Knakken eines Astes, konnte das schon bewirken –, dann war es um uns geschehen, denn das ganze Lager würde in Sekundenschnelle in Aufruhr geraten. Unsere einzige, wiewohl geringe Chance lag in einem Überraschungsangriff.

Das Bett, in dem ich lag, während mir diese wenig tröstlichen Gedanken durch den Kopf gingen, stand dicht bei einem offenen Fenster, das auf die Veranda hinausging. Plötzlich hörte ich, wie von draußen ein seltsames Geräusch hereindrang – eine Art Stöhnen, gepaart mit Weinen. Eine Weile hörte ich gespannt zu, konnte mir jedoch keinen Reim darauf machen. Schließlich stand ich auf und ging ans Fenster. Ich lehnte mich hinaus und starrte ins Dunkel. Da sah ich die Umrisse einer menschlichen Gestalt, die am Ende der Veranda kniete und sich unablässig mit den Händen vor die Brust schlug. Es war niemand anders als Alphonse! Da ich sein französisches Gemurmel nicht verstehen konnte und wissen wollte, was er da überhaupt trieb, rief ich ihn an und fragte ihn, was er da mache.

»Ah, Monsieur«, sagte er mit einem tiefen Seufzer, »isch mache Gebet für die Seelen von denen, die isch 'eute nacht töten werde.«

»Könnten Sie das nicht ein bißchen leiser machen?«

Alphonse machte sich davon, und ich war von seinem Gestöhne befreit.

Langsam ging die Zeit herum, bis schließlich nach einer wahren Unendlichkeit Mr. Mackenzie den Kopf zum Fenster hereinsteckte und flüsterte – denn von nun an mußte natürlich alles in absoluter Stille geschehen: »Drei Uhr. Wir müssen um halb vier los.«

Ich bat ihn, hereinzukommen, und er kam in mein Zimmer. Und ich muß sagen, wäre die Situation eine andere, weniger traurige gewesen, dann wäre ich bei seinem Anblick in schallendes Gelächter ausgebrochen, so wie er sich für die bevorstehende Schlacht ausstaffiert hatte: er trug den schwarzen Schwalbenschwanz eines Geistlichen, dazu einen schwarzen, breitkrempigen Hut. Beides hatte er, wie er mir erklärte, aufgrund des vorzüglichen Tarneffekts angezogen. In der Hand hielt er das Winchester-Repetiergewehr, das wir ihm geliehen hatten. Und in einem elastischen Crickettgürtel von der Art, wie englische Schuljungen ihn tragen, steckten ein riesiges Schnitzmesser mit dazugehörigem Stichblatt und ein langläufiger Colt.

»Ah, mein Freund«, sagte er, als er mich auf seinen Gürtel starren sah, »Sie fragen sich sicher, was ich mit meinem Schnitzmesser will. Ich dachte mir, es kann mir noch ganz nützlich werden, wenn es zum Nahkampf kommen sollte. Es ist aus hervorragendem Stahl, und ich habe schon manches Schwein damit geschlachtet.«

Mittlerweile waren alle aufgestanden und zogen sich an. Ich zog eine leichte Norfolk-Jacke über mein Panzerhemd, damit ich eine Tasche für meine Patronen hatte, und schnallte meinen Revolver um. Good folgte meinem Beispiel. Sir Henry hingegen zog außer seinem Kettenhemd, der Stahlkappe und einem Paar ›Veldtschoonen‹, das sind weiche Lederschuhe, nichts weiter an. Vom Knie abwärts waren seine Beine nackt. Seinen Revolver schnallte er über das Hemd und die Taille.

In der Zwischenzeit inspizierte Umslopogaas die Männer, die sich im Innenhof unter dem großen Baum versammelt hatten. Er ging von einem zum anderen und achtete sorgfältig darauf, daß jeder richtig bewaffnet und gekleidet war. Im letzten Augenblick nahmen wir noch eine Änderung vor. Da zwei der Männer, die eigentlich zu den beiden mit Gewehren ausgestatteten Gruppen gehörten, nur wenig bzw. überhaupt nicht mit dem Umgang von Schußwaffen vertraut waren, sich aber als außerordentlich geschickt mit dem Speer herausstellten, legten wir ihre Gewehre wieder fort, gaben ihnen Schilde und lange Speere von der Art, wie auch die Masai sie hatten, und teilten sie der Gruppe von

Curtis, Umslopogaas und dem Askari zu, damit sie ihnen dabei helfen konnten, den großen Eingang zu halten. Es war uns nämlich inzwischen klar geworden, daß drei Männer, und waren sie noch so mutig und stark, für diese Aufgabe einfach zu wenig waren.

7

Ein gewaltiges und blutiges Gemetzel

Als alle Vorbereitungen getroffen waren, harrten wir noch eine Weile in der kalten, stummen Finsternis der Nacht aus und warteten auf den Augenblick des Aufbruchs. Diese endlos sich dahinschleppende Viertelstunde war vielleicht der Moment, der am meisten an den Nerven zerrte. Die Minuten quälten sich dahin wie auf bleiernen Füßen, und die tiefe, weihevolle Stille, die dräuendes Unheil zu verkünden schien, lastete schwer auf den Gemütern. Ich erinnere mich daran, wie ich einmal weit vor dem Morgengrauen aufstehen mußte, um der Hinrichtung eines Mannes beizuwohnen; damals durchlebte ich sehr ähnliche Gefühle. Der Unterschied lag jedoch darin, daß hier und jetzt meine Gefühle weit stärker aufgewühlt waren durch das Element des Persönlichen, Hautnahen, dem natürlich jemand, der selber von einer Sache betroffen ist, weit starker unterliegt als ein noch so mitfühlender Beobachter. Die ernsten Gesichter der Männer, denen nur allzu bewußt war, daß die heranrükkende Stunde für manch einen von ihnen, ja vielleicht sogar für alle, die letzte sein konnte – die letzte vor der langen Reise in das Unbekannte oder in die Vergessenheit; das gleichsam atemlose Flüstern, in dem sie miteinander sprachen; die Manier, in der Sir Henry unablässig und in Gedanken versunken seine Axt inspizierte; die Art, in der Good mit zittrigen Fingern immer wieder sein Monokel putzte; all dies sprach Bände darüber, wie sehr die Nerven aller Beteiligten bis zum Zerreißen gespannt waren. Allein Umslopogaas, der, wie gewöhnlich auf Inkosi-kaas gelehnt, dastand und ab und zu eine kleine Prise Schnupftabak nahm, schien von alledem nicht im geringsten berührt zu sein. Seinen eisernen Nerven konnte wirklich nichts auf der Welt etwas anhaben.

Der Mond sank immer weiter zum Horizont hinunter, bis er schließlich untergegangen war. Er ließ die Welt in totaler Dunkelheit zurück – bis auf einen ganz schwachen, grauen Streifen am östlichen Horizont, der blaß und matt die herannahende Morgendämmerung ankündigte.

Mr. Mackenzie blickte auf die Uhr, die er in der Hand hielt. Neben ihm, an seinen Arm geklammert, stand seine Frau. Nur mit großer Mühe konnte sie ihr Schluchzen unterdrücken.

»Zwanzig vor vier«, sagte der Missionar. »Um zwanzig nach vier wird es hell genug sein für einen Angriff. Captain Good sollte sich nun auf den Weg machen. Er muß einen Vorsprung von drei oder vier Minuten haben.«

Good putzte noch einmal sein Monokel, nickte uns scherzhaft zu – was ihn, wie ich glaube, eine enorme Überwindung kostete –, nahm noch einmal – höflich wie er war – seine stahlüberzogene Mütze vor Mrs. Mackenzie ab und machte sich auf den Weg zu seinem Posten am hinteren Eingang des Kraals, den er nur auf einigen Umwegen über Schleichpfade erreichen konnte, die jedoch den Eingeborenen bekannt waren.

Kaum war er mit seinen Leuten in der Dunkelheit verschwunden, da tauchte einer der Späher auf und berichtete, daß dem Anschein nach nun alle in dem Masailager mit Ausnahme der beiden Wachtposten am vorderen und hinteren Eingang fest schliefen. Das war auch für uns das Zeichen zum Aufbruch. Als erster ging der Führer. Hinter ihm kamen Sir Henry, Umslopogaas, der Wakwafi Askari und die beiden Eingeborenen von Mr. Mackenzies Station, die mit Schilden und langen Speeren bewaffnet waren. Danach kam ich mit Alphonse und fünf Eingeborenen; wir waren alle mit Gewehren ausgerüstet. Den Schluß bildete Mr. Mackenzie, gefolgt von den restlichen sechs Eingeborenen.

Der Viehkraal, in dem die Masai ihr Lager aufgeschlagen hatten, lag am Fuße des Hügels, auf dem das Haus stand. Das waren nach grober Schätzung achthundert Yards. Die ersten fünfhundert Yards davon legten wir möglichst geräuschlos, aber dennoch strammen Schrittes zurück. Danach durften wir uns nur noch kriechend vorwärtsbewegen. Lautlos wie ein Leopard, der seine Beute gewittert hat, schoben wir uns vorwärts. Wie gespenstische Schatten glitten wir von Busch zu Busch und von Stein zu Stein. Als ich auf diese Weise schon ein gutes Stück vorangekommen war, drehte ich mich zufällig um und sah hinter mir den gefürchteten Alphonse mit leichenblassem Gesicht und zitternden Knien einherwanken. Sein Gewehr, dessen Hahn gespannt war, zielte genau auf meinen Rücken. Ich hielt an, brachte vorsichtig das Gewehr in ›Sicherheit‹, und dann gingen wir weiter. Alles ging wie am Schnürchen, bis plötzlich, etwa hundert Yards vor dem Kraal, seine Zähne mit höllischem Getöse zu klappern begannen.

»Wenn Sie nicht sofort damit aufhören, lege ich Sie um«, zischelte ich wütend. Der Gedanke, daß wir alle wegen eines zähneklappernden Kochs unser Leben verlieren könnten, war zuviel für mich. Ich befürchtete, daß er uns noch mit seinem Lärm verraten würde, und wünschte mir aus tiefster Seele, daß wir ihn gar nicht mitgenommen hätten.

»Aber, Monsieur, isch kann nischts dagegen machen«, flüsterte er zurück, »es ist die Kälte.«

Da steckten wir nun schön in der Tinte. Glücklicherweise kam mir eine Idee: In der Tasche des Mantels, den ich anhatte, befand sich noch ein Fetzen von einem schmutzigen Lumpen, den ich vor einiger Zeit zum Gewehrreinigen benutzt hatte. »Stecken Sie sich den Lappen in den Mund!« flüsterte ich und drückte ihm den Fetzen in die Hand. »Und wenn ich noch den geringsten Laut von Ihnen höre, dann sind Sie ein toter Mann!« Ich wußte, daß ich damit das Geklappere erst einmal abgestellt hatte. Ich muß ihn dabei so grimmig angeschaut haben, als sei das mein voller Ernst; denn er gehorchte mir auf der Stelle und kroch nun weiter, ohne einen Mucks von sich zu geben.

Wir schlichen uns lautlos an den Kraal an.

Schließlich hatten wir uns ihm bis auf eine Entfernung von fünfzig Yards genähert. Zwischen dem Kraal und uns lag ein offener grasbewachsener Abhang. Ein einsamer Mimosenstrauch und ein paar Dornenbüsche waren die einzigen Pflanzen, die Deckung bieten konnten. Wir befanden uns noch in dichtem Buschwerk und brauchten im Moment keine Entdeckung zu befürchten. Es wurde allmählich hell. Die Sterne waren verblaßt, ein bleicher Glanz hatte sich im Osten erhoben und erleuchtete matt die Erde. Wir konnten die Umrisse des Kraals deutlich erkennen, und auch die schwach glühende Asche der langsam erlöschenden Lagerfeuer der Masai war noch von unserer Stelle aus zu sehen. Wir machten halt und suchten die nähere Umgebung des Eingangs nach dem Wachtposten ab. Schnell hatten wir ihn entdeckt. Es war ein großer, schlanker Bursche, der mit lässigem Schritt vor dem dornenbewachsenen Eingang auf- und abschritt. Er entfernte sich dabei nicht mehr als vielleicht vier Yards von dem Eingang. Wir hatten insgeheim die Hoffnung gehegt, ihn bei einem Nickerchen zu überraschen, aber es hatte nicht sollen sein. Er schien hellwach zu sein. Wenn es uns nicht gelang, diesen Mann zu töten, und zwar lautlos, dann waren wir verloren. Wir hockten da und beobachteten ihn. Nach kurzer Zeit drehte sich Umslopogaas, der ein paar Schritte vor mir kauerte, zu mir um und gab mir ein Zeichen. Im selben Moment lag er auch schon platt wie eine Schlange auf dem Boden, und als der Posten sich gerade einmal umwandte, glitt er geräuschlos durch das Gras nach vorn.

Der ahnungslose Masai begann, ein kleines Lied zu summen, und Umslopogaas benutzte die Gelegenheit, sich weiter vorwärtszuschieben. Unbemerkt erreichte er den Schutz des Mimosenstrauches und verharrte einen Moment in ihm.

Der Wachtposten ging noch immer auf und ab. Dann blieb er stehen, wandte sich um und schaute über die Mauer in das Lager hinein. Sofort glitt die menschliche Schlange, die sich da an ihn heranpirschte, zehn weitere Yards vor und erreichte einen der distelartigen Büsche genau in dem Augenblick, als der Elmoran sich wieder umdrehte. Sein Blick blieb ausgerechnet auf eben diesem Distelbusch haften, und irgendwie schien er den Eindruck zu haben, daß mit dem Busch etwas nicht stimmte. Er machte ein paar Schritte in Richtung des Busches – dann blieb er stehen. Er gähnte, bückte sich, hob einen kleinen Kieselstein auf und warf ihn auf den Busch. Er fiel Umslopogaas genau auf den Kopf. Glücklicherweise traf er nicht das stählerne Hemd. In diesem Fall hätte das Klirren uns verraten. Nun erwies es sich auch als ein großer Segen, daß das Hemd gebräunt war und nicht aus hell glänzendem Stahl bestand. Sonst hätte der Wachtposten es sicherlich gesehen. Offensichtlich zufrieden darüber, daß alles in Ordnung war, verzichtete der Elmoran auf weitere Nachforschungen und begnügte sich damit, auf seinen Speer gestützt dazustehen und untätig auf den Busch zu starren. Mindestens drei Minuten blieb er unbeweglich so stehen, offensichtlich in angenehme Tagträumereien versunken, während wir mit zum Zerreißen gespannten Nerven auf der Erde kauerten und jeden Moment damit rechneten, daß wir entdeckt wurden, oder daß irgendein unvorhergesehener Zwischenfall alles zunichte machte. Ich konnte deutlich hören, wie Alphonses Zähne durch den öligen Lappen gedämpft aufeinanderschlugen. Ich drehte mich zu ihm um und machte ein schrecklich drohendes Gesicht. Aber ich gebe zu, daß mein eigenes Herz denselben wilden Takt schlug wie die Kastagnetten des Franzosen. Der Schweiß rann mir in Strömen den Körper entlang, und die waschlederne Fütterung meines Hemdes klebte mir unangenehm auf der Haut. Kurz, ich war in jenem bedauernswerten Zustand, den man gerne als ›Mordsschiß‹ zu bezeichnen pflegt.

Endlich hatte die Qual ein Ende. Der Wachtposten blickte

nach Westen. Er schien mit Befriedigung festzustellen, daß sich seine Dienstzeit dem Ende zuneigte – was ja in der Tat der Fall war, und zwar für immer und ewig –, denn er rieb sich die Hände, und begann, wieder auf- und abzumarschieren, um sich aufzuwärmen.

In dem Augenblick, als er uns wieder den Rücken zuwandte, glitt die lange schwarze Schlange blitzschnell zu dem nächsten Dornenbusch, der nur noch ein paar Schritte von der Stelle entfernt war, an der der Masai sich jedesmal auf dem Absatz drehte.

Jetzt kam der Posten wieder zurück und schlenderte direkt an dem Busch vorbei. Er ahnte nicht im geringsten, was da hinter den Disteln kauerte. Hätte er auch nur einen einzigen Blick nach unten geworfen, wäre ihm dieses Etwas schwerlich entgangen – aber er tat es nicht.

Als er vorbei war, richtete sich sein versteckter Feind auf und schlich mit ausgestrecktem Arm hinter ihm her.

Einen Sekundenbruchteil später – der Elmoran wollte gerade kehrtmachen – machte der lange Zulu einen gewaltigen Satz, und im Licht des allmählich dämmernden Morgens konnten wir erkennen, wie sich seine langen, schlanken Finger um die Gurgel des Masai legten. Dann folgte ein wildes Zucken der beiden ineinander verschlungenen dunklen Leiber, und Sekunden später sah ich, wie der Kopf des Masai sich nach hinten bog. Ein kurzes, scharfes Knakken, das sich anhörte wie das Brechen eines trockenen Zweiges, ertönte, und dann sackte der Körper des Masai zu Boden. Er zuckte noch ein paar Sekunden konvulsivisch hin und her und blieb dann regungslos liegen.

Umslopogaas hatte all seine Kraft zusammengenommen und dem Krieger mit einem einzigen Ruck das Genick gebrochen.

Er kniete noch eine Weile über seinem Opfer und drückte dessen Hals zu, bis er sicher war, daß von ihm keine Gefahr mehr ausging. Dann erhob er sich und machte uns ein Zeichen, daß wir herauskommen konnten. Wir krochen langsam auf allen vieren vorwärts, wie eine Horde großer Affen.

. . . machte der Zulu einen gewaltigen Satz

Als wir den Kraal erreichten, sahen wir, daß die Masai den Eingang, der ungefähr zehn Fuß breit war, noch zusätzlich blockiert hatten – zweifelsohne, um einem Angriff vorzubeugen –, indem sie ihn mit den Ästen von ein paar Mimosensträuchern vollgestopft hatten. Um so besser für uns, dachte ich. Je mehr Hindernisse den Eingang versperrten, desto schwerer würde es den Masai fallen, durchzubrechen. Nun mußten wir uns trennen; Mackenzie und seine Gruppe schlichen, in den Schatten der Mauer geduckt, zur linken Seite des Kraals, während Sir Henry und Umslopogaas sich an den Seiten des dornenbewehrten Eingangs aufstellten. Die beiden Speermänner und der Askari legten sich ein Stück vor den Eingang. Ich selbst kroch mit meinen Männern auf die rechte Seite des Kraals, der in der Länge etwa fünfzig Schritt maß.

Als ich etwa zwei Drittel der Strecke zurückgelegt hatte, hielt ich an und postierte meine Männer in einem Abstand von vier Schritten längs der Mauer nebeneinander. Alphonse jedoch wollte ich nicht aus den Augen lassen und stellte ihn dicht neben mich. Dann wagte ich zum ersten Mal einen Blick über die Mauer. Es war nun schon ziemlich hell, und das erste, was ich erkennen konnte, war der weiße Esel, der sich genau auf der gegenüberliegenden Seite befand. Unmittelbar neben ihm erkannte ich das blasse Gesicht der kleinen Flossie, die genau da saß, wie der Späher es beschrieben hatte; nämlich etwa zehn Schritt von der Mauer entfernt. Sie war umringt von schlafenden Masaikriegern. Über den ganzen Kraal verstreut befanden sich die Überreste von Lagerfeuern. Um jede dieser Feuerstellen herumgruppiert lagen je ungefähr fünfundzwanzig Masai und schliefen. Die meisten von ihnen hatten sich fürchterlich den Bauch mit Rinderfleisch vollgeschlagen. Bisweilen reckte sich da und dort einer der Krieger, setzte sich auf, gähnte, blickte zum östlichen Horizont, der inzwischen bereits eine blaßgelbe Färbung angenommen hatte, und legte sich wieder hin. Ich beschloß, noch fünf Minuten zu warten; und zwar aus zwei Gründen: zum einen würde es bis dahin so hell geworden sein, daß man exakt zielen konnte; zum zweiten, um Good und seiner Gruppe – von der ich nichts hören oder sehen konnte – genug Zeit zu lassen, bis sie losschlagen konnten.

Die stille Dämmerung begann, ihren immer größer werdenden Mantel über Feld und Wald zu legen – schon schaute der mächtige Mount Kenia aus seiner Hülle ewigen Schnees über das Land –, bis mit einem Male ein Strahl der noch nicht aufgegangenen Sonne seinen in den Himmel ragenden Gipfel traf und ihn in blutiges, purpurnes Rot tauchte; der Himmel über uns wurde allmählich blau; sanft wie das Lächeln einer Mutter schaute er auf uns herab. Ein Vogel stimmte sein Morgenlied an, und eine leichte Brise wehte durch das Buschwerk, um mit Millionen herabfallender Tautropfen die erwachende Welt zu erquicken. Überall war Friede, kündigte die Natur das Erwachen ihrer gewaltigen Kraft an, überall erhob sich das Glück des heranbrechenden Tages. Überall – nur nicht in den Herzen grausamer Menschen!

Plötzlich – ich wartete gespannt auf das Signal zum Angriff und hatte mir schon meinen Mann herausgesucht, auf den ich zuerst das Feuer eröffnen wollte – ein großer Bursche, der nur drei Fuß neben der kleinen Flossie ausgestreckt auf der Erde lag – begannen Alphonses Zähne wieder zu klappern wie die Hufe einer galoppierenden Giraffe. Es machte in der Stille einen entsetzlichen Lärm. Er hatte vor lauter Angst den öligen Lappen aus dem Mund fallen lassen. Sofort wachte ein Masai, der nur drei Schritte von uns entfernt lag, auf, räkelte sich hoch und schaute mit verschlafenem Blick um sich, um nach der Ursache des Geräusches zu suchen. Außer mir vor Wut, hieb ich dem Franzosen den Kolben meines Gewehrs in die Magengrube. Das hatte zwar zur Folge, daß das Geklappere mit einem Schlag aufhörte; aber als er sich vor Schmerz krümmte, brachte er es zu allem Überfluß auch noch fertig, sein Gewehr so fallen zu lassen, daß sich ein Schuß löste. Die Kugel pfiff nur knapp einen Zoll an meinem Ohr vorbei.

Nun bedurfte es keines Signals mehr. Von beiden Seiten des Kraals donnerte eine wogende Feuerlinie los. Ich selbst hielt genau auf meinen Masai, der direkt neben Flossie lag, und erwischte ihn gerade in dem Augenblick, als er aufspringen wollte. Im selben Moment ertönte vom anderen Ende des Kraals her ein markerschütternder Schrei, in dem ich zu meiner Freude Goods Stimme wiedererkannte, die laut gellend den Kampfeslärm übertönte. Und dann spielte sich eine Szene ab, wie ich sie nie zuvor gesehen hatte und auch wohl nie wieder sehen werde und sehen möchte. Unter panischen Entsetzensschreien sprangen die Masaikrieger auf die Füße. Es war ein einziges Knäuel wirbelnder, sehniger Gliedmaßen, aus dem sich einer nach dem anderen löste. Viele von ihnen stürzten, getroffen vom Kugelhagel unseres wohlgezielten Feuers, sofort wieder zu Boden, noch bevor sie auch nur einen Schritt tun konnten. Einen Moment lang standen sie unschlüssig da. Aber als sie die Schreie und Flüche hörten, die unablässig vom anderen Ende des Kraals herüberschallten, stürzten sie völlig verwirrt und von dem Kugelhagel, der einen nach dem anderen von ihnen zu Boden riß, in wilde Panik versetzt, wie aus einem Impuls auf den dornenbewehrten Eingang zu. Während sie liefen, feuerten wir, was die Gewehre hergaben, in den immer dichter werdenden Pulk und rissen tiefe Lücken in die Reihen der Masai. Wir schossen so schnell wir nachladen konnten. Ich hatte die zehn Schüsse meines Repetiergewehrs abgefeuert und begann gerade mit dem Nachladen, als mir der Gedanke an Flossie durch den Kopf schoß. Ich blickte auf und sah den weißen Esel mit zuckenden Gliedmaßen am Boden liegen. Entweder hatte eine unserer Kugeln ihn getroffen oder der Speer eines Masaikriegers. Es war kein lebendiger Masai in der Nähe. Das schwarze Kindermädchen kniete vor Flossie auf der Erde und zerschnitt ihr mit einem Speer die Fußfesseln. In der nächsten Sekunde schon rannte das Kindermädchen auf die Mauer des Kraals zu und schickte sich an, diese zu überklettern. Das kleine Mädchen wollte seinem Beispiel folgen. Aber offensichtlich waren Flossies Beine durch die Fesseln steif geworden und eingeschlafen. Sie konnte nur sehr langsam auf die Mauer zuhinken. Plötzlich wurden zwei Masai, die auf den Vordereingang zurannten, ihrer gewahr und stürzten auf das kleine Mädchen los, um es zu töten. Der erste der beiden Burschen erreichte das Mädchen in dem Moment, als es nach einem verzweifelten Versuch, die Mauer zu erklimmen, wieder herunterfiel und auf dem Boden landete. Ich sah, wie der Masai seinen großen Speer hob, und noch während er ausholte, fuhr ihm die Kugel aus meinem Gewehr zwischen die Rippen, und er kippte vornüber.

Aber hinter ihm kam der andere Mann, und ich bemerkte zu meinem Entsetzen, daß ich keine Patrone mehr im Magazin hatte! Flossie hatte sich inzwischen hochgerappelt und sah nun den zweiten Mann mit hoch erhobenem Speer auf sich zueilen. Ich wandte mein Gesicht ab und wurde von einem Gefühl ohnmächtiger Wut ergriffen. Mir war zum Sterben elend. Ich wollte nicht zuschauen, wie der Masai das arme kleine Mädchen abschlachtete. Doch unwillkürlich blickte ich noch einmal auf, und da sah ich zu meinem großen Erstaunen, daß der Speer des Masai am Boden lag. Der Mann selbst wankte hin und her und hielt sich mit beiden Händen den Kopf. Im selben Moment sah ich ein Rauchwölkchen, das offenbar aus Flossies Richtung kam, und der Mann schlug der Länge nach auf den Boden. Mir fiel der Derringer ein, den sie immer bei sich trug! Sie hatte beide Kugeln der kleinen Pistole auf den Masai abgefeuert! Das hatte ihr das Leben gerettet. Dann lief sie wieder zu der Mauer, und mit einer erneuten Anstrengung gelang es ihr, mit Hilfe des Kindermädchens, das auf der Mauerkrone lag und ihr die Hände reichte, über die Mauer zu klettern und sich vorerst einmal in Sicherheit zu bringen.

Es dauert eine Weile, dies alles zu erzählen, aber ich glaube, daß es in Wirklichkeit nur eine Sache von vielleicht fünfzehn Sekunden war. Bald hatte ich das Magazin meiner Winchester wieder mit Patronen gefüllt und eröffnete erneut das Feuer. Doch diesmal nicht auf die brodelnde schwarze Masse, die sich am Vordereingang des Kraals drängte, sondern auf einzeln herumirrende Masai, die über die Mauer entkommen wollten. Ich erschoß mehrere von ihnen, während ich langsam an der Mauer entlang zum vorderen Ende des Kraals hinüberging. Ich wollte sehen, wie der Kampf dort stand, und den fünfen mit meinem Gewehr zur Seite stehen. Bald hatte ich die Ecke, oder besser gesagt, die spitze Rundung des Ovals, erreicht. Vor meinen Augen spielte sich eine unbeschreibliche Szene ab.

Ungefähr zweihundert Masai – etwa fünfzig hatten wir bis zu dem Zeitpunkt schon getötet – drängten sich inzwischen vor dem dornenbewehrten Eingang zusammen, getrieben von unseren Schüssen und von den Speeren von Goods Männern, die sie offensichtlich für eine gewaltige Streitmacht zu halten schienen. In ihrer Verwirrung war ihnen gar nicht aufgefallen, daß es sich bloß um eine zehn Mann starke Gruppe handelte. Aus unerfindlichen Gründen war keiner von ihnen auf die Idee gekommen, einen Ausbruch über die Mauer zu versuchen, was ein verhältnismäßig leichtes Unterfangen gewesen wäre. Statt dessen drängelten sie sich alle in einem dichten Klumpen vor dem Zaun aus Dornengestrüpp, der sich in der Tat als eine nur schwer zu überwindende Barriere erwies. Der erste versuchte, mit einem Riesensprung hinüberzusetzen, aber noch bevor seine Füße auf der anderen Seite den Boden berührten, sah ich Sir Henrys Axt emporschwingen und mit fürchterlicher Wucht auf seinen federgeschmückten Kopf niederfallen. Der Masai sank mitten in das Dornengestrüpp. Mit wütendem Geheul drängten die hinteren nach. Sie versuchten verzweifelt, mit einem Ruck durchzubrechen. Aber jedesmal, wenn einer die Barriere überwunden hatte, erhob sich Sir Henrys riesige Axt, und Inkosi-kaas zuckte wie ein Blitz herab, und ein Masai nach dem anderen sank tödlich verwundet in die Dornenbüsche. Bald hatte sich eine zusätzliche Barriere aus toten Leibern gebildet, die es den nachrückenden Kriegern immer schwerer machte, ins Freie zu gelangen. Gelang es einmal einem, heil an den beiden

Äxten vorbeizukommen, dann wurde er unweigerlich ein Opfer des Askari und der beiden Kaffern von der Missionsstation. Wer auch diesen unversehrt entkam, den nahmen Mackenzie und ich unter Feuer.

Das Kampfgeschehen wurde immer heftiger und wütender. Jetzt sprangen einzelne Masaikrieger auf den Berg von toten Leibern und griffen von dort aus mit ihren langen Speeren die Axtkämpfer an. Doch dank der Panzerhemden war das Resultat jedesmal dasselbe. Sofort sauste mit mächtigem Schwung die Axt herab, und wieder sank ein Masai tödlich getroffen zu Boden. Das heißt, sofern er es mit Sir Henry zu tun hatte. Wenn einer mit Umslopogaas kämpfte, war das Ergebnis zwar dasselbe; es kam jedoch auf andere Weise zustande. Nur selten gebrauchte der Zulu den wuchtigen, mit beiden Händen ausgeführten Hieb, bei dem die Schneide der Axt krachend in den Schädel des Kontrahenten fuhr. Im Gegenteil; er tat kaum mehr, als unaufhörlich auf den Kopf seines Gegners zu klopfen, wobei er mit dem Dorn der Axt pickte wie ein Specht auf verrottetes Holz. Der letzte, etwas festere Hieb, durchschlug dann die Schädeldecke des Feindes, und er fiel zu Boden, ein sauberes, kleines, kreisrundes Loch in seiner Stirn oder in seinem Schädel. Umslopogaas nahm die breite Schneide der Axt nur dann zu Hilfe, wenn er arg in Bedrängnis geriet, oder wenn er einen Schild durchschlagen wollte. Später erzählte er mir, daß er diese Art zu kämpfen für unsportlich hielt.

Good und seine Männer waren nun dichtauf, und unsere Leute mußten damit aufhören, pausenlos mitten in die Masse von schwarzen Leibern hineinzufeuern, um nicht unsere eigenen Männer zu treffen (in der Tat waren, wie sich später herausstellte, auf diese Weise ein paar von Goods Leuten unseren eigenen Kugeln zum Opfer gefallen). Wahnsinnig vor Angst und mit der Kraft der Verzweiflung brachen nun die Masai mit einem gewaltigen Ruck durch die Dornenbüsche und den Wall von Leibern und gelangten, Curtis und Umslopogaas gleichsam wie eine Lawine hinwegfegend, ins Freie. Und nun machten wir sehr schnell Verluste. Als erster fiel der tapfere Askari, der mit der Axt bewaffnet war; ein langer Speer drang ihm in die Brust und durchbohrte seinen Körper mit solcher Wucht, daß er mindestens einen Fuß aus seinem Rücken herausragte. Und kurze Zeit später fielen auch die beiden Speermänner, die neben ihm gestanden hatten. Noch im Sterben kämpften sie wie die Löwen. Andere aus unserer kleinen Gruppe teilten alsbald ihr Schicksal. Eine Weile fürchtete ich, der Kampf wäre verloren – mit Gewißheit hing er jetzt in der Schwebe. Ich rief meinen Männern zu, ihre Gewehre wegzuwerfen, sich mit Speeren zu bewaffnen und in das Kampfgewühl zu stürzen. Todesmutig und durch den Tod ihrer Kameraden aufs äußerste erbittert, gehorchten sie. Mr. Mackenzies Leute folgten ihrem Beispiel.

Diese Maßnahme erwies sich zwar für den ersten Moment als erfolgreich, aber noch immer war der Ausgang des Kampfes völlig ungewiß.

Unsere Männer fochten großartig; sie warfen sich todesmutig in die dunkle Masse der Elmorane; sie schlugen, stachen und töteten – und manch einer von ihnen wurde selbst getötet. Und über all dem Kampfgetöse erscholl immer wieder Goods gellender Kriegsschrei, mit dem er unseren Männern neuen Mut machte. Er selbst war immer da zu finden, wo der Kampf am heftigsten wogte. Und immer wieder, mit fast maschinenartiger Regelmäßigkeit, hoben sich die beiden Äxte und sausten herab, mit jedem Schlag Tod und Verderben säend. Aber ich konnte erkennen, daß die übermenschliche Anstrengung begann, ihre Spuren bei Sir Henry zu hinterlassen; er blutete aus mehreren Fleischwunden; sein Atem ging schnell und keuchend, und die Adern auf seinen Schläfen waren hervorgequollen und sahen aus wie blaue, knotige Schnüre. Selbst Umslopogaas, der Eiserne, war hart in Bedrängnis. Ich bemerkte, daß er aufgehört hatte, wie ein Specht auf die Schädel seiner Gegner einzuklopfen. Er nutzte jetzt die breite Schneide von Inkosi-kaas und teilte damit fürchterliche Rundschläge aus. Ich selbst begab mich nicht in das Kampfgetümmel, sondern lauerte abseits wie ein ›Abstauber‹ vor dem gegnerischen Strafraum und schoß auf einzelne Masai, sobald sich auch nur die geringste Chance dazu bot. Auf diese Weise konnte ich mich weit nützlicher machen. Ich verschoß an jenem morgen neunundvierzig Patronen, und nur die wenigsten meiner Kugeln erreichten nicht ihr Ziel.

So verbissen und geschickt wir auch ans Werk gingen – das Pendel der Waage begann langsam, aber sicher gegen uns auszuschlagen. Es sah immer schlechter für uns aus. Wir verfügten vielleicht noch über fünfzehn oder sechzehn kampffähige Männer, die Masai hingegen hatten immer noch mindestens fünfzig. Wenn sie kühlen Kopf bewahrt hätten und sich formiert hätten, wäre der Kampf natürlich sehr schnell zu ihren Gunsten entschieden gewesen; aber gerade das taten sie nicht. Sie hatten anscheinend den Schock noch immer nicht überwunden; dazu kam, daß einige von ihnen in ihrer Verwirrung blindlings von ihren Schlafstellen weggerannt waren, ohne ihre Waffen mitzunehmen. Einige jedoch hatten sich inzwischen erholt und kämpften nun mit ihrer gewohnten Tapferkeit und Übersicht, und allein dies mußte unter normalen Umständen ausreichen, uns bald zu besiegen. Zu allem Überfluß wurde auch noch Mr. Mackenzie gerade in dem Moment, da er sein Magazin leergeschossen hatte, von einem muskulösen Burschen mit dem Kurzschwert angegriffen. Der Geistliche sah den Wilden auf sich zustürzen, warf sein Gewehr zu Boden, riß sein großes Schnitzmesser aus dem Gürtel (sein Revolver war ihm während des Kampfes herausgefallen), und schon waren die beiden in wildem Handgemenge miteinander umschlungen. Eng umklammert rollten die beiden hinter die Mauer, und da ich selbst alle Hände voll zu tun hatte, mich meiner Haut zu wehren, blieb mir der Ausgang des Duells zunächst verborgen.

Hin und her wogte die Schlacht. Alles drehte sich im Kreise wie ein Wirbel aus menschlichen Körpern. Inzwischen sah die Lage für uns so gut wie hoffnungslos aus. Doch da kam uns ein glücklicher Zufall zu Hilfe: Umslopogaas brach – sei es aus Zufall oder Absicht – aus dem Ring der Kämpfenden aus und griff einen Krieger an, der ein paar Schritte abseits von den übrigen Kämpfenden stand. Im selben Moment kam von hinten ein anderer Masai herbeigeeilt und warf mit aller Kraft seinen langen Speer auf den Rücken des Zulu. Der Speer traf mit lautem Klirren auf das Kettenhemd und sprang wirkungslos zurück. Einen Augenblick lang stand der Mann bewegungslos da und starrte mit vor Entsetzen weit aufgerissenen Augen auf Umslopogaas' Rükken – Rüstungen oder schützende Kleidung war bei diesen Stämmen etwas völlig Unbekanntes. Dann schrie er mit gellender Stimme, so laut er konnte:

»*Es sind Teufel – verhext – sie sind verhext!*« Von Panik ergriffen warf er seinen Speer fort und rannte davon. Ich stoppte seinen Lauf schnell mit einer Kugel, und Umslopogaas zertrümmerte seinem Gegner den Schädel, und da griff Panik auch auf die anderen über.

»*Verhext, verhext!*« schrien sie und stoben wie die Furien in alle Richtungen davon. Völlig demoralisiert warfen die meisten von ihnen noch während des Laufens ihre Schilde und Speere auf die Erde.

Auf der letzten Szene dieser fürchterlichen Schlacht brauche ich nicht zu verweilen. Es war ein gewaltiges, blutiges Gemetzel, bei dem auf keiner Seite Pardon gegeben wurde. Ein Ereignis jedoch möchte ich noch genauer schildern: Gerade als ich hoffte, daß nun endlich alles vorbei wäre, kroch plötzlich unter einem Berg von Leichen ein unverletzter Masai hervor, der sich dort versteckt hatte. Er sprang wie eine Gazelle über die Sterbenden und Toten hinweg und kam schnell wie der Wind den Kraal hinaufgerannt zu der Stelle, an der ich mich gerade befand. Aber er war nicht allein; auf seinen Fersen eilte, in der ihm eigentümlichen, schwalbenartigen Bewegung Umslopogaas heran, und als sie sich mir näherten, erkannte ich in dem Masai den Boten aus der vergangenen Nacht. Als er merkte, daß sein Verfolger, so sehr er auch rannte, immer mehr an Boden gewann, hielt der Mann an und wirbelte herum, um sich dem Kampfe zu stellen. Umslopogaas blieb ebenfalls stehen.

»Ha, ha«, rief er in spöttischem Ton dem Elmoran zu, »du warst es doch, mit dem ich in der vergangenen Nacht gesprochen habe – der Lygonany! Der Herold! Der Bursche, der kleine Mädchen entführt! Der so tapfer ein kleines Kind umbringen wollte! Und du hofftest, Auge in Auge Umslopogaas gegenüberzustehen, einem Induna aus dem Stamme der Maquilisini, vom Volke der Amazulu? Schau, deine Hoffnung hat sich erfüllt! Und ich schwor, dir deine Glieder einzeln abzuhacken! Du räudiger Hund! Gib acht, ich mache es auf der Stelle!«

Der Masai biß wütend die Zähne aufeinander und ging mit seinem Speer auf den Zulu los. Als er herangeschossen kam, machte Umslopogaas einen raschen Schritt zur Seite, schwang Inkosi-kaas mit beiden Händen hoch über dem Kopf und hieb die breite Schneide mit solch fürchterlicher Wucht von hinten in die Schulter des Masai, daß der rasiermesserscharfe Stahl durch Knochen, Fleisch und Muskeln fuhr und fast den Kopf mitsamt einem Arm vom Körper des Elmoran abtrennte.

»Oh!« rief Umslopogaas aus, während er den Körper seines Widersachers von oben betrachtete. »Ich habe mein Wort gehalten. Es war ein guter Hieb.«

8

Alphonses Erklärung

Und so endete der Kampf. Als ich meinen Blick von der entsetzlichen Walstatt abwandte, fiel mir mit einem Mal schlagartig Alphonse ein. Seit jenem Moment vor etwa zwanzig Minuten – der Kampf dauerte in Wirklichkeit bei weitem

nicht so lange, wie es seiner ausführlichen Beschreibung
nach den Anschein hat –, als ich gezwungen war, ihm den
Gewehrkolben in den Magen zu stoßen, und dabei selbst
beinahe erschossen worden wäre, hatte ich nichts mehr von
ihm gesehen. Nun befürchtete ich, daß der arme kleine Mann
in der Schlacht gefallen war, und begann mit meinen Blik-
ken die Reihen der Toten abzusuchen, um vielleicht ir-
gendwo seine Leiche zu entdecken. Da ich jedoch nichts
fand, kam ich zu der Überzeugung, daß er überlebt haben
mußte, und ging an der Mauer des Kraals entlang zu der
Stelle, an der wir zuerst postiert gewesen waren, wobei ich
in regelmäßigen Abständen seinen Namen rief. Ungefähr
fünfzehn Schritt von der Kraalmauer entfernt stand ein ur-
alter Feigenbaum. Er war so alt, daß im Laufe der Jahrhun-
derte das Innere des Stammes weggefault war und nur noch
die leere Hülle aus Rinde existierte.

»Alphonse«, rief ich, während ich die Mauer entlanglief,
»Alphonse!«

»Oui, Monsieur«, erklang hohl eine Stimme. »Hier bin
ich.«

Ich blickte mich um, konnte aber nirgends eine Men-
schenseele erkennen. »Wo?« schrie ich.

»Isch bin 'ier, Monsieur, in dem Baum.«

Ich schaute in die Richtung, aus der die Stimme gekom-
men war. Und siehe da – aus einem Loch in dem Stamm des
Feigenbaums, ungefähr fünf Fuß über dem Erdboden, lugte
ein bleiches Gesicht hervor; dazu die beiden Enden eines
Schnauzbartes, eines gekappt und das andere so bejam-
mernswert herunterhängend wie der Schwanz eines geprü
gelten Hundes. Da wurde mir zum ersten Mal in aller Deut-
lichkeit klar, was ich schon die ganze Zeit über vermutet
hatte; nämlich, daß Alphonse ein riesiger Feigling war. Ich
ging zu ihm hin. »Kommen Sie aus dem Loch raus!« fuhr ich
ihn an.

»Ist es vorbei, Monsieur?« fragte er ängstlich. »Ganz vor-
bei? Ah, welsche Schrecken isch mußte erdulden, und wel-
sche Gebete isch ausgestoßen 'abe!«

»Kommen Sie raus, Sie armseliges Würstchen!« rief ich wütend, denn ich hatte nicht gerade freundliche Gefühle in seiner Gegenwart. »Es ist alles vorbei.«

»Dann 'aben also meine Gebete ge'olfen, Monsieur? Isch komme sofort 'eraus.« Und dann stand er vor mir.

Als wir zusammen zu den anderen gingen, die sich an dem breiten Vordereingang des Kraals, der nun einem Schlachthof ähnlich sah, versammelt hatten, sprang plötzlich ein Masai, der geflohen war und sich die ganze Zeit über hinter einem Busch versteckt hatte, auf und startete einen wütenden Angriff gegen uns. Mit einem gellenden Angstschrei raste Alphonse los; der Masai hinter ihm her. Er schien wild entschlossen, noch einen von uns mit ins Grab zu nehmen, bevor wir ihm ein Ende machen würden. Bald hatte er den armen kleinen Franzosen eingeholt; und sicherlich hätte er ihn auf der Stelle niedergestreckt, wenn ich nicht, gerade in dem Augenblick, als Alphonse einen letzten verzweifelten Haken schlug, in der irrigen Annahme, dem hinter ihm aufblitzenden Stahl dadurch entrinnen zu können, eine Kugel genau zwischen die breiten Schulterblätter des Elmoran gejagt hätte. Das brachte jedenfalls die Sache zu einem befriedigenden Abschluß; zumindest, was den Franzosen betraf. Er stolperte und fiel der Länge nach hin, und der Masai fiel direkt über ihn und zuckte noch einen Moment im Todeskampf. Darauf erhob sich ein derart markerschütterndes Geheul, daß ich befürchtete, der Masai habe Alphonse doch noch den Speer in den Rücken gestoßen, bevor meine Kugel ihn traf. Ich rannte so schnell ich konnte zu ihm hin und zerrte den Masai von ihm herunter. Und da lag Alphonse, über und über mit Blut besudelt, und zuckte krampfartig wie ein galvanisierter Frosch. Armer Kerl! dachte ich, nun hat es ihn doch noch erwischt. Ich kniete mich neben ihn und suchte, soweit seine Zuckungen und Verrenkungen das zuließen, nach der Wunde.

»Oh, das fürschterliche Loch in mein Rücken!« schrie er auf. »Isch bin gemordet! Isch bin tot! Oh, Annette!«

Ich suchte weiter, aber ich fand beim besten Willen keine

Wunde. Plötzlich dämmerte es mir – der Mann war gar nicht verwundet, er war bloß zu Tode erschrocken!

»Stehen Sie auf!« brüllte ich ihn an. »Stehen Sie auf! Schämen Sie sich überhaupt nicht? Ihnen ist kein Haar gekrümmt worden.«

Er stand auf, völlig unversehrt. »Aber, Monsieur, isch dachte, isch wäre tot«, sagte er mit Unschuldsmiene; »isch wußte nischt, daß isch ihn besiegt 'abe.« Dann versetzte er dem toten Masai einen Tritt und rief triumphierend: »Ah, du 'und von einem Masai, du schwarze Wilde, du bist tot nun! Was für ein Sieg!«

Angeekelt wendete ich mich von dem Kerl ab und ging zu den anderen zurück. Alphonse folgte mir wie ein Schatten und beeilte sich, ebenfalls zu den anderen zu kommen. Das erste, was ich sah, war Mr. Mackenzie. Er saß auf einem Stein. Um seinen Oberschenkel, aus dem er stark blutete, hatte er ein Taschentuch gebunden. Eine Speerspitze war ihm in den Oberschenkel gedrungen und hatte ihn durchbohrt. In der Hand hielt er noch immer sein geliebtes Schnitzmesser, dessen Klinge nun völlig verbogen war. Daraus schloß ich, daß er aus seinem Handgemenge mit dem Masai als Sieger hervorgegangen war.

»Ah, Quatermain!« rief er mit zitternder, erregter Stimme, »so haben wir denn nun obsiegt! Aber es ist ein schrecklicher Anblick; fürwahr, ein schrecklicher Anblick!« Und dann verfiel er in ein breites Schottisch und starrte auf die verbogene Klinge in seiner Hand: »Es ärgert mich nur, daß ich die Klinge meines besten Schnitzmessers verbogen habe!« Dann lachte er hysterisch. Der arme Kerl, was er alles hatte durchmachen müssen; und jetzt war er völlig mit den Nerven am Ende. Was Wunder! Es muß entsetzlich sein für einen Mann des Friedens, der noch dazu ein so gutes, weiches Herz hat, sich gezwungen zu sehen, an solch einem grauenhaften Gemetzel mitzuwirken. Aber manchmal treibt uns die Ironie des Schicksals in die seltsamsten Situationen.

Am Vordereingang des Kraals bot sich ein tragischer Anblick. Das Gemetzel war nun vorüber, und die Verwundeten waren von ihren Qualen erlöst worden; es hatte keine Gnade gegeben. Die Dornenbüsche, die den Eingang versperrt hatten, waren plattgetrampelt, und an ihrer Stelle füllten nun die Leiber von Toten den Eingang. Tote, überall Tote – sie lagen in Haufen herum; sie lagen einzeln und zu zweit in allen erdenklichen Positionen über den ganzen Kraal verstreut. Vor diesem Eingang, auf einem Fleck von Leichen und von den Schilden und Speeren, die überall verstreut herumlagen, so wie ihre Träger sie fallengelassen hatten, standen und lagen die Überlebenden des Gemetzels, und zu ihren Füßen waren vier Verwundete. Wir waren dreißig Mann stark in den Kampf gezogen, und von diesen dreißig hatten bloß fünfzehn überlebt, und fünf davon (einschließlich Mr. Mackenzie) waren verwundet, davon zwei tödlich. Von denen, die den Eingang gehalten hatten, waren nur Curtis und der Zulu übriggeblieben. Good hatte fünf Mann verloren, ich zwei, und Mackenzie nicht weniger als fünf von den sechsen, die in seiner Gruppe gewesen waren. Diejenigen, die überlebt hatten, waren mit Ausnahme meiner Person – ich selbst war nie im dichten Kampfgetümmel gewesen – von Kopf bis Fuß mit Blut beschmiert – Sir Henrys Panzerhemd hätte glatt rot gefärbt sein können – und völlig erschöpft; ausgenommen Umslopogaas, der, wie immer auf seine Axt gelehnt, mit grimmigem Gesicht auf einem kleinen Erdwall hinter einem Berg von Toten stand und wenig mitgenommen aussah, wenngleich die Haut über dem Loch in seinem Kopf heftig pulsierte.

»Ah, Macumazahn!« rief er, als ich erschöpft und müde zu ihm aufblickte. »Ich sagte dir doch, es würde ein guter Kampf werden, und so ist es auch gekommen. Nie hatte ich einen besseren gesehen, nie einen, in dem tapferer gekämpft wurde. Und dieses Eisenhemd – bestimmt ist es ›tagati‹ (verzaubert); nichts vermochte es zu durchdringen. Ohne dieses Gewand läge ich jetzt *dort*«, und er deutete mit einer Kopfbewegung auf den riesigen Leichenhaufen.

Umslopogaas, wie immer auf seine Axt gelehnt . . .

»Ich schenke es dir; du bist ein tapferer Mann!« sagte Sir Henry knapp und treffend.

»Koos!« rief der Zulu aus, hocherfreut über das Geschenk und über das Kompliment. »Auch du, Incubu, hast gekämpft wie ein wahrer Mann. Aber ich muß dir einige Lehrstunden mit der Axt erteilen; du vergeudest deine Kräfte.«

In diesem Moment fragte Mackenzie nach dem Verbleib Flossies, und zu unserer großen Erleichterung sagte einer der Männer, er habe sie zusammen mit dem Kindermädchen in die Richtung des Hauses laufen sehen. Dann beluden wir uns mit so vielen Verwundeten, wie wir auf einmal tragen konnten, und machten uns langsam auf den Weg zurück zur Missionsstation. Wir waren ermattet von der fürchterlichen Schlacht, die soviel Blut gefordert hatte, aber in unseren Herzen glomm das ruhmreiche Gefühl des Sieges über eine solch überwältigende Übermacht von Feinden. Wir hatten das Leben des kleinen Mädchens gerettet und den Masai jener Gegend eine Lektion erteilt, die sie wohl während der folgenden zehn Jahre nicht vergessen würden – aber zu welch einem Preis!

Mühsam schleppten wir uns den Hügel hinauf, den wir vor etwas mehr als einer Stunde noch unter so ganz anderen Umständen heruntergekommen waren. An dem Tor der Mauer stand Mrs. Mackenzie und wartete auf uns. Als sie uns jedoch erblickte, schrie sie entsetzt auf und schlug die Hände vors Gesicht. »Wie schrecklich, wie schrecklich!« rief sie weinend. Ihre Angst verstärkte sich noch, als sie ihren geliebten Mann erblickte, der auf einer improvisierten Trage den Hügel heraufgetragen wurde. Doch ihre Befürchtungen über die Natur seiner Verletzung legten sich schnell. Und als ich ihr mit wenigen Worten vom Ausgang des Kampfes berichtet hatte (über den Flossie, die unversehrt oben angekommen war, schon einiges hatte erzählen können), trat sie zu mir und gab mir feierlich einen Kuß auf die Stirn.

»Gott segne Sie alle, Mr. Quatermain; Sie haben meinem Kind das Leben gerettet«, sagte sie schlicht.

Dann traten wir ins Haus, legten unsere Kleider ab und verarzteten unsere Wunden. Ich bin froh, sagen zu können, daß ich selbst keine hatte. Und die von Sir Henry und Good waren dank der nicht in Gold aufzuwiegenden Kettenhemden vergleichsweise harmlos; mit ein paar Stichen und ein wenig Heftplaster hatten wir sie schnell versorgt. Mackenzies Verletzung war hingegen recht schwerwiegend; wir konnten von Glück reden, daß der Speer keine größere Arterie durchschlagen hatte. Danach nahmen wir ein Bad. Ich kann gar nicht beschreiben, was für ein herrliches Vergnügen das bereitete! Nachdem wir uns wieder in normale Kleider gehüllt hatten, gingen wir ins Eßzimmer, wo wie gewöhnlich schon der gedeckte Frühstückstisch auf uns wartete. Es war ein seltsames Gefühl, sich dort hinzusetzen und wie ein zivilisierter Mensch des neunzehnten Jahrhunderts Tee zu trinken und Toast zu essen, so als hätten wir nicht die frühen Stunden des Tages mit einer regelrecht primitiven, mittelalterlich anmutenden Schlacht verbracht. Wie Good sagte; die ganze Sache erschien einem jetzt eher wie ein böser Alptraum vor dem Wecken, als ein Ereignis, das wirklich stattgefunden hatte. Wir hatten das Frühstück fast beendet, als die Tür aufging und die kleine Flossie hereintrat. Sie war noch ziemlich blaß und ein wenig wacklig auf den Beinen, aber ansonsten völlig unversehrt. Sie gab uns allen einen Kuß und bedankte sich. Ich beglückwünschte sie zu der Geistesgegenwart, die sie bewiesen hatte, als sie den Masaikrieger mit ihrer Derringerpistole erschoß und dadurch ihr Leben rettete.

»Oh, bitte, sprechen Sie nicht davon!« sagte sie und fing sofort an zu weinen. »Ich werde nie sein Gesicht vergessen, als er sich vor mir im Kreis drehte und hinfiel – *nie!* Ich werde es immer genau vor mir sehen.«

Ich sagte ihr, so solle zu Bett gehen und ein bißchen schlafen. Sie gehorchte, und als sie am Abend aufwachte, war sie wieder einigermaßen hergestellt, zumindest physisch. Es mutete mir irgendwie seltsam an, daß ein Mädchen, das die Nerven besaß, einen riesigen schwarzen Burschen, der mit einem Speer auf sie losging, zu erschießen, hinterher von dem Gedanken daran dermaßen aufgewühlt werden konnte. Aber das ist wohl charakteristisch für das weibliche Geschlecht. Arme Flossie! Ich fürchte, daß sie noch viele Jahre dazu brauchen wird, jene Ereignisse in dem Masailager zu verarbeiten. Später sagte sie mir, das Schlimmste sei die Ungewißheit gewesen; Stunde um Stunde während jener endlos lang erscheinenden Nacht dort zu sitzen und nicht zu wissen, ob man nun einen Versuch wagen würde, sie zu befreien, oder nicht. Und eigentlich habe sie auch gar nicht mehr damit gerechnet, wohl wissend, wie wenige wir waren und wie viele die Masai – die außerdem alle paar Minuten zu ihr kamen und sie anstarrten. Die meisten von ihnen hatten noch nie in ihrem Leben eine Weiße gesehen, und sie fingerten pausenlos mit ihren dreckigen Pfoten an ihren Armen und Haaren herum. Auch sagte sie mir, sie sei fest entschlossen gewesen, sich zu erschießen, sobald die ersten Strahlen der Morgensonne den Kraal erreichten und bis dahin noch keine Hilfe eingetroffen war. Das Kindermädchen hatte nämlich den Lygonani sagen hören, daß man sie zu Tode foltern wollte, sobald die Sonne aufging, wenn nicht bis dahin an ihre Stelle einer der weißen Männer getreten wäre. Es war ein schrecklicher Entschluß gewesen, aber sie hatte die feste Absicht gehabt, ihn auch in die Tat umzusetzen, und ich zweifle keinen Moment daran, daß sie es auch getan hätte. Obwohl sie in einem Alter war, in dem in England die Mädchen noch die Schulbank drücken und brav zum Mittagessen erscheinen, hatte dieses ›Kind der Wildnis‹ mehr Courage, Besonnenheit und Geistesgegenwart als manch eine Frau reiferen Alters, die in Bequemlichkeit und Luxus aufgewachsen ist; deren Geist sorgfältig gedrillt und geschliffen wurde, fernab jeglicher Originalität und geistiger Wendigkeit, mit der die Natur sie vielleicht ausgestattet hatte.

Nach dem Frühstück begaben wir uns alle ins Bett und schliefen fest bis zum Dinner. Danach machten wir uns zusammen mit allen verfügbaren Kräften – Männern, Frauen,

Knaben und Mädchen – erneut auf den Weg zu dem Orte unserer morgendlichen Schlacht, mit der Absicht, unsere Toten zu begraben; die Leichen der Masai wollten wir loswerden, indem wir sie in den Tana warfen, der nur etwa fünfzig Yards an dem Kraal vorbeifloß. Als wir die Stelle erreichten, scheuchten wir Tausende von Aasgeiern und ganze Schwärme von braunen Buschadlern auf, die sich aus allen Himmelsrichtungen zum Festmahl eingestellt hatten. Schon oft hatte ich die Gelegenheit, diese riesigen, widerwärtigen Vögel zu beobachten, und die Geschwindigkeit, mit der sie am Ort einer Schlacht eintreffen, hatte mich immer in Erstaunen versetz. Kaum hat man einen Bock mit dem Gewehr erlegt, da taucht schon, oft innerhalb von nur einer Minute, ein dunkler Fleck hoch oben im blauen Äther auf, der sich rasch als Geier entpuppt. Und schon kommt der nächste, und blitzschnell ist ein ganzer Schwarm von ihnen da. Ich habe viele Theorien über die wundersame Wahrnehmungsfähigkeit gehört, die die Natur diesen Vögeln mitgegeben hat. Meine eigene Theorie, die sich zum größten Teil auf Beobachtungen gründet, ist folgende: Die Geier, die meiner Ansicht nach mit einer Wahrnehmungsfähigkeit ausgestattet sind, wie sie vom Menschen selbst mit dem schärfsten Fernglas nicht erreicht werden kann, teilen untereinander den Himmel in verschiedene, etwa gleich große Abschnitte auf. Dann schweben sie in riesigen Höhen über der Erde – wahrscheinlich zwischen zwei und drei Meilen hoch –, und jeder von ihnen hält sorgsam über ein gewaltiges Gebiet hinweg ständig Ausschau. Sobald nun einer von ihnen irgendwo Nahrung sieht, läßt er sich sofort an der betreffenden Stelle herabsinken. Daraufhin folgt sein nächster Nachbar, der vielleicht in einem Abstand von ein paar Meilen gemächlich durch die luftigen Höhen segelt, seinem Beispiel, da er nun weiß, daß Nahrung gesichtet worden ist. Und schon schießt er herab, und all die anderen Geier in seiner Sichtweite folgen ihm, und desgleichen tun wiederum die, welche die letzteren hinabschießen sehen. Auf diese Weise können alle Geier in einem Umkreis von zwanzig Meilen in Minutenschnelle zum Festmahl zusammengerufen werden.

Wir begruben unsere Toten in feierlicher Stille. In Abwesenheit von Mr. Mackenzie, der ans Bett gefesselt war, wurde Good dazu ausersehen, den Totengottesdienst für sie zu lesen, da er nach der Meinung aller die beste und eindrucksvollste Stimme besaß. Die Andacht war in höchstem Maße melancholisch, aber, wie Good sagte, es hätte schlimmer kommen können; denn nur zu leicht hätten wir ›uns selbst zu Grabe tragen‹ können. Ich wies darauf hin, daß dies ein fürwahr schwieriges Kunststück gewesen wäre, aber ich wußte natürlich, was er damit sagen wollte.

Als nächstes luden wir die Leichen der Masai auf einen Ochsenkarren, den wir eigens zu diesem Zweck von der Missionsstation mitgebracht hatten, nicht ohne jedoch zuvor die Speere, Schilde und die anderen herumliegenden Waffen eingesammelt zu haben. Fünfmal mußten wir den Karren, auf dem jeweils fünfzig Masai Platz fanden, beladen, zum Fluß ziehen und dort ausleeren. Hieraus kann man ersehen, daß nur wenige Masai geflohen sein konnten. Die Krokodile müssen sich in jener Nacht meilenweit völlig überfressen haben. Eine der letzten Leichen, die wir auf den Karren luden, war die des Wachtpostens vom anderen Ende des Kraals. Ich fragte Good, wie er es geschafft hatte, den Mann auszuschalten, und er antwortete mir, er sei ähnlich wie Umslopogaas ganz nahe an den Posten herangeschlichen und habe ihn dann mit dem Schwert niedergestochen. Der Mann habe noch eine ganze Weile ziemlich laut gestöhnt, aber zum Glück hatte niemand ihn gehört. Wie Good glaubhaft versicherte, hatte er bei der Sache ein abscheuliches Gefühl gehabt, denn noch niemals hätte er jemanden so kaltblütig ermorden müssen.

Mit der letzten Leiche, die von der Strömung des Tana fortgetrieben wurde, war auch dieser Zwischenfall mit unserem Angriff auf das Masailager beendet. Die Speere, Schilde und sonstigen Waffen nahmen wir mit zur Missionsstation, wo sie ein ganzes Lagerhaus füllten. Ein Ereignis jedoch muß ich unbedingt noch erzählen. Als wir von dem Leichenbegräbnis wieder zur Missionsstation zurückkehrten, kamen wir an dem hohlen Baum vorbei, in dem Alphonse sich am Morgen während der Schlacht verkrochen hatte. Zufällig war der kleine Mann gerade in meiner Nähe. Er hatte uns bei unserer höchst unangenehmen Aufgabe mit weit besserem Willen assistiert als dem, den er am Morgen, als es sich noch um höchst lebendige Masai handelte, an den Tag gelegt hatte. In der Tat, für jede Leiche, die er aufladen half, hatte er eine passende höhnische Bemerkung parat. Der Alphonse, der tote Masai in den Fluß warf, war ein völlig anderer Mensch als der Alphonse, der vor einem lebendigen, speerschwingenden Masai um sein Leben rannte. Er war lustig und guter Dinge, und jedesmal, wenn einer der toten, grimmigen Krieger mit einem lauten ›platsch‹ im Wasser landete, um die Botschaft von Tod und Vernichtung zu seiner Verwandtschaft hundert Meilen flußabwärts zu tragen, klatschte er in die Hände und trällerte lauthals ein paar Takte. Da ich der Ansicht war, daß er dringend einmal einen Dämpfer brauchte, machte ich den anderen den Vorschlag, ein Kriegsgericht über ihn abzuhalten wegen seines Verhaltens vom Morgen.

Wir brachten ihn also zu dem Baum, in dem er sich versteckt hatte, und schickten uns an, über ihn zu Gericht zu sitzen. Sir Henry hielt ihm in bestem Französisch seine unerhörte Feigheit vor und führte ihm eindringlich sein unverzeihliches Verhalten vor Augen, besonders die Tatsache, daß er den öligen Lappen aus dem Mund hatte fallen lassen, was beinahe zur Folge gehabt hätte, daß er mit seinem Zähneklappern das gesamte Masailager aufgescheucht und damit unsere Pläne zum Scheitern gebracht hätte. Er beendete seine Anklage mit der Aufforderung an Alphonse, eine Erklärung abzugeben.

Aber wenn wir geglaubt hatten, Alphonse zerknirscht und vor Scham am Boden zerstört zu sehen, dann hatten wir uns gewaltig geirrt. Er verbeugte sich tief, machte einen Kratzfuß und gab charmant lächelnd zu, daß sein Verhalten auf den ersten Blick wohl merkwürdig erscheinen könne, es in Wirklichkeit jedoch nicht im geringsten so wäre. Schließlich hätte er nicht vor Angst mit den Zähnen geklappert – oh, lieber Himmel, nein! Doch deswegen nicht! Er wundere sich, wie die ›Messieurs‹ auch nur im entferntesten an so etwas denken könnten – sondern die Kälte der Morgenluft hätte ihn dazu gebracht. Und was den Lumpen anbetrifft, wenn Monsieur selbst seinen gräßlichen Geschmack hätte probieren können – der sich in der Tat zusammensetzte aus einer Mischung von muffigem Paraffinöl, Fett und Schießpulver –, so hätte Monsieur ihn selbst auf der Stelle ausgespien. Aber er, Alphonse, hätte das nicht getan! Er hätte fest entschlossen den Lappen im Mund behalten bis – o weh! – sein Magen ›revoltiert‹ und den Lappen in einem Anfall von entsetzlicher Übelkeit gleichsam hinauskatapultiert habe.

»Und was haben Sie dazu zu sagen, daß Sie sich in dem hohlen Baum versteckten?« fragte Sir Henry, der nur mit Mühe die Fassung bewahren konnte.

»Aber, Monsieur, die Erklärung ist einfach; oh, ganz einfach! Es war so: Isch stand dort 'inter der Kraalmauer, und der kleine graue Monsieur schlug mir in den Magen, so daß mein Gewehr losging, und die Schlacht begann. Isch beobachtete die Schlacht genau, während isch misch von Monsieurs grausamem Schlag erholte. Und dann, Messieurs, begann in meine Adern wieder das 'eroische Blut von meine Großvater zu kochen. Der Anblick der Schlacht machte misch verrückt. Isch knirschte mit den Zähnen! Aus meine Augen schossen Blitze! Isch schrie: ›En avant!‹ Es dürstete misch nach Blut! Vor meine Augen er'ob sisch die Vision von meine 'eroische Großvater! Kurz, isch war rasend! Isch war in der Tat ein schrecklicher Krieger! Aber dann, in meinem 'erzen, da 'örte isch eine leise Stimme. Sie sagte: ›Alphonse, mäßige disch! Gib dieser bösen Leidenschaft nischt nach! Diese Männer sind Brüder, auch wenn es Schwarze sind! Und du willst sie abschlachten? Grausamer Alphonse!‹ Die Stimme 'atte rescht. Isch wußte es. Isch war kurz davor gewesen, die abscheulichsten Grausamkeiten zu bege'en: zu verwunden! Zu massakrieren! Arme und Beine abzureißen! Aber wie sollte isch misch mäßigen? Isch blickte misch um; isch sah den Baum; isch erblickte das Loch. ›Schließe disch ein!‹ sagte die Stimme, ›und 'alte aus! Nur so kannst du die grausame Versuchung widerstehen! Nur dursch brutale Gewalt gegen disch selbst.‹ Es war bitter, wo doch gerade das 'eroische Blut von meine Großvater auf dem Siedepunkt war. Aber dennoch ge'orschte isch! Isch zog meinen unwilligen Leib zu dem Baum; meine Beine wollten mir kaum ge'orchen! Isch schloß misch ein! Dursch das Loch beobachtete isch die Schlacht! Mit gewaltigen Worten schleuderte isch Fluch um Fluch auf den Feind hinab! Mit Befriedigung sa' isch, wie einer nach dem anderen fiel! Warum nischt? Isch 'atte ihnen ja nischt ihr Leben geraubt! Isch 'atte meine 'ände ja nischt mit ihrem Blut befleckt. Das Blut von meine 'eroische Großvater –«

»Ach, hör auf, du kleiner Halunke!« platzte Sir Henry mit schallendem Gelächter heraus und versetzte ihm einen kräftigen Hieb auf die Schulter, der ihn mit kläglichem Gesichtsausdruck auf dem Boden landen ließ.

Am Abend hatte ich eine Unterredung mit Mr. Mackenzie, dem seine Wunden schwer zu schaffen machten. Good, der zwar ein unqualifizierter, aber dennoch geschickter Arzt war, behandelte ihn so gut er konnte. Mackenzie eröffnete mir, dieser Zwischenfall hätte ihn dazu bewogen, die Missionsstation, sobald er wieder gesund sei, an einen jüngeren Mann zu übergeben und nach England zurückzukehren. Der junge Mann sei im übrigen schon auf dem Weg zur Station, wo er sich erst noch eine Weile unter seiner, Mackenzies, Führung einarbeiten wolle.

»Sehen Sie, Quatermain«, sagte er, »heute morgen, als wir uns an jene unwissenden Wilden heranschlichen, habe ich mich zu diesem Schritt entschlossen. ›Wenn wir das hier überstehen und Flossies Leben retten sollten‹, sagte ich mir, ›dann werde ich heim nach England gehen. Ich habe genug von den Wilden.‹ Nun, zu jenem Zeitpunkt hätte ich nicht im Traum daran gedacht, daß wir heil aus der Sache herauskommen würden; aber mit Gottes Hilfe und der Hilfe von euch haben wir nun doch überlebt; und ich habe die Absicht, zu meinem Entschluß zu stehen, damit uns nicht eines Tages noch etwas Schlimmeres passiert. Noch ein solches Ereignis, das würde meine arme Frau nicht überstehen. Und, unter uns gesagt, Quatermain, ich bin recht wohlhabend: Ich besitze heute gut dreißigtausend Pfund, und jeden Penny davon habe ich ehrlich erworben, durch ehrbaren Handel und durch die Zinsen meiner Ersparnisse, die auf der Bank von Sansibar liegen. Ich habe sehr viel sparen können, weil mich das Leben hier fast nichts kostet. Und so schwer es mir auch fallen mag, diesen Ort zu verlassen, den ich wie eine Rose in der Wildnis zum Blühen gebracht habe, und so hart es auch sein mag, diese Menschen, die ich lehrte und heranwachsen sah, allein zu lassen; ich habe die feste Absicht, nach England zurückzugehen.«

»Ich beglückwünsche Sie zu Ihrem Entschluß!« antwortete ich. »Und zwar aus zwei Gründen: zum einen, weil ich glaube, daß Sie das Ihrer Frau und Ihrer Tochter schuldig sind, und insbesondere der letzteren, die eine gute Schulausbildung erhalten und auch unter Mädchen ihrer eigenen Rasse kommen sollte. Wenn sie weiter in der Wildnis aufwächst, wird sie sonst noch eines Tages ihren gleichaltrigen Geschlechtsgenossinnen aus dem Wege gehen. Der andere Grund ist der, daß, so wahr ich hier stehe, die Masai früher oder später den Versuch unternehmen werden, sich für die vernichtende Niederlage von heute morgen zu rächen. Zweien oder dreien von ihnen ist es mit Sicherheit gelungen, in dem allgemeinen Wirrwarr unbemerkt zu entkommen, und sie werden ihrem Stamm alles erzählen, und sicherlich wird man eines Tages eine riesige Expedition gegen Sie aussenden, um Sie zu vernichten. Vielleicht dauert es länger als ein Jahr, bis sie so weit sind, doch früher oder später werden sie auf jeden Fall wiederkommen. Schon allein aus diesem Grund würde ich an Ihrer Stelle gehen. Wenn sie erst einmal in Erfahrung gebracht haben, daß Sie nicht mehr hier sind, lassen sie die Missionsstation vielleicht in Frieden*.«

»Sie haben völlig recht«, antwortete der Geistliche. »Ich werde diesem Ort in einem Monat den Rücken kehren. Aber es wird weh tun, glauben Sie mir. Es wird sehr weh tun.«

9

Ins Unbekannte

Eines Abends saßen wir alle zusammen beim Essen im Speisezimmer der Missionsstation. Inzwischen war eine Woche verstrichen. Unsere Stimmung war sehr gedrückt, denn am darauffolgenden Morgen wollten wir unseren lieben Freunden, den Mackenzies, Lebewohl sagen und uns auf unsere Reise ins Unbekannte aufmachen. Von den Masai hatten wir nichts mehr gesehen oder gehört, und außer ein paar Speeren, die wir übersehen hatten, und die nun langsam im Gras verrosteten und ein paar leeren Patronenhülsen, die noch an der Außenmauer lagen, da, wo wir gestanden hatten, gab es nichts mehr, aus dem noch hätte hervorgehen können, daß der alte Viehkraal am Fuße des Hügels noch vor kurzem der Schauplatz eines so blutigen Gemetzels gewesen war. Mackenzie erholte sich, hauptsächlich dank der Tatsache, daß er von so gesunder Natur war, sehr rasch von seiner Verwundung. Inzwischen konnte er schon wieder auf Krücken herumlaufen. Von den anderen Verwundeten

* Ein trauriger Zwischenfall gab Mr. Quatermain leider unrecht: Im April 1886 massakrierten die Masai einen Missionar und seine Frau – Mr. und Mrs. Houghton – unweit des besagten Tanaflusses, und zwar genau an der Stelle, die Mr. Quatermain beschrieb. Dies sind meines Wissens nach die ersten Weißen, die erwiesenermaßen diesem grausamen Stamm zum Opfer gefallen sind – *Der Herausgeber.*

war einer am Wundbrand gestorben, während der Rest auf dem raschen Wege der Besserung war. Mr. Mackenzies Karawane war inzwischen von der Küste zurückgekehrt, und somit war die Missionsstation wieder weitgehend vollzählig.

Unter diesen Umständen waren wir zu dem Entschluß gekommen, so herzlich und drängend man uns auch zum Bleiben einlud, weiterzuziehen; zuerst zum Mount Kenia, und von dort aus weiter ins Unbekannte, wo wir die geheimnisvolle weiße Rasse zu entdecken hofften, die es uns so sehr angetan hatte. Dieses Mal wollten wir mit Hilfe des anspruchslosen, aber nichtsdestoweniger äußerst nützlichen Esels vorwärtskommen. Wir hatten uns nicht weniger als ein Dutzend Tiere besorgt, die unser Hab und Gut und, wenn nötig, auch uns selbst tragen sollten. Uns waren nur noch zwei Wakwafi als Diener geblieben, und es stellte sich alsbald heraus, daß es so gut wie unmöglich war, weitere Eingeborene zu bekommen, die sich gemeinsam mit uns in das unbekannte Gebiet wagen würden, das wir erforschen wollten. Wir machten keinem einen Vorwurf daraus. Schließlich war es in der Tat, wie Mr. Mackenzie bemerkte, schon mehr als ungewöhnlich, daß drei Männer, von denen jeder viele der Dinge besaß, die das Leben lebenswert machen sollen – Gesundheit, gesicherte Existenz, gesellschaftliches Ansehen etc. –, zu ihrem eigenen Vergnügen in so ein Abenteuer ziehen wollten, von dem sie höchstwahrscheinlich nie wieder zurückkehren würden – zumindest war die Chance nicht sehr groß. Aber so ist der Engländer nun einmal – ein Abenteurer bis ins Mark. Und unsere gesamte prächtige Stammrolle von Kolonien, von denen jede einst eine große Nation sein wird, legt Zeugnis ab von dem außergewöhnlichen Wert des Abenteurergeistes, der auf den ersten Blick manchmal wie eine gelinde Form des Irrsinns erscheint. »Abenteurer« – das ist der, der hinausgeht, um zu meistern, was auch immer ihm begegnet. Nun, das tun wir alle auf der Welt auf diese oder jene Weise, und was mich betrifft, so bin ich stolz auf diese Bezeichnung, steht sie doch auch für ein tapferes Herz und für ein tiefes Vertrauen in die Vorsehung. Und wenn manch ein berühmter Krösus, dem heute das Volk zu Füßen liegt, und manch ein heuchlerischer, konjunkturreitender, wortklaubender Politiker längst der Vergessenheit anheimgefallen sein wird, dann werden die Namen jener mutigen, weltoffenen alten Abenteurer, die England zu dem gemacht haben, was es heute ist, weiterleben in den Gedanken des Volkes, und mit Liebe und mit Stolz wird man von ihnen den Kindern erzählen, deren ungeformte Seelen noch im Schoße ferner Jahrhunderte schlummern. Nicht, daß wir drei erwarten können, einst in einem Atemzug mit jenen genannt zu werden; aber dennoch haben wir etwas vollbracht – genug vielleicht, um einen Mantel über die Nacktheit unserer Dummheit zu werfen.

Als wir an jenem Abend auf der Veranda saßen, um vor dem Schlafengehen noch eine Pfeife zu rauchen, klopfte es plötzlich an der Tür, und vor uns stand niemand anderes als Alphonse, der mit einer tiefen Verbeugung ankündigte, daß er um eine Unterredung mit uns bitten wollte. Als wir ihn höflich, aber bestimmt aufforderten, ›sich davonzumachen‹, eröffnete er uns mit weitschweifigen Worten, daß er darauf brenne, sich unserer Expedition anzuschließen. Ich war darüber nicht schlecht erstaunt, wußte ich doch, was für ein Feigling der kleine Mann war. Seine Gründe blieben uns jedoch nicht lange verborgen: Mr. Mackenzie wollte zur Küste hinunter und von dort aus weiter nach England. Und nun war Alphonse überzeugt, daß man ihn, sobald er an der Küste auftauchte, ergreifen und nach Frankreich ausweisen würde, wo er ins Zuchthaus käme. Dieser Gedanke suchte ihn hartnäckig heim, genauso wie der Kopf von König Charles Mr. Dick heimsuchte, und er hatte solange darüber nachgebrütet, bis sich die Gefahr in seiner Phantasie verzehnfacht hatte. In Wirklichkeit war sein Verstoß gegen die Gesetze seines Landes aller Wahrscheinlichkeit nach längst vergessen, und außer in Frankreich hätte er sich wohl überall auf der Welt unbehelligt bewegen können. Aber wir kriegten ihn beim besten Willen nicht dazu, das einzusehen. Als der geborene Feigling, der er nun einmal war, zog der kleine Franzose es hundertmal eher vor, die Risiken, Gefahren und Strapazen, die eine solche Expedition mit sich brachte, auf sich zu nehmen, als sich – ungeachtet seiner großen Sehnsucht nach seinem Heimatland – den möglichen Verhören eines Polizeibeamten auszusetzen, was am Ende nur ein weiteres Beispiel für die Richtigkeit der Behauptung ist, daß für die Mehrzahl der Menschen eine weit entfernte Gefahr, so verschwommen und unrealistisch sie auch sein mag, ein weit stärkeres Angstgefühl auslöst als der ernsteste momentane Notstand. Nachdem wir Alphonse zu Ende angehört hatten, beratschlagten wir, was wir tun sollten, und schließlich erklärten wir uns damit einverstanden, mit Mr. Mackenzies Zustimmung, das Angebot des kleinen Franzosen anzunehmen. Der Entschluß fiel uns nicht leicht; aber zum einen brauchten wir dringend noch einen Mann, und Alphonse war ein quicklebendiger, flinker Bursche, der ein Händchen für viele Dinge besaß, insbesondere fürs Kochen – ah, und wie er das konnte! Ich bin überzeugt, er hätte sogar noch aus den Gamaschen seines heroischen Großvaters, über die er so gerne sprach, eine schmackhafte Mahlzeit gezaubert. Zum anderen war er stets gutgelaunt, immer zu Späßen aufgelegt und nicht zuletzt eine gutmütige Seele, und sein pompöses, prahlerisches Gerede war uns eine Quelle ununterbrochenen Spaßes. Und was noch viel wichtiger ist: er war nie hinterhältig oder boshaft. Natürlich war die Tatsache, daß er so ein ausgesprochener Feigling war, ein großer Minuspunkt für ihn, aber da wir diese Schwäche bei ihm ja nun zur Genüge kannten, konnten wir uns mehr oder weniger darauf einstellen. Nachdem wir ihn also noch einmal eindringlich auf die möglichen Gefahren hingewiesen hatten, denen er sich aussetzte, wenn er mit uns ging, erklärten wir ihm, daß wir sein Angebot unter der Bedingung annehmen wollten, wenn er verspreche, allen unseren Anweisungen strikt Folge zu leisten. Wir versprachen ihm außerdem, ihn für seine Dienste mit zehn Pfund pro Monat zu entlohnen, falls er je wieder in zivilisierte Gegenden kommen würde, um sie noch empfangen zu können. Erfreut stimmte er allen unseren Vorschlägen und Bedingungen zu. Dann zog er sich zurück, um seiner Annette einen Brief zu schreiben. Mr. Makkenzie hatte ihm versprochen, den Brief zu besorgen, sobald er die Küste erreicht hätte. Als er mit dem Brief fertig war, las er ihn uns vor. Sir Henry übersetzte ihn uns. Es war eine wundervolle Komposition. Ich bin sicher, die Tiefe seiner Zuneigung, seine glühende Verehrung und die Schilderungen seiner Leiden in der barbarischen Fremde – »weit, so weit von dir, o Anette, welche zu erringen ich solche Pein auf mich nehme ...« – hätten auch das Herz des hartherzigsten Mädchens zum Schmelzen gebracht.

Der Morgen unserer Abreise kam, und gegen sieben Uhr waren alle Esel bepackt. Nun war es an der Zeit, Lebewohl zu sagen. Es war eine traurige Angelegenheit, insbesondere der Abschied von der kleinen Flossie. Sie und ich waren dicke Freunde geworden, und unsere zahlreichen Gespräche waren uns eine liebe Gewohnheit gewesen. Aber ihre Nerven hatten sich nie von dem Schock erholt, den sie in jener Nacht erlitten hatte, als sie, im sicheren Gefühl des Todes, hilflos den blutrünstigen Masai ausgeliefert war.

»Oh, Mr. Quatermain!« rief sie mit tränenerstickter Stimme und schlang ihre Arme um meinen Hals. »Es ist so schrecklich, daß ich Ihnen Lebewohl sagen muß! Ob wir uns wohl einmal wiedersehen?«

»Ich weiß nicht, mein liebes kleines Mädchen«, gab ich zur Antwort. »Ich bin am einen Ende des Lebens, und du bist am anderen. Ich habe nur noch eine kurze Zeit vor mir, wenn ich Glück habe, und das meiste liegt schon in der Vergangenheit. Aber ich hoffe, daß vor dir noch viele lange, glückliche Jahre liegen. Du hast deine Zukunft noch vor dir. Mit der Zeit wirst du zu einer wunderschönen Frau heranwachsen, Flossie, und dieses wilde Leben hier wird dir nur noch wie ein längst vergangener, weit entfernter Traum vorkommen. Aber ich hoffe, daß du, auch wenn wir uns niemals wiedersehen sollten, manchmal an deinen alten Freund zurückdenken und dich seiner Worte erinnern wirst. Bemühe dich immer, gut zu sein, mein liebes Kind, und strebe stets danach, das zu tun, was richtig ist, und nicht nur das, was dir angenehm erscheint; denn am Ende wird sich zeigen, daß das Gute auch immer das ist, was dich wirklich glücklich macht, auch wenn manch einer spöttisch darüber lächeln mag. Sei uneigennützig und hilf, wann immer du kannst, deinem Nächsten – die Welt ist voll von Leid; es zu lindern, ist unser nobelstes Ziel. Wenn du das tust, dann wirst du eine gütige und gottesfürchtige Frau werden, und du wirst ein wenig Licht in das Leben vieler Menschen bringen, und am Ende wirst du nicht, wie so viele andere, umsonst gelebt haben. Nun habe ich dir eine Menge altmodischer Ratschläge mit auf den Weg gegeben, aber ich will dir auch etwas geben, womit du sie dir ein wenig versüßen kannst. Du siehst dieses kleine Blatt Papier; man nennt so etwas einen Scheck. Wenn wir fort sind, gib ihn deinem Vater zusammen mit diesem Brief – aber erst, wenn wir fort sind, hörst du! Du wirst eines Tages heiraten, meine liebe kleine Flossie, und mit diesem Scheck sollst du dir ein Hochzeitsgeschenk kaufen, das du immer bei dir tragen sollst, und nach dir deine Tochter, wenn du eine haben solltest – zur Erinnerung an den alten Jäger Quatermain.«

Die arme, kleine Flossie weinte ganz schrecklich und schenkte mir eine Locke von ihrem hellglänzenden Haar, die ich noch heute bei mir trage. Der Scheck, den ich ihr gab, belief sich über tausend Pfund (die ich nun, da es mir finanziell gut geht und ich keine Verpflichtungen als solche karitativer Natur habe, leicht verschmerzen kann). In dem Brief wies ich ihren Vater an, diese Summe in Regierungspapieren anzulegen und ihr, sobald sie heiratete oder in heiratsfähiges Alter kam, das beste Diamantenkollier zu kaufen, das er für das Geld und die daraus erwachsenen Zinsen bekommen konnte. Ich wählte Diamanten aus dem Grund, weil ich glaube, daß nun, da die Minen des Königs Salomo der Welt für immer verlorengegangen sind, der Preis für

Diamanten niemals wieder unter den jetzigen sinken wird, so daß Flossie, sollte sie später einmal in finanzielle Schwierigkeiten geraten, keine Probleme haben dürfte, die Steine zu Geld zu machen.

Nach vielem Händeschütteln, Hüteschwenken und auch überschwenglichen Abschiedsgrüßen seitens der Eingeborenen brachen wir schließlich auf. Alphonse vergoß wahre Bäche von Tränen (er ist ein warmherziger Mann), als er sich von den Mackenzies verabschiedete. Ich selbst brachte die Sache so schnell wie möglich hinter mich; ich hasse Abschiedsszenen. Was mich vielleicht am meisten rührte, war der offensichtliche Kummer, den Umslopogaas die Trennung von der kleinen Flossie bereitete. Der grimmige alte Krieger hatte eine tiefe Zuneigung zu dem kleinen Mädchen entwickelt. Er sagte ihr immer wieder, daß sie so schön anzuschauen sei wie der einzige Stern an einem dunklen Nachthimmel, und er wurde nicht müde, sich laut zu beglückwünschen, daß er den Lygonani getötet hatte, der damit gedroht hatte, das Mädchen zu ermorden. Und das war das letzte, was wir von dem schönen Missionshaus – einer wahren Oase in der Wüste – und der europäischen Zivilisation überhaupt sahen. Aber oft noch denke ich zurück an die Mackenzies und frage mich, ob sie es geschafft haben, zur Küste zu kommen, und ob sie wohl nun sicher und wohlbehalten in England sind und jemals diese Zeilen lesen können. Arme kleine Flossie! Ich frage mich, wie sie wohl zurechtkommt in Gefilden, in denen es keine schwarzen Diener gibt, die ihren gebieterischen Wünschen auf der Stelle nachkommen, und keinen himmelhohen, schneebedeckten Mount Kenia, den sie betrachten kann, wenn sie des Morgens aufsteht. Leb wohl, kleine Flossie!

Nachdem die Missionsstation unseren Blicken entschwunden war, zogen wir unbehelligt am Fuße des Mount Kenia vorüber, den die Masai ›Donyo Egere‹ nennen, was soviel heißt wie ›der gesprenkelte Berg‹; und zwar bezeichnen sie ihn so wegen der zahlreichen schwarzen Punkte, die auf seiner mächtigen Kuppe erscheinen. Das sind die Stel-

Ins Unbekannte

len, an denen die Abhänge so steil sind, daß der Schnee nicht darauf liegenbleibt, so daß der nackte Fels zum Vorschein kommt. Danach zogen wir weiter, vorbei an dem einsam gelegenen Baringosee. Hier trat einer unserer beiden übriggebliebenen Askari unglücklicherweise auf eine Puffotter und starb trotz all unserer Rettungsversuche an dem Biß dieser überaus giftigen Schlange. Von da aus marschierten wir weiter, bis wir nach etwa hundertfünfzig Meilen einen anderen großartigen, ebenfalls schneebedeckten Berg erreichten, den Lekakisera. Soweit ich weiß, waren noch nie Europäer bis hierher gelangt. Es war ein grandioser Berg, doch leider kann ich mich nun nicht mit seiner Beschreibung aufhalten. Vierzehn Tage verweilten wir dort, und dann brachen wir auf in den dichten und unbewohnten Wald des riesigen Gebietes, das Elgumi genannt wird. Allein in diesem Wald gab es mehr Elefanten, als ich jemals zuvor gesehen hatte. Diese riesigen Säugetiere tauchen dort buchstäblich in Schwärmen auf, da sie dort vom Menschen völlig in Ruhe gelassen werden; ihrer Vermehrung wird nur Einhalt geboten durch jenes Gesetz der Natur, das dafür sorgt, daß kein Lebewesen die Zahl übersteigt, die das Gebiet, das es bewohnt, verkraften kann. Ich brauche wohl nicht zu erwähnen, daß wir nur wenige von ihnen abschossen. Zum einen, weil wir es uns nicht leisten konnten, unsere kostbare Munition zu vergeuden, die ohnehin gefährlich knapp geworden war (der Esel, den wir mit ihr beladen hatten, war beim Durchwaten eines überfluteten Flusses von der Strömung fortgerissen worden); zum anderen, weil wir keine Möglichkeit hatten, das Elfenbein fortzuschaffen. Und einfach um des Tötens willen zu schießen lehnten wir selbstverständlich ab. Also ließen wir die riesigen Tiere in Frieden; nur zweimal sahen wir uns gezwungen, eines zu erschießen, weil es uns angriff. In dieser Gegend, in der die nichtsahnenden Elefanten dem Jäger auf Gnade oder Ungnade ausgeliefert sind, kann man sich ihnen auf offenem Felde unbekümmert bis auf etwa zwanzig Yards nähern. Dann standen sie da, die großen Ohren gespitzt wie ein verwirrter Riesenhund, und starrten auf dieses neue, außergewöhnliche Phänomen – den Menschen. Gelegentlich, wenn die Musterung nicht zu ihrer Zufriedenheit ausfiel, endete das Anstarren mit einem lauten Trompeten und einem Angriff; dies passierte jedoch nur selten. Und wenn es doch einmal geschah, dann griffen wir zu unseren Gewehren.

Die Elefanten waren indessen nicht die einzigen wilden Tiere, die den riesigen Wald von Elgumi bevölkerten. Da gab es alle Arten von Wild im Überfluß, nicht zuletzt auch Löwen – zum Teufel mit ihnen! Seit mich einmal einer ins Bein gebissen und mich für mein ganzes Leben zu einem hinkenden Krüppel gemacht hatte, haßte ich den Anblick dieses Tieres. Was ebenfalls in riesigen Mengen herumschwirrte, war die verfluchte Tsetsefliege; ihr Stich ist für Haustiere tödlich. Man sagt, daß sich Esel – ebenso wie der Mensch – einer besonderen Immunität gegenüber ihren Attacken erfreuen; ich kann dazu nichts weiter sagen, als daß unsere – sei es aufgrund ihrer erbärmlichen Allgemeinverfassung, sei es, weil die Tsetsefliege in jener Gegend giftiger als anderswo ist, oder aus welchen Gründen auch immer – unter ihrem Angriff zusammenbrachen. Das geschah glücklicherweise jedoch erst zwei Monate nachdem sie von der Fliege gebissen worden waren; plötzlich – es hatte zwei Tage lang heftig geregnet – starben sie alle gleichzeitig. Ich zog mehreren von ihnen die Haut ab und entdeckte bei allen übereinstimmend die langen, gelben Streifen auf dem Fleisch, die als charakteristisches Zeichen für den Tod durch den Biß der Tsetsefliege genau an der Stelle auftreten, an der das Insekt seinen Rüssel in die Haut hineinsticht.

Sobald wir den Wald von Elgumi durchquert hatten und wieder in relativ freies Gebiet gekommen waren, schlugen wir, nachdem wir Richtung Norden marschiert waren – gemäß den Informationen, die Mr. Mackenzie von dem unglücklichen Wanderer, der sich zu ihm durchschlug, um dann so tragisch zu enden, erhalten hatte –, genau zum rechten Zeitpunkt den Weg zu dem großen See ein, den die Eingeborenen Laga nennen. Er sollte – nach dem Bericht des

Wanderers – ungefähr fünfzig Meilen lang und etwa zwanzig Meilen breit sein. Von dort aus durchquerten wir in einem Marsch, der fast einen Monat in Anspruch nahm, ein gewaltiges, wellenförmiges Hochland; es ähnelte ein wenig der Landschaft, die mir von Transvaal her bekannt war; im Gegensatz zu jener war sie jedoch hie und da mit Flecken von Buschland durchsetzt, die die Einöde ein wenig auflokkerten.

Die ganze Zeit über befanden wir uns in einem kontinuierlichen Anstieg von etwa hundert Fuß pro zehn Meilen. Das Land machte in der Tat eine Steigung, die in der Ferne in einer Kette schneebedeckter Berge zu enden schien. Diese Bergkette steuerten wir nun an; dort sollten wir auch erfahren, wo der zweite See, von dem der Wanderer als einem ›See ohne Grund‹ gesprochen hatte, gelegen war.

Endlich erreichten wir die Stelle, und als wir uns versichert hatten, daß oben in den Bergen tatsächlich ein See existierte, stiegen wir weiter, bis wir in etwa dreitausend Fuß Höhe an einen steilen Felsabsturz kamen. Etwa fünfzehnhundert Fuß unter uns erstreckte sich ein See von ungefähr zwanzig Quadratmeilen Oberfläche, der offensichtlich einen erloschenen Krater von riesigen Ausmaßen füllte. Da wir am Ufer dieses Sees Dörfer erkennen konnten, wagten wir den gefährlichen Abstieg, der uns durch Nadelwälder führte, die nun die steilen Innenabhänge des Kraters bedeckten. Unten wurden wir freundlich empfangen. Die Bevölkerung, einfache, unkriegerische Leute, die noch nie etwas von Weißen gehört, geschweige denn gesehen hatten, behandelten uns mit großer Ehrfurcht und Zuvorkommenheit und versorgten uns mit soviel Nahrung und Milch, wie wir essen und trinken konnten. Dieser großartige, wunderschöne See lag nach Auskunft unseres Aneroidbarometers nicht weniger als 11450 Fuß über dem Meeresspiegel; das Klima hier oben war ziemlich kühl, fast so wie in England. Und in der Tat – in den ersten drei Tagen unserer Anwesenheit sahen wir nur wenig oder so gut wie gar nichts von der Landschaft, weil ein dichter, typisch schottischer Nebel alles einhüllte. Und hier fiel auch der Regen, der das Gift der Tsetsefliegen in den Körpern unserer restlichen Esel zur Wirkung brachte, worauf sie alle tot umfielen.

Dieses Unglück brachte uns in eine arge Klemme, hatten wir doch nun keinerlei Transportmittel mehr. Zum Glück gab es aber auch nicht mehr soviel zu transportieren. Auch unsere Munition war äußerst knapp geworden; wir verfügten lediglich noch über hundertfünfzig Schuß Gewehrmunition und zirka fünfzig Schrotpatronen.

Wir wußten nicht, wie wir weiterkommen sollten; es sah in der Tat ganz so aus, als wären wir mit unserem Latein am Ende. Selbst wenn wir den Entschluß gefaßt hätten, das Ziel unserer Reise aufzugeben (woran, sosehr es auch im Dunkeln lag, keiner von uns auch nur im Traum dachte), so schien es lächerlich, auch nur mit dem Gedanken zu spielen, in unserem gegenwärtigen Zustand die Reise von siebenhundert Meilen zurück zur Küste zu wagen. Sosehr wir nachdachten; es gab nur eine Entscheidung: erst einmal da zu bleiben, wo wir waren; die Eingeborenen waren uns wohlgesonnen, und zu essen gab es in Hülle und Fülle. Im Augenblick gab es nichts anderes zu tun, als zu warten, der Dinge zu harren, die da kämen, und soviel wie möglich Informationen über die angrenzenden Gebiete zu sammeln.

Wir kauften also ein großes Holzkanu, das Platz genug für uns alle und unser Gepäck bot, von dem Häuptling des Dorfes, in dem wir untergekommen waren (als Zahlungsmittel dienten uns drei leere, kaltgezogene Patronenhülsen aus Messing, über die er höchst erfreut war), und begaben uns auf eine Rundfahrt am Ufer des Sees entlang, um einen möglichst günstigen Lagerplatz für uns zu suchen. Da wir nicht wußten, ob wir noch einmal in das Dorf zurückkehren würden, packten wir unsere gesamte Habe in das Kanu, dazu einen halben gekochten Wasserbüffel (der, wenn er noch jung ist, eine wahre Köstlichkeit darstellt) und ließen das Kanu zu Wasser. Mehrere Eingeborene waren schon in leichten Booten vorausgefahren, um den Bewohnern der anderen Dörfer unser Nahen anzukündigen.

Wie wir so gemächlich dahinpaddelten, machte uns Good auf das außerordentlich tiefe Blau des Wassers aufmerksam und sagte, er habe von den Eingeborenen, die erfahrene Fischer waren – Fisch bildete das Hauptnahrungsmittel der hiesigen Bevölkerung –, gehört, daß der See ungeheuer tief sei und auf dem Grunde ein Loch habe, durch das das Wasser abfließe und sich weit unten über ein tosendes Feuer ergieße.

Ich wies darauf hin, daß das, was er da gehört hatte, sicherlich auf einer uralten Legende beruhte, die man sich seit Generationen unter der Bevölkerung erzählte. Wahrscheinlich wäre diese Legende auf die Zeit zurückzuführen, in der noch einer der erloschenen parasitären Vulkanschlote aktiv war. Wir sahen mehrere von ihnen rund um das Ufer des Sees, von denen ohne Zweifel mindestens einer noch zu einer Zeit aktiv gewesen war, als der Hauptvulkan, der jetzt das Becken des Sees selbst bildete, schon längst erloschen gewesen sein mußte. Als auch dieser schließlich erlosch, waren die Leute wahrscheinlich in dem Glauben gewesen, das Wasser des Sees sei hinuntergeflossen und habe das große Feuer unten gelöscht, insbesondere weil der See, obwohl er ständig von dem Wasser gespeist wurde, das von den schneebedeckten Gipfeln ringsum herabfloß, keinen sichtbaren Abfluß hatte.

Als wir uns dem anderen Ufer des Sees näherten, stellten wir fest, daß es aus einer riesigen, senkrecht hochragenden Felswand bestand und nicht, wie an den anderen Ufern, aus einem allmählich ansteigenden Strand. Wir paddelten also parallel zu dieser Wand weiter am Ufer entlang, in einem Abstand von etwa hundert Schritt, und steuerten das Ende des Sees an, wo – wie wir wußten – ein Dorf lag.

Nach einer Weile tauchte vor uns im Wasser eine beträchtliche Ansammlung von treibenden Binsen, Unkraut, abgerissenen Baumästen und ähnlichem Zeug auf. Irgendeine Strömung, die Good im höchsten Maße erstaunte, und für die er keine Erklärung fand, mußte das Zeug hierhergetrieben haben. Während wir noch daran herumrätselten, machte uns Sir Henry auf einen Schwarm großer weißer Schwäne aufmerksam, die kurz vor uns in der Strömung trieben und nach Nahrung suchten. Ich hatte schon mehrfach Schwäne vom Ufer aus über den See fliegen sehen, und da ich noch nie zuvor welchen in Afrika begegnet war, war ich natürlich äußerst begierig darauf, ein Exemplar davon zu erwischen. Ich hatte die Eingeborenen nach der Herkunft der Tiere gefragt, und dabei hatte ich erfahren, daß sie von jenseits der Berge kamen, und zwar immer zu bestimmten Jahreszeiten und immer morgens in der Frühe, wenn man sie leicht fangen konnte, weil sie völlig erschöpft waren. Als ich sie fragte, aus welchem Lande die Schwäne kamen, zuckten sie die Achseln und sagten, oben auf dem großen schwarzen Felsen sei steiniges, unbewohnbares Land, und dahinter befänden sich schneebedeckte Gebirge, wo keine Menschenseele wohne, und die von wilden Tieren bevölkert sei, und hinter dem Gebirge sei auf Hunderten von Meilen dichter Dornenwald, der so dick sei, daß sogar die Elefanten ihn nicht durchdringen könnten, geschweige denn der Mensch. Auf die Frage, ob sie schon einmal etwas von einem weißen Volk gehört hätten, das hinter dem Gebirge und dem Dornenwald lebe, antworteten sie mit lautem Gelächter. Aber später kam dann eine uralte Frau zu mir und sagte, ihr Großvater habe ihr, als sie noch ein ganz kleines Mädchen gewesen sei, erzählt, *sein* Großvater habe ihm erzählt, daß, als *er* klein war, *sein* Großvater die Wüste und das Gebirge durchwandert hätte, durch den dichten Dornenwald hindurchgedrungen wäre und ein weißes Volk gesehen hätte, welches jenseits des Waldes in steinernen Kraalen lebte.

Diese Information, die ihren Ursprung in einem Ereignis hatte, das schon etwa zweihunderfünfzig Jahre zurücklag, war natürlich äußerst vage. Aber immerhin; einen Anhaltspunkt zumindest gab es, und als ich mir das Ganze noch einmal durch den Kopf gehen ließ, gelangte ich immer mehr zu der Überzeugung, daß an diesem Gerücht irgend etwas Wahres sein mußte. Und je mehr ich dessen gewiß wurde, desto fester war ich entschlossen, dieses Geheimnis zu lüften. Wenn ich geahnt hätte, auf welch wundersame Weise mein Wunsch bald in Erfüllung gehen sollte!

Nun, jedenfalls pirschten wir uns langsam an die Schwäne heran, die, während sie fraßen, immer näher an die Felswand herantrieben. Schließlich, als wir nur noch vierzig Yards von ihnen entfernt waren, lenkten wir das Kanu hinter einem Haufen Treibgut in Deckung. Sir Henry hielt das Schrotgewehr im Anschlag und wartete auf eine günstige Schußposition. Schließlich hatte er gleich zwei auf einmal im Schußfeld; er hielt auf ihre Hälse und traf beide mit einem Schuß. Sofort erhob sich der Rest – es waren mehr als dreißig – unter lautem Geplatsche und Flügelschlagen aus dem Wasser. Sofort schickte Sir Henry die Ladung aus dem zweiten Lauf hinterher. Ein Bursche trudelte mit gebrochenem Flügel herunter, und bei einem anderen sah ich, wie er kurz zusammenzuckte, und wie sich ein paar Rückenfedern lösten und herabsegelten; aber er flog mit kräftigem Flügelschlag weiter. Höher und höher stiegen die Schwäne, immer im Kreis, bis sie nur noch als Punkte, etwa auf gleicher Höhe mit dem oberen Rand der finsteren Felswand, zu erkennen waren; dann bildeten sie einen Schwarm in Form eines Dreiecks und verschwanden nach Nordwesten, in das unbekannte Gebiet. Mittlerweile hatten wir die beiden toten Schwäne aufgelesen – es waren prächtige Tiere; jedes von ihnen wog sicherlich mehr als dreißig Pfund – und die Verfolgung des dritten, der am Flügel verletzt war, aufgenommen. Er krabbelte über einen Berg von Treibgut und ließ sich in das freie Wasser dahinter plumpsen. Da es relativ schwierig war, sich mit dem Kanu einen Weg durch das treibende Geäst zu bahnen, das uns mittlerweile wie ein Ring umschloß, befahl ich unserem einzigen übriggebliebenen Wakwafi, ins Wasser zu springen, unter dem Treibgut hinwegzutauchen und den Schwan zu fangen. Er war, wie sich schon einige Male gezeigt hatte, ein ausgezeichneter Schwimmer, und da sich in dem See keine Krokodile befanden, wußte ich, daß ihm nichts geschehen konnte. Der Mann, dem die Sache augenscheinlich selbst Spaß zu machen schien, zögerte nicht lange, und bald glitt er mit kräftigen Zügen hinter dem angeschossenen Schwan her. Dabei näherte er sich immer mehr der Felswand, an die nun schon die Wellen schlugen, die er beim Schwimmen verursachte.

Urplötzlich jedoch ließ er von der Verfolgung des Vogels ab und schrie laut zu uns herüber, etwas zöge ihn unwiderstehlich fort. Und tatsächlich – obwohl er versuchte, mit aller Kraft zum Kanu zurückzuschwimmen, sahen wir, daß er ganz langsam auf die Felswand zutrieb. Mit ein paar verzweifelten Paddelschlägen zwangen wir das Kanu durch den Wall aus Treibgut und ruderten mit aller Kraft auf den Mann zu. Jedoch – so schnell wir auch vorwärtskamen – er wurde immer schneller auf die Felswand zugetrieben. Auf einmal sah ich vor uns in der Felswand eine Öffnung; sie verlief bogenförmig etwa achtzehn Zoll über dem Wasserspiegel und sah aus wie die obere Rundung eines überschwemmten Kellergewölbes oder Eisenbahntunnels. Aus der Wasserlinie, die deutlich auf dem Felsen zu erkennen war, und die mehrere Fuß oberhalb der äußersten Krümmung der Öffnung verlief, war einwandfrei ersichtlich, daß die Öffnung normalerweise unter der Wasseroberfläche liegen mußte; aber es hatte eine lange Trockenheit geherrscht, und bedingt durch die außergewöhnliche Kälte, war von den Bergen nicht soviel Schmelzwasser wie gewöhnlich in den See geflossen, so daß der Wasserstand sehr niedrig war und die Wölbung an der Oberfläche des Sees hervortrat. Diese Öffnung saugte nun unseren armen Diener mit beängstigender Geschwindigkeit an. Er war nunmehr höchstens noch zehn Klafter von ihr entfernt; wir etwa zwanzig. Ohne daß wir noch stark zu rudern brauchten, schoß das Kanu nun blitzschnell hinter ihm her.

Er wehrte sich tapfer gegen die Strömung, und ich dachte schon, wir hätten es geschafft, als ich plötzlich einen Ausdruck panischen Entsetzens auf sein Gesicht treten sah. Und vor unseren Augen wurde er in den grausamen, wirbelnden Schlund hinabgezogen und war in Sekundenschnelle verschwunden. Im selben Moment hatte ich das Gefühl, als hätte eine mächtige Faust unser Kanu gepackt; und schon riß uns eine unwiderstehliche Kraft auf die Wand zu.

Augenblicklich erkannten wir die Gefahr, in der wir schwebten, und ruderten, oder besser gesagt, paddelten, was das Zeug hielt, um wieder aus dem Sog herauszukommen. Vergeblich! Im nächsten Moment flogen wir schon wie ein Pfeil geradewegs auf die Öffnung zu, und ich glaubte, nun wäre das Ende gekommen. Zum Glück war ich noch geistesgegenwärtig genug, laut zu schreien: »Runter mit euch – runter!« Ich warf mich auf den Boden des Kanus. Die anderen reagierten blitzschnell und folgten meinem Beispiel. Im gleichen Augenblick ertönte ein Knirschen, und das Boot wurde so tief heruntergedrückt, daß Wasser über den Rand ins Innere schwappte. Nun glaubte ich endgültig, wir seien verloren.

Doch dann hörte ganz plötzlich das Knirschen wieder auf, und ich fühlte, daß das Kanu wieder ungehindert dahinschoß. Ich drehte meinen Kopf ein wenig – ihn zu heben wagte ich nicht – und blickte nach oben. In dem schwachen Licht, das noch immer von der Öffnung her zu uns drang, erkannte ich dicht über unseren Köpfen die Wölbung eines Felsentunnels. Das war alles, was ich sehen konnte. Eine Minute später konnte ich nicht einmal diese mehr erkennen; denn das schwach hereindringende Licht war inzwischen von völliger Finsternis verschluckt worden.

Eine Stunde – vielleicht länger – hatten wir nun schon auf diese Weise liegend im Boot verbracht. Wir wagten nicht, die Köpfe zu heben, aus Angst, sie würden gegen die Felsen schmettern. Wir waren kaum in der Lage, uns zu verständigen, denn das mächtige Rauschen des dahinschießenden Wassers erstickte unsere Stimmen. Uns war überdies auch nicht sehr nach reden zumute; die Aussichtslosigkeit unserer Lage und die lähmende Angst vor einem raschen Tod zogen uns völlig in den Bann. Wir konnten entweder ganz plötzlich gegen den Rand der Tunnelwölbung geschmettert werden, oder gegen einen Felsen, oder wir konnten hinabgezogen werden in die tosende Flut; vielleicht würde uns auch allmählicher Sauerstoffmangel ein qualvolles Ende bereiten. Diese und viele andere Todesarten geisterten durch meine Phantasie, während ich auf dem Boden des Kanus lag und bang dem Brausen des dahinschießenden Wassers lauschte, das uns mit sich ins Unbekannte fortriß. Es gab nur noch ein einziges anderes Geräusch, das ich vernehmen konnte: das Schreckensgeheul von Alphonse, das aus der Mitte des Kanus zu mir drang; aber selbst das schien unendlich fern und unwirklich. Das Ganze wurde in der Tat langsam zuviel für mein gemartertes Hirn, und ich glaubte allmählich, ich wäre das Opfer eines quälenden, bösen Alptraums.

10

Die Feuerrose

Weiter flogen wir dahin, fortgerissen von der mächtigen Strömung, bis ich nach einer Weile bemerkte, daß das Rauschen des Wassers nicht einmal mehr halb so ohrenbetäubend war wie am Anfang; daraus schloß ich, daß die Höhlung größer geworden war, so daß sich der Schall besser verlaufen konnte. Ich konnte Alphonses Gebrüll jetzt viel klarer und deutlicher hören; seine Schreie waren eine kaum zu beschreibende Mischung aus inbrünstigem Flehen an den Allerhöchsten und Beschwörungen seiner geliebten Annette; kurz, sie waren, obwohl ihre aufrichtige Ernsthaftigkeit sie davor bewahrte, bloße Flüche zu sein, höchst bemerkenswert – um es gelinde auszudrücken. Ich nahm ein Paddel und stupste ihm damit in die Rippengegend, was zur Folge hatte, daß er um so lauter brüllte, weil er nun glaubte, das Ende sei gekommen. Langsam und mit äußerster Vorsicht erhob ich mich auf die Knie und reckte einen Arm hoch, konnte jedoch keinen Fels über mir fühlen. Als nächstes nahm ich das Paddel und hob es so hoch über meinen Kopf, wie eben möglich; auch hier war das Resultat dasselbe. Dann schob ich es auf beiden Seiten über den Rand des Kanus, aber auch hier berührte ich nichts. Da fiel mir ein, daß sich in dem Boot unter anderem eine Blendlaterne und eine Büchse Öl befanden. Ich kramte eine Weile auf dem Boden herum, bis ich die Sachen gefunden hatte. Ich nahm ein Streichholz und zündete die Laterne vorsichtig an. Sobald sich der Docht entflammt hatte, leuchtete ich in das Boot. Wie es der Zufall wollte, war das erste, auf das der Lichtkegel fiel, das weiße, angstverzerrte Gesicht von Alphonse. Der glaubte, nun sei das Ende endgültig gekommen und er sehe schon die ersten Vorboten des himmlischen Lichts anrücken. Er stieß einen gellenden Angstschrei aus, und ich konnte ihn nur mit Mühe und unter Zuhilfenahme des Paddels wieder auf den Boden der Wirklichkeit zurückholen. Doch nun zu den anderen drei: Good lag platt auf dem Rücken. Sein Monokel saß noch immer auf dem Auge, und er starrte bestürzt nach oben in die Dunkelheit. Sir Henry hatte seinen Kopf auf die Duchten des Bootes gestützt und hielt eine Hand ins Wasser, um die Geschwindigkeit der Strömung zu testen. Als der Lichtstrahl auf Umslopogaas fiel, mußte ich fast laut loslachen. Ich glaube, ich erwähnte bereits, daß wir einen halben Wasserbüffel mitgenommen hatten. Und wie es der Zufall nun wollte, war Umslopogaas, als wir uns alle auf den Boden des Kanus geworfen hatten, um zu vermeiden, daß die Felskante uns heraushaute, mit seinem Kopf verführerisch nahe bei dem köstlich duftenden Fleisch des Wasserbüffels zu liegen gekommen. Und kaum hatte er sich von dem ersten Schreck über unsere vertrackte Situation erholt, als er einen mächtigen Hunger verspürte. Kaltblütig hatte er sich mit Inkosikaas ein Stück von dem Fleisch abgeschnitten, und nun war er dabei, es mit allen Anzeichen höchster Befriedigung zu verzehren. Wie er mir später erklärte, hatte er gedacht, er würde auf ›eine lange Reise‹ gehen, und da hätte er es vorgezogen, diese Reise lieber mit vollem Bauch anzutreten. Es erinnerte mich an die Leute, die gehängt werden sollen, und von denen die englischen Tageszeitungen im allgemeinen schreiben, sie seien mit einem ›exzellenten Frühstück‹ im Bauch zum Galgen geschritten.

Sobald die anderen bemerkt hatten, daß es mir gelungen war, die Laterne anzuzünden, packten wir Alphonse in das hintere Ende des Kanus und brachten ihn schnell mit der Drohung zum Verstummen, wir würden ihn, wenn er uns weiterhin mit seinem schauerlichen Geheul heimsuche, sehr rasch aus seiner Spannung befreien, indem wir ihn dahin schickten, wo der Wakwafi jetzt wäre; und in jener anderen Sphäre könnte er dann in aller Ruhe auf seine Annette warten. Das beruhigte ihn ungemein.

Alsdann begannen wir, über unsere Situation zu diskutieren. Vorher jedoch stellten wir auf Goods Vorschlag hin zwei Paddel hochkant im Bug des Kanus auf und befestigten sie, so gut wir konnten, um gleich gewarnt zu sein, wenn sich das Dach der Höhle wieder senken sollte. Es war uns mittlerweile klar geworden, daß wir uns in einem unterirdischen Fluß befanden, oder, wie Alphonse es definierte, in einem ›'auptabfluß‹, der das überschüssige Wasser des Sees ableitete. Es ist eine bekannte Tatsache, daß es solche Flüsse in vielen Teilen der Welt gibt, jedoch sind wohl noch nicht allzu oft Forscher in die unheilvolle Lage gekommen, sie als Transportweg zu benutzen.

Der Fluß mußte sehr breit sein; der Lichtstrahl der Laterne reichte jedenfalls nicht bis an die Ufer. Gelegentlich jedoch, wenn die Strömung uns nahe an eines der Ufer herantrieb, konnten wir für einen Augenblick die Felswände des Tunnelgewölbes sehen. Wir schätzten, daß es sich in etwa fünfundzwanzig Fuß Höhe über uns wölbte. Die Geschwindigkeit der Strömung betrug nach Goods Schätzung etwa acht Knoten; sie war zu unserem Glück am stärksten in der Mitte des Flusses, was ja auch gewöhnlich der Fall ist. Das erste, wofür wir sorgten, war, daß immer einer von uns im Bug des Kanus mit der Laterne und einer Stange (die wir glücklicherweise im Boot hatten) bereitstand, um möglichst zu verhindern, daß wir an die Felswand oder einen hervorstehenden Stein trieben. Umslopogaas, der ja schon gegessen hatte, war als erster damit an der Reihe. Ein weiterer von uns postierte sich mit einem Paddel im Heck, um das Kanu einigermaßen auf Kurs in der Mitte des Flusses zu halten. Dies war alles, was wir im Moment für unsere Sicherheit tun konnten. Nachdem wir diese Maßnahmen ergriffen hatten, nahm jeder eine kleine Ration des kalten Büffelfleisches zu sich (wir wußten ja nicht, wie lange wir damit auskommen mußten), und danach fühlten wir uns schon wieder weitaus besser. Ich vertrat die Ansicht, daß unsere Lage, so ernst sie auch sein mochte, nicht gänzlich hoffnungslos war, es sei denn, die Eingeborenen hatten doch recht und der Fluß ergoß sich direkt ins Erdinnere. Sollte das aber nicht der Fall sein, dann mußte er zwangsläufig irgendwo wieder ans Tageslicht treten, vermutlich auf der anderen Seite des Gebirges. In dem Fall konnten wir nur eines tun: uns am Leben zu erhalten, bis wir dort ankamen – wo immer dieses ›dort‹ auch war. Natürlich konnten wir, wie Good kummervoll bemerkte, auf dem Wege dorthin noch hundert anderen unbekannten Fährnissen zum Opfer fallen – oder, was durchaus zu befürchten war, der Fluß versickerte irgendwo im Erdinnern, was in der Tat ein grauenvolles Ende für uns bedeutet hätte.

»Nun dann, laßt uns auf das Beste hoffen und uns auf das Schlimmste vorbereiten«, sagte Sir Henry, der immer gleichmütig und guter Dinge ist – ein wahrer Turm der Stärke in Zeiten der Not. »Wir sind gemeinsam schon aus so vielen Zwickmühlen herausgekommen, daß ich fast sicher bin, wir kommen auch aus dieser heraus.«

Das war ein ausgezeichneter Ratschlag, und jeder von uns versuchte auf seine Weise, das Beste daraus zu machen – das heißt, mit Ausnahme von Alphonse, der inzwischen in eine völlig Abgestumpftheit verfallen war. Good befand sich mit dem Paddel im Heck des Bootes, und Umslopogaas hielt seinen Posten im Bug inne, so daß Sir Henry und mir einstweilen nichts zu tun blieb, als im Boot zu liegen und nachzudenken. Es war eine seltsame, ja schon fast unheimlich anmutende Lage, in der wir da steckten – in einem Boot durch die Eingeweide der Erde zu schießen, getragen von den Fluten eines Höllenflusses, wie die Seelen, die von Charon gefahren wurden, wie Curtis bemerkte. Und wie dunkel es war! Der dünne Strahl unserer kleinen Lampe machte uns die Dunkelheit erst so richtig bewußt. Vorn im Bug saß der gute alte Umslopogaas, wachsam und unermüdlich, die Stange fest in der Hand, bereit, sofort einzugreifen, wenn Gefahr auftauchte; und hinten, schon im Dunkeln, sah ich die Umrisse von Captain Good, der angestrengt nach vorn in den Lichtkegel spähte, um rechtzeitig sehen zu können, wie er mit dem Paddel steuern mußte, das er ab und zu kurz ins Wasser tauchte.

»Na schön«, dachte ich, »du wolltest Abenteuer erleben, alter Knabe, und nun hast du erreicht, was du wolltest. Und das in deinem Alter! Du solltest dich was schämen! Aber du tust es ja doch nicht. Und, so schrecklich die Sache im Moment auch aussieht, vielleicht kommst du ja durch; und wenn nicht – nun, dann kannst du es auch nicht ändern. Und wenn alles gesagt und alles getan ist, dann ist ein unterirdischer Fluß auch keine schlechte Grabstätte.«

Ich will jedoch nicht verhehlen, daß die Spannung, die auf meinen Nerven lastete, sehr groß war. Selbst der kaltblütigste und erfahrenste Mann wird nervös, wenn er über Stunden hinweg darüber im Ungewissen ist, ob er nicht schon in den nächsten fünf Minuten ein toter Mann ist; aber es gibt nichts auf der Welt, an das man sich nicht gewöhnen könnte, und mit der Zeit gewöhnten wir uns selbst an diesen Zustand. Schließlich und endlich war unsere Angst, auch wenn sie zweifellos natürlich war, genau besehen unlogisch, wenn man bedenkt, daß wir ja niemals wissen, was uns in der nächsten Minute zustoßen kann, selbst wenn wir in einem trockenen Haus sitzen, vor dessen Tür zwei Polizisten patrouillieren. Ebenfalls wissen wir nicht, wie lange wir noch zu leben haben. Wenn unsere Stunde geschlagen hat, meine Lieben, dann müssen wir eben abtreten. Was sollen wir uns also viel den Kopf zerbrechen und uns grämen?

Es war kurz vor Mittag gewesen, als wir in die Dunkelheit hineingetaucht waren, und wir hatten die erste Wache (Umslopogaas und Good) gegen zwei Uhr eingesetzt. Wir waren übereingekommen, daß sie nach fünf Stunden abgelöst werden sollten. Daher waren um sieben Uhr Sir Henry und ich an der Reihe; Sir Henry am Bug und ich am Heck. Die anderen beiden legten sich schlafen. Drei Stunden lang lief alles ohne besondere Vorkommnisse ab; nur einmal mußte Sir Henry eingreifen und uns mit der Stange ein wenig abstoßen, als wir zu nahe ans Ufer geraten waren. Ich hatte sehr bald festgestellt, daß es nicht viel Arbeit mit dem Paddel erforderte, uns gerade zu halten; die starke Strömung bewirkte das schon ganz von allein. Nur gelegentlich neigte das Kanu dazu, sich querzulegen und seitwärts voranzutreiben, aber das konnte ich stets leicht wieder korrigieren. Was mir bei diesem unterirdischen Fluß am sonderbarsten erschien, war, daß die Luft immer frisch blieb. Sie war zweifellos feucht und muffig, aber trotzdem noch lange nicht schlecht oder gar unerträglich. Die einzige Erklärung, die ich mir denken kann, ist die, daß das Wasser des Sees genügend Luft enthielt, um die Atmosphäre in dem Tunnel vor der völligen Stagnation zu bewahren, und daß der Fluß diesen Sauerstoff während seines langen Weges abgab.

Etwa kurz nach Anbruch der vierten Stunde, die ich im Heck des Kanus verbrachte, bemerkte ich, daß sich deutlich die Temperatur geändert hatte: Es wurde wärmer. Zuerst machte ich mir keine weiteren Gedanken darüber, aber als es, nachdem eine weitere halbe Stunde vergangen war, immer heißer wurde, sprach ich Sir Henry darauf an und fragte ihn, ob er es ebenfalls bemerkte, oder ob ich es mir vielleicht bloß einbildete.

»Habe es auch bemerkt!« antwortete er. »Und wie! Ich komme mir vor wie in einem türkischen Bad.«

Im selben Augenblick erwachten keuchend die anderen und zogen ihre Kleider aus. Umslopogaas war hier natürlich im Vorteil; denn abgesehen vielleicht von seinem Moocha trug er sowieso nichts, was man als Kleider hätte bezeichnen können.

Es wurde ständig heißer, und nach kurzer Zeit war die Temperatur derart angestiegen, daß wir kaum noch atmen konnten. Der Schweiß rann uns aus allen Poren. Nach einer weiteren halben Stunde war es kaum noch auszuhalten, obwohl wir inzwischen alle völlig nackt waren. Wir kamen uns vor wie im Vorzimmer der Hölle. Ich hielt meine Hand ins Wasser und zog sie mit einem Aufschrei blitzschnell wieder heraus; es war fast am Kochen. Wir schauten auf das kleine Thermometer, das wir bei uns hatten – die Quecksilbersäule stand bei 123°! Auf der Wasseroberfläche stand eine dichte Dampfwolke. Alphonse stöhnte, wir wären schon im Fegefeuer; das waren wir auch in der Tat, jedoch nicht in dem Sinne, wie er es meinte. Sir Henry vermutete, daß wir dicht an dem Herd eines unterirdischen Vulkans vorbeifuhren, und ich bin nicht abgeneigt, besonders in Anbetracht dessen, was sich kurz darauf ereignen sollte, ihm recht zu geben. Was wir von diesem Zeitpunkt an erdulden mußten, übersteigt wirklich meine Beschreibungsfähigkeit. Von nun an schwitzten wir nicht mehr, denn aller Schweiß war uns regelrecht aus dem Körper herausgetrieben worden. Wir lagen völlig ermattet auf dem Boden des Bootes, das wir einfach physisch nicht mehr zu dirigieren in der Lage waren,und fühlten uns wie glühende Kohlen. Ich stelle mir vor, daß wir genau dasselbe Gefühl hatten wie die armen Fische, die auf dem trockenen Land eingehen – nämlich, einen qualvollen Erstickungstod zu sterben. Auf der Haut begannen sich Blasen zu bilden, und das Blut pochte in unseren Schläfen wie der Kolben einer Dampfmaschine.

So trieben wir eine Weile dahin. Plötzlich machte der Fluß eine Biegung, und ich hörte, wie Sir Henry im Bug mit heiserer, entsetzter Stimme aufschrie. Ich fuhr hoch, und vor mir sah ich eine wunderbare und zugleich schreckliche Erscheinung. In einer Entfernung von ungefähr einer halben Meile, ein wenig links von der Mitte des Stroms – der, wie wir nun deutlich sehen konnten, an dieser Stelle etwa neunzig Fuß breit war –, erhob sich über der Wasseroberfläche eine gewaltige, säulenförmige Stichflamme von fast weißem Licht. Sie schoß etwa fünfzig Fuß hoch in die Luft, und an der Stelle, wo sie das Dach des Tunnels erreichte, zersprühte sie in zahlreiche kleinere Flammen, die bogenförmig wie die Blätter einer voll erblühten Rose wieder herunterfielen. Das Ding hatte einen Durchmesser von bestimmt vierzig Fuß. Diese schreckliche Flamme ähnelte in der Tat nichts so sehr wie einer riesigen Flammenblume, die aus dem schwarzen Wasser wuchs. Unten war der gerade Stengel, mehr als einen Fuß dick, und darüber erhob sich die furchtbare Blüte. Sie war von solch schrecklicher und furchteinflößender Schönheit, daß wohl niemand sie beschreiben könnte. Ich kann es sicher nicht. Obwohl wir jetzt noch etwa fünfhundert Yards von ihr entfernt waren, war dennoch, trotz des Dampfes, die ganze Höhle in gleißendes Licht getaucht, das heller war als das Tageslicht. Wir sahen, daß sich hier das Dach etwa vierzig Fuß über uns wölbte. Der Fels war von dem Wasser völlig glatt gewaschen. Er war pechschwarz, und an manchen Stellen waren lange, glänzende Linien von Erz zu erkennen, die wie dicke Adern durch den Stein liefen. Was für ein Metall es war, kann ich jedoch nicht sagen.

Und weiter sausten wir auf diese Feuersäule zu, die heftiger glühte als jeder Hochofen, der je von Menschenhand angezündet wurde.

»Halt das Boot rechts, Quatermain – nach rechts!« schrie Sir Henry, und eine Sekunde später kippte er bewußtlos vornüber und sackte auf den Boden des Kanus. Alphonse war schon ohnmächtig. Good war der nächste. Sie lagen wie tot da. Nur Umslopogaas und ich waren noch bei Bewußtsein. Das Feuer war nur noch fünfzig Yards vor uns. Da sah ich, wie auch Umslopogaas' Kopf nach vorn sackte.

Die Feuerrose

Er war ebenfalls ohnmächtig geworden, und nun war ich allein. Ich konnte nicht mehr atmen; die glühende Hitze hatte mich ausgetrocknet. Das Felsendach im Umkreis der Feuerrose war glühend rot. Das Holz des Bootes begann zu qualmen. Ich sah, wie sich die Federn von einem der toten Schwäne bogen und unter der Hitze zusammenschrumpften. Aber ich wollte nicht aufgeben. Ich wußte, wenn auch ich ohnmächtig wurde, dann würden wir in einem Abstand von nur drei oder vier Yards an der Stichflamme vorbeitreiben und elend zugrunde gehen. Ich hielt das Paddel so, daß das Kanu so weit wie nur eben möglich an dem Feuer vorbeifahren mußte, und hielt wild entschlossen aus.

Meine Augen traten so weit aus ihren Höhlen, daß ich glaubte, sie würden jeden Moment herausspringen. Durch meine geschlossenen Lider sah ich das gleißende Licht. Jetzt mußten wir auf gleicher Höhe sein! Um mich herum röhrte es, als hätten sich alle Feuer der Hölle vereint, und das Wasser kochte mit brodelndem Zischen. Noch fünf Sekunden! Dann waren wir vorbei. Das Röhren war jetzt hinter mir.

Ohnmächtig sackte auch ich zusammen. Das nächste, woran ich mich erinnern kann, war das Gefühl eines kühlen Lufthauchs auf meinem Gesicht. Es kostete mich erhebliche Anstrengungen, meine Augen zu öffnen. Ich schaute auf. Weit, weit über mir war Licht. Um mich herum jedoch herrschte tiefe Dunkelheit. Allmählich erinnerte ich mich wieder an das, was geschehen war. Ich schaute mich um. Das Kanu trieb noch immer in der Strömung des Flusses. Auf seinem Boden lagen die nackten Leiber meiner Gefährten. Sind sie tot? fragte ich mich. Bin ich allein an diesem grauenvollen Orte? – Ich wußte es nicht. Dann merkte ich, daß ich einen brennenden Durst verspürte. Ich schob meine Hand über den Rand des Bootes ins Wasser und zog sie augenblicklich mit einem Aufschrei wieder zurück. Kein Wunder! Fast die ganze Haut war vom Handrücken weggebrannt. Das Wasser jedoch war einigermaßen kühl, höchstens lauwarm, und ich schüttete es literweise in mich hinein und bespritzte mich von oben bis unten mit dem erquikkenden Naß. Mein Körper schien die Flüssigkeit aufzusaugen wie ein Ziegel den Regen nach einer langen Dürre; da, wo mir die Haut verbrannt war, erzeugte jedoch die Berührung mit dem Wasser einen rasenden Schmerz.

Dann sah ich zu, was ich für die anderen tun konnte. Ich kroch mühevoll zu ihnen hin und benetzte sie mit Wasser. Zu meiner großen Freude begannen sie sich zu bewegen – zuerst Umslopogaas, dann die anderen. Als nächstes tranken auch sie; sie saugten das Wasser gierig in sich auf wie ausgetrocknete Schwämme. Da wir nun zu frieren begannen, zogen wir, so gut es eben ging, unsere Kleider wieder an. Während wir noch damit beschäftigt waren, deutete Good auf die Backbordseite des Kanus; die Außenwand hatte unter der Einwirkung der Hitze Blasen geworfen, und stellenweise war das Holz regelrecht verkohlt. Wäre es gebaut gewesen wie unsere europäischen Boote, dann hätten sich, wie Good erklärte, die Planken verzogen, und es wäre mit Sicherheit soviel Wasser ins Innere gedrungen, daß wir untergegangen wären. Aber zu unserem Glück war es aus dem weichen, biegsamen Holz eines einzigen großen Baumstammes geschnitzt worden, und seine Seiten waren drei und der Boden vier Zoll stark.

Über den Ursprung der riesigen Stichflamme konnten wir natürlich nur Mutmaßungen anstellen; ich vermute, daß an der Stelle ein Riß oder ein Loch im Flußbett war, durch das sich Gas vulkanischen Ursprungs aus einer riesigen Blase in den Eingeweiden der Erde den Weg nach oben an die Luft bahnte. Wie es sich entzündet hatte, war natürlich unmöglich zu sagen – wahrscheinlich, so glaube ich jedenfalls, durch eine spontane Explosion giftiger Gase.

Sobald wir wieder halbwegs bekleidet waren und uns einigermaßen erholt hatten, machten wir uns daran, herauszufinden, wo wir uns jetzt befanden. Ich erwähnte bereits, daß ich weit über uns Licht erblickt hatte. Beim näheren Hinsehen stellten wir fest, daß es Tageslicht war. Unser Fluß, der, wie Sir Henry sagte, buchstäblich die Verwirklichung der phantastischen Vision eines Dichters darstellte*, befand sich nun nicht mehr unter der Erde, sondern nahm seinen finsteren Verlauf nicht ›durch Höhlen, größer noch, als sie des Menschen Aug' ermessen kann‹, sondern zwischen zwei unheimlichen Felswänden, die wohl an die zweitausend Fuß hoch sein mußten. Sie waren in der Tat so hoch, daß da, wo wir waren – obwohl man oben einen Streifen des Himmels sehen konnte –, tiefe Düsternis herrschte – keine tiefschwarze Nacht indessen, sondern eine Art Dunkelheit, wie sie in einem Raum herrscht, dessen Fensterläden man am hellichten Tage so dicht wie möglich schließt. Auf beiden Seiten stieg die große, glatte Felswand kahl und abweisend fast senkrecht in steile Höhen, daß einem schwindelte, wenn man mit dem Auge ihre gewaltige Größe ermessen wollte. Das kleine Stückchen Himmel, das das Ende der Wälle markierte, lag wie ein dünner blauer Faden auf ihrer schwindelerregenden Schwärze, deren erdrükkende Wucht von keinem Baum und keiner Ranke gemildert wurde. Hie und da jedoch zogen sich geisterhaft anmutende Fäden langer, grauer Flechten über das Gestein, die reglos an dem Felsen hingen wie lange weiße Barthaare am Kinn eines toten Greises. Es kam uns so vor, als sänken nur der Bodensatz oder die schwereren Teile des Lichtes zu diesem Ort des Grauens herab; kein heller, beschwingter Sonnenstrahl konnte so tief in die Spalte hineinfallen: er erlosch weit, weit über unseren Köpfen.

An einer Stelle des Flusses befand sich eine kleine Einbuchtung, wo runde Felsbrocken ein Ufer bildeten. Das ständig über sie hinwegfließende Wasser hatte sie so geformt. Die Stelle sah so aus, als wäre sie mit Tausenden von versteinerten Kanonenkugeln übersät. Bei Hochwasser existierte hier wahrscheinlich überhaupt kein Ufer, und zwi-

* Und Alph, der heil'ge Fluß, schwoll an
und floß durch Höhlen, größer noch,
als sie des Menschen Aug' ermessen kann,
hinab in einen sonnenlosen See ...
Samuel Taylor Coleridge, *Kubla Khan*

schen dem Fluß und den Felswänden war keinerlei Übergang. Jetzt jedoch befand sich hier eine Fläche von vielleicht sieben oder acht Yards Breite. Wir beschlossen, an diesem Ufer zu landen, um uns nach all dem, was wir durchgemacht hatten, ein wenig auszuruhen und die Glieder ein bißchen zu strecken. Es war zwar eine schauderhafte Stelle, aber wenigstens konnten wir uns eine Weile von den Schrecken des Flusses erholen und unsere Sachen wieder ordentlich in dem Kanu zurechtlegen und verstauen. Wir suchten uns also einen Fleck aus, der uns einigermaßen günstig erschien, und unter einigen Mühen gelang es uns schließlich, das Kanu an Land zu bringen und hinauszuklettern auf die wenig zum Ruhen einladenden kugelrunden Kiesel.

»Potztausend!« rief Good aus, der als erster an Land ging. »Was für ein gräßlicher Ort! Da kriegt man ja wirklich Anwandlungen!« Und dann lachte er.

Sofort wiederholte eine donnernde Stimme seine Worte und gab sie hundertfach verstärkt wieder: *»... wirklich Anwandlungen – Ha! Ha! Ha!« – »... dlungen! Ha! Ha! Ha!«* antwortete wieder eine andere Stimme in einem schauderhaften Ton von irgendwo weit oben aus der Felswand. *»Ha! Ha! Ha!«* fiel eine Stimme nach der anderen ein – jede warf die Worte unter tosendem, schrecklichem Gelächter auf die unsichtbaren Lippen der anderen, bis der ganze Ort von den Worten und dem wie entfesselt kreischenden und höhnisch spottenden Gelächter widerhallte, das schließlich ebenso abrupt, wie es begonnen hatte, wieder verstummte.

»Oh, mon Dieu!« schrie Alphonse mit gellender Stimme. Das Getöse hatte ihn so erschreckt, daß er auf der Stelle das bißchen Selbstbeherrschung, über das er verfügte, verloren hatte.

»Mon Dieu! Mon Dieu! Mon Dieu!« donnerte das gigantische Echo, und sogleich schrien, stöhnten und jammerten Hunderte von anderen Stimmen dieselben Worte in allen vorstellbaren Tonlagen und Lautstärken.

»Ah«, sagte Umslopogaas ruhig, »ich spüre deutlich, daß hier Teufel wohnen. Nun, der Ort sieht auch so aus.«

Ich versuchte ihm zu erklären, daß die einzige Ursache des ganzen Getöses in einem höchst bemerkenswerten und interessanten Echo lag, aber das wollte er mir nicht glauben.

»Ah«, antwortete er. »Ich weiß, was ein Echo ist, wenn ich eins höre. Es gab eines, das lebte gegenüber von meinem Kraal in Zululand, und die Intombis (Mädchen) sprachen immer mit ihm. Aber wenn dieses hier ein ausgewachsenes Echo ist, dann kann meins zu Hause nur ein kleines Baby gewesen sein. Nein, nein – da oben wohnen Teufel. Aber ich kümmere mich nicht sehr um sie«, fügte er hinzu und nahm eine Prise Schnupftabak. »Sie können nachmachen, was man sagt, aber sie scheinen keine eigenen Worte sprechen zu können, und sie wagen nicht, ihre Gesichter zu zeigen.« Dann verstummte er und zeigte offensichtlich kein weiteres Interesse an jenen verachtenswerten Feinden.

Nach diesem schauerlichen Erlebnis hielten wir es für angebracht, uns nur noch im Flüsterton zu unterhalten – denn es war einfach unerträglich, jedes Wort, das man äußerte, zwischen den Felswänden hin- und herfliegen zu hören wie einen Tennisball.

Aber selbst unser Geflüster lief an den Felsen entlang und schwoll zu einem geheimnisvollen Gemurmel an, bis es dann schließlich mit einem langgezogenen Seufzen verebbte. Echos sind ergötzliche und romantische Erscheinungen, aber wir hatten wahrlich genug davon in jenem gruseligen Schlund.

Nachdem wir uns ein wenig auf den runden Steinen ausgeruht hatten, wuschen wir uns und behandelten unsere Verbrennungen, so gut es ging. Da wir nur noch wenig Öl hatten, das wir aber dringend für die Lampe brauchten, konnten wir davon nichts abzweigen, also häuteten wir einen der Schwäne und benutzten das Fett seiner Brust, das sich als ausgezeichneter Ersatz erwies. Danach packten wir das Kanu neu und ließen uns endlich nieder, um etwas zu essen zu uns zu nehmen, was wir – das brauche ich wohl kaum zu erwähnen – mehr als nötig hatten; denn unsere

Ohnmacht hatte viele Stunden gedauert, und unsere Uhren zeigten inzwischen Mittag an.

Wir ließen uns im Kreis nieder und verzehrten mit ungeheurem Appetit unser kaltes Fleisch.

Ich selbst war nicht sehr hungrig; ich fühlte mich elend und schwach nach all den Strapazen der vergangenen Nacht. Außerdem hatte ich rasende Kopfschmerzen. Es war ein eigenartiges Mahl. Die Dunkelheit war so stark, daß wir Mühe hatten, das Fleisch zu sehen, wenn wir es schnitten und zum Munde führten. Trotzdem mundete es uns allen hervorragend, obwohl es durch die Hitze verdorben war. Plötzlich hörte ich etwas hinter mir. Es war ein Geräusch, als ob etwas über die Steine kröche. Ich drehte mich um, und direkt hinter mir auf einem Felsen saß eine riesige schwarze Süßwasserkrabbe. Sie war bestimmt fünfmal so groß wie die größte Krabbe, die ich je gesehen hatte. Dieses abscheuliche, ekelerregend aussehende Tier hatte weit hervorstehende Augen, mit denen es mich anzuglotzen schien, lange, biegsame Antennen oder Fühler und gewaltige Scheren. Bald mußten wir feststellen, daß ich nicht der einzige von uns war, der die unangenehme Gesellschaft dieser Viecher genoß. Aus allen Ecken kamen jetzt Dutzende dieser ekelhaften Tiere herangekrochen; vermutlich hatte der Duft des Fleisches sie angezogen. Sie tauchten zwischen den runden Steinen auf und kamen aus Löchern in der Felswand hervorgekrochen. Einige von ihnen waren schon ganz dicht an uns herangekommen. Fasziniert starrte ich das ungewöhnliche Schauspiel an. Da sah ich, wie eins der Tiere eine seiner Scheren ausstreckte und den ahnungslosen Good derart heftig zwickte, daß er mit einem Aufschrei hochfuhr und das schaurig tosende Spiel der Echos wieder in Gang setzte. Im selben Moment packte ein anderes, ein wahres Riesenexemplar, Alphonses Bein und wollte sich damit aus dem Staube machen. Man kann sich wohl vorstellen, was für eine Szene darauf folgte. Umslopogaas nahm seine Axt und zerklopfte mit der flachen Seite der Waffe einem der Krebse die Schale. Daraufhin gab das Vieh einen markerschütternden Schrei von sich, der durch das Echo noch tausendfach multipliziert wurde, und fing an, aus dem Maul zu geifern. Dies wiederum lockte erneut Hunderte seiner Artgenossen aus allen möglichen Löchern und Winkeln hervor. Diejenigen von ihnen, die sich direkt in seiner Nähe befanden, fielen, als sie merkten, daß er verletzt war, über ihn her wie die Gläubiger über einen bankrotten Schuldner. Sie rissen ihn buchstäblich in Stücke mit ihren starken Scheren und fraßen ihn auf, wobei sie ihre Greifwerkzeuge als eine Art Gabeln benutzten, mit der sie die Bruchstücke und Fetzen des zerrissenen Artgenossen zum Maul führten. Wir packten alles, was uns gerade in die Hände kam, um es als Waffe gegen die Ungeheuer zu benutzen. Mit Steinen, Paddeln und Umslopogaas Axt begannen wir den widerlichen Viechern eine regelrechte Schlacht zu liefern. Ihre Anzahl vergrößerte sich sprunghaft. Sie strömten einen solch ekelhaften Gestank aus, daß einem fast die Sinne schwanden. So schnell auch immer wir den Panzer des einen zerschlugen, kamen schon wieder andere, die den verletzten Artgenossen packten und blitzschnell verschlangen, wobei sie widerlichen Geifer absonderten und laute Schreie ausstießen. Aber das schien den Biestern noch nicht zu reichen. Wann immer sie konnten, schnappten sie mit ihren großen Scheren auch nach uns – was mächtig wehtat – oder versuchten, das Fleisch wegzuzerren. Ein Bursche von enormer Größe kriegte den Schwan zu fassen, den wir gerupft hatten, und begann ihn fortzuschleppen. Sofort stürzte sich ein ganzer Klumpen von ihnen ebenfalls auf die Beute, und dann begann eine widerwärtige und abstoßende Szene. Wie die Biester geiferten und kreischten und das Fleisch und sich gegenseitig zerrupften! Es war ein ekelerregender und unwirklicher Anblick, und keiner von uns wird diesen Anblick sein Lebtag vergessen – noch oft hatte ich dieses scheußliche Schauspiel vor Augen, das sich dort unten in der tiefen, beklemmenden Dunkelheit abspielte, untermalt von dem tausendfach gebrochenen, infernalischen Getöse, das an den Nerven rüttelte. So merkwürdig es auch klingen mag; aber diese widerwärtigen Kreaturen hatten etwas erschreckend Menschliches an sich – es war, als ob alle niederträchtigen Leidenschaften und Begierden des Menschen auf einmal in die Schale einer Riesenkrabbe gefahren wären und dort verrückt spielten. Sie waren so entsetzlich mutig und intelligent, und sie schauten einen an, als ob sie *verstünden*. Die ganze Szenerie hätte wahrlich genug Material liefern können für einen weiteren Gesang von Dantes ›Inferno‹, wie Curtis bemerkte.

»Ich sage euch, Burschen«, rief Good, »laßt uns so schnell wie möglich von hier verschwinden, sonst werden wir noch alle verrückt!« Wir zögerten nicht lange, diesen Rat zu befolgen. Wir schoben das Kanu, um das die Biester nun zu Hunderten herumkrabbelten und vergeblich versuchten, über den Rand ins Innere zu klettern, von den Steinen, sprangen hinein und dirigierten es in die Mitte des Flusses. Hinter uns ließen wir die Reste unserer Mahlzeit zurück und die kreischende, geifernde und stinkende Masse von widerlichen Kreaturen, die nun mit ihren Leibern das ganze Ufer bedeckten.

»Das sind die Teufel dieses schaurigen Ortes«, sagte Umslopogaas mit der Miene dessen, der ein Problem gelöst hat. Ich muß gestehen, ich war geneigt, ihm recht zu geben.

Umslopogaas Bemerkungen waren wie seine Axt – scharf und treffsicher.

»Was tun wir jetzt?« fragte Sir Henry.

»Wir lassen uns treiben, denke ich«, gab ich zur Antwort, und wir ließen uns also erst einmal wieder treiben. Den ganzen Nachmittag hindurch, bis weit in den Abend hinein, glitten wir so in der Düsternis dahin, hoch über uns die unendlich ferne Linie blauen Himmels. Wir wußten kaum, wann die Nacht angebrochen war, denn unten in dem tiefen Schlund machte sich der Unterschied zwischen Tag und Nacht überhaupt nicht bemerkbar. Schließlich, nachdem eine wahre Unendlichkeit vergangen war, zeigte Good plötzlich mit dem Finger auf einen Stern, der direkt über uns stand. Da wir ohnehin nichts Besseres zu tun hatten, beobachteten wir ihn mit großem Interesse. Mit einem Mal war er verschwunden. Die Dunkelheit wurde völlig undurchdringlich, und ein sattsam bekanntes Rauschen erfüllte die Luft. »Wir sind wieder unter der Erde«, sagte ich mit einem Seufzen und hob die Lampe. Ich konnte sogar das Felsdach erkennen. Der Spalt war zu Ende, und der Tunnel hatte wieder begonnen. Und wieder begann eine lange Nacht des Schreckens und der Gefahr. All die schlimmen Ereignisse, die sie mit sich brachte, zu beschreiben wäre zu mühsam; so will ich hier nur kurz erwähnen, daß wir etwa gegen Mitternacht auf einen flachen, aus der Flußmitte herausragenden Felsen aufliefen und beinahe mit dem Kanu umschlugen. Wir wären unweigerlich ertrunken, doch wir retteten uns mit knapper Not und fuhren auf unserem ungleichmäßigen, nervenaufreibenden Kurs weiter.

Und so vergingen die Stunden, bis es fast drei Uhr war. Sir Henry, Good und Alphonse waren völlig erschöpft eingeschlafen. Umslopogaas kniete wieder im Bug mit der Stange, und ich saß achtern und hielt das Paddel. Plötzlich kam es mir so vor, als hätte sich unsere Geschwindigkeit erheblich vergrößert. Im selben Moment hörte ich, wie Umslopogaas aufschrie, und eine Sekunde später kam ein Geräusch, wie wenn Zweige auseinandergeschoben würden. Es wurde mir bewußt, daß das Kanu durch herunterhängende Büsche oder Ranken trieb. Noch ein paar Sekunden, und dann strich mir eine Brise würziger, kühler Luft über das Gesicht, und ich spürte, daß wir aus dem Tunnel heraus waren und nun auf offenem Fahrwasser dahinglitten. Ich sage deshalb ›spürte‹, weil ich absolut nichts sehen konnte. Die Dunkelheit war völlig undurchdringlich, wie es oft unmittelbar vor der Dämmerung der Fall ist. Aber selbst das konnte meine Freude kaum trüben. Endlich waren wir aus diesem schrecklichen Fluß heraus, und wo immer wir auch jetzt waren – dafür zumindest konnten wir dankbar sein. Ich setzte mich hin, atmete in tiefen Zügen die kühle Nachtluft ein und wartete ungeduldig auf die Morgendämmerung.

11

Die finster blickende Stadt

Eine Stunde oder länger hatte ich dagesessen und gewartet (Umslopogaas hatte sich mittlerweile ebenfalls schlafen gelegt), als sich schließlich der Osten grau färbte und riesige Nebelschwaden über das Wasser schwebten, wie Geister aus längst vergangenen Zeiten. Es waren die Dämpfe, die sich aus dem Wasser erhoben, um die herannahende Sonne zu begrüßen. Das Grau verwandelte sich in ein blasses Gelb, und das blasse Gelb wurde zu einem leuchtenden Rot. Als nächstes sprangen herrliche Balken von Licht am östlichen Horizont empor, und zwischen ihnen schossen die leuchtenden Pfeile, jene strahlenden Boten des heranrükkenden Tages hervor, die den Dunst verscheuchten und die Berge mit ihrem süßen Kuß zum Leben erweckten. Weiter und weiter flogen sie, von Berg zu Berg, von Längengrad zu Längengrad. Im nächsten Moment schwangen die goldenen Tore weit auf, und die Sonne selbst trat hervor wie die Braut aus ihrem Gemache, mit Glanz und Pracht und dem Aufblitzen von Millionen von goldenen Speeren, und sie umarmte die Nacht und deckte sie mit ihrem Glanze zu. Es war Tag!

Aber noch konnte ich nichts erkennen außer dem wunderbaren blauen Himmel über uns, denn über dem Wasser lagen dichte Nebelbänke, als hätte man die gesamte Oberfläche des Sees mit dicker Watte bedeckt. Nach und nach saugte jedoch die Sonne den Nebel auf, und bald konnte ich erkennen, daß wir auf einer prächtig blauen Wasserfläche schwammen, deren Ufer ich nicht sehen konnte. Etwa acht bis zehn Meilen hinter uns erstreckte sich jedoch, soweit das Auge reichte, eine lange Kette steiler Felswände, die gleichsam die Stützmauer des Sees bildeten. Ohne Zweifel trat in irgendeiner Spalte zwischen diesen Felsen der unterirdische Fluß ans Tageslicht und floß in den See. Es zeugte nur von der außergewöhnlichen Stärke der Strömung des geheimnisvollen Flusses, daß unser Kanu selbst jetzt noch, da wir schon meilenweit von der Felswand entfernt waren, darauf reagierte und langsam vorwärts trieb. Und kurz darauf fand Umslopogaas, der inzwischen aufgewacht war, noch einen weiteren Hinweis auf die Stärke der Strömung des Flusses – und zwar einen, der alles andere als angenehm war. Er sah einen weißlich schimmernden Gegenstand auf dem Wasser treiben und lenkte meine Aufmerksamkeit mit einer Handbewegung darauf. Mit ein paar Paddelschlägen brachten wir das Kanu in die Nähe des Gegenstandes. Zu unserem Schrecken stellten wir fest, daß es sich um die Leiche eines Mannes handelte, die mit dem Gesicht nach unten auf dem Wasser trieb. Das war an sich schon schlimm genug, aber stellt euch mein Entsetzen vor, als ich, nachdem Umslopogaas die Leiche umgedreht hatte, in dem eingefallenen Gesicht die Züge von niemand anderem als unserem armen Diener wiedererkannte, der zwei Tage vorher in dem Strudel des unterirdischen Flusses versunken war. Mir lief ein Schauder über den Rücken! Ich hatte gedacht, wir hätten ihn für immer und ewig aus den Augen verloren, und – siehe da! Mitgerissen von der Strömung, hatte er die schreckliche Reise gemeinsam mit uns gemacht, und gemeinsam mit uns hatte er auch das Ziel erreicht! Er war grausam zugerichtet; sein Äußeres deutete darauf hin, daß er mit seinem Körper die Stichflamme berührt hatte – ein Arm war völlig zusammengeschrumpft, und sein ganzes Haar war weggebrannt. Sein Gesicht war eingefallen, aber dennoch hatte es den Ausdruck panischen Entsetzens bewahrt, den ich zuletzt auf seinem lebendigen Gesicht gesehen hatte, kurz bevor der arme Kerl unterging. Der Anblick erschütterte mich zutiefst, müde und ausgelaugt wie ich war nach allem, was wir durchgemacht hatten, und ich war heilfroh, als plötzlich der Leichnam zu versinken begann, gerade so, als habe er eine Mission zu erfüllen gehabt, und nun, da er sie erfüllt hatte, ging er unter. Der wahre Grund für das plötzliche Absinken der Leiche war natürlich der, daß das Gas, nun, da er auf dem Rücken schwamm, aus dem offenen Mund entweichen konnte. Da sank er nun hinunter in die transparenten Fluten – Klafter um Klafter konnten wir seinen Weg in die Tiefe verfolgen, bis schließlich nur noch eine lange Reihe von Luftblasen nach oben stieg, die letztes Zeugnis darüber ablegten, wohin er gegangen war. Schließlich waren auch die Blasen verschwunden, und das war das Ende unseres armen Dieners. Umslopogaas schaute gedankenvoll dem Toten nach.

»Warum folgte er uns?« fragte er. »Es ist gewiß ein böses Omen für dich und mich, Macumazahn.« Dann lachte er.

Ich warf ihm einen wütenden Blick zu; denn ich hasse solche obskuren Andeutungen. Wenn jemand solche abergläubischen Ideen hat, dann sollte er sie meiner Meinung nach gefälligst für sich behalten. Ich kann Menschen nicht ausstehen, die einem mit ihren verdrießlichen Vorahnungen auf die Nerven gehen, oder die, wenn sie geträumt haben, daß man als Verbrecher gehängt wurde, oder sonst etwas Scheußliches, einem das gleich in aller Ausführlichkeit beim Frühstück auf die Nase binden müssen, selbst wenn sie dazu früher als sonst aufstehen müssen.

Nun wachten auch die anderen auf und stellten voller Freude fest, daß wir aus dem schrecklichen Fluß heraus waren und wieder offenen blauen Himmel über uns hatten. Als nächstes redeten alle wirr durcheinander und äußerten alle möglichen Vorschläge, was wir als erstes tun sollten. Das Ergebnis war, daß wir, hungrig, wie wir waren (das einzige, was wir noch hatten, waren ein paar dünne Streifen Biltong, das ist eine Art getrocknetes Wildbret – unsere ganzen übrigen Vorräte hatten wir ja jenen furchterregenden Süßwasserkrebsen zum Fraß überlassen müssen), erst einmal beschlossen, irgendwo an Land zu gehen. Doch nun tauchte eine neue Schwierigkeit auf. Wir wußten ja überhaupt nicht, wo das nächste Ufer war. Abgesehen von den Klippen, durch die der unterirdische Fluß in den See trat, konnten wir nichts als eine ausgedehnte, glänzende Fläche blauschimmernden Wassers sehen. Aber nachdem wir festgestellt hatten, daß die großen Schwärme von Wasservögeln immer von der linken Seite her kamen, schlußfolgerten wir, daß sich dort irgendwo das Ufer befinden mußte. Folglich steuerten wir das Kanu in die Richtung, aus der die Vögel kamen, und paddelten mit frischem Mut voran. Nach einer Weile kam eine steife Brise auf, die zum Glück genau in die Richtung blies, die wir eingeschlagen hatten. Mit Hilfe der Stange und einer Decke machten wir uns ein behelfsmäßiges Segel, das uns bald munter vorantrug. Nachdem wir dies besorgt hatten, vertilgten wir den Rest unseres Biltong, spülten es mit einem kräftigen Schluck des köstlichen Seewassers herunter, zündeten unsere Pfeifen an und harrten der Dinge, die da kommen sollten.

Als wir eine Stunde so dahingesegelt waren, rief Good, der die ganze Zeit über den Horizont mit dem Fernglas beobachtete: »Land in Sicht!« Voller Freude blickten wir nach vorn. Good machte uns darauf aufmerksam, daß wir uns, wie die veränderte Farbe des Wassers verriet, der Mündung eines Flusses näherten. Ein paar Minuten später erblickten wir in der Ferne eine große goldene Kuppel, ähnlich der von St. Paul's Cathedral, die aus dem Morgendunst herausragte, und während wir noch darüber rätselten, was in aller Welt das sein konnte, meldete Good eine weitere, noch viel wichtigere Entdeckung, nämlich, daß sich ein kleines Segelschiff auf uns zubewegte. Diese Nachricht, von deren Richtigkeit wir uns bald darauf mit unseren eigenen Augen überzeugen konnten, brachte uns mächtig in Unruhe. Daß die Eingeborenen dieses unbekannten Sees die Kunst des Segelns beherrschten, ließ darauf schließen, daß sie einen gewissen Grad der Zivilisation erreicht hatten. Einige Minuten später hatte uns der Insasse oder die Insassen des Bootes offenbar entdeckt. Einen Moment lang schien er unentschieden zu sein, doch dann kreuzte das Boot mit hoher Geschwindigkeit in unsere Richtung. Nach zehn Minuten war es nur noch etwa hundert Yards von uns entfernt, und wir konnten es uns näher betrachten. Es war ein hübsches kleines Boot – kein aus einem Baumstamm gehöhltes Kanu, sondern eher nach europäischer Art gebaut; also aus Holzplanken. Es trug ein für seine Größe ungeheuer großes Segel. Doch schon bald wurde unsere Aufmerksamkeit von dem Boot auf seine Insassen gelenkt. Es waren ein Mann und eine Frau. *Sie waren fast so weiß wie wir.*

Wir starrten uns gegenseitig verblüfft an. Wir mußten uns geirrt haben. Aber nein, es gab nichts daran zu rütteln: es handelte sich um Weiße. Sie waren nicht blond, aber die beiden Leute in dem Boot waren eindeutig der weißen Rasse zuzuordnen, die sich in wesentlichen Merkmalen von der schwarzen unterscheidet. Sie hatten ungefähr das Äußere von Spaniern oder Italienern. Es war eine ganz eindeutige Tatsache. So war es also doch wahr! Und wir hatten, gelenkt von einer Macht, die nicht die unsrige war, auf unerklärliche, geheimnisvolle Weise dieses mysteriöse Volk entdeckt. Ich hätte vor Freude laut aufjauchzen können ob der Wunderbarkeit dieses Momentes. Wir schüttelten uns gegenseitig die Hände und beglückwünschten uns für den unerwarteten und so plötzlich eingetretenen Erfolg unserer abenteuerlichen Suche. Mein ganzes Leben lang hatte ich Gerüchte gehört von einem weißen Volk, das im Hochland im Innern dieses riesigen Kontinents existieren sollte, und immer hatte ich davon geträumt, dieses Gerücht einmal zu beweisen. Und nun sah ich mit eigenen Augen, daß das Gerücht der Wahrheit entsprach. Ich war verblüfft und sprachlos und vor Freude ganz benommen. Hier bewies der Spruch jenes alten Römers, den Sir Henry so gern zitierte, fürwahr seine Gültigkeit. ›Ex Africa semper aliquid novi‹, was, wie Sir Henry sagt, bedeutet, daß aus Afrika immer etwas Neues kommt.

Der Mann in dem Boot war von guter, wenn auch nicht besonders feiner Physiognomie. Er hatte glattes schwarzes Haar, regelmäßige Züge und besaß ein intelligentes Gesicht. Er trug ein braunes Hemd aus Tuch, vergleichbar etwa einem ärmellosen Flanellhemd, und einen unverwechselbaren Rock aus dem gleichen Material. Die Beine und Füße waren nackt. Um den rechten Arm und das linke Bein trug er dicke Ringe aus einem gelblich glänzenden Metall; vermutlich Gold. Die Frau hatte ein reizendes Gesicht, wild und scheu zugleich. Sie hatte große, dunkle Augen und braunes, lockiges Haar. Ihr Kleid bestand aus demselben Material wie das des Mannes und bestand, wie wir später entdeckten, aus einem leinenen Unterkleid, das ihr bis zum Knie ging, und dann aus einem einzigen langen Streifen Tuch, ungefähr vier Fuß breit und fünfzehn Fuß lang, der in anmutigen Falten um den ganzen Körper geschlungen war und ganz zum Schluß so über die Schulter geworfen wurde, daß sein Ende, das je nach der sozialen Stellung des Trägers blau, purpurn, oder von irgendeiner anderen Farbe war, über die Schulter frei nach vorn fiel. Der rechte Arm und die rechte Brust blieben jedoch unbedeckt. Ein passenderes, anmutigeres Kleid kann man sich, besonders, wenn wie in diesem Fall die Trägerin jung und hübsch war, kaum vorstellen. Good (der ein Auge für so etwas hat) war sichtlich zutiefst davon beeindruckt, und ich muß gestehen, daß ich es ebenfalls war. Ein ebenso schlichtes wie raffiniertes Kleidungsstück.

So erstaunt wir über die Erscheinung des Mannes und der Frau waren, sie waren es, wie wir deutlich erkennen konnten, jedenfalls nicht minder über unser plötzliches Auftauchen. Was den Mann betraf, so schien er von Furcht und Erstaunen gleichermaßen überwältigt zu sein. Er umkreiste eine ganze Weile unser Kanu, wagte jedoch nicht, näher heranzukommen. Schließlich kam er jedoch auf Rufweite heran und rief uns etwas zu in einer Sprache, die sanft und melodisch klang, von der wir aber leider nicht ein Wort verstehen konnten. Wir antworteten auf englisch, französisch, lateinisch, griechisch, deutsch, zulu, niederländisch, sisutu, kukuana und in ein paar anderen Eingeborenendialekten, die mir geläufig sind, aber unser Besucher verstand offenbar keine dieser Sprachen. Im Gegenteil; sie schienen ihn beträchtlich zu verwirren. Was die Frau betraf, so war sie voll und ganz damit beschäftigt, uns aufmerksam zu beobachten. Good gab das Kompliment zurück, indem er sie mit forschendem Blick durch sein Monokel anstarrte, was sie eher zu belustigen schien, als daß es ihr Angst einjagte. Schließlich wendete der Mann, der offensichtlich nicht wußte, was er mit uns anfangen sollte, plötzlich das Boot und steuerte in Richtung Ufer. Sein kleines Boot flog vor dem Wind wie eine Schwalbe. Als es bei dem Wendemanöver dicht vor unserem Bug vorbeisegelte, wandte sich der Mann für einen Augenblick um, um nach dem Segel zu sehen. Good ergriff prompt die Gelegenheit beim Schopfe und warf der jungen Dame eine Kußhand hinüber. Ich war entsetzt, einmal aus Gründen des Anstands, und zum zweiten, weil ich befürchtete, daß sie es als Beleidigung auffassen könnte. Aber zu meiner großen Erleichterung tat sie das nicht. Im Gegenteil; sie warf einen kurzen Blick über die Schulter, und als sie sah, daß ihr Mann oder ihr Bruder, oder wer auch immer er sein mochte, anderweitig beschäftigt war, warf sie ihm prompt eine Kußhand zurück.

»Aha!« sagte ich. »Es sieht ganz so aus, als ob wir nun doch eine Sprache gefunden hätten, die das Volk dieses Landes versteht.«

»Wenn das so ist«, frozzelte Sir Henry, »dann haben wir ja in Good einen unschätzbar wertvollen Dolmetscher.«

Ich runzelte die Stirn, denn ich billigte Goods Frivolitäten ganz und gar nicht. Das weiß er auch, und ich lenkte die Unterhaltung wieder auf ernstere Themen. »Es ist völlig klar«, sagte ich, »daß der Mann in Kürze mit einer ganzen Schar seiner Gefährten zurückkommen wird. Wir sollten uns Gedanken darüber machen, wie wir sie empfangen wollen.«

»Ich glaube, die Frage lautet eher: Wie werden sie uns empfangen?« wandte Sir Henry ein.

Was Good anbetraf, so sagte er überhaupt nichts dazu. Statt dessen zog er einen kleinen, quadratischen Blechkoffer hervor, der uns schon während unserer ganzen Wanderung, unter einem Haufen Gepäck verborgen, begleitet hatte. Wir hatten uns schon oft mit Good wegen dieses Blechkoffers herumgezankt, insbesondere, weil er ziemlich sperrig war und uns ständig beim Transport unseres Gepäcks behindert hatte. Er hatte nie eine klare Antwort über den Inhalt dieses Koffers gegeben. Er hatte jedoch immer darauf bestanden, ihn mitzunehmen, wobei er jedesmal geheimnisvoll angedeutet hatte, daß er sich eines Tages noch als äußerst nützlich erweisen könne.

»Was in aller Welt tust du da, Good?« fragte Sir Henry.

»Was ich da tue? Ich ziehe mich natürlich um! Ihr glaubt doch nicht im Ernst, daß ich mich bei einem neuentdeckten Volk in diesen Klamotten vorstelle, oder?« Er deutete mit einer Geste auf seine schmutzigen, abgewetzten Kleider, die indessen, wie alle Kleidungsstücke von Good, äußerst ordentlich und an zerrissenen Stellen peinlich sauber geflickt waren.

Wir sagten nichts weiter, sondern verfolgten statt dessen sein Vorgehen mit atemlosem Interesse. Als erstes beauftragte er Alphonse, der in solchen Dingen äußerst kompetent war, sein Haar und seinen Bart nach der neuesten Mode zurechtzustutzen. Ich glaube, wenn er heißes Wasser und ein Stück Seife zur Hand gehabt hätte, dann hätte er gar den letzteren abrasiert; aber leider war das nicht der Fall. Als dies geschehen war, schlug er uns allen Ernstes vor, das Segel des Kanus zu reffen und ein Bad zu nehmen. Das taten wir auch, zum großen Erstaunen und Entsetzen von Alphonse, der die Hände über dem Kopf zusammenschlug und feststellte, daß die Engländer schon verrückte Leute wären. Umslopogaas, der wie die meisten Zulus von hoher Herkunft und guter Erziehung äußerst reinlich war, was seine Person anbetraf, hatte indessen keine Lust, im See herumzuschwimmen, und betrachtete das ganze Theater mit milder Belustigung. Erfrischt von dem kühlen Naß kletterten wir wieder in das Kanu und setzten uns zum Trocknen in die Sonne. Während Good seinen Blechkoffer öffnete und zu unser aller Verblüffung als erstes ein sauberes, blütenweißes Hemd hervorholte. Es sah ganz so aus, als käme es frisch aus einer Londoner Dampfreinigung. Als nächstes tauchten mehrere Kleidungsstücke auf. Sie waren zuerst in braunes, dann in weißes, und schließlich in Silberpapier eingewickelt. Wir beobachteten das Auspacken mit größtem Interesse und atemloser Spannung. Mit größter Sorgfalt öffnete Good eine Hülle nach der anderen und ließ die Pracht, die sich in ihrem Innern verbarg, offen zutage treten. Dann faltete er sorgsam jeden einzelnen Bogen Papier wieder zusammen und legte ihn zurück in den Koffer. Und was glaubt Ihr, verehrter Leser, was da vor uns lag? Vor uns in dem Kanu lag in ihrer ganzen majestätischen Pracht, im Glanze ihrer goldenen Schulterstücke, Tressen, Borten und Knöpfe – die Paradeuniform eines Fregattenkapitäns der Royal Navy, komplett mit Galadegen, Dreispitz, Lackstiefeln und allem Drum und Dran! Uns verschlug es buchstäblich den Atem!

»Was?« riefen Sir Henry und ich fast gleichzeitig. *»Was?* Willst du das etwa anziehen?«

»Natürlich«, antwortete Good gefaßt; »wie ihr wissen solltet, hängt ungeheuer viel vom ersten Eindruck ab. Besonders ...«, fuhr er fort, »wenn, wie ich feststelle, Damen in der Nähe sind. Wenigstens einer von uns sollte ordentlich gekleidet sein.«

Wir wußten nichts weiter zu sagen; wir waren ganz einfach sprachlos, besonders, wenn wir daran dachten, auf welch gerissene Weise Good während all der Monate den Inhalt dieses Koffers vor uns verheimlicht hatte. Wir schlugen ihm lediglich vor, er solle sein Kettenhemd unter der Uniform anziehen. Er erwiderte, daß er befürchtete, das Hemd würde dem guten Sitz seines Mantels, den er sorgfältig in der Sonne ausgebreitet hatte, um die Kniffe und Eselsohren herauszukriegen, abträglich sein, stimmte jedoch schließlich dieser Vorsichtsmaßnahme zu. Das Lustigste an der ganzen Sache war jedoch, Umslopogaas' Verblüffung und Alphonses Entzücken über Goods unglaubliches Verwandlungskunststück zu beobachten. Als er schließlich in voller Pracht dastand, sogar mit den Orden auf der Brust, und sich in den stillen Wassern des Sees betrachtete, so wie einst der junge Mann in jener alten Geschichte, dessen

Name mir entfallen ist, aber von dem ich weiß, daß er sich in sein eigenes Spiegelbild verliebte, da konnte der alte Zulu seine Gefühle nicht länger im Zaum halten.

»O Bougwan!« rief er. »O Bougwan! Ich hielt dich immer für einen häßlichen kleinen Mann – und fett, fett wie eine Kuh vor der Kalbung; und nun siehst du aus wie ein blauer Eichelhäher, wenn er stolz seinen Schwanz spreizt. O Bougwan, meine Augen sind geblendet, wenn ich dich anschaue.«

Good liebte diese Anspielungen auf seine Fettleibigkeit ganz und gar nicht; ich muß der Wahrheit halber auch hinzufügen, daß sie nicht mehr allzu berechtigt waren; denn die harten Anstrengungen der letzten Monate hatten seinen Leibesumfang bestimmt um drei Zoll verringert. Aber ansonsten fühlte er sich durch Umslopogaas' offensichtliche Bewunderung äußerst geschmeichelt. Alphonse war in höchstes Entzücken geraten.

»Ah! Monsieur 'at das 'errliche Aussehen von ... von eine Krieger. Das werden die Demoiselles sagen, wenn wir an Land gehen. Monsieur ist vollkommen; er erinnert misch sehr an meine 'eroische Groß ...«

An dieser Stelle unterbrachen wir seinen Redefluß.

Als wir den Glanz betrachteten, den Good da so unerwartet enthüllt hatte, wurden wir mit einem Mal von dem eifersüchtigen Gedanken beseelt, es ihm gleichzutun, und wir machten uns daran, uns ebenfalls so gut es ging herzurichten. Das einzige jedoch, was wir tun konnten, war, uns mit unseren Jagdanzügen aufzuputzen, von denen wir jeder einen besaßen. Unsere Panzerhemden behielten wir darunter an. Was meine Erscheinung anbetrifft, so hätten auch alle feinen Kleider der Welt nichts daran ändern können, daß sie schäbig und unbedeutend wirkte. Sir Henry hingegen hinterließ in seinem fast neuen Tweedanzug, seinen Gamaschen und Stiefeln einen hervorragenden Eindruck. Alphonse putzte sich ebenfalls mächtig heraus und zwirbelte seine enormen Bartspitzen besonders hoch. Selbst der alte Umslopogaas, der im allgemeinen kein Freund eitler Selbstbespiegelung war, schloß sich dem allgemeinen Trend an und polierte mit etwas Werg und dem Öl aus der Lampe solange an seinem Kopfring herum, bis er glänzte wie Goods Lackstiefel. Dann zog er das Panzerhemd an, das Sir Henry ihm geschenkt hatte, sowie seinen ›Moocha‹, und schließlich komplettierte er seine Erscheinung noch, indem er Inkosi-kaas gründlich reinigte.

Mittlerweile hatten wir uns schon ein ganzes Stück dem Land, beziehungsweise der Mündung eines großen Flusses genähert (das Segel hatten wir, gleich nachdem wir unser Bad beendet hatten, wieder gesetzt). Kurz darauf sahen wir – inzwischen waren ungefähr anderthalb Stunden vergangen, seit das kleine Boot uns verlassen hatte –, wie vom Fluß oder Hafen her eine große Anzahl von Booten auftauchte. Die größten von ihnen hatten wohl an die zwölf Tonnen. Eines von ihnen wurde von vierundzwanzig Rudern vorwärtsbewegt; fast alle anderen waren Segelboote. Wir spähten durch das Glas und erkannten sogleich, daß das Ruderboot ein offizielles Schiff war; die Mannschaft trug eine Art Uniform. Vorn auf dem Halbdeck stand ein alter, ehrwürdig aussehender Mann mit einem langen weißen Bart und einem Schwert im Gürtel. Offensichtlich war er der Befehlshaber des Schiffes. Die anderen Boote waren anscheinend voll mit Leuten, die die Neugier herausgetrieben hatte. Sie segelten oder ruderten, so schnell sie konnten, auf uns zu.

»Was sollen wir wetten?« fragte ich. »Werden sie uns freundlich empfangen, oder werden sie kurzen Prozeß mit uns machen?«

Keiner wußte eine Antwort auf diese Frage. Das kriegerische Aussehen des Alten und sein Schwert machten uns ein wenig nervös.

In diesem Augenblick erspähte Good eine Herde Flußpferde auf dem Wasser, ungefähr zweihundert Yards von uns entfernt. Er schlug vor, es wäre nicht das Schlechteste, den Eingeborenen mit unserer Macht Respekt einzuflößen, indem wir einige der Tiere erschossen. Wir waren sofort von dieser Idee eingenommen (was sich noch als großer Fehler

Die Boote nähern sich

erweisen sollte) und holten unsere großkalibrigen Gewehre hervor, für die wir noch ein paar Patronen hatten. Die Herde bestand aus vier Tieren: einem großen Bullen, einer Kuh und zwei Kälbern, von denen eines schon fast zwei Drittel der Größe eines ausgewachsenen Tieres hatte. Schnell hatten wir sie erreicht. Ihre einzige Reaktion auf unser plötzliches Erscheinen bestand darin, daß sie sich unter die Wasseroberfläche sinken ließen und ein paar Yards weiter gleich wieder auftauchten. Ihre unglaubliche Arglosigkeit kam mir in der Tat ungewöhnlich vor. Als die herankommenden Boote etwa noch einen Abstand von etwa fünfhundert Yards hatten, eröffnete Sir Henry den Reigen, indem er auf das größere der beiden Kälber feuerte. Die schwere Kugel traf es genau zwischen den Augen, durchdrang den Schädel und tötete es auf der Stelle. Als es unterging, zog es eine breite Blutspur hinter sich her. Dann feuerten Good und ich fast gleichzeitig unsere Kugeln ab; ich auf die Kuh, und Good auf den alten Bullen. Mein Schuß traf das Tier, verletzte es aber nicht tödlich. Mit einem gewaltigen Platschen tauchte das Flußpferd unter und kam sogleich mit wütendem Grunzen wieder hoch. Mit der Kugel aus dem zweiten Lauf gab ich ihm den Rest. Das Wasser färbte sich blutigrot, und dann versank das mächtige Tier. Good, der ein erbärmlicher Schütze ist, verfehlte den Kopf des Bullen; die Kugel streifte ihn lediglich. Nachdem ich meinen zweiten Schuß abgefeuert hatte, blickte ich auf. Den Reaktionen nach zu urteilen, schienen die Menschen, mit denen wir hier in Berührung gekommen waren, noch nie Feuerwaffen gesehen zu haben: die Verwirrung, die unsere Schüsse und ihre Wirkung auf die Tiere auslösten, war ungeheuer. Einige der Leute in den Booten stießen laute Entsetzensschreie aus; andere wendeten und machten, daß sie so schnell wie möglich wieder davonkamen. Auch der alte Mann mit dem Schwert machte ein entsetztes und verwirrtes Gesicht und ließ sein großes Ruderboot auf der Stelle anhalten. Es blieb uns indessen nur wenig Zeit zum Schauen; denn just in dem Moment tauchte der alte Bulle, durch die Verletzung, die er durch den Streifschuß erlitten hatte, aufs äußerste gereizt, wieder aus dem Wasser auf, etwa vierzig Yards von unserem Boot entfernt, und glotzte uns wutschnaubend an. Wir schossen alle drei auf ihn und erwischten ihn an verschiedenen Stellen. Schwer getroffen ging er wieder unter. Bei den Zuschauern schien jetzt doch die Neugier über die Angst zu siegen; denn einige segelten dicht an uns heran; unter ihnen befanden sich auch der Mann und die Frau, die wir als erste etwa zwei Stunden zuvor gesehen hatten. Sie kamen am dichtesten heran und waren bald fast auf gleicher Höhe mit uns. In dem Moment tauchte das riesige Tier, knapp zehn Yards von ihrem Boot entfernt, erneut auf, und mit wütendem Gebrüll und weit aufgerissenem Maul griff es das Boot an. Die Frau stieß einen spitzen Schrei des Entsetzens aus, und der Mann versuchte noch, mit dem Boot auszuweichen; jedoch ohne Erfolg. In der nächsten Sekunde sah ich, wie der riesige rote Schlund mit den glänzenden Stoßzähnen sich mit einem knirschenden Geräusch über dem einen Ende des zerbrechlichen Gefährtes schloß, buchstäblich eine Ecke davon abbiß und das Boot umwarf. Das Fahrzeug kenterte auf der Stelle, und seine Insassen flogen in hohem Bogen ins Wasser. Gleich darauf, ohne daß wir auch nur eine Sekunde Zeit gehabt hätten, etwas zur Rettung der beiden zu unternehmen, war das bis aufs Blut gereizte Tier schon wieder zur Stelle und griff mit weit aufgerissenem Maul das arme Mädchen an, das verzweifelt in den Fluten um sich schlug. Schon waren die mahlenden Kiefer der Bestie im Begriff, sich über dem armen Mädchen zu schließen, da hatte ich mein Gewehr auch schon hochgerissen und feuerte knapp über den Kopf des Mädchens hinweg mitten in den Schlund des Flußpferdes. Es kippte nach hinten weg und begann, laut schnaubend und rote Blutfontänen aus seinen Nasenlöchern pustend, sich im Wasser um seine eigene Achse zu drehen. Bevor es sich jedoch noch einmal erholen konnte, hatte ich ihm auch schon die Kugel aus dem zweiten Lauf seitlich in den Hals gejagt, und das gab ihm endgültig den

Rest. Es hörte sofort auf sich zu drehen und sank auf der Stelle.

Unsere nächste Anstrengung galt der Rettung des Mädchens. Der Mann war inzwischen fortgeschwommen und in ein anderes Boot geklettert. Diesmal jedoch hatten wir sofort Glück; es gelang uns (unter dem Geschrei der Schaulustigen), das Mädchen, das völlig erschöpft und verängstigt, aber ansonsten unverletzt war, schnell ins Kanu zu ziehen.

In der Zwischenzeit hatten sich die Boote in respektvoller Entfernung versammelt, und wir sahen, wie ihre Insassen, die offenbar völlig verwirrt und verängstigt waren, beratschlagten, was sie nun tun sollten. Ohne ihnen Zeit für irgendwelche Entschlüsse zu lassen, die, so fürchteten wir, möglicherweise zu unseren Ungunsten ausgefallen wären, griffen wir nach unseren Paddeln und hielten auf sie zu. Good stellte sich aufrecht in den Bug des Kanus, schwenkte höflich seinen Dreispitz in sämtlichen Richtungen und ließ sein ohnehin freundlich wirkendes Gesicht in einem offenen und aufgeweckten Lächeln erstrahlen.

Die meisten Boote wichen zurück, als wir näherkamen. Einige jedoch blieben da, wo sie waren, während das große Ruderboot uns entgegenkam, um uns in Empfang zu nehmen. Kurz darauf war es längsseits von uns, und ich konnte deutlich sehen, daß unsere äußere Erscheinung – besonders die von Good und Umslopogaas, bei dem ehrwürdigen Kapitän Erstaunen erweckte, gepaart mit ein wenig Furcht. Er war nach der gleichen Mode gekleidet wie der Mann, den wir zuerst gesehen hatten, nur daß sein Hemd nicht aus braunem Tuch war, sondern aus schneeweißem Leinenstoff, der purpurfarben gesäumt war. Der Rock jedoch war der gleiche; ebenso die dicken Goldringe um den Arm und den linken Unterschenkel. Die Ruderer trugen lediglich einen Rock, ansonsten waren sie bis zur Hüfte nackt. Good zog vor dem alten Mann den Dreispitz mit einer besonders tiefen Verbeugung und fragte ihn in makellosem Englisch nach seinem Befinden. Wie als ob er damit antworten wolle, legte der Mann Zeige- und Mittelfinger seiner rechten Hand quer über die Lippen und hielt sie einen Moment lang so. Wir vermuteten, daß das seine Art zu grüßen war. Dann rief auch er etwas zu uns herüber, in derselben melodisch klingenden Sprache, die schon den ersten Mann ausgezeichnet hatte. Wir mußten ihm jedoch leider zu verstehen geben, daß wir kein Wort verstanden. Das taten wir, indem wir den Kopf schüttelten und die Achseln zuckten. Das letztere tat Alphonse so perfekt, als sei es ihm angeboren, und dabei auf eine so höfliche Weise, daß niemand es als Beleidigung hätte auffassen können. Als wir uns so gegenüberstanden und im Moment niemand so recht weiterzuwissen schien, dachte ich mir, da mein Hunger inzwischen kaum noch auszuhalten war, daß es nichts schaden könne, wenn ich die Aufmerksamkeit der Männer auf diese Tatsache lenkte. Gesagt, getan; ich öffnete also den Mund, zeigte mit dem Finger in Richtung Hafen; gleichzeitig warf einer von der Besatzung seines Bootes uns eine Leine herüber und gab uns ein Zeichen, sie festzumachen, was wir auch sofort taten. Das Ruderboot nahm uns ins Schlepptau und glitt mit hoher Geschwindigkeit auf die Flußmündung zu. Die anderen Boote folgten uns. Ungefähr zwanzig Minuten danach erreichten wir die Hafeneinfahrt, in der es nur so wimmelte von Booten, die alle voll besetzt waren mit Leuten, die extra herausgekommen waren, um uns zu sehen. Wir machten die Beobachtung, daß alle von heller Hautfarbe waren, obwohl manche hellhäutiger schienen als andere. Die Haut einiger Frauen war in der Tat von blendendem Weiß; der dunkelste Teint, den wir entdecken konnten, war ungefähr der eines ziemlich dunkelhäutigen Spaniers. Kurz darauf machte der breite Strom einen Bogen, und im selben Moment entfuhr uns allen gleichzeitig ein Ausruf höchsten Erstaunens und Entzückens, als wir zum ersten Mal die Stadt vor uns liegen sahen, die wir bald kennenlernen sollten als Milosis oder die ›Finster blickende Stadt‹ (von *mi,* was Stadt bedeutet, und *losis,* was soviel heißt wie Stirnrunzeln oder finsterer Blick).

Etwa fünfhundert Yards hinter dem Flußufer ragte ein

steiler Felsen aus Granit auf, dessen Höhe wohl zweihundert Fuß betrug. Früher hatte er sicherlich einmal selbst das Flußufer gebildet – den Streifen Land, auf dem sich jetzt Docks und Fahrdämme befanden, hatte man wohl trockengelegt, indem man den Fluß eingedeicht und sein Bett vertieft hatte.

Auf dem Vorsprung dieses Felsens stand ein großes Gebäude, das aus demselben Granit wie der Felsen errichtet war. Es bestand aus drei rechtwinklig zueinanderstehenden Flügeln. Die vierte Seite war offen, abgesehen von einer Art Brustwehr, an deren Fuß sich eine kleine Tür befand. Wie wir später erfuhren, war dieser imposante Bau der Palast der Königin, oder richtiger, der Königinnen.

Hinter dem Palast erstreckte sich auf einem sanft ansteigenden Hügel die Stadt, in deren Hintergrund sich ein prunkvoll leuchtendes Gebäude aus weißem Marmor erhob, dessen Krone die goldene Kuppel bildete, die wir vorher schon von weitem gesehen hatten. Die gesamte Stadt war, mit Ausnahme dieses einen Gebäudes, ganz aus rotem Granit errichtet; sie war in regelmäßigen Rechtecken angeordnet, zwischen denen sich herrliche Straßen hinzogen. Soweit wir erkennen konnten, waren die Häuser alle einstöckig und freistehend. Sie waren ausnahmslos von Gärten umgeben, die das vom monotonen Anblick des roten Granits ermüdete Auge erquickten. Von der Rückenseite des Palastes ausgehend zog sich eine Straße von außerordentlicher Breite etwa anderthalb Meilen bergan. Sie mündete in einen offenen Platz, der das weiß leuchtende Gebäude, das den Hügel krönte, umgab. Aber direkt vor uns lag das, was die eigentliche Pracht und Herrlichkeit von Milosis ausmachte – der große Treppenaufgang des Palastes, dessen kühner Glanz uns fast den Atem raubte. Der geneigte Leser möge sich, wenn er dazu in der Lage ist, eine herrliche Treppe vorstellen, fünfundsechzig Fuß von Balustrade zu Balustrade, bestehend aus zwei gigantischen Fluchten, von denen jede hundertfünfundzwanzig Stufen hat, je acht Zoll hoch und drei Fuß breit, zwischen denen sich ein Ruheplatz von sechzig Fuß Länge befindet. Er möge sich weiter vorstellen, daß diese ungeheure Konstruktion, die sich von der Palastmauer auf dem oberen Rand des Felsens bis hinunter zu einem Wasserweg oder Kanal, den man eigens dazu an ihrem Fuße gegraben hatte, erstreckte, auf einem einzigen gewaltigen Bogen aus Granit ruht, dessen Schlußstein der Ruheplatz zwischen den beiden Fluchten bildet; das heißt, der die beiden Fluchten verbindende Platz liegt genau auf der höchsten Krümmung des Granitbogens! Aus diesem Bogen wuchs ein freischwebender Stützbogen, oder besser etwas, das von der Form her einem freischwebenden Bogen ähnlich war, wie es nie zuvor jemand von uns irgendwo auf der Welt gesehen hatte, und dessen Schönheit und Großartigkeit alles, was wir uns überhaupt je hatten vorstellen können, weit in den Schatten stellte. Dreihundert Fuß von einem Ende zum anderen, und nicht weniger als fünfhundertfünfzig, wenn man entlang der Krümmung maß, schwang sich dieser halbkreisförmige Bogen in die Höhe; die Brücke, die er trug, berührte er nur auf einer Fläche von fünfzig Fuß. Das eine Ende ruhte, wie schon erwähnt, auf dem Hauptbogen, und das andere Ende war in den soliden Granit der Felswand eingebettet.

Dieser Treppenaufgang war mit seinen Stützbogen in der Tat ein Meisterwerk der Architektur, auf das jeder Mensch auf der Welt stolz gewesen wäre; zum einen aufgrund seiner unerhörten Größe, zum andern aufgrund seiner alles übertreffenden Schönheit. Viermal war das Werk, mit dem irgendwann in grauer Vorzeit begonnen worden war, gescheitert – das erfuhren wir später –, und man hatte es über drei Jahrhunderte hinweg halb vollendet so stehen lassen, bis schließlich ein jugendfrischer Baumeister namens Rademas die Stirn hatte zu behaupten, er würde das Werk erfolgreich vollenden. Er setzte für diese ungeheure Aufgabe sein Leben als Pfand ein: wenn er scheiterte, dann sollte er von eben jenem Felsen, den mit seinem Bauwerk zu erstürmen er sich so keck erkühnt hatte, hinabgeschleudert werden; sollte er jedoch das Werk erfolgreich zu Ende führen, dann sollte er zum Lohn die Hand der Königstochter erhalten. Er sollte fünf Jahre Zeit haben, die Arbeit auszuführen; Arbeitskräfte und Baumaterial wurden ihm in unbegrenzter Höhe zur Verfügung gestellt. Dreimal fiel sein Bogen in sich zusammen; schließlich, als er sah, daß sein Scheitern unvermeidlich war, beschloß er, am Morgen nach dem dritten Zusammenbruch seinem Leben selbst ein Ende zu setzen. In jener Nacht erschien ihm jedoch im Traum eine wunderschöne Frau, die seine Stirn berührte. Und plötzlich hatte er vor seinen Augen die Vision des vollendeten Werkes, und durch das Mauerwerk hindurch sah er gleichzeitig, wie er all die Schwierigkeiten, die mit dem Bau des freischwebenden Bogens, der bisher seinem Genius hohngesprochen hatte, verbunden waren, mit einem Schlag lösen konnte. Er erwachte und begab sich sofort mit neuem Mut ans Werk; diesmal jedoch nach einem neuen, anderen Plan, und – siehe da! – er schaffte es, und als der letzte Tag des fünften Jahres angebrochen war, führte er die Prinzessin als Braut über die Treppe in den Palast. Und als der König gestorben war, wurde er als Gemahl der Königin zum König gekrönt und begründete die Zu-Vendi-Dynastie, die noch heute besteht, und die bis zum heutigen Tage ›das Herrscherhaus der Treppe‹ genannt wird. Dies ist einmal mehr der Beweis dafür, daß Ausdauer im Verein mit Talent das natürliche Sprungbrett für Größe und Ruhm ist. Und um seinen Triumph bis ans Ende aller Tage unvergeßlich zu machen, errichtete er ein Standbild, das ihn selbst darstellt, wie er im Traum von der schönen Frau an der Stirn berührt wird, und er ließ es in der großen Halle des Palastes aufstellen, wo es bis zum heutigen Tage zu sehen ist.

Das also war die große Treppe von Milosis mit der dahinter liegenden Stadt. Kein Wunder, daß sie ›die finster blickende Stadt‹ genannt wurde; schienen doch jene mächtigen Bauwerke aus solidem roten Granit stirnrunzelnd in ihrem düsteren Glanz auf unsere vergängliche Kleinheit herabzublicken. Das war sogar der Fall, wenn die Sonne schien; aber wenn sich erst die finsteren Wolken des Sturmes über ihrer gebieterischen Stirn zusammenballten, dann sah Milosis eher aus wie die Wohnstätte des Übernatürlichen oder wie die phantastische Ausgeburt eines Dichterhirns, als das, was sie in Wirklichkeit ist – eine vergängliche Stadt, von dem geduldigen Genius von Generationen aus der roten Stille der Berge gemeißelt.

12

Die königlichen Schwestern

Das große Ruderboot glitt nun in die künstliche Bucht hinein, die fast bis zum Fuß der riesigen Treppe reichte, und legte an einem Steg an, von dem ein paar Stufen zum Landeplatz führten. Hier stieg der alte Mann vom Schiff und bedeutete uns mit einer Geste, es ihm gleichzutun, was wir, da wir gar keine andere Möglichkeit hatten und außerdem schon bald dem Hungertode nahe waren, auch ohne zu zögern taten – nicht ohne jedoch unsere Gewehre mitzunehmen. Jedesmal, wenn einer von uns auf den Landesteg trat, legte unser Führer zum Gruße Zeige- und Mittelfinger seiner rechten Hand über die Lippen und machte eine tiefe Verbeugung. Gleichzeitig gemahnte er die Masse, die sich schon versammelt hatte, um uns anzustarren, zurückzutreten. Als letzte verließ das Mädchen, das wir aus dem Wasser gefischt hatten, das Kanu. Ihr Gefährte erwartete sie schon. Bevor sie ging, küßte sie meine Hand, vermutlich als ein Zeichen ihrer Dankbarkeit, daß ich sie in letzter Sekunde vor dem wütend zuschnappenden Maul des Flußpferdes gerettet hatte. Die Angst, die sie möglicherweise vor uns gehabt hatte, schien sie inzwischen überwunden zu haben, und keineswegs wild darauf zu sein, allzu eilig zu ihren rechtmäßigen Eigentümern zurückzukehren. Jedenfalls schickte sie sich gerade an, auch noch Goods Hand zu küssen, als der junge Mann einschritt und sie davonführte.

Kaum waren wir an Land, als sich auch schon ein paar von den Männern, die das große Boot gerudert hatten, unserer Sachen bemächtigten und sie flink die riesige Treppe hinauftrugen. Unser Führer deutete uns sogleich mit einer Geste an, daß die Sachen in sicherer Obhut seien. Dann wandte er sich nach rechts und schritt zu einem kleinen Haus, das, wie ich bald herausfand, ein Gasthof war. Wir wurden in einen großen Raum geführt, in dem schon ein hölzerner Tisch gedeckt war, vermutlich für uns. Unser Führer gab uns ein Zeichen, daß wir uns auf die Bank setzen sollten, die längs des Tisches stand. Es bedurfte fürwahr keiner zweiten Einladung, sofort fielen wir heißhungrig über die Köstlichkeiten her, die man uns da auf hölzernen Tabletts serviert hatte. Es war kaltes Ziegenfleisch, eingewikkelt in würzige Blätter, die ihm einen delikaten Geschmack verliehen; dazu gab es einen grünen Salat, ähnlich unserem Kopfsalat, dunkles Brot und Rotwein, der aus einem Schlauch in Hornbecher geschenkt wurde. Dieser Wein war mild und hervorragend; er ähnelte im Geschmack ein wenig dem Burgunder. Nach zwanzig Minuten erhoben wir uns von jener gastlichen Tafel und fühlten uns wie neugeboren. Nach allem, was wir durchgemacht hatten, brauchten wir vor allem zwei Dinge: Nahrung und Ruhe. Die Nahrung allein war für uns schon eine herrliche Wohltat. Zwei Mädchen, die den gleichen Liebreiz in ihren Gesichtszügen hatten wie die Frau, die wir als erste gesehen hatten, bedienten uns während des Essens; sie machten es auf eine sehr angenehme Weise. Auch sie waren auf die gleiche Art gekleidet, wie wir es schon bei den anderen gesehen hatten: ein weißer Leinenunterrock, der bis zum Knie reichte, und darüber das togaähnliche Gewand aus braunem Tuch, das die rechte Brust und den rechten Arm unbedeckt ließ. Später erfuhr ich, daß es sich hierbei um die nationale Tracht handelte. Sie richtete sich nach strengen Regeln, variierte jedoch in einem gewissen Rahmen. Wenn zum Beispiel der Unterrock weiß war, bedeutete das, daß die Trägerin unverheiratet war. War er weiß mit einem purpurfarbenen Streifen längs des Saumes, dann war sie verheiratet und war erste oder gesetzliche Frau. War er weiß mit einem wellenförmigen Purpurstreifen, dann war sie zweite oder Nebenfrau. War der Streifen schwarz, dann bedeutete das, daß es sich um eine Witwe handelte. Auch die Toga, oder der ›Kaf‹, wie sie es nennen, kam in zahlreichen Farben vor; je nach dem sozialen Rang gingen die Farbschattierungen vom reinsten Weiß bis zum tiefsten Braun; die Enden waren auf die verschiedensten Arten mit Stickereien geschmückt. Das gleiche traf auch auf die ›Hemden‹ oder besser, Kittel zu, die die Männer trugen; sie variierten in Material und Farbe. Die Röcke jedoch waren immer die gleichen; sie unterschieden sich höchstens in der Qualität voneinander. Eines jedoch trug jeder im Lande, gleich ob Mann oder Frau, gewissermaßen als nationales Signum: das dicke Goldband um den rechten Oberarm und den linken Unterschenkel. Leute von sehr hohem Rang trugen auch noch einen goldenen Ring um den Hals. Unser Führer zum Beispiel gehörte zu dieser Gruppe.

Als wir das Mahl beendet hatten, verbeugte sich unser ehrwürdiger Begleiter, der die ganze Zeit neben uns gestanden und uns neugierig betrachtet hatte, insbesondere unsere Gewehre, die er mit kaum verhohlener Furcht bestaunte, soweit das sein Stolz eben zuließ, vor Good, den er aufgrund seiner prächtigen Staffage offensichtlich für den Anführer unserer Gruppe hielt, und dann geleitete er uns wieder zur Tür hinaus und führte uns zum Fuß der großen Treppe. Dort verweilten wir einen Augenblick, um die beiden gewaltigen, jeweils aus einem einzigen Block reinen schwarzen Marmors gehauenen Löwen zu bewundern, die hoch aufgerichtet am Ende der beiden Balustraden des Treppenaufgangs standen. Diese Löwen waren von hervorragender Ausführung. Auch sie waren das Werk von Rademas, dem berühmten Prinzen, der die Treppe erbaut hatte, und der zweifelsohne, den zahlreichen wunderschönen Zeugnissen seiner Kunst nach zu urteilen, die wir später noch sehen sollten, einer der hervorragendsten Bildhauer war, die jemals auf dieser Erde gelebt haben.

Danach stiegen wir mit einem fast ehrfürchtigen Gefühl die gewaltige Treppe hinauf, jenes Meisterwerk, das, für die Unendlichkeit gebaut, ohne Zweifel noch in Tausenden von Jahren von den nachfolgenden Generationen bewundert werden wird, wenn es nicht vorher einem Erdbeben zum Opfer fallen sollte. Selbst Umslopogaas, dem es in der Regel gegen die Ehre ging, unverhüllt Verblüffung und Erstaunen zu zeigen (er fand, das sei eines Kriegers nicht würdig), war buchstäblich hingerissen und fragte mich, ob die Brücke ›das Werk von Menschen oder von Teufeln‹ sei, womit er auf seine Weise auf alles ihm übernatürlich Erscheinende anzuspielen pflegte. Einzig Alphonse schien völlig unbeeindruckt. Die wuchtige Pracht des Bauwerks schien den kleinen Franzosen eher unangenehm zu berühren. Er gestand zwar, daß alles ›très magnifique‹ sei, fand aber gleichzeitig, daß es ›triste, très triste‹ wirkte und daß das Bauwerk weit eleganter und schöner wäre, wenn man die Balustraden *vergoldete*.

Bald hatten wir die hundertfünfundzwanzig Stufen der ersten Flucht hinter uns gebracht und erreichten erschöpft die breite Plattform, die sie mit der zweiten Flucht verband. Hier hielten wir für einen Augenblick an, um aus luftiger Höhe den herrlichen Anblick zu genießen, den einer der schönsten Landstriche, den diese Welt wohl besitzt, dem Auge des Betrachters darbot. Das Ganze war eingerahmt von dem herrlich blauen Wasser des Sees. Alsdann begaben wir uns zum Anstieg auf die zweite Treppenflucht, und schließlich erreichten wir die Spitze, wo wir eine große Fläche vorfanden, zu der es drei Zugänge gab, die alle recht klein waren. Zwei davon führten auf schmale Galerien oder Fahrwege, die man in die Vorderseite des Felsens gehauen hatte. Sie verliefen längs der Palastmauern und mündeten in die Hauptverkehrswege der Stadt. Sie wurden von den Bewohnern benutzt, die zwischen den Hafenanlagen und dem Palast verkehrten. Sie waren mit großen Toren aus

Bronze gesichert; darüber hinaus war es, so erfuhren wir später, möglich, ganze Abschnitte der Fahrwege selbst hinunterzulassen, indem man bestimmte Riegel und Schließhaken löste. Auf diese Weise konnte man etwaigen Angreifern den Zugang versperren. Der dritte Zugang bestand aus einer Treppenflucht aus zehn halbkreisförmigen schwarzen Marmorstufen, die zu einer Pforte in der Palastmauer führten. Die Mauer war für sich genommen schon ein Kunstwerk; sie bestand aus riesigen, an die vierzig Fuß hohen Granitblöcken und war so gebaut, daß die Außenseite eine Konkavwölbung aufweist, was ein Erklimmen der Mauer unmöglich macht.

Unser Führer geleitete uns nun zu dieser Pforte. Die Tür aus massivem Holz, die zusätzlich noch durch ein Außentor aus Bronze geschützt wurde, war geschlossen. Als wir uns ihr jedoch näherten, wurde sie von innen geöffnet. Es erscholl der Anruf eines Wachtpostens. Gleichzeitig stellte dieser sich uns in den Weg, und wir hatten die Gelegenheit, ihn uns näher zu betrachten. Er war bewaffnet mit einem schweren Speer, dessen Spitze, ähnlich wie ein Bajonett, die Form eines Dreikants hatte, und mit einem kurzen Schwert. Brust und Rücken waren mit Platten aus sorgfältig präpariertem Flußpferdleder geschützt. Ein kleiner runder Schild aus demselben Material vervollständigte seine Ausrüstung. Das Schwert erregte auf der Stelle unsere Aufmerksamkeit; es war praktisch identisch mit dem, das sich im Besitz von Mr. Mackenzie befand, jener Waffe also, die der unglückliche Wanderer bei sich gehabt hatte. Das Schwert des Wachtpostens war mit den gleichen unverwechselbaren, mit Gold ausgelegten Durchbrüchen versehen. Also hatte der Wanderer doch die Wahrheit gesprochen.

Unser Führer gab das Losungswort, woraufhin der Wachtposten den Eisenschaft seines Speers zum Salut mit einem klirrenden Gräusch auf das Pflaster stieß; wir durften passieren. Durch die dicke Mauer marschierten wir in den Hof des Palastes. Dieser maß etwa vierzig Yards im Quadrat und war ganz mit Blumenbeeten und Sträuchern angelegt.

Viele der Pflanzen waren mir völlig unbekannt. Mitten durch diesen parkähnlichen Palasthof verlief ein breiter Pfad, den man anstelle von Kies mit zerriebenen Muscheln bestreut hatte. Die Muscheln stammten wahrscheinlich aus dem See. Wir schritten den Pfad entlang und kamen an einen zweiten Eingang, über dem sich ein schwerer Torbogen wölbte. Anstelle einer Tür befanden sich vor diesem Eingang schwere Vorhänge. Dahinter folgte ein kurzer Korridor, und dann standen wir in der großen Halle des Palastes. Und wieder waren wir überwältigt von dem schlichten und doch so eindrucksvollen Glanz der Architektur dieses Volkes.

Die Halle war – das erfuhren wir später – hundertfünfzig Fuß lang und achtzig Fuß breit. Sie hatte eine wunderschön gewölbte Decke aus reichlich mit Schnitzwerk versehenem Holz. Auf beiden Längsseiten der Halle waren in einem Abstand von zwanzig Fuß von der Wand in langer Reihe schlanke Säulen aus schwarzem Marmor angeordnet, die bis zur Decke reichten, sehr schön kanneliert und mit reich verzierten Kapitälen. An dem einen Ende dieser großen Säulenhalle befand sich die Skulptur, die ich schon erwähnt habe: jene Gruppe, die Rademas zur Erinnerung an den erfolgreichen Bau der Brücke schuf. Die Schönheit dieses Werkes raubte uns fast den Atem; in sprachloser Bewunderung standen wir vor ihm. Die Gruppe, deren Figuren weiß waren (der Rest der Statue war aus schwarzem Marmor), hatte ungefähr anderthalbfache Lebensgröße. Eine der Figuren stellte einen jungen Mann mit edlen Gesichtszügen und vollendeter Gestalt dar, der schwermütig auf einem Bette liegt. Ein Arm hing nachlässig über den Rand des Bettes, während er den Kopf auf den anderen stützte, wobei die herabwallenden Locken ihn halb verdeckten. Über ihn gebeugt stand eine weibliche Gestalt mit einem reich drapierten Gewand. Ihre Hand ruhte leicht auf seiner Stirn. Diese Frau war von einer solch strahlend weißen Schönheit, daß der Betrachter unwillkürlich den Atem anhielt. Und erst der stille Zauber, der auf ihrem vollendeten Antlitz ruhte – es fehlen mir die Worte, ihn zu beschreiben! Er ruhte auf ihren

Zügen wie das Lächeln eines Engels; Macht, Liebe, Göttlichkeit – all dies schien aus ihrem Blick zu sprechen. Sie schaute den schlummernden Jüngling an, und das vielleicht Außergewöhnlichste an diesem Meisterwerk war die frappierende Naturtreue, in der es dem Künstler gelungen war, auf dem erschöpften, sorgenumwölkten Gesicht des Schlafenden den Ausdruck der plötzlich aufkeimenden Hoffnung wiederzugeben, die in dem Augenblick eintritt, da der Zauber in seinem Geiste zu wirken beginnt. Es hatte fast den Anschein, als bräche eine Inspiration in die Dunkelheit seiner Seele, wie die Morgendämmerung über die Dunkelheit der Nacht. Es war in der Tat ein großartiges Meisterwerk der Bildhauerkunst, wie es nur ein wahrer Genius vollendet haben kann.

Zwischen den schwarzen Marmorsäulen waren ebenfalls Statuen gruppiert; einige von ihnen stellten allegorische Motive dar, andere verstorbene Monarchen und ihre Frauen oder berühmte Männer. Keine dieser Statuen jedoch kam unserer Meinung nach auch nur annähernd jenem großartigen Kunstwerk gleich, das ich hier beschrieben habe, obwohl verschiedene darunter ebenfalls von der Hand des großen Bildhauers und Architekten, König Rademas, sind.

Im Mittelpunkt der Halle befand sich ein massiver Klotz aus schwarzem Marmor. Er hatte etwa die Größe eines Babystuhls und ähnelte ihm auch ein wenig in der Form. Dieser Marmorblock war, wie wir später noch erfuhren, der heilige Stein dieses bemerkenswerten Volkes. Auf ihn legten die Monarchen nach der Krönungszeremonie ihre Hand und schworen bei der Sonne, das Reich mit allen Mitteln zu schützen und zu verteidigen und seine Gebräuche, Traditionen und Gesetze zu befolgen und zu bewahren. Dieser Stein war allem Anschein nach uralt, und längs seiner Seiten waren lange Linien eingekerbt, was, wie Sir Henry mir erklärte, der Beweis dafür war, daß er einmal vor Urzeiten in der eisernen Umklammerung eines Gletschers gewesen sein mußte. Um diesen Marmorblock, der dem Volksglauben nach von der Sonne gefallen war, rankte sich eine merkwürdige Prophezeiung; nämlich daß, wenn er einst in Stücke zerspränge, ein König, der einer fremden Rasse entstammte, die Herrschaft über das Reich antreten würde. Der Stein sah indessen so bemerkenswert solide aus, daß die angestammten Prinzen wohl eine gute Chance hatten, ihre Herrschaft noch für einige Jahrhunderte zu behalten.

Am Ende der Halle befand sich ein Podium, welches mit dicken, reich verzierten Teppichen ausgelegt war. Auf diesem Podium standen nebeneinander zwei Thronsessel. Diese Thronsessel, die die Form großer Stühle hatten, bestanden aus massivem Gold. Die Sitzflächen waren dick ausgepolstert, die Rückenlehnen hingegen waren nackt. Auf jeder der beiden Rückenlehnen befand sich ein großes Sonnenemblem, das seine feurigen Strahlen in alle Richtungen aussandte. Als Fußstützen dienten zwei liegende Löwen aus purem Golde, deren Augen aus gelb schimmernden Topasen bestanden.

Ihr Licht bekam die Halle aus zahlreichen schmalen Fenstern, die ziemlich weit oben in die Wand gebrochen waren. Sie erinnerten ein wenig an Schießscharten, wie man sie in alten Schlössern sieht. Glas hatten sie keines; diesen Werkstoff kannte man hier offensichtlich nicht.

So also sah die großartige Halle aus, in der wir uns befanden. Die recht ausführliche Beschreibung gründet sich natürlich auf die etwas eingehendere Betrachtung, zu der wir bei späteren Besuchen noch Gelegenheit haben sollten. Im Augenblick jedenfalls hatten wir nur wenig Zeit, uns alles genauer anzusehen, denn als wir die Halle betraten, sahen wir, daß sich eine große Anzahl von Männern vor den zwei Thronsesseln versammelt hatten, die indes noch unbesetzt waren. Einige von ihnen, offenbar ihre Anführer, saßen auf reichlich mit Schnitzwerk geschmückten Holzstühlen, die links und rechts von den Thronsesseln aufgereiht waren, jedoch nicht davor. Sie trugen weiße Kittel mit mannigfachen Stickereien und Säumen von verschiedenen Farben und waren mit den üblichen durchbrochenen und mit Gold besetzten Schwertern bewaffnet. Der Würde ihrer Erscheinung nach zu urteilen, schienen es allesamt Persönlichkeiten von höchstem Range zu sein. Hinter jedem dieser Männer drängte sich eine kleine Gruppe von Gefolgsleuten und Dienern.

Etwas abseits davon, zur Linken der beiden Thronsessel, saß eine Gruppe von Männern ganz anderen Gepräges. Statt des üblichen Rockes trugen sie lange Roben aus weißem Leinenstoff. Ihre Brust zierte das mit Goldfäden eingewebte Sonnenemblem, das auch die Rückenlehnen der Thronsessel zierte. Dieses Gewand wurde über der Hüfte zusammengehalten von einer einfachen goldenen Kette, die etwa die Stärke einer Kandare hatte. Von diesem Kettengürtel hingen lange, elliptische Platten, ebenfalls aus Gold, herab. Sie waren gestaltet wie die Schuppen eines großen Fisches und klirrten und reflektierten das Licht, sobald sich ihre Träger bewegten. Es waren durchwegs Männer reiferen Alters mit ernsten und eindrucksvollen Gesichtern, die durch ihre langen Bärte noch beeindruckender wirkten.

Einer von diesen Männern fiel uns ganz besonders auf. Er schien unter den anderen Männern der Gruppe eine Sonderstellung einzunehmen. Er war von sehr hohem Alter – mindestens achtzig – und von imponierender Größe. Sein langer, schneeweißer Bart fiel ihm über die Brust bis zum Gürtel hinab. Sein Gesicht erinnerte an einen Adler; die Züge schienen wie gemeißelt, und seine grauen Augen hatten einen kalten Ausdruck. Die Häupter der anderen waren unbedeckt; dieser Mann hingegen trug eine runde, goldbestickte Kappe. Wir schlossen daraus, daß er eine Persönlichkeit von höchstem Range war; und tatsächlich – wie sich später herausstellte – handelte es sich bei diesem Mann um Agon, den höchsten Priester des Landes. Als wir uns näherten, erhoben sich alle diese Männer, einschließlich der Priester, und verbeugten sich tief vor uns, wobei sie gleichzeitig die zwei Finger zum Gruße über die Lippen legten. Dann traten mit lautlosem Schritt Diener zwischen den Säulen hervor und stellten eine Reihe von drei Stühlen vor den Thronsesseln auf. Wir drei setzten uns darauf, Umslopogaas und Alphonse stellten sich hinter uns. Kaum hatten wir Platz genommen, als eine Fanfare von irgendeinem Gang zur Rechten erscholl. Unmittelbar danach erklang eine ganz ähnliche Fanfare von der linken Seite her. Als nächstes trat ein Mann mit einem langen weißen Elfenbeinstab direkt vor den Thronsessel zur Rechten und rief mit lauter Stimme etwas aus, das mit dem Wort *Nylephta* endete. Dieses Wort wiederholte er dreimal. Ein anderer Mann, der genauso gekleidet war und ebenfalls einen Elfenbeinstab trug, trat vor den anderen Thron und rief einen ähnlichen Satz aus, welcher jedoch mit dem Wort *Sorais* endete. Auch er wiederholte das letzte Wort dreimal. Von den beiden Seiteneingängen erscholl jetzt der Marschtritt bewaffneter Männer, und herein kamen etwa zwanzig besonders ausgesuchte, prachtvoll ausstaffierte Leibwächter, die sich zu beiden Seiten der Thronsessel aufstellten. Mit metallischem Gerassel stießen sie alle gleichzeitig ihre mit eisernen Stielen versehenen Speere auf den schwarzen Marmorboden. Erneut ertönte schmetternd ein doppelter Fanfarenstoß, und dann schritten gleichzeitig von jeder Seite die beiden Königinnen von Zu-Vendis, jede begleitet von sechs Jungfern, in die Halle. Augenblicklich erhob sich jeder in der Halle Anwesende von seinem Platz, um ihnen seinen Gruß zu entbieten.

Ich habe in meinem Leben manch eine schöne Frau gesehen und bin durch den Anblick eines hübschen Gesichts nicht mehr so leicht aus der Fassung zu bringen, aber die Sprache versagt mir den Dienst, wenn ich versuche, auch nur eine annähernde Vorstellung von dem ungeheuren Glanz von Schönheit und Liebreiz zu geben, der in jenem Moment in Gestalt dieser beiden königlichen Schwestern über uns hereinbrach. Beide waren jung – vielleicht fünfundzwanzig Jahre alt –, beide waren großgewachsen und von vollendeter Figur; hier jedoch hörte schon die Gemeinsamkeit auf. Die eine, Nylephta, war eine Frau von blendender, strahlender Blondheit und Hellhäutigkeit; ihre rechte Brust und ihr rechter Arm, die nach dem Brauch ihres

Volkes unverhüllt waren, hoben sich in ihrer schneeweißen Reinheit sogar noch deutlich gegen ihre weiße, goldbestickte Toga ab. Und was ihr Gesicht anbetrifft – ich kann nur eines dazu sagen: Es war von solcher Schönheit, daß wohl kaum ein Mann auf der Welt, der es einmal gesehen hat, es je wieder vergessen kann. Ihr Haar, eine wahre Krone leuchtenden Goldes, umkräuselte in kurzen Ringellocken ihren wohlgeformten Kopf und verbarg zur Hälfte ihre elfenbeinerne Stirn, unter der zwei Augen von tiefem, prachtvollen Grau in majestätischer Sanftheit schimmerten. Ich will gar nicht erst versuchen, ihre übrigen Gesichtszüge zu beschreiben, möchte jedoch noch einige Worte ihrem Mund widmen. Er war süß, dabei von hinreißender Form; er war geschwungen wie Cupidos Bogen. Über ihrer ganzen Erscheinung lag eine unbeschreibliche Aura liebevoller Zärtlichkeit, erhellt noch von einem Hauch sanften Humors, der auf ihren Zügen lag wie ein leiser Anflug von Silber auf einer rosa Wolke.

Sie trug keine Edelsteine, doch um ihren schwanengleichen Hals, ihren alabasternen Arm und ihren weiß schimmernden Unterschenkel hatte sie die üblichen Ringe aus Gold, welche in ihrem Falle in der Form einer Schlange gearbeitet waren. Ihr Kleid aus feinstem weißen Linnen war verschwenderisch mit goldenen Stickereien versehen, von denen einige das schon beschriebene Sonnenemblem darstellten.

Ihre Zwillingsschwester Sorais verkörperte den anderen, dunklen Typ von Schönheit. Ihr Haar war gelockt wie das von Nylephta, jedoch von pechschwarzer Farbe. Es fiel ihr dicht und schwer über die Schultern. Ihre Gesichtsfarbe ging ins Oliv, und ihre großen, dunklen Augen hatten einen tiefen, geheimnisvollen Glanz. Ihre vollen, üppigen Lippen hatten einen – wie mir schien – grausamen Ausdruck. Auf eine hintergründige Weise ging von ihren Zügen, so ruhig, ja kalt sie auch schienen, eine Ausstrahlung tief im Verborgenen schlummernder Leidenschaft aus; unwillkürlich fragte ich mich, wie es wohl aussehen würde, wenn irgend etwas geschähe, was diese gebändigte Leidenschaft erweckte. Ihr Gesicht erinnerte mich an die tiefe See, die selbst unter blauestem Himmel niemals das sichtbare Gepräge ihrer Macht und Stärke verliert, und die auch in ihrem leise murmelnden Schlaf erfüllt ist vom Geiste des Sturmes. Ihre Figur war wie die ihrer Schwester von absoluter Vollendung, vielleicht ein wenig runder, und ihr Kleid war dem ihrer Schwester völlig gleich.

Als dieses liebreizende Paar seinem Thronsessel zustrebte, herrschte in der Halle absolute Stille. Ich war geneigt, mir einzugestehen, daß sie in der Tat genau meine Vorstellung wahrer Königswürde verkörperten. Und wahrhaft königlich waren sie in jeder Hinsicht – in ihrer Gestalt, in ihrer Anmut und in ihrer königlichen Erhabenheit und dem barbarischen Glanze des sie umgebenden Pompes. Mir schien es, als hätte es keiner Leibwache und keines Goldes bedurft, ihre Macht zur Schau zu stellen und die Loyalität widerspenstiger und eigensinniger Männer zu gewinnen. Ein Blick aus jenen strahlenden Augen oder ein Lächeln jener süßen Lippen, und solange das rote Blut in den Adern der Jugend fließt, wird es solchen Frauen niemals an Untertanen ermangeln, die bereit sind, ihre Wünsche selbst auf die Gefahr des Todes hin zu erfüllen.

Aber schließlich waren sie doch in erster Linie Frauen, und erst dann Königinnen, und somit auch nicht gegen weibliche Neugier gefeit. Als sie zu ihren Thronsesseln schritten, sah ich, daß sie beide ganz schnell und verstohlen in unsere Richtung blickten. Ich sah auch, daß mich ihr Blick nur streifte, da es doch an der Person eines unscheinbaren, ergrauten alten Mannes nichts gab, das ihn hätte fesseln können. Mit unverhohlenem Staunen hingegen blieb er an der Gestalt des grimmigen Riesen Umslopogaas haften, der zum Gruße seine Axt herhob. Dann wurde ihr Blick von dem prächtigen Gewand Goods angezogen, und eine Sekunde lang hing er auf ihm wie eine Biene über dem Kelch einer Blüte, bevor er wie ein Blitz dahin schoß, wo Sir Henry Curtis stand. Das Sonnenlicht, das durch ein Fenster hereindrang, spielte auf seinen hellblonden Haaren und auf seinem Spitzbart und zeichnete die Umrisse seines kräftigen, großgewachsenen Körpers gegen das Zwielicht der irgendwie düster wirkenden Halle. Er hob die Augen, und voll traf sein Blick den Nylephtas. Dieses war das erste Mal, daß sich der schönste Mann und die schönste Frau, die je zu sehen mir vergönnt war, einander in die Augen schauten. Und ich weiß nicht warum, aber ich sah, daß das Blut Nylephta ins Gesicht schoß, wie das rote Licht der Morgensonne den Himmel überflutet. Ein sanftes Rot trat auf ihren alabasternen Busen und auf ihren wohlgeformten Arm, und auch ihr schwanengleicher Hals errötete heftig; ihre sanft geschwungenen Wangen bekamen die Farbe einer Rosenblüte, und dann versank die rote Flut wieder so, wie sie gekommen war und ließ sie bleich und zitternd zurück.

Ich warf einen verstohlenen Blick auf Sir Henry. Auch er war heftig errötet.

Lieber Himmel! dachte ich, die Ladys sind auf den Plan getreten, und jetzt brauchen wir nur noch abzuwarten, wie sich das Intrigenspiel ganz von selbst entwickelt. Und mit einem Seufzen schüttelte ich den Kopf; denn ich wußte, daß die Schönheit einer Frau wie die Schönheit eines Blitzes ist – zerstörerisch und nur allzuoft die Ursache von Kummer und Gram. Ich war noch tief in solcherlei Gedanken versunken, als sich die beiden Königinnen schon auf ihren Thronsesseln niedergelassen hatten; all dies, wovon ich soeben berichtet habe, hatte kaum mehr als zehn Sekunden gedauert. Erneut erschollen die unsichtbaren Fanfaren, und dann nahm der ganze Hof wieder auf den Stühlen Platz, und Königin Sorais bedeutete uns mit einer Geste, uns ebenfalls hinzusetzen.

Als nächstes trat unser Führer, jener alte Mann, der uns in den Hafen geschleppt hatte, aus der Menge, in die er sich zurückgezogen hatte, hervor; an der Hand hielt er das Mädchen, dem wir ganz zuerst begegnet waren, und das wir später vor dem Flußpferd gerettet hatten. Er machte eine tiefe Verbeugung und sprach dann zu den beiden Königin-

Die königlichen Schwestern

nen. Offensichtlich beschrieb er ihnen, wie und wo wir entdeckt worden waren. Es war höchst amüsant zu beobachten, wie sich die Verblüffung, vermengt mit Furcht, auf ihren Gesichtern widerspiegelte, während sie seinem Bericht gespannt lauschten. Es war ihnen natürlich ein absolutes Rätsel, wie wir den See erreicht hatten, und wahrscheinlich schrieben sie unsere Anwesenheit übernatürlichen Kräften zu. Nun kam, wie ich aus der Häufigkeit schloß, mit der unser Führer auf das Mädchen deutete, der Bericht auf den Punkt zu sprechen, wo wir die Flußpferde erschossen hatten, und sogleich fiel uns auf, daß es mit diesen Flußpferden irgend etwas Besonderes auf sich gehabt haben mußte; denn nun wurde der Bericht häufig durch zornige Ausrufe aus den Reihen der Priester unterbrochen, und auch aus den Reihen der Höflinge ertönte hier und da ein Ruf der Entrüstung. Die beiden Königinnen hingegen hörten mit vor Erstaunen weit aufgerissenen Augen zu, besonders, als der alte Mann auf unsere Gewehre zeigte. An dieser Stelle möchte ich, um die Sache gleich klarzustellen, erklären, was es mit den Flußpferden auf sich hatte. Die Bewohner von Zu-Vendis sind Sonnenanbeter, und aus irgendeinem Grund gilt das Flußpferd bei ihnen als heiliges Tier. Nicht, daß sie es nicht töteten – im Gegenteil; in einer bestimmten Jahreszeit schlachten sie die Tiere, die eigens zu diesem Zwecke in großen Seen im Hochland gehalten werden, gleich zu Tausenden ab und benutzen ihre Häute zur Herstellung von Panzern für die Soldaten – aber dies hält sie nicht davon ab, dieses Tier als ein der Sonne geweihtes Wesen anzusehen*. Und wie es das Pech nun einmal gewollt hatte, gehörten die Flußpferde, die wir erlegt hatten, zu einer Familie von zahmen Tieren, die in der Hafenmündung gehalten und tagtäglich von Priestern gefüttert wurden, deren einzige Aufgabe darin bestand, für eben diese Tiere, die wir

* Quatermain wußte offenbar nicht, daß Massenschlachtungen heiliger Tiere zu bestimmten Festtagen bei vielen Völkern üblich waren (und sind). Schon Herodot berichtet davon. – *Der Herausgeber*

nun erschossen hatten, zu sorgen. Schon als wir die Tiere erschossen hatten, war mir aufgefallen, wie eigenartig zahm sie waren. Der Grund dafür war nun natürlich völlig klar. So hatten wir also das genaue Gegenteil dessen bewirkt, was wir eigentlich erreichen wollten: statt einen imponierenden Eindruck zu hinterlassen, hatten wir ein unverzeihliches Sakrileg begangen.

Als unser Führer mit seinem Bericht fertig war, erhob sich der Greis mit dem langen Bart und der runden Kappe, den ich bereits beschrieben habe, und der, wie ich ebenfalls bereits sagte, der oberste Priester des Landes war, Agon mit Namen, von seinem Platze und hielt eine leidenschaftliche Rede. Der Ausdruck seiner kalten, grauen Augen, deren Blicke uns zwischendurch fixierten, gefiel mir überhaupt nicht. Er hätte mir noch viel weniger gefallen, hätte ich gewußt, daß er gerade dabei war, im Namen der schändlichst beleidigten Ehre seines Gottes mit bewegten Worten zu fordern, daß wir alle fünf geopfert werden sollten, indem man uns bei lebendigem Leib verbrannte.

Als er seine Anklagerede beendet hatte, sprach die Königin Sorais mit sanfter und melodischer Stimme zu ihm. Seinen ablehnenden Gesten nach zu urteilen, schien sie ihm die andere Seite der Frage darzulegen. Dann sprach Nylephta in sanft fließendem Ton. Später sollten wir erfahren, daß sie in jenem Augenblick dafür plädierte, daß wir am Leben blieben. Schließlich wandte sie sich um und sprach zu einem großen, soldatisch wirkenden Mann mittleren Alters, der einen schwarzen Bart hatte und ein langes, schmuckloses Schwert trug. Er hieß, wie wir später erfuhren, Nasta, und er war der mächtigste Fürst des Landes. Offensichtlich wollte Nylephta ihn um Unterstützung bitten. Nun war mir jedoch nicht entgangen, daß dieser Mann deutlich bemerkt hatte, daß Nylephta beim Anblick von Sir Henry heftig errötet war, und – schlimmer noch – dieser Vorfall schien ihm äußerst unangenehm gewesen zu sein, denn ich sah, wie er sich auf die Lippen biß und mit der Rechten den Griff seines Schwertes heftig umklammerte. Später erfuhren wir, daß er

der aussichtsreichste Kandidat für die Hand dieser Königin war; das erklärte natürlich seine Reaktion. Nylephta hätte sich in diesem Moment mit ihrem Ansinnen an keine ungeeignetere Person wenden können; mit schleppender, schwerer Stimme schien er all das nur noch zu bestätigen und zu untermauern, was der Hohepriester Agon gegen uns vorgebracht hatte. Während er noch sprach, stützte Sorais ihren Ellenbogen auf das Knie, legte ihr Kinn auf die Handfläche und betrachtete ihn mit einem unterdrückten Lächeln auf den Lippen, so als durchschaue sie den Mann voll und ganz. Sie schien entschlossen, ihm Paroli zu bieten. Nylephta hingegen wurde sehr wütend; das Blut schoß ihr in die Wangen, ihre Augen blitzten wild auf, und sie sah einfach hinreißend aus. Schließlich wandte sie sich Agon zu und schien wohl eine Art eingeschränkter oder bedingter Zustimmung zu geben; denn er verbeugte sich bei ihren Worten. Und während sie sprach, unterstrich sie ihre Worte mit lebhaften Gesten, während Sorais die ganze Zeit über mit aufgestütztem Kinn dasaß und lächelte. Dann gab Nylephta plötzlich ein Zeichen, die Fanfaren erschollen wieder, und alle erhoben sich, um die Halle zu verlassen, außer uns und der Leibwache, die sie zu bleiben aufforderte.

Als alle fort waren, beugte sie sich zu uns vor, lächelte uns zu und versuchte, uns teils mit Hilfe von Gesten, teils mit Ausrufen, zu erklären, daß sie neugierig darauf war, zu erfahren, wo wir herkamen. Die Schwierigkeit war nur: wie sollten wir es ihr bloß erklären? Schließlich hatte ich eine Idee: Ich hatte ja mein großes Notizbuch und einen Bleistift in der Tasche. Ich holte beides hervor, machte eine kleine Skizze von dem See, und dann malte ich, so gut ich konnte, den unterirdischen Fluß und den See am anderen Ende des Flusses auf das Blatt. Als ich die Zeichnung fertig hatte, machte ich ein paar Schritte zu den Stufen des Throns hin und überreichte ihr das Notizbuch. Sie begriff sofort, was die Zeichnung darstellte, und klatschte verzückt in die Hände. Dann stieg sie von ihrem Thron und zeigte es ihrer Schwester Sorais, die es ebenfalls sofort verstand. Dann

nahm sie selbst den Bleistift, betrachtete ihn einen Augenblick lang neugierig und machte dann selbst eine Reihe al-

lerliebster kleiner Zeichnungen. Die erste stellte sie selbst dar, wie sie beide Hände zum Willkommensgruß ausstreckte. Der Mann, der ihr dabei auf der Zeichnung gegenüberstand, hatte eine verteufelte Ähnlichkeit mit Sir Henry. Als nächstes zeichnete sie ein hübsches kleines Bild, auf dem ein Flußpferd abgebildet war, das sich sterbend im Wasser herumwälzte. Am Ufer stand ein Mann, in dem wir ohne Mühe Agon, den Hohepriester, wiedererkannten, der mit einem Ausdruck des Entsetzens die Hände über dem Kopf zusammenschlug. Dann folgte die höchst beängstigende Darstellung eines brennenden Scheiterhaufens, in den uns dieselbe Person vom vorherigen Bild, nämlich Agon, mit einem an der Spitze gegabelten, langen Spieß hineinstieß.

Dieses Bild erfüllte mich mit Schrecken; ich war jedoch wieder ein wenig beruhigt, als sie freundlich nickte und sich anschickte, ein viertes Bild zu zeichnen. Es zeigte einen Mann, der wieder Sir Henry verteufelt ähnlich sah, und zwei Frauen, in denen ich Sorais und sie selbst erkannte, die beide je einen Arm um ihn gelegt hatten und mit dem anderen schützend ein Schwert über ihn hielten. Zu allen diesen Bildern gab Sorais, die, wie ich bemerkte, uns sorgfältig in Augenschein nahm – insbesondere Curtis –, ihre Zustimmung, indem sie jedesmal ausdrücklich nickte.

Schließlich zeichnete Nylephta noch eine letzte Skizze, auf der eine aufgehende Sonne zu sehen war; das sollte bedeuten, daß sie nun gehen mußte, und daß wir uns am darauffolgenden Morgen wiedersehen würden. Als Curtis dieses Bild sah, machte er ein so bekümmertes Gesicht, daß es der blonden Königin nicht entging. Sie reichte ihm ihre Hand zum Kusse – ich vermute, um ihn zu trösten –, und er nahm sie und küßte sie feurig und galant. Zugleich belohnte Sorais Good, der während der ganzen *Indaba* (Unterredung) nicht eine Sekunde lang den Blick von ihr gewandt hatte, ebenfalls, indem sie ihm ihre Hand zum Kusse darbot. Ich bemerkte jedoch, daß sie, während Good ihr die Hand küßte, unablässig Sir Henry anschaute. Ich war ganz froh, nicht in dieses Spielchen mit einbezogen zu sein; mir jedenfalls bot keine der beiden ihre Hand zum Kusse dar.

Danach wandte sich Nylephta um und sprach mit dem Mann, der dem Anschein nach das Kommando über die Leibwache innehatte; ihrer Gestik und ihrer festen Stimme nach zu urteilen, sowie der Tatsache, daß er sich zwischendurch mehrere Male leicht vor ihr verbeugte, schien sie ihm klare und eindeutige Anweisungen zu geben. Nachdem sie dies getan hatte, verließ sie, gefolgt von Sorais und dem größten Teil der Leibwache, mit einem koketten Lächeln auf den Lippen die Halle.

Als die Königinnen fort waren, trat der Offizier, mit dem Nylephta gesprochen hatte, auf uns zu und führte uns aus der Halle hinaus und durch zahlreiche Flure und Gänge in einen Teil des Palastes, der aus mehreren verschwenderisch ausgestatteten Gemächern bestand, die alle von einem großen, zentralen Saal aus zugänglich waren, der von Messinglampen, die von der Decke hingen, erleuchtet (inzwischen hatte es schon zu dämmern begonnen) und mit dicken Teppichen und Diwanen ausgestattet war. Während des ganzen Weges dorthin bekundete uns der Offizier immer wieder mit Gesten seine Ehrerbietung.

Auf dem Tisch in der Mitte des Saales befanden sich Speisen und Früchte im Überfluß; darüber hinaus war er mit

Blumen geschmückt. Außerdem gab es köstlichen Wein aus alten, tönernen Krügen und dazu wunderschön ziselierte Becher aus goldgefaßtem Elfenbein. Eine Anzahl von Dienern und Dienerinnen stand bereit, unsere Wünsche zu erfüllen, und während wir speisten, ertönte von irgendwoher der silberne Klang einer Laute, umrahmt von den stolzen, herrischen Tönen einer Fanfare, und wir waren nahe daran, uns wie in einem Paradies auf Erden zu fühlen. Der einzige bittere Tropfen im Becher unseres Wohlgefühls war der Gedanke, daß uns dieser abscheuliche Hohepriester den Flammen überantworten wollte. Aber nach all den Anstrengungen der vergangenen Tage waren wir so müde, daß wir schon fast während des köstlichen Mahles einschlummerten, und als wir es schließlich beendet hatten, äußerten wir sofort den Wunsch, schlafen zu gehen.

Die Diener führten uns in unsere Schlafgemächer, jeden in ein eigenes, jedoch gaben wir ihnen zu verstehen, daß wir zu zweit in je einem Raum schlafen wollten. Als zusätzliche Vorsichtsmaßnahme ließen wir Umslopogaas mit seiner Axt in dem Hauptgemach schlafen, welches nahe bei den mit Vorhängen versehenen Eingängen unserer Gemächer lag. Good und ich belegten zusammen eines davon, das andere nahmen Sir Henry und Alphonse. Wir zogen uns aus bis auf unsere Kettenhemden, die wir der Sicherheit halber anlassen wollten, und warfen uns todmüde auf die niedrigen, luxuriösen Betten. Kaum hatte ich die seidenbestickte Decke über mich gezogen, als ich auch schon in tiefen Schlaf sank. Goods Stimme weckte mich sogleich wieder auf.

»Quatermain, hast du jemals zuvor solche Augen gesehen?«

»Augen!« knurrte ich mürrisch. »Was für Augen?«

»Die der Königin natürlich! Ich meine Sorais – so ist doch, glaube ich, ihr Name.«

»Ach, ich weiß nicht«, erwiderte ich gähnend, »ich habe nicht sonderlich darauf geachtet. Ich glaube, sie hat recht hübsche Augen.« Und sogleich schlief ich wieder ein.

Fünf Minuten waren vielleicht verstrichen, als ich wieder aufwachte.

»Du, Quatermain!« meldete sich Goods Stimme.

»Was ist denn nun schon wieder los?«

»Hast du ihre schlanken Fesseln gesehen? Ihre Form ...«

Das war zuviel für mich. Neben meinem Bett standen die ›Veldtschoonen‹, die ich getragen hatte. Außer mir vor Wut beugte ich mich über den Bettrand und angelte nach ihnen. Als ich sie erwischt hatte, warf ich sie Good an den Kopf – und traf!

Bald schlief ich den Schlaf der Gerechten. Er war tief und fest. Ich weiß nicht, ob Good auch endlich schlief, oder ob er sich noch den Rest der Nacht damit um die Ohren schlug, indem er sich in seiner Vorstellung sämtliche Vorzüge Sorais' vor Augen führte. Ich muß gestehen, verehrter Leser, das war mir damals völlig egal.

13

Über das Volk von Zu-Vendis

Und nun senkt sich der Vorhang für ein paar Stunden, und die Akteure dieses neuen Dramas sind für eine Weile in tiefen Schlummer versunken, ausgenommen vielleicht Nylephta, von der der Leser sich vielleicht, so er poetische Neigungen hat, vorstellen mag, wie sie, umgeben von eifrigen Kammerzofen, geschwätzigen Frauen, Leibwächtern und all den anderen Hofschranzen, die gemeinhin um einen Thron herumschwirren, in ihrem prunkvollen, königlichen Bette liegt und keinen Schlaf finden kann, da sie unablässig an jene Fremden denken muß, die da so plötzlich in ihrem Lande aufgetaucht sind, in dem noch nie zuvor solche Fremden gewesen waren, und wie sie sich, während sie so wachliegt, immer wieder die Frage stellt, wer diese Fremden wohl sind und welche Vergangenheit sie wohl haben, und ob sie, Königin Nylephta, wohl häßlich ist im Vergleich zu den Frauen jenes Landes, in dem diese Fremden geboren sind. Ich hingegen, der ich keine solchen poetischen Neigungen habe, will diese kurze Atempause, welche der Lauf der Ereignisse uns gewährt, dazu nutzen, einiges über dieses Volk, in dessen Mitte uns der Zufall geleitet hatte, zu berichten. Ich brauche wohl nicht besonders hervorzuheben, daß ich das, worüber ich jetzt berichten will, erst im weiteren Verlaufe unseres Aufenthalts erfahren sollte.

Um gleich an Anfang zu beginnen: der Name dieses Landes ist Zu-Vendis. Dieser Name ist entstanden aus Zu, ›gelb‹, und Vendis, was soviel bedeutet wie ›Land‹ oder ›Landschaft‹. Warum diese Gegend ›das gelbe Land‹ genannt wird, habe ich niemals genau herauskriegen können. Auch die Einwohner selbst haben nur vage Vermutungen über den Ursprung des Namens. Drei Vermutungen gibt es jedoch, die mir einigermaßen plausibel erscheinen: Die erste besagt, daß der Name seinen Ursprung darin hat, daß das Land über beträchtliche Goldvorkommen verfügt. Zu-Vendis ist in der Tat ein wahres Eldorado; überall kann man Gold finden. Zum gegenwärtigen Zeitpunkt fördert man es in erster Linie aus den reichlich vorhandenen Schwemmablagerungen (von denen wir einige später zu Gesicht bekamen), welche eine Tagesreise von Milosis entfernt sind. Man findet das kostbare Metall dort in Klumpen, die häufig bis zu sieben Pfund schwer sind. Aber es existieren auch noch mehrere Erzgruben, die äußerst ertragreich sind. Darüber hinaus habe ich selbst an vielen Stellen des Landes dicke Adern goldhaltigen Quarzes gesehen, die man abzubauen gar nicht der Mühe wert befunden hatte. In Zu-Vendis kommt Gold weitaus häufiger vor als Silber. Dadurch ist es zu der uns recht seltsam anmutenden Situation gekommen, daß Silber und nicht Gold das Zahlungsmittel des Landes darstellt.

Die zweite, durchaus in Betracht zu ziehende Erklärungsmöglichkeit für den Ursprung des Namens ist die, daß das im übrigen äußerst saftige und üppig wachsende Gras des Landes zu bestimmten Jahreszeiten die goldgelbe Farbe reifen Korns annimmt. Die dritte gründet sich auf eine Tradition, welche besagt, daß die Bevölkerung ursprünglich gelbe Hautfarbe hatte, die jedoch allmählich weiß wurde, nachdem sie über viele Generationen hinweg im Hochland gelebt hatte.

Zu-Vendis hat ungefähr die Größe Frankreichs und ist, grob betrachtet, von ovaler Form. Von den umliegenden Gebieten ist es ringsum durch eine natürliche Grenze riesiger undurchdringlicher Dornenwälder abgeschnitten. Jenseits dieser Wälder sollen sich noch einmal über Hunderte von Meilen hinweg gewaltige Landstriche mit Sümpfen, Wüsten und Gebirgen erstrecken. Das Land liegt sozusagen auf einer riesigen, tafelförmigen Hochebene, die sich etwa im Zentrum des schwarzen Kontinents erhebt, und die vergleichbar ist mit den Tafelbergen des südlichen Afrikas, die aus dem umliegenden Steppenland herausragen. Milosis selbst liegt nach den Angaben meines Aneroidbarometers etwa neuntausend Fuß über dem Meeresspiegel. Der größte Teil des Landes liegt jedoch noch höher; die größte Erhebung des Landes ist etwa in elftausend Fuß über dem Meeresspiegel gelegen. Das Klima ist folglich vergleichsweise kühl; es ähnelt sehr dem Klima Südenglands, nur ist es heller und weniger regnerisch. Das Land ist ungeheuer fruchtbar; alle Getreidearten und Früchte und Bäume gemäßigter Klimazonen gedeihen hier prächtig. In den niedriger gelegenen Regionen wächst sogar eine kräftige, gegen kühle Temperaturen unempfindliche Gattung des Zuckerrohrs. An Bodenschätzen verfügt das Land außer dem Gold noch über Kohle, die teilweise sogar im Tagebau gewonnen werden kann, sowie über reinen Marmor, schwarzen wie weißen. Das gleiche gilt, mit Ausnahme von Silber, für fast alle anderen Metalle. Silber kommt, wie bereits erwähnt, nur in sehr geringen Mengen vor, und zwar in den Bergen des Nordens, wo es unter erheblichen Mühen gefördert wird.

Zu-Vendis verfügt in seinen Grenzen über eine Vielzahl verschiedener Landschaften, darunter zwei Ketten schneebedeckter Gebirge, von denen sich die eine an der Westgrenze jenseits des undurchdringlichen Dornenwaldgürtels befindet und die andere das Land von Norden nach Süden durchzieht. Sie ist nur etwa achtzig Meilen von der Hauptstadt entfernt, und von der Stadt aus kann man ihre höchsten Erhebungen deutlich erkennen. Diese Gebirgskette bildet die Hauptwasserscheide des Landes. Außerdem gibt es drei große Seen – der größte davon, nämlich der, auf dem wir auftauchten, heißt nach der Stadt ebenfalls Milosis und bedeckt eine Fläche von ungefähr zweihundert Quadratmeilen – und darüber hinaus zahlreiche kleinere, von denen einige salzig sind.

Die Bevölkerungsdichte dieses vom Klima so begünstigten Landes ist vergleichsweise hoch; das Land zählt grob geschätzt etwas zehn bis zwölf Millionen Einwohner. Es ist fast ausschließlich Agrarland, und die Bevölkerung zerfällt wie überall in mehrere Klassen. Da ist einmal der Landadel, dann eine beträchtliche Mittelschicht, die sich in erster Linie aus Kaufleuten, Armeeoffizieren etc. zusammensetzt, und schließlich die Mehrheit der Bevölkerung, hauptsächlich wohlhabende Bauern, die in Lehnspacht die Güter der Landedelmänner bewirtschaften. Die Bevölkerung besteht, wie ich schon erwähnte, ausschließlich aus Weißen; einige davon wirken vom Typ her durchaus mitteleuropäisch, wohingegen die Masse der Bevölkerung einen mehr südländischen Einschlag hat, jedoch keinerlei negroide oder sonstwie geartete afrikanische Charakteristiken aufweist. Über ihren Ursprung kann ich keine eindeutige Information geben. Aus ihren schriftlichen Überlieferungen, die teilweise bis ins neunte Jahrhundert zurückdatieren, geht nichts über ihre Abstammung hervor. Einer ihrer frühesten Chronisten spricht zwar im Zusammenhang mit einer uralten Tradition, die zu seiner Zeit existiert haben muß, davon, daß sie ›wahrscheinlich mit den Leuten von der Küste heraufgekommen sind‹, aber das kann alles mögliche bedeuten. Kurz, der Ursprung der Zu-Vendi liegt im Dunkel der Vergangenheit. Woher sie stammen oder welcher Rasse sie sind, weiß keiner. Ihre Architektur und einige ihrer Skulpturen deuten auf ägyptischen oder vielleicht auch assyrischen Einfluß hin;

aber es ist historisch klar und deutlich zurückzuverfolgen, daß ihr gegenwärtiger bemerkenswerter Baustil erst innerhalb der vergangenen achthundert Jahre entstanden ist. Außerdem lassen sich keinerlei Spuren ägyptischer Theologie oder Bräuche feststellen. Eher würde man sie aufgrund ihrer äußeren Erscheinung und einiger ihrer Bräuche für jüdische Abkömmlinge halten; aber es ist kaum denkbar, daß sie dann alle Einflüsse der jüdischen Religion so völlig abgelegt hätten.

Vielleicht sind sie eines jener zehn verloren geglaubter Völker, nach deren Spuren man heute auf der ganzen Welt so eifrig forscht. Ich weiß es nicht, und daher muß ich mich darauf beschränken, sie so zu schildern, wie ich sie angetroffen habe, und es weiseren Köpfen als dem meinigen überlassen, sich darüber Gedanken zu machen – wenn sie tatsächlich einmal diesen Bericht in die Hände bekommen sollten, was ich jedoch für höchst unwahrscheinlich halte.

Und nachdem ich dies nun alles niedergeschrieben habe, werde ich schließlich doch noch meine eigene, wiewohl sehr laienhafte und spekulative Theorie über den Ursprung der Zu-Vendi zum Besten geben. Diese Theorie gründet sich auf eine Legende, die ich bei den Arabern an der Ostküste hie und da gehört habe. Dieser Legende nach gab es ›vor mehr als zweitausend Jahren‹ Unruhen in dem Land, das als Babylonien bekannt war. Daraufhin kam eine riesige Menge von Persern bis herunter nach Bushire. Sie fuhren mit Schiffen und Booten aufs offene Meer hinaus und wurden vom Nordost-Monsun an die Ostküste Afrikas getrieben. Hier gerieten – so die Legende – diese ›Sonnen- und Feueranbeter‹ (!) in Konflikt mit den Arabern, die schon damals dort ansässig waren. Schließlich gelang es den Persern, die Sperrlinien der Araber zu durchbrechen. Sie verschwanden im Innern des Landes, und man hörte und sah nie wieder etwas von ihnen. Ich frage nun: Besteht nicht zumindest die Möglichkeit, daß die Zu-Vendi die Abkömmlinge jener ›Sonnen- und Feueranbeter‹ sind, die in grauer Vorzeit die Linien der Araber durchbrachen und dann spurlos verschwanden?

Und in der Tat; in ihrem Charakter und ihren Gebräuchen liegt etwas, das sich mit meinen etwas vagen Vorstellungen, die ich von den Persern habe, in etwa deckt. Natürlich haben wir keine Bücher hier, in denen wir die Geschichte jener Zeit nachlesen könnten, aber auch Sir Henry sagt, soweit ihn die Erinnerung nicht trüge, habe es ungefähr im fünften Jahrhundert vor Christi Geburt einen gewaltigen Aufstand in Babylon gegeben, in dessen Folge ein großer Teil der Bevölkerung aus der Stadt vertrieben wurde. Jedenfalls ist es eine historisch dokumentierte Tatsache, daß es mehrere Auswanderungswellen von Persern gegeben hat, die die Gegend um den Persischen Golf verließen und an der Ostküste Afrikas ansässig wurden. Diese Auswanderungswellen hielten bis in das zwölfte Jahrhundert nach Christi Geburt an. Es gibt recht gut erhaltene Gräber von Persern in Kilwa, an der Ostküste, aus deren Daten hervorgeht, daß sie nicht älter als siebenhundert Jahre sind.*

Obwohl die Zu-Vendi ein Agrarvolk sind, sind sie erstaunlicherweise äußerst kriegerisch veranlagt. Da ihnen je-

---

* Es gibt noch eine andere Theorie, die den Ursprung der Zu-Vendi erklären könnte. An sie scheinen weder mein Freund Mr. Quatermain noch seine Gefährten gedacht zu haben. Es könnte durchaus möglich sein, daß die Zu-Vendi Abkömmlinge der Phönizier sind. Man vermutet, daß die Wiege der Phönizier am Westufer des Persischen Golfs gestanden hat. Viele Beweise sprechen dafür, daß sie von dort auswanderten, und zwar nahm ein großer Zug den Weg nach Palästina, wo er sich in der Küstengegend ansiedelte, während man vermutet, daß ein anderer Zug sich auf den Weg entlang der Küste Ostafrikas gemacht hat und in der Gegend von Mozambique ansässig wurde, wo es noch heute zahlreiche Spuren phönizischer Vergangenheit gibt. Es wäre auch in der Tat sehr außergewöhnlich gewesen, wenn sie nicht, als sie vom Persischen Golf aus aufbrachen, die direkte Route zur Ostküste eingeschlagen hätten; denn der Nordostmonsun weht die Hälfte des Jahres genau in diese Richtung, während er in der anderen Hälfte des Jahres genau in entgegengesetzter Richtung bläst. Und um die Wahrscheinlichkeit, daß es so gewesen ist, noch zu illustrieren, möchte ich hinzufügen, daß bis heute ausgezeichnete Handelsverbindungen zwischen dem Persischen Golf und Lamu sowie anderen ostafrikanischen Häfen bestehen, und zwar bis tief in den Süden hinunter, bis nach Madagaskar, welches natürlich die alte Ebenholzinsel ist, die in »Tausendundeiner Nacht« erwähnt wird. – *Der Herausgeber*

doch die geographische Lage ihres Landes nicht erlaubt, andere Länder mit Krieg zu überziehen, bekriegen sie sich untereinander wie die berühmten Katzen von Kilkenny, mit dem Resultat, daß die Bevölkerung niemals so groß wird, daß das Land sie nicht mehr ernähren könnte. Diese kriegerische Haltung erwächst wohl in erster Linie aus den politischen Verhältnissen des Landes: die Monarchie von Zu-Vendis ist, zumindest nominell, eine absolute. Ihre unumschränkte Macht wird lediglich im Zaume gehalten von dem Einfluß der Priesterschaft und durch den gesetzlich nicht verankerten Rat der Landadeligen. Jedoch, wie es in vielen Institutionen dieser Art häufig der Fall ist, reicht der Arm des Hofes nicht unbedingt in jeden Winkel des Landes. Kurz, es herrscht ein Feudalsystem (obwohl völlige Leibeigenschaft oder Sklaverei unbekannt sind), in dem alle großen Landadeligen offiziell der Krone unterstehen, wobei einige jedoch praktisch unabhängig vom Königshof sind. Sie verfügen über die absolute richterliche Gewalt und können nach eigenem Gutdünken Kriege erklären und Frieden mit ihren Nachbarn schließen, gerade so, wie es in ihre Interessenlage paßt. Einige von ihnen haben sich auch dann und wann schon in offener Rebellion gegen ihren königlichen Herrn oder ihre königliche Herrin erhoben und haben aus dem sicheren Schutz ihrer Burgen und ihrer befestigten Städte heraus jahrelang gegen die Regierungstruppen, die so weit entfernt von der Hauptstadt operieren mußten, erfolgreich Widerstand geleistet.

Zu-Vendis hat, ebenso wie England, seine Königsmacher gehabt. Die Tatsache, daß innerhalb der vergangenen tausend Jahre allein acht verschiedene Dynastien einander ablösten, spricht eine deutliche Sprache. Jede dieser Dynastien ging aus einer adeligen Familie hervor, der es irgendwann einmal gelungen war, die Herrschaft nach einer blutigen Fehde an sich zu reißen. Zu der Zeit, als wir in Zu-Vendis auftauchten, befand sich das Land gerade in einer Periode relativer Stabilität. Der letzte König, der Vater von Nylephta und Sorais, war ein außergewöhnlich fähiger und energischer Regent gewesen, der mit starker Hand die Macht der Priester und der Adeligen in Grenzen gehalten hatte. Nach seinem Tode, der ihn erst zwei Jahre vor unserem Eintreffen in Zu-Vendis ereilt hatte, wurden, in Anlehnung an einen Jahrhunderte zurückliegenden Präzedenzfall, die Zwillingsschwestern, seine Töchter, auf den Thron gehoben. Hätte man eine von beiden von der Thronfolge ausgeschlossen, dann wäre unweigerlich nach kurzer Zeit ein blutiger Bürgerkrieg ausgebrochen; aber man hatte überall im Lande das Gefühl, daß diese Lösung nur sehr unbefriedigend war; keiner glaubte daran, daß sie von sehr langem Bestand sein würde. Und tatsächlich hatten auch die zahlreichen Intrigen, die immer wieder von ehrgeizigen Adeligen angezettelt wurden, die eine der beiden Königinnen zur Frau haben wollten, das Land schon mehrmals in Unruhe versetzt, und die allgemeine Auffassung war die, daß es über kurz oder lang darüber zu einem Blutvergießen kommen würde.

Ich möchte nun einiges über die Religion der Zu-Vendis erzählen; diese Religion ist eigentlich nichts anderes als Sonnenverehrung von stark ausgeprägtem, hochentwickeltem Charakter. Dieser Sonnenkult ist der Mittelpunkt des gesamten sozialen Systems von Zu-Vendis. Er wirkt sich in jeder Institution und fast allen Sitten und Gebräuchen des Landes mehr oder weniger stark ausgeprägt aus. Von der Wiege bis zum Grab folgt der Zu-Vendi der Sonne, und zwar in mehrfacher Hinsicht. Als Kleinkind hält man ihn feierlich in ihr Licht und weiht ihn dem ›Symbol des Guten, dem Ausdruck aller Macht und der Hoffnung auf die Ewigkeit‹. Diese Zeremonie entspricht unserer Taufe. Schon als kleines Kind lehren die Eltern ihn, daß die Sonne der sichtbare und allmächtige Gott sei, und er betet zu ihr, wenn sie aufgeht, und wenn sie versinkt. Und eines Tages, noch immer im Kleinkindalter, geht er dann, das kleine Händchen fest an den herabhängenden Togazipfel der Mutter geklammert, zum ersten Mal zum Sonnentempel in die nächste Stadt und hört dort, wenn zur Mittagsstunde die hellen

Strahlen auf den goldenen Hauptaltar fallen und das Feuer, das auf ihm brennt, überstrahlen, wie die Priester in ihren weißen Roben ihre Stimmen zu feierlichen Lobgesängen erheben, und sieht, wie die Menschen betend auf die Knie fallen, und dann wird er zum ersten Mal Zeuge jenes Spektakels, bei dem unter dem Schall der goldenen Fanfaren das Opfer in den Flammenofen unterhalb des Altars geworfen wird. Und dann, zum Jüngling herangewachsen, kommt er wieder an diesen Ort, wo ihn die Priester zum Manne weihen und ihn segnen, auf daß er seinen Mann im Kriege und bei der Arbeit stehen möge; und vor denselben heiligen Altar führt er eines Tages seine Braut; und ebenfalls an diesem Orte wird, sofern Zwietracht sich erhebt, seine Ehe wieder geschieden.

Und so schreitet er sein ganzes Leben lang weiter in diesen Tempel, bis zu seinem letzten Gang; dann kommt er wieder, bewaffnet zwar noch immer, jedoch als Toter. Sie tragen seinen Leichnam in den Tempel und stellen seine Totenbahre auf die Messingfalltür vor dem Ostaltar, und wenn der letzte Strahl der untergehenden Sonne auf sein bleiches Gesicht fällt, dann werden die Bolzen herausgezogen, und er verschwindet für immer in den tosenden Flammen des Ofens unter dem Altar.

Die Priester der Sonne sind unverheiratet. Ihr Nachwuchs rekrutiert sich aus den Reihen junger Männer, die von ihren Eltern schon frühzeitig ganz dieser Aufgabe geweiht und vom Staat unterstützt werden. Das Recht zur Ernennung in höhere Ämter innerhalb der Priesterschaft liegt in den Händen der Krone; einmal ernannt, können die Priester jedoch nie wieder ihres Amtes enthoben werden. Es ist nicht übertrieben, wenn man sagt, daß sie die eigentlichen Herrscher des Landes sind. Sie bilden eine festgefügte, unerschütterliche Gemeinschaft, in der strikter Gehorsam und absolute Verschwiegenheit herrschen. Erläßt zum Beispiel der Hohepriester in Milosis eine Order, so wird diese auf der Stelle und widerspruchslos von dem Priester einer kleinen Provinzstadt, die vielleicht drei- oder vierhundert Meilen von der Hauptstadt entfernt liegt, ausgeführt. Sie sind gleichzeitig die Richter des Landes, sowohl im zivilen, als auch im strafrechtlichen Bereich. Eine Berufung kann nur beim obersten Lehnsherr des Bezirkes eingereicht werden, und von dort aus wird sie weitergeleitet zum König. Natürlich verfügen die Priester auch über die praktisch uneingeschränkte Rechtssprechung in religiösen und moralischen Angelegenheiten; desgleichen steht ihnen das Recht der Exkommunizierung zu, ein Recht, das, wie auch in Ländern höherer Zivilisation, eine äußerst wirksame Waffe darstellt. Und so üben sie in der Tat fast uneingeschränkte Macht aus. Ich möchte jedoch hier der Gerechtigkeit halber anmerken, daß die Priester, zumindest die der jetzigen Generation, überaus klug in ihren Entscheidungen sind und die Dinge nicht zu weit treiben. Es kommt wirklich nur höchst selten vor, daß sie gegen jemand zum äußersten Mittel greifen. In der Regel neigen sie eher dazu, sich vom Gedanken der Gnade leiten zu lassen, als daß sie das Risiko eingehen, das mächtige und streitbare Volk so sehr zu reizen, daß es eines Tages das Joch ihrer fast unumschränkten Herrschaft zerbrechen könnte.

Eine andere Quelle ihrer gewaltigen Macht liegt in ihrer Monopolstellung im Bereich der Wissenschaft begründet und in ihren beträchtlichen Kenntnissen auf dem Gebiete der Astronomie. Mit diesen Kenntnissen sind sie stets in der Lage, die öffentliche Meinung zu steuern, indem sie zum Beispiel Sonnenfinsternisse oder sogar Kometen exakt voraussagen. In Zu-Vendis können lediglich ein paar Mitglieder der Oberschicht lesen und schreiben; von den Priestern hingegen können das bis auf ein paar Ausnahmen alle. Sie gelten daher in der Öffentlichkeit als gebildete Männer.

Die Gesetze des Landes sind im großen und ganzen mild und gerecht, unterscheiden sich jedoch in verschiedener Hinsicht von den Gesetzen unserer zivilisierten Länder. In England zum Beispiel sind die Gesetze für Verstöße gegen das persönliche Eigentum weit härter als die, die Verstöße gegen Menschen ahnden. So ist es wohl bei jedem Volk, in dem in erster Linie das Geld und der Besitz regieren. Ein

Mann, der seine Frau halb totschlägt, oder der seine Kinder quält, kann damit rechnen, in unserem Land weit milder bestraft zu werden, als hätte er ein Paar alte Stiefel geklaut. In Zu-Vendis ist das nicht so; hier zählt in jeder Hinsicht der Mensch mehr als Geld und Besitz. Er ist nicht wie in England ein notwendiges Anhängsel des letzteren. Auf Mord steht die Todesstrafe, ebenso auf Landesverrat. Auch Betrug eines Waisenkindes oder einer Witwe, Gotteslästerung und Religionsfrevel, sowie der Versuch, das Land zu verlassen (was ebenfalls als Sakrileg betrachtet wird), werden mit dem Tode bestraft. Die Methode der Exekution ist in jedem Falle dieselbe, und zwar eine überaus schreckliche: der Delinquent wird bei lebendigem Leibe in einem der Flammenöfen, die sich unter den Altären im Tempel befinden, verbrannt. Für alle anderen Gesetzesverstöße, einschließlich des Müßiggangs, besteht die Strafe in Zwangsarbeit an einem der öffentlichen Gebäude, von denen immer in irgendeinem Teil des Landes eines gerade im Entstehen begriffen ist. Außerdem wird der zur Zwangsarbeit Verurteilte je nach der Schwere des Verbrechens noch zusätzlich in bestimmten Abständen ausgepeitscht.

Das Gesellschaftssystem der Zu-Vendi räumt dem Individuum beträchtliche Freiheit ein, vorausgesetzt, es mißbraucht diese nicht zu Verstößen gegen die Gesetze und die Sitten des Landes. Die Polygamie ist gestattet; die meisten Zu-Vendi haben jedoch aus Kostengründen nur eine Frau. Der Ehemann ist gesetzlich verpflichtet, jeder seiner Frauen einen eigenen Haushalt einzurichten. Die erste Frau ist auch die rechtmäßige Ehefrau, und ihre Kinder sind die Kinder ›aus dem Haus des Vaters‹. Die Kinder der anderen Ehefrauen sind die Kinder aus dem Hause ihrer jeweiligen Mutter. Dies bedeutet jedoch nicht, daß diese Frauen oder Kinder irgendwie benachteiligt sind. Die Erstfrau hat die Möglichkeit, sobald sie in den Ehestand getreten ist, mit ihrem Mann einen Vertrag abzuschließen, in dem er sich verpflichtet, keine weitere Frau zu ehelichen. Dies kommt jedoch nur in den seltensten Fällen vor, sind es doch gerade die Frauen, die die Polygamie am schärfsten verteidigen; denn diese sorgt nicht nur dafür, daß sie in der Überzahl sind, sondern gibt der Erstfrau auch eine größere Wichtigkeit: sie ist so praktisch das Oberhaupt mehrerer Haushalte. Die Ehe ist in erster Linie ein Zivilkontrakt, in dem verschiedene Bedingungen, so zum Beispiel eine ordentliche Erziehung und Versorgung der Kinder, festgelegt werden. Sie ist auflösbar, vorausgesetzt, beide Vertragsparteien sind damit einverstanden. Der Scheidungsakt wird formal vollzogen mit einer Zeremonie, in der man die einzelnen Schritte des Hochzeitsaktes rückwärts ablaufen läßt.

Die Zu-Vendi sind im großen und ganzen ein sehr freundliches, liebenswürdiges und fröhliches Volk. Sie sind keine großen Kaufleute und machen sich wenig aus Geld; im allgemeinen arbeiten sie gerade soviel, daß sie ein ausreichendes Auskommen haben in der Klasse, in die sie hineingeboren wurden. Sie sind äußerst konservativ und betrachten alle Änderungen mit Unbehagen und Mißtrauen. Ihr gesetzliches Zahlungsmittel ist – das erwähnte ich bereits – Silber, welches man in kleine viereckige Plättchen von unterschiedlichem Gewicht geschnitten hat. Es gibt auch Goldmünzen; sie sind jedoch von geringerem Wert. Ihr Wert ist etwa so hoch wie der unseres Silbers. Man benutzt jedoch Gold, dessen Schönheit man sehr schätzt, für Ornamente und zu vielen anderen dekorativen Zwecken. Der größte Teil des Handels wird jedoch eigentlich in Form von Tauschgeschäften abgewickelt, das heißt, es wird mit Naturalien bezahlt. Das Land lebt, wie schon erwähnt, hauptsächlich von der Agrarwirtschaft, und somit stellt der Handel mit Agrarprodukten natürlich den Hauptanteil des gesamten nationalen Wirtschaftslebens. Der Ackerbau ist hochentwickelt und sehr ertragreich; der größte Teil des verfügbaren Ackerlandes ist kultiviert. Große Aufmerksamkeit läßt man auch der Vieh- und Pferdezucht angedeihen. Die Pferde, die ich dort gesehen habe, übertreffen alles, was es sonst in Afrika oder Europa gibt.

Das Land befindet sich theoretisch im Besitz der Krone,

und darunter der großen Landadeligen. Diese wiederum verteilen es an kleinere Junker usw. bis hinunter zum Kleinbauern, der seine vierzig ›Reestu‹ (Morgen) bewirtschaftet und sich nach dem System des Halbprofits den Ertrag mit seinem unmittelbaren Lehnsherrn teilt. Wie ich schon sagte, ist das System ausgesprochen feudal, und wir fanden es höchst interessant, diesem alten Bekannten aus Europa mitten im tiefsten, unbekannten Afrika zu begegnen.

Die Steuern sind sehr hoch. Der Staat zieht ein Drittel des Gesamteinkommens ein, und die Priesterschaft noch einmal fünf Prozent vom Rest. Kommt jedoch andererseits jemand aus irgendeinem Grund unverschuldet in eine Notlage, dann unterstützt der Staat ihn nach Maßgabe der sozialen Klasse, der er zugehört. Ist er jedoch arbeitsscheu, dann wird er zur Arbeit an einem der Regierungsvorhaben herangezogen, und der Staat übernimmt die Versorgung seiner Frauen und Kinder. Der Straßen- und Wohnungsbau ist vollständig in der Hand des Staates. Er läßt ihm äußerste Sorgfalt angedeihen und überläßt den Familien die Wohnungen zu sehr geringen Mieten. Der Staat unterhält auch eine stehende Armee von ungefähr zwanzigtausend Mann Stärke und sorgt für die öffentliche Sicherheit. Als Gegenleistung für ihre fünf Prozent bestreiten die Priester die Instandhaltung der Tempel und die Aufwendungen für den Gottesdienst; außerdem führen sie alle religiösen Zeremonien kostenlos aus. Außerdem unterhalten sie Schulen, in denen das gelehrt wird, was sie für erstrebenswert halten; und das ist nicht sehr viel. Einige der Tempel verfügen über Privateigentum; der Priester als Individuum ist jedoch mittellos.

Und nun komme ich zu einer Frage, die nur sehr schwer zu beantworten ist: Sind die Zu-Vendi ein zivilisiertes oder ein primitives, unkultiviertes Volk? Manchmal neige ich mehr zu dem einen, dann wieder mehr zu dem anderen. Auf eigenen Gebieten der Kunst zum Beispiel sind sie zu höchster Meisterschaft und Vollkommenheit gelangt. Man betrachte nur ihre Gebäude oder ihre Skulpturen. Ich glaube nicht, daß die letzteren in Perfektion und Schönheit irgendwo auf der Welt auch nur annähernd erreicht werden, und was die ersteren betrifft, so fällt mir höchstens die Baukunst der alten Ägypter ein, die vielleicht einem Vergleich standhalten könnte; seitdem jedoch hat es wohl auf der Welt nichts mehr gegeben, was der Architektur der Zu-Vendi gleichkommt. Auf der anderen Seite jedoch sind ihnen viele Techniken, die uns seit Jahrhunderten geläufig sind, völlig unbekannt. So waren sie zum Beispiel nicht in der Lage, Glas herzustellen, bis ihnen Sir Henry, der zufällig etwas davon versteht, zeigte, wie man es macht, indem er Kieselerde und Kalk miteinander vermengte. Ihre Töpferwaren sind ziemlich primitiv. Die Uhrzeit bestimmen sie mit der Wasseruhr. Als sie zum ersten Mal unsere Uhren sahen, waren sie völlig aus dem Häuschen. Unbekannt sind ihnen auch die Dampfkraft, die Elektrizität und das Schießpulver, und zu ihrem – wie ich meine – großen Glück haben sie auch die Buchdruckerkunst noch nicht erfunden. Dadurch bleibt ihnen viel Kummer erspart, denn unser Jahrhundert hat uns meiner Ansicht nach nur allzu deutlich gelehrt, daß das uralte Sprichwort ›Je mehr man weiß, desto mehr Sorgen hat man auch‹ nichts von seiner Gültigkeit verloren hat.

Was ihre Religion anbetrifft, so ist es nichts weiter als eine Naturreligion für phantasiereiche Menschen, die es nicht anders wissen, und von denen man daher nichts anderes erwarten kann, als daß sie sich der Sonne als dem allmächtigen Vater zuwenden und sie als solchen verehren und anbeten. Man kann sie jedoch nicht als erhebend oder geistlich ihm religiösen Sinne bezeichnen. Sie bezeichnen zwar manchmal die Sonne als das ›Kleid des Geistes‹, aber das ist nur ein sehr vager Begriff; was sie in Wirklichkeit anbeten, ist nichts weiter als der feurige Himmelskörper selbst. Sie bezeichnen ihn auch als ›Hoffnung auf die Ewigkeit‹, aber auch hier haben sie wieder nur äußerst unklare Vorstellungen, und ich bezweifle, daß sie mit diesem Begriff einen klaren Eindruck verbinden. Einige von ihnen glauben in der Tat an ein Weiterleben nach dem Tode – ich weiß es zum

Beispiel von Nylephta –, aber das ist nur ein privater Glaube, der aus der Eingebung des Geistes herrührt, und kein wesentlicher Bestandteil ihrer Religion. Insgesamt betrachtet würde ich also nicht sagen, daß ich diesen Sonnenkult als eine Religion ansehe, die auf ein zivilisiertes Volk deuten würde, so prächtig und beeindruckend auch seine Rituale erscheinen und so moralisch und hehr auch die Maximen seiner Priester klingen mögen, von denen viele, wie ich ganz sicher glaube, ihre eigene Meinung zu der ganzen Sache haben. In der Öffentlichkeit sind sie natürlich voll des Lobes über ein System, das sie im Überfluß mit all den guten Dingen versorgt, die unsere Erde zu bieten hat.

Noch zwei Themen möchte ich ansprechen: nämlich die Sprache und die Schrift. Was die erstere betrifft, so hat sie einen sehr weichen Klang und zeichnet sich durch große Vokalfülle und Geschmeidigkeit aus. Sir Henry sagt, sie ähnelte in ihrem Klang ein wenig dem Neugriechischen; sie hat jedoch damit keinerlei Verwandtschaft. Sie ist leicht zu erlernen, da sie recht einfach aufgebaut ist. Das Bemerkenswerteste an ihr ist jedoch die besondere Bedeutung, die der jeweiligen Klangfarbe des Wortes zukommt. Das Wort paßt sich in seiner Betonung gewissermaßen der intendierten Bedeutung an. Lange bevor wir die Sprache beherrschten, waren wir schon häufig in der Lage, die ungefähre Bedeutung eines Satzes anhand der speziellen Tonhöhe und Satzmelodie zu erkennen, die der Sprecher ihm gegeben hatte. Aus diesem Grunde ist die Sprache auch so überaus gut zur poetischen Deklamation geeignet, einer Kunst, die in diesem bemerkenswerten Lande sehr gepflegt wird. Das Zu-Vendi-Alphabet ist anscheinend, wie übrigens jedes andere bekannte Buchstabensystem auch, phönizischen Ursprungs und mithin, geht man noch weiter zurück, aus dem ägyptischen Hieroglyphensystem entstanden. So sagt es jedenfalls Sir Henry. Ob dies den Tatsachen entspricht, kann ich nicht beurteilen, da ich auf diesem Gebiete völliger Laie bin. Ich weiß nur, daß ihr Alphabet aus zweiundzwanzig Zeichen besteht; einige davon, insbesondere B, E und O, sind unseren entsprechenden Zeichen nicht unähnlich. Das Ganze wirkt auf mich jedoch sehr umständlich und verworren*. Aber da die Zu-Vendi nicht veranlagt sind zum Schreiben von Romanen oder anderen Dingen, außer Geschäftsdokumenten und kurzen Notizen, reicht ihre Schrift für ihre Zwecke völlig aus.

14

Der Sonnenblumentempel

Meine Uhr zeigte halb neun, als ich am Morgen nach unserer Ankunft in Milosis aufwachte. Ich hatte fast zwölf Stunden geschlafen, und ich fühlte mich in der Tat besser. Ein gesunder, langer Schlaf kann schon einiges bewirken. Nur zwölf Stunden, und man fühlt sich wie neugeboren, besonders, wenn man vorher tage- und nächtelange Strapazen durchgemacht hat.

Ich setzte mich aufrecht in mein seidenbezogenes Bett – noch nie hatte ich in einem derartigen Bett gelegen – und das erste, was ich sah, war Goods Monokel, das aus den Tiefen seines seidenbezogenen Bettes zu mir herüberstarrte. Sein Monokel war das einzige, was von ihm zu sehen war, aber ich wußte sofort, daß er wach war und bereits darauf wartete, daß ich ebenfals aufwachte.

»Hör mal, Quatermain«, legte er gleich wieder los, »hast du ihre Haut gesehen? Sie ist so glatt wie der Rücken einer elfenbeinernen Haarbürste.«

»Nun hör mal gut zu, Good«, sagte ich protestierend, als sich mit einem Rauschen der Vorhang öffnete. Im Rahmen

* Das phönizische Alphabet umfaßt zweiundzwanzig Buchstaben (vgl. Anhang, Maspero: *Histoire ancienne des peuples de l'Orient,* S. 746ff.). Leider liefert uns Mr. Quatermain keine Probe zu der Zu-Vendi-Schrift. – *Der Herausgeber*

stand ein Bediensteter, der uns durch Handzeichen zu verstehen gab, daß er uns ins Bad führen wollte. Hocherfreut stimmten wir zu, und dann geleitete er uns in einen prachtvollen Raum aus Marmor, in dessen Mitte sich ein eingelassenes Becken mit fließendem, kristallklarem Wasser befand. Voller Freude sprangen wir hinein und taten uns in dem klaren Wasser gütlich. Als wir gebadet hatten, gingen wir wieder in unser Gemach und kleideten uns an. Danach gingen wir wieder in den zentralen Saal, in dem wir am Abend zuvor schon gespeist hatte und fanden den Frühstückstisch bereits fertig gedeckt vor. Herrliche Köstlichkeiten hatte man da für uns aufgetragen, und ich bin außerstande, all die verschiedenen Gerichte zu beschreiben! Nach dem Frühstück bummelten wir ein wenig in den umliegenden Gemächern umher und bewunderten die kostbaren Wandbehänge und Teppiche und mehrere herrliche Statuen, die überall die Räume zierten,und fragten uns, was uns wohl als nächstes an Überraschungen erwarten würde. Zu diesem Zeitpunkt befanden wir uns bereits in einem solchen Zustand völliger Verblüffung, daß uns in der Tat kaum noch etwas hätte aus der Fassung bringen können. Wir waren wirklich auf so ziemlich alles gefaßt, nach all dem, was wir in dieser kurzen Zeit schon in Milosis erlebt und gesehen hatten. Während wir noch alle möglichen Mutmaßungen anstellten, erschien unser Freund, der Hauptmann der Leibgarde, auf dem Plan und machte uns unter zahlreichen Ehrfurchtsbezeugungen klar, daß wir ihm folgen sollten, was wir auch mit recht gemischten Gefühlen und einigem Herzklopfen taten. Wir glaubten, daß nun die Stunde gekommen wäre, in der wir mit unserem alten Freund Agon, dem Hohepriester, die Rechnung wegen der verdammten Flußpferde begleichen mußten. Uns blieb jedenfalls keine Wahl; ändern konnten wir ohnehin nichts daran, und ich persönlich tröstete mich vorerst mit dem Gedanken, daß die königlichen Schwestern uns ihren Schutz zugesagt hatten, wußte ich doch nur zu gut, daß Frauen, die ihren Willen durchsetzen wollen, im allgemeinen auch einen Weg dazu finden. Wir machten uns also schicksalsergeben auf den Weg. Nachdem wir etwa eine Minute durch einen Flur und einen Außenhof gegangen waren, erreichten wir die großen zweiflügeligen Außentore des Palastes, hinter denen die breite Allee beginnt, die bergan mitten durch das Herz von Milosis und schließlich zum Sonnentempel führt, der etwa eine Meile vom Palast entfernt ist, von wo aus sie den Abhang auf der Rückseite des Tempels nimmt und geradewegs zur Stadtmauer von Milosis verläuft.

Diese gewaltigen, massiven Torflügel stellen ein außerordentlich kunstvolles Meisterwerk aus Metall dar. Zwischen den beiden Toren – eines befindet sich am Eingang der inneren Mauer, das andere an dem der äußeren – verläuft ein fünfundvierzig Fuß breiter Graben. Dieser Graben ist mit Wasser gefüllt und wird von einer Zugbrücke überspannt. Wenn diese hochgezogen ist, dann ist der Palast so gut wie uneinnehmbar, es sei denn, man beschösse ihn mit Belagerungskanonen.

Als wir an das Tor traten, wurde jeweils ein Flügel der beiden gewaltigen Tore geöffnet, und als wir über die Zugbrücke ins Freie gelangt waren, bot sich unseren Augen der eindrucksvolle Anblick einer der schönsten Straßen der Welt – wenn nicht der schönsten überhaupt. Sie mißt in der Breite hundert Fuß. An beiden Seiten stehen in langen Reihen wunderschöne einstöckige Wohnhäuser aus rotem Granit – nicht, wie es bei uns in Europa üblich ist, dicht an dicht aneinandergezwängt, sondern jeweils auf einem eigenen, abgegrenzten Grundstück, mit jeweils gleichem Abstand zueinander. Diese Häuser, alle im gleichen Stil gebaut, beherbergen die Stadtwohnungen der Adeligen des Hofes. Sie flankierten zu beiden Seiten in ununterbrochener Reihe die Prachtstraße, bis das Auge angehalten wurde von dem überwältigenden Anblick des Sonnentempels, der wie eine Krone am Ende der Straße auf der Anhöhe ruhte.

Während wir noch geblendet von dem prächtigen Anblick in der Toreinfahrt standen, kamen mit einem Male vier Wagen herangebraust, jeder von zwei Schimmeln gezogen.

Diese Wagen waren aus Holz und hatten zwei Räder. Das Gewicht der kräftigen Deichsel ruhte auf Ledergurten, die einen Teil des Geschirrs bildeten. Die Räder, die nur vier Speichen hatten, waren mit Eisen bereift und bar jeder Federung. Im Vorderteil des Wagens, direkt über der Deichsel, befand sich ein kleiner Sitz für den Fahrer. Der Sitz war mit einem niedrigen Geländer umgeben, damit der Fahrer in Kurven oder auf unwegsamer Strecke nicht heruntergeschleudert wurde. Im Innern des Wagens befanden sich drei flache Sitze, jeweils einer an den Seiten, und der dritte mit dem Rücken zu den Pferden. Diesem Sitz gegenüber befand sich die Tür. Das ganze Gefährt war leicht, aber stabil gebaut und dank seiner anmutigen Form trotz seiner Primitivität gar nicht einmal so unansehnlich, wie man meinen könnte.

Was jedoch diese Wagen zu wünschen übrigließen, das machten die Pferde mehr als wett. Es waren einfach herrliche Tiere, nicht sehr groß, aber von starkem Wuchs und vollendeten Proportionen. Sie hatten einen kleinen Kopf, bemerkenswert große, runde Hufe und machten den Eindruck hervorragender Zucht und großer Schnelligkeit und Ausdauer. Ich habe mir schon sehr häufig die Frage gestellt, woher diese Rasse, die eine ganze Reihe besonderer Eigenarten aufweist, wohl stammen mag, aber ihre Herkunft liegt wie die ihrer Besitzer im Dunkeln. Ebenso wie die Menschen waren auch die Pferde schon immer dagewesen.

Der vordere und der hintere Wagen waren mit Gardisten besetzt. Zu diesen beiden wurden wir nun geführt. Alphonse und ich stiegen in den zweiten, Sir Henry, Good und Umslopogaas in den dritten. Kaum hatten wir Platz genommen, als sie auch schon losfuhren. Und ab ging die Post, daß sich mir die Nackenhaare sträubten! Bei den Zu-Vendi ist es nicht üblich, Pferde traben zu lassen, weder als Kutschpferde noch als Reittiere; es sei denn, die Strecke, die man zurücklegen will, ist nur sehr kurz. Ansonsten prescht man in vollem Galopp dahin. Wie gesagt – wir saßen also kaum, als der Fahrer auch schon die Zügel schießen ließ, und die Pferde mit einem mächtigen Satz nach vorne sprangen. Sogleich jagten wir mit einer solch irrsinnigen Geschwindigkeit dahin, daß es mir fast den Atem verschlug und ich einen Moment lang, bevor ich mich an das Tempo gewöhnt hatte, fürchtete, der Wagen würde umkippen. Alphonse saß mit schreckensbleichem Gesicht auf seinem Sitz und klammerte sich verzweifelt am Rand fest, im sicheren Glauben, jede Minute sei seine letzte. Kurz darauf kam er auf die Idee, mich zu fragen, wohin die Fahrt ginge, und ich antwortete ihm, wir sollten, soweit ich wüßte, auf dem Flammenaltar geopfert werden. Sie hätten sein Gesicht sehen sollen, als er sich an den Rand des Gefährtes krallte und in blankem Entsetzen losschrie, als steckte er schon am Spieß!

Aber der wilde Kutscher beugte sich nur weiter nach vorn über seine dahinfliegenden Rösser und rief etwas; und der Wind, der an uns vorüberpfiff, trug den Klang von Alphonses Jammergeschrei rasch davon.

Und dann lag er vor uns, in all seinem wunderbaren Glanz und seiner berauschenden Pracht und Anmut – der Tempel der Sonne, der Stolz von Zu-Vendis, der für jenes Volk das ist, was für die Juden der Tempel des Salomo, oder besser der des Herodes war. In den Bau dieses erhebenden Werkes waren der Reichtum, das Können und die Arbeitskraft ganzer Generationen geflossen; erst fünfzig Jahre zuvor war der Tempel endgültig vollendet worden. Alles, was das Land zu bieten hatte, war in dieses Werk eingegangen, und das Ergebnis war in der Tat eine große Entschädigung aller Mühen und Anstrengungen, nicht so sehr, was die Größe betraf – es gibt größere Tempel auf der Welt –, sondern in erster Linie, was die perfekten Proportionen, die Kostbarkeit und die Schönheit der verbauten Materialien und die überragende Ausführung des Gebäudes betraf. Der Tempel (der für sich allein auf einer Gartenfläche von etwa acht Morgen Ausdehnung auf dem Gipfel der Anhöhe steht, umgeben von den Wohnstätten der Priester), hat die Form einer Sonnenblume. Den Mittelpunkt bildet eine Halle mit einem Kuppeldach, von der aus zwölf Höfe, die die Form eines Blütenblattes haben, strahlenförmig abgehen. Jeder dieser Höfe ist einem der zwölf Monate gewidmet. Sie dienen als Aufbewahrungsort für die Statuen, die man zu Ehren berühmter Verstorbener geschaffen hatte. Die Länge des Kreisbogens unterhalb der Kuppel beträgt dreihundert Fuß, die Höhe der Kuppel beträgt vierhundert Fuß. Die Strahlen sind einhundertfünfzig Fuß lang, und in der Höhe messen sie vom Boden bis zum Dach dreihundert Fuß, so daß sie exakt wie die Blütenblätter einer Sonnenblume in den kuppelbedachten Saal einmünden. So beträgt die Entfernung vom Hauptaltar in der Mitte des Saales bis zur äußersten Spitze jedes einzelnen Blütenblattes exakt dreihundert Fuß (das entspricht genau der Länge des Kreisbogens um den Kuppelsaal), oder, in der Totale gemessen, also vom äußersten Punkt eines Blattes bis zum äußersten Punkt des ihm gegenüberliegenden Blattes, genau sechshundert Fuß.

Das Gebäude besteht aus purem, geschliffenem weißen Marmor, der sich in einem großartigen Kontrast von dem roten Granit der Stadt abhebt, über der es glitzernd prangt wie ein herrschaftliches Diadem auf der Stirn einer geheimnisvoll düsteren Königin. Die Oberfläche der Kuppel und die Dächer der zwölf blütenblattförmigen Höfe sind mit hauchdünnem Blattgold überzogen. Und auf der äußersten Spitze jedes einzelnen Hofdaches steht eine goldene Statue mit ausgebreiteten Flügeln und einer Fanfare in der Hand, die die Figur eines Engels darstellt, der im Begriff ist, sich in die Lüfte zu erheben. Ich muß es wirklich dem Leser überlassen, sich eine Vorstellung zu machen von dem zauberhaften Glanz, der von diesen Dächern ausgeht, wenn sie von den Strahlen der Sonne gebadet werden. Es ist fürwahr, wie wenn tausend Feuer auf einem Berg aus poliertem Marmor aufleuchteten; die Sonnenstrahlen werden so stark reflektiert, daß man das Aufblitzen der Dächer noch klar und deutlich vom Gipfel eines der Berge der hundert Meilen entfernten Gebirgskette wahrnehmen kann.

Es ist einfach ein traumhafter Anblick – diese goldene

Blume, die da erwächst aus den kalten weißen Marmorwällen. Ich bezweifle, daß die Welt desgleichen noch einmal zu bieten hat. Die großartige Wirkung dieses genialen Zusammenspiels von künstlerischer Form, goldenem Licht und edlem Marmelstein wird noch verstärkt durch einen hundertfünfzig Fuß breiten Gürtel rings um den Tempel, der bepflanzt ist mit einer einheimischen Sonnenblumenart; zu dem Zeitpunkt, als wir den Tempel zum ersten Mal sahen, standen diese Blumen gerade in voller Blüte und bildeten einen goldenen Teppich rings um die weiße Tempelmauer.

Der Haupteingang dieses herrlichen Gebäudes befindet sich zwischen den zwei nach Norden ausgerichteten Strahlen oder blattförmigen Höfen. Zuerst kommt ein großes Tor aus Bronze, und dahinter liegen Türen aus massivem Marmor. Sie sind wunderschön verziert mit allegorischen Motiven und mit Blattgold überzogen. Wenn man diese durchschritten hat, trennt einen vom Inneren nur noch die mächtige Außenwand aus Marmor, die eine Stärke von sage und schreibe fünfundzwanzig Fuß aufweist (die Zu-Vendi bauten in der Tat für die Ewigkeit). Danach kommt noch eine Tür, ebenfalls aus weißem Marmor, die man in die Wand eingelassen hat, um von innen her den Eindruck eines sichtbaren Spaltes in der fugenlosen Innenwand aus Marmor zu vermeiden. Und dann steht man in der kreisförmigen Halle, direkt unter der gewaltigen Kuppel. Geht man weiter auf den Hauptaltar zu, dann offenbart sich dem Auge ein solch schoner Anblick, wie er die Vorstellungskraft des Menschen schier übersteigen muß. Man befindet sich genau in der Mitte der heiligen Stätte, und hoch über einem wölbt sich die weiße Marmorkuppel (die Innenhaut besteht ebenso wie die äußere aus poliertem, weißem Marmor), die in ihrer anmutig geschwungenen Form an die St. Pauls Kathedrale in London erinnert, nur daß der Kreiswinkel ein wenig kleiner ist. Und aus einer luftschachtähnlichen Öffnung genau im Apex der Kuppel flutet das goldene Licht der Sonne herein und ergießt sich über den golden schimmernden Altar. Auf der Ost- und Westseite der Halle stehen ebenfalls Altäre, deren Lichtstrahlen mit dem weihevollen Dämmerlicht um die Vorherrschaft ringen. In alle Richtungen öffnen sich weiß, mystisch und wunderbar die strahlenförmigen Höfe; und durch jeden von ihnen bohrt sich ein einzelner Pfeil weißen Lichtes, der die erhabene Stille in fahlen Schimmer taucht und die Monumente der Toten mit blassem Schein der völligen Düsternis abringt.

Überwältigt von diesem ehrfurchtseinflößenden Anblick, dessen kalter und dennoch in den Bann ziehender Liebreiz die Nerven erzittern läßt wie der Blick aus dem Auge der Göttin der Schönheit selbst, wendet man sich ab und wird sogleich erneut in den Bann gezogen von dem goldenen Hauptaltar, in dessen Mitte, bei Tageslicht dem Auge des Betrachters verborgen, eine ewige Flamme brennt, über der sich sanft eine Krone fahlblauen Rauches erhebt. Der Altar besteht aus goldüberzogenem Marmor. Er ist rund wie die Sonne; der Kreisbogen mißt sechsunddreißig Fuß; die Höhe des Altars beträgt vier Fuß. Am Fuße des Altars befinden sich ebenfalls zwölf Blütenblätter; sie sind aus purem Blattgold und mit Scharnieren versehen. Des Nachts und tagsüber (mit Ausnahme einer Stunde) bilden diese Blütenblätter einen geschlossenen Kelch über dem Altar, genau wie die Blütenblätter, die sich bei stürmischem Wetter um das Haupt der Wasserrose schließen. Wenn jedoch zur Mittagsstunde die Strahlen der Sonne durch den Luftschacht oben hereinfallen und auf die goldene Blume treffen, dann öffnet sich der Kelch und enthüllt das in ihm schlummernde Geheimnis, nur, um sich sofort wieder zu verschließen, sobald der letzte Strahl sich verloren hat.

Aber das ist noch nicht alles. Auf der Nord- und der Südseite der heiligen Stätte stehen, halbkreisförmig angeordnet und in gleichem Abstand zueinander aufgestellt, zehn goldene Engel, oder vielmehr Frauenfiguren mit weit ausgebreiteten Schwingen; sie sind hervorragend geformt, und selbst der Faltenwurf ihrer Gewänder ist bis ins kleinste Detail perfekt gestaltet. Diese Engelsfiguren, die leicht überlebensgroß sind, stehen mit gebeugten Häuptern in andächtiger Pose da, die Gesichter halb in den Schatten der Schwingen getaucht. Sie sind in der Tat von eindrucksvoller Schönheit und bewegender Anmut.

Dieser Altar weist noch eine weitere Einzelheit auf, die einer kurzen Beschreibung bedarf: nämlich der Fußboden direkt vor dem Altar, und zwar auf der Ostseite desselben; er besteht nicht, wie sonst überall in dem Bauwerk, aus reinem weißem Marmor, sondern aus solidem Messing. Ähnliche Bodenplatten befinden sich auch vor den anderen beiden Altären.

Die Altäre auf der West-, beziehungsweise Ostseite der Halle, die die Form eines Halbkreises haben und dicht vor der Wand des Gebäudes stehen, sind weit weniger beeindruckend als der Hauptaltar; sie sind auch nicht von goldenen Blütenkelchen umschlossen wie jener. Jedoch sind auch sie ganz aus Gold, und auch auf jedem von ihnen brennt die heilige Flamme, und je zwei Engelsfiguren aus Gold stehen zu ihrer Seite. Je zwei goldene Strahlen gehen von ihnen aus und ziehen sich über die Wand hinter ihnen schräg nach oben.

An der Stelle, wo man den dritten Strahl vermuten sollte, also genau zwischen den beiden anderen, befindet sich eine Öffnung in der Wand, die auf der Außenseite recht breit ist, innen jedoch nur noch ein schmaler Schlitz, etwa wie eine sich nach innen allmählich verjüngende Schießscharte. Durch den Schlitz auf der Ostseite der Halle fallen des Morgens die ersten Strahlen der aufgehenden Sonne quer durch die Halle und treffen, während die Sonne nach Westen wandert, auf den goldenen Blütenkelch des Hauptaltars, bis sie schließlich auch auf den Altar zur Westseite fallen. Desgleichen ruhen zur Abenddämmerung die letzten, durch den Schlitz auf der Westseite hereinfallenden Strahlen der untergehenden Sonne noch eine Weile auf dem Ostaltar, bevor sie schließlich in der Dunkelheit versinken. Dies symbolisiert das Versprechen der Morgen- an die Abenddämmerung, und das der Abend- an die Morgensonne.

Mit Ausnahme dieser drei Altäre und der um sie herumgruppierten Engelsfiguren ist der gesamte Raum unter der gewaltigen weißen Kuppel bar jeglichen weitern Schmucks, was erheblich zu seiner Erhabenheit und Größe beiträgt.

Dies also ist die kurze Beschreibung dieses großartigen, wunderbaren Bauwerkes, und ich wünschte mir von Herzen, ich besäße die Fähigkeit, seinem Glanze, der meiner Meinung nach zum großen Teil seiner verblüffenden Einfachheit zu verdanken ist, mit dem ach so unzulänglichen Mittel meiner Feder gerecht zu werden. Aber ich kann es nicht, und so ist es sinnlos, noch mehr Worte darüber zu verlieren. Und wenn ich dieses geniale Meisterwerk vergleiche mit einigen der flitterhaften, wertlosen Gebäude und dem unecht glänzendem Talmi, der in unseren Tagen so häufig von europäischen Kirchenarchitekten hervorgebracht wird, dann habe ich das Gefühl, daß auch die hochzivilisierte Kunst noch etwas von den Meisterwerken der Zu-Vendi lernen kann. Ich kann nur sagen, daß mir, als meine Augen sich zum ersten Mal an das düstere Licht jenes großartigen Bauwerkes, an seine weiße, anmutig geschwungene Schönheit, die so perfekt und erregend ist wie die einer nackten Göttin, gewöhnt hatten, spontan der Ausruf über die Lippen kam: »Sogar einen Hund würden hier religiöse Gefühle überkommen.« Das mag zwar banal oder vulgär klingen, aber vielleicht verdeutlicht es meine Meinung weit besser als irgendwelche geschliffenen Äußerungen.

Vor den Toren des Tempels wurde unsere Gruppe von einer Abteilung Wachsoldaten empfangen, die offensichtlich der Befehlsgewalt eines Priesters unterstand. Die Soldaten führten uns in einen der ›Blütenhöfe‹ (so nennen die Priester die ›Strahlen‹) und ließen uns dort erst einmal eine halbe Stunde lang warten. Sofort hielten wir Kriegsrat ab; und da uns klar war, daß äußerste Gefahr für unser Leib und Leben drohte, beschlossen wir, für den Fall, daß man uns ans Leder wollte, dieses so teuer wie möglich zu verkaufen – Umslopogaas kündigte seinen festen Entschluß an, daß er dem Hohepriester Agon das ehrwürdige Haupt mit

Inkosi-kaas spalten wollte. Von der Stelle aus, an der wir uns befanden, konnten wir deutlich sehen, daß eine riesige Menschenmenge in den Tempel strömte, offenbar in Erwartung eines außergewöhnlichen Spektakels, und ich konnte mich nicht ganz von dem Gedanken lösen, daß dieses Spektakel etwas mit uns zu tun hatte. An dieser Stelle möchte ich noch zur Erläuterung der Situation hinzufügen, daß jeden Tag, wenn das Sonnenlicht auf den Hauptaltar fällt, unter dem Schall der Fanfaren der Sonne ein Brandopfer dargeboten wird, welches aus dem Kadaver eines Schafes oder eines Ochsen besteht, gelegentlich auch aus Früchten oder Getreide. Dieses Ereignis findet gegen Mittag statt; natürlich nicht immer genau um zwölf Uhr, aber da Zu-Vendis nicht weit vom Äquator entfernt liegt – trotz dieser Lage hat es aufgrund seiner Höhe ein so angenehm gemäßigtes Klima –, fallen die Sonnenstrahlen fast immer gegen Mittag auf den Altar. An jenem Tage sollte das Opfer um acht Minuten nach zwölf stattfinden.

Um Punkt zwölf Uhr erschien ein Priester, gab ein Handzeichen, und der Hauptmann der Garde bedeutete uns, daß wir nun nach vorn gehen sollten. Wir versuchten, dabei soviel äußere Gelassenheit an den Tag zu legen, wie nur eben möglich. Eine Ausnahme bildete natürlich wieder einmal der unglückselige Alphonse, dessen Zähne auf der Stelle laut zu klappern begannen. Ein paar Sekunden später waren wir aus dem Hof heraus und traten ins Innere der Halle. Dort wartete schon eine riesige Menschenmenge neugierig darauf, einen Blick auf die geheimnisvollen Fremden zu erhaschen, die das Sakrileg begangen hatten, die ersten Fremden, die – soweit die Menge wußte – seit Menschengedenken ihren Fuß auf Zu-Vendis gesetzt hatten.

Bei unserem Erscheinen ging sofort ein aufgeregtes Getuschel und Gemurmel durch die riesige Menschenmenge, die sich ringsum bis dicht an die Wand der Halle drängte, das sich auf schaurige Art und Weise in der riesigen Kuppel brach und wie ein Echo zurückhallte, und wir sahen, daß auf dem Meer von Gesichtern eine Röte der Erregung erschien, die aussah wie der rosa Schimmer der untergehenden Sonne auf einer langgestreckten weißen Wolkenbank. Es war ein unheimlicher, alles andere als beruhigender Anblick.

Wir schritten weiter durch eine Gasse, die sich zwischen den Leibern bildete, bis wir schließlich auf dem Messingboden auf der Ostseite des Altars standen, den letzteren direkt vor Augen. Eine Fläche im Umkreis von vielleicht dreißig Fuß um die Engelsfiguren herum war mit Seilen abgesperrt, und die Menge drängte sich dicht hinter der Absperrung. Vor den Seilen standen in einem Kreis mehrere Priester in weißen Roben mit ihren goldenen Kettengürteln und hielten lange, goldene Fanfaren in den Händen; und unmittelbar vor uns stand unser alter Freund Agon, der Hohepriester, mit seiner eigentümlichen Kappe auf dem Kopf. Er war der einzige in der riesigen Menge, der eine Kopfbedeckung trug. Wir stellten uns auf die Messingplatte, ohne zu ahnen, was für eine nette Überraschung uns darunter erwartete; ich glaubte indessen, ein seltsames Zischen wahrzunehmen, das ganz offensichtlich vom Boden herkam, und für das ich keine Erklärung fand. In den folgenden Minuten passierte überhaupt nichts, und ich ließ meinen Blick durch die Runde schweifen, um zu sehen, ob ich irgendwo die beiden Königinnen Nylephta und Sorais entdecken konnte; aber sie waren nirgends zu sehen. Zu unserer Rechten jedoch befand sich eine freie Stelle, und ich vermutete, daß sie für die Königinnen reserviert war.

Wir warteten. Kurze Zeit später erscholl von irgendwoher der Klang einer Fanfare – vermutlich aus der Kuppel –, und erneut ging ein aufgeregtes Raunen durch die Menge. Und dann schritten wir durch eine lange Gasse, die zu dem freien Platz rechts von uns führte, Seite an Seite die beiden Königinnen. Hinter ihnen kamen ein paar Adelige des Hofes, darunter auch der große Fürst Nasta, und dann folgte eine Leibwache, bestehend aus etwa fünfzig Soldaten. Der Anblick der letzteren ließ mich erleichtert aufatmen. Bald hatten sie alle auf dem freien Platz ihre Position eingenommen; die beiden Königinnen in vorderster Reihe, links und rechts neben ihnen die Höflinge, und dahinter in einem doppelten Halbkreis die Gardisten.

Wieder herrschte für einen Augenblick absolute Stille. Ich sah, wie Nylephta plötzlich aufblickte und versuchte, meinen Blick auf sich zu ziehen; sie schien mir mit ihrem Blick irgend etwas mitteilen zu wollen, und ich folgte mit meinen Augen so unauffällig wie möglich den ihrigen. Ihr Blick wanderte langsam hinunter an die Stelle, wo sich die Bodenplatte aus Messing befand, auf deren äußerster Kante wir standen. Dann machte sie mit dem Kopf eine leichte, kaum merkliche Seitwärtsbewegung. Ich verstand nicht sogleich, was sie damit sagen wollte, und sie wiederholte die Bewegung. Diesmal glaubte ich, daß sie uns sagen wollte, daß wir von der Bodenplatte zurücktreten sollten. Ein weiterer Blick, und ich war ganz sicher – die Messingplatte bedeutete Gefahr für uns! Sir Henry stand rechts von mir, Umslopogaas links. Ohne meinen Blick, der geradeaus auf den Altar gerichtet war, abzuwenden, flüsterte ich leise und unauffällig zuerst auf Zulu und dann auf englisch, daß sie langsam, Zoll für Zoll, zurücktreten sollten, bis ihre Schuhe den festen Marmorboden erreicht hätten, der sich unmittelbar an die Kante der Messingplatte anschloß. Sir Henry flüsterte die Nachricht Good zu, und dieser gab sie an Alphonse weiter, und dann schoben wir uns langsam, unendlich langsam, zurück; wir gingen dabei in der Tat so behutsam vor, daß niemand, abgesehen von Nylephta und Sorais, die aus den Augenwinkeln unser Zurückweichen verfolgten, auch nur das geringste mitbekam. Als wir weit genug waren, schaute ich wieder Nylephta an, und ich sah, daß sie mit einem kaum merklichen Nicken ihrer Befriedigung Ausdruck gab. Agon hatte die ganze Zeit über tief versunken den Altar angestarrt; vermutlich befand er sich in einem Zustand kontemplativer Ekstase, und ich hatte meinen Blick auf sein Kreuz geheftet, ebenfalls in einem – wiewohl ganz anders gearteten – Zustand der Ekstase. Plötzlich warf er seine langen Arme hoch, und mit feierlicher, bebender

Stimme verfiel er in eine Art liturgischen Gesang. Der Bequemlichkeit halber möchte ich hier eine grobe, aber wirklich *sehr* grobe Übersetzung dieses Gesanges beifügen, obwohl ich natürlich zu dem Zeitpunkt die Bedeutung des Inhaltes überhaupt noch nicht verstand. Es war ein Bittgesang an die Sonne, der ungefähr wie folgt lautete:

Es herrscht Stille über der Erde und über den Wassern!
Fürwahr, die Stille brütet über den Wassern wie der Vogel in seinem Nest;
Die Stille schlummert auch auf dem Busen der tiefen Finsternis.
Nur hoch oben im All spricht Stern mit Stern.
Die Erde ist ohnmächtig und schwach vor Sehnsucht und naß von den Tränen ihres Verlangens;
Die sternenumgürtete Nacht umarmt sie, aber sie kann ihr keinen Trost spenden.
Sie liegt gehüllt in die Tücher des Nebels wie der Leichnam im Totengewand.
Und sie streckt ihre blasse Hand gen Osten.
Und siehe! Weit hinten im Osten erhebt sich der Hauch eines Lichtes;
Die Erde erblicket das Licht und erhebt sich. Sie schaut über den Rand ihrer hohlen Hand hinweg.
Und dann erheben sich Deine mächtigen Engel von Deiner Heiligen Stätte, o Sonne,
Sie werfen ihre flammenden Speere in den Leib der Dunkelheit und machen ihn schrumpfen.
Sie erstürmen den Himmel und stürzen die bleichen Sterne von ihrem Thron;
Ja, sie schleudern die unbeständigen Sterne zurück in den Schoß ihrer Mutter, der Nacht;
Sie lassen den Mond erblassen, so daß sein Gesicht matt und bleich wird wie das Antlitz eines sterbenden Menschen,
Und siehe da! Du erscheinst in all deiner Pracht, o Sonne!

Oh, Du Schöne, die Du gehüllet bist in ein Gewand aus Feuer!
Der unendliche Himmel ist Deine Straße; Du rollst über sie hin wie ein Triumphwagen.

Die Erde ist Deine Braut; Du küssest sie, und sie gebiert Dir ihre Kinder;
Ja, Du bist der allmächtige Vater und der Spender allen Lebens, o Sonne!
Die kleinen Kinder strecken ihre Hände nach Dir aus und wachsen auf in dem Glanze Deines Lichts;
Die Greise kriechen hervor, Deine Strahlen zu spüren, und sie erinnern sich ihrer einstigen Stärke, so Deine Strahlen sie küssen;
Nur die Toten vergessen Dich, o Sonne!
Und wenn Du ergrimmt bist, hältst Du Dein Antlitz verborgen;
Und Du ziehst einen dicken Vorhang aus Schatten vor Deinen Leib.
Dann erkaltet die Erde, und der Himmel verzagt;
Und sie erzittern; und der Klang ihres Zitterns ist der Hall des Donners;
Sie weinen, und ihre Tränen sind der Regen;
Sie seufzen, und die wütenden Winde sind der Klang ihrer Seufzer.
Und die Blumen sterben, und die Frucht auf dem Felde erschlafft und erbleicht;
Und die Greise und Kinder gehen wieder in die Hütten zurück,
Wenn Du Dein Licht verbirgst, o Sonne!

Sag an, wer bist Du, o Glanz ohnegleichen –
Wer trug Dich in die Höhen des Himmels, o Du flammender Zorn?
Wo war Dein Anfang, und wann wird der Tag sein, da Du vergehst?
Du bist das Kleid des lebendigen Geistes.*
Du wirst nicht vergehen, wenn Deine Kinder schon vergessen sind;

---

* Diese Zeile ist insofern interessant, als sie eine der wenigen Stellen im Zu-Vendi-Ritual darstellt, die auf eine vage göttliche Wesenheit anspielt, die unabhängig ist von der rein materiellen Verehrung des Himmelskörpers an sich. Der Begriff *»Taia«*, der an dieser Stelle benutzt wird, hat nur eine sehr verschwommene, unspezifische Bedeutung und heißt soviel wie *Wesen, Lebensprinzip, Geist* oder sogar *Gott*.

Nein Du wirst niemals enden, denn Du bist die Ewigkeit!
Du thronest dort oben in deinem goldenen Haus und missest die Jahrhunderte.
O Vater allen Lebens! O Sonne, die die Finsternis vertreibt!

An dieser Stelle unterbrach Agon seinen feierlichen Gesang, der, auch wenn er sich nur noch sehr arm und dünn ausmacht, nachdem ich ihn durch die Mühle meiner Übersetzung gedreht habe, im Original wirklich wunderschön und äußerst beeindruckend ist. Und dann, nach einem kurzen Moment der Stille, hob er den Blick zu der Öffnung in der Kuppel des Tempels und rief –

O Sonne, steig herab auf Deinen Altar!

Während er noch sprach, geschah etwas Wunderbares: Von der Höhe der Kuppel blitzte ein herrlicher Strahl goldenen Lichtes herab und zerschnitt das düstere Zwielicht in der Halle wie ein Flammenschwert. Es fiel direkt auf die Sitze des goldenen Blütenkelches über dem Altar, und wie von Geisterhand bewegt öffnete sich die herrliche Blume, und die goldenen Blätter sanken ringsum auf den Boden um den Altar, in dessen Mitte die ewige Flamme loderte. Im selben Moment bliesen die Priester einen hallenden Fanfarenstoß, und aus tausend Mündern zugleich erklang ein Ausruf der Lobpreisung, der sich in dem Kuppeldach brach und von den Marmorwänden zurückhallte. Und nun schien das Licht der Sonne voll auf die emporzüngelnde heilige Flamme; sie flackerte, sank in sich zusammen und verschwand in der Tiefe des Altars, aus der sie sich erhoben hatte. Als sie gänzlich versunken war, hallte herneut der Ton der Fanfaren durch die Halle, und wieder erhob der greise Priester die Hände und rief –

Wir bringen Dir Dein Opfer dar, o Sonne!

Ich blickte aus den Augenwinkeln hinüber zu Nylephta; ihr Blick war auf die Messingplatte geheftet.

»Aufgepaßt!« rief ich. Gleichzeitig sah ich, wie Agon sich nach vorn beugte und etwas an dem Altar berührte. Im selben Moment trat ein roter Schimmer auf das weiße Meer von Gesichtern um uns herum, dann wurden die Gesichter wieder ganz bleich, und die Menge hielt den Atem an. Nylephta beugte sich vor und schlug unwillkürlich die Hände vors Gesicht. Sorais neigte den Kopf zur Seite und sprach im Flüsterton mit dem Hauptmann der königlichen Leibgarde. Und da glitt direkt vor unseren Augen mit einem quietschenden Geräusch die Bodenplatte aus Messing zur Seite und gab den Blick frei auf einen glatten Marmorschacht, der in einen wütend brausenden Ofen direkt unter dem Altar mündete. Dieser Ofen war so groß und seine hell lodernden Flammen waren so heiß, daß sie glatt den Achtersteven eines Kriegsschiffes zerschmolzen hätten!

Mit einem Schrei des Entsetzens sprangen wir zurück. Alphonse war vor Schreck so gelähmt, daß er beinahe in die Glut hinabgestürzt wäre, hätte Sir Henry ihn nicht in letzter Sekunde, als er schon über dem Abgrund taumelte und zu verschwinden drohte, mit starker Hand gepackt und zurückgerissen.

Sogleich erhob sich ein beängstigender Tumult, und wir vier stellten uns Rücken an Rücken, um unsere Haut so teuer wie möglich zu verkaufen. Alphonse raste wie ein Wilder um uns herum und versuchte verzweifelt, zwischen unsere Beine zu kriechen und sich dort zu verstecken. Wir hatten alle unsere Revolver dabei. Man hatte uns zwar höflich, aber bestimmt, unsere Gewehre abgenommen, als wir den Palast verließen, aber diese Leute wußten natürlich nicht, was ein Revolver war, und hatten ihnen deshalb auch keine weitere Aufmerksamkeit gewidmet. Umslopogaas hatte seine Axt behalten, die ihm abzunehmen man nicht der Mühe wert befunden hatte, und nun wirbelte er sie über seinem Kopf und stieß seinen markerschütternden Zulu-Kriegsschrei aus, der mit donnerndem Echo an den Wänden der Halle entlangrollte und trotzig und herausfordernd in die Ohren der Priester drang. Sekunden später hatten die Priester, die sich um ihre Beute betrogen sahen, ihre unter den weißen Roben verborgenen Schwerter gezückt und drangen wütend auf uns ein wie Jagdhunde auf ein gestelltes Wild. Nun gab es kein langes Überlegen mehr; vielleicht war es sinnlos, sich zur Wehr zu setzen, aber es gab nur zwei Alternativen: kämpfen oder sterben. Ich jagte dem ersten von ihnen, der auf uns zugeschossen kam – es war ein kräftiger, hochaufgeschossener Bursche –, eine Revolverkugel in den Leib; er wankte, und dann fiel er in die Öffnung des Schachtes. Er glitt unter entsetzlichem Brüllen die glatten Marmorwände hinab und verschwand in dem tosenden Feuerschlund, wie es eigentlich uns zugedacht gewesen war.

Ob es nun seine entsetzten Schreie waren, oder der für sie schrecklich laute Knall des Revolverschusses und seine verheerende Wirkung – jedenfalls blieben die anderen Priester konsterniert und unentschlossen stehen; und bevor sie noch einen neuen Angriff gegen uns starten konnten, rief Sorais etwas, und wir waren plötzlich gemeinsam mit den beiden Königinnen und einem Teil der Hofadeligen von einem Wall bewaffneter Männer umringt. Dies geschah in Sekundenschnelle; die Priester zögerten noch immer, und die Masse schwankte unentschlossen hin und her wie eine Herde verstörter Schafe und machte keinerlei Anstalten, sich auf die Seite der einen oder der anderen Partei zu schlagen.

Der letzte verzweifelte Schrei des brennenden Priesters war verhallt, das Feuer hatte ihm ein Ende gemacht, und eine Grabesstille senkte sich über den Schauplatz.

Dann drehte sich der Hohepriester mit teuflisch verzerrtem Gesicht den Königinnen zu und schrie: »Laßt das Opfer geschehen! Verhindert nicht, daß diese Fremden, die wahrlich genug Sünde begangen haben, ihrer gerechten Strafe zugeführt werden! Wollt ihr, Königinnen, den Mantel des Schutzes über Missetäter werfen? Sind nicht die Tiere, die der Sonne geweiht waren, tot? Und starb nicht soeben erst, vor unseren Augen, ein Priester der Sonne, hingeschlachtet von der Zauberkraft dieser Fremdlinge, die zu uns kamen wie der Sturm vom Himmel; woher, wissen wir nicht, auch auch wer sie sind, wissen wir nicht? Hütet auch, o Königinnen, euch der großen Majestät Gottes zu widersetzen, angesichts seines Altars! Es gibt eine Macht, die größer ist denn eure; es gibt eine Gerechtigkeit, die höher ist denn eure Gerechtigkeit! Hütet euch, eure gottlose Hand gegen sie zu erheben! Laßt das Opfer geschehen, o Königinnen!«

Dann antwortete ihm Sorais mit ihrer tiefen, ruhigen Stimme, bei deren Klang ich nie ganz den Verdacht loswerden konnte, daß ein leiser Unterton von Spott in ihr mitschwang, wie ernst auch immer das Thema war: »O Agon, du hast gemäß deinem Wunsche gesprochen, und, fürwahr, du hast die Wahrheit gesagt. Aber du bist es, der ruchlos und frevelhaft seine Hand gegen die Gerechtigkeit deines Gottes erhebt! Vergiß nicht, daß das mittägliche Opfer geschehen ist: Die Sonne hat einen ihrer Priester als Opfer angenommen!«

Das war eine ganz neue Idee, und sie brachte die Sache in eine ganz andere Richtung; die Menge tat unter lautem Applaus ihre Zustimmung dazu kund.

»Vergißt du, wer diese Männer sind? Es sind Fremde, die man auf dem Busen eines Sees dahingleitend vorfand. Wer brachte sie dorthin? Wie kamen sie auf den See? Woher willst du wissen, ob nicht auch sie Diener der Sonne sind? Ist dies die Gastfreundschaft, die unsere Nation nach deinem Willen gegenüber Fremden an den Tag legen soll, die das Schicksal auf solch wundersame Weise zu uns brachte? Ist das deine Art von Gastfreundschaft, sie in die Flammen zu stoßen? Schande über dich, tausendmal Schande über dich! Was aber ist wahre Gastfreundschaft? Den Fremden bei sich aufzunehmen und ihm Schutz zu gewähren. Seine Wunden zu verbinden, ihm ein Kissen für das müde Haupt zu geben und Speise, damit er seinen Hunger stillen kann. Aber dein Kissen ist der Flammenofen, und deine Speise ist der heiße Wohlgeschmack der Glut! Schande über dich!«

Sie machte eine Pause, um zu sehen, welche Wirkung ihre Rede bei der Menge hinterließ, und als sie sah, daß ihre Worte gut ankamen, ließ sie ihren Tonfall sofort von einem protestierenden in einen gebieterischen umschlagen.

»Ho! Platz da!« rief sie. »Platz gemacht, sage ich! Gebt den Weg frei für die Königinnen und für die, über die die Königinnen ihren ›Kaf‹ geworfen haben*!«

»Und wenn ich mich weigere, Königin?« zischte Agon mit gepreßter Stimme durch die Zähne.

»Dann werde ich mir mit meiner Leibwache einen Weg bahnen!« lautete die stolze Antwort. »Jawohl, auch hier, angesichts des Allerheiligsten, und wenn es sein muß, durch die Leiber deiner Priester!«

Agons Gesicht wurde in ohnmächtiger Wut aschfahl. Er starrte in die Menge, als wollte er sie beschwören, aber er mußte in diesem Moment erkennen, daß die Sympathien bei der Gegenseite waren. Die Zu-Vendi sind von ihrer Mentalität her ein neugieriges und umgängliches Volk, und so sehr sie es auch als eine Ungeheuerlichkeit ansahen, daß wir die heiligen Flußpferde erschossen hatten; der Gedanke, daß die ersten echten Fremden, die jemals in ihr Land gekommen waren, in einen Flammenofen geworfen und verbrannt werden sollten, behagte ihnen überhaupt nicht; denn waren sie erst einmal tot, dann war ein für allemal die Chance vertan, etwas von ihnen zu lernen und über sie zu klatschen. Agon spürte diese Stimmung und zögerte; und da erhob zum erstenmal Nylephta ihre sanfte, melodische Stimme.

»Bedenke, Agon«, sagte sie, »diese Männer können sehr wohl, wie meine königliche Schwester schon sagte, Diener der Sonne sein. Aber sie können nicht für sich selbst sprechen, da ihre Zungen gebunden sind. Warte erst einmal solange, bis sie unsere Sprache gelernt haben. Man darf niemanden verurteilen, ohne ihn vorher gehört zu haben. Wenn diese Männer erst sich selbst verteidigen können,

---

* Kaf = Mantel

dann wird der Zeitpunkt gekommen sein, sie auf die Probe zu stellen.«

Hiermit hatte Nylephta dem Priester eine goldene Brücke gebaut, über die er sich ohne Gesichtsverlust vorerst aus der Affäre ziehen konnte, so wenig sie ihm auch paßte; jedenfalls ergriff der rachsüchtige Alte den dargebotenen Strohhalm mit beiden Händen.

»So sei es denn, o Königinnen«, antwortete er. »Mögen diese Männer in Frieden ziehen, und wenn sie unsere Sprache gelernt haben, dann sollen sie sprechen. Und ich, jawohl – ich, werde in Ehrfurcht vor dem Altar auf die Knie fallen, auf daß nicht wegen des Sakrilegs die Pest über unser Land komme.«

Diese Worte wurden von der Menge mit beifälligem Gemurmel aufgenommen, und ein paar Minuten später verließen wir schon den Tempel, umringt von den Soldaten der königlichen Leibgarde.

Erst viel später jedoch sollten wir erfahren, was sich eigentlich alles im einzelnen hinter den Kulissen abgespielt hatte, und wie knapp wir dem grausamen Griff der Priesterschaft entrungen worden waren, der gegenüber selbst die Königinnen praktisch keine Macht hatten.

Hätten nicht die Königinnen alles in ihrer Macht Stehende unternommen, uns zu beschützen, dann wären wir schon getötet worden, bevor wir überhaupt den Fuß über die Schwelle des Tempels gesetzt hätten. Der heimtückische Versuch, uns bei lebendigem Leibe in den Flammenofen zu stürzen, war der letzte in der Reihe mehrerer gescheiterter Attentatsversuche gewesen, mit dem die Priester sich uns vom Halse hatten schaffen wollen.

15

Sorais' Lied

Nachdem wir Agon und seiner bigotten Mörderbande so glücklich entkommen waren, kehrten wir in unsere Quartiere im Palast zurück. In der Folgezeit erging es uns prächtig. Die beiden Königinnen, die Adeligen und die Bevölkerung wetteiferten miteinander darin, uns mit Ehrerbietungen und Geschenken zu überschütten. Und was den unglücklichen Zwischenfall mit den Flußpferden betrifft, so geriet er sehr bald in Vergessenheit, was uns auch alles andere als ungelegen war. Jeden Tag kamen Menschen, manchmal sogar ganze Abordnungen, zu uns, die unsere Waffen, unsere Kleidung, unsere Kettenhemden, unsere Instrumente, und insbesondere unsere Uhren bestaunen wollten. Die letzteren hatten es ihnen besonders angetan und schienen ihnen ein Heidenvergnügen zu bereiten. Kurz, wir kamen ganz groß in Mode; das ging sogar so weit, daß einige der modebewußten jungen Burschen unter den Zu-Vendi anfingen, den Schnitt einiger unserer Kleider zu kopieren, besonders Sir Henrys Jägerjacke. Eines Tages erwartete uns wieder einmal eine Gesandtschaft, und Good legte wie üblich zum Anlaß eines solchen Ereignisses seine Uniform an. Allem Anschein nach war diese Abordnung von etwas anderer Art als die, die uns gewöhnlich mit ihrem Besuch beehrten. Sie bestand aus einer Gruppe unscheinbar aussehender kleiner Männer, die ein ausgesucht höfliches, um nicht zu sagen unterwürfiges Verhalten an den Tag legten; ihre ganze Aufmerksamkeit galt augenscheinlich ausschließlich den Details von Goods Uniform; sie waren die ganze Zeit über damit beschäftigt, Aufzeichnungen davon anzufertigen und die exakten Maße der einzelnen Uniformteile zu nehmen. Good fühlte sich höchst geschmeichelt; denn er hatte zu dem Zeitpunkt noch keine Ahnung davon, daß es sich bei den Männern um die fünf führenden

Schneider von Milosis handelte. Vierzehn Tage später jedoch – wir hielten wieder einmal wie gewöhnlich hof – hatte er das Vergnügen, zu sehen, wie sieben oder acht Zu-Vendi-›Stutzer‹ in der vollen Pracht einer ausgezeichneten Imitation seiner Paradeuniform hereinstolziert kamen. Mit seiner guten Stimmung war es schlagartig vorbei. Ich werde niemals vergessen, wie er verblüfft und angewidert das Gesicht verzog. Nach diesem Ereignis beschlossen wir, in erster Linie, um nicht immer so viel Aufsehen zu erregen, und zweitens, weil sich unsere Kleider langsam auftrugen und geschont werden mußten, uns gemäß der einheimischen Gepflogenheiten zu kleiden. Und ich muß sagen, die Zu-Vendi-Tracht erwies sich als äußerst bequem, auch wenn ich zugeben muß, daß ich meines Erachtens nach einen recht lächerlichen Eindruck darin machte, ganz zu schweigen von Alphonse! Nur Umslopogaas scherte sich nicht darum; als sein altes Moocha durchgewetzt war, machte sich der wilde alte Zulu ein neues und lief weiterhin völlig umbekümmert darin herum, grimmig und nackt wie seine Streitaxt.

In der Zwischenzeit hatten wir eifrig unsere Sprachlektionen aufgenommen und recht gute Fortschritte gemacht. Am Morgen nach unserem Abenteuer im Tempel hatten sich drei gesetzte, ehrwürdig aussehende Herren bei uns eingefunden, bewaffnet mit Büchern, Tintenfässern und Federkielen, die uns eröffneten, daß man sie geschickt habe, uns in der Sprache der Zu-Vendi zu unterweisen. Mit Ausnahme von Umslopogaas machten wir uns alle eifrig ans Werk und büffelten vier Stunden pro Tag. Umslopogaas wollte auch damit nichts zu tun haben; er lehnte es ab, das ›Weibergewäsch‹ zu erlernen – nein, nicht mit ihm! Und als einer der Lehrer auf ihn zuging und ihm mit dem Buch und dem Gänsekiel aufmunternd vor der Nase herumwedelte, etwa so wie ein Kirchendiener, der einladend mit dem Klingelbeutel unter der Nase eines reichen, aber knickrigen Gemeindeschäfleins rasselt, da sprang der alte Zulu mit einem wütenden Fluch auf und fuchtelte unserem gelehrten

Freund mit Inkosi-kaas vor dem Gesicht herum. Damit war der Versuch, *ihm* Zu-Vendi beizubringen, ein für allemal im Keim erstickt.

So verbrachten wir unsere Vormittage mit nützlicher Beschäftigung, die uns überdies auch großen Spaß machte, besonders, als wir feststellten, daß wir Fortschritte machten. Unsere Nachmittage waren ganz der Erholung gewidmet. Einige Male machten wir Ausflüge; unter anderem besuchten wir die Goldminen und die Marmorbrüche. Schade, daß mir Platz und Muße fehlen, diese ausführlich zu beschreiben. Ein paarmal gingen wir auch auf die Rehjagd, und zwar mit Hunden, die eigens für diesen Zweck ausgebildet waren; es machte ungeheuren Spaß, denn das Land verfügt über zahlreiche ausgezeichnete Wildgehege, und wir hatten wunderbare Pferde. Das war nicht weiter verwunderlich, zieht man in Betracht, daß wir nach Belieben über die königlichen Stallungen verfügen durften. Zusätzlich hatte uns Nylephta noch vier herrliche Reitpferde überlassen.

Manchmal vergnügten wir uns auch auf der Falkenjagd, die eine äußerst beliebte Freizeitbeschäftigung bei den Zu-Vendi darstellt. Sie richten ihre Vögel gewöhnlich auf eine Rebhuhngattung ab, die sich durch die große Schnelligkeit und die bemerkenswerte Ausdauer ihres Fluges auszeichnet. Wenn dieses Rebhuhn von dem Falken angegriffen wird, verliert es anscheinend den Kopf und fliegt, statt einen sicheren Schutz zu suchen, in schwindelnde Höhen hinauf und bietet damit natürlich dem Falken ein hervorragendes Angriffsziel. Einmal wurde ich Zeuge, wie ein Rebhuhn, das von einem Falken verfolgt wurde, so hoch aufstieg, daß ich es beinahe aus dem Blick verloren hätte. Ein noch besseres Opfer für den Falken bietet eine Spielart der Einsiedlerschnepfe, die fast die Größe einer kleinen Waldschnepfe erreicht und in diesem Lande sehr häufig vorkommt. Man jagt sie mit einem sehr kleinen, beweglichen, hervorragend abgerichteten Falken, der einen fast roten Schwanz besitzt. Der Zickzacklauf der großen Schnepfe und der pfeilschnelle Flug und die blitzartigen Bewegungen des rotschwänzigen Falken machen diesen Zeitvertreib zu einem höchst erbaulichen Vergnügen. Eine andere Variante dieses Sports ist die Jagd auf eine sehr kleine Antilopenart mit abgerichteten Adlern; und es ist wirklich ein grandioses Erlebnis, den großen Vogel zu beobachten, wie er in den Äther steigt, bis man ihn nur noch als winzigen schwarzen Fleck im Sonnenlicht erkennen kann, und dann, ganz plötzlich, kommt er heruntergeschossen wie eine Kanonenkugel und stürzt sich auf den Bock, der, vor allem verborgen außer dem alles durchbohrenden Blick des Adlers, irgendwo im Gras kauert. Das ganze Schauspiel ist noch schöner, wenn der Adler die Antilope in vollem Lauf schlägt.

An manchen Tagen fuhren wir hinaus auf die Landsitze einiger hoher Adeliger und besichtigten ihre wunderschönen Festungen mit den hinter ihre Mauern geschmiegten Dörfern. Wir sahen Weingärten, Kornfelder und gepflegte parkähnliche Anlagen mit herrlichen Bäumen, bei deren Anblick mir oftmals das Herz höher schlug; denn ich liebe schöne Bäume über alles. Kräftig und standhaft stehen sie da, so stark und doch voller Schönheit, eine wahre Verkörperung edlen Mannestums. Wie stolz ein edler Baum sein bares Haupt gegen den winterlichen Sturm erhebt, und mit welch freudig vollem Herzen er frohlockt, wenn der Frühling zurückgekehrt ist! Und wie erhaben seine Stimme erklingt, wenn er mit dem Winde spricht: Selbst der Klang von tausend Aeolsharfen kommt nicht dem wunderbaren Seufzen des Windes gleich, wenn er durch einen Baum in voller Blätterpracht rauscht. Am Tage ist er auf die Sonne gerichtet, und des Nachts auf die Sterne, und so überdauert er leidenschaftslos, und zugleich doch so voll mit Leben, die Jahrhunderte, ob es stürmt, oder ob die Sonne scheint, und er saugt seinen Lebenssaft aus dem kühlen Busen der Mutter Natur, und während die Jahre langsam dahingehen, erfährt er das Geheimnis des Wachstums und des Verfalls. Und ganze Generationen überdauert er, er überlebt Personen, Reiche, Dynastien – alles, bis auf die Erde, die er schmückt und Mutter Natur selbst – bis zu jenem Tage, an dem der Wind in dem langen Kampfe den Sieg davonträgt und sich des wieder errungenen Platzes erfreuen kann, oder bis der Verfall zu seinem letzten, zerstörerischen Schlag ausholt und den schon vom Tode gezeichneten Baum niederstreckt.

Das Abendessen pflegten Sir Henry, Good und ich gemeinsam mit den königlichen Majestäten einzunehmen – zwar nicht immer, aber wohl drei oder vier Mal die Woche, wann immer es ihnen an Gesellschaft ermangelte, oder die Staatsgeschäfte ihnen dazu Zeit ließen. Und ich muß sagen, daß diese gemeinsamen Mahlzeiten die reizendsten ihrer Art waren, die ich je erlebt hatte. Ich glaube wirklich, daß der ungeheure Liebreiz, den Nylephta ausstrahlt, in erster Linie in ihrer reizenden Schlichtheit und Unkompliziertheit begründet ist und in ihrem nicht gespielten, freundlichen Interesse, das sie selbst kleinen, unwichtig erscheinenden Dingen gegenüber an den Tag legt. Sie ist die einfachste Frau, die je kennenzulernen mir vergönnt war, und sie ist, sofern ihre Leidenschaften nicht berührt werden, auch die bezauberndste von allen Frauen, die ich je sah; aber wann immer es erforderlich erscheint, dann kann sie auch wahrhaft königlich und würdig auftreten und so heftig und ungestüm sein wie eine echte Wilde.

So werde ich zum Beispiel niemals jene Situation vergessen, in der mir zum erstenmal klar wurde, daß sie verliebt war in Curtis. Die ganze Sache wurde ins Rollen gebracht durch Goods bekannte Schwäche für weibliche Gesellschaft. Nachdem wir etwa drei Monate lang eifrig jeden Tag Zu-Vendi gelernt hatten, war Master Good der ehrwürdigen alten Herren, die so freundlich gewesen waren, uns mit gutem Erfolg in die Geheimnisse des Zu-Vendi einzuführen, überdrüssig. Und ohne auch nur ein Sterbenswörtchen einem von uns gegenüber darüber zu verlieren, gab er ihnen zu verstehen, daß er der Ansicht sei, man könne nur dann tiefer in die Feinheiten einer Fremdsprache eindringen, wenn man von Damen unterrichtet würde – jungen Damen, wie er nicht ausdrücklich hinzuzufügen vergaß. Außerdem sei das ein wissenschaftlich erwiesenes Faktum. In seinem eigenen Lande, so erklärte er ihnen im Brustton der Überzeugung, sei es gang und gäbe, daß man die bestaussehenden und reizvollsten Mädchen aussuche, die man finden könne, wolle man Fremden, die der Zufall ins Land verschlagen habe, die Sprache beibringen.

Die alten Herren standen mit offenem Mund da. Es wäre, so gaben sie zu, etwas Wahres in seinen Worten, führe doch die Betrachtung des Schönen, wie ihre Philosophie lehrte, zu einer gewissen Durchlässigkeit des Geistes, ähnlich der, die der heilsame Einfluß von Sonne und Luft beim physischen Körper hervorrufe. Folglich wäre die Wahrscheinlichkeit hoch, daß wir die Sprache der Zu-Vendi ein wenig schneller absorbieren könnten, wenn man passende Lehrkräfte für uns finde. Ein weiterer Vorteil wäre darin zu sehen, daß wir, da ja das weibliche Geschlecht bekanntlich etwas geschwätzig wäre, hervorragende Praxis im *Viva-voce*-Bereich unserer Sprachstudien erlangen würden.

Diesen Ausführungen pflichtete Good eifrig bei, und alsbald entschwanden die Herren mit der festen Zusicherung, ihre Anweisungen würden voll und ganz unseren Wünschen entsprechen, und man würde sich bemühen, unserem Geschmack so gut wie möglich gerecht zu werden.

Sie können sich daher, verehrter Leser, vorstellen, wie überrascht und gleichzeitig ärgerlich ich war – und ich bin sicher, Sir Henry teilte in diesem Punkt voll und ganz meinen Standpunkt –, als wir am darauffolgenden Morgen beim Betreten des Raumes, in dem wir wie gewöhnlich unsere Studien fortsetzen wollten, anstelle der ehrwürdigen alten Herren drei der bestaussehenden jungen Damen vorfanden, die Milosis aufbieten konnte – und das will schon etwas heißen! Als wir eintraten, erröteten sie heftig, machten schüchtern lächelnd einen Knicks und gaben uns zu verstehen, daß sie gekommen wären, unsere Anweisungen auszuführen. Und während wir noch dastanden und uns verblüfft anstarrten, hielt Good die Zeit für gekommen, uns zu sagen, daß die alten Herren ihn am Abend zuvor unterrichtet hätten, sie hielten es für absolut notwendig, daß unsere weitere sprachliche Unterweisung von Mitgliedern des anderen Geschlechts durchgeführt werde. Ich fühlte mich von der Situation völlig überrumpelt und wandte mich an Sir Henry mit der Bitte um einen Rat in einer derartigen Krise.

»Hm«, sagte er, wobei er sich räusperte, »wie ihr seht, sind die Damen nun einmal hier, nicht wahr? Wenn wir sie nun wieder fortschicken, glaubt ihr nicht, daß wir damit ihre Gefühle verletzen? Wir wollen doch nicht unhöflich und grob sein, oder? Und außerdem – sehen sie nicht bezaubernd aus?«

Mittlerweile hatte Good schon seine Lektion mit der hübschesten von den dreien begonnen; zu ändern war ohnehin nichts mehr an der Situation. Also seufzte ich einmal tief und ergab mich in mein Schicksal. An jenem Tag verlief alles bestens: die jungen Damen waren wirklich sehr klug, und sie lächelten auch nur dann, wenn einer von uns einen Schnitzer machte. Good war so eifrig bei der Sache wie nie zuvor, und sogar Sir Henry paukte Zu-Vendi mit ganz neuem Elan. Je nun, dachte ich, ob das wohl lange so anhält?

Tags darauf waren wir schon weit lebendiger als am Vortage: Unsere Studien waren angenehm aufgelockert mit Fragen, die unser Heimatland betrafen: z.B. wie die Frauen in England wären etc. Wir beantworteten alle Fragen so gut wir konnten auf Zu-Vendi, und ich hörte, wie Good seiner Lehrerin versicherte, ihr Liebreiz sei im Vergleich mit den Schönheiten Europas wie der der Sonne im Vergleich zum Mond, worauf sie neckisch den Kopf zurückwarf und erwiderte, sie sei nichts weiter als eine schlichte, unscheinbare Lehrerin, und es wäre nicht nett, ein armes Mädchen so in Verlegenheit zu bringen. Danach sangen sie uns ein Lied vor; es war wirklich ganz reizend, so natürlich und unaffektiert. Die Liebeslieder der Zu-Vendi sind sehr schön und ergreifend.

Am dritten Tag waren wir schon ganz vertraut miteinander; Good erzählte seiner hübschen Lehrerin seine letzten

Liebesaffären, was sie so sehr rührte, daß sich ihre Seufzer mit den seinigen vermengten. Ich plauderte mit der meinigen, einem aufgeweckten, blauäugigen Geschöpf, über die Kunst der Zu-Vendi, während hinten in der Ecke Sir Henry mit seiner Erzieherin allem Anschein nach gerade dabei war, eine anschauliche Lektion durchzunehmen. Die Dame wiederholte mit sanft vibrierender Stimme das Zu-Vendi-Wort für ›Hand‹, woraufhin er die ihrige zärtlich ergrifff; sie sagte das Wort für ›Augen‹, und er schaute tief in ihre rehbraunen Pupillen; dann sagte sie das Wort für ›Lippen‹, und – aber just in dem Moment öffnete sich die Tür und, begleitet von nur zwei Wächtern, spazierte *Nylephta* herein! Good hörte auf der Stelle mit seiner Seufzerei auf und radebrechte mit lauter Stimme Zu-Vendi. Sir Henry stieß einen Pfiff aus und machte ein dämliches Gesicht. Und die armen Mädchen standen mit hochroten Köpfen da und wußten nicht, was sie sagen sollten.

Nylephta reckte sich, bis ihr Körper die der hochgewachsenen Gardisten zu überragen schien; ihr Gesicht lief erst rot an, und dann wurde es bleich wie der Tod.

»Wächter«, sagte sie mit leiser, erstickter Stimme und zeigte auf die gelehrige, aber unfreiwillige Schülerin Sir Henrys, »tötet diese Frau!«

Die Männer zögerten.

»Wollt ihr meinen Befehl ausführen«, sagte sie wieder mit derselben, mühsam beherrschten Stimme, »oder nicht?«

Sie gingen mit erhobenen Speeren auf das Mädchen zu. Mittlerweile hatte Sir Henry sich wieder von dem Schrecken erholt. Er merkte, daß die Komödie dabei war, in eine Tragödie umzuschlagen.

»Zurück!« rief er mit donnernder Stimme; gleichzeitig stellte er sich schützend vor das zu Tode erschrockene Mädchen. »Schäm dich, Nylephta – schäm dich! Du wirst sie nicht töten!«

»Zweifellos hast du allen Grund, sie in Schutz zu nehmen. Du könntest kaum etwas weniger Ehrenhaftes tun!« erwiderte die Königin, bebend vor Wut. »Aber sie soll sterben – ich will, daß sie stirbt!« Sie stampfte wütend mit dem Fuß auf.

»Wohlan denn!« gab er zur Antwort. »Dann werde ich mit ihr zusammen sterben! Ich bin dein Diener, o Königin; mache mit mir, was du willst!« Und dann beugte er sich zu ihr herunter und schaute ihr mit seinen offenen, klaren Augen voller Verachtung ins Gesicht.

»Am liebsten würde ich dich auch töten lassen«, antwortete sie; »denn du machst mich zum Gespött.« Und als sie spürte, daß sie besiegt war, und, wie ich vermute, nicht wußte, was sie anderes hätte tun können, brach sie in ein solches Meer von Tränen aus und schaute dabei so königlich reizend aus in ihrem leidenschaftlichen Kummer, daß ich, alt wie ich bin, Curtis um seine Aufgabe, sie zu trösten, zutiefst beneidete. Es war schon recht komisch, zu sehen, wie er sie in den Armen hielt, bedenkt man, was soeben noch vorgefallen war; dies schien auch ihr plötzlich bewußt zu werden, denn sie wand sich aus seinem Arm und ließ uns mit unserer Betroffenheit allein.

Kurz darauf kam einer der Gardisten zurück und überbrachte den Mädchen eine Botschaft, daß sie auf der Stelle, andernfalls sie mit dem Tode bestraft würden, die Stadt verlassen müßten und sich wieder in ihre Heimat auf dem Lande zu begeben hätten; ansonsten würde ihnen nichts weiter geschehen. Sie machten sich sogleich auf; eine von ihnen bemerkte noch, man könne eben nichts daran ändern, und es sei sehr befriedigend, zu wissen, daß sie uns ein wenig nützliches Zu-Vendi beigebracht hätten. Meine war ein äußerst nettes Mädchen, und ich schenkte ihr zum Abschied meinen Lieblingsglücksbringer, ein Sixpence-Stück mit einem Loch darin. Nach diesem Zwischenfall nahmen wieder unsere vorherigen Lehrer den Unterricht auf, zu meiner großen Erleichterung, wie ich wohl nicht extra zu betonen brauche.

An jenem Abend begaben wir uns etwas unbehaglich an die königliche Tafel. Nylephta ließ sich entschuldigen; sie liege mit starken Kopfschmerzen zu Bett. Diese Kopfschmerzen hielten drei volle Tage an; am dritten Tag war sie jedoch wieder wie gewöhnlich beim Abendessen zugegen, und mit dem anmutigsten und süßesten Lächeln der Welt bot sie Sir Henry ihre Hand, um sich an die Tafel geleiten zu lassen, und mit keinem Wort erwähnte sie den Zwischenfall. Damit war das Thema endgültig beendet. Nach dem Abendessen geruhte Nylephta, uns einer Prüfung zu unterziehen, um zu sehen, was wir gelernt hatten; sie war mit dem Resultat sehr zufrieden. Sie ließ sich sogar dazu herab, uns – insbesondere Sir Henry – eine Privatstunde zu erteilen, und es war in der Tat eine sehr interessante.

Und die ganze Zeit über, während wir plauderten, oder vielmehr, uns bemühten, zu plaudern, und lachten, saß Sorais da in ihrem geschnitzten Elfenbeinstuhl, schaute uns zu und las in unseren Gesichtern wie in einem Buch. Nur dann und wann streute sie eine Bemerkung ein und lächelte dabei ihr flüchtiges, geheimnisvoll dunkles Lächeln, das mir erschien wie ein Blitz, der in einem Sommergewitter durch eine dunkle Wolke fährt. Und in ihrer Nähe, so nahe, wie er sich eben heranwagte, saß Good und schaute sie hingebungsvoll durch sein Monokel an. Er war auf dem besten Wege, sich ernsthaft in diese dunkle Schönheit zu verlieben, vor der ich persönlich schreckliche Furcht empfand. Ich beobachtete sie sehr genau, und bald war mir klar, daß all ihre zur Schau getragene Gelassenheit nur dazu diente, die bittere Eifersucht, die sie Nylephta gegenüber empfand, zu verbergen. Und noch etwas bemerkte ich an ihr; eine Erkenntnis, die mich in Angst und Schrecken versetzte: auch sie war auf dem besten Wege, sich in Sir Henry Curtis zu verlieben! Ich war natürlich nicht sicher; es ist nicht leicht, einer so kühlen, stolzen Frau die Gefühle vom Gesicht abzulesen. Aber ich war doch ziemlich sicher, zwei oder drei Anzeichen bemerkt zu haben, und, wie Elefantenjäger wissen: trockenes Gras zeigt am besten, woher der Wind weht.

Und so vergingen drei weitere Monate. Inzwischen hatten wir alle einen beachtlichen Stand im Zu-Vendi, einer im Grunde auch recht leicht zu erlernenden Sprache, erreicht.

Mit der Zeit hatten wir eine riesige Beliebtheit bei der Bevölkerung, ja sogar bei den Adeligen des Hofes, erlangt. Wir standen in dem Ruf enormer Klugheit, und zwar in erster Linie deshalb, weil Sir Henry – ich glaube, ich erwähnte es bereits – in der Lage war, ihnen zu zeigen, wie Glas hergestellt wurde (womit in der Tat ein großer nationaler Mangel behoben werden konnte); aber auch deshalb, weil wir mit Hilfe eines aus England mitgebrachten Kalenders, der eine Übersicht über die kommenden zwanzig Jahre bot, Voraussagen über diverse Himmels- und Gestirnskombinationen machen konnten, die die einheimischen Astronomen nicht vorausgesehen hatten. Es gelang uns sogar, vor einer Versammlung von Gelehrten, das Prinzip der Dampfmaschine zu demonstrieren; was die Herren mit großem Erstaunen erfüllte. Und noch weitere derartige Dinge brachten wir ihnen bei. Und so kam es, daß das Volk an die Königinnen appellierte, man dürfte auf keinen Fall zulassen, daß wir außer Landes gingen (was wir ohnehin, selbst, wenn wir es gewollt hätten, kaum hätten tun können). Wir wurden mit Ehrungen geradezu überhäuft: man ernannte uns sogar zu Offizieren der Leibwache Ihrer Majestäten, der Königinnen. Man teilte uns feste Quartiere im Palast zu, und bei wichtigen politischen Fragen von nationaler Bedeutung wurde unser Rat eingeholt.

Und so wäre alles eitel Sonnenschein für uns gewesen, wenn sich nicht am Horizont drohend eine große Wolke zusammengeballt hätte: Zwar war der Zwischenfall mit den verdammten Flußpferden nie wieder erwähnt worden, aber das bedeutete beileibe nicht, daß unser Sakrileg vergeben und vergessen war, oder daß die wütende Feindschaft, die die Priesterschaft, angeführt von dem mächtigen Hohepriester Agon, gegen uns hegte, besänftigt war. Im Gegenteil – sie loderte um so heller, je mehr sie aufgrund unserer allgemeinen öffentlichen Beliebtheit unterdrückt werden mußte, und was vielleicht aus purer Frömmelei begonnen hatte, war mittlerweile zu tiefem, aus Neid genährtem Haß geworden. Bisher nämlich waren die Priester immer die weisen Männer im Lande gewesen, und man hatte sie deshalb, und darüber hinaus noch aus Gründen des Aberglaubens, mit besonderer Ehrfurcht betrachtet. Unser Erscheinen jedoch hatte den jahrhundertealten Stand der Dinge erheblich aus dem Gleichgewicht gebracht; mit unserem für die Bevölkerung fast übernatürlich anmutenden Wissen, mit unseren fremdartigen Erfindungen und unseren Hinweisen auf bisher unvorstellbar gehaltene Dinge hatten wir, insbesondere bei den gebildeten Zu-Vendi, ein unerhörtes Prestige erlangt und gleichzeitig die bornierte Priesterschaft in den Augen der Bevölkerung von ihrem Sockel des Hochmuts heruntergeholt. Was ihnen jedoch als noch viel größerer Affront erscheinen mußte, waren die ungeheure Beliebtheit und die offiziellen Ehrungen, die wir genossen. All dies hatte bewirkt, daß wir der gesamten Priestersippschaft, und damit der mächtigsten, weil am straffsten organisierten Interessengruppe innerhalb des Staatsgefüges, ein unerträglicher Dorn im Auge waren.

Einen anderen Herd ständig drohender Gefahr stellte der wachsende Neid seitens einiger mächtiger Adeliger, an ihrer Spitze Nasta, für uns dar. Lange Zeit hatte ihre Abneigung uns gegenüber nur mühsam verschleiert im Verborgenen geschwelt, und nun drohte sie, in eine hell auflodernde Flamme offener Feindschaft umzuschlagen. Nasta war schon seit einigen Jahren ein aussichtsreicher Kandidat für die Hand Nylephtas gewesen, und ich glaube, nach allem, was ich gehört und gesehen hatte, daß er zu dem Zeitpunkt, als wir auf der Bildfläche erschienen, ungeachtet der Tatsache, daß es noch einige Hindernisse aus dem Weg zu räumen galt, seinem Ziel ein ganzes Stück nähergekommen war. Aber mit einem Male war alles anders geworden: die scheue Nylephta lächelte plötzlich nicht mehr schüchtern in seine Richtung, sobald er irgendwo auftauchte, und er hatte sehr bald die Gründe dafür erraten. Enttäuscht und außer sich vor Zorn hatte er seine Aufmerksamkeit Sorais zugewandt und nur zu bald feststellen müssen, daß er ebensogut einer Wand den Hof hätte machen können. Das einzige, was er von der stolzen Königin Sorais geerntet hatte, waren ein oder zwei bittere Scherze über seinen Wankelmut, und damit war ihm auch diese Tür für immer vor der Nase zugeschlagen worden. Also war ihm nichts anderes übriggeblieben, als sich der dreißigtausend grimmigen Schwertkämpfer zu entsinnen, die auf sein Kommando über die Pässe der nördlichen Gebirgskette einfallen würden, wenn er es wollte; und ich bin sicher, er hatte hoch und heilig geschworen, die Tore von Milosis mit unseren Köpfen zu zieren.

Wie wir jedoch bald erfahren sollten, hatte er zunächst einmal einen anderen Entschluß gefaßt: und zwar hatte er die Absicht, einen erneuten Versuch zu machen und Nylephta um ihre Hand zu bitten. Dies sollte vor Augen des ganzen Hofes geschehen, sobald die alljährlich stattfindende Zeremonie der Unterzeichnung der Gesetze, die im Laufe des Jahres von den Königinnen proklamiert worden waren, vorbei war.

Auf diese verblüffende Neuigkeit reagierte Nylephta mit gespielter Gleichgültigkeit und Gelassenheit. Ihre Stimme zitterte jedoch ein wenig, als sie uns am Vorabend der großen Zeremonie der Gesetzesunterzeichnung die Nachricht brachte, während wir wie gewöhnlich gemeinsam beim Abendessen saßen.

Sir Henry biß sich auf die Lippen; er gab sich kaum die Mühe, seine Erregung, die ob dieser Nachricht von ihm Besitz ergriffen hatte, zu verbergen.

»Und welche Antwort gedenkt Ihre Majestät dem großen Fürsten zu geben?« fragte ich, wobei ich mich um einen möglichst scherzhaft klingenden Ton bemühte.

»Antworte selbst, Macumazahn« (wir waren nämlich übereingekommen, uns in Zu-Vendi mit unseren Zulunamen anreden zu lassen), erwiderte sie und hob anmutig ihre alabasterfarbenen Schultern. »Was bleibt einer armen Frau schon anderes übrig, als zu gehorchen, wenn der Freier über dreißigtausend Schwerter verfügt, mit denen er seinem Werben Nachdruck verleihen kann?« Und durch ihre langen Wimpern hindurch sah sie Curtis an.

Wir waren gerade im Begriff, in einen anderen Raum hinüberzugehen, als Curtis mich am Arm packte und beiseite nahm. »Quatermain, einen Augenblick – ich möchte dir etwas sagen. Ich habe zwar noch nie über das Thema gesprochen, aber ich bin sicher, du hast schon erraten, worum es sich handelt: Ich liebe Nylephta. Was soll ich bloß tun?«

Glücklicherweise hatte ich das Problem schon mehr oder weniger in Betracht gezogen und war deshalb in der Lage, ihm die Antwort zu geben, die mir unter den gegebenen Umständen die klügste zu sein schien.

»Du mußt noch heute nacht mit Nylephta sprechen«, sagte ich ihm. »Jetzt muß es geschehen – jetzt oder nie. Hör zu: Geh gleich im Salon ganz nah an sie heran und flüstere ihr zu, daß du sie um Mitternacht an der Rademas-Statue am Ende der großen Halle treffen möchtest. Ich werde auch dort sein und aufpassen, daß niemand euch dort sieht. Und vergiß nicht: jetzt oder nie, Curtis!«

Wir schlenderten hinüber in den Salon. Nylephta hatte schon Platz genommen. Sie starrte auf ihre Hände hinab; ein trauriger, angstvoller Ausdruck lag in ihren Augen. Ein Stück von ihr entfernt saß Sorais und unterhielt sich mit Good; ich hörte ihre ruhige, gemessene Stimme deutlich zu mir herüberschallen.

Die Zeit verrann. In einer Viertelstunde – das wußte ich – würden sich die Königinnen wie gewöhnlich in ihre Gemächer zurückziehen. Bis zu diesem Zeitpunkt hatte Sir Henry noch keine Gelegenheit gehabt, Nylephta für einen Moment unter vier Augen zu sprechen; sooft wir die königlichen Schwestern auch sahen, eine Gelegenheit, sie einmal allein zu sehen oder zu sprechen, gab es nur sehr selten. Ich zermarterte mir das Gehirn, und dann hatte ich plötzlich eine Idee.

»Würde die Königin die Güte haben«, sagte ich, wobei ich mich vor Sorais verbeugte, »ihren Dienern etwas vorzusingen? Unsere Herzen sind schwer in dieser Nacht; sing uns ein Lied, o Herrin.«

»Meine Lieder sind nicht von der Art, daß sie einem das

Herz erleichtern könnten, Macumazahn, und doch; wenn es dir Fraude bereitet, dann will ich gern singen«, war ihre Antwort. Und dann erhob sie sich und ging ein paar Schritte zu dem Tisch, auf dem ein Instrument lag, das einer Zither nicht unähnlich war. Gedankenverloren schlug sie leise ein paar Saiten an.

Und dann, ganz plötzlich und unvermittelt, erhob sie ihre weiche Stimme zu einem Lied; ihre Stimme klang so wild und süß wie der Gesang eines klagenden, aus voller Kehle jubilierenden Vogels – und doch war der Refrain so unheimlich und traurig, daß mir fast das Blut in den Adern gefror. Hoch, immer höher, schwebten die Klänge, weit in der Ferne schienen sie zu verhallen, um sich dann wieder zu voller Kraft aufzuschwingen und weiterzufliegen – beladen mit allem Kummer der Welt und mit all der Verzweiflung der Verlorenen ... Es war ein herrliches Lied, aber ich hatte nicht die Muße, mich seinem Klang gebührend zu widmen. Ich bekam jedoch später die Gelegenheit, mir den genauen Text anzusehen. Hier ist eine Übersetzung seines Leitmotivs, soweit eine solche überhaupt möglich ist:

SORAIS' LIED

Wie ein einsamer Vogel auf seinem verlorenen Flug durch die Finsternis,
Wie eine Hand, die sich hilflos erhebt, wenn die Sichel des Todes fällt,
So ist das Leben! ja, das Leben, das meinem Gesang Leidenschaft und Odem erleiht.

Wie das Lied der Nachtigall, das erfüllt ist von unaussprechlicher Süße,
Wie der Geist, der des Himmels Pforten aufstößt, um nach einem Zeichen zu suchen,
So ist die Liebe! ja, die Liebe, die sterben wird, wenn ihre Schwingen gebrochen.

Sorais' Lied

Wie das Donnern der Legionen, wenn die Trompeten zum Angriff blasen,
Wie der Ruf des Sturmgottes, wenn Blitze durch den dunklen Himmel zucken,
So ist die Macht, ja die Macht, die am Ende zu Staub zerfallen wird.

So kurz ist unser Leben; und doch lang genug, uns Verzicht zu lehren,
Ein bitterer Wahn, ein Traum, aus dem uns nichts erwecken kann,
Bis des Todes ohn' Unterlaß uns nachspürender Schritt uns eines Morgens oder Abends einholt.

Refrain

Oh, die Welt, sie ist schön, wenn dämmert der Morgen – der Morgen,
Doch die rote Sonne versinkt im Blut – die Sonne versinkt im Blut.

Ich wünschte nur, ich hätte können auch die Musik aufschreiben!

»Los, Curtis – jetzt!« flüsterte ich, in dem Augenblick, als Sorais mit der zweiten Strophe anfing. Dann wandte ich ihm wieder den Rücken zu.

»Nylephta«, sagte er im Flüsterton – ich war unter einer solch starken nervlichen Anspannung, daß ich jedes Wort verstehen konnte, obwohl sie sehr leise miteinander sprachen und trotz Sorais' göttlichem Gesang –, »Nylephta, ich muß heute nacht mit dir sprechen – sowahr ich lebe, ich muß es! Sag nicht nein; oh, bitte sag nicht nein!«

»Aber wie kann ich mit dir sprechen?« fragte sie, die Augen starr nach vorn gerichtet. »Königinnen sind nicht wie andere Menschen. Ich bin ständig von Wachen umgeben.«

»Höre, Nylephta, wie es geschehen soll: Ich werde um Mitternacht bei der Statue des Rademas in der großen Halle sein. Ich kenne das Losungswort und kann die Halle unbehelligt betreten. Macumazahn wird auch dort sein und uns warnen, wenn jemand naht. Bei ihm wird auch der Zulu sein. O komme, meine Königin, weise mich nicht ab!«

»Es geziemt sich nicht«, sagte sie leise, »und morgen ...«

In diesem Augenblick verklangen die letzten klagenden Töne des Refrains, und Sorais drehte sich langsam um.

»Ich werde dort sein«, sagte Nylephta hastig; »sieh zu, daß wir uns nicht verpassen.«

16

An der Statue

Es war Nacht – tiefe Nacht –, und die finster blickende Stadt lag in tiefer Ruhe.

Sir Henry Curtis, Umslopogaas und ich schlichen uns heimlich, wie Übeltäter, durch die Gänge, die zu einem Nebeneingang des großen Thronsaals führten. Einmal schreckte uns der laut durch die Stille hallende Anruf des Wachtpostens auf. Ich gab das Losungswort, und der Mann setzte seinen schon erhobenen Speer wieder ab und ließ uns passieren. Als Offiziere der königlichen Leibgarde hatten wir das Recht, zu kommen und zu gehen, wann immer wir wollten.

Wir erreichten sicher und unbehelligt die Halle. Sie war so leer und still, daß selbst unsere leisen Schritte an den stattlichen Wänden widerhallten und als schwaches Echo von der Decke zurückgeworfen wurden, so daß sie sich anhörten wie die geisterhaften Schritte von Verstorbenen, die jetzt ihre Stätte früherer Tage heimsuchten.

Es war ein unheimlicher Ort; ein unangenehmes Gefühl von Beklommenheit beschlich mich. Es war Vollmond, und durch die hohen, fensterlosen Öffnungen in der Wand fielen bleiche Lichtstreifen in die Halle und malten weiße Flekken auf den glänzenden schwarzen Marmorboden. Es war ein schöner und zugleich schauerlicher Anblick; wie weiße Blumen auf einem schwarzen Sarg. Einer dieser silbernen Lichtstreifen fiel auf die Statue des schlafenden Rademas; mit sanftem, klarem Licht schien er auf die über ihn gebeugte Engelsgestalt und tauchte einen kleinen Kreis um die Statue herum in einen blassen Schein, der mich an das Licht erinnerte, mit dem die Katholiken die Altäre ihrer Kathedralen illuminieren.

Dicht im Schatten der Statue bezogen wir Stellung und warteten. Sir Henry und ich standen nahe beieinander. Umslopogaas stand ein paar Schritte entfernt in der Dunkelheit. Ich konnte nur ganz schwach die Umrisse seiner Gestalt erkennen, die sich auf die ebenfalls nur schemenhaft wahrnehmbare Axt stützte.

Die Zeit verstrich. Ich stand gegen den kalten Marmor gelehnt und wäre beinahe eingeschlafen, als ich plötzlich zusammenfuhr; Curtis hatte heftig den Atem ausgestoßen. Und dann hörte ich wie aus weiter Ferne einen Laut. Es schien mir fast, als hätten sich die Statuen, die in einer Reihe vor den Wänden aufgestellt waren, leise eine Botschaft aus längst vergangenen Tagen zugeflüstert.

Es war das leise Rauschen eines Damengewandes. Es kam näher und näher. Wir sahen, wie sich eine Gestalt von einem mondbeschienenen Fleck zum andern vortastete. Dann nahmen wir auch das kaum hörbare Geräusch sandalenbeschuhter Füße auf dem Marmorboden wahr. Sekunden später sah ich, wie die Silhouette des alten Zulu die Hand zu einem stummen Gruße erhob, und dann stand Nylephta vor uns.

Oh, wie wunderschön sie aussah, als sie einen Moment lang in dem Kreis weißen Mondlichtes stand! Sie hatte die Hand auf ihr Herz gepreßt, und ihr weißer Busen hob und senkte sich vor innerer Erregung. Um ihren Kopf hatte sie lose ein besticktes Tuch geschlungen, das ihr makelloses Gesicht halb verbarg und damit nur noch anmutiger machte; Schönheit, die ja zum großen Teil auf unserer Vorstellungskraft und Phantasie beruht, wirkt niemals bezaubernder, als wenn sie halb verborgen ist. Da stand sie in all ihrer strahlenden Schönheit, halb vom Zweifel geplagt, majestätisch und doch so süß und zart. Und von einem Moment auf den anderen, dort, an der Statue des Rademas in der großen Halle des Palastes, faßte mich selbst ein Gefühl tiefer Zuneigung zu ihr; es ist bis zum heutigen Tage so geblieben. In jenem Augenblick erschien sie mir in der Tat mehr wie ein Engel, der vom Himmel zu uns heruntergestiegen ist, als eine liebende, von lebendigen Gefühlen und Leidenschaften ergriffene Frau aus Fleisch und Blut. Wir verbeugten uns tief vor ihr, und dann sprach sie.

»Ich bin gekommen«, flüsterte sie, »aber es war ein großes Wagnis. Ihr wißt nicht, wie sehr ich bewacht werde. Die Priester beobachten mich auf Schritt und Tritt. Auch Sorais läßt mich niemals aus den Augen. Meine eigenen Leibwächter bespitzeln mich; Nasta verfolgt mich ständig. Oh, er soll sich hüten!« sie stampfte wütend mit dem Fuß auf. »Er soll sich nur vorsehen! Ich bin eine Frau, und ich bin eine Königin, und ich kann mich noch immer rächen! Er möge sich vorsehen, sage ich, daß ich nicht, statt ihm meine Hand zu reichen, ihm seinen Kopf nehme!« Und dann schloß sie ihren Wutausbruch mit einem kleinen Schluchzer, schaute uns bezaubernd an und lachte.

»Du batest mich, hierher zu kommen, Incubu« (Curtis hatte sie gebeten, ihn so zu nennen). »Zweifelsohne handelt es sich um eine wichtige Staatsangelegenheit; ich weiß doch, daß du immer voller großer Ideen und Pläne bist für mein Wohlergehen und das meines Volkes. So bin ich denn gar gekommen in meiner Eigenschaft als Königin, wiewohl ich mich allein in der Dunkelheit sehr fürchte.« Dann lachte sie wieder und schaute ihn mit ihren grauen Augen an.

An dieser Stelle hielt ich es für angebracht, mich ein wenig abseits zu stellen, da ich der Ansicht bin, daß ›Staatsgeheimnisse‹ nicht unbedingt etwas für die Öffentlichkeit sind. Aber weit kam ich nicht; sie bestand hartnäckig darauf, daß ich mich nicht weiter als vielleicht fünf Yards von ihr entfernte, da sie, wie sie behauptete, Angst hatte, so allein mit Curtis plötzlich entdeckt zu werden. So kam es, daß ich gegen meinen Willen Zeuge der ganzen Unterredung zwischen den beiden wurde.

»Du weißt sehr wohl, Nylephta«, sagte Sir Henry, »daß es nicht solche Gründe sind, die mich veranlaßten, dich um eine Unterredung an solch einsamem Orte zu bitten. Nylephta, ich beschwöre dich, vergeude nicht die Zeit mit heiteren Späßen, sondern höre mich an! Ich – ich liebe dich!«

Als er diese Worte gesagt hatte, sah ich deutlich, wie sich ihr Gesicht mit einem Schlag veränderte. Die Koketterie verschwand völlig aus ihren Zügen, und an ihre Stelle trat der tiefe, zauberhafte Schein der Liebe, der es wie eine Aura zu umhüllen schien, so daß es aussah wie das Antlitz des marmornen Engels, der über ihr schwebte. Und unwillkürlich kam mir der Gedanke, daß der längst verstorbene Rademas in einem Anflug prophetischen Instinktes das Abbild seiner inspirierenden Traumerscheinung mit eben jenen Zügen versehen hatte, die, Jahrhunderte später, eine seiner eigenen Urenkelinnen tragen sollte. Auch Sir Henry muß die frappierende Ähnlichkeit bemerkt haben; denn ich sah, wie sein erstaunter Blick von Nylephta auf die vom Mondlicht umspielte Statue glitt, wo er einen Augenblick verweilte, um sich dann wieder dem Antlitz der geliebten Frau zuzuwenden.

»Du sagst, daß du mich liebst«, flüsterte sie. »Deine Stimme klingt, als sprächest du die Wahrheit. Aber woher soll ich wissen, daß du auch wirklich die Wahrheit sprichst?«

»Wiewohl ich«, fuhr sie in stolzer Bescheidenheit fort, nun in die würdevolle dritte Person verfallend, die bei den Zu-Vendi so häufig benutzt wird, »klein und unbedeutend bin in den Augen meines Gebieters«, und dabei machte sie vor ihm einen Knicks, »der aus den Reihen eines wunderbaren Volkes hervorgegangen ist, im Vergleich mit dem die Menschen meines Volkes nur Kinder sind, so bin ich hier, bei meinem Volke, doch eine Königin, und Männer sind meine Untertanen; und wenn ich in die Schlacht zöge, so

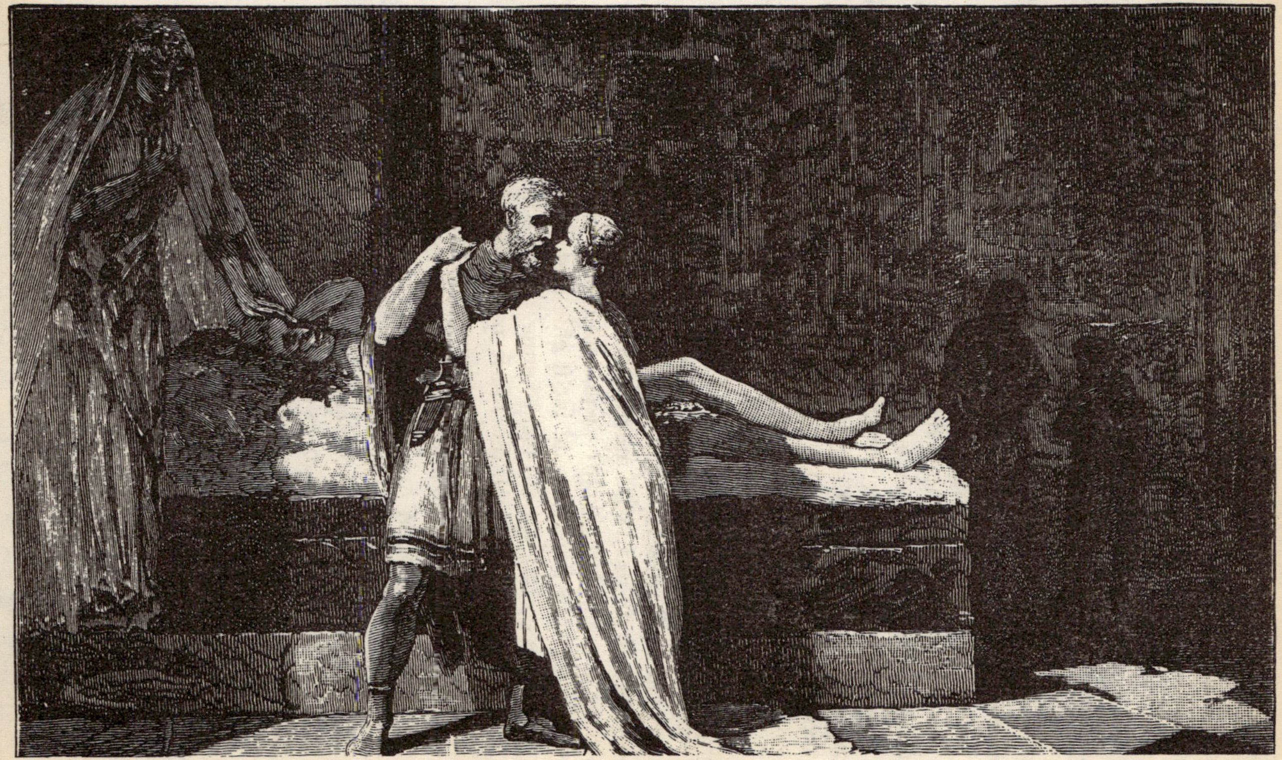

Vor der Statue

würden hunderttausend Speere in meinem Gefolge funkeln, so wie die Sterne erglitzern im Pfade des Mondes. Und ist auch meine Schönheit nur ein Nichts in den Augen meines Herrn ...« – sie raffte ihr besticktes Gewand und verneigte sich abermals vor Curtis –, »so gelte ich doch hier, bei meinem eigenen Volke, als schön, und seit ich zur Frau heranreifte, haben sich die großen Fürsten meines Königreiches untereinander um mich befehdet, als wäre ich fürwahr ...«, fügte sie mit aufblitzender Leidenschaft hinzu, »ein Reh, das dem reißendsten Wolf in den Rachen fallen, oder ein Pferd, das an den, der am meisten bietet, verkauft werden soll. Mein Gebieter möge verzeihen, wenn ich ihn mit meinen Worten langweile, aber mein Gebieter hat gesagt, daß er mich, Nylephta, eine Königin der Zu-Vendi, liebt, und so möchte ich antworten, daß meine Liebe und meine Hand, wiewohl sie für meinen Gebieter ein Nichts sind, für mich doch alles sind.«

»Oh!« rief sie mit plötzlich veränderter Stimme aus, dabei auf ihre vorherige, würdevolle Redeweise verzichtend. »Oh, wie kann ich wissen, daß du nur mich liebst? Wie kann ich wissen, ob du nicht bald meiner überdrüssig bist, wieder in deine Heimat zurückkehren willst und mich im Stich läßt? Wer kann mir sagen, ob du nicht eine andere Frau liebst, eine schöne Frau, die ich nicht kenne, und die unter demselben Mondlicht atmet, das heute nacht auf mich herabscheint? Sag an, *wie* soll ich es wissen?« Und sie faltete die Hände, streckte sie ihm beschwörend entgegen und sah ihn mit einem flehenden Ausdruck an.

»Nylephta«, antwortete Sir Henry, »ich habe dir gesagt, daß ich dich liebe; und ich kann dir nicht sagen, wie groß meine Liebe zu dir ist. Gibt es denn ein Maß, mit dem man die Größe der Liebe ermessen kann? Und doch will ich es versuchen. Ich sage nicht, daß ich noch nie eine andere Frau mit Gefallen betrachtet habe, aber ich sage, daß ich dich mit all meinem Herzen und all meiner Kraft liebe; daß ich dich jetzt liebe und daß ich dich immer lieben werde, bis einst der Tod meinen Leib erkalten läßt; ja, und ich glaube, auch dann noch werde ich dich lieben bis in alle Ewigkeit. Ich sage, daß deine Stimme wie Musik in meinen Ohren klingt, und deine Berührung ist wie das Wasser, das auf durstiges Land fällt; wenn du zugegen bist, dann ist die Welt schön, und wenn ich dich nicht sehen kann, dann ist es, als herrsche tiefe Finsternis. Oh, Nylephta, ich werde dich nie verlassen; um deinetwegen will ich mein Volk und meines Vaters Haus vergessen, ja, ich will verzichten auf alles, was mir lieb und teuer war. An deiner Seite will ich leben, Nylephta, und an deiner Seite will ich sterben!«

Er hielt inne und schaute sie mit ernstem Gesicht an. Sie aber ließ ihr Haupt hängen wie eine welke Blume und sagte kein einziges Wort.

»Schau!« rief er und zeigte auf die Statue, die in das silberne Licht des Mondes getaucht war. »Du siehst dort jene engelsgleiche Frau, die ihre Hand auf die Stirn des schlafenden Mannes gelegt hat, und du siehst, wie durch ihre Berührung seine Seele auflodert und durch sein Fleisch hindurchscheint, so wie eine Lampe durch die Berührung des Feuers: so ist es auch mit mir und dir, Nylephta. Du hast meine Seele aus tiefem Schlummer erweckt, und nun, Nylephta, ist sie nicht mehr mein, sondern *dein;* sie gehört dir, nur dir. Mehr kann ich dir nicht mehr sagen: in deine Hände lege ich mein Leben.« Und dann lehnte er sich zurück gegen den Sockel der Statue. Er sah bleich aus, und seine Augen glänzten feucht, aber er war stolz und schön wie ein Gott.

Und langsam, unendlich langsam, hob sie ihren Kopf und schaute ihn mit ihren wunderbaren Augen, in denen jetzt ihre ganze Leidenschaft erstrahlte, fest und lange an, so als wolle sie direkt in das Innerste seiner Seele blicken. Und schließlich sprach sie, leise zwar, doch mit einer Stimme so klar wie der Klang einer silbernen Glocke.

»Fürwahr, ich bin nur ein schwaches Weib, und ich glaube dir. Schrecklich wird für dich der Tag sein, und auch für mich, an dem der Zufall mich lehren sollte, daß ich einer Lüge geglaubt habe. Und nun höre, was ich dir sage, o Mann, der du hierherkamst aus der Fremde, um mein Herz zu stehlen. So lege ich denn meine Hand auf die deine, und ich, deren Lippen nie zuvor geküßt haben, küsse deine Stirn; und ich schwöre bei dieser meiner Hand, und bei diesem ersten und heiligen Kuß, ja, und beim Wohle meines Volkes und bei meinem Thron, den ich wohl bald deinetwegen verlieren werde – bei dem Namen meines hehren Geschlechtes, bei dem heiligen Stein und bei der ewig währenden Würde der Sonne, daß ich für dich leben und für dich sterben will. Und ich schwöre, daß ich dich, und nur dich, lieben werde bis ins Grab, ja, und noch danach – wenn es, wie du sagst, ein ›Danach‹ gibt. Und dein Wille soll mein Wille sein, und deine Wege sollen auch meine Wege sein!

Oh, siehe, mein Herr! Du weißt nicht, wie demütig die ist, die liebt; ich, die ich eine Königin bin, knie vor dir nieder; zu deinen Füßen liegend bete ich dich an.« Und mit diesen Worten fiel das bezaubernde, in heißer Liebe entbrannte Geschöpf vor ihm auf die Knie, auf den kalten Marmor. Und was danach geschah, weiß ich nicht, denn ich konnte es nicht länger ertragen und stahl mich davon, um mich ein wenig an der Gesellschaft des alten Umslopogaas zu erquikken. Ich wollte die beiden eine Weile mit sich selbst und ihrem Glück allein lassen.

Der alte Krieger stand wie gewöhnlich auf Inkosi-kaas gelehnt und betrachtete die Szene, die sich da vor seinen Augen in dem kleinen vom Lichte des Mondes erhellten Kreis abspielte, mit einem amüsierten Lächeln.

»Ah, Macumazahn«, sagte er, »vielleicht liegt es daran, daß ich alt werde, aber ich glaube nicht, daß ich euch Weiße jemals verstehen werde. Schau doch nur die beiden dort, sie sind ein hübsches Paar Turteltauben, aber warum das ganze Theater, Macumazahn? Er will eine Frau, und sie will einen Mann. Warum zahlt er dann nicht mit seinen Kühen* wie ein Mann und damit basta? Sie könnten sich damit eine Menge Unannehmlichkeiten ersparen, und wir würden nicht unseren Nachtschlaf versäumen. Aber sie reden und

* Ein alter Brauch bei den Zulu. – *A. Q.*

reden und reden, und küssen und küssen und küssen ... Pah!«

Eine gute Dreiviertelstunde später kam das Paar Turteltauben zu uns herübergeschlendert. Curtis machte ein etwas einfältiges Gesicht, und Nylephta bemerkte beiläufig, welche bezaubernden Effekte doch das Mondlicht auf dem Marmorboden hervorrufe. Dann nahm sie meine Hand; denn sie war in einer höchst gönnerhaften Stimmung und sagte, da ich der treue Freund »ihres Gebieters« sei, wäre ich auch ihr treuer Freund – Sie sehen, ich persönlich war gar nicht mehr wichtig; alles drehte sich nur noch um ihren geliebten Incubu. Dann nahm sie Umslopogaas' Axt, betrachtete sie neugierig und sagte bedeutungsvoll, daß er vielleicht schon sehr bald gute Gründe hätte, sie zu ihrer Verteidigung zu benutzen.

Dann schenkte sie uns allen ein anmutiges Lächeln, warf ihrem Geliebten einen letzten, zärtlichen Blick zu und entschwand in der Dunkelheit wie eine schöne Vision.

Während wir zu unseren Quartieren zurückgingen, was im übrigen ohne jeden weiteren Zwischenfall vonstatten ging, fragte Curtis mich scherzhaft, was ich von der ganzen Sache dächte.

»Ich frage mich«, antwortete ich, »nach welchem Prinzip es so eingerichtet ist, daß manche Leute schöne Königinnen finden, in die sie sich verlieben können, während andere überhaupt niemanden finden, oder noch weniger als niemanden; und ich frage mich außerdem, wie viele tapfere Männer die Ereignisse dieser Nacht das Leben kosten werden.« Es war vielleicht eine etwas gehässige Bemerkung meinerseits, aber nicht alle Gefühle lösen sich im Alter in Luft auf, und ich muß gestehen, daß ich einfach ein bißchen neidisch auf das Glück meines guten alten Freundes war. Eitelkeit, meine Freunde – nichts als gekränkte Eitelkeit!

Am Morgen des folgenden Tages erzählten wir Good von dem freudigen Ereignis. Er strahlte wie ein Honigkuchenpferd; sein Gesicht warf vor freudigem Lächeln lauter Falten, die irgendwo in der Umgebung des Mundes ihren Ursprung nahmen, sich langsam über sein Gesicht ausdehnten wie die Kringel auf der Oberfläche eines Ententeichs und gleichsam über den Rand seines Monokels hinwegschwappten, bis sie irgendwo verebbten, wie es sich für ordentliche Lachfalten gehört. Der eigentliche Grund für seine Freude lag jedoch nicht nur in dem Ereignis selbst, sondern auch darin, daß er persönliche Vorteile damit verbunden sah. Er verehrte nämlich Sorais ebenso tief wie Sir Henry Nylephta; seine Bemühungen waren jedoch bisher alles andere als von Erfolg gekrönt gewesen. Es war in der Tat weder ihm noch mir entgangen, daß Sorais, diese dunkle, undurchschaubare Kleopatra auf ihre eigentümliche, unerforschliche Art Curtis weit eher zu favorisieren schien als ihn, Good. Deshalb war er natürlich sehr erleichtert, als er erfuhr, daß sein ahnungsloser, unfreiwilliger Rivale schon fest anderweitig engagiert war. Er machte jedoch ein langes Gesicht, als er erfuhr, daß die ganze Affäre strikt geheim bleiben sollte, vor allem vor Sorais, da die politischen Erschütterungen, die die öffentliche Verkündung dieser Liaison unweigerlich nach sich ziehen würde, für den Augenblick untragbar sein würden; darüber hinaus hätte eine frühzeitige Bekanntgabe des Geheimnisses höchstwahrscheinlich Nylephtas sofortigen Verzicht auf den Thron heraufbeschworen.

An jenem Morgen waren wir wieder in der Thronhalle zugegen, und ich konnte mir ein Lächeln nicht verkneifen, als ich diesen Besuch mit unserem letzten verglich. Wenn Wände reden könnten, dachte ich, dann hätten sie sicherlich eine Menge interessanter Geschichten zu erzählen.

Was für perfekte Schauspielerinnen Frauen doch sind! Hoch oben auf ihrem goldenen Thron, in ihr prächtiges Königinnengewand gehüllt, saß die schöne Nylephta, und als Sir Henry ein paar Minuten zu spät eintrat, gekleidet in der Uniform eines Offiziers ihrer Leibgarde, und sich demütig vor ihr verbeugte, erwiderte sie seinen Gruß mit einem beiläufigen Nicken und wandte ihren Blick sogleich kühl von ihm ab.

Der ganze Hof war versammelt. Die feierliche Zeremonie der Gesetzesunterzeichnung hatte nicht nur eine ganze Anzahl von Leuten mehr angelockt als die, deren Pflicht es ohnehin war, dem Akt beizuwohnen, sondern darüber hinaus hatte sich auch wie ein Lauffeuer das Gerücht im ganzen Lande verbreitet, daß Nasta öffentlich um die Hand Nylephtas anhalten wollte. So kam es, daß die große Halle fast aus ihren Nähten platzte. Da waren einmal unsere lieben Freunde, die Priester, in riesiger Zahl erschienen, an ihrer Spitze Agon, der uns rachsüchtige Blicke zuwarf; sie boten in der Tat einen höchst beeindruckenden Anblick mit ihren langen weißen, bestickten Gewändern und ihren goldenen Kettengürteln, von denen die schuppenähnlichen goldenen Plättchen herabhingen. Des weiteren war eine große Anzahl hoher Adeliger zugegen; auch sie boten ein imposantes Bild mit ihren prunkvoll gekleideten Gefolgsleuten. Die herausragende Erscheinung unter ihnen war jedoch Nasta, der sich mit nachdenklicher Miene durch den schwarzen Bart fuhr und ein ungewöhnlich mißmutiges Gesicht machte.

Es war eine äußerst prunkvolle und beeindruckende Zeremonie, besonders, wenn der Offizier die einzelnen Gesetze, sobald er sie laut verlesen hatte, den Königinnen zur Unterzeichnung überreichte. Dann schmetterten die Fanfaren, und die Leibgardisten der Königinnen stießen zum Salut ihre Speere knallend auf den Marmorboden. Das Verlesen und Unterzeichnen der Gesetze dauerte ziemlich lange, doch schließlich endete die Prozedur damit, daß das letzte verlesen wurde. Darin wurde »gewissen Fremden, die sich in hervorragender Weise um das Land verdient gemacht hatten«, der Fürstentitel verliehen, dazu einige militärische Kommandos und große Landgüter als persönliches Geschenk der Königinnen. Als es verlesen war, schmetterten wieder die Fanfaren, und die Leibgardisten stießen wie schon bei den anderen Gesetzen ihre Speere auf den Boden. Ich bemerkte, daß einige der Adeligen sich umwandten und miteinander tuschelten. Nasta mahlte wütend mit den Zähnen aufeinander. Es paßte ihnen ganz und gar nicht, daß wir mit derlei Gunstbezeugungen bedacht wurden, was ja auch unter all den gegebenen Umständen nicht weiter verwunderlich war.

Danach kam eine Pause, und schließlich trat Nasta vor den Thron und bat mit einer tiefen Verbeugung – der jedoch sein alles andere als unterwürfig zu bezeichnender Blick Hohn sprach – die Königin Nylephta um Gehör.

Nylephta wurde ein wenig blaß, aber sie machte eine freundliche Verbeugung und forderte den »hochgeschätzten Fürsten« auf, sein Ansinnen vorzubringen, woraufhin dieser sie mit wenigen, soldatisch anmutenden Worten bat, seine Frau zu werden.

Bevor sie überhaupt die passenden Worte zu einer Erwiderung gefunden hatte, ergriff auch schon der Hohepriester Agon das Wort, und mit einer feurigen Rede von höchster Eloquenz und Überzeugungskraft wies er auf die zahlreichen Vorteile hin, die eine solche Allianz mit sich bringen würde; wie sehr sie dazu dienen würde, das Königreich zu konsolidieren (ich muß dazu erläutern, daß Nastas Gebiet, über das er de facto wie ein König regierte, im Verhältnis zum übrigen Zu-Vendis so etwas war wie Schottland im Verhältnis zu England); wie sehr sie dazu beitragen würde, endlich das wilde Bergvolk zu befriedigen; ja, und wie sehr das Militär diese Verbindung schätzen würde, denn Nasta war ein berühmter General. Eine solche Heirat würde den Fortbestand ihrer Dynastie sichern und last not least wäre dieser Allianz der Segen und die Zustimmung der »Sonne« (d.h. des Hohepriesters) gewiß; usw., usf. Viele der Argumente, die er vorbrachte, waren durchaus nicht von der Hand zu weisen, und, betrachtete man die Sache vom politischen Standpunkt aus, sprach eigentlich alles für diese Heirat. Aber leider ist es nun einmal nicht so einfach, das Spiel der Politik mit den Personen zweier junger und reizender Königinnen zu spielen, als wären sie nichts weiter als beinerne Abbilder ihrer selbst auf einem Schachbrett. Während Agon noch daherschwadronierte, beobachtete ich Nylephtas Gesicht; es war eine perfekte Studie: Zwar lächelte sie, doch unter dieser Maske des Lächelns war ihr Gesicht hart wie Stein, und ihre Augen stießen drohende Blitze hervor.

Schließlich war Agon mit seinem Sermon fertig, und Nylephta machte sich bereit, zu antworten. Bevor sie jedoch dazu kam, beugte sich Sorais zu ihr hinüber und sagte so laut, daß ich jedes Wort verstehen konnte: »Überlege dir genau, was du sagen willst, meine Schwester, bevor du antwortest; mich deucht, daß unser Thron von deinen Worten abhängen kann.«

Nylephta gab ihr jedoch keine Antwort, und mit einem Lächeln lehnte sich Sorais schließlich achselzuckend in ihren Thronsessel zurück.

»Es ist fürwahr eine hohe Ehre für mich«, begann Nylephta, »daß nicht nur um meine Hand angehalten wird, sondern daß sogar Agon sich beeilt, dieser Verbindung den Segen der Sonne zu erteilen. Mich dünkt, es hätte nicht viel gefehlt, und er hätte mich schon verheiratet, bevor ich noch mein Jawort gegeben habe. Nasta, ich sage dir Dank, und ich werde mich deiner Worte besinnen, aber mir steht nicht der Sinn nach Heirat, ist sie doch wie eine Tasse, deren Inhalt niemand kennt, bevor er nicht aus ihr trinkt. Ich danke dir abermals, Nasta.« Und dann deutete sie mit einer Handbewegung an, daß das Gespräch für sie beendet war.

Das Gesicht des großen Fürsten lief vor Wut dunkel an, so daß es fast die Farbe seines Bartes hatte; er wußte, daß diese Antwort als endgültige Absage an seinen Heiratsantrag anzusehen war.

»Der Königin sei Dank für ihre huldvollen Worte«, antwortete er; nur mit Mühe konnte er an sich halten. »Ich werde diese Worte in meinem Herzen bewahren. Und nun bitte ich um eine weitere Gunst, nämlich die, daß ich mich mit Ihrer Majestät huldvoller Erlaubnis zurückziehen darf in meine eigenen armen Städte im Norden. Dort werde ich warten, bis die Königin endlich geruht, sich dazu zu entschließen, meinen Antrag mit einem klaren Ja oder Nein zu beantworten. Vielleicht«, fügte er mit einem höhnischen

Lächeln hinzu, »läßt sich die Königin dazu herab, mir dort einen Besuch abzustatten. Sie kann ja bei der Gelegenheit gleich diese fremden Herren da mitbringen.« Dabei warf er uns einen grollenden Blick zu. »Es ist zwar nur ein armes und rauhes Land, aber wir sind ein tapferes, hartes Bergvolk, und es werden dort dreißigtausend Schwertkämpfer versammelt sein, Ihrer Majestät und ihren Begleitern den Willkommensgruß entgegenzurufen.«

Auf diese Worte, die fast als eine Erklärung offener Rebellion aufzufassen waren, folgte atemlose Stille. Nylephta stieg die Zornesröte ins Gesicht; sie beugte sich stolz vor und schleuderte Nasta ihre Antwort entgegen.

»Oh, sei gewiß, Nasta, ich werde kommen, und keine fremden Herren werden in meinem Gefolge sein, und jedem deiner Bergbewohner, der dich einen Prinzen heißt, werde ich zwei aus dem flachen Lande entgegensetzen, die mich eine Königin nennen. Und wir werden sehen, welche Rasse die stärkste ist! Bis dahin – leb wohl.«

Ein Fanfarenstoß erscholl, die Königinnen erhoben sich, und dann löste sich die Versammlung unter verwirrtem Geraune und Getuschel auf. Ich für mein Teil begab mich in tiefer Nachdenklichkeit zurück in mein Quartier; ein Bürgerkrieg schien unvermeidlich.

Nach diesem Ereignis herrschte ein paar Wochen Ruhe. Curtis und die Königin trafen sich nicht sehr oft. Sie erlegten sich äußerste Zurückhaltung auf, damit nichts von dem wahren Verhältnis, in dem sie zueinander standen, in die Öffentlichkeit durchsickerte. Aber so verschwiegen und vorsichtig sie auch waren: nach einiger Zeit erhoben sich Gerüchte, die so schwer zu verfolgen waren wie eine umhersummende Fliege in einem dunklen Zimmer, und die doch ebenso deutlich hörbar waren, und schließlich pfiffen es die Spatzen von den Dächern, daß die beiden mehr miteinander verband als Staatsgeschäfte.

17

Der Sturm bricht los

Und nun braute sich noch zu allem Überfluß ein anderes Unheil wie eine drohende schwarze Wolke am Horizont zusammen, das schon eine ganze Weile über wie eine zunächst noch kleine Regenwolke am blauen Himmel gelauert hatte: nämlich Sorais' Zuneigung zu Sir Henry. Ich sah förmlich, wie der Sturm näher und näher kam, und schließlich war es dann soweit. Die Liebe einer solch schönen und hochgestellten Frau wäre unter normalen Umständen für jeden normal empfindenden Mann alles andere als ein trauriges Ereignis gewesen, aber für Curtis bedeutete sie, in Anbetracht der Lage, in der sie sich befand, eine bedrückende Last.

Dazu muß gesagt werden, daß Nylephta, so bezaubernd sie auch war, leider Gottes eine sehr eifersüchtige Person war, die häufig ihren Zorn über die eindeutigen Blicke, mit denen ihre königliche Schwester Curtis bedachte – Alphonse pflegte das als ›bemerkenswerte Considération‹ zu bezeichnen –, an ihrem armen Geliebten ausließ. Da seine wahre Beziehung zu Nylephta höchster Diskretion unterlag, traute Curtis sich nicht, diesen Anschuldigungen, die, was ihn anbetraf, jeglicher Grundlage entbehrten, ein Ende zu machen oder wenigstens den Versuch dazu zu unternehmen, indem er vielleicht gelegentlich Sorais diskret davon in Kenntnis gesetzt hätte, daß er die Absicht hatte, ihre Schwester zu heiraten. Eine dritte Fliege in Sir Henrys Suppe war die Tatsache, daß er sehr wohl um Goods ernsthafte Zuneigung zu der unheimlichen, aber nichtsdestoweniger höchst attraktiven »Herrin der Nacht«, wie Sorais vom Volk genannt wurde, wußte. Der arme Bougwan hatte sich in der Tat zu einem Schatten seiner selbst heruntergehungert, um ihr zu gefallen; sein sonst so volles Gesicht war schon so hager geworden, daß er Mühe hatte, sein Monokel fest ins Auge zu klemmen; und sie ermunterte ihn in einer Art sorgloser Koketterie immer wieder soweit, daß er glauben konnte, berechtigte Hoffnungen zu hegen, sie eines Tages zu erobern. Zweifellos verfolgte sie damit die Absicht, sich den armen Kerl für ihre Zwecke warmzuhalten. Ich versuchte, ihn so behutsam wie nur eben möglich darauf hinzuweisen – mit dem Erfolg, daß er sich zutiefst beleidigt von mir abwandte. Also entschloß ich mich schweren Herzens dazu, ihn gewähren zu lassen, aus Furcht, alles nur noch schlimmer zu machen. Der arme Good ahnte gar nicht, wie sehr er sich in seinem Liebeskummer zum Clown machte. In der Hoffnung, damit seinem Ziel ein wenig näherzukommen, verfiel er in alle möglichen Tollheiten. Schließlich setzte er seinem Wahn die Krone auf, indem er – mit Hilfe eines der gesetzten, ehrwürdigen alten Herren, die uns unterrichteten – ein endloses Liebeslied auf Zu-Vendi verfaßte (der alte Herr mag zwar sehr gebildet gewesen sein; Verse zu schmieden war jedenfalls nicht seine starke Seite). Der sich ständig wiederholende Refrain dieses schauerlichen Machwerks war: »Ich will dich küssen; o ja, ich will dich küssen!« Nun ist es bei den Zu-Vendi ein sehr verbreiteter und harmloser Brauch, daß junge Männer des Abends ihrer Angebeteten vor dem Fenster ein Ständchen darbringen und allerlei liebestolle Liedchen schmettern, wie man es meines Wissens nach auch recht häufig in südeuropäischen Ländern findet. Ob der junge Mann dabei ernste Absichten verfolgt oder nicht, spielt dabei keine Rolle; jedenfalls werden solche Ständchen nicht als Beleidigung aufgefaßt. Man hat halt seinen Spaß daran, und selbst Damen höchsten Ranges fassen das ganze Spektakel etwa so auf, wie ein englisches Mädchen etwa ein freundliches Kompliment auffassen würde.

Sich diesen Brauch zunutze machend, beschloß der gute Good also, Sorais ein Ständchen zu bringen. Ihre Privatgemächer lagen, gemeinsam mit denen ihrer Zofen, direkt den unsrigen gegenüber, das heißt, auf der gegenüberliegenden Seite eines engen Hofes, der einen Teil des riesigen Palastes vom anderen trennte. Nachdem er sich mit einer der landesüblichen Zithern bewaffnet hatte, auf der er in seiner Eigenschaft als passabler Gitarrenspieler recht schnell gelernt hatte, ein paar Akkorde zu zupfen, begab sich der Unglücksrabe zu mitternächtlicher Stunde – also genau der passenden Zeit für derartiges Katzengejammer – vor das Fenster seiner Angebeteten, um sein Liebesgeschluchze ertönen zu lassen. Ich schlief schon fest, als sein Gegreine anfing, aber es machte mich auf der Stelle hellwach – denn Good besitzt eine gewaltige Stimme und hat darüber hinaus kein Zeitgefühl. Ich sprang aus dem Bett und rannte ans Fenster, um zu sehen, was los war. Und unten, im vollen Mondlicht, stand Good. Er trug einen riesigen Kopfschmuck aus Straußenfedern und ein flatterndes Seidengewand – wohl genau das Passende bei einer derartigen Gelegenheit – und gab mit grölender Stimme das abscheuliche Lied zum besten, das er und der alte Herr fabriziert hatten. Dazu klimperte er abgehackt auf der Zither herum. Es war wirklich ein ohrenbetäubender Alptraum. Aus der Richtung der Zofengemächer erklang ein leises Kichern; hinter den Fenstern von Sorais hingegen – die ich, sofern sie überhaupt da war, wirklich aus tiefster Seele bedauerte – blieb alles totenstill. Als der entsetzliche Gesang mit seinem ewigen »Ich will dich küssen!« überhaupt kein Ende nehmen wollte, hielten weder ich noch Sir Henry, den ich herbeigerufen hatte, damit auch er sich an dem Anblick ergötzen konnte, es länger aus; ich steckte den Kopf durch die Fensteröffnung nach draußen und brüllte: »In drei Teufels Namen! Red nicht soviel drumherum, sondern geh endlich zu ihr hoch und *küß* sie, damit wir endlich schlafen können!« Das brachte ihn dann doch zum Schweigen, womit das Ständchen beendet war.

Dieses mitternächtliche Ereignis war ein lustiger Zwischenfall in einer ansonsten doch recht tragischen Angelegenheit. Wir sollten wirklich dankbar dafür sein, daß selbst die ernstesten Dinge bisweilen ein bißchen Spaß mit sich bringen, wenn auch die meisten Leute diesen häufig nicht erkennen können oder wollen.

Nun, je mehr Sir Henry sich jedenfalls zurückhielt, desto

forscher ging Sorais an ihn heran, wie das ja in solchen Fällen nicht ungewöhnlich ist, bis dann schließlich alles verquer lief. Offensichtlich war Sorais in ihrer Zuneigung zu Sir Henry so verbohrt, daß sie überhaupt kein Auge mehr für den wahren Stand der Dinge hatte; und ich muß gestehen, ich fürchtete nichts mehr als den Augenblick ihres Erwachens. Sorais war eine gefährliche Frau, wenn man es mit ihr zu tun bekam; ob man nun willentlich oder unbeabsichtigt mit ihr aneinandergeriet, spielte dabei keine Rolle. Schließlich kam es, wie es kommen mußte: Eines schönen Tages – Good war auf die Falkenjagd gegangen, und Sir Henry und ich saßen gerade zusammen und besprachen die Situation – trat ein königlicher Bote in den Raum und überreichte Sir Henry einen Brief. Wir brauchten eine ganze Weile, ihn zu entziffern. Er lautete sinngemäß folgendermaßen: »Königin Sorais befiehlt dem Fürsten Incubu, sich umgehend in ihren Privatgemächern einzufinden. Der Überbringer des Briefes wird ihn dorthin geleiten.«

»Lieber Himmel«, stöhnte Sir Henry. »Kannst du nicht für mich gehen, alter Knabe?«

»Kein Bedarf«, erwiderte ich mit Nachdruck. »Lieber würde ich einem verwundeten Elefanten mit einer Schrotflinte gegenübertreten. Das mußt du schon selbst in die Hand nehmen, mein Junge. Wenn du schon eine solche Faszination auf die Damenwelt ausübst, dann mußt du auch die Konsequenzen tragen. Ich würde nicht für ein Königreich mit dir tauschen wollen.«

»Wenn ich dich so reden höre, dann fällt mir meine Schulzeit ein«, sagte er mürrisch. »Wenn ich verprügelt werden sollte, haben mich meine Klassenkameraden auch immer so liebevoll getröstet wie du jetzt. Mit welchem Recht befiehlt mir diese Königin eigentlich, in ihre Privatgemächer zu kommen? Das würde ich doch gern einmal wissen. Ich werde nicht gehen!«

»Aber du mußt! Du bist einer ihrer Offiziere, und damit bist du *verpflichtet,* ihr zu gehorchen. Das weiß sie natürlich genau. Und außerdem – es ist ja bald vorüber.«

»Das sagten meine Klassenkameraden auch immer! Ich will nur hoffen, daß sie mir keinen Dolch zwischen die Rippen steckt; das würde ich ihr nämlich ohne weiteres zutrauen.« Dann machte er sich seufzend mit weichen Knien auf den Weg zu ihr – wen wundert's?

Ich blieb sitzen und wartete. Nach ungefähr einer Dreiviertelstunde kam er zurück. Er machte ein noch sorgenvolleres Gesicht als vorher.

»Gib mir was zu trinken«, sagte er mit heiserer Stimme.

Ich schenkte ihm einen Becher Wein ein und fragte, was geschehen sei.

»Was geschehen ist? Wenn wir jemals wirklichen Ärger hatten, dann jetzt! Aber der Reihe nach: Also, der Bote führte mich auf direktem Wege in Sorais' Privatgemach; ich sage dir, es ist wirklich ein wunderschöner Raum. Sie war allein. Sie saß auf einem seidenbezogenen Bett am anderen Ende des Zimmers und spielte leise etwas auf ihrer Zither. Ich stellte mich vor sie und wartete. Eine Zeitlang nahm sie keinerlei Notiz von mir, sondern spielte weiter auf ihrer Zither und sang dazu. Es war wirklich eine sehr betörende Musik. Nach einer Weile blickte sie plötzlich auf und lächelte mich an.

›So bist du also gekommen‹, sagte sie. ›Ich dachte schon, du würdest nur noch Königin Nylephtas Angelegenheiten verrichten. Du verrichtest doch meistens ihre Angelegenheiten, nicht wahr? Und ich bezweifle nicht im geringsten, daß du ihr dabei stets ein guter und treuer Diener bist.‹

Ich verzichtete darauf, eine Antwort zu geben, verbeugte mich vor ihr und sagte, ich wäre gekommen, die Befehle der Königin entgegenzunehmen.

›Ach, richtig, ich wollte ja mit dir sprechen. Aber setz dich doch erst einmal. Es strengt mich an, immerzu aufblicken zu müssen.‹ Mit diesen Worten rückte sie zur Seite, um mir auf dem Bett Platz zum Hinsetzen zu machen. Sie lehnte sich mit dem Rücken an das Kopfende des Bettes, damit sie mir beim Reden in die Augen blicken konnte.

›Es geziemt sich nicht für einen Soldaten Ihrer Majestät,

sich auf eine Stufe mit der Königin zu erheben‹, erwiderte ich.

›Ich sagte: Setz dich!‹ war ihre Antwort. Also setzte ich mich auf die Kante des Bettes. Und dann begann sie, mich unverwandt aus ihren dunklen Augen anzuschauen. Sie saß da wie eine Inkarnation der Schönheit und schaute mich unablässig an. Sie sprach nur sehr wenig, und wenn, dann tat sie es mit ganz leiser, suggestiver Stimme. Sie hatte eine weiße Blume in ihr schwarzes Haar gesteckt, und ich versuchte, diese Blume zu fixieren und ihre Blätter zu zählen; aber vergeblich. Nach einer Weile – ich wußte nicht, ob es an ihrem Blick lag oder an dem verführerischen Duft ihrer Haare oder weiß der Himmel woran – kam ich mir wie hypnotisiert vor. Schließlich – es kam mir vor, als hätten wir Stunden so dagesessen – erhob sie sich.

›Incubu‹, sagte sie, ›liebst du Macht?‹

Ich antwortete, daß wohl alle Männer auf irgendeine Weise Macht lieben.

›Du sollst Macht haben‹, lautete ihre Antwort. ›Liebst du Reichtum?‹

Ich sagte, daß ich Reichtum nicht in Bausch und Bogen verdamme.

›Du sollst auch Reichtum haben‹, sagte sie orakelhaft. ›Und liebst du Schönheit?‹

Ich gab ihr zur Antwort, daß ich großen Gefallen fände an Meisterwerken der Bildhauerkunst und der Architektur. Daraufhin runzelte sie die Stirn, und dann verfiel sie wieder in Schweigen. Mittlerweile waren meine Nerven so gespannt, daß ich am ganzen Leibe zitterte. Ich wußte, irgend etwas Schreckliches bahnte sich an, aber ich war irgendwie völlig hilflos – ich stand wie unter einem Bann.

›Incubu‹, sagte sie schließlich, ›würdest du gern König sein? Höre, würdest du gern König sein? Schau, Fremder, ich bin gewillt, dich zum König von ganz Zu-Vendis zu machen – und zum Gemahl von Sorais, der Herrin der Nacht. Nein, schweig und hör mir zu. Keinem Mann aus meinem Volke hätte ich so das Geheimnis meines Herzens offenbart, du aber bist ein Ausländer, und daher spreche ich ohne Scham, da ich weiß, was alles ich dir anzubieten habe, und wie schwer es dir gefallen wäre, mich zu fragen. Siehe, eine Krone liegt dir zu Füßen, Incubu, und darüber hinaus eine Frau, die schon viele haben freien wollen. Und nun antworte, Auserwählter, und sanft mögen deine Wort in meinen Ohren klingen.‹

›O Sorais‹, antwortete ich, ›ich flehe dich an, sprich nicht solche Worte‹ – du mußt wissen, mir blieb keine Zeit mehr, nach wohlgesetzten Worten zu suchen –; ›denn dies kann nicht sein! Ich bin mit deiner Schwester Nylephta verlobt, und ich liebe sie und nur sie allein.‹

Im nächsten Moment schoß mir durch den Kopf, daß ich da etwas Schreckliches gesagt hatte, und ich blickte sie an, um zu sehen, welches Resultat ich damit heraufbeschworen hatte. Als ich sprach, hatte Sorais ihr Gesicht in den Händen verborgen, und als sie meine Worte gehört hatte, hob sie es langsam. Ich fuhr bestürzt zurück: es war leichenblaß, und ihre Augen loderten. Sie stand vom Bett auf, und ich hörte, wie sie mehrmals schluckte. Das Schlimme bei der ganzen Sache war, daß sie völlig ruhig blieb. Dann wanderten ihre Augen zu einem kleinen Tisch, auf dem ein Dolch lag, und von dort ging ihr Blick wieder zurück zu mir, als ringe sie mit dem Gedanken, mich zu töten; sie nahm jedoch den Dolch nicht vom Tisch. Zum Schluß sagte sie etwas. Es war nur ein einziges Wort:

›Geh!‹

Ich ging also. Ich war heilfroh, wieder aus ihrem Gemach heraus zu sein. So, und nun bin ich also wieder hier. Gib mir noch einen Becher Wein, sei so lieb, und dann sag mir bloß, was ich tun soll.«

Ich schüttelte den Kopf; denn die Sache war wirklich sehr ernst. Wie sagt doch der Dichter –

»Selbst die Hölle hat nicht solch Feuer
wie der Zorn eines verschmähten Weibes«

und ganz besonders, wenn das Weib eine Königin ist und Sorais heißt. Ich befürchtete in der Tat das Schlimmste, sogar unmittelbare Gefahr auch für unser Leib und Leben.

»Wir müssen sofort Nylephta davon berichten«, schlug ich vor. »Und vielleicht wäre es in diesem Falle besser, ich ginge zu ihr und erzählte ihr alles; deinen Bericht würde sie wahrscheinlich mit Mißtrauen aufnehmen.

Wer ist heute diensthabender Offizier ihrer Garde?« fuhr ich fort.

»Good.«

»Ausgezeichnet! Dann besteht keine Gefahr für sie. Schau mich nicht so erstaunt an. Ich glaube nicht, daß ihre Schwester davor zurückschrecken würde. Wir müssen wohl Good erzählen, was passiert ist.«

»Ach, ich weiß nicht so recht«, erwiderte Sir Henry. »Es würde ihn fürchterlich treffen. Der arme Bursche! Du weißt doch, wie sehr er sich für Sorais interessiert.«

»Das ist wahr. Und außerdem – vielleicht brauchen wir es ihm wirklich nicht zu erzählen. Er wird die Wahrheit noch früh genug erfahren. Und nun paß gut auf, was ich dir sage; du wirst dich meiner Worte noch erinnern. Sorais wird sich mit Nasta zusammentun, der oben im Norden sitzt und schmollt; schließlich teilen beide nun das gleiche Los. Ich sage dir, es wird einen Bürgerkrieg geben, wie Zu-Vendis ihn seit Jahrhunderten nicht mehr gesehen hat! Schau, dort!« Aus der Tür, die zu Sorais' Privatgemächern führte, kamen in diesem Moment zwei Boten, die sich schnellen Schrittes entfernten. »Folge mir!« rief ich, nahm mein Fernglas und rannte so schnell es ging die Treppe hoch auf einen Aussichtsturm, der sich direkt über unseren Gemächern befand. Von dem Turm aus konnte ich gut über die Palastmauer schauen. Das erste, was ich sah, war einer der Boten, der in Richtung Tempel lief. Ohne Zweifel trug er eine Botschaft von Sorais an Agon, den Hohepriester, bei sich. Nach dem anderen Boten hielt ich zunächst vergeblich Ausschau. Im selben Moment jedoch erspähte ich einen Reiter, der in vollem Galopp durch das nördliche Stadttor davonsprengte; es war der andere Bote.

»Aha!« rief ich. »Sorais ist eine Frau, die Mut und Geistesgegenwart besitzt; sie handelt schnell, und sie wird flugs und unbarmherzig zuschlagen! Du hast sie tief gekränkt, mein Sohn, und das Blut wird in Strömen fließen, bis dieser Schandfleck wieder weggewaschen ist, und deines wird dabeisein, sollte es ihr gelingen, deiner habhaft zu werden. Ich laufe jetzt auf der Stelle zu Nylephta. Du bleibst, wo du bist, alter Knabe, und siehst zu, daß du deine Nerven wieder in Ordnung kriegst. Du wirst sie noch brauchen, das versichere ich dir. Wenn nicht, dann habe ich fünfzig Jahre meines Lebens die menschliche Natur umsonst beobachtet und studiert.«

Ich hatte keine Schwierigkeiten, eine Audienz bei der Königin zu bekommen. Sie erwartete Curtis und war nicht gerade darüber erbaut, statt dessen mein Gesicht im Türrahmen zu erblicken.

»Stimmt etwas nicht mit meinem Gebieter, Macumazahn? Warum macht nicht er mir seine Aufwartung? Sprich, ist er krank?«

Ich sagte ihr, es ginge ihm gut, und dann kam ich ohne Umschweife zum Thema und erzählte ihr alles vom Anfang bis zum Ende. Sie hätten sehen sollen, wie wütend sie wurde! Sie sah in ihrem Zorn anmutiger denn je aus.

»Wie kannst du es wagen, mir mit einer solchen Geschichte zu kommen!« schrie sie wutentbrannt. »Es ist eine Lüge, zu behaupten, mein Gebieter habe meiner Schwester Sorais seine Liebe zu ihr offenbart!«

»Verzeih, o Königin«, erwiderte ich, »ich sagte, daß Sorais *ihm ihre* Liebe offenbarte!«

»Versuche Er nicht, mich mit Wortklauberei zu verwirren! Ist es nicht einerlei, wer wem seine Liebe offenbart hat? Der eine gibt, der andere nimmt; die Gabe jedoch bleibt dieselbe. Was tut es da zur Sache, wer der Schuldigere von beiden ist? Sorais! Oh, wie ich sie hasse! Sorais, meine Schwester, eine der Königinnen von Zu-Vendis! Sie wäre niemals so weit gegangen, hätte er sie nicht dazu ermuntert und ihr den Weg gewiesen! Oh, wie recht doch der Dichter hat, wenn er sagt, der Mann sei wie eine Schlange! Niemand kann ihn halten, und ihn zu berühren ist Gift!«

»Eine treffende Bemerkung, o Königin, doch mich deucht, du hast den Dichter nicht richtig gelesen. Nylephta«, fuhr ich fort, »du weißt sehr wohl, daß deine Worte leer und töricht sind, und ebenso weißt du auch, daß jetzt nicht die Zeit für solcherlei Narretei ist.«

»Wie kannst du es wagen!« platzte sie heraus und stampfte mit dem Fuß auf. »Hat dein feiner Herr dich zu mir gesandt, damit du mich auch noch beleidigst? Wer bist du, Fremder, daß du dich erkühnst, so mit der Königin zu sprechen? Wie kannst du es wagen!«

»Nun, du siehst, ich wage es. Und nun hör mit gut zu! Die Zeit, die du mit deinem törichten Zorn vergeudest, kann dich sehr wohl deine Krone und uns alle unser Leben kosten. Schon sind Sorais' berittene Boten unterwegs, die Männer zu den Waffen zu rufen! In spätestens drei Tagen wird Nasta sich drohend erheben wie der Löwe am Abend, und sein Brüllen wird durch den ganzen Norden hallen. Die ›Herrin der Nacht‹ hat eine betörende Stimme, und sie wird nicht vergebens singen. Ihr Banner wird von Berg zu Berg und von Tal zu Tal getragen werden, und überall, wo es auftaucht, werden Krieger in hellen Scharen herbeiströmen, wie der Staub im Gefolge des Wirbelsturmes. Die halbe Armee wird ihr begeistert zujubeln, und in jeder Stadt und in jedem Flecken dieses Landes werden die Priester ihre Stimme gegen die Fremdlinge erheben und Sorais' Sache zu einem heiligen Feldzug erklären. Ich habe gesagt, was ich zu sagen hatte, o Königin!«

Nylephta war ganz ruhig geworden; ihre eifersüchtige Wut war vollends verflogen. Und mit der für sie charakteristischen Schnelligkeit und Vollständigkeit wechselte sie von der Rolle der reizenden, dickköpfigen Dame in die der Königin und entscheidungsfreudigen Frau. Die Wandlung vollzog sich plötzlich, aber sie war perfekt.

»Deine Worte sind weise, Macumazahn. Verzeih mir meine Dummheit. Oh, was für eine Königin ich sein könnte, wenn ich doch nur kein Herz besäße! Herzlos zu sein – das bedeutet, alles zu unterwerfen. Die Leidenschaft ist wie ein Blitz; sie ist schön, und sie verbindet Himmel und Erde miteinander, aber leider macht sie blind!

Und du glaubst also, daß meine Schwester gegen mich Krieg anfangen will. Nun, so möge sie es tun. Doch soll sie nicht den Sieg über mich davontragen. Auch ich habe Freunde und Gefolgsleute! Und ich sage dir, es sind viele, die laut ›Nylephta!‹ rufen werden, wenn meine Fahne an Türmen und Zinnen hochgeht und wenn heute nacht das Licht meiner Signalfeuer von Felsspitze zu Felsspitze springt und die Botschaft meines Krieges ins Land hinaus trägt. Ich werde ihre Macht zerbrechen und ihre Armeen in alle Winde zerstreuen. Ewige Nacht soll das Los der ›Herrin der Nacht‹ sein. Gib mir jenes Pergament und die Tinte! So, und nun ruf den wachhabenden Offizier aus dem Vorzimmer! Er ist ein treuer und zuverlässiger Mann.«

Ich tat, wie mir geheißen. Der Mann, ein Veteran und gutmütig aussehender Mann der Garde namens Kara, trat ein und machte eine tiefe Verbeugung.

»Nimm dieses Pergament!« befahl Nylephta. »Es ist deine Vollmacht. Bewache alle Ein- und Ausgänge zu den Gemächern meiner Schwester Sorais, der ›Herrin der Nacht‹ und Königin von Zu-Vendis. Sorge dafür, daß niemand herein- oder herauskommt. Du bürgst mir mit deinem Leben dafür!«

Der Mann schaute sie bestürzt an. Er enthielt sich jedoch eines Kommentars und sagte lediglich: »Der Wille der Königin geschehe.« Dann ging er hinaus. Als nächstes sandte Nylephta einen Boten zu Sir Henry, der auch kurz darauf in das Zimmer trat. Er sah ungewöhnlich bedrückt aus. Ich war schon auf einen erneuten Wutausbruch von Nylephta gefaßt; aber wundersam sind doch die Wege der Frauen – sie verlor nicht ein Wort über Sorais und seine vermeintliche Untreue, sondern begrüßte ihn mit einem freundlichen Nikken und sagte ihm, sie benötige seinen Rat in einer Angelegenheit von höchster Wichtigkeit. Und dennoch – da war so ein seltsamer Blick in ihren Augen, und ihr Verhalten ihm gegenüber schien mir doch ein wenig von unterdrückter Energie gekennzeichnet zu sein. Ich vermutete daher, daß sie die Sache noch nicht vergessen hatte und sie sich für einen späteren Zeitpunkt, an dem die beiden allein waren, aufsparen wollte.

Kurz nachdem Curtis gekommen war, kam der Offizier wieder zurück und meldete, daß Sorais verschwunden sei. Der Vogel war also schon ausgeflogen! Sie hatte unter dem Vorwand, die Nacht in der Meditation vor dem Altar zu verbringen – was bei Damen der höheren Gesellschaft in Zu-Vendis nicht unüblich war –, ihre Gemächer verlassen und war in den Tempel gegangen. Wir tauschten alle miteinander verständnisinnige Blicke aus. Sorais hatte in der Tat keine Zeit verloren.

Dann machten wir uns an die Arbeit.

Wir ließen sofort alle Generäle, denen man vertrauen konnte, aus ihren Quartieren zusammentrommeln. Wir informierten jeden einzelnen von ihnen über die Lage der Dinge, soweit es uns wünschenswert erschien, und entließen sie dann mit der strikten Auflage, so schnell wie möglich alle ihre verfügbaren Kräfte zusammenzuholen. Ähnlich verfuhren wir mit allen den einigermaßen mächtigen Landesfürsten, von denen Nylephta wußte, daß sie sich auf sie verlassen konnte. Einige von ihnen verließen noch am selben Tag die Stadt, um in entlegenen Landesteilen ihre Lehnsmänner und Gefolgsleute zu den Waffen zu rufen. Und noch vor Einbruch der Nacht sandten wir etwa zwanzig Boten mit versiegelten Briefen aus, die alle an die Regenten weit abgelegener Städte und Landstriche gerichtet waren. Wir befahlen den Boten, Tag und Nacht zu reiten, bis die Briefe in die Hände ihrer Adressanten gelangt waren. Desgleichen sandten wir zahlreiche Kundschafter aus. Wir schufteten den ganzen Nachmittag und Abend hindurch, assistiert von mehreren verläßlichen Schreibern. Die Energie und Überlegenheit, mit der Nylephta dabei zu Werke ging, erweckte meine tiefste Hochachtung. Als wir schließlich zurück in unsere Quartiere gingen, war es acht Uhr. Wir wurden sogleich von Alphonse, der im übrigen zutiefst beleidigt war, daß wir ihm durch unser spätes Erscheinen sein ganzes herrliches Dinner vermasselt hatten (er betätigte sich nämlich inzwischen wieder als Koch), davon in Kenntnis gesetzt, daß Good von der Falkenjagd zurückgekommen war und schon seinen Wachtdienst aufgenommen hatte. Und da wir schon den diensthabenden Offizier der äußersten Palastwache beauftragt hatten, die Torwachen zu verdoppeln und somit keinen Grund für unmittelbare Gefahr sahen, entschlossen wir uns, Good jetzt nicht aufzuscheuchen und ihm die ganze Sache zu erzählen. Dies war ohnehin eine der delikaten Aufgaben, die man nur allzu gern auf einen späteren Zeitpunkt hinausschiebt. Wir schlangen also hastig unser Essen hinunter und begaben uns auf unsere Zimmer, um endlich unseren wohlverdienten Schlaf zu bekommen. Vorher jedoch bat Curtis noch den alten Umslopogaas, ein wenig die Umgebung von Nylephtas Privatgemächern im Auge zu behalten. Umslopogaas, der inzwischen überall im Palast gut bekannt war, hatte von Nylephta die Erlaubnis erhalten, alle Wachen im Palast ungehindert zu passieren, wann immer er wollte. Er bediente sich dieses Sonderrechts sehr häufig und streifte mit Vorliebe zu den stillen Stunden der Nacht in dem riesigen Bauwerk herum. Daß er dabei die Nachtstunden bevorzugte, war nicht weiter verwunderlich; ist dies doch ein weit verbreiteter Brauch bei Schwarzen überhaupt. Deshalb war nicht zu befürchten, daß seine Anwesenheit zu nächtlicher Stunde in den Gängen des Palastes Aufsehen erregen würde. Der Zulu nahm kommentarlos seine Axt und machte sich auf den Weg, und wir begaben uns endlich ins Bett.

Ich hatte meinem Empfinden nach höchstens ein paar Minuten geschlafen, als ich mit einem seltsamen Gefühl äußersten Unbehagens aus den Kissen hochschreckte. Ich hatte das Gefühl, als sei jemand im Zimmer und beobachte mich. Zu meiner großen Überraschung graute schon der Morgen. Am Fuße meines Bettes stand niemand anderes als Umslopogaas. In dem fahlen Licht sah er besonders dürr und furchterregend aus.

»Wie lange stehst du schon hier?« fragte ich mürrisch. Es ist nämlich nicht angenehm, auf solche Weise geweckt zu werden.

»Vielleicht die Hälfte einer Stunde, Macumazahn. Ich muß dir etwas sagen.«

»Schieß los!« sagte ich. Ich war jetzt hellwach.

»Wie mir geheißen war, ging ich in der letzten Nacht zu dem Orte der Weißen Königin und verbarg mich hinter einem Pfeiler in dem zweiten Vorraum, hinter dem sich die Schlummerstätte der Königin befindet. Bougwan (Good) war allein in dem ersten Vorraum, und vor dem Vorhang dieses Raums stand ein Wachtposten. Ich aber wollte versuchen, ungesehen in den zweiten Vorraum zu kommen, und fürwahr, es gelang mir; ich glitt an beiden vorbei. Ich hatte dort viele Stunden gewartet, als ich plötzlich eine dunkle Gestalt bemerkte, die heimlich in den Raum geschlichen kam, direkt auf mich zu. Es war die Gestalt einer Frau, und in der Hand hielt sie einen Dolch. Hinter jener Gestalt schlich eine weitere Gestalt, die jedoch von der Frau nicht bemerkt wurde. Es war Bougwan, der ihr auf den Fersen war. Er hatte seine Schuhe ausgezogen, und für einen so fetten Mann schlich er sehr gut. Die Frau kam an mir vorüber, und das Licht der Sterne schien auf ihr Gesicht.«

»Wer war es denn?« fragte ich ungeduldig.

»Das Gesicht war das der ›Herrin der Nacht‹, und fürwahr, der Name ist gut gewählt.

Ich wartete, und Bougwan schlich ebenfalls an mir vorüber. Dann folgte ich den beiden. Langsam und lautlos schlichen wir zu dritt durch das lange Zimmer. Zuerst die Frau, dann Bougwan, und dann ich; und die Frau sah Bougwan nicht, und Bougwan sah mich nicht. Dann kam die ›Herrin der Nacht‹ an die Vorhänge, die die Schlummerstätte der Weißen Königin verschließen, und streckte ihre

Hand aus, um sie zu teilen. Sie schritt hindurch, und desgleichen tat Bougwan, und desgleichen tat ich. Am Ende des Raumes ist das Bett der Königin, und sie lag darauf, in tiefem Schlafe. Ich konnte hören, wie sie atmete, und sehen, wie einer ihrer weißen Arme auf der Decke lag, wie ein Streifen von Schnee auf trockenem Gras. Die ›Herrin der Nacht‹ duckte sich – so, wie ich es jetzt mache –, und mit erhobenem Messer kroch sie auf das Bett zu. Sie blickte so starr darauf, daß sie nie auf den Gedanken kam, sich umzuwenden. Als sie ganz dicht bei dem Bette war, berührte Bougwan sie am Arm. Sie holte tief Atem und schnellte herum, und ich sah, wie das Messer blitzte, und ich hörte, wie es zustieß. Es war gut für Bougwan, daß er seine Haut aus Eisen trug, sonst hätte die Klinge ihn durchbohrt. Und da sah er zum ersten Mal, wer die Frau war, und ohne ein Wort fuhr er erschrocken zurück. Er hatte die Sprache verloren. Auch sie war erschrocken und sprach nicht, doch plötzlich legte sie ihren Finger auf ihre Lippe – so, wie ich es jetzt mache – und ging auf den Vorhang zu und durch ihn hindurch, und mit ihr ging Bougwan. So nah ging sie an mir vorbei, daß ihr Kleid mich berührte, und ich war nahe daran, sie zu töten, als sie ging. In dem ersten Vorraum sprach sie mit flüsternder Stimme zu Bougwan, und sie rang die Hände – so, wie ich es jetzt mache – und flehte ihn an. Was sie jedoch sagte, weiß ich nicht. Und so gingen sie weiter in den zweiten Vorraum, sie flehte, und er schüttelte den Kopf und sagte immerzu ›nein, nein, nein‹. Und es schien mir, als ob er die Wache rufen wollte, als sie plötzlich zu flehen innehielt und ihn mit großen Augen anschaute. Und ich sah, daß er verhext war von ihrer Schönheit. Dann streckte sie die Hand aus, und er küßte sie, worauf ich mich entschloß, zu ihr zu gehen und sie zu ergreifen, denn ich sah, daß Bougwan nun auch eine Frau geworden war und nicht mehr wußte, was gut war und was böse. Doch siehe da! Sie war fort.«

»Fort!« entfuhr es mir.

»Ja, fort, und da stand Bougwan und starrte an die Wand

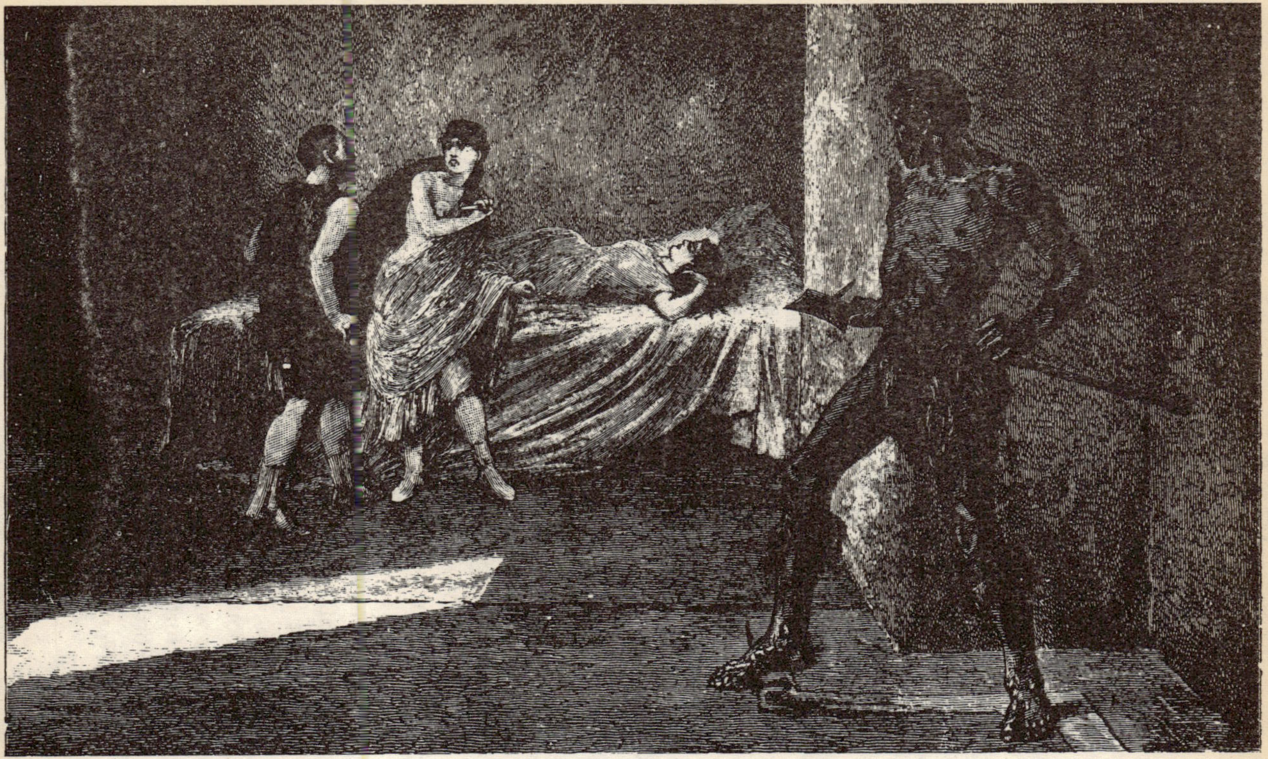

»Und ich sah, wie das Messer blitzte«

wie einer, der schläft, und dann ging auch er, und ich wartete eine Weile, und dann ging auch ich.«

»Bist du sicher, Umslopogaas«, fragte ich, »daß du heute nacht nicht geträumt hast?«

Anstelle einer Antwort öffnete er die linke Hand und zeigte mir ein etwa drei Zoll langes Bruchstück einer Dolchklinge aus feinstem Stahl.

»Und wenn ich geträumt habe, Macumazahn, dann sieh, was der Traum mir hinterlassen hat. Das Messer zerbrach an Bougwans Busen, und als ich ging, hob ich dies in der Schlummerstätte der Weißen Königin auf.«

18

Krieg! Blutiger Krieg!

Ich bat Umslopogaas, zu warten, schlüpfte in meine Kleider und ging mit ihm in Sir Henrys Gemach, wo der Zulu seine Geschichte Wort für Wort wiederholte. Sie hätten Curtis' Gesicht sehen müssen, als er Umslopogaas zuhörte.

»Großer Gott!« rief er. »Da liege ich hier und schlafe, während zur selben Stunde Nylephta fast ermordet wird – und alles auch noch meinetwegen! Diese Sorais muß ja von Furien besessen sein! Es wäre ihr ganz recht geschehen, wenn Umslopogaas sie dabei erschlagen hätte.«

»Ja«, sagte der alte Zulu. »Keine Angst, ich hätte sie schon rechtzeitig getötet, noch bevor sie hätte zustechen können. Ich habe nur auf den richtigen Zeitpunkt gewartet.«

Ich sagte dazu nichts weiter, aber irgendwie hatte ich die leise Ahnung, daß das Leben vieler tausend Unschuldiger hätte gerettet werden können, wenn der Zulu Sorais das Schicksal hätte zukommen lassen, das sie ihrer Schwester zugedacht hatte. Und, wie die späteren Ereignisse noch beweisen sollten: ich sollte mit meiner Vermutung recht behalten.

Nachdem Umslopogaas seine Geschichte zu Ende erzählt hatte, ging er ungerührt sein Frühstück einnehmen. Sir Henry und ich diskutierten hingegen die Situation.

Er war höchst erbittert über Goods Verhalten und meinte, man dürfe ihm nicht länger vertrauen. Schließlich habe er in voller Absicht Sorais über eine geheime Treppe entkommen lassen, wo es eigentlich seine Pflicht gewesen wäre, sie festzunehmen und der Justiz zu übergeben. Er war in der Tat maßlos in seiner Bitterkeit und Enttäuschung. Ich ließ ihn sich eine Weile austoben, wobei ich im stillen darüber nachdachte, wie leicht es uns doch fällt, uns über die Fehler und Unzulänglichkeiten anderer zu ereifern, und mit welcher Nachsicht wir uns unsere eigenen Schwächen verzeihen.

»Mein lieber Freund«, sagte ich schließlich, »wenn man dich so reden hört, dann sollte man gar nicht glauben, daß du derselbe Mann bist, der erst gestern noch mit dieser Frau eine lange Unterredung hatte, und der mir hinterher erzählte, wie schwer es ihm gefallen wäre, sich der Faszination dieser Person zu entziehen. Und das, obwohl du eine der schönsten und liebenswertesten Frauen der ganzen Welt liebst! Nun stelle dir doch nur einmal vor, es wäre Nylephta gewesen, die versucht hätte, Sorais zu ermorden, und *du* hättest sie dabei ertappt, und sie hätte *dich* angefleht; wärst du dann auch so wild darauf gewesen, sie der öffentlichen Schande und dem Feuertod auszuliefern? Sieh die Sache doch einmal ein paar Minuten durch Goods Monokel, bevor du dich dazu hinreißen läßt, einen guten alten Freund als Schurken zu beschimpfen!«

Er hörte sich meine Standpauke gehorsam an und gab rundheraus zu, zu hart gegenüber Good geurteilt zu haben. Es ist eine von Sir Henrys besten Charaktereigenschaften, daß er stets bereit ist, einen Fehler, den er gemacht hat, zuzugeben.

Wenn ich mich auch mit allem Nachdruck für Good einsetzte, so war ich dennoch nicht blind gegenüber der Tatsache, daß er, so verständlich und natürlich sein Verhalten auch sein mochte, auf dem besten Wege war, sich in eine heikle Klemme hineinzureiten. Immerhin hatte Sorais versucht, ein Attentat auf ihre Schwester zu verüben, und er hatte die Mörderin laufen lassen; damit hatte er ihr unter anderem die Möglichkeit gegeben, ihn voll in der Hand zu haben und jede Art von erpresserischem Druck auf ihn auszuüben. Er war in der Tat auf dem besten Wege, ihr Werkzeug zu werden – und es kann keinem Mann ein schlimmeres Schicksal widerfahren, als das Werkzeug einer skrupellosen Frau zu werden; oder überhaupt einer Frau. So etwas führt schließlich immer zum selben Ende: Wenn er vollends zerbrochen ist, oder wenn er seinen Zweck erfüllt hat, dann wird er fallengelassen wie eine heiße Kartoffel, und dann kann er zusehen, wie er seine verlorene Achtung vor sich selbst wiederfindet. Während ich noch über diesen Vorfall nachgrübelte und überlegte, was man in einem solchen Fall am besten machen sollte – war doch die ganze Situation äußerst prekär –, hörte ich plötzlich von draußen auf dem Hof einen Riesenlärm. Ich erkannte sogleich die Stimmen von Umslopogaas und Alphonse; der erstere fluchte wie ein Berserker, während der letztere ein panisches Gebrüll von sich gab.

Ich rannte sofort nach unten auf den Hof, um zu sehen, was los war. Unten bot sich meinen Augen ein drolliger Anblick: der kleine Franzose rannte wie von Furien gehetzt über den Hof, und Umslopogaas schoß wie ein Windhund hinter ihm her. Gerade in dem Moment, als ich aus der Tür trat, erwischte er Alphonse beim Kragen. Er hob ihn buchstäblich von den Beinen und trug ihn zu einem nahegelegenen Strauch, der in voller Blüte stand. Es war eine Blume, die unserer Gardenie ein wenig ähnelte, jedoch war der ganze Strauch mit kurzen Stacheln bedeckt. Ungerührt vom gellenden Geschrei und Gezappel des Franzosen warf Umslopogaas den armen Kerl mit dem Kopf voran mitten in den Strauch, so daß nur noch seine Unterschenkel und seine Absätze herausguckten. Dann stellte er sich, zufrieden mit seiner Leistung, mit verschränkten Armen vor den Strauch und betrachtete mit grimmigem Lächeln Alphonses verzweifelt strampelnde Beine und lauschte mit sichtlicher Genugtuung seinen gellenden Schmerzensschreien.

»Was tust du da?« schrie ich wütend und rannte zu ihm hin. »Willst du den Mann umbringen? Zieh ihn sofort aus dem Busch heraus!«

Mit einem wilden Grunzen gehorchte der Zulu und packte den unglückseligen Alphonse beim Fußgelenk. Und mit einem Ruck, mit dem er ihm beinahe den Fuß ausgerenkt hätte, zog er ihn aus dem Gestrüpp heraus. Nie zuvor hatte ich einen bedauernswerteren Anblick gesehen: Alphonses Kleider waren fast völlig zerrissen, und der arme Kerl blutete am ganzen Leib aus den Wunden, die ihm die scharfen Dornen gerissen hatten. Vor Schmerz schreiend wälzte er sich auf der Erde, und es war völlig unmöglich, etwas aus ihm herauszubekommen.

Schließlich rappelte er sich auf, und aus dem sicheren Schutz meines Rückens verfluchte er den alten Umslopogaas bei allen Heiligen, mit denen der Kalender aufzuwarten hat; und bei dem Blute seines heroischen Großvaters schwor er, ihn zu vergiften und sich fürchterlich zu rächen.

Und schließlich bekam ich dann auch heraus, worum es eigentlich ging. Gelegentlich kochte Alphonse Umslopogaas seinen Haferschleim, den der letztere, ganz, wie er es auch daheim in Zululand getan hätte, mit einem Holzlöffel aus einer Kürbisflasche irgendwo in einer Ecke des Hofes aß. Nun hatte Umslopogaas, wie übrigens sehr viele Zulu, einen großen Ekel vor Fisch. Er betrachtete dieses Tier als eine Art Wasserschlange. Alphonse, dem ständig der Schalk im Nacken saß, und der darüber hinaus ein vollendeter Koch war, beschloß daher, Umslopogaas einen Streich zu spielen, indem er ihn ohne dessen Wissen Fisch essen lassen wollte. Er zerrieb einen weißen Fisch zu feinem Mehl und mischte dieses unter Umslopogaas' Haferschleim. Dieser aß fast seine ganze Portion auf, ohne zu wissen, was Alphonse damit angestellt hatte. Zu seinem großen Unglück jedoch konnte der Franzose seine diebische Freude darüber nicht verbergen und scharwenzelte immerzu um den Zulu herum, um zu sehen, ob der etwas merkte. Schließlich schöpfte Umslopogaas, der auf seine Weise ein äußerst kluger Bursche war, Verdacht. Er untersuchte sorgfältig die Reste seines Haferschleims und entdeckte schließlich den »Trick der Büffelkuh«. Seinen daraufhin stattfindenden Rachefeldzug habe ich bereits ausführlich beschrieben. Der kleine Mann konnte wirklich von Glück reden, daß er noch so glimpflich davongekommen war. Ebensogut hätte der Zulu ihm nämlich das Genick brechen können. Es wäre eigentlich anzunehmen gewesen, daß er aus der Episode in der Missionsstation, als der Zulu ihm die Vorstellung mit der Axt geliefert hatte, gelernt hätte, daß Umslopogaas eine höchst ungeeignete Zielscheibe für seine Streiche darstellte.

Dieser Zwischenfall war für sich genommen eigentlich ziemlich unwichtig; ich schildere ihn jedoch deswegen, weil er ernsthafte Konsequenzen nach sich zog. Sobald Alphonse die Blutungen aus seinen Kratzwunden gestillt und sich gewaschen hatte, machte er sich, noch immer laut fluchend, davon, um seine Wut verrauchen zu lassen. Wie ich aus Erfahrung wußte, dauerte das immer mehrere Tage. Als er fort war, hielt ich Umslopogaas eine lange Gardinenpredigt und sagte ihm, daß ich mich für sein Verhalten schämte.

»Nun gut, Macumazahn«, erwiderte er. »Du darfst nicht so streng mit mir sein, denn dies ist nicht mein Ort. Ich bin seiner überdrüssig; es langweilt mich zu Tode, immerzu nur zu essen und zu trinken, zu schlafen und von Hochzeiten zu hören. Ich liebe nicht dieses weiche Leben in Steinhäusern, das einem Mann das Herz raubt und seine Kraft zu Wasser macht und sein Fleisch in Fett verwandelt. Ich liebe nicht die weißen Kleider und die eleganten Frauen, den Klang der Fanfaren und die Falkenjagd. Als wir gegen die Masai kämpften, dort, in jenem Kraal, ja, da war es noch wert zu leben; hier jedoch fällt niemals ein Hieb im Zorn, und ich fange schon an zu glauben, daß ich den Weg meiner Väter gehe und niemals mehr Inkosi-kaas erhebe.« Er erhob seine Axt und schaute sie kummervoll an.

»Aha!« gab ich ihm zur Antwort, »das also quält dich, nicht wahr? Du bist wieder einmal vom Blutrausch ergriffen, oder? Der Specht braucht wieder einen Baum, nicht wahr? Und das in deinem Alter! Du solltest dich schämen, Umslopogaas!«

»Ja, Macumazahn, mein Geschäft ist ein blutiges, aber dennoch ist es ehrenhafter als manch anderes. Es ist besser, einen Mann im edlen Kampfe zu töten, als ihm das Blut aus dem Herzen zu saugen, indem man kauft und verkauft und ihn durch Wucher zur Strecke bringt, wie ihr Weißen es tut. Manch einen Mann tötete ich, und doch gibt es niemand, dem ich nicht mehr in die Augen schauen könnte. Ja, und viele sind da, die einst Freunde waren, und mit denen ich mit größtem Vergnügen eine gemeinsame Prise Schnupftabak nehmen würde. Aber schau! Du gehst deinen Weg, und ich gehe meinen: jeder geht zu seinem eigenen Volk und an seinen eigenen Ort. Der Ochse aus der Hochsteppe stirbt in dem Land, wo es fettes Gras gibt, und so ist es mit mir, Macumazahn. Ich bin rauh und wild, das weiß ich, und wenn mein Blut heiß ist, dann weiß ich nicht, was ich tu; und doch wirst du bekümmert sein, wenn die Nacht mich verschluckt und ich in der tiefsten Schwärze verloren bin, denn tief in deinem Herzen liebst du mich, mein Vater Macumazahn, der alte Fuchs, wiewohl ich nichts bin als ein alter, zerbrochener Zulukrieger – ein Häuptling, für den es keinen Platz gibt in seinem eigenen Kraal, ein Ausgestoßener, ein Wanderer in einem fremden Land; ja, und ich liebe dich, Macumazahn, denn zusammen sind wir ergraut, und zwischen uns ist etwas, das man nicht sehen kann, und doch ist es zu stark, um zu zerbrechen.« Dann nahm er seine Schnupftabaksdose, eine alte Messingpatrone, aus dem Schlitz in seinem Ohr, wo er sie aufzubewahren pflegte, und reichte sie mir mit der Aufforderung, mich zu bedienen.

Mit einem Gefühl der Rührung nahm ich die Prise. Er hatte recht; ich hing sehr an dem alten, blutrünstigen Raufbold. Ich weiß auch nicht, was eigentlich seinen Charme ausmachte; jedenfalls hatte er welchen; vielleicht war es seine leidenschaftliche Aufrichtigkeit und Direktheit; vielleicht war es auch seine schier übermenschliche Geschicklichkeit und Kraft, was ich an ihm so bewunderte; vielleicht war es auch allein die Tatsache, daß er so absolut einzigartig war. Ich muß freimütig bekennen: Obwohl ich während meines Lebens viele Wilde kennengelernt habe; nie habe ich einen Mann kennengelernt, der ihm ähnlich war; er war so weise, und zugleich naiv wie ein Kind. Und – so lächerlich sich das auch anhören mag – er hatte, wie jener Held aus der Yankee-Parodie, »ein weiches Herz«. Nun, jedenfalls mochte ich ihn sehr; ich wäre jedoch nie auf den Gedanken gekommen, ihm das zu sagen.

»Jaja, du alter Wolf«, sagte ich, »deine Liebe ist schon eine sehr seltsame. Du würdest mir schon morgen den Schädel bis zum Kinn spalten, wenn ich dir im Wege stünde.«

»Du sprichst die Wahrheit, Macumazahn. Das würde ich auch tun, wenn die Pflicht es von mir verlangte. Aber dennoch würde ich dich lieben, wenn der Hieb sein Ziel erreicht hätte. Sag, Macumazahn, glaubst du, daß ich bald wieder die Möglichkeit habe, Inkosi-kaas zu schwingen?« fuhr er mit einschmeichelnder Stimme fort. »Mich dünkt, daß das, was ich in der letzten Nacht sah, bedeutet, daß die beiden großen Königinnen Streit miteinander haben. Sonst hätte die ›Herrin der Nacht‹ nicht den Dolch bei sich getragen.«

Ich bestätigte seine Vermutung und erklärte ihm, daß die beiden ziemlichen Ärger miteinander hatten. Dann erzählte ich ihm rundheraus, wie die Dinge standen, und daß sie sich wegen Incubu in die Haare geraten waren.

»Ah! Ist es so?« rief er und machte vor Freude einen Luftsprung. »Wenn es so ist, dann wird Krieg sein, so sicher, wie der Fluß nach einem Regen anschwillt. Ein Krieg bis zum bitteren Ende! Frauen lieben den letzten Schlag genauso wie das letzte Wort, und wenn sie für die Liebe kämpfen, dann sind sie so gnadenlos wie ein verwundeter Büffel. Ich sage dir, Macumazahn: eine Frau schwimmt durch Blut, ohne sich etwas dabei zu denken. Mit meinen eigenen Augen habe ich es einmal gesehen, und noch ein zweites Mal. Oh,

Macumazahn, wir werden noch erleben, wie diese schöne Stätte von Häusern in Flammen aufgeht, und wir werden hören, wie die Schlachtrufe durch die Straßen hallen. So bin ich nun doch nicht umsonst gewandert. Kann dieses Volk kämpfen? Was glaubst du?«

In diesem Augenblick trat Sir Henry ein. Kurz darauf kam auch Good, jedoch aus einer anderen Richtung. Er sah blaß und hohläugig aus. Als Umslopogaas Good erblickte, hörte er mit seiner blutrünstigen Schwelgerei auf und begrüßte ihn.

»Ah, Bougwan!« rief er. »Sei gegrüßt, o Häuptling! Sicher bist du müde. Hast du in der letzten Nacht zuviel gejagt?« Und ohne eine Antwort abzuwarten, fuhr er fort:

»Höre, Bougwan, ich will dir eine Geschichte erzählen; sie handelt von einer Frau, und du wirst sie sicher hören wollen, ist es nicht so?

Es war ein Mann, und der hatte einen Bruder. Und da war eine Frau, die liebte den Bruder des Mannes und wurde von dem Mann geliebt. Aber der Bruder des Mannes hatte eine andere Frau und liebte die Frau nicht, sondern verspottete sie. Aber die Frau, die sehr verschlagen war und Rache in ihrem Herzen trug, beratschlagte mit sich selbst und sagte zu dem Mann: ›Ich liebe dich, und wenn du einen Krieg gegen deinen Bruder machst, dann werde ich deine Frau.‹ Und er wußte, daß es eine Lüge war, und dennoch, weil er die Frau sehr liebte, lauschte er ihren Worten und machte einen Krieg. Und als schon viele Menschen getötet waren, schickte sein Bruder nach ihm und fragte ihn: ›Warum machst du Krieg gegen mich? Was habe ich dir angetan? Habe ich dich nicht von Kindesbeinen an geliebt? Und als du klein warst, habe ich dich da nicht genährt und aufgezogen? Und sind wir nicht zusammen in den Krieg gezogen und haben das Vieh brüderlich geteilt, Frau für Frau, Ochse für Ochse und Kuh für Kuh? Warum willst du mich töten, Bruder, Sohn meiner eigenen Mutter?‹

Und das Herz des Mannes war schwer, und er wußte, daß er auf einem bösen Pfade wandelte, und er widerstand der

Versuchung der Frau und hörte auf, Krieg gegen seinen eigenen Bruder zu führen. Und sie lebten wieder zusammen in Frieden in ihrem Kraal. Und nach einer Weile kam die Frau zu dem Mann und sprach zu ihm: ›Ich habe die Vergangenheit verloren, ich will deine Frau sein.‹ Und tief in seinem Herzen wußte er, daß es eine Lüge war, und daß sie Böses im Schilde führte, doch da er sie noch immer liebte, nahm er sie zur Frau.

Und noch in derselben Nacht, in der sie getraut waren, stand die Frau, als der Mann in tiefen Schlaf gesunken war, auf und nahm die Axt aus seiner Hand und schlich in die Hütte seines Bruders und erschlug ihn im Schlaf. Und dann stahl sie sich davon wie eine vollgefressene Löwin und legte die blutrote Axt wieder auf seinen Arm und ging ihres Weges.

Und beim Morgengrauen kamen die Menschen und schrien: ›Lousta ist in der Nacht getötet worden!‹ Und dann gingen sie zu der Hütte des Mannes, und da lag er in tiefem Schlummer, und die blutige Axt lag neben ihm. Und sie erinnerten sich wieder, daß Krieg zwischen den beiden Brüdern gewesen war, und sie sprachen: ›Seht her! Gewiß hat er seinen Bruder getötet‹, und sie hätten ihn sicherlich ergriffen und getötet, wenn er nicht schnell aufgestanden und geflohen wäre. Und während er floh, sah er die Frau und tötete sie.

Aber auch der Tod konnte nicht die Schuld auslöschen, die sie auf sich geladen hatte, und nun ruhte all ihre Sünde auf seinen Schultern. Und darum ist er ein Geächteter, und sein Name wird in seinem Volke nur mit Verachtung ausgesprochen, denn auf ihm, und nur auf ihm, lastet die Bürde von der, die betrogen und verraten hat. Und darum wandert er in der Ferne umher, ohne eigenen Kraal, ohne einen Ochsen oder eine Frau, und daher wird er in der Ferne sterben wie ein verwundetes Tier, und sein Name wird verflucht sein von Generation zu Generation, und die Menschen werden sagen, daß er es war, der seinen Bruder des Nachts heimtückisch abschlachtete.«

Hier hielt der alte Zulu inne, und ich merkte, daß er selbst tief bewegt war von seiner eigenen Geschichte. Doch sogleich hob er wieder den Kopf, den er auf die Brust hatte sinken lassen, und fuhr fort:

»Dieser Mann war niemand anderes als ich, Bougwan. Oh, *ich* war dieser Mann, und nun höre weiter zu! So wie ich war, wirst auch du sein – ein Werkzeug, ein Spielzeug, ein Lastochse, der die bösen Taten eines anderen tragen muß. Höre! Als du hinter der ›Herrin der Nacht‹ einherschlichest, da war *ich* dicht hinter dir. Und als sie dich mit dem Messer stach in der Schlummerstätte der Weißen Königin, da war ich auch zugegen. Und als du sie entgleiten ließest wie eine Schlange zwischen den Steinen, da sah ich dich, und ich wußte, daß sie dich verhext hatte und daß ein aufrichtiger Mann den Pfad der Wahrheit verlassen hatte, und daß der, der vorher den geraden Weg gegangen war, nun den krummen Pfad beschritten hatte. Vergib mir, mein Vater, wenn meine Worte scharf sind, aber sie kommen aus einem redlichen Herzen. Sieh sie nicht mehr, und du wirst als ehrenhafter Mann ins Grab gehen. Sonst wirst du, so wie ich, wegen der Schönheit einer Frau, die auf dir lastet wie ein Gewand aus Pelz, einhergehen; und vielleicht mit größerer Berechtigung als ich. Ich habe gesprochen.«

Während dieser langen und wortreichen Ansprache hatte Good kein Wort gesagt. Als die Geschichte jedoch immer mehr Gestalt annahm und er merkte, daß sie seiner eigenen verteufelt ähnlich war, errötete er, und als er schließlich auch noch erfuhr, daß Umslopogaas alles von Anfang bis Ende mitbekommen hatte, war er zu Tode betrübt. Und als er sich dann schließlich zu dem Vorfall äußerte, tat er dies in einem so niedergeschlagenen Ton, wie man ihn bei ihm gar nicht kannte.

»Ich muß gestehen«, sagte er mit einem bitteren Lächeln, »daß ich wohl niemals auch nur im Traum daran gedacht hätte, mir einmal von einem Zulu die Leviten lesen lassen zu müssen. Aber es zeigt doch einmal wieder, wie schnell man in die Tinte geraten kann. Ich frage mich, ob ihr Burschen mir nachfühlen könnt, wie erniedrigt ich mich fühle. Und was das Ganze um so bitterer macht: ich habe es nicht anders verdient. Natürlich hätte ich Sorais der Wache übergeben müssen, aber ich konnte es einfach nicht, versteht ihr? Ich ließ sie laufen und versprach ihr, Stillschweigen zu bewahren. Mein Gott, wie ich mich schäme! Sie sagte mir, daß sie mich heiraten und zum König dieses Landes machen würde, wenn ich mich auf ihre Seite schlüge. Aber Gott sei Dank brachte ich den Mut auf, ihr zu sagen, daß selbst dann, wenn sie mich heiraten würde, ich nicht meine Freunde verließe. Und nun macht mit mir, was ihr wollt; verdient habe ich es auf jeden Fall. Eines jedoch will ich euch noch sagen: Ich will nur hoffen, daß keiner von euch jemals eine Frau von ganzem Herzen liebt und dann so schamlos von ihr in Versuchung geführt wird.« Darauf wandte er sich um und ging.

»Hör mal, alter Knabe«, rief ihm Sir Henry nach, »warte noch einen Augenblick. Auch ich habe dir eine kleine Geschichte zu erzählen.« Und dann berichtete er Good, was sich tags zuvor zwischen ihm und Sorais abgespielt hatte.

Das war einfach zuviel für den armen Good. Es ist sicher für keinen Mann angenehm, zu hören, daß man ihn lediglich als ein Mittel zum Zweck mißbraucht hat, aber wenn die Umstände gar noch so schlimm sind wie im vorliegenden Fall, dann ist das schon eine verdammt bittere Pille.

»Wißt ihr«, sagte er, »ich glaube, ihr Burschen habt euch untereinander schon irgendein Heilmittel ausgedacht.« Und dann drehte er sich wieder um und ging. Ich für meinen Teil hatte großes Mitleid mit ihm. Ach, wenn doch die Motten besser aufpassen könnten, daß sie nicht zu nah ans Licht kommen; wie wenig verbrannte Flügel würde es dann geben!

Jener Tag war ein sogenannter Hoftag. Die Königinnen pflegten dann im Palast zu sein und Bittschriften entgegenzunehmen, Gesetze zu besprechen, Zuschüsse zu bewilligen usw. Mit einiger Verspätung begaben auch wir uns in die Halle. Unterwegs trafen wir auf Good, der einen äußerst deprimierten Eindruck machte.

Als wir die Halle betraten, saß Nylephta schon, umringt von Beratern, Höflingen, Rechtskundigen und Priestern, wie gewöhnlich auf ihrem Thron und erledigte ihre Geschäfte. Die Leibgarde war jedoch weit stärker als sonst. Es war indessen ganz deutlich zu erkennen, daß keiner der Anwesenden so recht mit den Gedanken bei der Sache war; in den Gesichtern aller Anwesenden zeichnete sich Erregung und Erwartung ab. Es hatte sich nämlich inzwischen im ganzen Lande herumgesprochen, daß ein Bürgerkrieg unmittelbar bevorstand. Wir begrüßten Nylephta und nahmen unsere gewohnten Plätze ein. Und für eine Weile nahm auch alles seinen gewohnten Gang, bis plötzlich von draußen der Klang von Fanfaren erscholl und unmittelbar darauf die Menge, die sich dort in Erwartung eines außergewöhnliches Ereignisses versammelt hatte, laut »*Sorais, Sorais*« brüllte.

Dann hörte man das Rumpeln von zahlreichen Streitwagen, und gleich darauf teilte sich der große Vorhang am Eingang der Halle, und herein schritt die ›Herrin der Nacht‹ höchstpersönlich. Sie kam jedoch nicht allein. Ihr voran schritt Agon, der Hohepriester, der seine kostbarsten Gewänder trug, und zu ihrer Linken und Rechten befanden sich weitere Priester. Die Gründe für die Anwesenheit der Priester lagen klar auf der Hand – in dem Falle wäre es nämlich ein Sakrileg gewesen, sie zu verhaften. In ihrem Gefolge befand sich eine Anzahl mächtiger Fürsten, und hinter ihnen kamen mehrere sorgsam ausgewählte Wachsoldaten. Ein kurzer Blick auf Sorais genügte schon, um zu wissen, daß sie nicht in friedlicher Absicht gekommen war; denn sie trug nicht wie gewöhnlich ihren goldbestickten »Kaf«, sondern statt dessen ein glitzerndes Gewand aus goldenen Schuppen, und auf ihrem Kopf trug sie einen kleinen goldenen Helm. In der Hand hielt sie einen herrlich gearbeiteten Spielzeugspeer aus reinem Silber. In ihrem Stolz und ihrer Schönheit wirkte sie wie eine Löwin, als sie so erhobenen Hauptes durch die Halle schritt. Als sie näherkam, wichen die Schaulustigen unter tiefen Verbeugungen zurück und machten ihr Platz. Vor dem heiligen Stein hielt sie an, legte ihre Hand darauf und rief laut Nylephta ihren Gruß zu: »Sei gegrüßt, o Königin!«

»Sei gegrüßt, meine königliche Schwester!« rief Nylephta ebenso laut zurück. »Komm näher heran zu mir, ich gebe dir freies Geleit.«

Sorais warf ihr als Antwort einen hochmütigen Blick zu, und dann schritt sie durch die Halle, bis sie vor den Thronsesseln stand.

»Ich muß mit dir sprechen, o Königin!« rief sie.

»Sprich, meine Schwester; was kann ich dir, die die Hälfte unseres Königreiches besitzt, geben?«

»Du kannst mir die Wahrheit sagen – mir und dem Volke von Zu-Vendis. Willst du also – oder willst du es nicht, diesen fremdländischen Wolf ...« – dabei zeigte sie mit ihrem Spielzeugspeer auf Sir Henry – »zum Gemahle nehmen, auf daß er dein Bett und deinen Thron mit dir teile?«

Bei diesen Worten zuckte Sir Henry zusammen. Er wandte sich zu Sorais und sagte leise: »Ich erinnere mich gut daran, o Königin, daß du gestern noch andere Namen als ›Wolf‹ für mich hattest.« Das Blut schoß ihr in den Kopf, und sie biß sich wütend auf die Unterlippe.

Als Nylephta merkte, daß es nun ohnehin nichts mehr nützte, die Affäre geheimzuhalten, entschloß sie sich, die Frage ihrer Schwester auf eine neue und höchst wirkungsvolle Art zu beantworten. Ich bin sicher, daß sie dazu inspiriert worden war aus Koketterie und dem Wunsch, das Gefühl des Triumphes über ihre Rivalin voll auszukosten.

Sie erhob sich von ihrem Thron und rauschte in der ganzen Pracht ihrer königlichen Anmut zu dem Platz, an dem sich ihr Geliebter befand. Sie blieb vor ihm stehen und löste die goldene Schlange von ihrem Arm. Dann bat sie ihn, sich niederzuknien. Als nächstes nahm sie die goldene Schlange in beide Hände und legte ihm das weiche Metall sanft um den Hals. Als es fest saß, küßte sie ihn bedächtig auf die Stirn und nannte ihn ihren »geliebten Herrn«.

»Du siehst«, sagte sie, nachdem das aufgeregte Gemurmel der Zuschauer verebbt war, »ich habe meinen Kragen um den Hals des ›Wolfes‹ gelegt und siehe! Er soll mein Wachhund sein. Das ist meine Antwort für dich, meine Schwester, und für die, welche in deinem Gefolge sind. Fürchte dich nicht«, fuhr sie fort, indem sie ihren Geliebten sanft anlächelte und mit dem Finger auf die goldene Schlange deutete, die sie um seinen starken Hals geschlungen hatte. »Wenn mein Joch auch schwer ist, so ist es doch aus purem Golde, und es soll dich nicht peinigen.«

Dann wandte sie sich der Menge zu und verkündete mit klarer, stolzer Stimme: »Herrin der Nacht, Fürsten, Priester und alle anderen, die ihr hier versammelt seid, höret, was ich euch zu sagen habe: Hiermit, mit diesem Zeichen, nehme ich den Fremden zum Manne, hier, vor euch allen. Ich bin eine Königin; sollte ich nicht frei den Mann wählen dürfen, den ich lieben will? Sollte ich weniger Rechte haben als das einfachste Mädchen aus meinen Provinzen? Nein! Er hat mein Herz gewonnen, und mit ihm meine Hand und meinen Thron und alles, was ich habe. Ja, und wäre er ein Bettler gewesen und nicht der große und schöne Herr, der stärker und schöner ist als jeder von euch, und der mehr Weisheit besitzt und Kenntnisse von fremdartigen Dingen, als jeder einzelne von euch, auch dann hätte ich ihm alles zu Füßen gelegt. Um wieviel lieber jedoch gebe ich ihm erst alles, da er so ist, wie er ist!« Und dann nahm sie seine Hand und blickte ihn voller Stolz an. Und mutig stellte sie sich mit ihm an der Hand vor die Menge. So groß waren der Liebreiz und die Kraft und die Würde, die ihre Person ausstrahlte, und so bezaubernd schön sah sie aus, wie sie da Hand in Hand an der Seite ihres geliebten Mannes stand, seiner und ihrer selbst so sicher, und so bereit, alle Gefahren auf sich zu nehmen und alle Leiden für ihn zu erdulden, daß die meisten von jenen, die Zeuge dieses Anblicks waren – und sicherlich wird keiner von jenen diesen Anblick jemals vergessen –, von dem Feuer, das aus ihren Augen leuchtete und von dem Liebreiz, der auf ihren geröteten Wangen loderte, ergriffen wurden und ihr frenetisch zujubelten. Es war ein kühner Streich, zu dem sie da ausgeholt hatte, und er appellierte stark an das Gefühl; aber die menschliche Natur ist nun einmal so beschaffen (und Zu-Vendis bildet da keine Ausnahme), daß sie die Kühnheit liebt und den, der sich nicht scheut, althergebrachte Regeln zu brechen, und darüber hinaus reagiert sie besonders empfindlich im positiven Sinne, wenn man an den poetischen Bereich ihres Wesens rührt.

Und also jubelten die Menschen, daß der Palast in seinen Grundfesten zu zittern schien.

Und Sorais, die Herrin der Nacht, stand da mit gesenktem Blick, konnte sie es doch nicht ertragen, zusehen zu müssen, wie ihre Schwester in vollen Zügen den Triumph genoß, der sie des Mannes beraubte, den zu erringen sie gehofft hatte. Und in ihrer rasenden Eifersucht und ihrem lodernden Haß zitterte sie wie Espenlaub, und ihr Gesicht wurde weiß wie eine Wand. Ich glaube, ich erwähnte schon einmal, daß sie mich an die See an einem ruhigen Tag erinnerte, an jenen Eindruck schlummernder Gewalt. Und nun war diese Kraft erwacht, und wie das Gesicht des wütenden Ozeans erfüllte sie mich mit Furcht und faszinierte mich zugleich. Eine schöne Frau in heiligem Zorn ist von jeher ein bezaubernder Anblick gewesen, doch solche Wut, gepaart mit solcher Schönheit, hatte ich nie zuvor gesehen, und ich kann nur sagen: die so entstandene Wirkung war in der Tat beider würdig.

Sie hob ihr weißes Gesicht, ihre Zähne waren zusammengebissen, und unter ihren glühenden Augen waren purpurfarbene Ringe. Dreimal hub sie an zu sprechen, und dreimal versagte ihr die Stimme den Dienst; doch schließlich gelang es ihr, wieder Herr ihrer Stimme zu werden. Sie hob ihren silbernen Speer und schüttelte ihn, und das Licht blitzte an ihm und an den goldenen Schuppen ihres Harnisches auf.

»Und glaubst du, Nylephta«, sagte sie mit einer Stimme, die durch die große Halle schmetterte wie ein Fanfarenstoß, »glaubst du, daß ich, Sorais, eine der Königinnen der Zu-Vendi, dulden werde, daß dieser hergelaufene Fremdling auf dem Throne meines Vaters sitzen wird und Mischlinge heranzieht, die eines Tages den Platz einnehmen, der allein den wahren Nachfahren des großen Hauses der Treppe gebührt? Niemals! Niemals! Solange noch Leben in meinem Busen ist, und solange es noch einen Mann gibt, der bereit ist, mir zu folgen, und solange es noch einen Speer gibt, mit dem man zustoßen kann, wird dies nicht geschehen.

Nun übergib mir diesen fremdländischen Wolf und jene, die mit ihm hierherkamen, auf daß sie ein Opfer des Feuers werden, haben sie sich doch tödlich gegen die Sonne versündigt. Tust du es nicht, Nylephta, dann werde ich Krieg gegen dich führen – blutigen Krieg! Wahrlich, ich sage dir: gebrandschatzte Städte werden den Pfad deiner Leidenschaft kennzeichnen, und er wird überströmt sein von dem Blut derer, die an dir haften. Auf deinem Haupte laste der Fluch deiner ruchlosen Tat, und in deinen Ohren halle das Stöhnen der Verwundeten und das Wehklagen der Witwen und jener, die für immer und ewig ohne Vater sein werden.

Ich sage dir, ich werde dich, Nylephta, die Weiße Königin, von deinem Throne schleudern, und ich werde dich von der höchsten Stufe der großen Treppe hinunterstürzen zu ihrem Fuße, auf daß die tiefe Schande, die du über den Namen des Hauses dessen, der sie erbaute, gebracht hast, getilgt werde. Und euch Fremdlingen sage ich – euch allen außer dir, Bougwan, dem ich, weil du mir einen Dienst erwiesest, das Leben schenken werde, so du diese Männer verläßt und mir folgst« (an dieser Stelle schüttelte der arme Good heftig den Kopf und rief auf englisch: »Nichts zu machen«) »daß ich euch in Blätter aus Gold einwickeln lassen werde und euch bei lebendigem Leibe an langen, goldenen Ketten an den vier goldenen Fanfaren der vier Engel aufhängen lasse, die sich im Norden, Süden, Osten und Westen in schwindelnder Höhe über die höchsten Zinnen des Tempels erheben, auf daß ihr auf ewig ein Zeichen und eine Mahnung für das Land seid. Und du, Incubu, wirst auf noch andere Weise sterben, die ich dir aber nun noch nicht verraten will.«

Sie hielt inne und rang heftig nach Luft, denn ihre Leidenschaft schüttelte sie wie ein Sturmwind. In der Halle erhob sich ein Raunen, teils aus Schrecken, teils aus Bewunderung. Und dann antwortete Nylephta ruhig und würdevoll:

»Es stünde meinem Range und meiner Würde schlecht an, Schwester, so zu sprechen, wie du gesprochen hast, und so zu drohen, wie du gedroht hast. Wenn du den Krieg willst, so führe ihn gegen mich; doch glaube mir, ich werde alles tun, dir zu widerstehen; und wenn meine Hand auch sanft erscheinen möge, so wirst du doch sehen, daß sie aus Eisen ist, wenn sie deine Armeen an der Kehle packt. Sorais, ich fürchte dich nicht! Ich weine ob des Unglücks, das du über unser Volk und über dich selbst bringen wirst, aber für mich selbst sage ich: Ich fürchte dich nicht. Doch du, die du erst gestern nacht versuchtest, meinen Herrn und Geliebten, den du jetzt einen ›fremdländischen Wolf‹ nennst, für dich zu gewinnen, auf daß er *dein* Geliebter und *dein* Herr werde (wieder ging ein Raunen durch die Halle), du, die du noch in der vergangenen Nacht, wie ich erst soeben erfahre, wie eine Schlange in mein Schlafgemach krochst – ja, sogar auf einem geheimen Schleichwege – und die du mich, deine eigene Schwester, heimtückisch ermorden wolltest, während ich schlief ...«

»Eine Lüge, eine Lüge!« schrie Agon mit sich überschlagender Stimme; andere Stimmen schlossen sich ihm empört an.

»Es ist *keine* Lüge!« entgegnete ich, während ich die abgebrochene Dolchklinge hervorholte und sie, für alle Anwesenden sichtbar, hoch in die Luft hielt. »Wo ist der Griff, der zu dieser Spitze gehört, Sorais?«

»Es ist keine Lüge!« rief jetzt auch Good, der sich endgültig dazu durchgerungen hatte, wie ein treugesinnter Mann zu handeln. »Ich überraschte die ›Herrin der Nacht‹ vor dem Bette der Weißen Königin, und an meiner Brust zerbrach der Dolch.«

»Wer ist auf meiner Seite?« schrie Sorais und schüttelte

wie wild ihren silbernen Speer. Sie sah, daß sich die Stimmung in der Menge immer mehr gegen sie wandte. »Und du, Bougwan, du willst mir nicht nachfolgen?« sagte sie mit leiser, gepreßter Stimme zu Good, der dicht neben ihr stand. »Du armseliger Tor; als Lohn dafür sollst du dich auf immer nach mir verzehren, doch dein Begehren, meine Liebe zu erlangen, soll niemals erfüllt werden! Und du hättest mein Gemahl und König sein können! Zumindest *dich* halte ich an einer Kette, die niemals gesprengt werden kann.

Krieg! Krieg! Krieg!« schrie sie mit gellender Stimme. »Hier, mit dieser meiner Hand, die ich auf den heiligen Stein lege, der – so sagt es die Legende – fortdauern wird, bis die Zu-Vendi ihren Rücken unter ein fremdes Joch beugen müssen, erkläre ich Krieg bis zum bitteren Ende. Wer ist bereit, Sorais, der Herrin der Nacht, auf dem Wege zu Sieg und Ruhm zu folgen?«

Auf der Stelle entstand ein riesiges Wirrwarr in der großen Halle. Viele der Anwesenden beeilten sich, sich auf Sorais' Seite zu schlagen, aber es gab auch einige, die von ihrer Seite zu uns herüberkamen. Unter den ersteren befand sich auch ein Unteroffizier aus Nylephtas persönlicher Leibgarde. Er wandte sich plötzlich um und begann auf den Eingang zuzulaufen, durch den Sorais' Leute sich schon auf den Weg nach draußen machten. Umslopogaas schaltete blitzschnell – er hatte mit bewundernswerter Geistesgegenwart erkannt, daß weitere seinem Beispiel folgen würden, wenn es ihm erst gelänge, zum Ausgang zu kommen. Er schnellte hinter dem Manne her und packte ihn, kurz bevor er die Tür erreicht hatte. Der Soldat zog sein Schwert und hieb damit nach dem Zulu. Dieser sprang mit einem wilden Schrei zurück und wich damit dem Schwerthieb aus. Und schon kreiste seine Axt und fiel mit einem krachenden Geräusch auf den Schädel des Mannes. Sekunden später hatte den Gardisten sein Schicksal ereilt, und tödlich getroffen schlug er mit einem klirrenden Laut auf den Marmorboden.

Dies war das erste Blut, das in diesem Krieg vergossen werden sollte.

»Schließt die Tore!« schrie ich, in der Hoffnung, daß wir vielleicht so Sorais' habhaft werden konnten. Sakrileg oder nicht – darauf pfiff ich in diesem Moment. Aber leider kam der Befehl zu spät; ihre Gefolgsleute drängten schon durch die Tore nach draußen, und Sekunden später hallten schon die Straßen von den Hufen ihrer Pferde und dem dröhnenden Poltern ihrer Triumphwagen wider.

Und so stürmte Sorais, fast die Hälfte des Volkes in ihrem Gefolge, wie ein Wirbelwind durch die Straßen der finster blickenden Stadt, um alsbald ihr Hauptquartier in M'Arstuna zu erreichen, einer Festung, die etwa hundertdreißig Meilen nördlich von Milosis liegt.

Von da an war die Stadt mit lebhaftem Treiben erfüllt. Regimenter zogen durch die Straßen und sammelten sich, und überall wurden die nötigen Vorbereitungen für den bevorstehenden Krieg getroffen. Und wieder saß der alte Umslopogaas in der Sonne und führte das Schauspiel vor, wie er Inkosi-kaas' rasiermesserscharfe Klinge wetzte.

19

Eine seltsame Hochzeit

Einer Person jedoch war es nicht gelungen, noch rechtzeitig zu entkommen, bevor die Tore des Palastes geschlossen wurden; diese Person war niemand anderes als der Hohepriester Agon, der, wie wir allen Grund hatten anzunehmen, Sorais' großer Bundesgenosse und Herz und Seele ihres ganzen Haufens war. Dieser hinterhältige und grausame alte Mann hatte uns den Zwischenfall mit den Flußpferden noch immer nicht verziehen; zumindest schob er das immer als Hauptgrund für seine Feindseligkeit uns gegenüber vor.

Was dahintersteckte, war klar: Er wollte um jeden Preis verhindern, solange das noch irgend möglich war, daß unsere freiere Geisteshaltung und unsere fremdländische Gelehrsamkeit in Zu-Vendis Schule machten und unser Einfluß noch größer wurde, als er es ohnehin schon war. Auch wußte er, daß wir ein anderes Religionssystem besaßen, und zweifelsohne plagte ihn ständig die Furcht, daß wir versuchen würden, es in Zu-Vendis einzuführen. Eines Tages hatte er mich gefragt, ob es in unserem Lande auch eine Religion gäbe, und darauf hatte ich geantwortet, daß wir meines Wissens sogar fünfundneunzig verschiedene davon aufzubieten hätten. Diese Antwort hatte ihn fast vom Stuhl gekippt; und es ist ja auch wirklich schwer, den Hohepriester eines fest etablierten Kultes, dem das Gespenst von fünfundneunzig Religionen im Nacken sitzt, *nicht* zu bedauern.

Als wir die Nachricht hörten, daß Agon gefangengenommen worden war, berieten wir – das heißt, Nylephta, Sir Henry und ich –, was wir mit ihm anstellen sollten. Ich plädierte dafür, ihn kurzerhand in den Kerker zu werfen, worauf Nylephta jedoch heftig den Kopf schüttelte; sie sagte, daß das eine verhängnisvolle Wirkung im ganzen Lande nach sich ziehen würde.

»Wenn ich gewinne, dann werde ich die Macht dieser Priester brechen«, versicherte sie. »Ich hasse ihre Geheimniskrämerei und ihren Hochmut.«

»Nun«, schlug Sir Henry vor, »wenn wir ihn also nicht ins Gefängnis stecken sollen, dann lassen wir ihn doch besser gleich wieder laufen. Er ist unnütz. Was sollen wir mit ihm?«

Daraufhin schaute ihn Nylephta mit einem seltsamen Blick an und sagte mit einer Stimme wie die eines Vogels: »Bist du sicher, daß er zu nichts nütze ist?«

»He?« entfuhr es Curtis. »Nun, ich wüßte wirklich nicht, wozu es gut sein sollte, ihn hierzubehalten.«

Sie sagte nichts, schaute ihn jedoch mit einem ebenso schüchternen wie süßen Lächeln an.

Da begriff er endlich.

»Verzeih mir, Nylephta«, sagte er mit bebender Stimme. »Willst du damit sagen, daß du mich heiraten willst, jetzt und hier, auf der Stelle?«

»Ich weiß nicht; mein Geliebter möge es entscheiden. Wenn mein Gebieter es will ... ich bin bereit, dem Wunsche meines Gebieters Folge zu leisten. Höre, mein Gebieter, in acht Tagen, vielleicht gar schon früher, mußt du mich verlassen und in den Krieg ziehen; denn du sollst meine Armeen führen. Und im Kriege – im Kriege fallen oft Männer, und wenn das auch dein Schicksal sein sollte, dann will ich dich wenigstens für eine kurze Zeit ganz für mich allein gehabt haben, und wenn es auch nur für die Erninnerung sein sollte.«

Ich sah, daß sie Tränen in den Augen hatte.

»Vielleicht«, fuhr sie fort, »wird es auch geschehen, daß ich meine Krone verliere, und mit ihr mein Leben und das deinige dazu. Sorais ist hart und voller Haß; wenn sie obsiegt, dann wird sie in ihrer Rache unbarmherzig sein. Wer kann schon in die Zukunft blicken? Das Glück ist der Welt weißer Vogel, und nur selten kommt er zu uns geflogen und läßt sich neben uns nieder; meistens fliegt er schnell vorbei und strebt in die weite Ferne, bis er eines Tages in den Wolken verschwindet. Und darum sollten wir ihn festhalten, solange es geht, wenn er einmal für eine Weile auf unserer Hand sitzt. Es ist nicht weise, die Gegenwart zu mißachten, indem man immer nur an die Zukunft denkt; denn wer weiß schon, was die Zukunft bringen wird, Incubu? Laß uns unsere Blume pflücken, solange noch der Tau auf ihr glitzert; denn wenn die Sonne am Himmel steht und auf sie herabbrennt, dann wird sie verwelken, und morgen schon wird eine andere blühen, die wir niemals sehen werden.« Und dann hob sie ihr schönes Antlitz und schaute ihn an und lächelte, und wieder spürte ich diesen merkwürdigen Stich der Eifersucht in meinem Herzen und ging leise davon. Sie scherten sich nie groß darum, ob ich dabei war oder nicht; wahrscheinlich dachten sie, ich wäre ohnehin nur ein alter

Trottel, der solcherlei Dinge längst hinter sich hatte. Nun ja, eigentlich hatten sie ja auch recht damit.

Und so ging ich also zurück in unser Quartier und grübelte über Gott und die Welt nach und schaute durch das Fenster dem alten Umslopogaas zu, der seine Axt wetzte wie ein Geier, der neben einem toten Ochsen sitzt und seinen Schnabel wetzt.

Etwa eine Stunde später kam Sir Henry zu uns herübergehetzt. Seine Wangen und Augen glühten, und er machte einen mächtig erregten Eindruck. Er fragte Good und mich, ja sogar Umslopogaas, ob wir ihm bei einer richtigen Hochzeit mithelfen wollten. Natürlich sagten wir ja, und ab ging's in die Kapelle, wo wir schon Agon mit einem solch mürrischen Gesicht vorfanden, wie es wohl nur ein im höchsten Maße übelgelaunter Hohepriester zustandebringen kann. Alles andere wäre ja auch eine Überraschung gewesen. Es stellte sich heraus, daß es zwischen ihm und Nylephta eine kleine Meinungsverschiedenheit betreffs der bevorstehenden Zeremonie gegeben hatte. Er hatte es rundweg abgelehnt, die Feier zu zelebrieren oder einem seiner Priester dazu die Erlaubnis zu erteilen. Daraufhin war Nylephta sehr böse geworden und hatte ihn daran erinnert, daß sie in ihrer Eigenschaft als Königin das Oberhaupt der Kirche war, und daß sie als solches darauf bestünde, daß man ihre Befehle befolge. Sie verkörperte in der Tat die Rolle eines Heinrich VIII. à la Zu-Vendis bis zur Perfektion und bestand darauf, verheiratet zu werden, und zwar von ihm*.

Und als er sich noch immer weigerte, den Trauungsakt zu vollziehen, brachte sie schließlich ein Argument vor, dem es an Überzeugungskraft nicht mangelte ...

»Nun gut, ich kann zwar einen Hohepriester nicht hinrichten lassen, dagegen spricht ein absurdes Vorurteil, und ich kann ihn auch nicht ins Gefängnis werfen, weil dann alle

* In Zu-Vendis können Mitglieder der königlichen Familie nur vom Hohepriester selbst oder von einem von diesem formal dazu ernannten Stellvertreter getraut werden. – *A. Q.*

seine Untergebenen ein solches Gezeter anstimmten, daß die Sterne vom Himmel fallen und Zu-Vendis zerschmettern würden; aber eines kann ich doch tun: Ich kann ihn dazu zwingen, sich vor den Altar zu knien und in Andacht die Sonne anzubeten, und zwar ohne daß er etwas zu essen bekommt; denn das ist seine eigentliche Berufung. Und wenn du mich nicht trauen willst, Agon, dann werde ich dich mit ein bißchen Wasser vor den Altar setzen, und du wirst solange dort knien, bis du dir die Sache überlegt hast.«

Und wie es der Zufall wollte, war Agon an jenem Morgen schon von Sorais aufgescheucht worden, bevor er noch Zeit gehabt hatte, zu frühstücken, und mittlerweile plagte ihn schon so sehr der Hunger, daß er auf der Stelle seine Meinung änderte und sich zähneknirschend bereiterklärte, die beiden zu trauen. Er konnte sich jedoch nicht verkneifen, noch hinzuzufügen, daß er seine Hände in Unschuld wasche und in dieser Angelegenheit jegliche Verantwortung ablehne.

Und so kam es, daß kurz darauf Königin Nylephta erschien, nur von zwei ihrer Lieblingszofen begleitet, mit vor Freude glühendem Gesicht und gesenktem Blick; sie war ganz in Weiß gekleidet, wie es wohl bei solcherlei Anlässen überall auf der Welt üblich ist. Sie trug keinerlei Schmuck; sogar ihre Goldreifen hatte sie abgelegt. Ich für mein Teil hatte das Gefühl, daß sie ohne sie noch schöner als vorher aussah – wie es meistens bei so überragend schönen Frauen der Fall ist, wenn sie bar jeglichen Schmuckes sind.

Sie machte einen tiefen Knicks vor Sir Henry, ergriff seine Hand und führte ihn vor den Altar, und nach einem kurzen Moment der inneren Andacht sprach sie langsam und mit klarer Stimme die folgenden Worte, wie es der Brauch ist in Zu-Vendis, wenn die Braut den Bräutigam fragt:

»Schwörst du bei der Sonne, daß du keine andere Frau zum Weibe nimmst, es sei denn, ich lege meine Hand auf sie und bitte sie zu kommen?«

»Ich schwöre es«, antwortete Sir Henry und fügte auf Englisch hinzu: »Eine reicht mir völlig.«

Dann trat Agon, der die ganze Zeit in der Ecke neben dem Altar mit mürrischem Gesicht vor sich hingebrütet hatte, nach vorn und murmelte mit solcher Schnelligkeit etwas in seinen Bart, daß ich kaum ein Wort verstand. Es schien jedoch so etwas wie ein Anruf an die Sonne zu sein, der Bindung ihren Segen zu geben und sie fruchtbar zu machen. Ich bemerkte, daß Nylephta genau auf jedes Wort, das er sagte, achtete. Nach einer Weile ging mir schließlich auf, daß sie befürchtete, Agon würde sie vielleicht hereinlegen wollen, indem er die Anrufe an die Sonne in umgekehrter Reihenfolge abspulte und damit ihre Scheidung besiegelte, statt sie zu trauen. Nachdem das Bittgebet an die Sonne beendet war, wurde dem Brautpaar, wie auch bei unserem Trauungsakt, die Frage gestellt, ob sie einander zum Manne beziehungsweise zur Frau nehmen wollten. Beide antworteten laut und vernehmlich mit »ja«, und dann küßten sie sich vor dem Altar. Damit war gemäß ihrer Riten die Trauung vollzogen. Ich hatte jedoch das Gefühl, daß noch irgend etwas fehlte, und so holte ich mein Gebetbuch hervor, das mich, zusammen mit den ›Ingoldsby-Sagen‹, die ich sehr oft lese, wenn ich des Nachts wach im Bett liege, auf allen meinen Fahrten und Expeditionen begleitet hatte. Ich hatte es vor Jahren meinem armen Harry gegeben, und nach seinem Tod hatte ich es bei seinen Sachen gefunden und wieder an mich genommen.

»Curtis«, sagte ich, »du weißt, ich bin kein Geistlicher, und ich weiß auch nicht, ob ich das, was ich dir jetzt vorschlage, überhaupt tun darf – ich weiß jedenfalls, daß es nicht legal ist –, aber wenn ihr keine Einwände dagegen habt, dann würde ich jetzt gerne den englischen Traugottesdienst für euch lesen. Es ist ein wichtiger Schritt in eurem Leben, den ihr jetzt vollziehen wollt, und ich glaube, daß ihr, soweit die Umstände es erlauben, diesen Akt auch mit dem Segen eurer eigenen Religion versehen solltet, Sir Henry.«

»Ich habe auch schon daran gedacht«, antwortete er, »und ich möchte dich gerne darum bitten, es zu tun. Ich fühle mich bis jetzt noch nicht einmal halb verheiratet.«

Auch Nylephta hatte keinerlei Einwände dagegen. Sie verstand voll und ganz, daß ihr Gemahl den Wunsch hatte, die Trauungszeremonie nach den Riten zu vollziehen, die in seinem eigenen Lande üblich waren. Und so las ich denn den vollen Wortlaut unseres eigenen Traugottesdienstes vor, so schön ich eben konnte; und als ich an die Stelle kam, wo es heißt »Ich, Henry, nehme dich, Nylephta«, da übersetzte ich es, und ebenfalls »Ich, Nylephta, nehme dich, Henry«, und sie sprach es mir sehr schön nach. Als nächstes nahm Sir Henry einen schlichten Goldring von seinem kleinen Finger und schob ihn auf den Ringfinger seiner Frau. Der Ring war einst der Trauring von Curtis' Mutter gewesen, und mir kam unwillkürlich der Gedanke, wie verblüfft die gute alte Dame aus Yorkshire wohl gewesen wäre, hätte sie gewußt, daß ihr Trauring eines Tages denselben Zweck bei Nylephta, einer der Königinnen von Zu-Vendis, erfüllen sollte.

Was Agon anbetraf, so hatte er alle Mühe, ruhig zu bleiben, während diese zweite Zeremonie vonstatten ging. Er durchschaute sofort, daß es sich um eine ihrem Wesen nach religiöse Zeremonie handelte, und mit Sicherheit kamen ihm dabei sogleich wieder die fünfundneunzig verschiedenen Religionen in den Sinn, die da so unheilvoll drohend über ihm schwebten. Mich betrachtete er natürlich schon als den Hauptrivalen im Amt des Hohepriesters und starrte mich dementsprechend haßerfüllt an. Schließlich verschwand er jedoch, vor Wut und Entrüstung buchstäblich kochend, und mir war klar, daß wir uns in Zukunft noch mehr als zuvor vor ihm in acht nehmen mußten.

Und dann verschwanden auch Good und ich, und ebenso der alte Umslopogaas, um das glückliche Paar erst einmal mit sich und seinem Glück allein zu lassen. Wir fühlten uns alle irgendwie ziemlich niedergedrückt. Man nimmt im allgemeinen an, daß Hochzeiten eine fröhliche Angelegenheit sind, aber meiner Erfahrung nach sind sie eigentlich genau das Gegenteil, ausgenommen vielleicht für die beiden Hauptbetroffenen. Sie bedeuten, daß so viele alte Bande

»Ich, Nylephta, nehme dich, Henry«

zerrissen und so viele neue geknüpft werden, und ich finde, es hat immer etwas Trauriges an sich, wenn eine so alte vertraute Ordnung zu bestehen aufhört. Um einmal diesen Fall als Beispiel zu nehmen: Sir Henry Curtis ist wirklich der prächtigste Kerl und beste Freund, den es auf der ganzen Welt gibt, aber seit jener kleinen Begebenheit in der Kapelle ist er nie wieder ganz der Alte gewesen. Alles dreht sich nur noch um seine geliebte Frau: Nylephta hier, Nylephta da – kurz: von morgens bis abends gibt es nichts anderes mehr als seine geliebte Nylephta, ob in Worten oder in Gedanken. Und was seine alten Freunde anbetrifft – nun, sie haben natürlich den Platz eingenommen, den alte Freunde eben so einnehmen; nämlich den – und darauf achten Ehefrauen in der Regel sehr peinlich, wenn der Mann heiratet – in der zweiten Reihe. Natürlich würde er heftig protestieren, wenn jemand ihm das sagte, aber so ist es nun einmal. Er ist nicht mehr so wie früher; und Nylephta ist sehr süß und charmant, und ich glaube, sie möchte, daß er auch deutlich merkt, daß sie *ihn* geheiratet hat, und nicht Quatermain, Good und Co. Aber Schluß jetzt mit dem Gemeckere! Es ist alles richtig und gut, wie jede Ehefrau auf der Welt ohne Schwierigkeiten behaupten könnte, und ich bin ein egoistischer, eifersüchtiger alter Mann, und ich hoffe nur, daß ich es niemals zeigen werde.

Good und ich verschwanden also. Wir aßen schweigend und taten uns danach an einem besonders feinen Tröpfchen besten alten Zu-Vendi-Weines gütlich, um unsere Stimmung wieder ein wenig zu heben. Da trat plötzlich einer unserer Dienstboten ins Zimmer und wartete mit einer Neuigkeit auf, die uns einiges zu denken gab.

Sie erinnern sich vielleicht daran, daß Alphonse nach seinem Streit mit Umslopogaas äußerst schlechtgelaunt weggegangen war, um sich eine Weile in seinen Schmollwinkel zu verziehen. Nun war er dabei auf direktem Wege zum Tempel marschiert, in den er jedoch nicht hineingegangen war, sondern er war die breite Straße, die hinter dem Tempel wieder bergab führte, weitergegangen, bis er in den schönen Park, beziehungsweise in die Gartenanlagen gelangt war, die sich direkt hinter der Außenmauer erstreckten. Nachdem er dort eine Zeitlang umhergewandert war, hatte er sich wieder auf den Rückweg gemacht. Am Außentor jedoch war er zufällig mit Sorais' Wagenkolonne zusammengetroffen, die sich in voller Fahrt in Richtung der nach Norden führenden Landstraße bewegte. Als Sorais Alphonse erblickte, hielt sie an und rief ihn zu sich. Und ehe er sich's versah, hatte man ihn schon gepackt und in einen der Wagen gezerrt, unter ›lautem Gebrüll‹, wie unser Informant sich ausdrückte, und nach allem, was ich über Alphonse weiß, nehme ich ihm das auf der Stelle ab.

Zuerst hatte ich mir überhaupt keinen Reim darauf machen können, warum Sorais ausgerechnet den armen kleinen Franzosen entführt hatte. Schließlich jedoch wurde mir die Sache auf einmal sonnenklar. Wir drei wurden von einem großen Teil der Bevölkerung von Zu-Vendis mit großer Ehrerbietung betrachtet, um nicht zu sagen: bewundert, und zwar zum einen aus dem Grund, weil wir die ersten Ausländer überhaupt waren, die sie jemals zu Gesicht bekommen hatten, und zum andern, weil die Leute glaubten, daß wir uns im Besitz übernatürlichen Wissens befanden. Sorais' wütende Beschimpfungen, wir seien ›fremdländische Wölfe‹, kamen ohne Zweifel bei den Adeligen und den Priestern gut an, bei der Mehrheit der Bevölkerung jedoch fanden sie, wie wir sehr bald merkten, kein besonderes Echo. Die Zu-Vendi sind, ähnlich wie die alten Athener, immer auf der Suche nach etwas Neuem, und allein die Tatsache, daß wir so etwas gänzlich ›Neues‹ waren, reichte schon aus, daß sie uns mit Wohlwollen betrachteten. Dazu kam, daß Sir Henrys großartiges Äußeres einen tiefen Eindruck auf dieses Volk hinterließ, das mehr als jedes andere, das ich je kennengelernt habe, einen ausgeprägten Sinn für das Schöne besitzt. In anderen Ländern mag man durchaus das Schöne preisen; in Zu-Vendis wird es fast vergöttert, wie ja auch die überall im Lande immer wieder festzustellende Vorliebe für die Bildhauerkunst deutlich beweist. Die

Menschen redeten ganz offen auf dem Marktplatz davon, daß es wohl kaum einen Mann im ganzen Lande gäbe, der Curtis in seinem Äußeren gleichkäme, so wie es ihrer Meinung nach niemanden außer Sorais gab, der es in bezug auf Schönheit mit Nylephta aufnehmen konnte. Sie fanden es daher auch völlig normal, daß diese beiden heirateten. Ja, sie waren sogar der festen Überzeugung, daß die Sonne Sir Henry ihrer Königin als Gemahl gesandt hatte. Nun, wenn man dies berücksichtigt, kann man sich wohl gut vorstellen, daß Sorais' Versuche, uns bei der Bevölkerung in ein schlechtes Licht zu rücken, nicht gerade auf fruchtbaren Boden fielen. Und niemand wußte das besser als Sorais selbst. Meine Folgerung war daher, daß sie sich wahrscheinlich dazu entschlossen hatte, draußen bei der Landbevölkerung den Eindruck zu erwecken, als rühre der Konflikt mit ihrer Schwester von ganz anderen, viel allgemeineren Ursachen her als lediglich der Heirat Nylephtas mit einem Fremden. In einem Land, das schon so oft von Bürgerkriegen erschüttert worden war, war es wahrscheinlich leicht, irgendeine alte Geschichte aufzurühren, die die Erinnerung an längst begrabene Fehden wieder wachrief und alte Wunden wieder aufriß. Und, wie ich es vermutete, hatte sie auch sehr schnell etwas Passendes gefunden. Aus diesem Grund war es von großer Wichtigkeit für sie, einen der Fremden bei sich zu haben, den sie der einfachen Landbevölkerung als einen der berühmten Ausländer verkaufen konnte, der sich für ihre gerechte Sache so begeistert hatte, daß er den Entschluß gefaßt hatte, seine Kameraden zu verlassen und ihrem Banner zu folgen.

Dies war ohne Zweifel auch der Grund dafür gewesen, daß sie so sehr darauf bedacht gewesen war, Good auf ihre Seite zu ziehen. Sie hätte ihn solange benutzt, wie er ihr für ihre Zwecke dienlich erschienen wäre, und dann hätte sie ihn fallenlassen. Aber als Good im letzten Moment doch noch abgesprungen war, hatte sie die sich so günstig bietende Gelegenheit, Alphonse zu ergreifen, sofort beim Schopf gepackt. Alphonse hatte, abgesehen vielleicht davon, daß er ein bißchen kleiner war als Good, eine gewisse Ähnlichkeit mit diesem. Ich war felsenfest davon überzeugt, daß Sorais die Absicht hatte, ihn den Leuten auf dem Lande und in den kleineren Städten als den großen Bougwan höchstpersönlich vorzuführen.

»Was?« rief Good mit gequälter Stimme. »Du glaubst wirklich, sie hat vor, dieses armselige Häufchen so zu verkleiden, daß alle Welt ihn für mich hält? Nun, dann werde ich so schnell wie möglich das Land verlassen müssen! Mein Ruf wird für immer ruiniert sein.«

Ich tröstete ihn, so gut ich konnte; aber es ist wirklich nicht gerade ein angenehmes Gefühl, zu wissen, daß man in einem fremden Land von einem ausgemachten Feigling verkörpert wird, und ich konnte ihm daher seinen Kummer nur allzu gut nachfühlen.

Nun, wie schon gesagt, an jenem Abend tafelten Good und ich also in zweisamer Erhabenheit, und wir fühlten uns eigentlich eher so, als hätten wir gerade einen guten Freund zu Grabe getragen, anstatt daß wir ihn verheiratet hätten. Am darauffolgenden Morgen begann dann in vollem Ernst die Arbeit. Die Depeschen und Befehle, die Nylephta zwei Tage vorher ins Land geschickt hatte, zeigten nun die erste Wirkung, und aus allen Richtungen strömten pausenlos bewaffnete Männer in die Stadt. In den darauffolgenden Tagen sahen wir, wie man sich wohl leicht denken kann, nur sehr wenig von Nylephta und Sir Henry. Good und ich saßen täglich von früh bis spät mit dem Generalstab und den loyalen Fürsten zusammen und entwarfen Kriegspläne, regelten Nachschub- und Versorgungsangelegenheiten. Stündlich meldeten sich neue Freiwillige bei uns, und von früh bis spät waren die großen Straßen, die nach Milosis führten, bunt gesprenkelt von den Fahnen und Standarten der Fürsten, die oftmals von weit her kamen, um sich um Nylephtas Banner zu scharen.

Nach den ersten beiden Tagen zeichnete sich ab, daß wir mit ungefähr vierzigtausend Fußsoldaten und zwanzigtausend Mann Kavallerie zu Felde ziehen konnten. Das war, wenn man bedachte, in welch kurzer Zeit wir diese Truppe hatten ausheben müssen, eine respektable Streitmacht. Ungefähr die Hälfte der regulären Armee hatte sich entschlossen, Sorais zu folgen.

Aber wenn unsere Streitmacht auch groß war, so war die von Sorais, nach den Meldungen, die unsere Späher Tag für Tag hereinbrachten, noch erheblich größer. Sie hatte ihr Hauptquartier in einer gutbefestigten Stadt namens M'arstuna aufgeschlagen, die – ich erwähnte es bereits – nördlich von Milosis gelegen war, und nun strömte das gesamte Landvolk zu ihren Fahnen. Nasta befand sich ebenfalls auf dem Wege vom Hochland nach M'arstuna, und bei sich hatte er nicht weniger als fünfundzwanzigtausend seiner Hochländer, die zu den gefürchtetsten Soldaten in ganz Zu-Vendis gehörten. Ein anderer mächtiger Fürst mit Namen Belusha, der in der großen Pferdezuchtregion beheimatet war, war mit zwölftausend Mann Kavallerie bei ihr eingetroffen; und so überschlugen sich die Meldungen über gewaltige Truppenbewegungen in Richtung von Sorais' Sammelstellen. Es war nur noch eine Frage der Zeit, bis sie eine gutausgerüstete Armee von nahezu hunderttausend Mann zusammenhaben würde.

Als nächstes überraschte uns die Nachricht, daß Sorais beabsichtigte, ihr Lager abzubrechen und direkt auf die finster blickende Stadt zuzumarschieren und alles Land auf ihrem Wege zu verwüsten. So warf sich die Frage auf, was wir unternehmen sollten; entweder erwarteten wir sie in Milosis, oder wir verließen den Schutz der Stadt und stellten uns ihr zur Schlacht. Als unser Rat zu dem Problem gefragt wurde, stimmten Good und ich ohne zu zögern für die zweite Möglichkeit. Denn wenn wir uns in der Stadt verschanzten und auf den Angriff warteten, dann bestand die Gefahr, daß man unsere abwartende Haltung als Furcht auslegte. Es ist von größter Wichtigkeit, besonders in einem derartigen Fall, wo schon das kleinste Ereignis bewirken kann, daß die Stimmung der Männer ins Gegenteil umschlägt, daß man aktiv ist und etwas unternimmt. Der glühende Eifer, mit dem man für eine Sache eintritt, löst sich sehr schnell in Luft auf, wenn die Truppe nicht in Bewegung ist, sondern zur Untätigkeit verdammt auf den Angriff des Feindes warten muß. Aus diesem Grunde traten Good und ich sofort dafür ein, loszumarschieren und die offene Feldschlacht zu suchen, statt herumzusitzen und zu warten, bis wir endlich aus unseren Mauern getrieben wurden wie ein Dachs aus seinem Loch.

Sir Henry war auch unserer Meinung, und ebenso Nylephta, die gleichsam wie ein Feuerstein immer dazu bereit war, Funken zu sprühen. Man brachte eine große Landkarte und breitete sie vor ihr aus. Etwa dreißig Meilen südlich von M'arstuna, wo Sorais sich bekanntlich aufhielt, und somit etwas mehr als neunzig Meilen nördlich von Milosis verlief die Straße über einen Paß von etwa zweieinhalb Meilen Breite. Er wurde an dieser Stelle auf beiden Seiten von bewaldeten Hügeln flankiert. Diese waren, wenn man gleichzeitig die Straße blockierte, auch wenn sie nicht besonders hoch waren, für eine große Armee mit schwerem Troß unpassierbar. Nylephta schaute mit ernstem Gesichtsausdruck auf die Karte, und plötzlich, mit einem verblüffend schnellen Wahrnehmungsvermögen, wie es bei manchen Frauen schon fast an Instinkt grenzt, tippte sie mit dem Finger auf eben jenen Paß. Dann wandte sie sich zu ihrem Gemahl um, warf ihre goldene Haarpracht in den Nacken und sagte mit stolzer, zuversichtlicher Miene: »Hier sollst du Sorais' Armee stellen. Ich kenne den Flecken, hier sollst du sie stellen, und du sollst sie vor dir hertreiben wie der Sturm den Staub!«

Sir Henry schaute düster drein und sagte nichts.

20

Die Schlacht am Paß

Es war am Morgen des dritten Tages nach dieser kleinen Szene mit der Landkarte, als Sir Henry und ich aufbrachen. Mit Ausnahme einer kleinen Wachmannschaft war die Hauptmasse des Heeres schon in der Nacht losmarschiert. Nun lag die finster blickende Stadt fast leer und totenstill da. Wir hatten es uns einfach nicht leisten können, irgendeine größere Besatzung zurückzulassen außer der persönlichen Leibwache Nylephtas und ungefähr tausend Mann, die wegen Krankheit oder aus sonstigen Gründen nicht mit in den Kampf ziehen konnten; aber da Milosis praktisch uneinnehmbar war, und da unser Feind sich vor uns befand und nicht in unserem Rücken, war das nicht so schlimm.

Good und Umslopogaas waren schon mit dem Heer vorausgeeilt, und so begleitete uns Nylephta allein zum Stadttor. Sie ritt einen herrlichen Schimmel, der als das schnellste und ausdauerndste Pferd in ganz Zu-Vendis galt. Ich konnte sehen, daß sie geweint hatte; doch in diesem Moment waren keine Tränen mehr in ihren Augen. Ich muß sagen, sie verhielt sich wirklich bewundernswert tapfer angesichts dieser für sie so schweren Schicksalsprüfung. Am Stadttor angekommen zügelte sie ihr Pferd und sagte uns Lebewohl.

Am Tage zuvor hatte sie noch die Parade abgehalten und eine Rede an die Offiziere des großen Heeres gehalten. Sie hatte in solch erhabenen, bewegten Worten zu ihnen gesprochen und dabei so überzeugend ihr Vertrauen in ihren Heldenmut und ihren Sieg zum Ausdruck gebracht, daß sie wahrlich ihrer aller Herzen im Sturm erobert hatte, und als sie von Linie zu Linie geritten war, hatten ihr die Männer zugejubelt, daß der Boden schier erbebte. Und heute, in diesem Augenblick, schien sie wieder von derselben Glut beseelt zu sein.

»Leb wohl, Macumazahn!« rief sie mir zu. »Und vergiß nicht, ich vertraue darauf, daß es deinem Verstande, der wie eine Nadel ist zu einem Speergriff im Vergleiche zu dem meines Volkes, gelingen wird, uns vor Sorais zu bewahren. Ich weiß, daß du deine Pflicht tun wirst.«

Ich verbeugte mich und erklärte ihr, welche Angst ich vor dem Kampfe hätte und daß ich befürchtete, meinen Kopf zu verlieren. Aber sie lächelte nur sanft und wandte sich Curtis zu.

»Leb wohl, mein Geliebter! Kehre als stolzer Sieger und als König zurück – oder auf den Speeren deiner Krieger*.«

Sir Henry sagte nichts, sondern wendete sein Pferd, um loszureiten.

»Hier, an diesem Tor«, fügte Nylephta hinzu, »werde ich dich empfangen, wenn du im Triumphzug zurückkehrst. Und nun, zum letzten Male: Lebt wohl!«

Dann ritten wir los. Als wir uns etwa hundert Yards vom Tor entfernt hatten, blickten wir uns um und sahen, daß sie noch immer an derselben Stelle auf ihrem Pferd saß und uns unter dem Schutz ihrer Hand, die sie wie einen Schirm über die Augen gelegt hatte, nachblickte. Und bald war sie außer Sichtweite.

Wir waren jedoch kaum eine Meile geritten, als wir hinter uns das Galoppieren von Hufen hörten. Wir schauten uns um und erblickten einen berittenen Soldaten, der rasch näher kam. Am Zügel führte er Nylephtas unvergleichliches Roß – *Daylight!*

»Die Königin sendet ihrem Gebieter Incubu den weißen Hengst als Abschiedsgeschenk, und sie gab mir den Auftrag, ihrem Gebieter zu sagen, daß es das schnellste und ausdauerndste Pferd im ganzen Lande ist«, sagte der Soldat und verbeugte sich vor uns bis zum Sattelbogen.

Zuerst wollte Sir Henry das Pferd nicht annehmen, mit der Begründung, es sei zu schade für eine so rauhe Arbeit,

---

* Eine Anspielung auf den Brauch der Zu-Vendi, tote Offiziere auf einem aus Speeren gebildeten Gitter vom Schlachtfeld heimzutragen. – *A. Q.*

wie sie uns bevorstand. Es gelang mir jedoch schließlich, ihn zu überzeugen. Ich war sicher, Nylephta würde gekränkt sein, wenn er es ablehnte. Zu jenem Zeitpunkt hatte ich noch keine Ahnung, welch unbezahlbaren Dienst uns dieses edle Pferd noch in unserer schlimmsten Not erweisen sollte. Es ist merkwürdig, wenn man manchmal zurückschaut und sieht, von welch trivialen und offensichtlich rein zufälligen Umständen Ereignisse von höchster Bedeutsamkeit so manches Mal abhängen. Nun, wir nahmen also das Pferd, ein wirklich wunderschönes Tier – es war ein Vergnügen, seinen anmutigen und doch so kraftvollen Bewegungen zuzuschauen –, Curtis gab dem Manne seine Grüße und seinen Dank mit auf den Weg, und dann ritten wir weiter.

Gegen Mittag holten wir die Nachhut der großen Armee ein, und Sir Henry übernahm nun offiziell das Kommando. Es war eine schwere Verantwortung, und sie bedrückte ihn sehr, aber in diesem Punkte hatte es für Nylephta nicht die geringste Diskussion gegeben. Curtis begann sich allmählich darüber bewußt zu werden, daß Größe und Wichtigkeit nicht nur Ruhm, sondern auch ein gerüttelt Maß an Verantwortung mit sich bringen.

Wir marschierten weiter, ohne auf irgendwelchen Widerstand zu treffen. Nur selten sahen wir einmal Menschen; die Bevölkerung, die in den Städten und Dörfern längs unserer Marschroute lebte, war schon zum größten Teil geflohen, aus Furcht, zwischen die beiden Armeen zu geraten und dort zu Pulver zerrieben zu werden wie das Korn zwischen den Mühlsteinen.

Am Abend des vierten Tages – das Vorankommen einer solch großen Menschenmenge war naturgemäß sehr langsam – schlugen wir unser Lager etwa zwei Meilen vor dem Paß auf, von dem ich schon berichtete. Unsere Späher überbrachten uns alsbald die Nachricht, daß sich Sorais mit ihrer ganzen gewaltigen Streitmacht auf uns zubewegte. Sie hatte ihr Lager etwa zehn Meilen vor dem Paß, auf der anderen Seite desselben, aufgeschlagen.

Wir sandten daher noch vor Morgengrauen fünfzehnhundert Mann Kavallerie aus, um die Position zu besetzen. Kaum hatten sie jedoch die Stellung erreicht, als sie auch schon von einem etwa gleichstarken Trupp von Sorais' Reiterei angegriffen wurden. Und sogleich entbrannte ein flottes kleines Kavalleriescharmützel, im Verlaufe dessen wir ungefähr dreißig Mann verloren. Als jedoch von unserer Seite her Verstärkung eintraf, machte Sorais' Truppe schnell einen Rückzug; ihre Toten und Verwundeten nahmen sie mit.

Das Gros des Heeres erreichte den Paß etwa gegen Mittag. Ich muß sagen, Nylephta hatte nicht zuviel versprochen; die Stelle eignete sich hervorragend für eine Schlacht, besonders wenn man es mit einer zahlenmäßig überlegenen Streitmacht zu tun hatte.

Der Weg zog sich etwas mehr als eine Meile über ein Gelände hin, das zu unwegsam war, als daß man eine größere Truppe hätte aufmarschieren lassen können. Schließlich erreichte er den Kamm einer bewaldeten Anhöhe, die sanft zum Ufer eines kleinen Flusses hin abfiel. Hinter dem Fluß stieg das Land wieder leicht an und ging in eine Ebene über. Der Abstand von dem Kamm bis zum Fluß betrug etwas mehr als eine halbe Meile; vom Fluß bis zur Ebene war er etwas geringer. Die Länge dieser bewaldeten Anhöhe, die exakt der Breite der Landenge zwischen den bewaldeten Hügeln entsprach, betrug, etwa an ihrer höchsten Stelle gemessen, ungefähr zweieinviertel Meilen. Sie war zu beiden Seiten von dichtem, felsigem, mit Büschen bewachsenem Gelände geschützt, das den Flanken der Armee eine äußerst wirksame Deckung bot.

Curtis ließ die Armee auf der uns zugewandten Seite des Hügels vor der Landenge Stellung beziehen, und zwar in der Formation, die er nach Absprache mit den einzelnen Generälen, Good und mir als diejenige ausgewählt hatte, die sie auch in der bevorstehenden Schlacht einnehmen sollte.

Unser sechzigtausend Mann starkes Heer war grob gesehen etwa folgendermaßen gegliedert: das Zentrum des Heeres bildete ein dichtgestaffelter Trupp von ungefähr zwanzigtausend Mann Fußvolk. Die Bewaffnung dieser Infanterie bestand aus Speeren, Schwertern, Brust- und Rückenschutz sowie Schilden aus Flußpferdleder*. Dieser Trupp bildete sozusagen die Brust der Armee; als Reserve standen fünftausend Fußsoldaten und dreitausend Kavalleristen bereit. Beide Seiten dieses Zentrums wurden flankiert von je siebentausend Reitern, die in mächtigen, dichtgestaffelten Schwadronen angeordnet waren; noch weiter außen und ein wenig vorgeschoben standen zwei weitere Truppenkörper, die jeweils etwa siebentausendfünfhundert Speerwerfer umfaßten. Sie bildeten die beiden Flügel der Armee, von denen jeder noch einmal von einem Kontingent von fünfzehnhundert Kavalleristen unterstützt wurde. Das macht insgesamt sechzigtausend Mann.

Curtis hatte das Oberkommando inne, ich befehligte die siebentausend Reiter zwischen dem Zentrum und dem rechten Flügel, über den wiederum Good das Kommando führte. Die restlichen Bataillone und Geschwader standen unter der Befehlsgewalt von Zu-Vendi-Generälen.

Kaum hatten wir unsere Stellungen bezogen, als auch schon Sorais' gewaltige Streitmacht auf der gegenüberliegenden Seite des Hügels, etwa eine Meile vor uns, auszuschwärmen begann. Im Handumdrehen schien die Erde jenseits des Hügelkammes schwarz zu werden von der Masse ihrer Speerträger, und der Boden erzitterte unter dem trampelnden Hufschlag ihrer Reiterei. Wir konnten nun deutlich ausmachen, daß die Späher nicht übertrieben hatten; ihr Heer war mindestens um ein Drittel größer als das unsrige. Zuerst glaubten wir, Sorais wolle uns sofort attackieren, da die riesigen Wolken von Kavallerie, die die Flanken ihrer Truppe bildeten, drohend vorpreschten, aber dann schien sie sich eines Besseren zu besinnen und pfiff ihre Bataillone wieder zurück. Heute also sollte es nicht

* Die Zu-Vendi kannten keine Bogen. – *A. Q.*

mehr zum Kampf kommen. Die Formation ihrer Armee kann ich im Augenblick noch nicht exakt beschreiben; es würde wohl auch nur Verwirrung stiften. Auf den ersten Blick jedoch schien sie im großen und ganzen unserer zu ähneln, nur daß natürlich ihre Reserve weit größer war.

Der linke Flügel von Sorais' Heer, der unserem rechten Flügel genau gegenüberlag, bestand aus einem gewaltigen Trupp dunkler, verwegen aussehender Männer, die nur mit Schwertern und Schilden ausgerüstet waren. Es handelte sich dabei, so teilte man mir mit, um Nastas fünfundzwanzigtausend wilde Hochländer.

»Bei Gott«, sagte ich zu Good, als ich ihn sah, »uns steht noch einiges bevor, wenn diese Herrschaften uns morgen angreifen!« Wen wundert's, daß Good daraufhin nicht gerade zuversichtlich dreinblickte.

Den ganzen Tag über blieben wir auf Beobachtungsposten und warteten, aber nichts geschah, und als schließlich die Nacht hereinbrach, erhellten Tausende von Lagerfeuern den Hügel, bis sie schließlich eins nach dem anderen verblaßten und schließlich erstarben wie die Sterne am Morgenhimmel. Und während die Stunden sich dahinschleppten, wurde die Stille, die über den sich gegenüberliegenden Heeren lag, immer tiefer.

Es war eine zermürbende lange Nacht, denn zusätzlich zu den tausend Dingen, auf die man acht haben muß, zerrte noch die fürchterliche Ungewißheit an den Nerven, was der kommende Tag uns wohl bringen würde. Die Schlacht, die uns bevorstand, würde so gewaltig sein und das Gemetzel so entsetzlich, daß man in der Tat schon ein Herz aus Stein besitzen mußte, wollte man von dem drohenden Ereignis nicht überwältigt werden. Und als ich darüber nachdachte, wozu dies alles geschehen sollte, da wurde mir ganz elend zumute. Der Gedanke, daß diese riesigen Armeen nur zu dem Zweck aufgestellt worden waren, zu zerstören, daß sie nur dazu dienten, den eifersüchtigen Haß einer Frau zu befriedigen, erfüllte mich mit tiefer Trauer. Dies also war die gewaltige, tief im Verborgenen schlummernde Macht, die bewirken konne, daß jene dichten schwarzen Massen von Kavallerie wie Donnerkeile aus Menschenleibern über die Ebene dahinschossen, daß die Bataillone in dichten Wolken ungestüm aufeinanderprallten wie ein gewaltiger Hurrikan, der auf einen anderen trifft. Es war ein grauenvoller Gedanke, und ich mußte unwillkürlich über die Verantwortung nachdenken, die die Großen dieser Erde tragen.

Bis tief in die Nacht hinein saßen wir so beisammen und hielten Rat; unsere Gesichter waren bleich, und unsere Herzen waren schwer. Die Wachtposten schlenderten in regelmäßigem Rhythmus auf und ab, auf und ab, und die bewaffneten Generäle kamen und gingen wie finstere Schatten.

Und so dehnten sich die Stunden zur Unendlichkeit; endlich war alles bereit für das bevorstehende Gemetzel. Ich legte mich hin und grübelte nach. Ich versuchte ein wenig Schlaf zu finden, aber die Furcht vor dem Morgen hielt mich wach – wer konnte schon sagen, was der Morgen uns bringen würde? Tod und Elend in unvorstellbarem Ausmaß; das war gewiß! Alles andere wußten wir nicht, und ich muß gestehen, daß ich große Angst hatte. Und in jenem Moment wurde mir nur allzu deutlich bewußt, daß es sinnlos ist, die Zukunft, jene ewig unergründliche Sphinx, zu befragen. Tag für Tag liest sie uns mit lauter Stimme die Rätsel des Gestern vor, von denen die verwirrten Menschenkinder aller Generationen auch nicht eines gelöst haben, noch jemals lösen werden, raten sie auch noch so ausschweifend und schreien sie auch noch so laut.

Und so gab ich es schließlich auf, weiter nachzugrübeln, sah ich mich doch gezwungen, den Ausgang des morgigen Tages bescheiden und demütig der wägenden Hand des Schicksals zu überlassen.

Und endlich stieg die Sonne rot am Horizont auf, und die riesigen Heerlager erwachten mit lautem Geklirre und Gerassel und sammelten sich zum Kampfe. Es war ein schöner, zutiefst beeindruckender Anblick, und der alte Umslopogaas, der auf seine Axt gelehnt dastand, betrachtete die Szene mit grimmigem Vergnügen.

»Nie zuvor sah ich dergleichen, Macumazahn, nie zuvor!« rief er begeistert. »Die Schlachten meines Volkes sind wie das Spiel der Kinder verglichen mit dem, was kommen wird. Glaubst du, daß sie bis zum bitteren Ende kämpfen werden?«

»Ja«, antwortete ich mit trauriger Stimme, »bis zum letzten Blutstropfen. Du kannst zufrieden sein, ›Specht‹, denn du wirst noch bis zum Überdruß hacken können.«

Die Zeit verging, und noch immer gab es kein Anzeichen für eine Attacke.

Ein Kavallerietrupp überquerte den kleinen Fluß und ritt in weitem Abstand langsam an unserer Front entlang, offensichtlich mit der Absicht, sich über unsere Position und unsere Stärke einen Überblick zu verschaffen. Wir machten jedoch keinerlei Versuch, uns mit den Reitern anzulegen; wir hatten beschlossen, uns strikt in Verteidigungsposition zu halten und nicht einen Mann unnötig zu opfern. Die Männer frühstückten, während sie kampfbereit bei ihren Waffen standen. Die Zeit verging unendlich langsam. Gegen Mittag, als die Männer gerade ihr Mittagessen einnahmen (wir hielten es nämlich für besser, wenn sie mit vollem Magen kämpften), erscholl plötzlich der Ruf *›Sorais, Sorais!‹* wie ein Donnerhall vom äußersten rechten Flügel des Feindes zu uns herüber. Ich nahm das Fernglas, schaute hindurch, und konnte deutlich die ›Herrin der Nacht‹ erkennen, wie sie, von einem Stab prunkvoll gekleideter Offiziere umgeben, langsam an den Linien ihres Bataillons entlangritt. Und während sie sich vorwärtsbewegte, rollte dieser mächtige, donnernde Jubelschrei vor ihr her wie der Klang von Tausenden von Streitwagen, oder wie das Donnern des Ozeans, wenn der Sturm sich plötzlich dreht und seinen Schall an das Ohr des Lauschenden trägt. Das donnernde Getöse brachte die Erde zum Erbeben, und die Luft vibrierte von dem tausendfachen Rufe.

Da wir vermuteten, daß dies die Ouvertüre zum Beginn der Schlacht war, verhielten wir uns ruhig und abwartend und bereiteten uns auf den Kampf vor.

Wir brauchten nicht lange zu warten. Mit einem Mal schossen zwei große zungenförmige Kavalleriebrigaden wie Flammen aus der Mündung einer Kanone hervor und kamen den Abhang heruntergeprescht, auf den kleinen Fluß zu. Zuerst schienen sie sich relativ langsam vorwärtszubewegen, doch je näher sie herankamen, desto mehr gewannen sie an Schnelligkeit. Noch bevor sie den Fluß erreicht hatten, erhielt ich Order von Sir Henry, der offensichtlich die Befürchtung hatte, daß die Wucht eines solchen Angriffes, sollte sie ungehemmt auf unsere Infanterie prallen, zu stark für diese sein würde, fünftausend Reiter nach vorn zu werfen, um die auf meinem Flügel voranpreschende Kavallerie des Feindes aufzuhalten, und zwar in dem Augenblick da sie den steilsten Teil des Hügels, etwa vierhundert Yards vor unseren Linien, erreichte. Ich gab sofort den entsprechenden Befehl und blieb selbst mit dem Rest meiner Männer im Hintergrund.

Und schon sausten die fünftausend Reiter davon, in langgestreckter Keilform, und ich muß sagen, der sie kommandierende General verstand wirklich sein Handwerk. Er ließ die Männer in kurzem Galopp die ersten dreihundert Yards geradewegs auf die Spitze der angreifenden zungenförmigen Kavallerietruppe zusprengen. Die Zunge bestand, soweit ich es beurteilen konnte, aus ungefähr achttausend Reitern. Dann schwenkte unser Keil mit einem plötzlichen Ruck nach rechts herüber, wich der vorgezogenen Spitze der Zunge aus – ich sah, wie der ganze riesige Keil sich gleichsam wie eine Locke kräuselte –, und bevor der Feind sich noch besinnen und wenden konnte, war die Spitze des Keils schon mit fürchterlicher Wucht genau auf halber Länge in die Flanke des Feindes gebrochen. Es gab ein entsetzliches Klirren und Krachen, wie wenn eine große Eisfläche aufbräche, der Keil sank tief mitten in das Herz der gegnerischen Truppe hinein und schnitt sich gleichsam seine blutige Bahn durch die Zunge. Hunderte von feindlichen Kavalleristen wurden auf beiden Seiten des Keils emporgeschleudert wie die Erde von einer stählernen Pflugschar, oder, um das Bild genauer zu treffen, sie spritzten zur Seite wie Gischt vor dem Bug eines dahinfliegenden Schiffes. Tiefer, immer tiefer! Vergebens winden sich die Enden der Zunge im Todeskampfe wie eine verwundete Schlange, danach strebend, die Mitte zu schützen; tiefer, immer tiefer! Und mitten hindurch schneidet der Keil, und unter dem Jubelschrei, der sich aus Tausenden von Kehlen erhebt, bricht er in die abgetrennten Enden der Zunge, wirbelt sie empor, treibt sie vor sich her wie der Sturm den Gischt, bis schließlich, inmitten des Gewimmels reiterlos umherirrender Rosse, blitzender Schwerter und dem Getöse der Siegesschreie ihrer Verfolger die gewaltige Streitmacht in sich zusammensackt wie ein leerer Handschuh und sich in wilder Flucht zu den rettenden Linien der eigenen Armee davonmacht.

Ich glaube nicht, daß es mehr als zwei Drittel waren, die die eigenen Linien heil und unversehrt erreichten. Die Linien, die nun zum Angriff vorrückten, öffneten sich und schluckten die zurückflutenden Reiter auf. Mein Trupp zog sich ebenfalls wieder zurück. Wir hatten einen Verlust von nicht mehr als fünfhundert Mann zu beklagen – das war wenig, wenn man bedachte, wie wütend der Kampf getobt hatte. Ich sah nun, daß sich die feindliche Kavallerie auch von unserem linken Flügel zurückzog; wie jedoch der Kampf mit ihnen ausgegangen war, konnte ich nicht erkennen. Ich kann gerade das beschreiben, was sich in meiner unmittelbaren Umgebung abspielte.

In der Zwischenzeit hatten die dichten Massen des feindlichen linken Flügels, die sich fast gänzlich aus Nastas Schwertkämpfern zusammensetzten, den kleinen Fluß überschritten, und unter lauten ›Nasta‹- und ›Sorais‹-Rufen schwärmten sie mit wehenden Fahnen und blitzenden Schwertern wie Ameisen auf uns zu.

Wieder erhielt ich die Order, den Versuch zu unternehmen, diese Bewegung aufzuhalten, und desgleichen den Hauptstoß gegen das Zentrum unserer Armee, indem ich wieder die Kavallerie nach vorn werfen sollte. Ich tat dies, so gut ich konnte, indem ich fortlaufend Einheiten von je.

tausend Reitern ins Kampfgetümmel schickte. Diese Brigaden rissen tiefe Lücken in die Reihen des Feindes, und sie boten einen überaus prächtigen Anblick, wie sie da den Hügelabhang hinunterbrausten und sich wie ein lebendes Messer tief in das Herz der feindlichen Armee bohrten. Aber auch wir verloren viele Männer, denn nachdem unsere Feinde mehrere Male diese Angriffe, die gleichsam eine Art blutiges Andreaskreuz von Toten und Verwundeten durch das Zentrum von Nastas Truppe gezogen hatten, ohnmächtig hatten hinnehmen müssen, versuchten sie, der unwiderstehlichen Wucht dieser Attacken nicht länger eine starre, ungeschützte Front entgegenzusetzen, sondern wichen geschickt zurück und ließen den Ansturm wirkungslos ins Leere laufen, wobei sie sich auf den Boden warfen und Hunderten unserer Pferde die Knieflechsen zerschnitten und sie so zum Stürzen brachten.

Und so gelang es dem Feind allmählich, trotz aller unserer verzweifelten Anstrengungen, Yard um Yard vorzurücken, bis er sich schließlich auf Goods Truppe von siebentausendfünfhundert Berufssoldaten warf, die sich in drei quadratische Kampfblöcke aufgestellt hatten, um dem Gegner Paroli zu bieten. Zur selben Zeit verriet mir ein entsetzliches, markerschütterndes Gebrüll, daß die beiden Linien im Zentrum und auf der äußersten Linken zusammengeprallt waren und nun die Schlacht voll entbrannt war. Ich erhob mich in meinen Steigbügeln und schaute nach links hinüber: Soweit das Auge blickte, schien die Sonne auf eine langgezogene, blitzende Linie aus Stahl von fallenden Schwertern und zuckenden Speeren.

Hin und her wogten die miteinander ringenden Linien in jener erbitterten Schlacht. Manchmal gelang es der einen, ein wenig Boden zu gewinnen, dann war es wieder die andere, die nach vorn drängte. Wild wogte der Kampf, im verbissenen und doch geordneten Auf und Ab von Angriff und Verteidigung. Ich selbst hatte mehr als genug damit zu tun, die Übersicht über das, was sich auf unserem eigenen Flügel abspielte, zu behalten; und da für einen Augenblick die Kavallerie in die Deckung von Goods drei Kampfblöcken gegangen war, konnte ich sehr gut den gesamten rechten Flügel überblicken.

Nastas verwegene Schwertkämpfer brandeten jetzt in roten Wogen gegen die trutzigen, wie Felsen dastehenden quadratischen Blöcke an. Wieder und wieder stießen sie ihren wilden Kriegsschrei aus und warfen sich gegen die langen Dreierreihen aus Speerspitzen, um sogleich wieder zurückzuprallen wie Wellen, die sich an einer Felsklippe brechen.

Und so tobte die Schlacht vier Stunden lang nahezu ohne Pause, und als diese vorüber waren, hatten wir, wenn auch nichts gewonnen, so doch auch nichts verloren. Zwei Versuche, die der Feind unternommen hatte, sich von der Seite her durch den Wald einen Weg zu bahnen und in unsere linke Flanke einzubrechen, waren vereitelt worden; und bis zu diesem Zeitpunkt hatten Nastas Hochländer es trotz ihrer verzweifelten Attacken noch nicht geschafft, Goods drei Kampfblöcke zu zerbrechen, wenn sie auch ihre Stärke um gut ein Drittel verringert hatten.

Das Zentrum der Armee, in dem sich Sir Henry mit seinem Stab sowie Umslopogaas befanden, hatte gewaltige Verluste hinnehmen müssen, aber es hatte nichtsdestoweniger todesmutig standgehalten. Dasselbe konnte man auch von unserem linken Flügel berichten.

Schließlich büßten die Angriffe an Heftigkeit ein, und Sorais' Armee trat den Rückzug an. Ich dachte schon, sie hätten genug. Aber in diesem Punkte wurde ich sehr bald eines Besseren belehrt. Sie teilte ihre Kavallerie in vergleichsweise kleine Trupps auf und griff uns auf ganzer Linie mit ungeheurer Wucht von neuem an; und einmal mehr rollten ihre Zehntausende von Schwertkämpfern und Speerträgern gegen unsere geschwächten Kampfblöcke und Schwadronen an. Sorais selbst dirigierte den Angriff; furchtlos wie eine Löwin stürmte sie an vorderster Spitze voran. Sie kamen herangebraust wie eine Lawine – ich sah ihren goldenen Helm in der vordersten Reihe blitzen –, und unserer Kavallerie gelang es nicht, den Ansturm durch gezielte Gegenangriffe aufzuhalten. Sie durchbrachen unsere vordersten Reihen, und das Zentrum unserer Linien bog sich unter der Last ihres Angriffes wie ein Bogen nach innen. Dann brach unsere Linie auf, und hätten nicht die zehntausend Mann, die wir in Reserve hatten, in den Kampf eingegriffen, so wäre das Herz unserer Armee völlig aufgerieben worden. Goods drei Kampfblöcke wurden beiseite gewischt wie Boote von der heranwogenden Springflut. Der vorderste wurde regelrecht auseinandergesprengt und verlor die Hälfte seiner restlichen Männer. Aber die Anstrengung war zu heftig und zu fürchterlich gewesen, als daß sie hätte längere Zeit anhalten können. Plötzlich kam die Schlacht zu einem Wendepunkt, und für eine oder zwei Minuten hing sie in der Balance.

Und dann bewegte sie sich langsam auf Sorais' Lager zu. In diesem Moment wichen auch Nastas verwegene und nahezu unbezwingbare Hochländer, entweder, weil ihre Verluste sie entmutigt hatten, oder aufgrund irgendeiner List, zurück, und die Reste von Goods tapferen Kampfblöcken verließen ihre Stellungen, die sie über so viele Stunden hinweg behauptet hatten, und stießen unter wildem Jubelgeschrei rasch nach. Daraufhin stellten sich die zurückflutenden Schwertkämpfer wieder zum Kampfe und begannen, Goods Männer zu umzingeln. Und erneut stürzten sie sich mit gellenden Kriegsschreien auf sie. Das, was von dem ersten Kampfblock noch übriggeblieben war, wurde auf der Stelle aufgerieben, und ich sah, daß sich auch der zweite, in dessen Mitte Good auf einem großen Pferd stitzend zu erkennen war, kaum noch halten konnte. Einige Minuten später, und auch er war zerbrochen, seine wehenden Fahnen sanken in den Staub, und ich verlor Good inmitten des tobenden Schlachtgetümmels aus den Augen.

Sekunden danach brach ein blaßgelbes Pferd mit schneeweißer Mähne und Schwanz aus den Überresten des zerbrochenen Kampfblockes hervor und sprengte reiterlos und mit flatternden Zügeln an mir vorüber. Ich erkannte in ihm sofort das Offizierspferd, das Good geritten hatte. Ich zögerte nicht einen Moment und ritt sofort mit der Hälfte meiner restlichen Kavallerie, die zu diesem Zeitpunkt etwa noch vier- bis fünftausend Mann stark war, zu Good, und ohne irgendwelche Befehle abzuwarten, griff ich Nastas Schwertkämpfer an. Sie sahen mich kommen, und gewarnt von dem donnernden Hufschlag meiner Pferde wandte sich der größte Teil von ihnen um und bereitete uns einen heißen Empfang. Sie wichen nicht einen Zoll zurück; vergeblich hieben und trampelten wir sie nieder, als wir eine breite rote Furche durch die Masse ihrer Leiber zogen; sie schienen zu Hunderten wieder aufzustehen, trieben ihre fürchterlichen Schwerter in die Leiber unserer Pferde oder zerschnitten ihre Knieflechsen, um sogleich ihre Reiter, die auf die Erde fielen, buchstäblich in Stücke zu hacken. Auch mein Pferd sank, von Schwerthieben tödlich verwundet, unter mir zusammen, aber zum Glück hatte ich noch ein frisches, nämlich mein eigenes Lieblingspferd, eine pechschwarze Stute, die Nylephta mir geschenkt hatte. Sie wurde in Reserve gehalten, und später konnte ich sie besteigen. Vorerst jedoch mußte ich sehen, wie ich ohne Pferd zurechtkam, denn meine Männer hatten mich in dem wüsten Durcheinander völlig aus den Augen verloren. Und meine Stimme konnte man natürlich nicht hören; sie ging unter in dem Klirren des aufeinanderprallenden Stahls und wurde übertönt von den wütenden Kriegsschreien der Kämpfenden und den Schmerzensschreien der Verwundeten und Sterbenden. Gleich darauf fand ich mich mitten im Gewimmel der Überreste des zweiten Kampfblockes wieder. Die Männer hatten sich um ihren Befehlshaber Good geschart und kämpften verzweifelt um ihr Leben. Ich stieß mit dem Fuß gegen jemand, und als ich herunterblickte, erkannte ich Goods Monokel. Er war gestürzt und war auf die Knie gefallen. Über ihn gebeugt stand ein riesiger Bursche und holte zu einem Schwerthieb aus. Irgendwie gelang es mir, den Dolch von dem Masai, dem ich die Hand abgeschnitten hatte, in den Leib des Mannes zu rammen. Doch dabei schaffte er es noch, mir einen fürchterlichen Schwerthieb in die linke Seite der Brust zu verpassen. Zwar rettete mir mein Kettenhemd das Leben, aber ich fühlte, daß ich schwer getroffen war. Ich fiel auf die Hände und die Knie und lag so etwa eine Minute lang inmitten der Toten und Sterbenden. Mir wurde schwarz vor den Augen, und ich war einer Ohnmacht nahe. Als ich wieder einigermaßen zu mir kam, sah ich, daß Nastas Speerträger, oder besser das, was von ihnen noch übriggeblieben war, sich über den Fluß zurückzogen. Neben mir kniete Good und lächelte.

»Das war verdammt knapp!« rief er. »Aber Ende gut, alles gut!«

Ich nickte, aber ich hatte das Gefühl, daß es für mich nicht gut geendet hatte. Ich war schwer verwundet.

Just in dem Moment sahen wir, wie die kleineren Kavallerietrupps, sie sich auf unseren äußersten Flügeln befanden und die jetzt durch die dreitausend Reiter, die wir in Reserve bereitgehalten hatten, verstärkt worden waren, wie Pfeile aus ihren Stellungen hervorschossen und in die zerrissenen Flanken von Sorais' Armee fielen. Dieser Angriff sollte von entscheidender Bedeutung für den weiteren Verlauf der Schlacht sein. Nur wenige Minuten später zog sich der Feind in langsamer Rückwärtsbewegung, immer noch erbitterten Widerstand leistend, über den kleinen Fluß zurück, wo er sich noch einmal neu formierte. Noch einmal geriet die Schlacht ins Stocken, und während dieser kurzen Kampfpause gelang es mir, mein zweites Pferd zu besteigen. Ich ritt sofort zu Sir Henry, der mir die Anweisung gab, noch einmal anzugreifen. Und mit einem wilden Schlachtruf aus tausend Kehlen, mit wehenden Bannern und blitzendem Stahl gingen die Überreste unserer Armee in die Offensive und rückten vor, langsam zwar, doch stetig und mit unwiderstehlicher Gewalt. Zum erstenmal rückten wir aus den Stellungen, die wir den ganzen Tag über so tapfer gehalten hatten, noch vorn.

Endlich waren wir es, die die Initiative ergriffen.

Wir stießen weiter vor, Berge von Toten und Verwundeten überquerend. Als wir gerade am Fluß angelangt waren, wurde meine Aufmerksamkeit auf eine außergewöhnliche Szene gelenkt. In wildem Galopp, die Arme fest um den Hals des Pferdes geschlungen, die bleiche Wange an die Mähne des Tieres gepreßt, sprengte ein Reiter auf uns zu. Er trug die volle Uniform eines Zu-Vendi-Generals. Als er näherkam, erkannte ich, wer es war. Es war niemand anders als unser verschollener Alphonse. Selbst in dieser Verkleidung waren die hochgezwirbelten Spitzen seines Schnurrbartes unverkennbar. Eine Minute später flog er in wildem Galopp durch unsere Linien; um Haaresbreite wäre er niedergehauen worden. Schließlich fiel ihm jemand in die Zügel, und man brachte ihn zu mir, als unsere Vorwärtsbewegung gerade zu einem Stillstand kam, der es uns erlaubte, die Überreste unserer aufgeriebenen Kampfblöcke wieder in Reih und Glied zu bringen.

»Ah, Monsieur«, keuchte er mit vor Angst bebender Stimme, »dem 'immel sei Dank, Sie sind's! Ah, was isch 'abe erdulden müssen! Aber Sie gewinnen, Monsieur, Sie gewinnen; sie fliehen, diese 'unde. Aber 'ören Sie, Monsieur – isch 'ätte fast vergessen; etwas sehr Schlimmes! Die Königin soll morgen früh beim ersten Lischt des Tages im Palast von Milosis ermordet werden; ihre Gardisten werden sie verlassen, und die Priester werden sie töten. Ah! Wenn sie wüßten! Aber isch war versteckt unter ein Banner und konnte alles 'ören.«

»Was?« rief ich entsetzt. »Was wollen Sie damit sagen?«

»Wie isch sage, Monsieur; dieser diable Nasta ist letzte Nacht verschwunden, um die Sache mit dem Erzbischof Agon zu besprechen. Die Garde wird das kleine Tor auflassen, das von der großen Treppe zu dem Palast führt, und dann wird sie weglaufen. Und Nasta und Agons Priester werden 'ereinkommen und sie töten. Die Gardisten selbst 'aben sisch geweigert, das zu tun.«

»Kommen Sie mit!« rief ich. Ich rief dem nächstbesten Stabsoffizier zu, er solle für mich das Kommando übernehmen, griff die Zügel von Alphonses Pferd und galoppierte in irrwitzigem Tempo in Richtung der etwa eine halbe Meile entfernten Stelle, wo ich die königliche Fahne im Winde flattern sah, und wo ich, wie ich wußte, Curtis finden würde, falls er noch unter den Lebenden weilte. Wir flogen nur so dahin, unsere Pferde sprangen in Riesensätzen über Berge von Toten und Verwundeten, unter ihren trommelnden Hufen spritzte das Blut auf, das in großen Pfützen die ganze Walstatt bedeckte; weiter ging es entlang der zerrissenen Linie von Speerträgern, bis ich schließlich Sir Henrys mächtige Gestalt aus dem Kampfgetümmel herausragen sah. Er saß auf dem weißen Pferd, das Nylephta ihm zum Abschied geschenkt hatte, und überragte wie ein Turm in der Schlacht die ihn umringenden Generäle seines Stabes.

Gerade als wir ihn erreichten, begannen unsere Linien erneut, vorzurücken. Sir Henrys Kopf war mit einem blutigen Fetzen Tuch umwickelt, aber ich sah, daß sein Auge klar und scharf wie immer war. Neben ihm stand der alte Umslopogaas, die Axt rot vom Blut, aber auch er machte einen frischen und unversehrten Eindruck.

»Was ist passiert, Quatermain?« rief Sir Henry, als er meiner gewahr wurde.

»Etwas Entsetzliches! Es ist eine Verschwörung im Gange, mit dem Ziel, Nylephta im Morgengrauen zu ermorden. Alphonse, dem es gelungen ist, Sorais zu entkommen, hat alles gehört.« Ich wiederholte atemlos, was mir der Franzose berichtet hatte.

Curtis' Gesicht wurde leichenblaß, und sein Unterkiefer fiel herunter.

»Im Morgengrauen!« keuchte er. »Und jetzt ist Sonnenuntergang! Es wird vor vier Uhr hell werden, und wir sind fast hundert Meilen entfernt – neun Stunden von Milosis! Was sollen wir nur tun?«

Ein Gedanke schoß mir durch den Kopf. »Ist dein Pferd frisch?« fragte ich Curtis.

»Ja, ich habe es eben erst bestiegen – als mein letztes getötet wurde. Und Futter hat es auch eben erst bekommen.«

»Meines ebenfalls. Steig schnell ab und gib es Umslopogaas; er ist ein hervorragender Reiter. Wir werden noch vor Morgengrauen in Milosis sein – wenn nicht, nun, dann haben wir jedenfalls alles versucht, was in unserer Macht steht. Nein, nein; du kannst jetzt unmöglich hier fort. Man würde dich erkennen, und die Schlacht würde sich möglicherweise noch einmal wenden. Sie ist noch nicht halb gewonnen. Die Soldaten würden glauben, du machst dich aus dem Staub. Nun rasch!«

Sofort stieg er von seinem Pferd, und auf mein Geheiß sprang Umslopogaas in den leeren Sattel.

»Und nun leb wohl«, sagte ich. »Sende tausend Reiter mit frischen Pferden hinter uns her; wenn möglich, etwa in einer Stunde. Bleibe du an Ort und Stelle, schicke einen General auf den linken Flügel, um das Kommando zu übernehmen, und erkläre den Männern meine Abwesenheit.«

»Du wirst doch alles tun, um sie zu retten, nicht wahr, Quatermain?« fragte er voller Verzweiflung.

»Ja, das werde ich. Und nun mach, daß du wieder zu deinen Leuten kommst; du bist schon ein ganzes Stück hinter ihnen.«

Er schaute uns noch einmal an, und dann sprang er, begleitet von seinem Stab, wieder zurück zu seinen Linien, die sich schon wieder auf dem Vormarsch befanden. Mittlerweile hatten sie den kleinen Fluß erreicht, dessen Wasser jetzt rot vom Blute der Gefallenen war.

Und Umslopogaas und ich jagten von der schrecklichen Walstatt davon wie Pfeile, die von der Sehne des Bogens schnellen. Nach wenigen Minuten war das Schlachtgetümmel schon außer Sichtweite; nur der Geruch des Blutes lag noch schwach in der Luft, und das Klirren der Waffen und die Schreie der Kämpfenden und der Sterbenden drangen zu uns herüber wie das weit entfernte Tosen der Brandung.

21

Vorwärts! Vorwärts!

Auf der Spitze des Anstiegs hielten wir für einen Moment an, um unseren Pferden eine Atempause zu gönnen. Als wir uns umwandten, konnten wir weit unten die Schlacht wogen sehen. Von hier oben aus betrachtet mutete sie im Licht der untergehenden Sonne, die die ganze Szene in ein blutiges Rot tauchte, eher an wie ein wildes Titanengemälde als eine wirkliche Schlacht Mann gegen Mann. Das einzige, woran man deutlich erkennen konnte, daß es sich um ein echtes Gefecht handelte, waren die ständig und überall aufblitzenden Lichtreflexe der Speere und Schwerter, ansonsten jedoch wirkte das Panorama bei weitem nicht so beeindruckend, wie man hätte erwarten können. Die große grüne Rasenfläche, auf der sich die Schlacht abwickelte, die deutlich erkennbaren Umrisse der dahinter liegenden Hügel und das riesige Ausmaß der großen Ebene bewirkten, daß sich der eigentliche Raum, auf dem die Schlacht wogte, recht klein, ja geradezu kümmerlich ausnahm. Das, was einem gewaltig und bedeutsam vorkam, wenn man selbst mitten darin steckte, schien mit wachsendem Abstand immer winziger und unbedeutender zu werden. Aber ist es nicht so mit all den großen Taten und Werken unseres Menschengeschlechtes, über die wir so gewaltig die Trompete blasen und von denen wir solch großes Aufhebens machen? Wie unerheblich und lächerlich, wie unbedeutend, moralisch und physisch, müssen sie doch auf jenes ruhige Auge wirken, das von den Höhen des Himmelsgewölbes auf sie herabschaut.

»Wir gewinnen, Macumazahn«, sagte der alte Umslopogaas, der sogleich die ganze Szene mit dem erfahrenen Auge des alten Kämpfers überblickt hatte. »Schau, die Truppen der Herrin der Nacht geben an allen Fronten nach, es ist keine Kraft mehr in ihnen, sie biegen sich wie heißes

Eisen und kämpfen nur noch mit halbem Herzen. Doch leider wird die Schlacht nur unentschieden ausgehen, denn schon bricht die Dunkelheit herein, und unsere Regimenter werden nicht mehr nachsetzen können und die Feinde töten!« – Traurig schüttelte er den Kopf. »Aber ich glaube nicht, daß der Feind noch einmal beginnen wird zu kämpfen; zu bitter war die Speise, mit der wir ihn gefüttert haben. Ah! Es ist gut, gelebt zu haben! Endlich habe ich einen Kampf gesehen, der es wert war, ihn erlebt zu haben.«

Mittlerweile hatten wir uns wieder auf den Weg gemacht, und während wir Seite an Seite dahinflogen, erzählte ich ihm, welches unsere Mission war, und daß all das Blut, das an jenem Tage vergossen worden war, umsonst vergossen sein sollte, wenn diese Mission scheiterte.

»Ah«, sagte er, »nahezu hundert Meilen, und keine anderen Pferde als diese, und im Morgengrauen müssen wir dort sein! Vorwärts! Vorwärts! Wir müssen es versuchen, Macumazahn; und vielleicht erreichen wir die Stadt zeitig genug, um dem alten Hexenmeister Agon den Schädel zu spalten. Einst wollte er uns doch verbrennen, der alte Regenmacher, nicht wahr? Und nun will er also Nylephta, meiner Mutter, eine Falle stellen, oder? Nun gut! So wahr mein Name der des Spechtes ist, so wahr werde ich ihm, gleich, ob meine Mutter stirbt oder nicht, den Schädel bis zum Bart spalten. Ah, ich schwöre es beim Haupte des T'Chaka!« Und während er dahingaloppierte, schüttelte er Inkosi-kaas drohend über seinem Kopf. Inzwischen hatte sich die Dunkelheit herabgesenkt, aber zum Glück würde bald der Mond aufgehen, und der Weg war gut

Und so sprengten wir voran durch die Dunkelheit, einen leichten Wind im Rücken, und die beiden prachtvollen Pferde, auf denen wir ritten, jagten dahin mit weitausholendem, mächtigem Schritt, Meile um Meile, mit der Regelmäßigkeit eines Uhrwerks. Nicht ein einziges Mal gerieten sie aus dem Tritt. Wir galoppierten jetzt einen Abhang hinunter und kamen durch ein breites Tal, das sich bis an den Fuß einer weit entfernten Bergkette erstreckte.

Langsam wuchsen die blauen Hügel aus der Dunkelheit; jetzt sprengten wir ihrer Kuppe entgegen und hinüber ging's, weiter, immer weiter, bis in der Ferne wieder andere aus der Dunkelheit emporwuchsen wie geisterhafte Visionen.

Vorwärts, nur nicht anhalten oder die Zügel straffen, immer vorwärts durch die völlige Stille der Nacht, in der das Trommeln unserer Hufe wie ein Lied erschallt; weiter, durch verlassene Dörfer, in denen uns verwahrloste, halbverhungerte Hunde ein melancholisches Willkommen heulen; weiter, vorbei an einsamen, grabumzogenen Häusern; weiter, durch das weiße, fleckige Mondlicht, das kalt auf dem Busen der Erde liegt, als habe es alle Wärme verloren; vorwärts, im Rhythmus der Hufe, Stunde um Stunde!

Wir sprachen nicht, sondern beugten uns weit vor über die Hälse jener herrlichen Rosse und lauschten ihren tiefen, langen Atemzügen, wenn sie ihre großen Lungen füllten, und dem regelmäßigen Klang ihrer unbeirrt trommelnden Hufe.

Drohend und schwarz sah der alte Umslopogaas aus, während er auf dem großen weißen Pferd dahinjagte, wie die Gestalt des Todes in der Offenbarung des Johannes. Dann und wann hob er grimmig den Blick, starrte nach vorn in die Dunkelheit und deutete mit seiner Axt auf eine in der Ferne auftauchende Erhebung oder auf ein weit abgelegenes Haus.

Und weiter ging der wilde Ritt, immer weiter, ohne Pause, Stunde um Stunde.

Doch schließlich fühlte ich, daß auch dem großartigen Pferd, auf dem ich ritt, langsam die Kräfte zu schwinden begannen. Ich schaute auf meine Uhr; es war fast Mitternacht, und wir hatten bereits mehr als die Hälfte des Weges zurückgelegt. Ich konnte mich daran erinnern, daß sich auf der Kuppe der nächsten Anhöhe eine kleine Quelle befand, denn ich hatte ein paar Nächte zuvor neben dieser Quelle geschlafen. Kurz darauf hatten wir die Anhöhe erreicht. Ich gab Umslopogaas ein Zeichen, anzuhalten, denn ich hatte mich dazu entschlossen, den Pferden und uns zehn Minuten Verschnaufpause zu gönnen. Er zügelte sein Pferd, und wir stiegen ab – das heißt, Umslopogaas stieg ab und half mir aus dem Sattel. Ich war so erschöpft, steif und geschwächt von dem Schmerz, den meine Wunde verursachte, daß ich es allein nicht mehr schaffte. Die braven Pferde standen keuchend da, ließen sich erst auf ein Vorderbein herab, und dann auf das andere, während der Schweiß ihnen in Strömen vom Leibe rann und Dampf von ihnen aufstieg und in blassen Wolken in der kühlen Nachtluft hing.

Während Umslopogaas auf die Pferde achtgab, humpelte ich zu der Quelle und trank in tiefen Zügen von ihrem klaren, süßen Wasser. Seit dem Mittag hatte ich nichts außer einem einzigen Schluck Wein zu mir genommen. Ich fühlte mich völlig ausgedörrt, obwohl meine Müdigkeit zu groß war, als daß ein Hungergefühl hätte aufkommen können. Nachdem ich meinen fieberheißen Kopf und meine Hände in dem klaren, kühlen Wasser gewaschen hatte, ging ich zurück, und dann ging der Zulu trinken. Als nächstes ließen wir die Pferde ein paar Schlucke von dem köstlichen Naß nehmen; und ein paar Schlucke nur – nicht mehr! Sie hätten erleben müssen, welche Mühe wir hatten, die armen Tiere wieder von dem Wasser wegzubekommen! Wir hatten noch zwei Minuten Zeit, und ich nutzte sie, indem ich mich auf- und niederbeugte, um meine steifen Glieder ein wenig zu lockern. Dann inspizierte ich die Pferde. Mein Tier, so tapfer und brav es sich auch schlug, machte einen erbarmungswürdigen Eindruck; es ließ den Kopf hängen, und sein Auge war trüb und abwesend. Daylight hingegen, Nylephtas herrliches Pferd – das, so schwor ich mir, würde es bis Milosis durchhalten, bis ans Ende seiner Tage aus einer goldenen Krippe zu fressen bekommen sollte, wie die Pferde, die den großen Ramses aus bitterster Not retteten –, machte noch immer einen vergleichsweise frischen Eindruck, obwohl es das weit schwerere Gewicht zu tragen hatte. Es war zwar ein wenig ermattet, und seine Beine waren müde, aber sein Auge war noch immer hell und klar, und es hielt seinen wohlgeformten Kopf in die Luft und blickte in die Dunkelheit, als wollte es sagen: »Wer auch immer versagen mag, *ich* bin noch immer stark genug für die fünfundvierzig Meilen, die noch vor uns liegen.« Dann half mir der alte Umslopogaas wieder in den Sattel – er war einfach nicht kleinzukriegen, dieser prächtige alte Wilde! Er selbst sprang mit einem Satz aufs Pferd, ohne den Steigbügel auch nur zu berühren, und wieder ging es los, zuerst langsam, bis die Pferde ihren Tritt gefunden hatten, und dann wieder schneller. Und so legten wir weitere zehn Meilen zurück, und dann kam ein langer, mühseliger Ritt, der uns weitere sechs oder sieben Meilen einbrachte. Dreimal wäre mein armer Rappe fast mit mir zu Boden gegangen, aber er fing sich wieder und stürmte mit bebenden Flanken und keuchendem Atem den nächsten Abhang hinunter. Die nächsten drei oder vier Meilen kamen wir schneller voran als je zuvor, seit wir zu unserem wilden Ritt aufgebrochen waren, aber ich fühlte, daß es eine letzte verzweifelte Anstrengung meines Pferdes war. Ich sollte leider recht behalten. Plötzlich biß das arme Tier heftig auf die Kandare und ging mit mir durch. Wie von Sinnen schoß es etwa drei- oder vierhundert Yards auf ebener Strecke dahin. Dann machte es noch zwei oder drei schwankende Schritte und blieb stehen. Ein fürchterliches Zucken erfaßte seinen Leib, und dann fiel es mit einem lauten Krachen geradewegs vornüber auf den Kopf und kippte auf die Seite. Es gelang mir mit letzter Kraft, mich zur Seite zu rollen, um nicht von dem Gewicht des Tieres erdrückt zu werden. Als ich mühsam wieder auf die Beine kam, hob das arme Tier ein letztes Mal seinen Kopf und starrte mich aus blutunterlaufenen Augen an. Dann ließ es mit einem letzten Stöhnen den Kopf zu Boden sacken. Es war tot. Es hatte einen Herzschlag erlitten.

Umslopogaas zügelte sein Pferd neben dem Kadaver, und ich schaute ihn bestürzt an. Noch immer lagen mehr als zwanzig Meilen bis zum Morgengrauen vor uns, und wie sollten wir es bloß schaffen, sie mit einem Pferd zurückzulegen? Die Lage schien hoffnungslos. Doch ich hatte eines vergessen: die außergewöhnliche läuferische Fähigkeit des alten Zulu.

Ohne ein Wort zu verlieren, sprang er aus dem Sattel und begann, mich hineinzuhieven.

»Was willst du tun?« fragte ich.

»Laufen«, antwortete er und ergriff meinen Steigbügelriemen.

Und wieder machten wir uns auf den Weg; wir kamen fast so schnell voran wie vorher. Und was für eine Erleichterung es erst für mich war, jetzt auf dem anderen Pferd zu sitzen! Jeder, der schon einmal gegen die Zeit geritten ist, wird es mir nachfühlen können.

Daylight jagte in langgestrecktem Galopp dahin, und mit jedem Schritt zog er den hageren Zulu ein Stück voran. Es war ein herrlicher Anblick, wie der alte Zulu vorwärtsstürmte. Meile für Meile, mit leicht geöffnetem Mund. Seine Nüstern waren weit gebläht und bebten wie die des Pferdes. Ungefähr alle fünf Meilen hielten wir für ein paar Minuten lang an, damit er wieder zu Atem kommen konnte, und dann stürmten wir weiter.

»Kannst du noch weiterlaufen«, fragte ich ihn, als wir zum dritten Male anhielten, »oder soll ich vorausreiten und auf dich warten?«

Er zeigte mit seiner Axt auf eine verschwommene Masse weit in der Ferne. Es war der Tempel der Sonne. Ungefähr fünf Meilen trennten uns noch von ihm.

»Entweder erreiche ich ihn, oder ich sterbe!« brachte er keuchend hervor.

Oh, was waren das für schreckliche, unendlich lange fünf Meilen, dieses letzte Stück bis zum Stadttor! Die Innenseiten meiner Schenkel waren wundgerieben, und jede Bewegung meines Pferdes bereitete mir wahre Höllenqualen. Doch das war noch nicht alles! Ich war völlig erschöpft vor Anstrengung, Hunger und Müdigkeit, und die Wunde auf meiner linken Seite schmerzte entsetzlich. Ich hatte das Gefühl, als bohre sich ein Knochensplitter ganz langsam in meine Lunge. Auch der arme Daylight war fast am Ende – kein Wunder nach diesem irrsinnigen Höllenritt. Aber schon lag der Geruch des Morgengrauens in der Luft, und wir wollten um jeden Preis durchhalten. Besser, wir starben alle drei auf dem Wege, als daß wir aufgaben, solange auch nur ein Fünkchen Leben in uns flackerte. Die Luft war dick und schwer, wie es häufig der Fall ist, kurz bevor der Morgen anbricht. Und dann kündigte sich der bevorstehende Sonnenaufgang durch ein weiteres, unverkennbares Zeichen an, dem ich in Zu-Vendis schon häufig begegnet war: Hunderte von kleinen Spinnen, die an den Enden ihrer langen Fäden und Gewebe klebten, schwebten mit einem Mal durch die Morgenluft. Diese kleinen Tiere, oder vielmehr ihre Netze, legten sich zu Dutzenden über uns, und da wir weder die Zeit noch die Kraft dazu hatten, sie wegzubürsten, stürmten wir dahin, über und über mit Hunderten von langen, grauen Fäden bedeckt, die bis zu mehreren Yards hinter uns herflatterten – wir müssen wirklich furchterregend ausgesehen haben.

Und nun tauchen die riesigen Messingtore der Außenmauer von Milosis vor uns auf, und eine neue, schreckliche Sorge ergreift mich: Was sollen wir tun, wenn sie uns nicht einlassen?

»Öffnet, öffnet!« rufe ich mit gebieterischer Stimme und gebe das königliche Losungswort. »Macht das Tor auf! Hier ist ein Bote, der Nachricht vom Kriege bringt!«

»Was für eine Nachricht?« rief der Wachtposten. »Und wer bist du, der du geritten kommst wie ein Rasender? Und wer ist der, dessen Zunge so weit heraushängt« – das tat sie auch wirklich – »und der neben dir einherrennt wie ein Hund neben dem Streitwagen?«

»Es ist Fürst Macumazahn, und bei ihm ist sein Hund, sein schwarzer Hund. *Öffne! So öffne doch!* Ich bringe wichtige Kunde.«

Die großen Tore glitten auf ihren Rollen zur Seite, und die Zugbrücke fiel mit lautem Gerassel herunter, und schon waren wir hinüber und stürmten weiter.

»Welche Kunde, Herr, welche Kunde bringst du?« schrie der Wachtposten.

»Incubu treibt Sorais zurück wie der Wind die Wolken«, antwortete ich noch, und dann waren wir schon außer Sichtweite.

Noch eine letzte Anstrengung, braves Pferd, und noch braverer Mann!

Strauchle nun nicht in letzter Minute, Daylight, und du, altes Zulu-Kriegsroß, halte dein Leben noch in dir, nur fünfzehn kurze Minuten, und beide werdet ihr für ewig in die Annalen dieses Volkes eingehen!

Weiter, in wildem Galopp durch die schlafenden Straßen, vorbei jetzt am Blumentempel – noch eine Meile, nur noch eine winzige Meile – halte aus, nimm deine letzte Kraft zusammen, schau, wie die Häuser fast wie von selbst an uns vorüberfliegen! Vorwärts, braves Pferd, vorwärts – nur noch fünfzig Yards! Ja, du siehst deinen Stall vor Augen und wankst tapfer weiter!

»Dem Himmel sei gedankt – endlich – der Palast!« Und siehe da, die ersten Pfeile der Morgendämmerung treffen auf die goldene Kuppel des Tempels*! Werde ich eintreten können, oder ist die Bluttat schon vollbracht und das Tor verriegelt?

Erneut gebe ich das Losungswort und rufe laut: *»Öffnet! He da, öffnet!«*

Keine Antwort, und der Mut sinkt mir.

Und wieder rufe ich, und dieses Mal antwortet eine einzelne Stimme, und zu meiner Freude erkenne ich in ihr die Stimme von Kara, einem Offizier aus Nylephtas Garde, einem Mann, von dem ich weiß, daß er treu wie Gold ist – es ist jener Mann, den Nylephta gesandt hatte, Sorais zu verhaften an dem Tage, als sie zum Tempel geflohen war.

»Bist du es, Kara?« rufe ich. »Hier ist Macumazahn. Gib der Wache den Befehl, die Brücke herunterzulassen und das Tor weit zu öffnen! Rasch, rasch!«

---

* Da das Dach des Tempels so hoch war, traf das Licht natürlich einige Zeit vor dem tatsächlichen Sonnenaufgang darauf. – *A. Q.*

Die darauffolgenden Minuten schienen mir endlos. Doch endlich fiel die Brücke, ein Torflügel schwang auf, und wir stürmten in den Hof. Und hier brach der arme Daylight unter mir zusammen, tot, wie ich vermutete. Ich rappelte mich mühsam auf, lehnte mich erschöpft gegen einen Pfosten und schaute mich um. Außer Kara war niemand zu sehen. Er machte einen verstörten Eindruck; seine Kleider hingen ihm in Fetzen vom Leibe. Er hatte allein das Tor geöffnet und die Brücke heruntergelassen, und nun war er dabei, sie wieder hochzuziehen (was ein einzelner Mann dank eines genial konstruierten Mechanismus aus Hebeln und Winden auch ohne Schwierigkeiten konnte und in der Tat gewöhnlich auch machte).

»Wo ist die Leibwache?« fragte ich, noch immer schwer atmend. Ich hatte eine solche Furcht vor seiner Antwort, wie noch nie vor etwas in meinem ganzen Leben.

»Ich weiß es nicht«, erwiderte er. »Vor zwei Stunden, als ich noch schlief, ergriff man und fesselte mich, und erst jetzt ist es mir gelungen, mich mit den Zähnen meiner Fesseln zu entledigen. Ich fürchte, ich fürchte sehr, daß wir verraten wurden.«

Seine Worte gaben mir neuen Mut. Ich griff ihn beim Arm und humpelte, gefolgt von Umslopogaas, der wie ein Betrunkener hinter uns hertorkelte, über den Hof, durchquerte die große Halle, die jetzt still war wie ein Grab, und näherte mich dem Schlafgemach der Königin.

Wir kamen in das erste Vorzimmer – kein Wachtposten war zu sehen; dann ins zweite – immer noch kein Wachtposten! Allmächtiger! Sicher war es schon geschehen! Nun waren wir doch zu spät gekommen! Die Stille und die Einsamkeit der großen leeren Gemächer waren bedrückend; sie lasteten auf mir wie ein böser Traum. Und dann kamen wir an Nylephtas Schlafgemach. Wir stürzten hinein, das Schlimmste befürchtend. Doch da – ein Licht, ja, und eine Gestalt, eine weibliche Gestalt, die das Licht trägt. Oh, Gott sei Dank, es ist die Königin selbst, die Weiße Königin; sie ist unverletzt! Da steht sie vor uns in ihrem Nachtgewand. Der

Lärm unserer Ankunft hat sie geweckt, und sie ist aus ihrem Bette aufgestanden. Sie ist noch benommen vom Schlafe, und die Röte der Furcht und der Scham bedeckte wie ein Tuch ihre liebliche Brust und ihre Wange.

»Wer ist da?« ruft sie voller Angst. »Was hat dies zu bedeuten? Oh, Macumazahn, du bist es. Warum siehst du so verwirrt und erschöpft aus? Du scheinst mir wie einer, der schlimme Kunde bringt – und mein Gebieter – oh, bitte, sage mir nicht, daß mein Gebieter tot ist!« Sie brach in Tränen aus und rang ihre weißen Hände.

»Als ich Incubu verließ, war er zwar leicht verwundet, aber er führte dennoch den Vorstoß unseres Heeres gegen Sorais gestern abend bei Sonnenuntergang; darum mag dein Herz sich beruhigen. Sorais ist auf ganzer Linie zurückgeschlagen, und deine Streitmacht hat die Oberhand gewonnen.«

»Ich wußte es!« rief sie triumphierend. »Ich wußte, er würde obsiegen; doch sie nannten ihn einen Ausländer und schüttelten ihre weisen Häupter, als ich ihm das Kommando übertrug! Gestern abend bei Sonnenuntergang, sagst du, und noch hat der Morgen nicht gegraut. Gewiß ...«

»Wirf einen Mantel über deine Schultern, Nylephta«, unterbrach ich sie, »und gib uns Wein zu trinken; ja, und rufe schnell deine Zofen herbei, wenn dir dein Leben lieb ist. Säume nicht! Rasch nun!«

Solchermaßen inbrünstig gebeten eilte sie zum Vorhang ihres Gemaches und rief etwas in einen dahinterliegenden Raum. Dann schlüpfte sie hastig in ihre Sandalen und warf sich einen warmen Mantel über. Mittlerweile hatte sich der Raum schon mit etwa einem halben Dutzend halbbekleideter Frauen gefüllt.

»Folgt uns und gebt keinen Laut von euch«, sagte ich zu ihnen. Sie starrten mich verwundert an und hielten sich aneinander ängstlich fest. Dann gingen wir in das erste Vorzimmer.

»Nun«, sagte ich, »gebt uns Wein zu trinken und Nahrung, so ihr welche habt, denn wir sind dem Hungertode nahe.«

Der Raum diente als Messe für die Offiziere der Leibgarde. Man brachte uns schnell mehrere Flaschen Wein aus einem Schrank und ein wenig kaltes Fleisch. Hungrig fielen Umslopogaas und ich darüber her, und bald fühlten wir, wie mit dem guten Wein auch wieder neues Leben in unsere Venen rann.

»Horche, Nylephta«, sagte ich, als ich das leere Seidel absetzte. »Hast du hier unter deinen Zofen solche, die zuverlässig und verschwiegen sind?«

»Gewiß.«

»Dann heiße sie, durch eine Seitentür den Palast zu verlassen, auf die Straße hinauszugehen und jeden Bürger, von dem du weißt, daß er dir treu ergeben ist, zu bitten, daß er bewaffnet hierherkomme. Sie sollen alle ehrenhaften Leute versammeln, um dich vor dem Tode zu erretten. Nein, stelle mir keine Fragen; tu, wie ich dir sage, rasch! Kara wird die Mädchen hinauslassen.«

Sie blickte in die Runde, wählte zwei aus dem Kreise der Zofen aus und wiederholte meine Worte. Dann nannte sie ihnen die Namen der Männer, zu denen sie gehen sollten.

»Eilet schnell und lasset euch nicht erblicken; eilet, als ginge es um euer eigenes Leben«, fügte ich hinzu.

Im nächsten Moment verschwanden sie schon zusammen mit Kara, den ich beauftragt hatte, uns an dem Tor, das den großen Hof mit der Treppe verband, zu erwarten, sobald er die Tür hinter den Mädchen geschlossen hatte. Dann gingen auch Umslopogaas und ich zu dem vereinbarten Treffpunkt, gefolgt von der Königin und ihren Dienerinnen. Während wir gingen, bissen wir gierig große Stücke von dem kalten Fleisch ab. Zwischen den einzelnen Bissen erzählte ich der Königin, was ich von der Gefahr wußte, die ihr drohte, und in welchem Zustand wir Kara vorgefunden hatten, und daß alle Gardisten und Diener fortgelaufen waren, und daß sie ganz alleine mit ihren Zofen und Dienerinnen im Palast war. Daraufhin berichtete sie mir, in der ganzen Stadt hätte sich das Gerücht verbreitet, daß unsere Armee völlig vernichtet worden sei, und daß Sorais im Triumphe auf Milosis marschiere. Daraufhin seien alle Männer von ihr, Nylephta, abgefallen.

Auch wenn es eine ganze Weile dauert, all dies zu erzählen, so waren doch kaum mehr als sechs oder sieben Minuten vergangen, seit wir den Palast betreten hatten. Zwar glänzte die hehre goldene Kuppel des Tempels bereits hell in den ersten Strahlen der aufgehenden Sonne, doch noch hatte der Tag nicht begonnen. Ich wußte, zehn Minuten würden uns noch bleiben. Wir befanden uns inzwischen auf dem großen Hofe des Palastes. Meine Wunde bereitete mir jetzt solche Schmerzen, daß ich Nylephtas Arm als Stütze nehmen mußte. Umslopogaas ging hinter uns her und schlang heißhungrig Fleisch in sich hinein.

Jetzt hatten wir den Hof überquert und standen vor dem schmalen Durchgang in der Palastmauer, hinter dem die riesige Treppe begann, die hinunter zum Wasser führte.

Ich blickte durch die schmale Öffnung hindurch und stutzte. Ich blickte erneut hindurch und glaubte, meinen Augen nicht zu trauen. Was ich sah, ließ mir fast das Blut in den Adern gefrieren – die Tür war verschwunden; ebenso das große Außentor aus Bronze – einfach fort, wie vom Erdboden verschwunden. Sie waren einfach aus den Angeln gehoben worden und, wie wir später erfuhren, von der großen Treppe herab in die Tiefe geworfen worden und zweihundert Fuß weiter unten zerschellt. Vor uns befand sich nur noch eine Öffnung von etwa der doppelten Größe eines ovalen Eßtisches; dahinter schlossen sich direkt die zehn runden schwarzen Marmorstufen an, die zur Haupttreppe führen – das war alles.

22

Wie Umslopogaas die Treppe verteidigte

Wir schauten uns an.

»Du siehst«, sagte ich, zu Nylephta gewandt, »sie haben die Tür entfernt. Gibt es irgend etwas, womit wir die Lücke füllen können? Besinne dich rasch; denn sie werden noch vor dem Tageslicht hier sein!« Ich wußte, diesen Platz oder keinen galt es zu verteidigen, gab es doch nirgends feste Türen innerhalb des Palastes. Alle Räume waren lediglich durch Vorhänge voneinander getrennt. Ich wußte ebenso, daß, wenn es uns gelänge, diesen Eingang zu halten, die Mörder nirgends sonst in den Palast eindringen konnten. Denn der Palast ist absolut uneinnehmbar, um so mehr, seit der geheime Zugang, durch den Sorais in jener denkwürdigen Nacht, da sie ihre Schwester meucheln wollte, eingedrungen war, auf Nylephtas Geheiß hin zugemauert worden war.

»Ich habe es!« rief Nylephta, die im entscheidenden Moment in bewundernswerter Weise über sich hinauswuchs. »In der hinteren Ecke des Hofes befinden sich mehrere Blöcke gehauenen Marmelsteins – die Arbeiter trugen sie dorthin; sie sind bestimmt für den Sockel der neuen Statue meines Gebieters Incubu. Laßt uns mit ihnen den Zugang verschließen!«

Vor Freude über diese großartige Idee hätte ich einen Luftsprung machen können. Sofort schickte ich eine der restlichen Zofen hinunter, um Hilfe von den großen Hafenanlagen zu holen. Ihr Vater, ein reicher Handelsmann, der viele Leute beschäftigte, wohnte dort unten. Eine zweite ließ ich als Wache an der Toröffnung zurück. Sie sollte in regelmäßigen Abständen durch die große Öffnung blicken, um zu sehen, ob der Feind schon nahte. Alsdann gingen wir wieder zurück durch den Hof, um zu der Stelle zu gelangen, wo die Marmorplatten lagen. Unterwegs trafen wir Kara, der gerade die beiden Botinnen losgeschickt hatte. Und da lagen sie vor uns, die großen Marmorblöcke; es waren breite, massive Klötze. Einige von ihnen waren wohl an die sechs Zoll stark und wogen gut achtzig Pfund. Zum Glück fanden wir neben ihnen zwei Geräte, die die Form kleiner Tragbahren hatten. Auf ihnen pflegten die Arbeiter die Blöcke zu schleppen. Unverzüglich legten wir einige der Blöcke auf die Tragbahren, und vier der Mädchen trugen sie sogleich zu der Toröffnung.

»Höre, Macumazahn«, sagte Umslopogaas, »wenn diese nichtswürdigen Burschen kommen, dann werde ich die Treppe gegen sie verteidigen, bis das Loch mit Marmor gefüllt ist. Nein, nein widersprich mir nicht, alter Freund! Ich werde sie abwehren, auch wenn ich dabei mein Leben verliere! Es war ein guter Tag, und nun laß es auch eine gute Nacht werden! Siehe, ich lege mich nieder auf den Marmor, um auszuruhen. Wenn ihre Schritte nahen, dann wecke mich; doch nicht vorher, denn ich brauche alle meine Kraft.« Und ohne ein weiteres Wort zu verlieren, ging er hinaus und legte sich auf den Marmor; und in Sekundenschnelle war er eingeschlafen.

Auch ich konnte mich kaum noch auf den Beinen halten. Mir wurde wieder schwarz vor den Augen, und ich mußte mich nahe der Toröffnung hinsetzen und mich damit begnügen, die Arbeit zu dirigieren. Die Mädchen trugen die Blöcke heran, und Kara und Nylephta schichteten sie vor der sechs Fuß breiten Toröffnung auf. Sie mußten drei Reihen hintereinander stapeln – weniger würde nicht ausreichen; das wußte ich. Doch die Mädchen mußten jedesmal vierzig Yards mit den schweren Blöcken laufen, und dann vierzig Yards zurück, und obwohl sie sich bis zum Umfallen verausgabten – manche wankten sogar alleine, mit einem riesigen Block bepackt, zum Tor –, wuchs die Mauer nur sehr langsam, erschreckend langsam.

Es wurde nun immer heller. Plötzlich vernahmen wir, wie aus weiter Ferne, vom unteren Ende der Treppe her, das leise Klirren von Waffen erklang. Der Wall war erst zwei

Fuß hoch, obwohl wir schon seit acht Minuten damit beschäftigt waren, ihn aufzuschichten. Nun waren sie also gekommen; Alphonse hatte richtig gehört.

Das klirrende Geräusch kam näher. Ich blickte durch die Öffnung, und in dem gespenstischen Licht des Morgengrauens sah ich, wie etwa fünfzig Männer in langer Reihe langsam die Treppe heraufkamen. Sie befanden sich jetzt auf der Plattform zwischen den beiden Fluchten, die auf dem großen, freischwebenden Bogen ruhte. Auf einmal blieben sie stehen; sie schienen zu bemerken, daß oben irgend etwas im Gange war. Wir gewannen kostbare Minuten. Mehr als drei Minuten verharrten sie unschlüssig und berieten sich, bevor sie langsam und vorsichtig weiterstiegen.

Inzwischen war etwa eine Viertelstunde vergangen, seit wir mit der Arbeit begonnen hatten. Die Mauer war jetzt knapp drei Fuß hoch.

Es war Zeit, Umslopogaas zu wecken. Der große Mann stand auf, reckte sich und schwang Inkosi-kaas über seinem Haupte.

»Es ist gut«, sagte er. »Ich fühle mich noch einmal wie ein junger Mann. Meine Kraft ist in meinen Leib zurückgekehrt, ja, mein Körper ist wie eine Lampe, die noch ein letztes Mal aufflackert, bevor sie erlischt. Sorge dich nicht und habe keine Furcht; ich werde einen guten Kampf liefern; der Wein und der Schlaf haben mir ein neues Herz gegeben.

Macumazahn, ich träumte einen Traum. Ich träumte, daß du und ich zusammen auf einem Stern standen; wir blickten herunter auf die Erde, und du warst ein Geist, Macumazahn, denn das Licht schien durch dein Fleisch. Ich konnte jedoch nicht sehen, ob mein eigener Körper auch schon ein Geist war. Unsere Stunde ist gekommen, alter Jäger. So soll es denn geschehen: wir haben unser Leben gelebt und unsere Uhr ist abgelaufen; ich wünschte nur, ich hätte in meinem Leben mehr solcher Kämpfe wie den gestrigen erlebt.

Man soll mich begraben nach dem Brauch meines Volkes, Macumazahn, mein Blick soll auf Zululand gerichtet sein.«

Dann nahm er meine Hand, schüttelte sie ein letztes Mal und stellte sich dem heranrückenden Feind entgegen.

Im selben Moment kletterte zu meiner großen Überraschung auch der Zu-Vendi-Offizier Kara über unsere improvisierte Mauer. Er tat dies in seiner ruhigen, entschlossenen Art, ohne ein Wort darüber zu verlieren. Er bezog neben dem Zulu Stellung und zückte sein Schwert.

»Was, kommst du auch?« rief der alte Krieger freudig überrascht. »Willkommen – ein Willkommen für dich, tapferes Herz! Ho! für den Mann, der sterben kann wie ein Mann; ho! für den Griff des Todes und das Klingen des Stahls. Ho! wir sind bereit. Wir wetzen die Schnäbel wie Adler, und unsere Speere glänzen im Lichte der aufgehenden Sonne; wir schwingen unsere Waffen und sind hungrig zu kämpfen. Wer kommt als erster, Inkosi-kaas zu begrüßen? Wer will als erster ihren Kuß schmecken, dessen Frucht der Tod ist? Ich, der Specht, ich, der Schlächter, ich, der Schnellfüßige! Ich, Umslopogaas, vom Stamme der Maquilisini, vom Volke der Amazulu, Hauptmann des Regiments der Nkomabakosi: Ich, Umslopogaas, Sohn des Indabazimbi, dem Sohne des Arpi, dem Sohne des Mosilikaatze. Ich, Umslopogaas, vom königlichen Geblüte des T'Chaka, ich, aus dem Hause des Königs, ich, der Träger des Ringes, ich, der Induna, ich fordere euch heraus! Ich erwarte euch! Ho! Wer wagt es als erster?«

Während er so sprach, oder besser, sang, und sein grimmiger Kriegsruf schauerlich durch die Stille des Morgens hallte, stürmten die bewaffneten Verschwörer, unter denen ich im Lichte der aufgehenden Sonne Nasta und Agon erkannte, mit erhobenen Speeren die Treppe hinauf. Ein riesiger Bursche nahm, allen voran, mit mächtigen Sätzen die letzten Stufen, schwang seinen schweren Speer und stieß mit aller Kraft nach dem riesigen Zulu. Umslopogaas wich mit einer schnellen Drehung des Oberkörpers zur Seite, wobei er nicht einmal seine Beine bewegte, der Stoß ging ins Leere, und im nächsten Augenblick krachte Inkosi-kaas wie ein stählerner Blitz durch Helm, Haar und Schädeldecke, und der Körper des Angreifers polterte leblos die Stufen hinab. Während er hintüberkippte, glitt ihm sein runder Schild aus Flußpferdleder aus der Hand und fiel auf den Marmorboden. Der alte Zulu bückte sich blitzschnell und hob ihn auf, wobei er noch immer seinen wilden Kriegsgesang erschallen ließ.

Eine Sekunde später hatte auch der standhafte, treue Kara mit einem mächtigen Schwerthieb seinen ersten Angreifer zu Boden geschickt, und dann begann ein Schauspiel, wie ich es in meinem ganzen Leben noch nicht erlebt hatte.

In grimmiger Wut sprang ein Angreifer nach dem nächsten die Stufen hinauf; oft waren es zwei, drei auf einmal. Doch so schnell sie auch herangeflogen kamen – die Axt fiel krachend herab, das Schwert blitzte, und schon rollten sie wieder die Treppe herunter, tot oder schwer verwundet. Und je dichter das Kampfgetümmel wogte, desto schärfer schien das Auge des alten Zulu zu werden und desto stärker sein Arm. Mit markerschütternder Stimme schrie er seine Kriegsrufe hinaus und zählte all die Namen der Häuptlinge auf, die er getötet hatte, und seine Axt wütete grimmig unter den Verschwörern; sie durchschlug und zerschmetterte alles, auf das sie traf. Vorbei war's mit der exakten Methode, die er immer so geliebt hatte; er pickte keine runden Löcher mehr in die Schädel seiner Feinde; dazu hatte er keine Zeit in diesem seinem letzten unvergeßlichen Kampfe. Er schlug mit voller Kraft zu, und mit jedem Hieb sank ein Angreifer zu Boden und polterte in seiner Rüstung die Stufen hinunter.

Sie mochten noch so sehr mit Schwertern und Speeren nach ihm hauen und stechen und ihn an Dutzenden von Stellen verwunden, bis er blutüberströmt war – der Schild schützte seinen Kopf und das Kettenhemd seinen Lebensnerv; die Zeit verrann, und immer noch stand er, tatkräftig unterstützt von dem aufopferungsvoll kämpfenden Zu-Vendi-Offizier, wie ein Fels in der Brandung und hielt die Treppe gegen den wütend anrennenden Feind.

Doch da zerbrach Karas Schwert; er schleuderte den Griff

zu Boden und warf sich mit bloßen Fäusten dem nächsten Angreifer entgegen. Miteinander ringend stürzten sie zu Boden und rollten ineinander verschlungen die Treppe hinunter; und sogleich wurde Kara buchstäblich in Stücke gehackt. So starb er den Heldentod.

Nun stand Umslopogaas ganz allein der Übermacht wild entschlossener Angreifer gegenüber, doch nicht ein einziges Mal wich er auch nur einen Fußbreit zurück. Gellende Zulu-Schlachtrufe ausstoßend ließ er seine fürchterliche Axt wieder und wieder herabfahren und streckte einen Gegner nach dem anderen nieder, bis sie schließlich voller Grauen von den schlüpfrigen, blutbesudelten Stufen zurückwichen und ihn wie eine übernatürliche Erscheinung entsetzt anstarrten.

Der Wall aus Marmorblöcken war nun fast fünf Fuß hoch, und mein Herz füllte sich mit neuer Hoffnung, während ich hilflos wie ein Greis dastand, in ohnmächtiger Wut die Zähne zusammenbiß und dem glorreichen Kampf zuschaute. Ich hatte keine Möglichkeit, Umslopogaas beizustehen, denn meinen Revolver hatte ich in der Schlacht am Paß verloren.

Und der alte Umslopogaas, er stand da, seine treue Axt schwingend, blutüberströmt und von zahllosen Wunden ermattet, und verhöhnte und verspottete sie. Ganz alleine stand er da, der großartige alte Recke, vor einer erdrückenden Übermacht, und schimpfte sie ›alte Weiber‹ und ›Hasenfüße‹. Und so sehr Nasta auch drohte und ihnen aufmunternd zurief, mehrere Minuten lang wagte keiner, einen neuen Angriff gegen dieses schier unbezwingbar scheinende Wesen aus einer anderen Welt zu unternehmen. Schließlich faßte sich der alte Agon, der – das muß der Gerechtigkeit halber gesagt werden – trotz all seiner Verschlagenheit und Tücke ein tapferer Mann war, ein Herz. Er sah, daß der Wall bald fertig sein würde, und wußte, daß das alle seine Pläne vereiteln würde. Er schwang seinen großen Speer und stürzte in rasender Wut die vom Blut rot gefärbten Stufen hinauf.

Wie Umslopogaas die Treppe verteidigte

»Ah, ah!« schrie der Zulu, als er den wehenden weißen Bart des Priesters erkannte. »Du bist es, alter Hexenmeister! Komm nur näher heran! Ich habe schon auf dich gewartet, weißer Medizinmann! Komm nur! Komm nur! Ich habe geschworen, dich zu töten, und der alte Umslopogaas hält immer seinen Schwur.«

Und schon war der Alte heran, ihn beim Wort nehmend. Er stieß mit dem großen Speer mit solcher Wucht auf den Zulu ein, daß die Spitze den Schild glatt durchschlug und ihm in den Hals drang. Umslopogaas schleuderte den durchbohrten Schild fort, und dieser Augenblick sollte Agons letzter sein; noch bevor er erneut ausholen und zustoßen konnte, hatte der Zulu Inkosi-kaas mit beiden Händen gegriffen, schrie gellend: *»Nimm dies, Regenmacher«!*, wirbelte die Axt hoch in die Luft und spaltete mit einem fürchterlichen Hieb den ehrwürdigen Schädel des Priesters bis zum Hals, so daß dieser tödlich getroffen auf die Leichen seiner Spießgesellen sank. Das war sein Ende und zugleich das seines schändlichen Komplotts. Und noch während er fiel, erscholl vom Fuße der Treppe her ein Ruf. Wir schauten hinaus durch die noch nicht vom Marmor geschlossene Lücke in der Toröffnung und sahen zu unserer großen Freude, wie Bewaffnete die Treppe heraufgerannt kamen und uns zu Hilfe eilten. Voller Freude antworteten wir auf ihren Ruf. Als die Verschwörer, unter denen ich mehrere Priester sah, erkannten, daß ihr Spiel aus war, wandten sie sich hastig zur Flucht. Doch der Weg war ihnen abgeschnitten; es gab kein Entrinnen mehr. Einer nach dem anderen wurden sie niedergemacht. Ein Mann jedoch war oben geblieben; es war der mächtige Fürst Nasta, Nylephtas Freier, der Kopf der Verschwörerbande. Einen Augenblick lang stand er da, auf sein Schwert gestützt, den Kopf voller Verzweiflung gesenkt. Doch dann stürzte er sich mit einem gräßlichen Schrei der Wut und des Hasses auf den alten Zulu. In wilder Raserei hob er den blitzenden Stahl und versetzte ihm einen solch fürchterlichen Hieb, daß die Schneide mit einem lauten Klirren durch das Kettenhemd schlug und tief in Umslopogaas' Seite fuhr. Der Zulu war für einen Moment wie gelähmt; die Axt fiel ihm aus der Hand. Erneut holte Nasta aus und sprang einen Schritt vor, um dem Zulu den Rest zu geben. Aber da kannte er seinen Gegner schlecht. Der alte Zulu riß sich mit einem Schütteln zusammen und sprang Nasta mit einem gellenden Wutschrei direkt an die Gurgel, wie ich es schon einmal bei einem verwundeten Löwen gesehen hatte. Er traf ihn mit voller Wucht, gerade als er seinen Fuß auf die oberste Stufe setzen wollte. Wie stählerne Bänder umschlossen seine langen Arme den Körper des Fürsten, und dann rollten beide in wildem Handgemenge die Treppe hinunter. Nasta war ein starker Mann, und er kämpfte mit dem Mute der Verzweiflung, doch dem stärksten Mann von Zululand war er nicht gewachsen. Wenn er auch schwer verwundet war, so besaß er doch immer noch schier übermenschliche Kräfte. Der Kampf sollte nicht lange dauern. Ich sah, wie der alte Umslopogaas taumelnd auf die Beine kam – und dann, alle Kräfte zusammennehmend, hob er den verzweifelt um sich tretenden und schlagenden Nasta hoch über seine Schultern und schleuderte ihn mit einem gellenden Triumphschrei über das Geländer der Brücke in die Tiefe, wo er mit zerschmetterten Gliedern auf den Felsen liegenblieb.

Inzwischen waren auch die Männer, die die Mädchen aus dem Hafen geholt hatten, eingetroffen, und die lauten Rufe, die von den Außentoren zu uns herüberhallten, verrieten uns, daß auch die Stadt inzwischen auf den Beinen war, und daß die Männer, die von den Mädchen geweckt worden waren, Einlaß begehrten. Einige von Nylephtas tapferen Zofen, die in ihren Nachtgewändern und mit offenem Haar, gerade so, wie sie aus dem Schlaf geholt worden waren, so aufopferungsvoll mitgeholfen hatten, die Marmorblöcke aufzuschichten, liefen flugs zum Seiteneingang, um die Männer hereinzulassen, während andere mit Hilfe der Männer, die vom Hafen gekommen waren, die Marmorblöcke, die sie mit soviel Mühe aufgestapelt hatten, wieder abtrugen.

Bald war die Mauer wieder verschwunden, und durch die

Toröffnung wankte der alte Umslopogaas, gefolgt von der Schar von Rettern, herein. Er bot einen fürchterlichen und zugleich doch so erhabenen Anblick. Sein Körper war von Wunden übersät; ein kurzer Blick in seine flackernden Augen verriet mir, daß er starb. Der ›Keshla‹-Gummiring auf seinem Kopf war von Schwerthieben in zwei Stücke zerschlagen; eines davon hing direkt über dem seltsamen Loch in seinem Schädel. Sein Gesicht war über und über mit Blut besudelt, das aus zahlreichen Schnittwunden und klaffenden Spalten auf seinem Kopf quoll. Auf der rechten Seite seines Halses war eine tiefe Stichwunde von einem Speer; es war die, die Agon ihm beigebracht hatte. Auf seinem linken Arm, direkt unterhalb der Stelle, wo das Kettenhemd aufhörte, war eine weitere tiefe Schnittwunde, und auf der rechten Seite seines Oberkörpers wies das Kettenhemd einen sechs Zoll langen Riß auf; es war die Stelle, an der Nastas gewaltiger Schwerthieb das stählerne Gewebe durchschlagen hatte und tief in den Leib des Zulu gedrungen war.

Er torkelte weiter, der grausam zugerichtete, prächtige alte Zulu, die Axt noch immer in der Hand. Die Damen vergaßen ob dieses schauerlichen Anblicks ohnmächtig zu werden und jubelten ihm stürmisch zu. Er beachtete sie nicht und torkelte weiter wie ein Trunkener. Mit ausgestreckten Armen wankte er über den mit Muschelschalen bestreuten Pfad. Wir folgten ihm nach, vorbei an der Stelle, wo die Marmorblöcke lagen, und dann durch den runden Torbogen und die dicken Vorhänge, die in ihm herabhingen. Jetzt taumelte er durch den kurzen Gang und trat in die große Halle, die sich mittlerweile mit Männern gefüllt hatte, die durch den Seiteneingang hereinströmten. Er ging mitten durch die große Halle, wobei er eine breite Blutspur hinter sich herzog. Jetzt hatte er den heiligen Stein erreicht, der sich in der Mitte der Halle befand, und hier schienen ihn endgültig seine Kräfte zu verlassen, denn er blieb plötzlich stehen und stützte sich schwer auf seine Axt. Doch dann reckte er sich mit einem Mal hoch und rief mit lauter Stimme:

»Ich sterbe, ich sterbe – aber es war ein königlicher Kampf. Wo sind die, die die große Treppe heraufstürmten? Ich sehe sie nicht. Bist du da, Macumazahn, oder bist du schon vorausgegangen in die Dunkelheit, die mich gleich einhüllen wird, um mich zu erwarten? Das Blut macht mich blind – alles dreht sich im Kreise – ich höre die Stimmen der Wasser.«

Dann, plötzlich, als wäre ihm ein neuer Gedanke gekommen, hob er die rote Axt und küßte die Schneide.

»Leb wohl, Inkosi-kaas«, rief er laut. »Nein, nein, wir werden zusammen von hinnen gehen; wir können nicht auseinandergehen, du und ich. Zu lange haben wir miteinander gelebt, du und ich.

Ein letzter Schlag, ein einziger, letzter Schlag nur! Ein guter Schlag! Ein gerader Schlag! Ein fester Schlag!« Und mit diesen Worten reckte er sich zu voller Größe auf, stieß einen wilden, markerschütternden Schrei aus, der einem das Blut in den Adern gefrieren machte, und begann, Inkosi-kaas mit beiden Händen hoch über seinem Kopf wirbeln zu lassen, bis es den Anschein hatte, als sei sie ein einziges kreisförmiges Band aus blitzendem Stahl. Und dann, ganz plötzlich, ließ er sie mit fürchterlicher Wut auf den heiligen Stein hinabsausen. Ein wahrer Schauer von Funken sprühte hoch, und die Schneide fuhr mit solch gewaltiger, ja übernatürlich anmutender Wucht in den Stein, daß der massive Marmorklotz mit einem fürchterlichen Krachen in tausend Stücke zersplitterte. Von Inkosi-kaas blieb nichts weiter übrig als ein paar Bruchstücke aus Stahl und ein zerfasertes Band aus zerschmettertem Horn, das einst der Griff gewesen war. Mit lautem Poltern und Klirren fielen die Bruchstücke des heiligen Steins auf den Marmorboden, und mit einem dumpfen Aufprall folgte ihnen der tapfere alte Zulu, den Griff von Inkosi-kaas noch immer fest umklammernd. – Er war tot.

Und so starb ein Held.

Ein erstickter Aufschrei der Ehrfurcht und der Bewunderung erscholl aus den Kehlen all derer, die Zeuge dieser außergewöhnlichen Szene geworden waren. Jemand schrie:

»Ein letzter Schlag, ein einziger letzter Schlag nur! Ein guter Schlag!«

»Die Weissagung! Die Weissagung! Der heilige Stein! Er hat ihn zerschmettert!« Und sogleich ging ein Raunen durch die Halle.

»Fürwahr«, rief Nylephta, die mit der ihr eigenen schnellen Auffassungsgabe, die sie so auszeichnete, sofort die Tragweite dessen, was geschehen war, erkannt hatte. »Fürwahr, mein Volk! Er hat den Stein zerschmettert! Und siehe da, die Prophezeiung hat sich erfüllt; denn ein König, der aus einem fremden Land zu uns kam, herrscht nun über Zu-Vendis. Incubu, mein Gemahl, hat Sorais' Truppen zurückgeschlagen. Ich fürchte sie nun nicht mehr. Dem aber, der die Krone so heldenhaft gerettet hat, soll auch die Ehre zuteil werden, sie auf sein Haupt zu setzen. Und jener Mann dort«, fügte sie, an mich gewandt, hinzu, und legte ihre weiße Hand auf meine Schulter, »ritt, wiewohl er in der Schlacht schwer verwundet ward, zusammen mit jenem großen alten Krieger, der dort am Boden liegt, hundert Meilen zwischen Sonnenuntergang und Morgengrauen, um mich zu retten vor der Verschwörung heimtückischer Meuchelmörder. Ja, und er errettete mich in letzter Sekunde. Und dafür, für die großen Taten, die sie vollbracht haben – Taten von solcher Größe und solchem Heldenmute, wie sie in der Geschichte unseres Volkes ohne Beispiel sind –, sollen ihre Namen, der Name von Macumazahn und der Name des toten Umslopogaas, ja, und der Name von Kara, meinem treuen Diener, der ihm so tapfer zur Seite stand, als er die Treppe verteidigte, in goldenen Lettern über meinem Throne prangen und für immer, solange dieses Reich existiert, vom Ruhme dieser glorreichen Helden Zeugnis ablegen. Ich, die Königin, befehle dies, und so soll es geschehen.«

Als diese feurige Rede beendet war, erschollen stürmische Jubelrufe, und ich sagte, wir hätten schließlich nur unsere Pflicht getan, wie es bei Engländern und Zulus üblich sei. Daraufhin wurden die Jubelrufe nur noch lauter. Dann half man mir, den Weg über den äußeren Hof zu meinem Quartier zurückzulegen, wo ich mich erst einmal ins Bett legen sollte. Während ich, gestützt von hilfreichen Armen, den Weg entlanghumpelte, fiel mein Blick auf das brave Pferd Daylight, das dort auf der Erde lag, den weißen Kopf nach vorn gestreckt, in derselben Stellung, in der es schon dagelegen hatte, nachdem es auf dem Hofe zusammengebrochen war. Ich bat jene, die mich stützten, mich nahe an das tapfere Tier heranzubringen; ich wollte es noch einmal anschauen, bevor man es davonschleifen würde. Und wie ich es anschaue, da öffnet es zu meinem großen Erstaunen die Augen, hebt seinen Kopf ein wenig und wiehert leise. Ich hätte vor Freude laut schreien können, als ich sah, daß es noch nicht tot war, hätte ich noch die Kraft zu schreien gehabt. Sofort schickte man nach den Stallknechten, die das Pferd auf die Beine stellten und ihm Wein einflößten. Vierzehn Tage später war es wieder so gesund und munter wie eh und je, und heute ist es der Stolz der Leute von Milosis. Sobald sie es auf der Straße sehen, zeigen sie es ehrfurchtsvoll den kleinen Kindern und flüstern ihnen ins Ohr, dies sei das ›berühmte Pferd, das der Königin das Leben gerettet hat‹.

Ich humpelte weiter und legte mich ins Bett. Man wusch mich und zog mir vorsichtig das Kettenhemd aus. Das bereitete mir schreckliche Schmerzen – kein Wunder: meine linke Brustseite war eine einzige schwarz angelaufene Wunde.

Das nächste, woran ich mich erinnere, war das Trappeln von Pferdehufen; es war etwa zehn Stunden später. Ich richtete mich in den Kissen auf und fragte, was los sei. Man sagte mir, daß soeben ein großer Trupp Kavallerie, den Curtis der Königin zu Hilfe gesandt hatte, vom Schlachtfeld eingetroffen sei. Die Männer seien zwei Stunden nach Sonnenuntergang losgeritten. Als sie den Schauplatz des blutigen Gemetzels verließen, befanden sich die versprengten Überreste von Sorais' Armee in vollem Rückzug in Richtung M'Arstuna, verfolgt von unserer gesamten noch kampffähigen Kavallerie.

Sir Henry schlug mit den Resten seiner erschöpften

Truppen an der Stelle das Lager für die Nacht auf, wo noch in der Nacht zuvor Sorais' Truppen gelagert hatten (so schnell kann sich das Kriegsglück wenden) und war drauf und dran, am nächsten Morgen auf M'Arstuna zu marschieren. Als ich diese Nachricht gehört hatte, fiel mir ein Stein vom Herzen; nun konnte ich beruhigt sterben. Und in dem Moment wurde alles schwarz um mich herum.

Das erste, was ich sah, als ich erwachte, war ein riesiges Monokel dicht über mir. Hinter dem Monokel befand sich Good.

»Na, wie geht's, alter Knabe?« sagte eine Stimme, die von irgendwo aus der Nähe des Monokels zu kommen schien.

»Was machst du denn hier?« fragte ich matt. »Wieso bist du nicht in M'Arstuna – bist du weggelaufen, oder was?«

»M'Arstuna!« rief er fröhlich. »M'Arstuna ist schon vor einer Woche gefallen. Du warst vierzehn Tage lang bewußtlos, mein Freund. Ich kann dir sagen, da war vielleicht etwas los; sie gingen mit fliegenden Fahnen, mit Pauken und Trompeten unter, gerade so, als wären sie es gewesen, die den Krieg gewonnen haben; aber trotz alledem; froh waren sie nicht, als sie sich ergeben mußten. Ich kann dir sagen, so etwas habe ich noch nie in meinem Leben gesehen.«

»Und Sorais?« fragte ich.

»Sorais – oh, Sorais ist gefangengenommen worden; sie ließen sie im Stich, diese Schufte«, fügte er mit veränderter Stimme hinzu, »sie opferten die Königin, um ihre Haut zu retten. Man bringt sie gerade hierher; ich habe keine Ahnung, was aus ihr werden wird – armes Kind!« Er seufzte.

»Wo ist Curtis?«

»Er ist bei Nylephta. Sie ritt heute hinaus, um uns zu begrüßen. Das gab vielleicht ein Hallo, kann ich dir sagen. Er wird dich morgen besuchen kommen; die Ärzte (es gab in Zu-Vendis eine medizinische ›Fakultät‹ wie anderswo auch) hielten es für ratsam, daß er dich heute noch nicht besuchen sollte.«

Ich schwieg dazu; doch im stillen dachte ich mir, daß er – Ärzte hin, Ärzte her – wenigstens einen kurzen Blick hätte hereinwerfen können; aber so ist es nun einmal: wenn ein Mann frisch verheiratet ist und gerade einen großen Sieg errungen hat, dann neigt er eben sehr dazu, auf den Rat von Ärzten zu hören.

Im selben Moment vernahm ich eine wohlbekannte Stimme, die mich darüber aufklärte, daß ›Monsieur sisch 'inlegen muß‹. Ich schaute auf und sah Alphonses riesige schwarze Bartspitzen, die sich irgendwo in der Ferne kräuselten.

»So sind Sie also auch wieder hier?« fragte ich.

»Mais oui, Monsieur; der Krieg ist nun beendet, meine militärischen Gelüste sind befriedigt, und isch kehre zurück, um Monsieur zu pflegen.«

Ich lächelte, oder besser, versuchte zu lächeln; aber eines muß ich sagen: Was auch immer seine Mängel als Krieger gewesen sein mögen (und ich befürchte, daß er in diesem Punkt seinem heroischen Großvater wohl kaum das Wasser reichen konnte, was wieder einmal ein trefflicher Beweis für die Richtigkeit der alten Weisheit ist, die da besagt, daß es nicht gut sei, im Schatten eines großen Vorfahren stehen zu müssen), einen besseren und freundlicheren Krankenpfleger als ihn kann ich mir nicht vorstellen. Der arme Alphonse! Hoffentlich behält er mich immer in so lieber Erinnerung wie ich ihn.

Am folgenden Tage sah ich Curtis, begleitet von Nylephta. Er erzählte mir alles, was sich ereignet hatte, seit Umslopogaas und ich so wild vom Schlachtfeld davongesprengt waren, um das Leben der Königin zu retten. Es schien mir, daß er die Sache gut hingekriegt hatte und daß er in hervorragender Manier seine Fähigkeiten als General unter Beweis gestellt hatte. Natürlich hatten auch wir gewaltige Verluste hinnehmen müssen – in der Tat, ich scheue mich zu sagen, wie viele Opfer die fürchterliche Schlacht, die ich beschrieben habe, forderte, aber ich weiß, daß das Gemetzel die männliche Bevölkerung des Landes beträchtlich dezimiert hatte. Er freute sich sehr, mich zu sehen, die gute Seele, und mit Tränen in den Augen dankte er mir für das Wenige, das ich zum Sieg hatte beisteuern können. Ich merkte jedoch, wie er heftig erschrak, als sein Blick auf mein Gesicht fiel.

Und Nylephta – nun, sie strahlte vor Glück, nun da ihr ›geliebter Gemahl‹ heil aus der Schlacht zurückgekehrt war, mit lediglich einer kleinen Schramme auf der Stirn. Ich glaube, daß für sie diese Tatsache alles andere aufwog. Daß selbst all das grausame, schlimme Gemetzel nicht so schwer wog, um ihr Glück über die gesunde Heimkehr ihres Geliebten zu trüben. Und ich kann es ihr nicht einmal verargen; es liegt nun einmal in der Natur einer liebenden Frau, alles durch die Brille ihrer Liebe zu betrachten, und was zählt in einem solchen Moment schon das Elend der vielen, wenn nur für das Glück des *einen* gesorgt ist. So ist die menschliche Natur, von der die Positivisten sagen, sie sei lediglich Vollkommenheit; also hat dies zweifellos alles seine Richtigkeit.

»Und was hast du vor, mit Sorais zu machen?« fragte ich sie.

Sofort verdüsterte sich ihr Gesicht.

»Sorais!« rief sie und stampfte mit dem Fuß auf. »Ah, Sorais!«

Sir Henry beeilte sich, das Gespräch wieder auf ein anderes Thema zu bringen.

»Du wirst bald wieder auf den Beinen sein, alter Knabe, und nach einer Weile bist du wieder ganz der Alte.«

Ich schüttelte den Kopf und lachte.

»Täuscht euch nur nicht«, erwiderte ich. »Vielleicht komme ich noch einmal ein bißchen auf die Beine, aber der Alte, nein, der werde ich niemals mehr sein. Ich bin ein todgeweihter Mann, Curtis. Vielleicht dauert es noch eine Weile, bis es soweit ist, aber sterben muß ich auf jeden Fall. Weißt du, daß ich schon den ganzen Morgen Blut spucke? Ich sage dir, da bohrt sich ganz langsam etwas in meine Lunge; ich spüre es ganz deutlich. Aber nicht doch; mach nicht so ein betrübtes Gesicht; meine Uhr ist abgelaufen, und ich bin bereit, abzutreten. Reich mir bitte den Spiegel, sei so freundlich. Ich möchte sehen, wie ich ausschaue.«

Er machte irgendwelche Ausflüchte, aber ich durchschaute es sofort und beharrte auf meinem Wunsch. Schließlich reichte er mir eine der Scheiben aus blankpoliertem Silber, die in einem hölzernen Rahmen stecken und in Zu-Vendis als Spiegel dienen. Ich schaute hinein und ließ ihn sogleich wieder sinken.

»Aha«, sagte ich und versuchte, meiner Stimme einen möglichst ruhigen Klang zu geben, »ich dachte es mir doch; und du willst mir weismachen, ich wäre bald wieder ganz der Alte!« Ich wollte nicht, daß sie merkten, wie erschreckt ich selbst über mein Aussehen war. Mein graues, struppiges Haar war schneeweiß geworden, und mein gelbes Gesicht war eingefallen wie das einer alten Frau. Um meine Augen lagen tiefe, purpurrote Ringe.

Nylephta fing an zu weinen, und Sir Henry wechselte erneut schnell das Thema. Er sagte mir, daß die Künstler einen Abdruck vom Körper des toten Umslopogaas gemacht hätten, und daß sie eine große Statue aus schwarzem Marmor errichten wollten, die ihn zeige, wie er gerade den heiligen Stein zerschmetterte. Ihr gegenüber sollte eine zweite Statue aus weißem Marmor errichtet werden, die mich auf dem Pferd Daylight darstellte, und zwar in dem Moment, als es am Ende jenes wilden Rittes im Hofe des Palastes unter mir zusammenbricht. Ich habe diese Statuen noch mit eigenen Augen sehen können. Sie sind jetzt, da ich dies schreibe, das heißt, sechs Monate nach der Schlacht, nahezu vollendet. Und ich muß sagen, sie sind wirklich sehr schön geworden, besonders die von Umslopogaas; er ist wirklich genau getroffen. Meine eigene – nun, sie ist auch sehr gut geworden, aber für meinen Geschmack haben sie mein häßliches Gesicht ein wenig zu sehr idealisiert. Vielleicht muß das so sein. Schließlich darf man nicht vergessen, daß im Laufe der kommenden Jahrhunderte Tausende von Menschen diese Statue betrachten werden; und es ist wirklich nicht besonders angenehm, häßliche Dinge zu betrachten.

Dann erzählten mir Nylephta und Sir Henry, daß man Umslopogaas' letztem Wunsche entsprochen und ihn, anstatt ihn zu verbrennen, wie man es mit mir nach dem landesüblichen Brauch machen wird, mit angezogenen Knien nach dem Brauch der Zulu zusammengebunden hatte, um ihn, in eine dünne Folie aus Blattgold gehüllt, in einem Loch beizusetzen, das man in das Mauerwerk der halbkreisförmigen Plattform am oberen Ende der Treppe brach, die er so glorreich verteidigt hatte. Diese halbkreisförmige Plattform weist mit ihrer Rundung, soweit wir das beurteilen können, in die Richtung, in der Zululand liegt. Da hockt er nun, und wird es wohl für immer so tun, denn sie balsamierten seinen Leichnam ein und legten ihn in eine luftdichte steinerne Truhe, und schaut mit grimmigen Lächeln auf jene Stelle, die er allein gegen eine erdrückende Übermacht verteidigte; und die Leute sagen, des Nachts stehe sein Geist aus dem Sarge auf und schüttle drohend Inkosi-kaas gegen unsichtbare Feinde. Bestimmt fürchten sie sich, in der Dunkelheit jenen Ort zu passieren, an dem der Held seine letzte Ruhe gefunden hat.

Und seltsamerweise ist eine neue Legende oder Prophezeiung im Lande entstanden, auf jene unerklärliche Weise, in der so etwas eben bei ungebildeten, halbzivilisierten Völkern aufzutauchen pflegt; niemand weiß, wo es seinen Ausgang genommen hat, und plötzlich ist es einfach da. Diese Legende besagt, daß, solange der alte Zulu dort hockt und auf die Treppe herunterschaut, die er als Lebender verteidigte, solange auch wird die neue Dynastie der Treppe, die entstanden ist aus der Vereinigung des Engländers mit Nylephta, Bestand haben und blühen; doch wenn er einstmals von dort fortgenommen wird, oder wenn, Generationen später, seine Knochen schließlich zu Staub zerfallen, dann wird auch die Dynastie zerfallen, und die große Treppe wird zusammenstürzen, und die Nation der Zu-Vendi wird aufhören, eine Nation zu sein.

23
Ich habe gesprochen

Etwa eine Woche nach Nylephtas Besuch – ich hatte gerade damit begonnen, täglich um die Mittagszeit ein wenig im Zimmer auf- und abzugehen – wurde mir eine Botschaft von Sir Henry überbracht. Man wollte Sorais zur Mittagsstunde im ersten Vorzimmer der königlichen Schlafgemächer vor Nylephta und Sir Henry führen, und Sir Henry bat mich, falls es mir möglich wäre, dabeizusein. Von der Neugier getrieben, diese unglückliche Frau noch einmal zu sehen, machte ich mich sofort auf den Weg. Der freundliche kleine Alphonse, der mir zu einer unentbehrlichen Stütze geworden ist, und ein weiterer Diener halfen mir, das Vorzimmer zu erreichen. Ich war noch vor den anderen da; außer mir befanden sich nur einige der höheren Offiziellen des Hofes, um deren Anwesenheit man ebenfalls gebeten hatte, in dem Zimmer. Ich hatte kaum Platz genommen, als auch schon Sorais von der Wache hereingeführt wurde. Sie war so schön wie eh und je, und in ihren Zügen lag derselbe herausfordernde Trotz, den sie schon zur Schau getragen hatte, als ich sie das letzte Mal sah. Doch sie wirkte müde und abgekämpft. Sie trug wie gewöhnlich ihren königlichen ›Kaf‹, der mit dem Sonnenemblem bestickt war, und in der rechten Hand hielt sie noch immer den kleinen silbernen Speer. Ein Stich ging mir durchs Herz, gleichermaßen aus Bewunderung und aus Mitleid. Ich erhob mich mühsam und machte eine tiefe Verbeugung vor ihr. Gleichzeitig gab ich ihr mein Bedauern zum Ausdruck, daß ich aufgrund meines schlimmen Zustandes nicht aufrecht vor ihr stehenbleiben konnte.

Sie errötete ein wenig und sagte mit einem bitteren Lächeln: »Du vergißt, Macumazahn, ich bin keine Königin mehr, außer vom Geblüte her; ich bin eine Ausgestoßene und eine Gefangene, eine, die von allen verachtet werden

»Ich bin keine Königin mehr«

muß und der man keine Ehrerbietungen mehr erweisen darf.«

»Schließlich bist du immer noch eine Dame«, erwiderte ich, »und daher geziemt es sich immer noch, dir Achtung und Respekt zu zollen, umso mehr, als du dich in einer schlimmen Lage befindest.«

»Vergiß nicht«, gab sie mit einem Lächeln zur Antwort, »daß ich dich in Blätter aus Gold einwickeln und an der Fanfare des Engels an der höchsten Zinne des Tempels aufhängen wollte.«

»Nein«, antwortete ich, »ich versichere dir, daß ich das nicht vergessen habe; im Gegenteil: oft habe ich daran gedacht, dann, wenn es mir schien, daß sich das Kriegsglück bei der Schlacht am Paß gegen uns wendete. Aber die Fanfare ist dort, und ich bin noch immer hier, wenn auch wohl nicht mehr lange. Warum also jetzt große Worte darüber verlieren?«

»Ah«, rief sie, »diese Schlacht! Diese Schlacht! Oh, ich wünschte, ich könnte noch einmal Königin sein, und wenn es nur für eine einzige Stunde wäre! Welch fürchterliche Rache ich nehmen würde an jenen verfluchten Schakalen, die mich in der höchsten Not im Stich ließen! Diese Weiber! Diese Bastarde mit dem Herzen einer Taube, die vor lauter Angst, besiegt zu werden, vergingen!« Und sie erstickte fast an ihrer grimmigen Wut.

»Ah, und jene feige Memme dort an deiner Seite«, fuhr sie fort und zeigte mit dem kleinen silbernen Speer auf Alphonse, worauf dieser erschreckt zusammenfuhr und ein äußerst unbehagliches Gesicht machte; »er entkam und verriet meine Pläne. Ich versuchte, einen General aus ihm zu machen und ihm Tapferkeit einzuprügeln. Den Soldaten erzählte ich, es wäre Bougwan.« Alphonse zitterte vor Angst, als diese unangenehme Erinnerung wieder in ihm aufgerührt wurde. »Aber es half nichts. Er verbarg sich unter einem Banner in meinem Zelt und hörte so alle meine Pläne mit. Ich wünschte, ich hätte ihn getötet, doch leider beherrschte ich mich.

Und du, Macumazahn, ich hörte, was du getan hast; du bist tapfer, und du hast ein redliches Herz. Und der Schwarze, ah, das war ein wahrer *Mann*. Nur zu gern wäre ich zugegen gewesen, als er Nasta von der Treppe hinunterschleuderte!«

»Du bist eine wunderliche Frau, Sorais«, sagte ich; »ich bitte dich inständig, flehe Nylephta an, auf daß sie Gnade gegen dich walten lasse!«

Sie lachte schallend. »*Ich* soll um Gnade winseln!« Im selben Moment trat die Königin in das Zimmer, begleitet von Sir Henry und Good, und nahm Platz. Ihr Gesicht verriet keinerlei Bewegung. Der arme Good machte ein äußerst unbehagliches Gesicht.

»Sei gegrüßt, Sorais!« sagte Nylephta nach einem kurzen Moment des Schweigens. »Du hast das Königreich zerrissen wie einen Fetzen Stoff, du hast Tausende von Menschen um ihr Leben gebracht, du hast zweimal niederträchtige Verschwörungen angezettelt, mit dem Ziel, mein Leben durch Mord zu vernichten, du hast geschworen, meinen Gemahl und seine Gefährten zu töten und mich von der großen Treppe zu werfen. Was hast du zu deiner Verteidigung vorzubringen? Sprich, Sorais!«

»Mich dünkt, meine königliche Schwester vergaß, den Hauptpunkt der Anklage zu erwähnen«, antwortete Sorais in ihrer ruhigen, melodischen Stimme. »Er lautet so: ›Du warst bestrebt, die Liebe meines Herrn Incubu für dich zu gewinnen.‹ Und für dieses Verbrechen will meine Schwester mich doch zum Tode verurteilen, und nicht, weil ich Krieg gegen sie geführt habe. Vielleicht war es dein Glück, Nylephta, daß ich zu spät versuchte, seine Liebe zu erringen. Höre«, fuhr sie fort und hob ihre Stimme. »Ich habe nichts weiter zu sagen, außer, daß ich wünschte, ich hätte gewonnen, statt zu verlieren. Mach mit mir, was du willst, o Königin, und laß meinen Herrn, den König ...« – sie zeigte dabei auf Sir Henry – »denn von nun an wird er der König sein, das Urteil verkünden, wie es sich geziemt, denn er ist der Anfang allen Übels, und so laß ihn auch das Ende sein.«

Und sie reckte sich stolz empor, warf ihm einen kurzen, wütenden Blick aus ihren tiefen, dunklen Augen zu und begann, mit ihrem Speer zu tändeln.

Sir Henry beugte sich zu Nylephta hinüber und flüsterte ihr etwas ins Ohr, und dann sprach Nylephta.

»Sorais, ich bin dir immer eine gute Schwester gewesen. Als unser Vater starb und die Meinungen im Lande weit auseinandergingen, ob du mit mir auf dem Throne sitzen solltest oder nicht, war ich doch die Ältere von uns beiden, da erhob ich meine Stimme für dich und sagte: ›Nein, laßt sie den Thron mit mir teilen. Sie ist meine Zwillingsschwester; wir erblickten bei derselben Geburt das Licht der Welt; warum also sollte die eine den Vorzug vor der anderen erhalten?‹ Und so war es immer zwischen dir und mir, Schwester. Und so hast du es mir also zurückgezahlt. Aber ich habe obsiegt, und du hast dein Leben verwirkt, Sorais. Und doch bist du meine Schwester; du bist zugleich mit mir geboren, und wir spielten zusammen, als wir klein waren, und wir liebten uns über alle Maßen, und nachts schliefen wir zusammen in demselben Bette und hielten einander fest umschlungen, und darum fühlt sich mein Herz auch jetzt noch mit dir verbunden, Sorais.

Doch nicht aus diesem Grunde will ich dir das Leben schenken, denn zu schlimm war deine Schandtat; so schwer war dein Vergehen, daß es die weiten Schwingen meiner Gnade schier bis auf den Boden hinunterdrückt. Und ich weiß, solange du lebst, wird das Land keinen Frieden haben.

Und doch sollst du nicht sterben, Sorais, denn mein geliebter Gemahl bat mich, Gnade walten zu lassen; und so will ich ihm denn dein Leben als mein Hochzeitsgeschenk zu Füßen legen; mag er darüber verfügen, wie ihm beliebt; denn ich weiß, Sorais, auch wenn du ihn liebst, so erwidert er doch nicht deine Liebe, trotz all deiner Schönheit. Und obwohl du so lieblich bist wie die Nacht im Glanze ihrer Sterne, o Sorais, Herrin der Nacht, so bin doch ich es, seine Frau, die er mit all seinem Herzen liebt, und nicht du. Und darum lege ich ihm dein Leben zu Füßen.«

Sorais errötete heftig und sagte nichts. Ich glaube nicht, daß ich jemals einen Mann unbehaglicher habe dreinblicken sehen als Sir Henry in jenem Moment. Die Art und Weise, in der Nylephta die Sache hinstellte, war – so wahr und überzeugend es auch klang – alles andere als angenehm für ihn.

»Wie ich weiß«, stotterte Curtis, an Good gewandt, »wie ich weiß ... äh ... ich meine, wie ich gehört habe, warst du ... ich meine, bist du der Königin Sorais ... äh ... sehr zugeneigt. Ich weiß nicht ... äh ... wie ... also ich meine ... äh ... ich will sagen, ich weiß nicht, welcher Art deine Gefühle ihr gegenüber jetzt sind; aber wenn sie noch immer so sind wie früher, dann finde ich ... also kurzum: ich meine, da wäre eine schöne und zufriedenstellende Lösung für dieses unangenehme Problem. Sie besitzt große private Ländereien, auf denen sie bestimmt – da bin ich ganz sicher – unbehelligt und in Freiheit leben könnte. Du hast doch auch nichts dagegen, nicht wahr, Nylephta? Es ist natürlich bloß ein Vorschlag.«

»Was mich betrifft«, sagte Good, wobei er heftig errötete, »so bin ich gewillt, das Geschehene zu vergessen; und wenn die Herrin der Nacht mich als würdig erachtet, dann möchte ich sie gerne heiraten – morgen, oder wann immer es ihr recht ist, und versuchen, ihr ein guter Ehemann zu sein.«

Alle Augen waren jetzt auf Sorais gerichtet, auf deren Zügen wieder dasselbe hintergründige Lächeln lag, das mir schon aufgefallen war, als ich sie zum erstenmal gesehen hatte. Sie schwieg eine ganze Weile. Schließlich räusperte sie sich und dann verbeugte sie sich dreimal tief, zuerst vor Nylephta, dann vor Curtis, und schließlich vor Good und hub an zu sprechen, diesmal in sehr zurückhaltendem Ton.

»Ich danke dir, o huldvolle Königin und Schwester, für die Liebe und die Freundlichkeit, die du mir zukommen ließest von Kindesbeinen an. Besonders danke ich dir für die Gnade, die du mir erwiesest, indem du mein Leben und mein Schicksal in die Hand des Fürsten Incubu legtest – des zukünftigen Königs also. Mögen Glück, Frieden und Wohlstand wie Blumen auf dem Pfade deines Lebens wachsen, gütige Schwester. Lange mögest du herrschen über dieses Land, große, erhabene Königin, und die Liebe deines Gatten fest in deinen Händen halten. Mögen eurer Liebe viele Söhne und Töchter entspringen, die alle so schön sind wie du, o Königin. Und auch dir will ich danken, Incubu, dir, dem zukünftigen König, tausendfach will ich dir danken, daß du so gütig warst, das Geschenk der Königin anzunehmen, und daß du es weiterreichtest an deinen Gefährten in der Schlacht und im Abenteuer, Fürst Bougwan. Gewiß entspricht dieser Akt deiner Größe und deiner Erhabenheit, Fürst Incubu. Und nun will ich auch dir danken, Fürst Bougwan, der du dich dazu herabließest, mich und meine arme Schönheit als Geschenk anzunehmen. Auch dir danke ich tausendfach, und ich will hinzufügen, daß du ein guter und ehrenhafter Mann bist, und ich lege die Hand auf mein Herz und schwöre, daß ich wünschte, ich könnte ›ja‹ sagen. Und nun, da ich euch allen meinen Dank ausgesprochen habe« – und wieder lag dieses hintergründige Lächeln auf ihren Zügen – »laßt mich noch ein Wort hinzufügen.

Wie schlecht ihr mich kennen müßt, du, Nylephta, und ihr, meine Herren, wenn ihr nicht wißt, daß es für mich keinen Mittelweg geben kann; wenn ihr nicht wißt, daß ich euer Mitleid verachte und euch dafür hasse; daß ich eure Barmherzigkeit von mir schleudere wie einen räudigen Hund; hier stehe ich vor euch, verraten, verlassen, in den Staub getreten und allein, und doch triumphiere ich über euch, verhöhne und verspotte euch alle miteinander, und *dies* ist meine Antwort!« Und dann, blitzschnell, bevor auch nur einer von uns ahnen konnte, was sie vorhatte, stieß sie sich den kleinen silbernen Speer, den sie in der Hand hielt, mit solcher Wucht und Zielsicherheit in die Seite, daß die Spitze auf der anderen Seite aus ihrem Rücken herausragte, und dann stürzte sie vornüber auf den Boden.

Nylephta schrie auf, und der arme Good wurde von dem Anblick beinahe ohnmächtig, während die restlichen Anwesenden zu ihr hinstürzten. Doch Sorais, die Herrin der

Nacht, stützte sich noch einmal auf ihren Arm und blickte in die Runde. Einen Moment lang hefteten sich ihre dunklen Augen auf Curtis' Gesicht, und es schien, als läge irgendeine Botschaft in ihrem Blick. Dann ließ sie ihren Kopf mit einem tiefen Seufzer fallen, und mit einem Schluchzen ging ihr dunkler und doch so prächtiger Geist von ihr.

Nun, man bestattete sie in königlichen Ehren, und das war das Ende von Sorais, der Herrin der Nacht.

Einen Monat, nachdem der Vorhang über dem letzten Akt von Sorais' Tragödie gefallen war, fand eine große Zeremonie im Blumentempel statt, und Curtis wurde in aller Form zum Prinzgemahl von Zu-Vendis ernannt. Ich war zu krank, um der Feierlichkeit beiwohnen zu können; ich muß jedoch auch gestehen, daß mir das nicht ganz ungelegen war; denn ich kann solcherlei Gepränge auf den Tod nicht ausstehen; die frenetisch jubelnde Volksmasse, der Klang von Pauken und Trompeten und das prunkhafte Fahnengeschwenke – all dies ist mir zuwider. Good jedoch wohnte der Zeremonie bei – in seiner Galauniform, versteht sich. Tief beeindruckt kehrte er zurück und erzählte mir, wie reizend Nylephta ausgesehen hätte, und welch wahrhaft königlichen Eindruck Curtis hinterlassen hätte. Man hätte ihn mit solch frenetischem Jubel begrüßt, daß ein für allemal jeder Zweifel an seiner außerordentlichen Beliebtheit bei der Bevölkerung, falls überhaupt jemals ein solcher bestanden hätte, ausgelöscht worden wäre. Und als man Daylight an der Menge vorbeiführte, da hätte das Volk *»Macumazahn, Macumazahn!«* gebrüllt, bis alle heiser gewesen wären. Die Leute hätten erst wieder zur Ruhe gebracht werden können, indem er, Good, sich in seinem Triumphwagen aufgerichtet und ihnen zugerufen habe, daß Macumazahn zu schwer verwundet sei, um an der Parade teilzunehmen.

Später kam auch Sir Henry, oder besser, der König, zu mir. Er sah sehr müde aus und versicherte mir, sich niemals in seinem Leben so gelangweilt zu haben wie während jener Feierlichkeiten; ich wage jedoch zu behaupten, daß das eine leichte Übertreibung war. Es liegt einfach nicht in der Natur des Menschen, sich anläßlich eines solch außergewöhnlichen Ereignisses völlig zu langweilen. Und ich machte ihm klar, daß es in der Tat schon fast an ein Wunder grenzte, daß ein Mann, der erst vor Jahresfrist ein großes Land als völlig unbekannter Fremder betreten hatte, im Verlaufe einer so kurzen Zeitspanne zum Gemahl der Königin dieses Landes und unter dem Jubel der Öffentlichkeit auf den Thron gehoben wurde. Ich ging sogar soweit, ihn zu gemahnen, sich in der Zukunft nicht vom Stolz und Pomp der unumschränkten Macht zu weit forttragen zu lassen, sondern immer daran zu denken, daß er in erster Linie ein gottesfürchtiger Gentleman war, und in zweiter ein Diener des Gemeinwohls, den das Schicksal gerufen hatte, eine unerhörte Verantwortung zu tragen. Geduldig hörte er meine mahnenden Worte an. Ja, er dankte mir sogar dafür.

Wenige Tage nach dieser Zeremonie veranlaßte ich, daß man mich in das Haus trug, in dem ich jetzt liege und dies schreibe. Es ist ein sehr schöner Landsitz. Er ist ungefähr zwei Meilen von der finster blickenden Stadt entfernt, und wenn ich aus dem Fenster schaue, kann ich in der Ferne die goldene Kuppel des Blumentempels sehen. Seither sind fünf Monate vergangen. Während dieser Zeit habe ich, mittlerweile völlig ans Bett gefesselt, viele, viele Stunden damit zugebracht, diese Geschichte unserer Wanderungen und Abenteuer im Inneren Afrikas zu verfassen, wobei mir zum einen meine Tagebuchaufzeichnungen und zum anderen unsere gesammelten Erinnerungen eine große Hilfe waren. Aller Wahrscheinlichkeit nach wird niemand jemals diese Geschichte lesen, aber was macht das schon, ob sie gelesen wird oder nicht; jedenfalls hat mir das Niederschreiben unserer Erlebnisse soviel Kurzweil gebracht, daß mir viele Stunden fürchterlicher Qualen erspart blieben. Während der letzten Monate habe ich schreckliche Schmerzen ertragen müssen; doch Gott sei gedankt: das Ende meiner Qualen rückt immer näher.

Seit ich dieses schrieb, ist wieder eine Woche ins Land gegangen, und nun will ich ein letztes Mal zur Feder greifen, denn ich fühle, daß meine letzten Stunden gekommen sind. Meine Gedanken sind noch immer klar, und es gelingt mir noch immer, sie niederzuschreiben, wenn auch nur mit erheblicher Mühe. Die Schmerzen in meiner Lunge, die während der letzten Tage schier unerträglich geworden waren, sind plötzlich völlig verschwunden; an ihre Stelle ist ein Gefühl der Taubheit getreten, dessen Bedeutung mir absolut klar ist. Und in dem gleichen Maße, wie der Schmerz von mir gegangen ist, hat mich auch alle Furcht vor dem Ende verlassen. Ich habe nur noch das Gefühl, als sänke ich immer tiefer in die Arme einer unbeschreiblichen Ruhe. Glücklich und zufrieden, und mit demselben Gefühl der Geborgenheit, mit dem sich ein Kind zum Schlafen in die Arme der Mutter legt, lasse ich mich nun in die Arme des Todesengels sinken. All die Furcht, all die bedrückenden Ängste und Sorgen, die mich mein ganzes Leben, das mir nun, da ich auf es zurückblicke, sehr lang erscheint, begleitet haben, sind nun von mir gewichen; die Stürme sind vorüber, und der Stern der ewigen Hoffnung erstrahlt nun hell und klar an jenem Horizont, der dem Menschen so unerreichbar weit entfernt erscheint, der mir jedoch in dieser Nacht schon so nahe ist.

Nun ist also das Ende gekommen – eine kurze Spanne der Mühe und der Sorge, ein paar ruhelose, fiebernde Jahre der Qual, und dann empfangen einen die Arme des Todesengels. Oftmals war ich ihnen schon sehr nahe, manch einen Gefährten umschlangen sie, während er an meiner Seite stand, und nun bin endlich ich an der Reihe, und es ist gut so. Noch vierundzwanzig Stunden, und die Erde wird von mir gegangen sein, mit all ihren Hoffnungen und all ihren Ängsten. Luft wird die Stelle ausfüllen, an der mein Leib war, und ich werde vom Erdboden verschwunden sein; der düstere Hauch der Vergeßlichkeit der Welt wird zuerst das strahlend helle Licht der Erinnerung an mich wie ein Schatten verdunkeln, bevor er sie für immer und ewig auslöschen wird; und dann werde ich fürwahr tot sein. So ist es mit uns allen. Wie viele Millionen haben schon so dagelegen wie ich und haben diese Gedanken auch gehabt und sind der Vergessenheit anheimgefallen! Vor Tausenden und Abertausenden von Jahren schon haben sie dieselben Gedanken gehabt, jene längst vergessenen Sterbenden aus grauer Vorzeit; und in Tausenden und Abertausenden von Jahren werden ihre Nachkommen dieselben Gedanken denken, und auch sie werden ihrerseits vergessen werden. »Wie der Atem des Ochsen im Winter, wie die Sternschnuppe, die über den Himmel jagt, wie ein kleiner Schatten, der sich beim Sonnenuntergang verliert«, so hörte ich einst einen Zulu namens Ignosi sagen, »so ist der Lauf des Lebens, jener Lauf, der nur ach so schnell vorbei ist.«

Nun, die Welt, die ich nun bald verlassen werde, ist keine gute Welt – niemand kann das behaupten, außer vielleicht jene, die ihre Augen wissentlich vor den Tatsachen verschließen. Wie kann eine Welt gut sein, in der der Mammon die alles bewegende Kraft und in der die Selbstsucht der Leitstern ist? Was einem so verwunderlich erscheint, ist nicht die Tatsache, daß sie so schlecht ist, sondern daß es überhaupt noch welche auf ihr gibt, die gut sind.

Und doch – nun, da mein Leben zu Ende ist, kann ich ruhigen Gewissens sagen, daß ich froh bin, gelebt zu haben; daß ich froh bin, den warmen Atem der Liebe einer Frau gespürt zu haben und jene wahre Freundschaft, die oft sogar stärker ist als die Liebe zwischen Mann und Frau. Ich bin froh, das Lachen kleiner Kinder gehört zu haben, die Sonne, den Mond und die Sterne gesehen zu haben, den Kuß der salzigen See auf meinem Gesicht gespürt und das Wild beobachtet zu haben, wie es des Nachts beim Schein des Mondes zum Wasser zieht. Doch möchte ich trotz alledem nicht noch einmal leben!

Wie anders doch alles um mich herum jetzt zu werden scheint! Die Dunkelheit rückt immer näher, und das Licht schwindet. Und doch scheint es mir, als könne ich durch den grauen Schleier der Finsternis schon manch ein längst vergessen geglaubtes Gesicht erkennen, das mich willkommen heißt. Ich sehe Harry; auch viele andere kann ich erkennen; doch alle Gesichter werden überstrahlt von dem der einen, jener meiner Meinung nach süßesten und vollkommensten Frau, die je auf dieser grauen Erde gewandelt ist. Doch über sie habe ich schon an anderer Stelle genug geschrieben; warum also nun über sie sprechen? Warum über sie sprechen nach dieser unendlich langen Stille, nun, da sie mir wieder so nahe ist, nun, da ich den Weg gehen werde, den sie schon lange vor mir gegangen ist?

Die untergehende Sonne verwandelt die goldene Kuppel des großen Tempels in eine hell lodernde Flamme, und meine Hand erlahmt.

Und so reiche ich nun allen, die mich gekannt haben, und all jenen, die ich gekannt habe, all jenen, die einen freundlichen Gedanken für den alten Jäger in ihrem Herzen haben, von dem fernen Ufer die Hand und sage ihnen Lebewohl.

Und nun befehle ich meinen Geist in die Hände des allmächtigen Gottes, der ihn einst sandte.

»Ich habe gesprochen«, wie die Zulu sagen.

24

Von einer anderen Feder

Ein Jahr ist vergangen, seit unser teurer Freund Allan Quatermain die Worte *›Ich habe gesprochen‹* schrieb, die am Ende seines Berichtes über unsere gemeinsamen Abenteuer stehen. Ich hätte niemals gewagt, diese Niederschrift mit irgendwelchen Ergänzungen zu versehen, hätte sich nicht ganz plötzlich durch einen höchst merkwürdigen Zufall die Möglichkeit ergeben, diese Aufzeichnungen nach England gelangen zu lassen. Die Chance ist nur sehr gering; aber da es sehr unwahrscheinlich ist, daß sich zu unseren Lebzeiten noch einmal eine solche eröffnet, haben Good und ich beschlossen, sie zu nutzen. Während der vergangenen sechs Monate haben diverse Grenzkommissionen die verschiedenen Grenzen von Zu-Vendis eingehend inspiziert, um herauszufinden, ob irgendwelche Möglichkeiten existieren, aus dem Land herauszukommen oder es zu betreten. Das Resultat war, daß sie einen Verbindungskanal zur Außenwelt entdeckten, der bisher gänzlich übersehen worden war. Dieser Verbindungsweg ist offensichtlich der einzige, der existiert. (Ich habe herausgefunden, daß über ihn der Eingeborene, der schließlich Mr. Mackenzies Missionsstation erreichte, in das Land gekommen war. Sein Auftauchen in Zu-Vendis wurde ebenso wie seine Vertreibung – er erreichte das Land tatsächlich drei Jahre vor uns – aus unerfindlichen Gründen von den Priestern, zu denen man ihn brachte, strikt geheimgehalten.) Er soll nun ein für allemal geschlossen werden. Doch bevor dies geschieht, wird ein Bote mit diesem Manuskript das Land verlassen. Darüber hinaus wird er ein oder zwei Briefe mitnehmen, die Good an seine Freunde geschrieben hat, sowie einen Brief von mir an meinen Bruder George. Der Gedanke, daß ich ihn niemals wiedersehen werde, stimmt mich sehr traurig. Ich habe ihm in diesem Brief geschrieben, daß er als mein direkter Erbe frei über mein Vermögen, das ich in England zurückgelassen habe, verfügen darf, sofern das Hinterlegungsgericht seine Zustimmung dazu gibt, denn Good und ich haben uns dazu entschlossen, nie mehr nach Europa zurückzukehren. Selbst wenn wir tatsächlich den Wunsch hätten, könnten wir ohnehin Zu-Vendis nie wieder verlassen.

Der Bote, den wir losschicken wollen – und ich wünsche ihm von Herzen alles Gute für die Reise –, ist Alphonse. Seit langer Zeit schon langweilen ihn Zu-Vendis und seine Einwohner zu Tode. »*Oh, oui, c'est beau*«, pflegt er mit einem bezeichnenden Achselzucken zu sagen, wenn man ihn fragt, wie es ihm in Zu-Vendis gefällt; »*mais je m'ennuie; ce n'est pas chic.*« Ständig beklagt er sich schrecklich darüber, daß es keine Cafés und keine Theater gibt, und dann jammert er pausenlos über seine verlorene Annette. Er behauptet, dreimal die Woche von ihr zu träumen. Ich glaube indessen, der tiefere Grund für seine Abscheu gegen das Land liegt – einmal abgesehen von dem Heimweh, das wohl jeden Franzosen in der Fremde plagt – darin, daß die Leute hier schrecklich über sein Verhalten, das er während der großen Schlacht am Paß an den Tag legte, lachen. Die Geschichte, wie er sich unter einem Banner in Sorais' Zelt versteckte, um nicht in den Kampf geschickt zu werden (was, wie er sagt, gegen sein Gewissen gegangen wäre), ist noch heute, achtzehn Monate nach jenem denkwürdigen Ereignis, in aller Munde. Selbst die kleinen Jungen auf der Straße rufen ihm spöttisch nach. Ich kann verstehen, daß das seinen Stolz zutiefst verletzt und ihm das Leben hier unerträglich macht. Nun, jedenfalls hat er sich dazu entschlossen, die Strapazen und Gefahren einer abenteuerlichen Reise auf sich zu nehmen, die an Beschwerlichkeit und Fährnissen wohl ihresgleichen sucht. Er ist sogar gewillt, Gefahr zu laufen, der französischen Polizei in die Hände zu fallen und sich für eine kleine Unbesonnenheit (von der ich im übrigen glaube, daß es sich um keine besonders schwerwiegende Angelegenheit handelt), zu der er sich vor Jahren hat hinreißen lassen, zu verantworten. Jedenfalls ist ihm das lieber, als hierzubleiben, in *ce triste pays*.

Der arme Alphonse! Die Trennung von ihm wird uns nicht leichtfallen; möge er, um seinetwillen, und um dieser Geschichte willen, die es meiner Meinung nach wert ist, daß sie in die Außenwelt gelangt, heil und sicher Europa erreichen! Sollte ihm das gelingen, und sollte er es schaffen, den Schatz, den wir ihm in Form massiver Goldbarren mitgegeben haben, unbeschadet nach Europa zu bringen, dann wird er für sein Leben ausgesorgt haben und sehr wohl in der Lage sein, seine Annette zu heiraten, falls sie noch unter den Lebenden weilt und gewillt ist, ihren Alphonse zum Manne zu nehmen.

So, und nun will ich die Gelegenheit nutzen und der Erzählung des guten alten Quatermain noch ein paar Worte hinzufügen.

Er starb im Morgengrauen jenes Tages, an dessen Vorabend er die letzten Worte des Kapitels geschrieben hatte. Nylephta, Good und ich waren zugegen, und ich muß sagen, es war eine zutiefst ergreifende und doch auf ihre Art schöne Szene. Eine Stunde vor Tagesanbruch wurde es uns zur Gewißheit, daß es mit ihm zu Ende ging. Wir waren zutiefst betrübt. Good brach bei dem Gedanken, daß unser lieber alter Freund bald von uns gehen würde, in Tränen aus – was noch einmal einen letzten Funken von Humor in unserem sterbenden Freund aufflackern ließ. Selbst in seiner letzten Stunde hatte ihn sein Humor nicht verlassen. Als Good zu weinen begann, fiel ihm natürlich, da sich die Muskeln lockerten, sein Monokel aus dem gewohnten Sitz, und Quatermain, dem ja nie etwas entging, sah das.

»Endlich«, sagte er schweratmend und versuchte ein letztes Mal zu lächeln, »endlich habe ich Good einmal ohne sein Monokel gesehen!«

Danach schwieg er bis zum Anbruch des Tages, und dann bat er uns, ihn aufzurichten, damit er zum letztenmal die aufgehende Sonne sehen konnte.

»In ein paar Minuten«, sagte er, unverwandt mit ernstem Gesicht in die aufgehende Sonne starrend, »werde ich jene goldene Pforte durchschreiten.«

Zehn Minuten später richtete er sich noch einmal auf und schaute jeden von uns lange an.

»Ich gehe nun auf eine lange Reise, die seltsamer ist als alle die, die wir zusammen unternommen haben, meine Freunde. Vergeßt mich nicht; denkt ab und zu mal an mich«, murmelte er. »Gott segne euch. Ich werde auf euch warten.« Dann sank er mit einem tiefen Seufzen tot in seine Kissen.

Und so ging ein Mensch von uns, den ich als einen betrachte, der wohl nahezu vollkommen war, mehr als jeder andere, dem ich je begegnet bin. Ich schätze mich glücklich, ihn gekannt zu haben.

Er hatte ein unsagbar gutes Herz, verfügte über einen prächtigen Humor und besaß viele der Qualitäten, die einen Poeten ausmachen. Unerreicht war er als ein Mann der Tat und als ein wahrer Weltbürger. Ich kenne niemanden, der mit so treffender Sicherheit wie er die Menschen und ihre Motive beurteilen konnte. »Ich habe die menschliche Natur mein ganzes Leben lang studiert«, pflegte er manchmal zu sagen, »und ich glaube, ich kenne sie ein wenig.« Und wie er sie kannte! Er hatte nur zwei Schwächen – die eine war seine übertriebene Bescheidenheit, die andere seine Neigung, die Personen, auf die er seine Zuneigung konzentrierte, eifersüchtig zu bewachen. Was den ersten Punkt betrifft, so wird jeder, der diese Erzählung liest, in der Lage sein, sich sein eigenes Urteil darüber zu bilden. Ich möchte mir jedoch erlauben, noch ein letztes Beispiel hinzuzufügen.

Der Leser wird zweifellos bemerkt haben, daß er keine Gelegenheit ausläßt, sich als einen furchtsamen Menschen hinzustellen. In Wirklichkeit jedoch besaß er, obgleich er sehr vorsichtig war, einen höchst unerschrockenen Mut, und was noch viel wichtiger ist: Er verlor niemals den Kopf. Liest man zum Beispiel seine Beschreibung von der großen Schlacht am Paß, in der er sich die Verwundung zuzog, die ihn schließlich das Leben kostete, so könnte man meinen, wenn man dem Eindruck folgt, den er zu erwecken trachtet, daß es bloß ein zufälliger Hieb war, der ihn inmitten des Kampfgetümmels traf. Tatsache war jedoch, daß er sich die Verwundung bei dem höchst tapferen und erfolgreichen Versuch, Goods Leben zu retten, zuzog, auf die Gefahr hin, sein eigenes Leben aufs Spiel zu setzen, und tatsächlich sollte ihn diese beispiellose Tat ja auch das Leben kosten. Good lag am Boden, und einer von Nastas Hochländern war gerade im Begriff, ihm den entscheidenden Stoß zu versetzen, als Quatermain sich über Goods Körper warf und der Hieb ihn selbst traf. Schwer verwundet richtete er sich auf und tötete den Soldaten.

Was seine Eifersucht betrifft, so mag ein einziges Beispiel, das ich anführen möchte, um Nylephta und mir Gerechtigkeit widerfahren zu lassen, genügen. Der Leser erinnert sich vielleicht daran, daß er an ein oder zwei Stellen den Eindruck zu erwecken versucht, als hätte mich Nylephta gänzlich mit Beschlag belegt, und als hätten wir beide ihn mehr oder weniger links liegengelassen. Nun, Nylephta ist sicherlich nicht perfekt; keine Frau ist das, und vielleicht ist sie bisweilen auch ein wenig *exigeante,* aber so wie Quatermain die Sache hinzustellen versucht, kann man sie wirklich nur als pure Einbildung bezeichnen.

Zum Beispiel jene Stelle, an der er sich bitter darüber beklagt, daß ich ihn nicht besuchen komme, als er krank ist: Es war so, daß die Ärzte mir den Besuch trotz meines Drängens schlichtweg untersagten. Solche und ähnliche kleinen Sticheleien tun mir sehr weh, wenn ich sie lese, denn ich liebte Quatermain wie einen Vater, und es wäre mir nicht im Traum eingefallen, zuzulassen, daß diese meine Zuneigung zu ihm unter meiner Heirat gelitten hätte. Doch reden wir nicht länger darüber; es ist, wie schon gesagt, wirklich nur eine kleine Schwäche, die bei all den liebenswerten Tugenden, die ihn auszeichneten, nicht ins Gewicht fällt.

Nun, so starb er denn, und Good las in Anwesenheit von Nylephta und mir die Trauerrede. Mit Rücksicht auf die Stimme des Volkes, die stürmisch eine Bestattung in großem Pomp forderte, wurden seine sterblichen Überreste im Rahmen einer großen, öffentlichen Trauerfeier beigesetzt, oder vielmehr, verbrannt. Während ich an der Spitze des endlosen Trauerzuges zum Tempel schritt, mußte ich daran denken, wie sehr ihm dieser ganze Aufwand zuwider gewesen wäre, wenn er selbst dabeigewesen und Zeuge der Feier geworden wäre; denn nichts verabscheute er so sehr wie prunkvolle Zurschaustellung.

Und so legte man ihn am dritten Tage nach seinem Tode wenige Minuten vor Sonnenuntergang auf die messingne Platte vor dem Hauptaltar.

Bald fiel der letzte Strahl der untergehenden Sonne wie ein goldener Pfeil auf sein bleiches Antlitz und tauchte es wie in einen goldenen Heiligenschein. Dann erklangen die

Fanfaren, die Platte senkte sich, und die sterbliche Hülle unseres geliebten Freundes stürzte in den Flammenofen.

Nie wieder werden wir einen solchen Mann sehen, und wenn wir hundert Jahre alt werden. Er war der fähigste Mann, der vollkommenste Gentleman, der treueste Freund, der anständigste Kerl und, ich glaube, der treffsicherste Schütze in ganz Afrika.

Und so endete das so bemerkenswerte und abenteuerliche Leben des Jägers Quatermain.

Seither haben sich die Dinge sehr gut für uns entwickelt. Good ist seit einiger Zeit voll damit beschäftigt, eine Marine auf dem Milosis-See und einem anderen der großen Seen aufzubauen, mit deren Hilfe wir hoffen, Handel und Gewerbe entscheidend entwickeln zu können und darüberhinaus einige aufrührerische und kriegerische Bevölkerungsgruppen, die an den Seeufern leben, zur Raison bringen zu können.

Der arme Kerl! Es gelingt ihm allmählich, über den tragischen Tod jener fehlgeleiteten und doch so schönen Frau, Sorais, hinwegzukommen. Es war wirklich ein schwerer Schlag für ihn, denn er liebte sie von ganzem Herzen. Ich hoffe jedoch, daß er über kurz oder lang eine geeignete Frau findet, die er heiraten kann, und daß über dieses tragische Ereignis allmählich Gras wächst. Nylephta hat schon ein oder zwei junge Damen ins Auge gefaßt, darunter eine von Nastas Töchtern (er selbst war Witwer), ein prächtiges, stattliches Geschöpf. Für meinen Geschmack hat sie jedoch zuviel von dem intriganten und gleichzeitig hochmütigen Charakter ihres Vaters an sich.

Was mich betrifft, so weiß ich kaum, wo ich anfangen soll, wenn ich all das beschreiben will, worum ich mich tagtäglich kümmern muß. Also ist es das Beste, ich fange gar nicht erst damit an, sondern begnüge mich damit, zu sagen, daß ich im großen und ganzen recht gut mit meiner seltsamen Stellung als Prinzgemahl zurechtkomme – besser jedenfalls, als ich von Rechts wegen hätte erwarten können. Aber natürlich ist nicht alles eitel Sonnenschein, und manchmal drückt mich die Last der Verantwortung recht schwer. Dennoch bin ich guter Hoffnung, in meinem Leben noch einiges Gute zustande zu bringen. Zwei großen Zielen will ich mich in erster Linie widmen: nämlich zum einen der Konsolidierung der zahlreichen Sippen, aus denen sich das Volk von Zu-Vendis zusammensetzt; und zwar unter einer starken Zentralregierung. Zum zweiten habe ich mir vorgenommen, die Macht der Priesterschaft zu brechen. Die erste dieser Reformen wird, wenn sie erfolgreich durchgeführt werden kann, endlich mit dem Übel der schrecklichen Bürgerkriege, die jahrhundertelang das Land verheerten, aufräumen. Die zweite wird, abgesehen davon, daß sie eine stetige Quelle politischer Unruhen zum Versiegen bringt, den Weg für die Einführung einer echten Religion ebnen, die diesen absurden Sonnenkult ersetzen soll. Ich hoffe, daß ich noch zu meinen Lebzeiten das Kreuz Christi auf der höchsten Zinne des Tempels sehen kann; und wenn nicht, dann sollen es meine Nachfahren können.

Und noch etwas habe ich mir geschworen: Zu-Vendis von jeglichen Ausländern reinzuhalten. Es ist zwar kaum zu erwarten, daß nach der Schließung des letzten Verbindungsweges überhaupt noch einmal ein Fremder dieses Land betritt, aber sollte dies dennoch einmal der Fall sein, dann will ich ihn jetzt schon in aller Höflichkeit darauf hinweisen, daß er aus dem Land gewiesen werden wird, und zwar auf dem kürzesten Wege. Ich sage dies beileibe nicht aus einem etwaigen Gefühl der Ungastlichkeit heraus, sondern einzig aus dem Grunde, weil ich von meiner heiligen Pflicht überzeugt bin, daß ich diesem im großen und ganzen rechtschaffenen und warmherzigen Volke die Segnungen seiner relativen Unzivilisiertheit und Ursprünglichkeit erhalten muß. Was könnte meine tapfere Armee schon ausrichten, wenn irgendein blutrünstiger Abenteurer auf die Idee käme, uns mit Feldhaubitzen und Martini-Henrys anzugreifen? Ich kann nicht feststellen, daß das Schießpulver, der Telegraf, die Dampfmaschine, die Tageszeitungen, das allgemeine

Wahlrecht usw., usf. die Menschheit auch nur um einen Deut glücklicher gemacht haben, als sie es vorher war, und ich bin sicher, daß all diese Dinge viel Böses mit sich gebracht haben. Ich bin nicht gewillt, dieses herrliche Land in die gierigen Hände von Spekulanten, Touristen, Politikern und Professoren fallen zu lassen, deren Sprache die Sprache von Babylon ist, und die sich um jeden Fußbreit Land gegenseitig in Fetzen reißen würden wie jene schrecklichen Kreaturen im Tal des unterirdischen Flusses, die sich um den Kadaver des wilden Schwans gegenseitig zerrissen und zerstückelten. Ich werde alles tun, um zu verhindern, daß Geldgier, Trunksucht, neue Krankheiten, Schießpulver und jene allgemeine Demoralisierung sich im Lande breit machen, die das Hauptmerkmal für das Vordringen der Zivilisation in unzivilisierte Völker darstellen. Sollte es jedoch der Vorsehung gefallen, Zu-Vendis zu gegebener Zeit für die Welt zu öffnen, dann ist das etwas anderes; ich selbst jedoch werde diese Verantwortung nicht übernehmen, und ich darf hinzufügen, daß Good mit dieser meiner Entscheidung voll und ganz einverstanden ist. Und nun sage ich Lebewohl.

Henry Curtis

15. 12. 18..

P.S. – Ich habe ganz vergessen, zu erwähnen, daß mir Nylephta (der es im übrigen gut geht, und die – zumindest in meinen Augen – von Tag zu Tag schöner wird) vor ungefähr neun Monaten einen Sohn und Thronfolger schenkte. Er sieht wie ein richtiger blondgelockter, blauäugiger kleiner Engländer aus, und wenn er auch dazu bestimmt ist – wenn er gesund bleibt –, eines Tages den Thron von Zu-Vendis zu besteigen, so werde ich mich doch nach allen Kräften darum bemühen, ihn so zu erziehen, daß er einst so wird, wie ein echter englischer Gentleman sein sollte – denn das ist für mich allemal noch etwas Schöneres und Wertvolleres, als der Thronerbe der großen Dynastie der Treppe zu sein. Es ist wohl in der Tat der höchste Ehrentitel, den ein Mann auf dieser Erde erreichen kann.

H. C.

ANMERKUNGEN VON GEORGE CURTIS, Esq.

Das Manuskript dieser Geschichte erreichte mich unversehrt am 20. 12. 18.., also etwas mehr als drei Jahre nach seiner Absendung tief im Herzen Afrikas. Die Adresse ist unverkennbar in der Handschrift meines lieben Bruders Henry Curtis geschrieben, den wir längst totgeglaubt hatten. Der Umschlag trägt den Poststempel von Aden. Die in ihm enthaltene, höchst erstaunliche Geschichte werde ich unverzüglich an die Öffentlichkeit bringen. Ich selbst habe sie mit sehr gemischten Gefühlen gelesen; denn obwohl ich zu meiner großen Erleichterung erfuhr, daß Henry und Captain Good wohlauf und auf solch wundersame Weise zu Glück und Wohlstand gelangt sind, kann ich mich doch nicht des traurigen Gefühls erwehren, daß sie für mich und für alle ihre Freunde so gut wie tot sind, da wir nicht damit rechnen können, sie jemals wiederzusehen.

Sie haben für immer alle Bande zu England und zu ihren Freunden und Verwandten zerschnitten, und vielleicht haben sie, trägt man allen Umständen Rechnung, gut daran getan. Wir werden es niemals erfahren.

Wie das Manuskript nach Aden gelangte, habe ich beim besten Willen nicht herausfinden können. Doch ich vermute aufgrund der Tatsache, daß es überhaupt erst dorthin gelangte, daß jener kleine Franzose, Alphonse, seine wagemutige Reise heil überstand. Ich habe alles daran gesetzt, ihn ausfindig zu machen, und habe zahlreiche Nachforschungen in Marseille und anderen französischen Städten veranlaßt, mit dem Ziel, etwas über seinen Verbleib zu erfahren. Bisher jedoch war meinen Bemühungen nicht der geringste Erfolg beschieden. Möglicherweise ist er tot, und ein anderer gab das Paket auf; vielleicht ist er auch längst glücklich mit seiner Annette verheiratet und zieht es vor, aus Angst vor dem Arm des Gesetzes incognito zu bleiben. Ich weiß es nicht. Ich habe jedoch noch immer nicht die Hoffnung aufgegeben, ihn eines Tages zu finden, aber ich muß gestehen, daß sie von Tag zu Tag geringer wird. Was mir meine Suche so überaus schwer macht, ist die Tatsache, daß Mr. Quatermain an keiner Stelle der Geschichte seinen Nachnamen erwähnt. Er wird immer nur ›Alphonse‹ genannt, und es gibt so schrecklich viele Alphonses in Marseille. Die Briefe, die mein Bruder zusammen mit dem Paket abschickte, sind niemals eingetroffen. Ich nehme daher an, daß sie verlorengingen oder vernichtet worden sind.

George Curtis

NACHWORT

Der Zauberer des Zululandes

Sir Henry Rider Haggard (22. 6. 1856 Bradenham Hall/Norfolk – 14. 5. 1925 London) ist einer jener Autoren von Abenteuerromanen, weder literarisch völlig unangefochten noch gänzlich zur Trivialliteratur zu rechnen, an denen die englischsprachige Literatur so reich ist. Er ist vor allem ein Geschichtenerzähler von schier unerschöpflicher Phantasie, ohne allzu große literarische Ambitionen. Zu Lebzeiten war Haggard einer der erfolgreichsten Autoren der Welt (in England verkaufte sich nur Kipling noch besser), und wenn seine Popularität nach seinem Tode auch rapid absank, so wird er doch nach wie vor gelesen. In den Jahrzehnten um die Wende vom 19. zum 20. Jahrhundert, als der Imperialismus seinem Höhepunkt zustrebte, hat Haggard sozusagen jene Gegenden Afrikas, deren letzte Reste die europäischen Mächte eben unter sich aufteilten, auch literarisch in Besitz genommen; in Romanen, in denen sich malerische Abenteuer mit Elementen des Okkulten, aber auch mit einem Schuß des Entwurfes idealer Wesen vermischen, die den sogenannten Wilden zuweilen sogar jene Gerechtigkeit zumindest literarisch zuteil werden lassen, die ihnen die weißen Herren politisch sooft verweigerten.

Henry Rider Haggard wurde am 22. Juni 1856 als achtes von zehn Kindern eines eigensinnigen englischen Landedelmannes geboren. Sein Vater hatte ein polterndes, prosaisches Wesen, während die Mutter eine sanfte, zurückhaltende Frau war. Die Haggards führten ein aktives Leben, das von den Notwendigkeiten des täglichen Daseins bestimmt war, nicht von geistigen Dingen, obwohl der Vater ein gebildeter Mensch war und die Mutter sogar selbst Gedichte schrieb.

Der junge Henry Rider Haggard las nicht viel, seine Lieblingsbücher waren der *Robinson Crusoe, Tausendundeine*

Nacht und *Die drei Musketiere,* aber er zog es zeitlebens vor, Erfahrungen lieber im Leben zu sammeln, als sie aus Büchern zu beziehen. Er war ein schwieriges Kind, und die Familie hielt ihn für dumm; er lernte nicht leicht, merkte sich nur, was ihn interessierte, und dazu gehörte keinesfalls die Mathematik. Als einziger von den Söhnen hatte er keine höhere Schulbildung, sondern besuchte nur die Grammar School und wurde eine Zeitlang auch privat unterrichtet. Er hatte das Glück, in dem Geistlichen H. J. Graham einen verständnisvollen Lehrer zu finden, so daß diese Jahre zu den schönsten Erinnerungen seines Lebens gehören.

In der Gegend gab es einen jungen Bauern namens William Quatermain, mit dem Haggard gut Freund wurde. Den Namen Quatermain verewigte er später in der Gestalt seines wohl berühmtesten Helden Allan Quatermain, der in insgesamt 18 Büchern in Erscheinung trat. Noch ein anderer berühmter Name in seinen Büchern geht auf seine Jugendtage zurück: She-Who-Must-Be-Obeyed. Das war eine besonders scheußliche Puppe mit böse grinsendem Gesicht, die ein Kindermädchen, das die Furcht Haggards vor dieser Puppe rasch erkannte hatte, dazu benützte, sich durch seine Angst Gehorsam zu erzwingen. Sie ist bekanntlich Haggards berühmte Frauengestalt Ayesha aus der Tetralogie *She. A History of Adventure* (1887), *Ayesha: The Return of She* (1905), *She and Allan* (1921) und *Wisdom's Daughter: The Life and Love Story of She-Who-Must-Be-Obeyed* (1923).

Die starke Phantasie des Knaben zeigte sich schon damals, nicht zuletzt in seinen Schulaufsätzen; er war auch damals schon ein guter Schütze. Diese Erziehung dauerte bis zum Alter von 17 Jahren; dann setzte sich sein Vater in den Kopf, den Sohn die diplomatische Laufbahn einschlagen zu lassen und ihn für die Aufnahmeprüfung in den auswärtigen Dienst vorzubereiten. Damals kam Haggard auch mit spiritistischen Zirkeln in Berührung, ein Einfluß, der ihn zeit seines Lebens nicht mehr losließ. Er nahm auch an Seancen teil, fragte sich aber, ob alles bloß Illusion oder

Wirklichkeit gewesen sei. Haggard glaubte indes fest an die Kommunikation der individuellen, noch auf Erden weilenden Seele mit den Seelen der Verstorbenen, und Reinkarnation und Metempsychose bilden einen Zug vieler seiner Erzählungen.

Aus der diplomatischen Laufbahn indessen wurde nichts, denn in einem plötzlichen Sinneswandel schickte ihn der Vater, als er hörte, daß einer seiner Freunde zum Gouverneur von Natal ernannt worden war, mit diesem nach Südafrika. Als Privatsekretär dieses Mannes und später als Gerichtsbeamter in Pretoria hatte Haggard Gelegenheit, entscheidende Ereignisse in der Geschichte Südafrikas unmittelbar kennenzulernen. Im Kampf mit den eingeborenen Basutos und Zulus und ständigem Rückzug vor der Ausbreitung der englischen Macht waren die Buren entschlossen, sich ihre Unabhängigkeit zu bewahren und den englischen Vorstellungen von Recht und Ordnung auszuweichen. 1877 wurde der burische Transvaal annektiert, ohne daß dadurch eine Beruhigung der gespannten Lage eingetreten wäre. Einerseits drohten ständig Aufstände der mit der englischen Herrschaft unzufriedenen Buren, andererseits konnten die Zuluarmeen Cetywayos jederzeit losschlagen, denn es war Sitte, daß die jungen Zulu-Krieger erst heiraten durften, nachdem sie ihre Speere in das Blut ihrer Feinde getaucht hatten. Nach einem englischen Ultimatum an die Zulus, das unbeantwortet blieb, wurden Truppen ins Zululand geschickt, und im Januar wurde eine über 1000 Mann starke britische Streitmacht bei Isandhlwana völlig aufgerieben. Die Engländer blieben schließlich siegreich, aber der Eindruck der Niederlage blieb unauslöschlich, auch wenn die Buren zu lange zögerten, um die angestrebte Unabhängigkeit wiederzugewinnen. Haggard, der sich in der Krise ausgezeichnet hatte, hätte eine glänzende Laufbahn vor sich gehabt. Statt dessen gab er seinen Regierungsposten plötzlich auf, verließ Pretoria und ließ sich im Natal als Straußenfarmer nieder. Ein Grund dafür mochte eine unglückliche Liebesgeschichte mit einer englischen Schönheit sein, die er schon vor seiner Abreise nach Afrika kennengelernt hatte und heiraten wollte. Als Haggards Vater erfuhr, daß sein Sohn von seinem Posten nach Europa zurückkehren wollte, um sie zu heiraten, verbot er es ihm in einem heftigen Brief. Haggard blieb, obwohl er sein Gepäck bereits aufgegeben hatte, und bald darauf gab ihm die Dame den Laufpaß. Diese schwächliche Entscheidung bereute der Autor sein Leben lang und diese Enttäuschung mag mit ein Grund sein, warum er so oft von wahrer Liebe schreibt, sogar über die Jahrhunderte hinweg.

Haggard begab sich aber nicht gleich zu seiner Farm, sondern kehrte zunächst nach England zurück, wo er bald, gegen den Widerstand ihres Vormundes, eine reiche Erbin aus einer Offiziersfamilie heiratete: eine brave, ein wenig phantasielose Frau, die sich für seine Bücher überhaupt nicht interessierte. In der Zwischenzeit hielten die Unruhen unter den Buren an, die schließlich offen zu den Waffen griffen und mehrere Gefechte gegen die Engländer gewannen. Bei Majuba Hill fielen viele von Haggards engsten Freunden in Südafrika. Ungeachtet der Kämpfe gingen die Verhandlungen weiter, und 1881 wurde den Buren unter Krüger die Autonomie gewährt. Haggard, der die britischen Konzessionen für einen politischen Fehler hielt, erkannte, daß er in Südafrika keine Zukunft mehr hatte, und kehrte nach England zurück, wo das Ehepaar zunächst vom Vermögen der Frau lebte, während Haggard Jurisprudenz studierte.

Die Ereignisse in Südafrika waren zweifellos die entscheidenden Erlebnisse in Haggards Leben; dort mußte er sich bewähren, dort gewann er innere Sicherheit und dort lernte er die Verhältnisse aus eigener Anschauung kennen. Er lauschte den Erzählungen der weißen Jäger und der Zulus und lernte die Zulus und ihre kriegerische Kultur zu bewundern, während die Halsstarrigkeit und Ungehobeltheit der Buren, ihre Mißachtung der Eingeborenen, seinen Abscheu erregten. Schon damals schrieb er kleine Skizzen über die Gebräuche und Sitten der Zulus für englische Zeitungen, z.B. eine lebendige Reportage über einen Kriegstanz der Zulus. Sein erstes Buch überhaupt, erschienen zu einer Zeit, als ganz England das lästige Burenvolk vergessen wollte, ist eine datenreiche und weitgehende objektive Darstellung der jüngsten Geschichte Transvaals und Natals, *Cetywayo and His White Neighbours* (1882). Zwei unmittelbar darauf folgende, unmäßig komplizierte und nichtphantastische Melodramen *Dawn* (1884) und *The Witch's Head* (1885) erregten wenig Aufmerksamkeit und scheinen von Haggard nur aus Langeweile verfaßt worden zu sein. Der Durchbruch kam erst mit *King Solomon's Mines* (1885), einem der berühmtesten Abenteuerromane des 19. Jahrhunderts. Dieses ungewöhnlich erfolgreiche Buch entsprang einer Wette mit einem von Haggards Brüdern, der behauptet hatte, Henry Rider könne nichts schreiben, was auch nur halb so gut sei wie Stevensons *Schatzinsel,* die damals Tagesgespräch in England war. Haggard nahm ihn beim Wort und schrieb in sechs Wochen *King Solomon's Mines.* Dieses Buch begründete auch Haggards eigenen Reichtum, was dem Ratschlag eines anonymen Schreibers im Vorzimmer seines Verlegers zu verdanken ist. Vor die Wahl zwischen einer Pauschale von hundert Pfund (damals ein achtbarer Betrag) oder Tantiemen gestellt, hatte sich Haggard bereits für die sichere Pauschale entschieden, als er, dem Rat des Vorzimmerschreibers folgend, seine Meinung änderte. Der Verleger war zwar verärgert, holte aber den neuen Vertrag. Das Buch wurde über Nacht ein Bestseller und war seit dem Erscheinen nie vergriffen. Der Roman ist die Geschichte einer aufregenden Schatzsuche in Afrika, ein farbiger und abenteuerlicher Expeditionsbericht, in dem Haggard seine Talente bei der Schilderung primitiver Volksstämme und pittoresker Eingeborener voll entfaltete, im besonderen der Kukuanas, eines Zulustammes, der von dem einäugigen Riesen Twala regiert wird. Zu den bemerkenswertesten Charakteren des Buches gehört die verschrumpelte alte Hexe Gagool und ein riesiger Eingeborener namens Umbopas, der die Schatzsucher auf ihrer Expedition nach dem legendären Schatz des Königs Salomon ohne Bezahlung begleitet, und von dem sich herausstellt, daß er der legitime König der Kukuanas ist. Die Schlacht zwischen dem Usurpator Twala und den Anhängern Umbopas ist eines jener episch geschilderten Gemetzel, wie sie bei Haggard in fast jedem Buch vorkommen. Im *Allan Quatermain* etwa gibt es den Kampf gegen die Massai bei der Missionsstation, bei der Quatermain, Sir Henry Curtis, Umslopogaas und Gefährten an die 200 Gegner erschlagen, und natürlich die Entscheidungsschlacht zwischen den beiden Königinnen und das letzte Gefecht um den Palast, bei dem Allan Quatermain tödlich verwundet wird. (Aber als Erzähler erst stirbt, nachdem er, wie es sich gehört, die Geschichte abgeschlossen und das Manuskript einem Boten mitgegeben hat.) In *King Solomon's Mines* führt Haggards bereits die Charaktere ein, auf die er später oftmals zurückgriff: den alten, skeptischen Elefantenjäger Allan Quatermain, Sir Henry Curtis, einen großgewachsenen, blonden Gentlemanabenteurer, und Sir John Good, die Karikatur des eitlen und pedantisch auf die Etikette der Kleidung bedachten pensionierten Seeoffiziers, der selbst im dichtesten Dschungel seine Paradeuniform im Koffer hat. Zu den eindringlichsten Bildern von *King Solomon's Mines* gehört sicher jener riesige Felsendom, in dem die durch Kieselsäure zu Tropfsteinen erstarrten toten Zulu-Könige sitzen; als die Abenteurer eintreffen, ist Twala schon an seinem Platz, den Kopf zwischen den Füßen. *King Solomon's Mines* war von Anfang an ein ungeheurer Erfolg und wurde möglicherweise nur von *She. A History of Adventure* (1887) übertroffen. Zu den Bewunderern des Buches zählt Graham Greene, der in seiner Autobiographie *Eine Art Leben* schrieb: »Mein Lieblingsroman war natürlich *King Solomon's Mines*, doch was Quatermain später an Abenteuern erlebte, fand ich langweilig. Ich verliebte mich heftig in Nada, die Lilie, und bewunderte Chaka, den großen Zulukönig, wegen seiner Grausamkeit.«

Zu den größten Bewunderern von *Sie (She)* wiederum gehört Henry Miller, der in *Books in My Life* überschwenglich behauptete, verglichen mit Ayesha sei die schöne Helena nichts als ein bleicher Mond; und der Psychologe C. G. Jung hat sie als klassisches Beispiel für die *anima,* das Ewig Weibliche, interpretiert; sie vereinigt in sich unübertroffene Schönheit, ewige Jugend und uralte Weisheit. Sie ist die Traumfrau, die zugrundegehen muß, wenn sie mit der harten Wirklichkeit in Berührung kommt. Ayesha oder Sie haust als unsterbliche weibliche Göttin über ein Volk von Schwarzen in der Felsenstadt Kôr. Im Ägypten des Altertums hatte Ayesha einst Kallikrates, einen eidbrüchigen Priester der Isis, geliebt und getötet, der mit der Prinzessin Amenartas aus seinem Lande geflohen war. Amenartas jedoch war ihr entkommen und hatte einen Sohn geboren, und von ihm stammt Leo Vincey, der Held der Geschichte, ein moderner Engländer, ab. Zusammen mit Leo Holly, dem Freund seines Vaters, bricht Vincey nach Afrika auf, wo sich das Drama verschmähter Liebe nach zweitausend Jahren wiederholt, wenn auch abgewandelt. Eine Reinkarnation der Amenartas, eine Eingeborene, die sich in Vincey verliebt hatte, wird von Ayesha getötet; denn Ayesha hatte die ganze Zeit auf die Wiederkehr des Kallikrates gewartet, und Leo Vincey ist ihm wie aus dem Gesicht geschnitten. Leo Vincey verfällt dem Zauber Ayeshas, die ihren Geliebten ebenfalls unsterblich machen will. Er zögert jedoch vor der lebensspendenden Flammensäule; um ihn zu beruhigen, geht Ayesha voran, aber bei der neuerlichen Berührung der Flamme schrumpft sie zu einem verrunzelten Knochenskelett zusammen und zerfällt schließlich zu Asche.

18 Jahre später, 1905, kehrt Ayesha in *Ayesha: The Return of She* in einer neuerlichen Inkarnation zurück, diesmal irgendwo in der Gegend von Tibet, und Amenartas ist zu der schönen Atene geworden; und wiederum rivalisieren die beiden um die Liebe Vinceys. Die Flamme, die ihren vorherigen Körper vernichtet hat, hat Ayeshas neuen Körper verunstaltet; als sie jedoch, von Atene herausgefordert, ihren häßlichen Körper vor Vincey enthüllt, erlangt sie durch dieses Opfer ihre übernatürliche Schönheit. Und wiederum kommt es zum Drama, denn sie ist übermenschlich, und

Vincey stirbt in ihrer Umarmung. Irdisches Glück finden Haggards Helden nur im Kampf, aber nicht in der Liebe, und seine Gestalten sind dazu verurteilt, in immer neuen Inkarnationen einem platonischen Ideal vergebens nachzujagen. Erfüllung gibt es nur im Jenseits.

In *She and Allan* (1921), einer weiteren afrikanischen Abenteuergeschichte, treffen Haggards bekannteste Abenteurergestalten zusammen, und *Sie* verrät einiges über ihre Abstammung. Quatermain und seine Gefährten halten Ayesha für eine Hexe und sind nicht so von ihr beeindruckt wie Leo Vincey oder Henry Miller.

In *Wisdom's Daughter* (1923), dem letzten Roman des Quartetts, erzählt Ayesha schließlich die Geschichte ihrer ersten Inkarnation: sie ist die Tochter der Isis und verkörpert wie sie das weibliche Prinzip in der Natur. Unzweifelhaft ist Ayesha ein mächtiges Symbol, und darin liegt die frappierende Wirkung und Faszination der Gestalt; als menschliche Persönlichkeit aber ist sie höchst uninteressant, und je mehr sie von sich kundtut, desto uninteressanter wird sie.

Neben *King Salomon's Mines* und *She* ist *Allan Quatermain* (1887) Haggards vielleicht bekanntestes und bestes Buch und in gewisser Hinsicht sein folgenschwerstes. Es ist erneut eine Erzählung von unerhörten Entdeckungen in Afrika, enthält aber überhaupt keine übernatürlichen Elemente, sondern gehört zu einer Untergattung der Fantasy bzw. Science Fiction, die im englischen Sprachraum als ›lost race‹ bezeichnet wird: eine Geschichte von einer im Verborgenen blühenden, von der Umwelt abgeschnittenen menschlichen Gemeinschaft. In *Allan Quatermain* leben in einem ausgedehnten, von Felsen umschlossenen Hochtal im Herzen Afrikas Nachfahren der alten Perser. Die Abenteurer gelangen dorthin nach einer alptraumhaften Bootsfahrt durch einen unterirdischen Flußlauf. Zu den bemerkenswertesten Ereignissen gehört eine aus dem Boden schießende Flammensäule aus Erdgas, ähnlich der in *Sie* (aber ohne okkulte Auswirkungen). In einer Felsenstadt mit grandioser Architektur und in den Landstrichen der Umgebung lebt ein hellhäutiges, kriegerisches Volk mit einer mächtigen Priesterkaste, regiert von zwei Königinnen, der blonden Nylephta und ihrer Schwester, der dunkelhaarigen Sorais. Beide verlieben sich in Sir Henry Curtis, was zu Intrigen und kriegerischen Auseinandersetzungen führt, zumal die Abenteurer unklugerweise gleich bei ihrer Ankunft eine Demonstration der Stärke veranstalten, indem sie einige harmlose Flußpferde erschießen – was die Priesterkaste gegen sie aufbringt, denn diese Tiere sind heilig. Ein solcher Konflikt ist ein beliebtes Motiv vieler phantastischer Romane. Das alles führt unweigerlich zu einer Entscheidungsschlacht, bei der der alte Zulu-Haudegen Umslopogaas den Tod findet und Allan Quatermain schon im zweiten Roman des Zyklus tödlich verwundet wird; die späteren Bücher, in der diese Gestalt auftritt, haben sodann seine Lebensgeschichte mit Abenteuern ausgefüllt, ohne daß es eine widerspruchsfreie Chronologie gäbe.

Die meisten von Haggards Büchern spielen in Afrika, das er am besten kannte, und einige glorifizieren die Zulus und ihre Kriegsorganisation. Sie sind voll vom Geschrei anstürmender Impis und erbitterten, blutigen Schlachten. Das beste der Bücher über die Zulus, wenn auch eines der blutigsten und grausamsten, ist unzweifelhaft *Nada the Lily* (1912). Es ist ein Buch von kriegerischer Grandiosität, das sich zuweilen zu mythischer Erhabenheit aufschwingt. Es erzählt die Geschichte Umslopogaas, des ›Schlächters‹, wie er in seiner Jugend mit den Wölfen (eigentlich Hyänen) jagte – Szenen, die Kipling stark beeinflußt haben –, wie er zum Häuptling des Stammes der Axt aufstieg, wie er von seiner eigenen Frau verraten wurde, wie er sich rächte und zum Flüchtling wurde. Und diese dramatische Geschichte entfaltet sich vor dem historischen Hintergrund des Aufstiegs und Falles des Zulu-Napoleon Chaka, der zu Anfang des 19. Jahrhunderts die Militärmacht der Zulus erschuf und der in seiner kurzen, aber stürmischen Karriere den Tod von mehr als einer Million Menschen verursacht haben soll. Er führte den Assegai als einheitliche Waffe ein, gliederte seine Armee in straff geführte und fanatisch gehorchende Regimenter und machte aus ihr ein Präzisionsinstrument der Vernichtung, das für letztlich sinnlose Eroberungen und Vernichtungsorgien eingesetzt wurde. Einmal hat er ein ganzes Regiment in eine Schlucht springen lassen, nur um den Gehorsam seiner Soldaten zu erproben. Chaka war ein genialer Stratege, aber ein völlig skrupelloser und krankhaft mißtrauischer Mensch, der schließlich von seinem Bruder Dingaan ermordet wurde – und Dingaan selbst wurde wiederum von Panda mit Hilfe einer Burenarmee gestürzt.

Man hat Haggard zuweilen Rassismus vorgeworfen, was kaum zutrifft. Er war natürlich ein typischer englischer Imperialist, das heißt, es war für ihn gar keine Frage, daß es die göttliche Bestimmung Englands sei, den afrikanischen Völkern die Segnungen seiner Regierung zu bringen, aber sein Werk ist frei von Verachtung oder Herablassung gegenüber den ›Wilden‹. Er interessierte sich für ihre Kultur und verherrlichte selbst die grausamen Seiten ihrer Gebräuche. In *Nada the Lily* hat er einen Roman geschrieben, den man als die Nibelungensage der Zulus bezeichnen könnte und der die gleiche Überzeugungskraft und Würde hat wie ein genuiner Mythos. Und Umslopogaas, in dem das Blut Chakas fließt, ist mindestens eine so interessante Gestalt wie Allan Quatermain selbst; mit seiner unfehlbar geschwungenen Streitaxt Inkosi-kaas ist er die Verkörperung des heldischen Zulus, der seine höchste Erfüllung im Kampf um des Kampfes willen findet.

Haggards Vorbild sind viele Autoren gefolgt, man denke nur an die fantastischen Romane Abraham Merritts oder die Tarzan-Bücher des Edgar Rice Burroughs, in denen ständig in Afrika neue verborgene Zivilisationen entdeckt werden. Diese Autoren schreiben aber alle viel primitiver. Einzig Talbot Mundy (1879–1940) verfaßte Abenteuerromane mit okkultem Einschlag, die denen Haggards nahekommen und sie in gewisser Hinsicht zuweilen sogar übertreffen.

Insgesamt schrieb Haggard 58 Romane und Erzählungsbände; daneben einige Bücher über die Landwirtschaft und ähnliches, wofür er sich interessierte. Er arbeitete an verschiedenen Kommissionen mit, und seine Sachbücher erhielten die Anerkennung der Fachleute. Doch das, woran ihm am meisten lag, eine anerkannte Position im öffentlichen Leben, wurde ihm nicht zuteil, während er durch seine Romane, die ihm selbst nicht besonders wichtig waren, berühmt wurde. Seine Bücher sind deshalb auch keine Meisterwerke der Prosa, sein Stil ist oft nachlässig, und die Fabeln wiederholen sich; aber er ist fast immer ein fabelhafter Geschichtenerzähler, der den Leser in seinen Bann zieht, ob er jetzt von Afrika schreibt oder von anderen exotischen Gegenden und fernen Zeiten: dem Mexiko zur Zeit des Cortes (*Montezuma's Daughter,* 1893), dem 10. Jahrhundert der Wikinger (*Eric Brighteyes,* 1891), dem alten Ägypten (*Cleopatra,* 1889) oder von Byzanz und dem Ägypten Harun-al-Raschids (*The Wanderer's Necklace,* 1914). In den meisten seiner Geschichten gibt es übernatürliche Elemente, und Haggard war der Überzeugung nach Spiritualist. Doch sind seine okkulten Einschübe gerade dann am langweiligsten, wenn er sie zu systematisieren suchte. Haggard war kaum ein philosophischer Kopf, der Glaube an ein Fortleben nach dem Tode und das spiritualistische Universum sind in seinem Werk sicher nicht zentral und die erzählerischen Einzelheiten seiner Romane, die Ereignisse selbst, sind zumeist weit interessanter als die Gesamtbedeutung der Bücher. Die romantischen Liebesaffären verblassen gegenüber den Schlachtszenen und Abenteuern, und seine verliebten Frauengestalten, ob jetzt Königinnen oder gewöhnliche Sterbliche, reden zumeist sehr papieren. Das Übernatürliche ist weniger eine Überzeugung als ein Element, das sich zwanglos aus den Vorstellungen und Ansichten der Wilden ergibt, die Haggard mit so viel Einfühlungsvermögen und Anteilnahme schildert. Es verleiht den Abenteuern zusätzlich eine mythische Dimension und steigert das Wunderbare und Erstaunliche.

Merkwürdigerweise hat Henry Rider Haggard in

Deutschland nie ein sonderliches Echo gefunden, nicht einmal bei jugendlichen Lesern. Von *King Solomon's Mines* gibt es immerhin drei deutsche Ausgaben, die vor einigen Jahren im Diogenes-Verlag erschienene Neuausgabe eingerechnet. Die erste Übersetzung erschien schon wenige Jahre nach der englischen Ausgabe, nämlich 1888 (*König Salomo's Schatzkammer,* München: Th. Stroofer). Eine Neuausgabe erschien 1910 im selben Verlag unter dem Titel *Diamantminen von Afrika.* Dreimal herausgekommen ist auch *She,* zuerst als *Sie* (Jena: H. Costenoble, 1911), dann erneut als *Die Herrin des Todes* (Berlin: Verlag Die Brücke, 1926); jetzt gibt es ein Diogenes Taschenbuch (*Sie,* 1976). Drei Ausgaben sind für so erfolgreiche Bücher recht wenig. Abgesehen von vier nicht-phantastischen Romanen, nämlich *Eine neue Judith* (1887; *Ioss*), *Oberst Quaritch* (1891; *Colonel Quaritch*), *Beatrice* (1892; *Beatrice*), *Die schöne Margarete* (1912; *Fair Margaret*), erschienen noch folgende phantastische Bücher in deutscher Übersetzung, die alle sehr selten sind: *The Ivory Child* (*Das Elfenbeinkind,* Berlin: Safari-Verlag, 1925; Berlin: J. Singer, 1927), *Cleopatra* (zuerst unter dem Titel *Kleopatra,* Stuttgart: Deutsche Verlagsanstalt; erneut 1897 als *Harmachis, der letzte göttliche Pharao als Verräter seines Volkes,* Leipzig: Buchhandlung Gebr. Fändrich, 1925), *The Holy Flower* (*Die heilige Blume,* Berlin: Safari-Verlag, 1925; Berlin: J. Singer, 1927), *The Heart of the World* (*Das Herz der Welt,* Berlin: Vita-Verlag, 1898), *Heu-Heu; or the Monster* (*Heu-Heu,* Wien, Leipzig, Lübeck: Stein Verlag, 1925), *Allan's Wife* (*Der Zauberer im Sululande,* Freiburg i. Br.: Fehsenfeld, 1897; Berlin: Ullstein, 1930) und schließlich *Allan Quatermain* (*Das unerforschte Land,* Freiburg i. Breisgau: Fehsenfeld, 1896, 1912 und 1927). Es ist zu hoffen, daß vorliegende Neuausgabe von *Allan Quatermain* das Interesse an Henry Rider Haggard beleben wird.

Franz Rottensteiner

Zweiter Roman

König Salomons Diamanten

KÖNIG SALOMONS DIAMANTEN
Originaltitel: KING SALOMON'S MINES
Der Roman erschien am 30. September 1885 im Verlag Cassell
in London, eine Sonderbindung für Cassell New York
wurde im November 1885 ausgeliefert

(Der Roman erschien 1985 als Band 06/4134 in der Reihe
HEYNE SCIENCE FICTION & FANTASY)
Aus dem Englischen übersetzt von Volker H. Schmied

WIDMUNG

Dieser ehrliche, jedoch anspruchslose Bericht
von einem bemerkenswerten Abenteuer
ist hierdurch ehrerbietig gewidmet
vom Erzähler

ALLAN QUATERMAIN

allen großen und kleinen Jungen,
die ihn lesen

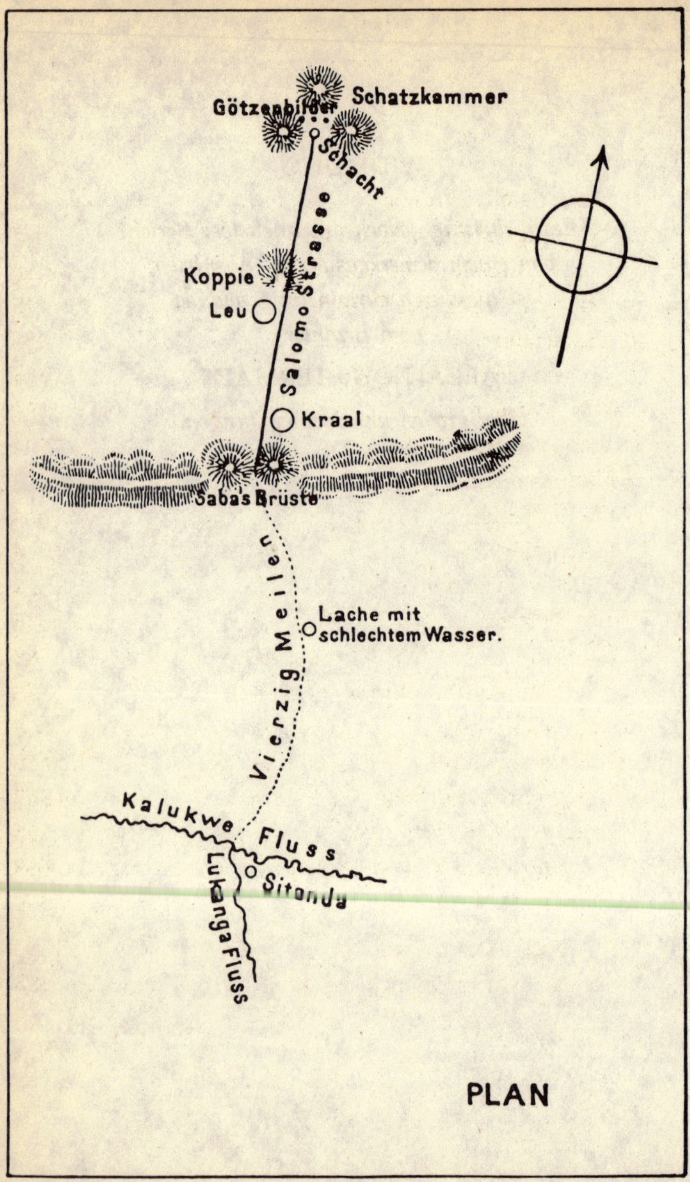
Schatzkammer
Götzenbilder
Schacht
Salomo Strasse
Koppie
Leu
Kraal
Sabas Brüste
Vierzig Meilen
Lache mit
schlechtem Wasser.
Kalukwe Fluss
Lukanga Fluss
Sitanda
PLAN

DER AUTOR STELLT SICH VOR

Jetzt, da das Buch gedruckt ist und der Öffentlichkeit übergeben werden soll, empfinde ich seine Unzulänglichkeit in Stil und Inhalt besonders schwer. Was den Inhalt betrifft, kann ich nur sagen, daß es keinen Anspruch erhebt, ein vollständiger Bericht all dessen zu sein, was wir unternommen und erlebt haben. Es gibt vieles, was mit unserer Reise ins Kukuana-Land zusammenhängt und das ich kaum gestreift habe. Dazu gehören die seltsamen Legenden, die ich über die Kettenpanzer gesammelt habe, welche uns in der großen Schlacht von Loo das Leben retteten, ebenso wie die Sagen von den ›Schweigenden‹ oder Kolossen am Eingang zur Stalaktitenhöhle. Außerdem, wäre es nach mir gegangen, so wäre ich auch gerne auf die unterschiedlichen Dialekte der Zulus und der Kukuanas eingegangen; einige von ihnen sind meiner Meinung nach äußerst aufschlußreich. Vorteilhaft wäre es auch gewesen, einige Seiten der heimischen Flora und Fauna des Kukuana-Landes zu widmen.* Und schließlich und endlich noch das Interessanteste, worauf nur gelegentlich angespielt worden ist: die hervorragende Organisation der Streitkräfte des Landes, die meines Erachtens das militärische System der Chakas im Zululand übertrifft, das diese neu eingeführt hatten; gestattet es doch eine sehr schnelle Mobilmachung und zwingt nicht zu einer in jeder Hinsicht verderblichen Ehelosigkeit.

Ich habe letztlich auch kaum von den Stammes- und Familienbräuchen der Kukuanas gesprochen – viele von ihnen sind höchst merkwürdig – oder von ihrer Kunstfertigkeit, Metalle zu schmelzen und zu schweißen. Diese Wissen-

---

* Ich entdeckte acht verschiedene Arten aus der Familie der Antilopen, die mir völlig unbekannt gewesen waren, sowie viele neue Pflanzenarten, die zum größten Teil der Klasse der Zwiebelgewächse zuzurechnen sind. – *A. Q.*

schaft hatten sie zu einer beachtlichen Vollkommenheit entwickelt; ein gutes Beispiel dafür sind ihre ›tollas‹, die schweren Wurfmesser; die Rücken dieser Waffen sind aus gehämmertem Eisen, und die Schneiden aus erstklassigem Stahl sind mit großer Fertigkeit an die Eisenrücken angeschweißt.

Tatsache ist, ich war mit Sir Henry Curtis und Captain Good einer Meinung, das Beste sei es, die Geschichte ehrlich und schlicht zu erzählen und all die oben erwähnten Dinge vorläufig zu übergehen, um später einmal von ihnen zu berichten, wenn immer es sich ergibt. Selbstverständlich bin ich inzwischen gerne bereit, jedem, der sich für derartige Sachen interessiert, genaueste Auskunft darüber zu geben, soweit es in meiner Kraft steht. Und nun habe ich mich nur noch wegen meines schwerfälligen Stils zu entschuldigen. Ich bin es eben mehr gewohnt, mit einem Gewehr als mit einer Feder umzugehen, und ich möchte keine großen literarischen Geistesflüge und blumenreichen Ausdrücke vorspiegeln, wie ich sie in Romanen finde – ich lese zuweilen gerne einen Roman. Ich nehme an, solche Flüge und Floskeln sind sehr beliebt, und bedauere, daß ich damit meinen Lesern nicht dienen kann. Gleichzeitig glaube ich, daß die einfachsten Dinge die eindrucksvollsten und Bücher leichter verständlich sind – wie die Bibel –, die in einer schlichten Sprache geschrieben sind.

Freilich, vielleicht habe ich gar kein Recht, über solche Dinge eine Meinung zu äußern. ›Ein scharfer Speer‹, so sagt ein kukuanasches Sprichwort, ›bedarf keines Schliffs‹; und nach dem gleichen Grundsatz wage ich zu hoffen, daß eine wahre Geschichte, so merkwürdig sie sein mag, nicht mit Wortspielereien ausgeschmückt zu werden braucht.

Allan Quatermain

1

Ich begegne Sir Henry Curtis

Es ist schon merkwürdig, daß ich in meinem Alter – ich bin jetzt über Sechzig – noch zur Feder greife, um zu versuchen, eine Geschichte zu schreiben. Ich bin nur gespannt, was für eine Geschichte dabei herauskommt, sofern ich überhaupt bis zum Ende der Reise durchhalte! Ich habe in meinem – wie mir scheint – langen Leben viele nützliche Dinge getan, vielleicht, weil ich schon in jungen Jahren arbeiten mußte. In einem Alter, in dem andere Jungen die Schule besuchten, verdiente ich mir bereits meinen Lebensunterhalt in der alten Kolonie und in Natal. Seit dieser Zeit habe ich gehandelt, gejagt, gekämpft oder geschürft. Und es sind jetzt erst acht Monate, daß ich mir mein Haus gebaut habe. Es ist ein großes Gebäude, das ich jetzt besitze – ich weiß noch gar nicht, wie groß –, aber ich glaube nicht, daß ich selbst dafür die vergangenen fünfzehn oder sechzehn Monate noch einmal durchmachen würde, nein, selbst nicht, wenn ich wüßte, daß ich heil davonkäme, mein Ziel, ein eigenes Haus und was weiß ich noch alles erreichen würde. Nun ja, ich bin ein furchtsamer Mensch und hasse Gewalttätigkeit; mehr noch, ich bin der Abenteuer beinahe überdrüssig. Ich möchte bloß wissen, warum ich eigentlich dieses Buch schreiben will, es schlägt nicht in mein Fach. Ich bin kein Schriftsteller, auch wenn ich mich sehr stark dem Alten Testament und den ›Ingoldsby Legenden‹ widme. Ich will versuchen, meine Gründe darzulegen, nur um zu sehen, ob ich welche habe.

Erster Grund: Weil Sir Henry Curtis und Captain Good mich baten.

Zweiter Grund: Weil ich hier in Durban durch den Schmerz in meinem linken Bein ans Bett gefesselt bin. Seit damals, da mich der verdammte Löwe erwischt hat, leide ich darunter, und jetzt ist es besonders schlimm und schwächt mich mehr denn je. An einem Löwenzahn muß irgendein Gift sein; wie käme es sonst, daß einem bereits geheilte Wunden immer wieder aufbrechen, im allgemeinen – beachten Sie – in der gleichen Jahreszeit, in der man verwundet worden ist? Es ist schon bitter, wenn einem Mann wie mir, der im Laufe seines Lebens fünfundsechzig Löwen zur Strecke brachte, der sechsundsechzigste das Bein wie ein Tabakpriemchen zerkaut. Diese Episode unterbricht jedoch den geordneten Ablauf der Schilderung, da andere wichtige Vorfälle und Tatsachen übergangen werden; ich bin ein ordnungsliebender Mensch und mag so etwas nicht. Dies nur nebenbei.

Dritter Grund: Weil ich möchte, daß mein Junge Harry, der an einem Londoner Hospital studiert, um Doktor zu werden, etwas bekommt, das ihn unterhält und ihn wenigstens für eine Woche von Dummheiten fernhält. Die Arbeit an einem Krankenhaus muß mit der Zeit an Reiz verlieren und recht langweilig werden; Leichen sezieren muß man ja einmal satt bekommen. Und da diese Geschichte, mag sie sein wie sie will, nicht langweilig sein wird, kann sie ein oder zwei Tage ein wenig Leben in den Alltag bringen, wenn Harry von unseren Abenteuern liest.

Vierter und letzter Grund: Weil ich die seltsamste Geschichte erzählen werde, an die ich mich erinnern kann. Es mag sonderbar klingen, so etwas zu behaupten, zumal keine Frau darinnen vorkommt – ausgenommen Foulata. Halt, doch! Da ist Gagool, wenn das ein Weib war und nicht ein Teufel. Indessen, sie war mindestens hundert Jahre alt und daher nicht mehr im Heiratsalter, so daß ich sie hier nicht zähle. Auf jeden Fall kann ich mit Sicherheit behaupten, daß in der gesamten Story kein Unterrock vorkommt.

Nun, ich komme besser zur Sache. Es wird ein hartes Stück Arbeit werden, und mir ist, als ob ich bis zu den Achseln im Schlamm versinken würde. Aber »sutjes, sutjes«, wie die Buren sagen; ich weiß wirklich nicht, wie sie es schreiben. Ein starkes Gespann wird schließlich durchkommen, wenn es nicht zu dürr ist. Mit ausgehungerten Ochsen wird man nie etwas erreichen. Also, los geht's.

Ich, Allan Quatermain, aus Durban, Natal, ein Gentleman, schwöre und sage aus – so begann ich meine eidliche Zeugenaussage vor dem Polizeirichter über den traurigen Tod des armen Khiva und Ventvögels; doch das scheint mir nicht die richtige Art und Weise zu sein, ein Buch zu beginnen. Und außerdem: bin ich ein Gentleman? Was ist ein Gentleman? Ich weiß es nicht genau, und bisher hatte ich es nur mit Niggern zu tun gehabt – nein, ich werde dieses Wort ›Nigger‹ streichen, denn ich mag es nicht: ich habe Eingeborene gekannt, die Gentleman *sind*, und das gleiche wirst du sagen, Harry, mein Junge, sobald du mit der Geschichte zu Ende bist, und ich habe niederträchtige Weiße mit einem Haufen Geld, frisch aus der Heimat noch dazu, gekannt, die es *nicht sind*.

Auf jeden Fall, ich wurde als Gentleman geboren, obwohl ich zeit meines Lebens nichts als ein armer reisender Händler und Jäger gewesen bin. Ob ich ein Gentleman geblieben bin, weiß ich nicht, darüber mußt du urteilen. Der Himmel weiß, ich habe mir die größte Mühe gegeben. Ich habe in meinem Leben viele Menschen getötet, aber stets in Notwehr. Niemals habe ich jemanden grundlos getötet oder gar meine Hand mit unschuldigem Blut befleckt. Der Allmächtige gab uns unser Leben und, glaube ich, auch den Auftrag, es zu verteidigen. Ich habe wenigstens immer darnach gehandelt, und ich hoffe, es wird nicht Klage wider mich erhoben, wenn meine Stunde schlägt. Tja, ja, es ist eben eine grausame und gottlose Welt, und für einen Angsthasen bin ich in recht viele Kämpfe verwickelt gewesen. Ich kann dies nicht rechtfertigen, aber auf jeden Fall habe ich nicht gestohlen – obgleich ich einmal einen Kaffer um eine Herde Vieh gebracht habe. Doch dieser Bursche hatte mir einen bösen Streich gespielt, und es hat mich seither bei meinem Geschäft gequält.

Nun, es sind jetzt etwa achtzehn Monate her, daß ich Sir Henry Curtis und Captain Good zum erstenmal begegnet bin. Das ging so zu. Ich war auf Elefantenjagd jenseits Bamangwato gewesen und hatte Pech gehabt. Alles ging bei dieser Expedition schief, und zu guter Letzt packte mich ein böses Fieber. Sobald es mir einigermaßen gutging, treckte ich zu den Diamantenfeldern hinunter, verkaufte das Elfenbein, das ich hatte, zusammen mit meinem Wagen und den Ochsen, entlohnte meine Jäger und nahm die Postkutsche zum Kap. Eine Woche verbrachte ich in Kapstadt. Ich hatte alle Sehenswürdigkeiten gesehen, einschließlich der Botanischen Gärten, die, wie mir scheint, einen großen Nutzen für das Land bedeuten, und das neue Haus des Parlaments, das meiner Meinung nach nicht seinesgleichen hat. Inzwischen fand ich, daß man mir im Hotel das Fell über die Ohren zog, und so entschloß ich mich, mit der *Dunkeld*, die im Hafen auf die von England fällige *Edinburgh Castle* wartete, nach Natal zurückzufahren. Ich nahm mir eine Schlafkoje und ging an Bord. Am gleichen Nachmittag wurden noch die Natal-Passagiere von der *Edinburgh Castle* an Bord übernommen, und wir lichteten die Anker und stachen in See.

Unter den Passagieren, die an Bord kamen, befanden sich zwei, die meine Neugierde weckten. Der eine, ein Gentleman von etwa dreißig, war vielleicht der Mann mit dem mächtigsten Brustkasten und den längsten Armen, den ich je sah. Er hatte blonde Haare und einen dichten blonden Bart, offene Gesichtszüge, und große graue Augen saßen tief in seinem Kopf.

Ich sah nie einen besser aussehenden Menschen, und irgendwie erinnerte er mich an einen alten Dänen. Nicht, daß ich viel über die alten Dänen wüßte, ich erinnere mich nur eines dänischen Zeitgenossen, der mich um zehn Pfund geprellt hat; aber ich entsinne mich, einmal ein Bild von einigen dieser Leute gesehen zu haben, die, wie ich annehme, eine Art weiße Zulus waren. Sie tranken aus großen Hörnern, und ihre langen Haare hingen über die Rücken hinunter. Als ich meinen Freund, der an der Kajütentreppe stand, erblickte, dachte ich, er hätte zu diesem Bild Modell gesessen haben können, wenn man sein Haar nur ein Stück wachsen ließe, eines der Kettenhemden über seine breiten Schultern streifte und ihm eine große Streitaxt sowie ein

Trinkhorn gäbe – ganz ein alter Däne. Am Rande vermerkt, so merkwürdig es erscheinen mag, hier bewies sich, wie das Blut durchschlägt.

Später erfuhr ich nämlich, daß Sir Henry Curtis, so hieß dieser baumlange Kerl, dänischer Abstammung war.* Er erinnerte mich noch stark an jemanden, aber damals fiel mir nicht ein, an wen.

Der andere, der neben Sir Henry stand und sich mit ihm unterhielt, war klein, stämmig, dunkel und besaß eine ganz andere Physiognomie. Meine erste Vermutung war: ein Seeoffizier; ich weiß nicht warum, aber es ist schwer, sich bei einem Seemann zu irren. Ich habe im Laufe meines Lebens mit einigen von ihnen Jagdausflüge unternommen, und sie haben sich immer als die besten, kühnsten und nettesten Kameraden erwiesen, die ich je traf, obgleich einige von ihnen arg lästerlich fluchen.

Ich stellte einige Seiten vorher die Frage, was ein Gentleman sei. Ich will die Frage jetzt beantworten: ein Offizier der Königlichen Flotte ist in der Regel einer, mag es natürlich auch unter ihnen mal ein schwarzes Schaf geben. Ich stelle mir vor, daß es gerade das weite Meer und der Hauch von Gottes Winden sind, die ihre Herzen reinigen und die Bitterkeit aus ihrem Herzen blasen und sie so machen, wie man sich Männer vorstellt.

Na, um darauf zurückzukommen, ich hatte wieder einmal recht. Ich ermittelte: der dunkle Mann war Seeoffizier, Leutnant von 31 Jahren, der nach siebzehnjähriger Dienstzeit im Rang eines Kapitäns aus Ihrer Majestät Dienste wegen mangelnder Beförderungsmöglichkeiten verabschiedet worden war – eine Ehre, die absolut nichts einbrachte. Das also haben die Männer, die der Königin in Treue dienen, zu erwarten: hinausgestoßen zu werden in die teilnahmslose Welt, ihren Lebensunterhalt gerade dann zu suchen, wenn sie ihr Geschäft wirklich zu verstehen beginnen und in der Blüte ihrer Mannesjahre stehen. Ich schätze, sie machen

---

* Mr. Quatermains Ansichten über alte Dänen scheinen recht ungereimt zu sein; wir haben immer gehört, daß sie dunkelhaarig waren. Wahrscheinlich meinte er die Sachsen. – *Der Herausgeber*

sich nichts daraus, für meinen Teil aber habe ich mir lieber mein Brot als Jäger verdient. Das Kleingeld ist zwar manchmal arg knapp, dafür bekommt man nicht so viele Tritte. Er hieß, wie ich an Hand der Passagierliste herausfand, Good – Captain John Good. Er war breitschultrig, von mittlerer Größe, dunkel, kräftig und im übrigen ein ziemlich seltsamer Vogel. Er war unwahrscheinlich ordentlich, immer ganz glatt rasiert und trug stets im rechten Auge ein Monokel. Es schien hier angewachsen zu sein, denn er trug es weder an einer Schnur, noch nahm er es je heraus, ausgenommen, um es einmal zu putzen. Anfangs glaubte ich, er schlafe auch damit, entdeckte aber später, daß dies denn doch ein Irrtum gewesen war. Wenn er zu Bett ging, steckte er es nämlich mit seinen falschen Zähnen in die Hosentasche. Ja, seine falschen Zähne, oben wie unten, sie waren wunderschön. Meine eigenen sind nicht die besten, und so verstieß ich öfters gegen das 10. Gebot. Doch eben habe ich wieder vorgegriffen.

Kaum waren wir auf hoher See, brach der Abend herein und mit ihm sehr schlechtes Wetter. Eine scharfe Brise kam von Land auf und eine Art schottischer Nebel, nur noch schlimmer, die jeden bald von Deck vertrieben. Was die *Dunkeld* betraf, war sie ein flachbodiges Schiff mit geringem Tiefgang und schlingerte daher heftig. Fast schien sie kentern zu wollen, ließ es aber dann doch sein. Es war völlig unmöglich, herumzulaufen; so stand ich nahe bei der Maschine, wo es warm war, und vergnügte mich damit, ein mir gegenüber aufgehängtes Pendel zu beobachten, das langsam vor- und rückwärts schwang, im Rhythmus, wie das Schiff schlingerte. Es zeigte so den Neigungswinkel an, den das Schiff bei jedem Überholen annahm.

»Das Pendel zeigt falsch an, es ist nicht richtig beschwert«, sagte eine ziemlich verdrießliche Stimme hinter mir. Ich sah mich um, hinter mir stand der Seeoffizier, den ich bemerkt hatte, als die Passagiere an Bord kamen.

»So? Und warum glauben Sie das?« fragte ich.

»›Glauben?‹ Ich glaube nicht. Wenn nämlich«, fuhr er fort, als sich das Schiff nach einem starken Überholen wieder aufrichtete, »der Kahn wirklich so geschlingert hätte, wie das Ding da anzeigt, dann würde es bestimmt nie wieder schlingern, das ist's. Aber das sieht diesen Handelsmarineschiffen ähnlich, die sind ja immer so verflucht nachlässig.«

Da läutete gerade die Dinnerglocke, und ich war heilfroh, denn es ist schrecklich, einem Offizier der Königlichen Marine zuhören zu müssen, wenn er auf dieses Thema zu sprechen kommt. Ich weiß nur ein Ding, das noch schlimmer ist: einen Kapitän der Handelsmarine seine offene Meinung über die Offiziere der Königlichen Marine äußern zu hören.

Captain Good und ich gingen miteinander zum Dinner hinunter. Sir Henry Curtis saß schon bei Tisch. Er und Captain Good saßen nebeneinander, und ich saß ihnen gegenüber. Der Captain und ich kamen bald in ein Gespräch über die Jagd und so weiter; er stellte mir eine Menge Fragen, denn er ist sehr interessiert an allen Dingen, und ich beantwortete sie, so gut ich konnte. Bald kam er auf Elefanten zu sprechen.

»Oh, Sir«, rief jemand, der neben mir saß, »da sind Sie gerade an den richtigen Mann gekommen. Wenn überhaupt jemand, dann dürfte Jäger Quatermain in der Lage sein, Ihnen über Elefanten zu erzählen.«

Sir Henry, der bisher unserem Gespräch ganz still gefolgt war, fuhr sichtlich zusammen.

»Entschuldigen Sie, Sir«, sagte er und bog sich weit über den Tisch. Er hatte eine leise, tiefe Stimme, eine sehr angenehme Stimme, die, so schien mir, aus mächtigen Lungenflügeln kam.

»Verzeihen Sie, Sir, aber ist Ihr Name Allan Quatermain?«

Ich bejahte.

Der Riese schwieg wieder, ich hörte jedoch, wie er »Schicksal« in seinen Bart murmelte.

Bald darauf ging das Dinner zu Ende, und als wir gerade den Speiseraum verlassen wollten, kam Sir Henry auf mich zu und fragte mich, ob ich Lust hätte, mit ihm in seiner Kajüte eine Pfeife zu rauchen. Ich nahm die Einladung an und folgte ihm zur Deckkabine der *Dunkeld*. Es war eine sehr gute Kabine. Eigentlich waren es zwei Kabinen gewesen, aber als Sir Garnet oder einer von diesen vornehmen Stutzern auf der *Dunkeld* die Küste entlang fuhr, hatte man die Zwischenwand einfach herausgeschlagen und sie nie wieder eingebaut. In der Kabine stand ein Sofa, davor war ein kleiner Tisch. Sir Henry schickte den Steward nach einer Flasche Whisky. Wir drei setzten uns und zündeten unsere Pfeifen an.

»Mister Quatermain«, sagte Sir Henry Curtis, als der Steward den Whisky gebracht und die Lampe angezündet hatte, »im vorvorigen Jahr um diese Zeit waren Sie, glaube ich, an einem Ort namens Bamangwato im Norden von Transvaal.«

»Stimmt«, antwortete ich, ziemlich überrascht, daß dieser Gentleman meine Unternehmungen so genau kennen sollte, die meines Wissens für die Allgemeinheit doch nicht von besonderem Interesse sein konnten.

»Handelsgeschäfte haben Sie dorthin geführt, nicht wahr?« schaltete sich Captain Good in seiner lebhaften Art ein.

»Ja. Ich nahm eine Wagenladung Waren mit, schlug mein Lager außerhalb der Siedlung auf und blieb dort, bis ich alles verkauft hatte.«

Sir Henry saß mir gegenüber in einem Madeira-Stuhl und stützte die Arme auf den Tisch. Nun schaute er hoch und heftete seine großen grauen Augen voll auf mein Gesicht. Da flackert eine merkwürdige Angst in ihnen, dachte ich.

»Haben Sie zufällig da oben einen Mann namens Neville getroffen?«

»O ja; er spannte für vierzehn Tage direkt neben mir aus, um seinen Ochsen etwas Ruhe zu gönnen, bevor er ins Innere weiterzog. Vor ein paar Monaten bekam ich von meinem Rechtsanwalt einen Brief mit der Frage, ob ich wüßte, was aus ihm geworden ist. Ich habe damals nach bestem Wissen und Gewissen geantwortet.«

»Ja«, sagte Sir Henry, »Ihr Brief wurde mir zugeschickt. Sie schrieben, der Gentleman namens Neville habe anfangs Mai Bamangwato verlassen, und zwar mit einem Wagen, einem Fuhrmann, einem Voorlooper und einem Kaffernjäger namens Jim. Angeblich hätte er beabsichtigt, wenn möglich bis Inyati, dem vorgeschobensten Handelsposten in der Makabelegegend, zu trecken. Dort wollte er seine Wagen verkaufen und zu Fuß weitergehen.

Sie schrieben auch, daß er seinen Wagen tatsächlich verkauft habe, denn sechs Monate später sahen Sie den Wagen im Besitz eines portugiesischen Händlers, der Ihnen erzählte, daß er ihn in Inyati von einem Weißen, dessen Namen er vergessen hatte, gekauft hätte. Der Weiße sei mit einem eingeborenen Diener zu einer Jagdexpedition ins Innere aufgebrochen, wie er glaube.«

»Ja.«

Es folgte eine Pause.

»Mr. Quatermain«, sagte Sir Henry plötzlich, »ich nehme an, Sie wissen nichts Näheres oder haben keine weiteren Anhaltspunkte, die auf die Beweggründe für die Reise meines – – – von Mr. Nevilles Reise hindeuten; er ging nach Norden, aber wohin genauer – was war das Ziel?«

»Ich habe etwas läuten gehört«, antwortete ich und schwieg sofort wieder. Das war ein Thema, über das ich nicht zu sprechen wagte.

Sir Henry und Captain Good blickten einander an, und Captain Good nickte.

»Mr. Quatermain«, sagte ersterer, »ich werde Ihnen gleich eine Geschichte erzählen und erbitte Ihren Rat, vielleicht auch Ihre Hilfe. Der Agent, der mir Ihren Brief übersandte, schrieb mir, ich möchte mich unbedingt darauf verlassen, da Sie – wie er versicherte – gut bekannt und in Natal allgemein geachtet wären. Besonders bekannt aber für Ihre Verschwiegenheit.«

Ich verbeugte mich leicht und trank einen Schluck Whisky mit Soda, um meine Verlegenheit zu verbergen, denn ich bin ein bescheidener Mensch – und Sir Henry fuhr fort.

»Mr. Neville war mein Bruder.«

»Ach!« sagte ich und sprang auf, denn nun wußte ich, an wen mich Sir Henry erinnert hatte, als ich ihn zum erstenmal sah. Sein Bruder war zwar um ein gutes Stück kleiner und trug einen dunklen Bart, aber – und jetzt fiel es mir ein – er besaß Augen von der gleichen grauen Schattierung und den gleichen scharfen, durchdringenden Blick. Auch die Gesichtszüge waren nicht unähnlich.

»Er war mein einziger und jüngerer Bruder«, setzte Sir Henry seine Erzählung fort. »Bis vor fünf Jahren waren wir wohl kaum jemals länger als fünf Monate nicht beisammen. Nun eben vor ungefähr fünf Jahren geschah das Unglück, wie es halt manchmal in Familien passiert. Wir waren heftig ins Streiten geraten, und in meinem Zorn benahm ich mich meinem Bruder gegenüber recht unschön und war äußerst ungerecht.«

Hier nickte Good sehr nachdrücklich mit dem Kopf. Das Schiff schlingerte in diesem Moment gerade stark, so daß der Spiegel, der uns gegenüber steuerbord hing, kurz dicht über unseren Köpfen war. Ich saß mit den Händen in den Taschen und schaute nach oben. So konnte ich ihn gleich allem nicken sehen.

»Ich darf wohl annehmen, daß Ihnen folgendes bekannt ist«, fuhr Sir Henry fort. »Wenn ein Mann ohne Testament stirbt, und er besitzt kein Vermögen außer Grund und Boden – Grundeigentum nennt man es in England –, fällt alles seinem ältesten Sohn als Erbe zu. Gerade zu dieser Zeit, da wir in Streit lebten, starb unser Vater ohne Testament. Er hatte es immer wieder aufgeschoben, bis es zu spät war. Das Resultat: mein Bruder, der keinen Beruf erlernt hatte, blieb ohne einen Penny. Selbstverständlich wäre es meine Pflicht gewesen, für ihn zu sorgen. Aber damals tobte der Streit so heftig zwischen uns, daß ich – zu meiner Schande muß ich es gestehen (er seufzte tief) – mich nicht erbot, etwas für ihn zu tun. Es lag nicht daran, daß ich ihm etwas mißgönnt hätte, aber ich erwartete von ihm als dem Jüngeren, daß er versuchen würde, einzulenken. Er dachte aber nicht daran. Es tut mir leid, Mister Quatermain, daß ich Sie mit all dem beschweren muß, aber ich muß diese Angelegenheit klären, nicht wahr, Good?«

»Ganz recht, stimmt«, sagte der Captain. »Ich bin sicher,

Mr. Quatermain wird diese Geschichte für sich behalten.«

»Ganz selbstverständlich«, erwiderte ich, denn ich brüstete mich gerne meiner Verschwiegenheit, der ich, wie Sir Henry gehört hatte, einigen Ruf verdanke.

»Nun«, fuhr Sir Henry fort, »mein Bruder hatte damals ein paar hundert Pfund auf seinem Konto, und ohne mir einen Ton zu sagen, hob er diese lächerliche Summe ab, nahm den Namen Neville an und reiste in der abenteuerlichen Hoffnung nach Südafrika, dort sein Glück zu machen. Das erfuhr ich jedoch erst später. Etwa drei Jahre vergingen, und ich hörte nichts von meinem Bruder, obzwar ich ihm einige Male schrieb. Zweifellos erreichten ihn meine Briefe nicht. Aber als die Zeit verging, wuchsen meine Unruhe und meine Sorge um ihn immer mehr. Ich entdeckte, Mr. Quatermain, daß Blut dicker als Wasser ist.«

»Das stimmt«, sagte ich und dachte an meinen Jungen Harry.

»Ich stellte fest, daß ich mein halbes Vermögen opfern würde, Mr. Quatermain, wenn ich erfahren könnte, daß mein Bruder George, der einzige Verwandte, den ich habe, heil und gesund ist und ich ihn wiedersehen könnte.«

»Aber gemacht hast du's nie, Curtis!« fiel Captain Good ihm ins Wort und streifte mit einem Blick das Gesicht des Riesen.

»Nun, Mr. Quatermain, mit der Zeit wurde ich immer besorgter und versuchte mit allen Mitteln herauszubekommen, ob mein Bruder lebte oder ob er tot war. Wenn er am Leben war, wollte ich ihn wieder nach Hause holen. Ich stellte Nachforschungen an, und Ihr Brief war einer der Erfolge. Soweit sich die Spuren verfolgen ließen, konnte man zufrieden sein, denn es zeigte sich, daß George bis vor kurzem noch am Leben war. Dennoch habe ich nicht genug unternommen. Aber um die lange Geschichte abzukürzen – – – ich entschloß mich, mich aufzumachen und selbst nach ihm zu suchen. Captain Good besaß die Freundlichkeit, mich zu begleiten.«

»Na ja«, sagte der Captain; »nichts anderes zu tun, wissen

Sie. Von den Lords der Admiralität weggejagt, darf ich bei halbem Sold verhungern. Und nun, Sir, erzählen Sie uns vielleicht, was Sie von dem Gentleman namens Neville wissen.«

2

Die Sage von Salomons Minen

»Was haben Sie eigentlich über die Reise meines Bruders nach Bamangwato erfahren?« fragte Sir Henry, als ich eine kurze Pause machte, um meine Pfeife zu stopfen, bevor ich Captain Good antwortete.

»Folgendes«, antwortete ich, »und ich habe bis heute zu keiner Menschenseele darüber gesprochen. Ich hörte, daß er nach Salomons Minen aufgebrochen ist.«

»Salomons Minen?« riefen meine beiden Zuhörer zugleich. »Wo liegen die denn?«

»Ich weiß es nicht«, sagte ich; »ich weiß nur, wo sie der Sage nach liegen sollen. Einmal sah ich die Gipfel des Gebirges, hinter dem sie sich angeblich befinden, aber damals lagen hundertdreißig Meilen Wüste zwischen mir und ihm, eine Wüste, die meines Wissens bisher kein Weißer durchquert hat, außer einer. Aber vielleicht ist es das gescheiteste, wenn ich Ihnen die Sage von Salomons Minen erzähle, so wie ich sie kenne. Sie müssen mir aber Ihr Wort geben, ohne mein Einverständnis nichts von dem verlauten zu lassen, was ich jetzt erzähle. Einverstanden? Ich habe meine Gründe dafür.«

Sir Henry nickte, und Captain Good erwiderte »gewiß, gewiß«.

»Nun«, begann ich, »es wird Ihnen wahrscheinlich nicht ganz unbekannt sein, daß Elefantenjäger im allgemeinen eine rauhe Sorte von Männern sind, die sich nicht viel um andere Dinge kümmern als um das nackte Leben und die Sitten und Gebräuche der Kaffern. Ab und zu trifft man freilich einen, der sich die Mühe macht, bei den Eingeborenen alte, seit Generationen überlieferte Bräuche zu sammeln, und versucht, ein kleines Zipfelchen der Geschichte des schwarzen Erdteils zu lüften. Solch einer war es, der mir die Sage von Salomons Minen als erster erzählte; nahezu dreißig Jahre ist es jetzt her. Es war auf meiner ersten Elefantenjagd in der Gegend von Matable. Er hieß Evans und wurde ein Jahr darauf von einem angeschossenen Büffel angenommen und getötet; armer Bursche, er ist unweit der Sambesifälle begraben. Eines Abends, erinnere ich mich, erzählte ich Evans von einigen seltsamen Bergwerken, die ich bei einer Jagd auf Kudus (Schraubenantilopen) und Elenantilopen entdeckt hatte, dort, wo jetzt der Lydenburg-Distrikt von Transvaal liegt. Soweit mir bekannt ist, stieß man später beim Goldschürfen wieder auf diese Bergwerke, aber ich wußte schon Jahre vorher von ihrer Existenz. Eine prächtige, breite Straße ist dort durch den festen Felsen gehauen, die zum Eingang des Bergwerks bzw. dem Durchgang führt. Innerhalb des Schachtmundes lagen Stapel von Goldquarz, fertig zur Aufbereitung aufgeschichtet, ein Zeichen, daß die Arbeiter, wer immer sie auch waren, sie fluchtartig zurücklassen mußten. Etwa zwanzig Schritt dieses Durchgangs waren überdacht, und es war ein gutes Stück Mauerwerk.

›Ja‹, sagte Evans, ›aber ich werde dir ein seltsameres Garn spinnen‹, und er begann mir davon zu erzählen, wie er im Inneren des Landes eine zerstörte Stadt entdeckt hatte, die er für das Ophir der Bibel hielt – nebenbei, andere, sogar Gelehrte, haben dasselbe schon lange vor Evans behauptet. Ich erinnere mich genau, wie ich offenen Ohres all diesen Wundern lauschte; denn ich war damals ja jung, und diese Geschichte einer sagenhaften Kultur und eines Schatzes, den jene alten jüdischen und phönizischen Abenteurer aus einem Land holten, das schon längst wieder in finstere Barbarei zurückgeglitten war, regte meine Phantasie gewaltig an. Plötzlich fragte er mich:

›Junge, hast du schon einmal etwas vom Sulimangebirge im Nordwesten des Mashukulumbwelandes oben gehört?‹

Ich verneinte.

›Na schön‹, sagte er, ›dort oben hatte Salomon tatsächlich seine Minen, seine Diamantenminen, meine ich.‹

›Woher willst du das wissen?‹ fragte ich.

›Es wissen! Ei, was ist denn ‚Suliman' anderes als eine Verballhornung von Salomon?* Und außerdem erzählte mir eine alte Isanusi, eine Zauberdoktorin in der Manicagegend oben, alles davon. Sie sagte, daß das Volk, welches über dem Gebirge drüben lebt, ein Zweig der Zulu wäre, der einen Zulu-Dialekt spreche; es seien aber größere und hübschere Menschen, und unter ihnen gebe es mächtige Zauberer, die ihre Kunst von weißen Männern gelernt hätten, als ‚die ganze Welt finster war' und die das Geheimnis einer wunderbaren Mine ‚glänzender Steine' besäßen.‹

Nun, damals lachte ich über diese Geschichte, obwohl sie mich interessierte, denn zu der Zeit waren Afrikas Diamantenfelder noch nicht entdeckt. Der arme Evans zog weiter und wurde getötet. Während der nächsten zwanzig Jahre dachte ich nicht mehr an die Sache. Aber genau zwanzig Jahre später – und das ist eine lange Zeit, Gentlemen, ein Elefantenjäger lebt bei seinem Beruf selten zwanzig Jahre –, da hörte ich etwas Genaueres über das Sulimangebirge und das Land, das jenseits von ihm liegt. Ich war über die Manicagegend hinauf an einen Ort, Sitandas Kraal genannt, gezogen. Es war eine gottserbärmliche Gegend, man konnte dort nichts zu essen bekommen, und rundum gab es nur Kleinwild zum Jagen. Ich hatte einen Fieberanfall und war überhaupt in einer bösen Verfassung, als ein Portugiese mit einem einzigen Gefährten – einem Halbblut – ankam. Na, ich kenne diese Delagoa-Portugiesen zur Genüge. Es gibt im allgemeinen ungehängt keine größeren Teufel als sie. Sie mästen sich an der menschlichen Qual und am Fleisch ihrer Sklaven. Aber der war gegenüber diesen niederträchtigen Burschen ein ganz anders gearteter Typ, als ich ansonsten gewohnt war zu begegnen. Er erinnerte mich an die chevaleresken Doms**, von denen ich gelesen hatte. Er war lang

* Suliman ist die arabische Form von Salomon. – *Der Herausgeber*

** Früher Ehrentitel für portugiesische Adelige, später nur Höflichkeitstitel in Verbindung mit dem Vornamen. – *Der Übersetzer*

und hager, hatte große schwarze Augen und einen gezwirbelten Schnurrbart. Wir unterhielten uns ein wenig, denn er sprach gebrochen Englisch, und ich verstand etwas Portugiesisch. Er erzählte mir, daß er José Silvestre heiße und an der Delagoa-Bay seinen Wohnsitz habe. Als er am nächsten Tag mit seinem Halbblut-Gefährten aufbrach, verabschiedete er sich mit einem freundlichen ›Adieu‹ und zog seinen Hut ganz nach alter Manier. ›Auf Wiedersehen, Senor‹, sagte er, ›wenn wir uns wiedersehen sollten, werde ich der reichste Mann der Welt sein, und ich werde mich dann Ihrer erinnern.‹ Ich lachte kurz, ich war selbst zu schwach, kräftig zu lachen. Dann beobachtete ich, wie er auf die große Wüste im Westen zuhielt. Zu gerne hätte ich gewußt, ob er verrückt war oder was er dort zu finden glaubte.

Eine Woche verging, und ich genas von meinem Fieber. Eines Tages saß ich auf der Erde vor meinem Zelt, nagte an dem letzten Knochen eines erbärmlichen Huhns, das ich für ein Stück Stoff – zwanzig Hühner wert – von einem Eingeborenen bekommen hatte, und starrte in die heiße untergehende Sonne. Plötzlich sah ich eine Gestalt, offensichtlich die eines Europäers, denn sie trug einen Männerrock, etwa dreihundert Yards entfernt mir gegenüber auf dem Hang des ansteigenden Geländes. Der Mensch kroch auf Händen und Füßen vorwärts, brach zusammen und kroch wieder weiter. Der Mann war in Not, das war mir klar, und ich schickte deshalb einen meiner Jäger hinaus, ihm zu helfen. Bald darauf kehrte er zurück. Was glauben Sie, wen er mitgeschleppt brachte?«

»José Silvestre natürlich«, sagte Captain Good.

»Jawohl, José Silvestre, oder genauer gesagt, sein Skelett mit ein wenig Haut. Sein Gesicht war quittengelb von Gallenfieber, und seine großen, schwarzen Augen standen fast aus dem fleischlosen Schädel. Nichts wie pergamentartige Haut, weiße Haare und spitz hervortretende Knochen, kein Quentchen Fleisch.

›Wasser! Um Christi willen Wasser!‹ stöhnte er. Seine Lippen waren aufgesprungen, seine Zunge war geschwollen und schwärzlich.

Ich gab ihm Wasser mit etwas Milch gemischt, und er trank in großen Schlucken ohne abzusetzen zwei Viertel oder mehr. Ich hätte ihm aber unter keinen Umständen auch nur einen Tropfen mehr gegeben. Dann packte ihn das Fieber wieder. Er brach zusammen und begann vom Sulimangebirge, von Diamanten und der Wüste zu phantasieren. Ich brachte ihn ins Zelt und tat für ihn, was ich tun konnte; es war wenig genug. Doch ich sah, wie es enden mußte. Gegen elf Uhr wurde er ruhiger, und ich legte mich nieder, um ein wenig auszuruhen, und schlief ein. Bei Morgengrauen wurde ich munter und sah Silvestre aufrecht im Zwielicht sitzen, eine seltsame, hagere Gestalt, die hinaus in die Wüste starrte. Kurz darauf schoß der erste Strahl der Sonne unmittelbar über die weite Ebene vor uns bis zu dem weit entfernten Gipfel eines der höchsten Berge des Sulimangebirges, mehr als hundert Meilen weg.

›Das ist er!‹ schrie der Sterbende auf portugiesisch und zeigte mit seinem langen, dürren Arm hin. ›Aber ich werde ihn nie erreichen, nie! Keiner wird ihn je erreichen!‹

Plötzlich hielt er inne und schien einen Entschluß zu fassen.

›Freund‹, sagte er, indem er sich mir zuwendete, ›sind Sie da? Meine Augen werden trübe.‹

›Ja‹, sagte ich, ›legen Sie sich jetzt hin und ruhen Sie sich aus.‹

›Ei‹, erwiderte er, ›ich werde bald ruhen, ich habe Zeit zu ruhen, eine ganze Ewigkeit. Hören Sie, ich liege im Sterben! Sie sind gut zu mir gewesen. Ich werde Ihnen die Urkunde geben. Vielleicht gelingt es Ihnen, lebend durch die Wüste zu kommen, die mich und meinen armen Diener auf dem Gewissen hat.‹ Dann langte er in sein Hemd und zog etwas heraus, was ich für einen burischen Tabaksbeutel aus der Haut eines Swart-vet-pens, einer Schwarzantilope, hielt. Es war mit einem kurzen, schmalen Fellstreifen, wir nennen ihn Rimpi, zugebunden, und er versuchte ihn aufzuknüpfen, vergebens. Er reichte den Beutel mir.

›Aufknüpfen‹, sagte er.

Ich tat's und zog ein Stück zerrissener, gelber Leinwand heraus, auf der etwas in verblaßten Buchstaben geschrieben war. Eingewickelt in diesen Fetzen war ein Papier.

Er wurde zusehends schwach, und die Mattigkeit wuchs.

›Die Urkunde beschreibt alles, was auf dem Leinen ist. Jahre hat es mich gekostet, es zu entziffern. Hören Sie: mein Ahne, ein politischer Flüchtling aus Lissabon und einer der ersten Portugiesen, die an diesen Küsten landeten, schrieb das nieder, als er in jenem Gebirge dort, das keines Weißen Fuß vorher und seitdem berührt hat, im Sterben lag. Sein Name war José da Silvestra. Er lebte vor dreihundert Jahren. Sein Sklave, der am Fuß des Gebirges auf ihn gewartet hatte, fand ihn, als er ihn nach langem Warten suchte, tot auf und brachte das Schriftstück nach Delagoa. Seit damals wurde es in unserer Familie aufbewahrt, aber niemand hat sich die Mühe gemacht, die Schrift zu entziffern, bis ich es schließlich tat. Und jetzt kostet mich das mein Leben, ein anderer kann Erfolg haben und der reichste Mann der Welt werden – der reichste Mann der Welt. Nur geben Sie es niemandem anderen, Senor; gehen Sie selbst!‹

Dann begann er wieder wirr zu reden, und in einer Stunde war alles vorbei.

Gott schenke ihm die ewige Ruhe! Er starb sehr ruhig, und ich begrub ihn tief unter großen Geröllbrocken. Ich glaube also nicht, daß ihn Schakale ausgraben konnten. Dann zog ich weiter.«

»Ja, aber das Dokument?« sagte Sir Henry stark interessiert.

»Ja, das Dokument; was stand darin?« fügte der Captain hinzu.

»Nun, Gentlemen, wenn Sie es wünschen, werde ich es Ihnen erzählen. Ich habe es bisher noch niemandem gezeigt, außer einem betrunkenen alten portugiesischen Händler, der es mir übersetzte und bis zum nächsten Morgen alles wieder vergessen hatte. Das Original des Fetzens liegt bei mir zu Hause in Durban, zusammen mit der Übertragung des armen Don José. Die englische Übersetzung aber habe ich bei mir in meinem Notizbuch sowie ein Faksimile der Landkarte, wenn man es eine Karte nennen kann. Hier ist's.«

»Ich, José da Silvestra, der jetzt vor Hunger im Sterben liegt, in der kleinen Höhle, wo kein Schnee ist, auf der Nordseite der Brust des südlichsten der zwei Berge, die ich Shebas Brüste nannte, schreibe dies im Jahre 1590 mit einem gespaltenen Knochen auf dem Rest meiner Kleidung, mein Blut dient als Tinte. Falls es mein Sklave, wenn er kommt, findet und nach Delagoa bringen sollte, möge mein Freund (unleserlicher Name) die Angelegenheit dem König melden, damit dieser eine Armee aussenden kann; diese wird ihn, wenn sie die Wüste und das Gebirge überquert, die tapferen Kukuanas und ihre teuflischen Künste bezwingt – wozu einige Priester mitgehen sollten –, zum reichsten König seit Salomon machen. Mit eigenen Augen habe ich die unzähligen Diamanten in Salomons Schatzkammer hinter dem ›Weißen Tod‹ aufgehäuft gesehen; aber infolge der Verräterei Gagools, der Hexenspürerin, konnte ich nichts in Sicherheit bringen, kaum mein Leben. Laßt den, der kommt, meiner Karte folgen und den Schnee von Shebas linker Brust besteigen, bis er zur Brustwarze kommt, auf der Nordseite davon beginnt die von Salomon gebaute große Straße, von hier sind es noch drei Tagesreisen zum Königspalast. Tötet Gagool. Betet für meine Seele. Lebt wohl.

José da Silvestra«

Als ich dieses Dokument zu Ende vorgelesen und die Kopie der Karte gezeigt hatte, von der Hand des sterbenden alten Dom mit seinem Blut als Tinte gezeichnet, folgte eine Stille des Staunens.

»Na«, brach Captain Good schließlich das Schweigen, »zweimal bin ich um die Welt gesegelt, und in den meisten Häfen der Welt bin ich vor Anker gegangen, aber gehängt will ich als Meuterer werden, wenn ich je ein Garn wie dieses je gehört habe!«

»Eine seltsame Geschichte«, sagte Sir Henry. »Ich nehme an, Sie halten uns nicht zum besten? Ich weiß, man hält es für durchaus erlaubt, ein Greenhorn auf den Arm zu nehmen!«

»Wenn Sie das glauben, Sir Henry, nun – dann ist die Ge-

schichte zu Ende«, sagte ich sehr verstimmt und steckte meine Papiere wieder in die Tasche. Denn ich schätze es absolut nicht, für einen jener albernen Burschen gehalten zu werden, die es witzig finden, Lügen zu erzählen, und sich Neuankömmlingen gegenüber immer mit ungewöhnlichen Jagdabenteuern brüsten, die sich nie ereigneten. Ich stand auf, um zu gehen.

Sir Henry legte seine große Hand auf meine Schulter. »Setzen Sie sich, Mr. Quatermain«, sagte er, »ich bitte um Verzeihung; ich weiß sehr wohl, daß Sie uns nicht betrügen wollen, aber die Story klingt so ungewöhnlich, daß ich sie nur schwer glauben kann.«

»Sie sollen das Original des Schreibens und der Karte sehen, sobald wir in Durban sind«, antwortete ich, einigermaßen besänftigt. Denn wenn ich die Sache ruhig betrachtete, so war es kaum verwunderlich, daß er an meiner Ehrlichkeit zweifelte. Und so fuhr ich denn fort:

»Ich habe Ihnen noch nichts über Ihren Bruder erzählt. Ich kannte Jim, den Mann, der ihn begleitete. Von Geburt ein Bechuana, war er ein tüchtiger Jäger und für einen Eingeborenen ein sehr cleverer Bursche. An dem Morgen, an dem Mr. Neville aufbrach, sah ich Jim bei meinem Wagen stehen und auf der Deichsel Tabak schneiden.

›Jim‹, sagte ich, ›wohin geht jetzt die Reise? Auf Elefanten?‹

›Nein, Baas‹*, antwortete er, ›wir sind hinter etwas her, was mehr wert ist als Elfenbein.‹

›Und was soll das ein?‹ fragte ich, denn ich war neugierig. ›Gold?‹

›Nein, Baas, noch wertvoller als Gold‹, und er grinste.

Ich riskierte keine weiteren Fragen mehr, denn ich wollte nicht mein Ansehen aufs Spiel setzen, wenn ich neugierig schien. Aber ich zerbrach mir den Kopf. Kurz darauf hörte Jim mit dem Tabakschneiden auf.

›Baas‹, sagte er.

Ich nahm keine Notiz.

---

* Baas – burisch – Herr

›Baas‹, wiederholte er.

›He, Junge, was gibt's?‹ fragte ich.

›Baas, wir sind hinter Diamanten her.‹

›Diamanten? Na, da geht ihr aber in die falsche Richtung; ihr solltet Kurs nach den ‚Feldern' nehmen.‹

›Baas, haben Sie schon mal was von Sulimans Berg gehört?‹

›Mhm.‹

›Habt ihr etwas von den Diamanten dort gehört?‹

›Ein albernes Märchen, weiter nichts, Jim.‹

›Nein, Baas, kein Märchen. Ich habe einmal ein Weib getroffen, das von dort her kam und mit ihrem Kind nach Natal wollte, das erzählte mir's – es ist jetzt tot.‹

›Dein Herr wird den Aasvögeln, den Geiern, zur Nahrung dienen, Jim, wenn er versucht, Sulimans Land zu erreichen, und du genauso, wenn sie an eueren wertlosen alten Kadavern überhaupt noch etwas Abfall finden‹, sagte ich.

Er grinste.

›Vielleicht, Baas. Jeder muß sterben; ich möchte vorher noch zu gerne ein fremdes Land kennenlernen. Die Elefanten sind drauf und dran, hier herum zu verschwinden.‹

›Na, mein Junge‹, sagte ich, ›warte mal, bis der ‚bleiche alte Mann' nach deiner gelben Gurgel packt, und dann wollen wir mal hören, was für ein Liedchen du dann singst.‹

Eine halbe Stunde später fuhr Nevilles Wagen ab. Knapp darauf kam Jim noch einmal zurück.

›Adieu, Baas‹, sagte er, ›ich möchte nicht von hier fortgehen, ohne Lebewohl zu sagen, denn ich glaube, Sie haben recht und wir werden nie mehr südwärts ziehen.‹

›Will dein Herr tatsächlich zum Sulimansberg, Jim, oder lügst du?‹

›Nein‹, erwiderte er. ›Er geht. Er erzählte mir, er wäre gezwungen, irgendwie sein Glück zu machen, beziehungsweise es zu versuchen; so könnte er sich ebensogut auf Diamanten stürzen.‹

›Oh!‹ sagte ich, ›warte einen Augenblick, Jim; wirst du deinem Herrn eine Notiz überbringen, Jim, und versprechen, sie ihm nicht früher zu geben, als bis ihr in Inyati seid?‹

Das war hundert Meilen entfernt.

›Ja, Baas.‹

Also nahm ich einen Zettel und schrieb darauf: ›Laßt den, der kommt ... den Schnee von Shebas linker Brust besteigen, bis er zur Brustwarze kommt, auf der Nordseite davon ist Salomons große Straße.‹

›Nun, Jim‹, sagte ich, ›wenn du das deinem Herrn gibst, berichte ihm, er soll diesem Rat unbedingt folgen. Du darfst ihm den Zettel aber jetzt noch nicht geben, weil ich nicht mag, daß er zurückkommt und mir Fragen stellt, die ich nicht beantworten möchte. So, jetzt hau ab, du fauler Kerl, der Wagen ist beinahe außer Sicht.‹

Jim nahm die Notiz und ging. So, das ist alles, was ich von Euerem Bruder weiß, Sir Henry; aber ich fürchte sehr ...«

»Mr. Quatermain«, unterbrach mich Sir Henry, »ich unternahm diese Reise, um meinen Bruder zu suchen. Ich werde seine Spur bis zu Sulimans Berg verfolgen und, falls notwendig, darüber hinaus, beziehungsweise bis ich mit Sicherheit weiß, daß er nicht mehr lebt. Wollen Sie mich begleiten?«

Ich glaube, ich habe es bereits erwähnt, ich bin ein vorsichtiger Mensch, ja sogar furchtsam, und ich schreckte vor dem Gedanken an solch ein Abenteuer zurück. Es schien mir, daß ein solches Unternehmen nicht weniger als den sicheren Tod bedeuten würde; und abgesehen von allem anderen, ich hatte für einen Sohn zu sorgen. Ich konnte es mir nicht leisten, gerade jetzt zu sterben.

»Nein danke, Sir Henry, ich glaube, ich mache es lieber nicht«, antwortete ich deshalb. »Ich bin zu alt für derartige abenteuerliche Jagden und würde nur so enden wie mein armer Freund Silvestre. Ich habe einen Sohn, der von mir abhängig ist, und kann es daher nicht verantworten, mein Leben so leichtsinnig aufs Spiel zu setzen.«

Beide, Sir Henry und Captain Good, schauten sehr enttäuscht drein.

»Mr. Quatermain«, brach ersterer das Schweigen, »ich

bin wohlhabend und auf dieses Unternehmen versessen. Sie können den Lohn für Ihre Dienste, in welcher Währung Sie auch immer wollen, nach Recht und Billigkeit selbst festsetzen. Er wird Ihnen ausbezahlt, bevor wir aufbrechen. Mehr noch, ich werde im Fall, uns oder Ihnen stößt etwas Unerwartetes zu, dafür sorgen, daß Ihr Sohn angemessen versorgt ist. Ich glaube, Sie sehen an diesem Angebot, wie wichtig mir Ihre Teilnahme ist. Außerdem, gesetzt den günstigen Fall, wir erreichen diesen Platz und finden Diamanten, sollen diese Ihnen und Good zu gleichen Teilen gehören. Ich will nichts davon. Aber freilich, solche Verheißungen sind so gut wie nichts wert, obwohl das gleiche gilt für das Elfenbein, das wir eventuell erbeuten. Sie können mir aber auch Ihre eigenen Bedingungen stellen, Mr. Quatermain; selbstverständlich komme ich für alle Unkosten auf.«

»Sir Henry«, erwiderte ich, »das ist das großzügigste Angebot, das ich jemals bekommen habe, eines, das ein armer Jäger und Händler nicht einfach ausschlagen kann. Aber es ist auch der größte Job, der mir je unterkam, und ich muß in Ruhe darüber nachdenken. Sie erhalten meine Antwort, bevor wir in Durban anlegen.«

»Sehr gut«, antwortete Sir Henry.

Alsdann wünschte ich eine gute Nacht, ging zu Bett und träumte von dem armen, längst verstorbenen Silvestre und den Diamanten.

3

Umbopa tritt in unsere Dienste

Je nach Schiff und Wetterlage dauert die Fahrt vom Kap nach Durban etwa vier bis fünf Tage. Zuweilen, wenn das Anlegen in East London schwierig ist – der wunderbare Hafen, von dem so viel gesprochen und in den so viel Geld gesteckt wird, ist noch nicht fertig –, liegt ein Schiff für vierundzwanzig Stunden fest, bis die Lastboote endlich auslaufen und die Güter übernehmen können. Diesmal jedoch mußten wir nicht warten, denn an der Sandbank herrschte keine nennenswerte Brandung. Die Schlepper kamen sofort heraus, hinter ihnen ein Schwanz häßlicher flacher Boote, in die die Fracht mit viel Lärm verladen wurde. Es spielte gar keine Rolle, um was für eine Ware es sich dabei handelte. Alles flog über Bord, gleich ob Porzellan oder Wolle. Alles erfuhr die gleiche Behandlung. Ich sah, wie eine Kiste mit vier Dutzend Champagnerflaschen in tausend Stücke zerschellte und der Champagner über den schmutzigen Schiffsboden sprudelte und schäumte. Es war eine verdammte Verschwendung, und das dachten allem Anschein nach die Kaffern in dem Boot auch, als sie ein paar heile Flaschen fanden. Sie schlugen ihnen die Hälse ab und tranken. Nur hatten sie nicht mit der Kohlensäure gerechnet, die sich ausdehnt, und nun fühlten sie sich aufschwellen, wälzten sich auf dem Schiffsboden herum und schrien laut, der gute Likör wäre ›tagati‹ – verhext. Ich rief ihnen vom Schiff aus zu und erzählte ihnen, daß es die stärkste Medizin des weißen Mannes sei und sie so gut wie tote Männer wären. In panischer Angst kehrten sie an Land zurück, und ich glaube nicht, daß sie je wieder Champagner anrühren werden.

Nun, die ganze Zeit über, da wir auf Natal zudampften, dachte ich über Sir Henrys Angebot nach. Wir sprachen zwei oder drei Tage kein Wort mehr über dieses Thema, obwohl ich zahlreiche Jagdgeschichten zum besten gab, jede einzelne wahr. Denn es ist völlig unnötig, Jägerlatein aufzutischen, da einem Mann, dessen Beruf die Jagd ist, soviel kuriose Dinge tatsächlich unterkommen. Doch dies nur nebenbei.

Schließlich, eines schönen Abends im Januar, dem heißesten Monat hier, dampften wir die Küste von Natal entlang. Wir hofften, Durban Point bei Sonnenuntergang zu erreichen. Ab East London übrigens eine reizende Küste, die ganze Strecke. Rote Sandhügel wechseln mit belebenden weiten Grünflächen, da und dort übersät mit Kaffernkraals, eingesäumt vom weißen Band der Brandung, die in Schaumpfeilen aufspritzt, wo sie gegen die Felsen prallt.

Kurz vor Durban ist ringsum eine besonders fruchtbare Landschaft. Tiefe Kluften, während Jahrhunderten durch die tropischen Regengüsse ausgewaschen, zerschneiden die Hügel, durch die in der Regenzeit Flüsse herunterschäumen. Das satte Grün des Busches, der wächst, wie Gott ihn pflanzte, daneben das zarte Grün der Maisgärten und Zukkerplantagen, während da und dort ein weißes Haus, auf die ruhige See hinauslächelnd, das Bild vollendet und der Landschaft den Charakter der Schlichtheit verleiht. Für meinen Geschmack kann eine Landschaft so schön sein wie sie will, um sie zu vollenden, bedarf es der Anwesenheit von Menschen. Doch vielleicht kommt das daher, weil ich so lange in der Wildnis lebte und daher den Wert der Zivilisation besonders hoch schätze, obgleich sie andererseits das Wild vergrämt. Der Garten Eden war schön, ehe es den Menschen gab – ohne Zweifel –, aber so bei mir denke ich immer, er muß noch schöner gewesen sein, als Eva darin lustwandelte.

Zum Thema zurück! Wir hatten uns ein wenig verkalkuliert, und die Sonne war schon untergegangen, ehe wir vor Point Anker warfen und die Geschütze donnerten, die den guten Leuten von Durban verkündeten, daß das englische Postschiff angekommen war. Es war zu spät, daran zu denken, noch in der Nacht über die Sandbank wegzukommen. So gingen wir gemütlich zum Dinner hinunter, nachdem wir zugesehen hatten, wie die Post im Rettungsboot weggebracht wurde.

Als wir wieder an Deck kamen, war der Mond aufgegangen und strahlte so hell über Meer und Küste, daß die langfingrigen, schnellen Blitze des Leuchtturms fast in seinem Glanz verblaßten. Von der Küste her schwebten süße, würzige Düfte, die mich immer an Hymnen und Missionare erinnern. In den Fenstern der Häuser an der Berea funkelten hundert Lichter. Von einer großen Brigg, die neben uns ankerte, scholl der Gesang der Matrosen herüber, die den Anker lichteten, um beim Aufkommen des Windes bereit zu sein. Alles in allem war es eine vollkommene Nacht, so eine Nacht, wie man sie eben nur in Südafrika erlebt. Sie hüllt jeden in ein Gewand von Frieden, wie der Mond über alles ein silbernes Gewand wirft. Selbst die großen Bulldoggen, die einem sporttreibenden Passagier gehörten, schienen sich den sanften Einflüssen hinzugeben und darauf zu verzichten, in Zukunft mit dem Pavian auf dem Vorderdeck zu raufen; sie schnarchten glücklich an der Kabinentür, zweifellos träumten sie davon, daß sie ihm den Garaus gemacht hätten.

Wir drei – und zwar Sir Henry Curtis, Captain Good und ich – ließen uns beim Steuerrad nieder und sprachen für eine Weile kein Wort.

»Nun, Mr. Quatermain«, sagte Sir Henry plötzlich, »haben Sie über meine Vorschläge nachgedacht?«

»Na«, echote Captain Good, »was halten Sie davon, Mr. Quatermain? Ich hoffe, Sie werden uns das Vergnügen Ihrer Gesellschaft schenken, bis Salomons Minen oder bis dorthin, wo wir eben den Gentleman, Ihnen als Mr. Neville bekannt, aufstöbern.«

Ich stand auf und klopfte meine Pfeife aus, bevor ich antwortete. Ich hatte noch keinen Entschluß gefaßt und brauchte diesen Augenblick, um mich zu entscheiden. Bevor der glühende Tabak noch den Meeresspiegel erreicht hatte, hatte ich mich entschieden; gerade diese kurze Extra-Sekunde war der Kniff, oft das Mittel, wenn man sich lange Zeit mit einer Sache herumgequält hat.

»Ja, Gentlemen«, sagte ich und setzte mich wieder. »Ich gehe mit, und wenn Sie gestatten, werde ich Ihnen sagen, warum und unter welchen Bedingungen. Zuerst die Forderungen, die ich stelle:

1. Sie tragen alle Unkosten. Elfenbein und andere Wertgegenstände, die wir vielleicht erbeuten, werden zwischen Captain Good und mir geteilt.

2. Sie zahlen mir für meine Dienste während der Exkursion 500 Pfund, bevor wir aufbrechen. Ich verpflichte mich dafür, Ihnen gewissenhaft zu dienen, bis Sie es entweder vorziehen, das Unternehmen aufzugeben, beziehungsweise bis wir Erfolg haben oder aber uns ein Mißgeschick zustößt.

3. Vor der Abreise fertigen Sie ein rechtsgültiges Doku-

ment aus, mit welchem Sie sich verpflichten, im Falle meines Todes oder meiner Invalidität meinem Jungen Harry, der im Guy's Hospital in London drüben Medizin studiert, während der nächsten fünf Jahre jährlich 200 Pfund zu zahlen. Nach dieser Zeit sollte er eigentlich seinen Lebensunterhalt selbst verdienen können, wenn er das Salz wert ist. So, das wär's, denke ich, und ich meine, Sie werden sagen, das reicht auch.«

»Keineswegs«, antwortete Sir Henry, »ich akzeptiere Ihre Bedingungen mit Freuden. Ich bin versessen auf dieses Unternehmen und würde für Ihre Hilfe noch mehr zahlen, besonders, wenn ich die reichen und exklusiven Kenntnisse, die Sie besitzen, in Betracht ziehe.«

»Schade, daß ich's nicht verlangt habe, aber ich will mein Wort nicht zurücknehmen. Und jetzt, da ich meine Bedingungen gestellt habe, will ich Ihnen meine Gründe nennen, die mich den Entschluß fassen ließen, doch mitzugehen. Zuerst vor allem, Gentlemen, ich habe Sie beide während der letzten paar Tage beobachtet, und – bitte, halten Sie mich nicht für unverschämt – ich möchte Ihnen sagen, daß ich Sie gut leiden kann und glaube, daß wir zusammen unter einem Joch gut miteinander auskommen werden. Das ist schon etwas, lassen Sie es mich sagen, wenn man eine so lange Reise wie wir vor sich hat.

Und nun, was die Expedition selbst betrifft, sage ich Ihnen, Sir Henry und Captain Good, unverhohlen und ausdrücklich, daß ich es fur recht unwahrscheinlich halte, daß wir dabei mit dem Leben davonkommen, das heißt, falls wir versuchen, das Sulimangebirge zu überqueren. Welches Schicksal ereilte den alten Dom da Silvestra vor dreihundert Jahren? Welches Geschick wurde seinem Nachkommen vor zwanzig Jahren zuteil? Was wird das Schicksal Ihres Bruders gewesen sein? Ich sage Ihnen freiweg, Gentlemen, ich glaube, unser Schicksal wird das ihre sein.«

Ich machte eine Pause, um die Wirkung meiner Worte zu beobachten. Captain Good machte ein Gesicht, als ob ihm wohl in seiner Haut wäre. Sir Henry aber verzog keine Miene.

»Wir müssen es darauf ankommen lassen«, sagte er.

»Sie wundern sich vielleicht«, fuhr ich fort, »warum ich – ein Angsthase, wie ich Ihnen erzählte – dennoch eine solche Tour unternehmen will. Es gibt dafür zwei Gründe. Erstens bin ich ein Fatalist und glaube, daß meine Stunde ohne mein Zutun und meinen Willen vorbestimmt ist; wenn ich nach Sulimans Berg gehen soll, um dort getötet zu werden, gehe ich dorthin und komme ums Leben. Zweifellos weiß Gott der Allmächtige Seine Absicht mit mir, und ich brauche mir darüber keinen Kummer zu machen. Zweitens bin ich ein armer Mann. Nahezu vierzig Jahre habe ich gejagt und Handel getrieben, aber nie mehr verdient als meinen Lebensunterhalt. Nun, Gentlemen, ich weiß nicht, ob Ihnen bekannt ist, daß ein Elefantenjäger, hat er erst einmal diesen Beruf ergriffen, höchstens noch vier bis fünf Jahre lebt. Sie sehen also, ich habe meine Berufskollegen ungefähr über sieben Generationen überlebt und meine, daß meine Stunde auf jeden Fall in nicht allzuferner Zeit schlagen wird. Wenn mir nun im Alltag meines Berufs jetzt etwas zustößt, so sind zwar inzwischen meine Schulden bezahlt, aber es ist nichts übrig, meinen Sohn Harry zu unterstützen, solange er noch in der Berufsausbildung steht. So aber ist fünf Jahre für ihn gesorgt. Das ist kurz und bündig die ganze Sache.«

»Mr. Quatermain«, sagte Sir Henry, der sehr aufmerksam zugehört hatte, »Ihre Motive, ein Unternehmen zu wagen, das Ihrer Meinung nach nur schlecht ausgehen kann, gereichen Ihnen sehr zur Ehre. Ob Sie recht haben oder nicht, können natürlich nur Zeit und Ausgang zeigen. Eines aber kann ich Ihnen gleich sagen, ob Sie nun recht haben oder nicht, ich selbst werde bis zum bittersten Ende durchhalten. Wenn es unser Schicksal ist, eins über den Schädel zu bekommen, hoffe ich nur, wir können vorher ein wenig jagen. Das ist alles, was ich zu sagen habe, was, Good?«

»Ja, ja«, fiel Good ein. »Wir sind alle drei gewöhnt, der Gefahr ins Auge zu schauen, und hielten unser Leben schon verschiedentlich in unseren Händen. Also warum jetzt einen Rückzieher machen? Und so schlage ich vor, wir gehen in den Salon hinunter und peilen mal das Glück, Sie verstehen.«

Und das taten wir – bis auf des Bechers Grund. Am nächsten Tag gingen wir an Land, und ich führte Sir Henry und Captain Good hinauf zu der kleinen grauen Hütte, die ich mir an der Berea gebaut habe und mein Zuhause nenne. Sie hat nur drei Räume und eine Küche, aus frischen Ziegeln gebaut mit einem galvanisierten Eisendach. Aber ich habe einen schönen Garten mit den besten Loquot-Bäumen*, die ich kenne, und mit einigen hübschen jungen Mango-Bäumen, von denen ich mir noch sehr viel verspreche.

Der Verwalter der botanischen Gärten schenkte sie mir. Einer meiner alten Jäger namens Jack, dessen Oberschenkel von einer Büffelkuh in der Sikukunisgegend so übel zugerichtet worden war, daß er nie wieder auf die Jagd gehen wird, kümmert sich um den Garten. Aber hier kann er umherbummeln und gärtnern, er ist ein Griqua von Geburt. Einen Zulu wird man niemals überreden, sich für die Gärtnerei zu interessieren; dies ist eine friedliche Kunst, und friedliche Künste liegen den Zulus nicht.

Sir Henry und Good schliefen in einem Zelt, das ich in einem kleinen Orangenhain am Rande des Gartens aufgeschlagen hatte, denn im Haus war kein Platz für sie. Wegen des Geruchs der Blüten und wegen des Anblicks der grünen und der goldenen Früchte – in Durban kann man alle drei an einem Baum zusammen sehen – wage ich zu behaupten, es ist ein recht angenehmer Ort, zumal wir hier an der Berea wenig Moskitos haben, ausgenommen es regnet ungewöhnlich stark.

Nun, um in der Erzählung fortzufahren – tue ich es nicht, Harry, wird dich die Geschichte ermüden, noch bevor wir Sulimans Gebirge erreicht haben –, also nachdem ich mich nun einmal entschlossen hatte zu gehen, machte ich mich daran, die notwendigen Vorbereitungen zu treffen. Als erstes erhielt ich von Sir Henry das Dokument ausgehändigt,

* Loquot – ein asiatischer Baum von der Gattung Eriobotrya, trägt kleine Früchte.

das dich, mein Junge, im Falle eines Unfalls versorgt. Es gab da einige Schwierigkeiten wegen der gesetzlichen Ausfertigung, weil Sir Henry hier unbekannt war und der zu überschreibende Betrag über dem Wasser drüben ist; doch mit Hilfe eines Rechtsanwalts, der für seine Bemühungen zwanzig Pfund forderte – ein Betrag, den ich unverschämt finde –, klappte es schließlich doch. Dann erhielt ich meinen Scheck über fünfhundert Pfund.

Nachdem meinem Sinn für Vorsicht dieser Tribut gezollt war, kaufte ich im Namen Sir Henrys einen Wagen und ein Gespann Ochsen; sie waren Schönheiten. Es war ein zweiundzwanzig Fuß langer Wagen mit eisernen Achsen, sehr stabil, sehr leicht und durchwegs aus Stink-Holz gebaut; er war nicht ganz neu, er hatte bereits eine Fahrt zu den Diamantenfeldern und wieder zurück hinter sich. Meiner Meinung nach aber das Beste für unsere Zwecke, denn das Holz war gut getrocknet. Gibt irgend etwas an einem Wagen nach oder wurde grünes Holz zum Bau verwendet, so stellt sich dies schon bei der ersten Reise heraus. Dieses außergewöhnliche Fahrzeug war ein sogenannter ›halbgedeckter Wagen‹, das heißt nur die zwölf hinteren Fuß waren überdacht, während der Vorderteil für die mitgeführten Bedarfsartikel frei gelassen war. Im hinteren Teil waren ein Fell-›cartle‹, ein Bett, auf dem zwei Personen schlafen konnten, dazu Gewehrständer und manche andere kleine Bequemlichkeiten. Ich zahlte hundertfünfundzwanzig Pfund dafür, und das war, glaube ich, preiswert.

Des weiteren kaufte ich ein schönes Gespann Zulu-Ochsen, auf die ich schon vor ein oder zwei Jahren ein Auge geworfen hatte. Sechzehn Ochsen sind die übliche Zahl für ein Gespann, aber ich nahm für den Fall von Verlusten vier dazu. Die Zulu-Ochsen sind klein, nicht halb so groß wie die afrikanischen, die man gewöhnlich für Transportzwecke verwendet, und sie haben einen leichten Gang. Auch überleben sie, wo die Afrikaner umkommen würden, schaffen bei mittelmäßiger Ladung fünf Meilen pro Tag mehr, sind lebhafter und nicht so anfällig, sich die Füße wund zu laufen. Was aber mehr wert ist, dieser Haufen war durchwegs

›seuchenfest‹, das heißt die Tiere hatten schon überall in Südafrika gearbeitet und waren gegen Rotwasser* verhältnismäßig immun geworden, das oft ganze Ochsengespanne vernichtet, wenn sie auf fremdes ›veldt‹, in andere Grasgegend kommen. Gegen die Lungensucht, eine gefährliche Abart der Lungenentzündung, die in dieser Gegend weit verbreitet ist, waren sie alle geimpft worden. Man schneidet in den Schwanz des Ochsen einen Schlitz und pflanzt ein Stück der kranken Lunge eines Tieres ein, das an dieser Krankheit eingegangen ist. Der Ochse erkrankt nun, aber in milder Form, der Schwanz fällt in der Regel ungefähr ein Fuß von der Wurzel entfernt ab, und das Tier ist gegenüber künftigen Ansteckungen gefeit. Es mag grausam scheinen, die Tiere ihres Schwanzes zu berauben, besonders in einer Gegend, in der es so viele Fliegen gibt, aber es ist besser, den Schwanz zu opfern und den Ochsen zu behalten, als beides zu verlieren, den Schwanz und den Ochsen. Denn ein Schwanz ohne Ochse ist nicht viel nütze, es sei denn, damit abzustauben. Freilich sieht es sonderbar aus, wenn man hinter zwanzig Stummeln einhertreckt, wo doch eigentlich Schwänze sein sollten. Es sieht aus, als habe sich die Natur einen Scherz erlaubt und die hintere Zierde einer Meute preisgekrönter Bulldoggen an die Ochsensteiße geheftet.

Als nächstes tauchte die Frage der Lebensmittel und Medikamente auf, die der sorgfältigsten Überlegung bedurfte. Es mußte unbedingt vermieden werden, den Wagen zu überladen, andererseits mußte alles unbedingt Notwendige mitgenommen werden. Zum Glück stellte sich heraus, daß Good ein halber Doktor war. Irgendwann während seiner früheren Tätigkeit hatte er Gelegenheit gehabt, einen Kurs mit ärztlicher und chirurgischer Unterweisung zu absolvieren, wovon er mehr oder weniger behalten hatte. Selbstverständlich war er kein approbierter Arzt, doch verstand er mehr als mancher, der vor seinen Namen das Dr. med.

---

* Rotwasser ist eine Tierkrankheit, hervorgerufen durch einen Parasiten, der das Blut infiziert. Die Krankheit zeigt sich in der rötlichen Färbung des Urins. – *Der Übersetzer*

schreiben darf, wie wir später entdeckten. Außerdem besaß er eine hervorragende Reiseapotheke und ein Besteck chirurgischer Instrumente. Während unseres Aufenthaltes in Durban amputierte er einem Kaffer die große Zehe so geschickt, daß es ein Vergnügen war, ihm zuzusehen. Völlig verblüfft aber war er, als der Kaffer, der gleichmütig die Operation verfolgt hatte, ihn bat, ihm eine andere dranzumachen; ein ›Weißer‹ würde dies mit einem Druck tun, meinte er.

Zwei weitere wichtige Probleme blieben zu überlegen, nachdem die vorstehenden Fragen zur Zufriedenheit gelöst waren: die Waffen und Diener. Ich kann nichts Besseres tun, als eine Liste von den Waffen aufzuführen, die wir schließlich aus dem großen Vorrat, den Sir Henry aus England mitgebracht hatte, und jenem, den ich besaß, ausgewählt hatten. Ich schreibe sie aus meinem Notizbuch ab, in das ich damals den Eintrag machte.

Drei schwere Hinterlader, Doppelachter-Elefantenbüchsen, von denen jede fünfzehn Pfund wog und eine Ladung von elf Drachmen Schwarzpulver faßte (Anmerkung des Übersetzers: acht Drachmen sind eine Unze, zwölf Unzen sind ein englisches Pfund). Zwei davon stammten von einer wohlbekannten Londoner Firma und waren vortreffliche Fabrikate. Woher meine Büchse stammt, die bei weitem nicht so vollkommen ist, weiß ich nicht. Sie hat mich auf verschiedenen Jagdexpeditionen begleitet, und ich habe eine hübsche Zahl Elefanten damit erlegt. Sie hat sich stets als eine ganz vorzügliche Waffe bewährt, auf die man sich voll und ganz verlassen konnte.

Drei Doppel-500 Expreß, konstruiert, um mit einer Ladung von sechs Drachmen zu schießen, leichte Waffen, wunderbar für mittelgroßes Wild wie Elen- oder Schwarzantilopen, aber auch im Kampf, besonders in offenem Gelände, mit Halbhohlkugeln.

Eine Doppel-Lauf Nr. 12, Zentral-Feuer-Keepers Kugelgewehr, beide Läufe mit voller Würgebohrung. Diese Flinte leistete uns später bei der Versorgung unseres Kochtopfes mit Vögeln die besten Dienste.

Drei Winchester-Repetiergewehre (keine Karabiner) als Reserve.

Drei Einzelschuß-Colts-Revolver für schwere bzw. amerikanische Patronen.

Das war unsere ganze Bewaffnung, und zweifellos wird der Leser merken, daß die Waffen jeder Klasse vom gleichen Modell und Kaliber waren, so daß die Patronen austauschbar waren, ein sehr wichtiger Punkt. Ich will mich wegen dieser Detaillierung nicht lange verteidigen, denn jeder erfahrene Jäger weiß, wie lebenswichtig eine zweckentsprechende Ausrüstung mit Gewehren und Munition für den Erfolg einer Expedition ist.

Nun zu den Männern, die uns begleiten sollten. Nach vielen Beratungen beschlossen wir, die Zahl auf fünf zu begrenzen, nämlich ein Kutscher, ein Führer und drei Diener.

Den Kutscher und den Führer, zwei Zulus, fand ich ohne große Schwierigkeit; der eine hieß Goza, der andere Tom. Bewährte Diener zu bekommen, war weit schwieriger. Es mußten unbedingt zuverlässige und tapfere Männer sein, da bei einem derartigen Unternehmen unser Leben von ihrem Betragen abhängen konnte.

Schließlich engagierte ich zwei, einen Hottentotten namens ›Ventvögel‹, Windvogel, und der andere ein kleiner Zulu mit Namen Khiva, der den Vorzug hatte, perfekt Englisch zu sprechen. Ventvögel kannte ich von früher her, er war einer der vorzüglichsten ›spoorers‹, das heißt Fährtensucher, mit denen ich je zu tun hatte, und er war zäh wie Leder. Er schien nie müde zu werden. Aber er hatte die seiner Rasse eigene Schwäche, das Trinken. Setzte man ihn in Reichweite einer Ginflasche, konnte man ihm nicht trauen. Aber sobald man das Revier der Schnapsbutiken hinter sich hat, spielt diese kleine Schwäche keine große Rolle mehr.

Nachdem ich diese zwei fest hatte, schaute ich mich vergebens nach dem dritten um, der meinem Zweck entsprach. So kamen wir überein, ohne den einen aufzubrechen, auf das Glück vertrauend, daß uns ein passender Mann über den Weg lief. Am Vorabend des Tages, den wir für unseren Aufbruch festgesetzt hatten, meldete mir aber der Zulu Khiva, daß draußen ein Mann warte, um mich zu sprechen. Nach dem Abendessen, denn wir saßen gerade bei Tisch, befahl ich Khiva, ihn hereinzubringen. Gleich darauf trat ein sehr großer, stattlich aussehender Mann ein, so um die Dreißig und für einen Zulu von sehr heller Hautfarbe. Er hob seinen Knotenstock zum Gruß, hockte sich auf den blanken Boden und saß stumm da. Ich nahm eine Weile keine Notiz von ihm, denn es wäre ein grober Fehler gewesen, es zu tun. Läßt man sich nämlich gleich in eine Unterhaltung ein, glaubt ein Zulu leicht, man sei eine Person geringen Ansehens oder Einflusses. Ich merkte jedoch, daß er ein ›Keshla‹, ein beringter Mann, war, das heißt er trug auf seinem Kopf den schwarzen Ring aus einer Art Gummi, mit Fett poliert und in das Haar hineingeflochten. Gewöhnlich tragen diese Ringe Zulus, die ein gewisses Alter oder eine Würde haben. Vor allem kam mir aber sein Gesicht bekannt vor.

»Na«, sagte ich schließlich, »wie heißt du?«

»Umbopa«, antwortete der Mann mit langsamer, tiefer Stimme.

»Ich habe dein Gesicht schon früher gesehen.«

»Ja, der Inkosi, das Oberhaupt, mein Vater, sah mich am Tag der Schlacht am Ort der ›Kleinen Hand‹ – das heißt in Isandhlwana.«

Da erinnerte ich mich. Ich war in dem unglücklich verlaufenen Zulukrieg einer der Führer von Lord Chelmford gewesen und nahm an der Schlacht teil, bei welcher ich das große Glück hatte, zu überleben. Ich will hier nicht weiter darüber sprechen, denn der Vorfall ist peinlich für mich. Nun ja, am Tag bevor es passierte, kam ich mit diesem Mann in ein Gespräch, der irgendein kleines Kommando bei den eingeborenen Hilfstruppen innehatte. Er äußerte mir gegenüber Zweifel an der Sicherheit des Lagers. Damals mahnte ich ihn, seine Zunge zu hüten und solche Dinge klügeren Köpfen zu überlassen. Doch später dachte ich an seine Worte.

»Ich erinnere mich«, sagte ich, »was willst du?«

»Es handelt sich darum, Macumazahn«, das ist mein

Name bei den Kaffern und bedeutet: der Mann, der mitten in der Nacht aufsteht, oder auf gut Deutsch: er, der seine Augen offen hält. »Ich hörte, daß du mit weißen Herren, die über das Wasser herkamen, auf eine große Expedition weit nach Norden gehst. Stimmt das?«

»So ist's.«

»Ich höre, daß ihr sogar bis zum Lukangafluß wollt, eine Reise von einem Monat über die Gegend von Manick hinaus. Stimmt das auch, Macumazahn?«

»Warum fragst du, wohin wir gehen? Was geht das dich an?« antwortete ich, mißtrauisch geworden, denn unsere Reiseziele hatten wir völlig geheimgehalten.

»Es geht darum, o weiße Männer, daß ich mit Euch ziehen würde, wenn Ihr tatsächlich so weit reist.« Es fiel mir auf, daß die Sprechweise des Mannes ein gewisses würdevolles Benehmen ausstrahlte; er sagte »o weiße Männer« statt des gebräuchlichen »O Inkosis« oder Chef.

»Du vergißt dich ein wenig«, wies ich ihn zurecht. »Deine Worte fließen unbedacht von deiner Zunge. Das ist keine Art zu sprechen. Wie heißt du und wo steht dein Kraal? Sag es uns, damit wir wissen, mit wem wir es zu tun haben.«

»Ich heiße Umbopa. Ich gehöre zum Volke der Zulu, doch bin ich nicht von ihrem Stamm. Das Haus meines Geschlechts steht weit im Norden; es wurde zurückgelassen, als die Zulus hier herunter kamen, vor tausend Jahren, lange bevor Chaka im Zululand regierte. Ich habe keinen Kraal. Ich bin viele Jahre umhergeschweift. Ich kam vom Norden als Kind ins Zululand. Ich war Cetewayos Mann im Nkomabakosi-Regiment, diente unter dem großen Anführer Umslopogaasi von der Axt*, der mich kämpfen lehrte. Später verließ ich das Zululand und kam nach Natal, weil ich des weißen Mannes Lebensweise kennenlernen wollte. Dann focht ich im Krieg gegen Cetewayo. Seit dieser Zeit habe ich in Natal gearbeitet. Nun bin ich es müde und möchte wieder nach dem Norden. Hier ist nicht meine

* Was die Geschichte von Umslopogaasi und seiner Axt betrifft, wird der Leser auf die Bücher ›Allan Quatermain‹ und ›Nada, die Lilie‹ hingewiesen. – *Der Herausgeber*

Heimat. Ich will kein Geld, aber ich bin tapfer und meinen Schlafplatz und das Essen wert. Ich habe gesprochen.« Dieser Mensch und seine Art zu sprechen machten mich ziemlich ratlos.

Auf Grund seines Benehmens war mir klar, daß er im großen und ganzen die Wahrheit sagte, doch irgendwie unterschied er sich von der herkömmlichen Art der Zulus, und ich mißtraute lieber seinem Angebot, ohne Bezahlung mitzukommen. Da ich nicht recht ein und aus wußte, übersetzte ich Sir Henry und Good seine Worte und bat sie um ihre Meinung.

Sir Henry ersuchte mich, ihn aufzufordern, aufzustehen. Umbopa erhob sich und streifte dabei seinen langen Militärmantel ab, den er trug; darunter war er nackt, nur die Moocha um seine Lenden und eine Kette aus Löwenklauen um den Hals. Bestimmt ein prächtig aussehender Mann. Einen hübscheren Eingeborenen hatte ich noch nie gesehen. Über sechs Fuß und drei Zoll groß, war er entsprechend breit gebaut und ungemein wohlgestaltet. Bei dieser Beleuchtung sah seine Haut kaum mehr dunkel aus, ausgenommen da und dort, wo tiefe, schwarze Narben alte Assegai-(Speer-)Wunden markierten. Sir Henry ging auf ihn zu und schaute in das stolze, hübsche Gesicht.

»Die geben ein gutes Paar, nicht wahr?« sagte Good; »einer so groß wie der andere.«

»Du gefällst mir, Mr. Umbopa, und ich werde dich als meinen Diener engagieren«, sagte Sir Henry auf englisch.

Umbopa verstand ihn offensichtlich, denn er antwortete auf Zulu: »Es ist gut«, und dann fügte er mit einem Blick über des Weißen mächtige Figur und Brust hinzu:

»Wir sind Männer, du und ich.«

4

Auf Elefantenjagd

Nun, es liegt mir ferne, all die Vor- und Zwischenfälle ausführlich zu schildern, die sich auf unserem Marsch hinauf nach Sitandas Kraal zugetragen haben, nahe dem Zusammenfluß des Lukanga und Kaluwke. Es war eine Reise von mehr als tausend Meilen ab Durban. Etwa die letzten dreihundert davon mußten wir zu Fuß zurücklegen. Zu verdanken hatten wir das der schrecklichen Tse-Tse-Fliege, die dort in großen Mengen auftritt und deren Stich, ausgenommen für Affen und Menschen, tödlich ist.

Ende Januar hatten wir Durban verlassen, und in der zweiten Maiwoche schlugen wir nahe Sitandas Kraal unser Lager auf. Unterwegs erlebten wir viele und mannigfaltige Abenteuer, wie sie aber letzten Endes jedem afrikanischen Großwildjäger begegnen. Ich werde daher mit einer Ausnahme, die ich gleich in allen Einzelheiten erzählen werde, diese Erlebnisse hier nicht zu Papier bringen, damit diese Geschichte nicht allzu ermüdend wirkt.

In Inyati, der abgelegenen Handelsstation im Matabeleland, dessen König Lobengula (ein großer und grausamer Schurke) ist, trennten wir uns schweren Herzens von unserem bequemen Wagen. Lediglich zwölf Ochsen waren uns von dem schönen Zwanziger-Gespann übriggeblieben, das ich in Durban gekauft hatte. Einen hatten wir durch einen Kobrabiß eingebüßt, drei waren infolge Wasser- und Futtermangel eingegangen, einen hatten wir richtiggehend verloren, und die anderen fraßen ein Giftkraut, ›tulip‹ genannt, und verendeten. (Anmerkung des Übersetzers: tulip ist eine hellfarbige, lilienartige Pflanze von der Gattung Tulipa.) Fünf weitere waren aus dem gleichen Grund erkrankt, doch gelang es uns, sie durch einen Aufguß von gekochten ›tulip‹-Blättern zu kurieren, den wir ihnen einflößten. Wenn dies rechtzeitig genug geschieht, stellt es ein wirksames Gegengift dar.

Den Wagen und die Ochsen ließen wir also in der Obhut von Goza und Tom, unserem Kutscher und dem Führer, beide zuverlässige Burschen, zurück, und baten einen würdigen schottischen Missionar, der an diesem wilden Ort lebte, ein Auge auf die beiden zu haben. Dann brachen wir, begleitet von Umbopa, Khiva, Ventvögel und einem halben Dutzend Träger, die wir an diesem Ort angeheuert hatten, zu unserer abenteuerlichen Suche zu Fuß auf. Ich erinnere mich, beim Aufbruch waren wir alle schweigsam. Jeder von uns, glaube ich, hätte wohl gerne gewußt, ob er unseren Wagen wiedersehen werde. Ich für meinen Teil rechnete auf keinen Fall damit. Eine Zeitlang marschierten wir stumm dahin, bis Umbopa, der vorausging, ein Zululied anstimmte; ein Lied, wie einige kühne Männer, des Lebens und der Langeweile müde, zu einer großen Wildnis aufbrachen, Neues zu entdecken oder zu sterben. Und da, siehe und höre! Als sie tief in die Wildnis eingedrungen waren, entdeckten sie, daß es gar keine Wildnis war, sondern ein wunderschöner Ort mit lauter jungen Frauen, fettem Vieh, jagbarem Wild und Feinden, um sie zu töten.

Da lachten wir alle und nahmen es als ein gutes Omen. Umbopa war ein fröhlicher Wilder, doch von würdevollem Benehmen, und wenn er nicht gerade eine seiner schwärmerischen Anwandlungen hatte, verstand er es mit erstaunlichem Geschick, einen aufzumuntern. Wir alle hatten ihn von Tag zu Tag lieber.

Doch nun zu dem einen Abenteuer; es ist ein Bericht, mit dem ich mich gleich selbst beschenke, da ich Jagdgeschichten über alles liebe.

Ungefähr einen Vierzehntage-Marsch von Inyati entfernt zogen wir durch ein besonders hübsches Fleckchen gut bewässertes Waldland. Die ›kloofs‹ in den Hügeln waren mit dichtem Busch bewachsen, dem ›idoro‹-Busch, wie ihn die Eingeborenen nennen, sowie an einigen Stellen mit ›wachteen-beeche‹, dem ›Wart-ein-bißchen-Dorn‹. Außerdem gab es hier in großer Zahl den schönen ›machabell‹-Baum, beladen mit erfrischenden gelben Früchten voll ungeheuer großer Kerne. Dieser Baum ist der Elefanten Lieblingsnahrung, und es fehlte nicht an Anzeichen, daß es hier herum diese großen Biester gab; denn man sah nicht nur ihre zahlreichen Fußspuren, sondern an vielen Stellen waren auch die Bäume niedergebrochen, ja sogar entwurzelt. Der Elefant ist ein Fresser, der vernichtet.

Eines Abends, nach einem langen Tagesmarsch, kamen wir an einen Platz von besonderer Lieblichkeit. Am Fuße eines buschbewachsenen Hügels lag ein ausgetrocknetes Flußbett, in dem jedoch, wo Lachen von kristallklarem Wasser zu finden waren, rundherum alles von Hufspuren des Wildes zusammengetreten war. Um den Hügel dehnte sich eine parkähnliche Ebene, da wuchsen Gruppen von Tafel-Mimosen, dazwischen ab und zu Machabells mit ihren glänzenden Blättern, und ringsum wogte das unendliche Meer des wegelosen, schweigenden Busches. Als wir in diesem Flußbett-Pfad auftauchten, erblickten wir plötzlich eine Schar großer Giraffen, die davongaloppierten, oder besser: mit ihrer eigentümlichen Gangart davonsegelten, ihre Schwänze hoch erhoben über ihre Rücken; ihre Hufe klapperten wie Kastagnetten. Sie waren etwa dreihundert Yards von uns entfernt und damit praktisch außer Schußweite. Aber Good, der vorausging und eine Expreß mit einer soliden Kugel in der Hand hielt, konnte nicht widerstehen. Er hob sein Gewehr, nahm die letzte, eine junge Kuh, aufs Korn, und mit einem unwahrscheinlichen Glück traf die Kugel das Tier genau in die Rückseite des Halses, zerschmetterte die Wirbelsäule, und die Giraffe überschlug sich Hals über Kopf wie ein Kaninchen. Ich sah nie etwas Komischeres.

»Verflucht!« – es tut mir leid, es sagen zu müssen, aber er hatte die üble Gewohnheit zu fluchen, wenn er aufgeregt war. Zweifellos eine Unsitte, die er sich als Seemann angewöhnt hatte.

»Verflucht noch mal! Ich habe sie erwischt!«

»O Bougwan«, jauchzten die Kaffer; »oh! Oh!«

Sie nannten Good ›Bougwan‹, Glasauge, wegen seines Monokels.

»Oh, Bougwan!« echote Sir Henry zurück und ich dazu.

Und von diesem Tag an genoß Good – zumindest bei den Kaffern – den Ruf eines unnachahmlichen Scharfschützen. In Wirklichkeit aber war er ein Schlumpschütze von Format. Doch, wenn immer er jetzt auch danebentraf, wir übersahen es um dieser Giraffe willen.

Nachdem einige der Boys abkommandiert worden waren, die leckersten Stücke Giraffenfleisch herauszuschneiden, gingen wir daran, in der Nähe eines Wassertümpels – und zwar etwa hundert Yards rechts davon – eine ›scherm‹ zu errichten. Dies geschieht auf folgende Weise: man schlägt ein Quantum Dornbüsche und baut sie als kreisrunde Hecke auf. Dann wird der so eingezäunte Platz eben gemacht und, falls greifbar, aus dürrem tambouki-Gras in der Mitte ein Lager bereitet; außerdem werden ein oder mehrere Feuer angezündet. Die ›scherm‹ war beizeiten fertig, der Mond ging auf, und unser Abendessen aus Giraffensteak und gerösteten Markknochen war zubereitet. Mit welch einem Genuß machten wir uns über die Markknochen her, obwohl es ein schönes Stück Arbeit war, sie aufzubrechen! Ich kenne keinen größeren Leckerbissen als Giraffenmark, es sei denn Elefantenherz, und das hatten wir am nächsten Tag. Wir aßen unser einfaches Mahl bei Mondlicht und machten nur ab und zu eine Pause, um Good für seinen Meisterschuß zu danken. Dann zündeten wir unsere Pfeifen an und spannen ein Garn. Wir müssen ein eigenartiges Bild abgegeben haben, wie wir so um das Feuer kauerten. Ich mit meinem kurzgeschnittenen, grauen, senkrecht nach oben stehenden Haar und Sir Henry mit seinen ziemlich langen blonden Locken bildeten einen auffallenden Gegensatz, zumal ich mager, klein und dunkelfarbig bin und neun und einen halben Stein wiege (ein Stein sind 14 englische Pfund), während Sir Henry groß, breit und hellfarbig ist und fünfzehn wiegt. Aber wenn man alle Einzelheiten unserer Lage in Betracht zieht, so bot wahrscheinlich doch Captain Good den seltsamsten Anblick von uns dreien. Da saß er auf einem ledernen Jagdsack und sah aus, als ob er gerade von einer gemütlichen Tagesjagd in zivilisierter Gegend hierhergekommen wäre. Auf's i-Tüpfelchen adrett, sauber und gut gekleidet. Er trug einen Jagdanzug aus braunem Tweed, dazu einen passenden Hut und blitzblanke Gamaschen. Wie üblich war er glatt rasiert, sein Monokel und die falschen Zähne präsentierten sich in makellosem Glanz – alles in allem war er der ordentlichste Mensch, mit dem ich jemals in der Wildnis zusammengekommen bin. Er hatte sogar einen Kragen um, aus weißer Guttapercha, von denen er immer einen Vorrat dabei hatte.

»Schauen Sie, die wiegen so wenig«, sagte er arglos zu mir, als ich einmal mein Erstaunen darüber ausdrückte, »und ich sehe gerne immer wie ein Gentleman aus.«

Ach, wenn er die Zukunft vorausgesehen und seine Kleidung darauf eingerichtet hätte!

Nun saßen wir drei also in dem hellen Mondlicht, plauderten darauf los und beobachteten die Kaffer, die wenige Yards von uns ihr berauschendes ›daccha‹ aus einer Pfeife saugten, deren Mundstück aus dem Horn einer Elenantilope angefertigt war, bis sich einer nach dem andern von ihnen in seine Wolldecke rollte und an das Feuer schlafen ging, alle, ausgenommen Umbopa, der ein wenig abseits saß, sein Kinn in die Hand gestützt und tief in Gedanken. Ich merkte schon lange, daß er sich nicht viel mit den anderen Kaffern abgab.

Da – auf einmal, drang aus der Tiefe des Busches hinter uns ein Laut »woof woof!«

»Das ist ein Löwe«, sagte ich, wir sprangen hoch und lauschten. Kaum standen wir auf den Beinen, als von dem etwa hundert Yards entfernten Tümpel das kreischende Trompeten eines Elefanten herüberklang. »Indlovu! Indlovu! Elefant! Elefant!« flüsterten die Kaffer, und wenige Minuten später sahen wir eine Prozession riesiger Schattengestalten sich langsam vom Wasser her gegen den Busch zu bewegen. Good wollte sofort los, er brannte auf ein Gemetzel und dachte wohl, es wäre ebenso leicht, Elefanten zu schießen wie eine Giraffe zu erlegen. Ich packte ihn am Arm und drückte ihn auf den Boden.

»Das hat keinen Sinn«, flüsterte ich, »laßt sie.«

»Es scheint, wir sind in einem Wildparadies. Ich schlage

vor, wir bleiben ein bis zwei Tage hier und gehen auf die Pirsch«, sagte Sir Henry unvermittelt.

Ich war recht überrascht, denn bisher war Sir Henry immer dafür gewesen, so rasch wie möglich voran zu kommen; ganz besonders, seit wir in Inyati ermittelt hatten, daß tatsächlich vor zwei Jahren ein Engländer namens Neville dort seinen Wagen verkauft hatte und das Land hinauf weitergezogen war. Doch seine Jagdleidenschaft, so nehme ich an, behielt für eine Weile die Oberhand.

Good griff die Idee begeistert auf, denn er war seit langem darauf aus, einen dieser Elefanten zu schießen. Um die Wahrheit zu sagen, ich auch. Es wäre mir wider den Strich gegangen, eine Herde wie diese entkommen zu lassen, ohne auf sie nur einen Schuß abzugeben.

»In Ordnung, meine Herzensjungen«, sagte ich. »Ich denke, wir haben eine kleine Ruhepause nötig. Aber jetzt sollten wir uns aufs Ohr legen, denn wir müssen bei Morgengrauen aufbrechen, dann können wir sie vielleicht beim Weiden überraschen, ehe sie weiterziehen.«

Allgemeine Zustimmung, und wir trafen unsere Vorbereitungen zum Schlafen. Good zog seine Kleider aus, schüttelte sie aus, steckte sein Monokel und das Gebiß in die Hosentasche, und nachdem er alles fein säuberlich zusammengefaltet hatte, legte er sie zum Schutz gegen die Nachtfeuchtigkeit unter die eine Ecke seiner wasserdichten Plane, die er als Bettdecke verwendete. Sir Henry und ich machten weniger Umstände und sanken bald unter unsere Decken zusammengeringelt in einen traumlosen Schlaf, der den Reisenden belohnt.

Einmal, zweimal, drei – – Was war denn das?

Urplötzlich brach in die Stille der Nacht ein heftiges Gebalge, das aus Richtung des Wassers herüberklang. Und im nächsten Moment barsten beinahe unsere Trommelfelle durch ein schauererregendes Gebrüll. Ein Irrtum über den Ursprung war ausgeschlossen. Nur ein Löwe konnte so einen Krach machen. Wir sprangen alle hoch und starrten in die Finsternis; endlich machten wir eine Masse verschlungener Körper aus – eine Mischung von Gelb und Schwarz, die sich taumelnd und kämpfend auf uns zu bewegte. Wir packten unsere Gewehre, schlüpften in die veldschoens, das sind Schuhe aus ungegerbter Haut, und stürzten aus der scherm. Mittlerweile war der Klumpen gestürzt, hatte sich ein über das andere Mal am Boden überschlagen, und als wir hinkamen, war alles vorbei, der Kampf war zu Ende, alles war still.

Jetzt sahen wir, was geschehen war. Im Gras lag ein Schwarzantilopenbulle, wohl die schönste aller afrikanischen Antilopen, mausetot, und aufgespießt auf seinem mächtigen gekrümmten Gehörn ein prächtiger, dunkelmähniger Löwe, ebenfalls tot. Offensichtlich war folgendes geschehen: die Schwarzantilope war zur Tränke an das Wasserloch gekommen, wo der Löwe, ohne Zweifel der gleiche, den wir gehört hatten, auf der Lauer gelegen war. Während die Antilope trank, sprang sie der Löwe an, wurde aber von den spitzen gekrümmten Hörnern angenommen und aufgespießt. Ich sah schon früher einmal so etwas Ähnliches. Der Löwe, außerstande, sich zu befreien, zerfleischte dem Bullen Hals und Rücken. Die Antilope, wahnsinnig vor Schmerz und Todesangst, hetzte dahin, bis sie tot zusammenbrach.

Nachdem wir die Tiere ausgiebig begutachtet hatten, riefen wir die Kaffer, um unter unserer Anleitung ihre Kadaver zu unserer scherm zu schleppen. Dann gingen wir wieder schlafen und wachten bis zum Morgengrauen nicht mehr auf.

Kaum war es hell, waren wir munter und machten uns für die Pirsch fertig. Wir nahmen unsere drei achtkalibrigen Büchsen mit, dazu ausreichend Munition und unsere großen Wasserflaschen voll dünnem Tee, der, wie ich immer wieder feststellen konnte, das beste ist, um sich aufzumöbeln. In aller Eile schlangen wir einen kleinen Morgenimbiß hinunter, dann brachen wir auf. Umbopa, Khiva und Ventvögel begleiteten uns. Die anderen Kaffer bekamen den Auftrag, den Löwen und die Antilope zu enthäuten und letztere zu zerlegen, bis wir zurückkehrten. Unschwer machten wir die breite Elefantenfährte aus. Ventvögel erklärte, nachdem er die Spuren geprüft hatte, daß sie von zwanzig bis dreißig Elefanten stammten, die meisten von ihnen ausgewachsene Bullen. Nun hatte sich die Herde die ganze Nacht hindurch in gleicher Richtung fortbewegt. Es war neun Uhr und bereits sehr heiß, bevor wir durch zerbrochene Bäume, zertretene Blätter und Rinde sowie dampfende Exkremente wußten, daß wir nicht mehr weit von ihr sein konnten. Bald darauf bekamen wir die Herde auch zu Gesicht. Sie zählte, wie Ventvögel gesagt hatte, zwischen zwanzig und dreißig Tiere. Sie hatten ihre Morgenmahlzeit beendet und standen nun, mit ihren großen Ohren klatschend, etwa zweihundert Yards von uns in einer Senke. Es war ein großartiger Anblick. Ich nahm eine Handvoll trokkenes Gras und warf es in die Luft, um zu sehen, was für einen Wind wir hatten; denn hatten sie uns erst einmal gewittert, waren sie auf und davon, ehe wir einen Schuß abgeben konnten. Der Wind war günstig, er wehte von den Elefanten her auf uns zu. So schlichen wir vorsichtig weiter, und dank des Dickichts konnten wir uns bis auf etwa vierzig Yards an die Biester heranpirschen. Direkt vor uns, mit der Breitseite, standen drei herrliche Bullen, einer von ihnen mit riesigen Zähnen. Ich flüsterte den anderen zu, daß ich den mittleren aufs Korn nehmen würde, Sir Henry zielte auf den linken und Good visierte den Bullen mit den großen Zähnen an.

»Jetzt«, raunte ich.

Wumm! wumm! wumm! ballerten die drei schweren Büchsen, und Sir Henrys Elefant krachte zu Boden wie ein Hammer – ein glatter Herzschuß. Meiner ging auf die Knie, und schon dachte ich, es würde gleich aus mit ihm sein, doch im nächsten Moment war er wieder hoch und raste auf uns zu und gerade in Höhe von mir vorbei. Ich jagte ihm den zweiten Lauf in die Rippen, und das warf ihn zu Boden. Eilig lud ich zwei neue Patronen nach, rannte nahe an ihn heran, und eine Kugel in das Hirn beendete den Todeskampf des armen Tiers. Dann wandte ich mich um, zu sehen, wie es Good mit seinem Riesenbullen ergangen war, den ich vor Wut und Schmerz trompeten gehört hatte, als ich meinem den Fangschuß gab. Der Captain war in größter Aufregung. Sein Bulle hatte, von der Kugel getroffen, gewendet und seinen Angreifer geradewegs angenommen, der gerade noch Zeit fand, auszuweichen. In blinder Wut raste das Tier an ihm vorbei in Richtung unseres Lagers. Mittlerweile war die Herde in panischer Angst in der anderen Richtung davongetrampelt.

Wir berieten kurz, ob wir dem verwundeten Tier oder der Herde folgen sollten, und schließlich entschieden wir uns zu letzterem. Wir waren der Meinung, daß wir diese Riesenzähne zum letztenmal gesehen hätten. Ich habe mir seither oft gewünscht, es wäre so gewesen.

Den Elefanten zu folgen war leicht, denn sie hatten eine Fährte, breit wie ein Fahrweg, zurückgelassen. In wilder Flucht hatten sie den dichten Busch wie tambouki-Gras zusammengetrampelt.

Die Herde einzuholen war aber eine andere Sache. Wir mußten uns über zwei Stunden bei brütender Sonne weiterquälen, ehe wir sie wieder entdeckten. Mit Ausnahme eines Bullen standen die Tiere auf einem Haufen beisammen, und ich konnte aus ihrem unruhigen Benehmen und der Art, wie sie ihre Rüssel hochhielten, um Witterung aufzunehmen, erkennen, daß sie vor weiterem Unheil auf der Hut waren. Ein einzelner Bulle stand etwa fünfzig Yards abseits von der Herde, für die er offensichtlich Wache hielt. Von uns war er rund sechzig Yards weg. In der Befürchtung, daß er uns sehen oder wittern würde, wenn wir versuchten, näher heranzukommen, und die Herde dann erneut losjagte, zumal das Gelände sehr offen war, nahmen wir zu dritt diesen Bullen aufs Korn, und auf meinen geflüsterten Befehl feuerten wir. Die drei Schüsse hatten Wirkung, und er brach tot zusammen. Und wieder stampfte die Herde los – zu ihrem Unglück aber war etwa hundert Yards weiter eine Nullah, ein ausgetrockneter Wasserlauf mit Steilufern, eine Stelle, die sehr der ähnlich war, an der der kaiserliche Prinz im Zululand den Tod gefunden hatte. Da hinein stürzten sich die Elefanten, und als wir das Ufer erreichten, fanden wir sie in wilder Verwirrung bemüht, das andere Ufer zu erklimmen. Ihr Kreischen und Trompeten erfüllte die Luft, wie sie sich, ganz ähnlich so vielen menschlichen Geschöpfen, in der Panik des Selbsterhaltungstriebes gegenseitig behinderten und wegdrängten. Das war für uns die günstigste Gelegenheit. Wir feuerten, so schnell wir laden konnten, und erlegten fünf der armen Kreaturen. Wir hätten ohne weiteres die ganze Herde kassieren können, hätte sie nicht plötzlich den Versuch, das jenseitige Ufer zu erklimmen, aufgegeben und wäre die Nullah hinuntergestürmt. Wir waren viel zu müde, ihr weiter zu folgen. Vielleicht waren wir auch das Blutbad leid, acht Elefanten sind für einen Tag eine recht schöne Beute.

So machten wir uns nach einer kurzen Rast, die Kaffer hatten inzwischen die Herzen zweier erlegter Elefanten herausgeschnitten, auf den Heimweg. Mit unserem Tagwerk sehr zufrieden, waren wir übereingekommen, die Träger am nächsten Tag herauszuschicken, die Zähne zu holen.

Kurz nachdem wir die Stelle passiert hatten, wo Good den patriarchalischen Bullen angeschossen hatte, kreuzte eine Herde Elenantilopen unseren Weg. Wir schossen jedoch nicht auf sie, da wir genug Fleisch hatten. So trabten sie an uns vorbei und hielten hinter einem kleinen Buschstück etwa hundert Yards entfernt, drehten sich um und beaugapfelten uns. Good, begierig, sie aus größerer Nähe zu sehen, da er noch nie Elenantilopen aus so geringer Entfernung hatte beobachten können, gab sein Gewehr Umbopa und, von Khiva gefolgt, bummelte er auf das Gebüsch zu. Wir setzten uns, um auf ihn zu warten, keineswegs böse, eine Entschuldigung für eine kurze Rast zu haben. Die Sonne ging gerade in ihrem rötesten Schein unter, und Sir Henry bewunderte mit mir dieses reizende Schauspiel, als wir plötzlich das Trompeten eines Elefanten hörten und dessen riesige, drohende Gestalt mit erhobenem Rüssel und Schwanz als Silhouette gegen den großen feurigen Sonnenball sahen. Wenige Sekunden später: Good und Khiva jagten in Sätzen auf uns zu, verfolgt von dem angeschossenen Bullen – denn er war es. Wir wagten in diesem Augenblick nicht zu schießen – es hätte bei der Entfernung auch wenig

Wert gehabt –, aus Furcht, einen von ihnen zu treffen. Da geschah etwas Entsetzliches. Good stürzte, Opfer seiner Leidenschaft für zivilisierte Kleidung. Hätte er wie wir auf seine langen Hosen und Gamaschen verzichtet und in einem Flanellhemd und einem Paar veldtschoens gejagt, es wäre alles gut gegangen. So aber behinderten ihn seine langen Hosen bei diesem verzweifelten Wettlauf mit dem Tod, und er glitt, rund sechzig Yards von uns, aus, da seine Stiefelsohlen auf dem trockenen Gras spiegelglatt geworden waren. Unmittelbar vor dem Elefanten stürzte er auf das Gesicht.

Uns stockte der Atem, denn wir wußten, jetzt war er verloren. Doch rannten wir, so schnell wir konnten, ihm entgegen. In drei Sekunden war alles vorbei, doch anders als wir dachten. Khiva, der Zuluboy, sah seinen Herrn stürzen, und als kühner Bursche, der er war, drehte er sich um und schleuderte seinen Speer dem Elefanten direkt gegen den Schädel. Er blieb im Rüssel stecken.

Vor Schmerz aufkreischend packte das Biest den armen Zulu, schleuderte ihn auf die Erde, stellte einen riesigen Fuß etwa in der Mitte auf seinen Körper, schlang den Rüssel um den Oberkörper und riß ihn in zwei Teile.

Wahnsinnig vor Entsetzen, stürzten wir vorwärts und feuerten wieder und wieder, bis der Elefant auf den Überresten des Zulus zusammenbrach.

Good aber erhob sich und rang seine Hände über den Tapferen, der sein Leben für ihn gegeben hatte. Ich bin ein alter Mann, aber ich hatte einen Kloß in der Kehle. Umbopa stand da und betrachtete den riesigen toten Elefanten und die verstümmelte Leiche des armen Khiva.

»Ah, na«, sagte er nach kurzem Sinne, »er ist tot, aber er starb wie ein Mann!«

5

Unser Marsch durch die Wüste

Wir hatten neun Elefanten zur Strecke gebracht, und es kostete uns zwei Tage, die Zähne auszulösen und in das Lager zu bringen, wo wir sie unter einem großen Baum, der auf Meilen im Umkreis ein sichtbares Merkmal war, sorgfältig im Sand vergruben. Nie sah ich schöneres Elfenbein, wog doch jeder Zahn durchschnittlich vierzig bis fünfzig Pfund. Die Stoßzähne des großen Bullen, der Khiva getötet hatte, wogen unserer Schätzung nach zusammen hundertsiebzig Pfund.

Die sterblichen Überreste von Khiva begruben wir in der Höhle eines Ameisenbären zusammen mit seinem Speer, der ihn auf seiner Reise in eine besser Welt schützen sollte. Am dritten Tag zogen wir weiter, in der Hoffung, eines Tages hierher zurückkehren zu können, um unser vergrabenes Elfenbein abzuholen. Planmäßig erreichten wir nach langer, anstrengender Wanderung Sitandas Kraal unweit des Lunkangaflusses, den eigentlichen Ausgangspunkt unserer Expedition.

Unterwegs hatten wir viele Abenteuer erlebt, wofür der Platz fehlt, sie umständlich zu beschreiben. Unserer Ankunft an diesem Ort erinnere ich mich sehr gut. Zur Rechten befand sich verstreut eine Eingeborenenniederlassung mit ein paar steinernen Viehkraals, und unten am Wasser war kultiviertes Land, auf dem die Eingeborenen ihre dürftige Menge Getreide bauten. Jenseits davon dehnten sich weite Strecken von wogendem ›veldt‹, mit langem Gras bewachsen, über das Herden von kleinerem Wild streiften. Zur Linken befand sich die unendliche Wüste. Dieser Ort schien der Vorposten der fruchtbaren Gegend zu sein, und es wäre schwer zu sagen, welchen natürlichen Ursachen ein solch jäher Wechsel des Bodencharakters zuzuschreiben ist. Direkt unterhalb unseres Lagers floß ein kleiner Bach; auf der anderen Seite war ein steiniger Abhang, auf welchem ich vor zwanzig Jahren den armen Silvestre herunterkriechen sah, nachdem er versucht hatte, Salomons Minen zu erreichen. Jenseits dieses Hanges begann die Wüste, wasserlos und von einer Art des karoo-Strauches bewachsen.

Es war Abend, als wir unser Lager aufschlugen. Der rote Ball der Sonne sank in die Wüste hinein und sandte prächtige Strahlen vielfarbigen Lichts über diese ganze unermeßliche Weite. Ich überließ es Good, die Einrichtung unseres kleinen Lagers zu überwachen, nahm Sir Henry mit mir, und wir spazierten auf die Anhöhe des gegenüberliegenden Hanges und schauten hinaus auf die sandfarbene Wüste. Die Luft war ganz klar, und weit, weit weg konnte ich die schwachblauen Umrisse des Sulimanbergs erkennen, der da und dort eine weiße Kappe trug.

»Dort«, brach ich das Schweigen, »dort ist die Mauer vor Salomons Minen, und nur Gott weiß, ob wir sie je erklimmen werden.«

»Mein Bruder soll dort sein, und wenn das stimmt, dann werde ich ihn irgendwie finden«, sagte Sir Henry in einem Ton ruhiger Zuversicht, die einen Mann auszeichnet.

»Ich hoffe das gleiche«, antwortete ich und wandte mich zum Lager zurück, da ich sah, daß wir nicht allein waren. Hinter uns stand, ebenso ernst nach dem weit entfernten Gebirge starrend, der große Kaffer Umbopa.

Als er sah, daß ich ihn beobachtete, sprach der Zulu, sich an Sir Henry wendend, dem er sich ja angeschlossen hatte.

»Ist das das Land, in das du reisen willst, Incubu?« (ein Eingeborenenwort, das Elefant bedeutet; diesen Zulunamen hatten die Kaffer Sir Henry gegeben). Dabei zeigte er mit seinem breiten Speer in die Richtung des Gebirges.

Ich fragte ihn barsch, was ihm einfalle, seinen Herrn auf so vertrauliche Art anzusprechen. Es ist zwar sehr gut, wenn die Eingeborenen für uns einen Namen unter sich haben, aber es geht nicht an, daß sie einen Weißen mit ihren heidenmäßigen Namen direkt ansprechen. Der Zulu lächelte, was mich ärgerte.

»Woher weißt du, ob ich nicht dem Inkosi ebenbürtig bin, dem ich diene?« sagte er. »Er ist ohne Zweifel von königlichem Geblüt; man kann es an seiner Größe und an seinen Augen erkennen. Vielleicht bin ich es auch. Schließlich bin ich auch ein großer Mann. Leihe mir deinen Mund, Macumazahn, und sage meine Worte dem Inkoos Incubu, meinem Herrn, denn ich möchte zu ihm und zu dir sprechen.«

Ich war erzürnt über diesen Menschen, denn ich bin es nicht gewohnt, mich mit Kaffern auf diese Weise zu unterhalten, doch irgendwie imponierte er mir. Außerdem war ich gespannt zu erfahren, was er zu sagen hatte. So übersetzte ich seinen Sermon, wobei ich zugleich mit meiner Meinung nicht hinter dem Berg hielt, daß er ein unverschämter Bursche und seine Großtuerei abscheulich sei.

»Ja, Umbopa«, antwortete Sir Henry, »dorthin will ich reisen.«

»Die Wüste ist groß, und es gibt kein Wasser dort; die Berge sind hoch und schneebedeckt, und kein Mensch kann sagen, was sich jenseits davon befindet, wo die Sonne untergeht. Wie willst du dorthin gelangen, Incubu, und warum willst du dorthin?«

Ich übersetzte wieder.

»Sagen Sie ihm«, erwiderte Sir Henry, »ich gehe, weil ich glaube, daß ein Mann meines Blutes, mein Bruder, vor mir dorthin ging und ich ihn suchen will.«

»Das stimmt, Incubu; ein Hottentotte, den ich unterwegs traf, erzählte mir, daß vor zwei Jahren ein Weißer mit einem Diener – ein Jäger – in Richtung dieses Gebirges in die Wüste hinausging. Sie kamen nie zurück.«

»Woher willst du wissen, daß das mein Bruder war?« fragte Sir Henry.

»Nein, ich weiß es nicht. Aber der Hottentotte, den ich fragte, wie der Weiße ausgesehen habe, erzählte, daß er deine Augen und einen schwarzen Bart gehabt habe. Er sagte auch, daß der Jäger, der bei ihm war, Jim geheißen hat. Es war ein Bechuanajäger, und trug Kleider.«

»Da ist kein Zweifel möglich«, warf ich ein. »Ich kannte Jim gut.«

Sir Henry nickte.

»Ich war dessen sicher«, sagte er. »Wenn sich George was

in den Kopf gesetzt hatte, tat er es im allgemeinen. So war er immer, seit seiner Kindheit. Wenn er die Absicht hatte, den Sulimanberg zu überqueren, hat er ihn überquert, außer es widerfuhr ihm ein Unglück. Wir müssen ihn auf der anderen Seite suchen.«

Umbopa verstand Englisch, obwohl er es selten sprach.

»Es ist eine weite Reise, Incubu«, fiel er ein, und ich übersetzte seine Bemerkung.

»Ja«, antwortete Sir Henry, »es ist weit. Aber es gibt keine Reise auf dieser Welt, die ein Mensch nicht unternehmen kann, wenn er sein Herz dafür einsetzt. Da gibt es nichts, Umbopa, was er nicht vollbringen kann. Da gibt es kein Gebirge, das er nicht bezwingt, da gibt es keine Wüste, die er nicht durchqueren kann, ausgenommen ein Berg und eine Wüste, von der du keine Kenntnis hast, wenn ihn die Liebe leitet, und er hält sein Leben, es als Nichts zählend, in den Händen, bereit, es zu behalten oder hinzugeben, wie es die Vorsehung bestimmen mag.«

Ich übersetzte.

»Große Worte, mein Vater«, antwortete der Zulu – ich nenne ihn immer einen Zulu, obwohl er tatsächlich keiner war –, »große, erhabene Worte, passend, von einem Manne gesprochen zu werden. Du hast recht, mein Vater Incubu. Höre! Was ist das Leben? Es ist eine Feder, es ist der Same des Grases, hierhin und dorthin geblasen, zuweilen sich dabei vermehrend und sterbend bei der Tat, zuweilen in den Himmel getragen. Jedoch, falls die Saat gut und gewichtig ist, kann sie sich vielleicht ein Stückchen auf der Straße bewegen, die sie will. Es ist gut zu versuchen, eine Reise zu machen und mit dem Wind zu kämpfen. Der Mensch muß sterben. Schlimmstenfalls kann er nur ein wenig früher sterben. Ich werde mit dir durch die Wüste gehen und über die Berge, wenn ich nicht unterwegs liegenbleibe, mein Vater.«

Er hielt eine Weile inne, und dann fuhr er mit einem jener merkwürdigen Ausbrüche rhetorischer Beredsamkeit fort, denen sich die Zulus bisweilen hingeben. Meiner Meinung nach voll nichtiger Wiederholungen, zeigen sie doch, daß diese Rasse keineswegs ohne poetischen Naturtrieb und geistige Kraft ist.

»Was ist das Leben? Sagt mir, o weiße Männer, die Ihr weise seid, wer kennt die Geheimnisse der Welt und die Welt der Sterne und die Welt, die über den Sternen und um diese herum liegt; die Ihr Euere Worte von weither ohne Stimme wie ein Blitz schickt, nennt mir, weiße Männer, das Geheimnis unseres Lebens – wohin es geht und woher es kommt!

Ihr könnt mir keine Antwort geben; Ihr kennt es nicht. Hört, ich werde antworten. Aus dem Dunkel kommen wir, in das Dunkel gehen wir. Gleich einem nachts vom Sturmwind getriebenen Vogel fliegen wir aus dem Nichts heraus, für einen Augenblick werden unsere Schwingen ins Licht des Feuers getaucht, und siehe! Wir gehen wieder in das Nichts. Das Leben ist nichts. Das Leben ist alles. Es ist die ›Hand‹ mit der wir den Tod fernhalten. Es ist das Glühwürmchen, das des Nachts scheint und des Morgens dunkel ist; es ist der weiße Atem der Ochsen im Winter; es ist der schwache Schatten, der über das Gras huscht und sich bei Sonnenuntergang verliert.«

»Du bist ein seltsamer Mensch«, sagte Sir Henry, als er schwieg.

Umbopa lachte.

»Es scheint, wir sind uns sehr ähnlich, Incubu. Vielleicht *suche ich* einen Bruder über dem Gebirge drüben.«

Ich schaute ihn mißtrauisch an.

»Was meinst du damit?« fragte ich, »was weißt du von dem Gebirge?«

»Ein wenig; ganz, ganz wenig. Das ist ein merkwürdiges Land, dort drüben, ein Land der Zauberei und schönen Dinge; das Land eines tapferen Volkes, der Bäume, Bäche und weißen Berge und einer großen weißen Straße. Ich habe davon gehört. Aber was nützt es, darüber zu sprechen? Es wird dunkel. Jene, die leben, um es zu sehen, werden es sehen.« Wieder schaute ich ihn zweifelnd an. Der Mensch wußte zuviel.

»Ihr braucht vor mir keine Angst zu haben, Macumazahn«, sagte er, meinen Blick richtig deutend. »Ich grabe Euch keine Löcher, damit Ihr hineinfallt. Ich schmiede keine Ränke. Falls wir dieses Gebirge überqueren hinter der Sonne, werde ich berichten, was ich weiß. Aber auf ihm sitzt der Tod. Seid klug und kehrt um. Geht und jagt Elefanten, meine Herren, ich habe gesprochen.«

Und ohne ein weiteres Wort hob er seinen Speer zum Gruß und kehrte zum Lager zurück, wo wir ihn kurz danach wie die anderen Kaffer beim Reinigen eines Gewehrs fanden.

»Ein sonderbarer Kauz«, sagte Sir Henry.

»Ja«, erwiderte ich, »mehr als sonderbar. Ich mag seine komische Art nicht. Er weiß etwas und mag damit nicht herausrücken. Aber ich nehme an, es ist zwecklos, ihn zur Rede zu stellen. Wir sind auf einem merkwürdigen Trip, und dabei sollte ein rätselhafter Zulu mehr oder weniger nicht viel ausmachen.«

Am nächsten Tag trafen wir unsere Anordnungen für den Aufbruch. Selbstverständlich war es unmöglich, unsere schweren Elefantenbüchsen und das andere Marschgepäck mit uns quer durch die Wüste zu schleppen. So entließen wir unsere Träger und trafen mit einem alten Eingeborenen, der in der Nähe einen Kraal hatte, ein Übereinkommen, darauf aufzupassen, bis wir zurückkamen. Es ging mir ans Herz, solche Dinge wie unsere bequeme Ausrüstung einem alten Gauner von Eingeborenen anzuvertrauen, dessen begehrliche Augen ich glänzen sah. Ich traf jedoch einige Vorsichtsmaßregeln. Zuerst lud ich sämtliche Gewehre, spannte sie voll und belehrte ihn, daß sie losgehen würden, wenn er sie anfasse. Er machte sofort mit meiner Achtkalibrigen die Probe aufs Exempel – sie ging prompt los und blies einem seiner Ochsen, die gerade zum Kraal hochgetrieben wurden, ein Loch ins Fell, ganz davon zu schweigen, daß es ihn durch den Rückstoß kopfüber nach hinten haute. Beträchtlich erschrocken rappelte er sich auf, vor allem über den Verlust seines Ochsen nicht erfreut. Er besaß die Unverschämtheit, von mir zu verlangen, daß ich ihn bezahle. Nach dieser Erfahrung würde ihn nichts mehr bewegen, die Gewehre noch einmal anzufassen.

»Packt diese geladenen Teufel weg, da in das Dachstroh«, rief er, »oder sie morden uns noch alle.«

Dann machte ich ihm weis, ich würde ihn und alle seine Leute durch Zauberkraft töten, sofern eines der Dinge vermißt würde, wenn wir zurückkämen. Würden wir aber umkommen und er würde die Gewehre stehlen, würde ich ihn heimsuchen, sein Vieh toll machen und die Milch sauer, bis er des Lebens überdrüssig wäre. Dann würde ich die Teufel aus den Gewehren lassen und mich mit ihm in einer Art und Weise unterhalten, die ihm gar nicht gefallen würde. So gab ich ihm einen gründlichen Begriff des künftigen Gerichts. Daraufhin schwur er, er würde darauf aufpassen, als ob sie seines Vaters Geist wären. Er war ein sehr abergläubischer Kaffer und ein Erzschurke.

Nachdem wir so über unser überflüssiges Gepäck verfügt hatten, bestimmten wir das Marschgepäck, das wir fünf, nämlich Sir Henry, Good, ich selbst, Umbopa und der Hottentotte Ventvögel, auf die Reise mitnehmen würden. Es war wenig genug, aber wir konnten machen was wir wollten, unter vierzig Pfund pro Mann ging es nicht. Es bestand aus folgendem:

- Drei Schnellfeuergewehren und zweihundert Schuß Munition.
- Den zwei Winchester-Repetiergewehren (für Umbopa und Ventvögel) mit zweihundert Schuß Patronen.
- Drei ›Colt‹-Revolvern und sechzig Schuß Patronen.
- Fünf Cochrane's Wasserflaschen, jede vier Pint fassend.
- Fünf Wolldecken.
- Fünfundzwanzig Pfund Biltong, das ist sonnengetrocknetes Wildfleisch.
- Zehn Pfund der besten gemischten Perlen als Geschenke.
- Einer Auswahl Arzneien, einschließlich einer Unze Chinin, sowie ein oder zwei kleinen chirurgischen Instrumenten.
- Unsere Messer, ein Kompaß, Streichhölzer, Taschenfilter, Tabak, eine kleine Schaufel, eine Flasche Brandy und die Kleider, die wir am Leib trugen.

Das war unsere ganze Ausrüstung, zwar klein für ein solches Wagnis, aber wir wagten nicht den Versuch, mehr mitzuschleppen. Die Last war für jeden schwer genug, mit der er die glühende Wüste durchqueren sollte, denn in einer solchen Gegend zählt jede Unze doppelt. Doch wir sahen keine Möglichkeit, das Gewicht zu vermindern. Es war nichts dabei, was nicht unbedingt notwendig war.

Unter großen Schwierigkeiten und mit dem Versprechen, jedem ein gutes Jagdmesser zu schenken, glückte es mir, drei elende Eingeborene aus dem Dorf zu überreden, bis zur ersten Station, zwanzig Meilen, mit uns zu gehen und einen großen Kürbis für eine Gallone Wasser zu tragen. Ich wollte unsere Wasserflaschen nach dem ersten Nachtmarsch auffüllen, denn wir hatten uns entschlossen, in der Kühle des Abends aufzubrechen. Diesen Eingeborenen erzählte ich, daß wir Strauße schießen gingen, von denen es in der Wüste wimmelte. Sie plapperten durcheinander, zuckten die Schultern und sagten, wir wären verrückt und würden vor Durst umkommen, was mir – ich muß es gestehen – wahrscheinlich schien. Doch scharf darauf, die Messer zu bekommen – hier oben fast unbekannte Schätze –, willigten sie ein, mitzukommen. Wahrscheinlich hatten sie sich auch überlegt, daß nach all dem unser späteres Verderben nicht ihre Angelegenheit sein würde.

Am nächsten Tag ruhten wir und schliefen. Bei Sonnenuntergang nahmen wir ein herzhaftes Mahl von frischem Rindfleisch ein, das wir mit Tee hinunterspülten, den letzten, den wir – wie Good düster bemerkte – vermutlich für viele lange Tage getrunken hätten. Nachdem wir unsere letzten Vorbereitungen getroffen hatten, legten wir uns hin und warteten, bis der Mond aufging. Endlich, um neun Uhr herum, stieg er in all seiner keuschen Pracht empor, überflutete die wilde Gegend mit silbernem Licht, und sein geisterhafter Schein ergoß sich über die unendliche Weite der sich vor uns ausdehnenden Wüste, die ebenso feierlich und still wie fremd auf Mensch und sternenbesetztes Firmament darüber blickte.

Wir standen auf, waren in ein paar Minuten fertig und zögerten doch ein wenig, wie eben die menschliche Natur an der Schwelle des Unabänderlichen dazu neigt, zu zögern. Wir drei Weiße standen beieinander. Umbopa, den Speer in der Hand und das Gewehr über der Schulter, starrte, ein paar Schritte voraus, hinaus in die Wüste; während die drei angeheuerten Eingeborenen mit den Kürbissen voll Wasser und Ventvögel hinter uns in einer kleinen Gruppe versammelt waren.

»Gentlemen«, sagte Sir Henry kurz darauf mit seiner dunklen Stimme, »wir brechen zu einer so merkwürdigen Reise auf, wie sie Menschen auf dieser Welt nur unternehmen können. Es ist sehr zweifelhaft, ob wir dabei Erfolg haben werden. Doch wir sind drei Männer, die im Guten wie im Schlechten bis zuletzt zusammenstehen werden. Jetzt, bevor wir aufbrechen, wollen wir kurz zu der Kraft beten, die der Menschen Schicksal bestimmt und die seit Ewigkeit uns die Wege weist, daß es Ihm gefallen möge, unsere Schritte in Übereinstimmung mit Seinem Willen zu lenken.«

Er nahm seinen Hut ab und bedeckte eine Minute lang sein Gesicht mit seinen Händen, und Good und ich folgten seinem Beispiel.

Ich behaupte nicht, daß ich ein besonders frommer Mensch bin; wenige Jäger sind es; und was Sir Henry betrifft, hörte ich ihn vorher nie auf diese Art sprechen und seither nur ein einzigesmal, obgleich er im tiefsten Herzen, wie ich glaube, sehr religiös ist. Auch Good ist fromm, wenn er auch gerne flucht. Jedenfalls glaube ich nicht, in meinem Leben je inniger gebetet zu haben, ausgenommen bei einer – nein –, bei zwei Gelegenheiten, als ich es in dieser Minute tat. Und irgendwie spürte ich, daß dieses Gebet diesmal glücklicher war. Unsere Zukunft war so völlig ungewiß, und ich glaube, das Ungewisse und das Furchtbare bringen einen Menschen seinem Schöpfer näher.

»Und jetzt«, sagte Sir Henry, »treck!«

Also brachen wir auf.

Wir besaßen nichts, das uns führen konnte, mit Ausnahme des fernen Gebirges und der Karte des alten José da Silvestra, die in Anbetracht dessen, daß sie vor dreihundert Jahren von einem sterbenden und halberschöpften Menschen auf einen Kleiderrest gezeichnet worden war, ein nicht sehr befriedigendes Hilfsmittel darstellte. Doch stützte sich darauf, so wie sie eben war, unsere einzige Hoffnung. Wenn es uns nicht gelang, jene Lache mit schlechtem Wasser zu finden, die der alte Dom eingezeichnet hatte und die ungefähr sechzig Meilen von unserem Ausgangspunkt und ebenso weit vom Gebirge in der Mitte der Wüste liegen sollte, mußten wir aller Wahrscheinlichkeit nach elend verdursten. Die Chance, sie in diesem großen Sandmeer und in dem Karoo-Gestrüpp zu finden, schien mir höchst fraglich. Selbst angenommen, da Silvestra hätte das Wasserloch richtig eingezeichnet, was sollte verhindert haben, daß es schon vor Generationen von der Sonne ausgetrocknet, vom Wild zertrampelt oder vom Treibsand verschüttet worden war?

Schweigend zogen wir wie Schatten durch Nacht und schweren Sand. Das Karoo-Gestrüpp fing unsere Füße und hielt uns auf, der Sand lief in unsere veldschoens und Goods Jagdstiefel, so daß wir alle paar Meilen anhalten und sie ausleeren mußten. Doch die Nacht blieb hübsch kühl, und wir kamen recht gut vorwärts, obgleich die Atmosphäre dick und drückend war und der Luft ein sahniges Gepräge gab. Es war still und einsam hier in der Wüste, in der Tat bedrückend. Good fühlte dies und begann auf einmal zu pfeifen ›Das Mädchen laß ich zurück‹, aber in der Weite klangen die Töne kläglich, und er gab es auf.

Wenig später ereignete sich ein kleiner Zwischenfall, der Grund zum Lachen gab, obwohl er uns damals Beine machte. Good führte als Besitzer des Kompasses, mit dem er als Seemann natürlich ausgezeichnet umgehen konnte. Wir plagten uns im Gänsemarsch hinterher, als wir plötzlich einen halberstickten Aufschrei hörten und er verschwand. In der nächsten Sekunde erhob sich ringsum ein höchst ungewöhnlicher Lärm, ein Schnaufen und Grunzen und ein wilder Krach flüchtender Hufe. In dem fahlen Licht konnten wir auch dunkle, halb von Sandfontänen verdeckte galoppierende Gestalten ausmachen. Die Eingeborenen warfen ihre Lasten weg und waren nahe daran, davonzulaufen. Dann erinnerten sie sich, daß es hier nichts gab, wohin sie flüchten konnten, sie warfen sich zu Boden und heulten irgend etwas von Geistern. Sir Henry und ich standen verblüfft da. Unser Erstaunen war nicht geringer, als wir Good, wie auf einem Pferderücken angewachsen und verrückt schreiend, in Richtung Gebirge davonpreschen sahen. In der nächsten Sekunde warf er die Arme hoch und schlug mit Gedröhn auf der Erde auf. Dann sah ich, was passiert war: wir waren auf eine Herde schlafender Quaggas gestoßen, Good war gewiß auf den Rücken eines von ihnen gefallen, worauf das Tier hochstieg und mit ihm durchging. Ich rief den anderen zu, alles sei in Ordnung, und lief Good entgegen, in Sorge, daß er verletzt wäre. Doch zu meiner größten Erleichterung saß er im Sand, sein Monokel noch immer fest ins Auge geklemmt, ziemlich erschüttert und aufs höchste erschrocken zwar, doch nicht verletzt.

Daraufhin zogen wir ohne weiteres Mißgeschick bis nach ein Uhr weiter, als wir haltmachten, einen Schluck Wasser tranken, nicht mehr, denn Wasser war kostbar, eine halbe Stunde rasteten und uns dann wieder auf den Weg machten.

Weiter, immer weiter marschierten wir, bis sich schließlich der Osten zu röten begann wie die Wangen eines Mädchens. Es folgten schwache Strahlen von rosarotem Licht, die sich bald in goldene Riegel wandelten, durch die die Dämmerung über die Wüste hinaus glitt. Die Sterne verblaßten immer mehr, bis sie schließlich verschwanden, der goldene Mond verblich, und seine Bergketten standen aus seinem siechen Gesicht so klar hervor wie die Knochen in dem Gesicht eines Sterbenden. Dann schoß Lanze um Lanze blendenden Lichts empor, blitzte weithin über die grenzenlose Wildnis, durchdrang und rötete die Nebel, bis die Wüste in einen flimmernden Glanz getaucht war und es Tag wurde. Wir machten noch nicht halt, obwohl wir es zu dieser Zeit gerne getan hätten, doch wir wußten, daß es für uns unmöglich war, weiterzumarschieren, wenn erst einmal die Sonne voll am Himmel stand. Endlich, über eine Stunde später, erspähten wir einen kleinen Felshaufen inmitten der Ebene, und auf ihn schleppten wir uns zu. Wie es das Glück wollte, fanden wir hier eine überhängende Felsplatte mit feinem Sand darunter, die einen höchst willkommenen Schutz vor der Hitze bot. Wir krochen darunter, und nachdem wir jeder einen Schluck Wasser getrunken und ein Stück Biton gegessen hatten, legten wir uns hin und waren bald fest eingeschlafen.

Es war drei Uhr nachmittags, als wir aufwachten. Unsere drei Träger bereiteten sich auf die Rückkehr vor. Sie hatten von der Wüste bereits genug gesehen, und keine Zahl von Messern hätte sie mehr verlocken können, nur einen Schritt weiterzugehen. So nahmen wir einen herzhaften Schluck aus unseren Wasserflaschen und füllten sie aus den Kürbissen, die sie mitgeschleppt hatten. Dann beobachteten wir sie, wie sie sich auf ihre zwanzig Meilen Heimweg machten.

Um halb fünf brachen auch wir auf. Es war ein einsames und trostloses Unternehmen, denn abgesehen von ein paar Straußen war nicht ein einziges Lebewesen in der ganzen unendlichen Weite der sandigen Ebene zu sehen. Offensichtlich war es für Wild zu trocken, und mit Ausnahme von einer oder zwei toddräuenden Kobras sahen wir keine Schlangen. Ein Insekt jedoch, die gemeine oder Hausfliege, war in großer Zahl vertreten. Sie kamen ›nicht als einzelne Späher, sondern in Bataillonen‹, ich glaube, irgendwo heißt es so im Alten Testament.* Die Hausfliege ist ein ganz außergewöhnliches Tier. Wohin man auch geht, findet man sie. So muß es immer gewesen sein. Ich habe sie in Bernstein eingeschlossen gesehen, das, wie man mir sagte, eine halbe Million Jahre alt ist, und die Fliege sah genauso aus wie ihre Nachkommen heute. Ich zweifle kaum daran, daß sie herumsummen wird, wenn der letzte Mensch auf Erden stirbt, sofern dies zufällig im Sommer geschieht, und sie wird auf eine Gelegenheit warten, sich auf seine Nase zu setzen.

---

* Die Leser müssen sich hüten, Mr. Quatermains Hinweise ernst zu nehmen, denn es hat sich gezeigt, einige neigen dazu. Obwohl seine Lektüre augenscheinlich begrenzt war, machte es den Eindruck, als ob er einiges durcheinanderbringe. So waren ihm das Alte Testament und Shakespeare austauschbare Quellen. – *Der Herausgeber*

Bei Sonnenuntergang hielten wir an und warteten, bis der Mond kam. Endlich ging er klar und schön wie immer auf, und – ausgenommen eine Rast um zwei Uhr morgens – schleppten wir uns müde durch die Nacht, bis endlich die willkommene Sonne unserer Plackerei ein Ende machte. Wir tranken einen Schluck, warfen uns völlig erschöpft in den Sand und waren gleich eingeschlafen. Eine Wache hier aufzustellen, war unnötig, denn wir brauchten uns in dieser unendlichen, menschenleeren Ebene vor niemandem und nichts zu fürchten. Unsere einzigen Feinde waren Hitze, Durst und Fliegen; doch weit lieber hätten wir jeder Gefahr ins Auge geschaut, die von Tier oder Mensch droht, als dieser schrecklichen Dreieinigkeit. Diesmal hatten wir nicht das Glück, einen schützenden Felsen zu finden, der uns vor dem blendenden Glanz der Sonne bewahrte – mit dem Ergebnis, daß wir gegen sieben Uhr munter wurden und genau das Gefühl hatten, ein Beefsteak auf einem Bratrost zu sein. Wir waren buchstäblich durch und durch geröstet worden. Die sengende Sonne schien uns unser ganzes Blut herausgesaugt zu haben. Wir setzten uns auf und atmeten schwer.

»Puh«, stöhnte ich, wobei ich nach dem Heiligenschein von Fliegen grapste, die fröhlich um meinen Kopf herum summten. Die störte die Hitze in keiner Weise.

»Mein Wort!« rief Sir Henry.

»Eine teuflische Hitze!« echote Good.

In der Tat, es war heiß, und es war nicht der geringste Schutz dagegen zu finden. Man konnte schauen, wohin man wollte, da gab es weder Felsen noch Bäume, nichts außer einem endlosen, blendenden Glanz, blendend von der erhitzten Luft reflektiert, die über die Oberfläche der Wüste tanzte wie über einen glühenden Ofen.

»Was kann man da machen?« fragte Sir Henry; »das können wir nicht lange aushalten.«

Wir sahen einander ratlos an.

»Ich hab's«, sagte Good, »wir müssen ein Loch graben, hineinkriechen und uns mit Karoo-Büschen zudecken.« Ich hielt es zwar für keinen sehr vielversprechenden Vorschlag, doch schließlich war er besser als nichts. Und so machten wir uns an die Arbeit. Mit dem kleinen Spaten, den wir dabei hatten, und unseren Händen gelang es uns, in über einer Stunde ein Loch von zehn Fuß Länge, zwölf Fuß Breite und zwei Fuß Tiefe auszuheben. Dann hauten wir mit unseren Jagdmessern eine Menge von dem niedrigen Buschwerk ab, krochen in das Loch und zogen es über uns. Nur Ventvögel blieb draußen, da ihm, dem Hottentotten, die Sonne nichts ausmachte. Das Buschwerk gab uns einen schwachen Schutz gegen die glühenden Strahlen der Sonne, aber die Atmosphäre in diesem Amateurgrabe kann man sich besser vorstellen als beschreiben. Die ›Schwarze Höhle von Kalkutta‹ muß ein Vergnügen dagegen gewesen sein; wahrlich, in diesem Augenblick wußte ich nicht, wie wir den Tag überleben sollten. Wir lagen keuchend da, und dann und wann befeuchteten wir unsere Lippen aus unserem knappen Wasservorrat. Hätten wir unseren Gelüsten nachgegeben, wir hätten das ganze Wasser, das wir hatten, in den ersten zwei Stunden ausgetrunken, doch wir waren gezwungen, strengste Sparsamkeit zu üben. Wir wußten, daß wir sehr schnell elendig umkommen mußten, wenn uns das Wasser ausging.

Aber alles hat ein Ende, wenn man nur lange genug lebt, um es zu erleben; und irgendwie ging auch dieser elende Tag dem Abend entgegen. Gegen drei Uhr nachmittags entschieden wir, daß wir es nicht länger ertragen könnten. Es würde besser sein, zu laufen, als langsam durch Hitze und Durst in diesem schrecklichen Loch umzukommen. So nahmen wir jeder einen kleinen Schluck von unserem schnell abnehmenden Wasservorrat. Das Wasser war schon auf die gleiche Temperatur wie Menschenblut erwärmt. Dann wankten wir weiter.

Wir hatten jetzt ungefähr fünfzig Meilen der Wildnis hinter uns. Wenn der Leser die grobe Skizze und die Aufzeichnung des alten da Silvestra zur Hand nimmt, wird er sehen, daß die Ausdehnung der Wüste mit vierzig Seemeilen angegeben ist und die ›Pfanne mit schlechtem Wasser‹ ist etwa in der Mitte davon eingezeichnet. Nun sind vierzig Seemeilen gleich hundertzwanzig Meilen, folglich sollten wir höchstens zwölf oder fünfzehn Meilen von der Wasserstelle sein, sofern sie wirklich existierte.

Langsam und unter Qualen schleppten wir uns während des Nachmittags dahin, wobei wir kaum mehr als eine und eine halbe Meile pro Stunde zurücklegten. Bei Sonnenuntergang rasteten wir wieder, um auf den Mond zu warten. Nachdem wir ein wenig getrunken hatten, brachten wir es fertig, etwas zu schlafen.

Ehe wir uns hinlegten, machte uns Umbopa auf einen kleinen und undeutlich sichtbaren Hügel auf der ebenen Wüstenfläche aufmerksam, etwa acht Meilen entfernt. Auf diese Distanz sah es wie ein Ameisenhaufen aus. Da ich am Einschlafen war, machte ich mir keine Gedanken, was das sein konnte.

Mit dem Mond zogen wir wieder los, wir fühlten uns schrecklich erschöpft und litten durch Durst und Hitzeblattern Torturen. Niemand, der es nicht selbst gespürt hat, kann ermessen, was wir durchmachten. Wir gingen nicht mehr, wir taumelten, brachen hie und da vor Erschöpfung zusammen und mußten etwa jede Stunde Halt gebieten. Wir hatten kaum mehr Energie in uns, zu sprechen. Bis jetzt hatte Good geplaudert und gescherzt, denn er ist ein lustiger Bursche, aber jetzt fand er auch kein Scherzwort mehr. Endlich kamen wir, etwa gegen zwei Uhr, körperlich und seelisch völlig erschöpft, am Fuße dieses sonderbaren Hügels, einer Sandkuppe, an, die auf den ersten Blick einem riesigen Ameisenhaufen, über hundert Fuß hoch, ähnelte. Seine Grundfläche betrug etwa zwei Morgen.

Hier hielten wir und, von unserem furchtbaren Durst getrieben, saugten wir unsere letzten Tropfen Wasser in uns hinein. Wir hatten pro Kopf nur eine halbe Tasse, und jeder von uns hätte eine Gallone trinken können.

Dann legten wir uns hin. Wie ich gerade am Einschlafen war, hörte ich Umbopa auf Zulu zu sich selbst sagen:

»Wenn wir kein Wasser finden können, werden wir morgen, bevor der Mond aufgeht, tot sein.«

Ich fröstelte, so heiß es war. Einen so schrecklichen Tod

vor Augen ist nicht angenehm; aber selbst der Gedanke daran konnte mich nicht vom Schlafen abhalten.

6

Wasser! Wasser!

Zwei Stunden später, das heißt etwa gegen vier Uhr, wachte ich auf, denn sobald das erste heftige Verlangen der körperlichen Müdigkeit befriedigt worden war, meldete sich der quälende Durst, den ich litt. Ich konnte nicht mehr schlafen. Ich hatte geträumt, daß ich in einem reißenden Fluß badete, mit grünen Ufern, an denen Bäume wuchsen, und ich erwachte, um mich in dieser trockenen Wildnis zu finden, in der wir, wie Umbopa gesagt hatte, mit Sicherheit elendiglich umkommen würden, falls wir nicht auf Wasser stießen. Keine menschliche Kreatur kann bei dieser Hitze lange ohne Wasser leben. Ich setzte mich auf und rieb mein schmutziges Gesicht mit meinen dürren, schwieligen Händen ab. Meine Augenlider und meine Lippen klebten zusammen, und es war nur nach einigem Reiben und unter großer Anstrengung möglich, sie zu öffnen. Bis zur Dämmerung war es nicht mehr weit hin, aber wo war das heitere Gefühl des Erwachens in der Luft, die dick von heißer, unbeschreiblicher Dunkelheit war? Die anderen schliefen noch.

Bald wurde es heller, hell genug, um lesen zu können, und ich nahm eine kleine Taschenausgabe der ›Ingolsby Legends‹ zur Hand, die ich bei mir hatte, und las ›Die Dohle von Reims‹. Als ich an die Stelle kam, wo

»ein feiner kleiner Knabe hielt eine gold'ne Wasserkanne,
handgetrieben und gefüllt mit Wasser so rein
wie jemals es floß zwischen Reims und Namur«

schmatzte ich buchstäblich mit meinen zersprungenen Lippen, oder besser, ich versuchte zu schmatzen. Der bloße Gedanke an das reine Wasser machte mich wahnsinnig. Wenn der Kardinal da gewesen wäre mit seiner Glocke, Buch und Kerze, ich wäre hingesprungen und hätte ihm seine Kanne ausgetrunken; ja selbst wenn er sie schon mit Seifenwasser gefüllt hätte, ›wert, des Papstes Hände zu waschen‹, und wenn ich gewußt hätte, der ganze geballte Fluch der katholischen Kirche würde mich für so eine Tat treffen. Ich glaube fast, daß ich vor Durst, Erschöpfung und Nahrungsmangel bereits ein wenig wirr im Kopf gewesen sein muß, denn ich sah deutlich die erstaunten Gesichter des Kardinals, seines kleinen, feinen Knaben und der Dohle vor mir, als sie einen kleinen, abgebrannten, braunäugigen, grauhaarigen Elefantenjäger plötzlich zwischen sie springen sahen, der sein schmutziges Gesicht in die Schale tauchte und jeden Tropfen des kostbaren Wassers schlürfte. Der Gedanke amüsierte mich so, daß ich lachte oder besser laut gackerte, wodurch ich die anderen aufweckte. Und sie begannen *ihre* schmutzigen Gesichter zu reiben und an *ihren* verklebten Lippen und Augenlidern zu wischen.

Sobald wir alle völlig munter waren, begannen wir unsere Lage, die ernst genug war, zu erörtern. Nicht ein Tropfen Wasser war übrig geblieben. Wir stellten die Wasserflaschen auf den Kopf und leckten an den Öffnungen, aber ohne Erfolg, sie waren knochentrocken. Good, der die Schnapsflasche in Verwahrung hatte, zog sie heraus und betrachtete sie sehnsüchtig, doch Sir Henry nahm sie ihm sofort weg, denn unverdünnten Branntwein zu trinken, hätte nur das Ende beschleunigt.

»Wenn wir kein Wasser finden, werden wir sterben«, sagte er.

»Wenn wir der Karte des alten Dom trauen können, sollte es hier herum welches geben«, erwiderte ich; aber niemand schien aus dieser Bemerkung viel Hoffnung zu schöpfen. Es war klar, daß in die Karte kein großes Vertrauen gesetzt werden konnte. Allmählich wurde es jetzt immer heller; wir saßen da und blickten einander ratlos an. Ich bemerkte, wie der Hottentotte Ventvögel aufstand und, die Augen auf dem Boden, herumzulaufen begann. Plötzlich blieb er kurz stehen und zeigte, einen kehligen Ruf ausstoßend, auf die Erde.

»Was gibt's?« rief Good. Wir erhoben uns wie ein Mann und gingen dorthin, wo Ventvögel stand und in den Sand starrte.

»Na«, sagte ich, »es ist eine frische Springbockspur, nicht wahr?«

»Springböcke gehen nicht weit vom Wasser weg«, antwortete der Hottentotte auf holländisch.

»Daran habe ich nicht gedacht«, antwortete ich, und diese neue Entdeckung machte uns wieder lebendig. Es ist erstaunlich, wie sich ein Mensch in verzweifelter Lage an die leiseste Hoffnung klammert und sich beinahe glücklich fühlt. In finsterer Nacht ist ein einzelner Stern besser als keiner.

Mittlerweile hatte Ventvögel seine platte Nase in die Luft gestreckt und schnüffelte wie ein alter Impalawidder, der Gefahr wittert, aus Leibeskräften in der heißen Luft herum. Gleich darauf sprach er wieder.

»Ich rieche Wasser«, sagte er.

Da frohlockten wir, denn wir wußten, welch erstaunlichen Instinkt diese wild aufgewachsenen Menschen besitzen.

In diesem Augenblick kam die Sonne herrlich hoch und bot unseren erstaunten Augen einen solch erhabenen Anblick, daß wir für ein oder zwei Augenblicke sogar unseren Durst vergaßen.

Da, nicht weiter als vierzig oder fünfzig Meilen vor uns, wie Silber in den ersten Strahlen der Morgensonne glitzernd, lagen Shebas Brüste. Je hundert Meilen nach jeder Seite hin erstreckte sich der große Sulimansberg. Jetzt, da ich hier sitze und versuche, die außerordentliche Schönheit und Erhabenheit dieses Anblicks zu beschreiben, scheinen mir die Worte zu fehlen. Sogar in der Erinnerung bin ich dazu nicht in der Lage.

Vor uns erhoben sich zwei riesige Berge, von denen man,

glaube ich, in Afrika keine mehr finden wird; freilich, anderswo in der Welt mag es auch solche geben. Jeder von ihnen, mindestens 15000 Fuß hoch, stehen sie nicht weiter als ein Dutzend Meilen voneinander entfernt, durch eine steile Felsklippe verbunden, und türmen sich in furchtgebietender weißer Einsamkeit direkt bis in den Himmel hinein. Diese Berge, hingestellt wie die Pfeiler eines gigantischen Torwegs, sind genau wie eine Frauenbrust geformt, und zu Zeiten nehmen die Nebel und Schatten unter ihnen die Gestalt einer liegenden Frau an, geheimnisvoll in Schlaf gehüllt. Ihre Sockel schwellen sanft von der Ebene aus an und sehen aus dieser Entfernung vollkommen rund und glatt aus. Auf der Spitze eines jeden ist ein riesiger, schneebedeckter Hügel, so daß genau das Bild einer weiblichen Brustwarze entsteht. Die sie verbindende Felsbarriere scheint einige tausend Fuß hoch zu sein und völlig senkrecht. Und an den Flanken eines jeden Gebirges, so weit das Auge reicht, dehnen sich ähnliche Felszeilen, nur hie und da von flachen, tischplattenförmigen Bergen unterbrochen, die dem weltberühmten Tafelberg bei Kapstadt etwas ähneln, eine Formation übrigens, die man in Afrika oft antrifft.

Es lag etwas so Feierliches und Überwältigendes über diesen riesigen Vulkanen, denn zweifellos sind es erloschene Vulkane, daß wir ganz ehrfürchtig wurden. Eine Weile spielte das Morgenlicht auf dem Schnee und den braunen, schwellenden Massen darunter, und dann, als wollten sie den majestätischen Anblick unseren neugierigen Augen entziehen, sammelten sich wunderliche Wolken und wuchsen um die Berge, bis wir ihre reinen und gigantischen Umrisse, bald darauf nur geisterhaft durch diese flockige Hülle scheinend, ahnen konnten. Tatsächlich waren sie, wie wir später entdeckten, gewöhnlich in diesen seltsamen gazeartigen Nebel gehüllt. Zweifellos die Erklärung dafür, daß wir sie nicht schon früher klarer gesehen hatten. Shebas Brüste waren kaum in ihrem Wolkenversteck verschwunden, meldete sich schon unser Durst, im wahrsten Sinne des Wortes eine brennende Frage. Es war ganz schön und gut, daß Ventvögel behauptete, er rieche Wasser, aber wir konnten schauen, wohin wir wollten, wir konnten kein Anzeichen dafür sehen. So weit unsere Augen reichten, gab es nichts als trockenen, heißglühenden Sand und Karoo-Gestrüpp. Wir zogen rund um den kleinen Hügel und spähten gespannt auf der anderen Seite herum, doch es war die gleiche Geschichte, nicht ein Tropfen Wasser war zu entdecken; es gab kein Anzeichen für eine Pfanne, eine Lache oder eine Quelle.

»Du bist ein Narr«, sagte ich ärgerlich zu Ventvögel, »da gibt's kein Wasser.«

Aber er hob seine häßliche Plattnase, schnüffelte und antwortete:

»Ich rieche es, Herr, es ist irgendwo in der Luft.«

»Ja«, sagte ich, »ohne Zweifel, in den Wolken ist es und nach zwei Monaten wird hier Regen fallen, der unsere Knochen wäscht.«

Sir Henry strich nachdenklich seinen blonden Bart.

»Vielleicht ist es oben auf dem Hügel«, überlegte er.

»Unsinn«, sagte Good, »wer hat schon so etwas gehört, Wasser auf einem Hügel!«

»Gehn wir halt und schauen wir nach«, setzte ich hinzu, und recht hoffnungslos krabbelten wir den sandigen Abhang des Hügels hoch. Umbopa führte. Plötzlich stockte er wie versteinert.

»Nanzia amanzi! Hier ist Wasser«, schrie er mit lauter Stimme.

Wir stürzten hoch zu ihm, und da, freilich, da in einer tiefen Schale beziehungsweise einem Einschnitt auf der obersten Spitze der Sandkoppe, war ein nicht anzuzweifelnder Pfuhl voll Wasser. Wieso er sich an solch einem sonderbaren Ort befand, diese Frage hielt uns jetzt nicht auf. Wir zauderten auch nicht trotz des schwarzen und unangenehmen Aussehens. Es war Wasser oder zumindest eine gute Nachahmung davon, und das genügte uns. Wir machten einen Sprung – ein Sturz und in der nächsten Sekunde lagen wir alle auf unseren Bäuchen und schlürften die nicht gerade appetitliche Flüssigkeit, als ob es Nektar, für Götter tauglich, wäre. Himmel, wie tranken wir! Dann, als wir getrunken hatten, rissen wir uns unsere Kleider vom Leib und setzten uns in die Lache, um die Feuchtigkeit durch unsere ausgedörrte Haut zu absorbieren. Du, Harry, mein Junge, der du nur ein paar Hähne aufzudrehen und ›heiß‹ oder ›kalt‹ von einem riesigen, unsichtbaren Kessel zu fordern brauchst, kannst dir kaum den Luxus vorstellen, den dieses Schlammbad in brackigem, lauwarmem Wasser bedeutete.

Nach einer Weile standen wir auf, ehrlich erfrischt, und fielen über unser ›biltong‹ her, von dem wir in den vergangenen vierundzwanzig Stunden kaum einen Mund voll hinuntergebracht hatten. Nun aßen wir uns richtig satt. Dann rauchten wir eine Pfeife, legten uns neben diesen gesegneten Pfuhl in den Schatten seines Damms und schliefen bis Mittag.

Den ganzen Tag ruhten wir hier am Wasser aus, unseren Sternen dankend, daß wir so viel Glück hatten und es fanden, da wir so übel dran waren. Wir vergaßen auch nicht, dem Schatten des längst verstorbenen da Silvestra die gebührende Dankbarkeit zu widmen, der die Lache so genau auf den Schoß seines Hemdes aufgezeichnet hatte. Das Wunderbare für uns war, daß die Pfanne so lange überdauert hatte. Die einzige Erklärung ist, daß sie von einer Quelle tief unter dem Sand gespeist wird.

Nachdem wir beides, sowohl uns wie unsere Wasserflaschen, so voll als möglich gefüllt hatten, brachen wir in weit besserer Stimmung wieder mit dem Mond auf. In dieser Nacht legten wir fast fünfundzwanzig Meilen zurück; doch, überflüsssig zu sagen, Wasser fanden wir keines mehr. Wir hatten aber immerhin Glück, daß wir am folgenden Tag ein wenig Schatten hinter ein paar Ameisenhaufen hatten. Als die Sonne aufging und die rätselhaften Nebel nach einer Weile wegräumte, schien Sulimans Berg mit den zwei majestätischen Brüsten, jetzt nur noch zwanzig Meilen entfernt, sich gerade über uns aufzutürmen, mächtiger denn je. Als der Abend hereinbrach, machten wir uns wieder auf die Socken, und, um eine lange Geschichte abzukürzen, der nächste Morgen fand uns bei Tagesanbruch an den untersten Hängen von Shebas linker Brust, auf die wir unentwegt zugesteuert waren. Mittlerweile war unser Wasservorrat wieder einmal zur Neige gegangen, und wir litten argen Durst. Allerdings konnten wir keine Chance sehen, uns davon zu befreien, ehe wir nicht die Schneegrenze erreichten, weit, weit über uns.

Getrieben von unserem quälenden Durst, gingen wir nach einer ein- oder zweistündigen Ruhepause weiter und plagten uns in glühender Hitze unter Qualen die Lavaabhänge aufwärts. Der riesige Bergsockel bestand durchwegs aus Lavalagern, die in einer weit zurückliegenden Zeitepoche aus dem Erdinneren ausgespien worden waren.

Um elf Uhr waren wir völlig ausgepumpt und befanden uns – wie man sagt – in einem gottsjämmerlichen Zustand. Der Lavaklinker, über den wir mußten, obwohl glatt im Vergleich zu anderem Klinker, von dem ich gehört hatte, zum Beispiel auf der Insel Ascension, war rauh genug, um unsere Füße sehr wund zu machen. Dies zusammen mit unseren anderen Beschwernissen gab uns ziemlich den Rest. Ein paar hundert Yards über uns waren einige große Lavabrocken, und diesen strebten wir in der Absicht zu, uns in ihrem Schatten hinzulegen. Wir erreichten sie, und zu unserer Überraschung – soweit wir noch für Überraschungen aufnahmefähig waren – sahen wir, daß auf einem Plateau oder Grat dicht daneben der Klinker mit dichtem grünen Bewuchs bedeckt war. Offensichtlich hatte sich hier Erde aus zersetzter Lava festgesetzt, und zur rechten Zeit war durch Vögel Samen in diesen Fruchtboden gesät worden. Wir widmeten aber dem grünen Bewuchs kein weiteres größeres Interesse, denn wir konnten nicht wie Nebukadnezar von Gras leben. Dazu bedarf es einer besonderen Fügung der göttlichen Vorsehung und besonderer Verdauungsorgane.

So setzten wir uns unter die Felsen und stöhnten. Ich für meinen Teil wünschte von Herzen, daß ich nie zu diesem verrückten Auftrag aufgebrochen wäre.

Als wir so dasaßen, sah ich Umbopa aufstehen und auf den grünen Fleck zuhumpeln. Wenige Minuten später sah ich zu meiner größten Verwunderung dieses im allgemeinen sehr würdevolle Individuum wie einen Wahnsinnigen tanzen und schreien, wobei er irgend etwas Grünes herumschwenkte. Soweit uns unsere müden Glieder trugen, kletterten wir so schnell es ging auf ihn zu, in der Hoffnung, er hätte Wasser gefunden.

»Was gibt's, Umbopa, Sohn einer Närrin?« schrie ich auf Zulu.

»Da gibt's Essen und Wasser, Macumazahn«, und wieder schwang er das grüne Ding.

Dann sah ich, was er gefunden hatte. Es war eine Melone. Wir waren auf einen Fleck mit wilden Melonen gestoßen, Tausende von ihnen gab es, und sie waren überreif.

»Melonen!« schrie ich Good gellend zu, der mir am nächsten stand; und in der nächsten Minute hatte er seine falschen Zähne schon in eine von ihnen vergraben.

An die sechs Stück dürfte jeder gegessen haben, ehe wir genug hatten. Armselige Früchte waren es, doch ich kann mich kaum an etwas Köstlicheres entsinnen. Doch Melonen sättigen nicht sehr, und als wir unseren Durst mit ihrem breiigen Fleisch gestillt sowie einen Vorrat zur Kühlung hergerichtet hatten, indem wir sie einfach in zwei Teile schnitten und sie in die heiße Sonne legten, um sie durch die Methode der Verdunstung zu kühlen, begannen wir ungemein großen Hunger zu verspüren. Wir hatten noch etwas Biltong übrig, aber unsere Mägen drehten sich bei dem bloßen Gedanken daran um. Außerdem mußten wir damit sehr sparsam umgehen, denn wir wußten ja nicht, wann wir wieder an frische Nahrung kommen würden.

Ausgerechnet in diesem Augenblick bot sich eine glückliche Gelegenheit. Während ich über die Wüste blickte, sah ich eine Gruppe von etwa zehn großen Vögeln, die direkt auf uns zuflog.

»Skit, Baas, skit! Schieß, Herr, schieß!« flüsterte der Hottentotte und warf sich sofort auf den Boden, ein Beispiel dem wir alle folgten.

Es war – wie ich erkannte – eine Schar von pauw oder Trappen, die in rund fünfzig Yards Entfernung vorbeifliegen würden. Ich nahm eine von den Repetier-Winchestern, wartete, bis sie fast über uns waren, und sprang dann auf die Füße. Als mich die Trappen sahen, schlossen sie sich, wie erwartet, zusammen, und ich feuerte zwei Schüsse mitten in den Pulk. Wie das Glück es wollte, brachte ich einen Vogel herunter, einen prächtigen Burschen, der über zwanzig Pfund wog. In einer halben Stunde hatten wir aus trokkenen Melonenstengeln ein Feuer, und er wurde darüber geröstet. Wir hatten eine Mahlzeit wie seit einer Woche nicht. Wir aßen die ganze Trappe auf, nichts blieb übrig von ihr als ihre Knochen und der Schnabel. Nachher fühlten wir uns nicht unbeträchtlich wohler.

Diese Nacht marschierten wir bei Mondlicht wieder weiter. Mit uns schleppten wir so viele Melonen, wie wir nur konnten. Wie wir höher stiegen, fanden wir, daß die Luft immer kühler und kühler wurde, für uns eine große Erleichterung. Bei Morgengrauen waren wir, soweit wir schätzen konnten, nicht mehr als zwölf Meilen von der Schneegrenze entfernt. Hier entdeckten wir weitere Melonen, so daß wir nicht länger Wassersorgen hatten, denn wir wußten ja, bald würden wir einen Haufen Schnee haben. Doch der Aufstieg war jetzt sehr steil geworden, und wir kamen nur langsam vorwärts, nicht mehr als eine halbe Meile die Stunde. Außerdem aßen wir diese Nacht unseren letzten Bissen Biltong auf. Bis jetzt hatten wir mit Ausnahme der Trappen auf dem Berg kein einziges Lebewesen gesehen. Wir waren auch an keiner einzigen Quelle oder einem Wasserlauf vorbeigekommen. Das kam uns höchst merkwürdig vor, da doch, wie wir annahmen, der Schnee über uns zuweilen schmelzen mußte. Aber wie wir später entdeckten, flossen aus Gründen, die ich nicht erklären kann, alle Wasser über die Nordseite des Gebirges hinunter. Wir begannen uns jetzt große Nahrungssorgen zu machen. Dem Dursttod waren wir entgangen, aber es schien wahrscheinlich, daß dies nur zu dem Zweck geschah, um Hungers zu sterben. Die Geschehnisse der folgenden elenden drei Tage werden am besten durch die Abschrift einer Eintragung dargestellt, die ich damals in mein Notizbuch gemacht habe.

»21. Mai. Elf Uhr aufgebrochen, da wir die Luft kühl genug finden, tagsüber zu marschieren. Nahmen einige Wassermelonen mit. Quälten uns den ganzen Tag weiter, sahen keine Melonen mehr. Offensichtlich ihr Gebiet durchquert. Kein Wild irgendwelcher Art zu sehen. Hielten bei Sonnenuntergang zur Nachtrast. Haben seit vielen Stunden nichts mehr gegessen. Litten bei Nacht viel durch die Kälte.

22. Mai. Brachen wieder bei Sonnenaufgang auf. Fühlten uns sehr matt und schwach. Legten nur fünf Meilen am ganzen Tag zurück. Fanden einige Schneeflecken – aßen davon –, aber sonst nichts anderes. Kampierten bei Nacht unter dem Saum eines großen Plateaus. Bitter kalt – tranken jeder einen Schluck Schnaps und drängten uns zusammen, wobei sich jeder in seine Decke einwickelte, um am Leben zu bleiben. Leiden jetzt schrecklich unter Hunger und Erschöpfung. Dachten, Ventvögel würde in der Nacht sterben.

23. Mai. – Kämpften uns abermals vorwärts, sobald die Sonne hoch genug stand und unsere Glieder ein wenig aufgetaut hatte. Sind jetzt in einem fürchterlichen Zustand. Fürchte, das war unser letzter Tagmarsch, wenn wir nichts zu essen finden. Ein wenig Schnaps ist noch übrig. Good, Sir Henry und Umbopa halten sich prächtig. Aber Ventvögel geht es schlecht. Wie die meisten Hottentotten kann er die Kälte nicht vertragen. Hungerqualen nicht so schlimm, aber ein dumpfes Gefühl in der Magengegend. Die anderen sagen das gleiche. Sind jetzt auf gleicher Höhe mit der steilen Felskette beziehungsweise der Lavamauer, die die zwei Brüste verbindet. Die Fernsicht ist großartig. Hinter uns die glühende, rote Wüste bis zum Horizont, vor uns Meile um Meile des glatten, harten Schnees, beinahe eben, nur sanft aufwärts ansteigend. Aus der Mitte erhebt sich, über 4000 Fuß in den Himmel, die Brustwarze des Berges, sie scheint einige Meilen Umfang zu haben. Nicht ein Lebewesen ist zu sehen. Gott stehe uns bei. Ich fürchte, unsere Stunde hat geschlagen.«

Nun will ich das Tagebuch weglegen. Einerseits ist es nicht sehr interessant, es zu lesen, andererseits, weil das Folgende besser genauer geschildert wird.

Während dieses Tages – am 23. Mai – kämpften wir uns

langsam den Schneehang hoch, wobei wir uns von Zeit zu Zeit hinlegten, um auszuruhen. Eine seltsame, ausgemergelte Schar, wie mußten wir ausgesehen haben, da wir so ausgepumpt waren! Wir schleppten unsere müden Füße über die blendende Ebene und starrten mit hungrigen Augen um uns. Nicht, daß das Herumstarren etwas genützt hätte, es gab nichts Eßbares. Wir legten nicht mehr als sieben Meilen an diesem Tag zurück. Knapp vor Sonnenuntergang befanden wir uns unmittelbar unter der Warze von Shebas linker Brust, die sich Tausende von Fuß über uns in die Luft reckte, ein riesiger glatter Hügel aus gefrorenem Schnee. Elend, wie wir uns fühlten, konnten wir indessen die wundervolle Szenerie nicht würdigen, die durch die fliegenden Strahlen des Lichts der untergehenden Sonne, die da und dort den Schnee blutrot färbten und die mächtige Kuppel über uns mit einem Diadem der Herrlichkeit krönten, sogar noch herrlicher wurde.

»Hören Sie mal«, keuchte Good plötzlich, »wir sollten doch eigentlich nahe der Höhle sein, über die der alte Gentleman geschrieben hat.«

»Ja«, sagte ich, »wenn hier eine Höhle ist.«

»Kommen Sie, Quatermain«, ächzte Sir Henry, »sagen Sie nicht so etwas; ich habe zu dem Dom jedes Vertrauen; denken Sie an das Wasser. Wir werden den Platz bald finden.«

»Wenn wir sie nicht finden, bevor es dunkel wird, sind wir tote Männer, das ist alles«, war meine tröstliche Antwort.

Die nächsten zehn Minuten schleppten wir uns schweigend weiter. Umbopa, der neben mir marschierte, eingehüllt in seine Decke, mit einem Lederriemen ganz straff um seinen Magen geschnürt, um »seinen Hunger klein zu machen«, wie er sagte, daß seine Taille wie die eines Mädchens aussah, packte mich plötzlich am Arm.

»Schau!« sagte er und zeigte in Richtung des ansteigenden Abhangs der Brustwarze.

Ich folgte seinem Blick, und etwa zweihundert Yards von uns nahm ich etwas wahr, das wie ein Loch im Schnee aussah.

»Das ist die Höhle«, rief Umbopa.

Wir gaben unser Letztes auf dem Weg zu diesem Punkt her. Tatsächlich, das Loch war der Eingang zu einer Höhle, ohne Zweifel die gleiche, von der da Silvestra schrieb. Wir waren nicht zu früh dran, denn gerade wie wir das Obdach erreichten, ging die Sonne mit aufsehenerregender Geschwindigkeit unter und ließ die ganze Umgebung fast schwarz zurück, doch in diesen Breiten ist immer ein wenig Zwielicht. So krochen wir in die Höhle, die nicht sehr groß zu sein schien, rückten der Wärme wegen eng zusammen, tranken, was uns von unserem Schnaps geblieben war – kaum ein Mundvoll für jeden –, und versuchten, unsere Nöte im Schlaf zu vergessen. Aber die Kälte war zu groß, um dies zu erlauben. Ich bin überzeugt, daß in dieser großen Höhle das Thermometer nicht weniger als vierzehn oder fünfzehn Grad unter dem Gefrierpunkt angezeigt haben kann. Was eine solche Temperatur für uns bedeutete, geschwächt durch die Anstrengung, den Nahrungsmangel und die große Hitze in der Wüste, kann sich der Leser leichter vorstellen, als ich es beschreiben kann.

Es genügt zu sagen, daß ich mich dem Tod nie näher gefühlt habe. Da saßen wir Stunde um Stunde während der bitterkalten Nacht und spürten, wie der Frost uns langsam durchdrang. Jetzt kniff er uns in die Finger, jetzt im Fuß, jetzt im Gesicht. Umsonst drängten wir uns immer enger zusammen, es war keine Wärme in unseren erbärmlichen, ausgehungerten Kadavern. Zuweilen fiel einer von uns für wenige Minuten in einen unruhigen Schlummer, doch wir konnten nicht viel schlafen, und vielleicht war das unser Glück, denn ich bezweifle, ob wir je wieder aufgewacht wären. Wirklich, ich glaube, es war einzig und allein unsere Willenskraft, daß wir uns bei allem überhaupt am Leben hielten.

Ganz kurz vor Morgengrauen hörte ich den Hottentotten Ventvögel, dessen Zähne die ganze Nacht wie Kastagnetten geklappert hatten, tief aufseufzen, und dann hörte das Zähneklappern auf. Ich dachte mir um diese Zeit nichts dabei und nahm an, er sei eingeschlafen. Sein Rücken lehnte an meinem. Er schien kälter und kälter zu werden, bis er sich wie Eis anfühlte.

Endlich begann die Luft von Licht grau zu werden, dann schossen goldene Pfeile über den Schnee, und endlich schaute die herrliche Sonne verstohlen über die Lavamauer und schien herein auf unsere halb erfrorenen Gestalten. Auch auf Ventvögel blickte sie, der mitten unter uns saß, mausetot. Kein Wunder, daß sich sein Rücken kalt anfühlte, armer Bursche. Er war gestorben, als ich ihn aufseufzen hörte. Und nun war er fast steif gefroren. Über Maßen erschüttert, schleppten wir uns von dem Leichnam weg – wie seltsam, dieser Schauder, den wir Sterblichen angesichts eines Leichnams empfinden. Wir ließen ihn sitzen, seine Arme umklammerten seine Knie.

Unterdessen sandte das Sonnenlicht seine kalten Strahlen, denn hier waren sie kalt, direkt in den Höhleneingang. Plötzlich hörte ich den Angstschrei von jemandem und wandte meinen Kopf.

Ich sah folgendes: am Ende der Höhle, sie war nicht mehr als zwanzig Fuß lang, saß eine andere Gestalt, deren Haupt auf den Knien ruhte, und die langen Arme hingen herunter. Ich starrte wie gebannt darauf und sah, das war ebenfalls ein Toter, ja mehr noch, ein Weißer.

Die anderen sahen ihn auch, und dieser Anblick war denn doch zuviel für unsere zerrütteten Nerven. Nacheinander kletterten wir aus der Höhle heraus, so schnell, wie es unsere halb erfrorenen Glieder nur zuließen.

7
Salomons Straße

Draußen vor der Höhle blieben wir stehen und kamen uns recht töricht vor.

»Ich gehe wieder hinein«, sagte Sir Henry.

»Wozu?« fragte Good.

»Weil mir eingefallen ist, daß – was wir sahen, mein Bruder sein könnte.«

Das war ein neuer Gedanke, und wir kletterten in die Höhle zurück, um ihn zu überprüfen. Unsere Augen, durch das Starren auf den Schnee geblendet, konnten nach dem hellen Licht draußen für eine ganze Weile das Dunkel der Höhle nicht durchdringen. Bald hatten wir uns aber an das Halbdunkel gewöhnt und gingen auf den toten Mann zu. Sir Henry kniete nieder und schaute in sein Gesicht.

»Gott sei Dank«, seufzte er erleichtert, »es ist nicht mein Bruder.«

Dann schaute ich ihn mir näher an. Es war der Körper eines großen Mannes in mittlerem Alter, mit einem Adlergesicht, grauem Haar und langem Schnurrbart. Die Haut war völlig gelb und straff über die Knochen gespannt. Seine Kleidung war mit Ausnahme dessen, was die Reste einer wollenen Hose zu sein schienen, verschwunden; der skelettähnliche Körper war nackt zurückgelassen. Um den Hals des völlig steif gefrorenen Körpers hing ein gelbes Elfenbeinkreuz.

»Wer um Himmels willen kann das sein?« sagte ich.

»Können Sie sich das nicht denken?« antwortete Good.

Ich schüttelte den Kopf.

»Na, der alte Dom, José da Silvestra natürlich, wer sonst?«

»Unmöglich«, keuchte ich; »der starb vor dreihundert Jahren.«

»Na und, was steht dem in dieser Atmosphäre entgegen, daß er dreitausend Jahre konserviert bleibt, das möchte ich gerne wissen?« meinte Good. »Wenn nur die Luft kalt genug ist, so werden Fleisch und Blut frisch wie Neuseeländer Hammelfleisch bleiben. Der Himmel weiß, kalt genug ist es hier. Kein Sonnenstrahl kommt herein und kein Tier, um ihn zu zerreißen und zu fressen. Kein Zweifel, sein Sklave, von dem er in seinem Brief spricht, nahm seine Kleider weg und verließ ihn. Allein konnte er ihn nicht begraben. Da schaut her!« fuhr er fort, indem er sich bückte und einen seltsam geformten Knochen aufhob, der an einem Ende zu einer scharfen Spitze zurechtgeschabt war, »hier haben wir den ›gespaltenen Knochen‹, mit dem Silvestra seine Karte zeichnete.«

Einen Moment lang waren wir wie versteinert und vergaßen unsere eigene Misere bei diesem außergewöhnlichen und wie uns schien halb übernatürlichen Anblick.

»Ja, und das ist die Stelle, wo er seine Tinte herbekam«, sagte Sir Henry und deutete auf eine kleine Wunde am linken Arm des Doms. »Hat je ein Mensch so etwas schon vorher gesehen?«

Da bestand an dem Hergang, der mich – ich gestehe es – persönlich sehr erregte, kein Zweifel mehr. Hier saß er, der Tote, dessen Vorschriften, vor etwa zehn Generationen niedergeschrieben, uns an diesen Ort geführt hatten. Hier in meiner eigenen Hand lag die rohe Feder, mit der er sie geschrieben hatte, und um seinen Hals hing das Kruzifix, das seine sterbenden Lippen küßten. Wie ich so auf ihn starrte, konnte meine Phantasie diese ganze dramatische Szene rekonstruieren, wie sich der sterbende Wanderer, von Hunger und Kälte gepeinigt, doch mühte, der Welt das große Geheimnis mitzuteilen, das er entdeckt hatte: – die schreckliche Einsamkeit seines Todes, deren Zeuge hier vor uns saß. Mir schien es sogar, als ob ich in seinen scharfgeschnittenen Zügen eine Ähnlichkeit mit denen meines armen Freundes Silvestre entdeckte, seines Nachkommen, der vor zwanzig Jahren in meinen Armen gestorben war. Aber vielleicht war das Einbildung.

Auf alle Fälle, da saß er, eine düstere Mahnung des Schicksals, das so oft jene ereilt, die in das Unbekannte eindringen wollen. Und er wird zweifellos in noch ungeborenen Jahrhunderten hier sitzen, gekrönt von der erhabenen Majestät des Todes, und die Augen von Wanderern wie wir erschrecken, falls je welche kommen sollten, seine Einsamkeit zu stören. Dies überwältigte uns, die wir selbst schon beinahe vor Kälte und Hunger umkamen.

»Gehen wir«, sagte Sir Henry mit leiser Stimme, »wartet, wir werden ihm einen Gefährten geben«, und er hob den Körper des toten Hottentotten Ventvögel hoch und legte ihn neben den alten Dom. Dann beugte er sich nieder, und mit einem Ruck riß das morsche Band, an dem das Kruzifix um Silvestras Hals hing, denn die Finger waren vor Kälte zu steif, um auch nur den Versuch zu machen, es aufzuknüpfen. Ich glaube, daß er es heute noch hat. Ich nahm die Feder an mich, und sie liegt vor mir, während ich schreibe – zuweilen unterschreibe ich auch mit ihr.

Dann ließen wir diese zwei, den stolzen Weißen aus einem vergangenen Jahrhundert und den armen Hottentotten, zurück, inmitten des ewigen Schnees ewige Wache zu halten. Wir krochen aus der Höhle in die willkommene Sonne und nahmen unseren Weg wieder auf, im stillen gespannt, wie viele Stunden es dauern würde, bis wir ebenso weit waren wie sie.

Als wir über eine halbe Meile marschiert waren, kamen wir an den Rand des Plateaus, denn die Brustwarze des Berges wuchs nicht genau aus der Mitte empor, wenn es auch von der Wüste her so ausgeschaut hatte. Was unter uns lag, konnten wir nicht sehen, denn die Landschaft war in wogende Morgennebel gehüllt.

Bald jedoch verzogen sich die höheren Nebelschichten ein wenig und gaben etwa fünfhundert Yards unter uns den Blick auf einen Fleck grünen Grases am Rande des langen Schneestreifens frei, der von einem Bach durchflossen war. Das war aber nicht alles. Am Bach stand und lag eine Gruppe von zehn bis fünfzehn großen Antilopen, die sich in der hellen Sonne sonnten. Was es für eine Gattung war, konnten wir auf diese Entfernung nicht ausmachen.

Dieser Anblick erfüllte uns mit unbeschreiblicher Freude.

Wenn wir an sie herankommen konnten, gab es Nahrung in Hülle und Fülle. Aber die Frage war, wie.

Die Tiere waren volle sechshundert Yards weg, ein sehr weiter Schuß und einer, auf den es ankam, denn unser Leben hing vom Erfolg ab.

Schnell hielten wir Kriegsrat, ob es ratsam wäre, zu versuchen, sich heranzupirschen, doch widerwillig ließen wir diesen Plan fallen. Erstens war der Wind nicht günstig, und wir mußten außerdem sicher sein, daß wir bemerkt würden, so vorsichtig wir auch immer wären. Wir standen gegen den blendenden Hintergrund des Schnees, den wir zu überqueren hatten.

»Da hilft nichts, wir müssen es von hier, wo wir sind, versuchen«, meinte Sir Henry. »Welche nehmen wir, Quatermain, die Repetiergewehre oder die Expreß?«

Wieder ein Problem. Die Winchester-Repetierer, von denen wir zwei hatten, Umbopa trug seine wie die des armen Ventvögel, waren auf tausend Yards visiert, während die Expreß nur auf dreihundertfünfzig Yards eingerichtet waren; über diese Distanz hinaus mußte man mit diesen mehr oder weniger auf ›Verdacht‹ schießen. Andererseits, wenn sie trafen, waren die Expreß-Kugeln, die explodierten, viel geeigneter, das Wild zur Strecke zu bringen. Es war eine knifflige Frage, aber ich vertrat die Meinung, wir müßten es riskieren und die Expreß nehmen.

»Jeder nimmt den Bock, der ihm am nächsten steht. Zielt gut aufs Schulterblatt und kommt hoch ab«, sagte ich; »und du, Umbopa, gibst das Zeichen, damit wir gleichzeitig feuern.«

Dann kam eine Pause, jeder zielte aufs sorgfältigste, wie man es eben macht, wenn man weiß, daß das eigene Leben von dem Schuß abhängt.

»Feuer«, kommandierte Umbopa auf Zulu, und beinahe im gleichen Augenblick brüllten die drei Büchsen auf; drei Rauchwölkchen hingen für einen Moment vor uns, und ein hundertfaches Echo flog über den schweigenden Schnee. Der Rauch verzog sich schnell, und – o Freude – ein großer Bock lag auf dem Rücken und schlug im Todeskampf um sich. Wir stießen ein Triumphgeheul aus – wir waren gerettet – wir würden nicht verhungern. Matt wie wir waren, stürmten wir dennoch den dazwischen liegenden Schneehang hinunter, und zehn Minuten, nachdem die Schüsse gefallen waren, lagen Herz und Leber des Tieres vor uns. Jetzt tauchte eine neue Schwierigkeit auf; wir hatten kein Brennmaterial und konnten deshalb kein Feuer zum Kochen machen. Wir sahen uns bestürzt an.

»Menschen am Verhungern sollten nicht heikel sein«, meinte Good, »wir müssen das Fleisch roh essen.«

Einen anderen Ausweg aus unserem Dilemma gab es nicht, und unser nagender Hunger machte den Vorschlag weniger widerwärtig, als er es sonst gewesen wäre. So nahmen wir Herz und Leber und gruben sie für ein paar Minuten in einen Schneeflecken ein, um sie abzukühlen. Dann wuschen wir sie in dem eiskalten Wasser des Baches und aßen sie schließlich gierig.

Es klingt scheußlich genug, aber ehrlich, ich genoß nie so etwas Gutes wie dieses rohe Fleisch. Innerhalb einer Viertelstunde waren wir andere Menschen. Leben und Energie kehrten in uns zurück, unsere schwachen Pulse schlugen wieder kräftig, und das Blut strömte wieder durch unsere Adern. Jedoch eingedenk der Folgen, wenn man ausgehungerte Mägen überfüttert, waren wir darauf bedacht, nicht zuviel zu essen, und hörten auf, obgleich wir noch Hunger hatten.

»Gott sei gedankt!« sagte Sir Henry, »dieses Tier hat unsere Leben gerettet. Was ist es für eines, Quatermain?«

Ich stand auf und ging hin, um mir die Antilope anzuschauen, denn ich war meiner nicht sicher. Sie hatte ungefähr die Größe eines Esels, mit langen, gekrümmten Hörnern. Ich hatte bisher keine ähnliche gesehen, diese Gattung war mir neu. Sie war von brauner Farbe mit schwachen roten Streifen und trug ein dickes Fell. Ich erfuhr später, daß die Eingeborenen dieses wunderbaren Landes diese Böcke ›inco‹ nannten. Sie waren sehr selten und nur in großen Höhen zu finden, wo kein anderes Wild lebte. Dieses Tier war waidgerecht hoch oben in die Schulter geschossen, obwohl wir nicht feststellen konnten, wessen Kugel es war, die es zur Strecke gebracht hatte. Ich glaube, Good schrieb, in Erinnerung an seinen unglaublichen Schuß auf die Giraffe, im geheimen auch diesen Treffer auf sein Konto, und wir widersprachen ihm nicht.

Bislang waren wir mit der Befriedigung unseres Hungers so beschäftigt gewesen, so daß wir keine Zeit gefunden hatten, uns umzusehen. Aber nun inspizierten wir unsere Umgebung, nachdem wir Umbopa beauftragt hatten, so viel von dem besten Fleisch herauszuschneiden, wie wir wahrscheinlich mitnehmen konnten. Der Nebel war verschwunden, denn es war acht Uhr und die Sonne hatte ihn geschluckt. So war es möglich, die ganze Gegend vor uns auf den ersten Blick aufzunehmen. Ich weiß nicht, wie ich dieses herrliche Panorama, wie es sich unseren Blicken enthüllte, in Worte kleiden soll. Ich habe Ähnliches nie gesehen, noch werde ich es je wieder sehen, nehme ich an.

Hinter und über uns türmten sich Shebas schneeweiße Brüste, und unter uns, etwa fünftausend Fuß tiefer, lag Seemeile um Seemeile des lieblichsten Flachlandes. Da lagen weite Strecken Hochwald, da wand ein großer Fluß sein silbernes Band.

Links dehnte sich eine riesige Ebene fruchtbaren welligen veldts oder Graslandes, auf der wir sogar große Herden von Wild oder Vieh ausmachen konnten; was es war, konnten wir auf diese große Entfernung nicht sagen. Diese Ebene schien von einer Mauer ferner Berge begrenzt zu werden. Rechts war das Land mehr oder weniger bergig, aus seiner Ebene ragten einzelne Hügel empor, dazwischen waren Strecken kultivierten Landes, mitten darin konnten wir Gruppen von kuppelförmigen Hütten sehen.

Die Landschaft lag wie eine Karte vor uns, in der die Flüsse wie silberne Schlangen aufblitzten und alpenähnliche Gipfel, von abenteuerlich gewundenen Schneekränzen gekrönt, sich in feierlicher Erhabenheit erhoben, während über allem das heitere Sonnenlicht lag und der Hauch des glücklichen Lebens der Natur.

Zwei merkwürdige Dinge fielen uns auf, als wir uns umschauten. Erstens, daß das Land vor uns mindestens dreitausend Fuß höher liegen mußte als die Wüste, die wir durchquert hatten, und zweitens, daß alle Flüsse von Süden nach Norden flossen. Wie wir aus schmerzlicher Erfahrung wußten, gab es auf dem ganzen südlichen Abhang der riesigen Bergkette, auf der wir standen, kein Wasser. Auf der Nordseite hingegen waren viele Wasserläufe, die sich mit dem großen Fluß zu vereinen schienen, dem wir weiter mit unseren Gedanken als mit unseren Blicken folgen konnten, wie er sich dahinschlängelte.

Wir setzten uns einen Augenblick und schauten schweigend auf diese wundervolle Landschaft. Auf einmal begann Sir Henry zu sprechen.

»Steht da auf der Landkarte nicht etwas von Salomons Großer Straße?« fragte er.

Ich nickte, während meine Augen noch über die weite Gegend schweiften.

»Na seht, da ist sie!« und er zeigte ein wenig nach rechts.

Good und ich folgten seinem Hinweis, und richtig, da, sich zur Ebene hin windend, war etwas, das eine breite Chaussee zu sein schien. Wir hatten sie anfangs nicht gesehen, da sie, sobald sie die Ebene erreichte, hinter einem zerklüfteten Land verschwand.

Wir sagten gar nichts, wenigstens nicht viel, wir verlernten langsam das Wundern. Irgendwie fanden wir es keineswegs besonders unnatürlich, daß wir in diesem merkwürdigen Land eine Art Römerstraße finden sollten. Wir registrierten die Tatsache, das war alles.

»Na«, sagte Good, »allzuweit kann es nicht hin sein, wenn wir hier rechts abschneiden. Wäre es nicht besser, wir brechen auf?«

Das war ein gesunder Vorschlag, und sobald wir unsere Gesichter und Hände in dem Bach gewaschen hatten, handelten wir danach. Etwa über eine Meile nahmen wir unseren Weg über Geröllhalden und Schneeflecken, bis plötzlich die Straße zu unseren Füßen lag, als wir die Spitze einer kleinen Anhöhe erreicht hatten. Es war eine prächtige Straße, aus dem festen Felsen herausgehauen, mindestens fünfzig Fuß breit und offenbar gut erhalten; doch das seltsame daran war, daß sie hier ihren Anfang zu nehmen schien. Wir stiegen hinunter und standen auf ihr, aber einige hundert Schritte hinter uns war sie in Richtung von Shebas Brüsten verschwunden, die gesamte Oberfläche des Berges war mit Geröllblöcken überstreut, dazwischen verstreut Flecke mit Schnee.

»Was halten Sie davon, Quatermain?« fragte Sir Henry.

Ich schüttelte den Kopf, ich konnte mir keinen Reim darauf machen.

»Ich hab's!« rief Good, »die Straße führt geradewegs über die Bergkette und auf der anderen Seite quer durch die Wüste. Aber der Sand hat sie zugeweht, und da über uns ist sie bei irgendeinem Vulkanausbruch von der geschmolzenen Lava zerstört worden.«

Das schien eine gute Erklärung; jedenfalls akzeptierten wir sie und stiegen den Berg weiter hinab. Das war ein ganz anderes Geschäft, mit vollen Mägen auf dieser ausgezeichneten Straße den Hügel hinunter zu marschieren, immer bergab, als gänzlich ausgehungert und halb erfroren über den Schnee bergauf zu walzen. Wirklich, wäre nicht die Erinnerung an das traurige Schicksal des armen Ventvögel gewesen und an diese schreckliche Höhle, wo er dem alten Dom Gesellschaft leistete, wir hätten uns restlos glücklich gefühlt, ungeachtet der Ahnung von unbekannten Gefahren, die vor uns lagen. Mit jeder Meile, die wir vorwärts kamen, wurde die Atmosphäre weicher und balsamischer, und die Gegend vor uns strahlte in noch leuchtenderer Schönheit. Was die Straße selbst betrifft, nie sah ich ein solches Werk der Ingenieurkunst, obwohl Sir Henry behauptete, daß die große Straße über den St. Gotthard in der Schweiz ihr sehr ähnlich sei. Keine Schwierigkeit war für den Ingenieur des Altertums, der sie ausführte, zu groß gewesen. An einer Stelle kamen wir zu einer mindestens dreihundert Fuß breiten und hundert Fuß tiefen Schlucht. Dieser riesige Abgrund war tatsächlich mit enormen Blöcken behauener Steine aufgefüllt, die an der Sohle von Bögen durchbrochen waren, um dem Wasser den Weg freizuhalten. Die Straße führte darüber hinweg, eine großartige Leistung. An einer anderen Stelle war sie am Rande eines fünfhundert Fuß tiefen Abgrundes in Serpentinen herausgehauen, und an einer dritten durchstieß sie in einer Breite von dreißig Fuß oder mehr in einem Tunnel den Sockel eines dazwischenliegenden Gebirgskammes.

Hier bemerkten wir, daß die Tunnelwände mit seltsamen Gemälden bedeckt waren; die meisten von ihnen stellten gepanzerte Gestalten dar, die auf Kriegswagen fuhren. Eine von besonderer Schönheit stellte eine ganze Schlachtszene mit einem Zug Gefangener dar, die in der Ferne abgeführt wurden.

»Na«, sagte Sir Henry nach der Betrachtung dieses antiken Kunstwerkes, »ausgezeichnet, sie Salomons Straße zu nennen, aber meiner bescheidenen Meinung nach sind die Ägypter hier gewesen, bevor Salomons Leute ihren Fuß hierher gesetzt haben. Wenn das nicht ägyptische oder phönizische Handarbeit ist, muß ich sagen, daß sie ihr sehr ähnlich ist.«

Bis Mittag waren wir den Berg so weit hinabgestiegen, daß wir in eine Gegend kamen, in der es Holz gab. Erst stießen wir auf verstreute Büsche, die immer häufiger wurden, bis sich die Straße schließlich durch ein riesiges Gehölz von Silberbäumen wand, ähnlich jenen an den Hängen des Tafelberges bei Kapstadt. Ich habe sie auf all meinen Jagdreisen außer am Kap nirgends angetroffen, und ihr Vorhandensein hier setzte mich ungemein in Erstaunen.

»Ha, hier gibt's eine Menge Holz, laßt uns halt machen und etwas zum Essen kochen; ich habe das rohe Fleisch fast verdaut«, sagte Good, indem er diese leuchtend belaubten Bäume voll offensichtlicher Begeisterung betrachtete.

Keiner wandte etwas dagegen ein; so verließen wir die Straße und schlugen den Weg zu einem Bach ein, der nicht weitab murmelte. Bald brannte ein loderndes Feuer aus dürren Ästen. Wir schnitten einige nahrhafte Stücke von dem Fleisch des Inco ab, das wir mitgebracht hatten, und machten uns nach Kaffernart daran, sie am Ende scharfgespitzter Stöcke zu rösten. Mit Wohlbehagen verzehrten wir sie.

Nachdem wir uns vollgestopft hatten, zündeten wir unsere Pfeifen an und gaben uns einem Genuß hin, der, verglichen mit der vor kurzem erduldeten Not, beinahe himmlisch zu nennen war.

Der Bach, dessen Ufer mit dichten Massen einer riesigen Abart von Frauenhaarfarnen bewachsen war, dazwischen fedrigen Büschen von wildem Asparagus, schwatzte munter an unserer Seite dahin, die weiche Luft säuselte im Laub der Silberbäume, Tauben gurrten rundum, und Vögel mit glänzendem Gefieder blitzten gleich lebendigen Edelsteinen von Zweig zu Zweig. Es war ein Paradies.

Der Zauber des Platzes, verbunden mit dem Gefühl der überstandenen Gefahren und dem Bewußtsein, daß wir das verheißene Land doch erreicht hatten, schien uns in Schweigen zu verzaubern. Sir Henry und Umbopa saßen da und unterhielten sich in einem Gemisch von gebrochenem Englisch und Küchenzulu mit leiser Stimme, aber eifrig genug, und ich lag mit halb geschlossenen Augen auf diesem duftenden Bett von Farn und beobachtete sie.

Plötzlich vermißte ich Good und blickte mich um, zu sehen, was aus ihm geworden war. Bald entdeckte ich ihn, er saß am Rand des Baches, in dem er gebadet hatte. Er hatte nichts als sein Flanellhemd an, und als Sauberkeitsfanatiker war er emsig damit beschäftigt, aufs sorgfältigste Toilette zu machen. Er hatte seinen Guttapercha-Kragen gewaschen, Hosen, Rock und Weste gründlich ausgeschüttelt und war eben dabei, sie sauberlich zusammenzulegen, bis er fertig war, sie wieder anzuziehen. Traurig schüttelte er dabei seinen Kopf über die zahlreichen Risse und Löcher, die eine ganz natürliche Folge unseres schrecklichen Marsches waren. Dann nahm er seine Stiefel, scheuerte sie mit einer Handvoll Farn ab und rieb sie schließlich mit einem Stück Fett ein, das er sorgsam vom Inco-Fleisch aufbewahrt hatte, bis sie verhältnismäßig passabel aussahen. Nachdem er sie kritisch durch sein Monokel beaugapfelt hatte, zog er sie an und begann eine neue Prozedur. Aus einem kleinen Beutel, den er mit sich führte, brachte er einen Taschenkamm hervor, in dem ein kleiner Spiegel befestigt war, und in diesem musterte er sich. Offensichtlich war er unzufrieden, denn er begann mit großer Sorgfalt sein Haar zu kämmen. Dann folgte wieder eine Pause, in der er das Ergebnis überprüfte; noch immer war er nicht zufriedengestellt. Er befühlte sein Kinn, das jetzt das wuchernde Gestrüpp eines zehn Tage alten Bartes zierte.

›Bestimmt wird er nicht versuchen, sich zu rasieren‹, dachte ich. Aber er tat es. Er nahm das Stück Fett, mit dem er seine Stiefel eingeschmiert hatte, und wusch es sorgfältig im Bach ab. Dann griff er wieder in den Beutel und zog ein kleines Rasiermesser mit einem Schutz heraus, so wie sie Leuten verkauft werden, die Angst haben, sich zu schneiden, oder an solche, die im Begriff sind, eine Seereise zu unternehmen. Dann rieb er Gesicht und Kinn kräftig mit dem Fett ein und begann. Offensichtlich war es eine schmerzhafte Prozedur, denn er stöhnte sehr viel dabei; ich aber lachte mich innerlich krank, wie ich ihn bei seinem Kampf gegen den Stoppelbart beobachtete. Es mutete aber auch zu merkwürdig an, daß sich ein Mensch an solch einem Ort und unter solchen Verhältnissen die Mühe machte, sich zu rasieren. Endlich hatte er mit der Beseitigung des ärgsten Gestrüpps auf der rechten Wange und am Kinn Erfolg als ich, der ich ihn beobachtete, plötzlich eines Lichtblitzes gewahr wurde, der direkt an seinem Kopf vorbeizischte. Good sprang mit einem lästerlichen Ruf auf – wäre es kein Sicherheitsrasiermesser gewesen, hätte er sich bestimmt die Kehle durchgeschnitten – und ich genauso, ohne Geschrei. Was sah ich: nicht mehr als zwanzig Fuß von mir und zehn von Good stand eine Gruppe Männer. Sie waren sehr groß und kupferfarben, einige von ihnen trugen große Büsche aus schwarzen Federn und kurze Mäntel aus Leopardenfell. Das war alles, was ich in diesem Moment registrieren konnte. Vor ihnen stand ein Jüngling von etwa siebzehn Jahren, seine Hand noch erhoben und seinen Körper nach vorne geneigt, in der Stellung einer griechischen Statue von einem Speerwerfer. Der Lichtblitz stammte ganz klar von einer Waffe, die er geschleudert hatte. Da erblickte ich einen alten, soldatisch aussehenden Mann, der sich aus der Gruppe löste, den Jüngling beim Arm faßte und etwas zu ihm sagte. Dann kamen sie auf uns zu. Sir Henry, Good und Umbopa hatten mittlerweile ihre Gewehre ergriffen und hoben sie drohend. Die Schar der Eingeborenen kam jedoch näher. Da fiel mir ein, daß sie nicht wissen konnten, was Gewehre waren, denn sonst würden sie diese nicht so mit Verachtung übersehen haben.

»Setzt eure Gewehre ab«, schrie ich den anderen zu, denn mir war klar, daß unsere einzige Chance der Sicherheit in einer Vermittlung lag. Sie gehorchten, und, nach vorne tretend, wandte ich mich an den älteren Mann, der den Jüngling gezügelt hatte.

»Gruß euch«, sagte ich auf Zulu, da ich nicht wußte, welche Sprache zu gebrauchen war. Zu meiner Überraschung wurde ich verstanden.

»Gruß euch«, antwortete der Mann zwar nicht in der gleichen Zunge, aber in einem Dialekt, der so nahe damit verwandt war, daß weder Umbopa noch ich irgendeine Schwierigkeit hatten, ihn zu verstehen. In der Tat, wie wir später feststellten, die Sprache dieses Volkes war eine altertümliche Form des Zulu, die etwa die gleiche Verwandtschaft zu ihr hatte wie das Englisch von Chaucer zum Englisch des 19. Jahrhunderts.

»Woher kommt ihr?« fuhr er fort, »wer seid ihr? Und warum sind die Gesichter dreier von euch weiß und das Gesicht des vierten wie das Gesicht von unserer Mütter Söhne?« und er zeigte auf Umbopa. Ich sah auf Umbopa, als er das sagte, und es durchzuckte mich: er hatte recht. Das Gesicht von Umbopa ähnelte den Gesichtern der Männer vor uns, und so ähnelte seine große Gestalt ihren Figuren. Ich hatte jedoch keine Zeit, über diese Übereinstimmung nachzudenken.

»Wir sind Fremde und kommen in Frieden«, antwortete ich, wobei ich sehr langsam sprach, so daß er die Möglichkeit hatte, mich zu verstehen, »und dieser Mann ist unser Diener.«

»Ihr lügt«, erwiderte er; »keine Fremden können dieses Gebirge überqueren, wo alle Wesen umkommen. Aber was tun deine Lügen zur Sache; wenn ihr Fremde seid, dann müßt ihr sterben, denn keine Fremden dürfen im Land der Kukuanas leben. Das ist des Königs Gesetz. Bereitet euch also vor, zu sterben, o Fremde!«

Ich zuckte unmerklich zusammen, zumal ich sah, daß sich die Hände einiger der Männer an ihre Hüften hinunterstahlen, wo bei jedem etwas hing, das einem großen und schweren Messer ähnelte.

»Was sagt der Kerl?« fragte Good.

»Er sagt, wir sind im Begriff, getötet zu werden«, antwortete ich grimmig.

»O Gott!« stöhnte Good; und wie es seine Art war, wenn er perplex war, legte er die Hand an sein falsches Gebiß, zog die obere Reihe herunter und ließ sie mit einem Knacks wieder in den Kiefer zurückspringen. Das war eine höchst glückliche Bewegung, denn in der nächsten Sekunde stieß der würdevolle Haufen der Kukuanas einen gellenden Schrei des Schreckens aus und retirierte einige Yards.

»Was ist los?« rief ich.

»Seine Zähne«, wisperte Sir Henry aufgeregt. »Er bewegte sie. Nimm sie heraus, Good, nimm sie heraus!«

Dieser gehorchte und steckte das Gebiß in den Ärmel seines Flanellhemdes. In der nächsten Sekunde hatte die Neugierde die Furcht überwunden, und die Männer näherten sich wieder langsam. Anscheinend hatten sie ihre liebenswürdige Absicht, uns zu töten, nicht aufgegeben.

»Wie kommt es, o Fremde«, fragte der Alte feierlich, »daß dieser dicke Mann (er zeigte auf Good, der nichts trug als Stiefel und Flanellhemd sowie seine Rasur nur halb beendet hatte), dessen Körper bekleidet und dessen Beine nackt sind, dem auf der einen Seite seines kränklichen Gesichtes Haare wachsen und auf der anderen nicht und der ein leuchtendes und durchsichtiges Auge trägt – wie kommt es, frage ich, daß er Zähne hat, die sich selbst bewegen, sich aus den Kiefern entfernen und nach ihrem eigenen Willen wieder zurückkehren?«

»Machen Sie den Mund auf«, sagte ich zu Good, der prompt seine Lippen kräuselte, den alten Gentleman grimmig wie eine böse Dogge angrinste und dabei seinem erstaunten Blick zwei schmale Linien aus Gummi wies, so völlig ohne Elfenbein wie bei einem jungen Elefanten. Die Zuschauer atmeten beklommen.

»Wo sind seine Zähne?« schrien sie, »wir haben sie mit unseren Augen gesehen.«

Langsam wandte Good seinen Kopf, und mit einer Gebärde unaussprechlicher Verachtung streifte er mit der Hand über seinen Mund. Dann grinste er wieder, und siehe, da standen zwei Reihen entzückender Zähne. Der junge Mensch, der das Messer geschleudert hatte, warf sich ins Gras und machte sich durch ein nicht enden wollendes Schreckensgeschrei Luft, und was den alten Gentleman betrifft, dem zitterten die Knie vor Angst.

»Ich sehe«, stammelte er, »ihr seid Geister. Wurde je ein Mann von einem Weibe geboren, der Haare auf der einen Seite seines Gesichtes hat und auf der anderen nicht, oder ein rundes, durchsichtiges Auge, oder Zähne, welche sich bewegen, verschwinden und wieder wachsen? Verzeiht uns, o Herren.«

Das war in der Tat Glück, und, unnötig zu sagen, ich packte die Gelegenheit beim Schopf.

»Gewährt«, sagte ich mit einem Herrscherlächeln. »Nein, vielmehr, ihr sollt die Wahrheit erfahren. Wir kommen von einer anderen Welt, obgleich wir Menschen sind wie ihr; wir kommen«, fuhr ich fort, »von dem größten Stern, welcher nachts scheint.«

»Oh! Oh!« stöhnte der Chor der verblüfften Ureinwohner.

»Ja«, setzte ich meine Rede fort, »so ist es in der Tat«, und wieder lächelte ich gütig, als ich diese in Staunen setzende Lüge aussprach. »Wir kommen, um kurze Zeit bei euch zu bleiben, und segnen euch durch unseren Aufenthalt. Ihr werdet sehen, o Freunde, daß ich mich auf diesen Besuch vorbereitet und euere Sprache erlernt habe.«

»So ist es, so ist es«, klang es im Chor.

»Nur, gnädiger Herr«, fiel mir der alte Gentleman ins Wort, »du hast sie sehr schlecht gelernt.«

Ich warf ihm einen unwilligen Blick zu, und er erbebte.

»Jetzt, Freunde«, fuhr ich fort, »ihr könnt euch denken, daß wir nach einer so langen Reise so einen Empfang zu rächen gewillt sein könnten, vielleicht sogar kurzerhand die ruchlose Hand kaltblütig in den Tod zu stoßen, die ein Messer nach einem von uns warf, dessen Zähne kommen und gehen.«

»Schont ihn, gnädige Herren, er ist des Königs Sohn, und ich bin sein Onkel«, bat der Alte demütig. »Wenn ihm etwas zustößt, wird sein Blut aus meinen Händen gefordert.«

»Ja, das ist bestimmt so«, setzte der junge Mann mit großem Nachdruck hinzu.

»Ihr mögt vielleicht unsere Macht, Rache zu üben, anzweifeln«, fuhr ich fort, ohne dieses Zwischenspiel zu beachten. »Bleibt, ich werde es euch zeigen. Hierher, du Hund und Sklave (ich wandte mich dabei mit einem grausamen Ton an Umbopa), gib mir meine Zauberröhre, die spricht«; und ich zwinkerte mit den Augen in Richtung meiner Expreß-Büchse.

Umbopa erwies sich der Lage gewachsen. Mit einem Gesichtsausdruck, der einem Grinsen ähnelte, wie ich es immer auf seinem würdevollen Gesicht sah, reichte er mir das Gewehr.

»Hier ist sie, o gnädiger Herr der gnädigen Herren«, sagte er mit einer tiefen Verbeugung.

Nun hatte ich gerade bevor ich meine Büchse verlangte, eine kleine Klippspringer-Antilope ausgemacht, die etwa siebzig Yards entfernt auf einem Felshaufen stand, und ich entschloß mich, den Schuß zu riskieren. »Ihr seht den Bock«, sagte ich zu der Schar vor mir und zeigte auf das Tier. »Sagt, ist es einem Menschen, von einem Weib geboren, möglich, es von hier aus durch Geräusch zu töten?«

»Das ist unmöglich, gnädiger Herr«, antwortete der Alte.

»So werde ich es töten«, sagte ich ruhig.

Der Alte lächelte.

»Das, gnädiger Herr, kannst du nicht«, erwiderte er.

Ich hob das Gewehr und zielte auf den Bock. Es war ein

kleines Tier, eines, das einen Fehlschuß entschuldigt, aber ich wußte, daß ich es nicht verfehlen würde.

Ich holte tief Luft und zog langsam den Abzug durch. Der Bock stand ruhig wie ein Stein.

»Päng! Pfft!« Die Antilope sprang in die Luft und fiel, wie vom Blitz getroffen, tot auf den Felsen.

Wie aus einem Mund stöhnte die Gruppe vor uns vor Schrecken auf.

»Wenn Ihr Fleisch braucht, geht und holt den Bock«, bemerkte ich gelassen.

Der Alte gab ein Zeichen; einer seiner Gefährten entfernte sich, und kurz darauf kehrte er mit dem Klippspringer zurück. Mit Genugtuung stellte ich fest, daß ich ihn sauber hinter der Schulter getroffen hatte. Sie versammelten sich um den armen Tierkadaver und starrten bestürzt auf das Kugelloch.

»Ihr seht«, sagte ich, »ich spreche keine leeren Worte.«

Niemand antwortete.

»Falls ihr unsere Macht noch anzweifelt, soll sich einer von euch auf diesen Felsen stellen, und ich werde es mit ihm wie mit dem Bock machen«, fuhr ich fort.

Keiner von ihnen allen schien Lust zu haben, diesen Wink aufzunehmen, bis schließlich der Sohn des Königs sprach.

»Gut gesprochen. Los, mein Onkel, geh, stelle dich auf den Felsen. Es ist bloß ein Bock, den der Zauber getötet hat. Sicher kann er keinen Mann töten.«

Der Alte nahm den Vorschlag nicht gut auf. Er schien tatsächlich verletzt.

»Nein! Nein!« stieß er hastig hervor, »meine alten Augen haben genug gesehen. Es sind Zauberer, wahrlich. Laßt sie uns zum König führen. Doch wenn einer eine weitere Probe wünschen sollte, soll er sich auf den Felsen stellen, damit die Zauberröhre mit ihm sprechen mag.«

Das aber lehnten sie alle hastig und völlig einen Sinnes ab.

»Laßt guten Zauber nicht unsere armen Körper zerstören«, sagte einer, »wir sind zufrieden. Die ganze Zauberkraft unseres Volkes kann nichts Ähnliches zeigen.«

»So ist es«, bemerkte der alte Gentleman mit tief empfundener Erleichterung, »ohne Zweifel ist es so. Hört, Kinder vom Stern, Kinder des leuchtenden Auges und der beweglichen Zähne, die laut mit Donner herausbrüllen und von ferne erschlagen. Ich bin Infadoos, Sohn von Kafa, einst König des Kukuanavolks. Dieser Jüngling ist Scragga*.«

»Mich hat er beinahe umgebracht«, murrte Good.

»Scragga, Sohn des Twala, des mächtigen Königs – Twala, Gatte von tausend Frauen, Oberhaupt und Oberherr der Kukuanas, Wächter der Großen Straße, Schreck seiner Feinde, Gelehrter der Schwarzen Künste, Führer von hunderttausend Kriegern, Twala der Einäugige, der Schwarze, der Schreckliche.«

»So führe uns denn zu Twala. Wir sprechen nicht mit niederem Volk und Untertanen«, sagte ich hochmütig.

»Es ist gut, gnädige Herren, wir werden euch führen; aber der Weg ist weit. Wir jagen drei Tagereisen von des Königs Stadt. Die gnädigen Herren mögen deshalb Geduld haben, und wir werden sie führen.«

»Schon gut«, sagte ich nachlässig; »alle Zeit ist vor uns, denn wir sind unsterblich. Wir sind bereit; geh voran. Aber Infadoos, und du, Scragga, hütet euch! Spielt uns keine ärgerlichen Possen, stellt uns keine Fallen, denn ehe euer Hirn aus Lehm daran gedacht hat, werden wir sie kennen und rächen. Das Licht des durchsichtigen Auges von ihm mit den nackten Beinen und dem halb behaarten Gesicht wird euch vernichten und euer Land durcheilen; seine verschwindenden Zähne werden sich in euch schlagen und euch auffressen, euch und eure Weiber und Kinder; die Zauberröhre wird laut mit euch sprechen und Siebe aus euch machen. Hütet euch!«

Diese prächtige Ansprache verfehlte nicht ihre Wirkung. Freilich war sie kaum mehr nötig gewesen, so tief waren unsere Freunde bereits von unserer Macht beeindruckt.

Der Alte machte eine tiefe Verbeugung und murmelte die Worte »Koom! Koom!«, die, wie wir später erfuhren, ihr Kö-

---

* Ein Wortspiel: scrag heißt ›würgen‹. – *Der Übersetzer*

nigsgruß waren, entsprechend dem Bayete der Zulu. Dann drehte er sich um und sprach zu seinen Gefährten. Diese machten sich auf einmal daran, unser gesamtes Hab und Gut aufzunehmen, um es zu tragen, lediglich unsere Gewehre ausgenommen, die sie unter keinen Umständen berührt hätten. Sie bemächtigten sich selbst der Kleider Goods, die, wie sich der Leser erinnern kann, weitab von ihm sauber zusammengefaltet lagen. Er sah es und sprang auf sie zu. Eine laute Auseinandersetzung folgte.

»Du läßt sie nicht anfassen, gnädiger Herr des durchsichtigen Auges und der verschwindenden Zähne«, sagte der Alte, »gewiß soll dein Sklave diese Dinge tragen.«

»Aber ich möchte sie anziehen!« röhrte Good gereizt auf englisch.

Umbopa übersetzte.

»O nein«, antwortete Infadoos; »will mein gnädiger Herr seine schönen weißen Beine vor den Augen seiner Diener verbergen? Haben wir den gnädigen Herrn beleidigt, weil er so etwas tun will?« (Obwohl er so dunkel war, hatte Good eine ungewöhnlich weiße Haut.)

Jetzt platzte ich beinahe vor Lachen; inzwischen machte sich einer der Männer mit den Kleidern auf den Weg.

»Verdammt noch mal!« brüllte Good, »dieser schwarze Schurke hat meine Hosen mitgenommen!«

»Schau her, Good«, mischte sich Sir Henry ein; »du bist in diesem Land in einer bestimmten Aufmachung aufgetreten, und dementsprechend mußt du weiterleben. Es würde sich für dich nicht mehr schicken, wieder Hosen anzuziehen. Von nun an mußt du in einem Flanellhemd, in ein Paar Stiefeln und mit dem Monokel existieren.«

»Ja«, sagte ich, »und mit einem Backenbart auf der einen Seite Ihres Gesichts und nicht auf der anderen. Wenn Sie etwas davon ändern, werden die Leute glauben, wir sind Betrüger. Es tut mir leid für Sie, aber im Ernst, Sie müssen. Wenn sie erst einmal zu zweifeln beginnen, wird unser Leben keinen Heller mehr wert sein.«

»Glaubt ihr wirklich?« fragte Good verdrießlich.

»Ja freilich. Ihre ›schönen weißen Beine‹ und Ihr Monokel

sind jetzt die charakteristischen Merkmale unserer Gruppe, und wie Sir Henry sagt, dementsprechend müssen Sie auch leben. Seien Sie dankbar, daß Sie wenigstens Ihre Stiefel anbekommen haben und die Luft warm ist.«

Good seufzte und sagte keinen Ton mehr. Aber er brauchte vierzehn Tage, bis er sich an seinen neuen und spärlichen Anzug gewöhnt hatte.

8

Wir betreten Kukuana-Land

Den ganzen Nachmittag wanderten wir auf dem prächtigen Straßendamm entlang, der stetig nordwestwärts führte. Infadoos und Scragga gingen mit uns, ihre Gefährten marschierten etwa hundert Schritte voraus.

»Infadoos«, brach ich endlich das Schweigen, »wer baute diese Straße?«

»Gnädiger Herr, das geschah in alter Zeit, niemand weiß wie und wann, nicht einmal die weise Frau Gagool, die seit Generationen lebt. Wir sind nicht alt genug, um uns an ihren Bau zu erinnern. Kein Mensch kann heute mehr solche Straßen bauen, aber der König läßt kein Gras darauf wachsen.«

»Und von wem stammen die Schriften an den Wänden der Höhlen, durch die wir auf dieser Straße gekommen sind?« fragte ich, die Skulpturen, ägyptischen ähnlich, vor Augen, die wir gesehen hatten.

»Mein gnädiger Herr, die Hände, die diese Straße bauten, schrieben diese wunderbaren Schriften. Wir wissen nicht, wer sie schrieb.«

»Wann kam das Volk der Kukuana in dieses Land?«

»Mein gnädiger Herr, der Stamm kam hier herunter wie ein Sturmwind, vor Zehntausenden Monden, aus den großen Ländern, die dort drüben liegen«, und er zeigte nach Norden. »Sie konnten nicht weiter wegen des hohen Gebirges, das das Land einschließt, so melden es die alten Sagen unserer Väter, die auf uns, die Kinder, kamen, und so sagt Gagool, die Weise, die Hexenspürerin«, und wieder zeigte er auf die schneebedeckten Gipfel. »Zudem, das Land war gut, so ließen sie sich hier nieder, wurden stark und mächtig, und jetzt ist unsere Zahl ähnlich dem Sand am Meer. Wenn Twala, der König, seine Regimenter aufruft, bedecken die Federbüsche die Ebene, so weit eines Menschen Auge reichen kann.«

»Gegen wen kämpfen denn die Regimenter, da das Land doch von Gebirgen umgeben ist?«

»O nein, mein gnädiger Herr, gegen Norden ist das Land ja offen, und immer wieder stürmen Krieger in Wolken herunter aus einem Land, das wir nicht kennen, und wir erschlagen sie. Erst ein Drittel eines Menschenlebens ist es her, daß Krieg war. Viele Tausende starben dabei, aber wir vernichteten sie, die kamen, uns zu vernichten. Seit damals ist kein Krieg mehr gewesen.«

»Eure Krieger müssen doch der Speerruhe überdrüssig werden, Infadoos.«

»Oh, mein gnädiger Herr, es gab noch einen Krieg, kaum daß wir das Volk, das zu uns herunterkam, vernichtet hatten. Aber das war ein Bürgerkrieg. Hunde vernichteten Hunde.«

»Wie das?«

»Mein gnädiger Herr, der König, mein Halbbruder, hatte einen Bruder, bei der gleichen Geburt geboren und von dem gleichen Weib. Es ist nicht Sitte bei uns, mein gnädiger Herr, Zwillinge leben zu lassen; der Schwächere muß immer sterben. Doch die Mutter des Königs versteckte das schwächliche Kind, welches zuletzt geboren worden war, denn ihr Herz verlangte es. Und dieses Kind ist Twala der König. Ich bin sein Bruder, von einem anderen Weib geboren.«

»Na und?«

»Gnädiger Herr, Kafa, unser Vater, starb, als wir mannbar

wurden, und mein Bruder Imotu wurde an seiner Statt zum König ausgerufen. Er regierte eine Zeit und hatte einen Sohn von seiner Lieblingsfrau. Als das Kind drei Jahre alt war, kurz nach dem großen Krieg, da kein Mann säen noch ernten konnte, kam eine Hungersnot über das Land, und das Volk murrte wegen des Hungers und schaute um sich wie ein verhungernder Löwe, um etwas zu reißen. Damals tat Gagool, die weise und schreckliche Frau, die unsterblich ist, dem Volk kund: ›Der König Imotu ist kein König.‹ Zu dieser Zeit lag Imotu verwundet und krank in seinem Kraal und war nicht in der Lage, sich zu bewegen.

Damals ging Gagool in die Hütte, führte Twala heraus, meinen Halbbruder und Zwillingsbruder des Königs, den sie seit seiner Geburt in Höhlen und zwischen Felsen verborgen hatte, zog die ›moocha‹, das Lendentuch, herunter und zeigte dem Volk der Kukuanas das Symbol der heiligen Schlange, die sich um seine Mitte wand und durch welches der älteste Sohn des Königs bei der Geburt gekennzeichnet wird. Dazu schrie sie laut:

›Seht euren König, den ich euch für ebendiesen Tag gerettet habe!‹

Und das Volk, verrückt vor Hunger, bar seines Verstandes und in Unkenntnis der Wahrheit, schrie: ›Der König! Der König!‹ Freilich, ich wußte, daß dies nicht so war, denn Imotu, mein Bruder, war der ältere der Zwillinge und unser rechtmäßiger König. Da, im größten Tumult, kam Imotu, obgleich er schwer krank war, aus seiner Hütte herausgekrochen, an der Hand sein Weib und gefolgt von seinem kleinen Sohn Ignosi, das heißt in der Auslegung ›Der Blitz‹.

›Was soll der Lärm?‹ fragte er. ›Warum schreit ihr 'Der König! Der König!'?‹

Da eilte Twala, sein eigener Bruder, von derselben Mutter und in der gleichen Stunde geboren, zu ihm, packte ihn bei den Haaren und stach ihm mit seinem Messer ins Herz. Das Volk aber, wankelmütig wie es ist und stets bereit, die aufgehende Sonne anzubeten, klatschte in die Hände und schrie ›Twala ist König! Nun wissen wir, daß Twala König ist!‹«

»Und was wurde aus Imotus Frau und ihrem Sohn Ignosi? Tötete sie Twala auch?«

»Nein, mein gnädiger Herr. Als sie sah, daß ihr Herr und Gebieter tot war, packte die Königin ihr Kind mit einem Schrei und rannte davon. Zwei Tage später kamen sie zu einem Kraal, sehr hungrig, und niemand wollte ihr Milch oder Essen geben, jetzt, da ihr Herr, der König, tot war, denn alle Menschen hassen die, die vom Unglück geschlagen sind. Bei Einbruch der Nacht indes kroch ein kleines Kind, ein Mädchen, heraus und brachte ihr Korn zu essen. Und sie segnete das Kind und wandte sich mit ihrem Jungen dem Gebirge zu, bevor die Sonne wieder aufging. Dort muß sie umgekommen sein, denn niemand hat sie seither mehr gesehen, auch nicht das Kind Ignosi.«

»Wenn also dieses Kind Ignosi am Leben wäre, würde es der wahre König des Kukuanavolkes sein?«

»So ist es, mein gnädiger Herr; die heilige Schlange liegt rund um seine Lenden. Wenn er lebt, ist er König; aber ach! Er ist lange tot.«

»Seht, mein gnädiger Herr«, und Infadoos zeigte auf eine riesige Ansammlung von Hütten, eingezäunt, von einem breiten Wassergraben umschlossen, unter uns auf der weiten Ebene. »Seht, das ist der Kraal, wo die Frau von Imotu mit dem Kind Ignosi zum letztenmal gesehen worden ist. Hier werden wir heute nacht schlafen, das heißt«, fügte er unschlüssig hinzu, »falls die gnädigen Herren überhaupt auf dieser Erde schlafen.«

»Da wir bei den Kukuanas sind, mein guter Freund Infadoos, machen wir es auch wie die Kukuanas«, sagte ich hoheitsvoll und drehte mich schnell um, mit Good zu sprechen, der mürrisch hinter uns schritt. Er war vollauf damit beschäftigt, sein Flanellhemd am Flattern im Abendwind zu hindern – freilich ziemlich nutzlose Versuche. Zu meinem Erstaunen stieß ich dabei mit Umbopa zusammen, der ganz dicht hinter mir gegangen war und offensichtlich begierig jedes Wort meiner Unterhaltung mit Infadoos mitgehört hatte. Äußerst merkwürdig war sein Gesichtsausdruck, und er ließ mich an einen Menschen denken, der mit teilweisem

Erfolg bemüht war, etwas schon lange Vergessenes in seine Erinnerung zurückzuholen.

In dieser Zeit waren wir ein gutes Stück auf die unter uns liegende, wellenförmige Ebene zugeeilt. Das Gebirge, das wir überquert hatten, war nur mehr undeutlich hoch über uns zu sehen, und Shebas Brüste hatten sich fast völlig hinter milchigen Nebelschleiern versteckt. Immer lieblicher wurde die Landschaft, je weiter wir gingen. Die Vegetation war üppig, ohne tropisch zu sein, die Sonne schien glänzend und warm, aber nicht brennend; und eine milde Brise strich sanft über die duftenden Hänge des Gebirges. Fürwahr, dieses neue Land glich einem irdischen Paradies. Nie habe ich etwas Ähnliches gesehen an Schönheit, natürlichem Reichtum und Klima. Transvaal ist teilweise ein herrliches Land, aber nichts im Vergleich zum Kukuana-Land.

Infadoos hatte bei unserem Aufbruch einen Läufer losgeschickt, um die Bewohner des Kraals, welche unter seinem militärischen Befehl standen, von unserer Ankunft zu benachrichtigen. Dieser Mann war in einem ungewöhnlichen Tempo losgelaufen, einem Tempo, wie uns Infadoos erklärte, das er die ganze Strecke durchhalte, denn Laufen war eine Übung, die beim Volk eifrig betrieben wird.

Der Erfolg dieser Botschaft wurde jetzt offenbar. Als wir bis auf zwei Meilen an den Kraal herangekommen waren, konnten wir sehen, daß Kompanie hinter Kompanie von Männern durch seine Tore herausströmte und auf uns zu marschierte.

Sir Henry legte seine Hand auf meinen Arm und bemerkte, das sehe aus, als ob man sich auf einen heißen Empfang gefaßt machen könne. Etwas in seinem Ton erregte Infadoos Aufmerksamkeit.

»Seid unbesorgt, gnädige Herren«, sagte er eilig, »denn in meiner Brust wohnt keine Arglist. Das ist ein Regiment unter meinem Befehl und kommt auf meine Anweisung, euch zu grüßen.«

Ich nickte gelassen, obgleich mir nicht ganz wohl zumute war.

Ungefähr eine halbe Meile vor den Toren des Kraals stieg

das Gelände sanft gegen die Straße zu an, und hier stellten sich die Kompanien auf. Ein prächtiger Anblick, sie zu sehen; jede Kompanie rund dreihundert Mann stark, rückten sie in flottem Marschtempo mit blitzenden Speeren und wehenden Federbüschen den Abhang hoch und nahmen die befohlenen Plätze ein. Bis wir herankamen an den Hang, waren zwölf Kompanien, alles zusammen dreitausendsechshundert Mann, ausgerückt und hatten entlang der Straße Aufstellung genommen.

Kurz darauf kamen wir zur ersten Kompanie und hatten die prachtvollste Versammlung von Kriegern vor uns, die ich je gesehen habe. Es waren alles Männer in reifem Alter, meist Veteranen von etwa Vierzig, und nicht einer von ihnen war kleiner als sechs Fuß, während viele von ihnen sechs Fuß und drei oder vier Zoll maßen. Auf ihren Köpfen trugen sie mächtige schwarze Federbüsche aus Sakaboola-Federn, ähnlich denen, welche unsere Führer schmückten. Um ihre Hüften und unterhalb des rechten Knies trugen sie Gürtel aus weißen Ochsenschwänzen, in ihren linken Händen hielten sie runde Schilde von etwa zwanzig Zoll Durchmesser. Diese Schilde waren recht merkwürdig. Eine dünne geschmiedete Eisenplatte bildete das Gestell, und darüber war eine milchweiße Ochsenhaut gespannt.

Die Waffen, die jeder trug, waren einfach, aber höchst wirksam; ein kurzer, sehr schwerer, zweischneidiger Speer mit Holzschaft, das Speerblatt maß an seinem breitesten Teil ungefähr sechs Zoll, war nicht zum Werfen gedacht, sondern wie die ›bangwan‹ der Zulu, die Stich-Assagais, nur für den Nahkampf. Die Wunden, die sie verursachen, sind fürchterlich. Zu diesem bangwan trug jeder Mann drei lange und schwere Messer, jedes wiegt über zwei Pfund. Ein Messer steckte im Ochsenschwanzgürtel und die beiden anderen an der Rückseite des Rundschildes. Diese Messer, welche sie ›tollas‹ nennen, nehmen bei den Kukuanas die Stelle der Wurfspeere ein, die die Zulus verwenden. Die Kukuana-Krieger können sie mit großer Treffsicherheit bis auf fünfzig Yards Entfernung werfen, und es ist bei ihnen Brauch, beim Angriff einen wahren Messerhagel gegen den Feind zu schleudern, ehe sie zum Nahkampf kommen.

Jede Kompanie stand still wie eine Sammlung Bronzestatuen, bis wir jeweils auf gleicher Höhe waren. Dann, auf ein Zeichen des kommandierenden Offiziers, der sich durch einen Leopardenschurz von den anderen unterschied und einige Schritte vor der Front stand, hoben alle ihre Speere hoch in die Luft, und aus dreihundert Kehlen erscholl wie aus *einem* Munde donnernd der Königsgruß »Koom!« Sobald wir vorbei waren, formierte sich die Kompanie hinter uns, bis schließlich das ganze Regiment der ›Grauen‹ – so genannt nach ihren weißen Schilden –, das Elitekorps der Kukuana-Streitmacht, im Gleichschritt folgte, daß der Boden bebte.

Schließlich kamen wir, nachdem wir von König Salomons Großer Straße abgebogen waren, zu dem breiten Graben, der den Kraal umgab, der mindestens eine Meile Umfang hatte. Eingezäunt war er von einer starken Pfeilerpalisade aus Baumstämmen. Als Zugang war der Graben mit einer einfachen Zugbrücke überspannt, welche von der Wache niedergelassen wurde, damit wir passieren konnten. Der Kraal ist ungewöhnlich gut angelegt. Mitten hindurch führt ein breiter Fahrweg, den andere Wege im rechten Winkel kreuzen, so angeordnet, daß die Hütten in quadratischen Blocks stehen. Jeder Block bildet für eine Kompanie das Quartier. Die Hütten sind kuppelförmig und ähneln denen der Zulus, aus einem Gerüst von Flechtwerk gebaut und sauber mit Gras überdeckt. Von den Zuluhütten unterscheiden sie sich durch Türen, durch die Menschen aufrecht gehen können. Die Hütten sind auch bedeutend größer und von einer Veranda umgeben, die über sechs Fuß breit und schön mit pulverisiertem Kalk gepflastert ist.

Zu beiden Seiten des breiten Fahrwegs, der den Kraal durchzieht, standen Hunderte von Frauen, die die Neugierde, uns zu sehen, aus ihren Hütten getrieben hatte. Diese Frauen sind für eine Eingeborenenrasse ausnehmend hübsch. Sie sind groß und anmutig, ihre Körper sind erstaunlich fein gebildet. Das Haar, obwohl kurz, ist eher lokkig als wollig. Die Gesichtszüge sind häufig adlerähnlich und die Lippen nicht unangenehm dick wie bei vielen afrikanischen Rassen. Aber was uns am meisten auffiel, war ihr ruhiges und ausgesprochen würdevolles Benehmen. Sie gaben sich wohlerzogen, auf eine Art wie ständige Besucher eines vornehmen Salons. Und in dieser Hinsicht unterscheiden sie sich von den Zuluweibern und deren Cousinen, den Massai, die in dem Distrikt hinter Sansibar leben. Zwar hatte sie ihre Neugierde herausgelockt, aber kein unbeherrschter Laut der Verwunderung, noch rohe Kritik kam über ihre Lippen, als wir, müde wie wir waren, mehr an ihnen vorbeischlichen denn marschierten. Selbst nicht, als der alte Infadoos auf das krönende Wunder von des armen Good ›schönen weißen Beinen‹ mit der Hand verstohlen hindeutete. Sie erlaubten sich keinen Ausbruch der großen Bewunderung, die ganz offensichtlich ihre Herzen bewegte. Sie hefteten ihre dunklen Augen auf Goods schneeige Lieblichkeit – denn, ich glaube, ich habe es schon gesagt, Goods Haut ist ungewöhnlich weiß –, und das war alles. Good reichte das freilich vollkommen, denn er ist von Natur aus bescheiden. Als wir zur Mitte des Kraals kamen, machte Infadoos an der Tür einer großen Hütte halt, die in einiger Entfernung von einem Kranz kleinerer umgeben war. »Tretet ein, Söhne der Sterne«, sagte er mit pathetischer Stimme, »geruht, eine Weile in unseren anspruchslosen Behausungen zu ruhen. Ein wenig Speise soll euch gebracht werden, damit ihr nicht eueren Riemen vor Hunger enger zu schnallen braucht; etwas Honig und etwas Milch, und ein oder zwei Ochsen sowie ein paar Schafe; nicht viel, meine gnädigen Herren, aber doch ein wenig Speise.«

»Es ist gut«, sagte ich. »Infadoos, wir sind sehr müde von der Reise durch das Reich der Lüfte; laßt uns jetzt ruhen.«

So traten wir also in die Hütte, die wir reichlich zu unserer Bequemlichkeit ausgestattet fanden. Lagerstätten aus gegerbtem Leder waren ausgebreitet, um uns daraufzulegen, und Wasser war bereitgestellt, um uns damit zu waschen.

Wenig später hörten wir draußen lauten Lärm – wir traten unter die Tür und sahen eine Anzahl junger Mädchen, die

Milch, gerösteten Mais und Honig in einem Topf herbeitrugen. Dahinter trieben Jünglinge einen fetten, jungen Ochsen. Wir nahmen die Gaben entgegen, und dann zog einer der jungen Männer ein Messer aus seinem Gürtel und schnitt dem Ochsen geschickt die Gurgel durch. Innerhalb von zehn Minuten war er tot, enthäutet und ausgenommen. Die besten Stücke wurden dann für uns herausgelöst, den Rest schenkte ich im Namen unserer Gruppe den Kriegern, die herumstanden, die nahmen es mit und verteilten »der weißen gnädigen Herren Geschenk«. Umbopa ging jetzt ans Werk, unseren Anteil in einem großen irdenen Topf über dem Feuer zu kochen, das vor der Hütte brannte. Ein äußerst anziehendes junges Mädchen half ihm dabei. Als das Fleisch fast gar war, sandten wir Infadoos eine Botschaft und baten ihn und Scragga, des Königs Sohn, sich uns zuzugesellen.

Bald kamen sie, und nachdem sie sich auf kleinen Schemeln, von denen einige um die Hütte herumstanden, niedergelassen hatten, halfen sie uns, das Mahl bis auf den letzten Rest zu vertilgen.

Die Kukuanas setzen sich gewöhnlich nicht auf ihre Schenkel wie die Zulu. – Der alte Gentleman war äußerst leutselig und höflich, doch fiel mir auf, daß uns der junge Mann mit Argwohn beobachtete. Zusammen mit der übrigen Schar war er durch unser weißes Äußeres und unsere magischen Eigenschaften eingeschüchtert worden; aber es schien mir, als ob seine Furcht durch die Entdeckung, daß wir wie andere Sterbliche aßen, tranken und schliefen, am Erlöschen war und wieder finsterem Argwohn Platz machte. Mir wurde recht unbehaglich. Im Verlauf des Mahles schlug mir Sir Henry vor, doch zu versuchen herauszufinden, ob unsere Gäste etwas über seines Bruders Schicksal wüßten oder ob sie etwas von ihm gesehen oder gehört hätten. Alles in allem aber hielt ich es zu der Zeit für klüger, nichts von der Sache zu erwähnen. Es war schwierig, einen verlorenen Verwandten von ›den Sternen‹ zu erklären.

Nach dem Abendessen stopften wir unsere Pfeifen und zündeten sie an; ein Verfahren, das Infadoos und Scragga mit Staunen erfüllte. Die Kukuanas waren offensichtlich der göttlichen Wonne des Tabakrauchens unkundig. Die Pflanze wird bei ihnen in großen Mengen angebaut, aber gleich den Zulus nehmen sie Tabak nur zum Schnupfen und waren gar nicht in der Lage, ihn in seiner neuen Form zu identifizieren.

Alsbald fragte ich Infadoos, wann wir unsere Reise fortsetzen würden, und war erfreut zu erfahren, daß bereits die Vorbereitungen getroffen worden waren, uns am nächsten Morgen zu verabschieden. Boten waren auch bereits unterwegs, Twala, den König, von unserem Kommen in Kenntnis zu setzen. Es zeigte sich, daß Twala in seiner Hauptstadt, bekannt als Loo, weilte, um das große Jahresfest vorzubereiten, welches in der ersten Juniwoche gefeiert wurde. Aus diesem Anlaß versammelten sich alle Regimenter mit Ausnahme bestimmter Detachemente, die für Garnisonszwecke zurückgelassen wurden, und paradierten vor dem König. Und die große alljährliche Hexenjagd wurde gehalten. Davon nach und nach mehr.

Wir wollten bei Morgengrauen aufbrechen, Infadoos würde uns begleiten. Er schätzte, wir würden Loo in der Nacht des zweiten Tages erreichen, falls wir nicht durch Unfälle oder angeschwollene Flüsse aufgehalten wurden.

Nachdem sie uns diese Auskunft gegeben hatten, boten uns unsere Besucher eine gute Nacht. Wir kamen überein, reihum zu wachen, dann legten sich drei von uns aufs Ohr und schliefen den süßen Schlaf der Müdigkeit, während der vierte Wache hielt, um wegen einer möglichen Verräterei aufzupassen.

9

Twala der König

Es wird nicht nötig sein, die Ereignisse auf unserer Reise nach Loo in aller Breite einzeln zu berichten. Wir brauchten zwei volle Tagesreisen auf Salomons Großer Straße, die schnurgerade direkt ins Herz des Kukuana-Landes führte. Es genügt zu sagen, daß die Gegend unterwegs immer fruchtbarer zu werden schien und die Kraals mit ihren sie umgebenden breiten Gürteln Ackerland immer zahlreicher wurden. Sie waren alle nach dem gleichen Muster wie der erste gebaut, den wir erreicht hatten, und sie wurden von starken Garnisonstruppen bewacht. Wahrlich, bei den Kukuanas ist wie bei den Deutschen, Zulus und Massais jeder körperlich geeignete Mann Soldat, so daß die ganze Macht der Nation für ihre Kriege verfügbar ist, zur Verteidigung oder zum Angriff. Unterwegs wurden wir von Tausenden Kriegern überholt, die nach Loo eilten, um bei der jährlichen großen Truppenschau und dem Fest anwesend zu sein. Ich sah in meinem Leben keine prächtigeren Truppen.

Am zweiten Tag hielten wir bei Sonnenuntergang eine Weile auf der Kuppe einer der Anhöhen, über welche die Straße führte, um zu rasten. Da lag in einer schönen, fruchtbaren Ebene vor uns Loo selbst. Für eine Eingeborenenstadt ist es ein riesiger Ort, ganze fünf Meilen Umfang, möchte ich sagen, mit vorspringenden Außenkraals, die bei großen Ereignissen als Ortsunterkünfte für die Regimenter dienen. Etwa zwei Meilen nördlich liegt ein merkwürdig geformter Hügel, einem Hufeisen ähnlich, mit dem wir noch nähere Bekanntschaft machen sollten. Die Stadt liegt idyllisch schön, ein Fluß fließt mitten durch den Kraal und teilt ihn in zwei Hälften. An verschiedenen Stellen schien er überbrückt. Es war der gleiche, den wir von den Abhängen von Shebas Brüsten aus gesehen hatten. Sechzig oder siebzig Meilen entfernt bildeten drei hohe schneebedeckte Berge, aus der völlig flachen Ebene emporwachsend, die Ecken eines Dreiecks. Die Form dieser Berge war der von Shebas Brüsten unähnlich. Sie waren steil und jäh, statt glatt und abgerundet. Infadoos merkte, wie wir zu ihnen hinsahen, und machte aus freien Stücken eine Bemerkung.

»Die Straße endet dort«, sagte er und zeigte auf diese Berge, die bei den Kukuanas als die ›Drei Hexen‹ bekannt sind.

»Warum ist sie dort zu Ende?« war meine Frage.

»Wer weiß?« antwortete er mit einem Achselzucken. »Die Berge sind voller Höhlen, und zwischen ihnen befindet sich eine große Grube. Dorthin pflegten die weisen Männer in alter Zeit zu gehen, um etwas – kein Mensch weiß was – aus dieser Gegend zu holen. Und jetzt sind dort an der ›Stätte des Todes‹ unsere Könige begraben.«

»Was holten sie denn dort?« fragte ich arg neugierig.

»Ich weiß es nicht. Gnädige Herren, die ihr von den Sternen herunter kommt, ihr solltet es wissen«, und er streifte uns bei seiner Antwort mit einem schnellen Blick. Offensichtlich wußte er mehr, als er zu sagen vorzog.

»Ja«, knüpfte ich daran an, »du hast recht; wir auf den Sternen erfahren von vielen Dingen. Ich habe zum Beispiel gehört, daß die weisen Männer ehedem zu diesen Bergen gingen, um glänzende Steine – ein nettes Spielzeug – und gelbes Eisen zu finden.«

»Mein gnädiger Herr ist weise«, antwortete er kühl; »ich bin aber nur ein Kind und kann mit dem hohen Herrn nicht über dergleichen Dinge sprechen. Mein gnädiger Herr muß mit Gagool sprechen, der Alten, in des Königs Stadt, die ebenso weise ist wie mein hoher Gebieter«, und er wandte sich ab.

Wie er weg war, wandte ich mich zu den anderen und zeigte nach den Bergen. »Dort sind Salomons Diamanten-Minen.«

Umbopa, der bei ihnen stand, anscheinend wieder von einer seiner Anwandlungen völliger Geistesabwesenheit überwältigt, fing meine Worte auf.

»Ja, Macumazahn«, setzte er in Zulu hinzu, »die Diamanten sind sicher dort, und ihr sollt sie haben, da ihr Weißen auf Tand und Geld so versessen seid.«

»Woher willst du das wissen, Umbopa?« fuhr ich ihn scharf an, denn ich konnte seine geheimnisvollen Anspielungen auf den Tod nicht ausstehen. Er lachte.

»Ich träumte in der Nacht davon, weiße Männer.«

Dann machte er auf den Fersen kehrt und ging.

»Was hat unser schwarzer Freund jetzt vor?« meinte Sir Henry. »Er weiß mehr, als er sagen will. Nebenbei, Quatermain, hat er etwas von – von meinem Bruder gehört?«

»Nichts; er hat jeden gefragt, mit dem er in ein freundschaftliches Gespräch kam, aber sie alle behaupteten, daß kein Weißer vorher in der Gegend gesehen worden sei.«

»Nimmst du überhaupt an, daß er hierher kam?« tippte Good an, »wir haben diesen Ort nur durch ein Wunder erreicht, ist es wahrscheinlich, er könnte es ohne die Karte geschafft haben?«

»Ich weiß nicht«, sagte Sir Henry düster, »aber irgendwie glaube ich, daß ich ihn finden werde.«

Langsam sank die Sonne, dann stürzte sich die Dunkelheit wie ein greifbares Wesen auf das Land nieder. Hier gab es keine Atempause zwischen Tag und Nacht, keine sanfte Verwandlung der Szene, denn in diesen Breiten gibt es keine Dämmerung. Der Übergang vom Tag zur Nacht ist so schnell und absolut wie der vom Leben zum Tod. Die Sonne versank, und die ganze Welt war in Finsternis gehüllt. Aber nicht lange. Denn schau, im Osten glüht es auf, dann folgen Strahlen silbernen Lichts, und schließlich leuchtet der Vollmond herrlich auf die Ebene, schießt seine schimmernden Pfeile weithin und erfüllt die Erde mit einem Strahlenglanz.

Wir standen ganz in den lieblichen Anblick versunken. Die Sterne verblaßten vor der reinen Majestät des Mondes, und wir fühlten unsere Herzen durch das Dasein einer Schönheit erhoben, die ich nicht beschreiben kann. Mein Leben war rauh gewesen, es gibt aber ein paar Dinge, für die ich dankbar bin, sie erlebt zu haben; und eines davon ist, den Mondschein über dem Kukuana-Land gesehen zu haben.

Kurz darauf wurden wir durch unseren höflichen Freund Infadoos aus unserer Versunkenheit gerissen.

»Wenn meine gnädigen Herren bereit sind, werden wir nach Loo weiterreisen, wo für die hohen Gebieter eine Hütte zur Übernachtung hergerichtet ist. Der Mond scheint jetzt hell, so daß wir auf unserem Weg nicht stürzen werden.«

Wir waren einverstanden, und in einer Stunde hatten wir den Außenbereich der Stadt erreicht. Ihre Ausdehnung, durch Tausende von Lagerfeuern markiert, schien grenzenlos zu sein.

Good, der immer zu einem schlechen Scherz aufgelegt war, taufte sie ›Das unbegrenzte Loo‹. Bald darauf kamen wir zu einem Stadtgraben mit einer Zugbrücke, wo wir von Waffengerassel und dem rauhen Anruf eines Postens empfangen wurden. Infadoos rief irgendein Losungswort, das ich nicht verstehen konnte. Es war mit einem Gruß verbunden. Wir marschierten auf der Hauptstraße der großen Grasstadt weiter. Nach fast einer halben Stunde Marsch, vorbei an endlosen Reihen von Hütten, hielt Infadoos schließlich am Tor einer kleinen Hüttengruppe, die von einem schmalen, mit gepulvertem Kalkstein gepflasterten Hof umgeben war, und teilte uns mit, daß dies unsere »ärmlichen« Quartiere wären.

Wir traten ein und fanden für jeden von uns eine eigene Hütte bestimmt. Diese Hütten übertrafen alle, die wir bisher gesehen hatten, und in jeder befand sich ein äußerst bequemes Bett mit Matratzen aus duftendem Gras, über die gegerbte Felle gebreitet waren. Auch das Essen war bereits für uns zubereitet, und sobald wir uns gewaschen hatten – das Wasser hierzu stand in irdenen Krügen bereit –, brachten uns einige junge, gut aussehende Frauen geröstetes Fleisch und Maiskolben lecker auf hölzernen Platten serviert; mit einer tiefen Verbeugung boten sie es uns an.

Wir aßen und tranken, und dann, nachdem die Betten auf unsere Bitte hin alle in eine Hütte gebracht worden waren – eine Vorsichtsmaßnahme, über die die freundlichen jungen Damen lächelten –, warfen wir uns hin und schliefen, vollkommen erschöpft von unserer langen Reise.

Als wir erwachten, stand die Sonne hoch am Himmel,

und unsere weibliche Dienerschaft, anscheinend von keiner falschen Scham geplagt, wartete bereits zu Füßen unserer Betten mit dem Auftrag, uns aufzuwarten und zu helfen, uns ›fertig zu machen‹.

»Fertig machen, freilich«, grollte Good; »wenn man nur ein Flanellhemd und ein Paar Stiefel hat, dauert das nicht lange. Ich möchte, daß Sie sie nach meinen Hosen fragen, Quatermain.«

Also fragte ich. Die heiligen Reliquien befänden sich bereits beim König, der uns am Nachmittag empfangen würde, erfuhr ich.

Wir ersuchten die jungen Damen, nun draußen zu warten, ein Wunsch, der sie verwunderte und enttäuschte. Dann begannen wir, so gut es die Umstände zuließen, Toilette zu machen. Good ging sogar so weit, seine rechte Gesichtshälfte wieder zu rasieren. Die linke Seite, auf der jetzt eine sehr hübsche Menge Barthaare wucherte, durfte er auf keinen Fall anrühren, wie wir ihn überzeugen konnten. Curtis und ich gaben uns mit einer gründlichen Waschung und dem Kämmen unserer Haare zufrieden. Sir Henrys blonde Locken reichten jetzt beinahe bis auf die Schultern herab, und er ähnelte mehr denn je einem alten Dänen, während mein graues Gestrüpp reichlich ein Zoll lang war, statt eines halben, wie ich es üblicherweise als äußerste Länge akzeptierte.

Inzwischen war uns, da wir unser Frühstück verzehrt und eine Pfeife geraucht hatten, durch keinen Geringeren als Infadoos persönlich eine Botschaft gebracht worden, daß Twala, der König, bereit war, uns zu empfangen, wenn wir geruhen würden, zu erscheinen.

Wir ließen ihm bestellen, wir würden es vorziehen zu warten, bis die Sonne ein wenig höher stünde, denn wir wären noch müde von unserer Reise usw. usw. Im Verkehr mit Eingeborenen ist es immer angezeigt, keine allzu große Hast an den Tag zu legen. Sie neigen dazu, Höflichkeit als Furcht zu mißdeuten oder als knechtische Unterwürfigkeit. So setzten wir uns noch einmal hin und warteten eine Stunde, obwohl wir ebenso gespannt waren, Twala kennenzulernen, wie Twala es sicher war, uns zu sehen. Die Pause benutzten wir, einige Geschenke vorzubereiten, wie es unser dürftiges Warenlager erlaubte, nämlich die Winchesterbüchse, die der arme Ventvögel benutzt hatte, und einige Perlen. Büchse und Munition beschlossen wir Seiner Königlichen Hoheit zu verehren, und die Perlen waren seinen Frauen und Höflingen zugedacht. Wir hatten bereits ein paar davon Infadoos und Scragga geschenkt und erlebt, daß sie ihr Entzücken erregten, da sie vorher nie etwas Ähnliches gesehen hatten. Schließlich taten wir kund, daß wir bereit wären, und unter Führung von Infadoos machten wir uns auf den Weg zum Empfang. Umbopa trug Büchse und Perlen. Nach einigen hundert Yards kamen wir zu einer Einzäunung, ungefähr jener ähnlich, die die Hütten umgab, die uns angewiesen worden waren, nur fünfzigmal so groß. Ich schätzte, es waren nicht weniger als sechs bis sieben Morgen Fläche. Rund um den Außenzaum stand eine Reihe Hütten, die Wohnungen der Frauen des Königs. Genau gegenüber dem Eingang befand sich auf der anderen Seite des freien Platzes eine sehr große, alleinstehende Hütte, in der Seine Majestät residierte. Das übrige war ein freier Platz; das heißt, es wäre ein freier Platz gewesen, hätte ihn nicht Kompanie neben Kompanie von Kriegern gefüllt; sieben- oder achttausend waren versammelt. Die Männer standen still wie Statuen, als wir an ihnen vorbeischritten, und es wäre unmöglich, auch nur einen ungefähren Begriff von der Größe des Schauspiels vermitteln zu wollen, das sie mit ihren wehenden Federbüschen, ihren glänzenden Speeren und den mit eisernen Rücken bewehrten Ochsenhautschilden boten.

Der Platz unmittelbar vor der großen Hütte war frei, nur einige Schemel standen dort. Auf ein Zeichen von Infadoos setzten wir drei uns, Umbopa stand hinter uns. Infadoos selbst nahm an der Tür Aufstellung. So warteten wir zehn Minuten oder länger, umgeben von Totenstille, doch waren wir uns bewußt, daß wir das Ziel aufmerksamer Blicke von achttausend Augenpaaren waren. Es war eine ziemlich anstrengende Geduldprobe, wir standen sie aber mit guter

Manier durch. Endlich öffnete sich die Tür der Hütte, und heraus trat eine riesige Gestalt, einen prächtigen Tigerfell-Karroß über die Schultern geworfen, gefolgt von dem Knaben Scragga und einem – wie uns schien – in einen Pelzmantel gehüllten, ausgemergelten Affen. Der Riese setzte sich auf einen Schemel, Scragga stellte sich hinter ihn und der ausgemergelte Affe kroch auf allen vieren in den Schatten der Hütte, wo er sich hinkauerte.

Noch herrschte Schweigen.

Dann streifte die mächtige Gestalt den Karroß ab und stand vor uns – ein wahrhaft beunruhigender Anblick. Es war ein riesiger Kerl, mit dem abstoßendsten Gesicht, das wir je gesehen hatten. Die Lippen waren dick wie die eines Negers, die Nase war platt, er hatte nur ein schwarzschimmerndes Auge, statt des zweiten war eine dunkle Höhle im Gesicht, und das Ganze spiegelte Grausamkeit und sadistische Wollust wider. Auf seinem mächtigen Schädel trug er einen prächtigen Busch weißer Straußenfedern, sein Körper war in ein glänzendes Kettenpanzerhemd gehüllt, während sich um Lende und rechtes Knie der übliche Schmuck weißer Ochsenschwänze wand. In seiner Rechten trug er einen riesigen Speer, um den Hals lag eine dicke Goldkette, und an der Stirn prangte ein einzelner, ungemein großer, ungeschliffener Diamant.

Noch war alles still, aber nicht lange. Plötzlich hob dieser Mann, wie wir richtig mutmaßten, der König, den großen Wurfspieß in seiner Hand. Sogleich reckten sich achttausend Speere als Antwort gen Himmel, und aus achttausend Kehlen erscholl der Königsgruß »koom«. Dreimal wiederholte sich dies, und dreimal zitterte die Erde unter dem Lärm, der nur mit dem dumpfesten Dröhnen des Donners verglichen werden kann.

»Sei demütig, o Volk!« quiekte eine dünne Stimme hinter uns, die von dem Affen im Schatten zu stammen schien, »es ist der König.«

»Es ist der König!« dröhnten achttausend Kehlen gewaltig zur Antwort. »Sei demütig, o Volk, es ist der König!«

Dann wieder Stille – Totenstille. Sie wurde jedoch plötzlich gebrochen. Ein Soldat zu unserer Linken hatte seinen Schild fallen lassen, der mit Geklapper auf den Kalksteinboden polterte.

Twala wandte sein eines kaltes Auge in Richtung des Lärms. »Komm hierher, du«, sagte er mit kalter Stimme.

Ein hübscher junger Mann trat aus den Reihen und stand vor ihm.

»Es war dein Schild, der herunterfiel, du ungeschickter Hund. Willst du mir vor den Augen der Fremden von den Sternen Schande bereiten? Was hast du zu deiner Verteidigung zu sagen?«

Wir sahen den armen Kerl unter seiner dunklen Haut erblassen.

»Es war ein Zufall, o Kalb der Schwarzen Kuh«, murmelte er.

»Dann ist es ein Zufall gewesen, für den du büßen mußt. Du hast mich zum Narren gemacht. Bereite dich auf den Tod vor.«

»Ich bin des Königs Ochse«, war die leise Antwort.

»Scragga«, röhrte der König, »zeig mir, wie du deinen Speer zu gebrauchen verstehst. Töte mir diesen Tölpel.«

Scragga trat mit einem häßlichen Grinsen vor und hob seinen Speer. Das arme Opfer bedeckte seine Augen mit der Hand und stand still. Wir waren wie versteinert vor Entsetzen.

»Eins, zwei«, er schwang den Speer, und dann stieß er zu, ach – er hatte genau zugestoßen, der Speer ragte ein Fuß aus des Soldaten Rücken. Dieser warf die Hände hoch und brach tot zusammen. In der Menge erhob sich etwas wie ein Murmeln, wälzte sich rundum und erstarb wieder. Die Tragödie war zu Ende; da lag der Leichnam, und wir hatten noch nicht begriffen, daß dies befohlen worden war. Sir Henry sprang auf und stieß einen schrecklichen Fluch aus, dann, überwältigt von der lastenden Stille, setzte er sich wieder.

»Ein guter Stoß«, sagte der König, »schafft ihn weg.«

Vier Männer traten aus den Reihen, hoben den Körper des Gemordeten auf und trugen ihn weg.

»Bedeckt die Blutspuren, ja, deckt sie zu«, piepste die dünne Stimme, von der affenähnlichen Gestalt stammend, »des Königs Wort ist gesprochen, des Königs Urteil vollzogen.«

Darauf kam ein Mädchen hinten aus der Hütte, in der Hand einen Krug, gefüllt mit pulverisiertem Kalk, den sie nun über die roten Flecke streute und sie so den Blicken entzog.

Sir Henry kochte inzwischen vor Wut über diese Untat, wir hatten mächtige Schwierigkeit, ihn zu beruhigen.

»Bleiben Sie um Gottes willen sitzen«, flüsterte ich; »unser Leben hängt davon ab.«

Er fügte sich und verhielt sich ruhig.

Twala saß stumm, bis die Spuren der Tragödie beseitigt waren, dann wandte er sich an uns.

»Weiße«, begann er, »die ihr hierhergekommen seid, ich weiß nicht woher und ich weiß nicht warum, seid gegrüßt.«

»Sei gegrüßt, Twala, König der Kukuanas«, antwortete ich.

»Weiße, woher kommt ihr, was sucht ihr?«

»Wir kommen von den Sternen, frage nicht nach unseren Wegen. Wir kommen, um dieses Land zu sehen.«

»Ihr kommt von weit her, um eine unbedeutende Sache zu sehen. Und dieser Mann bei euch«, er zeigte auf Umbopa, »kommt der auch von den Sternen?«

»Genauso, dort im Himmel gibt es auch Menschen deiner Hautfarbe – aber frage nicht Dinge, die zu hoch sind für dich, Twala, den König.«

»Ihr sprecht eine kecke Sprache, Leute von den Sternen«, erwiderte Twala in einem Ton, den ich absolut nicht leiden mag. »Seid eingedenk, daß die Sterne weit sind, und ihr seid hier. Wie, wenn ich mit euch so verfahre wie mit dem, den sie eben wegtrugen?«

Ich lachte lauthals, obgleich mir alles andere als danach zu Mute war.

»O König«, sagte ich, »sei vorsichtig, gehe heißen Steinen aus dem Weg, auf daß du dir nicht deine Füße verbrennst; halte den Speer am Schaft, sonst würdest du dir deine

Hände zerschneiden. Krümme uns nur ein Haar auf unserem Haupt, und die Vernichtung wird über dich kommen. Was – haben dir diese nicht berichtet, wer wir sind?« und ich zeigte auf Infadoos und Scragga, der, ein richtiger junger Bösewicht, damit beschäftigt war, seinen Speer vom Blut des Soldaten zu reinigen.

»Hast du schon Männer, uns ähnlich gesehen?« und ich zeigte auf Good, denn ich war mir ganz sicher, daß er noch nie jemanden vorher gesehen hatte, der auch nur im geringsten dem Captain glich.

»Das ist wahr, das habe ich nicht«, sagte der König, Good mit gespanntem Interesse musternd.

»Haben Sie dir nicht erzählt, wie wir den Tod aus der Ferne schleudern?« fuhr ich fort.

»Sie haben es mir berichtet, aber ich glaube ihnen nicht. Laßt es mich mit eigenen Augen sehen, wie ihr tötet. Tötet einen Mann von denen, die dort drüben stehen«, und er wies auf die gegenüberliegende Seite des Kraals, »und ich werde euch glauben.«

»Nein«, antwortete ich, »wir vergießen nicht das Blut von Menschen, es sei denn, zur gerechten Strafe. Wenn du es sehen willst, befiehl deinen Dienern, einen Ochsen durch das Tor des Kraals zu treiben, und ehe er zwanzig Schritte gelaufen ist, werde ich ihn töten.«

»Nein, töte einen Mann und ich werde dir glauben«, lachte der König.

»Gut, o König, so sei es denn«, erwiderte ich gelassen, »gehe du quer über den freien Platz, und ehe deine Füße das Tor erreicht haben, wirst du ein toter Mann sein – oder, falls du nicht willst, schicke deinen Sohn Scragga« (den zu erschießen, hätte mir in diesem Augenblick ein höllisches Vergnügen bereitet).

Kaum hatte Scragga diesen Vorschlag gehört, stieß er ein infernalisches Geheul aus und stürzte Hals über Kopf in die Hütte.

Twala runzelte hoheitsvoll die Stirn; dieser Vorschlag gefiel ihm nicht.

»Laßt einen jungen Ochsen hereintreiben«, sagte er.

Zwei Mann machten sich sogleich auf den Weg, so schnell sie laufen konnten.

»Nun, Sir Henry«, sagte ich, »schießen Sie. Ich möchte diesem Ungetüm zeigen, daß ich nicht der einzige Zauberer bei der Partie bin, und auf Good können wir uns nicht verlassen.«

Sir Henry nahm also seine ›Erpreß‹ und machte sich fertig.

»Hoffentlich bringe ich einen guten Schuß an«, stöhnte er.

»Ihr müßt«, antwortete ich, »sollten Sie beim ersten Schuß fehlen, dann mit dem zweiten hinterher. Visier hundertfünfzig Yards, und warten Sie, bis Ihnen das Tier die Breitseite anbietet.«

Dann folgte eine Pause, bis wir kurz darauf eines Ochsen ansichtig wurden, der schnurstracks auf das Tor zusteuerte. Er kam durch das Tor, sah die ungeheuere Menschenmenge, blieb stur stehen, drehte sich einmal um die eigene Achse und brüllte.

»Jetzt, los«, flüsterte ich.

Der Schuß löste sich.

Päng! Pfft!, und der Ochse, in die Rippen getroffen, wurde auf den Rücken geworfen. Die halbhohle Kugel hatte ganze Arbeit geleistet, und ein Seufzer der Verwunderung ging durch die Reihen der versammelten Tausende. Gelassen wandte ich mich um.

»Habe ich gelogen, o König?«

»Nein, Weißer, du hast wahr gesprochen«, sagte die leicht vor Angst vibrierende Stimme.

»Höre, Twala«, fuhr ich fort. »Du hast es jetzt mit eigenen Augen gesehen. Jetzt wisse, wir kommen in Frieden, nicht als Feinde. Schau«, und ich hielt den Winchester-Repetierer hoch, »hier ist ein hohler Stab, mit dem du genauso töten kannst wie wir, nur diesen Zauber lege ich darauf: Du darfst keinen Menschen damit töten. Wenn du diesen Zauberstab gegen einen Menschen erhebst, wird er dich selbst töten. Warte, ich werde es dir zeigen. Befiehl einem Mann, vierzig Schritte zu gehen und den Schaft eines Speeres so in den Boden zu stoßen, daß das flache Blatt auf uns zu zeigt.«

In ein paar Sekunden war das geschehen.

»Nun seht – ich werde den Speer dort zerbrechen.«

Ich zielte sorgfältig und schoß. Die Kugel traf das Blatt vom Speer und zerschmetterte es in Stücke. Wieder erhob sich ein Seufzer des Staunens.

»Nun, Twala, wir schenken dir diese Zauberröhre. Nächstens werde ich dir zeigen, wie sie zu gebrauchen ist; aber hüte dich, den Zauber der Sterne gegen einen Menschen der Erde zu verwenden«, und ich gab ihm das Gewehr.

Der König nahm es sehr vorsichtig und legte es zu seinen Füßen nieder. Während er noch damit beschäftigt war, beobachtete ich, wie die verhutzelte, affenähnliche Gestalt aus dem Schatten der Hütte kroch. Sie krabbelte auf allen vieren, aber als sie den Platz, wo der König saß, erreicht hatte, richtete sie sich auf, warf die Pelzbekleidung ab und enthüllte ein höchst ungewöhnliches und unheimliches Angesicht. Es war offensichtlich das eines hochbetagten Weibes, so zusammengeschrumpft, daß es nicht größer war als das Gesicht eines einjährigen Kindes, aber von zahllosen, gelben Furchen geprägt. Inmitten dieser Runzeln war eine eingesunkene Spalte, die den Mund vorstellte, das Kinn bog sich nach vorne zu einer Spitze. Von einer Nase war da nicht zu sprechen; wahrlich, man hätte es für das Gesicht eines sonnengetrockneten Körpers halten können, wenn nicht ein Paar großer schwarzer Augen gewesen wären, noch voll Feuer und Verstand. Sie funkelten und spielten unter den schneeweißen Augenbrauen und der vorspringenden pergamentfarbigen Stirn wie Juwelen in einem Beinhaus. Der Schädel selbst war völlig kahl und von gelber Farbe, und die nackte, runzelige Kopfhaut bewegte sich und zog sich zusammen wie der Kopf einer Kobra.

Die Gestalt, die zu diesem furchtbaren Gesicht gehörte, einem Gesicht, so furchtbar in der Tat, daß es einem einen Schauer von Furcht durch und durch jagte, wenn man es ansah, diese Gestalt stand für einen Augenblick regungslos. Dann streckte sie eine hagere Pfote vor, bewehrt mit Fingernägeln von beinahe einem Zoll Länge, legte sie auf die Schulter von Twala, dem König, und begann mit dünner, durchdringender Stimme zu sprechen –

»Höre, o König! Hört, o Krieger! Hört, o Berge und Ebenen und Flüsse, Heimat des Stammes der Kukuana! Höret, o Sterne und Sonne, o Regen und Sturm und Nebel! Höret, o Männer und verheiratete Frauen, o Jünglinge und Mädchen und o ihr ungeborenen Kinder! Höret, alle Wesen, die leben und sterben müssen! Höret, alle toten Wesen, die wieder leben werden – wieder zu sterben! Hört, das Feuer des Lebens ist in mir, und ich prophezeie. Ich prophezeie! Ich prophezeie!«

Die Worte erstarben mit einem schwachen Seufzer, und Entsetzen schien sich aller Herzen zu bemächtigen, die sie hörten, uns nicht ausgenommen. Dieses alte Weib war ganz entsetzlich.

»Blut! Blut! Blut! Ströme von Blut; Blut überall. Ich schaue es, ich rieche es, ich schmecke es – es ist salzig! Es fließt rot über die Erde, es regnet hernieder von den Himmeln.

Fußspuren! Fußspuren! Fußspuren! Der Schritt des Weißen, der von weit her kommt. Er erschüttert die Erde, die Erde erzittert vor ihrem Herrscher. Blut ist gut, das rote Blut ist hell; es gibt keinen Geruch, der dem Geruch von frisch vergossenem Blut gleicht. Die Löwen werden es auflecken und brüllen; die Geier werden ihre Schwingen darin baden und vor Freude kreischen. Ich bin alt! Ich bin alt! Ich habe viel Blut gesehen; ha, ha! Aber ich werde noch mehr sehen, bevor ich sterbe, und fröhlich sein. Was glaubt ihr, wie alt ich bin? Euere Großväter kannten mich, und deren Väter kannten mich, und deren Vaters Vaters Väter. Ich habe den weißen Mann gesehen und seine Wünsche. Ich bin alt, aber die Berge sind älter als ich. Wer baute die große Straße, sagt es mir? Wer malte die Bilder an die Felsen, sagt es mir? Wer richtete die drei ›Schweigenden‹ dort auf, die über die Grube wegschauen, sagt es mir?« und sie wies gegen die drei steilen Berge, die in der vorhergehenden Nacht unsere Aufmerksamkeit erregt hatten. »Ihr wißt es nicht, aber ich weiß es. Es war ein weißes Volk, das vor euch hier war, das sein wird, wenn ihr nicht mehr seid, das euch auffressen und vernichten wird. Ja, ja, ja!

Und weshalb kommen sie, die Weißen, die Schrecklichen, die Wissenden der Zauberei und aller Gelehrsamkeit, die Starken, die Standhaften! Der helle Stein auf deiner Stirn, o König, was ist es? Wessen Hände fertigten den eisernen Schmuck auf deiner Brust, o König? Du weißt es nicht, aber ich weiß es. Ich, die Alte, ich, die Weise, ich, die Isanusi, die Zauberdoktorin!«

Jetzt wandte sie ihren kahlen Geierschädel uns zu.

»Was sucht ihr, weiße Männer von den Sternen – ah, ja, von den Sternen? Sucht ihr einen, der euch verlorenging? Ihr werdet ihn hier nicht finden. Er ist nicht hier. Seit Generationen und abermals Generationen hat keines Weißen Fuß mehr dieses Land berührt; keiner außer einem, und ich erinnere mich, daß er es verließ, um zu sterben. Ihr kommt wegen der glänzenden Steine; ich weiß es – ich weiß es. Ihr werdet sie finden, wenn das Blut trocken ist. Aber werdet ihr dorthin zurückkehren, woher ihr kamt, oder ... werdet ihr mit mir enden? Ha! Ha! Ha! Und du, du mit der dunklen Haut und dem stolzen Betragen«, sie zeigte mit ihren dürren Fingern auf Umbopa, »wer bist du, und was suchst du? Keine Steine, die leuchten, kein gelbes Metall, das glänzt, diese läßt du den ›Weißen von den Sternen‹. Mir dünkt, ich kenne dich, mir dünkt, ich rieche den Geruch des Blutes in deinem Herzen. Streife den Lendenschurz ab ...«

Bei den letzten Worten begann es in dem Gesicht dieses ungewöhnlichen Geschöpfs zu zucken, es stürzte zu Boden und wälzte sich mit Schaum vor dem Mund in einem epileptischen Anfall auf der Erde. Sie wurde in die Hütte getragen.

Der König erhob sich zitternd und winkte mit seiner Hand. Sogleich setzten sich die Regimenter in Bewegung und marschierten hintereinander ab. In zehn Minuten war der große Platz geräumt. Nur wir, der König und einige Höflinge standen noch da.

»Weiße Männer«, sagte er, »es geht mir durch den Kopf, euch zu töten! Gagool sprach seltsame Worte. Was meint ihr?«

Ich lachte.

»Vorsicht, o König, wir sind nicht so einfach zu erschlagen. Du hast das Schicksal des Ochsen erlebt; soll es dir wie dem Ochsen gehen?«

Der König runzelte die Stirn.

»Es ist nicht gut, einem König zu drohen!«

»Wir drohen nicht; wir sagen, was wahr ist. Versuche uns zu töten, o König, und ziehe dann daraus die Lehre!«

Der große Eingeborene legte die Hand an seine Stirn und dachte nach.

»Geht in Frieden«, sagte er schließlich. »Heute nacht ist der große Tanz. Ihr sollt dabei sein. Fürchtet nicht, daß ich euch eine Falle stellen werde. Morgen werde ich nachdenken.«

»Es ist gut, o König«, erwiderte ich gleichmütig; wir standen auf, und dann gingen wir, begleitet von Infadoos, zurück zu unserem Kraal.

10

Die Hexenjagd

Bei unserer Hütte angekommen, forderte ich Infadoos auf, mit uns hineinzukommen.

»Jetzt, Infadoos, möchten wir mit dir sprechen«, sagte ich.

»Sprecht, hohe Herren.«

»Es scheint uns, Infadoos, daß Twala, der König, ein grausamer Mensch ist.«

»So ist es, gnädige Herren. Leider. Das Land stöhnt unter seinen Grausamkeiten. Ihr werdet es heute nacht erleben. Es ist die große Hexenjagd, und viele werden als Hexer aufgespürt und erschlagen werden. Keines Mannes Leben ist sicher. Wenn es den König nach eines Mannes Herde oder Leben gelüstet oder eines Mannes Weib, oder wenn er fürchtet, einer könnte einen Aufstand wider ihn anzetteln, dann spürt Gagool, die ihr gesehen habt, oder irgendeine andere von den Hexenspürerinnen, die sie angelernt hat, diesen Mann als Hexer auf, und er wird getötet. Viele müssen sterben, bevor der Mond verblaßt. Es ist immer das gleiche. Vielleicht werde auch ich getötet. Bisher wurde ich verschont, weil ich kriegserfahren und bei meinen Soldaten beliebt bin, aber ich weiß nicht, wie lange ich noch zu leben habe. Das Land stöhnt unter der Gottlosigkeit von Twala, dem König; es ist seiner überdrüssig und seiner blutigen Herrschaft.«

»Also, Infadoos, wenn das so ist, weshalb stürzt das Volk ihn dann nicht?«

»Nein, meine gnädigen Herren, er ist der König, und würde er getötet, würde Scragga an seiner Stelle König, und das Herz Scraggas ist schwärzer als das Herz von Twala, seinem Vater. Ist Scragga erst König, würde sein Joch unsere Hälse weit schwerer drücken als das Joch von Twala. Ja, wenn Imotu nicht getötet worden wäre, oder wenn Ignosi, sein Sohn, gelebt hätte, dann wäre alles ganz anders gewesen; aber sie sind beide tot.«

»Woher willst du wissen, daß Ignosi tot ist?« sagte eine Stimme hinter uns. Wir schauten uns erstaunt um, zu sehen, wer da sprach. Es war Umbopa.

»Was willst du damit sagen, Bursche?« fragte Infadoos; »wer hieß dich sprechen?«

»Höre, Infadoos«, war die Antwort, »und ich werde dir eine Geschichte erzählen. Vor Jahren wurde Imotu, der König dieses Landes, getötet, und sein Weib floh mit dem Knaben Ignosi. Nicht wahr?«

»Stimmt.«

»Man erzählte auch, daß das Weib und ihr Sohn im Gebirge umkamen.«

»Stimmt auch.«

»Nun, es geschah aber, daß die Mutter und der Junge Ignosi nicht starben. Sie überquerten das Gebirge und wurden von einem Stamm wandernder Wüstensöhne quer durch das Sandmeer geführt, bis es wieder Wasser, Gras und Bäume gab.«

»Woher weißt du das?«

»Höre. Sie zogen immer weiter, eine Reise von vielen Monaten, bis sie in ein Land kamen, wo ein kriegerisches Volk lebt, die Amazulu genannt, auch vom Geschlecht der Kukuanas. Bei ihnen verbrachten sie viele Jahre, bis die Mutter eines Tages starb. Da wurde Ignosi, ihr Sohn, wieder zum Nomaden und zog weiter in ein Land der Wunder, wo weiße Menschen leben. Im Verlaufe langer Jahre erwarb er sich das Wissen des weißen Volkes.«

»Eine hübsche Geschichte«, sagte Infadoos etwas ungläubig.

»Für Jahre lebte er dort, arbeitete als Diener und war Soldat, in seinem Herzen aber bewahrte er alles, was ihm seine Mutter von seinem Heimatland erzählt hatte, und er überlegte, auf welche Weise er dorthin zurückkehren könnte, um sein eigenes Volk, sein Vaterhaus noch einmal zu sehen, bevor er starb.

Lange Jahre lebte er so und wartete. Und endlich kam die Zeit, wie sie zu jedem kommt, der warten kann. Er traf einige Weiße, die dieses unbekannte Land suchen wollten, und schloß sich ihnen an. Die Weißen machten sich auf die Reise, wanderten immer weiter und suchten einen der ihren, der verschollen war. Sie durchquerten die glühende Wüste, überstiegen das schneebedeckte Gebirge, und schließlich erreichten sie das Land der Kukuanas, und hier trafen sie auf dich, o Infadoos.«

»Du bist bestimmt verrückt, so daherzureden«, verwunderte sich der alte Soldat.

»Meinst du? Schau, ich werde es dir beweisen, o mein Onkel. Ich bin Ignosi, der rechtmäßige König der Kukuanas!«

Dann, mit einer einzigen Bewegung, streifte er seine ›moocha‹, den Lendenschurz, ab und stand nackt vor uns.

»Schau«, sagte er: »was ist das?« und er zeigte auf die Zeichnung einer großen Schlange, die in Blau rund um seine Hüfte tätowiert war; ihr Schwanz verschwand in ihrem Maul gerade über der Stelle, wo die Oberschenkel an den Körper ansetzen.

Infadoos schaute, seine Augen traten fast aus dem Kopf heraus. Dann fiel er auf seine Knie.

»Koom! Koom!« stieß er hervor. »Es ist meines Bruders Sohn, es ist der König!«

»Habe ich es dir nicht gesagt, mein Onkel? Steh auf; noch bin ich nicht der König, aber mit deiner Hilfe und der Hilfe dieser tapferen Weißen, die meine Freunde sind, werde ich es sein. So hatte die alte Hexe Gagool doch recht. Blut wird zuerst fließen im Land, und ihres wird mit fließen, wenn sie welches hat und sterben kann, denn sie tötete mit Worten meinen Vater und trieb meine Mutter fort. Und nun, Infadoos, entscheide dich. Willst du deine Hände in meine legen und mein Mann sein? Willst du die Gefahren, die vor mir liegen, teilen und helfen, diesen Tyrannen und Mörder zu überwinden, oder willst du nicht? Entscheide dich.«

Der Alte hob seine Hand zum Kopf und sann nach. Dann erhob er sich, trat vor Umbopa – oder besser Ignosi – hin, kniete vor ihm nieder und ergriff seine Hand.

»Ignosi, rechtmäßiger König der Kukuanas, ich lege meine Hand in deine Hände und bin dein Mann bis in den Tod. Als du ein Kind warst, wiegte ich dich auf meinen Knien, jetzt wird mein altgewordener Arm für dich kämpfen und für die Freiheit.«

»Es ist gut, Infadoos; wenn ich siege, sollst du nach dem König der mächtigste Mann in meinem Königreich sein. Wenn ich unterliege, kannst du nur sterben, und der Tod ist dir ohnehin nicht mehr allzufern. Erhebe dich, mein Onkel.«

»Und Ihr, weiße Männer, wollt ihr mir helfen? Was habe ich euch zu bieten! Die reinen Steine! Wenn ich siege und sie finden kann, ihr sollt so viel davon haben, als ihr überhaupt tragen könnt. Wird euch das genügen?«

Ich übersetzte diesen Sermon.

»Sagen Sie ihm«, erwiderte Sir Henry, »er verkennt einen Engländer. Schätze sind schön, und wir werden sie mitnehmen, wenn sie uns unterkommen; aber ein Gentleman verkauft sich nicht für Geld. Nun, was mich selbst betrifft, sage ich folgendes. Ich habe Umbopa immer gerne gemocht.

Soweit es an mir liegt, werde ich sein Vorhaben unterstützen. Es wird mir ein ausgesprochenes Vergnügen bereiten, zu versuchen, meine Rechnung mit diesem grausamen Teufel Twala zu begleichen. Und was meinst du, Good, und Sie, Quatermain?«

»Na schön«, erwiderte Good, »um geschwollen daherzureden, wie es hier anscheinend alle Leute zu gerne tun, du kannst ihm sagen, daß eine kleine Rauferei sicher ganz gut ist und die Herzen erwärmt. Was mich betrifft, kurz, ich bin dabei, ich bin sein Kumpan. Nur eine Bedingung – es muß mir erlaubt werden, meine Hosen zu tragen.«

Ich dolmetschte den Inhalt seiner Antwort.

»Es ist gut, meine Freunde«, sagte Ignosi – bisher Umbopa.

»Aber was sagst du, Macumazahn, hältst du auch zu mir, ›Alter Wächter bei Nacht‹, gescheiter als ein verwundeter Büffel?«

Ich besann mich eine Weile und kratzte mich am Kopf.

»Umbopa – oder Ignosi«, sagte ich, »ich bin kein Freund von Revolutionen. Ich bin ein Mann des Friedens und so etwas wie ein Hasenfuß« – hier lächelte Umbopa –, »aber andererseits verlasse ich meine Freunde nicht, Ignosi. Du bist zu uns gestoßen und hast stets deinen Mann gestellt, so werde ich auch jetzt zu dir stehen. Jedoch – paß auf –, ich bin Händler und muß mir meinen Lebensunterhalt verdienen; ich nehme daher dein Angebot hinsichtlich der Diamanten an, sofern wir je in die Lage kommen sollten, davon Gebrauch zu machen. Zweitens: wir kamen, wie du weißt, hierher, um Incubus (Sir Henrys) vermißten Bruder zu suchen. Du mußt uns helfen, ihn zu finden.«

»Das werde ich tun«, antwortete Ignosi. »Warte, Infadoos, beim Zeichen der Schlange um meine Hüfte, sage mir die Wahrheit. Hat deines Wissens irgendein Weißer seinen Fuß in dieses Land gesetzt?«

»Nein, o Ignosi.«

»Wenn irgendein Weißer gesehen worden wäre, oder man hätte von ihm gehört, würdest du das erfahren haben?«

»Ich hätte es gewiß erfahren.«

»Du hörst, Incubu«, sagte Ignosi zu Sir Henry; »er ist nicht hier gewesen.«

»Gut, gut«, sagte Sir Henry seufzend; »da haben wir's. Ich schätze, daß er nie so weit kam. Armer Junge, armer Junge. So ist alles umsonst gewesen. Gottes Wille geschehe.«

»Jetzt zum Geschäft«, fiel ich ein, besorgt, einem Thema, das schmerzlich berührte, zu entrinnen. »Es ist sehr schön, nach göttlichem Recht König zu sein, Ignosi, aber hast du einen Plan, um wirklich König zu werden?«

»Nein, ich weiß nicht. Infadoos, hast du einen Plan?«

»Ignosi, Sohn des Blitzes«, erwiderte sein Onkel, »heute nacht ist der große Tanz und die Hexenjagd. Viele müssen aufgespürt und umgebracht werden. Und in den Herzen vieler anderer werden deshalb Gram und Schmerz und Wut gegen König Twala sein. Wenn der Tanz vorbei ist, dann werde ich mit einigen der mächtigsten Häupter sprechen, denen noch der Schreck in den Gliedern liegt. Falls ich sie für uns gewinnen kann, werde ich zu ihren Regimentern sprechen. Vorerst werde ich den Führern erst einmal gut zureden und sie davon zu überzeugen suchen, daß du in Wahrheit der König bist. Ich glaube, daß du bis zum Morgengrauen zwanzigtausend Speere unter deinem Befehl haben wirst. Jetzt aber muß ich gehen und nachdenken, mich umhören und Vorbereitungen treffen. Nach dem Tanz werde ich dich hier treffen, und wir können beraten, wenn ich und wir alle noch am Leben sind. Im besten Falle muß Krieg sein.«

In diesem Moment wurde unsere Besprechung durch den Ruf unterbrochen, daß Boten des Königs eingetroffen wären. Wir traten unter die Tür und befahlen, sie einzulassen. Unmittelbar darauf traten drei Männer ein, jeder trug ein Kettenpanzerhemd und eine prächtige Streitaxt.

»Die Gastgeschenke meines gnädigsten Herrn, des Königs, für die weißen Männer von den Sternen« sagte ein Herold, der mit ihnen gekommen war.

»Wir danken dem König, ihr könnt gehen«, antwortete ich.

Die Männer gingen und wir prüften die Rüstung mit großem Interesse. Es waren die großartigsten Erzeugnisse der Kettenschmiedekunst, die wir je gesehen hatten. Ein komplettes Panzerhemd fiel so eng in sich zusammen, daß man den Haufen seiner Glieder gut mit beiden Händen bedecken konnte.

»Stellt ihr diese Dinge in diesem Land her, Infadoos?« fragte ich. »Die sind ja wunderbar.«

»Nein, gnädiger Herr, wir erbten sie von unseren Vorvätern. Wir wissen nicht, wer sie hergestellt hat, und es gibt nur wenige.* Nur wer königlichen Geblüts ist, darf sie tragen. Es sind Zauberhemden, die kein Speer durchdringt. Wer sie in der Schlacht trägt, ist so gut wie außer Gefahr. Der König ist entweder sehr wohlgesonnen oder in großer Furcht, er hätte euch sonst diese Gewänder aus Stahl nicht gesandt. Tragt sie heute nacht, gnädige Herren.«

Den Rest des Tages verbrachten wir mit Nichtstun, ruhten uns aus und besprachen die Lage, die aufregend genug war. Endlich ging die Sonne unter, die tausend Wachtfeuer flammten auf, und durch das Dunkel hörten wir den Marschschritt zahlloser Füße sowie das Geklirr Hunderter Speere, als die Regimenter zu ihren befohlenen Plätzen vorbeizogen, um zum großen Tanz bereit zu sein. Der Vollmond leuchtete in seiner vollen Pracht, und als wir so da standen und seine Strahlen beobachteten, erschien Infadoos in vollem Kriegsschmuck, begleitet von zwanzig Mann Leibgarde, um uns zum Tanz zu führen. Wie er uns geraten, hatten wir schon die Kettenpanzerhemden unter unserer üblichen Kleidung angelegt. Zu unserer Überraschung stellten wir fest, daß sie weder sehr schwer noch unbequem waren. Diese Stahlhemden, offensichtlich für Männer von sehr hohem Wuchs angefertigt, hingen mir und Good etwas lose herab, aber an Sir Henrys Körper lag es wie ein Handschuh an. Wir steckten noch unsere Revolver in die Gürtel, nahmen die Streitäxte, die uns der König mit den Panzerhem-

* Im Sudan werden von Arabern, deren Vorfahren sie den Leichnamen von Kreuzfahrern abgenommen haben müssen, noch Schwerter und Panzerhemden getragen. – *Der Herausgeber*

den gesandt hatte, in die Hand und machten uns auf den Weg.

Als wir den großen Kraal erreichten, wo wir heute morgen vom König empfangen worden waren, war der freie Platz bereits mit rund zwanzigtausend Mann regimentsweise voll besetzt. Die Regimenter waren in Kompanien untergliedert, und zwischen jeder Kompanie war ein schmaler Zwischenraum gelassen, um den Hexenspürerinnen freien Durchgang zu gewähren. Es ist unmöglich, sich einen imponierenderen Anblick als diesen vorzustellen, den die fast unübersehbare und sauber ausgerichtete Menge von Bewaffneten bot. Da standen sie, kein Laut war zu hören, und das Mondlicht goß seinen Schein über den Wald ihrer erhobenen Speere, über ihre ehrfurchtgebietenden Gestalten, wehenden Federbüsche und über die im Ton abgestimmten verschiedenfarbigen Schilde. Wohin man auch immer schaute: Reihe um Reihe unbeweglicher Gesichter, Reihe um Reihe von glitzernden Speeren überragt.

»Bestimmt ist heute die gesamte Armee hier versammelt«, sagte ich zu Infadoos.

»O nein, Macumazahn«, antwortete er, »aber ein Drittel davon. Ein Drittel ist jedes Jahr zu diesem Tanz. Das zweite Drittel steht außerhalb bereit, falls es, wenn das Morden beginnt, zu Unruhen kommen sollte. Zehntausend weitere besetzen die Außenposten von Loo, und der Rest bewacht die Kraals im Land. Du siehst, es ist ein sehr mächtiges Volk.«

»Die sind wahrhaft schweigsam«, sagte Good, und in der Tat, diese angespannte Ruhe bei solch einer Menge lebender Menschen war beinahe überwältigend.

»Was sagt Bougwan?« fragte Infadoos.

Ich übersetzte es.

»Diejenigen, über denen der Schatten des Todes schwebt, sind schweigsam«, antwortete er grimmig.

»Werden viele getötet werden?«

»Sehr viele.«

»Es scheint, wir stehen kurz vor einer Gladiatorenschau, die ohne Rücksicht auf Verluste angeordnet ist«, sagte ich zu den anderen.

Sir Henry schauerte es, und Good sagte, er wünschte, wir könnten uns davon absetzen.

»Sag mir, sind wir in Gefahr?« fragte ich Infadoos.

»Ich weiß es nicht, gnädige Herren, ich hoffe zuversichtlich nein. Zeigt nur keine Furcht. Wenn wir diese Nacht überleben, kann alles gutgehen mit uns. Die Soldaten murren wider den König.«

Inzwischen waren wir auf die Mitte des freien Platzes zugeschritten, wo einige Schemel bereitgestellt waren. Als wir weitergingen, bemerkten wir eine kleine Gruppe, die aus der Richtung der Königshütte kam.

»Es ist der König Twala, Scragga, sein Sohn, und Gagool, die Alte – und seht, bei ihnen sind die, die erschlagen«, bemerkte Infadoos und wies auf eine kleine Gruppe von rund einem Dutzend riesiger, wildaussehender Kerle, bewaffnet mit Speeren in der einen und schweren Kerries in der anderen Hand.

Der König nahm auf dem mittleren Schemel Platz, Gagool kauerte sich zu seinen Füßen, und die anderen blieben hinter ihm stehen.

»Seid gegrüßt, weiße Herren«, rief er, als wir uns näherten; »setzt euch, verschwendet nicht kostbare Zeit, die Nacht ist allzu kurz für Taten, die getan werden müssen. Ihr kommt zu einer guten Stunde, und ihr werdet ein prachtvolles Schauspiel sehen. Seht euch um, weiße Herren, seht euch um«, und er ließ dabei sein einziges, verruchtes Auge von Regiment zu Regiment schweifen. »Können euch die Sterne solch einen Anblick wie diesen bieten? Seht, wie sie in ihrer Verworfenheit zittern, all jene, die Böses im Herzen tragen und das Gericht des ›Himmels, des erhabenen‹ fürchten.«

»Fangt an! Fangt an!« kreischte Gagool mit ihrer durchdringenden schrillen Stimme; »die Schakale sind hungrig, sie heulen nach Futter. Fangt an! Fangt an!«

Dann herrschte für einen Augenblick gespannteste Stille, entsetzlich vor allem in der Vorahnung dessen, was kommen würde.

Der König hob seinen Speer, und plötzlich wurden zwanzigtausend Füße gehoben, als ob sie einem Mann gehörten, und mit einem Schlag auf die Erde gestoßen. Dies wurde dreimal wiederholt und brachte den festen Boden zum Zittern und Beben. Dann setzte an einer entfernt liegenden Stelle des Runds eine einzelne Stimme mit einem Klagegesang ein, dessen Refrain etwa wie folgt lautete:

»Was ist das Los eines Menschen, von einem Weibe geboren?«

Zurück hallte die Antwort, wie Donner entrang sie sich jeder einzelnen Kehle dieser riesigen Versammlung – »Der Tod!«

Von Kompanie zu Kompanie sprang der Gesang weiter, bis die gesamte bewaffnete Menge sang und ich den Worten nicht länger folgen konnte. Ich bekam nur heraus, daß die einzelnen Strophen verschiedene Phasen menschlicher Leidenschaften, Ängste und Freuden darzustellen schienen. Jetzt schien es ein Liebeslied zu sein, jetzt ein majestätisch anschwellender Kriegsgesang und als letztes vor allem ein Todes- beziehungsweise Grabgesang, der plötzlich in einer herzzerreißenden Klage endete und widerhallend und donnernd mit einem Laut, der das Blut in den Adern stocken ließ, abklang.

Und wieder senkte sich Stille über den weiten Platz, und abermals wurde sie durch den König gebrochen, der seine Hand hochhob. Unmittelbar darauf hörten wir ein Füßegetrampel, und aus der Masse der Krieger liefen merkwürdige schreckenerregende Gestalten auf uns zu. Als sie näher kamen, sahen wir, daß es Frauen waren; viele von ihnen, ihren weißen Haaren nach, bejahrt. Geschmückt waren sie mit kleinen Fischblasen, die hinter ihnen herflatterten. Ihre Gesichter waren mit gelben und weißen Streifen bemalt, Schlangenhäute hingen an ihren Rücken herab, und um ihre Hüften rasselten Reifen aus Menschenknochen. Jede von ihnen hielt eine kleine gegabelte Rute in der ausgemergelten knochigen Hand. Im ganzen waren es zehn. Kurz vor uns hielten sie, und eine von ihnen schrie laut, wobei sie mit ihrer Rute auf die zusammengekauerte Gestalt von Gagool zeigte …

»Mutter, Alte Mutter, wir sind hier.«

»Gut! Gut! Gut!« antwortete diese alte personifizierte Schlechtigkeit.

»Sind eure Augen scharf, Isanusis (Zauberdoktorinnen – weibliche Medizinmänner), ihr Seherinnen an dunklen Orten?«

»O, Mutter, sie sind scharf.«

»Gut! Gut! Gut! Sind eure Ohren offen, Isanusis, damit ihr die Worte hört, die nicht über die Zunge kommen?«

»O Mutter, sie sind offen.«

»Gut! Gut! Gut! Sind eure Sinne wach, Isanusis – könnt ihr Blut riechen, könnt ihr das Land von den Verworfenen befreien, die Böses wider den König und wider ihre Nachbarn anstiften? Seid ihr bereit, die Gerechtigkeit des ›Himmels, des erhabenen‹ zu vollziehen, wie ich es euch gelehrt habe, ihr, die ihr vom Brote meiner Weisheit gegessen und vom Wasser meines Zaubers getrunken habt?«

»O Mutter, wir können es.«

»Dann eilt! Säumet nicht, ihr Geier; seht die Totschläger« – und sie zeigte auf die unheildräuende Truppe der Henker hinter uns – »sie schärften ihre Speere; die Weißen von weit her sind begierig, es zu sehen. Eilt!«

Mit einem wilden, gellenden Aufschrei stoben die abscheulichen Dienerinnen Gagools in alle Richtungen auseinander, wie die Brocken einer Granate. Und die getrockneten Gebeine um ihre Hüften rasselten, als sie liefen und Kurs auf verschiedene Punkte des riesigen Menschenkreises nahmen. Wir konnten sie nicht alle im Auge behalten, so hefteten wir unsere Blicke auf die Isanusi, die uns am nächsten war. Als sie sich bis auf wenige Schritte den Kriegern genähert hatte, hielt sie an und begann einen wilden Tanz, wobei sie sich mit einer beinahe unfaßlichen Schnelligkeit um sich selbst drehte und Sätze kreischte wie »Ich rieche ihn, den Übeltäter! Er ist nahe, er, der seine Mutter vergiftete! Ich höre seine Gedanken, der Übles vom König dachte!«

Sie wirbelte immer schneller um die eigene Achse, bis sie sich in einen solchen Rausch, in eine solche Raserei hineingesteigert hatte, daß ihr der Schaum in Fetzen von den knirschenden Kiefern flog, ihre Augen aus den Kopf herauszuspringen schienen und ihr Fleisch sichtbar zitterte. Plötzlich hielt sie ein, wie tot und völlig erstarrt, gleich einem Hühnerhund, der Wild wittert, und dann begann sie mit ausgestreckter Rute auf die Soldaten vor ihr heimtückisch zuzuschleichen. Es schien uns, als würde deren Gleichmut schwinden, als sie herankam, und die Soldaten vor ihr zurückschrecken. Wir selbst folgten jeder ihrer Bewegungen von Entsetzen gebannt. Gleich darauf war sie, immer noch schleichend und wie ein Hund zum Sprung ansetzend, vor ihnen. Alsdann hielt sie an und stand und schlich wieder ein oder zwei Schritte.

Plötzlich kam das Ende. Mit einem schrillen Schrei sprang sie vor und berührte einen großen Krieger mit ihrem gegabelten Stab. Sofort packten den Verdammten zwei seiner Kameraden, die ihm am nächsten standen, jeder bei einem Arm, und traten mit ihm vor den König hin.

Er leistete keinen Widerstand, doch wir sahen, daß er sich vorwärts schleppte, als wären seine Glieder gelähmt, und seine Finger, denen der Speer entfallen war, waren schlaff wie die eines Sterbenden.

Kaum war er heran, traten zwei von den schurkischen Henkern vor, um ihn in Empfang zu nehmen. Sie packten ihn gleich, sich dem König zuwendend, als ob sie Befehle erwarteten.

»Töten!« sagte der König.

»Töten!« quiekte Gagool.

»Töten!« plärrte Scragga mit einem hohlen Kichern nach.

Schneller fast, als die Worte gefallen waren, war die Schreckenstat vollbracht. Der eine hatte seinen Speer dem Opfer ins Herz gestoßen, und um doppelt sicherzugehen, schlug ihm der andere mit der großen Keule die Hirnschale ein.

»Eins«, zählte Twala, der König, wie eine schwarze Madame Defarge, wie Good sagte. Der Leichnam wurde ein paar Schritte weggeschleift und liegengelassen.

Kaum war diese erste Hinrichtung vorbei, wurde ein anderer armer Teufel herbeigeschleppt, wie ein Ochse zum

Schlachter. Auf Grund des Leopardenfells konnten wir sehen, daß der Mann eine Persönlichkeit von Rang war. Wieder wurden die entsetzlichen Silben gesprochen, und das Opfer brach tot zusammen.

»Zwei«, zählte der König.

Und so ging das tödliche Spiel weiter, bis etwa hundert Leichen hinter uns in Reihen ausgestreckt lagen. Ich habe von Gladiatorenspielen der römischen Kaiser gehört und von spanischen Stierkämpfen, doch ich nehme mir die Freiheit, daran zu zweifeln, daß beide halb so furchtbar waren wie diese kukuanische Hexenjagd. Jedenfalls trugen die Spiele der Gladiatoren und die spanischen Stierkämpfe zum öffentlichen Vergnügen bei, was hier bestimmt nicht der Fall war. Der unheilbarste, lüsternste Sensationsjäger würde vor Sensationen zurückschrecken, wenn er wüßte, daß er – was gut auf dem Programm stehen konnte – in ureigenster Person Gegenstand der nächsten ›Nummer‹ sein würde.

Einmal sprangen wir hoch und versuchten Einwände zu erheben, wurden aber von Twala finster im Zaume gehalten.

»Laßt dem Gesetz seinen Lauf. Weiße. Diese Hunde sind Zauberer und Übeltäter; es ist gut, daß sie sterben sollen«, war die einzige Antwort, die er uns gönnte.

Etwa um halb elf war eine Unterbrechung. Die Hexenspürerinnen sammelten sich, augenscheinlich von ihrem blutigen Werk erschöpft, und wir dachten, daß damit das Werk getan sei. Aber dem war nicht so; denn sogleich erhob sich zu unserer Überraschung das alte Weib, Gagool, aus ihrer Kauerstellung, und indem sie sich auf ihren Stock stützte, wankte sie auf den freien Platz zu. Es war ein seltsamer Anblick, den dieses schreckliche, geierköpfige alte Geschöpf, von dem ungewöhnlichen Alter doppelt gebeugt, darbot, wie es allmählich Kraft sammelte, bis es zuletzt beinahe ebenso behende wie seine Unheil ankündigenden Schülerinnen herumhetzte. Hin und her rannte die Alte, sang vor sich hin, bis sie plötzlich auf einen hochgewachsenen Mann zusprang, der vor einem der Regimenter stand, und ihn berührte.

Als sie dies tat, glomm etwas wie Murren bei dem Regiment auf, das er offensichtlich kommandierte. Aber zwei seiner Offiziere packten ihn genauso und brachten ihn zur Hinrichtung. Wir erfuhren später, daß er ein Mann von großem Reichtum und Einfluß, sogar ein Cousin des Königs gewesen war. Er wurde erschlagen, und Twala zählte einhundertunddrei.

Wieder sprang Gagool hin und her, wobei sie sich allmählich immer mehr uns näherte.

»Gehängt will ich werden, wenn ich nicht glaube, daß sie jetzt mit uns ihre Spielchen versuchen will«, stieß Good entsetzt hervor.

»Unsinn!« sagte Sir Henry.

Aber auch mir sank das Herz in die Hosen, als ich diese alte Unholdin näher und näher tanzen sah. Ich überflog kurz die lange Reihe der Körper hinter uns, und mir schauderte.

Näher und näher walzte Gagool, und sie ähnelte bei Gott einem lebendig gewordenen krummen Stecken, ihre schrecklichen Augen leuchteten und glühten in einem höchst gottlosen Glanz.

Näher kam sie, immer näher, jedes Auge dieser riesigen Versammlung folgte ihren Bewegungen voll bebender Angst. Endlich hielt sie an und blieb stehen.

»Wer wird es sein?« fragte Sir Henry für sich.

Im Nu waren alle Zweifel beseitigt, denn die alte Hexe war vorgestürzt und berührte Umbopa, alias Ignosi, an der Schulter.

»Ich rieche ihn heraus«, kreischte sie. »Töte ihn, töte ihn, er ist voll Bösem; töte ihn, den Fremdling, ehe seinetwegen Blut fließt, o König.«

Es entstand eine kurze Pause, welche ich sofort ausnützte.

»O König«, rief ich und erhob mich von meinem Sitz.

»Dieser Mann ist der Diener deiner Gäste, er ist ihr Hund; wer aber immer unserer Hunde Blut vergießt, vergießt unser Blut. Bei den unverletzlichen Gesetzen der Gastfreundschaft, ich beanspruche Schutz für ihn.«

»Gagool, die alte Mutter der Hexen-Sucherinnen, hat ihn aufgespürt; er muß sterben, weiße Männer!« war die finstere Antwort.

»O nein, er wird nicht sterben«, erwiderte ich. »Wer versucht, ihn zu berühren, wird in der Tat sterben.«

»Packt ihn!« brüllte Twala den Henkern zu, die rundum standen, vom Blut ihrer Opfer rot bis zu den Augen.

Die Henker schritten auf uns zu, und dann zögerten sie. Denn Ignosi packte seinen Speer und hob ihn, jeden Zweifel beseitigend, daß er sein Leben teuer verkaufen werde.

»Zurück, ihr Hunde!« schrie ich, »wenn ihr das Licht des morgigen Tages sehen wollt! Krümmt ein Haar auf seinem Kopf, und euer König stirbt«, und ich zielte mit meinem Revolver auf Twala. Sir Henry und Good zogen nun ebenfalls ihre Pistolen.

Sir Henry nahm den Anführer der Henker aufs Korn, der vorgetreten war, um den Richterspruch auszuführen. Und Good visierte sorgfältig Gagool an.

Twala zuckte sichtbar zusammen, als mein Lauf direkt auf seine breite Brust zielte.

»Nun«, sagte ich, »was ist nun los, Twala?«

Dann sprach er.

»Legt eure Zauberrohre weg«, sagte er, »ihr habt mich im Namen der Gastfreundschaft beschworen, und aus diesem Grunde und nicht aus Furcht vor dem, was ihr tun könnt, schone ich ihn. Geht in Frieden.«

»In Ordnung«, war meine gleichmütige Antwort, »wir sind der Schlächterei überdrüssig und wollen schlafen. Ist der Tanz beendet?«

»Er ist zu Ende«, antwortete Twala verdrießlich. »Laßt diese toten Hunde hinauswerfen, den Schakalen und Geiern zum Fraß.« Er zeigte auf die lange Reihe der Leichname. Dann hob er seinen Speer.

Sofort begann der Abmarsch der Regimenter durch das Tor des Kraals in völligem Schweigen. Nur ein Arbeitskommando blieb zurück, die Körper jener wegzubringen, die geopfert worden waren.

Jetzt standen auch wir auf, machten Seiner Majestät unseren ›Salaam‹, den er kaum zur Kenntnis zu nehmen geruhte, und kehrten zu unseren Hütten zurück.

»Na«, meinte Sir Henry, als wir uns hingesetzt hatten, nachdem erst eine Lampe angezündet worden war, wie sie die Kukuanas verwenden. Ihre Dochte sind aus der Faser einer Art von Palmblatt geflochten, und das Öl besteht aus gereinigtem Flußpferdfett.

»Also, mir ist, mit Respekt gesagt, kotzübel wie selten.«

»Hätte ich noch den geringsten Zweifel gehegt, ob ich Umbopa beistehen soll, wenn er gegen diesen höllischen Schuft rebelliert«, warf Good ein, »jetzt wäre ich ihn los. Was mich das gekostet hat, ruhig sitzen zu bleiben bei diesem Gemetzel, nicht zu sagen. Ich versuchte meine Augen geschlossen zu halten, aber sie öffneten sich gerade zur verkehrten Zeit. Ich möchte bloß wissen, wo Infadoos steckt. Umbopa, mein Freund, du solltest uns eigentlich dankbar sein; deine Haut war nahe daran, ein paar Luftlöcher zu bekommen.«

»Ich bin dankbar, Bougwan«, war Umbopas Antwort, als ich gedolmetscht hatte. »Und ich werde es nicht vergessen. Was Infadoos betrifft, er wird bald hier sein. Wir müssen warten.«

So zündeten wir unsere Pfeifen an und warteten.

11

Wir wirken Wunder

Eine lange Zeit – ich schätze, zwei Stunden – saßen wir drei stumm da; viel zu sehr überwältigt von der Erinnerung an die Greuel, die wir gesehen hatten, spürten wir keine Lust zu einem Gespräch. Endlich, wir dachten gerade daran, uns aufs Ohr zu legen, denn die Nacht näherte sich dem Morgen, hörten wir den Klang von Schritten. Es folgte der Anruf der Schildwache, die am Tor des Kraals postiert war, der offensichtlich beantwortet wurde, obwohl wir es nicht hörten, denn die Schritte näherten sich. In der nächsten Sekunde stand Infadoos in der Hütte, von einem halben Dutzend stattlich aussehender Kommandeure begleitet.

»Meine gnädigen Herren«, sagte er, »getreu meinem Wort bin ich gekommen. Gnädige Herren und Ignosi, rechtmäßiger König der Kukuanas, ich habe diese Männer mitgebracht«, und er zeigte auf die Reihe der Führer, »die mächtige Führer bei uns sind, jeder von ihnen hat das Kommando über dreitausend Soldaten, die nur leben, ihre Befehle auszuführen, darunter die des Königs. Ich habe ihnen berichtet, was ich gesehen habe und was meine Ohren gehört haben. Lasse nun auch sie die heilige Schlange um deine Hüfte sehen und deine Geschichte hören, Ignosi, damit sie sagen mögen, ob sie mit mir gemeinsame Sache machen wider Twala, den König, oder nicht.«

Als Antwort streifte Ignosi wieder seinen Lendenschurz ab und zeigte die Schlange, die um ihn tätowiert war. Jeder Kommandeur trat der Reihe nach heran, prüfte die Zeichnung bei dem trüben Licht der Lampe und schritt dann, ohne ein Wort zu sagen, auf die andere Seite.

Dann nahm Ignosi seine moocha wieder auf, wandte sich an sie und wiederholte die Geschichte, die er am Morgen in allen Einzelheiten erzählt hatte.

»Nun habt ihr es gehört, Führer«, sagte Infadoos, als er geendet hatte, »was sagt ihr, werdet ihr diesem Mann beistehen und ihm auf seines Vaters Thron verhelfen, oder nicht? Das Land begehrt auf wider Twala, denn das Blut des Volkes fließt wie das Wasser von Quellen. Ihr habt es diese Nacht wieder erlebt. Zwei von euch, zwei Kommandeure, waren darunter, mit denen ich ebenfalls im Sinne hatte zu sprechen, und wo sind sie jetzt? Die Hyänen heulen über ihren Leichen. Bald werdet auch ihr sein, was sie sind, wenn ihr nicht zuschlagt. Entscheidet euch, meine Brüder.«

Der älteste der sechs, ein kleiner, untersetzter Krieger mit schlohweißen Haaren, trat einen Schritt vor und antwortete:

»Du hast wahr gesprochen, Infadoos; das Land schreit auf. Mein eigener Bruder befand sich heute unter denen, die sterben mußten; aber es ist eine schwerwiegende Angelegenheit, und die Geschichte ist schwer zu glauben. Wie sollen wir wissen, ob wir unsere Speere nicht möglicherweise für einen Betrüger und Lügner erheben? Es ist eine schwerwiegende Sache, hört, von der niemand sagen kann, wie sie ausgeht. Denn dessen seid sicher, Blut wird in Strömen fließen, ehe das Werk getan ist; viele werden doch dem König treu bleiben – denn die Menschen verehren lieber die Sonne, die noch hell am Himmel scheint, als jene, die noch nicht aufgegangen ist. Diese weißen Männer von den Sternen, ihr Zauber ist mächtig, und Ignosi steht unter dem Schutz ihrer Schwingen. Wenn er wirklich der rechtmäßige König ist, sollen sie ein Wunder tun, dem Volk ein Zeichen geben, das alle sehen können. Dann werden die Männer zu uns stehen, weil sie darauf vertrauen, daß der weißen Männer Zauber mit ihnen ist.«

»Ihr habt das Zeichen der Schlange«, antwortete ich.

»Meine gnädigen Herren, das ist nicht genug. Die Schlange kann auch lange nach des Mannes Kindheit angebracht worden sein. Tut ein Wunder, und es wird genügen. Aber wir werden nicht ohne ein Wunder marschieren.«

Die anderen stimmten mit Entschiedenheit zu. In meiner Ratlosigkeit wandte ich mich an Sir Henry und Good und erklärte ihnen die Lage.

»Ich glaube, ich hab's«, frohlockte Good. »Bittet sie, uns einen Augenblick Bedenkzeit zu geben.«

Gesagt, getan, und die Führer zogen sich zurück. Kaum waren sie draußen, ging Good zu der kleinen Kiste, in der sich seine Medikamente befanden, schloß sie auf und nahm ein Notizbuch heraus, auf dessen erster Seite ein Kalender war.

»Na, schaut her, ihr Helden, ist morgen nicht der 4. Juni?«

Wir hatten uns sorgfältig alle Tage notiert, so daß wir dies bejahen konnten.

»Sehr schön; denn hier haben wir's – 4. Juni, totale Mondfinsternis, um 8.15 Uhr Greenwich-Zeit beginnend, sichtbar in Teneriffa – Süd-Afrika usw. Das ist unser Wunder. Sag ihnen, wir werden morgen nacht den Mond verdunkeln.«

Eine glänzende Idee, in der Tat, nur eine Sorge erfüllte mich, die Sorge, daß Goods Kalender nicht genau sein mochte. Eine falsche Prophezeiung in einer solchen Situation, und unser Ansehen würde dahin sein, damit aber auch Ignosis Aussicht auf den Thron der Kukuanas.

»Angenommen, der Kalender stimmt nicht ganz«, deutete auch Sir Henry dies Good an, der eifrig dabei war, irgend etwas auf einer leeren Seite seines Buches auszuarbeiten.

»Ich sehe keinen Grund, etwas Derartiges anzunehmen«, war seine Antwort, »Finsternisse stellen sich immer zu bestimmten Zeiten ein; zumindest ist dies meine Erfahrung, und außerdem ist besonders angegeben, daß dies in Süd-Afrika zu sehen sein wird. Ich habe, so gut ich ohne genaue Kenntnis unserer Postition konnte, eine Berechnung ausgearbeitet und ermittelt, daß die Mondfinsternis hier morgen nacht um zehn Uhr beginnen und bis halb eins dauern wird. Für zweieinhalb Stunden etwa wird hier beinahe völlige Dunkelheit herrschen!«

»Gut«, sagte Sir Henry, »schätze, wir täten besser daran, es zu riskieren.«

Ich willigte, wenn auch zögernd, ein, denn Finsternisse sind sonderbares Vieh, um sich damit einzulassen. Gesetzt den Fall, es mag eine wolkige Nacht sein, zum Beispiel, oder unsere Daten sind falsch. Na – ich schickte Umbopa, die Führer hereinzuholen. Sie kamen sofort, und ich wandte mich wie folgt an sie:

»Mächtige Männer der Kukuanas, und du, Ignosi, hört. Wir lieben es nicht, unsere Kräfte zu demonstrieren, denn dies zu tun bedeutet, einzugreifen in den Lauf der Natur und die Welt in Furcht und Verwirrung zu tauchen. Weil es sich hier jedoch um eine bedeutende Angelegenheit handelt und wir dem König wegen des Blutbades, das wir erlebt haben, zürnen und wegen der Tat der Isanusi Gagool, welche unseren Freund Ignosi dem Tod ausliefern wollte, haben wir uns entschlossen, mit der Regel zu brechen und solch ein Zeichen zu geben, das alle Menschen sehen können. Kommt hierher«, ich führte sie unter die Hüttentür und wies auf den roten Ball des Mondes, »was seht ihr da?«

»Wir sehen den untergehenden Mond«, antwortete der Sprecher der Gruppe.

»So ist es. Nun sagt mir, kann ein Sterblicher diesen Mond vor der Stunde des Untergangs verjagen und den Vorhang der dunklen Nacht über das Land ziehen?«

Der Führer lächelte bei dieser Frage.

»Nein, mein gnädiger Herr, das kann kein Mensch. Der Mond ist stärker als der Mensch, der zu ihm aufsieht. Niemand kann ihn in seinem Lauf beirren.«

»Du sagst es. Nun sage ich euch dies: Morgen nacht, etwa zwei Stunden vor Mitternacht, werden wir den Mond veranlassen, für die Dauer von zwei und einer halben Stunde zu verschwinden. Ja, tiefe Finsternis wird die Erde bedekken, und es soll ein Zeichen sein, daß Ignosi wahrlich König der Kukuanas ist. Wenn wir dies tun, werdet ihr dann zufrieden sein?«

»Ja, meine gnädigen Herren, wenn ihr das fertigbringt, dann werden wir wirklich zufrieden sein«, antwortete der alte Kommandeur mit einem Lächeln, das sich auf den Gesichtern seiner Gefährten widerspiegelte. »Es wird geschehen; wir drei, Incubu, Bougwan und Macumazahn, haben es gesagt, und es wird geschehen. Hast du es gehört, Infadoos?«

»Ich höre, mein gnädiger Herr, aber es ist eine wunderbare Sache, die ihr versprecht, den Mond zu verjagen, die Mutter der Welt, wenn er voll am Himmel steht.«

»Wir werden es tun, Infadoos.«

»In Ordnung, gnädige Herren. Heute, zwei Stunden nach Sonnenuntergang, wird Twala nach meinen gnädigen Herren senden, damit sie Zeuge des ›Mädchen-Tanzes‹ werden. Und eine Stunde nach dem Beginn des Tanzes wird das Mädchen, das Twala für das schönste hält, von Scraggam, des Königs Sohn, getötet werden, als ein Opfer für die schweigenden ›Steine‹, die da sitzen und Wache halten bei den Bergen dort drüben«, und er zeigte nach den drei sonderbar aussehenden Gipfeln, wo das Ende von Salomons Straße vermutet wurde. »Dann laßt, meine gnädigen Herren, den Mond dunkel werden und das Leben des Mädchens retten, und das Volk wird gewiß glauben.«

»Tja«, wiederholte der alte Kommandeur, noch ein wenig lächelnd, »das Volk wird gewiß glauben.«

»Zwei Meilen von Loo«, fuhr Infadoos fort, »ist ein Hügel, gebogen wie die Sichel des zunehmenden Mondes, eine Festung, in der mein Regiment und drei weitere Regimenter, die diese Führer befehligen, stationiert sind. Heute morgen werden wir noch einen Plan ausarbeiten, und weitere zwei oder drei Regimenter nach dort zu verlegen. Dann, wenn meine gnädigen Herren wirklich den Mond verdunkeln können, dann werde ich die gnädigen Herren bei der Hand nehmen und in der Dunkelheit aus Loo hinaus zu diesem Platz führen, wo sie in Sicherheit sein werden, und von hier aus können wir auch Krieg gegen Twala, den König, führen.«

»Es ist gut«, sagte ich. »Laßt uns jetzt ein wenig schlafen und unseren Zauber fertig machen.«

Infadoos erhob sich, und nachdem er uns gegrüßt hatte, entfernte er sich mit den Führern.

»Meine Freunde«, sagte Ignosi, kaum daß sie gegangen waren, »könnt ihr wirklich dieses Wunder vollbringen, oder waren es leere Worte, die ihr zu den Anführern spracht?«

»Wir glauben, daß es uns gelingt, Umbopa – Ignosi meine ich.«

»Es ist unglaublich«, war seine Antwort, »und würdet ihr nicht Engländer sein, ich würde es auch nicht glauben, aber ich habe erfahren, daß englische Gentlemen keine Lügen erzählen. Falls wir überleben, seid sicher, ich werde es euch vergelten.«

»Ignosi, versprich mir eines«, sagte Sir Henry.

»Ich verspreche es, Incubu, mein Freund, noch bevor ich es gehört habe«, antwortete der große Mensch mit einem Lächeln. »Was ist es?«

»Dies: solltest du je König dieses Volkes werden, wirst du das Aufspüren von Zauberern verbieten, so wie wir es letzte Nacht sahen, und das Töten von Menschen ohne richterliche Untersuchung soll nicht länger Platz in dem Lande haben.«

Ignosi besann sich einen Augenblick, als ich ihm diese Forderung übersetzt hatte, und dann antwortete er:

»Die Sitten des schwarzen Volkes sind nicht die der Weißen, Incubu; noch schätzen wir den Wert des Lebens so hoch. Doch ich will es versprechen. Sobald es in meiner Macht steht, sie zurückzuhalten, sollen die Hexenspürer nicht mehr jagen, noch soll irgendein Mensch den Tod ohne Gericht und Urteilsspruch erleiden.«

»Abgemacht! Topp!« sagte Sir Henry, »und jetzt wollen wir ein wenig ruhen.«

Obwohl übermüdet, waren wir bald fest eingeschlafen und wurden nicht munter, bis uns Infadoos gegen elf Uhr weckte. Wir standen auf, wuschen uns und nahmen ein kräftiges Frühstück ein.

Nachher gingen wir hinaus ins Freie, vergnügten uns mit der Prüfung des Hüttenbaus der Kukuanas und der Beobachtung der weiblichen Gewohnheiten.

»Ich hoffe, die Finsternis wird kommen«, sagte Sir Henry plötzlich.

»Wenn es nicht klappt, wird es bald um uns geschehen sein«, antwortete ich sorgenvoll; »denn so wahr wir lebende Menschen sind, einige dieser Anführer werden die ganze Geschichte dem König zutragen. Dann wird es eine andere Art Finsternis geben, eine, die wir bestimmt gar nicht mögen.«

Wir kehrten in die Hütte zurück, aßen eine Kleinigkeit zum Dinner und verbrachten den Rest des Tages mit dem Empfang von Besuchern, die aus Gründen des Zeremoniells oder der Neugierde kamen. Endlich ging die Sonne unter, und wir genossen ein paar Stunden solcher Ruhe, wie es unsere düsteren Vorahnungen nur erlauben wollten. Schließlich um halb neun kam ein Bote von Twala, der uns zum großen jährlichen ›Tanz der Mädchen‹ bat, der zu feiern fällig war.

Eilig zogen wir die Kettenhemden an, die uns der König geschickt hatte, nahmen unsere Gewehre und Munition, um sie – wie Infadoos geraten hatte – zur Hand zu haben, falls wir fliehen mußten. Wir brachen auf, kühn freilich, doch innerlich mit Furcht und Zittern. Der große Platz vor des Königs Kraal bot einen ganz anderen Anblick als am

Abend vorher. An Stelle grimmiger Reihen dicht gedrängter Soldaten stand Abteilung neben Abteilung Kukuana-Mädchen; nicht übertrieben aufgeputzt, soweit es die Kleidung betraf, doch jedes Mädchen trug einen Blumenkranz als Krone und hielt ein Palmenblatt in der einen und eine weiße, duftende Lilie in der anderen Hand. In der Mitte des freien, mondbeschienenen Platzes saß Twala, der König, mit der alten Gagool zu seinen Füßen, begleitet von Infadoos, dem Knaben Scragga und zwölf Leibwächtern. Außerdem waren noch an die zwanzig Anführer anwesend, unter ihnen erkannte ich viele unserer Bekannten der vergangenen Nacht.

Twala begrüßte uns mit höchst auffallender Herzlichkeit, doch ich sah, wie er sein einziges Auge bösartig auf Umbopa heftete.

»Willkommen, weiße Männer von den Sternen«, sprach er, »dies ist ein anderes Bild als das, welches sich beim Licht des Mondes in der letzten Nacht euren Augen darbot, aber es ist kein so schöner Anblick. Mädchen sind zwar angenehm, doch wäre es nicht wegen solcher wie diese«, und er zeigte in die Runde, »keiner von uns würde heute hier sein; denn Männer sind besser. Küsse und zärtliche Worte von Frauen sind süß, doch der Klang klirrender Männerspeere und der Geruch von Menschenblut, sie sind weit süßer! Wollt ihr Frauen unseres Volkes haben, weiße Männer? Wenn ja, wählt die Schönsten hier, und ihr sollt haben, so viele ihr wollt«, er hielt inne und wartete auf eine Antwort.

Diese Aussicht schien für Good nicht ohne Reiz zu sein – er ist wie viele Seeleute von empfänglicher Natur. Aber älter und klüger, sah ich endlose Komplikationen voraus, die mit etwas Derartigem verknüpft sein würden – Frauen bringen immer Verdruß, das ist so sicher, wie die Nacht dem Tag folgt –, so daß ich eilig antwortete:

»Dank dir, o König, aber wir Weißen heiraten nur weiße Frauen, gleich uns. Euere Mädchen sind schön, aber sie sind nicht für uns bestimmt!«

Der König lachte.

»Schon recht. In unserem Land gibt es ein Sprichwort, das lautet ›Die Augen der Frauen sind immer hell, gleich welcher Farbe‹, und ein anderes sagt ›Liebe sie, die da ist, denn sei gewiß, die abwesend ist, betrügt dich‹. Aber vielleicht ist dies auf den Sternen anders. In einem Land, in dem die Menschen weiß sind, sind alle Dinge möglich. Sei's wie es sei, weiße Männer; die Mädchen werden nicht betteln gehen. Noch einmal willkommen; und willkommen auch du, Schwarzer. Wäre es nach Gagools Willen gegangen, du würdest jetzt steif und kalt sein. Ein Glück, daß du von den Sternen kamst; ha! ha!«

»Ich kann dich töten, bevor du mich tötest, o König«, war Ignosis gemessene Antwort, »und du würdest steif sein, ehe sich meine Glieder nicht mehr biegen.«

Twala brauste auf. »Du sprichst keck, Bursche«, erwiderte er zornig, »wage dich nicht zu weit.«

»Er kann wohl kühn sein, dessen Lippen die Wahrheit sprechen. Die Wahrheit ist ein scharfer Speer, der sein Ziel trifft und nicht fehlt. Das ist eine Botschaft von den Sternen, o König.«

Twala blickte finster, sein einziges Auge glomm wild, aber er sagte keinen Ton mehr.

»Laßt uns den Tanz beginnen!« schrie er.

Sofort hüpften die blumenbekrönten Mädchen in Abteilungen vorwärts, stimmten einen melodischen Gesang an und schwangen die zarten Palmen und weißen Lilien. Weiter tanzten sie, schemenhaft und unwirklich anzusehen und dem weichen, kargen Licht des aufgehenden Mondes. Jetzt wirbelten sie rundherum, jetzt begegneten sie sich in einem Scheinkampf, dahin und dorthin schwenkend und wirbelnd, drängten vorwärts und wichen zurück, um eine entzückende Verwirrung darzustellen. Schließlich hielten sie inne, und eine junge, wunderschöne Frau löste sich aus den Reihen und begann vor uns Pirouetten zu tanzen, mit einer Anmut und Kraft, daß sie viele Ballettmädchen beschämt haben würde. Dann wich sie erschöpft zurück, und ein anderes Mädchen nahm ihren Platz ein, dann noch eines und noch eines, aber keines von ihnen konnte es mit der ersten aufnehmen, sei es an Grazie, Geschicklichkeit oder persönlichem Reiz.

Als die ausgewählten Mädchen alle getanzt hatten, hob der König seine Hand.

»Welche haltet ihr für die schönste, weiße Männer?« fragte er.

»Die erste«, sagte ich gedankenlos. In der nächsten Sekunde bedauerte ich es, denn mir fiel ein, was Infadoos uns erzählt hatte, daß das schönste Mädchen als Opfer dargebracht werden mußte.

»Dann ist meine Meinung gleich eurer Meinung, und mein Auge ist wie eure Augen. Sie ist die schönste! Aber traurig für sie, denn sie muß sterben!«

»Ja, sie muß sterben!« quietschte Gagool und warf einen schnellen Blick in Richtung des armen Mädchens. Es stand, in Unkenntnis, welch schreckliches Schicksal ihm bevorstand, etwa zehn Yards vor der einen Abteilung von Mädchen und war damit beschäftigt, befangen eine Blume ihres Kranzes zu zerpflücken, Blatt um Blatt.

»Weshalb, o König?« fragte ich, meinen Unwillen nur schwer meisternd. »Das Mädchen hat gut getanzt und uns gefallen; schön ist sie auch; es wäre unbillig, sie mit dem Tod zu belohnen.«

Twala lachte, als er antwortete:

»So ist es Brauch bei uns – und die ›Gestalten‹ aus Stein da drüben« – und er zeigte hinüber zu den drei entfernten Gipfeln – »müssen ihren Lohn bekommen. Versäumte ich heute, das schönste Mädchen dem Tod zu überantworten, würde auf mich und mein Haus Unglück fallen. So lautet die Prophezeiung meines Volkes: ›Wenn der König am Tage des Tanzes der Jungfrauen den ‚Alten', die da sitzen und die Berge bewachen, nicht das Opfer eines schönen Mädchens gewährt, dann wird er und sein Haus stürzen.‹ Seht ihr, weiße Männer, mein Bruder, der vor mir regierte, brachte das Opfer nicht dar, wegen Weibertränen. Und er stürzte und sein Haus, und ich regiere an seiner Statt. Es ist entschieden; sie muß sterben!« Dann wandte er sich an die Wachen. »Bringt sie hierher. Scragga, schärfe deinen Speer.«

Zwei der Männer traten vor, und als sie auf das Mädchen zugingen, da erst erfaßte sie, welches Schicksal ihr drohte;

laut schrie sie auf und wandte sich zur Flucht. Aber die kräftigen Hände fingen sie schnell, und man brachte sie, die sich sträubte und weinte.

»Wie heißt du, Mädchen?« piepste Gagool. »Was! Willst du nicht antworten! Soll des Königs Sohn sein Werk gleich tun?«

Auf diesen Wink hin trat Scragga, mehr denn je das Abbild des Bösen, einen Schritt näher und hob den großen Speer. Und in diesem Moment sah ich Goods Hand nach dem Revolver greifen. Durch den Schleier ihrer Tränen mußte das Mädchen das Blitzen des kalten Stahls gesehen haben, und das mäßigte ihre Pein. Sie sträubte sich nicht mehr, nur ihre Hände falteten sich wie im Krampf, und sie stand bebend von Kopf bis Fuß da.

»Seht«, schrie Scragga in bester Laune, »sie erschrickt vor dem Anblick meines kleinen Spielzeugs, noch ehe sie es gespürt hat.« Dabei klopfte er auf das breite Blatt seines Speers.

»Bei der ersten Gelegenheit wirst du dafür büßen, du junger Hund!« hörte ich Good in seinen Bart murmeln.

»Na, da du dich jetzt gefaßt hast, sage uns, wie du heißt, meine Liebe. Komm, sprich und fürchte dich nicht«, gakkerte Gagool spöttisch.

»O Mutter«, antwortete das Mädchen mit bebender Stimme, »ich heiße Foulata, aus dem Hause der Suko. O Mutter, warum muß ich sterben? Ich habe doch nichts verbrochen!«

»Sei getrost«, fuhr das alte Weib in ihrem gehässigen Ton des Spotts fort. »Du mußt sterben, da hilft nichts, als ein Opfer für die ›Alten‹, die dort drüben sitzen«, und sie wies nach den Gipfeln. »Es ist besser, in der Nacht zu schlafen, als sich bei Tag zu plagen, es ist besser zu sterben als zu leben, und du wirst durch königliche Hand, durch die Hand von des Königs leiblichem Sohn, sterben.«

Das Mädchen Foulata rang voll Angst die Hände und schrie laut hinaus.

»Oh, wie grausam! Ich bin ja so jung! Was habe ich getan, daß ich nie wieder sehen soll, wie sich die Sonne aus der

Nacht erhebt oder die Sterne, die ihr auf ihrem Weg in den Abend folgen, daß ich nie wieder Blumen pflücken darf, wenn sie feucht vom Tau sind, oder auf das Lachen des Wassers lauschen? Weh ist mir, daß ich niemals mehr meines Vaters Hütte sehe, nicht meiner Mutter Kuß fühle, nicht mehr das kranke Lämmlein pflege! Weh ist mir, daß kein Geliebter seinen Arm um mich legen soll und in meine Augen schauen, keine Menschenkinder sollen von mir geboren werden. Oh, grausam, grausam!«

Und wieder rang sie ihre Hände und wandte ihr tränenüberströmtes, blumenbekränztes Gesicht zum Himmel; sie war in ihrer Verzweiflung lieblich anzuschauen, denn es war fürwahr eine bildhübsche Frau, die sicher das Herz eines jeden gerührt haben würde, der weniger grausam als die drei Teufel neben uns gewesen wäre. Prinz Arthurs flehende Bitte an seine Henker, die gekommen waren, ihn zu blenden, war nicht rührender als die dieses Eingeborenenmädchens. Aber sie rührte weder Gagool noch Gagools Herrn, obgleich ich Zeichen des Mitleids bei der Wache hinter uns und auf den Gesichtern der Anführer wahrnehmen konnte. Good aber gab einen Ton unwilligen Schnaubens von sich und machte eine Bewegung, als wollte er ihr beistehen. Mit der schnellen Auffassungsgabe einer Frau deutete das verurteilte Mädchen, was in ihm vorging. Sie warf sich mit einer plötzlichen Bewegung vor ihn hin und umklammerte seine ›schönen weißen Beine‹ mit ihren Händen.

»O weißer Vater von den Sternen«, schrie sie, »wirf den Mantel deines Schutzes über mich; laß mich in den Schatten deiner Stärke kriechen, damit ich gerettet werde. Oh, bewahre mich vor diesen grausamen Menschen und vor der Gewalt von Gagoll!«

»All right, mein Herzchen, ich werde mich deiner annehmen«, stieß Good hervor. »Komm, steh auf, bist ein gutes Mädchen«, und er bückte sich und faßte sie bei der Hand.

Twala drehte sich um und winkte seinem Sohn, der mit seinem erhobenen Speer herantrat.

»Jetzt sind wir dran«, flüsterte Sir Henry mir zu.

»Worauf warten Sie denn noch?«

»Ich warte auf die Finsternis«, erwiderte ich; »die letzte halbe Stunde richtete ich meine Augen auf den Mond, und nie habe ich ihn gesünder gesehen.«

»Egal, wir müssen es jetzt riskieren, oder das Mädchen ist ein Kind des Todes. Twala verliert die Geduld.«

Ich konnte mich der Stärke seines Arguments nicht entziehen und warf noch einmal einen verzweifelten Blick auf das glänzende Gesicht des Mondes. Selbst der verbohrteste Astronom, der eine Theorie prüfen will, erwartet ein solches Himmelsereignis nicht mit solcher Beklemmung. Ich trat mit aller mir zur Verfügung stehenden Würde zwischen das hingestreckte Mädchen und den stoßbereiten Speer Scraggas.

»O König«, begann ich meinen Sermon, »dies wird nicht geschehen; so etwas werden wir nicht dulden; laß das Mädchen ungeschoren.«

Twala sprang voll Zorn und Überraschung von seinem Sitz hoch. Bei den Anführern und in den dichtgedrängten Reihen der Mädchen, die uns langsam in die Vorahnung einer Tragödie einbezogen hatten, erhob sich ein Gemurmel der Verblüffung.

»Es wird nicht geschehen! Du weißer Hund, der in der Höhle des Löwen kläfft; es wird nicht geschehen! Bist du verrückt? Sieh dich vor, daß nicht auch dich das Schicksal dieses Hühnchens trifft und diese mit dir. Wie willst du sie oder dich retten? Wer bist du, daß du dich zwischen mich und meinen Willen stellst? Zurück, hörst du! Scragga, töte sie! He, Wachen! Packt diese Männer.«

Auf seinen Ruf hin kamen eiligen Schritts Bewaffnete hinter der Hütte hervor, wo sie offensichtlich zuvor postiert worden waren.

Sir Henry, Good und Umbopa stellten sich an meine Seite und hoben ihre Gewehre.

»Halt!« rief ich kühn, obwohl in dem Augenblick mein Herz in der Hose schlug.

»Halt! Wir, die weißen Männer von den Sternen, sagen, daß es nicht geschehen soll. Nur einen Schritt näher, und wir werden den Mond ausblasen wie eine Windlichtlampe, denn wir, die wir in seinem Hause wohnen, können dies, und wir werden das Land in Finsternis tauchen. Wagt zu gehorchen, und ihr sollt unseren Zauber zu spüren bekommen!« Meine Drohung schlug blitzartig ein; die Männer blieben stehen, und Scragga stand ruhig vor uns, seinen Speer erhoben.

»Hört ihn! Hört ihn!« kreischte Gagool; »hört diesen Lügner, der behauptet, er will den Mond ausblasen wie eine Lampe. Soll er es tun, und das Mädchen soll verschont werden. Ja, laß es ihn tun, oder er stirbt samt dem Mädchen, er und diese mit ihm.«

Ich sah verzweifelt zum Mond hoch. Und jetzt, zu meiner unendlichen Freude und meiner Erleichterung sah ich, daß wir – oder besser der Kalender – nicht geirrt hatten. Am Rande des großen Himmelskörpers zeichnete sich ein schwacher Schattenstreifen ab, während ein rauchiger Schatten stärker wurde und sich über dem glänzenden Antlitz sammelte. Niemals werde ich diesen kritischen, diesen herrlichen Moment der Erleichterung vergessen.

So hob ich meine Hand feierlich gegen den Himmel, ein Beispiel, dem Sir Henry und Good folgten, und dann zitierte ich ein oder zwei Zeilen aus ›Ingoldsby Legends‹ in so eindrucksvoller Deklamation, wie ich es nur konnte. Sir Henry folgte entsprechend mit einem Vers aus dem Alten Testament und etwas von dem Mauerbau von Baalbek auf lateinisch, während Good sich mit einer Anhäufung der klassischsten Schimpfworte, die ihm nur einfielen, an die Königin der Nacht wandte.

Langsam kroch der Halbschatten, der Schatten eines Schattens über das helle Antlitz, und wie er so dahinkroch, hörte ich, wie ein tiefer, schwerer Atemzug der Furcht rings in der Menge emporstieg.

»Sieh, o König!« schrie ich, »sieh, Gagool! Seht, ihr Häuptlinge und Volk und Frauen, und seht, ob die weißen Männer von den Sternen ihr Wort halten, oder ob sie nur nichtige Lügner sind!

Der Mond wird vor euren Augen dunkel; bald wird Finsternis herrschen – ja, Finsternis in der Stunde des Vollmondes. Ihr habt ein Wunder verlangt, hier habt ihr es. Werde dunkel, o Mond! Ziehe zurück dein Licht, dein reines, dein heiliges; zwinge die stolzen Herzen von ungerechten Mördern in den Staub, und verschlinge die Welt in Schatten.«

Ein Stöhnen des Schreckens brach bei den Zuschauern aus. Einige standen vor Furcht versteinert, andere wieder warfen sich auf die Knie und schrien laut. Der König aber saß still, und unter seiner dunklen Haut wurde er blaß. Nur Gagool blieb mutig.

»Es wird vorübergehen«, plärrte sie, »ich habe Gleiches früher schon gesehen, kein Mensch kann den Mond ausblasen; verliert nicht den Mut, bleibt ruhig, der Schatten wird vorüberziehen.«

»Wartet ab, und ihr werdet sehen«, antwortete ich, auf die Aufregung bauend.

»O Mond! Mond! Mond! Warum bist du so kalt und wankelmütig?« Dieses angemessene Zitat stammte aus einem volkstümlichen Roman, den ich Gelegenheit gehabt hatte, vor kurzem zu lesen. Noch jetzt denke ich daran, es war undankbar, den ›Herrn des Himmels‹ zu beschimpfen –

»Diesen kugelförmigen Buben mit weißem Feuer beladen, den die Sterblichen Mond nennen –«

uns zeigte er sich als der treueste Freund, wie immer er sich auch gegenüber dem leidenschaftlichen Liebhaber in dem Roman benommen haben mag. Dann fügte ich hinzu:

»Machen Sie weiter, Good, mir fällt keine einzige Dichtung mehr ein. Fluchen Sie weiter, Sie sind ein guter Junge.«

Good reagierte vortrefflich auf die Inanspruchnahme seiner Erfindungsgabe. Bislang hatte ich keinen blassen Schimmer gehabt von der Ausdauer, dem Wortreichtum und der Kraft eines Seeoffiziers, zu schimpfen. Zehn Minuten lang fluchte er ohne innezuhalten, und er wiederholte sich kaum einmal. Inzwischen wuchs der dunkle Ring weiter, während die große Versammlung ihre Augen gebannt gegen den Himmel richtete und unentwegt in fasziniertem Schweigen starrte. Fremdartige und unheimliche Schatten glitten über den Mond und störten seinen Schein; eine unheilschwangere Ruhe lastete über dem Platz. Alles war totenstill. Die Minuten krochen in diesem höchst feierlichen Schweigen nur langsam dahin. Währenddessen geriet der Vollmond immer tiefer und tiefer in den Schatten der Erde, deren tintenschwarzes Segment in furchterfüllender Majestät über die Mondkrater glitt. Die große bleiche Scheibe schien näher zu kommen und an Größe zu gewinnen. Die kupfrige Farbe des noch nicht verdunkelten Mondgesichts wurde grau und aschen. Wie schließlich die totale Finsternis bevorstand, waren seine Gebirge und Ebenen geisterbleich durch eine karmesinrot gefärbte Dunkelheit glühend zu sehen.

Weiter und immer weiter kroch der Ring der Finsternis; sie bedeckte jetzt mehr als die Hälfte der blutroten Scheibe. Die Luft war dick und noch dunkler von düsterem Karmesinrot gefärbt. Weiter und weiter, bis wir kaum mehr die verzerrten Gesichter der Schar vor uns sehen konnten. Kein Laut war mehr zu hören, und auch Good stellte sein Fluchen ein.

»Der Mond stirbt – die weißen Zauberer haben den Mond getötet«, heulte Prinz Scragga auf einmal auf. »Wir werden in der Finsternis umkommen.«

Von Furcht oder Wut angestachelt oder von beidem, hob er seinen Speer und stieß ihn mit aller Kraft gegen Sir Henrys Brust. Aber er hatte nicht an die Panzerhemden gedacht, die uns der König geschenkt hatte und die wir unter unserer Kleidung trugen. Der Stahl prallte ohne Schaden anzurichten ab, und bevor er den Stoß wiederholen konnte, hatte Curtis ihm den Speer aus der Hand gewunden und ihn selbst damit durchbohrt.

Scragga stürzte tot zu Boden.

Dies sehen und vor Furcht verrückt durch die zunehmende Finsternis und die gottlosen Schatten, die – wie sie glaubten – den Mond schluckten, stoben die Abteilungen der Mädchen in wilder Flucht auseinander. Kreischend liefen sie zu den Toren. Auch in unserer nächsten Umgebung machte die Panik nicht halt. Der König, gefolgt von seinen Leibwachen, einigen Anführern und Gagool, die hinter ihnen unglaublich bereitwillig weghumpelte, floh zu den Hütten.

So waren wir in der nächsten Minute allein mit dem auserwählten Opfer Foulata, Infadoos und den meisten der Anführer, die uns in der letzten Nacht besucht hatten, auf dem Schauplatz, zusammen mit dem Leichnam von Scragga, Twalas Sohn.

»Anführer«, brach ich das Schweigen, »wir haben euch das Zeichen gegeben. Falls ihr zufrieden seid, laßt uns schnell nach dem Platz eilen, von dem ihr gesprochen habt. Der Zauber kann jetzt nicht mehr aufgehalten werden. Er wird zwei Stunden und eine halbe wirken. Laßt uns die Dunkelheit nutzen.«

»Kommt«, sagte Infadoos und wandte sich zum Gehen.

Seinem Beispiel folgten die von Ehrfurcht ergriffenen Anführer, wir selbst und das Mädchen Foulata, das Good beim Arm nahm.

Noch ehe wir das Tor des Kraals erreichten, erlosch das Licht des Mondes vollkommen. Und am ganzen Firmament stürzten die Sterne gleichsam aus dem tintenschwarzen Himmel. Einander bei der Hand haltend, stolperten wir durch die Finsternis.

12

Vor der Schlacht

Zum Glück kannten Infadoos und die Anführer alle Wege der großen Stadt, so daß wir, unbelästigt Seitenwege benutzend, ungeachtet der Dunkelheit gut vorwärts kamen.

Eine Stunde oder mehr marschierten wir, bis die Finsternis endlich nachließ und der Rand des Mondes, der zuerst verschwunden war, als erstes wieder sichtbar wurde. Plötzlich, wie wir beobachteten, brach ein silberner Lichtstreif aus ihm hervor, von einem wunderbaren roten Glanz begleitet, der wie eine Himmelslampe über der Schwärze des Firmaments hing. Es war ein abenteuerlicher und entzückender Anblick zugleich. In den nächsten fünf Minuten begannen die Sterne zu verblassen, und es gab ausreichend Licht, unsere Umgebung zu sehen. Wir waren, wie wir entdeckten, nahe der Stadt Loo und näherten uns einem großen, oben abgeflachten Hügel von etwa zwei Meilen Umfang. Dieser Hügel, von einer Form wie sie in Süd-Afrika allgemein zu sehen ist, ist nicht sehr hoch. Seine höchste Erhebung ist kaum höher als zweihundert Fuß. Er ist wie ein Hufeisen geformt, und seine Hänge sind ziemlich steil und mit Felsblöcken übersät. Auf dem grasigen Tafelland am Gipfel befindet sich ein ausgedehnter Lagerplatz, der als militärische Ortsunterkunft von nicht geringer Stärke ausgebaut worden war. Die normale Besatzung war ein Regiment von dreitausend Mann, aber als wir den steilen Hang des Berges hochklommen, stellten wir bei dem zurückkehrenden Mondlicht fest, daß hier einige dieser Regimenter einquartiert waren. Wie wir das Tafelland schließlich erreicht hatten, fanden wir die Masse der Männer aus dem Schlaf gerissen, zitternd vor Furcht auf Grund des Naturphänomens, von dem sie Zeuge waren, und in äußerster Verwirrung zusammengedrängt. Ohne ein Wort zu sprechen, bahnten wir uns einen Weg und erreichten eine Hütte mitten auf dem Platz. Hier fanden wir zu unserem Erstaunen zwei Männer, die auf uns warteten. Sie waren mit unserem wenigen Hab und Gut beladen, das wir natürlich gezwungenermaßen bei unserer überstürzten Flucht hatten zurücklassen müssen.

»Ich schickte sie danach«, erklärte Infadoos, »und auch nach diesen ...«, und er hob Goods lang vermißte Hosen hoch.

Mit einem Aufschrei entzückter Freude sprang Good nach ihr, und sofort begann er sie anzuziehen.

»Du wirst doch gewiß nicht deine schönen weißen Beine bedecken wollen«, rief Infadoos bedauernd aus. Aber Good blieb eisern, und nur einmal noch hatte das Volk der Kukuanas Gelegenheit, seine bezaubernden Beine zu bewundern. Good ist eben ein sehr bescheidener Mensch. Von nun an mußten sie eben ihren Schönheitshunger mit seinem halben Bart, seinem durchsichtigen Auge und dem beweglichen Gebiß stillen.

Während Infadoos noch voll zärtlicher Erinnerung auf Goods Hosen blickte, informierte er uns als nächstes über seine weiteren Pläne. Er hatte die Regimenter zum Tagesanbruch zur Musterung befohlen, um ihnen ausführlich die Gründe und Umstände der Empörung auseinanderzusetzen, die von den Anführern beschlossen worden war, und ihnen den rechtmäßigen Thronfolger Ignosi vorzustellen.

Demgemäß waren bei Sonnenaufgang die Truppen, insgesamt zwanzigtausend Mann, die Elite der kukuanischen Armee, auf dem großen Platz angetreten, zu dem auch wir uns begaben. Die Soldaten waren in einem Karree aufmarschiert – ein prächtiger Anblick –, und wir nahmen an der offenen Seite Aufstellung. Im Handumdrehen waren wir von den obersten Anführern und den Offizieren umringt.

Nachdem Ruhe geboten worden war, wandte sich Infadoos an die Versammlung. In blumenreicher, anmutiger Sprache – denn wie die meisten Kukuanas von hohem Rang war er ein geborener Redner – schilderte er die Geschichte von Ignosis Vater, wie er in gemeiner Weise von Twala, dem König, ermordet worden war und sein Weib und Kind vertrieben, um zu verhungern. Dann führte er aus, wie das Volk leide und stöhne unter Twalas grausamer Herrschaft, er erinnerte dabei an die Vorfälle der vergangenen Nacht, als unter dem Vorwand, es handle sich um Übeltäter, viele der Edelsten im Lande hervorgezerrt und grausam hingerichtet worden waren.

Im weiteren Verlauf erwähnte er, daß wir weißen gnädigen Herren von den Sternen auf das Land heruntergesehen hätten, seinen Kummer merkten und daher beschlossen, unter großen persönlichen Opfern sein Los zu lindern: so hätten sie demzufolge den wirklichen König der Kukuanas, Ignosi, der im Exil lebte, bei der Hand genommen und über das Gebirge geführt, daß sie hier das verruchte Tun Twalas erlebt und zum Zeichen, daß dies sich ändern müsse sowie um das Leben des Mädchens Foulata zu retten, kraft ihrer Zauberkunst den Mond verjagt und den jungen Unhold Scragga erschlagen hätten. Jetzt wären sie bereit, ihnen beizustehen und mitzuhelfen, Twala zu stürzen und den rechtmäßigen König, Ignosi, an seine Stelle zu setzen.

Er beendete seine Ansprache, während sich rundum bereits ein Beifallgemurmel hörbar machte. Dann trat Ignosi vor und sprach. Nachdem er alles, was sein Onkel Infadoos gesagt, wiederholt hatte, schloß er mit folgender wirksamer Rede:

»O Anführer, Feldherren, Soldaten, Volk, ihr habt meine Worte gehört. Jetzt müßt ihr euch zwischen mir und ihm entscheiden, der auf meinem Thron sitzt, dem Onkel, der seinen Bruder tötete, der seines Bruders Kind hinausjagte, damit es in Kälte und Nacht umkomme. Daß ich wirklich der König bin, können euch diese« – und er zeigte auf die Anführer – »bezeugen; sie haben die Schlange um meine Hüfte gesehen. Wenn ich nicht der König wäre, würden mir dann diese weißen Männer mit all ihrem Zauber zur Seite stehen? Ihr zittert, Anführer, Feldherren, Soldaten und Volk! Haben sie nicht die Finsternis über das Land gebracht, um Twala zu verwirren und unsere Flucht zu decken, eine Finsternis gerade in der Stunde des Vollmonds, gerade vor euren Augen?«

»So ist es«, antworteten die Soldaten.

»Ich bin der König, ich sage euch, ich bin der König«, fuhr Ignosi fort, richtete seine mächtige Gestalt zu voller Größe auf und hob die Streitaxt mit der breiten Klinge über seinen Kopf. »Wenn einer unter euch ist, der behauptet, daß dies nicht stimme, laßt ihn vortreten, und ich will auf der Stelle mit ihm kämpfen. Sein Blut wird ein rotes Zeichen sein, daß ich die Wahrheit spreche. Laßt ihn vortreten, hört«; und er schüttelte die mächtige Axt, bis sie im Sonnenlicht aufblitzte. Aber niemand schien Lust zu spüren, auf diese heroische Version von ›Dilly, Dilly, komm und sei des Todes‹, zu reagieren, und unser jüngster Reisegefährte setzte seine Ansprache fort.

»Wahrlich, ich bin der König, und wenn ihr mir im Kampf zur Seite stehen werdet, wenn ich den Tag überlebe, werdet ihr mit mir zu Sieg und Ehre gelangen. Ich werde euch Ochsen und Frauen geben, und ihr werdet die ersten sein unter den Regimentern; fallt ihr aber, dann will ich mit euch fallen.

Und seht, dies verspreche ich euch auch: sitze ich auf dem Platz meines Vaters, dann soll des Blutvergießens im Lande ein Ende sein. Nicht länger sollt ihr nach Gerechtigkeit rufen, um ein Gemetzel zu ernten, nicht länger werden euch die Hexenspürerinnen jagen, daß ihr ohne Grund erschlagen werden könnt. Kein Mensch soll getötet werden, es sei denn, er verstößt gegen die Gesetze. Aufhören wird das ›Verschlucken‹ (die Konfiskation: der Übersetzer) eurer Kraale; jeder von euch wird sicher in seiner Hütte schlafen und nichts fürchten, und die Gerechtigkeit wird mit offenen Augen durchs Land gehen. – Habt ihr euch entschieden, Anführer, Feldherren, Soldaten und Volk?«

»Wir haben uns entschieden, o König«, kam die Antwort zurück.

»Es ist gut. Wendet eure Köpfe und seht, wie Twalas Boten aus der großen Stadt nach Ost und West, nach Nord und Süd eilen, um eine mächtige Armee zu sammeln, mich und euch zu erschlagen und diese meine Freunde und Beschützer. Morgen schon oder möglicherweise am nächsten Tag wird er uns mit allen, die ihm treu sind, angreifen. Dann werde ich den Mann erkennen, der wirklich mein Mann ist, den Mann, der sich nicht fürchtet, für seine Sache zu sterben. Und hört: zur Zeit der Beute wird er dann auch nicht vergessen sein. Ich habe gesprochen, o Anführer, Feldherren, Soldaten und Volk. Nun kehrt zu euren Hütten zurück und wappnet euch für den Krieg.«

Es folgte nun eine Pause, bis plötzlich einer der Anführer seine Hand hob, und donnernd hallte der Königsgruß »Koom«. Es war das Zeichen, daß die Soldaten Ignosi als ihren König anerkannten. Dann marschierten sie bataillionsweise ab. Eine halbe Stunde später hielten wir Kriegsrat, an dem die Kommandeure aller Regimenter teilnahmen. Es war uns klar, daß wir binnen kurzem von einer erdrückenden Übermacht angegriffen werden würden. Wir konnten ja auf Grund unserer vorteilhaften Postierung auf dem Hügel sehen, wie sich die Truppen sammelten und die Boten von Loo aus nach allen Seiten ausschwärmten, zweifellos, um die Soldaten zur Unterstützung des Königs aufzufordern. Wir hatten auf unserer Seite gegen zwanzigtausend Mann, die sich aus den sieben besten Regimentern des Landes rekrutierten. Twala, so kalkulierten Infadoos und die Anführer, verfügte zuletzt über dreißig- bis fünfunddreißigtausend von ihnen in Loo, auf die er zählen konnte, und sie waren der Meinung, daß es ihm bis morgen mittag möglich sein würde, weitere fünftausend oder mehr zu seiner Hilfe zusammenzuholen. Es bestand natürlich die Möglichkeit, daß einige seiner Truppen desertierten und zu uns überlaufen würden, aber es war dies kein Faktor, der in Rechnung gestellt werden durfte. Mittlerweile zeigte es sich bereits, daß Twala zu unserer Niederwerfung sehr wirksame Vorbereitungen getroffen hatte. Schon patrouillierten starke Abteilungen Bewaffneter rund um den Fuß des Hügels; und andere Anzeichen des Angriffs zeichneten sich ab.

Infadoos und die Anführer jedoch vertraten die Ansicht, daß diesen Tag noch kein Angriff erfolgen würde. Twala werde vielmehr bemüht sein, Vorbereitungen zu treffen, und alles tun, um die moralische Wirkung der vermeintlich durch Zauber bewirkten Mondfinsternis auf die Soldaten durch alle verfügbaren Mittel abzubauen. Der Angriff würde am Morgen erfolgen, sagten sie, und sie hatten recht.

Mittlerweile begannen auch wir, unsere Stellung so weit wie möglich zu verstärken. Beinahe sämtliche Männer waren draußen, und im Laufe des Tages, der uns viel zu kurz schien, wurde viel getan. Die Wege, die zum Hügel hochführten – der eher ein Kurort als eine Festung war, gewöhnlich als Lagerplatz den Regimentern zugewiesen, die vom Dienst in ungesunden Teilen des Landes zurückbeordert worden waren –, wurden sorgfältig mit Steinhaufen verbarrikadiert und jeder andere Zugang so uneinnehmbar gemacht, wie es die Zeit nur erlaubte. Haufen von Felsblöcken wurden an den verschiedenen Stellen aufgeschichtet, um sie auf den anrückenden Feind hinunterrollen zu lassen. Den verschiedenen Regimentern wurden ihre Stellungen zugewiesen sowie alle Vorbereitungen getroffen, die unser gemeinsamer Scharfsinn nur ersinnen konnte. Knapp vor Sonnenuntergang entdeckten wir eine kleine Abteilung von Männern – wir ruhten gerade von unserem Tagwerk aus –, die aus Richtung Loo auf uns zu anrückten. Einer von ihnen trug ein Palmenblatt als Zeichen, daß er als Herold komme.

Als sie näher kamen, gingen Infadoos, Ignosi, ein oder zwei der Anführer sowie wir an den Fuß des Berges, um mit ihnen zusammenzutreffen. Der Herold war ein stattlich aussehender Bursche und trug den dem Reglement entsprechenden Leopardenfellmantel.

»Seid gegrüßt!« schrie er, als er herankam; »des Königs Grüße an diejenigen, die einen gottlosen Krieg gegen den König entfachen; des Löwen Grüße an die Schakale, die um seine Hinterfüße herumknurren.«

»Weiter im Text«, sagte ich.

»Dies sind des Königs Worte. Liefert euch des Königs Gnade aus, ehe euch Schlimmeres widerfährt. Die Schulter des schwarzen Stiers wurde bereits zerfleischt, und der König treibt ihn blutend durch das Lager.«*

»Welche Bedingungen stellt Twala?« fragte ich aus purer Neugierde.

»Seine Bedingungen sind gnädig, eines mächtigen Königs würdig. Dies sind die Worte Twalas, des Einäugigen, des Mächtigen, des Gatten von tausend Frauen, des obersten Herren der Kukuanas, des Wächters der ›Großen Straße‹ (Salomons Straße), geliebt von den ›Wunderbaren‹, die schweigend an den Bergen da drüben sitzen (die ›drei Hexen‹), des Kalbes der Schwarzen Kuh, des Elefanten, dessen

---

* Diese grausame Sitte ist nicht auf die Kukuanas beschränkt, sondern sie ist auch bei anderen Völkerstämmen Afrikas nicht ungewöhnlich. Man huldigt ihr bei Ausbruch eines Krieges oder anderen wichtigen öffentlichen Ereignissen. – *A. Q.*

Tritt die Erde erbeben läßt, des Schreckens der Verworfenen, des Straußen, dessen Füße die Wüste verschlingen, des Riesigen, des Schwarzen, des Weisen, König von Geschlecht zu Geschlecht! Dies sind die Worte von Twala: Ich will Gnade walten lassen und mich mit wenig Blut zufrieden geben. Jeder Zehnte soll sterben, die übrigen sollen frei ausgehen. Aber der weiße Mann Incubu, der meinen Sohn Scragga erschlug, und der schwarze Mann, sein Diener, der Anspruch auf meinen Thron erhebt, und Infadoos, mein Bruder, der die Rebellion wider mich anzettelte, sie sollen durch die Folter als Opfer für die ›Schweigenden‹ sterben. So sind die gnädigen Worte Twalas.«

Nach kurzer Beratung mit den übrigen antwortete ich ihm mit laut vernehmlicher Stimme, so daß mich die Soldaten hören konnten, folgendes:

»Kehre zurück, du Hund, zu Twala, der dich gesandt hat, und berichte, daß wir, Ignosi, rechtmäßiger König der Kukuanas, Incubu, Bougwan und Macumazahn, die Weisen von den Sternen, die den Mond verfinsterten, Infadoos, aus königlichem Haus, und die Anführer, Feldherren und das Volk, das hier versammelt ist, antworten und sagen: ›Wir werden uns nicht ergeben; aber ehe die Sonne zweimal untergegangen ist, wird Twalas Leiche an Twalas Tor erstarren, und Ignosi, dessen Vater Twala erschlug, wird an seiner Statt regieren. Jetzt geh, ehe wir dich davonpeitschen, und hütet euch, eure Hand wider solche zu erheben, wie wir es sind.«

Der Herold lachte dröhnend.

»Ihr erschreckt mit solchen geschwollenen Reden keine Männer«, brüllte er. »Zeigt morgen, wie tapfer ihr seid, o ihr, die ihr den Mond verdunkelt habt. Seid tapfer, kämpft und seid fröhlich, bevor die Krähen eure Gebeine abpicken, bis sie weißer sind als eure Gesichter. Lebt wohl; vielleicht treffen wir uns morgen im Kampf; flieht nicht zu den Sternen, sondern wartet auf mich, ich bitte darum, weiße Männer.«

Mit diesem sarkastischen Pfeil zog er sich zurück, und fast zur gleichen Zeit ging die Sonne unter. Diese Nacht war sehr unruhig für jemanden, der so müde war wie wir. Soweit wie möglich wurden die Vorbereitungen für den morgigen Kampf bei Mondlicht fortgesetzt. Ständig kamen und gingen Boten zu und von dem Ort, an dem wir beratend zusammensaßen. Endlich, eine Stunde nach Mitternacht, war alles getan, was getan werden konnte, und das Lager sank mit Ausnahme der gelegentlichen Anrufe der Schildwachen in tiefe Stille. Sir Henry und ich, begleitet von Ignosi und einem der Anführer, stiegen den Hügel hinab und machten die Runde bei den Feldwachen.

Wie wir so dahingingen, blinkten plötzlich an allen möglichen Stellen unerwartet glänzende Speerspitzen im Mondlicht auf, nur um sofort wieder zu verschwinden, sobald wir die Losung gaben. Wir waren dessen sicher, daß keiner auf seinem Posten schlafen würde. Dann kehrten wir um und suchten unseren Weg an Tausenden von schlafenden Kriegern vorbei, von denen viele ihre letzte Erdenrast hielten. Der Schein des Mondes spiegelte sich in ihren Speeren, spielte über ihre Gestalten, und sie wirkten gespenstisch; der frostige Nachtwind bewegte ihre großen, an Leichengespanne erinnernde Federbüsche. Da lagen sie, kreuz und quer, mit ausgestreckten Waffen und verrenkten Gliedern; ihre finsteren, kräftigen Gestalten sahen im Mondlicht unheimlich und unmenschlich aus.

»Wie viele von ihnen werden Ihrer Meinung nach morgen um diese Zeit noch leben?« fragte Sir Henry.

Ich zuckte die Achseln und schaute noch einmal über die schlafenden Männer. Meiner abgespannten und doch aufgeputschten Phantasie schien es, als ob der Tod sie schon berührt hätte. Im Geiste sonderte ich bereits die aus, die dazu bestimmt waren, niedergemetzelt zu werden, und ein mächtiges Gefühl für das Geheimnis des menschlichen Lebens und eine unermeßliche Trauer über unsere Unzulänglichkeit und Schwermut schnürten mein Herz zusammen. Heute nacht schliefen diese Tausende ihren gesunden Schlaf, morgen würden sie und viele andere mit ihnen – wir vielleicht selbst unter ihnen – in der Kälte erstarrt sein; ihre Frauen Witwen, ihre Kinder ohne Vater, und nie mehr würden sie ihre Hütten wiedersehen. Nur der alte Mond würde ruhig herabblicken, der Nachtwind die Gräser streicheln und die weite Erde Rast halten, genau wie seit Äonen, bevor dies geschah, und wie in Äonen, nachdem wir vergessen sein werden.

Dennoch stirbt der Mensch nicht, solange die Welt zugleich seine Mutter und sein Grabmal bleibt. Sein Name ist zwar vergessen, aber der Odem, den er atmete, bewegt noch die Kiefernspitzen auf den Bergen, der Klang der Worte, die er sprach, hallte noch wider durch den Raum, die Gedanken, die sein Hirn gebar, haben wir bis heute geerbt; seine Leidenschaften sind unseres Lebens Ursprung, die Freuden und Leiden, die er empfand, sind unsere vertrauten Freunde, das Ende, vor dem er entsetzt floh, wird bestimmt auch uns einholen!

Wahrlich, das Universum ist voll von Geistern, nicht mit Bettlaken, Kirchhofgespenstern, aber die unauslöschlichen und unsterblichen Urstoffe des Lebens, die können, wenn einmal gewesen, nimmer sterben. Freilich mischen sie sich und ändern sich und ändern sich wieder, für immer und ewig.

Allerhand Überlegungen dieser Art gingen mir durch den Sinn – denn seit ich älter wurde, ich muß es leider gestehen, scheint eine abscheuliche Art des Sinnierens von mir Besitz ergriffen zu haben. Da stand ich also und starrte auf diese grimmigen und doch phantastischen Reihen von Kriegern, die, wie ihre Redensart lautet, »auf den Speeren« schliefen.

»Curtis«, sagte ich, »ich habe eine scheußliche Angst.«

Sir Henry streichelte seinen blonden Bart und lachte, als er erwiderte:

»Ich habe gehört, Sie machen vorher gerne solche Bemerkungen, Quatermain.«

»Nein, mir ist jetzt wirklich so zumute. Sie wissen, wie sehr ich daran zweifle, daß einer von uns die morgige Nacht erleben wird. Wir werden von einer gewaltigen Übermacht angegriffen, und es ist durchaus ein Glück, wenn wir diesen Platz halten können.«

»Auf alle Fälle werden wir mit einigen von ihnen ganz

gründlich abrechnen. Sehen Sie, Quatermain, es ist eine ungemütliche Geschichte und, präzise ausgedrückt, eine von denen, in die man sich eigentlich nicht hätte einlassen sollen. Aber nun stecken wir mitten drin, und so müssen wir halt das Beste daraus machen. Ich gehe lieber im Kampf vor die Hunde als bei irgendeiner anderen Gelegenheit. Überhaupt, jetzt, da nur wenig Wahrscheinlichkeit mehr zu bestehen scheint, meinen armen Bruder zu finden, fällt mir der Gedanke noch leichter. Aber das Schicksal liebt den Tapferen, und wir könnten Glück haben. Jedenfalls, die Schlacht wird schrecklich sein, und da wir einen guten Ruf zu verlieren haben, müssen wir schon mitten hinein springen.«

Diese letzte Bemerkung Sir Henrys klang recht traurig. Aber in seinen Augen war ein Glanz, der seine Melancholie Lügen strafte. Ich habe so einen leisen Verdacht, daß Sir Henry in Wirklichkeit den Kampf liebt.

Nach diesem Zwiegespräch gingen wir noch ein paar Stunden schlafen.

Um die Dämmerung wurden wir von Infadoos geweckt, der kam, um uns zu berichten, daß in Loo große Aktivität zu beobachten sei und Detachements von des Königs Plänklern gegen unsere Außenposten vorfühlten. Wir standen auf und kleideten uns für den bevorstehenden Tanz an. Überaus dankbar waren wir im gegenwärtigen Zeitpunkt für die Kettenpanzerhemden, die wir anlegten. Sir Henry ging dabei so weit, daß er sich wie ein Eingeborenenkrieger kleidete.

»Wenn du im Lande der Kukuanas bist, dann handle wie ein Kukuana«, deklamierte er, als er den glänzenden Stahl über seine breiten Schultern zog, der ihm wie ein Handschuh paßte. Damit aber noch nicht genug. Auf seine Bitte hin hatte Infadoos die komplette Garnitur einer Eingeborenenkriegsuniform besorgt. Um den Hals befestigte er den Leopardenfellmantel eines befehlshabenden Offiziers, um seine Stirn band er den Busch schwarzer Straußenfedern, der nur von Befehlshabern mit hohem Rang getragen wurde, und um seine Hüfte kam ein prächtiger moocha aus weißen Ochsenschwänzen. Ein Paar Sandalen, ein leglet aus Ziegenhaar, eine schwere Streitaxt mit Rhinozeros-Horngriff und ein runder Eisenschild, mit weißer Ochsenhaut überzogen, sowie die vorschriftsmäßige Zahl tollas, der Wurfmesser, vervollständigten seine Ausrüstung, der er jedoch noch seinen Revolver hinzufügte. Die Kleidung war zweifellos die eines Wilden, aber ich bin verpflichtet, festzustellen, daß ich nie einen hübscheren Anblick genoß als den, welchen Sir Henry in dieser Aufmachung bot. Sie brachte den prächtigen Körper zur vollen Geltung, und als gleich darauf Ignosi erschien, ähnlich gekleidet, dachte ich bei mir, daß ich nie zuvor zwei so prachtvolle Menschen gesehen hatte. Was Good und mich betrifft, uns paßten die Kettenpanzer nicht annähernd so gut. Um damit anzufangen, Good beharrte darauf, seine wiedergefundenen Hosen anzubehalten, und ein untersetzter, stämmiger Gentleman mit Monokel und nur halb rasiertem Gesicht in einem Panzerhemd, das sorgfältig in schäbige Manchesterhosen gesteckt war, wirkte eher bemerkenswert als imponierend. Und ich erst – da mir mein Kettenhemd viel zu groß war, zog ich es über meine ganze Kledasche, so daß es die tollsten Ausbuchtungen zeigte. Ich zog indessen meine Hosen aus, entschlossen, mit nackten Beinen in den Krieg zu ziehen, um ungehinderter laufen zu können, falls es notwendig werden sollte, schnell zu retirieren. Nur meine veldtschoens, die behielt ich an. Das Panzerhemd, einen Schild, mit dem ich nichts anzufangen wußte, ein Paar tollas, ein Revolver und ein riesiger Federbusch, den ich an meinem Jagdhut befestigte, um meiner Erscheinung einen blutrünstigeren Anstrich zu geben, vervollständigten meine bescheidene Ausrüstung. Zusätzlich zu all diesen Dingen hatten wir natürlich unsere Gewehre dabei. Aber da die Munition knapp war und im Falle eines Angriffs nutzlos sein würde, kamen wir überein, sie von unseren Trägern nachtragen zu lassen. Nachdem wir uns ausgerüstet hatten, schlangen wir hastig ein paar Bissen hinunter, dann brachen wir auf, um zu sehen, wie weit die Dinge gediehen waren. An einer Stelle des Tafellandes war ein kleiner Hügel aus braunen Steinen, der dem doppelten Zweck eines Hauptquartiers und eines Kommandoturmes diente. Hier trafen wir Infadoos, umringt von seinem Leibregiment, den ›Grauen‹, zweifellos das Elitekorps der Kukuana-Armee, das gleiche, welches wir bei dem Grenz-Kraal gesehen hatten. Dieses Regiment, jetzt dreitausendfünfhundert Mann stark, wurde in Reserve gehalten. Die Männer lagen kompanieweise im Gras und beobachteten des Königs Streitmacht, die in langen Kolonnen, gleich Ameisenzügen, aus Loo herauskroch. Es schien kein Ende dieser Kolonnen abzusehen zu sein – drei im ganzen – und jede wenigstens elftausend bis zwölftausend Mann stark.

Kaum aber waren sie in ihrer Gesamtheit aus der Stadt heraus, formierten sich die Regimenter. Das eine Korps marschierte nach rechts ab, das zweite nach links und das dritte kam langsam auf uns zu.

»Aha«, stellte Infadoos fest, »sie treten gleichzeitig von drei Seiten zugleich zum Angriff an!«

Dies schien eine recht ernste Nachricht, denn unsere Stellung auf dem Hochplateau, das mindestens ein und eine halbe Meile Umfang hatte, war weit auseinandergezogen. Für uns war es wichtig, unsere verhältnismäßig geringen Verteidigungskräfte so stark als möglich zu konzentrieren.

Leider aber lag es außer unserer Macht, zu bestimmen, wie und wo wir angegriffen werden sollten. Für uns galt es also, das Beste daraus zu machen, und deshalb schickten wir Befehle an die einzelnen Regimenter, sich darauf vorzubereiten, die getrennten Angriffe zu empfangen.

13

Der Angriff

Langsam und ohne Zeichen von Hast oder Aufregung krochen die drei Heerwürmer heran. Als sie etwa fünfhundert Yards von uns entfernt war, hielt die Haupt- oder Mittelkolonne an dem Gaumen der Zunge, die von der freien Ebene aus in unseren Hügel hineinragte, um den beiden anderen Divisionen Zeit zu geben, unsere Stellung zu umgehen, die mehr oder weniger wie ein Hufeisen geformt war, dessen zwei Spitzen in Richtung der Stadt Loo zeigten. Absicht dieses Manövers war es, den Angriff von drei Seiten zur gleichen Zeit vorzutragen.

»Oh, nur ein einziges Kanönchen«, stöhnte Good, als er die dichtgedrängte Phalanx unterhalb von uns betrachtete. »Ich würde die Ebene in zwanzig Minuten gesäubert haben.«

»Wir haben aber keine da, es ist also zwecklos, danach zu jammern; wie wär's, wenn Sie einen Schuß versuchen würden, Quatermain«, meinte Sir Henry. »Schauen Sie mal, wie nahe Sie an den großen Burschen herankommen, der allem Anschein nach den Befehl führt. Zwei zu eins, Sie verfehlen ihn, und ein glattes Zwanzig-Schillingstück, ehrlich gezahlt, sofern wir je wieder aus diesem Schlamassel herauskommen, wenn Sie die Kugel nicht auf fünf Yards heranbringen.«

Das reizte mich derart, daß ich meine ›Expreß‹ mit einer soliden Kugel lud. Ich wartete, bis sich mein Freund etwa zehn Yards von seiner Streitmacht entfernt hatte, nur begleitet von einer Ordonnanz, um unsere Stellung besser einsehen zu können. Jetzt legte ich mich hin, und die ›Expreß‹ auf einen Felsen auflegend, zielte ich auf ihn. Die Büchse wie alle ›Expreß‹ war nur für dreihundertfünfzig Yards justiert. Deshalb nahm ich, den Fall der Flugbahn berücksichtigend, Ziel halb unter dem Hals, damit, so rechnete ich, die Kugel ihn in die Brust treffen sollte. Er stand ganz ruhig und bot mir jede Möglichkeit. Aber war es die Aufregung oder der Wind oder die Tatsache, daß es ein arg weiter Schuß auf einen Mann war – ich weiß es nicht –, aber es passierte eben. Todsicher ins Ziel gekommen, wie ich glaubte, drückte ich ab – und als sich das Rauchwölkchen verzogen hatte, sah ich zu meinem Ärger den Mann unverletzt dastehen, während sein Begleiter, der mindestens drei Schritte links von ihm gestanden war, hingestreckt auf dem Boden lag, offensichtlich tot. Der Offizier, auf den ich gezielt hatte, drehte sich wie der Blitz um und rannte in augenscheinlicher Angst zu seinen Männern.

»Bravo, Quatermain!« ulkte Good, »den haben Sie aber erschreckt.«

Das wurmte mich nun erst recht, denn nichts vermied ich lieber, als in aller Öffentlichkeit vorbeizuschießen. Wenn man nur Meister einer Kunst ist, so möchte man doch sein Ansehen in diesem Punkt wahren. Über den Mißerfolg ganz außer mir, tat ich etwas recht Unüberlegtes. Flüchtig auf den rennenden Feldherrn zielend, schoß ich mit dem zweiten Lauf. Der arme Kerl warf sofort die Hände hoch und fiel nach vorne auf sein Gesicht. Diesmal hatte es geklappt; und ich sage es, weil es wahr ist, wic wenig denken wir an etwas anderes, wenn unsere eigene Sicherheit, Stolz und Ansehen in Frage gestellt sind – ich war herzlos genug, bei diesem Anblick Freude zu empfinden.

Die Regimenter, die es gesehen hatten, dieses Kunststück, begrüßten diesen Beweis von des weißen Mannes Zauber mit wildem Beifall. Sie nahmen es als gutes Zeichen für den Erfolg, während die Streitkraft des Feldherrn in Verwirrung zurückzuweichen begann. Sir Henry und Good packten jetzt ebenfalls ihre Flinten und eröffneten das Feuer.

Good beharkte fleißig die dichte Menge vor ihm mit einem Winchester-Repetiergewehr, und ich gab auch noch ein oder zwei Schuß mit einem anderen Gewehr ab, mit dem Erfolg, so weit wir schätzen konnten, daß wir etwa sechs oder acht Mann außer Gefecht gesetzt hatten, bevor sie außer Schußweite waren.

In dem Augenblick, als wir das Feuer einstellten, ertönte

von unserer fernen Rechten ein unheilvolles Brüllen, dann erhob sich ein gleiches Getöse an unserer linken Flanke. Die zwei anderen Divisionen griffen uns an.

Auf diesen Lärm hin fing sich die Masse der Männer vor uns wieder und, gegen unseren Hügel vorrückend, erreichten sie in langsamem Trott die Spitze des kahlen Graslandes. Dabei sangen sie ein dunkelkehliges Lied, während sie liefen. Wir setzten das Dauerfeuer aus unseren Gewehren fort, als sie kamen; Ignosi unterstützte uns gelegentlich und erledigte einige Mann, aber wir erzielten natürlich nicht mehr Wirkung bei diesem mächtigen Ansturm bewaffneter Menschenmassen als einer, der Kieselsteine gegen eine heranbrausende Woge wirft.

Weiter kamen sie heran, mit Geschrei und Speergeklirr. Jetzt stießen sie in die Vorhut hinein, die wir unterhalb der Felsen am Fuß des Hügels postiert hatten. Ihr Ansturm verlor nun an Tempo, zwar boten wir noch keinen ernstlichen Widerstand, aber die Angreifer mußten den Hügel emporklettern, und sie bewegten sich langsam, um Atem zu sparen. Unsere erste Verteidigungslinie befand sich auf halber Höhe des Hanges, die zweite fünfzig Yards darüber, und die dritte hielt den Rand des Plateaus besetzt.

Mit ihrem lauten Kriegsgeschrei stürmten sie heran, »Twala! Twala! Chiele! Chiele!« (Twala! Twale! Vernichte! Vernichte!)

»Ignosi! Ignosi! Chiele! Chiele!« antworteten unsere Leute.

Jetzt waren sie ganz nahe heran, und die tollas, die Wurfmesser, blitzten hin und her, und mit einem gellenden Aufschrei brach jetzt die Schlacht los.

Hin und her wogte die Menge der Kämpfer, Männer fielen dicht wie Blätter im Herbstwind, doch binnen kurzem machte sich die Übermacht der Angreifer bemerkbar, und unsere erste Verteidigungslinie wurde langsam zurückgedrängt auf die zweite, bis sie mit dieser verschmolz. Hier entbrannte der Kampf zu äußerster Schärfe, und erneut wurden unsere Soldaten zurückgetrieben, den Hang hoch, bis schließlich – zwanzig Minuten waren seit Beginn des

Kampfes verronnen – unsere dritte Linie eingreifen mußte.

Aber zu diesem Zeitpunkt waren die Angreifer sehr erschöpft, außerdem hatten sie viele ihrer Soldaten tot oder verwundet verloren. Es überstieg daher ihre Kräfte, diese dritte, speerestarrende, undurchdringliche Hecke zu durchbrechen. Eine Weile wankte die in sich verbissene Masse der Eingeborenen vor und zurück in der ungezähmten Ebbe und Flut der Schlacht, deren Ausgang völlig offen war. Sir Henry folgte dem verzweifelten Ringen mit flammendem Blick, und dann, ohne ein Wort, stürmte er los, gefolgt von Good, und stürzte sich in das dichteste Getümmel.

Also ich, ich blieb, wo ich war ...

Die Soldaten erspähten seine kräftige Gestalt, wie sie in den Kampf eingriff, und da brach ein Schrei auf – »Nanzia Incubu! Nanzia Incubu!« (Hier ist der Elefant) »Chiele! Chiele!«

Von diesem Augenblick an war der Ausgang nicht länger zweifelhaft. Zoll um Zoll, mit bewundernswerter Tapferkeit kämpfend, wurden die Angreifer zurückgedrängt, den Hügel hinunter, bis sie endlich in einer Verfassung, die einer Panik ähnelte, auf ihre Reserven zurückfluteten. Da kam auch noch in diesem Augenblick ein Bote, der meldete, daß der Angriff links zurückgeschlagen worden sei. Ich wollte mir schon selbst gratulieren, weil ich glaubte, die Geschichte wäre einstweilen vorüber, als wir zu unserem Schrecken merkten, wie unsere Männer der rechten Verteidigungsfront über die Ebene zurückgetrieben wurden, dichtauf der feindliche Haufen, der offensichtlich an diesem Punkt erfolgreich war. Ignosi, der neben mir stand, erfaßte die Situation mit einem Blick und erteilte rasch einen Befehl. Sofort schwärmte das Reserve-Regiment um uns – die ›Grauen‹ – aus.

Ignosi gab ein zweites Kommando, welches von den Anführern aufgenommen und wiederholt wurde – im Handumdrehen befand ich mich zu meinem Mißvergnügen in einem wütenden Angriff auf den heranstürmenden Feind verwickelt. So gut es gehen wollte, hielt ich mich hinter

Ignosis mächtigem Rücken, machte gute Miene zu bösem Spiel und watschelte hinter ihm her, um getötet zu werden, als ob mir das Spaß machen würde. In einer oder zwei Minuten – die Zeit verging wie im Flug – waren wir durch die fliehenden Gruppen der Unseren durchgestoßen, die sich sogleich hinter uns neu zu formieren begannen. Und was dann geschah, weiß ich wirklich nicht. Alles, woran ich mich erinnern kann, ist der fürchterliche, donnernde Krach der zusammenprallenden Schilde und das urplötzliche Auftauchen eines ungeschlachten Raufboldes, dessen Augen buchstäblich aus ihren Höhlen zu treten schienen. Dieser Kerl ging mit seinem bluttriefenden Speer direkt auf mich los. Indessen, ich sage es mit Stolz, ich zeigte mich der Lage gewachsen. Es war schon ein Ding, bei dem viele ein für allemal zusammengeklappt wären. Als ich sah, daß es um mich geschehen sein mußte, wenn ich stehen blieb, wo ich stand, warf ich mich so geschickt dieser gräßlichen Gestalt vor die Füße, daß der Bursche, nicht mehr in der Lage, seinen Schwung zu bremsen, pfeilgerade über meinen ausgestrecken Körper purzelte. Bevor er sich wieder aufrappeln konnte, war ich hoch und erledigte die Sache aus der Hinterhand mit dem Revolver.

Gleich darauf schlug mich jemand nieder, und ich erinnere mich nicht mehr, wie der Angriff weiterging. Als ich wieder zu mir kam, fand ich mich oben auf der Kuppe wieder mit Good, der, über mich gebeugt, einen Kürbis mit Wasser hielt.

»Wie fühlen Sie sich, alter Junge?« fragte er besorgt.

Ich richtete mich auf und schüttelte mich, bevor ich antwortete.

»Ziemlich gut, danke«, sagte ich.

»Gott sei Dank! Als ich sah, wie sie Sie herbeischleppten, fühlte ich mich hundeübel; ich dachte, mit Ihnen wäre es vorbei.«

»Diesesmal noch nicht, mein Junge. Ich habe nur das düstere Gefühl, ich bekam nur einen Hieb über den Schädel, der mich dämlich schlug. Wie ging's denn aus?«

»Vorläufig sind sie überall zurückgeschlagen. Es gab

fürchterliche Verluste. Wir haben insgesamt zweitausend Tote und Verwundete verloren, und sie müssen dreitausend verloren haben. Sehen Sie, das ist ein Anblick –« und er zeigte auf eine lange Reihe von Männern, die zu Vieren anrückten.

In der Mitte jeder Vierergruppe und von ihr getragen, war ein Fellbrett, von denen die Kukuana-Streitkräfte immer eine ganze Menge mitführen, mit einer Schlinge an jeder Ecke als Griff. Auf diesen Brettern – und ihre Zahl schien endlos – lagen Verwundete, die, wie sie ankamen, eilig von den Medizinmännern untersucht wurden. Jedes Regiment hatte zehn dieser Medizinmänner. War die Wunde nicht tödlich, wurde der Betreffende weggetragen und so sorgfältig versorgt, wie es die Umstände nur zuließen. Aber, wenn andererseits der Zustand des Verwundeten hoffnungslos war, so geschah etwas ganz Furchtbares, obgleich es zweifellos wahrhafte echte Barmherzigkeit war. Einer der Doktoren öffnete unter dem Vorwand, eine Untersuchung vornehmen zu müssen, schnell eine Arterie mit einem scharfen Messer, und nach ein oder zwei Minuten verschied der Patient schmerzlos. An diesem Tag gab es viele solche Fälle. Meist führte man diese ›Operation‹ durch, wenn die Wunde im Leib war, denn die klaffenden Verletzungen, die die riesig breiten Speere, wie sie die Kukuanas gebrauchten, verursachten, ließen normalerweise auf keine Genesung hoffen. Zumeist waren diese armen Patienten schon bewußtlos, beziehungsweise erfolgte das Durchtrennen der Arterie, das zum Tode führte, so schnell und schmerzlos, daß sie es gar nicht zu merken schienen. Immerhin war es ein gespenstischer Anblick, einer von jenen, denen zu entrinnen man froh ist.

Wahrhaftig, ich erinnere mich keines Anblicks, der mich so stark berührte, wie diese tapferen Krieger zu sehen, die von den blutverschmierten Händen der Medizinmänner so ihrer Schmerzen enthoben wurden. Doch halt! Ein Fall ausgenommen: Nach einem Angriff sah ich Krieger ihre hoffnungslos Verwundeten begraben: bei lebendigem Leib.

Von diesem schrecklichen Schauplatz eilten wir nach der anderen Seite der Kuppe und fanden dort Sir Henry, der noch seine Streitaxt in der Hand hielt, Ignosi, Infadoos und ein oder zwei Anführer in eine Beratung vertieft.

»Gott sei Dank, da sind Sie ja, Quatermain! Ich kann nicht ganz herauskriegen, was Ignosi vorhat. Es scheint, daß Twala, nachdem wir den Angriff abgeschlagen haben, erhebliche Verstärkung nachzieht und die Absicht hat, uns einzuschließen, mit dem Ziel, uns auszuhungern.«

»Das ist fatal.«

»Ja, besonders weil Infadoos mitteilt, daß die Wasservorräte ausgegangen sind.«

»Meine gnädigen Herren, das stimmt«, schaltete sich Infadoos ein. »Die Quelle reicht für die Bedürfnisse so vieler Menschen nicht aus und wird bald versiegt sein. Ehe die Nacht anbricht, werden wir also unter dem Durst leiden. Höre, Macumazahn. Du bist weise und hast ohne Zweifel viele Kriege in dem Land erlebt, aus dem ihr kommt, das heißt, wenn ihr auch auf den Sternen Krieg führt. Sage uns, was wir tun sollen. Twala hat zahlreiche neue Männer herangebracht, die an die Stelle der Gefallenen treten. Aber Twala hat seine Lektion gelernt; der Falke dachte nicht, den Reiher gewappnet zu finden, so hat unser Schnabel seine Brust durchbohrt; er fürchtet, noch einmal gegen uns zu kämpfen. Aber auch wir sind verwundet, und er will auf unseren Tod warten. Er wird uns umschlingen wie die Schlange die Antilope und den Kampf des ›Sitz nieder‹ (der Ermüdung und des Aushungerns) kämpfen.«

»Ich höre dich«, warf ich ein.

»Also, Macumazahn, du siehst, wir haben kein Wasser und nur noch wenige Nahrungsmittel, und wir müssen zwischen diesen drei Dingen wählen: dahinzusiechen wie ein verhungernder Löwe in seiner Höhle, oder zu versuchen, gegen Norden hin auszubrechen, oder –«, und da erhob er sich und zeigte in Richtung der dichten Masse unserer Gegner – »uns geradewegs an Twalas Kehle zu stürzen. Incubu, der große Krieger, denn er kämpfte heute wie ein Büffel im Netz, und Twalas Soldaten stürzten unter seiner

Streitaxt wie Korn im Hagel, Incubu sagt: angreifen; doch der Elefant ist immer bereit anzugreifen.

Was aber sagt Macumazahn, der schlaue, alte Fuchs, der viel erlebte und der es liebt, seine Feinde von rückwärts zu packen? Zwar hat der König das letzte Wort, Ignosi, denn es ist Königsrecht, im Krieg zu entscheiden, aber laß uns deine Stimme hören, o Macumazahn, der in der Nacht wacht, und auch die Stimme von ihm mit dem durchsichten Auge.«

»Was meinst du, Ignosi?« fragte ich.

»Nein, mein Vater«, erwiderte unser ehemaliger Diener, jetzt, gekleidet wie er war in die volle Rüstung eines wilden Kriegers, jeder Zoll ein Kriegerkönig, »spreche du und lasse mich, der ich neben dir nur ein Kind an Weisheit bin, deine Worte hören.«

So beschworen, plädierte ich nach hastiger Beratung mit Sir Henry und Good dafür, daß unsere beste Chance im Angriff auf Twalas Streitmacht liege, da wir ja in der Falle saßen. Dazu kam noch das Ende unseres Wasservorrats. Zudem empfahl ich, den Angriff umgehend zu befehlen, »bevor unsere Wunden starr werden; und auch ehe der Anblick von Twalas Übermacht die Herzen unserer Krieger weich werden läßt wie Fett am Feuer«. Ich wies außerdem darauf hin, daß möglicherweise einer oder der andere Anführer seinen Sinn ändern und nach einem Separatfrieden mit Twala zu diesem überlaufen oder uns gar verraten und ausliefern könnte.

Im großen und ganzen schien meine Meinungsäußerung günstig aufgenommen worden zu sein; in der Tat, bei den Kukuanas zollte man meinem Urteil Respekt, wie es mir vorher und nachher nie mehr zuteil wurde. Doch die endgültige Entscheidung über unsere Pläne lag bei Ignosi, er konnte, seit er zum rechtmäßigen König ausgerufen war, die beinahe uneingeschränkten Rechte seiner Souveränität ausüben, einschließlich natürlich der letzten Entscheidung in Angelegenheiten der Kriegskunst. Und so waren alle Augen jetzt auf ihn gerichtet.

Endlich, nach einer langen Pause, in der er angestrengt nachzusinnen schien, ergriff er das Wort.

»Incubu, Macumazahn und Bougwan, tapfere weiße Männer und meine Freunde, Infadoos, mein Onkel und Anführer; mein Herz ist entschlossen. Ich werde Twala heute schlagen und setze mein Schicksal auf den Gegenstoß, ja – und auch mein Leben – mein Leben und auch euer Leben. Hört: so werde ich zuschlagen. Ihr seht, wie der Hügel sich offen biegt wie ein Halbmond und wie die Ebene gleich einer grünen Zunge gegen uns in die Krümmung hineinstößt.«

»Wir sehen es«, antwortete ich.

»Nun, jetzt ist es Mittag, und die Männer essen und ruhen nach den Anstrengungen des Kampfes. Wenn sich die Sonne gewendet hat und ein kleines Stück der Dunkelheit entgegengewandert ist, lasse du dein Regiment, mein Onkel, verstärkt durch ein zweites, in die grüne Zunge hinunter vorrücken. Und Twala wird, wenn er dies sieht, seine Streitkraft dagegen werfen, um euch zu vernichten. Aber der Platz ist schmal, und die Regimenter können nur einzeln zur gleichen Zeit gegen dich anstürmen; so sollen sie eines um das andere vernichtet werden, und die Augen von Twalas ganzer Armee sollen auf einen Kampf gezogen werden, wie ihn noch kein Lebender je gesehen hat. Und mit dir soll gehen, mein Onkel, Incubu, mein Freund, auf daß, wenn Twala seine Streitaxt in der vordersten Linie der ›Grauen‹ blitzen sieht, sein Herz schwach werden soll. Ich selbst, ich werde mit dem zweiten Regiment folgen, damit noch der König da ist, um für seine Sache zu streiten, falls ihr aufgerieben werdet, wie es ja geschehen kann. Und mit mir soll Macumazahn kommen, der Weise.«

»In Ordnung, o König«, sagte Infadoos, der augenscheinlich die unvermeidbare völlige Vernichtung seines Regiments mit bewunderswerter Gleichmütigkeit zur Kenntnis nahm.

Wahrlich, diese Kukuanas sind ein bewundernswertes Volk. Der Tod besitzt keinen Schrecken für sie, wenn er sie bei der Pflichterfüllung ereilt.

»Und während die Augen von Twalas Regimentern in der Hauptsache auf diesen Kampf gerichtet sind«, fuhr Ignosi fort, »soll ein Drittel der Soldaten, die unsere linke Flanke decken (d.h. ungefähr sechstausend), längs dem rechten Hügelhorn sich vorpirschen und Twalas rechten Flügel attackieren, und ein Drittel soll sich das linke Horn entlang halten und in Twalas rechte Flanke fallen. Sobald ich sehe, daß die Flügel bereit sind, sich auf Twala zu werfen, werde ich mit dem Rest Twalas Front angreifen. Ist uns das Glück hold, wird der Tag unser sein, und ehe die Nacht ihre schwarzen Ochsen von den Bergen zum Gebirge treibt, werden wir in Frieden in Loo sitzen. Laßt uns jetzt essen und uns fertig machen. Infadoos, bereite du dich vor, damit der Plan ohne Fehler ausgeführt wird; halt – und meinen weißen Vater Bougwan laßt mit dem rechten Flügel gehen, sein leuchtendes Auge gebe den Feldherren Mut.«

Diese Anordnungen für den Angriff, so knapp erteilt, wurden mit einer Schnelligkeit in Gang gebracht, daß dies für die Vollkommenheit des militärischen Systems der Kukuanas Bände spricht. In weniger als einer Stunde waren die Rationen ausgeteilt und verschlungen, die Divisionen waren formiert, den Führern war der Plan des Angriffs erläutert, und die gesamte Streitmacht, etwa achtzehntausend Mann zählend, war mit Ausnahme einer Wache als Obhut für die Verwundeten bereit, sich in Marsch zu setzen.

Kurz darauf kam Good auf Sir Henry und mich zu. »Auf Wiedersehen, Jungs«, sagte er; »ich bin zum rechten Flügel abgeordnet. Ich will euch nur noch die Hand schütteln, falls wir uns nicht mehr treffen sollten, na, ihr wißt schon –« fügte er bedeutungsvoll hinzu.

Wir drückten uns stumm die Hände, um nicht mehr Bewegung zu verraten, wie es eben bei Angelsachsen üblich ist.

»Es ist schon eine eigenartige Angelegenheit«, meinte Sir Henry, und seine dunkle Stimme schwankte ein wenig. »Ich muß gestehen, ich rechne nicht damit, den morgigen Tag zu erleben. Soweit ich verstanden habe, sollen die ›Grauen‹, mit denen ich gehen soll, bis zu ihrer Vernichtung kämpfen, um es den beiden Flügeln zu ermöglichen, unbemerkt herumzuschlüpfen und Twala von der Seite zu packen. Na ja, sei dem wie immer. Es wird der Tod eines Mannes sein. Wiedersehen, alter Knabe. Gott segne Euch! Ich hoffe, Ihr werdet durchkommen und es erleben, die Diamanten einzusacken; aber, wenn dem so ist, nehmt meinen Rat an, macht um Thronbewerber in Zukunft immer einen weiten Bogen!«

In der nächsten Sekunde hatte Good uns beiden die Hand gedrückt und war gegangen. Dann kam Infadoos und führte Sir Henry auf seinen Platz in der vordersten Reihe der ›Grauen‹, während ich voller böser Ahnungen mit Ignosi zu meiner Stellung absegelte, zu dem Regiment, welches als zweites angreifen sollte.

14

Der ›Grauen‹ letzter Widerstand

In ein paar Minuten waren die Regimenter, die dazu bestimmt waren, die Flankenbewegung auszuführen, in aller Stille abmarschiert. Sorgfältig hielten sie sich im Schatten des ansteigenden Geländes, um ihr Vorrücken vor den scharfen Augen von Twalas Spähern zu verbergen.

Eine halbe Stunde oder mehr war angesetzt worden, die zwischen dem Aufbruch der Hörner oder Flügel der Armee verfließen sollte, bevor die ›Grauen‹ und das sie unterstützende Regiment der ›Büffel‹ sich rührten; die ›Grauen‹ sollten die ›Brust‹ bilden und waren dazu bestimmt, den Hauptstoß des Kampfes abzufangen.

Diese beiden Regimenter waren beinahe völlig frisch und stärkemäßig komplett. Die ›Grauen‹ waren am Morgen in Reserve gelegen und hatten nur wenige Männer verloren, als sie den Teil der Angreifer zurücktrieben, der beim Durchbruch unserer Verteidigungslinie Erfolg gehabt hatte. Es war die Kampfphase, da ich mit ihnen angriff und zu meinem Kummer betäubt wurde. Die ›Büffel‹ aber hatten an der linken Flanke die dritte Verteidigungslinie gebildet, und da der Durchbruch der Angreifer dort schon an der zweiten Linie gescheitert war, wurden sie überhaupt kaum eingesetzt.

Infadoos, der ein bedachtsamer, erfahrener Feldherr war und die uneingeschränkte Bedeutung kannte, den Kampfgeist seiner Männer unmittelbar vor so einem verzweifelten Gefecht zu stärken, benutzte die Pause zu einer Ansprache an sein Leibregiment, die ›Grauen‹. In poetischen Worten setzte er ihnen auseinander, welche Ehre es bedeute, in vorderster Linie eingesetzt zu werden, und daß der große weiße Krieger von den Sternen mit ihnen, in ihren Reihen fechte. Und er versprach ihnen reiche Belohnung an Vieh sowie allen Überlebenden Beförderung, wenn Ignosis Waffen siegreich blieben. Ich sah die langen Reihen der wehenden Federbüsche und der ernsten Gesichter darunter entlang. Ich seufzte bei dem Gedanken, daß innerhalb einer knappen Stunde viele, wenn nicht alle dieser prachtvollen erfahrenen Kämpen – keiner von ihnen war jünger als vierzig Jahre – tot oder sterbend im Staub liegen würden. Es konnte nicht anders sein. Sie waren dazu verdammt, in überlegener Unbekümmertheit gegenüber dem menschlichen Leben, wie sie den großen Feldherrn auszeichnet, der dadurch häufig seine Streitkräfte schont und das Ziel erreicht, im Blutbad geopfert zu werden, um ihre Sache und dem Rest der Armee die Chance des Erfolgs zu verschaffen. Sie waren zum Sterben vorbestimmt, und sie kannten die Wahrheit. Ihre Aufgabe war es, Regiment um Regiment von Twalas Heerschar auf dem schmalen Grünstreifen unterhalb von uns zu fesseln, bis sie vernichtet waren oder die Flügel einen günstigen Augenblick für ihren Angriff erspähten. Und dennoch zögerten sie nicht, noch konnte ich auf einem einzigen Gesicht dieser Krieger ein Zeichen der Furcht entdecken. Da standen sie, bereit, in den sicheren Tod zu gehen, im Begriff, die schreckliche Brücke der Speere zu gehen, bereit, dem gesegneten Tageslicht Valet zu sagen, und doch imstande, ihr Schicksal ohne Beben zu ertragen. Ich konnte es mir selbst in diesem Augenblick nicht verkneifen, ihren und meinen Seelenzustand zu vergleichen. Meiner war alles andere als behaglich, und ein leiser Seufzer der Bewunderung und des Neides entschlüpfte mir. Nie vorher habe ich eine so restlose Hingabe an den Begriff der Pflicht und eine so völlige Gleichgültigkeit gegenüber ihren bitteren Folgen gesehen.

»Seht, der König!« schloß der alte Infadoos und zeigte auf Ignosi, »kämpft und fallt für ihn, wie es tapferer Männer Pflicht ist; verflucht und geschändet für immer sei der Name dessen, der vor dem Tod für seinen König zurückschreckt oder seinem Feind den Rücken zeigt! Anführer, Feldherren, Soldaten, seht euren König! Huldigt jetzt der heiligen Schlange und folgt mir, damit Incubu und ich euch den Weg zum Herzen von Twalas Heer zeigen.«

Für einen Augenblick herrschte Stille, dann erklang plötzlich aus der dichten Phalanx vor uns ein Rauschen, ähnlich dem Geflüster der weit entfernten See, es rührte von dem sachten Klopfen der sechstausend Speerschäfte wider die Schilde ihrer Träger. Langsam schwoll es an, um sich ständig bis zu einem donnernden Lärm zu steigern, daß es von den Bergen wie Gewitterrollen widerhallte und die Luft mit schweren Lärmwogen erfüllte. Dann nahm er wieder ab und erstarb langsam, und plötzlich brach der Königsgruß heraus.

Ignosi, so dachte ich im stillen bei mir, konnte wohl an diesem Tag stolz sein, denn kein römischer Imperator hatte je solch einen Salut von den Gladiatoren erhalten, die im Begriff waren, in den Tod zu gehen.

Ignosi dankte für diesen machtvollen Akt der Huldigung durch das Heben seiner Streitaxt, und dann marschierten die ›Grauen‹ in Dreier-Formation, jede Säule zählte rund tausend kämpfende Männer ausschließlich der Offiziere. Als die letzte Kompanie etwa fünfhundert Yards entfernt war, setzte Ignosi sich an die Spitze der ›Büffel‹ – dieses Regiment war in gleicher Dreier-Formation aufgezogen – und gab den Befehl zum Abmarsch. Los ging's. Ich, überflüssig zu sagen, schickte die heißesten Gebete zum Himmel, daß ich aus diesem Unternehmen mit heiler Haut herauskommen möge. Ich hatte mich schon in vielen eigenartigen Situationen befunden, aber noch niemals in einer so ausgesprochen unangenehmen wie der gegenwärtigen oder einer, bei welcher meine Chance, gesund davon zu kommen, so gering war.

In der Zeit, bis wir den Rand des Plateaus erreichten, befanden sich die ›Grauen‹ bereits auf halber Höhe des Hanges, der an der Zunge des Graslandes endete, die in die Krümmung des Hügels hineinstieß, etwa wie das Herzstück eines Pferdefußes in den Schuh stößt. Die Aufregung in Twalas Lager jenseits der Ebene war anscheinend groß. Regiment auf Regiment setzte sich auf uns zu in Marsch, in einem langsam schaukelnden Trab, um den Gaumen des Graslandes zu erreichen, ehe die Angreifer, das heißt wir, in der Ebene von Loo auftauchen konnten. Diese Zunge, etwa vierhundert Yards lang, hatte selbst an ihrem Gaumen, dem breitesten Teil, nicht mehr als sechshundertfünfzig Schritt Durchmesser, während sie an der Spitze kaum neunzig maß. Die ›Grauen‹, die sich beim Abwärtssteigen bis zur Zungenspitze in Säulen formiert hatten, nahmen, sowie die Möglichkeit gegeben war, wieder die Dreier-Formation ein und hielten plötzlich.

Dann zogen wir, die ›Büffel‹, hinunter zur Zungenspitze und nahmen die Reservestellung ein, ungefähr hundert Yards hinter der letzten Linie der ›Grauen‹ und auf noch leicht ansteigendem Gelände. In der Zwischenzeit hatten wir Muße, Twalas komplette Streitmacht zu beobachten, die offensichtlich seit dem Angriff am Morgen Verstärkung erhalten hatte und jetzt, ungeachtet ihrer Verluste, nicht weniger als vierzigtausend Mann zählen mochte. Schnell bewegte sie sich nun auf uns zu. Als sie in der Nähe des Zungengaumens kamen, zögerten sie jedoch bei der Entdekkung, daß nur ein Regiment zur gleichen Zeit in den Schlund vorrücken konnte und daß da, etwa siebzig Yards vom Zugang, das berühmte Regiment der ›Grauen‹, der Stolz und Ruhm der Kukuana-Armee, stand, wegen der steilen Hänge des mit Felsbrocken übersäten Geländes zu beiden Seiten nur von vorne anzugreifen und bereit, den

Zugang gegen ihre Streitmacht zu halten, wie einst die drei Römer die Brücke gegen das Heer von Tuskulum.

Sie zögerten und stoppten schließlich den Vormarsch; man hatte gar keine Lust, die Speere mit diesen drei Linien grimmiger Kämpen zu kreuzen, die so fest und unerschütterlich dastanden. Gleich darauf jedoch kam ein hochgewachsener Feldherr, mit dem üblichen Kopfputz nickender Straußenfedern geschmückt, von einer Schar Anführern und Ordonnanzen begleitet, nach vorne geeilt – ich glaube, es war niemand anders als Twala persönlich – und gab einen Befehl. Das erste Regiment erhob ein Geschrei und rückte gegen die ›Grauen‹ vor, die völlig stumm und unbeweglich standen, bis die angreifenden Truppen bis auf vierzig Yards heran waren und ein Hagel von tollas, von Wurfmessern, rasselnd mitten in ihre Reihen schlug. Da, mit einem Schlag und mit Gebrüll sprangen die ›Grauen‹ plötzlich, die Speere hoch erhoben, vor, und die Regimenter prallten in tödlichem Streit aufeinander. In der nächsten Sekunde traf der Wirbel der aufeinandertreffenden Schilde unsere Ohren wie ein Donnerschlag, und die ganze Ebene schien von Lichtblitzen, reflektiert von den schimmernden Speeren, belebt zu sein. Hin und her schwang die wogende Masse der kämpfenden, stechenden Männer, doch nicht allzu lange. Plötzlich schienen die Linien der Angreifer dünner zu werden, und dann gingen die ›Grauen‹ in schleichendem, langsamem Gang darüber hinweg, gerade wie eine mächtige Woge sich über einen versunkenen Grat hinweghebt. Es war vorbei. Dieses Regiment war restlos aufgerieben, doch auch die ›Grauen‹ hatten jetzt nur noch zwei Linien; ein Drittel von ihnen war tot.

Noch einmal schlossen sie Schulter an Schulter auf, standen schweigend und harrten des Angriffs; ich war froh, Sir Henrys blonden Bart zu erblicken, als er hin und her eilte, die Reihen zu ordnen. Also lebte er noch.

Mittlerweile bewegten wir uns auf das Schlachtfeld zu, das von über viertausend hingestreckten menschlichen Wesen dicht übersät war, tot, sterbend oder verwundet, buchstäblich rot gefärbt von Blut. Ignosi gab einen Befehl, der schnell die Reihen durcheilte. Kein verwundeter Feind sollte getötet werden, und soweit wir beobachten konnten, wurde dieser Befehl gewissenhaft befolgt. Es wäre ein schrecklicher Anblick gewesen, wenn ich Zeit gehabt hätte, darüber nachzudenken.

Jedoch jetzt bewegte sich ein zweites Regiment heran, mit weißen Federbüschen, kurzen Röcken und Schilden, die restlichen zweitausend ›Grauen‹ anzugreifen, die in gleicher, unheildräuender Stille wie vorher wartend bereitstanden, bis der Gegner auf etwa vierzig Yards heran war – dann warfen sie sich selbst mit unwiderstehlicher Gewalt auf ihn. Wieder der furchtbare Wirbel zusammenprallender Schilde – und wie wir beobachteten, wiederholte sich die Tragödie.

Doch jetzt war der Ausgang länger zweifelhaft. Eine Zeitlang schien es beinahe unmöglich, daß die ›Grauen‹ wieder die Oberhand gewinnen sollten. Das Regiment der Angreifer, lauter junge Männer, focht mit äußerster Erbitterung, und die Veteranen schienen anfangs durch den bloßen Gegendruck zurückgedrängt zu werden. Das Gemetzel war wahrlich entsetzlich, Hunderte fielen jede Minute. Durch das Geschrei der Krieger aber, das Stöhnen der Sterbenden im Verein mit der klirrenden Musik der sich kreuzenden Speere tönte ununterbrochen ein zischender Unterton wie »S'gee, s'gee«, der Triumphruf eines jeden Siegers, wenn er mit seinem Speer den gefallenen Gegner durchbohrte.

Die vollendete Disziplin sowie unerschütterliche und unwandelbare Tapferkeit aber können Wunder wirken, und ein erfahrener Kämpe wiegt zwei junge auf, wie sich in diesem gegenwärtigen Fall bewies. Denn gerade, als wir schon dachten, daß es mit den ›Grauen‹ aus und vorbei sei, und Anstalten trafen, ihren Platz einzunehmen, sobald sie ihre Stellung vernichtet aufgaben, hörte ich Sir Henrys dunkle Stimme über das Getöse hinweg schallen und fing einen flüchtigen Schimmer seiner Streitaxt auf, als er sie über dem Federbusch schwang. Da trat der Umschwung ein; die ›Grauen‹ wichen keinen Zoll mehr; sie standen wie ein Fels, an dem sich die wütenden Wogen der Speermänner immer wieder brachen und zurückprallten. Gleich darauf setzten sie sich wieder in Bewegung, diesmal zum Gegenangriff; da sie keine Feuerwaffen hatten, gab es auch keinen Rauch, und wir konnten alles sehen. In der nächsten Minute wurde der Widerstand schwächer.

»Ah, das sind wahrhaftig Männer; sie werden wieder siegen«, rief Ignosi aus, der an meiner Seite vor Erregung mit den Zähnen knirschte. »Schau, sie haben es geschafft!«

Mit einem Schlag, wie Rauchwolken vor einer Kanonenmündung, teilte sich das angreifende Regiment in fliehende Gruppen, ihr weißer Kopfschmuck flatterte hinter ihnen im Wind her, und sie ließen ihre Gegner als Sieger zurück. Gewiß, aber ach! Es gab kein Regiment mehr. Von der tapferen Dreier-Formation, die vierzig Minuten vorher in den Kampf gezogen war, dreitausend Mann stark, waren höchstens an die sechshundert blutbespritzte Männer übrig geblieben, der Rest war gefallen. Und dennoch riefen sie ›hurra‹ und schwenkten im Triumph ihre Speere, und dann, anstatt sich auf uns zurückzuziehen, wie wir erwartet hatten, stürmten sie hundert Yards nach vorne, hinter den fliehenden Scharen des Gegners her, ergriffen von einer kleinen, sanft ansteigenden Bodenerhebung Besitz, stellten die alte Dreier-Formation wieder her und igelten sich ein. Und da erblickte ich, Dank sei dem Himmel, für eine Minute Sir Henry, allem Anschein nach unverletzt, mit unserem alten Freund Infadoos. Dann wälzten sich Twalas Regimenter auf die todverschworene Schar zu, und noch einmal entbrannte der Kampf.

Wie meine Leser wahrscheinlich schon längst bemerkt haben, bin ich, ehrlich gesagt, so etwas wie ein Hasenfuß und bestimmt auf keinerlei Kampf erpicht, obwohl mich mein Schicksal oft in Situationen gebracht hat, wo ich gezwungenermaßen Menschenblut vergießen mußte. Aber ich habe es immer gehaßt und die Menge meines eigenen Blutes so unvermindert wie möglich erhalten, zuweilen sogar durch den klugen Gebrauch meiner Fersen. In diesem Augenblick jedoch fühlte ich zum erstenmal in meinem Leben meine Brust von kriegerischer Lust entflammt. Bruchstücke kriegerischen Inhalts aus ›Ingoldsby Legends‹ zusammen mit einer Reihe blutrünstiger Verse aus dem Alten Testament schossen mir durch den Kopf und wuchsen wie Champignons im Dunkeln. Mein Blut, bisher halb erstarrt vor Entsetzen, floß pulsend durch meine Adern, und mich übermannte das wilde Verlangen, ohne Gnade zu töten. Flüchtig wandte ich mich um nach den dicht gedrängten Reihen der Krieger hinter uns, und dabei packte mich irgendwie die Neugierde, ob mein Gesicht wie die ihren aussah. Da standen sie, ihre Köpfe über die Schilde vorgereckt, mit zuckenden Händen, die Lippen geöffnet, die wilden Gesichter voll hungriger Kampfgier und in den Augen den Glanz von Bluthunden, die die Beute wittern.

Nur Ignosis Herz schien, nach seiner sonstigen Selbstbeherrschung zu urteilen, allen Anzeichen nach so ruhig wie immer unter dem Leopardenfellmantel zu schlagen, obwohl er immer noch mit den Zähnen knirschte. Ich ertrug es nicht länger.

»Sollen wir da stehen, bis wir Wurzeln schlagen, Umbopa – Ignosi, he – während Twala unsere Brüder da drüben schluckt?« fragte ich.

»Keineswegs, Macumazahn«, war seine Antwort, »siehst du, jetzt ist der richtige Zeitpunkt gekommen: wir wollen ihn nützen.«

Während er das aussprach, eilte ein frisches Regiment an der Igelstellung auf dem kleinen Erdwall vorbei und griff, herumschwenkend, von der uns näher gelegenen Seite an.

Jetzt gab Ignosi, die Streitaxt hebend, das Zeichen zum Vorrücken, und mit dem wilden Kampfruf der Kukuanas griffen die ›Büffel‹ so stürmisch an, daß es an den Wogenprall des Meeres erinnerte.

Was unmittelbar darauf folgte, liegt außerhalb meiner Kraft, es zu schildern. Alles, woran ich mich noch erinnern kann, ist ein ungestümes, aber geordnetes Vorrücken, das den Erdboden zu erschüttern schien. Dann folgten ein plötzlicher Frontwechsel und eine Umgliederung für den Teil des Regiments, gegen den sich unser Angriff richtete; dann ein entsetzlicher Zusammenstoß, ein dumpfes Grollen von Stimmen und ein ununterbrochenes Blitzen von Speeren, sichtbar durch einen roten Nebel von Blut.

Als ich wieder richtig zu mir kam, fand ich mich inmitten der übriggebliebenen ›Grauen‹ auf dem Erdwall oben und direkt hinter keinem Geringeren als Sir Henry. Im Moment hatte ich keine Ahnung, wie ich hierhergekommen war. Sir Henry aber erzählte mir später, daß ich mit dem ersten wilden Angriff der ›Büffel‹ beinahe bis zu seinen Füßen hochgetragen worden war und dann zurückblieb, als sie im Wechsel des Kampfgeschehens zurückgedrängt wurden. Daraufhin war er aus seiner Igelstellung herausgesprungen und hatte mich in ihren Schutz gezogen. Was den Kampf betrifft, der sich nun entspann, wer kann das beschreiben? Immer und immer wieder brandete die Masse gegen unseren jeden Augenblick kleiner werdenden Kreis, und immer und immer wieder schlugen wir sie zurück.

»Die standhaften Speermänner ersetzten immer wieder
das dunkle, undurchdringliche Dickicht;
ein jeder trat sofort an die Stelle seines
Kampfgefährten, der da fiel«,

wie es der oder jener schön ausdrückt.

Es war ein großartiger Anblick, wie diese tapferen Bataillone hintereinander über die Wälle ihrer Toten herankamen, zuweilen die Leichname vor sich hin hielten, um unsere Speerstiche abzufangen, nur um selbst als Leichnam zurückzubleiben, den anwachsenden Berg der Toten größer zu machen. Es war ein einzigartiges Schauspiel der Tapferkeit, den handfesten alten Krieger Infadoos zu beobachten, so gelassen, als wäre er bei einer Parade. Laut gab er seine Befehle, stichelte oder scherzte, um den Mut seiner paar Getreuen, die ihm verblieben waren, aufrechtzuerhalten, und dann, wie jeder Angriff anrollte, eilte er immer dorthin, wo der Kampf am heißesten tobte, um seinen Teil bei der Abwehr zu leisten. Und noch stattlicher war die Erscheinung von Sir Henry, dem die Straußenfedern durch einen Speerhieb abgeschnitten worden waren, so daß seine langen blonde Haare im Wind hinter ihm herflatterten. Da stand er, der mächtige ›Normanne‹, denn er war nichts anderes, seine Hände, seine Axt und seine Rüstung von Blut ganz rot, und wo er hinschlug, wuchs kein Gras mehr. Ein und das anderemal sah ich seine Axt mit Schwung niedersausen, sobald es irgendein mächtiger Krieger wagte, sich ihm zum Kampf zu stellen. Und bei jedem Hieb schrie er »O-hoi! O-hoi!« wie seine Berserker-Vorfahren. Und sein Hieb ging krachend durch Schild und Speer, Kopfputz, Haare und Schädel, so daß schließlich keiner freiwillig dem mächtigen weißen ›tagati‹ (Zauberer) in die Quere kam, der tötete und nicht danebenschlug.

Unvermittelt erhob sich ein Schrei »Twala, y' Twala«, und aus dem Getümmel löste sich kein anderer als der riesige, einäugige König selbst, auch mit Streitaxt und Schild bewaffnet, in einen Kettenpanzer gehüllt.

»Wo bist du, Incubu, du weißer Mann, der meinen Sohn Scragga erschlug – schau, ob du mich erschlagen kannst!« brüllte er, und gleichzeitig schleuderte er ein tolla auf Sir Henry, der es glücklicherweise kommen sah und mit seinem Schild abfing; in seiner Eisenplatte unter dem Fell blieb es verkeilt stecken.

Dann, einen Schrei ausstoßend, sprang Twala Curtis an und führte mit seiner Streitaxt einen derartigen Schlag wider den Schild, daß die bloße Kraft und Erschütterung ihn, den kräftigen Mann, der er ist, in die Knie zwang.

Doch da wurde dem Zweikampf Einhalt geboten, denn in diesem Augenblick erhob sich bei den Regimentern, die uns rundum bedrängten, ein Schrei des Schreckens. Als ich mich umsah, wußte ich den Grund.

Zur Rechten und zur Linken war die Ebene von Federbüschen angreifender Krieger lebendig. Die Flügel-Abteilungen waren zu unserer Unterstützung gekommen. Der Zeitpunkt hätte nicht besser gewählt sein können. Twalas ganze Armee hatte ihre Aufmerksamkeit, wie Ignosi es vorhergesagt hatte, dem blutigen Kampf geschenkt, der rundherum gegen die Überreste der ›Grauen‹ und der ›Büffel‹ wütete, gegen die zwei Regimenter, die den Stoßkeil unserer

Armee gebildet hatten und jetzt im Nahkampf das Gefecht ums eigene nackte Leben fortsetzten. Bis zu dem Augenblick, da die Flügel im Begriff waren, sie zu umfassen, hatten sie sich nichts von ihrer Annäherung träumen lassen. Sie glaubten diese Kräfte als Reserve auf dem Kamm des mondförmigen Hügels versteckt. Und jetzt, ehe sie sich zur Verteidigung in eine geeignete Formation umgruppieren konnten, waren sie von den sie umfassenden impis wie Windhunde in ihren Flanken angegriffen worden. In fünf Minuten war der Ausgang der Schlacht entschieden. An beiden Flanken angegriffen und durch das fürchterliche Gemetzel demoralisiert, das ihnen die ›Grauen‹ und die ›Büffel‹ geliefert hatten, lösten sich Twalas Regimenter in Flucht auf, und bald war die gesamte Ebene zwischen uns und Loo von Gruppen rennender Soldaten, die ihr Heil in der Flucht suchten, übersät. Die Streitkräfte, die uns und den ›Büffeln‹ vor kurzem noch so zugesetzt hatten, sie verschwanden wie durch Zauberei, und nicht viel später standen wir da, übriggeblieben wie ein Fels, von dem sich das Meer zurückgezogen hat. Doch welches Bild bot sich da! Rund um uns lagen Tote und Sterbende in hochgehäuften Massen. Von den tapferen ›Grauen‹ zählten wir nur noch fünfundneunzig, die auf ihren Füßen standen. Mehr als dreitausendvierhundert waren von diesem einen Regiment zusammengehauen worden, die meisten von ihnen so, daß sie sich niemals mehr erhoben.

»Männer«, sagte Infadoos ruhig, als er zwischen den Unterbrechungen beim Verbinden einer Armwunde die Reste seines Korps überblickte, »ihr habt dem Ansehen eures Regiments alle Ehre gemacht, und von diesem Tag des Kampfes wird noch von euren Kindeskindern gesprochen werden.« Dann wandte er sich um und schüttelte Sir Henry Curtis' Hand.

»Du bist ein großer Heerführer, Incubu«, sagte er schlicht, »ich habe lange unter Kriegern gelebt und kenne eine Menge Tapferer, doch habe ich noch nie einen Mann wie dich unter ihnen getroffen.«

Die ›Büffel‹ begannen zu diesem Zeitpunkt an unserer

Stellung vorbei in Richtung Loo zu marschieren, und uns wurde eine Botschaft von Ignosi überbracht, der Infadoos, Sir Henry und mich ersuchte, zu ihm zu stoßen. Also schlossen wir uns, nachdem die restlichen neunzig Mann der ›Grauen‹ den Befehl erhalten hatten, die Verwundeten einzusammeln, Ignosi an, der uns davon unterrichtete, daß er weiter auf Loo zudränge, um den Sieg, wenn irgend möglich, durch die Gefangennahme Twalas zu krönen. Wir waren noch nicht weit gekommen, da entdeckten wir plötzlich die Gestalt von Good, der etwa hundert Schritte vor uns auf einem Ameisenhügel saß. Dicht neben ihm lag der Körper eines Kukuana.

»Er muß verwundet sein«, sagte Sir Henry besorgt. Gerade als er diese Bemerkung machte, passierte etwas Unerwartetes. Die Leiche des Kukuana-Soldaten, oder besser, was wir für eine Leiche gehalten hatten, sprang plötzlich auf, schlug Good kopfüber vom Hügel herunter und begann auf ihn einzustechen. Wir stürzten voll Entsetzen vorwärts, und wie wir näher kamen, sahen wir, wie der muskulöse Krieger Stoß auf Stoß gegen den hingestreckten Good führte, dessen Glieder bei jedem Stich hochschnellten. Als der Kukuana uns bemerkte, fuhrte er mit einem Schrei »Nimm das, Hexenmeister« einen letzten und ungemein bösartigen Stoß aus und stob davon. Good rührte sich nicht mehr, und wir schlossen daraus, daß es um unseren armen Kameraden geschehen war. Traurig näherten wir uns ihm und staunten nicht schlecht, als wir ihn zwar blaß und matt, aber mit einem heiteren Lächeln auf seinen Lippen fanden, das Monokel noch fest ins Auge geklemmt.

»Ein kapitaler Panzer das«, murmelte er, als er unsere Gesichter über sich sah. »Der Kerl hat sich schwer getäuscht«, und dann fiel er in Ohnmacht. Bei der Untersuchung entdeckten wir, daß er bei der Verfolgung durch ein tolla am Bein schwer verwundet worden war, aber der Kettenpanzer verhindert hatte, daß ihm der Speer seines letzten Gegners mehr und Schlimmeres zufügen konnte als Prellungen. Er war gnädig davongekommen. Da wir im Augenblick für ihn nichts tun konnten, wurde er auf eine der aus Weidenzweigen geflochtenen Tragbahren gelegt, die für die Verwundeten verwendet wurden, und mit uns getragen.

Als wir an dem nächstgelegenen Zugangstor von Loo ankamen, war eines unserer Regimenter bereits da, das auf Befehl von Ignosi hier einen Beobachtungsposten bezogen hatte. Die übrigen Regimenter bewachten in gleicher Weise die anderen Stadtausgänge. Der Befehlshaber dieses Regiments kam heran, begrüßte Ignosi als König und berichtete ihm, daß Twalas Heer in der Stadt Zuflucht gesucht hatte, wohin Twala auch entkommen war; er aber nehme an, daß die Truppen völlig demoralisiert seien und sich ergeben würden. Daraufhin sandte Ignosi nach kurzer Beratung mit uns an jedes Tor einen Herold ab, den Verteidigern zu befehlen, jedes Tor zu öffnen, und den Kriegern, die ihre Waffen niederlegten, bei seinem könglichen Wort zu versichern, daß ihrer Leben und Vergebung harre. Angedroht wurde, wenn dies nicht geschehe, werde noch vor Anbruch der Nacht Loo mit Sicherheit brennen und alles, was innerhalb seiner Tore sei. Diese Botschaft blieb nicht ohne Wirkung. Eine halbe Stunde später wurde unter den Hochrufen und dem Jubel der ›Büffel‹ die Brücke über den Wassergraben niedergelassen, und die Tore auf der Seite drüben wurden flugs aufgerissen.

Wir trafen die gebührenden Vorsichtsmaßregeln gegen Verräterei und marschierten in die Stadt ein. Entlang den Straßen standen Tausende von niedergeschlagenen Kriegern, die Köpfe gesenkt, Schilde und Speere zu ihren Füßen, die, befehligt von ihren Offizieren, Ignosi als König begrüßten, wo er vorbeischritt. Wir marschierten direkt zu Twalas Kraal. Der große Platz, wo wir vor zwei Tagen die Parade und die Hexenjagd miterlebt hatten, lag verlassen da. Nein, nicht ganz verlassen, denn auf der uns gegenüberliegenden Seite, vor seiner Hütte, saß Twala mit nur einer Begleiterin – Gagool.

Es war ein düsterer Anblick, ihn so hier sitzen zu sehen, Streitaxt und Schild an seiner Seite, sein Kinn auf der gepanzerten Brust, ein altes Weib nur als Gefährtin. Ungeachtet seiner Grausamkeiten und Missetaten durchzuckte mich ein plötzliches Gefühl des Mitleids, als ich ihn so sah ›gestürzt von seiner höchsten Höhe‹. Nicht ein einziger Soldat von all seinen Armeen, nicht einer seiner Höflinge aus der Zahl der Hunderten, die ihn umkrochen hatten, nicht einmal eine einzige seiner Frauen war geblieben, um sein Schicksal zu teilen, die Bitternis seines Sturzes zu mildern. Armer Wilder! Nun lernte er die Lektion, die das Schicksal die meisten lehrt, wenn sie nur lange genug leben, nämlich, daß die Augen der Menschheit blind sind gegenüber dem, der in üblen Ruf geriet, und derjenige wenige Freunde und Barmherzigkeit findet, der wehrlos ist und gestürzt. Auch dann nicht, wenn er es verdient hätte.

Wir schritten hintereinander durch das Tor des Kraals, geradewegs über den freien Platz, wo der Ex-König saß. In einer Entfernung von etwa fünfzig Yards vor ihm wurde das Regiment angehalten, und, nur von einer kleinen Garde begleitet, näherten wir uns ihm, von Gagool beißend geschmäht, als wir kamen. Als wir ganz nahe waren, hob Twala zum erstenmal sein Haupt, geschmückt mit dem Federbusch, und heftete sein einziges Auge, das vor unterdrückter Wut beinahe so hell wie sein prachtvoller Diamant an der Stirn zu blitzen schien, auf seinen siegreichen Rivalen Ignosi.

»Heil, o König!« sprach er mit bitterem Hohn, »du, der du von meinem Brot gegessen hast und jetzt mit Hilfe des Zaubers des weißen Mannes meine Regimenter verführtest und mein Heer schlugst, heil! Welches Schicksal hast du für mich bestimmt, o König?«

»Das Schicksal, das du meinem Vater bereitet hast, auf dessen Thron du viele Jahre gesessen bist!« war die finstere Antwort.

»Es ist gut. Ich werde dir zeigen wie man stirbt, damit du dich daran erinnern kannst, wenn deine eigene Stunde einmal schlägt. Schau, die Sonne geht in Blut unter«, und er zeigte mit seiner Streitaxt gegen den feurigen Ball, der jetzt unterging. »Es ist gut, daß meine Sonne jetzt in ihrer Begleitung untergehen soll. Und jetzt, o König! Ich bin bereit zu sterben. Doch ich fordere das Privileg des königlichen Hauses der Kukuanas*, im Kampf zu sterben. Das kannst du mir nicht verweigern, ohne daß dich nicht selbst diese Feiglinge, die heute so schmählich die Flucht ergriffen haben, für ehrlos halten.«

»Zugestanden. Wähle, mit wem willst du kämpfen? Ich selbst kann nicht mit dir kämpfen, denn ein König kämpft nicht, außer im Krieg.«

Twalas düsteres Auge tastete unsere Reihen hinauf und hinunter, und ich spürte, wie es eine Weile auf mir ruhte, so daß diese Situation einen neuen Schrecken bereithielt. Was, wenn er sich dafür entschied, den Kampf mit mir zu beginnen? Welche Chance sollte ich gegen einen so schrecklichen Wilden haben, sechs Fuß und fünf Zoll groß und von entsprechend mächtigen Proportionen? Ich konnte ebensogut gleich Selbstmord begehen. Eilig entschloß ich mich, einen Kampf abzulehnen, selbst auf die Gefahr hin, dann mit Schimpf und Schande aus dem Lande der Kukuanas hinausgejagt zu werden. Es ist, glaube ich, vernünftiger, ausgepfiffen zu werden, als von einer Streitaxt gevierteilt.

Plötzlich sprach Twala.

»Incubu, was meinst du, wollen wir beenden, was wir heute begannen, oder soll ich dich Feigling nennen, weiß – bis auf die Leber?«

»Nein«, unterbrach Ignosi hastig; »du wirst nicht mit Incubu kämpfen.«

»Nicht, wenn er sich fürchtet«, sagte Twala.

Unglückseligerweise verstand Sir Henry diese Bemerkung, und das Blut schoß ihm in die Wangen.

»Ich werde mit ihm kämpfen«, sagte er, »er wird sehen, ob ich mich fürchte.«

»Um Gottes willen«, bat ich, »riskieren Sie doch nicht ihr Leben gegen das eines verzweifelten Menschen. Jeder, der Sie heute sah, wird wissen, daß Sie tapfer genug sind.«

---

* Bei den Kukuanas gibt es ein Gesetz, daß keine Person, die unmittelbar königlicher Abstammung ist, ohne ihre eigene Zustimmung, die jedoch nie verweigert wird, hingerichtet werden darf. Es ist ihm erlaubt, sich eine Reihe Gegner auszuwählen, die vom König gebilligt werden müssen; mit diesen kämpft er, bis einer von ihnen ihn tötet. – *A. Q.*

»Ich werde mit ihm kämpfen«, war die eigensinnige Antwort.

»Kein Lebender soll mich einen Feigling nennen. Ich bin schon bereit.« Und er trat vor und hob seine Axt. Ich rang die Hände über dieses alberne Stück von Quichottismus; aber natürlich, wenn er zu diesem Zweikampf entschlossen war, konnte ich ihn auch nicht aufhalten.

»Kämpfe nicht, mein weißer Bruder«, schaltete sich nun Ignosi ein und legte seine Hand herzlich auf Sir Henrys Arm. »Du hast heute genug gekämpft, und wenn dir von seiner Hand etwas zustoßen sollte, es würde mein Herz in Stücke reißen.«

»Ich werde kämpfen, Ignosi«, war Sir Henrys Antwort.

»In Ordnung, Incubu, du bist ein tapferer Mann. Es wird einen guten Kampf geben. Siehe, Twala, der Elefant ist bereit für dich.«

Der Ex-König lachte roh, trat nach vorne und fixierte Curtis. Einen Augenblick standen beide so, daß die untergehende Sonne die kräftigen Gestalten umspielte und sie beide in Feuer hüllte. Sie waren ein gut zusammenpassendes Paar.

Dann begannen sie, die Streitäxte erhoben, einander zu umkreisen.

Plötzlich sprang Sir Henry vor und führte einen furchtbaren Schlag gegen Twala, der zur Seite wich. So wuchtig war der Schlag geführt, daß Curtis halb das Gleichgewicht verlor, ein Umstand, den sein Gegner sofort ausnutzte. Die schwere Streitaxt über seinen Kopf kreisend, schlug er dann mit ungeheurer Kraft zu. Mein Herz blieb mir fast stehen. Ich dachte schon, der Kampf sei beendet. Aber nein; mit einer schnellen Aufwärtsbewegung des linken Armes schob Sir Henry seinen Schild zwischen sich und die Axt. Der Erfolg war, daß der äußere Schildrand glatt abrasiert wurde und die Axt Curtis' linke Schulter traf, doch nicht fest genug, ernsten Schaden anzurichten. Im nächsten Moment brachte Sir Henry einen zweiten Schlag an, der aber von Twala mit dem Schild abgefangen wurde.

Dann folgte Schlag auf Schlag, abwechselnd entweder mit

dem Schild abgefangen oder durch Beiseiteweichen pariert. Die Erregung wuchs ins Unendliche. Das Regiment, das Zeuge dieser Begegnung war, vergaß seine Disziplin und drängte näher, man schrie und stöhnte bei jedem Streich. Da kam gerade auch Good, der auf den Erdboden neben mich gelegt worden war, wieder zum Bewußtsein. Er setzte sich auf und merkte, was los war. Im Nu war er hoch, und, an meinem Arm Halt suchend, hüpfte er von einem Bein auf das andere, riß mich hinter sich her und feuerte Sir Henry mit gellenden Ermunterungen an.

»Gib's ihm, alter Junge!« feuerte er ihn an. »Das war gar nicht von schlechten Eltern! Gib es ihm mittschiffs«, und so fort.

Auf einmal, gerade hatte er einen neuen Schlag mit seinem Schild abgefangen, holte Sir Henry mit aller Kraft aus und schlug zu. Der Schlag ging durch Twalas Schild, durch die geschmeidige Kettenrüstung und schlitzte die Schulter auf. Mit einem gellenden Schrei, gemischt aus Schmerz und Wut, erwiderte er den Hieb mit Zins und Zinseszins, und zwar mit einer solchen Wucht, daß er den Rhinozeros-Horngriff von seines Gegners Streitaxt, verstärkt durch Stahlbänder, glatt durchhieb und Curtis dabei noch im Gesicht verletzte.

Ein Schrei des Entsetzens bei den ›Büffeln‹, als unseres Helden breiter Axtkopf auf die Erde kollerte. Und Twala, seine Waffe wieder hochhebend, fiel mit Kriegsgeschrei über ihn her. Ich schloß meine Augen. Als ich sie wieder öffnete, sah ich Sir Henrys Schild auf dem Boden liegen, und Sir Henry selbst umschlang mit seinen kräftigen Armen Twalas Hüfte. Sie umklammerten einander wie zwei Bären, schwankten hin und her und kämpften mit all ihren kräftigen Muskeln um ihr teures Leben und die noch teurere Ehre. Mit äußerster Anstrengung riß Twala schließlich dem Engländer geschickt die Füße weg, beide stürzten zu Boden und überschlugen sich auf dem Kalkpflaster. Twala holte mit der Streitaxt nach Curtis' Kopf aus, und Sir Henry wiederum versuchte das tolla, welches er aus dem Gürtel gezogen hatte, durch Twalas Panzer zu stoßen.

Es war ein gewaltiges Ringen und schrecklich anzusehen.

»Packe doch seine Axt!« gellte Good; und vielleicht hatte es unser Kämpe gehört.

Auf jeden Fall ließ er das tolla fallen und faßte blitzschnell nach der Axt, die mit einem schmalen Büffelhautriemen an Twalas Handgelenk befestigt war. Während sie sich immer noch hin und her wälzten, kämpften sie wie Wildkatzen darum. Ihre Atem gingen in schweren Stößen. Plötzlich riß die Fellschnur. Sir Henry machte sich mit großer Anstrengung frei, und die Waffe blieb in seiner Hand. In der nächsten Sekunde stand er auf den Füßen, das rote Blut strömte aus seiner Gesichtswunde, und genauso war es bei Twala. Nun zog dieser sein schweres tolla aus dem Gürtel, taumelte auf Curtis zu und stieß es ihm gegen die Brust. Der Stoß, kraftvoll geführt, saß gut, aber wer auch immer den Kettenpanzer angefertigt haben mochte, sein Handwerk hat er verstanden, denn der Panzer widerstand dem Stahl. Wieder stieß Twala mit wildem Geheul zu, und wieder prallte das schwere Messer ab. Sir Henry wich taumelnd zurück. Und noch einmal griff Twala an, doch wie er sich nun näherte, riß sich der prächtige Engländer zusammen, schwang die schwere Streitaxt mit beiden Händen über seinen Kopf und ließ sie mit aller Kraft heruntersausen. Der Hieb saß. Das war ein Schrei der Erregung aus tausend Kehlen – und siehe! Twalas Haupt schien von seinen Schultern zu springen, es fiel, kam rollend und springend über den Erdboden auf Ignosi zu und blieb genau vor seinen Füßen liegen. Der Körper stand für eine Sekunde noch aufrecht, dann schlug er mit dumpfen Aufprall zu Boden. Die goldene Kette rutschte vom Hals und rollte quer über das Pflaster. Während sich dies abspielte, fiel Sir Henry, von Schwäche und Blutverlust übermannt, schwer über den Körper des toten Königs.

Im Nu war er hochgehoben, und eifrige Hände gossen Wasser über sein Gesicht. In der nächsten Minute öffnete er weit seine grauen Augen.

Er war nicht tot.

Ich trat nun, gerade als die Sonne sank, zu Twalas Haupt,

das im Staub lag, löste den Diamanten von der Stirn und reichte ihn Ignosi.

»Nimm ihn«, sagte ich, »rechtmäßiger König der Kukuanas, König durch Geburt und Sieg.«

Ignosi befestigte den Königsschmuck an seiner Stirn. Dann trat er vor, setzte seinen Fuß auf den breiten Brustkorb seines enthaupteten Gegners und stimmte einen Gesang oder besser ein Päan (ein Chorlied) des Triumphs an, so schön und doch wieder von so ungebärdiger Wildheit, daß ich daran verzweifeln möchte, sollte ich davon eine hinreichende Vorstellung vermitteln. Einst hörte ich einen Studenten mit schöner Stimme laut etwas von dem griechischen Dichter Homer lesen, und ich erinnere mich, daß der Klang der donnernden Verse mein Blut hatte stillstehen lassen. Ignosis Gesang, in einer Sprache vorgetragen, so schön und klangvoll wie das alte Griechisch, rief die gleiche Wirkung bei mir hervor, obwohl ich von der Anstrengung und den vielen Aufregungen völlig erschlagen war.

»Jetzt«, so begann er, »ist unsere Rebellion aufgegangen in einen Sieg und unsere frevlerische Tat durch unsere Stärke gerechtfertigt.

Am Morgen erhoben sich die Tyrannen und zitterten; sie legten ihre Harnische an und machten sich für den Krieg bereit.

Sie erhoben sich und ergriffen ihre Speere; die Krieger riefen nach ihren Anführern: Kommt, führt uns – und die Anführer riefen nach dem König: Lenke du die Schlacht.

Sie erhoben sich in ihrem Stolz, zwanzigtausend Mann und nochmals zwanzigtausend Mann.

Ihre Federbüsche bedeckten die Täler, wie die Federn des Vogels sein Nest bedecken. Sie schüttelten ihre Schilde und schrien, ja, sie schüttelten ihre Schilde im Sonnenlicht, sie dürsteten nach dem Kampf und waren guten Mutes.

Sie griffen mich an; ihre Starken kamen eilends gerannt, mich zu erschlagen; sie riefen: Ha! Ha! Er ist bereits so gut wie tot.

Und dann blies ich sie mit meinem Atem an. Und mein

Atem war gleich dem Odem des Sturmes, und siehe: sie waren nicht mehr.

Meine Blitze durchbohrten sie. Ich zerschmetterte ihre Stärke mit den Blitzen meiner Speere. Ich schmetterte sie zu Boden mit dem Donner meines Kriegsgeschreis.

Sie zerbrachen – sie lösten sich auf – sie vergingen wie die Morgennebel.

Sie sind Futter für die Krähen und die Füchse, und das Schlachtfeld ist gefärbt von ihrem Blut.

Wo sind die Mächtigen, die sich am Morgen brüsteten? Wo sind die Stolzen, die ihre Speere schüttelten und schrien: Er ist bereits so gut wie tot?

Sie neigen ihre Häupter, aber nicht zum Schlaf; sie liegen ausgestreckt, aber nicht im Schlaf.

Sie sind vergessen; sie sind eingegangen in die Finsternis; sie wohnen auf den toten Monden, ja, andere werden ihre Frauen wegführen, und ihre Kinder werden sich ihrer nicht mehr erinnern.

Und ich – der König – gleich dem Adler, habe meinen Horst gefunden.

Seht! Weit bin ich gewandert zu nächtlicher Stunde, doch ich bin zurückgekehrt bei Tagesanbruch zu meiner Jugend.

Kriecht ihr unter den Schatten meiner Schwingen, o Volk, ich werde euch erquicken, und ihr sollt keine Furcht mehr empfinden.

Jetzt ist die gute Zeit, die Zeit der Beute.

Mein sind die Herden auf den Bergen, mein sind die Jungfrauen in den Kraals.

Der Winter ist vorbei mit Stürmen, der Sommer ist mit Blumen gekommen.

Nun soll das Böse sein Haupt verhüllen, jetzt sollen Gnade und Freude im Lande wohnen.

Freue dich, freue dich, mein Volk!

Laßt alle Welt sich freuen darüber, daß die Tyrannei niedergetreten ist, darüber, daß ich König bin.«

Ignosi unterbrach seinen Gesang, und aus der zunehmenden Dunkelheit kam die innige Antwort zurück:

»Du bist der König!«

So war meine Prophezeiung gegenüber dem Herold in Erfüllung gegangen, und innerhalb von achtundvierzig Stunden lag Twalas enthaupteter Leichnam steif an Twalas Tor.

15

Good wird krank

Sir Henry und Good wurden, nachdem der Kampf zu Ende war, in Twalas Hütte gebracht, wo ich mich ihnen zugesellte. Beide waren durch die Anstrengung und den Blutverlust völlig erschöpft, und mein Zustand freilich war wenig besser. Zwar bin ich zäh und halte mehr Strapazen als die meisten Menschen aus, vielleicht wegen meines Fliegengewichts und des langjährigen Trainings, aber diese Nacht war ich völlig erledigt, und wie es bei mir immer der Fall ist, wenn ich völlig erschöpft bin, begann auch diesmal die alte Wunde, die mir der Löwe zugefügt hatte, zu schmerzen. Auch mein Schädel tat mir noch von dem Hieb am Morgen weh, als ich bewußtlos geschlagen worden war. Alles in allem genommen, ein jämmerlicheres Trio als wir an diesem Abend hätte man schwerlich finden können. Unser einziger Trost lag in dem Bewußtsein, daß wir ungewöhnliches Glück gehabt hatten, hier zu sein und uns so elend fühlen zu können, statt tot ausgestreckt draußen zu liegen, wie so viele Tausende tapferer Männer diese Nacht, die morgens noch gesund und kräftig aufgestanden waren.

Irgendwie bekamen wir es sogar mit Hilfe der schönen Foulata fertig, unsere Kettenhemden abzulegen, die zumindest zweien von uns an diesem Tag das Leben gerettet hatten. Sie hatte sich, seit wir die Ursache für ihre Lebensrettung waren, selbst zu unserer Dienerin, besonders zu der von Good ernannt. Wie ich erwartet hatte, war das Fleisch unter den Kettenhemden entsetzlich gequetscht. Zwar hatten uns die Stahlglieder vor den Waffen geschützt, die

Quetschungen aber konnten sie nicht verhindern. Sir Henry und Good waren eine einzige Prellung, und auch ich war nicht ganz verschont geblieben. Als Heilmittel brachte Foulata uns irgendwelche zerquetschten grünen Blätter von aromatischem Duft, die, als Pflaster aufgelegt, uns erhebliche Erleichterungen schenkten. Die Quetschungen waren sehr schmerzhaft, aber sie machten uns nicht so besorgt wie Sir Henrys und Goods Wunden. Good hatte eine riesige Fleischwunde in einem seiner ›schönen weißen Beine‹ und dadurch großen Blutverlust erlitten. Und Sir Henry hatte, mit anderen Verletzungen, eine tiefe Schmarre von Twalas Streitaxt quer über die Kinnbacke erhalten. Zum Glück ist Good ein recht passabler Wundarzt, und sobald seine kleine Medizinkiste aufgetaucht war, ging er daran, die Wunden nach gründlicher Desinfektion zu nähen. Erst kam Sir Henry dran und dann er selbst. In Anbetracht des mangelhaften Lichts, welches eine der primitiven Kukuana-Lampen spendete, gelang ihm seine Arbeit recht ordentlich. Hierauf bestrich er die Wunden reichlich mit einer antiseptischen Salbe, von welcher es in der kleinen Kiste einen Tiegel voll gab, und wir verbanden sie mit dem Rest eines noch in unserem Besitz befindlichen Taschentuchs.

Inzwischen hatte uns Foulate eine kräftige Fleischbrühe zubereitet, denn etwas anderes zu essen, dazu waren wir zu schwach. Wir schluckten sie einfach hinunter und warfen uns dann auf den Packen prachtvoller Karrosse. Felldecken, die in der ganzen großen Hütte des toten Königs verstreut herumlagen. Ein ganz eigenartiges Spiel der Ironie des Schicksals, daß diese Nacht auf Twalas Bett und in seine Felldecke gehüllt Sir Henry schlief, der Mann, der ihn erschlagen hatte.

Sagte ich schlafen? Denn nach solch einem Tagewerk zu schlafen, war fürwahr schwer. Um damit zu beginnen, in Wahrheit war die Luft voll

»Vom Abschiednehmen von den Sterbenden
und der Trauer um die Toten.«

Aus allen Richtungen drangen die Stimmen der trauernden Frauen bis zu uns, deren Gatten, Söhne oder Brüder im Kampf umgekommen waren. Kein Wunder, daß sie klagten, denn über zwölftausend Mann oder nahezu ein Fünftel der Kukuana-Armee war in diesem furchtbaren Kampf vernichtet worden. Es war herzzerreißend, hier zu liegen und den Klagen um jene zuzuhören, die nicht mehr wiederkehrten; es ließ einen den ganzen Umfang der grauenhaften Taten erfassen, die an diesem Tag vollbracht worden waren, um eines Mannes Ehrgeiz zu stillen. Gegen Mitternacht wurde das bis dahin ununterbrochene Wehklagen der Frauen seltener, bis schließlich die Stille nur in Abständen von ein paar Minuten von einem langezogenen Heulen unterbrochen wurde, das aus einer Hütte in unmittelbarer Nähe hinter uns kam. Es war, wie wir später erfuhren, Gagools ›keening‹ um ihren toten König Twala.

Später verfiel ich in einen unruhigen Schlummer, wachte von Zeit zu Zeit immer wieder auf und schreckte hoch, da ich dachte, ich wäre noch einmal Mitwirkender bei den schrecklichen Vorkommnissen während der vergangenen vierundzwanzig Stunden. Da bildete ich mir ein, den Krieger zu sehen, den meine Hand vor Gottes Richterstuhl geschickt hatte, als er mich auf dem Hügelkamm angegriffen hatte, jetzt stand ich noch einmal in dem ruhmreichen Kreis der ›Grauen‹, die auf dem kleinen Erdwall ihren unsterblichen Widerstand gegen die gesamte Streitmacht Twalas geleistet hatten, und jetzt sah ich wieder Twalas blutiges, federngeschmücktes Haupt mit knirschenden Zähnen und rollenden Augen an mir vorüberkollern. Endlich ging auch diese Nacht recht und schlecht zu Ende. Doch ich stellte fest, daß meine Gefährten nicht besser als ich geschlafen hatten. Good hatte hohes Fieber, ja er begann sogar kurz darauf wirr im Kopf zu werden und spuckte zu meinem größten Schrecken Blut, zweifelsohne die Folgen irgendwelcher innerer Verletzungen, die ihm durch die verzweifelten Angriffe des Kukuana-Kriegers am vergangenen Tag zugefügt worden waren, als ihm dieser seinen Speer mit aller Gewalt durch den Kettenpanzer hatte stoßen wollen. Nur

Sir Henry schien ziemlich frisch, abgesehen von der Gesichtswunde, die ihm das Essen zu einer Qual und das Lachen unmöglich machte, doch war auch er so wund und steif, daß er sich kaum rühren konnte.

Gegen acht Uhr erhielten wir Besuch von Infadoos, der – freilich ein alter Haudegen – in Anbetracht seiner Anstrengungen während der Schlacht weit weniger übel daran zu sein schien, obwohl er, wie er uns berichtete, die ganze Nacht wach geblieben war. Er schüttelte uns herzlich die Hände und freute sich, uns zu sehen, war aber über Goods Befinden tief betrübt. Ich stellte fest, daß er sich in so ehrfurchtsvoller Weise an Sir Henry wandte, als sei dieser ein überirdisches Wesen; und wir sahen später tatsächlich, daß dieser großartige Engländer im Kukuana-Land landauf, landab als ein übernatürliches Wesen angesehen wurde. Kein Mensch, so behaupteten die Soldaten, hätte so kämpfen können, wie er kämpfte, oder gar am Ende eines Tages von solcher Plackerei und bei solchem Blutvergießen noch Twala erschlagen, ihm, der noch dazu König war und als der stärkste Krieger des Landes im Einzelkampf galt, seinen Stiernacken mit einem Hieb durchtrennen können. Tatsächlich wurde dieser Hieb sprichwörtlich im Kukuana-Land, und irgendein ungewöhnlicher Schlag oder eine Tat der Stärke wurde von nun an als ›Incubus Schlag‹ bekannt.

Infadoos berichtete uns auch, daß sich Twalas sämtliche Regimenter Ignosi unterworfen hätten und sich auch bereits die ersten Anführer draußen im Land zu ihm bekannten und unterwarfen. Twalas Ende durch Sir Henrys Hand hatte jedem weiteren Aufruhr von vornherein die Spitze abgebrochen; Scragga war sein einziger legitimer Sohn gewesen, so daß kein Rivale lebte, der auf den Thron hätte Anspruch erheben können.

Ich warf ein, daß Ignosi durch ein Meer von Blut zur Macht geschwommen sei. Der alte Feldherr zuckte die Achseln.

»Ja«, erwiderte er, »aber das Volk der Kukuana kann nur im Zaum gehalten werden, wenn es zuweilen zur Ader gelassen wird. Gewiß wurden viele getötet, aber die Frauen sind ja übrig geblieben, und andere müssen bald heranwachsen, die den Platz der Gefallenen einnehmen. So wird das Land für eine Weile Ruhe haben.«

Später, im Laufe des Vormittags, besuchte uns auch Ignosi kurz, an dessen Stirn jetzt das königliche Diadem prangte. Als ich ihn so betrachtete, wie er voll königlicher Würde eintrat, eine gehorsame Leibwache folgte seinen Schritten, da konnte ich nicht umhin, mich des großen Zulus zu erinnern, der sich uns vor einigen Monaten in Durban vorgestellt hatte und bat, in unsere Dienste genommen zu werden, wobei ich über die wunderlichen Umdrehungen des Glückrades nachsann.

»Heil, o König!« sagte ich und erhob mich.

»Ja, Macumazahn! Endlich König, dank der Kraft eurer drei rechten Hände«, war die gewandte Antwort.

Es gehe alles gut voran, sagte er; und er hoffe, innerhalb von zwei Wochen ein großes Fest anordnen zu können, um sich dem gesamten Volk zu zeigen. Ich fragte ihn, was er mit Gagool vorhabe.

»Sie ist der böse Geist des Landes!« war die Antwort, »und ich werde sie töten und mit ihr alle die Zauberdoktorinnen! Sie hat so lange gelebt, daß sich niemand daran erinnern kann, wann sie nicht alt war, und sie ist es, die immer die Hexenspürerinnen abgerichtet und das Land angesichts des Himmels gottlos gemacht hat.«

»Aber sie weiß viel«, erwiderte ich, »es ist leichter, Wissen zu vernichten, Ignosi, als es zu sammeln.«

»Das stimmt«, pflichtete er nachdenklich bei. »Sie, und sie allein, kennt das Geheimnis der ›Drei Hexen‹ da drüben, wohin die große Straße führt, wo die Könige begraben sind und die ›Schweigenden‹ sitzen.«

»Ja, und wo sich die Diamanten befinden. Vergiß nicht dein Versprechen, Ignosi; du mußt uns zu den Minen führen, selbst wenn du uns Gagool überantworten mußt, um uns den Weg zu zeigen.«

»Ich werde es nicht vergessen, Macumazahn, und ich werde darüber nachdenken, was du gesagt hast.«

Nach Ignosis Besuch ging ich, um nach Good zu sehen,

und fand ihn völlig irre. Das Wundfieber schien den ganzen Körper erfaßt zu haben, und die inneren Verletzungen machten die Geschichte nur noch komplizierter. Während der nächsten vier oder fünf Tage war sein Zustand äußerst kritisch; ich glaube in der Tat, bestimmt hätte er sterben müssen, wenn nicht Foulatas unermüdliche Pflege gewesen wäre. Frauen sind Frauen, in aller Welt, was für eine Hautfarbe sie auch immer haben mögen. Nichts desto weniger war es ein eigenartiger Anblick, diese dunkelhäutige Schönheit zu beobachten, wie sie, Tag und Nacht über das Lager des fiebernden Mannes gebeugt, alle barmherzigen Handreichungen, die in einem Krankenzimmer verlangt werden, so schnell, so zart und mit so feinem Instinkt begabt verrichtete, daß es einer gelernten Krankenschwester alle Ehre gemacht hätte. Während der ersten beziehungsweise zweiten Nacht versuchte ich, ihr zu helfen und ebenso Sir Henry, sobald es seine steifen Knochen erlaubten, sich zu bewegen. Aber Foulata ertrug unsere Einmischung mit Ungeduld und bestand schließlich darauf, daß wir ihn ihr allein überließen, da ihn unsere Bewegungen, wie sie sich ausdrückte, unruhig machen würden. Ich glaube, sie hatte recht. Tag und Nacht wachte sie und pflegte ihn, gab ihm seine einzige Medizin, einen einheimischen, gekühlten Trank, aus Milch zubereitet, dem der Saft aus der Knolle einer Tulpenart beigemischt war, und hinderte die Fliegen, ihn zu belästigen. Ich kann mir jetzt noch das ganze Bild vergegenwärtigen, wie es sich Nacht für Nacht bei dem Licht unserer primitiven Lampe darbot. Good warf sich hin und her, seine Gesichtszüge waren ausgemergelt, seine Augen glänzten groß und fiebrig, und er plapperte am laufenden Band ungereimtes Zeug; auf dem Erdboden daneben hockte die sanftäugige, wohlgestaltete Kukuana-Schönheit, ihren Rücken an die Hüttenwand gelehnt, und ihr ganzes Gesicht, übermüdet wie sie war, wurde durch einen Blick unendlichen Mitgefühls belebt – oder war es etwa mehr als Mitgefühl?

Zwei Tage lang dachten wir, er müsse sterben, und schlichen mit schweren Herzen umher.

Nur Foulata wollte es nicht wahrhaben.

»Er wird leben«, sagte sie.

Dreihundert Yards oder mehr im Umkreis von Twalas Haupthütte, wo der Kranke lag, herrschte Stille, denn auf königlichen Befehl waren mit Ausnahme von Sir Henry und mir alle, die in den umliegenden Hütten gewohnt hatten, evakuiert worden, damit nicht ein einziger Laut ans Ohr des Kranken dringen sollte. Eines Nachts, es war die fünfte von Goods Krankheit, ging ich, wie es meine Gewohnheit war, hinüber, um zu sehen wie es ihm ging, ehe ich für ein paar Stunden zu Bett ging.

Ich betrat vorsichtig die Hütte. Die Lampe, die auf dem Boden stand, beleuchtete deutlich die Gestalt von Good. Er wälzte sich nicht mehr herum, sondern lag ganz ruhig.

So mußte es ja kommen! Aus der Bitternis meines Herzens stieß ich einen Seufzer aus.

»Pscht – sst – sst!« kam es aus der Richtung eines dunklen Schattens hinter Goods Kopf.

Da, als ich näher schlich, sah ich, daß er nicht tot war, sondern fest schlief, wobei er Foulatas spitze Finger fest in seiner mageren weißen Hand hielt. Die Krisis war überstanden, er würde leben. So schlief er achtzehn Stunden durch; und ich wage es kaum zu erzählen, aus Furcht, es könnte mir nicht geglaubt werden, aber während der ganzen Zeit saß dieses zärtliche Mädchen bei ihm, aus Angst, es könnte ihn wecken, wenn sie sich bewegte oder sie ihre Hand wegzog. Was muß sie durch Krampf, Starrheit und Müdigkeit erduldet haben, nicht zu reden von dem Bedürfnis nach Essen! Niemand wird es je erfahren. Aber es ist Tatsache, daß sie, als er schließlich erwachte, weggetragen werden mußte – ihre Glieder waren so steif, daß sie sie nicht bewegen konnte.

Nachdem der Umschwung erst einmal eingetreten war, schritt Goods Genesung schnell voran. Erst als er fast völlig gesund war, erzählte ihm Sir Henry alles, was er Foulata verdankte; und als er zu der Episode kam, wie sie achtzehn Stunden ausgeharrt hatte, aus Sorge, ihn durch eine Bewegung zu wecken, füllten sich die Augen des rechtschaffenen

Seemannes mit Tränen. Er wandte sich um und ging schnurstracks zu der Hütte, wo Foulata gerade das Mittagsmahl zubereitete, denn wir waren jetzt wieder in unseren alten Quartieren. Mich nahm er als Dolmetscher für den Fall mit, daß er ihr seine Absicht nicht klarmachen konnte. Ich fühlte mich jedoch verpflichtet, festzustellen, daß sie ihn in der Regel wunderbar verstand, vor allem, wenn man bedenkt, wie beschränkt sein fremder Vokabelschatz war.

»Sage ihr«, begann Good, »daß ich ihr mein Leben verdanke und ihre Güte meiner Lebtage nicht vergessen werde.«

Ich übersetzte, und sie schien wirklich unter ihrer dunklen Haut zu erröten.

Indem sie sich ihm mit einer ihrer flinken, anmutigen Bewegungen, die mich immer an den Flug eines Wildvogels erinnerten, zuwandte, antwortete sie leise und schaute ihn dabei mit ihren großen braunen Augen an:

»Nein, mein gnädiger Herr; mein gnädiger Herr, vergeßt es! Rettete er nicht mein Leben, und bin ich nicht meines gnädigen Herrn Dienerin?«

Man wird bemerken, daß die junge Dame den Anteil gänzlich zu vergessen schien, den Sir Henry und auch ich an ihrer Errettung aus Twalas Klauen gehabt haben. Aber so sind eben Frauen! Ich erinnere mich anderer, die waren genauso. Na, mit leiser Traurigkeit im Herzen zog ich mich von diesem kleinen Zwiegespräch zurück. Ich mochte die zärtlichen Blicke Miß Foulatas nicht sehen, denn ich kannte die fatalen amourösen Neigungen der Seeleute im allgemeinen und die von Good im besonderen.

Zwei Dinge gibt es auf der Welt, die, wie ich immer wieder feststellen konnte, nicht verhindert werden können: man kann keinen Zulu vom Kämpfen abhalten und keinen Seemann am Verlieben hindern, wenn der geringste Anlaß vorliegt. Und hier war der Anlaß nicht gering.

Es war ein paar Tage nach diesem rührenden Ereignis, als Ignosi seine große ›indaba‹, die Ratsversammlung, hielt und in aller Form von den ›indunas‹, den Häuptlingen, als König des Kukuana-Landes anerkannt wurde. Es war ein höchst imposantes Schauspiel, einschließlich der Truppenschau, die darauf folgte. An diesem Tag waren die letzten Reste der ›Grauen‹ förmlich zur Parade aufmarschiert, und es wurde ihnen vor den Augen der Armee der Dank für ihre glänzenden Waffentaten in der großen Schlacht ausgesprochen. Jedem machte der König ein großes Geschenk an Vieh und beförderte einen wie den anderen zum Offizier des neuen Korps der ›Grauen‹, das in Aufstellung begriffen war.

Es wurde auch im Kukuana-Land landauf, landab der Befehl verkündet, daß wir drei in der Zeit, da wir das Land mit unserer Gegenwart beehrten, mit dem Königsgruß zu grüßen und mit der gleichen Zeremonie und dem gleichen Respekt zu behandeln waren, wie es entsprechend dem Brauch dem König zustand. Außerdem wurde uns offiziell die Macht über Leben und Tod verliehen. Ignosi bekräftigte auch in Gegenwart seines Volkes noch einmal seine Versprechungen, die er uns gegeben hatte, und zwar: Keines Menschen Blut soll ohne richterliche Untersuchung und Urteil vergossen werden, und die Hexenjagden im Lande hören auf.

Als die Feierlichkeit vorüber war, warteten wir auf Ignosi und teilten ihm mit, daß wir nun begierig wären, die Geheimnisse der Minen zu erforschen, zu denen Salomons Straße führte. Auf unsere Frage, ob er etwas darüber hatte in Erfahrung bringen können, antwortete er:

»Meine Freunde, ich habe folgendes herausbekommen. Dort, wo die drei großen Figuren sitzen, die man hier die ›Schweigenden‹ nennt und denen Twala das Mädchen Foulata als Opfer darbringen wollte, dort befindet sich im Berg auch eine große Höhle, in der die Könige des Landes beigesetzt sind; dort werdet ihr Twalas Leichnam finden, er sitzt bei jenen, die ihm vorausgegangen sind. Auch eine große Grube gibt es dort, die zu einer Zeit Männer ausgeschachtet haben, die längst gestorben sind, vielleicht der Steine wegen, von denen ihr sprecht, solche, von denen ich Männer in Natal bei Kimberley erzählen gehört habe. Dort auch, am ›Platz des Todes‹, befindet sich eine geheime Kammer, die niemandem außer dem König und Gagool bekannt ist. Aber

Twala, der sie kannte, ist tot, und ich kenne sie nicht, noch weiß ich, was sich in ihr befindet. Doch es geht eine Sage im Land, daß einmal, vor längst vergangenen Generationen, ein weißer Mann das Gebirge überquert hat; ihn führte eine Frau zu der Geheimkammer und zeigte ihm den Schatz. Aber bevor er ihn an sich nehmen konnte, verriet sie ihn, und er wurde vom damaligen König in die Berge zurückgejagt. Seit damals hat kein Mensch mehr den alten Platz betreten.«

»Die Geschichte ist wirklich wahr, Ignosi, denn im Gebirge fanden wir den weißen Mann«, sagte ich.

»Ja, wir fanden ihn. Und nun habe ich euch versprochen, daß ihr, falls ihr die Kammer findet und die Steine da sind –«

»Der Stein auf deiner Stirn beweist, daß es sie gibt«, fiel ich ihm in die Rede und zeigte auf den großen Diamanten, den ich von der Stirn des toten Twala genommen hatte.

»Vielleicht; und wenn sie dort sind«, fuhr er fort, »sollt ihr so viele haben, wie ihr nur forttragen könnt, wenn ihr mich wirklich verlassen wollt, meine Brüder.«

»Zuerst müssen wir die Kammer finden«, sagte ich.

»Hier gibt es nur eine, die sie dir zeigen kann – Gagool.«

»Und wenn sie nicht will?«

»Dann muß sie sterben«, sagte Ignosi finster. »Ich habe sie nur dafür am Leben gelassen. Wartet, sie soll sich gleich entscheiden«, und er rief einen Boten zu sich und befahl, Gagool zu ihm zu bringen. In wenigen Minuten kam sie, von zwei Wächtern angetrieben, die sie bei jedem Schritt verfluchte.

»Laßt sie los«, befahl der König den Wachen.

Wie diese ihre stützende Hilfe abzogen, sank das vertrocknete Bündel, denn sie ähnelte mehr einem Bündel als sonst etwas, auf dem Boden zu einem Haufen zusammen, aus dem ihre zwei funkelnden, bösen Augen wie die einer Schlange schimmerten.

»Was hast du mit mir vor, Ignosi?« quietschte sie. »Wage nicht, mich anzurühren, wenn du mich anrührst, werdet ihr alle, die ihr hier sitzt, vernichtet. Hüte dich vor meinem Zauber.«

»Dein Zauber konnte Twala nicht retten, alte Wölfin, und er wird uns nicht schaden«, war die Antwort. »Höre! Ich will dies von dir: Zeige uns die Kammer, in der die glänzenden Steine liegen.«

»Ha! Ha!« krächzte sie, »niemand kennt ihren Schlüssel außer mir, und ich werde dir nichts verraten. Die weißen Teufel sollen mit leeren Händen von hier gehen.«

»Du wirst es mir sagen. Ich werde dich zum Reden bringen.«

»Wie, o König? Du bist zwar mächtig, aber kann deine Kraft einem Weib die Wahrheit entreißen?«

»Es ist schwer, aber ich werde es tun.«

»Wie, o König?«

»Nein? Also, wenn du dich weigerst, wirst du eines langsamen Todes sterben!«

»Sterben!« kreischte sie in Schreck und Wut; »du wagst es nicht, mich anzurühren – Mensch, du weißt nicht, wer ich bin! Wie alt, meinst du, daß ich bin? Ich kannte eure Väter und eurer Väter Väter. Als das Land jung war, war ich hier; da das Land alt sein wird, werde ich noch hier sein. Ich kann nicht sterben, bis ich vom Schicksal getötet werde – denn niemand wagt mich zu erschlagen.«

»Dann werde ich dich erschlagen. Schau, Gagool, Mutter des Bösen, du bist so alt, daß du dein Leben nicht länger lieben kannst. Was kann das Leben für dich, für eine alte Hexe bedeuten, die keine Gestalt hat, keine Form, keine Haare, keine Zähne? Du besitzt nichts außer Verruchtheit und den bösen Blick. Wird es nicht ein Segen sein, ein Ende mit dir zu machen, Gagool?

»Du Narr«, kreischte die alte Unholdin, »du verfluchter Narr! Glaubst du, das Leben ist nur für die Jugend süß? Da irrst du dich, und nichts weißt du vom Menschenherzen, was es denkt. Für die Jugend freilich ist der Tod zuweilen willkommen, denn die Jungen können empfinden. Sie lieben und trauern, und es quält sie, ihre Geliebten in das Land der Schatten gehen zu sehen. Aber die sehr alten empfinden nicht, sie lieben nicht, und ha, ha! Sie lachen, wenn sie andere in die Dunkelheit gehen sehen; ha, ha! Sie lachen, wenn sie das Böse sehen, das unter den Sternen getan wird. Alles, was sie lieben, ist das Leben, die warme, warme Sonne und die süße, süße Luft. Sie fürchten sich vor der Kälte, fürchten sich vor der Kälte und der Finsternis, ha! Ha! Ha!« und die alte Hexe wand sich in abstoßender Lustigkeit auf dem Erdboden.

»Laß dein ruchloses Geschwätz und antworte mir«, herrschte sie Ignosi zornig an. »Willst du den Platz zeigen, wo die Steine sind, oder willst du nicht? Falls du dich weigerst, stirbst du auf der Stelle«, und er hob seinen Speer und hielt ihn über sie.

»Ich werde ihn nicht zeigen; du wagst nicht, mich zu töten, du wagst es nicht! Wer mich erschlägt, wird auf ewig verflucht sein. Im Leben und Tod soll Leid sein Bettgenosse sein.«

Langsam senkte Ignosi den Speer, bis er in den Haufen von Fetzen stach, der da ausgestreckt lag. Mit einem dünnen Aufschrei sprang Gagool auf die Füße, dann fiel sie wieder hin und wälzte sich auf dem Boden.

»Nein, ich werde sie dir zeigen, nur laß mich am Leben, laß mich noch kurze hundert Jahre in der Sonne sitzen und mein Stück Fleisch saugen, und ich werde sie dir zeigen.«

»Na also, ich dachte es mir, daß ich einen Weg finden würde, dich dazu zu bringen! Morgen wirst du mit Infadoos und meinen weißen Brüdern zu dem Platz gehen – und hüte dich. Wehe, wenn du fehlst, denn wenn du ihnen den Ort nicht zeigst, dann sollst du langsam Hungers sterben. Ich habe gesprochen.«

»Ich werde nicht versagen, Ignosi. Ich habe immer mein Wort gehalten – ha! Ha! Ha! Einst, früher, zeigte das Weib einem weißen Mann die Kammer, und siehe, ihm widerfuhr Böses.« Ihre bösen Augen blitzten auf. »Ihr Name war auch Gagool. Vielleicht war ich dieses Weib.«

»Du lügst«, sagte ich, »das ist vor zehn Generationen gewesen.«

»Vielleicht, vielleicht, wenn man lange lebt, vergißt man.

Vielleicht war es meiner Mutter Mutter, die es mir erzählte; bestimmt aber war ihr Name auch Gagool. Aber gebt acht, ihr werdet an der Stelle, wo die leuchtenden Spielzeuge liegen, einen Sack Felle finden, voll mit Steinen. Der Mann füllte diesen Sack, aber er trug ihn niemals weg. Böses widerfuhr ihm. Ich sage, Böses widerfuhr ihm. Vielleicht war es meiner Mutter Mutter, die es mir erzählte. Es wird eine lustige Reise – wir können unterwegs die Leichen jener sehen, die in der Schlacht fielen. Ihre Augen werden schon dahin, ihre Rippen blank sein. Ha! Ha! Ha!«

16

Der Platz des Todes

Drei Tage nach dieser im letzten Kapitel beschriebenen Szene, es war bereits dunkel, kampierten wir in einigen Hütten am Fuß der ›Drei Hexen‹, wie das Bergdreieck genannt wird, zu dem Salomons Große Straße führt. Unsere Gruppe bestand aus uns drei und Foulate, die uns betreute – besonders Good –, Infadoos, Gagool, die in einer Sänfte mitgetragen wurde, in der man sie den ganzen Tag lang murmeln und fluchen hörte, sowie einer Gruppe von Wachen und Dienern. Die Berge oder besser die drei Gipfel des Gebirges, denn das Massiv war offensichtlich das Ergebnis einer einzigen Erdauffaltung, bildeten, wie schon gesagt, ein Dreieck, dessen Grundlinie uns zugewendet war. Ein Gipfel war zu unserer Rechten, einer zu unserer Linken und einer erhob sich geradeaus vor uns. Niemals werde ich den Anblick vergessen, den jene drei hohen Gipfel im ersten Sonnenlicht des folgenden Morgens boten.

Unendlich hoch über uns, hinein in den blauen Himmel, schwangen sich die Girlanden ihrer Schneekränze. Unterhalb der Schneegrenze waren die Hänge purpurrot von Heidekraut, genauso wie die wilden Moore, die sich bergab bis zu uns herunter dehnten. Gerade vor uns führte das weiße Band von Salomons Großer Straße hügelaufwärts weiter zum Fuß des mittleren Gipfels, etwa noch fünf Meilen weit, und endete dort. Es war ihr Endpunkt.

Es ist besser, die Gefühle gespannter Erregung, die wir an diesem Morgen empfanden, als wir den Marsch fortsetzten, der Phantasie derer zu überlassen, welche diese Geschichte lesen. Endlich näherten wir uns den sagenhaften Minen, welche vor dreihundert Jahren Ursache des elenden Todes des alten portugiesischen Doms waren, von meinem armen Freund, seinem unglücklichen Nachkommen und, wie wir fürchteten, von George Curtis, Sir Henrys Bruder. War es uns, nach all dem, was wir durchgemacht hatten, bestimmt, etwas Besseres zu erfahren? Böses widerfuhr ihnen, wie diese alte Unholdin Gagool sagte; würde es auch uns widerfahren? Ich konnte es nicht hindern, daß ich auf dem letzten Stück dieser schönen Straße diese Geschichte irgendwie mit leicht abergläubischen Augen sah, und ebenso, glaube ich, ging es Good und Sir Henry.

Etwa anderthalb Stunden oder länger zogen wir die mit Heidekraut eingesäumte Straße fürbaß und schlugen in unserer Aufregung ein solches Tempo an, daß die Träger mit Gagools Sänfte kaum Schritt halten konnten und ihr Inhalt quietschte, wir sollten anhalten.

»Geht langsamer, weiße Männer«, keifte sie und schob ihre abstoßende, zusammengeschrumpelte Visage durch die Rasenvorhänge und heftete ihre funkelnden Augen auf uns.

»Warum rennt ihr so, dem Bösen zu begegnen, das euch widerfahren wird, ihr Schatzsucher?« Und sie lachte dieses schreckliche Lachen, das immer einen kalten Schauer über meinen Rücken jagte, und uns hier für eine ganze Weile die Begeisterung raubte.

Gleichwohl zogen wir weiter, bis wir vor uns, das heißt zwischen uns und dem Gipfel, ein kreisrundes Loch mit schrägen Hängen, etwa dreihundert Fuß oder tiefer und von über einer Meile Umfang sahen.

»Könnt ihr euch denken, was das ist?« wandte ich mich

an Sir Henry und Good, die erstaunt in die kolossale Grube hinunterstarrten.

Sie schüttelten die Köpfe.

»Dann ist es klar, daß ihr nie die Diamantengruben von Kimberley gesehen habt. Ihr dürft euch darauf verlassen, das ist Salomons Diamantenmine. Schaut her«, sagte ich und zeigte auf den harten Blauton, der noch zwischen dem Gras und den Büschen, die die Grubenhänge bedeckten, zu sehen war, »es ist die gleiche Formation. Ich wette meinen Kopf, wenn wir hinuntersteigen würden, fänden wir ›Röhren‹ von seifigem Breccie-Gestein (Breccie, ein Sedimentgestein aus kantig-splitterigen Trümmern eines älteren Gesteins, durch Bindemittel verkittet).«

»Seht mal, auch da –«, und ich lenkte ihre Aufmerksamkeit auf eine Anzahl abgenutzter, flacher Felsplatten, die auf einem sanften Abhang unter die Schußlinie eines Wasserlaufs gelegt waren, der in einer längst vergangenen Epoche aus dem Fels herausgehauen worden war.

»Wenn das keine ›Tische‹ sind, die man damals dazu verwendet hatte, das ›Zeug‹ darauf zu waschen, will ich Moritz heißen.«

Am Rand dieses riesigen Lochs, das auch auf des alten Doms Karte eingezeichnet war, teilte sich die Große Straße in zwei und führte rundherum. An vielen Stellen war – am Rande bemerkt – diese Umfassungsstraße lediglich aus Steinblöcken gebaut, offensichtlich, um die Grubenränder zu befestigen und Felsstürze zu verhindern. Entlang dieses Pfades eilten wir weiter, denn die Neugierde trieb uns, zu sehen, was die drei hohen Dinger bedeuteten, die wir vom diesseitigen Rand des mächtigen Abgrunds wahrnehmen konnten. Als wir näher kamen, stellten wir fest, daß es ›Kolosse‹ von einer seltsamen Art waren, und richtig gemutmaßt, vor uns saßen die drei ›Schweigenden‹, die vom Volke der Kukuanas mit solcher Ehrfurcht behandelt werden. Aber erst aus nächster Nähe erkannten wir die volle Majestät dieser ›Schweigenden‹. Da, auf riesigen Sockeln aus schwärzlichem Fels, eingemeißelt kunstlose Symbole des phallischen Kults, vierzig Schritte voneinander entfernt, drei riesige, sitzende Gestalten, die die Straße hinunterschauten, welche etwa sechzig Meilen der Ebene nach Loo zu durchquerte. Es waren zwei männliche und eine weibliche Figur, jede maß über fünfzig Fuß vom Scheitel bis zum Sockel.

Die weibliche Figur – sie war nackt – war von prachtvoller, wenn auch strenger Schönheit; leider waren die Gesichtszüge, jahrhundertelang der Witterung preisgegeben, beschädigt. Den Schläfen ihres Hauptes entsprangen die Spitzen des Halbmonds. Die zwei männlichen ›Kolosse‹ hingegen waren bekleidet und zeigten schreckenerregende Gesichtszüge, vor allem die Figur rechts von uns; es war das Antlitz eines Teufels. Der zu unserer Linken hatte eine heitere Miene, aber die Ruhe in diesem Antlitz entsetzte ebenfalls. Es war die Ruhe einer unmenschlichen Grausamkeit, einer Grausamkeit, die, wie Sir Henry bemerkte, die Antike den ewig mächtigen Wesen zuschrieb, welche selbst die größten Leiden der Menschheit, wenn schon nicht mit Freude, so zumindest doch ohne mitzuleiden betrachteten. Diese drei Statuen bildeten, so wie sie da in ihrer Einsamkeit saßen und seit ewigen Zeiten über die Ebene blickten, eine Dreiheit, die größte Ehrfurcht einflößte.

Als wir so diese ›Schweigenden‹ betrachteten, erwachte in uns die Neugierde, herauszufinden, wessen Hände sie geschaffen, wer die Grube gegraben und die Straße erbaut hatte. Während ich sie aufmerksam musterte und staunte, fiel es mir plötzlich wie Schuppen von den Augen – war ich doch im Alten Testament bewandert: Salomon war doch nach fremden Göttern irre gegangen, und die Namen der drei – ich erinnerte mich – waren Astarte, die Gottheit der Sidonier, Kamosch, Gott der Moabiter, und Milkom, Gott der Kinder des Ammon – und ich deutete meinen drei Gefährten an, daß diese drei Figuren vor uns diese falschen, überlebten Götzen darstellen dürften.

»Hm«, sagte Sir Henry, ein gelehrtes Haus, hatte er doch den Doktorhut als Altphilologe erworben, »das mag etwas für sich haben. Die Astarte der Phönizier, der mächtigsten Handelsherren zu Salomons Zeiten, war die Ashtoreth der

Hebräer. Astarte, bei den Griechen später als Aphrodite verehrt, wurde mit den Hörnern des Halbmonds dargestellt, und am Haupt der weiblichen Figur sind sie ja deutlich zu sehen. Vielleicht wurden diese Kolosse von irgendeinem phönizischen Beamten entworfen, der die Minen verwaltete. Wer kann es sagen?«*

Ehe wir noch die Untersuchung dieser außergewöhnlichen Zeugen aus ferner Vorzeit abgeschlossen hatten, kam Infadoos herbei und fragte uns, nachdem er den ›Schweigenden‹ durch Heben des Speers den Gruß entboten hatte, ob wir sofort den ›Platz des Todes‹ betreten oder damit bis nachher warten wollten, wenn wir das Mittagessen eingenommen hätten. Wollten wir gleich gehen, wäre Gagool bereit, uns zu führen. Da es höchstens elf Uhr war und wir von einer brennenden Neugier gepackt waren, gaben wir unsere Absicht kund, gleich gehen zu wollen. Für den Fall, daß wir in der Höhle aufgehalten würden, schlug ich vor, etwas Essen mitzunehmen.

So wurde die Sänfte Gagools heraufgebracht und dieser Hexe beim Aussteigen geholfen. Inzwischen packte Foulate auf meine Bitte hin etwas ›biltong‹, gedörrtes Wildfleisch, zusammen und verstaute es mit einem Paar Kürbisse in einem geflochteten Korb mit einem Scharnierdeckel. Direkt vor uns, etwa fünfzig Schritte von der Rückseite der Kolosse entfernt, erhob sich eine glatte Felswand, etwa achtzig oder mehr Fuß hoch, die allmählich schräg nach oben führte, bis sie den Fuß des hohen schneebedeckten Gipfels bildete, der über dreitausend Fuß über uns in die Luft wuchs.

Sobald sie aus ihrer Hängematte herausgehoben worden war, gönnte sie uns ein bösartiges Grinsen, dann humpelte sie, auf ihren Stock gestützt, der steilen Stirnwand des Felsens zu. Wir folgten ihr und gelangten zu einer schmalen Pforte, die, massiv überwölbt, wie der Eingang zu einem

* Vergleiche Milton ›Das verlorene Paradies‹ Buch 1:
»Mit diesen in Haufen kam Ashtoreth, welche die Phönizier anriefen,
Astarté, Königin des Himmels, mit halbmondförmigen Hörnern;
Zu welch hellem Bild nächtlich beim Mond
Sidonische Jungfrauen ihre Schwüre und Gesänge emporschicken.«

Minen-Korridor aussah. Hier wartete Gagool auf uns mit einem teuflischen Grinsen auf ihrer abscheulichen Visage.

»Nun, weiße Männer von den Sternen«, quiekte sie, »große Krieger, Incubu, Bougwan und Macumazahn der Weise, seid ihr bereit? Seht, ich bin hier, das Gebot meines gnädigen Herrn, des Königs, zu erfüllen und euch den Speicher der glänzenden Steine zu zeigen. Ha! Ha! Ha!«

»Wir sind soweit«, sagte ich.

»Gut, gut! Wappnet eure Herzen, damit ihr ertragt, was ihr sehen werdet. Kommst du auch mit, Infadoos, du, der du deinen Herrn verraten hast?«

Infadoos Gesicht verfinsterte sich, und er erwiderte:

»Nein, ich komme nicht mit; es ziemt mir nicht, hier einzutreten. Aber du, Gagool, halte deine Zunge im Zaum und hüte dich; sinne nichts wider meine hohen Gebieter. Aus deinen Händen werde ich sie zurückfordern, und wehe, es ist ihnen nur ein Haar gekrümmt! Gagool, sei du dann fünfzigmal eine Zauberin, du wirst sterben. Hast du gehört?«

»Ich höre, Infadoos; ich kenne dich, du liebtest immer große Worte; als du ein Kind warst, erinnere ich mich, drohtest du deiner eigenen Mutter – das war ja aber erst vor gar nicht so langer Zeit. Doch fürchte nichts, fürchte nichts, ich lebe nur, des Königs Gebot auszuführen. Ich habe die Gebote vieler Könige erfüllt, Infadoos, bis sie schließlich dem meinen folgten. Ha! Ha! Ich gehe, um noch einmal in ihre Gesichter zu sehen, und auch in das Twalas! Kommt weiter, kommt weiter, hier ist die Lampe«, und sie zog einen großen Kürbis mit Öl, versehen mit einem Binsendocht, unter ihrem Pelzumhang hervor.

»Kommst du mit, Foulata?« fragte Good in seinem schändlichen ›Küchen‹-Kukuana, in dem er unter Anleitung der jungen Dame Fortschritte gemacht hatte.

»Ich fürchte mich, mein hoher Gebieter«, war des Mädchens furchtsame Antwort.

»Dann gib mir den Korb.«

»Nein, mein hoher Gebieter, wohin du gehst, werde ich auch gehen.«

›Den Teufel tust du!‹ dachte ich für mich; ›das mag ja

reichlich fatal werden, wenn wir wieder aus diesem Schlamassel herauskommen.‹

Ohne weiteres Aufheben tauchte Gagool in dem Gang unter, der breit genug war, um zu zweit nebeneinander zu gehen, und stockfinster war es. Wir folgten ihrer Stimme, als sie uns zuquietschte, uns zu beeilen, mit einiger Furcht und Zittern, das nicht geringer wurde, als plötzlich Flügelgeflatter rauschte.

»Hallo, was ist denn das?« rief Good, »irgend etwas schlug mir ins Gesicht.«

»Fledermäuse«, sagte ich; »gehn Sie weiter.«

Als wir unserer Schätzung nach etwa fünfzig Schritte gegangen waren, merkten wir, daß sich der Durchgang schwach aufhellte. In der nächsten Minute standen wir an vielleicht dem wundervollsten Platz, den die Augen eines Lebenden je gesehen haben.

Der Leser mag sich selbst die Halle der riesigsten Kathedrale, in der er je stand, bildlich vorstellen, zwar ohne Fenster, jedoch schwach von oben her beleuchtet, wahrscheinlich durch Schächte, die an die Außenwelt führten und durch das Dach getrieben worden waren, das sich hundert Yards über unseren Köpfen wölbte. Er wird dann eine ungefähre Vorstellung von der Größe dieser riesigen Höhle haben, in der wir uns befanden, mit dem Unterschied nur, daß dieser von der Natur entworfene Dom weit erhabener und großräumiger war als irgendein von Menschen erbauter.

Doch seine erstaunliche Größe war das geringste Wunder dieses Ortes, denn die gesamte Länge des Domes durchgehend standen in Reihen gigantischer Pfeiler, die wie aus Eis aussahen, aber es waren in Wirklichkeit riesige Stalaktiten. Es ist mir einfach unmöglich, auch nur einen Begriff von der überwältigenden Schönheit und Erhabenheit dieser Säulen aus weißem Spat zu vermitteln; einige von ihnen maßen nicht weniger als zwanzig Fuß im Durchmesser am Sockel und reckten sich in stolzer und doch zarter Schönheit senkrecht zu der Decke hoch über uns. Andere befanden sich noch im Stadium des Wachstums. In diesen Fällen war auf dem Felsboden etwas zu sehen, das – wie Sir Henry sagte – genau wie eine gebrochene Säule in einem alten griechischen Tempel aussah, während man hoch oben, von der Decke herabhängend, matt die Spitze eines riesigen Eiszapfens sehen konnte.

Und sogar jetzt, da wir schauten, konnten wir den Wachstumsprozeß hören; denn in regelmäßigen Abständen fiel mit einem dünnen Platschen ein Wassertropfen von dem Eiszapfen hoch droben auf die Säule darunter. Bei einigen Säulen fielen die Tropfen nur alle ein oder zwei Minuten, und in diesen Fällen wäre es eine interessante Berechnung gewesen, wie lange es bei dieser Tropfenfolge dauert, bis sich eine Säule von, sagen wir, achtzig Fuß Höhe und zehn Fuß Durchmesser bildet. Daß der Prozeß unendlich langsam war, wird schließlich in einem Fall folgendes Beispiel zur Genüge zeigen. Wir entdeckten das kunstlose Abbild einer Mumie, aus einem dieser Pfeiler herausgehauen, bei der saß, was die Figur einer ägyptischen Gottheit mit scheußlichem Kopf zu sein schien. Zweifellos die Schöpfung eines Minenarbeiters der Antike. Dieses Kunstwerk, fünf Fuß vom Boden an, in natürlicher Größe, hatte ein Kerl aus purer Langeweile geschaffen, wie es eben ein phönikischer Arbeiter – heute ist es ein britischer – versucht, sich auf Kosten eines Meisterwerks der Natur zu verewigen. Zu dem Zeitpunkt, da wir es sahen, beinahe dreitausend Jahre nach der Entstehung dieses Werkes, war die Säule insgesamt nur acht Fuß hoch und war noch weiter am Wachsen. Daraus ergab sich als Maß des Wachstums ein Fuß während eines Jahrtausends oder ein Zoll und ein Bruchteil in hundert Jahren ... Und wieder fiel ein Tropfen Wasser, als wir gerade davorstanden.

Zuweilen zeigten die Stalaktiten absonderliche Formen, vermutlich waren da die Wassertropfen nicht immer auf die gleiche Stelle gefallen. So hatte ein ungeheurer Block, der sicher gut und gerne seine hundert Tonnen wog, die Form einer Kanzel, an der Außenseite wunderschön mit einem Muster, das Spitzen ähnelte. Andere wieder glichen merkwürdigen Tieren, und an den Höhlenwänden befanden sich fächerähnliche elfenbeinfarbige Zeichnungen, so wie sie der Frost auf Fensterscheiben zurückläßt. Vom Hauptschiff aus öffneten sich da und dort kleinere Höhlen – Sir Henry meinte: genau wie Kapellen in großen Kathedralen. Einige waren groß, eine oder zwei, und das ist das großartige Beispiel, wie die Natur völlig unabhängig von der Größe ihrer Werke sie nach den gleichen Gesetzen ausführt, waren winzig. Ein kleiner Winkel zum Beispiel war nicht größer als ein ungewöhnlich großes Puppenhaus, und doch hätte er das Modell des ganzen Platzes sein können, denn das Wasser tropfte, winzige Eiszapfen hingen herab und die Spatsäulchen wurden genau auf gleiche Weise gebildet. Wir hatten leider nicht genug Zeit, diesen schönen Ort einer näheren Untersuchung zu unterziehen, so sehr wir es zu tun gewünscht hätten. Unglücklicherweise schien Gagool gegenüber Stalaktiten gleichgültig zu sein und nur besorgt, ihren Auftrag hinter sich zu bringen. Dies ärgerte mich um so mehr, als ich besonders neugierig war, wenn möglich herauszufinden, auf Grund welchen Systems das Licht Einlaß in die Höhle fand und ob dies durch Menschenhand oder durch die Natur geschaffen worden war. Auch ob sie in alten Zeiten zu irgendeinem Zweck benutzt worden war, denn dies schien absolut möglich. Wie dem auch sei, wir trösteten uns mit dem Gedanken, daß wir diese genaue Untersuchung bei unserer Rückkehr nachholen könnten, und folgten unserer unheimlichen Führerin ohne Zaudern auf den Fersen.

Sie führte uns geradewegs zum oberen Ende der riesigen, stillen Höhle, wo wir auf einen zweiten Torweg stießen. Er war nicht wie der erste gewölbt, sondern oben viereckig, etwa den Türen ägyptischer Tempel ähnlich.

»Seid ihr vorbereitet, den ›Platz des Todes‹ zu betreten, weiße Männer?« fragte Gagool, augenscheinlich mit der Absicht, daß wir uns ungemütlich fühlen sollten.

»Führe uns weiter, Macduff«, sagte Good feierlich, wobei er den Eindruck zu erwecken versuchte, als ob er überhaupt nicht beunruhigt wäre; wir machten es freilich alle nicht anders, ausgenommen Foulata, die Good schutzsuchend am Arm faßte.

»Eine richtige Gespenstertour«, meinte Sir Henry, nachdem er verstohlen in den dunklen Torweg gelugt hatte. »Kommen Sie weiter, Quatermain, seniores priores! Laßt die alte Dame nicht warten!« Dabei machte er mir höflich Platz, die Spitze zu übernehmen, wofür ich ihn im stillen alles andere als segnete.

Tap, tap, klapperte der Stock der Gagool den Durchgang hinunter, abscheulich kichernd verfolgte sie ihren Weg. Doch von einer unerklärlichen, schlimmen Vorahnung gepackt, zögerte ich.

»Los, gehen Sie weiter, alter Knabe«, sagte Good, »oder wir verlieren unsere schöne Führerin.«

So beschworen, machte ich mich den Durchgang entlang auf den Weg, und nach über zwanzig Schritten war ich in einem dunklen Raum, etwa fünfzig Fuß lang, rund dreißig breit und zwanzig hoch, der offensichtlich in irgendeinem vergangenen Jahrhundert von Menschenhand aus dem Berg herausgehauen worden war. Dieses Zimmer war nicht annähernd so gut beleuchtet wie die riesige Stalaktiten-Vorhalle, und alles, was ich auf den ersten Blick ausmachen konnte, war ein massiver Steintisch, der in der Länge des Raums stand, mit einer kolossalen weißen Figur am Kopfende und lebensgroßen weißen Gestalten rund um ihn herum. Als nächstes entdeckte ich ein dunkles Wesen, das in der Mitte des Tisches saß. Bald hatten sich meine Augen an das Licht gewöhnt, und ich sah, was das alles für Dinge waren, und hätte mich am liebsten, so schnell mich meine Beine trugen, davongemacht.

Ich bin normalerweise kein Mensch mit Nerven, noch erschüttern mich große Dinge des Aberglaubens, da ich schon die tollsten Dinge erlebt habe, aber ich gestehe freimütig, dieser Anblick brachte mich völlig aus der Fassung, und hätte Sir Henry mich nicht beim Kragen gepackt und mich festgehalten, ich glaube, ich wäre getürmt, wie ich ehrlich zugebe. In den nächsten fünf Minuten wäre ich aus der Stalaktiten-Höhle draußen gewesen. Selbst das Versprechen, mir alle Diamanten in Kimberley zu schenken, hätte mich nicht dazu bewegen können, wieder hineinzugehen. Aber er hielt mich fest, und so blieb ich stehen, weil ich nicht anders konnte. Sehr schnell hatten sich auch Sir Henrys Augen an das Licht gewöhnt, er ließ mich los und begann sich den Schweiß von der Stirn zu wischen. Na, und Good, der fluchte leise vor sich hin, während Foulata ihre Arme um seinen Hals warf und kreischte.

Nur Gagool kicherte laut und mit Ausdauer.

Es war ein gespenstischer Anblick. Da am Ende der langen Steintafel saß, in seinen Knochenfingern einen großen weißen Speer, der Tod in Person, etwa fünfzehn Fuß oder noch mehr, wie ein riesiges menschliches Skelett. Den Speer zückte er hoch über seinem Schädel, als ob er im nächsten Augenblick zustoßen wollte; seine andere Knochenhand ruhte auf dem Steintisch vor ihm, in der Stellung eines Mannes, der im Begriff ist, aufzustehen, während sein Körper vorwärts geneigt war, so daß sich das Wirbelbein des Halses und der grinsende, schimmernde Schädel uns zureckten. Die leeren Augenhöhlen heftete er auf uns, die Kiefer waren leicht geöffnet, als ob er sprechen wollte.

»Großer Gott!« stammelte ich schließlich schwach, »was soll das bedeuten?«

»Und was sind das für Sachen?« fragte Good und zeigte auf die weiße Gesellschaft rund um den Tisch.

»Und was auf Erden ist das für ein Wesen?« sagte Sir Henry und meinte die dunkle Kreatur, die auf dem Tisch hockte.

»Hi! Hi! Hi!« lachte Gagool. »Denen, die die Halle des Todes betreten, nähert sich das Böse. Hi! Hi! Hi! Ha! Ha!«

»Komm, Incubu, kühn im Kampf, komm und siehe den du erschlugst«; und die alte Kreatur packte mit ihren mageren Fingern Curtis' Rock und zerrte ihn zu der Tafel. Wir folgten.

Dann blieb sie stehen und zeigte auf den dunklen Gegenstand, der auf dem Tisch ruhte. Sir Henry schaute und wich mit einem Ruf des Entsetzens zurück. Kein Wunder, denn da, ganz nackt, den Kopf, den Curtis' Streitaxt vom Körper getrennt hatte, auf den Knien, war Twalas riesiger Leichnam, der letzte König der Kukuanas. Ja, da, das Haupt auf den Knien, saß er in all seiner Häßlichkeit, die Wirbelsäule sprang einen vollen Zoll über das zusammengeschrumpfte Fleisch hinaus. Um alles in der Welt – gleich einem schwarzen Doppelgänger von Hamilton Tighe.* Über die Oberfläche des schwarzen Körpers war eine glasige Haut gezogen, so daß seine Erscheinung noch erschreckender wirkte. Das zu erklären, waren wir in diesem Augenblick nicht in der Lage. Doch knapp hernach beobachteten wir, daß von der Decke herab stetig Wasser tropfte, drip, drop, drip! Es tropfte auf den Nacken des Toten, von wo es über den ganzen Körper floß und schließlich durch ein winziges Loch im Tisch in den Felsen verschwand. Da ging mir ein Licht auf, was dieses Häutchen war – Twalas Körper wurde in einen Stalaktiten verwandelt. Ein Blick auf die weißen Gestalten, die auf der Steinbank saßen, die um diesen Gespenstertisch herumführte, bestätigte diese Ansicht. Es waren in der Tat menschliche Körper, oder besser, es waren einmal menschliche Körper gewesen; jetzt waren sie Stalaktiten. Das war die Methode, mit der das Kukuana-Volk seine königlichen Toten seit undenklichen Zeiten konserviert hat. Sie versteinerten sie. Wie der genaue Vorgang gewesen sein mag, ob es da noch etwas anderes gab, als sie eine lange Zeit hier darunter zu setzen unter diese Traufe, das bekam ich nie heraus. Aber hier saßen sie, vereist und präpariert für ewig durch die kieselartige Flüssigkeit.

Sich etwas mehr Ehrfurcht Einflößendes vorzustellen als dieses Bild einer langen Reihe verstorbener königlicher Persönlichkeiten, jede eingehüllt in das Leichentuch eisähnlichen Spates, durch den man ihre Gesichtszüge verschwommen erkennen konnte, ist unmöglich. Siebenundzwanzig von ihnen saßen da – der letzte Ignosis Vater –, rund um den ungastlichen Tisch mit dem Tod selbst als Gast. Der Brauch, ihre Könige so zu konservieren, muß uralt sein, das ergibt sich allein schon aus der Zahl der hier Versteinerten. Wenn man jedem eine Regierungszeit von fünf-

* »Nun beeilt Euch, meine Mägde, eilt und seht
Wie er da sitzt und spielt mit dem Haupt auf seinen Knien.«

zehn Jahren zubilligt und annimmt, daß jeder König, der regiert hatte, sich hier befand – an und für sich recht unwahrscheinlich, da etliche der Könige sicher im Kampf weit von der Heimat umgekommen waren –, würde das bereits eine Zeit von über vier Jahrhunderten ergeben. Der monumentale Tod am Tafelende war aber noch weit älter, und wenn ich mich nicht sehr täusche, verdankt er seine Entstehung dem gleichen Künstler, der die drei Kolosse geschaffen hatte. Er war aus einem einzigen Stalaktiten herausgemeißelt; ungemein trefflich ersonnen und ausgeführt, mußte man ihn als ein Kunstwerk betrachten. Good, der etwas von diesen Dingen versteht, erklärte, daß der anatomische Entwurf der Skeletts vollkommen sei und bis in die kleinsten Knochen stimme, soweit er sehen konnte.

Ich persönlich bin der Meinung, daß dieses furchterregende Werk der Laune eines phantasiebegabten antiken Bildhauers entsprang und daß sein ›Da-Sein‹ bei den Kukuanas eben dann den Gedanken weckte, ihre toten Könige unter seinem ehrfurchtgebietenden Vorsitz auf diese Art beizusetzen. Vielleicht aber war er auch hierher gesetzt worden, um irgendwelche Räuber, die es auf die dahinterliegende Schatzkammer abgesehen hatten, abzuschrecken. Ich kann es nicht sagen. Alles, was ich tun kann, ist zu schildern, wie es ist, und der Leser muß seine eigenen Schlüsse daraus ziehen.

So, auf jeden Fall, war der ›Weiße Tod‹, und so waren die ›Weißen Toten‹!

17

Salomons Schatzkammer

Während wir damit zu tun hatten, über unseren Schrecken hinwegzukommen, und die gräßlichen Wunder an diesem ›Platz des Todes‹ untersuchten, hatte Gagool sich verschiedentlich betätigt. Weiß der Kuckuck wie, aber sie war auf den großen Tisch gekrabbelt – sie war unglaublich behende, wenn sie wollte – und rutschte zu unserem verstorbenen Freund Twala, der unter der Traufe saß, um nachzusehen – wie Good schnodderig bemerkte –, ob er gut ›eingepökelt‹ war oder aus was sonst für hintergründigen eigenen Absichten. Dann, nachdem sie sich niedergebeugt und seine Eislippen geküßt hatte, als ob sie ihn herzlich begrüßte, humpelte sie zurück, hielt hin und wieder inne und richtete ein paar Worte, deren Inhalt ich nicht verstehen konnte, an die oder jene der eingehüllten Gestalten, gerade wie Sie oder ich einen alten Bekannten begrüßen würden. Nach dieser geheimnisvollen und an den Nerven zerrenden Zeremonie hockte sie sich unmittelbar auf den Tisch unter den ›Weißen Tod‹ und begann, soweit ich es deuten konnte, eine Andacht zu halten. Das Schauspiel, das dieses böse Geschöpf bot, wie es demütig Bitten, keine menschenfreundlichen ohne Zweifel, an den Erzfeind der Menschheit richtete, war so unheimlich, daß es uns veranlaßte, unsere Besichtigung abzukürzen.

»Nun, Gagool«, flüsterte ich mit gedämpfter Stimme – man wagte es einfach nicht, lauter als im Flüsterton an diesem Ort zu sprechen –, »führe uns zu der Kammer.«

Die alte Hexe krabbelte flugs von dem Tisch herunter. »Die hohen Herren fürchten sich nicht?« sagte sie und schielte zu meinem Gesicht hoch.

»Los, führe uns weiter.«

»Gut, meine hohen Herren«; und sie humpelte um den Tod herum. »Hier ist die Kammer; zündet das Licht an und tretet ein, gnädige Herren«, und sie stellte den Kürbis voll

Öl auf den Boden und lehnte sich an die Wand der Höhle. Ich nahm ein Streichholz, von denen wir noch ein paar in einer Schachtel hatten, und zündete den Docht an. Dann schaute ich mich nach dem Zugang um, doch da war nichts zu sehen als der feste Fels. Gagool grinste und sagte:

»Da ist der Weg, gnädige Herren. Ha! Ha! Ha!«

»Unterlasse gefälligst deine Scherze mit uns«, antwortete ich finster.

»Ich scherze nicht, gnädige Herren, seht!« und sie zeigte auf den Felsen.

Als sie die Lampe hochhob, nahmen wir wahr, daß sich eine Steinmasse langsam vom Boden hob und in dem Fels darüber verschwand, wo zweifelsohne eine Höhlung angelegt war, sie aufzunehmen. Der Block hatte die Breite einer gehörig großen Tür, war über zehn Fuß hoch und mindestens fünf Fuß stark. Er muß wenigstens zwanzig bis dreißig Tonnen gewogen haben und wurde geschickt auf Grund des einfachen Gleichgewichtsprinzips von Gegengewichten, wahrscheinlich das gleiche Prinzip, nach welchem das Öffnen und Schließen eines gewöhnlichen modernen Fensters erfolgt. Wie hier dieser Mechanismus in Bewegung gesetzt wurde, sah natürlich keiner von uns; Gagool war vorsichtig genug, dies zu vermeiden; aber ich habe kaum einen Zweifel, daß es irgendeinen einfachen Hebel gab, der durch das Drücken auf eine geheime Stelle immer wieder eine Kleinigkeit bewegt wurde, wodurch auf das verborgene Gegengewicht ein zusätzliches Gewicht geworfen wurde und der Monolith so von seinem Lager gehoben wurde. Sehr langsam und sachte hob sich der mächtige Stein, bis er schließlich ganz und gar verschwunden war und sich uns an der Stelle, die die Tür ausgefüllt hatte, eine dunkle Höhle präsentierte.

Unsere Aufregung, den Weg zu Salomons Schatzkammer endlich freigegeben zu sehen, war so heftig, daß ich am ganzen Körper zu zittern und beben begann. Ich war gespannt, ob es sich zu guter Letzt als ein Betrug entpuppen würde oder der alte da Silvestra recht hatte. Waren an diesem dunklen Platz riesige Schätze und Reichtümer versteckt, Schätze, die uns zu den reichsten Männern in der ganzen Welt machen würden? In ein oder zwei Minuten sollten wir es wissen.

»Tretet ein, weiße Männer von den Sternen«, forderte uns Gagool auf und trat selbst in den Türeingang; »doch hört erst eure Dienerin Gagool, die Alte. Die glänzenden Steine, die ihr gleich sehen werdet, wurden in der Grube, über der die ›Schweigenden‹ sitzen, ausgegraben und hier gelagert, ich weiß nicht von wem, denn das ist länger her, als ich mich erinnern kann. Nur ein einzigesmal ist dieser Ort seit damals betreten worden, da jene, die die Steine versteckten, in Hast forteilten und sie zurückließen. Die Kunde von dem Schatz ging unter das Volk, welches in der Gegend von Geschlecht zu Geschlecht lebte, aber niemand wußte, wo sich die Kammer befand, noch kannte man das Geheimnis der Tür. Aber da begab es sich, daß ein weißer Mann über das Gebirge her in das Land kam, vielleicht kam auch er ›von den Sternen‹, und er wurde von dem damaligen König gut aufgenommen. Er ist es, der dort drüben sitzt«, und sie wies auf den fünften König an der Tafel des Todes. »Und es geschah, daß er und ein Weib dieses Landes, das ihn begleitete, hierher kamen. Durch Zufall oder Zauber hatte das Weib das Geheimnis der Tür erfahren – tausend Jahre mögt ihr suchen, aber ihr werdet dieses Geheimnis nie entdecken. Dann trat der Weiße mit dem Weib ein und fand den Schatz und füllte das Fell einer kleinen Ziege, das das Weib als Essenbehälter dabei hatte, mit Steinen. Schon im Begriff, die Kammer zu verlassen, hob er noch einen Stein auf, einen großen, und hielt ihn in seiner Hand.«

Sie hielt inne.

»Na«, fragte ich, atemlos vor Spannung, die uns alle erfüllte, »was geschah mit da Silvestra?«

Die alte Hexe stutzte bei der Erwähnung des Namens. »Woher kennst du den Namen des toten Mannes?« fragte sie scharf, und dann, ohne erst eine Antwort abzuwarten, fuhr sie fort: »Niemand kann sagen, was geschehen ist; doch es trug sich etwas zu, das den Weißen erschreckte, denn er warf das Ziegenfell mit den Steinen weg und stürzte, nur den einen Stein in der Hand, hinaus, und dieses Steines bemächtigte sich der König, und das ist der Stein, welchen du, Macumazahn, von Twalas Stirn genommen hast.«

»Und seit damals ist niemand mehr hier hereingekommen?« fragte ich und spähte wieder in den finsteren Durchgang.

»Niemand, gnädige Herren. Nur das Geheimnis der Tür ist bewahrt geblieben, und jeder König hat sie während seiner Regentschaft geöffnet, ohne jedoch einzutreten. Es geht die Sage, daß derjenige, der sie betritt, innerhalb eines Mondes sterben muß, gerade wie der Weiße in der Höhle im Gebirge starb, wo ihr ihn gefunden habt, Macumazahn, und deshalb sind die Könige nie eingetreten. Ha! Ha! Meine Worte sind wahre Worte.«

Unsere Augen trafen sich, als sie das sagte, und mir wurde übel und kalt. Woher wußte die alte Hexe dies alles?

»Tretet ein, gnädige Herren. Wenn ich die Wahrheit sagte, muß die Ziegenhaut mit den Steinen auf dem Boden liegen; und ob es wahr ist, daß der Eintritt den Tod bedeutet, das werdet ihr später erfahren. Ha! Ha! Ha!« und sie humpelte durch die Tür, das Licht dabei; ich gestehe, ich zögerte noch einmal wegen der Folgen.

»Oh, verdammt – so ein ...!« sagte Good; »da läuft sie. Ich werde mich doch nicht vor dieser alten Teufelin fürchten!« und gefolgt von Foulata, der dieses Unternehmen offensichtlich gar keinen Spaß machte, denn sie zitterte vor Angst, tauchte er in dem Durchgang unter, hinter Gagool drein – ein Beispiel, dem wir schnell folgten.

Ein paar Yards den Gang hinunter, auf dem schmalen Pfad, aus dem lebenden Fels herausgehauen, hatte Gagool gehalten und wartete auf uns.

»Seht, gnädige Herren!« sagte sie und hielt das Licht vor sich hin, »jene, die den Schatz hier lagerten, flohen in großer Hast, und bedacht, ihn vor dem zu beschützen, der das Geheimnis der Tür entdecken sollte, hatten sie keine Zeit ...«, und sie zeigte auf große quadratische Steinblöcke, die, in der Höhe von zwei Gängen (etwa zwei Fuß) über dem

Durchgang angebracht worden waren, um ihn abzuriegeln. Entlang der Wand lagen ähnliche Blöcke zum Gebrauch bereit, und vor allem – äußerst merkwürdig – befanden sich da ein Haufen Mörtel und ein Paar Maurerkellen, Werkzeuge, die, soweit wir Zeit hatten sie zu prüfen, von ähnlicher Form zu sein schienen wie die, die Arbeiter heute verwenden.

Hier sagte Foulata, die sich im Zustand großer Furcht und Erregung befand, daß sie sich schwach fühle und nicht weiter könne, doch hier warten wolle. So setzten wir sie hier auf die unvollendete Mauer, stellten den Proviantkorb neben sie und ließen sie zurück, damit sie sich erhole.

Wir folgten dem Gang noch etwa fünfzehn Schritte und kamen plötzlich zu einer sorgfältig gearbeiteten bemalten Holztür. Sie stand weit offen. Wer immer als letzter hier gewesen sein mag, er hatte entweder keine Zeit mehr oder vergessen, sie zu schließen.

Quer über die Schwelle lag ein Fellsack, hergestellt aus Ziegenhaut, der mit Kiesel gefüllt zu sein schien.

»Hi! Hi! Weiße Männer«, kicherte Gagool, als das Licht der Lampe darauf fiel. »Was habe ich euch gesagt, der weiße Mann, der hierher gekommen war, floh in Hast und warf den Beutel des Weibes weg – seht, hier. Schaut hinein, und ihr werdet einen Wasserkürbis unter den Steinen finden.«

Good bückte sich und hob ihn auf. Er war schwer, und es klimperte.

»Bei Jupiter! Ich glaube, er ist voller Diamanten«, flüsterte er ehrfürchtig; freilich, der Gedanke an eine kleine Ziegenhaut, gefüllt mit Diamanten, reicht, um jedermann Ehrfurcht einzuflößen.

»Los, weiter«, kommandierte Sir Henry ungeduldig.

»Komm, alte Dame, gib mir die Lampe«, er nahm sie Gagool aus der Hand und ging, sie hoch über seinen Kopf haltend, durch den Eingang.

Wir drängten hinter ihm her, vergaßen für einen Augenblick den Beutel mit Diamanten und standen in König Salomons Schatzkammer.

Das erste, was das trübe Licht der Lampe enthüllte, war ein hoher Raum, aus dem lebenden Fels gehauen; er schien nicht größer als fünfzehn Fuß im Quadrat. Das war alles. Als nächstes fielen unsere Blicke auf eine prächtige Sammlung von Elefantenzähnen, einer über den anderen vom Boden bis zur Decke aufgeschichtet. Wie viele es waren, konnten wir nicht erkennen, denn es war natürlich nicht zu sehen, wie weit das Lager in die Tiefe reichte, aber es konnten nicht weniger als die Spitzen von vier oder fünfhundert Zähnen bester Qualität sein, die hier für unsere Augen zu sehen waren. Das allein war schon genug Elfenbein, einen Menschen für das ganze Leben reich zu machen. Vielleicht, so dachte ich, hatte Salomon von diesem großen Lager das Material für seinen ›großen Elfenbeinthron‹ genommen, von dem es ›seinesgleichen in keinem Königreich‹ gegeben hatte. Auf der gegenüberliegenden Seite der Kammer standen über zwanzig Holzbehälter, etwa Martini-Henry-Munitionskisten ähnlich, nur um einiges größer und rot bemalt.

»Da sind die Diamanten«, schrie ich, »gib das Licht her!«

Sir Henry trat heran und hielt die Funzel dicht über die oberste Kiste, deren Deckel, selbst an diesem trockenen Ort durch die Zeit morsch geworden, eingeschlagen worden zu sein schien, vermutlich von da Silvestra höchstpersönlich. Ich schob meine Hand durch das Loch im Deckel und zog sie voll heraus. Aber keine Diamanten hielt ich in meinen Fingern, sondern Goldstücke, von einer Form, die keiner von uns vorher gesehen hatte. Aufgeprägt war etwas, das wie hebräische Schriftzeichen aussah.

»Ah!« sagte ich bloß und schüttete die Münzen zurück. »Jedenfalls werden wir nicht mit leeren Händen zurückkehren. Da müssen ein paar tausend Stück in jeder Kiste sein, und achtzehn Kisten stehen da. Ich schätze, das war das Geld, um die Arbeiter und Kaufleute zu bezahlen.«

»Na schön«, fiel Good ein, »ich denke, das ist 'ne ganze Menge; ich sehe aber nicht einen Diamanten, wenn nicht der alte Portugiese alle in seinen Beutel gesteckt hat.«

»Die gnädigen Herren sollen doch einmal da drüben nachschauen, wo es am finstersten ist, wenn sie die Steine finden wollen«, sagte Gagool, unsere Blicke richtig deutend. »Da werden die gnädigen Herren einen Winkel entdecken und drei Steinladen in der Ecke, zwei versiegelt und eine offen.«

Ehe ich das Sir Henry verdolmetschte, der das Licht hielt, konnte ich es mir nicht verkneifen zu fragen, woher sie diese Dinge wisse, wenn nach dem Weißen seit Generationen niemand mehr die Kammer betreten hätte.

»Ach, Macumazahn, Wächter bei Nacht«, war die spöttische Antwort, »der du auf den Sternen wohnst, du weißt nicht, daß es Einen gibt, dessen Augen durch Felsen sehen können? Ha! Ha! Ha!«

»Schauen Sie mal in die Ecke, Curtis«, sagte ich und zeigte auf die Stelle, auf die Gagool hingewiesen hatte.

»Großer Gott! Jungs«, schrie er gleich darauf, »schaut mal her!«

Wir eilten hin, wo er vor einer Nische stand, einem kleinen Bogenfenster recht ähnlich. An der Wand dieses Winkels standen drei Steinladen, jede über zwei Fuß im Quadrat. Zwei von ihnen waren mit steinernen Deckeln verschlossen, der Deckel der dritten, die offen war, lehnte an der Truhenwand. »Seht!« wiederholte er heiser und hielt die Lampe über die offene Truhe. Wir starrten darauf, konnten aber für einen Moment nichts erkennen, da, uns ein silbriger Schimmer blendete. Als sich unsere Augen daran gewöhnt hatten, sahen wir, daß die Truhe zu dreiviertel mit Diamanten gefüllt war, mit ungeschliffenen Diamanten, und die meisten von ihnen von beachtlicher Größe. Ich bückte mich und nahm eine Handvoll auf. Ja, da gab es keinen Zweifel mehr, sie hatten das unverkennbare Seifige beim Anfassen.

Ich atmete schwer, als ich sie zurückfallen ließ. »Wir sind die reichsten Menschen in der ganzen Welt«, rief ich aus. »Monte Christo war ein Hanswurst gegen uns!«

»Wir werden den Markt mit Diamanten überschwemmen«, meinte Good.

»Erst habt sie mal«, warf Sir Henry ein.

Und so standen wir da, mit blassen Gesichtern, und starrten einander an, die Laterne zwischen uns und die schimmernden Edelsteine uns zu Füßen, Verschwörern ähnlicher, die ein Verbrechen planen, als den glücklichsten Menschen auf Erden, für die wir uns hielten.

»Hi! Hi! Hi!« gackerte die alte Gagool, während sie hinter uns wie eine Vampir-Fledermaus herumhuschte. »Da sind sie, die glänzenden Steine, die ihr liebt, weiße Männer. So viele ihr wollt; nehmt sie, laßt sie durch eure Finger laufen, eßt von ihnen, hi! Hi! Trinkt von ihnen, ha! Ha!«

In diesem Augenblick erschien mir der Gedanke, Diamanten zu essen oder zu trinken, derart lächerlich, daß ich in ein zügelloses Gelächter ausbrach, ein Beispiel, dem die anderen folgten, ohne zu wissen, warum. Da standen wir und kreischten in wildem Gelächter wegen der Edelsteine, die uns gehörten, die für uns von fleißigen Schatzgräbern in der Grube gefunden worden waren, vor Tausenden von Jahren, und aufbewahrt für uns von Salomons längst gestorbenem Aufseher, dessen Namen, vielleicht, in den Schriftzeichen geschrieben war, die dem verblaßten Wachs aufgeprägt waren, welches noch auf den Truhendeckeln haftete. Weder Salomon noch David, noch da Silvestra, noch sonst wer hatte sie bekommen. Wir hatten sie: Da vor uns lagen Diamanten, Millionen Pfund wert, und Zehntausende Pfund wert an Gold und Elfenbein, die nur darauf warteten, mitgenommen zu werden.

Urplötzlich hatten wir diese Anwandlung überwunden, und das Gelächter brach ab.

»Öffnet die anderen Truhen, weiße Männer«, krächzte Gagool, »da sind sicherlich noch mehr drinnen. Genießt ihre Fülle, weiße gnädige Herren! Ha! Ha! Genießt ihre Fülle!«

So aufgefordert, rissen wir die beiden anderen Steindekkel auf – zuerst nicht ohne ein Gefühl der Tempelschändung –, brachen wir die Siegel, die sie verschlossen.

Hurra! Auch sie waren voll, voll bis zum Rand, zumindest die zweite Truhe war es. Kein elender, einbrecherischer da Silvestra hatte daraus sein Ziegenfell gefüllt gehabt. Die dritte Truhe aber war nur ungefähr zu einem Viertel voll, aber diese Steine waren alle auserlesen; keiner kleiner als zwanzig Karat und einige von ihnen so groß wie Taubeneier. Eine erhebliche Zahl dieser größeren jedoch waren, wie wir sehen konnten, als wir sie gegen das Licht hielten, etwas gelb, ›off coloured‹ (Diamanten mit unbestimmten Farbtönen), wie man es in Kimberley nannte. Einige schwarze waren auch dabei. Was wir jedoch nicht bemerkten, das war der furchtbare Blick abgrundtiefer Bosheit, mit dem uns die alte Gagool bedachte, als sie, wie eine Schlange, aus der Schatzkammer und den Durchgang hinunter zur Tür aus festem Fels schlüpfte.

Da horch! Schrei auf Schrei gellt schallend durch den gewölbten Gang. Es ist Foulatas Stimme!

»O Bougwan! Hilfe! Hilfe! Der Stein fällt!«

»Laß mich los, Mädchen! Dann – – –«

»Hilfe Hilfe! Sie hat mich gestochen!«

Wir stürzten den Gang hinunter, und im Licht der Lampe sahen wir es. Langsam schließt sich die Felsentür; sie ist keine drei Fuß mehr vom Boden. Daneben ringen Foulata und Gagool. Foulata rinnt das rote Blut über ihr Knie, aber noch hält das mutige Mädchen die alte Hexe fest, die wie eine Wildkatze kämpft. Ach – jetzt hat sie sich losgerissen! Foulata stürzt, und Gagool wirft sich selbst auf den Boden, und wie eine Schlange windet sie sich unter den Rand des sich senkenden Steins. Sie ist darunter – ah! Du meine Güte! Zu spät! Zu spät! Der Stein packt sie, und sie gellt in Todesnot. Tiefer, tiefer, er senkt sich, die ganzen dreißig Tonnen kommen auf sie herunter, langsam, und quetschten ihren alten Körper auf den Felsboden. Schrei auf Schrei, so etwas hatten wir nie gehört, dann ein langsam absterbendes Knirschen, und die Türe ist geschlossen, gerade, als wir uns, den Gang hinunterjagend, gegen diese Felsmasse werfen.

In vier Sekunden war alles passiert.

Wir wandten uns Foulata zu. Das arme Mädchen hatte einen Stich in den Körper bekommen, und ich sah, daß sie nicht mehr lange zu leben hatte.

»Ach, Bougwan, ich sterbe!« seufzte das schöne Geschöpf. »Sie kroch hinaus – Gagool; ich hatte sie nicht bemerkt – ich war müde – und die Tür begann zu fallen. Dann kam sie zurück und sah auf den Weg – ich sah sie durch die langsam fallende Tür kommen und packte sie und hielt sie, und sie stach mich – jetzt sterbe ich, Bougwan!«

»Armes Mädchen! Armes Mädchen!« schrie Good in seiner Qual. Dann, da er nichts anderes tun konnte, begann er sie zu küssen.

»Bougwan«, sagte sie nach einer Weile, »ist Macumazahn da? Es wird so dunkel – ich kann nichts sehen.«

»Hier bin ich, Foulata.«

»Macumazahn, sei einen Augenblick meine Zunge. Ich bitte dich, denn Bougwan kann mich nicht verstehen, und bevor ich in die Nacht eingehe, möchte ich ihm noch etwas sagen.«

»Sprich, Foulata, ich werde es übersetzen.«

»Sage meinem Gebieter, Bougwan, daß – ich ihn liebe und daß ich glücklich bin zu sterben, weil ich weiß, er kann sein Leben nicht mit so einer wie mir beschweren, denn die Sonne darf sich nicht mit dem Mond vermählen, noch das Schwarze mit dem Weißen.

Sag ihm, seit ich ihn sah, seit dieser Zeit war es mir, als ob ich einen Vogel in meiner Brust hätte, der eines Tages wegfliegen und anderswo singen würde. Doch jetzt, da ich meine Hand nicht heben kann und meine Stirn kalt wird, habe ich nicht das Gefühl, daß mein Herz sterben würde; es ist so voll Liebe, daß ich zehntausend Jahre leben könnte und noch jung bin. Sag ihm, falls ich in ein anderes Leben eingehe, werde ich ihn vielleicht auf den Sternen sehen, und daß – ich werde ihn auf allen suchen, obgleich – vielleicht muß ich dort dennoch schwarz sein – und er wird noch immer weiß sein. Sage – nein, Macumazahn, sage nichts mehr, außer, daß ich liebe – Oh, halte mich fester, Bougwan, ich kann deine Arme nicht spüren – oh! Oh!«

»Sie ist tot – sie ist tot!« flüsterte Good gleich darauf. Und als er sich erhob, rannen die Tränen der Trauer über sein ehrliches Gesicht.

»Du brauchst dich deinem Schmerz nicht zu überlassen, alter Junge«, sagte Sir Henry.

»Wie?« erwiderte Good; »was meinst du damit?«

»Ich meine, daß du bald in der Lage sein wirst, dich ihr zuzugesellen. Mann, siehst du denn nicht, daß wir lebendig begraben sind?«

Bevor Sir Henry dies sagte, war es mir noch gar nicht ganz aufgegangen, was da Schauerliches passiert war und auf uns zukam, erschüttert wie wir vom Anblick des Todes der armen Foulata waren. Aber jetzt begriffen wir. Die schwere Felsmasse hatte sich geschlossen, wahrscheinlich für immer und ewig, denn das einzige Gehirn, das das Geheimnis der Tür gekannt hatte, war unter ihrem Gewicht zu Brei zerquetscht. Da war eine Tür, die aufzubrechen niemand hoffen konnte, es wäre denn mit einer großen Menge Dynamit. Und wir befanden uns auf der verkehrten Seite.

Für einige Minuten standen wir entsetzt da, über der Leiche von Foulata. Unsere ganze Männlichkeit schien uns verlassen zu haben. Der erste Schock der Erkenntnis, welch ein langsames und erbärmliches Ende uns erwartete, hatte uns überwältigt. Jetzt durchschauten wir alles. Diese Unholdin Gagool hatte diese Falle für uns von allem Anfang an geplant. Daran hatte sich ihr verruchter Sinn erfreut, dieser Gedanke hatte ihr Spaß gemacht, daß die drei Weißen, die sie aus einem persönlichen Grund immer gehaßt hatte, langsam durch Hunger und Durst zugrunde gingen, in Gesellschaft des Schatzes, nach dem es sie gelüstet hatte. Jetzt erst begriff ich die Pointe ihres Spottes: Eßt und trinkt die Diamanten. Wahrscheinlich hatte irgendwer versucht, den armen, alten Dom auf die gleiche Weise zu bedienen, als er das Fell, gefüllt mit Diamanten im Stich ließ.

»Diese wird's nimmer tun«, sagte Sir Henry heiser; »die Lampe wird bald ausgehen. Wir wollen mal sehen, ob wir die Feder finden, die den Fels in Bewegung setzt.«

Mit der Energie der Verzweiflung rafften wir uns auf und begannen, in blutigem Schlamm stehend, die Tür und die Wände des Durchgangs hinauf und hinunter abzutasten. Doch wir konnten weder einen Knopf noch eine Feder entdecken.

»Verlaßt euch drauf«, sagte ich, »der läßt sich nicht von innen in Gang bringen; wäre das der Fall, hätte Gagool nicht den Versuch gewagt, unter dem Stein durchzukriechen. Dieses Wissen ließ sie bei aller Gefahr ihren Versuch machen, zu entkommen, verflucht sei sie.«

»Auf jeden Fall«, schaltete sich Sir Henry mit einem kurzen, harten Lachen ein, »die Strafe folgte auf dem Fuß; ihr Ende war beinahe so entsetzlich, wie das unsere wahrscheinlich sein wird. An der Tür können wir gar nichts machen, gehen wir also zurück in den Schatzraum.«

Wir wandten uns um und gingen. Da entdeckte ich im Vorbeigehen an der unvollendeten Sperrmauer quer über den Gang den Eßkorb, den Foulata getragen hatte. Ich nahm ihn und brachte ihn mit in die verfluchte Schatzkammer, die unser Grab werden sollte. Dann kehrten wir um, und ehrfurchtsvoll trugen wir die Leiche Foulatas hinein und legten sie neben die Kisten mit den Münzen auf den Boden. Dann setzten wir uns hin und lehnten uns gegen die drei Steinladen, die den unbezahlbaren Schatz enthielten.

»Laßt uns das Essen verteilen«, sagte Sir Henry, »damit es so lange wie irgend möglich ausreicht.«

So geschah's. Es gab vier unendlich kleine Portionen für jeden; es würde, rechneten wir, genug sein, das Leben für ein paar Tage zu fristen. Außer dem ›biltong‹, dem gedörrten Wildfleisch, waren zwei Kürbisse mit Wasser vorhanden, von denen jeder nicht mehr als ein Quart (1,136 Liter) enthielt.

»So, jetzt wollen wir essen und trinken«, sagte Sir Henry grimmig, »denn morgen sterben wir.«

Wir aßen jeder ein kleines Stück von dem ›biltong‹ und tranken einen Schluck Wasser. Überflüssig zu erwähnen, wir hatten herzlich wenig Appetit, obwohl wir das Essen recht nötig brauchten und uns wohler fühlten, nachdem wir es hinuntergewürgt hatten. Dann gingen wir los und untersuchten die Wände unseres Gefängnisses systematisch, in der schwachen Hoffnung, irgendeine Möglichkeit zum Entkommen zu finden. Sorgfältig horchten wir sie und auch den Fußboden ab.

Nichts war's. Es war auch unwahrscheinlich, daß es da irgendeinen Zugang zu einer Schatzkammer geben würde.

Unsere Lampe begann trüb zu brennen. Das Öl ging zur Neige.

»Quatermain«, fragte Sir Henry, »wie spät haben wir's? Geht Ihre Uhr?«

Ich zog sie heraus und schaute nach. Es war sechs Uhr, um elf hatten wir die Höhle betreten.

»Infadoos wird uns vermissen«, deutete ich an. »Wenn wir nachts noch nicht zurück sind, wird er uns am Morgen suchen, Curtis.«

»Da kann er lange suchen. Er kennt weder das Geheimnis der Tür, noch weiß er, wo sie ist. Kein Lebender wußte es bis gestern, außer Gagool. Heute kennt es überhaupt niemand. Selbst wenn er die Tür entdeckt, kann er sie nicht aufbrechen. Die ganze Kukuana-Armee kann nicht durch fünf Fuß gewachsenen Fels. Meine Freunde, ich sehe keinen anderen Weg, als uns in den Willen des Allmächtigen zu fügen. Schatzsuche hat schon vielen ein böses Ende beschert; wir werden ihre Zahl vergrößern.«

Die Lampe brannte noch trüber.

Bald flackerte sie auf und zeigte den ganzen Schauplatz mit seinen starken Kontrasten: die große Menge der weißen Zähne, die Behalter mit Gold, die Leiche der armen Foulata, vor uns hingestreckt, das Ziegenfell mit dem Schatz, der matte Schimmer der Diamanten und die abenteuerlichen, bleichen Gesichter von uns drei Weißen, die da saßen und auf den Hungertod warteten.

Die Flamme sank in sich zusammen und erlosch.

18

Wir geben die Hoffnung auf

Die scheußlichen Gefühle der folgenden Nacht in angemessener Weise zu beschreiben, ist mir unmöglich. Gemildert wurden sie bis zu einem gewissen Grad durch den Schlaf, denn selbst in einer Situation wie der unseren macht die erschöpfte Natur ihr Recht geltend. Ich aber konnte jedenfalls unmöglich viel schlafen. Abgesehen von dem schrecklichen Gedanken an das Schicksal, das uns bevorstand, war die Stille allein so überwältigend, daß sie keinen Schlaf gestattete. Selbst der Tapferste auf Erden mag wohl vor einem Ende, wie es uns erwartete, beben, und dabei hatte ich mich noch niemals groß gerühmt, tapfer zu sein. Mein Leser, du magst nachts wach gelegen und die Stille erdrückend gefunden haben, aber ich behaupte dreist, daß du keine Ahnung hast, was absolute Stille für ein lebendiges und fühlendes Wesen tatsächlich bedeutet. Auf der Erdoberfläche gibt es immer wieder irgendeinen Laut, irgendeine Bewegung, und obgleich sie an sich unmerklich gering sein mögen, schwächen sie doch die schneidende Schärfe absoluter Stille, wie sie hier bei uns herrschte, begraben im Innern eines riesigen, schneebedeckten Berges. Tausend Fuß über uns rauschte die frische Luft über den weißen Schnee, doch kein Laut erreichte uns. Wir waren durch einen langen Tunnel und fünf Fuß Fels sogar von dem fürchterlichen ›Zimmer des Todes‹ getrennt; und der Tod macht keinen Lärm. Wußten wir nicht, wer an Foulatas Seite lag? Das Krachen der gesamten Artillerie auf Erden und im Himmel hätte unser Ohr, lebendig in dieser Gruft begraben, nicht erreichen können. Wir waren von jedem Echo dieser Welt abgeschlossen –, wir waren bereits so gut wie begraben.

Und dann zwang sich mir die Ironie der Situation auf. Ringsum lagen Schätze, die ausgereicht hätten, eine mittlere Nationalschuld zu bezahlen oder eine Flotte Panzerschiffe zu bauen, und wir hätten gerne alles eingetauscht für die geringste Chance, hier herauszukommen. Zweifellos würden wir bald froh sein, sie für ein bißchen Essen eintauschen zu können oder für eine Tasse Wasser und schließlich für ein rasches Ende unserer Leiden. Wahrlich, der Reichtum, den zu gewinnen die Menschen ihr ganzes Leben dransetzen, ist im Endeffekt ein wertloses Ding.

Und so ging die Nacht dahin.

»Good«, hörte ich endlich Sir Henrys Stimme, und sie klang in dieser angespannten Stille schrecklich, »wieviel Streichhölzer hast du in der Schachtel?«

»Acht, Curtis.«

»Zünde eins an und schau, wie spät es ist.«

Er tat es, und dieser Gegensatz zu der tiefen Finsternis blendete uns. Meiner Uhr nach war es fünf. Die schöne Morgendämmerung rötete jetzt die Schneekränze hoch über unseren Köpfen, und der Wind würde die Nachtnebel in den Senken aufscheuchen.

»Wir sollten besser etwas essen, um unsere Kräfte zu erhalten«, meinte ich.

»Wozu soll das gut sein?« fragte Good, »je eher wir sterben und es überstanden haben, um so besser.«

»Weil, wo Leben ist, Hoffnung ist«, stimmte Sir Henry mir zu.

Also aßen wir und schluckten etwas Wasser – und wieder verging geraume Zeit. Da äußerte Sir Henry, es könne nichts schaden, so nahe wie möglich an die Tür heranzugehen und Hallo zu rufen, mit der geringen Chance, daß draußen irgend jemand einen Laut auffangen könnte. So ging Good, der auf Grund seiner Tätigkeit auf See eine durchdringende, scharfe Kommandostimme hatte, los, tappte den Gang entlang und begann zu brüllen. Ich muß schon sagen, er machte einen höllischen Lärm. Solche gellenden Schrei hatte ich noch nie gehört; aber gemessen an der Wirkung, die sie hatten, mag es ein Moskito-Gesumme gewesen sein. Nach einer Weile gab er es auf, kam von Durst gepeinigt zurück und mußte etwas Wasser haben. So ließen wir von der Schreierei ab, da es nur den Wasservorrat angriff.

Wir setzten uns alle drei wieder einmal gegen die Truhen voll dieser nutzlosen Edelsteine, zu jenem schrecklichen Nichtstun verdammt, das mit das Härteste an unserem Schicksal war. Ich muß gestehen, ich persönlich brach verzweifelt zusammen. Ich legte meinen Kopf gegen Sir Henrys breite Schulter und brach in Tränen aus, und ich glaube, daß ich auch Good an der anderen Seite schlucken und deshalb auf sich selbst heiser fluchen hörte.

Ach, wie gut und tapfer der große Mann war! Wären wir zwei furchtsame Kinder gewesen und er unser Kindermädchen, er hätte uns nicht zärtlicher behandeln können. Er vergaß seinen eigenen Teil Nöte, tat alles, was er tun konnte, um unsere zerrütteten Nerven zu beruhigen, und erzählte Geschichten von Leuten, die sich in einer ähnlichen Situation befunden hatten und heil davongekommen waren. Und als dies versagte, uns aufzumuntern, wies er darauf hin, daß es schließlich nur ein Ende vorwegnahm, welches uns allen doch einmal beschieden war, daß es bald vorbei sein würde und vor Erschöpfung zu sterben barmherziger als alles andere wäre – was übrigens nicht stimmt. Dann legte er uns auf andere Weise, wie ich es schon einmal von ihm gehört hatte, nahe, wir sollten uns der Gnade einer höheren Macht anvertrauen, was ich persönlich mit großem Nachdruck tat. Er ist ein großartiger Charakter, sehr ruhig, aber auch sehr hart.

Und so ging auch dieser Tag vorbei, wie die Nacht vorübergegangen war, wenn man überhaupt diese Bezeichnungen gebrauchen darf, wo doch alles im tiefsten Dunkel lag. Und als ich ein Streichholz anzündete, um zu sehen, wie spät es sei, war es sieben Uhr. Wieder aßen und tranken wir, und da fiel mir plötzlich etwas ein.

›Wie kommt es‹, blitzte es in mir auf, ›daß die Luft an diesem Ort frisch bleibt? Sie ist dick und schwer, aber sie ist völlig frisch.‹

»Grundgütiger Himmel!« rief Good und sprang auf, »daran habe ich gar nicht gedacht. Durch die Steintür kann sie nicht kommen, denn die ist luftdicht, wenn es überhaupt je eine Tür gibt, die luftdicht ist. Sie muß von sonst woher kommen. Gäbe es an diesem Ort keine Luftzirkulation, wären wir schon lange erstickt oder vergiftet, als wir hierherkamen. Wir wollen doch mal nachsehen.«

Es war verblüffend, welch eine Veränderung dieser bloße Hoffnungsfunke in uns anfachte. Augenblicklich krochen wir alle drei auf Händen und Knien herum, um das leiseste Anzeichen eines Luftzuges zu fühlen. Bald wurden meinem Eifer Zügel angelegt. Ich legte meine Hand auf etwas Kaltes: es war das Gesicht der toten Foulata.

Eine Stunde oder länger tasteten wir so herum, bis Sir Henry und ich schließlich verzweifelt aufgaben, nachdem wir uns nicht unerhebliche Verletzungen zugezogen hatten. Ständig waren wir mit den Köpfen gegen Zähne, Truhen und die Wände der Kammer gestoßen. Good aber gab das Rennen noch nicht verloren, da es besser sei, wie er mit einem Anflug von Galgenhumor feststellte, als gar nichts zu tun.

»Hört, Jungs«, rief er plötzlich mit eigenartig gepreßter Stimme, »kommt doch mal her.«

Unnötig zu sagen, wir überschlugen uns beinahe, um schnell genug zu ihm zu kommen.

»Quatermain, legen Sie mal Ihre Hand dahin, wo meine ist. So, spüren Sie etwas?«

»Ich glaube, ich spüre Luft hochziehen.«

»Jetzt horcht mal.« Er stand auf und stampfte auf die Stelle, und ein Hoffnungsfunke glomm auf. Es klang hohl.

Mit zitternden Händen zündete ich ein Streichholz an. Ich hatte nur noch drei. Wir waren in der äußersten Ecke der Kammer, ein Umstand, der uns erklärte, weshalb wir den hohlen Klang an dieser Stelle während unserer vorausgegangenen Untersuchungen nicht gehört hatten. Als das Streichholz brannte, prüften wir den Fleck genau. In dem festen Felsboden war hier eine Ritze, und – großer Gott – eingelassen in den Felsen war ein Steinring. Kein Wort fiel; wir waren zu aufgeregt, und unsere Herzen pochten auch vor Hoffnung zu ungestüm, um uns nur ein Wort finden zu lassen. Good besaß ein Messer, an dessen Rückenseite sich einer dieser Haken befand, die dazu dienen sollen, Steine aus den Pferdhufen zu entfernen. Er klappte ihn heraus und kratzte darauf los, bis er an den Ring herankam. Endlich faßte er ihn unter und bewegte ihn sacht, aus Furcht, den Haken abzubrechen. Der Ring begann sich zu bewegen. Da er aus Stein war, war er im Laufe der Jahrhunderte nicht festgerostet, wie es bei einem Eisenring der Fall gewesen wäre. Bald stand der Ring senkrecht. Dann steckte er seine Hand hinein und zog mit aller Kraft, aber nichts rührte sich.

»Lassen Sie's mich versuchen«, drängte ich ungeduldig, denn der Stein lag so knapp in der Ecke des Winkels, daß unmöglich zwei zugleich ziehen konnten. Ich faßte zu und plagte mich ab, hatte aber auch keinen Erfolg.

Sir Henry versuchte es als nächster, und es mißlang. Good nahm wieder den Haken und kratzte rund um den Riß, wo er die Luft hochkommen spürte.

»Jetzt, Curtis«, sagte er, »pack an und rutsche mit deinem Rücken da hinein, dann hast du Kraft für zwei«, und er nahm ein starkes, schwarzes seidenes Halstuch ab, das er treu seinen Gewohnheiten für nettes Aussehen trug, und steckte es durch den Ring.

»Quatermain, packen Sie Curtis um die Hüfte und ziehen Sie ums teure Leben, wenn ich das Zeichen gebe. *Jetzt!*«

Sir Henry spannte alle seine riesige Kraft an und Good und ich genauso, wie uns die Natur mit Kraft begabt hatte.

»Ho ruck! Ho ruck! Er gibt nach«, keuchte Sir Henry, und ich hörte die Muskeln dieses mächtigen Rückens krachen. Plötzlich ein Ton, wie wenn sich etwas löste, dann ein Luftzug, und alle drei lagen wir rücklings auf dem Boden; ein schwerer Fliesenstein lag auf uns. Sir Henrys Stärke hatte es geschafft. Niemals ist einem Menschen Muskelkraft besser zustatten gekommen.

»Zünden Sie ein Streichholz an, Quatermain«, sagte er, sobald wir uns aufgerappelt hatten und wieder bei Atem waren, »vorsichtig, jetzt.«

Das Streichholz brannte, und da vor uns, der Himmel sei gepriesen, war die erste Stufe einer Steintreppe.

»Na, was machen wir nun?« fragte Good.

»Den Treppen folgen natürlich, und auf die Vorsehung vertrauen.«

»Stop!« bremste Sir Henry, »Quatermain, nehmen Sie doch den Rest ›biltong‹ und das Wasser, das noch da ist; wir werden es nötig haben.«

Ich kroch an unseren Platz bei den Truhen zurück, um die Sachen zu holen. Auf dem Weg dahin faßte ich einen Gedanken. In den letzten vierundzwanzig Stunden hatten wir nicht viel an die Diamanten gedacht, denn nur der leiseste Gedanke daran war ekelhaft im Hinblick darauf, was sie für uns für Folgen gehabt hatten. Indessen dachte ich nun, jetzt kannst du ruhig ein paar einstecken, für den Fall, daß wir aus diesem unheimlichen Loch doch noch herauskommen sollten. So langte ich also mit meiner Hand in die erste Truhe und füllte alle verfügbaren Taschen meines Jagdrocks voll, zum Schluß – das war ein glücklicher Einfall – griff ich mir noch eine Handvoll von den großen aus der dritten Truhe.

»Hört mal, Jungs«, rief ich, »wollt ihr nicht auch ein paar Diamanten mitnehmen? Ich fülle meine Taschen und den Korb.«

»Oh, kommen Sie weiter, Quatermain! Der Teufel hol die Diamanten!« war Sir Henrys Antwort. »Ich hoffe, ich brauche sie nicht ein zweitesmal zu sehen.«

Und Good, er schwieg. Er nahm, glaube ich, Abschied von all dem, was von dem armen Mädchen zurückblieb, das ihn so sehr geliebt hatte.

Und so merkwürdig es dir erscheinen mag, mein Leser, der du bequem daheim sitzt und über den riesigen, tatsächlich unermeßlichen Reichtum nachsinnst, den wir so preisgaben – ich kann dir versichern, auch du hättest dich nicht darum gekümmert, so kurz vor dem Untertauchen in das unbekannte Innere der Erde, voll abenteuerlicher Hoffnung, einem qualvollen Tod zu entrinnen, hättest dich nicht mit Diamanten beschwert, wenn du etwa achtundzwanzig Stunden an diesem Ort hinter dir gehabt hättest mit beinahe nichts an Speise und Trank. Wäre es mir nicht durch Gewohnheit eines langen Lebens zur zweiten Natur geworden, nie etwas zurückzulassen, was einigermaßen Wert besitzt, wenn ich nur die leiseste Chance hatte, es wegzuschaffen – ich weiß bestimmt, dann hätte ich mich auch nicht geplagt und die Taschen und den Korb gefüllt.

»Kommen Sie, Quatermain«, wiederholte Sir Henry, der schon auf der ersten Stufe der Steintreppe stand. »Ruhig, ich werde zuerst gehen.«

»Geben Sie acht, wohin Sie Ihre Füße setzen, da kann irgendein scheußliches, unterirdisches Loch sein«, mahnte ich.

»Viel wahrscheinlicher, daß es einen zweiten Raum gibt«, sagte Sir Henry, während er langsam hinabstieg und beim Gehen die Stufen zählte.

Als er bis fünfzehn gekommen war, blieb er stehen.

»Hier ist die Sohle«, sagte er. »Gott sei Dank. Ich glaube, es ist ein Durchgang. Kommt nach.«

Good stieg als nächster hinunter, und dann folgte ich mit dem Korb. Unten angekommen, zündete ich das letzte der zwei übriggebliebenen Streichhölzer an. Bei seinem Licht konnten wir sehen, daß wir in einem engen Tunnel standen, der von rechts und links in einem rechten Winkel bei der Treppe zusammenlief, die wir heruntergestiegen waren. Ehe wir etwas mehr erkennen konnten, verbrannte mir das Streichholz die Finger und ging aus. Jetzt erhob sich die heikle Frage, nach welcher Richtung wir uns wenden sollten. Natürlich war es ganz unmöglich, zu erkennen, was das für ein Tunnel war und wohin er führte, und doch – es war zum Verrücktwerden – ein Weg konnte uns in die Freiheit führen und der andere in den Untergang. Wir waren aufs äußerste verwirrt, bis es Good plötzlich einfiel, daß der Luftzug in dem Gang die Streichholzflamme nach links geblasen hatte, als ich es anzündete.

»Wir müssen dem Luftzug entgegengehen«, sagte er. »Luft zieht nach innen, nie nach außen.«

Wir befolgten seinen Rat und, uns mit der Hand die Wand entlang tastend und den Boden vor uns bei jedem Schritt prüfend, trennten wir uns von der verdammten Schatzkammer auf der schrecklichen Suche um des Lebens willen. Sollte sie je wieder von einem Lebenden betreten werden, was ich nicht für wahrscheinlich halte, er wird als Zeichen unseres Besuches die offenen Truhen mit Juwelen, die ausgebrannte Lampe und die weißen Gebeine der armen Foulata finden. Als wir etwa eine Viertelstunde auf unserem Pfad entlang getappt waren, machte der Gang plötzlich eine scharfe Wendung oder wurde von einem anderen gekreuzt, dem wir nun folgten, um nach einer gewissen Zeit zu einem dritten zu gelangen. Und so ging es einige Stunden. Wir schienen uns in einem steinernen Labyrinth zu befinden, das nirgends hinführte. Was all diese Gänge zu bedeuten hatten, kann ich natürlich nicht sagen, aber wir nahmen an, daß es sich um die Arbeitsmine der Antike handelte, deren verschiedene Stollen und Schächte dahin und dorthin den Erzadern folgten. Dies ist die einzige Möglichkeit, sich die Vielzahl der Korridore zu erklären.

Zuletzt hielten wir an, vor Müdigkeit völlig erschöpft, im Herzen diese hinhaltende Hoffnung, die krank macht, verzehrten unsere ärmlichen Reste von ›biltong‹ und tranken den letzten Schluck Wasser, denn unsere Kehlen waren ausgetrocknet wie ein Kalkofen. Es hatte den Anschein, als wären wir dem Tod in der Dunkelheit der Schatzkammer nur entkommen, um ihm hier in der Finsternis der Tunnels zu begegnen.

Als wir, wieder einmal aufs äußerste entmutigt, so dastanden, glaubte ich einen Laut zu hören. Ich machte die anderen darauf aufmerksam. Er war sehr schwach und sehr weit weg, aber es war ein Laut, ein schwaches, murmelndes Geräusch, und die anderen hörten es auch. Kein Wort kann die Glückseligkeit beschreiben, nach all den Stunden absoluter, furchtbarer Stille.

»Bei Gott! Da läuft Wasser«, sagte Good. »Los, weiter!«

Und wieder machten wir uns auf den Weg, in der Richtung, aus welcher das schwache Murmeln zu kommen schien. Tastend bewegten wir uns die Felswände entlang weiter. Ich erinnere mich, daß ich den mit Diamanten gefüllten Korb niederstellte, von seinem Gewicht befreit zu sein wünschte und ihn doch nach einer Sekunde Nachdenken wieder aufnahm. Man kann ebensogut reich wie arm sterben, überlegte ich. Je weiter wir gingen, um so besser war das Geräusch zu hören, bis es schließlich in der Stille ganz grell erschien. Weiter, noch weiter; jetzt konnten wir deutlich den unverkennbaren Strudel von stürzendem Wasser ausmachen. Aber wie konnte es im Innern der Erde fließendes Wasser geben? Jetzt waren wir ganz nahe, und Good, der führte, schwor, er könne es riechen.

»Geh vorsichtig«, sagte Sir Henry noch, »wir müssen ganz nahe sein.«

Ein Platschen! Und ein Schrei von Good.

Er war hineingestürzt.

»Good! Good! Wo bist du?« schrien wir in größter Bestürzung. Zu unserer großen Erleichterung gab eine vom Schreck gefärbte Stimme Antwort.

»Alles in Ordnung; ich habe an einem Felsen Halt gefunden. Zündet ein Streichholz an, damit ich sehe, wo ihr seid.«

Eilig zündete ich das letzte uns verbliebene Hölzchen an. In seinem matten Schein sahen wir eine dunkle Wassermasse, die zu unseren Füßen dahinfloß. Wie breit das Wasser war, konnten wir nicht feststellen, aber da, ein Stück weit draußen, war die dunkle Gestalt unseres Gefährten, der an einem vorspringenden Felsen hing.

»Stellt euch bereit, daß ihr mich packen könnt«, schrie Good laut, »ich schwimme hin.«

Dann hörten wir ein Platschen und einen mächtigen Kampf. In der nächsten Minute hatte er zugegriffen, Sir Henrys ausgestreckte Hand gepackt, und wir zogen ihn hoch und aufs Trockene in den Tunnel.

»Ehrenwort!« stammelte er zwischen schweren Atemzügen, »das ging auf Biegen und Brechen. Wenn ich den Felsen nicht erwischt und dann nicht gewußt hätte, wohin ich schwimmen soll, es wäre um mich geschehen gewesen. Das schießt wie ein Mühlstrom dahin, und ich konnte keinen Boden unter die Füße bekommen.«

Wir wagten nicht, dem Ufer des unterirdischen Flusses zu

folgen; denn wir fürchteten, in der Finsternis wieder hineinzufallen. Daher tranken wir, nachdem Good sich ein wenig erholt hatte, kräftig von dem Wasser, das süß und frisch war, wuschen unsere Gesichter, die es arg nötig hatten, so gut es ging, sagten den Ufern dieses afrikanischen Styx Valet und machten uns erneut auf den Weg. Wir lenkten unsere Schritte den Tunnel zurück, Good voraus, triefend, was denkbar unangenehm war. Schließlich kamen wir zu einem anderen Gang, der nach rechts abzweigte.

»Wir können ebensogut da weitergehen«, meinte Sir Henry verdrießlich; »hier sind alle Wege gleich; wir können nur zumarschieren, bis wir zusammenbrechen.«

Lange, lange Zeit stolperten wir langsam dahin, vollkommen fertig, immer diesen neuen Tunnel entlang. Sir Henry führte jetzt. Wieder wollte ich den Korb stehen lassen, doch ich tat es nicht. Plötzlich hielt er abrupt und wir prallten auf ihn auf.

»Seht mal!« flüsterte er, »werde ich langsam verrückt, oder ist das Licht?«

Wir starrten uns beinahe die Augen aus dem Kopf, ja, dort, weit vor uns, war ein schwacher, schimmernder Fleck, nicht größer als die Fensterscheibe einer Hütte. Er war so schwach, daß ich zweifle, ob ihn irgendwelche Augen, außer solche wie unsere, die seit Tagen nichts als totale Finsternis gesehen hatten, überhaupt bemerkt hätten.

Hoffnungsvoll seufzten wir auf und drängten weiter. In fünf Minuten gab es nicht länger einen Zweifel. Es war ein schwacher Lichtfleck. Eine Minute später, und uns umfächelte ein Hauch echter frischer Luft. Wir kämpften uns weiter. Zu allem Überfluß wurde der Tunnel enger. Sir Henry rutschte auf den Knien. Er wurde noch schmäler, bis er nur noch den Umfang eines großen Fuchsbaus hatte. Jetzt kam Erde, der Fels war zu Ende.

Ein Druck, eine Kraftanstrengung, und Sir Henry war im Freien und gleich darauf Good und dann ich, Foulatas Korb hinter mir herziehend; und da, über uns, waren die gesegneten Sterne, und unsere Nasen zogen die liebliche Luft ein. Dann gab plötzlich etwas nach, und wir überschlugen uns alle immer wieder und kollerten über Gras und durch Büsche und über weiche, feuchte Erde.

Der Korb verfing sich in etwas, und ich hing fest. Ich setzte mich auf, und ich brüllte kräftig Hallo. Ein Antwortruf kam direkt von unter mir her, wo Sir Henrys wilde Fahrt auf ebener Erde ein Ende gefunden hatte. Ich kletterte zu ihm hinunter und fand ihn zwar atemlos, doch unverletzt. Dann schauten wir uns nach Good um. Ein kleines Stück abseits fanden wir ihn, eingeklemmt in eine gabelige Wurzel. Er war ganz schön fertig, erholte sich aber bald wieder.

Nun setzten wir uns alle zusammen ins Gras, und der Umschwung der Gefühle war so mächtig, daß ich tatsächlich glaube, wir haben vor Freude geschrien. Wir waren diesem furchtbaren Kerker entkommen, der beinahe unser Grab geworden war! Gewiß hat eine barmherzige Macht unsere Schritte zu dieser Schakalhöhle gelenkt, denn so etwas muß es am Ende des Tunnels gewesen sein. Und sieh da, dort drüben bei den Bergen rötete sich die Morgendämmerung, die wir nie wiederzusehen geglaubt hatten, rosarot.

Bald darauf stahl sich das graue Licht über die Hänge, und wir sahen, daß wir am Boden – oder besser, nahe dem Grund der riesigen Grube vor dem Eingang zu der Höhle waren. Jetzt konnten wir die dunklen Figuren der drei Kolosse ausmachen, die auf ihrem Rand saßen. Zweifellos waren diese schrecklichen Gänge, entlang denen wir die liebe, lange Nacht geirrt waren, ursprünglich in irgendeiner Weise mit der großen Diamantenmine verbunden gewesen. Was den unterirdischen Fluß betrifft, im Innern des Berges, der Himmel weiß, was es damit für eine Bewandtnis hat, wohin er fließt oder woher er kommt. Ich persönlich spüre nicht den geringsten Ehrgeiz, seinem Lauf nachzuspüren.

Heller wurde es und noch heller. Wir konnten jetzt einander sehen, und so ein Bild, wie wir es boten, habe ich nie vorher noch seitdem wieder gesehen. Mit hageren Wangen, hohläugige Wichte, über und über mit Staub und Lehm beschmiert, gequetscht, blutend, die lange Angst vor dem drohenden Tod noch in unsere Gesichtszüge geschrieben.

Wir waren wirklich ein Anblick, der das Tageslicht zu scheuen hatte. Aber, bei allem was mir heilig ist, Goods Monokel war immer noch fest in Goods Auge geklemmt. Ich bezweifle, daß er es bei allem je herausgenommen hat. Weder die Finsternis noch der Sturz in den unterirdischen Fluß noch das Gepurzel über den Hang hinunter hatten vermocht, Good und sein Monokel zu trennen.

Bald darauf erhoben wir uns, da wir fürchteten, unsere Glieder würden steif werden, wenn wir länger ohne Bewegung blieben, und begannen uns langsam, mit schmerzenden Schritten hochzuquälen, empor die steilen Hänge der großen Grube. Etwa eine Stunde oder länger plagten wir uns standhaft den blauen Lehm hoch, schleppten uns mit Hilfe der Wurzeln und Gräser, mit denen er bewachsen war, weiter. Schließlich war es geschafft, und wir standen an der großen Straße, an der Seite der Grube, die den Kolossen gegenüberlag.

Am Straßenrand, hundert Yards entfernt, brannte vor einigen Hütten ein Feuer, und rund um diese Feuer saßen Gestalten. Wir wankten darauf zu, wobei wir einander stützten. Alle paar Schritte hielten wir an. Gleich darauf stand eine der Gestalten auf, sah uns, warf sich auf den Boden und schrie vor Furcht.

»Infadoos, Infadoos! Wir sind es, deine Freunde!« Er sprang auf, rannte auf uns zu, ungläubig uns anstarrend und immer noch vor Furcht zitternd.

»Oh, gnädige Herren, gnädige Herren, tatsächlich. Ihr kehrt vom Tod zurück! – kehrt vom Tod zurück!«

Und der alte Kämpe warf sich vor uns nieder, umklammerte Sir Henrys Knie und weinte laut vor Freude.

19

Wir nehmen Abschied von Ignosi

Zehn Tage nach diesem ereignisvollen Morgen waren wir noch einmal in unseren alten Quartieren in Loo; es mag seltsam klingen, in Anbetracht der schrecklichen Erlebnisse waren wir nicht allzu übel dran, ausgenommen, daß meine struppigen Haare in der Schatzhöhle um einige Schattierungen grauer geworden sind und Good seit Foulatas Tod, der ihm sehr nahegegangen zu sein schien, nicht mehr ganz der alte war. Ich fühlte mich verpflichtet zu sagen, daß mir, vom Standpunkt eines älteren, welterfahrenen Mannes aus betrachtet, ihr Tod eine glückliche Fügung scheint, da sonst sicher mannigfache Verwicklungen die unausbleibliche Folge gewesen wären. Das arme Geschöpf war keines von den landläufigen Eingeborenenmädchen gewesen, sondern eine Persönlichkeit von großer, ich hätte beinahe gesagt, hervorragender Schönheit sowie von bemerkenswerter Herzensbildung. Aber mögen Schönheit und Herzensbildung in noch so reichem Maße vereint sein, eine Verbindung zwischen Good und ihr wäre keineswegs wünschenswert gewesen; denn, wie sie es selbst ausdrückte: »Kann die Sonne sich mit dem Mond vermählen oder das Weiße mit dem Schwarzen?«

Ich brauche wohl kaum zu betonen, daß wir nie wieder in Salomons Schatzkammer eindrangen. Nachdem wir uns von unseren Strapazen erholt hatten, ein Vorgang, der etwa achtundvierzig Stunden in Anspruch nahm, waren wir noch einmal in die große Grube hinabgestiegen, weil wir hofften, die Höhle wiederzufinden, durch die wir aus dem Berg herausgekrochen waren. Doch wir hatten keinen Erfolg. Um der Reihe nach zu erzählen, es hatte geregnet, und unsere Spuren waren verwischt. Was aber noch viel stärker ins Gewicht fiel, die Hänge der riesigen Grube waren voller Höhlen von Ameisenbären und anderen. Es war unmöglich, festzustellen, welcher von ihnen wir unsere Rettung verdankten.

So untersuchten wir am Tag vor unserem Abmarsch nach Loo nochmals die Wunder der Stalaktitenhöhle und drangen, von einem eigenartigen Gefühl der Unruhe getrieben, noch einmal in die ›Kammer des Todes‹ ein. Den Speer des ›Weißen Todes‹ über uns, musterten wir mit einem unbeschreiblichen Empfinden die Felsmasse, die uns am Entkommen gehindert hatte, und dachten dabei an die unschätzbaren Reichtümer jenseits, an die unheimliche alte Hexe, deren plattgequetschte Reste zermalmt darunter lagen, und an das schöne Mädchen, zu dessen Grab der Fels das Portal bildete.

Ich sagte, wir musterten den ›Fels‹, doch wir konnten ihn untersuchen, wie wir wollten, wir konnten nicht die Spur eines Risses finden, die auf das gleitende Tor hingewiesen hätte. Auch das Glück war uns nicht hold, durch Zufall auf das jetzt verlorene Geheimnis zu stoßen, das es bewegte, obwohl wir über eine Stunde nichts unversucht ließen. Es ist gewiß ein wunderbares Stück Mechanik, in seiner gediegenen und doch unergründlichen Einfachheit charakteristisch für die Zeit, in der es geschaffen wurde; und ich bezweifle, daß es in der Welt etwas Zweites dieser Art gibt.

Schließlich gaben wir widerwillig auf; obwohl, wenn der Block sich plötzlich vor unseren Augen gehoben hätte, wir hätten – das ist meine Meinung – kaum den Mut aufgebracht, über Gagools verstümmelten Leichnam hinweg noch einmal die Schatzkammer zu betreten, selbst nicht in der gewissen und sicheren Hoffnung auf die unbegrenzte Menge der Diamanten. Andererseits hätte ich bei dem Gedanken, all diese Schätze zurücklassen zu müssen, heulen können, den größten Schatz wahrscheinlich, der je an einem Platz in der Weltgeschichte zusammengetragen worden war. Aber da gab es keine Mittel. Nur Dynamit konnte diesen fünf Fuß starken festen Felsen brechen.

Also ließen wir es. Vielleicht mag in einem fernen, noch ungeborenen Jahrhundert ein glücklicher Forschungsreisender darauf stoßen, auf dieses ›Sesam, öffne dich‹, und die Welt mit Edelsteinen überfluten. Ich selbst bezweifle es. Irgendwie habe ich das Gefühl, daß diese Edelsteine, mehrere zehn Millionen Pfund wert, die in den drei Truhen schlummerten, niemals am Hals einer irdischen Schönheit schimmern werden. Sie und Foulatas Gebeine werden sich bis ans Ende aller Dinge leidenschaftslose Gesellschaft leisten. Doch wer kann es sagen?

Mit einem Seufzer der Enttäuschung machten wir uns auf den Rückweg und marschierten am nächsten Tag nach Loo ab. Doch es war wirklich recht undankbar von uns, enttäuscht zu sein. Denn wie sich der Leser erinnern wird, hatte ich, dank einer glücklichen Eingebung, vorsichtshalber die Taschen meines alten Jagdrockes und der Hosen mit Edelsteinen gefüllt, ehe wir unser Gefängnis verließen, ebenso den Korb von Foulata, in dem doppelt soviel Platz fand, obschon die Wasserflasche einigen Raum eingenommen hatte. Eine ganz schöne Menge war freilich bei dem Gepurzel über den Grubenhang herausgefallen, dabei einige der großen Diamanten, die ich zuoberst in meine Jakkentaschen gestopft hatte. Aber im Verhältnis betrachtet, war noch eine ungeheure Menge übriggeblieben, darunter dreiundneunzig große Steine, die bis über zweihundertsiebzig Karat wogen. Mein alter Jagdrock und der Korb bargen immer noch genug Schätze, uns alle, wenn nicht zu Millionären – wie der Begriff in Amerika verstanden wird –, so zumindest zu außerordentlich wohlhabenden Männern zu machen. Und dann blieben noch genug Steine übrig für jeden, um die drei schönsten Edelsteinsammlungen in Europa anzulegen. Also hatten wir gar nicht so schlecht abgeschnitten.

Bei unserer Ankunft in Loo wurden wir von Ignosi unbeschreiblich herzlich empfangen; er war wohlauf und emsig damit beschäftigt, seine Macht zu festigen und die Regimenter zu reorganisieren, die am stärksten in der Schlacht gegen Twala gelitten hatten. In atemloser Spannung hörte er unserer wundersamen Geschichte zu; als wir ihm jedoch von dem schrecklichen Ende der alten Gagool berichteten, wurde er nachdenklich.

»Komm her«, rief er einem sehr alten Induna, einem Mitglied des Rates, zu, der mit anderen im Kreis um den König, aber außerhalb Hörweite, saß. Der alte Mann stand auf, kam herbei, grüßte und setzte sich.

»Du bist alt«, sagte Ignosi.

»Ja, mein Gebieter, der König! Deines Vaters Vater und ich wurden am gleichen Tag geboren.«

»Sage mir, als du klein warst, kanntest du Gagool, die Zauberdoktorin?«

»Ja, mein Gebieter, der König!«

»Wie war sie damals – jung wie du?«

»Keineswegs, mein Gebieter, der König! Sie war genau so, wie sie jetzt ist – und wie sie in den Tagen meines Urgroßvaters gewesen war, alt und vertrocknet, sehr häßlich und voll Verruchtheit.«

»Sie gibt es nicht mehr, sie ist tot.«

»So, o König! Dann ist ein alter Fluch von dem Land genommen.«

»Geh!«

»Koom! Ich gehe zu Schwarze Welpe, der des alten Hundes Kehle zerriß. Koom!«

»Ihr seht, meine Brüder«, sagte Ignosi, »sie war ein seltsames Weib, und ich bin froh, daß sie tot ist. Sie hätte euch an dem finsteren Ort sterben lassen, und vielleicht hätte sie später auch einen Weg gefunden, mich zu erschlagen, wie sie es geschafft hatte, meinen Vater zu erschlagen und Twala einzusetzen an seiner Statt, den ihr schwarzes Herz liebte. Nun fahrt fort in eurer Erzählung; bestimmt gibt es da nichts, das ihr gleichkommt!«

Nachdem ich die ganze Geschichte von unserer Rettung berichtet hatte, packte ich die Gelegenheit beim Schopf, um Ignosi von unserer Absicht, Kukuana-Land zu verlassen, zu unterrichten. Wir waren inzwischen übereingekommen, daß ich das tun sollte.

»Und nun, Ignosi«, sagte ich, »ist für uns die Zeit gekommen, dir Lebewohl zu sagen, um aufzubrechen, unser Land wieder einmal zu sehen. Siehe, Ignosi, du bist mit uns als unser Diener gegangen, und jetzt lassen wir dich als mächtigen König zurück. Wenn du uns dankbar bist, wirst du dich auch erinnern, was du versprochen hast: gerecht zu herrschen, das Gesetz zu achten und niemanden ohne Grund hinzurichten. So sollst du beglücken. Morgen bei Tagesanbruch, Ignosi, wirst du uns ein Geleit stellen, das uns über das Gebirge führen soll. Nicht wahr, o König?«

Ignosi bedeckte für eine Weile sein Gesicht mit beiden Händen, bevor er antwortete.

»Mein Herz ist wund«, sagte er schließlich, »eure Worte reißen mein Herz entzwei. Was habe ich euch getan, Incubu, Macumazahn und Bougwan, daß ihr mich einsam zurücklassen wollt? Ihr habt mir in Aufruhr und Kampf beigestanden, wollt ihr mich in den Tagen des Friedens und Sieges verlassen? Was wollt ihr – Frauen? Wählt unter den Jungfrauen! Einen Platz, um zu leben? Seht, das Land ist euer, soweit das Auge reicht. Der Weißen Häuser? Ihr sollt mein Volk lehren, wie man sie baut. Vieh und Fleisch und Milch? Jeder verheiratete Mann soll euch einen Ochsen oder eine Kuh bringen. Herumschweifendes Wild zu jagen? Stapft nicht der Elefant durch meine Wälder und schläft nicht das Flußpferd in den Reeds? Wollt ihr Krieg führen? Meine Impis (Regimenter) warten auf euer Wort. Wenn es noch etwas anderes gibt, was ich euch geben kann, ich werde es euch geben.«

»Nein, Ignosi, wir wollen nichts von alledem«, erwiderte ich; »wir wollen unsere Heimat wiedersehen.«

»Nun muß ich erfahren«, sagte Ignosi bitter und mit blitzenden Augen, »daß ihr die leuchtenden Steine mehr liebt als mich, euren Freund. Ihr habt die Steine, jetzt zieht es euch nach Natal und über das bewegte, düstere Wasser, um sie zu verkaufen und reich zu sein, wie es der Herzenswunsch der weißen Männer ist. Verflucht seien euretwegen die weißen Steine und verflucht, wer sie begehrt! Des Todes soll der sein, der seinen Fuß auf den ›Platz des Todes‹ setzt, um sie zu suchen. Denn sie gehören euch, euch ganz allein. Ich habe gesprochen. Weiße Männer, ihr könnt gehen.«

Ich legte meine Hand auf seinen Arm.

»Ignosi«, sagte ich, »sage uns, als du im Zululand herumschweiftest und unter dem weißen Volk in Natal lebtest, wandte sich nicht dein Herz auch dem Lande zu, von dem dir deine Mutter erzählte, deinem Heimatland, wo du das Licht der Welt erblicktest und spieltest, als du klein warst, dem Land, wo dein Platz war?«

»Doch, so war es, Macumazahn.«

»Genau so, Ignosi, sehnen sich unsere Herzen nach unserem Land und nach unseren eigenen Wohnsitzen.«

Es folgte Stille. Als Ignosi sie brach, hatte seine Stimme einen ganz anderen Ton.

»Ich merke, daß jetzt wie immer deine Worte weise und voll Verstand sind, Macumazahn; was in der Luft fliegt, liebt nicht, auf der Erde zu laufen; der weiße Mann mag nicht auf der gleichen Ebene mit dem Schwarzen leben, unter ihnen in ihren Kraals zu Hause sein. Gut, ihr müßt gehen und verwundet mein Herz, denn ihr werdet für mich tot sein. Von dorther, wo ihr lebt, können keine Nachrichten zu mir kommen.

Doch hört, und laßt alle eure Brüder meine Worte wissen! Kein anderer Weißer soll das Gebirge überqueren, selbst wenn einer jemals lebend so weit kommen sollte. Ich will keine Händler mit ihren Gewehren und ihrem Rum sehen. Mein Volk soll mit Speeren kämpfen und Wasser trinken, wie ihre Vorväter früher. Ich will keine Priester, die Todesfurcht in der Männer Herz pflanzen, sie wider den König aufhetzen und den Weg für die weißen Männer bereiten, die folgen, um Geschäfte zu machen. Wenn ein Weißer an meine Tore klopft, werde ich ihn zurückschicken; wenn hundert kommen, werde ich sie davonjagen, wenn Armeen kommen, werde ich mit all meiner Macht Krieg gegen sie führen, und sie sollen nicht die Oberhand über mich gewinnen. Keiner soll jemals nach den schimmernden Steinen suchen, auch keine Armeen. Sollten sie kommen, werde ich ein Regiment aussenden, die Grube auffüllen, die weißen Säulen in der Höhle niederbrechen und sie mit Felsen verbarrikadieren lassen. Niemand soll die Tür erreichen können, von der ihr gesprochen habt und deren Geheimnis, sie zu bewegen, verlorengegangen ist. Für euch drei aber, Incubu, Macumazahn und Bougwan, ist der Weg immer offen. Denn hört, ihr seid das Teuerste für mich, das atmet.

So mögt ihr gehen. Infadoos, mein Onkel und Ratgeber, wird euch bei der Hand nehmen und samt einem Regiment begleiten. Es gibt da, wie ich in Erfahrung gebracht habe, einen zweiten Weg über das Gebirge, den er euch zeigen wird. Lebt wohl, meine Brüder, ihr tapferen weißen Männer. Verlangt nicht mehr nach mir, denn mein Herz kann es nicht ertragen. Und hört noch eines! Ich erlasse ein Dekret, und es wird bekanntgegeben von den Bergen zu den Bergen; eure Namen werden ›hlonipa‹* sein, Incubu, Macumazahn und Bougwan, wie die Namen der toten Könige, und wer sie in den Mund nimmt, soll sterben. So wird euer Gedächtnis im Lande für immer bewahrt.

Geht jetzt, bevor meine Augen Tränen vergießen gleich einem Weib. Zuzeiten, wenn ihr dann den Weg eures Lebens zurückseht oder wenn ihr alt geworden seid und euch begegnet, um euch um das Feuer zu kauern, weil der Sonne die Hitze mangelt, werdet ihr daran denken, wie wir Schulter an Schulter in dieser großen Schlacht standen, die deine weisen Worte plante, Macumazahn; daran, wie du die Spitze des Horns bildetest, das Twalas Flanke wund rieb, Bougwan, während du im Kreise der ›Grauen‹ standest, Incubu, und die Männer unter deiner Axt zu Boden sanken wie das Korn unter der Sichel; ja, und daran, wie du des wilden Stieres, Twalas, Stärke brachst und seinen Stolz in den Staub gezwungen hast. Lebt wohl für immer, Incubu, Macumazahn und Bougwan, meine Gebieter und Freunde.«

Ignosi erhob sich und blickte uns für wenige Sekunden ernst an. Dann schlug er die Ecke seines Karroß über sein Haupt, als wollte er sein Gesicht vor uns verhüllen.

---

* Diese außergewöhnliche und negative Art und Weise, tief empfundene Ehrerbietung dadurch zu erweisen, ist bei afrikanischen Völkern keineswegs unbekannt. Das Ergebnis ist, daß, falls der in Frage kommende Name, wie üblich, eine Bedeutung hat, dieser durch ein anderes Wort oder einen mundartlichen Ausdruck ersetzt werden muß. So wird das Andenken durch Generationen bewahrt, oder das neue Wort verdrängt das alte gänzlich. – *A. Q.*

Stumm entfernten wir uns.

Am nächsten Tag, bei Morgengrauen, verließen wir Loo, begleitet von unserem alten Freund Infadoos, dem bei unserem Abschied fast das Herz brach, und vom Regiment der ›Büffel‹. So früh es war, die Hauptstraße der Stadt war auf ihre ganze Länge von dichten Volkshaufen gesäumt, die uns den Königsgruß entboten, als wir an der Spitze des Regiments vorbeimarschierten, während uns die Frauen dafür segneten, daß wir das Land von Twala befreit hatten. Und sie warfen Blumen, wo wir schritten. Es war in der Tat sehr ergreifend und ungewöhnlich, solches bei Eingeborenen zu erleben.

Ein ganz possierlicher Vorfall ereignete sich jedoch, den ich recht begrüßte, gab es doch etwas zu lachen. Kurz bevor wir die Stadtgrenze erreichten, kam ein hübsches junges Mädchen mit einigen schönen Lilien in der Hand auf uns zugelaufen und reichte sie Good – irgendwie schienen sie Good alle zu lieben. Ich glaube, sein Monokel und sein halbseitiger Bart verliehen ihm das Ansehen eines Romanhelden. Und dann sagte sie, daß sie um eine Huld bitten wolle.

»Sprich nur«, antwortete er.

»Der hohe Gebieter möge seiner Dienerin seine schönen weißen Beine zeigen, damit seine Dienerin sie anschauen und sich ihrer ihr ganzes Leben erinnern und ihren Kindern davon erzählen kann; seine Dienerin ist vier Tagereisen weit hergekommen, sie zu sehen, denn die Kunde von ihnen eilte durch das ganze Land.«

»Gehängt will ich werden, wenn ich das mache!« eiferte Good gereizt.

»Los, los, mein guter Junge«, sagte Sir Henry, »du kannst dich doch nicht weigern, einer Dame einen Gefallen zu tun.«

»Ich mag aber nicht«, bockte Good halsstarrig, »es ist vollkommen unschicklich.«

Wie auch immer, am Schluß gab er nach und zog seine Hosen bis zu den Knien hoch, während Zeichen leidenschaftlicher Bewunderung unter all den anwesenden Frauen laut wurden, besonders von der hocherfreuten jungen Dame. Und in dieser Aufmachung mußte er weitermarschieren, bis wir aus der Stadt draußen waren.

Goods Beine werden, fürchte ich, niemals wieder so sehr bewundert werden. Seiner verschwindenden Zähne und seines ›durchsichtigen Auges‹ waren die Kukuanas mehr oder weniger überdrüssig geworden, seiner Beine jedoch nie.

Während des Marsches erzählte uns Infadoos, daß es einen zweiten Gebirgspaß gebe, nördlich von dem einen im Anschluß an Salomons Große Straße, oder besser, es gab eine Stelle, wo es möglich war, die Felswand hinabzusteigen, die das Kukuana-Land von der Wüste trennte und die neben den sich hochtürmenden Massen von Shebas Brüsten unterbrochen war. Außerdem erfuhren wir, daß vor etwas mehr als zwei Jahren eine Gruppe Kukuana-Jäger über diesen Pfad in die Wüste hinabgestiegen war. Auf der Suche nach Straußen, deren Federn bei ihnen als Kopfschmuck der Krieger sehr geschätzt sind, hatten sie sich im Verlaufe der Jagd weit vom Gebirge entfernt und wurden sehr vom Durst geplagt. Als sie jedoch Bäume am Horizont sahen, hielten sie darauf zu und entdeckten eine große, fruchtbare Oase von einigen Meilen Ausdehnung, die ausreichend bewässert war. Über diese Oase sollten wir zurückkehren, meinte Infadoos. Dieser Vorschlag erschien uns gut, zumal uns dadurch allem Anschein nach die Strapazen des Gebirgspasses erspart blieben. Deshalb befanden sich auch bei unserem Gefolge einige der Jäger, die uns zu dieser Oase führen sollten, von der aus man mehrere fruchtbare Flecken weit draußen in der Wüste sehen könnte, wie sie angaben.*

* Es hat uns oft Kopfzerbrechen gemacht, zu begreifen, wie es möglich gewesen war, daß Ignosis Mutter, die das Kind mit sich trug, die Gefahren des Gebirgsmarsches und den Weg durch die Wüste überlebt haben konnte. Gefahren, die selbst uns beinahe zum Verhängnis geworden wären. Das fällt mir gerade jetzt ein, und ich will es meinem Leser nicht vorenthalten, dem es damit klar wird, daß sie diese zweite Route eingeschlagen haben muß und wie Hagar in die Wüste hinausging. In diesem Fall ist die Geschichte gar nicht mehr unerklärlich, da sie – wie Ignosi selbst erzählt hatte – gut von irgendwelchen Straußenjägern aufgelesen worden sein konnte, ehe sie oder das Kind erschöpft waren. Diese hatten sie dann eben bis zur Oase geführt und in Etappen zu fruchtbarem Land und so langsam Schritt für Schritt ins Zululand. – *A. Q.*

Gemütlich zogen wir dahin. In der Nacht des viertes Reisetages standen wir noch einmal auf dem Kamm des Gebirges, welches das Kukuana-Land von der Wüste trennt, die sich mit ihren Sandwogen weithin zu unseren Füßen streckte. Wir befanden uns etwa fünfundzwanzig Meilen nördlich von Shebas Brüsten.

Als der folgende Tag heraufdämmerte, führte man uns an den Rand eines sehr steilen Abstiegs, den wir hinunter mußten, um die zweitausend Fuß unter uns liegende Ebene zu erreichen.

Hier sagten wir unserem wahren Freund und standhaften alten Kämpen Infadoos Lebewohl, der uns feierlich alles Gute wünschte und vor Kummer den Tränen nahe war.

»Niemals, gnädige Herren«, sagte er, »werden meine alten Augen je wieder euresgleichen sehen. Ach! Wie fällte Incubu die Männer im Kampf! Ach! Und das Bild, wie er mit einem Streich meines Bruders Twala Kopf abschlug! Es war herrlich – herrlich! Ich darf nie mehr hoffen, so etwas zum zweitenmal zu sehen, ausgenommen vielleicht in glückseligen Träumen.«

Es tat uns sehr leid, uns von ihm zu trennen. Ja, Good war so bewegt, daß er ihm zu Andenken – was glaubt ihr wohl? – ein Monokel schenkte; später kamen wir dahinter, daß es ein Reserveglas war. Infadoos war entzückt, sah er doch voraus, daß der Besitz eines solchen Gegenstandes sein Ansehen ganz gewaltig steigern würde. Und nach einigen vergeblichen Versuchen gelang es ihm doch tatsächlich, es sich ins Auge zu klemmen. Etwas Widersinnigeres als dieses Bild, das der alte Krieger mit einem Monokel bot, sah ich nie. Monokel passen nun einmal schlecht zu Leopardenfellröcken und schwarzen Straußenfedern.

Dann, nachdem wir sahen, daß unsere Führer mit Wasser und Proviant gut beladen waren, und wir von den ›Büffeln‹ ein donnerndes Abschieds-Lebewohl erhalten hatten, drückten wir Infadoos' Hand und begannen abwärts zu klettern. Es erwies sich als ein sehr schwieriges Unternehmen, aber, weiß der Kuckuck wie, abends befanden wir uns ohne Unfall am Fuß des Gebirges.

»Wißt ihr«, meditierte Sir Henry, als wir diese Nacht an unserem Feuer saßen und zu den überhängenden Klippen über uns hochblickten, »es gibt schlimmere Flecken auf der Welt als Kukuana-Land, und ich habe schlimmere Zeiten als die letzten ein oder zwei Monate erlebt, obwohl mir niemals solch seltsame Dinge untergekommen sind. Nicht wahr, ihr Burschen?«

»Ich wünschte beinahe, ich wäre wieder dort«, seufzte Good.

Ich für meinen Teil stand auf dem Standpunkt: Ende gut, alles gut. In meinem langen Leben war ich zwar mancher Gefahr nur um ein Haar entkommen, aber so knapp wie bei den letzten Abenteuern, die wir erst vor kurzem hinter uns gebracht hatten, war es nie zugegangen. Der Gedanke an die Schlacht jagt mir noch jetzt den kalten Schauer über und über, und dann noch die Erinnerungen an die Schatzkammer – – –!

Am nächsten Morgen brachen wir zu einem beschwerlichen Marsch quer durch die Wüste auf. Wir hatten jedoch einen schönen Wasservorrat mit, den unsere fünf Führer schleppten. Die Nacht kampierten wir unter freiem Himmel. Bei Morgengrauen ging es weiter. Am Mittag des dritten Tages konnten wir die Bäume der Oase sehen, von der die Führer gesprochen hatten. Etwa eine Stunde vor Sonnenuntergang spazierten wir wieder einmal auf Gras und lauschten dem Klang des fließenden Wassers.

20

Gefunden

Und nun komme ich vielleicht zu dem merkwürdigsten Abenteuer, das uns bei diesem seltsamen Unternehmen passierte und das zeigt, wie wunderbar sich manche Dinge entwickeln.

Ich spazierte schweigend eine Strecke vor den beiden anderen das Ufer des Baches entlang, der von der Oase her in den unfruchtbaren Wüstensand floß, bis er versickerte. Plötzlich riß es mich, ich blieb stehen und rieb mit aller Kraft meine Augen. Da, keine zwanzig Yards vor mir stand in bezaubernder Lage im Schatten einer Gattung von Feigenbäumen unweit des Baches eine behagliche Hütte, mehr oder weniger nach dem Muster der Kaffernhütten gebaut, aus Gras und Weidenruten. Nur an Stelle eines Bienenloches hatte sie eine Tür in herkömmlicher Größe.

›Was zum Teufel‹, dachte ich so bei mir, ›kann hier eine Hütte zu suchen haben?‹

Ich dachte es laut, da öffnete sich die Hüttentür, und heraus trat hinkend ein Weißer, in Felle gekleidet und mit einem riesigen schwarzen Bart. Mir war, als hätte ich einen Sonnenstich bekommen. Das war unmöglich. Bestimmt würde sich hier kein Jäger ansiedeln. Ich starrte und starrte und der andere genauso. Gerade zu diesem Zeitpunkt spazierten auch Sir Henry und Good heran.

»Schaut mal, ihr Burschen«, sagte ich, »ist das ein Weißer, oder bin ich verrückt?«

Sir Henry schaute, und Good schaute, und dann ganz plötzlich stieß der lahme Weiße mit dem schwarzen Bart einen lauten Schrei aus und begann auf uns zuzuhumpeln. Er hatte uns noch nicht ganz erreicht, als er infolge eines Schwächeanfalls stürzte.

Mit einem Sprung war Sir Henry an seiner Seite.

»Großer Gott!« schrie er, »es ist mein Bruder George!«

Während des lärmenden Tumultes tauchte eine zweite, auch in Felle gekleidete Gestalt bei der Hütte auf und kam, mit einem Gewehr in der Hand, auf uns zugerannt. Als er mich sah, tat er auch einen Schrei. »Macumazahn!« brüllte er, »hallo! Kennen Sie mich nicht, Baas? Ich bin Jim, der Jäger. Ich verlor die Notiz, die ihr mir gegeben habt, daß ich sie dem Baas gebe, und wir sind seit fast zwei Jahren hier.«

Und der Bursche warf sich mir zu Füßen und wälzte sich vor Freude weinend auf dem Boden herum.

»Du leichtsinniger Schurke«, sagte ich, »eigentlich müßte man dich ordentlich sjambocked, das heißt verprügeln.«

Inzwischen hatte sich der schwarzbärtige Mann wieder erholt und stand auf. Eng umschlungen standen sie, er und Sir Henry, offenbar ohne ein Wort zu sprechen. Nun, weshalb sie sich auch entzweit haben mochten – ich vermute wegen einer Dame, obwohl ich niemals danach fragte –, es war jetzt augenscheinlich vergessen.

»Mein lieber alter Junge«, brach es schließlich aus Sir Henry heraus. »Ich hielt dich schon für tot. Über Salomons Gebirge bin ich hinüber, um dich zu suchen. Ich hatte schon alle Hoffnung aufgegeben, dich jemals wiederzusehen. Und jetzt komme ich zurück, und du sitzt in der Wüste wie ein alter aasvögel – ein Geier.«

»Vor nahezu zwei Jahren versuchte ich Salomons Gebirge zu überqueren«, war die Antwort; nur zögernd formten sich die Worte im Mund des Mannes, der kaum Gelegenheit gehabt hatte, seine Zunge zu gebrauchen, »aber hier fiel mir ein Felsbrocken aufs Bein und zerschmetterte es; so war ich weder in der Lage weiterzugehen noch zurückzukehren.«

Jetzt trat ich hinzu. »Wie geht's Mr. Neville?« sagte ich. »Erinnern Sie sich noch an mich?«

»Ei ja, nicht wahr, Jäger Quatermain, ach, und Good auch? Haltet eine Minute ein, Jungs, mir wird wieder schwindlig. Das ist alles so sehr merkwürdig, und wenn ein Mensch alle Hoffnung aufgegeben hat – dieses Riesenglück!«

Am Abend, beim Lagerfeuer, erzählte George Curtis uns seine Geschichte, die in ihrer Art beinahe ebenso abenteuerlich war wie unsere. Kurz zusammengefaßt kam es auf folgendes hinaus: Vor knapp zwei Jahren war er von Sitandas Kraal aufgebrochen und wollte versuchen, Salomons Berg zu erreichen. Von der Notiz, die ich ihm mit Jim geschickt hatte, die der Mann verlor, hatte er bis zum heutigen Tag nichts gehört. Auf Grund von Eingeborenen-Informationen wandte er sich nicht nach Shebas Brüsten, sondern nach dem treppenähnlichen Abhang des Gebirges, den wir eben hinabgestiegen waren. Dieser Weg war eine ungleich bessere Route, als die in des alten Dom Silvestras Plan markierte. In der Wüste litten auch er und Jim schwere Nöte, aber schließlich erreichten sie diese Oase, wo George Curtis den schweren Unfall erlitt. Am Tag ihrer Ankunft saß er am Bach, und Jim war dabei, aus dem Nest einer stachellosen Bienenart, die man nur in der Wüste antrifft, Honig herauszunehmen; er stand dabei unmittelbar über Curtis auf einer Sandbank. Da löste sich ein großer Felsbrocken, der auf Curtis' rechtes Bein stürzte und es schrecklich zurichtete. Curtis blieb ab diesem Tag so gelähmt, daß ein Marsch vor oder zurück unmöglich erschien. So hatte er es vorgezogen, lieber in der Oase zu sterben, als in der Wüste mit Sicherheit umzukommen.

Nahrungsmäßig ging es ihnen recht gut, denn sie besaßen einen schönen Munitionsvorrat, und die Oase wurde vor allem nachts von großen Wildherden besucht, die hierher zur Tränke kamen. Sie schossen oder fingen in Fallen, das Fleisch diente als Nahrung und die Felle als Kleidung, als später die eigenen abgetragen waren.

»Und so«, schloß George Curtis, »lebten wir fast zwei Jahre hier, wie ein zweiter Robinson Crusoe und sein Gefährte Freitag, immer in der Hoffnung, daß einige Eingeborene hierherkommen und uns heraushelfen mögen. Aber hierher kam keiner.

Erst in der letzten Nacht hatten wir beschlossen, daß Jim mich allein zurücklassen und versuchen sollte, Sitandas Kraal zu erreichen, um Hilfe zu holen. Morgen wollte er losgehen, aber ich hatte wenig Hoffnung, ihn je wieder zu sehen. Und jetzt kreuzt ihr auf, von allen Menschen in der Welt ihr, von denen ich annahm, sie hätten mich längst über allem vergessen, würden behaglich im alten England leben, taucht auf verworrenem Weg auf und findet mich, wo ihr es zuletzt erwartet hättet. Es ist das größte Wunder, von dem ich je gehört habe, und noch dazu das barmherzigste.«

Dann machte sich Sir Henry daran und berichtete die wichtigsten Tatsachen unserer Abenteuer, und wir saßen dabei bis spät in die Nacht.

»Bei Jupiter«, sagte George Curtis, als ich ihm einige von

den Diamanten zeigte, »na, wenigstens habt ihr außer meines wertlosen Selbst für eure Leiden letzten Endes doch noch etwas bekommen.«

Sir Henry lachte. »Sie gehören Quatermain und Good. Das war ein Teil unserer Abmachung, daß sie alle Beute, die gemacht würde, unter sich teilen.«

Diese Bemerkung machte mich nachdenklich, und nachdem ich mit Good gesprochen hatte, sagte ich zu Sir Henry, daß es unser einmütiger Wunsch sei, daß er ein Drittel der Diamanten bekommen solle, oder falls er es ablehne, sein Anteil seinem Bruder ausgehändigt werde, der noch mehr als wir bei dem Versuch, sie zu bekommen, erlitten habe. Schließlich behielten wir doch die Oberhand, und er willigte in unser Übereinkommen ein. George Curtis erfuhr jedoch erst später davon.

Hier ist der Punkt, so glaube ich, an dem ich meine Geschichte beenden sollte. Unser Marsch durch die Wüste zurück zu Sitandas Kraal war ungemein beschwerlich, besonders, weil wir ja George Curtis unterstützen mußten, dessen rechtes Bein wirklich sehr geschwächt war und aus dem dauernd Knochensplitter herauseiterten. Aber wir schafften es doch irgendwie, und davon Einzelheiten zu berichten würde nur viel von dem wiederholen, was sich beim Hermarsch ereignet hatte.

In Sitandas Kraal fanden wir unsere Gewehre und die anderen Waren völlig unversehrt vor, wenn auch der alte Schurke recht ungehalten war, daß wir noch lebten und die Dinge wieder beanspruchten. Sechs Monate später waren wir alle noch einmal auf meinem kleinen Wohnsitz an der Berea, unweit Durban, wohlauf und gesund beisammen. Hier schreibe ich jetzt. Von da aus sage ich auch allen Lebewohl, die mich auf diesem merkwürdigsten Trip meines langen und abwechslungsreichen Lebens begleitet haben.

P.S. – Ich hatte gerade die letzten Worte geschrieben, da kam ein Kaffer durch meine Orangenbaum-Allee mit einem Brief in seinem gespaltenen Stock, den er von der Post gebracht hatte. Er war von Sir Henry, und da er für sich selbst spricht, gebe ich ihn hier in vollem Wortlaut wieder.

1. Oktober 1880
Brayley Hall, Yorkshire

Mein lieber Quatermain,

Ein paar Postschiffe vorher sandte ich Ihnen ein Briefchen, um Ihnen mitzuteilen, daß wir drei, George, Good und ich selbst, in bester Verfassung in England eingetroffen sind. In Southampton gingen wir von Bord und fuhren in die Stadt. Sie hätten sehen sollen, welch feinen Mann Good gleich am nächsten Tag herauskehrte, der reinste Stutzer, blitzblank rasiert, der Überrock sitzt wie ein Handschuh, ein brandneues Monokel usw. usw. Ich ging mit ihm im Park spazieren, wir trafen einige Bekannte, und gleich erzählte ich ihnen die Geschichte von den ›schönen weißen Beinen‹.

Er ist wütend, besonders, weil irgendeine boshafte Person es in der Gesellschaftszeitung drucken ließ. Aber, um zum Geschäft zu kommen, Good und ich nahmen die Diamanten mit zu Streeters, um sie schätzen zu lassen. Mir ist tatsächlich bange, Ihnen mitzuteilen, was man dort geäußert hat, so ungeheuerlich erscheint es mir. Sie betonten, daß diese Schätzung mehr oder weniger nur ›auf Verdacht‹ erfolgen könne, da ihres Wissens solche Steine noch nie auf den Markt gebracht worden sind. Die Größe überraschte sie völlig. Es scheint, daß es sich mit Ausnahme von ein oder zwei der größten Diamanten um solche von reinstem Wasser handelt und sie in jeder Weise den besten brasilianischen Steinen gleichwertig sind. Ich fragte sie, ob sie bereit wären, sie zu kaufen. Sie antworteten mir aber, daß ihr Vermögen nicht ausreichen würde, dies zu tun, und empfahlen uns, die Steine nach und nach abzusetzen, vermutlich aus Angst, wir könnten den Markt damit überschwemmen. Sie boten uns jedoch hundertachtzigtausend Pfund für einen kleinen Teil von ihnen.

Sie müssen herkommen, Quatermain, und sich selbst um diese Dinge kümmern, besonders, falls Sie darauf bestehen, den Dritteil, den ihr mir zugedacht habt, meinem Bruder als prächtiges Geschenk zu überlassen. Na, und Good, er gefällt mir gar nicht. Seine Zeit ist auch zu sehr mit Rasieren und anderen Dingen, die mit seiner Eitelkeit zusammenhängen, überbeansprucht. Ich glaube, daß ihn das Geschick Foulatas immer noch sehr bedrückt. Er äußerte sich mir gegenüber, seit er nach Hause gekommen sei, habe er noch keine Frau gesehen, die ihr nur im entferntesten das Wasser reichen könne, weder was die Figur betrifft noch die Lieblichkeit der Gesichtszüge.

Ich wünschte, Sie kämen heim, mein lieber alter Kamerad, und kauften sich hier in der Nähe ein Landhaus. Sie haben Ihr Tagwerk getan und haben nun einen Haufen Geld. Gleich hier, ganz in der Nähe, ist ein Haus zu verkaufen, das Ihnen wunderbar zusagen würde. Kommen Sie doch, je eher, je besser. Die Niederschrift Ihrer Geschichte über unsere Abenteuer können Sie auch an Bord des Schiffes abschließen. Wir haben es bis jetzt immer abgelehnt, etwas zu erzählen. Man soll warten, bis die Story von Ihnen geschrieben ist. Wir fürchten nämlich, daß man uns doch nicht glauben würde. Wenn Sie sich nach Empfang dieses Briefes gleich auf die Socken machen, können Sie noch zu Weihnachten hier eintreffen, und ich lade Sie heute schon ein, während der Festtage mein Gast zu sein. Auch Good wird kommen und George und, nebenbei erwähnt, auch Ihr Junge Harry (das ist eine Bestechung für Sie). Ich hatte ihn während einer Jagdwoche hier zu Gast bei mir, und ich mag ihn. Er ist ein frischer junger Mann, er schoß mich ins Bein, schnitt mir die Schrotkörner heraus und bemerkte dann, es sei doch ein Vorteil, einen Studenten der Medizin bei jeder Jagdgesellschaft dabei zu haben.

Leben Sie wohl, alter Junge; mehr kann ich nicht sagen, aber ich weiß, daß Sie kommen werden, wenn es auch nur geschieht, um mir einen Gefallen zu tun.

Ihr aufrichtiger Freund
Henry Curtis

P.S. – Die Zähne des großen Bullen, der den armen Khiva auf dem Gewissen hat, wurden jetzt hier in der Halle angebracht, über dem Paar Büffelhörner, das Sie mir schenkten. Es schaut großartig aus. Die Axt, mit der ich Twala den Kopf abschlug, hängt über meinem Schreibtisch. Ich wünschte, wir hätten es geschafft, die Kettenpanzer mitzunehmen. Verlieren Sie den Korb der armen Foulata nicht, in dem Sie die Diamanten weggetragen haben.

H. C.

Heute ist Dienstag. Am Freitag geht ein Dampfer, ich glaube wirklich, ich muß Curtis beim Wort nehmen und deshalb nach England segeln, sei es nur, um Harry zu sehen, meinen Jungen, und mich um den Druck meiner Geschichte zu kümmern, ein Geschäft, das ich nicht gerne jemandem anvertrauen möchte.

Allan Quatermain

HENRY RIDER HAGGARD

Die echten Minen König Salomons

Aus »Cassell's Magazine«, Juli 1907

Es ist schon länger als zwanzig Jahre her, daß ich den Drang verspürte, eine Abenteuergeschichte zu schreiben, die in Afrika spielt. Herausgekommen ist dabei ein Buch mit dem Titel *König Salomons Diamanten*. Einer der alten Römer, die mit unnachahmlicher Kunst Lebensweisheiten in einem Satz ausdrücken konnten, hat uns darauf aufmerksam gemacht, daß Bücher – wie die Menschen – ein vorherbestimmtes Schicksal haben. Das ist wirklich so. Ich hatte nie erwartet, daß *König Salomons Diamanten* ein besonderer Erfolg würde. Es war eine Abenteuergeschichte, mehr nicht.

Diese pessimistische Haltung wurde, wenn ich mich recht erinnere, auch von einigen Verlegern geteilt, die ihre erfahrenen Nasen über ein Buch rümpften, das sich als gute Kapitalanlage herausstellen sollte, nachdem es zufällig in die Hände des verstorbenen M.E. Henley fiel, der es den Herren Cassell empfahl. Mein Glaube an das Buch war so schwach, daß ich das Manuskript und alle Rechte daran beinahe für ein Butterbrot verkauft hätte.

Erstaunlicherweise wurde *König Salomons Diamanten* ein Erfolg. Heutzutage ist es ungewöhnlich, wenn ein Roman oder eine Liebesgeschichte länger als zwölf Monate lebt, selbst wenn die Bewunderer das Werk immer wieder als Buch des Jahres oder als bedeutendstes Werk seiner Art anpreisen, das seit Generationen geschrieben wurde. Nun, zweiundzwanzig Jahre sind vergangen, und mein Buch blüht und gedeiht immer noch. Alte Damen kaufen es, weil sie es für eine religiöse Erzählung halten – ich habe es in Katalogen unter dem Stichwort Theologie aufgeführt gefunden, selbst in deutschen –, andere Leute, jung und alt, weil es ihnen Spaß macht.

Als ich vor kurzem durch Amerika fuhr, nahmen fast alle die Gelegenheit wahr, mir zu versichern, daß sie *König Salomons Diamanten* gelesen hätten. Dort gab es Millionen von Raubdrucken, die – wie ich einer Zeitungsanzeige entnahm – häufig in Lebensmittelgeschäften einem Pfund Tee als Aroma beigegeben wurden. In Ländern, in denen das Berner Copyright-Abkommen gilt, ist die Verbreitung nicht ganz so groß, weil die Leute (mindestens) viereinhalb Pence ausgeben müssen, um es in der billigsten Ausgabe zu erstehen. Trotzdem verkauft es sich sehr gut, vor allem ändern sich die Umsatzzahlen von einem Jahr zum anderen kaum. Dies alles hat in mir die Hoffnung genährt, daß in ferner, grauer Zukunft, wenn viel bessere Arbeiten von mir und anderen schon längst vergessen sind, man sich noch an mich erinnern wird als an einen Mann, der im Viktorianischen Zeitalter die bekannte Liebesgeschichte *König Salomons Diamanten* und andere ebenso beliebte Erzählungen schrieb.

Ich sage das alles nicht, weil ich durch diese Tatsachen so stolzgeschwellt bin, sondern um zu zeigen, wie weise der alte Römer war, von dem der Aphorismus stammt: *Habent sua fata libelli.** Nachdem dieses Exemplar der *libelli* sich seinen Platz erobert hat und dort auch lange zu bleiben scheint – ist doch die Sterblichkeitsrate der Romane in den ersten Monaten so schrecklich hoch. Überstehen sie die Kinderkrankheiten, werden sie meist recht alt –, ist es vielleicht doch der Mühe wert, im Rahmen dieses Beitrags zu schildern, wie ich es zur Welt brachte.

Als junger Mann im Staatsdienst habe ich in Afrika viele Männer getroffen, die inzwischen längst gestorben sind, die Pioniere waren, als es galt, dieses Land zu erschließen und zu besiedeln. Manche hatten auch mit den Eingeborenen im Innern Kontakt gehabt, hatten ihren Teil beigetragen, die Geschichte zu formen, als sich diese wilden Stämme und der weiße Mann Angesicht zu Angesicht gegenüberstanden. Da ich immer sehr wißbegierig war, sammelte ich von ihnen Informationen, die es mir später ermöglichten, Bücher wie *Nada die Lilie* oder das Buch, worüber ich spreche, zu schreiben.

Obwohl Mr. Baines, einer der ersten Reisenden in dem Land, das wir jetzt Rhodesien nennen, schon bald nach meiner Ankunft in Natal starb, ich auch nie mit ihm gesprochen hatte, kannte ich doch seine Familie und hörte von ihr

---

* »Bücher haben ihr Schicksal«, Terentianus Maurus (Ende d. 3. Jh.), Carmen heroicum, Vers 258

und anderen so viel über dieses Land, daß sich bei mir die Überzeugung festsetzte, es müsse einst von einem früheren Volk bewohnt gewesen sein.

Wie ich darauf kam, daß dieses Volk die Phönizier waren, weiß ich nicht. Ich glaube kaum, daß mir jemand dies vorschlug. Soweit ich mich erinnern kann, habe ich auch nie über den großen Tempel von Simbabwe oder den schwunghaften Goldhandel gehört, den die Alten in diesem Teil Afrikas gehabt haben sollen.

Noch weniger wußte ich, daß es – außer in Kimberley – Diamantenminen gab. Diese Tatsache wurde auch überhaupt erst im letzten Jahr oder so entdeckt. Ich habe die Diamanten eingeführt, weil sie mir malerischer und leichter als Gold zu handhaben schienen.

Als ich die Straße Salomons beschrieb, hatte ich keine Ahnung, daß die Straße des Gottes, wie sie, glaube ich, genannt wird, in Matoppos gefunden würde. Als ich ›Shibas Brust‹ erfand, war mir vollkommen unbekannt, daß sie unter diesem Namen und dieser Form existierte – *vide* die neuesten Karten –, nicht weit vom Tokwe-Fluß, am Eingang zum Großen Tempel in Simbabwe, wo ganz in der Nähe Salomon oder andere Könige der Vorzeit, wie ich glaube, ihre Minen hatten, die das Gold von Ophir in ihre Schatztruhen fließen ließen.

Ich habe nie von den antiken Bauwerken gehört, von denen inzwischen so viele freigelegt wurden, von den verborgenen Schatzkammern mit ihren Drehtüren aus Fels, die es jetzt wirklich geben soll. Alle diese Tatsachen waren im vorliegenden und in den anderen Büchern ausschließlich Früchte meiner Phantasie, angeregt durch zufällig aufgefangene Worte, die lange Zeit in meinem Kopf schliefen, aus einer Phantasie, die auf verborgene, magische Weise so oft einen Schatten der Wahrheit birgt.

Über die Matabele, die im Buch Kukuanas heißen, habe ich auch schon damals einiges gewußt. Beinahe hätte ich noch viel mehr erfahren. Meine guten Freunde Captain Patterson und J. Sergeaunt wurden nämlich 1877 von Sir Bartle Frere als Gesandte zu König Lobengula geschickt. Ich hatte die Regierung von Transvaal, für die ich damals arbeitete, gebeten, mich zu beurlauben, damit ich meine Freunde begleiten könnte. Diese Erlaubnis wurde mir leider nicht erteilt, da man mich nicht entbehren konnte. Ich ritt also nur ein paar Meilen mit ihnen und kehrte dann wieder um.

Wäre ich mit ihnen gereist, hätte ich zweifellos ihr Schicksal geteilt. Lobengula ermordete beide auf grausame Weise, ebenso die beiden Diener, die ich ihnen geliehen hatte, und den jungen Thomas, den Sohn des Missionars. Die Namen der Diener, Khiva, der Zulumischling, und Ventvogel, der Hottentotte, habe ich in den Seiten von *König Salomons Diamanten* der Nachwelt erhalten. Sie waren im richtigen Leben so, wie ich sie beschrieben habe. Aber das ist alles eine andere Sache, auf die ich mich an dieser Stelle nicht einlassen möchte.

Nichts mehr über Legenden und Romantik. Ich möchte jetzt auf Tatsachen zu sprechen kommen. Wenn sich ein Leser die Mühe macht, eine moderne Karte von Zentralafrika zur Hand zu nehmen, sieht er ein großes Gebiet, das im Norden vom Sambesi und im Süden von Transvaal, im Westen von dem Barotse- und Bechuanaland, im Osten von Portugiesisch Ostafrika eingegrenzt wird und eine Ausdehnung von etwa sechshundert Quadratmeilen besitzt.

In diesem weiten Gebiet finden sich überall vereinzelte Ruinen aus alter Zeit, von denen man inzwischen fünfhundert kennt, zweifellos aber viele weitere noch auf ihre Entdeckung warten. Diese Ruinen wurden – entgegen der neuesten Theorien, die von Fachgelehrten heftig diskutiert werden – mit Sicherheit, jedenfalls behaupten das mein leider auch schon verstorbener Freund Theodor Bent und andere Gelehrte – von Angehörigen der semitischen Rasse erbaut, wahrscheinlich von den Phöniziern, noch genauer den südarabischen Himjariten, einem Volk, über das die Zeit den Mantel des Vergessens gebreitet hat. Fest steht, daß es Sonne, Mond, Planeten und andere Naturgewalten, die wir nicht näher kennen, verehrte und weit entfernte Sterne beobachtete. Diese fromme Beschäftigung unterbrachen sie mit geschickten Handelsgeschäften. Diese Geschäfte führten die Leute nach Südafrika, wo sie nicht herstammten, und hielten sie dort fest, bis sie wahrscheinlich alle bei der Ausübung ihrer Geschäfte erschlagen wurden.

Ihr Hauptgeschäft waren die Goldminen, vielleicht daneben noch ein bißchen Handel mit Elfenbein, Sandelholz, Affen und Pfauen (oder Straußen). Sie holten aus Hunderten von Goldadern schätzungsweise mindestens fünfundsiebzig Millionen Pfund Gold, wahrscheinlich viel mehr.

Sie bauten eine Befestigungskette aus, um ihre Verbindungen zur Küste zu sichern. Außerdem errichteten sie große Wehrtempel, von denen der Große Tempel in Simbabwe die ausgedehnteste Anlage ist, die bisher entdeckt wurde. Er liegt auch fast genau im Zentrum des oben beschriebenen Gebiets. Wie schon gesagt, beteten sie Sonne und Mond an. Sie versklavten die einheimische Bevölkerung, damit sie in den Minen und an anderen öffentlichen Bauwerken arbeitete. Die Goldsuche war offensichtlich Staatsmonopol.

Sie waren plötzlich da, blieben eine Weile und verschwanden wieder. Das ist alles, was wir über sie wissen. Wie sie aussahen, wie ihre häuslichen Gewohnheiten waren, von welchem Land aus sie fortgesegelt waren, in welches Land sie zurückkehrten, wie sie ihre Freizeit verbrachten, wie sie wohnten, ob sie ihre Toten beerdigten – all dies und vieles andere ist uns völlig unbekannt.

Andrew Lang hat in der ihm eigenen feinen Kunst das Problem in einem Gedicht ausgedrückt, das er auf meine Bitte hin für eine Zeitung geschrieben hat. Ich möchte ein paar Zeilen daraus zitieren, da er es so viel besser ausdrückt als ich.

Into the darkness whence they came,
    They passed, their country knoweth none;
They and their gods without a name
    Partake the same oblivion.
Their work they did, their work is done;
    Whose gold, it may be, shone like fire,
About the brows of Solomon,
    And in the House of God's Desire.

The pestilence, the desert spear,
    Smote them: they passed, with none to tell
The names of them that labored there:
    Stark walls and crumbling crucible,
Strait gates and graves, and ruined well,
    Abide, dumb monuments of old;
We know but that men fought and fell,
    Like us, like us for love of gold.*

Diese Gedanken sind ausgefallen und beinahe erschrekkend. Wir modernen Menschen sind sehr von uns eingenommen. Wir können uns auf diesem kleinen Planeten eigentlich keine Situation vorstellen, in der wir nicht eine wichtige Rolle spielen, daß unsere Rassen, von einigen obskuren Spuren in unserem Blut abgesehen, die Angelsachsen, die Teutonen, die Gallier oder andere, untergingen und vergessen wurden. Man stelle sich vor, daß London, Paris, Berlin, Chicago, samt denen, die diese Städte erbauten, einfach vergessen wären! Aber so etwas kommt vor. Wenn sich auch nur wenige darüber Gedanken machen, gibt es auf dieser Welt Kräfte, die das zustande bringen, manchmal sogar schneller, als wir es erwarten.

---

* Zurück ins Dunkel, aus dem sie kamen
    sie wieder versanken; unbekannt auch ihr Woher.
Niemand kennt ihren oder ihrer Götter Namen,
    alles der Vergessenheit anheim gegeben.
Das Werk, das sie geschaffen, haben sie vollendet.
    Wie lodernde Flammen leuchtete das Gold
über der Stirn von Salomon,
    und auch im Haus nach Gottes Verlangen.

Verderbende Seuche, Speer aus der Wüste
    bezwangen sie: verschwunden nun und niemand da,
die Namen aufzuzeichnen derer, die dort sich mühten.
    Nur starre Wälle, geborstene Tiegel,
enge Tore, Gräber und verschüttete Brunnen,
    Verlassene, stumme Zeugen längst vergangener Zeit.
Doch wir wissen, daß Männer dort kämpften und fielen,
    wie wir, aus Liebe zum Gold.

So, wie wir heute denken, haben zweifellos diese Phönizier oder Himjariten, oder wie sie geheißen haben, auch gedacht. Man muß sich nur erinnern, daß dieses mächtige Volk ohne die Hilfe von Dampf oder Feuerwaffen – mit Sicherheit nicht friedlich – bis ins Herz Afrikas vorgedrungen ist und dort die Millionen von Eingeborenen unter seine Herrschaft gebracht hat.

Wahrscheinlich war dieser Kampf lang und grausam – Beweis dafür sind die Befestigungsanlagen, wo die Herrschenden lebten, die Zuchtmeister über feindliche Scharen – ja, riesige Scharen, denn es gibt große Teile Rhodesiens, in denen selbst die Gebirgshänge meilenweit in mühsamer Arbeit vom Menschen fruchtbar gemacht wurden, und zwar jeder Zoll. Über diese Menschen brachen nun die Händler herein und unterjochten sie gewaltsam. Sie zwangen sie dazu, in den finsteren Minen nach Gold zu schürfen, den Quarz mit dem Steinhammer zu zertrümmern und am Schmelzofen zu stehen. Sie zwangen die Eingeborenen, den harten Granit und Eisenstein in die Form der Ziegel zu behauen, die sie aus ihrer Heimat kannten, um Generation für Generation die mächtigen, uralten Tempelwehrbauten zu errichten.

Wann geschah das? Trotz aller Vermutungen vermag das keiner genau zu sagen. Aufgrund der Ausrichtung der Bauten nach der Winter- oder Sommersonnenwende oder nach den nördlichen Sternen, halten es die Gelehrten für wahrscheinlich, daß die frühesten etwa zweitausend Jahre vor Christus gebaut wurden. Wann hörten sie mit dieser Arbeit auf, von der nichts außer diesen ohne Bindemittel errichteten Mauern übrig blieb – obwohl sie Zement herstellen konnten, verwendeten sie keinen Mörtel – und den Gruben, wo sie nach Gold gegraben hatten, und dem Gerät, mit dem sie es gewonnen hatten? Kein Gelehrter kann uns genaue Auskunft geben, obwohl man darüber Theorien entwickelt hat. Das Volk ist verschwunden. Das ist alles. Wahrscheinlich haben die unterdrückten Stämme sich das Wissen ihrer Herren angeeignet und sich erhoben und ihre Herren bis auf den letzten Mann erschlagen. Damals gab es noch keinen Geschichtsschreiber, der alles aufzeichnete, oder einen Schriftsteller, der daraus einen Roman machte.

Ehrfurchteinflößend, feierlich steht das mächtige elliptische Bauwerk von Simbabwe unter dem Mond, der von seinen Höfen aus verehrt wurde. Es birgt noch die Altäre und heiligen Kegel, an denen einst die Priester beteten und womöglich Kinder den Göttern Baal und Ashtaroth als Opfer darbrachten.

Auf dem Berg darüber ragt inmitten der Granitblöcke die Festung auf, umgeben von den Fundamenten einer toten Stadt. Hier opferten die Makalanga, über die ich in *Benita* geschrieben habe – das Volk der Sonne, zweifellos Nachfahren der semitischen Eroberer und einheimischer Rassen –, den Geistern ihrer Ahnen schwarze Ochsen, oder taten dies jedenfalls noch vor ein paar Jahren. Der Tempel ist – wie sie glauben – auch jetzt noch von diesen Geistern bewohnt. Keiner wagt es, ihn nachts zu betreten. Über die Anfänge weiß allerdings niemand etwas in diesem Volk. Wenn man sie fragt, sagen sie, daß der Ort von weißen Männern erbaut wurde, als ›die Sterne weich waren‹ – das heißt: in grauer Vorzeit.

Wie herrlich muß diese Stätte ausgesehen haben, als die Monolithen und Geierstatuen auf ihren Specksteinsäulen die breiten Mauerkränze krönten, als die Goldschmiede arbeiteten und die Kaufleute durch die Höfe wandelten, als die Prozessionen durch die engen Gassen zogen und die weißgewandeten Priester mit ihren hohen Hauben vor den Altären ihre Opfer darbrachten!

Wo haben sie ihre Toten begraben? Bis jetzt ist noch kein einziger Friedhof entdeckt worden. Vielleicht verbrannten sie sie und verstreuten die Asche in alle Winde. Vielleicht balsamierten sie sie ein, wenn es Würdenträger waren, und schickten sie zurück nach Arabien oder Tyros, wie es heute noch die Chinesen machen, während das niedere Volk den wilden Tieren und Vögeln zum Fraß vorgeworfen wurde. Vielleicht liegen sie aber auch in den tiefen, versteckten Schluchten, den Kloofs, in den Bergen.

Eines steht jedenfalls fest: Während der Jahrhunderte der

Besetzung – die Ruinen lassen klar erkennen, daß ihre Bauzeit verschiedenen, lang auseinanderliegenden Perioden angehört – gab es viele Tote.

Einige davon hat man gefunden – nicht in Simbabwe – aber in Mundie, Chum und Dhlo-dhlo. Sie lagen unter den Granitplatten des Fußbodens, vielleicht unter der Behausung des Verstorbenen. Die Körper lagen auf der Seite, der Kopf ruhte auf einem Kissen aus Stein oder Holz, wie man es aus dem alten Ägypten kennt. Grabbeigaben waren Keramikgefäße. Der Verstorbene trug auch noch seinen Goldschmuck und Goldplättchen in einem Beutel, damit er für seine letzte Reise bezahlen konnte. War er ein hoher Würdenträger, hatte man ihm auch seinen goldbeschlagenen Amtsstab mit dem schweren Goldknauf mit ins Grab gelegt.

Einer dieser Toten, der in Chum gelebt, zumindest begraben wurde, war ein Riese. Hall und Neal sagen, daß er über zwei Meter groß war, sein Schienbein mehr als sechzig Zentimeter maß. Bei einem anderen wurden über zwei Kilo Gold gefunden. In Dhlo-dhlo fand mein Freund Major Burnham, DSO,* über achtzehn Kilo fein bearbeitetes Gold. Er stieß auch auf Skelette, in denen noch Pfeilspitzen steckten, und dadurch die Todesart verrieten. Einige dieser Pfeilspitzen besitze ich heute noch. Ob diese aber aus der Antike oder dem Mittelalter stammen, vermag ich nicht zu sagen.

Viele Zeitalter hindurch, nachdem die alten Herren vernichtet wurden oder freiwillig abgezogen waren, entstand ein neues Reich – das von Monomotapa – mit halbwilden Königen, die, wie uns Mr. Wilmut in seinem Buch beschreibt, in Simbabwe herrschten. Die Portugiesen bekämpften diese Leute und schickten Missionare aus, um die Überlebenden zu Christen zu machen.

Im Vatikan gibt es eine Urkunde, aus der hervorgeht, daß 1628 ein Bruder Louis den Herrscher und seine Armee von hunderttausend Männern besiegte, nach dem mächtigen Simbabwe ging, ›dem Hof des Königs‹, und, wie er berich-

---

* Distinguished Service Order

tet, ›eine kleine Kirche erbaute, in der er ein Kruzifix und eine Statue der Jungfrau Maria vom Rosenkranz aufstellte, die er mitgebracht hatte‹.

Sechzig oder siebzig Jahre zuvor war Pater Gonsalvo Silvera vom Herrscher von Monomotapa umgebracht worden. Die Umstände, die zu seiner Ermordung führten, wären es durchaus wert, berichtet zu werden, wenn ich mehr Platz hätte. Zwei Generationen später reiste Pater Alphonsus den Sambesi hinauf. Angeblich hatte man die Leiche Pater Gonsalvos dort in einen Nebenarm geworfen, wo sie völlig unverwest liegen sollte. Er konnte sich davon allerdings nicht selbst überzeugen, da diese Stelle – wie berichtet wird – von Tigern bewacht wurde, die den heiligen Körper fünfzig Jahre zuvor in den Wald geschleppt hatten.

Die Legenden über die Simbabwes, aus antiker oder mittelalterlicher Zeit, sind zahllos. Sie gehören jetzt zum Erbe der angelsächsischen Nation. Major Wilson und seine Gefährten ließen ihr Leben im Kampf am Ufer des Shangani und liegen jetzt im Schatten der Mauern, die auch heute noch die Geheimnisse ihrer Erbauer mit undurchdringlichem Schweigen hüten.

Dritter Roman

Nada die Lilie

NADA DIE LILIE
Originaltitel: NADA THE LILY
Ein Vorabdruck des Romans erfolgte in der Zeitschrift
›Illustrated London News‹, vol. C, nos. 2750—2768
(2. Januar bis 7. Mai 1892) und im ›New York Herald‹
(vom 3. Januar bis 1. Mai 1892);
die englische Buchausgabe erschien am 9. Mai 1892
im Verlag Longmans, Green in London, die amerikanische
am 30. April 1892 im Verlag Longmans, Green in New York

(Der Roman erschien 1980 als Band 06/4467 in der Reihe
HEYNE SCIENCE FICTION & FANTASY)
Aus dem Englischen übersetzt von Hans Maeter
Zeichnungen von Charles H. M. Kerr

WIDMUNG

Sompseu —

denn ich will dich bei dem Namen nennen, der fünfzig Jahre lang von allen Stämmen zwischen dem Sambesi und Kap Agulhas in Ehren gehalten worden ist — ich grüße dich.

Sompseu, mein Vater, ich habe ein Buch geschrieben, das von Menschen und Dingen berichtet, von denen du mehr weißt als alle anderen, die noch das Licht erblicken. Deshalb habe ich deinen Namen in dieses Buch gesetzt und es dir zugeeignet.

Auch wenn du Chaka nicht kanntest, so haben du und er doch dieselbe Sonne scheinen gesehen, du hast seinen Bruder Panda und seine Unterführer gekannt, und vielleicht sogar den Mopo, der diese Geschichte erzählt, seinen Diener, der ihn gemeinsam mit den Prinzen erschlug. Du kennst den Kreis der Zauberer und die unbesiegbaren Zulu Impis. Du hast ihre Könige gekrönt und in ihren Räten gesessen, und mit dem Blut deines Sohnes hast du eines Staatsmannes Fehler und eines Generals Irrtum gesühnt.

Sompseu, in meinen Ohren klingt eine Ballade über die Zeit, als du die Herrschaft über dieses Volk der Zulu errangest. Ist es nicht wahr, mein Vater, daß du lange Stunden schweigend und allein saßest, während dreitausend Krieger nach deinem Leben schrien? Und als sie dessen müde wurden, bist du nicht aufgestanden und hast, auf den Ozean deutend, gesagt: »Tötet mich, wenn ihr das wollt, ihr Männer von Cetywayo, aber ich sage euch, daß für jeden Tropfen meines Blutes hundert Rächer aus jenem Meer steigen werden«?

Dann, so wird berichtet, wandten sich die Regimenter und starrten auf das dunkle Wasser, als ob der Tag Ulundis bereits gekommen wäre und sie die Mörder schon über die Ebenen kommen sähen.

So, Sompseu, gelangte dein Name zu Ruhm unter den

Zulus, wie er schon bei vielen anderen Stämmen berühmt geworden war, und die Edlen der Zulu-Völker beugten sich vor dir, und sie erwiesen dir die Bayéte, die königliche Ehrerbietung, und ließen durch den Mund ihres Rates erklären, daß der Geist Chakas in dir sei.

Viele Jahre sind seither vergangen, und du bist alt geworden, mein Vater. Viele Jahre sind vergangen, seit ich ein Junge war und dir folgte, als du gegen die Buren zogst und ihr Land für die Königin erobertest.

Warum hast du das getan, mein Vater? Ich will es dir sagen, weil ich die Wahrheit kenne. Du hast es getan, weil anderenfalls die Zulus die Buren vernichtet hätten. Hatten sich nicht schon Cetywayos Impis zum Angriff gegen das Land versammelt, und war es nicht, weil es das Land der Königin wurde, daß sie auf dein Wort hin grollend in ihre Kraals zurückgingen*? Um Blutvergießen zu verhindern, hast du das Land jenseits des Vaals erobert. Vielleicht hättest du es besser gelassen, denn ›der Tod trifft seine eigene Wahl‹, und es hat trotzdem Tote gegeben — durch unsere eigenen Leute, und mit dem Töten die Schande. Aber das konnten wir in jenen Tagen noch nicht wissen, und der Majuba war für uns lediglich ein kleiner Berg!

Feinde haben in dieser Sache falsche Aussagen gegen dich gemacht, Sompseu, gegen dich, dessen einzige Fehler aus seinem Großmut erwuchsen. Aber was hat das zu bedeuten? Wenn du hinübergegangen sein wirst, ist es vergessen, denn der Stachel der Undankbarkeit ist kurz, und Lügen verdorren wie das Veldt im Winter. Nur dein Name wird nicht vergessen werden; so wie man ihn während deines Lebens hörte, soll man ihn auch in den Geschichten hören, und ich hoffe, daß mein bescheidener Beitrag ihm gerecht

* Ich danke meinem Vater Sompseu für seine Nachricht. Ich bin froh, daß er sie geschickt hat, denn die Holländer haben mich ermüdet, und ich will nur einmal, nur ein einzigesmal, gegen sie kämpfen und sie über den Vaal treiben. Kabana, du siehst, daß meine Impis versammelt sind. Zum Kampf gegen die Holländer habe ich sie zusammengerufen; jetzt schicke ich sie in ihre Dörfer zurück. — Nachricht von Cetywayo an Sir T. Shepstone, April 1887.

werden möge. Das Schicksal hat mich auf einen anderen Weg geführt; ich muß das Feld des Handelns verlassen und mich in Büchern vergraben, aber die alten Zeiten und die alten Freunde leben in meinen Erinnerungen weiter, und solange ich denken kann, werde ich sie und dich nicht vergessen.

Deshalb, vielleicht zum letztenmal, spreche ich zu dir von der anderen Seite des Meeres und erhebe meine Hand zum *Sibonga** und dem königlichen Salut, der jetzt, nachdem die Könige der ›Völker des Himmels‹ verschwunden sind und aufgehört haben, eine Nation zu sein, außer Ihrer Majestät nur noch dir zukommt:

Bayéte, Vater, Häuptling der Häuptlinge!
Löwe! Unbesiegbarer Elefant!
Du, der du uns von alters her großgezogen hast!
Du, der du alle anderen Menschen überragtest und ihr Führer warst!
Und zuletzt durch deine einmalige Stärke auch die Buren besiegtest!
Helfer der Vaterlosen, die in Not sind!
Ich grüße dich, Vater!
Bayéte, o Sompseu.

Bayéte! Baba, Nkosi ya makosi!
Ngonyama! Indhlovu ai pendulva!
Wen' o wa vela wasi pata!
Wen' o wa hlul' izizwe zonke za patwa nguive!
Wa geina nge la Mabun' o wa ba hlul u yedwa!
Umsizi we zintandane e zihlupekayo!
Si ya kuleka Baba!
Bayéte, T'Sompseu!

und Lebewohl! *H. Rider Haggard*

An Sir Theophilus Shepstone, K.C.M.G.
Natal
13. September 1891

* Ehrerbietiger Gruß

VORWORT

Der Autor dieses Romans hatte nicht nur die Absicht, eine packende Geschichte vom Leben der Wilden zu schreiben. Als er noch ein kleiner Junge war — das liegt jetzt siebzehn Jahre zurück —, hatte er das Glück, nach Südafrika zu kommen. Dort geriet er in die Gesellschaft von Männern, die seit dreißig oder vierzig Jahren in engem Kontakt mit den Zulus lebten, mit ihrer Geschichte, mit ihren Helden und mit ihren Bräuchen. Von diesen Männern hörte er viele Geschichten und Legenden, von denen die meisten heute fast vergessen sind, und die sehr bald überhaupt nicht mehr erzählt werden. Damals waren die Zulus noch eine Nation. Jetzt ist diese Nation zerstört, und das Ziel der weißen Herrscher ist es, den kriegerischen Geist, für den die Zulus berühmt waren, zu töten und ihn durch das Streben nach friedlichem Fortschritt zu ersetzen. Die militärische Organisation der Zulus, auf ihre Weise vielleicht die beste, die jemals existiert hat, gehört schon der Vergangenheit an; sie fand ihr Ende bei Ulundi. Es war Chaka, der diese Organisation schuf und sie aus kleinsten Anfängen aufbaute. Als er zu Beginn des Jahrhunderts auf der Szene erschien, war er der Herrscher eines einzigen, kleinen Stammes; als er im Jahr 1828 durch die Assegais* seiner Brüder Umhlangana und Dingaan und seines Dieners Mopo (oder Ulundi, wie er auch genannt wird) getötet wurde, lag ihm ganz Südostafrika zu Füßen, und es wird gesagt, daß er auf seinem Weg zur Macht mehr als eine Million Menschen hingemetzelt habe**.

In diesem Buch wird der Versuch unternommen, den wahren Charakter dieses kolossalen Genius und Inkarnation

* Kampfspeere — *Anm. d. Übers.*

** Zu Beginn des 19. Jahrhunderts war Südostafrika relativ dicht besiedelt. Chaka hat einen großen Teil der Bevölkerung ausgelöscht.

des Bösen zu schildern — eines Napoleon und Tiberius in einem — und auch den seines Bruders und Nachfolgers, Dingaan, also soll an dieser Stelle nicht näher auf sie eingegangen werden. Ziel des Autors war es außerdem, in erzählerischer Form eine Vorstellung der bemerkenswerten Geisteshaltung zu geben, von der diese Könige und ihre Untertanen beherrscht wurden, und Begebenheiten afrikanischer Geschichte in einer leicht faßbaren Form zu vermitteln, Begebenheiten, die man heute nur noch in wenigen, seltenen Nachschlagewerken finden kann, die weitgehend unbekannt sind und fast ausschließlich von Studenten und Forschern benutzt werden.

Logischerweise bietet so ein Unterfangen einige Schwierigkeiten, da ein Mensch, der sich damit befaßt, für eine gewisse Zeit seine Zivilisation vergessen und mit dem Verstand eines Zulus des alten Regimes denken und mit seiner Stimme sprechen muß. Alle Schreckenstaten, die von den alten Zulutyrannen begangen wurden, können in diesem höflichen Zeitalter des Melanits* und der Torpedos nicht gedruckt werden; viele Details sind aus diesem Grund unerwähnt geblieben. Aber es bleibt noch genug übrig, und jeder von Ihnen, der etwas dagegen hat, daß man über Massaker und Kriege schreibt — ausgenommen vielleicht Zeitungskorrespondenten — oder daß die Leiden der Menschheit unter einer der grausamsten Tyranneien der Welt die Grundlage eines Romans bilden, ist herzlich eingeladen, dieses Buch ungelesen zu lassen.

Die meisten, fast alle der hier geschilderten historischen Begebenheiten, entsprechen in ihrer Substanz den Tatsachen. So wird geschildert, daß Chaka seine Mutter Unandi aus den historisch belegten Gründen tötete und einen ganzen Stamm in der Titiyana-Klamm vernichtete, und daß er das Kommen des weißen Mannes voraussagte, als er tödlich verwundet im Sterben lag. Bei den Ereignissen, die sich auf den Missionar und das Holzfeuer beziehen, ist es unmöglich, den geschichtlichen Wahrheitsbeweis anzutreten. Sie

* Melanit: einer der ersten modernen Sprengstoffe — *Anm. d. Übers.*

kamen dem Autor durch einen alten Reisenden ›im Zululand‹ zu Ohren, aber es gelang ihm nicht, sie von anderen Quellen bestätigen zulassen. Es ist jedoch sicher, daß diese Könige ihre Soldaten vielen Tests von gleicher Härte unterzogen. Umbopo, oder Mopo, wie er in diesem Bericht genannt wird, hat tatsächlich gelebt. Nachdem er Chaka ermordet hatte, führte sein Weg steil nach oben. Dann verschwand er wieder von der Bildfläche, aber man weiß nicht, ob auch er ›den Weg des Assegai‹ ging, oder ob er — wie hier angedeutet — in die Nähe von Stanger ging und dort unter dem Namen Zweete lebte. Das Schicksal der beiden Liebenden am Eingang der Höhle ist eine wahre Zulu-Legende, die aus stilistischen Gründen in ihren Details stark abgeändert wurde. Der 1874 verstorbene Mr. Leslie berichtet in seinem posthum veröffentlichten Buch *Among the Zulus and Amatongas:* »Neulich habe ich eine Geschichte gehört, aus der ich, wenn mir die Gabe des Schreibens gegeben wäre, die Grundlage eines erstklassigen, spannenden Romans machen könnte.« Es ist die Geschichte, die für den Plot dieses Romans verwendet wurde. Auch ihm schuldet der Autor Dank für die Schilderung der Tricks, durch die Umslopogaas in die Festung der Swazis eindringen konnte; Mr. Leslie erfuhr davon durch einen Zulu, der diese Tat vollbrachte und dadurch eine Frau gewann. Weiteren Dank schuldet der Autor seinen Freunden Mr. F. B. Fynney, ehemals Unterhändler bei den Zulus, der ihm in vergangenen Jahren bei Gesprächen viele Informationen gegeben hat, und in jüngerer Zeit durch seine Broschüre *Zululand and the Zulus,* sowie Mr. John Bird, ehemals Schatzmeister der Regierung von Natal, dessen Aufzeichnungen *The Annals of Natal* für alle, die sich mit dem Studium der frühen Geschichte dieser Kolonie und von Zululand befassen, von unschätzbarem Wert ist.

Was die wilderen und romantischeren Begebenheiten dieser Geschichte betrifft, wie die Jagd von Umslopogaas und Galazi nach den Wölfen (eigentlich Hyänen, weil es in Zululand keine wirklichen Wölfe gibt), kann der Autor nur sagen, daß sie ihm als Legenden erscheinen, wie sie wahrscheinlich mit den Namen dieser Helden mythisch verknüpft werden. Ähnliche Sagen und Traditionen lassen sich häufig in den Schriften über primitive Völker finden; ich denke dabei an die *Völsunga-Saga.* Die Keule ›Wächter der Furten‹, oder, um sie bei ihrem Zulu-Namen zu nennen, *U-nothlolamazibuko,* ist eine historische Waffe, über die Bischof Callaway berichtete. Sie gehörte einst einem gewissen Undhlebekazizwa. Er war ein gewalttätiger Mensch, denn ›egal, worüber in unserem Dorf diskutiert wurde, brachte er die Sache mit seinem Stock zum Abschluß‹. Aber sein Ende war gut; als er von Zulu-Kriegern angegriffen wurde, erschlug er nicht weniger als zwanzig von ihnen mit dem ›Wächter‹, und es staken so viele Speere in seinem Körper ›wie Rohr in einem Morast‹. Die Kraft dieses Mannes war so enorm, daß er einen Leoparden ›wie eine Fliege‹ töten konnte, so wie Umslopogaas in dieser Geschichte den Verräter erschlägt.

Vielleicht sollte es gestattet sein, ein paar Worte über den Mystizismus der Zulus hinzuzufügen, über ihre Magie und ihren Aberglauben, die in diesem Buch erwähnt werden. Nichts davon ist übertrieben. Der Autor erinnert sich noch sehr gut an eine alte Legende, in der geschildert wird, wie der Schutzgeist der Amazulu gesehen wurde, als er durch einen Sturm ritt. Mr. Fynney berichtet darüber in der bereits erwähnten Broschüre: »Die Eingeborenen haben einen Geist, den sie *Nomkubulwana* oder *Inkosazana-ye-Zulu* (Himmelskönigin) nennen. Man sagt, daß sie in eine weiße Robe gekleidet sei und die Gestalt eines jungen Mädchens annähme, eines Engels, richtiger ausgedrückt. Sie erscheint, so wird behauptet, von Zeit zu Zeit einem ausgewählten Menschen, dem sie Weissagungen macht. Aber diese Weissagungen, ganz gleich welchen Inhalts, müssen vor allen Außenstehenden streng geheimgehalten werden. Ich erinnere mich, daß *Nomkubulwana* unmittelbar vor Ausbruch des Zulu-Krieges erschien und eine Weissagung machte, die im ganzen Land eine starke Wirkung auslöste, und ich weiß, die Zulus waren überzeugt, daß ihnen ein großes Unheil bevorstand. Eins der unheilverkündenden Omen war das Feuer, das angeblich vom Himmel gefallen war und das Gras auf den Gräbern der alten Zulu-Könige in Brand gesetzt hatte ... Zu einer anderen Zeit erschien *Nomkubulwana* in Zululand, und infolge dieses Besuchs vergruben alle Eingeborenenfrauen ihre Kinder bis zum Hals im Sand und verließen sie für einige Zeit. Doch bei Anbruch der Dunkelheit kehrten sie zurück und gruben die Kleinen wieder aus.«

Für dieses göttliche Wesen gibt es also Belege, und das gilt auch für die meisten der anderen übernatürlichen Dinge, von denen in diesem Buch die Rede ist. Die Bestimmung des genauen Standorts und Stellenwerts, den *Umkulunkulu* — der Alt-Alte, der Groß-Große, der Himmelsherrscher — im Bewußtsein der Zulus einnimmt, ist weitaus komplizierter, und für eine genauere Bestimmung muß ich den Leser an Bischof Callaways Arbeit *The Religious System of the Amazulu* verweisen. Vereinfacht ausgedrückt scheint der Charakter *Umkulunkulus* eine Aufwertung der Vorstellung eines Ahnengeistes zu einem Gott zu sein. Im Fall eines fähigen und hochintelligenten Menschen, wie dem Mopo in dieser Geschichte, muß dieses Ideal natürlich auf einer sehr hohen Ebene liegen; er spricht deshalb vom *Umkulunkulu* als dem Großen Geist oder Gott.

Es bleibt dem Autor nun nichts weiter übrig, als sich dafür zu entschuldigen, daß diese Geschichte nicht farbiger ausgefallen ist. Es wäre eine Bereicherung gewesen, einige fröhlichere und glücklichere Fakten einzuflechten. Doch das war nicht möglich. Der Autor ist überzeugt, ein wahrheitsgetreues Bild jener Zeit gegeben zu haben, obwohl man gewisse Details sicher korrigieren könnte. Aber der alte Mann, der die Geschichte seiner Fehler und seiner Rache erzählt, kann dieses Thema wohl kaum in einem optimistischen oder auch nur fröhlichen Ton abhandeln.

EINFÜHRUNG

Vor einigen Jahren — es war während des Winters vor dem Zulu-Krieg — reiste ein Weißer Mann durch Natal. Sein Name ist ohne Belang, da er in dieser Geschichte keine Rolle spielt. Er hatte zwei beladene Wagen bei sich, die er nach Pretoria bringen mußte. Es war kalt, und es gab nur wenig oder gar kein Gras für die Ochsen, was die Reise sehr erschwerte; aber er hatte sie auf sich genommen, weil die hohen Preise, die zu dieser Jahreszeit bezahlt wurden, ihn für jeden möglichen Verlust an Zugtieren reich entschädigen würden. Also zog er weiter und weiter, und alles ging gut, bis er die kleine Stadt Stanger hinter sich gelassen hatte, einstmals der Sitz Duguzas, der Kraal Chakas, des ersten Zulu-Königs und Onkels von Cetywayo. In der Nacht, nachdem er Stanger verlassen hatte, wurde die Luft eisig, schwere, graue Wolken verdunkelten den Himmel und verdeckten die Sterne.

»Wenn ich nicht in Natal wäre, würde ich sagen, daß ein schwerer Schneesturm in der Luft liegt«, murmelte der Weiße Mann im Selbstgespräch. »So einen Himmel habe ich in Schottland oft erlebt, bevor es schneite.« Dann erinnerte er sich daran, daß es in Natal seit vielen Jahren keinen richtigen Schneefall mehr gegeben hatte, und nachdem er einen Schluck ›Squareface‹ getrunken und eine Pfeife geraucht hatte, ging er unter dem Zeltdach des größeren Wagens schlafen.

Während der Nacht erwachte er durch die eisige Kälte und durch das Brüllen der Ochsen, die, jeder an seinem Platz, am Trek-Seil festgebunden waren. Er schlug die Plane zurück und blickte hinaus. Der Boden war weiß von Schnee, und ein scharfer Wind fegte dichte Wirbel von Flocken über das Land.

Er sprang auf, zog sich an und schrie dabei nach seinen

Kaffern, die unter den Wagen schliefen. Sie erwachten aus der Betäubung, die bereits von ihnen Besitz ergriffen hatte, und krochen zitternd heraus, von Kopf bis Fuß in ihre Schlafdecken gewickelt.

»Schnell!« sagte er zu ihnen auf Zulu. »Macht rasch! Oder wollt ihr zusehen, wie die Ochsen in Schnee und Wind verrecken? Macht sie von dem Trek-Seil los und treibt sie zwischen die Wagen, dort haben sie etwas Schutz.« Er steckte die Laterne an und sprang in den Schnee.

Schließlich war es getan — keine leichte Aufgabe, da die klammen Hände der Kaffern kaum in der Lage waren, die steifgefrorenen Taue zu lösen. Die Wagen wurden parallel zueinander geschoben, so daß die sechsunddreißig Ochsen zwischen ihnen Platz und Schutz finden konnten. Mit Stricken wurden sie kreuzweise an den Vorder- und Hinterrädern der Wagen festgebunden. Dann kroch der Weiße Mann wieder zurück ins Bett, und die frierenden Kaffern krochen, nach einer Stärkung mit einem Schluck Gin — oder Squareface, wie es die Eingeborenen nennen — in den anderen Wagen und zogen die Plane über sich.

Eine Weile war es still bis auf das Brüllen der eng zusammengedrängten, unruhigen Ochsen.

»Wenn es weiter so schneit, werde ich meine Tiere verlieren«, murmelte der Weiße Mann. »So eine Kälte können sie nicht ertragen.«

Kaum waren diese Worte über seine Lippen gekommen, als der Wagen von heftigen Stößen geschüttelt wurde; man hörte das Knallen zerreißender Stricke, das Trampeln von Hufen. Wieder blickte er hinaus. Die Ochsen hatten ›skrekked‹ und rannten dicht aneinandergedrängt in die Nacht hinaus, auf der Suche nach Schutz vor der schneidenden Kälte. Eine knappe Minute später waren sie verschwunden. Es blieb ihm nichts mehr zu tun, als auf den Morgen zu warten.

Als es endlich hell wurde, war das Land unter einer dicken weißen Schneedecke ertrunken. Eine Suche, soweit sie überhaupt möglich war, blieb erfolglos. Die Ochsen waren verschwunden, ihre Spuren von dem frisch gefallenen

Schnee zugedeckt worden. Der Weiße Mann rief seine Kaffern zusammen. »Was sollen wir tun?« fragte er.

Einer sagte dies, ein anderer das, aber alle waren einer Meinung, daß man abwarten müsse, bis der Schnee getaut war.

»Oder bis wir alle erfroren sind, ihr Söhne dummer Mütter!« sagte der Weiße Mann, der sehr übler Laune war. Hatte er nicht in dieser Nacht Ochsen im Wert von vierhundert Pfund verloren?

Jetzt sprach ein Zulu, der bisher geschwiegen hatte. Er war der Fahrer des ersten Wagens.

»Mein Vater«, sagte er zu dem Weißen Mann, »dies ist mein Rat. Die Ochsen sind im Schnee verloren. Niemand weiß, wohin sie gelaufen sind, ob sie noch leben oder nur noch Kadaver aus Knochen und Fell sind. Doch in dem Kraal dort drüben« — er deutete auf ein paar Hütten, die etwa zwei Meilen entfernt am Hang eines Hügels standen — »wohnt ein Zauberer namens Zweete. Er ist alt — sehr alt — aber auch sehr weise, und wenn irgendein Mensch dir sagen kann, wo deine Ochsen sind, mein Vater, dann ist er es.«

»Unsinn!« knurrte der Weiße Mann. »Aber da es im Kraal auch nicht kälter sein kann als im Wagen, werden wir gehen und Zweete fragen. Nimm eine Flasche Squareface und Schnupftabak als Geschenke mit.«

Eine Stunde später trat er in die Hütte Zweetes. Vor ihm stand ein uralter Mann, mit einem nur noch aus Haut und Knochen bestehenden Körper und blinden Augen, und einer Hand — der linken —, die weiß und verdorrt war.

»Was willst du von Zweete, mein weißer Vater?« fragte der alte Mann mit brüchiger Stimme. »Du glaubst nicht an mich und an meine Weisheit; warum also sollte ich dir helfen? Ich werde es trotzdem tun, obwohl es gegen euer Gesetz ist, das du brichst, wenn du mich fragst. Ja, um dir zu zeigen, daß Wahrheit in der Zauberei der Zulus liegt, will ich dir helfen. Ich weiß, was du suchst, mein weißer Vater. Du willst wissen, wohin deine Ochsen gerannt sind, als sie Schutz vor der Kälte suchten. Ist es nicht so?«

»So ist es«, sagte der Weiße Mann. »Du hast lange Ohren.«

»Ja, mein weißer Vater, ich habe lange Ohren, auch wenn sie sagen, daß ich taub werde. Ich habe auch scharfe Augen, selbst wenn ich dein Gesicht nicht sehen kann. Laß mich hören! Laß mich sehen!«

Eine Weile herrschte Stille. Zweete wiegte seinen mageren Körper hin und her, und dann sagte er: »Du hast eine Farm, Weißer Mann; in der Nähe von Pine Town, nicht wahr? Ah! Ich dachte es mir — und eine Stunde entfernt lebt ein Bure, der nur noch vier Finger an seiner rechten Hand hat. Auf seiner Farm ist eine kleine Senke, in der Mimosenbäume wachsen. In dieser Senke wirst du deine Ochsen wiederfinden — ja, fünf Tagereisen von hier entfernt wirst du sie wiederfinden — alle. Ich sage alle, mein Vater, bis auf drei — den großen, schwarzen Africander-Ochsen, den kleinen, roten Zulu-Ochsen, der nur ein Horn hat, und den gefleckten Ochsen. Diese drei wirst du nicht wieder finden, weil sie im Schnee umgekommen sind. Schicke deine Leute, und sie werden alle anderen dort finden. Nein, nein! Ich will keine Bezahlung! Ich mache keine Wunder für Geld. Warum denn auch? Ich bin reich.«

Der Weiße Mann glaubte natürlich kein Wort davon. Aber schließlich — so groß ist die Macht des Aberglaubens — schickte er doch seine Männer aus. Und es soll gleich hier gesagt werden, daß sie elf Tage später mit den Ochsen zurückkehrten — mit Ausnahme der drei Tiere, die Zweete genannt hatte. Danach zweifelte er nicht mehr. Er hatte die elf Tage des Wartens in einer Hütte im Kraal des Alten verbracht, und an jedem Nachmittag ging er in Zweetes Hütte und sprach mit ihm bis in die Nacht hinein.

Am dritten Tag hatte er Zweete gefragt, warum seine linke Hand so ausgebleicht und verdorrt sei, und wer Umslopogaas und Nada wären, die er einige Male erwähnt habe. Da erzählte ihm der alte Mann die Geschichte, die hier niedergelegt worden ist. Tag für Tag erzählte er, bis er zum Ende gekommen war. Nicht alles davon ist in diesem Buch niedergeschrieben worden, manches wurde vergessen oder als unwichtig fortgelassen. Es war dem Autor auch nicht möglich, die ganze Kraft des Zulu-Idioms wiederzugeben, noch war er in der Lage, ein Bild des Erzählers zu schaffen. Denn, um die Wahrheit zu sagen, er spielte die Geschichte, anstatt sie zu erzählen. Wenn es um den Tod eines Kriegers ging, so stach er mit seinem Stock zu und zeigte, wie und wo der Stich getroffen hatte; wenn sein Bericht traurig wurde, begann er zu stöhnen oder weinte sogar. Außerdem sprach er mit unterschiedlichen Stimmen, jeweils einer anderen für die verschiedenen Gestalten seiner Erzählung. Dieser uralte, hagere Mann schien in einer lange zurückliegenden Vergangenheit zu leben. Es war diese Vergangenheit, die zu seinem Zuhörer sprach, ihm von längst vergessenen Taten berichtete, von Taten, die niemand mehr kennt.

Doch der Weiße Mann hat den Inhalt der Geschichte Zweetes niedergeschrieben, so gut er es konnte, und in dem Geist, in dem Zweete sie vortrug. Und weil die Geschichte von Nada, der Lilie, und von all denen, deren Leben mit dem ihren verwoben waren, ihn tief bewegte, tat er noch ein Weiteres und ließ seine Aufzeichnungen drucken, damit sich andere ein Urteil darüber bilden können.

Damit ist seine Rolle zu Ende. Nun soll der Mann, den man Zweete nannte, der jedoch einen anderen Namen hatte, selbst berichten.

1

Die Prophezeiung des Jungen Chaka

Du bittest mich, mein Vater, dir die Geschichte der Jugend Umslopogaas zu erzählen, des Inhabers der Eisernen Häuptlingswürde, Besitzer der Axt ›Witwenmacher‹, den man ›Bulalio‹, den Schlächter, nannte, und von seiner Liebe zu Nada, der schönsten aller Zulu-Frauen. Es ist eine lange Geschichte, aber du wirst viele Nächte hier sein, und wenn ich lange genug lebe, um sie dir zu erzählen, so sollst du sie hören. Stärke dein Herz, mein Vater, denn vieles von dem, was ich dir berichten werde, ist traurig, und selbst jetzt, wenn ich an Nada denke, dringen Tränen durch das Horn, das meinen alten Augen den Anblick des Lichts verwehrt.

Weißt du, wie alt ich bin, mein Vater? Du weißt es nicht. Du glaubst, ich sei ein alter, alter Zauberer namens Zweete. Das haben die Menschen seit vielen Jahren geglaubt, aber Zweete ist nicht mein Name. Nur wenige wissen das, denn ich habe die Wahrheit in meiner Brust versiegelt, damit — obwohl ich jetzt unter dem Gesetz des Weißen Mannes lebe und die Große Königin mein Häuptling ist — nicht doch ein Assegai mein Herz durchbohrt, falls jemand meinen richtigen Namen erfährt.

Sieh auf diese Hand, mein Vater — nein, nicht die linke, die im Feuer verdorrt ist, blicke auf meine rechte Hand. Du kannst sie sehen; ich bin blind und sehe sie nicht. Aber vor meinem inneren Auge sehe ich sie noch so, wie sie einst war. Ja! Ich sehe sie voller Blut und voller Kraft — und rot von dem Blut zweier Könige. Höre, mein Vater; neige dein Ohr und höre mir zu: Ich bin Mopo. — Ah! Ich fühle, daß du zusammenzuckst. Du bist zusammengezuckt wie das Regiment der Bees, als Mopo vor sie hintrat, mit dem Assegai, von dem das Blut Chakas langsam zur Erde tropfte. Ja, ich bin Mopo, der Chaka, den König, tötete*. Ich tötete ihn gemeinsam mit Dingaan und Umhlangana, den Prinzen; aber mein Assegai war es, der ihm die Wunde schlug, aus der sein Leben entwich, und ohne mich wäre er nie getötet worden. Ich habe ihn gemeinsam mit den Prinzen getötet, aber Dingaan, ich und ein anderer haben es allein vollbracht.

Was sagst du? Dingaan ist von den Tongola getötet worden?

Ja, ja, das stimmt, aber nicht dort. Er starb auf dem Geisterberg; er liegt an der Brust der alten Stein-Hexe, die dort oben hockt und auf den Untergang der Welt wartet. Doch auch ich war auf dem Geisterberg. In jenen Tagen trugen mich meine Beine noch rasch voran, und der Rachedurst nahm mir den Schlaf. Ich lief während des Tages, und in der Nacht fand ich ihn. Ich und ein anderer, wir töteten ihn. Ah! Ah!

Warum ich dir das erzähle? Was dies mit der Liebe von Umslopogaas und Nada, der Lilie, zu tun hat? Ich werde es dir sagen. Ich habe Chaka aus Rache für meine Schwester Baleka getötet, die Mutter Umslopogaas, und weil er meine Frauen und Kinder ermordet hat.

Ich und Umslopogaas haben Dingaan um Nadas willen getötet, die meine Tochter war.

Es sind große Namen in der Geschichte, mein Vater. Ja, viele haben diese Namen gehört: als die *Impis* sie schrien, zogen sie in den Kampf. Ich habe bei dem Laut Berge beben und Wasser erzittern sehen. Aber wo sind sie jetzt? Die Stille hat sie, und die weißen Männer schreiben über sie in ihren Büchern. Ich habe die Tore der Weite für die Träger dieser Namen geöffnet. Sie sind hindurchgeschritten und weitergegangen. Ich habe die Schnüre zerrissen, die sie an die Welt fesselten. Sie sind abgestürzt! Ha! Ha! Abgestürzt! Vielleicht fallen sie noch. Vielleicht kriechen sie in ihren verkommenen Kraals umher, in den Häuten von Schlangen. Ich

---

* Der Napoleon der Zulus, eines der größten Genies und der größte Tyrann, die jemals gelebt haben. Er wurde im Jahr 1828 getötet, nachdem er mehr als eine Million Menschen umgebracht hatte.

wünschte, ich kennte diese Schlangen, damit ich sie mit meinen Hacken zertreten könnte. Dort drüben, tief unter uns, beim Begräbnisplatz der Könige, ist eine Schlucht. In dieser Schlucht bleichen die Knochen Chakas, des Königs, der für Baleka starb. Weit von hier, im Zululand, ist eine tiefe Kluft im Geisterberg. Am Grund dieser Kluft liegen die Knochen Dingaans, des Königs, der für Nada starb. Es war ein tiefer Fall, und er war schwer; seine Knochen sind in viele kleine Teile zerschmettert worden. Ich bin hingegangen, um sie zu betrachten, nachdem die Geier und die Schakale mit ihrer Arbeit fertig waren.

Und dann habe ich dreimal gelacht und bin hierhergekommen, um zu sterben.

All das liegt nun schon lange zurück, und ich bin doch nicht gestorben; obwohl ich wünsche, tot zu sein und den Weg zu gehen, den Nada gegangen ist. Vielleicht habe ich so lange gelebt, um dir diese Geschichte erzählen zu können, Vater, damit du sie den weißen Männern weitererzählen kannst, wenn du es willst.

Wie alt ich bin? Das weiß ich nicht. Sehr, sehr alt. Wenn Chaka noch leben würde, wäre er so alt wie ich*. Keiner der Menschen, die ich als Junge gekannt habe, ist noch am Leben. Ich bin so alt, daß ich mich beeilen muß. Das Gras verdorrt, und der Winter ist nahe. Ja, während ich mit dir spreche, nagt der Winter an meinem Herzen. Nun, ich bin bereit, in der Kälte zu schlafen, und vielleicht werde ich im Frühling wieder erwachen.

Bevor die Zulus ein Volk waren — denn ich will am Anfang beginnen —, wurde ich beim Stamm der Langeni geboren. Wir waren kein großer Stamm; später stellten unsere wehrfähigen Männer ein komplettes Regiment in Chakas Armee, es waren nur zwei- bis dreitausend, aber sie waren sehr tapfer. Jetzt sind sie alle tot und ihre Frauen und Kinder mit ih-

* Damit wäre er fast hundert Jahre alt, ein Alter, das von Eingeborenen sehr selten erreicht wird. Der Autor erinnert sich jedoch, daß er einmal mit einer alten Zulu-Frau gesprochen hat, die ihm erzählte, daß sie heiratete, als Chaka noch König war.

nen. Der Stamm ist nicht mehr. Er ist vergangen wie der Mond des letzten Monats; wie das geschah, werde ich dir nach und nach erzählen.

Unser Stamm lebte in einem wunderbaren offenen Land; die Buren, die wir *Amaboona* nannten, sollen jetzt dort sein, wie ich gehörte habe. Mein Vater, Makedama, war der Häuptling des Stammes, und sein Kraal stand auf dem Gipfel eines Hügels. Aber ich war nicht der Sohn seiner Hauptfrau. Eines Abends, als ich noch sehr klein war, gerade so groß, daß ich einem Mann bis zum Ellbogen reichte, ging ich mit meiner Mutter jenseits des Viehkraals, um zuzusehen, wie die Rinder heimgetrieben wurden. Meine Mutter liebte die Rinder, besonders eine Kuh mit einem weißen Gesicht, die ihr überallhin folgte. Sie trug meine kleine Schwester Baleka auf ihrer Hüfte; Baleka war damals noch sehr klein. Wir gingen, bis wir den Jungen begegneten, die die Rinder heimtrieben. Meine Mutter rief die Kuh mit dem weißen Gesicht und fütterte sie mit Maisblättern, die sie mitgebracht hatte. Die Jungen zogen mit den Rindern weiter, aber die weißgesichtige Kuh blieb bei meiner Mutter. Sie sagte, sie würde die Kuh mit in den Kraal nehmen, wenn wir nach Hause gingen. Meine Mutter setzte sich auf den Boden und säugte das Kind, meine kleine Schwester Baleka, während ich in ihrer Nähe spielte, und die Kuh graste. Kurz darauf sahen wir eine Frau, die über die Ebene auf uns zukam. Sie ging wie jemand, der sehr müde ist. Auf ihrem Rücken trug sie ein Bündel Matten, und an der Hand führte sie einen Jungen, der etwa in meinem Alter war, aber viel größer und stärker als ich. Wir warteten eine lange Welle, bis die Frau uns erreicht hatte und auf dem Veldt niedersank, denn sie war völlig erschöpft. An der Art, wie sie ihr Haar trug, erkannten wir, daß sie nicht zu unserem Stamm gehörte.

»Ich grüße euch«, sagte die Frau.

»Guten Tag«, antwortete meine Mutter. »Was suchst du?«

»Essen, und eine Hütte zum Schlafen«, sagte die Frau. »Ich bin einen langen Weg gegangen.«

»Wie wirst du genannt? — Und welches ist dein Volk?« fragte meine Mutter.

»Mein Name ist Unandi; ich bin die Frau Senzangaconas, vom Stamme der Zulu«, sagte die Fremde.

Nun hatte es Krieg gegeben zwischen unserem Volk und den Zulus, und Senzangacona hatte unsere Krieger getötet und viele unserer Rinder geraubt. Als also meine Mutter die Worte Unandis hörte, sprang sie wütend auf.

»Du wagst es, herzukommen und mich um Nahrung und Obdach zu bitten, du Frau eines Zulu-Hundes!« schrie sie. »Verschwinde vor meinen Augen, bevor ich die Mädchen rufe, daß sie dich aus unserem Land prügeln!«

Die Frau, die sehr hübsch war, wartete, bis meine Mutter zu Ende gesprochen hatte, dann sah sie auf und sagte langsam und leise: »Neben dir steht eine Kuh, und Milch tropft aus ihrem Euter; willst du nicht mir und dem Jungen zumindest eine Kalebasse Milch geben?« Und sie nahm eine Kalebasse aus ihrem Bündel und streckte sie uns entgegen.

»Nicht einen Tropfen!« sagte meine Mutter.

»Wir sind durstig und haben einen weiten Weg hinter uns; gib uns wenigstens etwas Wasser. Wir haben seit vielen Stunden kein Wasser gefunden.«

»Auch kein Wasser, Frau eines Hundes! Geht und sucht euch selbst welches.«

Die Augen der Frau füllten sich mit Tränen, der Junge aber verschränkte die Arme vor der Brust und starrte uns finster an. Er war ein hübscher Junge, mit klaren, schwarzen Augen, doch jetzt waren sie wie der Himmel kurz vor dem Ausbruch eines Unwetters.

»Mutter«, sagte er, »wir sind hier genauso unerwünscht wie dort drüben«, und er deutete mit einem Kopfnicken in das Land, in dem das Volk der Zulu lebte. »Laß uns nach Dingiswayo gehen; die Umtetwa werden uns beschützen.«

»Ja, laß uns gehen, mein Sohn«, antwortete Unandi; »doch der Weg ist weit, und wir sind erschöpft und werden auf ihm zusammenbrechen und sterben.«

Ich hörte ihre Worte, und irgend etwas rührte mein Herz; die Frau und der Junge taten mir leid, weil sie so müde und ermattet aussahen. Ohne meiner Mutter ein Wort zu sagen, riß ich der Frau die Kalebasse aus der Hand und lief damit

CHARLES KERR

zu einer kleinen Senke in der Nähe, denn ich wußte, daß auf dem Boden der Senke eine Quelle war. Kurz darauf kam ich mit der gefüllten Kalebasse wieder zurück. Meine Mutter wollte mich festhalten, denn sie war sehr wütend, doch ich lief an ihr vorbei und gab die Kalebasse dem Jungen. Jetzt gab meine Mutter es auf, sich einzumischen, doch sie peitschte die Frau ununterbrochen mit ihrer scharfen Zunge und sagte, daß ihr Mann Unheil über unsere Kraals gebracht habe, und in ihrem Herzen fühle sie, daß noch größeres Unheil durch ihren Sohn über uns kommen würde. Ihr *Ehlosé*[*] sage ihr das. Ah! Mein Vater, ihr *Ehlosé* sagte die Wahrheit. Wenn diese Frau Unandi und ihr Kind an diesem Tag auf dem Veldt gestorben wären, wären die Gärten meines Volkes heute keine Wildnis, und ihre Knochen würden nicht in der großen Schlucht liegen, die in der Nähe von U'Cetywayos Kraal ist.

Während meine Mutter so sprach, standen ich und die Kuh mit dem weißen Gesicht schweigend neben ihr, und das Baby Baleka schrie laut. Der Junge, Unandis Sohn, dem ich die Kalebasse gegeben hatte, bot sie nicht seiner Mutter an. Er trank zwei Drittel des Wassers selbst, und ich glaube, er hätte alles getrunken, wenn sein Durst nicht gelöscht gewesen wäre. Doch als er gelöscht war, gab er die Kalebasse seiner Mutter, und sie trank den Rest. Dann nahm er die Kalebasse wieder, und mit ihr in der Hand trat er auf mich zu. In der anderen Hand hielt er einen kurzen Stock.

»Wie heißt du, Junge?« fragte er mich in einem Ton, wie ihn ein großer, reicher Mann gebraucht, wenn er mit einem spricht, der klein und arm ist.

»Mein Name ist Mopo«, antwortete ich.

»Und wie ist der Name deines Volkes?«

Ich nannte ihm den Namen meines Stammes, des Stammes der Langeni.

»Gut, Mopo; und jetzt will ich dir meinen Namen nennen. Ich bin Chaka, Sohn von Senzangacona, und mein Volk wird die Amazulu genannt. Und noch etwas will ich dir sa-

---

* Wächter-Geist

gen: Ich bin jetzt noch klein, und mein Volk ist ein kleines Volk. Aber ich werde groß werden, so groß, daß man meinen Kopf in den Wolken nicht mehr sehen kann; du wirst zu ihm aufblicken und ihn doch nicht sehen können. Mein Gesicht wird deine Augen blenden; denn es wird strahlen wie die Sonne. Und wenn ich groß bin und mein Volk groß ist und wir die Erde flachgetrampelt haben, so weit, wie ein Mensch gehen kann, dann werde ich mich an deinen Stamm erinnern — an den Stamm der Langeni, der mir und meiner Mutter einen Becher Milch verweigerte, als wir durstig und müde waren. Siehst du diese Kalebasse? Für jeden Tropfen, den sie enthalten kann, soll das Blut eines Mannes fließen — das Blut eines eurer Männer. Doch weil du mir Wasser gegeben hast, will ich dich verschonen, Mopo, und nur dich, und dich groß machen unter mir. Du sollst in meinem Schatten fett werden. Nur dir, dir allein, werde ich niemals etwas antun, auch wenn du gegen mich sündigst, das schwöre ich dir. Doch was diese Frau betrifft« — und er deutete mit dem Stock auf meine Mutter —, »so soll sie sich beeilen und bald sterben, damit ich sie nicht lehren muß, nach wie langer Zeit der Tod von mir kommen kann. Ich habe gesprochen.« Und er knirschte mit den Zähnen und schüttelte seinen Stock gegen uns.

Meine Mutter stand eine Weile schweigend. Dann rief sie empört: »Du kleiner Lügner! Er spricht wie ein Mann, nicht wahr? Das Kalb brüllt wie ein Bulle. Ich werde ihn einen anderen Ton lehren — diesen Bengel eines falschen Propheten!« Sie setzte Baleka zu Boden und lief auf den Jungen zu.

Chaka stand völlig reglos, bis sie ihn erreicht hatte. Dann riß er plötzlich den Stock empor, den er in der Hand hielt, und schlug ihr damit so hart auf den Kopf, daß sie besinnungslos zu Boden stürzte. Dann lachte er, wandte sich um und ging mit seiner Mutter Unandi fort.

Dies, mein Vater, waren die ersten Worte, die ich Chaka sprechen hörte, und es waren Worte von prophetischer Bedeutung, die zur Wahrheit wurden. Selbst jetzt noch werden sie wahr. Er sagte, daß die Zulus sich erheben würden. Und haben sie sich nicht erhoben? Er sagte dann auch, wie sie zu Fall kommen würden. Und sie werden fallen. Sammelt der Weiße Mann nicht gerade jetzt seine Soldaten gegen U'Cetywayo, wie sich Geier um einen sterbenden Ochsen versammeln? Die Zulus sind nicht mehr das, was sie einmal waren, um sich gegen den Weißen Mann durchsetzen zu können. Ja, ja, die Prophezeiungen werden sich erfüllen, und mein Gesang ist die Ballade eines Volkes, das zum Untergang verurteilt ist.

Aber davon will ich sprechen, wenn es an der Zeit ist.

Ich ging zu meiner Mutter. Sie richtete sich auf und drückte beide Hände vor ihr Gesicht. Das Blut aus der Wunde, die der Stock geschlagen hatte, rann über ihre Hände und Unterarme auf ihre Brust, und ich wischte das Blut mit Gras ab. Eine ganze Zeit saß sie so, während das Kind schrie und die Kuh muhte, weil sie gemolken werden wollte, und ich der Mutter mit Gras das Blut abwischte. Schließlich löste sie die Hände von ihrem Gesicht und sprach zu mir.

»Mopo, mein Sohn«, sagte sie. »Ich habe einen Traum gehabt. Ich träumte, daß ich den kleinen Jungen Chaka sähe, der mich geschlagen hat. Er war erwachsen und so groß wie ein Riese. Er schritt über die Berge und über das Veldt, seine Augen waren feurig wie Blitze, und in seiner Hand trug er einen kleinen Assegai, der von Blut gerötet war. Er packte die Menschen, einen nach dem anderen, und zerriß sie mit seinen Händen und zertrampelte ihre Kraals mit seinen Füßen. Vor ihm lag das Land grün und blühend wie im Sommer, und hinter ihm war das Land schwarz, als wenn Feuer das Gras verbrannt hätte. Ich sah unsere Menschen, Mopo, es waren viele, und sie waren fett, und ihre Herzen lachten; die Männer waren tapfer, die Mädchen schön; ich habe ihre Kinder zu Hunderten gesehen. Und ich sah sie wieder, Mopo: Sie waren Knochen, weiß gebleichte Knochen, Tausende von Knochen, die an einem felsigen Ort übereinanderlagen, und er, Chaka, stand über den Knochen und lachte, bis die Erde erzitterte. Dann, Mopo, in meinem Traum, sah ich dich als erwachsenen Mann. Du warst als einziger von unserem Volk übriggeblieben. Ich sah dich, wie du dich von hinten an den Riesen Chaka heranschlichst, und bei dir waren andere Männer, Männer von königlicher Erscheinung. Du tötetest Chaka mit einem kleinen Assegai, und er stürzte zu Boden und wurde wieder klein. Er fiel und verfluchte dich. Aber du schriest einen Namen in sein Ohr — den Namen Balekas, deiner Schwester — und er starb. Laß uns nach Hause gehen, Mopo, laß uns nach Hause gehen; es wird dunkel.«

Also standen wir auf und gingen nach Hause. Aber ich sagte kein Wort, denn ich hatte Angst — große Angst.

2

Mopo hat Schwierigkeiten

Jetzt muß ich dir erzählen, wie meine Mutter tat, was der Junge Chaka ihr befohlen hatte, und rasch starb. Denn sein Stock hatte sie an der Stirn getroffen, und die Wunde entzündete sich und wollte nicht heilen. Sie wurde zu einem Abszeß, und der Abszeß fraß sich nach innen, bis er das Gehirn erreichte. Da stürzte meine Mutter zu Boden und starb, und ich weinte sehr viel um sie, weil ich sie geliebt hatte, und weil es so schrecklich war, sie kalt und steif liegen zu sehen, sie kein Wort mehr sprechen zu hören, so laut ich auch rief. Nun, sie haben meine Mutter begraben, und sie war bald vergessen. Nur ich dachte noch an sie, niemand sonst — nicht einmal Baleka, denn sie war noch sehr klein —, und was meinen Vater betraf, so nahm er bald eine andere, junge Frau und war zufrieden. Danach wurde ich sehr unglücklich, denn meine Brüder liebten mich nicht, weil ich viel klüger war als sie und geschickter mit dem Assegai und schneller beim Laufen; deshalb vergifteten sie den Geist meines Vaters gegen mich, und er behandelte mich schlecht. Aber Baleka und ich liebten einander, denn wir waren beide einsam, und sie klammerte sich an mich wie eine Schlingpflanze an den einzigen Baum in einer Steppe, und obwohl ich noch sehr jung war, lernte ich dieses: um weise zu sein, braucht man Stärke; denn obwohl der, der den Assegai hält, tötet, ist der, dessen Verstand die Schlacht leitet, stärker als der, der tötet. Ich erkannte jetzt, daß die Hexen-Sucher und die Medizinmänner sehr gefürchtet waren, und daß alle Menschen im Land zu ihnen aufblickten, so daß, selbst wenn sie nur einen Stock in der Hand hielten, zehn mit Speeren bewaffnete Männer vor ihnen flohen. Deshalb beschloß ich, Medizinmann und Zauberer zu werden, denn die allein können Menschen, die sie hassen, durch Worte töten. Also lernte ich die Kunst des Medizinmannes. Ich brachte Opfer, ich ging ins Veldt hinaus, um dort allein zu fasten, ich tat alle Dinge, von denen du gehört hast, und ich lernte viel; denn in unserer Magie gibt es sowohl Weisheit als auch Lügen — und das weißt du, mein Vater, denn sonst wärst du nicht hergekommen, um mich nach deinen Ochsen zu fragen.

So ging es weiter, bis ich zwanzig Jahre alt war — ein voll erwachsener Mann. Zu der Zeit wußte ich alles, was ich allein lernen konnte, also schloß ich mich dem Haupt-Medizinmann unseres Stammes an, der Noma hieß. Er war alt, hatte nur noch ein Auge und war sehr weise. Von ihm lernte ich einige Tricks und einige Weisheiten, doch schließlich wurde er eifersüchtig auf mich und stellte mir eine Falle, um mich zu fangen. Der Zufall wollte es, daß ein reicher Mann eines Nachbarstammes eine Herde Rinder verloren hatte und mit Geschenken beladen zu Noma kam, damit er sie ausschnüffele. Noma versuchte es, konnte sie jedoch nicht entdecken; seine Seherkraft ließ ihn im Stich. Der Dorfälteste wurde wütend und verlangte seine Geschenke zurück; aber Noma gab niemals her, was er einmal in seinen Händen hatte, und es kam zu einem erregten Streit. Der Dorfälteste sagte, daß er Noma töten würde; Noma drohte, daß er den Dorfältesten verzaubern würde.

»Schweigt!« sagte ich, da ich fürchtete, daß Blut vergossen werden würde. »Schweigt, und laßt mich sehen, ob meine Schlange mir sagen wird, wo deine Rinder sind.«

»Du bist doch noch ein Junge«, antwortete der Dorfälteste. »Kann ein Junge Weisheit besitzen?«

»Das werden wir bald wissen«, sagte ich und nahm die Knochen in meine Hand*.

»Laß die Knochen liegen!« schrie Noma. »Wir werden unsere Schlangen nichts mehr fragen. Sie sollen diesem Sohn eines Hundes nicht zu Diensten sein!«

»Er wird die Knochen werfen«, sagte der Dorfälteste. »Wenn du versuchen solltest, ihn daran zu hindern, werde ich mit meinem Assegai Sonnenschein in deinen Körper lassen.« Und er hob den Speer.

Ich beeilte mich nun anzufangen. Ich warf die Knochen. Der Dorfälteste hockte vor mir auf dem Boden und beantwortete meine Fragen. Du kennst dich in diesen Dingen aus, mein Vater — wie der Medizinmann manchmal erfährt, wo verlorengegangene Dinge sich befinden, denn unsere Ohren sind lang, und manchmal sagt es ihm sein *Ehlosé,* so wie erst kürzlich, als es mir sagte, wo deine Ochsen seien. Nun, in diesem Fall ließ mich meine Schlange nicht im Stich. Ich wußte nichts von den Rindern dieses Mannes, aber mein Geist war in mir, und bald sah ich sie, und ich beschrieb sie ihm, eins nach dem anderen, sagte ihm ihre Färbung und ihr Alter — alles. Ich sagte ihm, wo sie waren, und daß eins der Tiere in den Fluß gefallen und ertrunken sei, weil es sich mit dem linken Vorderbein in einer gegabelten Wurzel verfangen habe. So wie mein *Ehlosé* es mir sagte, so sagte ich es dem Dorfältesten.

Der Mann war natürlich sehr erfreut und sagte, wenn meine Vision sich als richtig erweisen sollte, würde er die Geschenke Noma wieder wegnehmen und sie mir geben; und er fragte die Leute, die herumsaßen — und es waren viele —, ob das nicht gerecht sei. »Ja, ja«, sagten sie, das sei gerecht, und sie würden dafür sorgen, daß es so gemacht würde. Aber Noma saß schweigend da und sah mich böse an. Er wußte, daß ich eine wahre Prophezeiung gemacht hatte, und war wütend darüber. Es war eine wichtige Sache: Die verlorene Rinderherde war groß und wertvoll, und wenn

* Die Medizinmänner der Kaffern verwenden Knöchel von Tieren bei ihren magischen Riten und werfen sie, so wie wir Würfel werfen.

man sie finden würde, wo ich es vorausgesagt hatte, würden alle Menschen mich für den größeren Zauberer halten. Es war jetzt spät geworden, und der Mond war noch nicht aufgegangen, deshalb sagte der Dorfälteste, daß er in unserem Kraal übernachten und beim ersten Tageslicht mit mir zu dem Ort gehen würde, an dem seine Rinder seien. Danach ging er.

Auch ich ging in meine Hütte und legte mich schlafen. Plötzlich erwachte ich, als ich ein schweres Gewicht auf meiner Brust fühlte. Ich wollte hochfahren, doch etwas Kaltes preßte sich gegen meine Kehle. Ich ließ mich also wieder zurücksinken und öffnete die Augen. Die Tür der Hütte war offen, der Mond stand wie ein Feuerball dicht über dem Horizont, und sein Licht fiel in die Hütte. Es fiel auf das Gesicht von Noma, dem Medizinmann. Er hockte auf mir, starrte mich mit seinem einen Auge an, und in seiner Hand hielt er ein Messer. Das war das Kalte, was ich an meiner Kehle gefühlt hatte.

»Du Welpe, den ich aufgezogen habe, damit er mich anfällt«, zischte er in mein Ohr. »Du wagst es also, zu prophezeien, wo ich versagt habe, wie? Na schön, ich werde dir zeigen, was mit solchen Welpen geschieht. Zuerst werde ich dir die Zungenwurzel durchstechen, damit du nicht schreien kannst, und dann werde ich dich in Stücke schneiden, langsam, Stück für Stück, und morgen früh werde ich den Leuten sagen, daß es die Geister getan hätten, als Strafe für deine Lügen. Zuerst werde ich dir die Arme und Beine abschneiden. Ja, ja, ich werde einen Stock aus dir machen! Dann werde ich ...« Und er begann, mir die Spitze seines Messers in den Hals zu drücken.

»Gnade, mein Onkel«, sagte ich, denn ich hatte Angst, und das Messer schmerzte. »Gnade. Ich werde auch alles tun, was du verlangst!«

»Wirst du das tun?« sagte er und drückte mir noch immer das Messer an die Kehle. »Wirst du jetzt aufstehen, die Rinder dieses Hundes finden und sie zu einem geheimen Ort treiben und sie dort verstecken?« Und er nannte ein winziges Tal, das nur wenigen bekannt war. »Wenn du das tust, lasse ich dich leben und gebe dir drei von den Rindern. Wenn du dich weigerst oder versuchst, mich zu hintergehen, dann, beim Geist meines Vaters, werde ich einen Weg finden, um dich zu töten!«

»Natürlich werde ich es tun, mein Onkel«, antwortete ich. »Warum hast du mir nicht vertraut? Wenn ich gewußt hätte, daß du die Rinder behalten willst, hätte ich sie doch nicht ausgeschnüffelt. Ich habe es nur getan, weil ich fürchtete, daß du sonst alle Geschenke verlieren würdest.«

»Du bist nicht so dumm, wie ich dachte«, knurrte er. »Steh auf und tu, was ich dir gesagt habe. Du kannst zwei Stunden nach Sonnenaufgang wieder zurück sein.«

Ich stand auf und überlegte die ganze Zeit, ob ich ihn anspringen sollte. Aber ich war unbewaffnet, und er hatte ein Messer. Und selbst wenn es mir gelingen sollte, ihn zu töten, würde man glauben, daß ich ihn ermordet hätte, und ich würde den Assegai schmecken. Also faßte ich einen anderen Plan. Ich würde gehen und die Rinder an dem Ort finden, wo ich sie ausgeschnüffelt hatte, aber ich würde sie nicht in das geheime Versteck treiben. Nein! Ich würde sie auf kürzestem Weg zum Kraal zurückbringen und Noma vor allen Männern als Betrüger und Dieb entlarven, vor dem Häuptling, meinem Vater, vor dem ganzen Dorf. Aber ich war damals noch sehr jung und kannte das Herz Nomas nicht. Nicht umsonst war er sein ganzes Leben lang Medizinmann gewesen. Oh! Er war böse! — Hinterhältig wie ein Schakal und wütend wie ein Löwe. Er hatte mich neben sich gepflanzt wie einen jungen Baum, doch er wollte mich stutzen wie einen Busch. Doch jetzt war ich hochgewachsen und überragte ihn; deshalb wollte er mich ausreißen.

Ich trat in die Ecke meiner Hütte. Noma ließ mich keine Sekunde lang aus den Augen. Ich nahm ein Kerrie* und meinen kleinen Schild. Dann trat ich in das Mondlicht hinaus. Bis ich den Kraal hinter mir gelassen hatte, hielt ich mich im Schatten und schlich langsam und lautlos voran.

---

* Haumesser, etwas kürzer und breiter als die heutigen Buschmesser — *Anm. d. Übers.*

Danach begann ich zu laufen. Ich sang dabei, um die Geister fernzuhalten, mein Vater.

Eine Stunde lang lief ich so über die Ebene, bis ich die Hügel erreichte, wo der Busch begann. Hier, im Schatten der Bäume, war es sehr dunkel, und ich sang noch lauter. Schließlich fand ich den schmalen Büffelpfad, den ich suchte, und folgte ihm bis zu einer kleinen Lichtung, die im hellen Mondlicht lag. Ich kniete mich auf den Boden und sah umher. Ja! Meine Schlange hatte mich nicht belogen: Dort waren die Spuren der Rinder. Glücklich ging ich weiter, bis ich die Talsenke erreichte, durch die der Fluß verlief, manchmal flüsterte ich, manchmal sang ich vor mich hin, manchmal führte ich laute Selbstgespräche. Hier und da waren die Spuren nicht zu übersehen: Die Rinder hatten mit ihren breiten Hufen Gras und Kräuter niedergetreten. Schließlich erreichte ich einen Teich. Ich kannte ihn, es war der Teich, den die Schlange mir gezeigt hatte. Und dort, am Rand des Teichs, halb unter Wasser, lag der ertrunkene Ochse, einen Fuß in einer gegabelten Wurzel verhakt. Alles war genauso, wie ich es im Geiste gesehen hatte.

Ich trat zum Ufer und blickte umher. Ich sah ein leichtes Blitzen. Es war der Widerschein des ersten Sonnenlichts von den Hörnern der Rinder. Eins von ihnen erhob sich jetzt, schnaubte und schüttelte sich den Tau vom Fell. Im Nebel und in der morgendlichen Dämmerung erschien es mir so riesig wie ein Elefant.

Dann trieb ich sie zusammen — es waren siebzehn Stück — und trieb sie den schmalen Pfad entlang auf den Kraal zu. Es wurde jetzt rasch hell, und die Sonne stand bereits eine Stunde lang am Himmel, als ich die Stelle erreichte, wo ich abbiegen mußte, wenn ich die Rinder zu dem Versteck bringen wollte, wie Noma es mir gesagt hatte. Aber ich dachte nicht daran. Nein, ich würde alle siebzehn Rinder zum Kraal treiben und allen Männern sagen, daß Noma ein Dieb war. Trotzdem setzte ich mich für eine Weile hin, um auszuruhen, weil ich müde geworden war. Als ich so saß, hörte ich ein Geräusch und wandte mich um. Eine Gruppe von Männern tauchte auf der Kuppe des Hügels auf, und Noma führte sie an. Neben ihm war der Dorfälteste, dem die Rinder gehörten. Ich stand auf und sah ihnen entgegen. Ich hatte keine Ahnung, was sie vorhatten. Aber als ich aufgestanden war, begannen sie auf mich zuzulaufen, und sie schrien und fuchtelten mit Stöcken und Speeren.

»Da ist er!« schrie Noma. »Da ist er — der gerissene Kerl, den ich großgezogen habe, damit er Schande über mich bringt! Was habe ich euch gesagt? Habe ich nicht gesagt, daß er ein Dieb ist? Ja — ja! Ich kenne deine Tricks, Mopo. Seht ihr? Er ist dabei, die Rinder zu stehlen! Er hat von Anfang an gewußt, wo sie waren, und jetzt treibt er sie fort, um sie zu verstecken. Gerade der richtige Preis, um damit eine Frau zu kaufen, nicht wahr, du schlauer Bursche?« Mit erhobenem Stock stürzte er sich auf mich, und ihm folgte der Dorfälteste, schäumend vor Wut.

Jetzt begriff ich, mein Vater. Mein Herz krampfte sich zusammen, alles verschwamm vor meinen Augen, und ich sah nur noch rot. Das war immer so, wenn ich gezwungen war zu kämpfen. Ich schrie nur ein einziges Wort: »Lügner!« und lief ihm entgegen. Noma schlug mit seinem Stock nach mir, doch ich wich dem Schlag aus und fing ihn mit meinem Schild auf. Dann schlug ich zurück. *Peng!* War das ein Schlag! Das Kerrie grub sich tief in Nomas Schädel, und er fiel tot zu meinen Füßen nieder. Ich schrie wieder und stürzte mich auf den Dorfältesten. Er warf seinen Assegai, aber er verfehlte mich, und in der nächsten Sekunde traf ich auch ihn. Er riß seinen Schild hoch, doch ich schlug ihn ihm auf den Schädel, und er rollte bewußtlos auf den Boden. Ob er am Leben blieb oder nicht, ich weiß es nicht, mein Vater; aber da er einen dicken Schädel hatte, ist es wahrscheinlich, daß er am Leben blieb. Dann, während die Männer vor Schreck wie gelähmt standen, fuhr ich herum und floh wie der Wind. Jetzt wurden auch sie wieder lebendig, liefen mir nach, warfen ihre Speere und versuchten, mir den Weg abzuschneiden. Aber keiner von ihnen konnte mich fangen — nein, nicht einer —, ich lief wie der Wind, wie ein Bock, wenn die Hunde aus dem Schlaf erwachen. Ihr Schreien und Rufen wurde leiser und leiser, und schließlich war ich außer Sicht und allein.

3

Mopo wagt sich nach Hause

Ich warf mich ins Gras und atmete keuchend, bis sich mein Atem wieder beruhigt hatte; dann ging ich weiter und versteckte mich im Schilf am Ufer des Morastes. Den ganzen Tag über lag ich so und dachte nach. Was sollte ich tun? Jetzt war ich ein Schakal ohne Zuflucht. Wenn ich zu meinen Leuten zurückging, würden sie mich töten, da sie mich doch für einen Dieb hielten. Mein Blut würde für Nomas Blut vergossen werden, und das wollte ich nicht. Trotzdem war mein Herz schwer. Doch dann fiel mir Chaka ein, der Junge, dem ich vor langer Zeit eine Kalebasse Wasser gegeben hatte. Ich hatte von ihm gehört; sein Name war im ganzen Land bekanntgeworden; die Luft war bereits schwer mit seinem Namen; selbst die Bäume und das Gras sprachen von ihm. Die Worte, die er damals gesagt, die Vision, die meine Mutter gehabt hatte, begannen sich zu bewahrheiten. Mit der Hilfe der Umtetwas hatte er den Platz seines Vaters Senzangacona eingenommen; er hatte den Stamm der Amaquabe vertrieben; jetzt machte er Krieg gegen Zweete, den Häuptling der Endwande, und er hatte geschworen, daß er die Endwande in den Boden treten würde, so tief, daß niemand sie wiederfinden könne. Jetzt erinnerte ich mich daran, daß Chaka mir versprochen hatte, mich groß zu machen, daß ich in seinem Schatten fett werden könne; und ich dachte mir, daß ich aufstehen und zu ihm gehen sollte. Vielleicht würde er mich töten. Aber was kam es darauf an? Ich würde bestimmt getötet werden, wenn ich hierblieb. Ja, ich würde gehen. Doch jetzt zog mich mein Herz in eine andere Richtung.

Es gab nur einen Menschen auf der Welt, den ich liebte: meine Schwester Baleka. Mein Vater hatte sie dem Häuptling eines Nachbarstammes versprochen, aber ich wußte, daß diese Heirat gegen ihren Willen war. Vielleicht würde meine Schwester mit mir davonlaufen, wenn ich zu ihr gelangen und ihr sagen konnte, daß ich gehen wollte. Ich würde es versuchen — ja, ich würde es versuchen.

Ich wartete, bis es dunkel geworden war, dann kroch ich aus meinem Rohrdickicht heraus und schlich wie ein Schakal auf den Kraal zu. In den Maisgärten machte ich eine Weile Pause, weil ich sehr hungrig war, und füllte meinen Magen mit süßem, halbreifem Mais. Dann ging ich weiter, bis ich den Kraal erreichte. Ein paar von meinen Leuten hockten vor einer Hütte und unterhielten sich im Licht eines Feuers. Ich kroch näher, lautlos wie eine Schlange, und versteckte mich hinter einem kleinen Busch. Ich wußte, daß sie mich nicht sehen konnten, da ich außerhalb des Lichtkreises ihres Feuers war, und ich wollte hören, was sie sagten. Wie ich vermutet hatte, sprachen sie über mich und beschimpften mich. Sie sagten, ich würde Unglück über den Stamm bringen, weil ich Noma getötet hatte, einen großen und berühmten Medizinmann, und daß die Männer des Dorfältesten Bezahlung verlangen würden, weil ich ihn angegriffen hatte. Außerdem erfuhr ich, daß mein Vater allen Männern des Stammes befohlen hatte, am Morgen aufzubrechen, um mich zu suchen und zu töten. Ah, dachte ich, ihr könnt jagen, aber ihr werdet keine Beute nach Hause bringen. In diesem Augenblick erhob sich ein Hund, der beim Feuer gelegen hatte, und begann zu schnüffeln. Ich konnte nicht sehen, was für ein Hund es war — ich muß zugeben, daß ich an die Hunde überhaupt nicht gedacht hatte, als ich mich dem Kraal näherte; das kommt von der Unerfahrenheit, mein Vater. Der Hund schnüffelte und schnüffelte, dann begann er zu knurren, und er starrte ständig in meine Richtung. Ich bekam Angst.

»Was hat denn der Hund?« sagte einer der Männer zu einem der anderen. »Geh und sieh nach!« Doch der andere Mann nahm gerade eine Prise Schnupftabak und hatte keine Lust aufzustehen. »Soll der Hund doch selbst nachsehen«, antwortete er und nieste, »wozu halten wir denn einen Hund, wenn wir die Diebe selbst fangen müssen?«

»Dann geh!« sagte der erste Mann zu dem Hund. Und der Hund rannte bellend fort. Jetzt sah ich ihn: Es war mein eigener Hund, Koos, ein sehr guter Hund. Während ich noch überlegte, was ich tun sollte, bekam er Witterung von mir, hörte auf zu bellen, lief um den Busch herum auf mich zu und leckte mein Gesicht. »Sei still, Koos!« flüsterte ich. Und er legte sich neben mich.

»Wo steckt denn der Hund jetzt?« sagte der erste Mann. »Ist er verhext, daß er plötzlich zu bellen aufhört und nicht zurückkommt?«

»Wir wollen nachsehen«, sagte der andere Mann und stand auf, einen Speer in der Hand.

Wieder packte mich die nackte Angst, denn ich war sicher, daß sie mich fangen würden oder daß ich wieder um mein Leben laufen müßte. Aber als ich aufsprang, um fortzurennen, glitt eine große, schwarze Schlange aus dem Gebüsch und bewegte sich rasch auf die Männer und auf die Hütten zu. Sie sprangen ängstlich zur Seite, und alle folgten der Schlange und sagten, sie sei der Grund gewesen, daß der Hund so gebellt habe. Es war mein gutes *Ehlosé,* mein Vater, das die Gestalt einer Schlange angenommen hatte, um mir das Leben zu retten.

Als sie gegangen waren, kroch ich in die andere Richtung, und Koos folgte mir. Zuerst überlegte ich, ob ich ihn töten sollte, denn ich fürchtete, daß er mich verraten könnte; aber als ich ihn zu mir rief, um ihm den Kopf mit meinem Kerrie einzuschlagen, setzte er sich auf den Boden, wedelte mit dem Schwanz und blickte mich an, und ich brachte es nicht übers Herz. Also dachte ich, daß ich es darauf ankommen lassen würde, und wir gingen zusammen weiter. Dies war mein Plan: Zuerst wollte ich in meine eigene Hütte kriechen und mir meine Assegais und eine Felldecke holen, dann wollte ich mit Baleka sprechen. Meine Hütte, dachte ich, würde leer sein, denn außer mir wohnte niemand in ihr, und die Hütten Nomas waren ein Stück entfernt, zur Rechten. Ich erreichte den Rohrzaun, der die Hütten umschloß. Am Tor war niemand zu sehen, und es war auch nicht mit Dornenbüschen verschlossen, wie es sonst der Fall war. Es war meine Aufgabe, es abends zu schließen, und ich war nicht da, um es zu tun. Ich befahl meinem Hund, sich zu legen und trat hindurch. Ungesehen gelangte ich zu meiner Hütte. Vor dem Eingang verhielt ich und lauschte. Nichts rührte sich, ich hörte nicht einmal Atmen. Also kroch ich hinein und suchte nach meinen Assegais, die so sorgfältig geschnitzt waren, daß ich sie nicht zurücklassen wollte. Ich fand sie bald. Dann tastete ich nach meiner Felldecke, und plötzlich berührte meine Hand etwas Kaltes. Ich zuckte zurück, streckte dann meine Hand wieder aus. Es war das Gesicht eines Mannes — das Gesicht eines toten Mannes, das Gesicht Nomas, den ich getötet hatte, und den man in meine Hütte gelegt hatte, bis man ihn begraben würde. Oh, hatte ich Angst! Denn Noma tot und im Dunkel war schlimmer als Noma lebend. Ich wollte schon hinausstürzen, als ich plötzlich Stimmen hörte, Stimmen von Frauen, die vor der Hütte miteinander sprachen. Ich kannte die Stimmen; es waren die beiden Frauen Nomas, und eine von ihnen sagte, sie sei gekommen, um bei ihrem Mann Totenwache zu halten. Jetzt saß ich wirklich in der Falle, denn bevor ich etwas unternehmen konnte, sah ich, wie sich der Eingang der Hütte verdunkelte, und an dem keuchenden, prustenden Atem erkannte ich Nomas fette Erste Frau, die jetzt in die Hütte kam. Stöhnend hockte sie sich neben dem Toten auf den Boden, und zwar so, daß ich nicht die Tür erreichen konnte, und begann zu lamentieren und Flüche auf mein Haupt zu beschwören. Ah! Sie konnte natürlich nicht wissen, daß ich ihr zuhörte. Ich hockte bei Nomas Kopf, und meine Angst beflügelte meinen Geist. Jetzt, wo die Frau hier war, schwand meine Angst vor dem Toten, und ich erinnerte mich, daß er auch ein großer Betrüger gewesen war, also, dachte ich, wollte ich dafür sorgen, daß er noch ein letztesmal betrog. Ich schob meine Hände unter seine Schultern und schob ihn aufrecht, so daß er jetzt auf dem Boden saß. Die Frau hörte das Geräusch und stieß einen erstickten Schrei aus.

»Wirst du wohl ruhig sein, du alte Hexe?« sagte ich mit Nomas tiefer Stimme. »Ich werde dich lehren, zu schweigen.« Und ich stieß den toten Noma über sie.

Sie wurde bewußtlos vor Entsetzen, und ob sie sich jemals wieder von dem Schock erholt hat, ich weiß es nicht. Aber mir reichte es, daß sie jetzt still lag. Ich packte den Teppich — später stellte ich fest, daß es Nomas bester Kaross war, den die Basutos aus sorgsam ausgewählten Katzenfellen herstellen und der mindestens drei Ochsen wert war — und floh, gefolgt von Koos.

Nun mußt du wissen, mein Vater, daß der Kraal des Häuptlings, meines Vaters Makedama, etwa hundert Schritte entfernt lag, und dorthin mußte ich, weil Baleka dort schlief. Diesmal wagte ich nicht, das Tor zu benutzen, weil dort immer eine Wache stand, also schnitt ich mit meinem Assegai ein Loch in den Rohrzaun und kroch zu der Hütte, in der Baleka und einige ihrer Halbschwestern schliefen. Ich wußte, an welcher Stelle der Hütte sie gewöhnlich lag. Also legte ich mich auf die Seite und begann langsam, sehr langsam und vorsichtig, ein Loch in die Graswand der Hütte zu schneiden. Es dauerte ziemlich lange, weil die Grasschicht sehr dick war, doch endlich hatte ich es fast geschafft. Ich hörte auf, weil mir plötzlich einfiel, daß Baleka vielleicht ihren Schlafplatz gewechselt haben mochte und ich ein falsches Mädchen aufwecken könnte. Ich war drauf und dran, meinen Plan aufzugeben und allein zu fliehen, als ich plötzlich ein Mädchen auf der anderen Seite der Graswand weinen hörte. »Ah«, dachte ich, »das ist Baleka, die um ihren Bruder weint!« Also brachte ich meinen Mund dicht an die dünne Schicht der Graswand, die noch geblieben war, und flüsterte: »Baleka, meine Schwester! Baleka, weine nicht! Mopo, dein Bruder, ist hier. Sprich kein Wort, sondern stehe sofort auf und komm aus der Hütte heraus. Bringe deine Felldecke mit.«

Nun, Baleka war ein sehr kluges Mädchen. Sie schrie nicht auf, wie es die meisten getan hätten. Nein, sie begriff sofort, und nachdem sie eine Weile gelauscht hatte, stand sie auf und kroch aus der Hütte, die Felldecke in der Hand.

»Warum bist du hier, Mopo?« flüsterte sie, als wir uns trafen. »Sie werden dich töten!«

»Still!« sagte ich. Und dann erzählte ich ihr von dem Plan, den ich gemacht hatte. »Kommst du mit mir?« fragte ich, als ich zu Ende war, »oder willst du mir Lebewohl sagen und wieder in die Hütte zurückkriechen?«

Sie überlegte eine Weile, dann sagte sie: »Nein, mein Bruder, ich werde mit dir gehen, denn ich liebe dich allein von allen Menschen, auch wenn ich glaube, daß dies das Ende sein wird — daß du mich in den Tod führen wirst.«

Damals dachte ich nicht lange über ihre Worte nach, doch später fielen sie mir wieder ein. Also schlichen wir uns beide davon, gefolgt von dem Hund Koos, und bald liefen wir über das Veldt, unsere Gesichter dem Land des Zulu-Stammes zugewandt.

4

Die Flucht von Mopo und Baleka

Wir gingen die ganze Nacht hindurch, bis selbst der Hund müde war. Dann versteckten wir uns in einem Maisfeld und blieben dort den ganzen Tag über, da wir Angst hatten, gesehen zu werden. Am Nachmittag hörten wir Stimmen, und als wir zwischen den Maishalmen hindurchblickten, sahen wir eine Gruppe von Männern meines Vaters, die nach uns suchten. Sie gingen zu einem in der Nähe gelegenen Kraal und fragten, ob jemand uns gesehen hätte, und danach sahen wir sie eine ganze Weile nicht mehr. Als es Nacht wurde, gingen wir weiter; aber, wie das Schicksal es wollte, begegneten wir einer alten Frau, die uns sehr seltsam ansah, jedoch nichts sagte. Von da an gingen wir ohne Pause, Tag und Nacht; denn wir wußten, daß die alte Frau unseren Verfolgern berichten würde, uns gesehen zu haben; und so geschah es auch. Am Abend des dritten Tages erreichten wir einen Maisgarten und sahen, daß er zertrampelt war. Zwischen den niedergetretenen Pflanzen fanden wir den Leichnam eines sehr alten Mannes. Er war voller Assegais, wie ein Stachelschwein voller Stacheln. Wir wunderten uns darüber und gingen vorsichtig weiter. Dann sahen wir, daß der

Kraal, zu dem dieser Garten gehörte, niedergebrannt worden war. Wir krochen darauf zu, und — oh! was für ein grauenhafter Anblick! Später gewöhnten wir uns an solche Bilder. Überall lagen Tote herum, Hunderte von Toten — alte Männer, junge Männer, Frauen, Kinder, Säuglinge an den Brüsten ihrer Mütter —, sie alle lagen zwischen den niedergebrannten Hütten, von Assegais durchbohrt. Die Erde war rot von ihrem Blut, und rot waren ihre Körper im Licht der untergehenden Sonne. Es war, als ob das ganze Land von der blutigen Hand des Großen Geistes, des Umkulunkulu, besudelt worden wäre. Baleka sah es und begann zu weinen; sie war am Ende ihrer Kraft, das arme Mädchen, denn wir hatten unterwegs nur wenig zu essen gefunden, nur Gras und ein bißchen grünen Mais.

»Ein Feind war hier«, sagte ich, und während ich sprach, glaubte ich von der anderen Seite des Rohrzauns ein Stöhnen zu hören. Ich ging hinüber und sah nach. Eine junge Frau lag dort auf dem Boden. Sie war schwer verletzt, lebte aber noch, mein Vater. Ein Stück von ihr entfernt lag ein toter Mann und neben ihm mehrere andere tote Männer von einem anderen Stamm; er war kämpfend gestorben. Vor der Frau lagen die Leichen von drei Kindern, ein viertes, noch ein Säugling, lag auf ihr. Ich blickte die Frau an; und während ich sie anblickte, stöhnte sie wieder, öffnete die Augen und sah mich, und sah auch den Speer, den ich in der Hand hielt.

»Töte mich schnell!« keuchte sie. »Habt ihr mich nicht lange genug gequält?«

Ich sagte ihr, daß ich ein Fremder sei und nicht die Absicht habe, sie zu töten.

»Dann bring mir Wasser«, sagte sie. »Hinter dem Kraal ist eine Quelle.«

Ich rief Baleka, zu der Frau zu kommen, und ging dann mit meiner Kürbisflasche zu der Quelle: Es lagen Leichen in der Quelle, doch ich zog sie heraus, und als das Wasser wieder etwas sauberer geworden war, füllte ich die Kürbisflasche und brachte sie zu der Frau. Sie nahm einen langen Schluck, und das Wasser belebte sie ein wenig.

»Wie ist es passiert?« fragte ich.

»Es war ein *Impi* von Chaka, dem Häuptling der Zulus, der uns gefressen hat«, antwortete sie. »Sie sind am frühen Morgen über uns hergefallen, als wir noch in den Hütten lagen und schliefen. Ja, ich erwachte von dem Lärm des Tötens. Ich schlief bei meinem Mann, dem, der dort drüben liegt, und mit den Kindern. Wir liefen alle hinaus. Mein Mann hatte seinen Speer und seinen Schild. Er war ein tapferer Mann. Du siehst, er ist tapfer gestorben. Drei Zulus hat er getötet, bevor er selbst getötet wurde. Dann haben sie mich gepackt und meine Kinder getötet und mich mit ihren Speeren durchbohrt, bis sie glaubten, daß ich tot sei. Dann gingen sie fort. Ich weiß nicht, warum sie gekommen sind, aber ich glaube, es war, weil unser Häuptling sich geweigert hat, Männer zu schicken, die Chaka bei seinem Krieg gegen Zweete helfen sollten.«

Sie schwieg, dann stieß sie einen gellenden Schrei aus und starb.

Meine Schwester weinte, aber ich war zu müde, um davon berührt zu sein.

»Ah«, sagte ich zu mir, »der Große Geist muß böse sein. Wenn er nicht böse wäre, könnte so etwas nicht geschehen.« So dachte ich damals, mein Vater; jetzt denke ich anders. Ich weiß, daß wir nicht den Weg des Großen Geistes gefunden hatten, das ist alles. Ich war ein Küken in jenen Tagen, mein Vater, aber später habe ich mich an solche Anblicke gewöhnt. Sie berührten mich nicht mehr — kein bißchen. Doch damals, in den Tagen Chakas, waren die Flüsse rot von Blut. Ja, wir mußten uns das Wasser ansehen, ob es klar war, bevor wir tranken. Damals lernten die Menschen zu sterben, ohne viel Lärm zu machen. Es war ja auch egal. Jetzt wären sie ohnehin alle tot. Es ist egal. Alles ist egal, nur das Geborenwerden ist von Bedeutung. Und es ist ein Fehler, geboren zu werden, ein Fehler, den man bitter zu büßen hat, mein Vater.

Wir blieben in dieser Nacht in dem Kraal, aber wir konnten nicht schlafen, denn wir hören die *Itongo,* die Geister der Toten, wie sie umherirrten und einander riefen in der Dunkelheit. Es war natürlich, daß sie das taten; Männer suchten ihre Frauen, Mütter ihre Kinder. Doch wir hatten Angst, daß sie auf uns wütend sein könnten, weil wir hier waren, also lagen wir dicht aneinandergedrängt und zitterten in den Armen des anderen. Koos zitterte ebenfalls, und von Zeit zu Zeit heulte er laut. Aber die Geister schienen uns nicht zu bemerken, und gegen Morgen wurden ihre Rufe dann leiser.

Beim ersten Morgengrauen standen wir auf und gingen an den Toten vorbei zur Ebene. Jetzt hatten wir keine Schwierigkeiten mehr, den Weg zu Chakas Kraal zu finden, denn wir brauchten nur den Spuren des *Impi* zu folgen, und den Spuren der Rinder, die sie geraubt hatten. Hin und wieder fanden wir auch einen toten Krieger, den die anderen getötet hatten, weil seine Wunden ihn daran hinderten, weiterzumarschieren. Jetzt kamen mir jedoch Zweifel, ob es weise sei, Chaka aufzusuchen, denn nach dem, was wir gesehen hatten, befürchtete ich, daß er auch uns töten würde. Aber wir hatten keine andere Wahl. Wohin sollten wir uns auch wenden? Es blieb uns nichts anderes übrig, als weiterzugehen und abzuwarten, was passieren würde. Wir wurden immer schwächer vor Hunger, und Baleka sagte, wir sollten uns lieber hinsetzen und sterben, dann hätten wir keine Sorgen mehr. Also setzten wir uns an eine Quelle. Doch ich hatte noch keine Lust zu sterben, obwohl ich wußte, daß Baleka recht hatte, und es besser wäre, nicht mehr zu leben. Als wir so saßen, rannte der Hund Koos plötzlich auf einen nahen Busch zu, und dann hörte ich die Geräusche eines Kampfes. Ich lief zu dem Busch — Koos hatte einen Dulker-Bock gepackt, fast so groß wie er, der anscheinend in dem Busch geschlafen hatte. Als ich meinen Speer in den Bock stieß, schrie ich vor Glück, denn jetzt hatten wir zu essen. Als der Bock tot war, zog ich ihn ab, und wir schnitten kleine Stückchen Fleisch ab, wuschen sie im Wasser der Quelle und aßen sie roh, weil wir kein Feuer hatten, um sie zu braten. Es ist nicht angenehm, rohes Fleisch zu essen, aber das störte uns nicht, und die Nahrung gab uns neue Kräfte. Als wir soviel gegessen hatten, wie wir konnten,

standen wir auf und wuschen uns in der Quelle. Doch während wir uns wuschen, blickte Baleka auf und stieß einen erschrockenen Schrei aus. Auf der Kuppe eines Hügels, etwa zehn Speerwurfweiten entfernt, standen sechs bewaffnete Männer, Männer meines Stammes — Kinder meines Vaters Makedama —, die uns noch immer verfolgten und uns töten wollten. Sie entdeckten uns, stießen Schreie aus und begannen zu laufen. Auch wir sprangen auf und liefen — wir liefen wie Böcke, denn an unseren Füßen fraß die Angst.

Nun sah das Land folgendermaßen aus: Vor uns lag eine offene Ebene, die leicht zum Ufer des Weißen Umfolozi abfiel, der sich wie eine riesige, glänzende Schlange durch das Land windet. Auf der anderen Seite stieg das Gelände wieder an, und wir wußten nicht, was jenseits lag, doch glaubten wir, daß in dieser Richtung der Kraal Chakas liegen mußte. Wir liefen zum Fluß — wohin sonst hätten wir laufen sollen? Und hinter uns rannten die Krieger. Sie kamen näher und näher; sie waren kräftig, und sie waren wütend, weil wir so weit gekommen waren. So schnell wir auch laufen mochten, sie kamen immer näher und näher. Jetzt lag das Flußufer vor uns; der Fluß war voll und breit. Die Wasser tosten, weißer Gischt schäumte über unsichtbare Felsen. Stromabwärts waren Stromschnellen, die niemand überwinden konnte, dazwischen lag ein stiller Teich, in dem das Wasser ruhiger war — bis auf eine starke Strömung.

»Ah! Mein Bruder, was sollen wir tun?« rief Baleka ängstlich.

»Wir müssen wählen«, antwortete ich. »Wir können an den Speeren unserer Leute sterben oder den Fluß versuchen.«

»Es ist leichter, durch das Wasser zu sterben als durch das Eisen«, sagte sie.

»Gut«, sagte ich. »Mögen unsere Schlangen jetzt ihren Blick auf uns richten und unsere Väter mit uns sein! Zumindest können wir schwimmen.« Und ich führte sie zum Ufer des Teichs. Wir warfen unsere Decken fort — alles, außer einem Assegai, den ich zwischen die Zähne nahm — und sprangen in die Fluten. Wir wateten, so weit wir konnten.

Das Wasser stieg uns bis an die Brust — wir schwammen, als wir in der Mitte des Flusses den Boden unter den Füßen verloren, und der Hund Koos schwamm uns voraus.

In diesem Augenblick tauchten die Krieger am Ufer auf. »Ah! Ihr kleinen Leute«, riefen sie, »ihr könnt schwimmen, wie? Und wenn schon, ihr werdet ertrinken! Und wenn nicht, so kennen wir eine Furt, und wir werden euch fangen und töten — ja, und wenn wir euch bis zum Ende der Welt verfolgen müßten, wir werden euch erwischen!« Und er schleuderte einen Assegai nach uns, der zwischen uns ins Wasser schlug wie ein Blitz.

Während er sprach, schwammen wir, so rasch wir konnten, und jetzt waren wir mitten in der Strömung. Sie riß uns flußabwärts, aber wir kamen trotzdem voran, weil wir gute Schwimmer waren. Das Problem war: Wenn wir das andere Ufer erreichen konnten, bevor wir in die Stromschnellen gewirbelt wurden, waren wir sicher; wenn nicht, dann gute Nacht! Jetzt näherten wir uns dem anderen Ufer, aber wir waren bereits so nahe am schäumenden Wasser. Wir kämpften, wir wehrten uns. Baleka war ein tapferes Mädchen, und sie schwamm mit aller Kraft. Aber das Wasser riß sie immer weiter auf die Stromschnellen zu, und ich konnte nichts tun, um ihr zu helfen. Ich klammerte mich an einem Felsen fest und sah mich um. Dort war Baleka, und acht Schritte vor ihr kochte das Wasser. Ich konnte nicht zurückschwimmen. Ich war zu schwach dazu, und ich war sicher, daß sie sterben mußte. Aber der Hund Koos sah, daß sie in Gefahr war. Er schwamm auf sie zu, bellte, warf sich herum und nahm Richtung auf das Ufer. Sie packte seinen Schwanz mit der rechten Hand. Er schwamm mit aller Kraft — er war sehr stark. Auch sie schwamm, mit ihren Füßen und mit ihrer linken Hand — und allmählich, sehr langsam, näherten sie sich dem Ufer. Ich streckte ihr den Schaft meines Assegais entgegen. Sie packte ihn mit ihrer linken Hand. Ihre Füße hingen bereits über der Klippe der Stromschnelle, doch ich zog, und Koos zerrte, und wir brachten sie zum Ufer, wo sie keuchend zusammenbrach.

Jetzt sahen die Krieger am anderen Ufer, daß wir es geschafft hatten, und sie schrien uns Drohungen zu, dann liefen sie das Ufer entlang.

»Steh auf, Baleka!« sagte ich. »Sie suchen jetzt eine Furt.«

»Ah, laß mich sterben!« sagte sie.

Doch ich zwang sie aufzustehen, und nach einer Weile kam sie wieder zu Atem, und wir gingen so rasch wir konnten den langen Hang hinauf. Zwei Stunden lang gingen wir, oder mehr, bis wir den Scheitelpunkt des Hangs erreichten und von dort — in weiter Ferne — einen großen Kraal erblickten.

»Nimm dich zusammen«, sagte ich. »Dort drüben liegt der Kraal Chakas.«

»Ja, mein Bruder«, antwortete sie, »aber was erwartet uns dort? Der Tod ist hinter uns und vor uns — wir sind mitten im Tod.«

Kurz darauf erreichten wir einen Pfad, der von der Furt durch den Umfolozi zum Kraal führte. Über ihn waren die *Impi* gegangen. Wir folgten dem Pfad, bis wir endlich nur noch eine halbe Wegstunde von dem Kraal entfernt waren. Dann blieben wir stehen und blickten zurück — und sahen hinter uns unsere Verfolger — fünf Männer — denn einer war im Fluß ertrunken.

Wieder begannen wir zu laufen, aber jetzt waren wir sehr geschwächt, und sie holten rasch auf. Wieder dachte ich an den Hund. Er war scharf und würde jeden in Stücke reißen, auf den ich ihn ansetzte. Ich rief ihn zu mir und sagte ihm, was er tun sollte, obwohl ich wußte, daß ich ihn in den Tod schickte. Er verstand und rannte knurrend auf die Krieger zu, das Haar gestraubt. Sie versuchten, ihn mit ihren Speeren und Kerries zu töten, doch er sprang um sie herum und hielt sie auf Distanz. Schließlich schlug ein Mann nach ihm, und er sprang ihn an und packte ihn bei der Gurgel. Er biß sich fest, und der Mann und der Hund rollten über und über, bis beide starben. Ah! Was für ein Hund! Solche Hunde gibt es heutzutage nicht mehr! Sein Vater war ein Buren-Hund, der erste, der in dieses Land gekommen war. Er hatte einmal ganz allein einen Leoparden getötet.

Nun, das war das Ende von Koos!

Wir liefen weiter und weiter. Jetzt waren wir nur noch dreihundert Schritte vom Tor des Kraals entfernt, und drinnen ging irgend etwas vor; das erkannten wir an dem Lärm und dem aufwirbelnden Staub. Die vier Männer ließen den toten Hund und den sterbenden Krieger zurück und liefen uns nach. Ich sah, daß sie uns einholen würden, bevor wir das Tor erreichten, denn Baleka konnte sich kaum noch auf den Beinen halten. Dann hatte ich einen Gedanken. Ich hatte sie hergebracht, und nun war es meine Pflicht, ihr Leben zu retten, wenn es mir möglich war. Wenn sie den Kraal ohne mich erreichte, war sie gerettet. Chaka würde ein so junges und schönes Mädchen nicht töten.

»Lauf weiter, Baleka! Lauf!« rief ich und blieb zurück. Sie war jetzt fast blind vor Erschöpfung und Angst, und da sie nicht wußte, was ich vorhatte, taumelte sie auf das Tor des Kraals zu. Mein Herz schlug, und das Blut rauschte in meinen Ohren, doch als sie näher kamen und ich mich ihnen zuwandte — den Assegai in meiner Hand — tanzten rote Schleier vor meinen Augen, und alle Furcht fiel von mir ab.

Die Männer liefen, zwei und zwei, mit dem Abstand einer Speerwurfweite zwischen sich. Aber von dem ersten Paar war der eine fünf oder sechs Schritte dem anderen voraus. Dieser Mann schrie mit voller Stimme und griff mich an, Speer und Schild erhoben. Ich hatte keinen Schild, nur den Assegai; aber ich war listig, und er zu selbstsicher. Er stürzte sich auf mich. Ich blieb stehen und wartete, bis er den Speer zurückriß, um mich damit zu durchbohren. In der letzten Sekunde ließ ich mich auf die Knie fallen und stieß meinen Assegai mit aller Kraft unter den Rand des Schildes. Er stieß ebenfalls zu, aber über mich hinweg, sein Speer ritzte mir nur die linke Schulter auf. Hier kannst du noch die Narbe sehen, Weißer Vater. Und mein Assegai? Ah! Der traf ihn genau in der Mitte und durchbohrte ihn! Er rollte über und schrie vor Schmerzen. Doch ich war jetzt ohne Waffe, denn der Schaft meines Speers — es war ein leichter Wurf-Assegai — war in zwei Stücke zerbrochen, und ich hielt nur noch einen kurzen Stock in meiner Hand. Und jetzt war der andere heran! Er kam mir so riesig wie ein Baum vor. Ich war bereits tot; es gab keine Rettung; die Dunkelheit fiel auf mich herab, um mich zu verschlingen. Doch plötzlich sah ich einen Lichtstrahl in dem Dunkel. Ich fiel auf Hände und Knie und warf mich zur Seite. Mein Körper rammte die Beine des Mannes, als er mir gerade seinen Speer in den Leib stoßen wollte. Wie ein gefällter Baum stürzte er zu Boden. Bevor er wußte, was geschehen war, stand ich schon wieder auf den Beinen. Sein Speer war ihm aus der Hand gefallen. Ich riß ihn an mich, und als der Mann sich erhob, stieß ich ihm den Speer in den Rücken. Es ging schneller als das Zittern eines Blattes, mein Vater; und mit dem Schütteln eines Blattes war er auch tot. Jetzt lief ich los, denn ich hatte nicht den Mut, es auch mit den beiden anderen aufzunehmen. Mein Mut war erschöpft.

Etwa hundert Schritte vor mir entfernt taumelte Baleka auf das Tor des Kraals zu, beide Arme ausgestreckt, wie jemand, der zuviel Bier getrunken hat. Als ich sie einholte, war sie noch etwa vierzig Schritte vom Tor entfernt, und jetzt verließ sie auch der Rest ihrer Kraft. Ja! Sie stürzte bewußtlos zu Boden, und ich blieb bei ihr stehen. Und an dieser Stelle wäre auch ich getötet worden, denn nun kamen die beiden anderen, die eine Weile bei ihren toten Kameraden stehengeblieben waren, und sie schäumten vor Wut. Doch in diesem Augenblick wurde das Tor des Kraals geöffnet, und heraus drängte eine Gruppe von Kriegern, die einen Gefangenen mit sich schleiften. Ihnen folgte ein großer Mann, der ein Leopardenfell über den Schultern trug und laut lachte. In seiner Gesellschaft hielten sich fünf oder sechs andere Männer auf, und ihnen folgte eine Kompanie Soldaten.

Die Soldaten sahen, daß hier ein Kampf stattfand und liefen auf uns zu. Sie erreichten uns im selben Moment wie unsere beiden Verfolger.

»Wer seid ihr?« schrien sie. »Wer wagt es, am Tor des Elefantenkraals zu töten? Hier tötet nur der Elefant selbst.«

»Wir sind die Kinder Makedamas«, antworteten sie, »und wir verfolgen diese Übeltäter, die Verbrechen und Mord in unserem Kraal begangen haben. Sieh! Zwei von uns hat er hier umgebracht, und andere liegen tot neben dem Weg. Erlaubt, daß wir die beiden töten.«

»Richtet eure Bitte an den Elefanten«, sagten die Soldaten. »Und bittet ihn gleichzeitig, daß ihr nicht getötet werdet.«

In diesem Augenblick sah der hochgewachsene Häuptling das Blut und hörte die Worte. Er trat auf uns zu; er war wirklich ein Hüne und noch recht jung an Jahren. Selbst die größten der anderen überragte er um mindestens einen Kopf, und seine Brust war so breit wie zwei; sein Gesicht war grausam und schön, und wenn er wütend war, leuchteten seine Augen wie Feuer.

»Wer sind diese, die es wagen, den Staub am Tor meines Kraals aufzuwirbeln?« fragte er und runzelte ärgerlich die Stirn.

»O Chaka, o Elefant«, antwortete der Hauptmann der Soldaten und verneigte sich tief vor ihm, »die Männer sagen, daß diese beiden Übeltäter sind, und daß sie sie verfolgen, um sie zu töten.«

»Gut«, sagte er, »sollen sie die Übeltäter töten.«

»O Großer Häuptling! Dank sei dem Großen Häuptling!« sagten die beiden Männer meines Volkes, die uns töten wollten.

»Ich höre euch«, sagte er und wandte sich dann wieder an den Hauptmann. »Und wenn sie die Übeltäter getötet haben, laß sie blenden und fortjagen, damit sie ihren Weg nach Hause tastend suchen, denn sie haben es gewagt, einen Speer vor den Toren der Zulus zu heben. Und nun könnt ihr mich wieder preisen, meine Kinder!« Und er lachte, und die Soldaten murmelten: »*Ou!* Er ist weise, er ist groß, seine Gerechtigkeit ist so hell und so schrecklich wie die Sonne!«

Doch die beiden Männer meines Volkes schrien auf vor Angst, denn so eine Gerechtigkeit hatten sie nicht gesucht.

»Schneidet ihnen auch die Zungen heraus«, sagte Chaka. »Oder soll sich das Land der Zulus so ein Gejammer anhören? Niemals! Die Rinder würden Fehlgeburten haben. An die Arbeit, ihr Schwarzen! Dort liegt das Mädchen. Sie schläft und ist hilflos. Tötet sie! Was? Ihr zögert? Nun denn, wenn ihr noch Zeit zum Nachdenken habt, will ich euch etwas zu tun geben. Nehmt diese Männer, beschmiert sie mit Honig und bindet sie auf Ameisenhaufen; wenn morgen die Sonne aufgeht, werden sie ihre Gedanken von innen gesehen haben. Aber vorher tötet diese beiden gejagten Schakale.« Er deutete auf Baleka und mich. »Sie scheinen müde zu sein und brauchen Schlaf.«

Jetzt öffnete ich zum erstenmal den Mund, denn die Soldaten traten auf uns zu, um uns zu töten.

»O Chaka«, rief ich. »Ich bin Mopo, und dies ist meine Schwester Baleka.«

Ich schwieg, und ein tosendes Gelächter klang auf.

»Sehr schön, Mopo und deine Schwester Baleka«, sagte Chaka grinsend. »Guten Morgen, Mopo und Baleka — und auch gute Nacht.«

»O Chaka«, rief ich. »Ich bin Mopo, der Sohn Makedamas vom Stamm der Langeni. Ich war es, der dir vor vielen Jahren, als wir beide klein waren, eine Kalebasse mit Wasser brachte. Damals hast du mich aufgefordert, zu dir zu kommen, wenn du groß und mächtig geworden seist, und du hast geschworen, mich zu beschützen und mir nie etwas zu tun. Deshalb bin ich gekommen und habe meine Schwester mitgebracht; und jetzt bitte ich dich, iß nicht die Worte auf, die du damals gesprochen hast.«

Während ich sprach, veränderte sich Chakas Gesicht, und er hörte mir ernsthaft und aufmerksam zu, wie ein Mann, der die Hand an sein Ohr hält. »Das sind keine Lügen«, sagte er. »Willkommen, Mopo! Du sollst ein Hund in meiner Hütte sein und von meiner eigenen Hand gefüttert werden. Aber von deiner Schwester war nicht die Rede. Warum also sollte sie nicht getötet werden, wo ich doch Rache geschworen habe gegen deinen ganzen Stamm, nur dich ausgenommen?«

»Weil sie zu schön ist, um getötet zu werden, o Häuptling!« antwortete ich. »Und auch, weil ich sie liebe und ihr Leben als Gnade von dir erbitte.«

»Dreht das Mädchen um!« befahl Chaka. Und sie taten es, damit er ihr Gesicht sehen konnte.

»Wieder hast du keine Lüge gesprochen, Sohn Makedamas«, sagte der Häuptling. »Ich gewähre dir die Gnade. Auch sie soll in meiner Hütte liegen und eine meiner ›Schwestern‹ werden. Jetzt berichte mir, was los ist, aber sage die Wahrheit.«

Also setzte ich mich und erzählte ihm alles. Er wurde nicht müde zuzuhören. Doch als ich fertig war, sagte er nur eines: er wünschte, der Hund Koos wäre nicht getötet worden, denn wenn er am Leben geblieben wäre, hätte er ihn auf die Hütte meines Vaters Makedama gesetzt und ihn zum Häuptling über die Langeni ernannt.

Dann sagte er zum Hauptmann und zu den Soldaten: »Ich nehme meine Worte zurück. Diese Männer der Langeni sollen nicht verstümmelt werden. Einer von ihnen soll sterben, der andere am Leben bleiben. Hier«, er deutete auf den Mann, den die anderen aus dem Kraal geschleppt hatten, »hier, Mopo, haben wir einen Mann, der sich als Feigling erwiesen hat. Gestern wurde auf meinen Befehl ein Kraal von Hexern vernichtet — vielleicht hast du auf deinem Weg etwas davon gesehen. Dieser Mann und drei andere haben einen Soldaten dieses Kraals angegriffen, der seine Frau und seine Kinder verteidigte. Der Mann kämpfte gut — drei meiner Leute hat er getötet. Dieser Hund war zu feige, ihm gegenüberzutreten. Er tötete ihn durch einen Speerwurf, und dann hat er die Frau und ihre Kinder erstochen. Das ist nichts; aber er hätte sich dem Mann stellen sollen. Jetzt kann er das nachholen. Er soll bis zum Tod mit einem der beiden Schweine aus deinem Stall kämpfen.« Er deutete mit dem Speer auf die Männer aus dem Kraal meines Vaters. »Und der andere soll gehetzt werden, so wie sie dich gehetzt haben. Ich werde das andere Schwein mit einer Botschaft zu seinem Koben zurückschicken. — Wählt, Kinder Makedamas, welcher von euch soll am Leben bleiben?«

Nun waren die beiden Männer meines Stammes Brüder und liebten einander, und jeder von ihnen war bereit zu sterben, damit der andere frei sein würde. Deshalb traten sie beide vor und sagten, sie wollten gegen den Zulu kämpfen.

»Was? Gibt es Ehre unter Schweinen?« sagte Chaka.

»Dann werde ich entscheiden. Seht ihr diesen Assegai? Ich werde ihn in die Luft werfen; fällt er mit der Spitze nach oben zu Boden, soll der größere Mann frei sein, wenn der Schaft nach oben zeigt, gehört dem kleineren das Leben. Also!« Er wirbelte den kurzen Speer hoch in die Luft. Alle Augen waren auf ihn gerichtet, als er zu Boden fiel. Mit dem Schaft voran schlug er auf.

»Komm her, du«, sagte Chaka zu dem größeren der beiden Brüder. »Lauf zurück zum Kraal Makedamas und sage dort: So spricht Chaka, der Löwe des Zulu-ka-Malandela: Vor vielen Jahren hat dein Stamm mir Milch verweigert. Heute heult der Hund deines Sohnes Mopo auf dem Dach deiner Hütte*. — Geh!«

Der Mann wandte sich um, schüttelte seinem Bruder die Hand und ging, um die Botschaft des bösen Omens zum Kraal seines Stammes zu bringen.

Dann forderte Chaka den Zulu und den letzten der Männer, die uns verfolgt hatten, auf, miteinander zu kämpfen. Nachdem sie den Häuptling gepriesen hatten, gingen sie aufeinander los, und am Ende war es der Mann meines Stammes, der den Zulu tötete. Doch sowie er wieder etwas zu Atem gekommen war, wurde er gezwungen, um sein Leben zu laufen, und fünf Zulus hetzten hinter ihm her.

Doch am Ende konnte er ihnen entkommen. Chaka war nicht einmal wütend darüber; ich glaube sogar, daß er den Männern, die ihn verfolgten, Anweisung gegeben hatte, ihn entkommen zu lassen. Es gab nur einen guten Zug in Chakas bösem Charakter: er würde immer das Leben eines tapferen Mannes schonen, wenn er es tun konnte, ohne das Gesicht zu verlieren. Was mich anging, so war ich glücklich, daß ein Mann meines Volkes den Zulu getötet hatte, der die Kinder der sterbenden Frau ermordet hatte, die wir jenseits des Flusses gefunden hatten.

* Bei den Zulus gilt es als ein sehr böses Omen, wenn ein Hund auf das Dach einer Hütte klettert. Das zu sagen, ist eine Drohung, die von jedem Zulu verstanden und sehr ernst genommen wird.

5

Mopo wird Medizinmann des Königs

Dies also, mein Vater, waren die Ereignisse, die dazu führten, daß ich, Mopo, und meine Schwester Baleka in den Kraal Chakas, des Löwen der Zulu, kamen. Du könntest jetzt fragen, warum ich mich so lange mit einer Geschichte aufgehalten habe, die nicht anders ist als die Geschichten anderer Menschen unseres Volkes. Aber das wird sich zeigen, denn aus dieser Sache, wie ein Baum aus einem Samen, wuchs die Geburt Umslopogaas Bulalios — Umslopogaas, des Schlächters — und Nada, der Schönen, von deren Liebe meine Geschichte berichten soll. Denn Nada war meine Tochter, und Umslopogaas — obwohl nur wenige Menschen es wußten — kein anderer, als der Sohn Chakas, von meiner Schwester Baleka geboren.

Als sich Baleka nun von den Strapazen unserer Flucht erholt und ihre Schönheit zurückgewonnen hatte, nahm Chaka sie zur Frau, das heißt, als eine der Frauen, die er seine ›Schwestern‹ nannte. Und mich machte Chaka zu einem seiner Medizinmänner, und er war mit meiner Medizin so zufrieden, daß ich schließlich sein Ober-Medizinmann wurde. Das war nun ein sehr wichtiger und einflußreicher Posten, durch den ich im Laufe der Jahre fett an Rindern und Frauen wurde; doch barg er auch große Gefahren. Denn wenn ich am Morgen kräftig und gut gelaunt aufstand, wußte ich niemals, ob ich nicht am Abend steif und tot schlafen würde, für immer. Zahlreich waren die Medizinmänner, die Chaka mordete; wenn ihre Medizin nicht gut war, wurden sie getötet. Und irgendwann würde der Tag kommen, an dem sich der König krank am Körper oder schwer an der Seele fühlte, und dann warteten der Assegai oder die Folter auf den, der ihn behandelt hatte. Doch ich entging diesem Schicksal, teils wegen der Macht meiner Kunst, und auch dank des Eides, den Chaka geschworen hatte, als wir beide Kinder gewesen waren. So kam es, daß ich überall dort war, wo der König weilte. Ich schlief in der Nähe seiner Hütte, saß hinter ihm im Rat, und in der Schlacht war ich ständig an seiner Seite.

Ah! Die Schlachten! — Die Schlachten! In jenen Tagen wußten wir zu kämpfen, mein Vater! In jenen Tagen folgten die Geier zu Tausenden unseren *Impis*, und Rudel von Hyänen folgten unserem Weg, und keiner blieb hungrig. Niemals werde ich die Schlacht vergessen, bei der ich zum erstenmal an der Seite Chakas stand. Es war kurz nachdem der König seinen großen Kraal am Südufer des Umhlatuze errichtet hatte. Just zu dieser Zeit griff Häuptling Zwide seinen Rivalen Chaka zum drittenmal an, und Chaka stellte sich ihm mit zehn vollen Regimentern* entgegen, die zum erstenmal mit dem kurzen Stoßspeer bewaffnet waren.

Das Gelände lag folgendermaßen: Auf einem langgestreckten, flachen Hügel vor unseren drei *Impis* waren die Regimenter Zwides massiert; es waren siebzehn; die Erde war schwarz von ihrer Masse; ihre Federbüsche waren weiß wie Schnee. Auch wir waren auf einem Hügel, und zwischen uns lag ein schmales Tal, durch das ein kleiner Fluß rann. Die ganze Nacht hindurch loderten unsere Feuer durch das Dunkel, die ganze Nacht hindurch hallte der Gesang der Soldaten von den Hügeln wider. Dann kam das Grau der Dämmerung. Die Ochsen brüllten angesichts des neuen Lichts, die Regimenter erhoben sich von ihren Betten aus Speeren; sie sprangen auf und schüttelten den Tau von ihren Schilden und Haaren — ja! sie sprangen auf! Zum Sterben bereit! Die *Impis* nahmen Aufstellung, Regiment für Regiment, Männer, so zahllos wie die Sterne, und wie die Sterne strahlten sie. Die Morgenbrise sprang auf und fächelte sie, und die Federbüsche auf ihren Köpfen bogen sich im Wind, wiegten sich wie reifendes Gras, reif für die Assegais. Über der Kimm des Hügels tauchte die Sonne auf, die Sonne des Schlachtens; sie glühte rot auf den roten Schilden; schien rot auf das Schlachtfeld; die weißen Federbüsche der Häuptlinge erstrahlten rot im Blut des Himmels. Sie wußten

* etwa 30 000 Mann

es; sie sahen das Omen des Todes, und — ah! — sie lachten vor Freude, daß die Schlacht zum Leben erwachte. Was war der Tod! War es nicht gut, durch den Speer zu sterben? Was war der Tod? War es nicht gut, für den König zu sterben? Der Tod war die Armee des Sieges. Der Sieg würde heute nacht ihre Braut sein — und oh! wie warm und weich ihre Brust war.

Hört! — Der Kriegsgesang, das *Ingomo*, eine Melodie, deren Macht einen Mann zum Wahnsinn treiben kann, klang irgendwo am linken Flügel auf und wurde weitergetragen, von Regiment zu Regiment — wie ein rollender Ball von Gesang:

Wir sind die Männer des Königs,
Geboren, um getötet zu werden für ihn.
Auch du bist einer von uns!
Wir sind die Zulu, die Kinder des Löwen.
Was! Zitterst du etwa?

Plötzlich sah man Chaka durch die Reihen stapfen, gefolgt von seinen Hauptleuten, seinen *Indunas*, und mir. Er stolzierte wie ein großer Bock; Tod lag in seinen Augen, und wie ein Bock zog er die Luft in die Nüstern, roch den Geruch des Schlachtens. Er hob seinen Assegai, und es wurde totenstill; nur der Gesang der Männer war noch zu hören.

»Wo sind die Kinder Zwides?« rief er, und seine Stimme war wie die Stimme eines Bullen.

»Dort drüben, mein Vater«, antworteten sie, und alle Speere wiesen über das Tal hinweg.

»Sie kommen nicht her«, rief er wieder. »Sollen wir hier herumsitzen, bis wir alt geworden sind?«

»Nein, Vater«, antworteten sie. »Anfangen! Anfangen!«

»Das Umkandhlu-Regiment soll vortreten!« rief er, und noch während er sprach, drängten sich die schwarzen Schilde der Umkandhlu aus den Reihen der *Impis*.

»Geht, meine Kinder!« schrie Chaka. »Dort ist der Feind! Geht, und kommt nicht zurück!«

»Wir hören dich, Vater!« antworteten sie im Chor und liefen den Hang hinab wie eine riesige Herde von Wild mit Hörnern aus geschmiedetem Eisen.

Jetzt durchquerten sie den Fluß, und nun erwachte Zwide. Ein Raunen lief durch seine Kompanien; die Speere funkelten im Licht der Sonne.

Ou! Sie greifen an! *Ou!* Sie stoßen aufeinander! Höre das Zusammenkrachen der Schilde! Höre den Gesang der Schlacht!

Hin und her tobt der Kampf. Die Umkandhlu weichen zurück — sie fliehen! Sie kommen zurück über den Fluß — die Hälfte von ihnen; die anderen sind tot. Ein Wutgeheul erhebt sich von unseren Heerscharen. Nur Chaka lächelt.

»Macht Platz! Macht Platz!« schreit er. »Macht Platz für die Umkandhlu-*Mädchen!*« Mit hängenden Köpfen ziehen sie durch unsere Reihen nach hinten.

Jetzt flüstert er den *Indunas* etwas zu. Die *Indunas* laufen. Sie flüstern mit Menziwa, dem General, und mit den Hauptleuten. Dann laufen zwei Regimenter den Hang hinab, zwei andere nach rechts und noch zwei andere nach links. Aber Chaka bleibt auf dem Hügel, mit den drei verbliebenen Regimentern. Wieder das Krachen aufeinanderprallender Schilde. Ah! Das sind Männer! Sie kämpfen, sie fliehen nicht. Ein Regiment nach dem anderen fällt über sie her, doch sie stehen. Sie fallen zu Hunderten und zu Tausenden, doch nicht ein Mann zeigt dem Feind seinen Rücken, und auf jedem Gefallenen liegen zwei Tote. *Ou!* Mein Vater, nicht ein Mann dieser zwei Regimenter blieb am Leben. Es waren noch Jungen, doch sie waren die Kinder Chakas. Menziwa lag unter einem Haufen seiner gefallenen Krieger begraben. Solche Männer gibt es heute nicht mehr.

Sie sind alle tot und still. Chaka hält sich noch immer zurück. Er blickt nach Norden und nach Süden. Sieh! Zwischen den Bäumen schimmern Speere. Jetzt marschieren die vier Regimenter, die er an die Flanken geschickt hat, voran, wie die Greifer einer riesigen Zange, und greifen den Feind an beiden Flanken an. Sie töten und werden getötet, denn die Männer Zwides sind zahlreich und tapfer, und das Glück der Schlacht wendet sich gegen uns.

Jetzt spricht Chaka das Wort. Die Hauptleute hören es, die Soldaten recken den Hals, um es zu verstehen.

Endlich ist es soweit. *»Greift an! Greift an, Kinder der Zulu!«*

Ein ohrenbetäubendes Brüllen, das Donnern von Füßen, das Blitzen der Speere, und wie Wasser, das sich über einen geborstenen Damm ergießt, wie Sturmwolken vor einem Orkan, rasen wir den Hang hinab, auf den Feind zu. Die Gegner formieren sich, um sich uns entgegenzustellen; der Fluß liegt hinter uns; unsere Verwundeten richten sich auf und winken uns voran. Wir trampeln sie nieder. Was soll's? Sie können nicht mehr kämpfen. Dann stoßen wir auf Zwide, der vorstürmt, um uns heiß zu begrüßen. Bulle trifft auf Bulle. *Ou!* Mein Vater, ich weiß nichts mehr. Alles wird rot. Dieser Kampf! Dieser Kampf! Wir haben sie hinweggespült. Als es zu Ende war, war nichts mehr zu sehen, aber der Hang war schwarz und rot. Nur wenige flohen; es waren nur wenige übrig, die fliehen konnten. Wir haben sie vernichtet wie ein Feuer; wir haben sie aufgefressen. Wir hielten inne und sahen nach dem Feind. Es gab nur noch Tote. Die Heerscharen Zwides hatten aufgehört zu existieren. Dann riefen wir unsere Männer zusammen. Zehn Regimenter hatten die Sonne aufgehen sehen; drei Regimenter sahen die Sonne sinken; der Rest war dort, wo keine Sonne scheint.

So waren die Schlachten in den Tagen Chakas.

Du fragst mich nach dem Umkandhlu-Regiment, das aus der Schlacht floh. Ich werde dir sagen, was geschah. Als wir in unseren Kraal zurückgekehrt waren, rief Chaka das Regiment zusammen. Er sprach zu den Männern, mit sanfter, sehr sanfter Stimme. Er dankte ihnen für ihre Dienste. Er sagte, es sei nur natürlich, daß *Mädchen* beim Anblick von Blut ohnmächtig würden und in den Schutz ihrer Kraale zurückliefen. Doch hätte er ihnen befohlen, nicht zurückzukommen, und sie seien trotzdem zurückgekommen! Was sollte er nun mit ihnen tun? Welche Wahl blieb ihm? Und er bedeckte sein Gesicht mit einer Decke. Dann töteten die Soldaten alle von ihnen — es waren fast zweitausend —, und sie lachten und höhnten dabei.

So verfuhr man mit Feiglingen in jenen Tagen, mein Vater. Danach war jeder Zulu soviel Wert wie fünf Männer eines jeden anderen Stammes. Selbst wenn zehn Feinde gegen ihn standen, wandte er ihnen nicht den Rücken zu und floh: »Kämpft und fallt, aber flieht nicht!« war unsere Parole. Niemals, solange Chaka lebte, passierte ein Feind das Tor seines Kraals.

Diese Schlacht war nur eine von vielen. Mit jedem neuen Mond begann ein neues *Impi* seine Speere zu waschen und kam ausgedünnt zurück, doch mit einem Sieg und einer Herde erbeuteter Rinder. Ein Stamm nach dem anderen zerbrach unter unseren Schlägen. Die Männer dieser Stämme, die dem Assegai entrannen, wurden zu neuen Regimentern formiert, und auf diese Weise — obwohl in jedem Monat Tausende unserer Krieger starben — wurde die Armee trotzdem größer und größer. Sehr bald war keiner der Häuptlinge mehr am Leben. Umsuduka fiel, und nach ihm wurde Mahwane erschlagen. Dann fielen wir in das Land Natal ein. Als wir es betraten, war seine Bevölkerung so zahlreich, daß man sie nicht zählen konnte. Als wir es verließen, mochte man da und dort noch einen Mann finden, der sich in einem Erdloch versteckt hatte — das war alles. Männer, Frauen und Kinder, wir haben sie alle hinweggefegt; das Land war von ihnen gesäubert. Als nächster war U'Faku an der Reihe, der Häuptling der Amapondos. Ah! Wo ist U'Faku jetzt?

Und so ging es weiter und weiter, bis die Zulus der Kriege müde waren und selbst die schärfsten Assegais stumpf wurden.

6

Die Geburt Umslopogaas'

Dies war das Gesetz im Leben Chakas, daß er keine Kinder haben würde, obwohl er viele Frauen besaß. Jedes Kind, das eine seiner ›Schwestern‹ gebar, wurde auf der Stelle getötet.

»Was denn, Mopo«, sagte er einmal zu mir, »soll ich Kinder großziehen, damit sie mir den Assegai geben, wenn sie erwachsen geworden sind? Sie nennen mich einen Tyrannen. Sage mir, wie sterben die Häuptlinge, die von den Menschen Tyrannen genannt werden? Sie sterben durch die Hand derer, die sie gezeugt haben. Nein, Mopo, ich werde mein Leben lang herrschen, und wenn ich einst zu den Geistern meiner Väter eingehe, soll der Stärkste meine Macht und meinen Platz erobern!«

Nun geschah es, daß kurze Zeit nachdem er so zu mir gesprochen hatte, meine Schwester Baleka, die Frau des Königs, in die Wehen kam; und am gleichen Tag brachte meine Frau Macropha Zwillinge zur Welt, und das acht Tage nachdem meine Zweite Frau, Anadi, mir einen Sohn geboren hatte. Du fragst, mein Vater, wie es kam, daß ich verheiratet war, da Chaka allen seinen Soldaten die Heirat verboten hatte, bis sie in die mittleren Jahre gekommen waren. Es war eine Gnade, die er mir gewährte, als *Inyanga* der Medizin, da er wollte, daß ein Arzt auch die Krankheiten der Frauen wissen sollte, und vor allem lernen, ihre bösen Launen zu kurieren. Hoho! Als ob das moglich wäre, mein Vater.

Als der König hörte, daß Baleka im Kindbett lag, tötete er sie nicht sofort, weil er sie ein wenig gern hatte, doch er ließ mich zu sich rufen und befahl mir, mich um sie zu kümmern, und wenn das Kind geboren sei, sollte ich seine Leiche zu ihm bringen, wie es der Brauch war, damit er sicher sein konnte, daß es wirklich tot war. Ich warf mich vor ihm auf den Boden und ging, um seinen Befehl auszuführen. Doch mein Herz war schwer, denn war Baleka nicht meine Schwester? Und würde das Kind nicht Blut von meinem Blut sein? Trotzdem, es mußte sein, denn Chakas Flüstern war wie das Schreien anderer Könige, und wenn wir es wagten, uns seinem Befehl zu widersetzen, würden wir mit unserem Leben und mit den Leben aller, die in unserem Kraal waren, dafür büßen. Es war besser, daß ein Kind starb, als daß wir alle Futter für die Schakale wurden. Kurz darauf kam ich zu dem *Emposeni*, den Behausungen der Frauen des Königs, und sagte den Wachen, daß ich auf Befehl des Königs gekommen sei. Sie senkten ihre Assegais und ließen mich passieren, und ich betrat die Hütte Balekas. Ein paar andere Frauen des Königs waren bei ihr, doch als sie mich sahen, standen sie auf und gingen hinaus, denn es war ungesetzlich, daß sie blieben, wenn ich hier war. So blieb ich mit meiner Schwester allein.

Eine Weile lag sie schweigend, und auch ich sagte nichts, doch ich erkannte am Heben und Senken ihrer Brust, daß sie weinte.

»Still, meine Kleine«, sagte ich schließlich, »deine Sorgen werden bald vorüber sein.«

»Nein«, antwortete sie und hob den Kopf, »sie werden erst beginnen. Du grausamer Mann! Ich weiß, warum du hier bist. Du bist gekommen, um das Kind zu ermorden, das mir geboren werden soll.«

»Es ist der Befehl des Königs, Frau.«

»Es ist der Befehl des Königs, und was ist der Befehl des Königs? Habe ich denn dabei nichts zu sagen?«

»Es ist das Kind des Königs, Frau.«

»Es ist das Kind des Königs, aber ist es nicht auch mein Kind? Muß mein Kind von meinen Brüsten gerissen und erwürgt werden, und auch noch von dir, Mopo? Habe ich dich nicht geliebt, Mopo? Bin ich nicht mit dir von unserem Volk und vor der Rache unseres Vaters geflohen? Weißt du denn, daß es noch nicht zwei Monde her ist, daß der König Zorn auf dich hatte, weil er krank war, und dich hätte töten lassen, wenn ich ihn nicht für dich angefleht und ihn an sein Versprechen erinnert hätte? Und so zahlst du es mir zurück; du kommst, um mein Kind zu töten, mein erstgeborenes Kind!«

»Es ist der Befehl des Königs, Frau«, sagte ich ernst; aber mein Herz war gespalten.

Nun sagte Baleka nichts mehr, sondern wandte den Kopf zur Wand und begann bitterlich zu weinen und zu stöhnen.

Während sie so weinte, hörte ich ein Geräusch, und die Türöffnung verdunkelte sich. Eine Frau trat in die Hütte. Ich wandte mich um, damit ich sehen konnte, wer sie war, dann warf ich mich zu Boden, denn vor mir stand Unandi, die Mutter des Königs, die man ›Mutter der Himmel‹ nannte, dieselbe Frau, der meine Mutter einst Milch verweigert hatte.

»Heil dir, Mutter der Himmel«, sagte ich.

»Sei gegrüßt, Mopo«, antwortete sie. »Sage, warum weint Baleka? Ist es, weil die Last der Frauen auf ihr ruht?«

»Frage sie selbst, Mutter der Himmel.«

Nun sprach Baleka: »Ich weine, Mutter eines Königs, weil dieser Mann, der mein Bruder ist, von ihm geschickt wurde, der mein Herr ist und dein Sohn, um das Kind zu ermorden, das aus mir geboren werden wird. O du, deren Brüste gesäugt haben, bitte für mich! Dein Sohn wurde nicht getötet, als er aus dir kam.«

»Vielleicht wäre es besser gewesen, wenn man ihn getötet hätte, Baleka«, sagte Unandi, »dann würden viele andere Männer noch die Sonne sehen, die jetzt tot sind.«

»Aber wenigstens als Kind war er doch gut und freundlich, und du hast ihn geliebt, Mutter der Zulu.«

»Nein, Baleka! Als Kind schon hat er mir in die Titten gebissen und mir das Haar ausgerissen; so wie er als Mann ist, so war er schon als Kind.«

»Aber sein Kind könnte doch anders sein, Mutter der Himmel! Denke doch daran, daß du keinen Enkelsohn hast, der sich im Alter um dich kümmern wird. Willst du denn, daß dein Stamm ausgelöscht wird? Der König, unser Herr, lebt im Krieg. Auch er kann sterben. Und was dann?«

»Dann ist die Wurzel Senzangaconas noch immer grün. Hat denn der König keine Brüder?«

»Sie sind nicht von deinem Fleisch, Mutter. Hörst du mir denn nicht zu? Dann flehe ich dich an, als Frau flehe ich dich als eine andere Frau an: Rette mein Kind, oder töte mich mit ihm!«

Nun erweichte sich das Herz Unandis, und sie begann zu weinen. »Wie kann man das tun, Mopo?« fragte sie. »Der König muß das tote Kind sehen, und wenn er Verdacht schöpft — und selbst das Rohr hat Ohren —, so kennst du das Herz Chakas und weißt, wo wir morgen liegen werden.«

»Gibt es denn keine anderen neugeborenen Kinder im Zululand?« sagte Baleka. Sie hatte sich aufgerichtet und flüsterte zischend wie eine Schlange. »Höre, Mopo! Liegt nicht auch deine Frau in den Wehen? Hör mir zu, Mutter der Himmel, und auch du, mein Bruder, höre. Versucht nicht, mit mir ein Spiel zu treiben. Ich werde mein Kind retten, oder ihr werdet beide mit ihm sterben. Denn ich werde dem König sagen, daß ihr zu mir gekommen seid — ihr beide — und ein Komplott in mein Ohr geflüstert habt, ein Komplott, das Kind zu retten und den König zu ermorden. Wählt jetzt — und wählt schnell!«

Sie sank zurück. Es war still. Wir blickten einander an. Dann sagte Unandi: »Gib mir deine Hand, Mopo, und schwöre, daß du mir in dieser Sache die Treue halten wirst; so wie ich dir die Treue halten werde. Der Tag mag kommen, an dem dieses Kind, das noch nicht das Licht der Sonne gesehen hat, als König das Zululand beherrscht, und dann sollst du zum Dank der größte von allen Menschen sein, die Stimme des Königs, der Flüsterer im Ohr des Königs. Aber wenn du deinen Eid brichst, dann hüte dich, denn ich werde nicht allein sterben!«

»Ich schwöre, Mutter der Himmel«, sagte ich.

»Es ist gut, Sohn Makedamas.«

»Es ist gut, mein Bruder«, sagte Baleka. »Geh jetzt und tu, was getan werden muß, und tu es schnell, denn meine Sorge lastet auf mir! Geh, und denk daran, daß du nicht fehlen darfst, denn dann kenne ich keine Gnade, dann werde ich dir den Tod bringen; ja, das werde ich tun, selbst wenn ich selbst dabei sterben muß!«

So ging ich.

»Wohin willst du?« fragten die Wachen am Tor.

»Ich will meine Medizin holen, Männer des Königs«, antwortete ich.

So waren meine Worte; aber — oh! — mein Herz war schwer, und ich faßte den Plan, aus Zululand zu fliehen. Ich konnte, ich wagte nicht zu tun, was sie von mir verlangten. Was? Sollte ich mein eigenes Kind töten, sein Leben für das Leben von Balekas Kind geben? Sollte ich meinen Willen über den Willen des Königs stellen, ein Kind das Licht der Sonne sehen lassen, das von ihm zur Dunkelheit verdammt worden war? Nein, ich würde fliehen, würde alles zurücklassen und einen weit entfernt lebenden Stamm suchen, um dort mein Leben neu zu beginnen. Hier konnte ich nicht mehr leben; hier, im Schatten Chakas, gab es nichts als den Tod.

Ich erreichte meine eigenen Hütten und sah, daß meine Frau Macropha Zwillinge geboren hatte. Ich schickte alle hinaus, bis auf Anadi, meine andere Frau, die mir vor acht Tagen einen Sohn geboren hatte. Einer der Zwillinge war tot geboren worden, er war ein Junge. Der andere war ein Mädchen und lebte. Es war das Mädchen, das Nada, die Schöne, werden sollte, Nada, die Lilie. Jetzt hatte ich eine Idee. Hier öffnete sich mir ein Weg, den ich gehen konnte.

»Gib mir den Jungen«, sagte ich zu Anadi. »Er ist nicht tot. Gib ihn mir, damit ich ihn aus dem Kraal hinausbringen und ihn mit meiner Medizin zum Leben erwecken kann.«

»Das hat keinen Sinn — das Kind ist tot«, sagte Anadi.

»Gib ihn mir, Frau!« sagte ich scharf. Und sie gab mir den Jungen.

Ich nahm ihn und wickelte ihn in mein Medizinbündel und schlug um alles eine Grasmatte.

»Sorgt dafür, daß niemand die Hütte betritt, bis ich zurück bin«, sagte ich, »und sprecht kein Wort davon, daß dieses Kind tot zu sein scheint. Wenn ihr zulaßt, daß jemand die Hütte betritt, oder wenn ihr ein Wort über diese Sache sprecht, dann hilft meine Medizin nicht, und das Kind ist wirklich tot.«

So ging ich fort und ließ die beiden Frauen verwirrt zurück, denn es ist nicht Brauch, bei der Geburt von Zwillingen beide am Leben zu lassen. So rasch ich konnte, lief ich zum Tor des *Emposeni* zurück.

»Ich bringe die Medizin, Männer des Königs!« sagte ich zu den Wachen.

»Tritt ein!« antworteten sie.

Ich passierte das Tor und betrat die Hütte Balekas. Unandi war allein mit meiner Schwester.

»Das Kind ist geboren«, sagte die Mutter des Königs. »Sieh ihn dir an, Mopo, Sohn Makedamas!«

Ich sah ihn an. Es war ein ungewöhnlich großes Kind mit großen schwarzen Augen, wie die Augen von Chaka, dem König.

Unandi trat zu mir. »Wo ist es?« flüsterte sie.

Ich löste die Grasmatte von meinem Bündel und nahm das tote Kind heraus.

»Gib mir das lebende Kind«, flüsterte ich zurück.

Sie gab es mir, und ich rieb seine Zunge mit einem Saft ein, der sie für eine Weile lähmte. Dann wickelte ich das Kind zusammen mit meiner Medizin in die Grasmatte. Um den Hals des totgeborenen Kindes schlang ich eine Grasschnur, als ob ich es damit erdrosselt hätte, und wickelte es lose in ein Stück Matte.

Nun sprach ich zum erstenmal zu Baleka. »Frau«, sagte ich, »und auch du, Mutter der Himmel, ich habe getan, was ihr von mir verlangt habt, doch sollt ihr wissen, daß, bevor alles vorüber sein wird, diese Tat den Tod von vielen mit sich bringen wird. Schweigt wie ein Grab, denn ein offenes Grab steht für euch beide bereit.«

Ich ging wieder hinaus, die Matte mit dem toten Kind in meiner rechten Hand. Doch das Bündel mit der Medizin, in dem sich das lebende Kind befand, hatte ich über meiner Schulter befestigt. Ich passierte das Tor des *Emposeni,* und als ich an der Wache vorbeiging, hielt ich nur schweigend das Bündel mit dem toten Kind empor.

»Es ist gut«, sagten sie und nickten.

Doch nun verließ mich mein Glück, denn unmittelbar vor dem Tor traten mir drei Boten des Königs entgegen.

»Sei gegrüßt, Sohn Makedamas«, sagten sie. »Der König

befiehlt dich ins *Intunkulu* — das ist das Haus des Königs, mein Vater.«

»Gut«, antwortete ich. »Ich werde sofort kommen. Doch erst muß ich in mein eigenes Haus, um nach Macropha zu sehen, meiner Frau. Hier ist, was der König sehen will.« Ich zeigte ihnen das tote Kind. »Bringt es ihm, wenn ihr wollt.«

»So ist nicht der Befehl des Königs, Mopo«, sagten sie. »Er will, daß du sofort vor ihn trittst.«

Jetzt wurde mein Herz zu Wasser in meiner Brust. Könige haben viele Ohren. Konnte er etwas gehört haben? Und wie konnte ich es wagen, vor den Löwen zu treten, mit seinem lebenden Kind auf meinem Rücken? Doch Zaudern bedeutete den Tod. Angst zu zeigen, bedeutete den Tod. Ungehorsam bedeutete den Tod.

»Gut, ich komme«, sagte ich. Und wir gingen zum Tor des *Intunkulu.*

Es war kurz vor Sonnenuntergang. Chaka saß in dem kleinen Hof vor seiner Hütte. Ich fiel vor ihm auf die Knie, gab den königlichen Gruß *Bayéte* und blieb so.

»Steh auf, Sohn Makedamas«, sagte er.

»Ich kann es nicht, Löwe der Zulus«, antwortete ich. »Ich kann mich nicht erheben, da königliches Blut an meinen Händen klebt, bis der König mir vergeben hat.«

»Wo ist es?« fragte er.

Ich deutete auf die Matte in meiner Hand.

»Ich will es sehen.«

Ich schlug die Matte auseinander, er blickte das tote Kind an und lachte laut.

»Er hätte ein König werden können«, sagte er, als er einem Berater befohlen hatte, es fortzubringen. »Mopo, du hast ein Kind getötet, das vielleicht ein König geworden wäre. Hast du keine Angst?«

»Nein, Schwarzer«, antwortete ich. »Das Kind wurde auf Befehl eines Mannes getötet, der König *ist.*«

»Setz ich, ich will mit dir reden«, sagte Chaka, der sich in einer gelangweilten Stimmung befand. »Morgen sollst du für deine Tat fünf Ochsen erhalten; du sollst sie dir von der königlichen Herde auswählen.«

»Der König ist gut; er sieht, daß mein Gürtel eng geschnürt ist; er stillt meinen Hunger. Gestattet der König, daß ich jetzt gehe? Meine Frau liegt in den Wehen, und ich möchte nach ihr sehen.«

»Nein, bleibe noch. Sag mir, wie geht es Baleka, deiner Schwester und der meinen?«

»Es geht ihr gut.«

»Hat sie geweint, als du ihr das Kind genommen hast?«

»Nein, sie hat nicht geweint. Sie sagte: ›Der Wille meines Herrn ist mir Befehl.‹«

»Gut. Hätte sie geweint, ich hätte auch sie töten lassen. Wer war bei ihr?«

»Die Mutter der Himmel.«

Chakas Stirn umwölkte sich. »Unandi, meine Mutter — was wollte sie dort? Ich schwöre, obwohl sie meine Mutter ist … wenn ich glauben müßte …«

Eine Weile herrschte Stille, dann sprach er weiter. »Sag, was ist in dieser Matte?« Er deutete mit seinem kurzen Assegai auf das Bündel, das ich über meine Schulter geschlungen hatte.

»Medizin, mein König.«

»Du trägst so viel davon, daß du ein ganzes *Impi* versorgen könntest. Schnür die Matte auf. Ich will sie sehen.«

Du kannst mir glauben, mein Vater, daß mir vor Angst das Mark in den Knochen schmolz, denn wenn ich das Bündel aufschnürte, mußte er das Kind sehen, und dann …

»Es ist *tagati,* verzaubert, o König. Es ist nicht gut, Medizin anzusehen.«

»Mach es auf!« befahl er ärgerlich. »Was? Darf ich nicht sehen, was du mich zu schlucken zwingst? Ich, der ich der größte aller Medizinmänner bin?«

»Der Tod ist die Medizin des Königs«, antwortete ich, löste das Bündel von meiner Schulter und legte es so weit von ihm entfernt, wie ich es wagte, in den Schatten des Zauns. Dann beugte ich mich darüber und löste langsam die Schnüre, mit denen es zusammengehalten wurde. Dabei rann mir der Angstschweiß über die Stirn und in die Augen. Was sollte ich tun, wenn er das Kind sah? Was würde geschehen,

wenn das Kind aufwachte und zu schreien begann? Ich würde ihm den Assegai aus der Hand reißen und ihn erstechen! Ja, ich würde den König töten und dann mich selbst! Jetzt hatte ich die Matte aufgerollt. In ihr befanden sich die Kräuter und Wurzeln meiner Medizin; zwischen ihnen, in Moos gewickelt, das bewußtlose Kind.

»Scheußliches Zeug«, sagte der König und nahm eine Prise Schnupftabak. »Jetzt sollst du sehen, Mopo, wie genau ich treffen kann. Soviel für deine dreckige Medizin« Und er hob den Assegai, um ihn durch mein Bündel zu werfen. Aber während er warf, machte meine Schlange den König niesen, und so geschah es, daß der Assegai nur die äußeren Blätter meiner Medizin durchbohrte und das Kind unversehrt blieb.

»Möge der Himmel den König segnen!« sagte ich, wie es der Brauch verlangte.

»Ich danke dir, Mopo. Es ist ein gutes Omen. Und nun kannst du gehen. Doch nimm noch einen Rat von mir mit: Töte deine Kinder, so wie ich die meinen töte, damit sie dir keine Sorgen machen können. Die Welpen von Löwen sollte man am besten ersäufen.«

Ich schnürte mein Bündel, so rasch ich konnte — obwohl meine Hände zitterten wie Blätter im Wind. Oh! Was würde geschehen, wenn das Kind erwachte und zu schreien begann! Ich war fertig; ich stand auf und grüßte den König. Dann richtete ich mich wieder auf und ging. Kaum hatte ich das Tor des *Intunkulu* hinter mir, als das Kind in dem Bündel zu schreien begann. Wenn das nur eine Minute früher geschehen wäre!

»Was?« sagte einer der Soldaten, als ich an ihm vorbeiging. »Hast du einen jungen Hund unter deinem *Moocha** versteckt?«

Ich antwortete nicht, sondern lief weiter, bis ich meine Hütte erreichte. Meine beiden Frauen waren allein.

»Ich habe dein Kind wieder zum Leben erweckt, Frau«, sagte ich, während ich das Bündel aufschnürte.

Anadi nahm das Kind und sah es an.

* Gürtel aus Fell und Schwänzen von Ochsen

»Der Junge scheint größer als vorher«, sagte sie.

»Der Atem des Lebens ist jetzt in ihm und hat ihn aufgeblasen«, sagte ich.

»Seine Augen sind auch anders als vorher«, sagte sie wieder. »Sie sind jetzt groß und schwarz, wie die Augen des Königs.«

»Mein Geist hat in seine Augen geblickt und sie schön gemacht«, antwortete ich.

»Dieses Kind hat ein Muttermal an seinem Oberschenkel«, sagte sie noch einmal. »Das, welches ich dir gab, hatte keines.«

»Dort habe ich meine Medizin aufgelegt«, sagte ich.

»Es ist nicht dasselbe Kind«, sagte sie starrköpfig. »Es ist ein Wechselbalg, der Unglück in unser Haus bringen wird.«

Wütend sprang ich auf und verfluchte sie, weil ich erkannte, daß ich die Zunge dieser Frau zügeln mußte, denn sonst würde sie uns alle ins Verderben stürzen.

»Sei still, du Hexe!« schrie ich. »Wie kannst du es wagen, dein verlogenes Herz so sprechen zu lassen? Willst du einen Fluch auf unser Dach herabbeschwören? Willst du uns alle zum Futter für die Speere des Königs machen? Sag solche Worte noch einmal, und du wirst in der Mitte des Kreises sitzen — und die *Imgomboco* werden dich als Hexe erkennen!«

So tobte ich weiter und weiter und drohte ihr, sie dem Tod auszuliefern, bis sie vor Angst zusammenbrach. Sie fiel mir zu Füßen und flehte um Gnade und um Vergebung. Doch ich hatte noch immer Angst vor der Zunge dieser Frau. Und nicht ohne Grund.

7

Umslopogaas antwortet dem König

Die Jahre gingen dahin, und die Angelegenheit schlief. Man hörte nichts mehr von ihr, doch sie schlief nur; und, mein Vater, ich hatte große Angst vor der Stunde, in der sie erwachen würde. Denn das Geheimnis war zwei Frauen bekannt — Unandi, der Mutter des Königs, und Baleka, meiner Schwester und der Frau des Königs —, und zwei andere — Macropha und Anadi, meine Frauen — ahnten etwas davon. Wie konnte es dann für immer ein Geheimnis bleiben? Außerdem stellte es sich heraus, daß Unandi und Baleka ihre Liebe für das Kind nicht verbergen konnten, das angeblich mein Sohn war und Umslopogaas genannt wurde, in Wirklichkeit jedoch der Sohn Chakas, des Königs, und Balekas und der Enkelsohn Unandis war. Immer wieder erschien die eine oder die andere der beiden in meiner Hütte, unter dem Vorwand, meine Frauen besuchen zu wollen, nahmen den Jungen auf den Schoß und hätschelten ihn. Vergeblich redete ich auf sie ein, es zu lassen. Die Liebe in ihren Herzen war stärker als meine Worte, und sie kamen immer wieder. Und dies war das Ende davon: daß Chaka eines Tages das Kind auf den Knien Unandis, seiner Mutter, sitzen sah.

»Was macht meine Mutter mit deinem Bengel, Mopo?« fragte er mich. »Warum küßt sie nicht mich, wenn sie unbedingt jemanden küssen muß?« Und er lachte wie ein Wolf.

Ich sagte, daß ich es nicht wüßte, und damit war die Angelegenheit vorderhand erledigt. Doch danach ließ Chaka seine Mutter beobachten.

Der Junge Umslopogaas wuchs heran und wurde groß und kräftig; ein solches Kind konnte man in einem Umkreis von einer Tagesreise nicht noch einmal finden. Aber von klein auf war er mißlaunig, schweigsam, verschlossen und, wie sein Vater Chaka, völlig furchtlos. Auf der ganzen Welt gab es nur zwei Menschen, die er liebte, das waren ich, Mopo, den er Vater nannte, und Nada, die er für seine Schwester hielt.

Nun muß gesagt werden, daß Nada, so wie der Junge Umslopogaas der stärkste und tapferste unter den Knaben war, sie die lieblichste und schönste unter den Mädchen war. Um die Wahrheit zu sagen, mein Vater, so glaube ich nicht, daß sie von reinem Zulublut war, obwohl ich dessen nicht völlig sicher bin. Doch waren ihre Augen größer und sanfter als die unseres Volkes, ihr Haar länger und weniger kraus, und ihre Haut heller — sie hatte eher die Farbe geriebenen Kupfers. All dies hatte sie von ihrer Mutter, Macropha; doch war sie noch hellhäutiger als Macropha — heller als alle Menschen meiner Rasse, die ich jemals gesehen hatte.

Ihre Mutter, Macropha, meine Frau, war von Swazi-Blut und wurde nach einem Überfall zusammen mit anderen Gefangenen zum Kraal des Königs gebracht, und der König gab sie mir zur Frau. Es wurde behauptet, daß sie die Tochter eines Swazi-Dorfältesten vom Stamm der Halakazi sei. Daß sie von seiner Frau geboren wurde, ist wahr. Aber ob er ihr Vater war, das weiß ich nicht, denn ich hörte von den Lippen Macrophas selbst, daß vor ihrer Geburt ein weißer Mann im Kraal ihres Vaters gewohnt habe. Er war ein Portugiese von der Küste, ein schöner Mann und geschickt im Schmieden von Eisen. Dieser weiße Mann liebte die Mutter meiner Frau, Macropha, und manche glaubten, daß Macropha seine Tochter sei, und nicht die des Swazi-Dorfältesten. Eins weiß ich gewiß: daß vor der Geburt meiner Frau der Portugiese von dem Swazi getötet wurde. Aber über solche Dinge kann niemand die Wahrheit wissen, und ich spreche nur von ihnen, weil die Schönheit Nadas mehr der Schönheit weißer Menschen entsprach als der unseren, und das wäre nur natürlich, wenn ihr Großvater ein Weißer gewesen sein sollte.

Umslopogaas und Nada waren immer beisammen. Sie aßen zusammen, sie schliefen beieinander und wanderten zusammen; sie dachten mit einem Gedanken und sprachen mit einer Zunge. *Ou!* Was für ein schöner Anblick die beiden waren! Zweimal während ihrer Kindheit rettete Umslopogaas Nada das Leben.

Beim erstenmal geschah es folgendermaßen: Sie waren weit vom Kraal fortgegangen, auf der Suche nach bestimmten Beeren, die die Kleinen lieben. Sie gingen und gingen, bis sie endlich diese Beeren fanden, und sie aßen nach Herzenslust davon. Darüber war es Abend geworden, und als sie sich ausruhten, schliefen sie ein. Mitten in der Nacht erwachten sie wieder. Ein scharfer Wind wehte, und ein kalter Regen fiel auf sie nieder, denn es ist zu Beginn des Winters, daß die Früchte reifen.

»Steh auf, Nada!« sagte Umslopogaas. »Wir müssen den Kraal finden, oder die Kälte wird uns töten.«

Nada stand auf, frierend und voller Angst, und Hand in Hand stoiperten sie durch das Dunkel. Doch in Wind und Dunkel verloren sie den Weg, und als es endlich hell wurde, fanden sie sich in einem Wald, der ihnen fremd war. Sie ruhten sich eine Weile aus, fanden Beeren, die sie aßen, und gingen weiter. Sie gingen den ganzen Tag über, bis es wieder dunkel wurde, und sie brachen Zweige von den Bäumen und deckten sie über sich, um sich zu wärmen, und sie waren so erschöpft, daß sie sofort einschliefen. Als es dämmerte, erhoben sie sich, aber sie waren jetzt so müde, und es gab so wenige Beeren, daß sie gegen Mittag schon völlig erschöpft waren. Am Hang eines steilen Hügels legten sie sich hin, und Nada bettete ihren Kopf auf Umslopogaas' Schulter.

»Hier wollen wir sterben, mein Bruder«, sagte sie.

Doch bereits in diesem Alter war der Junge sehr tapfer, und er antwortete: »Die Zeit zum Sterben, Schwester, kommt, wenn der Tod sie bestimmt. Ruh dich hier aus. Ich will auf den Hügel steigen und mich umsehen.«

So verließ er sie und kletterte auf die Kuppe des Hügels. Auf dem Weg fand er reichlich Beeren und eine Wurzel, die gut zu essen ist, und er stopfte sich damit voll. Schließlich erreichte er die Hügelkuppe und blickte über die grüne See des Waldes hinweg. Und dort, weit im Osten, sah er eine senkrechte, helle Lilie, die wie Dampf vor einer dunklen

Klippe wirkte, und er wußte, daß es der Wasserfall hinter dem Kraal des Königs war. Er stieg wieder hinab, jubelnd vor Freude, und nahm für Nada Beeren und Wurzeln mit. Doch als er sie erreichte, sah er, daß ihre Sinne sie verlassen hatten. Hunger, Kälte und Erschöpfung waren zuviel für sie gewesen, und über ihr stand ein Schakal, der jedoch die Flucht ergriff, als Umslopogaas sich näherte. Nun wollte es scheinen, als ob der Junge nur zwei Möglichkeiten hätte. Die eine war, sich selbst zu retten, die andere, sich neben Nada zu legen und mit ihr zu sterben. Doch er fand einen dritten Weg. Er riß sein *Moocha* auseinander, machte Stricke davon, und mit den Stricken band er sich Nada auf den Rücken. Dann machte er sich auf den Weg zum Kraal des Königs. Er hätte ihn wohl nie erreicht, denn der Weg war weit, doch gegen Abend sahen Boten, die durch den Wald liefen, einen nackten Jungen, der ein Mädchen auf seinen Rücken gebunden und einen Stock in der Hand hatte. Er torkelte mühsam voran, seine Augen quollen aus den Höhlen, und Schaum stand auf seinen Lippen. Er konnte nicht sprechen vor Erschöpfung, und die Seile hatten seine Schultern wundgescheuert. Doch einer der Boten erkannte ihn als Umslopogaas, den Sohn Mopos, und sie trugen ihn zum Kraal. Sie wollten das Mädchen Nada zurücklassen, da sie sie für tot hielten, doch er deutete auf ihre Brust, und als einer von ihnen seine Hand darauflegte, fühlte er, daß ihr Herz noch schlug, also brachten sie auch Nada mit zum Kraal. Das Ende der Geschichte war, daß beide sich wieder erholten und einander noch mehr liebten als zuvor.

Danach bat ich, Mopo, Umslopogaas, im Kraal zu bleiben und nicht seine Schwester in die Wildnis zu führen. Aber der Junge war unruhig wie ein Fuchs, und wohin er auch ging, Nada folgte ihm. So geschah es, daß sie eines Tages, als das Tor offen war, aus dem Kraal schlüpften und eine tiefe Schlucht in der Nähe aufsuchten, die einen bösen Ruf hatte, weil behauptet wurde, daß Geister darin spukten und jeden töteten, der es wagte, sie zu stören. Ob das stimmt oder nicht, vermag ich nicht zu sagen, doch ich weiß, daß eine gewisse alte Frau in jener Schlucht wohnte. Sie hauste in einer Höhle und lebte von allem, was sie töten oder stehlen oder mit ihren Händen ausgraben konnte. Diese Frau war wahnsinnig, denn es hatte sich ergeben, daß ihr Mann von den Hexen-Suchern ›ausgeschnüffelt‹ und getötet worden war. Dann hatte Chaka, wie es der Brauch war, seine Soldaten ausgeschickt, um seinen Kraal zu vernichten, und sie gingen zu dem Kraal und töteten alle, die darin waren. Zuletzt brachten sie die Kinder des Mannes um, drei junge Mädchen, und sie hätten auch ihre Mutter assegait, wenn nicht bei dem Anblick des Entsetzens plötzlich ein Geist in sie gefahren und sie verrückt geworden wäre. Also ließen sie sie gehen, weil sie Angst hatten, sie zu berühren, wegen des Geistes, der in ihr war. Und auch später wagte niemand, sie zu berühren. Also floh sie und lebte fortan in jener Schlucht; und dies war die Art ihres Wahnsinns: Wenn immer sie Kinder sah, besonders kleine Mädchen, wurde sie von dem Drang gepackt, sie zu töten, so wie ihre Kinder getötet worden waren. Sie tötete sehr oft, denn wenn der Mond am höchsten stand und ihr Wahnsinn besonders stark war, ging sie lange Strecken, um Kinder zu finden, und sie riß sie aus ihren Kraals wie eine Hyäne. Aber trotzdem wagte niemand, sie zu berühren, wegen des Geistes, der in ihr war, nicht einmal die Eltern der Kinder, die sie ermordet hatte.

So gelangten Umslopogaas und Nada zu der Schlucht, in der die Kindsmöderin hauste, und setzten sich an das Ufer eines Teichs, nicht weit vom Eingang der Höhle entfernt, in der sie lebte. Umslopogaas ließ Nada allein, um nach Felsenlilien zu suchen, die sie liebte. Nada blieb am Teichufer sitzen und begann Blumen zu einer Girlande zu winden. Als Umslopogaas ein Stück entfernt war, blieb er stehen und rief ihr etwas zu, und sein Rufen weckte die Frau, die in ihrer Höhle geschlafen hatte, denn sie kam sonst nur bei Nacht heraus, wie eine Hyäne. Jetzt trat die Frau aus ihrer Höhle, einen Speer in der Hand, und sie roch Blut. Sie entdeckte Nada, die beim Teich im Gras saß und Blumen wand, und kroch auf sie zu, um sie zu töten. Doch in diesem Augenblick — so hat das Kind mir berichtet — spürte Nada plötzlich einen kühlen Windhauch, und sie bekam Angst, obwohl sie die Frau, die sie ermorden wollte, nicht sehen konnte. Sie ließ die Blumen fallen und blickte in das Wasser des Teichs, und dort sah sie hinter sich das verzerrte Gesicht der Kindsmörderin, die schon fast über ihr war, mit wirr herabhängenden Haarzotteln und blutgierig glänzenden Augen.

Mit einem Schrei sprang Nada auf und floh den Pfad entlang, den Umslopogaas gegangen war, und die Wahnsinnige lief ihr nach. Umslopogaas hörte ihren Schrei. Er fuhr herum und lief zurück. Und vor ihm war die Mörderin. Sie hatte Nada eingeholt und sie bereits an den Haaren gepackt, den Speer erhoben, um sie zu durchbohren. Umslopogaas hatte keinen Speer, nur einen kurzen Stock. Doch ohne zu zögern fiel er die Wahnsinnige an und hieb ihr den Stock mit solcher Kraft auf den Arm, daß sie das Mädchen losließ und sich schreiend auf ihn stürzte. Sie stieß mit dem Speer nach ihm, doch er wich dem Stoß aus. Wieder stach sie zu, doch er sprang in die Luft, und der Speer fuhr unter seinen Füßen hindurch. Sie stieß ein drittesmal zu, und obwohl er sich zu Boden warf, um dem Stich auszuweichen, durchbohrte der Assegai seine Schulter. Doch das Gewicht seines Körpers riß ihr den Schaft aus der Hand, und bevor sie ihn packen konnte, war Umslopogaas aufgesprungen und außer Reichweite, den Speer noch immer in der Schulter.

Die Frau fuhr herum, schreiend vor Wut und Wahnsinn, und stürzte sich auf Nada, um sie mit ihren bloßen Händen zu ermorden. Doch Umslopogaas biß die Zähne zusammen, riß den Speer aus seiner Schulter und griff sie an. Die Frau hob einen schweren Stein vom Boden auf und warf ihn nach Umslopogaas; sie schleuderte ihn mit einer solchen Wucht, daß er zersplitterte, als er gegen einen anderen Stein prallte. Doch Umslopogaas lief weiter auf sie zu und rannte ihr den Speer durch den Leib, so daß sie tot zu Boden stürzte. Danach verband Nada seine Wunde, die sehr tief war und stark schmerzte, und sie kehrten zum Kraal des Königs zurück und erzählten mir diese Geschichte.

Nun gab es einige, die verlangten, daß man den Jungen töten müsse, weil er jemanden umgebracht hatte, der vom Geist besessen gewesen sei. Aber ich sagte nein, niemand solle ihn anrühren. Er hatte die Frau getötet, um sein Leben und das seiner Schwester zu verteidigen; und jeder hat das Recht, in Selbstverteidigung zu töten, mit Ausnahme des Königs und solcher, die auf Befehl des Königs handeln. Außerdem, sagte ich, wenn die Frau von einem Geist besessen gewesen sei, so war es ein böser Geist, denn kein guter Geist würde die Opfer von Kindern verlangen, sondern höchstens von Rindern, denn es ist gegen unsere Sitten, den *Amatonga* Menschenopfer darzubringen, selbst nicht im Krieg, obwohl die Hunde von Basutus das tun. Aber das Geschrei wurde immer lauter und lauter, weil die Hexen-Sucher nach dem Leben des Jungen schrien und behaupteten, daß Unheil über uns hereinbrechen würde, wenn wir ihn nicht töteten, da er eine von Geistern Besessene getötet habe, und schließlich gelangte die Sache zu Ohren des Königs. Nun rief Chaka mich und den Jungen zu sich, und er ließ auch die Hexen-Sucher kommen.

Als erstes trugen die Hexen-Sucher ihre Ansichten vor und verlangten den Tod von Umslopogaas. Chaka fragte sie, was geschehen würde, wenn man den Jungen nicht tötete. Sie antworteten, daß der Geist der toten Frau ihn dazu zwingen würde, Unheil über das Haus des Königs zu bringen. Chaka fragte, ob er Unheil über ihn, den König, bringen würde. Sie befragten die Geister und antworteten dann nein, nicht über ihn, aber über ein Mitglied des königlichen Hauses, das ihm folgen würde. Chaka sagte, ihm sei es egal, was denen geschähe, die nach ihm kämen, und ob es denen gut oder schlecht erginge. Dann sprach er zu Umslopogaas, der ihm stolz in die Augen blickte, so wie ein Gleicher einen Gleichen anblickt.

»Junge«, sagte er. »Was hast du zu sagen? Hast du einen Grund, warum du nicht getötet werden sollst, wie es diese Männer verlangen?«

»Dies ist der Grund, Schwarzer«, antwortete Umslopogaas, »daß ich die Frau durchbohrt habe, um mein Leben zu verteidigen.«

»Das ist nichts«, sagte Chaka. »Wenn ich, der König, dich töten wollte, dürftest du dann mich töten, oder die, die ich dazu ausgeschickt habe? Das *Itongo* der Frau war ein Geister-König und befahl ihr, dich zu töten. Also hättest du dich töten lassen müssen. Hast du keinen anderen Grund?«

»Diesen, Elefant«, antwortete Umslopogaas. »Die Frau hätte meine Schwester ermordet, die ich mehr liebe als mein eigenes Leben.«

»Das ist nichts«, sagte Chaka. »Wenn ich aus irgendeinem Grund befehlen würde, dich zu töten, sollte ich dann nicht auch befehlen, alle anderen zu töten, die innerhalb deiner Tore leben? Wenn du nicht mehr zu sagen hast, mußt du sterben.«

»Ich habe dies zu sagen, Fresser deiner Feinde, und wenn auch das nicht genug ist, so laß uns aufhören zu reden und laß mich töten. Du, o König, hast den Befehl gegeben, diese Frau zu töten. Diejenigen, die du ausgeschickt hast, um sie zu töten, haben sie verschont, weil sie sie für besessen hielten. Ich habe den Befehl des Königs ausgeführt; ich habe sie getötet, und deshalb habe ich nicht den Tod verdient, sondern eine Belohnung.«

»Gut gesprochen, Umslopogaas!« sagte Chaka. »Laßt diesem Jungen mit dem Herzen eines Mannes zehn von meinen Rindern geben. Sein Vater soll sie hüten, bis er erwachsen geworden ist. Bist du damit nun zufrieden, Umslopogaas?«

»Ich nehme, was mir zukommt, und ich danke dem König, weil er mich nicht zu bezahlen braucht, wenn es nicht sein Wunsch ist«, sagte Umslopogaas.

Chaka starrte ihn eine Weile an, schien wütend zu werden, lachte dann jedoch schallend.

»Hört, ihr Männer! Dieses Kalb ist wie ein anderes, das vor langer Zeit im Kraal von Senzangacona geworfen wurde!« sagte er. »So wie ich einst war, so ist dieser Junge. Geh, Bursche, geh diesen Weg weiter, und am Ende werden sie dir den königlichen Gruß *Bayéte* zuschreien. Aber komm mir nicht in die Quere, denn zwei von dieser Art passen nicht zusammen. Und nun geh!«

Also gingen wir, doch als wir an den Hexen-Suchern vorbeikamen, sah ich sie miteinander flüstern, denn sie waren unzufrieden und sahen Unheil voraus. Außerdem waren sie auf mich eifersüchtig und wollten mich durch den Jungen treffen, den man meinen Sohn nannte.

8

Das große Ingomboco

Danach war es ruhig, bis nach dem Ende des Festes der Ersten Früchte. Nur wenige Menschen wurden während dieses Festes getötet, obwohl ein großes *Ingomboco* — eine Hexenjagd — stattfand und viele von den Hexen-Suchern ausgeschnüffelt wurden, weil sie Zauberei gegen den König anwandten. Auf diesem Gebiet war es mittlerweile im Zululand so schlimm geworden, daß alle Menschen sich vor den Hexen-Suchern fürchteten. Keiner konnte mehr ruhig schlafen, denn er wußte nicht, ob ihn nicht am nächsten Morgen der Stab eines *Isanusi* — so nennen wir die Hexen-Sucher — berühren und man ihn zum Tod führen würde. Eine ganze Weile unternahm Chaka nichts, und solange die Hexen-Sucher nur solche Leute ausschnüffelten, die er ohnehin loswerden wollte — und davon gab es viele —, ließ er sie gewähren. Als sie jedoch begannen, nach ihren eigenen Interessen zu handeln und Menschen zu Tode brachten, die er nicht töten wollte, wurde er wütend. Doch war es ein strenger Brauch des Landes, daß jeder, den der Stab eines *Isanusi* berührte, des Todes war, er und sein ganzes Haus; deshalb fand sich der König in einer schwierigen Lage, denn er konnte nicht wagen, solche Menschen zu retten, selbst wenn er sie liebte. Eines Abends kam ich zu ihm, um ihn zu behandeln, denn sein Gemüt war krank. Gerade an diesem Tag hatte ein *Ingomboco* stattgefunden, und fünf der tapfersten Hauptleute seiner Armee waren von den Hexen-Suchern ausgeschnüffelt worden, zusammen mit vielen anderen, und alle waren sie vernichtet worden, und man hatte

Männer ausgesandt, um auch die Frauen und Kinder der Verdammten zu töten. Jetzt war Chaka sehr wütend und öffnete mir sein Herz.

»Die Hexen-Sucher herrschen im Zululand, und nicht ich, Mopo, Sohn Makedamas«, sagte er zu mir. »Wo soll das enden? Werden sie eines Tages selbst mich ausschnüffeln und töten? Diese *Isanusis* werden mir zu mächtig; sie liegen auf dem Land wie der Schatten der Nacht. Sage mir, wie ich mich von ihnen befreien kann.«

»Wer über die Brücke der Speere geht, fällt ins Nichts«, sagte ich vorsichtig. »Selbst Hexen-Sucher finden keinen Halt auf dieser Brücke. Hat nicht auch ein Hexen-Sucher ein Herz, das aufhören kann zu schlagen? Hat er nicht Blut, das vergossen werden kann?«

Chaka maß mich mit einem seltsamen Blick. »Du bist ein mutiger Mann, daß du es wagst, so zu mir zu sprechen, Mopo«, sagte er. »Weißt du nicht, daß es ein Sakrileg ist, einen *Isanusi* zu berühren?«

»Ich spreche das aus, was mein König denkt«, antwortete ich. »Höre, o König! Es ist wahrhaftig ein Sakrileg, einen wirklichen *Isanusi* zu berühren. Doch was ist, wenn ein *Isanusi* nur ein Lügner ist? Was ist, wenn er falsch ausschnüffelt und solche zu Tode bringt, die unschuldig sind und bar jeden Übels? Ist es dann ein Sakrileg, sie eben dem Ende auszuliefern, das sie vielen anderen bereitet haben? Sage mir, ob es so ist, mein König.«

»Das sind gute Worte«, antwortete Chaka. »Doch sage mir, Sohn Makedamas, wie kann man so etwas beweisen?«

Nun beugte ich mich zu ihm und flüsterte meinen Rat in das Ohr des Schwarzen, und er nickte zustimmend.

Ich gab ihm diesen Rat, weil auch ich das Übel der *Isanusis* erkannt hatte, und weil ich ihre Geheimnisse kannte. Außerdem fürchtete ich um mein Leben, und um das Leben all derer, die mir lieb waren. Denn die *Isanusis* haßten mich, weil auch ich in ihrer Magie gebildet war, weil auch ich das Sehende Auge und das Hörende Ohr besaß.

Eines Morgens, wenige Tage nach diesem Gespräch, geschah etwas Ungewöhnliches im königlichen Kraal, und der

König selbst kam herausgestürzt und rief alle Leute zusammen, daß sie mit eigenen Augen sähen, welches Übel ihm von einem Zauberer angetan worden war. Sie liefen zusammen und sahen dies: An die Torpfosten des *Intunkulu,* des Hauses des Königs, war Blut geschmiert worden. Selbst die tapfersten Männer zitterten am ganzen Körper, als sie das sahen; Frauen jammerten so laut, wie sie über Tote jammern; sie jammerten über das Entsetzen dieses Omens.

»Wer hat das getan?« brüllte Chaka mit einer Stimme, die wie Donner klang. »Dies ist keine kleine Sache, die man mit dem Blut von ein paar Leuten abwaschen und dann vergessen kann. Der Mann, der dies getan hat, soll nicht allein oder mit nur ein paar Begleitern in die Welt der Geister gehen. Sein ganzer Stamm soll ihm folgen, bis hinunter zum letzten Säugling und zu den Rindern in seinem Kraal! Schickt Boten aus, nach Norden und Süden, nach Osten und Westen, ruft alle Hexen-Sucher des Landes zusammen! Sie sollen die Hauptleute aller Regimenter herbeiholen, und die Dorfältesten von jedem Kraal! Am zehnten Tag von heute soll der Kreis des *Ingomboco* hier versammelt sein, und es wird ein Ausschnüffeln von Hexen und Zauberern geben, wie es Zululand noch nie erlebt hat!«

So zogen die Boten hinaus, um den Befehl des Königs auszuführen, und dann erschienen Tag für Tag die Menschen beim Kraal, die der König zu sich befohlen hatte, fielen vor Chaka auf die Knie und priesen ihn laut. Doch er begrüßte keinen von ihnen. Nur einen Edlen ließ er sofort töten, weil der einen Stock aus dem königlichen Rotholz* in seiner Hand trug, den Chaka selbst ihm vor Jahren geschenkt hatte.

In der letzten Nacht vor dem Zusammentreten des *Ingomboco* kamen die Hexen-Sucher, die männlichen und die weiblichen, in den Kraal. Es waren hundert und noch ein halbes Hundert von ihnen, und sie sahen häßlich und furchterregend aus mit ihrem Schmuck aus weißen Menschenknochen, mit Blasen von Fischen und Ochsen und mit Schlan-

---

* Dieses herrliche Holz wird in Natal ›rotes Ebenholz‹ genannt

genhäuten. Schweigend zogen sie in den Kraal, bis sie das *Intunkulu,* das Haus des Königs, erreichten. Dort blieben sie stehen und sangen dieses Lied, daß es der König hören sollte:

Wir sind gekommen, o König, wir sind gekommen
aus den Höhlen, von den Felsen, aus den Sümpfen,
Um uns im Blut der Erschlagenen zu baden;
Wir haben unsere Schar zusammengerufen,
so wie sich die Geier auf dem Schlachtfeld sammeln,
Wenn sie das Blut der Erschlagenen wittern.

Wir sind nicht allein gekommen, o König;
mit jedem Weisen kommt auch ein Geist,
Der uns die Namen der Verdammten zuflüstert.
Wir kommen nicht allein, o König, denn wir sind die Söhne
und Indunas *des Todes,*
Und er führt unsere Schritte zu den Verdammten.

Rot erhebt sich der Mond über dem Land,
rot sinkt die Sonne im Westen;
Seht sie an, ihr Zauberer, und sagt ihnen Lebewohl!
Wir zählen euch zu Hunderten,
ihr, die ihr Flüche auf den König herabschreit.
Ha! Bald werden wir euch Lebewohl sagen!

Dann schwiegen sie, und schweigend schritten sie zu dem Platz, der ihnen angewiesen wurde, um dort die Nacht zu verbringen und ihre Zaubersprüche zu murmeln. Doch die anderen, die zusammengerufen worden waren, zitterten vor Angst, als sie ihre Worte vernommen hatten, denn sie wußten sehr wohl, daß viele von ihnen der Schlag mit dem Gnu-Schwanz treffen würde, bevor die Sonne zum anderenmal sank. Und auch ich zitterte, denn mein Herz war voller Angst. Ah! Mein Vater. Die Tage der Herrschaft Chakas waren eine schlimme Zeit, und an jeder Ecke lauerte der Tod auf uns! Damals konnte kein Mann sein Leben sein eigen nennen, oder das seiner Frauen und seiner Kinder. Alles gehörte dem König, und was der Krieg verschonte, nahmen die Hexen-Sucher.

Der Morgen dämmerte in einem unheilvollen Blutrot, und noch bevor die Sonne aufgegangen war, liefen Herolde nach allen Richtungen, um die Menschen zum *Ingomboco* des Königs zu rufen. Die Männer kamen zu Hunderten, nur mit kurzen Stöcken in den Händen — das Tragen von Waffen wurde mit dem Tode bestraft —, und setzten sich in einem großen Kreis vor das Tor des königlichen Hauses. Oh! Ihre Gesichter waren ernst und ihre Augen voller Angst, und sie hatten keinen Hunger, um etwas zu essen, sie, die sie dem Tod zur Nahrung werden sollten. Sie setzten sich; dann zogen außerhalb des Kreises Gruppen von Soldaten auf, ausgesuchte Männer, groß und grausam, die nur mit Kerries bewaffnet waren. Dies waren die Vollstrecker.

Als alles bereit war, trat der König heraus, gefolgt von seinen *Indunas* und von mir. Als er erschien, in seinen Kaross aus Löwenfellen gekleidet und alle anderen überragend, warfen sich alle Versammelten — und es waren mehr als das Wild in den Bergen — zur Erde, und von allen Lippen ertönte der königliche Gruß *Bayéte.* Doch Chaka nahm keinerlei Notiz davon; seine Stirn war umwölkt wie ein Berggipfel. Er warf nur einen kurzen Blick auf die versammelten Menschen, auf die Vollstrecker, und jeder, den sein Blick traf, wurde grau vor Angst. Dann schritt er weiter und setzte sich auf einen Hocker an der Nordseite des weiten Kreises.

Eine Weile herrschte absolute Stille; dann erschien durch das Tor der Frauenhäuser eine Gruppe von Mädchen. Sie trugen ihre mit Glasperlen verzierten Tanzkleider und grüne Zweige in den Händen. Während sie näher schritten, klatschten sie in die Hände und sangen mit leiser Stimme:

»Wir sind die Herolde königlichen Mahls. Ai! Ai!
Geier werden es fressen. Ah! Ah!
Es ist gut — es ist gut, für den König zu sterben!«

Ihr Gesang brach ab, und sie stellten sich hinter uns auf. Nun hob Chaka die Hand, und man hörte das Geräusch laufender Füße. Schließlich erschien — aus der Richtung der königlichen Hütten — die große Schar der *Abangoma,* der

Hexen-Sucher — die Männer zur Rechten, die Frauen zur Linken. Jeder und jede von ihnen trug in der linken Hand den Schwanz eines Gnus, in der rechten ein Bündel von Assegais und einen kleinen Schild. Es war ein schrecklicher, furchteinflößender Anblick, und die Menschenknochen, die sie zu Ketten gebunden um Hals und Gelenke trugen, rasselten, die Blasen und Schlangenhäute wehten hinter ihnen her, ihre Gesichter glänzten von dem Öl, mit dem sie sie eingerieben hatten, ihre Augen starrten wie die Augen von Fischen, und ihre Lippen zuckten hungrig, als sie sich in der Runde umsahen. Ha! Ha! Diese Kinder des Bösen konnten natürlich nicht wissen, wer die Mörder sein würden, und wer die Opfer, bevor die Sonne untergehen würde.

So kamen sie heran, wie eine graue Armee von Toten. Sie kamen heran, und es herrschte eine Totenstille, in der man nur das Klatschen ihrer nackten Füße hörte und das trockene Rasseln ihrer Knochenketten, bis sie in mehreren Reihen hintereinander vor dem Schwarzen standen. Als sie so Aufstellung genommen hatten, stießen sie alle ihre kleinen Schilde empor, und sie schrien mit einer Stimme: »Heil dir, Vater!«

»Seid gegrüßt, meine Kinder!« antwortete Chaka.

»Was suchst du, Vater?« schrien sie wieder. »Blut?«

»Das Blut der Schuldigen«, antwortete er.

Sie wandten sich um und sprachen leise miteinander; die Gruppe der Männer sprach mit der Gruppe der Frauen.

»Der Löwe der Zulu will Blut!« riefen die Männer.

»Er soll gesättigt werden!« kreischten die Frauen.

»Der Löwe der Zulu riecht Blut!«

»Er soll Blut sehen!« kreischten die Frauen.

»Seine Augen suchen nach den Zauberern.«

»Er soll ihre Toten zählen!« kreischten die Frauen.

»Ruhe!« rief Chaka. »Verschwendet die Zeit nicht zum Schwatzen, sondern nutzt sie zur Arbeit. Hört zu! Zauberer haben mich behext! Zauberer haben es gewagt, Blut auf die Torpfosten des Königs zu schmieren. Grabt ihre Erdlöcher auf und findet sie, ihr Geier! Schnüffelt an den Toren der Menschen und nennt mir ihre Namen, ihr Schakale! Ihr Jäger der Nacht! Zerrt sie aus ihren Höhlen, wenn sie sich verstecken, holt sie von den Enden der Erde, wenn sie geflohen sind, und aus ihren Gräbern, wenn sie tot sind. An die Arbeit! An die Arbeit! Findet die Schuldigen, und ich will euch reich beschenken; und die Schuldigen, selbst wenn es ein ganzes Volk sein sollte, sie sollen alle erschlagen werden. Fangt an! Fangt an! Arbeitet in Gruppen von zehn, denn ihr seid viele, und alles muß erledigt sein, bevor die Sonne sinkt.«

»Es wird erledigt sein, Vater«, antworteten sie.

Nun traten zehn der Frauen vor, an ihrer Spitze die berühmteste der weiblichen Zauberer jener Tage — eine alte Frau namens Nobela, eine Frau, für deren Augen die Dunkelheit keine Schleier hatte, deren Nase so scharf war wie die eines Hundes, die die Stimmen der Toten hörte, wenn sie nächtens schrien. Alle anderen *Isanusis*, Männer und Frauen, setzten sich in einen Halbkreis, dem König zugewandt, doch diese Frau trat vor, und mit ihr kamen neun ihrer Schwestern. Sie blickten nach Norden und nach Süden, nach Osten und nach Westen und suchten die ganze Erde ab; sie blickten nach Norden und nach Süden, nach Osten und nach Westen und erforschten die Herzen der Menschen. Dann ließen sie sich auf Hände und Knie nieder und krochen in dem Kreis umher wie riesige Katzen; dann warfen sie sich auf die Erde und berochen sie. Und während der ganzen Zeit war es totenstill, so still wie die Mitte der Nacht, und in der Stille konnten die Männer das Schlagen ihrer Herzen hören. Nur hin und wieder schrie einer der Geier in den Bäumen.

Endlich richtete Nobela sich auf und sprach.

»Riecht ihr ihn, Schwestern?«

»Wir riechen ihn«, antworteten sie.

»Sitzt er gen Osten, Schwestern?«

»Er sitzt gen Osten«, antworteten sie.

»Ist er der Sohn eines Fremden, Schwestern?«

»Er ist der Sohn eines Fremden.«

Dann krochen sie näher, sie krochen auf Händen und Knien, bis sie sich bis auf zehn Schritte der Stelle genähert hatten, wo ich zwischen den *Indunas* saß, in der Nähe des Königs. Die *Indunas* blickten einander an, und ihre Gesichter wurden grau vor Angst; und was mich betrifft, mein Vater, meine Knie waren weich, und das Mark in meinen Knochen wurde zu Wasser. Denn ich wußte nur zu gut, wer der Sohn eines Fremden war, von dem sie sprachen. Ich war es, mein Vater, ich, der nun ausgeschnüffelt werden würde; und wenn sie mich ausschnüffelten, würde man mich töten, mich und mein ganzes Haus, denn gegen die Hexen-Sucher konnte mich selbst der Eid des Königs nicht schützen. Ich blickte in die grausamen Gesichter der *Isanusis,* die auf mich zukrochen wie Schlangen. Ich wandte den Kopf und sah, wie die Vollstrecker ihre Kerries fester packten, um den Schuldigen zu töten, und eine würgende Bitterkeit stieg in mir auf. Doch dann erinnerte ich mich an die Worte, die der König und ich miteinander geflüstert hatten, und an den Grund, aus dem dieses *Ingomboco* einberufen worden war, und meine Zuversicht kehrte zurück, wie der erste Schimmer der Morgendämmerung nach einer Sturmnacht. Trotzdem wagte ich nicht, zu sehr zu hoffen, denn es war sehr wohl möglich, daß der König diese Falle nur aufgestellt hatte, um mich darin zu fangen.

Jetzt hatten sie mich erreicht und blieben vor mir hocken.

»Haben wir falsch geträumt, Schwestern?« fragte Nobela, die Alte.

»Was wir nächtens träumten, sehen wir nun im Licht des Tages«, antworteten sie.

»Soll ich den Namen in eure Ohren flüstern, Schwestern?«

Sie hoben ihre Köpfe vom Boden wie Schlangen und nickten, und als sie nickten, rasselten die Ketten aus Menschenknochen an ihren hageren Hälsen. Dann steckten sie die Köpfe zusammen, und Nobela sagte ihnen flüsternd das Wort.

»Ha! Ha!« lachten sie. »Wir hören dich! Ja, sein Name ist es! Laßt uns ihn nennen im Angesicht des Himmels, seinen und den seines Hauses; dann soll er nie wieder einen anderen Namen hören!«

Plötzlich sprangen sie auf, stürzten auf mich zu, richteten ihre Gnu-Schwänze auf mich, und Nobela schlug mir mit dem ihren ins Gesicht und schrie: »Sei gegrüßt, Mopo, Sohn Makedamas! Du bist der Mann, der Blut an die Torpfosten des Königs geschmiert hat, um den König zu behexen! Dein Haus soll von der Erde getilgt werden!«

Ich sah sie kommen, ich fühlte den Schlag ins Gesicht, doch es war alles wie in einem Traum. Ich hörte das Trampeln der Vollstrecker, als sie auf mich zuliefen, um mir einen schrecklichen Tod zu bereiten, aber meine Zunge klebte an meinem Gaumen — ich brachte nicht ein Wort heraus. Ich sah den König an, und als ich das tat, glaubte ich ihn murmeln zu hören: »Sehr nahe, sehr nahe, aber nicht im Ziel.«

Dann hob er seinen Speer, und es war wieder still. Die Vollstrecker blieben reglos stehen, die Hexen-Sucher verharrten mit ausgestreckten Armen, die Männer schienen selbst den Atem anzuhalten.

»Halt!« sagte Chaka. »Tritt zur Seite, Sohn Makedamas, den man einen Übeltäter genannt hat! Tritt zur Seite, Nobela, und auch ihr anderen, die ihr ihn einen Übeltäter genannt habt! Was? Soll ich mich mit dem Leben eines einzigen Hundes zufrieden geben? Schnüffelt weiter, ihr Geier, eine Gruppe nach der anderen, schnüffelt weiter! Der Tag ist für die Arbeit, die Nacht für das Festmahl!«

Ich erhob mich, völlig verwirrt, und trat zur Seite. Die Hexen-Sucherinnen traten ebenfalls zur Seite, genauso verwirrt wie ich, denn so ein Ausschnüffeln hatte dieses Land noch niemals gesehen. Bis zu dieser Stunde galt das Gesetz: Wenn ein Mann mit dem Gnu-Schwanz eines *Isanusi* geschlagen wurde, starb er noch in derselben Sekunde. Warum, also, fragten sich die Männer, wurde mein Tod hinausgeschoben? Die Hexen-Sucherinnen stellten sich ebenfalls diese Frage und blickten den König an, daß er sie erleuchte, doch der Schwarze sagte nicht ein einziges Wort.

So standen wir also an der Seite, während eine zweite Gruppe der *Isanusi*-Frauen mit ihren Riten begann. Genau wie die anderen gingen sie vor, und doch nicht ganz, denn es ist die Art der *Isanusis*, daß nicht zwei von ihnen auf die

gleiche Art schnüffeln. Und diese Gruppe blickte in die Gesichter der Berater des Königs und erklärte sie der Zauberei für schuldig.

»Stellt euch auf die Seite!« sagte der König zu denen, die ausgeschnüffelt worden waren. »Und ihr, die ihr die Schlechtigkeit dieser Männer herausgefunden habt, stellt euch zu denen, die Mopo, den Sohn Makedamas, beim Namen genannt haben. Es ist sehr gut möglich, daß sie alle schuldig sind.«

Also traten auch diese zur Seite, und eine dritte Gruppe machte sich ans Werk. Und sie benannten einige der großen Generale, und auch sie forderte der König auf, zur Seite zu treten, gemeinsam mit denen, die sie beschuldigt hatten.

So ging es den ganzen Tag hindurch. Eine Gruppe der Frauen nach der anderen verdammte ihre Opfer, bis sie alle damit fertig waren und nun, zusammen mit denen, die sie benannt hatten, zur Seite traten. Dann waren die männlichen *Isanusis* an der Reihe, und ich merkte, daß jetzt die Angst an ihren Herzen nagte, weil sie eine Falle witterten. Doch der Befehl des Königs mußte befolgt werden, und auch wenn ihre Magie hier versagte, so mußten sie doch Opfer finden. Also schnüffelten sie diesen Mann aus und jenen, bis die Verdammten nach Hunderten zählten. Sie hockten schweigend auf dem Boden, blickten einander mit traurigen Augen an und sahen die Sonne, die wir zum letztenmal zu sehen glaubten, langsam zum Horizont sinken. Und während der Tag immer kürzer wurde, wurden die Männer, die nicht verdammt worden waren, immer wütender und ungeduldiger. Sie sprangen in die Luft, sie mahlten mit den Zähnen, sie warfen sich zu Boden und wälzten sich. Sie fingen Schlangen und fraßen sie lebend, sie schrien zu den Geistern empor und riefen die Namen der toten Könige.

Endlich wurde es Abend, und die letzte Gruppe der *Isanusi* tat ihre Pflicht. Sie erschnüffelten einige der Wächter des *Emposeni*, des Frauenhauses. Doch unter diesen *Isanusi* befand sich ein Mann, ein junger, hochgewachsener Mann, der sich zurückhielt und sich nicht an ihrem Tun beteiligte, sondern allein in der Mitte des großen Kreises stand, den Blick zum Himmel gerichtet.

Und als seine Gruppe ebenfalls zur Seite beordert wurde wie die anderen, gemeinsam mit denen, die sie ausgeschnüffelt hatten, rief der König mit lauter Stimme nach dem letzten der *Isanusi,* fragte ihn nach seinem Namen und seinem Stamm, und warum er allein nicht seine Pflicht getan habe.

»Mein Name ist Indabazimbi, Sohn des Arpi, o König«, antwortete er, »und ich bin vom Stamm der Maquilisini. Befiehlt mir der König, den auszuschnüffeln, den mir die Geister als Täter des Bösen verraten haben?«

»Ich befehle es dir«, sagte der König.

Der junge Mann Indabazimbi trat ohne Zögern auf den König zu, ohne ein Wort, ohne Schreie und Gesten, sondern wie einer, der von der Tür seines Hauses zum Rinderkraal geht, und dann schlug er dem König mit seinem Gnu-Schwanz ins Gesicht und sagte: »Ich erschnüffele die *Himmel über mir**!«

Ein Schrei des Erstaunens und des Schreckens kam von der Menge, und alle erwarteten, daß dieser Narr mit der Folter getötet werden würde. Aber Chaka stand auf und lachte schallend.

»Du hast es gesagt«, rief er, »und du allein! Hört, ihr Leute! *Ich* habe es getan! *Ich* habe Blut an die Pfosten meines Kraaltors geschmiert; mit meinen eigenen Händen habe ich es getan, damit ich erfahre, welches die wahren *Isanusi* sind, und welches die falschen! Nun stellt es sich heraus, daß es im ganzen Zululand nur einen einzigen wahren *Isanusi* gibt — diesen jungen Mann — und von den falschen ... seht sie euch an und zählt sie, sie sind wie Blätter an einem Baum. Seht! Dort stehen sie, und neben ihnen stehen jene, die sie verdammt haben — die Unschuldigen, die sie zusammen mit ihren Frauen und Kindern dazu verdammt haben, den Tod von Hunden zu sterben. Nun frage ich euch, mein Volk, was für eine Belohnung soll ihnen werden?«

* Ein Zulu-Titel für den König

Nun erhob sich ein lautes Geschrei aus der Menge. »Sie sollen sterben, o König!«

»Ja«, antwortete er. »Sie sollen sterben, wie es Lügnern zukommt!«

Nun hoben die *Isanusis,* Männer wie Frauen, ein lautes Geschrei an, sie schrien vor Angst, und sie schrien um Gnade, und sie zerrissen sich die Haut mit ihren Fingernägeln, denn nichts wollten sie weniger, als ihre eigene Medizin zu schmecken, die Medizin des Todes. Doch der König lachte nur noch lauter.

»Hört, ihr Leute!« rief er und deutete auf die große Gruppe von uns, die wir ausgeschnüffelt worden waren. »Ihr seid von diesen Scharlatanen zum Sterben verdammt worden. Nun zahlt es ihnen heim, stopft euch voll mit ihnen. Erschlagt sie, meine Kinder! Tötet sie alle! Löscht sie aus! Trampelt sie in den Boden! Alle! Alle! Alle! Außer dem jungen Mann!«

Nun sprangen wir auf, denn in unseren Herzen brannte der Haß und die Gier nach Rache für die Angst, die wir erlitten hatten. Die Verdammten erschlugen die Verdammer, und aus dem Kreis des *Ingomboco* scholl Geschrei und Lachen, denn die Herzen der Menschen jubilierten, weil das Joch der Hexen-Sucher endlich von ihnen genommen worden war.

Schließlich war es getan, und wir traten von dem Berg von Toten zurück. Jetzt war nichts mehr zu hören, keine Schreie, kein Stöhnen, keine Flüche. Die Hexen-Sucher gingen nun den Weg, auf den sie viele andere geschickt hatten. Der König trat näher, um sie anzusehen. Er kam allein, und alle, die seinen Befehl ausgeführt hatten, senkten den Kopf und gingen geduckt an ihm vorbei und priesen ihn mit lauter Stimme. Nur ich blieb stehen, so wie ich war, von oben bis unten mit Blut, Sand und Schlamm bedeckt, denn ich fürchtete mich nicht vor der Gegenwart des Königs. Chaka trat näher und blickte auf den Berg der Erschlagenen und auf die Staubwolke, die noch immer darüber hing.

»Dort liegen sie, Mopo«, sagte er. »Dort liegen sie, die es gewagt haben, dem König falsch zu prophezeien. Das war ein guter Rat von dir, Mopo, der mich gelehrt hat, ihnen eine Falle zu stellen. Aber mir war, als ob ich dich zusammenzukken sah, als Nobela, die Königin der Zauberinnen, dich mit dem Todesbringer ins Gesicht schlug. Nun, jetzt sind sie tot, und das Land kann wieder freier atmen; und das Böse, das sie getan haben, es ist wie der Staub hier, der sich bald wieder zu Boden senken wird und dort verloren ist.«

So sprach er und schwieg dann. Weil plötzlich — sich unter der Staubwolke etwas bewegte, sich etwas durch den Berg von Leichen nach oben arbeitete. Langsam, langsam kam es hervor, schob die Toten hierhin und dorthin, bis es schließlich hervorkroch, auf den Füßen stand und auf uns zuwankte. Es war ein entsetzlicher Anblick. Das Etwas war eine alte Frau, und selbst unter der dicken Schicht von Blut und Schmutz erkannte ich sie. Es war Nobela, die, die mich verdammt hatte, sie, die ich eben in den Boden getreten hatte, und die von den Toten auferstanden war, um mich zu verfluchen!

Sie wankte weiter, ihr Kleid hing in blutdurchtränkten Fetzen um ihren Körper, Gesicht und Leib waren von hundert Wunden zerfleischt. Ich sah, daß sie starb, doch noch war ein Funke Leben in ihr, und das Feuer des Hasses brannte in ihren Schlangenaugen.

»Heil dir, König!« schrie sie.

»Schweig, Lügnerin!« antwortete er. »Du bist tot!«

»Noch nicht, König. Ich habe deine Stimme gehört, und die Stimme dieses Hundes, den ich den Schakalen vorwerfen wollte, und ich werde nicht sterben, bevor ich gesagt habe, was ich sagen will. Ich habe ihn heute morgen ausgeschnüffelt, als ich lebte; jetzt, wo ich so gut wie tot bin, schnüffle ich ihn wieder aus. Er wird dich wirklich mit Blut beschmieren, Chaka — er und Unandi, deine Mutter, und Baleka, deine Frau. Denke an meine Worte, wenn der Assegai sich vor dir zum letztenmal rot färbt, König. Lebewohl!« Sie stieß einen gellenden Schrei aus, dann fiel sie zu Boden und war tot.

»Die Hexe lügt hart, und sie stirbt hart«, sagte der König wegwerfend und wandte sich ab. Doch die Worte der sterbenden Nobela hafteten in seinem Gedächtnis, oder jedenfalls die Worte, die sich auf Unandi und Baleka bezogen. Sie ruhten in seinem Kopf wie Samen in der Erde, und sie keimten dort, um Früchte zu tragen, wenn ihre Zeit gekommen sein würde.

9

Umslopogaas geht verloren

Von nun an, nach dem Ausschnüffeln der Hexen-Sucher, ließ Chaka seine Mutter Unandi und seine Frau Baleka, meine Schwester, bewachen, und die Spione berichteten ihm, daß die beiden Frauen heimlich zu meiner Hütte kamen und dort einen Jungen — eins meiner Kinder — küßten und herzten. Nun erinnerte sich Chaka wieder an die Prophezeiung Nobelas, der toten *Isanusi,* und Mißtrauen regte sich in seinem Herzen. Doch zu mir sagte er nichts von dieser Sache, denn jetzt, wie immer, sahen seine Augen über meinen Kopf hinweg. Er fürchtete sich nicht vor mir oder glaubte, daß ich ein Komplott gegen ihn ausbrütete, ich, der ich sein Hund war. Doch tat er dies (ob mit Absicht oder durch Zufall, kann ich nicht sagen): Er beauftragte mich, einen weit entfernten Stamm aufzusuchen, der nahe der Grenze der Swazis lebte, um dort die dem König gehörenden Rinder zu zählen, die dieser Stamm in Obhut hatte, und ihm die Anzahl der Tiere zu nennen und um wie viele sie sich vermehrt hätten. Also verneigte ich mich vor dem König und sagte ihm, daß ich wie ein Hund rennen würde, um seinen Befehl auszuführen, und er gab mir Männer, die mich begleiten sollten.

Dann ging ich zu meinen Hütten zurück, um mich von meinen Frauen und meinen Kindern zu verabschieden, und dort stellte ich fest, daß meine Frau Anadi, die Mutter von Moosa, meinem Sohn, krank im Gemüt geworden war, denn seltsame Dinge gingen in ihrem Kopf vor, und was in ihrem

Kopf vorging, das sagte sie auch, da sie, ohne jeden Zweifel, von einem Geist besessen war, der ein Feind meines Hauses sein mußte.

Trotzdem mußte ich tun, was der König mir befohlen hatte, und ich sagte das meiner Frau Macropha, der Mutter Nadas, und — wie alle Welt annahm — auch Umslopogaas', des Sohnes von Chaka. Doch als ich Macropha von meinem Auftrag berichtete, brach sie in Tränen aus und klammerte sich an mich. Ich fragte sie, warum sie weine, und sie antwortete, daß der Schatten des Unheils auf ihrem Herzen läge, denn sie sei sicher, wenn ich sie im Kraal des Königs zurückließe, würde ich bei meiner Rückkehr weder sie noch meine Tochter Nada, noch Umslopogaas, den man meinen Sohn nannte, und den ich liebte wie einen Sohn, noch im Land der Lebenden finden. Ich versuchte sie zu beruhigen, doch je mehr ich auf sie einsprach, desto mehr weinte sie und sagte immer wieder, sie wüßte, daß es so geschehen würde.

Nun fragte ich sie, was ich tun sollte, denn ihre Tränen rührten mich, und die Angst vor dem Unheil kroch von ihr auf mich über, so wie ein Schatten aus dem Tal den Berghang hinaufkriecht.

Sie sagte: »Nimm mich mit dir, mein Mann, damit ich dieses böse Land verlassen kann, wo selbst der Himmel Blut regnet, und laß mich für eine Weile bei meinem eigenen Stamm ausruhen, bis der Terror Chakas vorüber ist.«

»Wie kann ich das tun?« sagte ich. »Niemand darf des Königs Kraal ohne seine Erlaubnis verlassen.«

»Ein Mann kann seine Frau fortschicken«, antwortete sie. »Der König stellt sich nicht zwischen einen Mann und eine Frau. Du mußt sagen, mein Mann, daß du mich nicht mehr liebst, daß ich dir keine Kinder mehr gebäre, und daß du mich deshalb dorthin zurückschickst, woher ich gekommen bin. Nach einer Weile können wir wieder zusammenkommen, wenn wir noch unter den Lebenden weilen.«

»So soll es sein«, antwortete ich. »Verlasse den Kraal mit Nada und Umslopogaas noch in dieser Nacht und erwarte mich morgen am Flußufer. Von dort an werden wir zusammen weiterziehen, und mögen die Geister unserer Väter uns schützen.«

Wir küßten uns, und Macropha und die beiden Kinder verließen heimlich den Kraal.

Beim Dämmern des nächsten Tages rief ich die Männer zusammen, die der König mir gegeben hatte, und wir brachen auf. Als die Sonne schon hoch am Himmel stand, kamen wir zum Flußufer, und dort wartete Macropha mit den beiden Kindern. Sie erhoben sich, als ich auf sie zutrat, doch ich blickte meine Frau finster an, damit sie mich nicht begrüße. Die Männer, die bei mir waren, sahen sie unsicher an.

»Ich habe mich von dieser Frau getrennt«, sagte ich zu ihnen. »Sie ist ein verdorrter Baum, eine abgenutzte, alte Vettel, und ich nehme sie mit mir, um sie ins Land der Swazis zu bringen, woher sie gekommen ist.«

»Hör auf zu heulen!« schrie ich Macropha an. »Das ist mein Wille!«

»Was sagt der König dazu?« fragte einer der Männer.

»Dem König werde ich selbst antworten«, sagte ich, und wir setzten unseren Weg fort.

Nun muß ich berichten, wie wir Umslopogaas verloren, den Sohn Chakas, der inzwischen ein großer Junge geworden war, fast schon ein Mann, von gewalttätigem Charakter, groß und sehr kräftig für sein Alter.

Wir waren sieben Tage unterwegs, denn es war ein weiter Weg, und in der Nacht des siebenten Tages gelangten wir in ein bergiges Land, in dem es nur wenige Kraals gab, denn Chaka hatte sie vor einigen Jahren alle aufgefressen. Vielleicht kennst du den Ort, mein Vater. Es gibt dort einen hohen und seltsam geformten Berg. Es spukt dort, und man nennt ihn deshalb auch den Geisterberg, und seine Spitze hat die Form eines grob geformten Kopfes, des Kopfes einer alten Frau. Hier, in dieser Wildnis, mußten wir die Nacht verbringen, da es bereits dunkelte. Nun stellten wir bald fest, daß es viele Löwen in den Felsen gab; wir hörten sie brüllen und bekamen Angst. Nur Umslopogaas nicht, der vor nichts Angst hatte. Also machten wir einen kreisförmigen Zaun von Dornbüschen und setzten uns in seine Mitte, die Assegais in der Hand. Wenig später ging der Mond auf — es war ein voller Mond und sehr hell —, und jetzt konnten wir unsere Umgebung überblicken, ziemlich weit sogar. Sechs Speerwurfweiten von uns entfernt befand sich eine Klippe, und am oberen Rand der Klippe war eine Höhle, und in dieser Höhle lebten zwei Löwen und ihre Jungen. Als das Mondlicht hell genug geworden war, sahen wir die Löwen herauskommen. Sie standen auf einem kleinen Felsvorsprung, und mit ihnen kamen zwei Junge heraus, und sie spielten miteinander wie Kätzchen; wenn wir nicht solche Angst gehabt hätten, wäre es ein lieblicher, erfreulicher Anblick gewesen.

»Oh! Umslopogaas!« sagte Nada. »Ich wünschte, ich hätte eins von den beiden Kleinen.«

Der Junge lachte. »Dann werde ich dir eins holen, Schwester.«

»Sei still, Junge!« sagte ich. »Kein Mensch kann junge Löwen aus ihrem Bau holen und es überleben.«

»Es ist schon getan worden, Vater«, antwortete er lachend. Und dann wurde nicht mehr über diese Sache gesprochen.

Als nun die Löwen eine Weile gespielt hatten, nahm die Löwin die Jungen in ihr Maul und trug sie in den Bau zurück. Dann kam sie wieder heraus und ging zusammen mit ihrem Gefährten auf die Jagd nach Nahrung. Kurz darauf hörten wir ihr Brüllen ziemlich weit entfernt. Nun schürten wir das Feuer noch einmal auf und legten uns in unserer Umzäunung aus Dornbüschen schlafen. Wir hatten keine Angst mehr, da wir wußten, daß die Löwen weit entfernt waren und sich satt fraßen. Doch Umslopogaas schlief nicht, denn er war entschlossen, das Löwenjunge zu holen, das Nada haben wollte, und da er jung und leichtsinnig war, dachte er nicht an die Gefahr, in die er sich und uns alle bringen würde. Furcht kannte er nicht, und wie immer, wenn Nada auch nur ein Wort sagte, nein, wenn sie sich auch nur in Gedanken etwas wünschte, würde er nicht eher ruhen, bis er ihr ihren Wunsch erfüllt hatte.

Während wir also schliefen, stand Umslopogaas lautlos auf und kroch wie eine Schlange, den Assegai in der Hand, durch den Dornenzaun aus unserem Lager. Dann schlich er zum Fuß der Klippe, in der sich die Höhle des Löwenpaares befand, und kletterte sie hinauf. Er erreichte den Eingang der Höhle, kroch hinein und tastete umher. Die jungen Löwen hörten ihn, und da sie annahmen, es sei ihre Mutter, die zurückkehrte, begannen sie zu winseln und zu schnurren und um Nahrung zu betteln. Über einen Haufen von Knochen, die den ganzen Boden der Höhle bedeckten, kroch der Junge weiter, auf die beiden Löwenjungen zu, deren Augen er im Dunkel leuchten sah. Als er sie erreicht hatte, packte er eins von ihnen und tötete das andere mit seinem Assegai, weil er nicht beide tragen konnte. Nun beeilte er sich, die Höhle zu verlassen, bevor die Löwen zurückkämen, und kroch durch die Dornenhecke wieder ins Lager zurück.

Ich erwachte in diesem Augenblick, weil es zu dämmern begann, stand auf und sah mich um. Und dort, auf der anderen Seite des Lagers, beim Dornenzaun, stand der Junge Umslopogaas, und er wirkte wie ein Riese im Morgennebel. Er lachte über das ganze Gesicht, zwischen den Zähnen den Assegai, der noch blutig war, und in seinen Händen das Löwenjunge, das wimmerte und strampelte.

»Wach auf, meine Schwester!« rief er. »Hier ist der kleine Löwe, den du dir gewünscht hast! Ah! Er beißt! Aber er wird bald zahm sein.«

Nada wachte auf und schrie vor Freude, als sie das Löwenjunge erblickte.

Ich stand eine Weile sprachlos. »Du Narr!« schrie ich schließlich. »Laß sofort das Junge frei, bevor die Löwen zurückkommen und uns zerreißen!«

»Ich werde es nicht freilassen, mein Vater«, sagte er trotzig. »Sind wir nicht fünf Männer mit Speeren? Sollten wir nicht mit zwei Katzen fertig werden? Ich hatte keine Angst, als ich allein in ihre Höhle ging. Habt ihr alle Angst, ihnen auf offenem Feld entgegenzutreten?«

»Du bist verrückt«, sagte ich. »Laß das Junge frei!« Und

ich lief auf ihn zu, um es ihm fortzunehmen. Doch er sprang zur Seite.

»Ich werde nie etwas herausgeben, was ich einmal besitze!« sagte er. »Jedenfalls nicht lebend.« Und plötzlich packte er den Kopf des Löwenjungen und brach ihm das Genick. Dann warf er es zu Boden. »Sieh, nun habe ich getan, was du mir befohlen hast, mein Vater!«

Während er das sagte, hörten wir ein wütendes Brüllen von der Höhle in den Klippen. Die Löwen waren zurückgekehrt und sahen, daß ein Junges tot war und das andere verschwunden.

»Zurück hinter den Zaun! Zurück hinter den Zaun!« schrie ich, und wir sprangen über die Dornbüsche, und alle Männer packten ihre Speere, und ihre Hände zitterten vor Angst und von der Morgenkälte. Wir blickten auf. Dort kamen sie, die beiden Löwen, der Spur dessen folgend, der ihre Jungen geraubt hatte. Der Löwe lief voran, und er brüllte drohend. Die Löwin folgte ihm, doch sie brüllte nicht, denn in ihrem Maul trug sie das Junge, das Umslopogaas in der Höhle mit seinem Assegai getötet hatte. Jetzt waren sie heran, rasend vor Wut, mit gesträubten Mähnen, und die langen Schwänze peitschten ihre Flanken.

»Ich verfluche dich, Sohn Mopos!« rief einer der Männer Umslopogaas zu. »Wenn wir dies überstehen, werde ich dich verprügeln, bis Blut spritzt!«

»Zuerst verprügele die Löwen, dann kannst du mich verprügeln, falls du es schaffst«, antwortete der Junge lachend. »Und mit dem Verfluchen solltest du warten, bis du beides getan hast.«

Nun hatten die Löwen unser Lager erreicht. Sie liefen zu dem toten Jungen, das unmittelbar außerhalb des Dornenzaunes lag. Der Löwe blieb stehen und schnupperte daran. Dann brüllte er. Ah! — Er brüllte, daß die Erde erzitterte. Die Löwin ließ das tote Junge, das sie im Maul trug, fallen und nahm das andere auf.

»Tritt hinter mich, Nada!« rief Umslopogaas. »Der Löwe setzt zum Sprung an!«

Während er das sagte, duckte sich das riesige Tier und

schnellte sich vom Boden ab. Wie ein riesiger Vogel flog er auf uns zu.

»Fangt ihn mit den Speeren auf!« schrie Umslopogaas, und als ob wir es gewohnt wären, ihm zu gehorchen, taten wir, was er gesagt hatte; wir kauerten uns dicht beieinander auf den Boden und hielten unsere Assegais so, daß der Löwe in sie hineinsprang und die Spitzen sich tief in seinen Körper bohrten. Doch die Wucht des Sprunges und das Gewicht des riesigen Tieres riß uns zu Boden, und er fiel auf uns, schlug mit seinen Krallen nach uns und nach den Speeren, und brüllte vor Schmerz und vor Wut, während er um sich schlug. Dann sprang er auf die Füße und biß nach den Speeren, deren Schäfte aus seiner Brust ragten. Umslopogaas, der nicht gewartet hatte, bis der Löwe aufgesprungen war, sondern rechtzeitig einen Satz zur Seite gemacht hatte, stieß einen lauten Schrei aus und rammte dem Löwen seinen Assegai in die rechte Schulter. Der Löwe stöhnte auf, kippte zur Seite und war tot.

Die Löwin stand noch immer vor dem Zaun, eins ihrer toten Jungen im Maul, das andere zu ihren Füßen, denn sie konnte sich nicht dazu entschließen, eins von ihnen zu verlassen. Doch als sie das letzte Aufstöhnen ihres Gefährten hörte, ließ sie das Junge fallen und duckte sich zum Sprung. Umslopogaas stand allein, denn nur er hatte seinen Assegai aus dem Kadaver des Löwen gerissen. Die Löwin sprang auf den Jungen zu, der reglos wie ein Stein ihren Angriff erwartete. Jetzt stürzte sie in seinen Speer, der tief in ihren Körper eindrang. Jetzt zerbrach er. Umslopogaas stürzte mit der Löwin zu Boden, tot oder bewußtlos, und sie begrub ihn unter ihrem Körper. Sie sprang auf — der abgebrochene Speer ragte aus ihrer Brust — roch an Umslopogaas, und dann, als ob sie wüßte, daß er es war, der ihre Jungen getötet hatte, packte sie ihn an Lendentuch und *Moocha* und sprang mit ihm über den Zaun.

»Oh, rettet ihn!« schrie Nada. »Rettet ihn!«

Die Löwin blieb einen Augenblick lang bei ihren toten Jungen stehen — und die reglose Gestalt Umslopogaas' hing aus ihrem Maul —, als ob sie sich fragte, ob sie nicht wichtiger wären, und wir hofften, sie würde den Jungen fallen lassen. Doch dann, vielleicht irritiert durch unsere Schreie, wandte sie sich um und lief davon, auf den Dschungel zu, mit Umslopogaas in ihrem Maul. Wir packten unsere Speere und folgten ihr, doch bald wurde der Boden steinig, und so angestrengt wir auch suchten, wir konnten keine Spur von Umslopogaas oder der Löwin entdecken. Sie waren verschwunden wie eine Wolke. Also gingen wir zurück, und — ah! — mein Herz war schwer, denn ich liebte den Jungen, als ob er wirklich mein Sohn wäre. Aber ich wußte, daß er tot war, und das war das Ende.

»Wo ist mein Bruder?« schrie Nada, als wir zurückkamen.

»Verloren«, antwortete ich. »Er ist verloren, und wir werden ihn nie wieder finden.«

Nun begann das Mädchen bitterlich zu weinen, warf sich auf den Boden und schrie: »Ich wünschte, ich wäre auch tot, wie mein Bruder!«

»Laßt uns weitergehen«, sagte Macropha, meine Frau.

»Hast du denn keine Träne für deinen Sohn?« fragte einer der Männer, die uns begleiteten.

»Was nützt es, über Tote zu weinen? Bringt es sie ins Leben zurück?« antwortete sie. »Laßt uns gehen.«

Der Mann fand diese Worte seltsam, aber er wußte ja nicht, daß Umslopogaas nicht von Macropha geboren worden war.

Trotzdem warteten wir an jenem Platz noch einen ganzen Tag lang, in der Hoffnung, daß die Löwin vielleicht in ihre Höhle zurückkehren würde, so daß wir sie wenigstens töten konnten. Doch sie kam nicht zurück. Also rollten wir am nächsten Morgen unsere Decken zusammen und setzten schweren Herzens unsere Reise fort.

Nada war vor Trauer und Schmerz so schwach, daß sie sich kaum auf den Beinen halten konnte, doch von diesem Tag an kam während der ganzen Reise nie wieder der Name Umslopogaas' über ihre Lippen. Sie hatte ihn in ihrem Herzen begraben und schwieg. Und auch ich schwieg. Doch ich fragte mich immer wieder, warum ich Umslopogaas' Leben vor den Fängen des Löwen der Zulu gerettet hatte, nur damit eine Löwin aus einer Felsenhöhle ihn verschlingen konnte.

Und so vergingen die Tage, bis wir den Kraal erreichten, wo ich die Geschäfte des Königs zu erledigen hatte und wo ich und meine Frau uns voneinander trennen mußten.

Am Morgen nach unserer Ankunft in dem Kraal — und nachdem wir uns zum Abschied heimlich geküßt hatten, denn vor anderen mußten wir so tun, als ob wir verfeindet wären — trennten wir uns wie zwei Menschen, die einander niemals wiedersehen wollten, und wir sollten einander auch nicht wiedersehen. Und ich nahm Nada zur Seite und sagte zu ihr: »Wir trennen uns jetzt, meine Tochter, und ich weiß nicht, ob wir uns wiedersehen werden, denn wir leben in schweren Zeiten, und es geschieht zu eurer Sicherheit, daß ich meine Augen eures Anblicks beraube. Nada, du wirst bald eine Frau sein, und du wirst schöner sein als alle anderen Frauen unseres Volkes, und viele große Männer werden dich zur Frau haben wollen, und vielleicht bin ich, dein Vater, dann nicht bei dir, um den auszuwählen, den du heiraten sollst, wie es der Brauch unseres Landes ist. Doch ich sage dir schon heute, sofern es dir möglich sein sollte, heirate nur einen Mann, den du lieben kannst, und sei nur ihm treu, denn das ist der Weg, auf dem das Glück einer Frau liegt.«

Das Mädchen nahm meine Hand und sah mir ins Gesicht. »Friede, mein Vater«, sagte sie. »Sprich nicht über meine Heirat, denn ich werde keinen Mann nehmen, nun, da Umslopogaas durch meine Leichtfertigkeit gestorben ist. Ich will allein leben und allein sterben, und — oh! — möge ich bald sterben, damit ich bald bei ihm bin, den allein ich liebe!«

»Nein, nein, Nada«, sagte ich. »Umslopogaas war dein Bruder, und es schickt sich nicht, so von ihm zu sprechen, auch wenn er tot ist.«

»Ich weiß nichts von solchen Dingen, mein Vater«, sagte sie. »Ich sage nur, was mein Herz mir befiehlt, und es befiehlt mir, daß ich Umslopogaas lieben mußte, als er noch lebte, und daß ich ihn bis ans Ende meiner Tage lieben muß. Ah! Du hältst mich noch immer für ein Kind. Doch mein Herz ist groß, und es belügt mich nicht.«

Jetzt schalt ich das Mädchen nicht weiter, denn ich wußte ja, daß Umslopogaas nicht ihr Bruder war, sondern ein Mann, den sie hätte heiraten können. Und ich war erstaunt, daß die Stimme der Natur so laut und deutlich in ihr klang und ihr sagte, was rechtens war, selbst wenn es wie ein Unrecht erschien.

»Sprich nicht mehr von Umslopogaas«, sagte ich, »denn er ist tot, und auch wenn du ihn nicht vergessen kannst, so sprich doch nicht von ihm. Und ich bitte dich, meine Tochter, daß du mich in deiner Erinnerung behältst, und die Liebe, die ich für dich habe, und die Worte, die ich dir von Zeit zu Zeit gesagt habe, auch wenn wir uns nicht wiedersehen sollten. Die Welt ist eine dornige Wildnis, meine Tochter, und die Dornenbüsche werden mit Regen von Blut gewässert, und wir ziehen wie verlorene Wanderer durch einen dichten Nebel. Ich weiß nicht, warum man unsere Füße auf diesen Weg gesetzt hat, warum wir ihn gehen müssen. Aber schließlich kommen wir zu seinem Ende, und wir sterben und gehen fort, und niemand weiß, wohin, doch vielleicht wird dort, wohin wir gehen, aus dem Bösen ein Gutes, und alle jene, die einander hier auf Erden lieb waren, werden einander in den Himmeln noch lieben, denn ich kann nicht glauben, daß der Mensch geboren wird, um für immer zu vergehen, sondern daß er wieder zu *Umkulunkulu* zurückkehrt, der ihn auf seine Reise geschickt hat. Darum sei guter Hoffnung, meine Tochter, denn auch wenn es nicht so sein sollte, so bleibt wenigstens der Schlaf, und der Schlaf ist sanft, und sanft ist auch das Lebewohl.«

Wir küßten uns und gingen auseinander, und ich sah ihnen nach, Macropha, meiner Frau, und Nada, meiner Tochter, bis sie verschwanden, wo Erde und Himmel und Nebel einander berührten, und ich war sehr traurig, weil ich, nachdem ich Umslopogaas verloren hatte, nun auch sie verlor.

10

Die Probe Mopos

Vier Tage blieb ich bei den Hütten des Stammes und erledigte den Auftrag des Königs. Und am fünften Morgen stand ich auf, und mit mir die Männer, die der König mir mitgegeben hatte, und wir machten uns auf den Rückweg zu unserem Kraal. Doch als wir ein kleines Stück gegangen waren, stießen wir auf eine Gruppe Soldaten, die uns befahlen, stehenzubleiben.

»Was wollt ihr, Männer des Königs?« fragte ich sie.

»Dies, Sohn Makedamas«, antwortete ihr Sprecher. »Gib uns deine Frau Macropha und deine Kinder, Umslopogaas und Nada, daß wir mit ihnen tun, was uns der König befohlen hat.«

»Umslopogaas«, antwortete ich, »ist an einen Ort gegangen, an den selbst der Arm des Königs nicht hinreicht, denn er ist tot; und meine Frau Macropha und meine Tochter Nada sind jetzt in den Höhlen der Swazis, und der König muß sie mit einer Armee Soldaten suchen, wenn er sie finden will. Macropha kann er gerne haben, denn ich habe sie verstoßen; und was Nada betrifft, nun, es gibt viele Mädchen, und es ist nicht wichtig, ob sie lebt oder stirbt; trotzdem bitte ich, sie zu verschonen.« So sprach ich, sehr selbstsicher und gleichgültig, weil ich wußte, daß meine Frau und mein Kind für Chaka nicht mehr erreichbar waren.

»Du tust gut daran, um das Leben dieses Mädchens zu bitten«, sagte der Soldat lachend, »denn alle, die dir geboren wurden, sind tot, auf Befehl des Königs.«

»Wirklich?« sagte ich ruhig, obwohl meine Knie zitterten und mir die Zunge am Gaumen klebte. »Der Wille des Königs muß ausgeführt werden. Doch ein gespaltener Stock läßt neue Blätter sprießen; ich kann noch mehr Kinder haben.«

»Das ist so, Mopo. Doch zuvor mußt du dir neue Frauen beschaffen, denn die deinen sind tot, alle fünf.«

»Ist das so?« antwortete ich. »Dem König sei Dank. Ich hatte diese zänkischen Weiber satt.«

»So, Mopo«, sagte der Soldat. »Aber um andere Frauen zu haben, die dir andere Kinder gebären können, müßtest du leben, denn einem Toten werden keine Kinder geboren, und ich denke, daß Chaka einen Assegai bereithält, den du küssen sollst.«

»Ist das so?« antwortete ich. »Der Wille des Königs geschehe. Die Sonne ist heiß, und ich bin müde von dem langen Weg. Der Krieger, der den Assegai küßt, schläft tief und fest.«

So sprach ich, mein Vater, und in dieser Stunde hatte ich wirklich den Wunsch, zu sterben. Die Welt war leer geworden. Macropha und Nada waren fort, Umslopogaas war tot, und meine anderen Frauen und Kinder waren von Chaka ermordet worden. Ich hatte nicht den Mut, ein neues Haus zu bauen, denn es war niemand mehr da, den ich lieben konnte, und es schien, daß auch ich sterben mußte.

Die Soldaten fragten die Männer, die bei mir waren, ob ich die Wahrheit gesagt hätte, ob Umslopogaas tatsächlich tot sei und Macropha und Nada ins Swaziland gegangen seien. Ja, sagten sie, es sei die Wahrheit. Dann sagten die Soldaten mir, daß sie mich zum König zurückbringen würden, und ich wunderte mich darüber, weil ich erwartet hatte, daß sie mich auf der Stelle töten würden. So gingen wir weiter, und nach und nach erfuhr ich, was im Kraal des Königs geschehen war.

An dem Tag, an dem ich aufgebrochen war, hatte der König durch seine Spione erfahren, daß meine zweite Frau Anadi — krank sei und in ihrer Krankheit seltsame Worte spräche. Bei Sonnenuntergang ging der König in Begleitung von drei Soldaten zu meinem Kraal. Er ließ die drei Soldaten am Tor zurück und befahl ihnen, niemanden herein- oder hinauszulassen. Dann ging Chaka allein in die große Hütte, in der Anadi krank lag, seinen kleinen Assegai mit dem Schaft aus dem königlichen Rotholz in der Hand. Wie es der Zufall wollte, befand sich zu diesem Zeitpunkt auch Unandi in der Hütte, die Mutter des Königs, und auch Baleka, meine

Schwester, die Frau Chakas, denn da die beiden nicht wußten, daß ich Umslopogaas mit mir genommen hatte, waren sie — töricht wie Frauen sind — wie gewohnt herübergekommen, um den Jungen zu verwöhnen. Doch als sie die Hütte betraten, fanden sie dort alle meine anderen Frauen und Kinder. Sie schickten die Kinder fort, alle außer Moosa, den Sohn Anadis, die krank lag — es war dies der Junge, der acht Tage vor Umslopogaas geboren worden war, dem Sohn Chakas. Die beiden Frauen behielten Moosa in der Hütte, und küßten ihn, und gaben ihm *Imphi** zu essen, damit es meinen anderen Frauen nicht seltsam erschiene, wenn sie nun, da Umslopogaas fort war, von keinem anderen Kind Notiz nahmen.

Während sie so saßen, verdunkelte sich der Eingang, und der König selbst kroch hindurch, und er sah, wie die beiden Frauen Moosa liebkosten. Als die beiden Frauen sahen, wer hereingekommen war, warfen sie sich vor ihm zu Boden und priesen ihn. Doch er lächelte grimmig und befahl ihnen, sich zu setzen. Dann sagte er zu ihnen: »Ich frage euch, Unandi, meine Mutter, und Baleka, meine Frau, warum ich hierhergekommen bin, in die Hütte von Mopo, dem Sohn Makedamas. Ich werde es euch sagen: Es ist, weil er in meinem Auftrag fortgegangen ist und ich gehört habe, daß seine Frau Anadi krank ist — es ist die, die dort liegt, nicht wahr? Deshalb, weil ich der Erste Medizinmann des Landes bin, bin ich gekommen, um sie zu heilen.«

So sprach er. Dabei blickte er sie ununterbrochen an und nahm eine Prise Schnupftabak von der Klinge seines Assegais, und obwohl seine Worte freundlich klangen, zitterten die beiden Frauen vor Angst, denn wenn Chaka in diesem Ton sprach, bedeutete das den Tod für viele. Doch Unandi, die Mutter der Himmel, antwortete und sagte, es sei gut, daß der König gekommen sei, denn seine Medizin würde der Frau, die dort krank lag, Ruhe und Frieden bringen.

»Ja«, antwortete er, »es ist gut. Es freut mich auch zu sehen, meine Mutter und meine Schwester, wie ihr jenes Kind

* Eine Art von Zuckerrohr

küßt und hätschelt. Wahrlich, ihr könntet es nicht mehr lieben, wenn es euer eigen Fleisch und Blut wäre.«

Nun zitterten sie wieder und beteten in ihren Herzen, daß Anadi, die kranke Frau, die eingeschlafen war, nicht aufwachen und in ihrem Wahn törichte Worte sprechen möge. Doch ihre Gebete wurden von unten beantwortet, und nicht von oben, denn Anadi erwachte, und als sie die Stimme des Königs vernahm, wandte ihr krankes Hirn sich dem zu, den sie für das Kind des Königs hielt.

»Ah!« sagte sie, richtete sich auf und deutete auf ihren Sohn Moosa, der verängstigt an der Wand der Hütte hockte. »Küsse ihn, Mutter der Himmel, küsse ihn! Wie nennen sie ihn, diesen jungen Welpen, der Unheil an unsere Tür bringt? Sie nennen ihn den Sohn von Mopo und Macropha!« Und sie lachte wild und sank wieder auf ihr Lager aus Fellen zurück.

»Sie nennen ihn den Sohn von Mopo und Macropha?« sagte der König mit leiser Stimme. »Wessen Sohn ist er denn, Frau?«

»Oh, frage sie nicht, o König!« riefen seine Mutter und seine Frau und warfen sich ihm zu Füßen, denn sie waren verrückt vor Angst. »Frage sie nicht; sie hat befremdliche Fantasien, die für deine Ohren nicht gut zu hören sind. Sie ist verhext und hat wirre Träume und Fantasien.«

»Schweigt!« sagte er. »Ich will die Fantasien dieser Frau hören. Vielleicht leuchtet ein Stern der Wahrheit durch das Dunkel ihres Verstandes, und ich möchte Licht sehen. — Wer ist er dann, Frau?«

»Wer er ist?« antwortete sie. »Bist du wirklich so ein Narr, daß du fragst, wer er ist? Er ist ... *schschsch!* ... beuge dein Ohr herab zu mir ... Laß es mich dir zuflüstern, denn selbst das Rohr der Hütten flüstert alles dem König zu. Er ist ... Hörst du mir zu? Er ist der Sohn von Chaka und Baleka, der Schwester Mopos, der Wechselbalg, den Unandi, die Mutter der Himmel, diesem Haus unterschob, um ihm Unheil zu bringen, und den sie eines Tages, wenn das Land der Tyrannei des Königs müde geworden ist, hinausführen wird vor das Volk, um ihn an die Stelle des Königs zu setzen.«

»Es ist eine Lüge, o König!« schrien die beiden Frauen. »Höre nicht auf sie! Es ist eine Lüge! Der Junge ist ihr eigener Sohn, Moosa, den sie in ihrer Krankheit nicht erkennt!«

Doch Chaka stand auf und lachte schrecklich. »Wahrlich, Nobela hat gut prophezeit«, rief er, »und ich habe ihr Unrecht getan, als ich sie tötete. Dies also ist dein Trick, Mutter. Du wolltest mir einen Sohn geben, der ich keinen Sohn haben will; du wolltest mir einen Sohn geben, der mich töten sollte. Gut! Mutter der Himmel, nimm die Verdammnis der Himmel! Du wolltest mir einen Sohn geben, der an meiner Stelle herrschen sollte; jetzt werde ich, dein Sohn, mich selbst einer Mutter berauben! Stirb, Unandi! — Stirb durch die Hand dessen, den du geboren hast!« Und er hob den kurzen Assegai und durchbohrte den Leib seiner Mutter.

Einen Augenblick stand Unandi, die Mutter der Himmel, die Frau Senzangaconas, reglos, schweigend. Dann hob sie die Hand und zog den Assegai aus ihrem Leib.

»So sollst auch du sterben, Chaka der Böse«, rief sie und hielt ihm den Assegai hin, besudelt mit ihrem Blut. Dann stürzte sie auf den Boden der Hütte und war tot.

So ermordete Chaka seine Mutter Unandi.

Als nun Baleka sah, was geschehen war, lief sie aus der Hütte zum *Emposeni,* und sie lief so schnell, daß die Posten beim Tor sie nicht aufhalten konnten. Doch als sie ihre eigene Hütte erreicht hatte, verließen sie ihre Kräfte, und sie fiel bewußtlos zu Boden. Doch der Junge Moosa, mein Sohn, der vor Angst kein Glied rühren konnte, blieb, wo er war, und Chaka, der glaubte, er sei sein Sohn, ermordete ihn ebenfalls mit eigener Hand.

Dann verließ er die Hütte, befahl den drei Soldaten beim Tor, auf ihrem Posten zu bleiben, ließ den Kraal von einer Kompanie Soldaten umstellen und in Brand stecken.

Sie taten es, und als die Menschen herausgerannt kamen, machten sie sie nieder, und die anderen, die nicht herauskamen, verbrannten in den Flammen. So also starben sie, meine Frauen, meine Kinder, meine Diener, und alle, die sich zufällig bei ihnen aufhielten. Der Baum war verbrannt, und mit ihm die Bienen, die darin waren, und ich allein war noch am Leben — ich, und Macropha — und Nada, die weit entfernt war.

Doch damit war Chakas Blutdurst noch nicht gestillt, denn er schickte Soldaten aus mit dem Befehl, Macropha, meine Frau, zu töten, und Nada, meine Tochter, und den Jungen, den sie meinen Sohn nannten. Doch gab er den Befehl, daß sie mich nicht töten sollten, sondern lebend zu ihm brächten.

Als mich die Soldaten nun nicht töteten, ging ich mit mir zu Rate, denn ich war sicher, daß Chaka mich nur am Leben ließ, um mich später zu töten, und auf eine sehr grausame Art. Deshalb dachte ich eine Weile, selbst zu tun, was andere mit mir tun wollten. Warum sollte ich, der ich bereits verdammt war, auf den Tod warten? Was hielt mich denn noch in diesem Leben, da alle, die ich liebte, tot waren? Zu sterben war leicht, denn ich kannte die Wege des Todes. In meinem Gürtel trug ich eine geheime Medizin; wer davon ißt, mein Weißer Vater, wird den Schatten der Sonne nicht mehr sehen, und nicht mehr die Sterne erblicken. Ich hatte keine Lust, den Assegai kennenzulernen, oder den Kerrie; noch wollte ich den langsamen Tod unter den Messern der Folterer sterben oder an den Qualen des Durstes, oder bis ans Ende meiner Tage augenlos durch die Wildnis irren. Deshalb hatte ich seit dem Tag, an dem ich im Kreis der Verdammung gesessen und Stunde um Stunde in das Gesicht des Todes geblickt hatte, ständig diese Medizin bei mir, bei Tag und bei Nacht. Und nun war die Zeit gekommen, sie zu benutzen.

Solche Gedanken hatte ich, als ich die Nächte durchwachte. Ah! Und ich nahm die bittere Droge heraus und legte sie auf meine Zunge. Doch als ich das tat, dachte ich an meine Tochter Nada, die mir verblieben war, wenngleich sie sich jetzt in einem so weit entfernten Land aufhielt, und an meine Frau Macropha, und an meine Schwester Baleka, die noch lebte, wie ich von den Soldaten erfahren hatte, obwohl ich zu der Zeit noch nicht wußte, warum der König nicht auch sie getötet hatte. Und noch ein anderer Gedanke wurde in meinem Herzen geboren. Solange ich am Leben blieb, konnte ich mich an ihm rächen, an ihm, der dieses Leid über mich gebracht hatte; doch können die Toten zuschlagen? Nein! Die Toten haben keine Kraft, und wenn sie noch Herzen haben sollten, die leiden können, so haben sie doch keine Hände, die Schläge austeilen können. Nein, ich würde weiterleben. Die Zeit zum Sterben würde erst kommen, wenn der Tod sich nicht mehr länger abweisen ließ. Die Zeit zum Sterben würde erst kommen, wenn die Stimme Chakas mich zum Sterben verdammte. Der Tod trifft seine eigene Wahl und beantwortet keine Fragen; er ist ein Gast, dem niemand die Tür seiner Hütte zu öffnen braucht, denn wenn er es will, kann er durch die Graswände kommen wie durch Luft. Nein, ich würde meine Medizin jetzt noch nicht schmecken.

Also lebte ich weiter, mein Vater, und die Soldaten brachten mich zurück zum Kraal Chakas. Als wir nun zum Kraal kamen, war es Nacht, denn die Sonne war untergegangen, bevor wir die Tore erreichten. Trotzdem ging der Hauptmann meiner Bewacher, so wie es ihm befohlen worden war, sofort zum König und berichtete ihm, daß ich vor der Tür sei. Und der König sagte: »Laßt ihn vor mich treten, diesen, der mein Medizinmann war, damit ich ihm sage, wie ich sein Haus behandelt habe.«

Also packten sie mich und brachten mich in das Haus des Königs und stießen mich durch die Tür der großen Hütte ihm zu Füßen.

In der Mitte der Hütte brannte ein Feuer, denn die Nacht war kalt, und Chaka saß auf der anderen Seite des Feuers, mit dem Blick zum Eingang der Hütte, und der Rauch des Feuers kräuselte sich um sein Gesicht, und das Licht der Flammen ließ seine schrecklichen Augen glänzen.

Beim Eingang der Hütte packten mich einige seiner Berater bei den Armen und zerrten mich zum Feuer. Doch ich riß mich los, stieß sie von mir und warf mich zu Boden und pries den König und nannte ihn bei seinen königlichen Namen. Die Berater wollten mich wieder packen, doch Chaka sagte: »Laßt ihn; ich will mit meinem Diener sprechen.« Nun verneigten sich die Berater und traten nach beiden Seiten zurück und verneigten sich bis zur Erde. Doch ich setzte mich dem König gegenüber auf den Boden, und wir sprachen miteinander durch das Feuer.

»Berichte mir von dem Vieh, das zu zählen ich dich ausgesandt habe, Mopo, Sohn Makedamas«, sagte Chaka. »Haben meine Diener meine Rinder ehrlich gehütet?«

»Das haben sie, o König«, antwortete ich.

»Dann sage mir, wie viele es sind, und wie sie aussehen, ohne auch nur eins zu vergessen.«

Ich sagte es ihm, Ochse für Ochse, Kuh für Kuh, und Kalb für Kalb, ohne eins zu vergessen; und Chaka lauschte schweigend, wie einer, der schläft. Doch ich wußte, daß er nicht schlief, denn die ganze Zeit spiegelte sich das Licht des Feuers in seinen grausamen Augen. Und ich wußte auch, daß er mich nur quälen wollte, oder daß er vielleicht von dem Stand seiner Herde hören wollte, bevor er mich tötete. Schließlich hatte ich alles gesagt.

»Es steht also alles gut«, sagte der König. »Es gibt noch ehrliche Menschen in diesem Land. Weißt du, Mopo, daß während deiner Abwesenheit Kummer über dein Haus gekommen ist?«

»Ich habe davon gehört, o König«, antwortete ich, als ob es sich nur um eine Kleinigkeit handelte.

»Ja, Mopo, Kummer ist über dein Haus gekommen, der Fluch des Himmels ist auf deinen Kraal gefallen. Sie haben mir gesagt, Mopo, daß das Feuer, das vom Himmel fiel, dein Haus rasch aufgefressen hat.«

»Ich habe es gehört, o König!«

»Sie haben mir gesagt, Mopo, daß die Menschen in deinem Haus beim Angesicht des Feuers verrückt wurden und träumten, daß es keinen Ausweg gäbe, daß sie sich mit ihren Assegais erstachen oder in die Flammen sprangen.«

»Ich habe es gehört, o König. Was liegt daran? Selbst der kleinste Fluß ist tief genug, um einen Narren zu ertränken.«

»Du hast von diesen Dingen gehört, Mopo, doch hast du noch nicht alles vernommen. Weißt du, Mopo, daß unter denen, die in deinem Kraal starben, auch sie war, die mich geboren hat, sie, die man die Mutter der Himmel nannte?«

Nun, mein Weißer Vater, handelte ich sehr weise, so wie

es mein guter Geist mir eingab, denn ich warf mich zu Boden und schrie laut, als ob ich vom Schmerz zerrissen würde.

»Verschone meine Ohren, Schwarzer!« heulte ich. »Sage mir nicht, daß sie, die dich geboren hat, tot ist, o Löwe der Zulu. Was die anderen betrifft, wen kümmert das schon? Es ist nur ein Windhauch, ein Wassertropfen, doch dieser Gram ist wie ein Sturm oder wie das Meer.«

»Genug, mein Diener, genug!« sagte die höhnische Stimme Chakas. »Doch wisse dies: Du hast wohl daran getan, so laut zu klagen, weil die Mutter der Himmel nicht mehr ist, und es wäre schlecht für dich gewesen, hättest du getrauert, weil das Feuer vom Himmel deine Tore geküßt hat. Denn wenn du das letztere getan und das erstere gelassen hättest, so hätte ich gewußt, daß dein Herz böse ist, und dann hättest du jetzt wirklich geweint — Tränen aus Blut, Mopo. Es ist gut für dich, daß du mein Rätsel richtig gelöst hast.«

Nun erkannte ich die gähnende Tiefe der Grube, die Chaka für mich gegraben hatte, und ich segnete mein *Ehlosé,* das mir gesagt hatte, wie ich richtig handeln mußte. Ich hoffte, daß Chaka mich nun gehen lassen würde; doch dem war nicht so, denn dies war erst der Anfang meiner Probe.

»Weißt du, Mopo«, sagte der König, »daß meine Mutter, als sie in den Flammen deines Kraals starb, seltsame und schreckliche Worte schrie, die durch das Singen der Flammen an mein Ohr drangen? Dies waren ihre Worte: daß du, Mopo, und deine Schwester Baleka, und deine Frauen, euch verabredet hättet, mir, der ich kinderlos bleiben will, ein Kind zu geben. Das waren ihre Worte, die Worte, die durch das Singen des Feuers an meine Ohren drangen. Sage mir nun, Mopo, wo sind die Kinder, die du aus deinem Kraal geführt hast, der Junge mit den Löwenaugen, den man Umslopogaas nennt, und das Mädchen Nada?«

»Umslopogaas ist vom Maul eines Löwen getötet worden, o König«, antwortete ich, »und Nada sitzt in den Höhlen der Swazi.« Und ich erzählte ihm vom Tod Umslopogaas', und wie ich Macropha, meine Frau, von mir geschieden hätte.

»Der Junge mit den Löwenaugen zum Löwenmaul!« sagte Chaka. »Genug von ihm, er ist tot. Nada werde ich vielleicht noch mit dem Assegai in den Höhlen der Swazi suchen lassen; genug auch von ihr. Laß uns jetzt über die Worte meiner Mutter — die zu meinem großen Kummer tot ist, Mopo — sprechen, von den Worten, die durch das Singen des Feuers an meine Ohren drangen. Sage mir, Mopo, sage es mir jetzt: Ist es eine wahre Geschichte?«

»Nein, o König! Sicher war die Mutter der Himmel schon nicht mehr bei Sinnen, als sie diese Worte sprach«, antwortete ich. »Ich weiß nichts davon, o König!«

»Du weißt nichts davon, Mopo?« sagte der König. Und wieder blickte er mich durch den Rauch des Feuers mit seinen schrecklichen Augen an. »Du weißt nichts davon, Mopo? Dir scheint kalt zu sein; deine Hände zittern vor Kälte. Wärme sie dir, wärme sie dir, Mopo! Strecke die linke Hand in das Herz der Flamme!« und er deutete mit seinem kurzen Assegai, dem Assegai mit dem Schaft von rotem Holz, ins Zentrum des Feuers, wo die Flamme am heißesten war. Er deutete auf die Flamme und lachte.

Jetzt, mein Vater, wurde mir wirklich kalt — ja, mir wurde kalt bei dem Gedanken, daß mir bald sehr heiß werden sollte, denn ich wußte, was Chaka beabsichtigte: Er wollte die Feuerprobe an mir durchführen.

Einen Augenblick saß ich schweigend, reglos. Dann sprach der König wieder mit lauter Stimme: »Nein, Mopo, sei nicht so zaghaft; soll ich hier warm sitzen und zusehen, wie du vor Kälte leidest? Kommt, meine Berater, nehmt die Hand Mopos und haltet sie in die Flamme, auf daß sein Herz vor Entzücken juble, während wir uns weiter über die Angelegenheit dieses Kindes unterhalten, das, wie meine Mutter sagte, Baleka geboren wurde, meiner Frau und der Schwester Mopos, meines Dieners.«

»Das ist nicht nötig, o König«, sagte ich, mit dem Mut der Angst, denn ich erkannte, daß der Tod alle Zweifel beenden würde, wenn ich nichts unternahm. Und wieder kam mir der Gedanke an das Gift, das ich bei mir trug, und daß ich es schlucken und so allem ein Ende machen sollte; aber der Lebenswille ist stark, Weißer Vater, und stark war auch mein Rachedurst. Deshalb sagte ich zu meinem Herzen: »Noch nicht; ich werde auch dieses ertragen. Später, wenn es noch nötig sein sollte, kann ich sterben.«

»Ich danke dem König für seine Gnade, und ich will mich gerne an dem Feuer wärmen. Sprich weiter, o König, während ich mich wärme, und du wirst die Wahrheit hören«, sagte ich mutig.

Dann, mein Vater, streckte ich meine linke Hand aus und hielt sie ins Feuer — nicht in die heißeste Stelle des Feuers, sondern wo der Rauch sich von der Flamme löst. Jetzt war meine Haut feucht von dem Schweiß der Angst, und zuerst schlugen die Flammen um meine Hand herum und brannten sie nicht. Aber ich wußte, daß die Qualen bald beginnen würden.

Chaka saß eine Weile schweigend und sah mich lächelnd an. Dann sagte er — sehr langsam, damit die Flammen ihre Arbeit tun konnten: »Sage mir nun, Mopo, weißt du nichts über diese Sache von der Geburt eines Sohnes durch deine Schwester Baleka?«

»Ich weiß nur dies, o König«, antwortete ich, »daß ein Sohn vor langen Jahren von deiner Frau Baleka geboren wurde, daß ich dieses Kind auf deinen Befehl hin tötete und dir die Leiche zu Füßen legte.«

Jetzt, mein Vater, war die Feuchtigkeit meiner Haut von der Hitze aufgezehrt, und die Flammen verzehrten mein Fleisch, und die Schmerzen waren schrecklich. Doch davon ließ ich mir in meinem Gesicht nichts anmerken, denn ich wußte sehr wohl, wenn ich jetzt zeigte, daß ich Schmerzen hatte, oder sogar aufschrie, hatte ich die Probe nicht bestanden, und der Tod war mir sicher.

Nun sprach der König wieder: »Schwörst du bei meinem Haupt, Mopo, daß mir kein Sohn in deinem Kraal gesäugt wurde?«

»Ich schwöre es, o König! Ich schwöre es bei deinem Haupt«, antwortete ich.

Und jetzt, mein Vater, waren die Schmerzen durch das Feuer so schrecklich, daß man sie nicht beschreiben kann. Ich fühlte, daß meine Augen aus ihren Höhlen quollen, mein Blut schien in mir zu kochen; es stieg mir in den Kopf, und zwei Tränen aus Blut rannen über meine Wangen. Aber noch hielt ich meine Hand im Feuer und ließ mir nichts anmerken, während der König und seine Berater mich aufmerksam beobachteten. Wieder schwieg Chaka eine Weile, und dieser Augenblick kam mir länger vor als alle Jahre meines Lebens.

»Ah!« sagte er schließlich. »Ich sehe, daß dir nun warm genug geworden ist, Mopo! Nimm deine Hand aus dem Feuer. Ich bin zufrieden; du hast die Probe bestanden. Dein Herz ist rein; denn wenn Lügen in ihm gewesen wären, hätte das Feuer ihnen eine Zunge gegeben, und du hättest laut geschrien und zum letztenmal Musik gemacht, Mopo!«

Nun zog ich meine Hand aus den Flammen, und fürs erste war der Schmerz vorbei.

»Es ist gut, o König!« sagte ich ruhig. »Das Feuer hat keine Macht über die, deren Herz rein ist.«

Doch während ich sprach, blickte ich auf meine linke Hand. Sie war schwarz, mein Vater — schwarz wie ein verkohlter Stock, und die Nägel waren von den verdorrten Fingern gebrannt. Sieh sie dir an, mein Weißer Vater; du kannst sie sehen, meine Augen sind blind. Die Hand ist weiß, wie die deine — sie ist weiß und tot und verdorrt. Das sind die Spuren des Feuers in Chakas Hütte — die Spuren des Feuers, das mich vor vielen, vielen Jahren geküßt hat. Seit jener Nacht der Qual konnte ich diese Hand kaum noch gebrauchen. Doch blieb mir noch meine rechte Hand, mein Vater, und — Ah! — wie habe ich sie gebraucht!

»Es scheint, als ob Nobela, die *Isanusi*, die nun tot ist, gelogen hat, als sie mir sagte, daß mir Übel von dir kommen würde, Mopo«, sagte Chaka nun. »Es scheint, daß du dieses Verbrechens unschuldig bist, und daß Baleka, deine Schwester, ebenso unschuldig ist, und daß die Worte, welche die Mutter der Himmel durch den Gesang des Feuers sprach, keine wahren Worte waren. Es ist gut für dich, Mopo, denn in einem solchen Fall hätte auch mein Eid dir nicht geholfen. Doch meine Mutter ist tot — tot in den Flammen, mit deinen Frauen und Kindern, Mopo, und das ist das Werk von Hexerei. Wir werden eine Trauerfeier abhalten, Mopo, du und ich, eine Trauerfeier, wie man sie im Zululand noch nie erlebt hat, denn alle Menschen der Erde sollen dabei weinen und wehklagen. Und bei dieser Trauerfeier soll es ein Ausschnüffeln geben, Mopo. Doch werden wir keine Hexen-Sucher dazu bestellen; du und ich werden die Hexen-Sucher sein, und wir selbst werden ausschnüffeln, wer dieses Unheil über uns gebracht hat. Was! Soll meine Mutter ungerächt bleiben, sie, die mich geboren hat und durch Hexerei hinweggerafft worden ist? Und sollen deine Frauen und Kinder ungerächt bleiben — da du doch unschuldig bist? Geh jetzt, Mopo, mein getreuer Diener, den ich durch die Wärme meines Feuer geehrt habe, geh!« Und wieder starrte er mich durch den Rauch des Feuers an und deutete mit seinem Assegai zur Tür der Hütte.

11

Der Rat Balekas

Ich stand auf, pries den König mit lauter Stimme und verließ das *Intunkulu,* das Haus des Königs. Ich ging langsam durch das Tor, doch als ich außerhalb des Tores war, packte mich der Schmerz, und er war stärker, als ich ihn ertragen konnte. Ich lief stöhnend hin und her, bis ich zu der Hütte eines Mannes kam, den ich kannte. Dort fand ich einen Topf mit Fett, und ich steckte meine verbrannte Hand hinein, wickelte ein Fell darum und ging wieder hinaus, weil ich nicht stillstehen konnte. Wieder ging ich hin und her, bis ich zu der Stelle kam, wo meine Hütte gestanden hatte. Der Zaun des Kraals war noch vorhanden, er war nicht verbrannt. Ich ging durch das Tor; es gab nur noch Asche, und sie lag knöcheltief. Ich ging durch die Asche, und meine Füße traten auf etwas Hartes, Scharfes. Der Mond schien hell, und ich sah, worauf ich getreten hatte. Es waren die geschwärzten Knochen meiner Frauen und Kinder. Ich warf mich auf die Asche, und Bitternis zerriß mir das Herz. Ich bedeckte meinen Körper mit der Asche meines Kraals und mit den Knochen meiner Frauen und Kinder. Ja, mein Vater, dort lag ich, und auf mir war ihre Asche, und unter der Asche ihre Knochen. So lag ich zum letztenmal in meinem Kraal, vor der Kälte der Nacht geschützt durch den Staub derer, denen ich das Leben gegeben hatte. So standen die Dinge in den Tagen Chakas, mein Vater; ja, und nicht nur für mich allein, sondern auch für viele andere.

Ich lag zwischen der Asche und stöhnte vor Schmerzen in der Wunde, und ich stöhnte auch vor Schmerzen in meinem Herzen. Warum hatte ich nicht das Gift geschmeckt, dort in der Hütte Chakas und vor seinen Augen? Warum schmeckte ich es nicht jetzt, um ein Ende zu machen? Nein, ich hatte die Schmerzen durchgestanden; ich würde ihm diesen letzten Triumph über mich nicht geben. Jetzt, nachdem ich die Feuerprobe bestanden hatte, konnte ich wieder groß werden in dem Land, und ich würde groß werden. Ja, ich würde meinen Kummer in mir vergraben und groß werden, so daß ich eines Tages Rache an dem König üben konnte. Ah! Mein Vater, in dieser Nacht, als ich so in der Asche lag, betete ich zu den *Amatonga,* zu den Geistern meiner Ahnen. Ich betete zu meinem *Ehlosé,* zu dem Geist, der über mich wacht — ja, und ich wagte es sogar, zu *Umkulunkulu* zu beten, der Großen Seele der Welt, zu *Umkulunkulu,* der sich unsichtbar und unhörbar durch die Himmel und über die Erde bewegt. Und ich betete, daß ich leben möge, um Chaka zu töten, so wie er die getötet hatte, die mir lieb waren. Und während ich so betete, schlief ich ein, oder, wenn ich nicht schlief, so entfloh das Licht des Verstandes aus meinem Kopf, und ich wurde wie einer, der tot ist. Dann kam eine Vision über mich, die als Antwort auf meine Gebete geschickt wurde, oder vielleicht war es auch ein Wahn, aus meinem Gram geboren. Denn, mein Vater, es schien mir, als ob ich am Ufer eines großen, breiten Flusses stünde. Es war düster dort, das Licht stand tief auf der Oberfläche des Flusses, doch weit entfernt, auf der anderen Seite des Flusses, war ein Glühen, wie das Glühen der Morgenröte nach einer Sturmnacht, und in dem

Glühen sah ich ein mächtiges Feld von Röhricht, das im Morgenwind hin und her wogte, und aus dem Röhricht traten Männer und Frauen und Kinder, zu Hunderten und Tausenden, und sprangen ins Wasser des Flusses. Alle die Menschen, die ich sah, mein Vater, waren schwarz — keiner von ihnen war weiß, so wie dein Volk, mein Vater, denn diese Vision war eine Vision der Zulu-Rasse, die allein ›aus dem Rohr‹ gekommen ist. Nun sah ich, daß von denen, die den Fluß überquerten, einige sehr schnell schwammen und andere im flachen Uferwasser stehenblieben — es war wie im Leben, mein Vater: manche Menschen sterben früh, und manche leben viele Jahre lang. Und ich sah die vielen Gesichter der Menschen im Wasser, und darunter viele, die ich kannte. Dort, mein Vater, sah ich das Gesicht Chakas, und das meine war nahe bei ihm; dort sah ich auch das Gesicht von Dingaan, dem Prinzen, das seines Bruders, und das Gesicht des Jungen Umslopogaas, und das Gesicht Nadas, meiner Tochter, und nun wußte ich zum erstenmal, daß Umslopogaas nicht tot war, sondern nur verschwunden.

Nun wandte ich mich in meiner Vision um und blickte auf das Ufer, auf dem ich stand. Ich sah, daß sich hinter dem Ufer eine mächtige Klippe erhob, steil und schwarz, und in dieser Klippe waren Türen aus Elfenbein, und aus ihnen fiel Licht und schallte Lachen. Und es gab noch weitere Türen, so schwarz wie aus Kohle gemacht, und aus ihnen kamen Finsternis und lautes Stöhnen. Ich sah auch, daß sich vor den Türen ein Sessel befand, und auf diesem Sessel saß eine unbeschreiblich schöne Frau. Sie war groß, und sie allein von allen hatte eine weiße Haut, und sie trug eine weiße Robe, und ihr Haar war wie Gold, das im Feuer schmilzt, und ihr Gesicht war strahlend wie die Mittagssonne. Dann sah ich, daß die Menschen, die aus dem Fluß stiegen, vor diese Frau traten und sie mit lauter Stimme priesen.

»Heil dir, *Inkosazana-y-Zulu!* Heil dir, Königin der Himmel!«

Nun hielt diese königliche Frau in jeder Hand einen Stab, und der Stab in ihrer rechten Hand war weiß und von Elfenbein, und der Stab in ihrer linken Hand war schwarz und von Ebenholz. Und auf die, welche vor ihren Thron traten und sie grüßten, deutete sie mit dem Stab von Elfenbein in ihrer rechten Hand, und mit dem Stab von Ebenholz in ihrer linken Hand. Und mit dem Stab von Elfenbein deutete sie auf die Türen aus Elfenbein, aus denen Licht und Lachen kamen, und mit dem Stab von Ebenholz deutete sie auf die Türen aus Kohle, aus denen Finsternis und Stöhnen drangen. Und wenn sie so deutete, wandten sich die, welche sie grüßten, um und gingen fort, die einen durch die Türen des Lichts, und manche durch die Türen der Finsternis.

Schließlich, während ich so stand, kam eine Handvoll Menschen vom Flußufer herauf. Ich sah sie an und erkannte sie. Da war Unandi, die Mutter Chakas, da war Anadi, meine Frau, und Moosa, mein Sohn, und alle meine anderen Frauen und Kinder, und all die, welche mit ihnen gestorben waren.

Sie standen vor der königlichen Gestalt dieser Frau, der Fürstin der Himmel, der von *Umkulunkulu* die Aufgabe übertragen worden war, über das Volk der Zulu zu wachen, und sie schrien laut: »Heil dir, *Inkosazana-y-Zulu!* Heil dir!«

Dann deutete sie, die *Inkosazana,* mit dem Elfenbeinstab auf die Elfenbeintore; aber die Menschen blieben vor ihr stehen, ohne sich zu rühren. Jetzt sprach die Frau zum erstenmal, mit einer leisen, sanften Stimme, die traurig klang und einen erschauern machte.

»Tretet ein, Kinder meines Volkes, tretet ein zum Gericht. Warum zögert ihr? Tretet ein in die Pforten des Lichts.«

Doch noch immer rührten sie sich nicht, und in meiner Vision sagte Unandi. »Wir zögern, Königin der Himmel – wir zögern, um Gerechtigkeit zu erbitten für den, der uns ermordet hat. Ich, die ich auf Erden die Mutter der Himmel genannt wurde, erflehe von der Königin der Himmel im Namen all dieser Menschen Gerechtigkeit für den, der uns ermordete.«

»Wie wird er genannt?« fragte die Königin der Himmel.

»Chaka, König der Zulu«, antwortete Unandi. »Chaka, mein Sohn.«

»Viele sind gekommen, um auf diesen Kopf Rache zu erbitten«, sagte die Königin der Himmel, »und es werden noch viele kommen. Fürchte dich nicht, Unandi, dieser Kopf soll fallen. Fürchtet euch nicht, Anadi, und ihr Frauen und Kinder Mopos, er wird fallen, sage ich euch. Mit dem Speer, der deine Brust durchbohrte, Unandi, soll auch die Brust Chakas durchbohrt werden, und ihr Frauen und Kinder von Mopo sollt wissen, daß es die Hand Mopos sein wird, die den Speer führt. Und ich werde es sein, die seine Hand führt. Ja, ich werde ihn lehren, meine Rache herauszufordern! Tretet ein, Kinder meines Volkes — tretet ein, denn die Verdammnis Chakas ist beschlossen.«

So träumte ich, mein Vater. Ja, dies war die Vision, die mir gesandt wurde, als ich in Schmerzen und Gram zwischen den Knochen meiner Toten und in der Asche meines Kraals lag. So wurde es mir gegeben, die *Inkosazana* der Himmel zu sehen. Noch zweimal sah ich sie, wie du später erfahren wirst, doch das war auf der Erde und mit wachen Augen. Ja, dreimal wurde es mir gewährt, dieses Gesicht zu sehen, und ich werde es nicht wiedersehen, bevor ich sterbe, denn niemand darf das Gesicht der *Inkosazana* viermal sehen und leben. Oder bin ich verrückt, mein Vater, und habe diese Visionen nur aus der Verwirrung meines Wahnsinns gewebt? Ich weiß es nicht, doch ist es die Wahrheit, daß ich glaubte, sie zu sehen.

Ich erwachte, als der Himmel von der Dämmerung grau wurde; es waren die Schmerzen in meiner verbrannten Hand, die mich aus meinem Schlaf, oder aus meiner Betäubung, rissen. Ich stand auf, schüttelte die Asche von mir und verließ den Kraal, um sie abzuwaschen. Dann kam ich zurück und setzte mich außerhalb des Tors des *Emposeni* auf einen Stein und wartete, daß die Frauen des Königs, die er seine ›Schwestern‹ nannte, herauskommen würden, um Wasser zu ziehen, wie es der Brauch war. Schließlich kamen sie. Ich saß, meinen Kaross über mein Gesicht gezogen, um es zu verbergen, und wartete auf Baleka. Schließlich sah ich sie; ihr Gesicht war traurig, und sie ging mit langsamen, schleppenden Schritten, den Wasserkrug auf dem Kopf. Ich flüsterte ihren Namen, und sie trat zur Seite, hinter einen

Aloebusch, und während sie so tat, als ob sie sich einen Dorn eingetreten hätte und ihn nun herauszöge, wartete sie, bis alle anderen Frauen des Königs vorbei waren. Dann trat sie auf mich zu, und wir begrüßten uns.

»Es war ein böser Tag, an dem ich auf dich hörte, Baleka«, sagte ich, »auf dich und auf die Mutter der Himmel, um das Leben deines Kindes zu retten. Sieh doch, was aus dieser Saat gewachsen ist! Tot ist mein ganzes Haus, tot ist die Mutter der Himmel — alle sind sie tot — und ich selbst bin durch die Feuerfolter gegangen.« Und ich streckte ihr meine verkohlte Hand entgegen.

»Ach, Mopo, mein Bruder«, antwortete sie, »das Fleisch ist dem Fleisch am nächsten, und ich würde mir wenig Gedanken machen, wenn nicht auch mein Sohn Umslopogaas tot wäre, wie ich eben hörte.«

»Du sprichst wie eine Frau, Baleka. Bedeutet es dir denn gar nichts, daß ich, dein Bruder, alles verloren habe — alle, die ich liebte?«

»Du kannst neuen Samen aussäen, mein Bruder, doch für mich gibt es keine Hoffnung mehr, denn der König sieht mich nicht mehr an. Ich bin traurig für dich, doch ich hatte nur dieses eine Kind, und das Fleisch ist dem Fleisch am nächsten. Glaubst du, daß ich entkommen kann? Nein, sage ich dir. Ich werde nur für eine kleine Weile verschont, und dann werde ich dorthin gehen, wo die anderen sind. Chaka hat mich schon für das Grab vorgemerkt; eine kurze Zeit mag ich noch leben, dann kommt der Tod. Er spielt mit mir, wie ein Leopard mit einem verwundeten Bock spielt. Es macht mir nichts, ich bin müde, aber ich trauere um meinen Sohn; nie gab es so einen Jungen in diesem Land. Ich wünschte, daß ich bald stürbe, um ihn zu suchen.«

»Und wenn der Junge nicht tot ist, Baleka, was dann?«

»Was hast du gesagt?« antwortete sie und starrte mich mit wilden Augen an. »Oh, sage es noch einmal — noch einmal, Mopo! Gerne würde ich hundert Tode sterben, wenn ich wüßte, daß Umslopogaas noch lebt.«

»Nein, Baleka, ich weiß nichts. Doch in der letzten Nacht träumte ich einen Traum.« Und ich erzählte ihr meinen

Traum, und auch das, was vor diesem Traum geschehen war.

Sie hörte mir zu, wie man den Worten eines Königs lauscht, wenn er Urteil über Leben und Tod spricht.

»Ich denke, daß Weisheit in deinen Träumen liegt, Mopo«, sagte sie schließlich. »Du warst schon immer ein seltsamer Mann, für den die Tore der Ferne keine Riegel haben. Jetzt hat mein Herz Gewißheit, daß Umslopogaas noch am Leben ist, und jetzt werde ich glücklich sterben. Nein, widersprich mir nicht; ich werde sterben, das weiß ich. Ich lese es in den Augen des Königs. Doch was macht das schon? Es ist nichts, wenn nur Prinz Umslopogaas lebt.«

»Deine Liebe ist groß, Frau«, sagte ich, »und diese, deine Liebe hat großen Kummer auf uns gebracht, und es könnte gut sein, daß am Ende alles sinnlos war, denn ein unheilvolles Schicksal schwebt über uns. Sage mir, was soll ich tun? Soll ich fliehen, oder soll ich hier ausharren und den Dingen ihren Lauf lassen?«

»Du mußt bleiben, Mopo. Sieh! Dies ist, was im Kopf des Königs vorgeht: Er hat Angst, weil seine Mutter durch seine eigene Hand gestorben ist. Ja, selbst er — er hat Angst, daß die Menschen sich gegen ihn stellen werden, gegen den, der seine eigene Mutter tötete. Deshalb wird er feststellen lassen, daß nicht er es war, der sie tötete, sondern daß sie in dem Feuer umgekommen ist, welches durch Zauberei auf deine Kraale herabbeschworen wurde; und wenn auch alle Menschen wissen, daß es eine Lüge ist, wird doch niemand wagen, ihm zu widersprechen. Wie er dir sagte, wird ein Ausschnüffeln stattfinden, aber ein Ausschnüffeln einer neuen Art, denn du und er werden die Hexen-Sucher sein, und bei diesem Ausschnüffeln wird er alle zu Tode bringen, die er fürchtet, alle, die ihn wegen seiner Grausamkeit hassen, und weil er seine Mutter ermordete. Aus diesem Grund, Mopo, wird er dich am Leben lassen — ja, und er wird dich groß machen in diesem Land, denn wenn seine Mutter Unandi wirklich durch Hexerei gestorben ist, wie er es behaupten wird, hast dann nicht auch du gemeinsam mit ihm Unrecht erlitten, und sind nicht auch deine Frauen und Kinder durch Hexerei umgekommen? Deshalb fliehe nicht; harre hier aus und werde groß — werde groß für das große Ziel der Rache, Mopo, mein Bruder. Du hast viel Unrecht zu rächen; bald wird es noch mehr sein, denn auch ich werde durch seine Hand sterben, und auch mein Blut wird zu dir nach Rache schreien. Höre, Mopo! Gibt es keine anderen Männer königlichen Geblüts im Land? Was ist mit Dingaan, was mit Umhlangana, was mit Panda, den Brüdern des Königs? Wollen nicht auch sie Könige sein? Erwachen sie nicht Tag für Tag aus dem Schlaf und fühlen ihre Glieder, um nachzusehen, ob sie noch leben? Legen sie sich nicht Nacht für Nacht schlafen, ohne zu wissen, ob es ihre Frauen sind, die sie küssen werden, bevor der Morgen graut, oder der rote Assegai des Königs? Nähere dich ihnen, mein Bruder; krieche in ihre Herzen und hole dir ihren Rat und gib ihnen den deinen; auf daß Chaka eines Tages zu dem Tor gebracht werden kann, durch das deine Frauen gegangen sind, und das auch ich bald durchschreiten werde.«

So sprach Baleka, und als sie gegangen war, dachte ich lange nach, denn es lag Weisheit in ihren Worten. Ich wußte sehr wohl, daß die Brüder des Königs ständig in Angst vor dem Tod lebten, denn sein Schatten lastete schwer auf ihnen. Mit Panda konnte man wenig anfangen, denn er lebte bescheiden und sprach wie einer, dessen Geist beschränkt ist. Doch Dingaan und Umhlangana waren aus einem anderen Holz geschnitzt, und aus ihnen konnte man einen Kerrie formen, der Chakas Gehirn eines Tages zu den Vögeln hinaufspritzen lassen würde. Aber die Zeit war noch nicht reif; Chakas Becher war noch nicht ganz gefüllt.

Nachdem ich zu Ende gedacht hatte, stand ich auf, ging zum Kraal meines Freundes, versorgte meine verbrannte Hand, die mir sehr starke Schmerzen bereitete, und während ich noch dabei war, kam ein Bote des Königs und beorderte mich zu ihm.

Ich trat vor den König, warf mich vor ihm zu Boden und rief ihn bei seinen königlichen Namen. Doch er nahm meine Hand und hob mich auf.

»Steh auf, Mopo, mein Diener«, sagte er mit sanfter Stimme. »Du hast viel Schmerz erlitten durch die Hexerei deiner Feinde. Ich, ich habe meine Mutter verloren, und du hast deine Frauen und Kinder verloren. Weint, meine Berater, weint, denn ich habe meine Mutter verloren, und Mopo, mein Diener, hat seine Frauen und Kinder verloren — wir sind beide Opfer der Hexerei unserer Feinde!«

Nun weinten alle Berater laut, während Chaka sie anstarrte.

»Höre, Mopo!« sagte der König, als das Weinen zu Ende war. »Niemand kann mir meine Mutter wiedergeben; aber ich kann dir andere Frauen geben, und du sollst wieder Kinder haben. Geh unter die Frauen, die für den König reserviert sind, und wähle dir sechs von ihnen aus. Geh unter das Vieh des Königs und wähle zehn mal zehn der besten Rinder. Ruf die Diener des Königs zusammen, daß sie deinen Kraal wieder aufbauen, größer und schöner als zuvor! Alle diese Dinge gebe ich dir gerne; aber du sollst noch mehr haben, Mopo. Ja! Du sollst deine Rache bekommen! Am ersten Tag des neuen Mondes rufe ich ein großes *Bandhla* zusammen, ein Treffen des ganzen Zulu-Volkes. Ja, auch dein Stamm, die Langeni, soll kommen. Wir werden gemeinsam über unseren Gram weinen; und dann werden wir auch erfahren, wer ihn über uns gebracht hat. Geh jetzt, Mopo, geh! Und geht auch ihr, meine Berater, damit ich allein weinen kann, weil meine Mutter tot ist!«

So also, mein Vater, erfüllten sich die Worte Balekas, und so, durch die listigen Ränke Chakas, wurde ich größer im Land, als ich es jemals zuvor gewesen war. Ich suchte mir die Rinder aus, und sie waren fett; ich wählte die Frauen, sie waren schön; doch ich hatte keine Lust an ihnen, und mir wurden auch keine Kinder mehr geboren. Denn mein Herz war wie ein verdorrter Ast; der Saft und die Kraft waren aus meinem Herzen verschwunden — herausgesogen durch das Feuer in Chakas Hütte, und ertränkt in der Trauer um die, die ich geliebt hatte.

12

Die Erzählung von Galazi, dem Wolf

Nun, mein Vater, will ich ein wenig zurückgreifen, denn meine Geschichte ist lang und gewunden wie ein Fluß in einer Ebene, und dir von dem Schicksal Umslopogaas' berichten, den der Löwe mit sich genommen hatte, wie er es mir Jahre später erzählte.

Die Löwin lief fort, mit Umslopogaas in ihrem Maul. Er versuchte, sich zu wehren, doch sie biß hart zu, also hing er reglos in ihrem Maul, und als er einen Blick zurückwarf, sah er Nada aus der Dornenumzäunung laufen und hörte sie schreien: »Rettet ihn!« Er sah ihr Gesicht und hörte ihre Stimme, und dann sah und hörte er nichts mehr, denn die Welt wurde dunkel um ihn, und er fiel in eine tiefe Ohnmacht. Schließlich erwachte er jedoch wieder, fühlte einen Schmerz in seinem Oberschenkel, wo die Löwin ihn gebissen hatte, und hörte Schreien. Er blickte auf. Über ihm stand die Löwin, die ihn aus ihrem Maul zu Boden fallen gelassen hatte. Sie fauchte wütend, denn vor ihr stand ein Junge, groß und kräftig, mit einem grimmigen Gesicht und einem schwarzgrauen Wolfsfell um seine Schultern, das er so befestigt hatte, daß Oberkiefer und Zähne des Wolfs auf seinem Kopf lagen. Er stand vor der Löwin und schrie sie an, und in einer Hand hielt er einen großen Kriegsschild, in der anderen eine große, mit Eisen beschlagene Keule.

Die Löwin duckte sich zum Sprung und knurrte schrecklich, doch der Junge wartete nicht auf ihren Angriff. Er sprang auf sie zu und schlug ihr mit der Keule auf den Kopf. Es war ein harter Schlag, der auch genau traf, doch er tötete sie nicht. Sie richtete sich auf und schlug mit den Pranken nach ihm. Er fing den Schlag mit seinem Schild auf, doch der Schild wurde ihm mit einer solchen Wucht gegen die Brust gestoßen, daß er rücklings zu Boden fiel und unter seinem Schild lag und vor Schmerzen wie ein Wolf heulte. Nun sprang die Löwin auf ihn zu und schlug mit beiden Pranken nach ihm. Doch weil der Schild ihn deckte, konnte sie ihn nicht töten. Umslopogaas erkannte jedoch, daß es nicht lange dauern würde, bis es ihr gelang, den Schild zur Seite zu schlagen, und dann würde sie den Fremden töten. Nun steckte in der Brust der Löwin noch immer Umslopogaas' abgebrochener Speer, und seine Klinge war eine Spanne tief eingedrungen. Nun kam ihm der Gedanke, daß er den Speer ganz in ihre Brust rammen mußte, wenn er nicht sterben wollte. Also sprang er auf, denn mit der Notwendigkeit kehrte auch seine Kraft zurück, und er lief auf die Löwin zu, die noch immer nach dem Jungen schlug, der unter seinem Schild lag. Sie bemerkte ihn nicht, und er warf sich neben ihr auf die Knie, packte den abgebrochenen Schaft des Speers, bohrte ihn tief in ihren Körper und drehte ihn herum. Jetzt sah die Löwin Umslopogaas. Brüllend fuhr sie herum und schlug nach ihm und zerfetzte mit ihren Krallen seine Brust und seine Arme. Er stürzte zu Boden, und während er auf sein Ende wartete, hörte er lautes Knurren, und eine Meute grauer und schwarzer Wölfe stürzte sich auf die Löwin und riß sie in Stücke. Danach verließen Umslopogaas wieder die Sinne, und das Licht erlosch vor seinen Augen, und er war wie tot.

Schließlich aber kehrte sein Bewußtsein wieder zurück, und damit auch die Erinnerung, und er erinnerte sich an die Löwin und hob den Kopf, um nach ihr zu sehen. Doch er konnte sie nirgends entdecken, und dann merkte er, daß er auf einem Bett aus Gras in einer Höhle lag, in mehrere Tierfelle gewickelt, und neben sich sah er eine Kalebasse mit Wasser. Er streckte die Hand aus und nahm einen Schluck von dem Wasser, und dann sah er, daß sein Arm dünn und schwach war, wie der eines Kranken, und seine Brust verschwollen und mit kaum zugeheilten Wunden bedeckt.

Während er nun so lag und nachdachte, verdunkelte sich der Eingang der Höhle, und derselbe Junge trat herein, der mit der Löwin gekämpft hatte und von ihr zu Boden gerissen worden war. Er trug einen toten Bock auf seiner Schulter. Er ließ ihn zu Boden gleiten, trat auf Umslopogaas zu und blickte ihn an.

»*Ou!*« sagte er. »Deine Augen sind offen — du lebst also, Fremder?«

»Ich lebe«, sagte Umslopogaas, »und ich bin hungrig.«

»Es ist Zeit«, sagte der andere, »denn seit ich dich mit vieler Mühe durch den Wald hierhergeschleppt habe, sind zwölf Tage vergangen. So tief waren die Wunden ihrer Krallen, daß ich für dich keine Hoffnung hatte. Zweimal war ich nahe daran, dich zu töten, damit du nicht mehr littest und ich keine Sorge mehr mit dir hätte. Aber ich habe meine Hand zurückgehalten, wegen eines Wortes, das mir jemand sagte, der jetzt tot ist. Nun iß, damit deine Kraft zurückkehrt. Später werden wir reden.«

Also aß Umslopogaas, und nach und nach kehrten Gesundheit und Kraft zu ihm zurück — jeden Tag ein wenig mehr. Und später, wenn sie nächtens beim Feuer saßen, sprachen sie miteinander.

»Wie wirst du genannt?« fragte Umslopogaas den anderen.

»Ich werde Galazi genannt, Galazi, der Wolf«, sagte der, »und ich bin von Zulu-Blut — ja, vom Blut Chakas, des Königs, denn der Vater Senzangaconas, Chakas Vater, war mein Urgroßvater.«

»Woher kommst du, Galazi?«

»Ich bin aus Swaziland — von dem Stamm der Halakazi, über den ich herrschen sollte. Dies ist meine Geschichte: Siguyana, mein Großvater, war der jüngere Bruder Senzangaconas, des Vaters von Chaka. Doch er bekam Streit mit Senzangacona und wurde ein Wanderer. Mit einigen Leuten der Umtetwa wanderte er ins Swaziland und blieb dort beim Stamm der Halakazi, die in Höhlen wohnten. Und das Ende davon war, daß er den Häuptling tötete und sich an seine Stelle setzte. Doch es gab eine große Zahl von Männern, die seine Herrschaft haßten, weil er ein Zulu war, und sie wollten einen Häuptling von Swazi-Blut an seine Stelle setzen. Aber das konnten sie nicht, denn die Hand meines Vaters lag schwer auf dem Volk. Nun war ich der einzige Sohn, der meinem Vater von seiner Hauptfrau geboren worden war, also dazu ausersehen, nach ihm Häuptling des Stammes zu werden, und deshalb haßten mich diese Feinde meines Vaters — und es waren viele und große Männer. So standen die Dinge bis zum letzten Winter, und dann beschloß mein Vater, zwanzig der Dorfältesten zu töten, zusammen mit ihren Frauen und Kindern, weil er wußte, daß sie ein Komplott gegen ihn spannen. Doch diese Dorfältesten erfuhren, was er mit ihnen vorhatte, und sie beschworen eine der Frauen meines Vaters, eine Frau von ihrem eigenen Blut, ihm Gift zu geben. Also gab sie ihm während der Nacht Gift, und am Morgen wurde mir berichtet, daß mein Vater krank sei und mich zu sehen wünsche, und ich ging zu ihm. Ich fand ihn in seiner Hütte, und er krümmte sich vor Schmerzen.

›Was ist mit dir, mein Vater?‹ fragte ich. ›Wer hat dir Böses getan?‹

›Es ist dies, mein Sohn‹, sagte er keuchend. ›Man hat mich vergiftet, und sie, die dort drüben steht, hat es getan.‹ Und er deutete auf eine Frau, die nahe der Tür an der Wand der Hütte lehnte, das Kinn auf die Brust gesenkt und vor Angst zitternd, als sie die Früchte ihrer Untat vor Augen hatte.

Nun war dieses Mädchen jung und schön, und wir hatten uns gut verstanden, doch kann ich sagen, daß ich nicht zögerte, denn mein Herz kochte vor Wut. Ich zögerte nicht, sondern packte meinen Speer, lief auf sie zu, und obwohl sie um Gnade schrie, durchbohrte ich sie mit dem Speer

›Das ist wohlgetan, Galazi!‹ sagte mein Vater. ›Doch wenn ich gegangen bin, sieh dich vor, mein Sohn, denn diese Swazi-Hunde werden dich fortjagen und dir deinen Platz nehmen! Doch wenn sie dich fortjagen und du noch lebst, schwöre mir dies: daß du nicht eher ruhen wirst, bis du mich gerächt hast.‹

›Ich schwöre es, mein Vater‹, antwortete ich. ›Ich schwöre, daß ich die Männer des Stammes der Halakazi ausrotten werde, jeden einzelnen von ihnen, mit Ausnahme der von meinem eigenen Blut, und die Frauen und Kinder in die Sklaverei verkaufen werde!‹

›Große Worte aus einem so jungen Mund‹, sagte mein Vater. ›Doch du wirst leben, um sie Wahrheit werden zu lassen. Dies weiß ich von dir und von deinem Tod: ein paar Jahre deines Lebens wirst du ein Wanderer sein, Enkel Siguyanas, und beim Wandern in einem anderen Land wirst du den Tod eines Mannes sterben, und nicht so einen Tod, wie ihn jene dort mir gegeben hat.‹ Nachdem er so gesprochen hatte, hob er den Kopf, blickte mich an, stöhnte laut auf und starb.

Nun trat ich aus der Hütte und schleppte den Leichnam des Mädchens hinter mir her. Vor der Hütte waren viele der Dorfältesten versammelt, die auf das Ende gewartet hatten, und ich sah, daß ihre Gesichter finster waren.

›Der Häuptling, mein Vater, ist tot!‹ rief ich mit lauter Stimme, ›und ich, Galazi, der ich jetzt euer Häuptling bin, habe dieses Mädchen getötet, das ihn ermordet hat!‹ Und ich rollte den Leichnam des Mädchens auf den Rücken, damit sie ihr Gesicht sehen konnten.

Nun befand sich der Vater des toten Mädchens unter denen, die vor mir standen, er, der sie zu der Tat angestiftet hatte, und er wurde wütend bei ihrem Anblick.

›Was, meine Brüder?‹ schrie er. ›Sollen wir es uns bieten lassen, daß dieser junge Zulu-Hund, der Mörder eines Mädchens, als Häuptling über uns herrschen soll? Niemals! Der alte Löwe ist tot, jetzt erlegt das Junge!‹ Und er rannte mit erhobenem Speer auf mich zu.

›Niemals!‹ schrien auch die anderen, und sie rannten ihm nach, ihre Speere erhoben.

Ich wartete, ich war völlig ruhig, denn ich wußte, daß ich noch nicht jetzt sterben sollte, ich wußte es von den letzten Worten meines Vaters. Ich wartete, bis der Mann dicht vor mir war und zustieß, da sprang ich zur Seite und durchbohrte ihn mit meinem Speer, und der Vater fiel tot auf die Leiche seiner Tochter. Dann stieß ich einen wilden Schrei aus und lief auf die anderen zu. Niemand berührte mich, und keiner konnte mich ergreifen; denn so ein Mann lebt nicht, der mich überholen kann.«

»Ich würde es versuchen«, sagte Umslopogaas lächelnd, denn von allen Jungen der Zulus war er der schnellste.

»Lerne zuerst wieder gehen, dann kannst du laufen«, sagte Galazi.

»Erzähle weiter«, bat Umslopogaas, »es ist eine lustige Geschichte.«

»Ja, es gibt noch einiges zu berichten, Fremder. Ich floh aus dem Gebiet der Halakazi, und ich hielt mich auch nicht lange im Land der Swazi auf, sondern ging, so rasch ich konnte, ins Land der Zulu. Nun hatte ich vor, zu Chaka zu gehen und ihm von dem Unrecht zu berichten, das mir geschehen war, und ihn zu bitten, ein *Impi* auszuschicken, um die Halakazi auszurotten. Doch während meiner Wanderung — ich nahm mir Nahrung und Obdach, wo ich sie finden konnte — kam ich eines Abends zum Kraal eines alten Mannes, der Chaka gekannt hatte, und auch Siguyana, meinen Großvater, und diesem alten Mann, bei dem ich zwei Tage blieb, erzählte ich meine Geschichte. Doch der alte Mann riet mir von meinem Vorhaben ab, indem er sagte, daß Chaka, dem König, Sprosse des königlichen Reises nicht willkommen seien, und daß er mich wahrscheinlich töten würde. Außerdem bot der Mann mir einen Platz in seinem Kraal an. Nun war mir bewußt, daß Weisheit in seinen Worten lag, und ich dachte nicht mehr daran, vor den König zu treten und nach Gerechtigkeit zu rufen, denn der, der nach Gerechtigkeit ruft, findet oft nur den Tod. Trotzdem wollte ich nicht im Kraal des alten Mannes bleiben, denn er hatte Söhne, die nach ihm kommen sollten und die mich nicht gerne sahen. Außerdem wollte ich selbst ein Häuptling sein, selbst wenn ich allein lebte. So verließ ich eines Nachts den Kraal und zog weiter.

Drei Abende später gelangte ich nun zu einem Kraal, der auf der anderen Seite des Flusses liegt, am Fuß des Berges. Vor dem Kraal saß eine sehr alte Frau und badete in den letzten Strahlen der Sonne. Sie erblickte mich, stand auf und sagte: ›Junger Mann, du bist groß und stark und gut zu Fuß. Möchtest du dir eine berühmte Waffe verdienen, eine Keule, die alle besiegt, die sich gegen sie stellen?‹

Ich sagte, daß ich so eine Keule wohl gern haben würde, und fragte, was ich tun müßte, um sie zu gewinnen.

›Dies mußt du tun‹, sagte die alte Frau; ›morgen früh, beim ersten Licht, wirst du auf jenen Berg hinaufsteigen‹ — und sie deutete auf den Berg, auf dem wir jetzt sind, Fremder, auf dessen Gipfel die Stein-Hexe bis in alle Ewigkeit hockt und auf das Ende der Welt wartet —; ›bis du beim zweiten Drittel des Hangs an einen Pfad kommst, der sehr schwierig ist. Am Ende dieses Pfades kommst du in einen düsteren Wald. Es ist sehr dunkel in dem Wald, aber du mußt hindurchgehen, bis du zu einer freien Stelle am Fuß der höchsten Klippe gelangst. In dieser Klippe findest du eine Höhle, und in der Höhle wirst du die Knochen eines Mannes finden. Stecke die Knochen in einen Beutel und bringe sie mir, dann sollst du die Keule haben!‹

Während sie so sprach, kamen Leute aus dem Kraal und hörten zu.

›Kümmere dich nicht um sie, junger Mann‹, sagten sie, ›falls du nicht deines Lebens müde sein solltest. Kümmere dich nicht um sie, sie ist verrückt. Der Berg ist verzaubert; er ist ein Ort der Geister. Sieh doch zu der Stein-Hexe hinauf, die dort oben sitzt! Böse Geister hausen in dem Wald, und seit vielen Jahren hat ihn kein Mensch mehr betreten. Der Sohn dieser Frau war ein Narr; er ist in den Wald gegangen und sagte, ihn kümmerten die Geister nicht, und die *Amatonga,* das Volk der Geister, töteten ihn dafür. Das war vor vielen Jahren, und niemand hat es gewagt, seine Knochen zu suchen und zurückzubringen. Die Alte sitzt schon seit Ewigkeiten vor dem Kraal und bittet jeden, der vorbeikommt, sie ihr zu bringen, und bietet als Belohnung die große Keule an; aber niemand hat es gewagt.‹

›Sie lügen!‹ rief die alte Frau. ›Es gibt keine Geister dort. Die Geister leben nur in ihren eigenen, feigen Herzen! Dort oben gibt es nur Wölfe. Ich weiß, daß die Knochen meines Sohnes in einer Höhle liegen, denn ich habe sie in einem Traum so liegen sehen. Aber meine alten Beine sind zu schwach, um mich auf den Berg hinaufzutragen, und alle diese Männer sind Feiglinge; es gibt keinen richtigen Mann mehr unter ihnen, seit die Zulus meinen Ehemann töteten!‹

Nun, ich hörte zu, ohne etwas zu sagen; doch nachdem

sie alle gesprochen hatten, fragte ich, ob ich die Keule sehen könnte, die dem gehören sollte, der es wagte, unter die *Amatonga* zu gehen, die Geister, die in dem Wald des Geisterberges leben. Die alte Frau stand auf und kroch auf Händen und Knien in die Hütte. Kurz darauf kam sie wieder zurück und schleppte eine gewaltige Keule hinter sich her.

›Sieh sie dir an, Fremder! Sieh sie dir an! Hat es jemals eine solche Keule gegeben?‹« Und Galazi hielt sie Umslopogaas vor das Gesicht.

Ich sage dir, mein Vater, das war eine Keule, denn ich, Mopo, sah sie in späteren Tagen. Sie war groß und knorrig und so schwarz wie Eisen, das im Rauch des Feuers gelegen hat, und mit Metall beschlagen, das von vielen Hieben blank und glatt gehämmert war.

»Ich blickte sie an«, fuhr Galazi fort, »und ich sage dir, Fremder, daß sich in mein Herz die Gier schlich, sie zu besitzen.

›Wie nennt man diese Keule?‹ fragte ich die alte Frau.

›Sie heißt *Wächter der Furten*‹, antwortete sie, ›und sie hat nicht vergebens gewacht. Fünf Männer haben diese Keule in ihren Kriegen geführt, und hundert-und-siebzig-und-drei haben unter ihren Schlägen ihr Leben gelassen. Er, der sie zuletzt hielt, erschlug zwanzig, bevor er selbst getötet wurde, denn dieses Schicksal geht mit der Keule: derjenige, der sie besitzt, soll mit ihr in der Hand sterben, doch auf eine ehrenvolle Art. Es gibt in ganz Zululand nur noch eine Waffe, die sich mit ihr vergleichen ließe, und das ist die große Axt von Jikaza, dem Häuptling des Volkes der Axt, der in dem Kraal dort drüben lebt; die uralte *Imbubuzi,* mit einem Schaft aus Horn, die den Sieg bringt. Wo diese Axt und die Keule Seite an Seite kämpfen, können nicht dreißig Männer gegen sie stehen. Ich habe gesprochen, nun wähle!‹ Und die alte Frau betrachtete mich mit ihren hornigen Augen.

›Jetzt spricht sie die Wahrheit‹, sagte einer der Umstehenden. ›Aber denke nicht mehr an die Keule, junger Mann; wer sie besitzt, teilt gewiß gewaltige Schläge aus, aber am Ende stirbt er durch den Assegai. Niemand wagt es, den *Wächter der Furten* zu besitzen.‹

›Ein guter und rascher Tod‹, antwortete ich. Und ich überlegte eine Weile, während die alte Frau mich noch immer mit ihren hornigen Augen anblickte. Schließlich stand sie auf. ›Nein, nein‹, sagte sie, ›der *Wächter* ist nicht für diesen. Dieser ist noch ein Kind. Ich muß einen Mann suchen, ich muß einen Mann suchen!‹

›Nicht so rasch, alte Frau‹, sagte ich. ›Wirst du mir diese Keule borgen, wenn ich auf den Berg gehe, um die Knochen deines Sohnes zu finden und sie dem Volk der Geister zu entreißen?‹

›Ich soll dir den Wächter borgen, Junge? Nein, nein! Ich würde weder dich noch diese gute Keule je wiedersehen!‹

›Ich bin kein Dieb‹, antwortete ich. ›Wenn die Geister mich töten, wirst du mich nicht wiedersehen, und auch nicht die Keule; doch wenn ich es überlebe, werde ich dir die Knochen bringen, oder wenn ich sie nicht finden sollte, werde ich zurückkommen und den *Wächter* in deine Hände zurückgeben. Zum Schluß will ich dir noch sagen: wenn du mir die Keule nicht borgst, werde ich nicht auf den Geisterberg gehen.‹

›Junge, deine Augen sind ehrlich‹, sagte sie und sah mich noch immer an. ›Nimm den *Wächter,* suche die Knochen. Wenn du sterben solltest, so soll die Keule mit dir untergehen; wenn du die Knochen meines Sohnes nicht finden solltest, bringe mir die Keule zurück; doch wenn du die Knochen findest, dann gehört sie dir, und sie soll dir Glück und Ruhm bringen, und du sollst den Tod eines tapferen Kriegers sterben.‹

Am nächsten Morgen nahm ich also die Keule und einen kleinen Tanz-Schild und bereitete mich zum Aufbruch vor. Die alte Frau segnete mich, doch die anderen Leute im Kraal machten sich lustig über mich und sagten: ›So ein kleiner Mann für eine so große Keule! Sieh dich vor, kleiner Mann, daß die Geister nicht dich mit dieser Keule erschlagen!‹ So sprachen sie und lachten, doch ein Mädchen in dem Kraal — eine Enkelin der alten Frau — nahm mich zur Seite und flehte mich an, nicht zu gehen, denn der Wald auf dem Geisterberg habe einen üblen Namen: niemand wage sich hinein, da er voller Geister sei, die wie Wölfe heulten. Ich dankte dem Mädchen, doch zu den anderen sagte ich nichts, sondern fragte sie nur nach dem Weg zum Geisterberg.

Nun, Fremder«, sagte Galazi, »wenn du kräftig genug bist, komm mit mir zum Eingang der Höhle und blicke hinaus, denn der Mond scheint hell.«

Also erhob sich Umslopogaas und kroch durch den engen Eingang der Höhle. Dort, über ihm, ragte ein gewaltiger Gipfel zum Himmel empor. Er hatte die Gestalt einer sitzenden Frau, deren Kinn auf ihrer Brust ruht, und die Höhle befand sich im Schoß dieser Frau. Unterhalb des Höhleneingangs befand sich ein steiler Hang, der mit Buschwerk bewachsen war. Darunter lag der Wald, groß und dicht, der sich bis zu einer steil abfallenden Klippe erstreckte, und am Fuß dieser Klippe, auf der anderen Seite eines Flusses, lag die Weite von Zululand.

»Dort, Fremder«, sagte Galazi und deutete mit der Keule *Wächter der Furten* auf die Weite der Ebene, die ihnen zu Füßen lag, »dort steht der Kraal, in dem die alte Frau lebte; dort ist die Klippe, die sich aus der Ebene erhebt und die ich hinaufsteigen mußte; dort ist der Wald, in dem die *Amatonga* leben, das Volk der Geister; dort, auf dieser Seite des Waldes, verläuft der Pfad, der zur Höhle führt, und hier ist die Höhle selbst. Siehst du diesen Stein am Eingang der Höhle? Er läßt sich drehen, und man kann den Eingang mit ihm verschließen. Er dreht sich sehr leicht — obwohl er so groß ist —, daß ein Kind ihn bewegen kann, denn er ruht auf einer scharfen Spitze. Doch merke dies: der Stein darf nicht zu weit gedreht werden; denn, sieh!, wenn er diesen Punkt erreicht« — und er deutete auf eine Markierung an der Wand des Höhleneingangs —, »dann muß ein Mann schon sehr stark sein, um ihn wieder zurückdrehen zu können, obwohl ich es schon getan habe, und ich bin noch kein voll ausgewachsener Mann. Doch wenn er noch weiter gedreht wird, dann rollt er in die Höhle wie ein Kiesel und versperrt ihre Enge wie ein Lehmklumpen den Hals einer Kalebasse, und ich glaube nicht, daß zwei Männer imstande wären, ihn wieder hinauszudrücken. Sieh, ich drehe jetzt den Stein, wie ich es jeden Abend tue« — und er packte den Stein und schwang ihn herum, und er drehte sich auf seinem Auflagepunkt, wie sich eine Tür dreht. »So lasse ich ihn, und da nur wenige von dieser Höhle wissen, würde niemand vermuten, daß ihr Eingang hinter diesem Stein verborgen liegt, und doch kann er mit dem leichten Druck einer Hand zur Seite gerollt werden. Doch genug von diesem Stein. Tritt wieder herein, Wanderer, und ich will meine Geschichte weitererzählen, denn sie ist lang und seltsam.

Ich brach also vom Kraal der alten Frau auf, und die Menschen des Kraals folgten mir zum Ufer des Flusses. Er führte hohes Wasser, und nur wenige hätten gewagt, ihn zu überqueren.

›Ha! Ha!‹ schrien sie. ›Nun ist deine Reise schon zu Ende, kleiner Mann; halte Wache bei der Furt, du, der du den *Wächter der Furten* gewinnen willst! Schlage das Wasser mit der Keule, vielleicht ergibt es sich und läßt dich trockenen Fußes hinüber!‹

Ich antwortete nicht, sondern band mir den Schild auf die Schulter, und den Beutel, den ich mitgenommen hatte, um die Hüfte, und nahm die Lederschnur, die sich am Griff der schweren Keule befand, zwischen die Zähne. Dann sprang ich ins Wasser des Flusses und schwamm. Zweimal, Fremder, riß mich die Strömung hinunter, und die Leute am Ufer dachten schon, ich wäre verloren; aber ich kam wieder hoch, und schließlich erreichte ich das andere Ufer.

Nun machten die Leute am Ufer keine abfälligen Bemerkungen mehr; sie standen schweigend und nachdenklich, und ich ging weiter, bis ich zum Fuß der Klippe kam. Die Klippe ist steil und sehr schwer zu besteigen, Fremder; wenn du wieder kräftiger bist, werde ich dir den Weg zeigen. Doch ich schaffte es, und gegen Mittag erreichte ich den Wald. Hier, am Rand des Waldes, ruhte ich eine Weile und aß etwas von der Nahrung, die ich in dem Beutel mitgenommen hatte, denn jetzt mußte ich kräftig sein, um den Geistern gegenübertreten zu können, falls es hier wirklich Geister geben sollte. Dann stand ich auf und drang in den Wald ein. Die Bäume, die dort wachsen, sind riesig, Fremder, und ihr Laub ist so dicht, daß an einigen Stellen kaum Licht auf den Boden fällt. Trotzdem ging ich weiter, und verlor oft die Richtung. Doch von Zeit zu Zeit sah ich zwischen den Kronen der Bäume den Gipfel des Geisterberges hindurchschimmern, die Gestalt der alten Frau, und ich nahm Richtung auf ihre Knie. Mein Herz schlug laut, als ich so durch die Dunkelheit und die Einsamkeit des Waldes schritt, und immer wieder blieb ich stehen und blickte mich um, ob ich nicht irgendwo die Augen der *Amatonga* entdecken konnte. Doch ich sah keine Geister, nur hin und wieder große, gefleckte Schlangen, die über den Weg krochen, und vielleicht waren diese die *Amatonga*. Hin und wieder sah ich auch einen großen, grauen Wolf, der von einem Baum zum anderen schlich und mich beobachtete, und über meinem Kopf seufzte der Wind in den riesigen Kronen der Bäume, und es klang wie das Seufzen von vielen Hunderten von Frauen.

Trotzdem ging ich weiter und sang dabei laut vor mich hin, damit mein Herz nicht vor Angst stehenbliebe, und endlich, gegen Ende der zweiten Stunde, wurde der Wald lichter, der Boden begann steiler anzusteigen, und das Licht des Himmels fiel wieder auf den Boden. Doch du bist müde, Fremder, und es ist spät geworden. Schlafe jetzt, und morgen will ich dir das Ende der Geschichte erzählen. Doch sage mir zuvor: Wie wirst du genannt?«

»Ich werde Umslopogaas genannt, der Sohn Mopos«, antwortete er, »und ich werde dir meine Geschichte erzählen, wenn du mit der deinen zu Ende gekommen bist. Jetzt laß uns schlafen.«

Als Galazi den Namen hörte, zuckte er zusammen, sagte aber nichts. Sie legten sich auf ihr Lager, und Galazi deckte Umslopogaas mit Fellen zu.

Doch Galazi, der Wolf, war so abgehärtet, daß er auf dem kahlen Felsen schlief und keine Decke brauchte. So schliefen sie, und vor dem verschlossenen Eingang der Höhle heulten die Wölfe, die Menschenblut witterten.

13

Galazi wird König der Wölfe

Am Morgen erwachte Umslopogaas und spürte, daß er rasch wieder zu Kräften kam. Trotzdem blieb er den ganzen Tag über in der Höhle, während Galazi hinausging, um zu jagen. Gegen Abend kehrte er zurück, einen erlegten Bock auf den Schultern, und sie häuteten den Bock und aßen davon, während sie beim Feuer saßen. Und als die Sonne untergegangen war, setzte Galazi seine Geschichte fort.

»Nun, Umslopogaas, Sohn Mopos, höre! Ich hatte den Wald durchquert und war zu den Beinen der alten Stein-Hexe gelangt, die dort oben sitzt und für immer auf den Untergang der Welt wartet. Hier schien die Sonne hell und klar, hier huschten Eidechsen hin und her, und Vögel flogen in der Luft, und obwohl es schon Abend wurde — denn der Weg durch den Wald war lang gewesen —, hatte ich keine Angst mehr. So kletterte ich den steilen Felshang hinauf, auf dem kleine Büsche wachsen, wie Haare auf den Armen eines Mannes, bis ich schließlich zu den Knien der Stein-Hexe gelangte, die die Plattform vor dem Eingang der Höhle bilden. Ich hob meinen Kopf über die Kante — die Knie der Stein-Hexe —, und was ich sah, ließ mir das Blut in den Adern gefrieren, und mein Herz wurde zu Wasser, denn dort auf der Plattform, vor dem Höhleneingang, waren Wölfe, und sie waren riesig, und es waren viele. Einige von ihnen schliefen, und sie knurrten im Schlaf, andere nagten an den Schädeln erbeuteter Tiere, andere saßen aufrecht wie Hunde, und die Zunge hing ihnen aus dem grinsenden Maul. Ich blickte mich um, und hinter den Wölfen entdeckte ich den Eingang zu der Höhle, in der sich die Knochen des Sohnes der alten Frau befinden sollten. Doch ich wagte nicht, dorthin zu gehen, da ich mich vor den Wölfen fürchtete und wußte, daß sie die Geister waren, die auf diesem Berge hausen. Also überlegte ich mir, ob ich nicht besser fliehen sollte, und wandte mich um. Doch während ich mich so umwandte, Umslopogaas, schwang die große Keule *Wächter der Furten* und schlug mir auf den Rücken, so wie man einen Feigling schlägt. Ob dies nun ein Zufall war, oder ob der *Wächter der Furten* den beschämen wollte, der ihn trug, kann ich nicht sagen. Doch dieser Schlag weckte die Scham in mir. Sollte ich zurückgehen und mich von den Menschen in dem Kraal und von der alten Frau auslachen lassen? Und wenn ich jetzt floh, würden die Geister mich nicht nächtens im Walde töten?

Nein, es war besser, in den Fängen der Wölfe und rasch zu sterben.

Also dachte ich in meinem Herzen; dann schwang ich — eilig, damit die Angst nicht wieder über mich kommen konnte — den *Wächter* und sprang, den gellenden Kriegsschrei der Halakazi auf den Lippen, auf die Plattform und stürzte mich auf die Wölfe. Auch sie sprangen auf und standen heulend, mit gesträubtem Fell und feurigen Augen, und ihr Geruch drang mir in die Nase. Doch als sie sahen, daß es ein Mensch war, der da auf sie zukam, wurden sie von einer plötzlichen Furcht gepackt, flohen nach allen Seiten, sprangen mit großen Sätzen von Felsen zu Felsen und von der Plattform, die die Knie der Stein-Hexe bildet, so daß ich schließlich allein vor dem Höhleneingang stand. Nachdem ich so die Geister-Wölfe in die Flucht gejagt hatte, ohne auch nur einen Schlag führen zu müssen, schwoll mir das Herz vor Stolz, und mit festen Schritten trat ich in den Eingang der Höhle, so wie ein Hahn auf dem Dach einer Hütte stolziert, und blickte hinein. Wie es der Zufall wollte, fiel das rote Licht der sinkenden Sonne voll in das Innere der Höhle. Und wieder, Umslopogaas, wurde ich von Angst geschüttelt, denn in diesem Licht konnte ich das Ende der Höhle sehen.

Sieh! Dort ist eine Höhlung in der hinteren Wand, dicht unter dem Dach, in doppelter Mannshöhe. Es ist eine schmale und hohe Nische, nicht wahr? — Als ob jemand sie mit einem Eisen geschlagen hätte, und ein Mann kann darin sitzen, wenn er die Beine herabhängen läßt. Ja, Umslopogaas, und ein Mann saß darin, oder das, was einmal ein Mann gewesen war. Dort saßen die Knochen eines Mannes, zusammengehalten von seiner verdorrten, schwarzen Haut, und es war ein schrecklicher Anblick. In seiner Hand hielt er ein Stück Fell von seiner *Moocha*. Es war zur Hälfte aufgegessen, Umslopogaas; er hatte es gegessen, bevor er starb. Seine Augen waren ebenfalls mit einem Fellstück seiner *Moocha* verbunden, als ob er sie vor einem unerträglichen Anblick hatte schützen wollen. Einer seiner Füße war fort, der andere hing über den Rand der Nische, und unter ihm auf dem Boden lag die Klinge seines zerbrochenen Speers, rot vor Rost.

Tritt jetzt näher, Umslopogaas, und lege deine Hand auf diese Wand; sie ist völlig glatt, nicht wahr? — so glatt, wie die Steine, mit denen die Frauen das Korn mahlen.

›Was hat sie so glatt gemacht?‹ wirst du fragen. Ich werde es dir sagen.

Als ich durch den Eingang in die Höhle blickte, sah ich dies: Auf dem Boden der Höhle lag eine Wölfin, und sie hechelte, als ob sie viele Meilen gelaufen sei; sie war groß und wild. In ihrer Nähe war ein anderer Wolf — es war ein Rüde —, alt und schwarz, und größer als alle anderen Wölfe, die ich jemals gesehen hatte, und sein Kopf und seine Flanken waren grau gestreift. Doch dieser Wolf stand auf seinen Beinen. Als ich in die Höhle trat, war er in der Nähe des Eingangs, doch plötzlich schnellte er los, zur Rückwand der Höhle, und sprang an ihr empor; er schnappte nach dem verdorrten Fuß des Toten, der aus der Nische hing. Seine Pfoten prallten gegen die Wand, dort, wo sie glatt ist, und er schien eine Sekunde lang an ihr zu kleben, während seine gewaltigen Kiefer sich krachend schlossen — doch gut eine Speerbreite unter dem herabhängenden Fuß des Toten. Mit einem Wutgeheul trabte er wieder zurück, um einen neuen Anlauf zu nehmen, und wieder sprang er nach dem Fuß des Toten, und seine Kiefer schlossen sich dicht unter ihm; und heulend fiel er wieder zu Boden. Jetzt erhob sich die Wölfin, und sie versuchten gemeinsam, den Toten aus seiner Nische zu reißen, aber es war alles vergeblich; sie verfehlten immer wieder den herabhängenden Fuß, und ihre Kiefer kamen ihm nie näher als eine Speerbreite. Nun weißt du, Umslopogaas, warum der Stein dort so glatt und glänzend ist. Monat um Monat, und Jahr um Jahr sind die Wölfe in ihrer Gier an ihr emporgesprungen, um die Knochen von dem zu fressen, der dort gesessen hat. Nacht für Nacht sind sie an der Wand der Höhle emporgesprungen, aber ihre zupackenden Kiefer konnten sich nie um den zweiten Fuß des Toten schließen. Einen Fuß hatten sie abreißen können, doch den zweiten bekamen sie nicht.

Während ich den beiden Wölfen zusah, erfüllt von Angst und Grauen, machte die Wölfin einen gewaltigen Sprung, so daß sie den herabhängenden Fuß beinahe erreichte. Sie fiel zurück, und dann sah ich, daß sie so bald nicht wieder springen würde; sie hatte sich verletzt und lag jaulend am Boden, und schwarzes Blut quoll aus ihrem Maul: Der Wolf sah es auch; er ging zu ihr, schnupperte an ihr, und als er merkte, daß sie verletzt war, packte er sie an der Kehle und schüttelte sie. Jetzt hallte die Höhle wider von Jaulen und Knurren und ersticktem Geheul, und die beiden Wölfe wälzten sich auf dem Boden unter ihm, der dort oben in der Nische saß, und das blutrote Licht der sterbenden Sonne ließ alles so unheimlich und grauenhaft wirken, daß ich zitterte wie ein Kind. Die Wölfin wurde rasch schwächer, denn die Fänge ihres Gefährten hatten sich tief in ihre Kehle gebohrt. Ich sah nun, daß jetzt der Augenblick gekommen war, ihn zu erschlagen, denn wenn er sie getötet hatte, würde er auch mich töten. Also schwang ich den *Wächter* und sprang in die Höhle, um den Wolf zu erschlagen, bevor er den Kopf heben konnte. Doch er hörte meine Schritte, oder vielleicht war mein Schatten auf ihn gefallen. Er ließ von der Wölfin ab und hob den Kopf, dieser Vater aller Wölfe, und dann sprang er ohne einen Laut mir an die Kehle.

Ich hatte den *Wächter* bereits erhoben und schlug mit aller Kraft zu. Der Schlag traf ihn mitten im Sprung; er bekam ihn voll an die Brust und wurde zu Boden geschleudert. Doch er blieb nicht dort. Bevor ich noch einmal zuschlagen konnte, war er wieder aufgesprungen und fiel mich erneut an. Dieses Mal sprang ich zur Seite, als ich zuschlug, und die Keule traf ihn an das rechte Bein, und er konnte nicht mehr springen. Doch er gab nicht auf. Er lief auf mich zu, und obwohl ihn ein Schlag in die Flanke traf, packte er mich mit seinen Fängen, durchbiß den Lederbeutel, den ich mir um das Geschlecht gebunden hatte, und in mein Fleisch. Ich schrie auf vor Schmerz und Wut, packte den *Wächter* mit beiden Händen und rammte ihn dem Wolf auf den Schädel, so wie man einen Pfahl in den Boden treibt, und der Schädel zersplitterte wie ein irdener Topf, und der Wolf fiel mir tot zu Füßen. Er riß mich mit sich zu Boden, und als ich mich wieder aufrichtete, waren seine gewaltigen Fänge noch immer in mein Fleisch verbissen, und ich schob den Schaft der Keule zwischen seine Zähne und zwang seine starren Kiefer auseinander. Dann sah ich mir die Wunden an. Sie waren nicht tief, da der Lederbeutel mich geschützt hatte, aber ich spüre sie noch heute, denn es ist Gift im Maul eines Wolfs. Als ich mich nun umblickte, sah ich, daß die Wölfin wieder auf den Beinen stand, als ob sie unverletzt wäre; denn das ist die Natur dieser Geister, Umslopogaas, daß sie zwar ständig miteinander kämpfen, sich aber nicht gegenseitig töten können. Sie können nur von Menschen getötet werden, und auch das nur unter Schwierigkeiten. Dort stand sie also, doch sie blickte weder mich noch ihren toten Gefährten an, sondern nur zu ihm hinauf, der dort in seiner Nische saß. Lautlos trat ich von hinten auf sie zu, hob die Keule und schlug sie ihr mit aller Kraft auf den Kopf. Der Hieb brach ihr das Genick, und sie fiel tot zu Boden.

Nun ruhte ich mich eine Weile aus, dann trat ich zum Eingang der Höhle und blickte hinaus. Die Sonne ging unter, der Wald war schwarz, doch rötliches Licht fiel noch immer auf das Gesicht der Stein-Hexe, die für immer auf dem Gipfel des Berges sitzt. Hier also mußte ich die Nacht verbringen, denn, obwohl wir vollen Mond hatten, wagte ich doch nicht, während der Nacht durch den Wald zur Ebene zurückzugehen, allein mit Wölfen und Geistern. Und wenn ich es schon nicht allein wagte, um wieviel weniger würde ich es wagen ihn mitzunehmen, der dort in der Nische am Ende der Höhle saß! Nein, ich mußte hierbleiben, also verließ ich die Höhle und ging zu einer Quelle, die rechts vom Eingang unter einem Stein hervortrat, wusch meine Wunden aus und trank. Dann ging ich zurück setzte mich in den Eingang der Höhle und sah das letzte Licht vom Angesicht der Welt verschwinden. Während es verging, war alles still, doch als es ganz verschwunden war, erwachte der Wald. Ein Wind sprang auf und warf die grünen Kronen der Bäume hin und her, wie die Wellen des Meeres. Und aus der Tiefe des Waldes schallte das Heulen der Geister und Wölfe, und es wurde beantwortet durch Schreie von den Felsen über mir. Höre, Umslopogaas! Es war so ein Heulen und Schreien, wie wir es heute nacht hören!

Es war schrecklich hier am Höhleneingang, denn ich kannte noch nicht das Geheimnis des Steins, mit dem man die Höhle verschließen kann. Und hätte ich es gekannt, hätte ich es denn gewagt, die Höhle zu schließen und allein zu sein mit den toten Wölfen und ihm, den sie versucht hatten, herunterzuzerren? Ich trat weiter auf die Plattform hinaus und blickte zum Gipfel des Berges empor. Der Mond war aufgegangen, und sein Licht fiel voll auf das Gesicht der Stein-Hexe, die bis in die Ewigkeit dort oben sitzt. Sie schien mich anzugrinsen und — oh! — hatte ich Angst, denn ich wußte nun, daß dies ein Ort der Toten war, ein Ort, wo Geister auf den Felsen hocken und Geier in den Bäumen. Ich ging in die Höhle zurück, und da ich wußte, daß ich etwas tun mußte, wenn ich nicht verrückt werden wollte, kniete ich mich neben den Kadaver des großen Wolfs-Rüden, den ich erschlagen hatte, zog mein Messer aus Eisen heraus und begann ihn im Licht des Mondes zu häuten. Eine Stunde oder länger hatte ich damit zu tun, und ich sang, während ich so arbeitete, und versuchte ihn zu vergessen, der dort oben in der Nische hockte, und nicht das Heulen zu hören, das von allen Seiten des Berges schallte. Doch das Mondlicht fiel immer tiefer in die Höhle hinein, und nun konnte ich die Gestalt aus Knochen und Haut deutlich sehen, ja, ich sah selbst die Binde vor seinen Augen. Warum hatte er sich die Augen verbunden? fragte ich mich. Vielleicht, um nicht die blutgierigen Gesichter der Wölfe sehen zu müssen, wenn sie an der Wand emporsprangen, um ihn herabzuzerren.

Das Heulen kam immer näher; jetzt konnte ich graue Schatten zwischen den Steinen der Plattform hin und her huschen sehen. Ah! Dort starrten zwei rotglühende Augen zu mir herein; eine spitze Schnauze beschnüffelte den Kadaver, den ich abhäutete. Mit einem Schrei riß ich die Keule empor und schlug zu. Ich hörte ein Schmerzensgeheul, und etwas rannte in die Nacht hinaus.

Nun war das Fell abgezogen. Ich warf es hinter mich, packte den abgehäuteten Kadaver, schleppte ihn vor die Höhle und ließ ihn dort liegen. Wieder kam das Heulen näher und näher, und ich sah graue Schatten heranschleichen, einen nach dem anderen. Jetzt versammelten sie sich um den abgehäuteten Kadaver, und dann fielen sie über ihn her, rissen ihn in Stücke und kämpften um die Fleischfetzen, bis alle verschlungen waren. Dann leckten sie sich ihre blutigen Lefzen und schlichen zum Wald zurück.

Schlief ich oder wachte ich? Ich kann es dir nicht sagen. Aber dies weiß ich: als ich zufällig aufblickte, sah ich, daß das Licht des Mondes auf ihn fiel, der dort in seiner Felsnische saß. Es war ein rotes Licht, und er schien in dem Licht zu leuchten wie etwas Fauliges. Ich sah, oder glaubte zu sehen, daß der herabhängende Kiefer sich bewegte, und aus dem Mund drang eine Stimme, die hart und hohl klang, wie die Stimme eines Menschen, dessen Kehle vor Durst vertrocknet ist.

›Heil dir, Galazi, Sohn Siguyanas‹, sagte die Stimme. ›Galazi, der Wolf! Sage, was tust du hier, auf dem Geisterberg, auf dem die Stein-Hexe für immer sitzt und auf den Untergang der Welt wartet?‹

Dann, Umslopogaas, antwortete ich, oder glaubte zu antworten, und auch meine Stimme klang ganz fremd und hohl.

›Heil dir, Toter, der du dort sitzt wie ein Geier auf einem Felsen! Dies tue ich auf dem Geisterberg. Ich bin gekommen, um deine Knochen zu suchen und sie deiner Mutter zu bringen, damit sie sie begraben kann.‹

›Viele, viele Jahre habe ich hier oben gesessen, Galazi‹, antwortete die Stimme, ›und habe zugesehen, wie die Geister-Wölfe immer wieder emporsprangen, um mich herabzuzerren, bis der Fels unter ihren Pfoten glatt geworden war. So habe ich Tag für Tag und Nacht für Nacht hier gesessen, sieben Tage und sieben Nächte lang, als ich noch lebte, die hungrigen Wölfe unter mir und den Hunger in mir. Und so habe ich Jahr um Jahr hier gesessen, ein Toter im Herzen der Stein-Hexe, und sah die Sonne, den Mond und die Sterne, und hörte das Heulen der Geisterwölfe, die zu meinen Füßen tobten, und lernte die Weisheit der alten Hexe, die über mir sitzt, aus ewigem Stein geformt. Meine Mutter war jung und schön, als ich durch den verhexten Wald zog und die Knie aus Stein erklomm. Wie ist sie jetzt, Galazi?‹

›Sie ist weiß und faltig und sehr alt‹, antwortete ich. ›Sie sagen, daß sie verrückt sei, doch auf ihren Wunsch bin ich hergekommen, um dich zu suchen, Toter, und ich habe den *Wächter der Furten* bei mir, der deinem Vater gehört hat, und der nun mir gehören soll.‹

›Er soll dir gehören, Galazi‹, sagte die Stimme, ›denn du allein hast es gewagt, den Geistern entgegenzutreten, um mir Schlaf und ein Grab zu geben. Höre, dir soll auch die Weisheit der alten Hexe gehören, die für immer dort oben sitzt — dir und keinem anderen. Dies sind keine Wölfe, die du erschlagen hast; nein, es sind Geister — böse Geister von Menschen, die in einer vergangenen Zeit lebten, und die jetzt weiterleben müssen, bis sie von Menschen getötet werden. Und weißt du, Galazi, wie sie gelebt haben, und was für Nahrung sie gegessen haben? Wenn das Licht zurückkehrt, Galazi, klettere auf die Brüste der Stein-Hexe und blicke in die Kluft zwischen den Brüsten. Dort wirst du sehen, wie diese Menschen gelebt haben. Und deshalb sind sie jetzt dazu verdammt, hager und hungrig in der Gestalt von Wölfen umherzuschleichen, in Wald und Fels des Geisterberges, wo sie einst ihre scheußlichen Mahle verzehrten, bis sie eines Tages durch die Hand von Menschen sterben. Und wegen des nagenden Hungers in ihren Eingeweiden sind sie Jahr um Jahr nach mir gesprungen, um meine Knochen herabzureißen; und der, den du erschlagen hast, war ihr König, und sie, die an seiner Seite war, die Königin.

Nun, Galazi, der Wolf, dies ist die Wahrheit, die ich dir geben will: du sollst der König der Geisterwölfe sein, du und ein anderer, den dir eine Löwin bringen wird. Binde das schwarze Wolfsfell um deine Schultern, und die Wölfe werden dir gehorchen, alle dreihundert-und-sechzig-und-drei, die noch übrig sind, und lasse den, der dir von einer Löwin gebracht wird, das graue Fell umbinden. Wohin ihr beide geht, dorthin sollen die Wölfe euch folgen und euch Siege bringen, bis sie alle tot sein werden. Doch wisse dies: daß sie nur dort sein können, wo sie im Leben waren und ihre Nahrung erbeutet haben. Doch es war ein böses Geschenk, das du von meiner Mutter angenommen hast — der *Wächter;* denn obwohl du ohne den *Wächter* nicht den König der Geisterwölfe erschlagen hättest, wirst du als Träger des *Wächters* dereinst selbst getötet werden. Nun, wenn der Morgen kommt, trage mich zurück zu meiner Mutter, damit ich dort schlafen kann, wo keine Geisterwölfe springen. Ich habe gesprochen, Galazi.‹

Jetzt schien die Stimme des Toten immer leiser und leiser zu werden, und noch hohler zu klingen als zuvor, bis ich zuletzt seine Worte kaum noch verstehen konnte, aber doch antwortete ich ihm und fragte ihn dies:

›Wer ist es dann, den eine Löwin mir bringen wird, um mit mir über die Geisterwölfe zu herrschen, und wie ist sein Name?‹

Jetzt war die Stimme des Toten kaum noch zu hören, doch in der Stille der Höhle verstand ich diese Worte. ›Er heißt Umslopogaas, der Schlächter, Sohn von Chaka, dem Löwen der Zulus.‹«

Umslopogaas fuhr zusammen. »Ich heiße Umslopogaas«, sagte er, »aber ›der Schlächter‹ werde ich nicht genannt, und ich bin der Sohn Mopos, und nicht der Sohn von Chaka, dem Löwen der Zulus. Du hast einen Traum geträumt, Galazi, oder, wenn es kein Traum gewesen ist, so hat der Tote dich belogen.«

»Vielleicht war es so, Umslopogaas«, antwortete Galazi,

der Wolf. »Vielleicht habe ich geträumt, oder vielleicht hat der Tote gelogen.

Dennoch: auch wenn er in diesem Punkt gelogen haben sollte, in anderen log er nicht, wie du jetzt hören sollst.

Nachdem ich diese Worte gehört hatte, oder träumte, sie zu hören, schlief ich ein, und als ich wieder erwachte, lag der Wald unter mir grau wie ein Nebel, doch das erste Licht des Morgens fiel auf das Gesicht von ihr, die in Stein auf dem Gipfel des Geisterberges sitzt. Nun erinnerte ich mich an den Traum, den ich geträumt hatte, und nun würde es sich zeigen, ob es nur ein Traum gewesen war. Also stand ich auf, verließ die Höhle und fand einen Weg, auf dem ich zu den Brüsten der Stein-Hexe hinaufsteigen konnte. Ich stieg ihn hinauf, und während ich aufstieg, fielen die ersten Strahlen der Sonne auf ihr steinernes Gesicht, und mein Herz jubelte. Doch je höher ich stieg, desto mehr zerfiel die Ähnlichkeit mit einem Frauengesicht, und schließlich, aus nächster Nähe, sah ich nur noch zerklüfteten Fels. Denn dies, Umslopogaas, ist die Art der Hexen, seien sie aus Stein oder aus Fleisch: wenn du ihnen nahekommst, wechseln sie ihre Gestalt.

Nun war ich auf den Brüsten der Stein-Hexe, und zwischen ihnen war eine Kluft, dreimal so breit, wie ein Mann springen kann, und in der Länge eine halbe Speerwurfweite, und vor dieser Kluft standen große, von Rauch geschwärzte Steine, und neben ihnen lagen zerbrochene Töpfe aus Ton und ein Messer aus Feuerstein. Ich blickte in die Kluft hinab — sie war sehr, sehr tief und grün mit Moos, und große Farne wuchsen darin, weil sich in ihr die Feuchtigkeit sammelte. Sonst war nichts zu sehen. Ich hatte einen Lügen-Traum geträumt. Ich wandte mich schon zum Gehen, doch dann überlegte ich es mir anders und stieg in die Kluft zwischen den Brüsten der Frau aus Stein. Ich bahnte mir einen Weg zwischen den hohen Farnen. Unter den Farnen war ein dicker Teppich aus Moos. Ich schabte etwas davon mit dem *Wächter* beiseite, und dabei schlug die Keule gegen etwas, das hart und hohl klang; es war gelblich und rund. Ich hob es auf, Umslopogaas: es war der Schädel eines Kindes.

Ich grub tiefer und schabte mehr Moos zur Seite, und dann sah ich es: Unter dem Moos lagen Knochen, Berge von Menschenknochen — alte Knochen, die dort viele Jahre lang gelegen hatten; die kleineren waren verrottet, aber die größeren waren übriggeblieben — manche waren gelb, andere schwarz, und einige noch weiß. Sie waren nicht zerbrochen, wie die Knochen, die Hyänen und Wölfe zwischen ihren Zähnen gehabt hatten, doch an einigen von ihnen konnte ich die Spuren von Zähnen erkennen. Ich ging zur Höhle zurück, ohne auch nur noch einen Blick zurückzuwerfen.

Als ich nun in die Höhle zurückkam, tat ich dies: ich häutete auch die Wölfin ab. Als ich damit fertig war, stand die Sonne schon hoch am Himmel, und ich wußte, daß es Zeit war, zu gehen. Aber ich konnte nicht allein gehen. Er, der dort oben in der Nische der Höhle saß, mußte mit mir kommen. Ich hatte große Angst, ihn zu berühren — diesen Toten, der in meinem Traum mit mir gesprochen hatte; doch ich mußte es tun. Also trug ich Steine heran und häufte sie auf, bis ich ihn erreichen konnte; dann hob ich ihn herunter; er war sehr leicht, da er nur noch Haut und Knochen war. Als ich ihn herabgehoben hatte, band ich die Felle der beiden Wölfe um mich und ließ den Lederbeutel zurück, weil er zu klein war, um den Toten hineinzustecken, sondern ich setzte ihn auf meine Schultern, so wie ein Mann ein Kind tragen mag, denn seine Beine waren etwas gespreizt, und indem ich ihn an dem Fuß festhielt, der ihm verblieben war, machte ich mich auf den Weg zum Kraal. Den Hang hinab ging ich so schnell ich konnte, denn jetzt kannte ich den Weg und sah und hörte nichts, bis auf einmal, als plötzlich das Geräusch von Flügelschlägen in der Luft war und ein riesiger Adler auf das herabstieß, was auf meinen Schultern saß. Ich stieß einen lauten Schrei aus, und der Adler flog fort.

Dann betrat ich den Wald. Hier mußte ich vorsichtig gehen, damit der Kopf dessen, das auf meinen Schultern saß, nicht gegen einen Ast schlug und abgerissen wurde.

Eine ganze Weile ging ich so, bis ich in die Mitte des Waldes kam. Dann hörte ich plötzlich zu meiner Rechten einen

CHARLES KERR

Wolf heulen, und von links kam die Antwort mehrerer Wölfe, und diese wieder wurde von Geheul hinter mir beantwortet. Ohne zu zögern ging ich weiter, denn ich wagte nicht stehenzubleiben, und richtete mich nach der Sonne, die ich hin und wieder zwischen den dichten Kronen der Bäume erblickte. Nun sah ich Schatten, schwarze und graue, näher schleichen, und sie schnüffelten die Luft, als sie immer näher kamen. Jetzt erreichte ich eine kleine Lichtung — und alle Wölfe der Welt waren dort versammelt! Mein Herz wurde zu Wasser, und meine Beine zitterten. Von allen Seiten war ich von diesen Bestien umringt, und sie waren groß und hungrig. Ich blieb stehen, die Keule erhoben, und langsam krochen sie auf mich zu, bis sie einen dichten Kreis um mich gebildet hatten. Doch sie sprangen mich nicht an, sondern krochen nur näher und näher. Aber dann sprang doch einer, doch nicht nach mir, sondern nach dem, das auf meinen Schultern saß. Ich trat zur Seite, und er verfehlte es, und als er wieder zu Boden kam, stand er winselnd und knurrend, als ob er Angst hätte. Da erinnerte ich mich wieder an meinen Traum, wenn es wirklich ein Traum gewesen war, in dem der Tote mir gesagt hatte, daß ich der König der Geisterwölfe sein sollte — ich und ein anderer, den eine Löwin zu mir bringen würde. War es nicht so? Wenn es nicht so war, wie kam es dann, daß die Wölfe mich nicht verschlangen?

Einen Augenblick lang überlegte ich, dann erhob ich meine Stimme und heulte wie ein Wolf; und — *Ou!* — Umslopogaas, alle Wölfe heulten zur Antwort, und es war ein mächtiges Heulen! Ich streckte meine Hand aus und rief sie. Sie liefen heran und umringten mich, als ob sie mich fressen wollten. Doch sie taten mir nichts; sie leckten meine Beine mit ihren roten Zungen, und bissen einander, um mir nahe sein zu können, und sie preßten sich an mich, so wie es Katzen tun. Nur einer von ihnen schnappte nach dem, das auf meinen Schultern saß, doch ich gab ihm einen Hieb mit dem *Wächter,* und er schlich mit eingekniffener Rute davon, wie ein geprügelter Hund; und die anderen fielen über ihn her und bissen ihn, und er heulte auf. Jetzt wußte ich, daß ich nichts mehr zu befürchten hatte, denn ich war wirklich der König der Geisterwölfe, also ging ich weiter, und das riesige Rudel folgte mir. Ich ging weiter und weiter, und sie trotteten ohne einen Laut neben und hinter mir, und die welken Blätter raschelten unter ihren Pfoten, und sie wirbelten eine Staubwolke auf, bis ich schließlich den Rand des Waldes erreichte.

Jetzt dachte ich daran, daß ich so nicht von Menschen gesehen werden durfte, da sie mich sonst für einen Zauberer halten und mich töten würden. Deshalb blieb ich am Rand des Waldes stehen und gab den Wölfen ein Zeichen, daß sie zurückgehen sollten. Sie stimmten ein klagendes Geheul an, als ob sie in Trauer wären, doch ich rief ihnen zu, daß ich bald zurückkommen und ihr König sein würde, und es schien, als ob sie in ihren Herzen verstanden, was ich ihnen sagte. Dann gingen sie alle fort, noch immer heulend, und ich war allein.

Und nun, Umslopogaas, ist es Zeit zu schlafen. Morgen abend werde ich dir den Rest meiner Geschichte erzählen.«

14

Die Wolfsbrüder

Nun, mein Vater, am folgenden Abend saßen Umslopogaas und Galazi, der Wolf, wieder beim Feuer im Eingang ihrer Höhle, so wie wir jetzt hier beieinandersitzen, mein Vater, und Galazi setzte seine Geschichte fort.

»Ich ging weiter, bis ich an den Fluß kam; er war noch immer voll, aber das Wasser hatte sich doch etwas gesenkt, so daß ich mit meinen Füßen Grund fand. Ich watete in den Fluß und benutzte den *Wächter* als Stütze, und das Wasser reichte mir bis zu den Ellbogen, aber nicht höher. Jetzt sah einer am anderen Ufer des Flusses, was da auf meinen Schultern saß, und er sah auch die Wolfsfelle auf meinem

Kopf, und er lief zum Kraal zurück und schrie: ›Hier kommt einer, der auf dem Rücken eines Wolfs über das Wasser reitet!‹

So kam es, daß, als ich zum Ufer kam, alle Menschen dort versammelt waren, um mich zu empfangen, alle außer der alten Frau, die nicht so weit gehen konnte. Doch als ich näher kam, und als sie sahen, was es war, das da auf meinen Schultern saß, zitterten sie vor Angst. Aber sie liefen nicht fort, weil ihre Verwunderung sie festhielt; sie wichen nur zur Seite, wenn ich sie fast erreicht hatte, und klammerten sich aneinander wie verängstigte Kinder und sagten nichts. So ging ich durch die schweigende Menge, bis ich schließlich den Kraal erreichte, und vor dem Tor des Kraals saß die alte Frau und badete sich in der Sonne des Nachmittags.

Plötzlich blickte sie auf und rief: ›Was fehlt euch, Leute meines Hauses, daß ihr rückwärts geht, wie solche, die verhext worden sind, und wer ist dieser große und tödliche Mann, der auf euch zuschreitet?‹

Doch sie wichen noch immer zurück und sagten kein Wort, und die Kinder klammerten sich an die Frauen, und die Frauen klammerten sich an die Männer, bis sie die alte Frau erreicht hatten und sich hinter ihr aufstellten wie ein Regiment Soldaten. So standen sie an den Zaun des Kraals gedrängt. Ich aber trat vor die alte Frau und nahm den herunter, der auf meinen Schultern saß, und setzte ihn ihr zu Füßen auf den Boden und sagte: ›Frau, hier ist dein Sohn; ich habe ihn mit vieler Mühe aus den Fängen der Geister gerissen — es gibt viele davon dort oben —, und ich gebe dir alles, bis auf einen Fuß, den ich nicht finden konnte. Nimm ihn nun und begrabe ihn, denn ich bin seiner Gesellschaft leid.‹

Sie blickte auf das, was vor ihr auf dem Boden saß. Sie streckte ihre Hand aus und nahm die Binde von den eingesunkenen Augen. Dann stieß sie einen Schrei aus, einen lauten, schrillen Schrei, warf die Arme um den Hals des Toten und schrie: ›Es ist mein Sohn, den ich geboren habe — mein eigener Sohn, den ich seit zwei mal zehn und halb zehn Jahren nicht gesehen habe. Sei gegrüßt, Sohn, sei gegrüßt!

Jetzt sollst du ein Grab finden, und ich mit dir. Ja! Ich mit dir!‹

Und wieder stieß sie einen lauten Schrei aus und stand auf, beide Arme gen Himmel gereckt. Plötzlich quoll Schaum aus ihrem Mund, und sie fiel auf die Leiche ihres Sohnes und war tot.

Keiner von all den Menschen sprach ein Wort, denn sie waren alle voller Furcht. Doch schließlich rief einer: ›Wie heißt dieser Mann, der den Geistern die Leiche entrissen hat?‹

›Man nennt mich Galazi‹, antwortete ich.

›Nein‹, sagte er, ›du heißt *Der Wolf*. Seht doch die Wolfsfelle auf seinem Kopf!‹

›Ich heiße Galazi, und *Der Wolf* hast du mich genannt‹, sagte ich. ›Doch soll es so sein: Ich heiße von jetzt an Galazi, der Wolf.‹

›Ich glaube, er *ist* ein Wolf‹, sagte der Mann. ›Seht euch nur seine Zähne an, wie sie grinsen! Dies ist kein Mensch, meine Brüder, sondern ein Wolf!‹

›Kein Wolf und kein Mann‹, sagte ein anderer, ›sondern ein Zauberer. Niemand außer einem Zauberer hätte den Wald durchqueren und in den Schoß von ihr eindringen können, die dort oben in Stein für alle Ewigkeit sitzt.‹

›Ja! Ja! Er ist ein Wolf! Er ist ein Zauberer!‹ schrien sie. ›Tötet ihn! Tötet den Wolf-Zauberer, bevor er die Geister über uns bringt!‹ Und sie liefen mit erhobenen Speeren auf mich zu.

›Ja, ich bin ein Wolf!‹ schrie ich. ›Und ich bin auch ein Zauberer! Und ich werde die Wölfe und die Geister über euch bringen, bevor ich mit euch fertig bin!‹ und ich wandte mich um und floh so schnell, daß ich sie bald hinter mir gelassen hatte. Während ich so rannte, begegnete mir jedoch ein Mädchen; sie trug einen Korb mit Mais auf dem Kopf und hielt ein totes Zicklein in der Hand. Ich lief auf sie zu und heulte dabei wie ein wütender Wolf, und ich riß ihr den Mais vom Kopf und das Zicklein aus der Hand. Dann lief ich weiter, erreichte den Fluß und watete hindurch, und in dieser Nacht verbarg ich mich zwischen den Klippen nahe dem Ufer, und aß den Mais und das Fleisch des Zickleins.

Am nächsten Morgen, beim ersten Dämmern, stand ich auf und schüttelte den Tau aus dem Wolfsfell. Dann ging ich in den Wald und heulte wie ein Wolf. Sie kannten jetzt meine Stimme, die Geisterwölfe, und sie antworteten mir von nah und fern. Dann hörte ich das Trappeln ihrer Pfoten, und sie kamen heran, zu zehn und zu zwanzig, und sie umringten mich und blickten mich ergeben an. Ich zählte sie, und es waren dreihundert-und-sechzig-und-drei.

Später stieg ich zur Höhle hinauf, und seitdem lebe ich in dieser Höhle, Umslopogaas, seit fast zwölf Monden nun, und ich bin ein Wolfsmensch geworden. Denn ich jage und heule mit den Wölfen, und sie kennen mich, und was ich ihnen befehle, das tun sie. Bleibe, Umslopogaas. Du bist wieder gesund und kräftig, und wenn du den Mut dazu hast, sollst du es noch in dieser Nacht sehen. Komm jetzt! Hast du Mut, Umslopogaas?«

Nun erhob sich Umslopogaas und lachte laut. »Ich bin zwar noch jung an Jahren und habe die volle Manneskraft noch nicht erreicht«, rief er, »aber bis jetzt habe ich noch nichts und niemandem meinen Rücken zugewandt, sei es ein Mann, oder ein Löwe, oder eine Hexe, oder ein Geist. Also komm, daß wir dieses *Impi* sehen, das dir gehört — dieses *Impi* in Schwarz und Grau, das auf vier Beinen läuft und Fangzähne statt Speere trägt!«

»Vorher mußt du dir das Wolfsfell umbinden, Umslopogaas«, sagte Galazi, »sonst wäre, bevor ein Mann seine Finger zweimal zählen kann, nichts von dir übrig. Binde das Fell um den Hals und unter den Armen fest, und achte darauf, daß die Schnüre sich nicht lösen, denn sonst wäre es dein Ende.«

Also nahm Umslopogaas das Fell der grauen Wölfin und befestigte es mit Lederschnüren an seinem Körper, und die Zähne der Wölfin waren auf seinem Kopf, und er nahm den Speer in die Hand. Galazi band sich nun auch das Fell des Königs der Wölfe um, und sie traten aus der Höhle auf die Plattform, die vor ihrem Eingang lag. Galazi blieb dort eine Weile stehen, und das Mondlicht fiel auf ihn, und Umslopogaas sah, daß sein Gesicht einen wilden und tierischen Ausdruck bekam, und seine Augen funkelten, und seine Zähne grinsten hinter grausam gekräuselten Lippen. Er legte den Kopf in den Nacken und stieß ein lautes Heulen aus; dreimal legte er den Kopf so zurück und heulte in die Nacht hinaus, und jedesmal lauter als zuvor. Und bevor die Echos seiner Schreie verklungen waren, ertönte aus allen Richtungen die Antwort; es heulte von den Felsen über ihnen, und aus der Tiefe des Waldes unter ihnen, aus Norden und Osten und Süden und Westen kam das Heulen der Antwort. Und es klang näher und immer näher; jetzt hörte man auch schon das Geräusch von Pfoten, und ein Wolf, riesig und grau, kam auf sie zugestürzt, und hinter ihm viele andere. Sie liefen auf Galazi zu, sie sprangen an ihm empor, sie leckten mit ihren roten Zungen über seinen Körper, doch er vertrieb sie mit dem *Wächter.* Plötzlich entdeckten die Wölfe Umslopogaas und stürzten sich mit gebleckten Zähnen auf ihn.

»Bleib stehen und rühre dich nicht!« rief Galazi. »Du darfst keine Angst haben!«

»Ich habe immer Hunde gestreichelt«, antwortete Umslopogaas, »warum sollte ich sie jetzt fürchten?«

Aber wenn seine Worte auch mutig klangen, in seinem Herzen saß die Furcht, denn dies war ein schrecklicher Anblick. Die Wölfe stürzten mit gefletschten Zähnen auf ihn zu, von vorn und von hinten, von links und von rechts, und einen Atemzug später war er von allen Seiten umringt. Doch kein Zahn bohrte sich in sein Fleisch, denn als sie auf ihn zusprangen, nahmen sie den Geruch des Felles wahr, mit dem er sich eingehüllt hatte, und sie fielen ihm zu Füßen und beleckten auch ihn. Dann sah Umslopogaas, daß die Wolfsrüden ihn nicht mehr beachteten, doch die Wölfinnen sammelten sich um ihn, der das Fell einer Wölfin trug. Sie waren groß und mager und hungrig und alles voll ausgewachsene Tiere; es war nicht ein Junges unter ihnen, und es waren so viele, daß er sie im Mondlicht nicht zählen konnte. Umslopogaas blickte in ihre rotglühenden Augen, und sein Herz wurde zum Herzen eines Wolfes, und auch er legte den Kopf in den Nacken und heulte, und die Wölfinnen heulten zur Antwort.

»Das Rudel ist versammelt! Nun auf zur Jagd!« schrie Galazi. »Stärke deine Beine, mein Bruder, denn wir werden heute nacht weit umherschweifen! Ho, Schwarzfang! Ho, Grauschnauze! Ho, mein Volk, schwarz und grau! Auf! Auf!«

Er lief los, und mit ihm Umslopogaas, und ihnen folgten die Geisterwölfe. Sie liefen den Berghang hinab und sprangen von Fels zu Fels wie Böcke. Schließlich erreichten sie eine Senke, die dicht mit Bäumen bestanden war. Galazi blieb stehen und hob die Keule, und die Wölfe blieben ebenfalls stehen.

»Ich rieche eine Beute!« rief er. »Auf sie, meine Kinder, auf sie!«

Die Wölfe liefen lautlos in die Senke, doch Umslopogaas und Galazi blieben an ihrem Rand und warteten. Kurz darauf hörten sie das Krachen brechender Äste — und dann stand ein Büffel vor ihnen, ein Bulle, der wütend brüllte und die Luft in seine Nüstern sog.

»Der wird uns eine gute Jagd geben, Bruder! Sieh, er ist mager und schlank. Ah! Das Fleisch ist zart, das mein Volk zu Tode hetzt!«

Während Galazi so sprach, kamen die ersten Wölfe aus dem Gehölz und sahen den Büffel. Sie gaben Laut und sprangen auf ihn zu. Der Bulle sah sie auch und raste davon, und Umslopogaas und Galazi liefen hinter ihm her, und ihnen folgte die Meute der Wölfe, und die Felsen erzitterten von der Musik der Jagd.

Sie rannten den Berghang hinab, und jetzt spürte Umslopogaas in seinem Herzen, daß auch er ein Wolf geworden war. Sie rannten mit voller Kraft, doch seine Füße waren so schnell wie die der schnellsten unter den Wölfen; keiner von ihnen konnte ihn überholen, und in ihm war nur ein Gedanke: die Beute zu reißen. Jetzt näherten sie sich dem Rand des Waldes, und Galazi schrie Befehle. Er schrie sie Schwarzfang und Grauschnauze zu und Blut und Todesbiß, die sich nun von dem Rudel lösten und vorausliefen, so schnell, daß ihre Bäuche den Boden zu berühren schienen. Sie schossen von der Seite auf den Bullen zu und drängten ihn vom Wald ab und zwangen ihn, kehrtzumachen und hangaufwärts zu laufen. Die Jagd hatte ihre Richtung gewechselt. Der Bulle floh den Hang hinauf, und an seiner linken Flanke waren Grauschnauze und Todesbiß, und an der anderen Blut und Schwarzfang, und ihnen folgten die beiden Wolfsbrüder, und denen der Rest des Rudels mit heraushängenden Zungen. So rasten sie den Hang hinauf, doch Umslopogaas' Füße wurden nicht müde, und sein Atem erlahmte nicht. Sie näherten sich dem Schoß der Stein-Hexe, in dem die Höhle lag. Der Bulle raste weiter, verrückt vor Todesangst. Er lief so schnell, daß die Wölfe zurückfielen, denn hier war der Boden eben, und das war ein Vorteil für ihn. Galazi sah Umslopogaas an, der an seiner Seite lief, und grinste.

»Du läufst nicht schlecht, mein Bruder, der vor kurzem noch krank gewesen ist. Jetzt wollen wir sehen, ob du besser bist als ich. Wer wird die Beute als erster berühren?«

Der Bulle war jetzt zwei Speerwurfweiten vor ihnen. Umslopogaas grinste Galazi an und sagte: »Gut! Also los!«

Sie liefen noch schneller, und eine Weile schien es Umslopogaas, als ob sie Seite an Seite blieben, nur der Bulle kam immer näher. Nun nahm er alle Kräfte zusammen und schickte sie in seine Beine, und nach einer Weile war er allein, und der Bulle war dicht vor ihm. Niemals waren Füße schneller gewesen als die von Umslopogaas. Jetzt hatte er den Bullen erreicht. Im Laufen legte er seine Hände auf den Rücken des Bullen und sprang. Er war auf ihm, er saß auf dem Bullen, so wie ein weißer Mann auf einem Pferd sitzt. Dann hob er seinen Speer und stieß ihn dem Bullen zwischen die Schultern. Das große Tier stolperte, blieb stehen, fiel zur Seite und war tot.

Galazi kam heran. »Wer ist nun der Schnellste, Galazi?« rief Umslopogaas. »Ich oder du oder dein Wolfsrudel?«

»Du bist der Schnellste, Umslopogaas«, sagte Galazi keuchend. »Noch nie ist ein Mann gelaufen wie du, und nie wird einer so laufen.«

Jetzt waren die Wölfe heran und wollten den Kadaver zerreißen, aber Galazi trieb sie mit seiner Keule zurück, und sie ruhten sich eine Weile aus. Dann sagte Galazi: »Wir wollen uns mit dem Speer Fleisch von dem Bullen schneiden.«

Also schnitten sie sich Fleisch von dem Bullen, und als sie damit fertig waren, gab Galazi den Wölfen ein Zeichen, und sie fielen über den blutigen Kadaver her, wobei sie wütend miteinander kämpften. Kurz darauf war nichts mehr davon übrig, außer den großen Knochen, und doch hatte jeder der Wölfe nur wenig bekommen.

Dann gingen sie zur Höhle zurück und schliefen.

Später erzählte Umslopogaas Galazi seine Geschichte, und Galazi fragte ihn, ob er bei ihm bleiben und sein Bruder sein und mit ihm über das Volk der Wölfe herrschen wolle, oder ob er wieder zu seinem Vater Mopo im Kraal Chakas zurückkehren wolle.

Umslopogaas antwortete, daß er eigentlich vorhabe, seine Schwester Nada zu suchen, da er des Kraals von Chaka müde sei, doch an seine Schwester Tag und Nacht denken müsse.

»Wo, denn, ist Nada, deine Schwester?« fragte Galazi.

»Sie schläft in den Höhlen deines Volkes, Galazi; sie ist bei den Halakazi.«

»Bleibe eine Weile hier, Umslopogaas«, rief Galazi. »Bleibe, bis wir wirkliche Männer geworden sind. Dann wollen wir deine Schwester suchen und sie aus den Höhlen der Halakazi reißen!«

Nun hatte sich die Freude an dem Wolfsleben in Umslopogaas' Herz geschlichen, und er sagte, daß es so sein solle, und am nächsten Morgen machten sie sich zu Blutsbrüdern, auf daß sie bis zum Tod eins seien. Sie schlossen den Pakt vor allen Geisterwölfen, und die Wölfe heulten, als sie das Blut der Menschen rochen. Von nun an waren die beiden in allen Dingen gleich, und die Geisterwölfe gehorchten den Stimmen beider. Und in so mancher Mondnacht jagten die beiden zusammen mit den Wölfen und rissen Beute, daß sie essen konnten. Hin und wieder durchquerten sie auch den Fluß und jagten auf der Ebene, denn Wild war selten auf dem Berg, und dann kamen die Menschen des Kraals heraus, hörten ein mächtiges Heulen und sahen das Rudel über die Ebene jagen, und mit ihnen einen Mann oder zwei Männer. Dann sagten sie, daß die Geister wieder unterwegs seien, und verkrochen sich in ihren Hütten und zitterten vor Angst. Aber bis jetzt hatten die Wolfsbrüder und ihr Rudel noch keinen Menschen getötet, sondern nur Wild, oder gelegentlich Elefanten und Löwen.

Nachdem nun Umslopogaas einige Monde im Hexen-Berg gelebt hatte, träumte er eines Nachts von Nada, und als er erwachte, war sein Herz weich, und er dachte, daß er erfahren müßte, was aus mir geworden war, aus Mopo, den er für seinen Vater hielt, und aus ihr, die er für seine Mutter hielt, und aus Nada, seiner Schwester, und allen anderen Schwestern und Brüdern. Also zog er sich an, um seine Nacktheit zu bedecken, und ließ Galazi zurück, und stieg hinab zu dem Kraal, in dem die alte Frau gewohnt hatte. Dort gab er vor, der junge Sohn eines Häuptlings zu sein, der eine Frau suche. Die Leute in dem Kraal hörten ihm zu, und sie sahen, daß sein Gesicht wild und finster war, und einer von ihnen fragte, ob dies Galazi, der Wolf, sei, Galazi, der Zauberer. Doch ein anderer antwortete, daß dieser nicht Galazi sei, denn ihre Augen hätten Galazi gesehen. Umslopogaas sagte, daß er nichts von Galazi wüßte, und von den Wölfen nur gehört habe, und während er so sprach, erschien ein *Impi* von fünfzig Männern und trat in den Kraal. Umslopogaas sah die Führer des *Impi* an und erkannte sie als Hauptleute Chakas. Anfangs wollte er mit ihnen sprechen, doch sein *Ehlosé* warnte ihn, den Mund zu halten. Also setzte er sich an die Wand der großen Hütte und hörte zu. Kurz darauf erschien der Dorfälteste des Kraals und er zitterte vor Angst, denn er glaubte, das *Impi* sei hergeschickt worden, um ihn zu vernichten, und alles, was sein war, und er fragte den Führer des *Impi* nach seinen Befehlen.

»Es ist nur eine Kleinigkeit«, sagte der Führer des *Impi*. »Wir sind vom König ausgeschickt worden, um einen gewissen Jungen zu suchen, Umslopogaas, den Sohn von Mopo, dem Medizinmann des Königs. Mopo hat behauptet, daß dieser Junge in der Nähe dieser Berge von einem Löwen getötet worden sei, und Chaka will wissen, ob das wahr ist.«

»Wir wissen nichts von diesem Jungen«, sagte der Dorfälteste. »Aber was würdet ihr mit ihm tun, wenn ihr ihn fändet?«

»Nur dies: wir würden ihn töten.«

»Dazu müßtet ihr mich erst haben«, murmelte Umslopogaas unhörbar und lächelte.

»Wer ist dieser Mopo?« fragte der Dorfälteste.

»Ein Übeltäter, dessen Haus der König aufgefressen hat — Männer, Frauen und Kinder«, antwortete der Hauptmann.

15

Der Tod der Schlächter des Königs

Als Umslopogaas diese Worte hörte, wurde sein Herz schwer, und eine heftige Wut zerriß ihm die Brust, denn er glaubte, daß ich, Mopo, mit dem Rest meines Hauses gestorben wäre, und er liebte mich. Aber er sagte nichts; er wartete, bis niemand in seine Richtung sah, dann schlich er hinter dem Rücken des Hauptmanns zur Tür und verließ die Hütte. Bald hatte er den Kraal hinter sich und lief zum Ufer des Flusses, durchquerte den Fluß und kam zum Geisterberg. Währenddessen fragte der Hauptmann den Dorfältesten, ob er irgend etwas über so einen Jungen wüßte, den sie suchten. Der Dorfälteste berichtete ihm von Galazi, dem Wolf, doch der Hauptmann sagte, das könne nicht der sein, den sie suchten, denn Galazi wohne schon seit vielen Monden auf dem Geisterberg.

»Da ist noch ein anderer Junge«, sagte der Dorfälteste, »ein Fremder, finster, kräftig und groß, mit Augen, die wie Speerklingen glänzen. Er ist jetzt hier; er sitzt dort an der Wand der Hütte.«

Der Hauptmann stand auf und sah zur Wand der Hütte, doch Umslopogaas war verschwunden.

»Jetzt ist der Junge geflohen«, sagte der Dorfälteste, »doch niemand hat ihn fliehen sehen! Vielleicht ist auch er ein Zauberer! Ja, jetzt erinnere ich mich, daß ich hörte, es seien jetzt zwei von ihnen auf dem Geisterberg, und daß sie bei Nacht mit den Geisterwölfen jagen; aber ich weiß nicht, ob es wahr ist.«

»Jetzt hätte ich Lust, dich zu töten«, sagte der Hauptmann wütend, »weil du es zugelassen hast, daß dieser Junge mir entwischt ist. Ohne Zweifel: es ist Umslopogaas, der Sohn Mopos.«

»Es ist nicht meine Schuld«, sagte der Dorfälteste. »Diese beiden jungen Männer sind Zauberer, die ungesehen und ungehört hierhin und dahin gehen können, wie es ihnen beliebt. Doch ich sage dir dies, Hauptmann des Königs: wenn du vorhast, auf den Geisterberg zu gehen, so mußt du mit deinen Soldaten allein gehen, denn niemand von uns wagt es, eine Fuß auf diesen Berg zu setzen.«

»Aber ich werde es wagen, und schon morgen«, sagte der Hauptmann. »Wir werden zu Männern im Kraal des Königs. Dort fürchten wir uns nicht vor Speeren, oder Geistern, oder wilden Tieren, oder Zauberei, sondern wir fürchten allein das Wort des Königs. Die Sonne sinkt. Gib uns zu essen. Morgen werden wir auf den Berg gehen.«

So, mein Vater, sprach der Hauptmann in seiner Torheit — er, der niemals wieder das Licht der Sonne sehen sollte.

Umslopogaas hatte inzwischen den Berg erreicht, und als er durch den Wald ging — in dem er jetzt jeden geheimen Weg kannte —, wurde es dunkel, und mit der Dunkelheit erwachten die Wölfe und begannen zu heulen. Umslopogaas heulte zur Antwort, und sie kamen auf ihn zu, als erster der riesige Rüde Todesbiß, und Umslopogaas rief ihn beim Namen. Doch der mächtige Wolf griff ihn mit wütendem Knurren an. Und da fiel Umslopogaas ein, daß er das Wolfsfell nicht um seine Schultern gebunden hatte, und der Wolf ihn deshalb nicht erkannte. Während des Tages, wenn die Wölfe schliefen, konnten sie ohne diese Felle durch das Land gehen, nicht aber bei der Nacht. Er hatte das Fell nicht umgelegt, weil er nicht gewagt hatte, sich damit vor den Männern des Kraals zu zeigen, damit sie ihn nicht als einen der Wolfsbrüder erkennen sollten, und er hatte nicht vorgehabt, noch an diesem Abend auf den Berg zurückzukehren, sondern erst am kommenden Morgen. Doch jetzt sah Umslopogaas, daß er sich in einer tödlichen Gefahr befand. Er schlug Todesbiß mit seinem Kerrie zurück, aber nun waren schon andere heran, denn Wölfe sammeln sich schnell. Umslopogaas lief den Hang hinauf, zum Eingang der Höhle, und er war so schnell, daß die Wölfe ihn nicht erreichen konnten, obwohl sie ihm dicht auf den Fersen waren, und einmal schlug einer von ihnen seine Zähne in Umslopogaas' *Moocha.* Noch nie zuvor war er so schnell gelaufen, und schließlich erreichte er die Höhle und rollte den Stein vor den Eingang, und die Wölfe warfen sich wütend dagegen. Dann band Umslopogaas sich das Fell der Wölfin um, schob den Stein zur Seite und trat hinaus. Und die Augen der Wölfe starrten ihn an, und sie erkannten ihn als einen der Brüder, der über sie herrschte, und sie krochen davon.

Nun setzte Umslopogaas sich vor den Eingang der Höhle, wartete auf Galazi und dachte nach. Schließlich kam Galazi, und Umslopogaas erzählte ihm in wenigen Worten, was er erlebt hatte.

»Du hast dich in große Gefahr begeben, mein Bruder«, sagte Galazi. »Was nun?«

»Dies«, sagte Umslopogaas; »dieses Volk, das wir führen, ist hungrig auf Menschenfleisch; soll es sich an den Soldaten Chakas die Bäuche füllen, die auf der anderen Seite des Flusses im Kraal sitzen und mein Leben wollen. Ich will Rache nehmen für Mopo, meinen Vater, und für alle meine Brüder, die tot sind, und für meine Mütter, die Frauen Mopos. Was sagst du?«

Galazi lachte laut. »Das wird ein Spaß, mein Bruder!« sagte er. »Ich bin es müde, immer nur Tiere zu jagen, laß uns heute nacht Menschen jagen!«

»Ja, heute nacht«, sagte Umslopogaas und nickte. »Ich sehne mich nach diesem Hauptmann, so wie sich ein Mädchen nach dem Kuß ihres Geliebten sehnt. Aber vorher wollen wir essen und ruhen, denn die Nacht ist noch jung. Dann, Galazi, rufen wir unser *Impi.*«

Also saßen sie und ruhten, und danach nahmen sie ihre Waffen, und Galazi heulte den Wölfen, und sie kamen zu zehn und zwanzig, bis alle versammelt waren. Galazi trat unter sie und hob den *Wächter,* und sie setzten sich auf ihre Hinterteile und blickten aufmerksam zu ihm auf.

»Heute nacht wollen wir kein Wild jagen, meine kleinen Freunde«, rief er, »sondern Menschen, und ihr liebt doch das Fleisch von Menschen!«

Nun begannen alle Wölfe so laut zu heulen, daß der Berg erzitterte, als ob sie verstanden hätten. Dann teilte sich das Rudel, wie es sein Brauch war, die Wölfinnen folgten Umslopogaas und die Wölfe Galazi, und lautlos liefen sie den Hang hinab. Sie kamen an den Fluß und durchschwammen ihn, und am anderen Ufer, acht Speerwurfweiten vom Fluß entfernt, stand der Kraal. Nun berieten sich die beiden Wolfsbrüder, und dann ging Galazi mit den Wolfs-Rüden zum Nordtor des Kraals, und Umslopogaas und die Wölfinnen gingen zum Südtor. Sie erreichten die Tore sicher und ungesehen, denn auf den Befehl der Brüder blieben die Wölfe still und heulten nicht. Die Tore waren mit Dornbüschen verschlossen, aber die Brüder zogen die Dornbüsche zur Seite, um den Weg freizumachen. Als sie das taten, hörten einige Hunde des Kraals das Rascheln der trockenen Dornbüsche, und als sie erwachten, rochen sie die Wölfe, die bei Umslopogaas waren, denn der Wind wehte aus dieser Richtung. Die Hunde liefen bellend heraus, und als sie das Südtor des Kraals erreichten, stürzten sie sich auf Umslopogaas. Als nun die Wölfe die Hunde sahen, konnten sie sich nicht länger zurückhalten; sie sprangen sie an und zerrissen sie in kleine Fetzen, und der Lärm dieses Kampfes drang in die Ohren der Soldaten Chakas und der Bewohner des Kraals, so daß sie von ihren Lagern sprangen und nach ihren Waffen griffen. Und als sie aus ihren Hütten stürzten, sahen sie einen Mann in einem Wolfsfell durch den leeren Rinderkraal laufen, denn das Gras stand hoch, und die Rinder waren auf den Weiden, und ihm folgte ein großes Rudel Wölfe, schwarze und graue. Sie schrien laut vor Entsetzen, daß die Geister über sie hergefallen seien, und flohen zum Nordtor des Kraals. Aber dort trafen sie auf einen Mann, der auch nur mit einem Wolfsfell bekleidet war, und auf ein großes Rudel Wölfe, schwarze und graue, die bei ihm waren.

Nun warfen sich einige von ihnen auf die Erde und schrien vor Angst, und manche versuchten zu fliehen, doch der größte Teil der Soldaten, und mit ihnen viele der Männer des Kraals, traten zu Gruppen zusammen, entschlossen, wie Männer in den Zähnen der Geister zu sterben, und das, obwohl sie vor Angst zitterten. Dann stieß Umslopogaas ein lautes Geheul aus, und Galazi heulte ebenso, und sie stürzten sich auf die Soldaten und die Menschen des Kraals, und mit ihnen kamen die Wölfe. Nun erhob sich ein Schreien und Heulen und Jaulen, das den Himmel erzittern machte, und die grauen Wölfe stürzten sich auf die Menschen und bissen und rissen. Sie kümmerten sich nicht um die Speere und Kerries der Soldaten. Einige wurden getötet, doch die anderen griffen wieder und wieder an. Schließlich brachen die Gruppen der Männer auseinander, und an jedem Menschen hingen zwei oder drei Wölfe und rissen ihn zu Boden. Einigen wenigen gelang die Flucht, doch die Wölfe verfolgten sie, von ihrem Geruchssinn geführt, und rissen sie, noch bevor sie die Tore des Kraals erreicht hatten.

Die Wolfsbrüder wüteten genauso wie die Wölfe. Der *Wächter* hatte viel zu tun, und viele gingen vor ihm zu Boden, und immer wieder blitzte der Speer Umslopogaas' im Licht des Mondes. Dann war es vorbei; niemand lebte mehr in dem Kraal, und die Wölfe knurrten zufrieden, als sie sich die Bäuche füllten, sie, die viele Tage lang gehungert hatten. Nun trafen sich die beiden Brüder wieder, und sie lachten in ihrer Wolfs-Freude, weil sie die geschlachtet hatten, die gekommen waren, um sie zu schlachten. Sie riefen den Wölfen und befahlen ihnen, die Hütten zu durchsuchen, und die Wölfe durchsuchten die Hütten, so wie Hunde in einer Hekke stöbern, und töteten alle, die sich dort versteckt hatten, oder trieben sie hinaus, auf daß sie draußen getötet wurden. Plötzlich sprang ein großer, kräftiger Mann aus der letzten

Hütte, in der er sich versteckt gehalten hatte, und die Wölfe fielen ihn an, um ihn zu Boden zu reißen. Doch Umslopogaas trieb sie zurück, denn er hatte das Gesicht des Mannes erkannt: es war der Hauptmann, den Chaka ausgesandt hatte, um ihn zu töten. Nachdem er die Wölfe zurückgetrieben hatte, trat er auf den Hauptmann zu und sagte: »Sei gegrüßt, Hauptmann des Königs! Nun erzähle uns, wie dein Auftrag lautet, hier, unter dem Schatten von ihr, die in Stein dort oben sitzt.« Und er deutete mit seinem Speer auf die Stein-Hexe auf dem Gipfel des Geisterberges, die vom Licht des Mondes angestrahlt wurde.

Nun war der Hauptmann ein tapferer Mann, obwohl er sich vor den Wölfen versteckt hatte, und er sagte mit fester Stimme: »Was geht es dich an, Zauberer? Deine Geisterwölfe haben meinem Auftrag ein Ende gesetzt. Sollen sie nun auch mir ein Ende bereiten.«

»Damit hat es gar keine Eile«, sagte Umslopogaas. »Sage, suchst du nicht einen gewissen Jungen, den Sohn Mopos?«

»Das ist so«, antwortete der Hauptmann. »Ich habe einen Jungen gesucht, und ich habe viele böse Geister gefunden.« Und er blickte die Wölfe an, die sich nur ein Stück zurückgezogen hatten und ihre Beute gierig anstarrten, und er erschauerte.

»Sage, Hauptmann« — Umslopogaas schlug ein Stück des Wolfsfells zurück, so daß das Mondlicht voll auf sein Gesicht fallen konnte —, »ist dies das Gesicht des Jungen, den du gesucht hast?«

»Es ist das Gesicht«, sagte der Hauptmann erstaunt.

»Ja«, lachte Umslopogaas, »es ist das Gesicht. Du Narr! Ich kannte deinen Auftrag und hörte deine Worte, und so habe ich sie beantwortet.« Und er deutete auf die Toten, an denen die Wölfe fraßen. »Wähle jetzt, und wähle schnell. Willst du vor meinen Wölfen um dein Leben laufen? Willst du gegen diese vier kämpfen?« Und er deutete auf Grauschnauze und Schwarzfang, auf Blut und Todesbiß, die mit geifernden Mäulern zu ihnen herüberstarrten. »Oder willst du mit mir kämpfen und, wenn ich getötet werde, gegen den, der die Keule trägt, und mit dem ich über dieses Volk der Grauen und Schwarzen herrsche?«

»Ich fürchte mich vor Geistern, doch vor Menschen habe ich keine Angst, selbst wenn sie Zauberer sind«, antwortete der Hauptmann.

»Gut!« rief Umslopogaas und schüttelte seinen Speer.

Sie fielen übereinander her, und es wurde ein furchtbarer Kampf. Denn nach kurzer Zeit zerbrach Umslopogaas' Speer im Schild des Hauptmanns, und er war ohne Waffe. Jetzt warf Umslopogaas sich herum und floh. Er sprang über die Toten hinweg und über die Wölfe, die an ihnen fraßen, und der Hauptmann folgte ihm mit erhobenem Speer und verhöhnte ihn. Auch Galazi wunderte sich, daß Umslopogaas vor seinem Gegner floh, vor einem einzelnen Mann! Hin und her hetzte Umslopogaas, und ständig hielt er seinen Blick zu Boden gerichtet.

Plötzlich sah Galazi, der aufmerksam zuschaute, daß Umslopogaas wie ein herabstoßender Vogel auf etwas zulief, sich im Laufen bückte und es an sich riß. Dann blieb er stehen und fuhr herum, eine Axt in der rechten Hand. Der Hauptmann stürzte auf ihn zu, und die Axt fuhr herab und trennte die Spitze des Speers, mit dem der andere ihn durchbohren wollte, vom Schaft. Dann schlug Umslopogaas noch einmal zu: die halbmondförmige Klinge der Axt durchschlug den Schild und grub sich tief in die Brust des Hauptmanns. Der Hauptmann warf die Arme empor und stürzte zu Boden.

»Ah!« schrie Umslopogaas. »Du hast einen Jungen gesucht, um ihn zu erschlagen, und hast eine Axt gefunden, die dich erschlagen hat! Schlafe gut, du Hauptmann Chakas.«

Dann wandte Umslopogaas sich an Galazi und sagte: »Mein Bruder, ich werde nie wieder mit dem Speer kämpfen, sondern nur noch mit der Axt; um diese Axt zu suchen, bin ich hin und her gelaufen wie ein Feigling. Aber dies ist ein armseliges Ding! Sieh doch, der Stiel ist angebrochen, weil ich mit aller Kraft zugeschlagen habe! Jetzt weiß ich, was ich wirklich will: ich werde mir die große Axt Jikizas holen, die man den *Witwenmacher* nennt, auf daß Axt und Keule im Kampf nebeneinanderstehen.«

»Das wollen wir uns aber für eine andere Nacht aufhebem«, sagte Galazi. »Für heute haben wir genug getan. Jetzt wollen wir nach Töpfen und nach Korn suchen, die wir brauchen, und dann zum Berg zurückgehen, damit uns nicht der Tag findet.«

So also brachten die Wolfsbrüder den Tod über das *Impi* Chakas, und dies waren nur die ersten Toten, die sie mit Hilfe der Wölfe auf ihrem Weg zurückließen. Immer wieder zogen sie durch das Land, fielen über die Menschen her, die sie haßten, und vernichteten sie, bis ihre Namen und die Namen der Geisterwölfe einen schrecklichen Klang in den Ohren der Menschen bekamen und das Land leergefegt war.

Doch sie mußten feststellen, daß die Wölfe nicht bereit waren, ihnen überallhin zu folgen. So geschah es in jener Nacht, als sie aufbrachen, um die Kraals des Volkes der Axt zu überfallen, in denen ihr Häuptling Jikiza wohnte, den man den Unbesiegbaren nannte, und der der Besitzer der Axt *Witwenmacher* war. Als sie sich dem Kraal näherten, machten die Wölfe plötzlich kehrt und flohen. Da erinnerte sich Galazi an den Traum, den er geträumt hatte, in dem der Tote in der Höhle zu ihm zu sprechen schien und ihm sagte, daß die Wölfe nur in dem Gebiet jagen durften, in dem sie früher als Menschenfresser gejagt hatten. Also machten auch sie kehrt und gingen zurück, doch Umslopogaas suchte nach einem Plan, um die Axt zu erobern.

16

Umslopogaas zieht aus, um die Axt zu erobern

Inzwischen waren viele Monde vergangen, seit Umslopogaas ein König der Wölfe geworden war, und er war nun ein voll ausgewachsener Mann, kräftig, groß und mutig: ein Töter von Menschen, flink zu Fuß, und mit einem Auge, das bei Nacht so gut sah wie am Tage. Aber noch wurde er nicht ›der Schlächter‹ genannt, und noch besaß er nicht die eiserne Königin, die Axt *Witwenmacher.* Doch der Wunsch, sie an sich zu bringen, beherrschte all sein Denken, denn es hatte noch keine Frau darin einen Platz gefunden, die alle anderen Gedanken hätte verdrängen können. Ja, mein Vater, selbst den Gedanken an eine gute Waffe kann eine Frau aus dem Herzen eines Mannes verdrängen!

Manchmal hockte Umslopogaas auch im Röhricht des Flusses und blickte zum Kraal Jikizas, des Unbesiegbaren, hinüber und beobachtete die Tore des Kraals, und einmal, als er so im Röhricht saß und hinüberstarrte, sah er einen Mann, groß und breit und haarig, der auf der Schulter eine Axt trug, deren Schneide im Licht der Sonne gleißte, und ihr Schaft war aus dem Horn eines Rhinozerosses. Nach diesem Anblick wuchs die Gier nach dieser Waffe in ihm mehr und mehr, bis er schließlich kaum noch schlafen konnte, da er ständig an sie dachte, und mit Galazi sprach er kaum noch über etwas anderes, und er ermüdete ihn mit seinem Gerede, denn Galazi liebte die Stille. Doch so sehr er sich auch danach sehnte, die Axt zu besitzen, sah er doch keinen Weg dazu.

Nun geschah es eines Tages, als Umslopogaas wieder im Ried verborgen saß, daß ein Mädchen auf das Ufer zukam. Sie war schlank und schön, und ihre Haut glänzte wie die Kupferringe, die sie um die Knöchel trug.

Sie kam mit langsamen Schritten zum Ufer, genau auf die Stelle, an der Umslopogaas im Ried hockte. Sie hockte sich

CHARLES KERR

ebenfalls zwischen das Rohr, nur eine Speerlänge von Umslopogaas entfernt, und begann zu weinen.

»Ich wünschte, daß die Geisterwölfe ihn verschlingen mögen«, sagte sie durch ihr Schluchzen, »und alles, was sein ist. Ja, und auch Masilo! Ich würde sie auf sie hetzen, selbst wenn ich selbst von ihren Fangzähnen zerrissen würde. Es ist besser, in den Zähnen der Wölfe zu sterben, als an dieses fette Schwein Masilo verkauft zu werden. Oh! Wenn ich den heiraten muß, werde ich ihm ein Messer als Brautkuß geben! Oh, wenn ich doch Herrin dieser Geisterwölfe wäre! Es würde ein Knochennagen im Kraal Jikizas geben, noch bevor der Mond wieder jung wird.«

Umslopogaas hörte alles, und plötzlich richtete er sich auf und blickte auf das Mädchen herab, und er war groß, und sein Gesicht war wild und grausam, und die Fänge im Maul des Wolfsfells, das er umgelegt hatte, glänzten auf seinem Kopf.

»Die Geisterwölfe sind dir zu Diensten, Mädchen«, sagte er. »Sie stehen immer bereit für solche, die ihre Dienste brauchen.« Jetzt sah das Mädchen ihn und stieß einen leisen Schrei aus, dann wurde sie still vor Schrecken und starrte in die großen, grausamen Augen des Mannes, der sie angesprochen hatte.

»Wer bist du?« fragte sie schließlich. »Ich fürchte dich nicht, wer du auch sein magst.«

»Du solltest mich aber fürchten, Mädchen«, sagte Umslopogaas, »denn alle Menschen fürchten mich, und zu recht. Ich bin einer der Wolfsbrüder, deren Namen überall bekannt sind und Angst und Schrecken verbreiten. Ich bin ein Zauberer des Geisterberges. Nimm dich in acht, daß ich dich nicht töte. Es würde dir nichts nützen, nach deinen Leuten zu rufen, denn meine Füße sind schneller als die ihren.«

»Ich habe nicht den Wunsch, nach meinen Leuten zu rufen, Wolf-Mann«, sagte sie. »Und was das andere betrifft: Ich bin zu jung, um getötet zu werden.«

»Das ist so, Mädchen«, antwortete Umslopogaas und blickte ihre Schönheit an. »Was war mit den Worten, die ich von deinen Lippen hörte, über Jikiza und einen gewissen

Masilo? Waren es nicht grausame Worte, wie sie meinem Herzen gefallen?«

»Ich sehe, daß du sie gehört hast«, antwortete das Mädchen. »Wozu also soll ich meinen Atem verschwenden und sie noch einmal sagen?«

»Das ist nicht nötig, Mädchen. Aber erzähle mir deine Geschichte; vielleicht kann ich einen Weg finden, dir zu helfen.«

»Da gibt es wenig zu erzählen«, sagte sie. »Es ist eine kurze Geschichte und eine gewöhnliche. Mein Name ist Zinita, und Jikiza, der Unbesiegbare, ist mein Stiefvater. Er hat meine Mutter geheiratet, die nun tot ist, aber nicht sein Blut ist in mir. Jetzt will er mich einem gewissen Masilo geben, einem alten, fetten Mann, den ich hasse. Aber Masilo hat Jikiza viele Rinder für mich geboten.«

»Gibt es denn einen anderen, den du heiraten willst, Mädchen?« fragte Umslopogaas.

»Es gibt keinen«, antwortete Zinita und sah ihm in die Augen.

»Und gibt es keinen Weg, auf dem du diesem Masilo entkommen könntest?«

»Es gibt nur einen Weg, Wolf-Mann — den Tod. Wenn ich tot bin, bin ich entkommen; wenn Masilo stirbt, bin ich entkommen; aber nicht für lange, denn dann wird man mich einem anderen geben. Doch wenn Jikiza stirbt, wird alles gut. Was ist mit deinem Wolfs-Volk, ist es nicht hungrig, Wolf-Mann?«

»Ich kann es nicht an diesen Ort bringen«, antwortete Umslopogaas. »Gibt es keinen anderen Weg?«

»Ja, es gibt einen anderen Weg«, sagte Zinita, »wenn sich einer findet, der es wagt, ihn zu gehen.« Und wieder sah sie ihn sehr seltsam an, und er spürte, wie sein Blut zu sieden begann. »Höre! Weißt du, wie das Volk der Axt beherrscht wird? Es wird beherrscht von ihm, der die Axt *Witwenmacher* hält. Wer diese Axt von ihm erobern kann, der sie hält, wird unser Häuptling. Doch wenn der, der die Axt hält, unbesiegt stirbt, dann übernimmt sein Sohn seine Macht, und mit ihr die Axt. So ist es seit Generationen gewesen, denn der, der den *Witwenmacher* hielt, war immer unbesiegbar. Doch habe ich gehört, daß der Urgroßvater Jikizas die Axt von dem gewann, der sie damals hielt; und er gewann sie durch eine List. Denn als er durch einen Schlag der Axt nur leicht getroffen worden war, fiel er zu Boden und tat, als ob er tot sei. Nun lachte der Besitzer der Axt und wandte sich ab und ging fort. Doch der Urgroßvater Jikizas sprang auf und stieß ihm seinen Speer in den Rücken, und so wurde er Häuptling des Volkes der Axt. Deshalb ist es Brauch, daß Jikiza allen Männern, die er mit der Axt tötet, den Kopf abschlägt.«

»Hat er viele getötet?« fragte Umslopogaas.

»Nicht viele — in den letzten Jahren«, sagte sie, »denn niemand wagt es, sich gegen ihn zu stellen, da es keine Chance gibt, ihn zu besiegen. Denn da er die Axt *Witwenmacher* hält, ist er unbesiegbar, und ein Kampf mit ihm ist der sichere Tod. Fünfzig-und-drei haben es versucht, und vor der Hütte Jikizas liegt ein Stapel von fünfzig-und-drei gebleichten Schädeln. Und nun noch eins: Die Axt muß im Kampf gewonnen werden; wenn sie gestohlen oder gefunden wird, besitzt sie keine Kraft — nein, sie bringt Schande und Tod auf den, der sie hält.«

»Wie kann ein Mann dann gegen Jikiza kämpfen?« fragte er.

»So: Einmal in jedem Jahr, am ersten Tag des neuen Mondes des Sommers, hält Jikiza ein Treffen mit den Dorfältesten des Stammes. Dann muß er sich erheben und alle und jeden herausfordern, mit ihm um die Axt zu kämpfen, und an seiner Stelle Häuptling zu werden. Wenn nun jemand vortritt, gehen sie in den Rinder-Kraal, und dort wird die Sache entschieden. Später, nachdem er seinem Gegner den Kopf abgeschlagen hat, geht Jikiza zurück zu dem Treffen mit den Dorfältesten, und sie setzen ihr Gespräch fort. Alle dürfen zu diesem Treffen kommen, und Jikiza muß gegen jeden kämpfen, der es will, ganz egal, wer es sein mag.«

»Vielleicht werde ich dort sein«, sagte Umslopogaas.

»Nach diesem Treffen am Tag des neuen Mondes soll ich Masilo zur Frau gegeben werden«, sagte das Mädchen.

»Wenn aber jemand Jikiza besiegt, dann wird er Häuptling und kann mich geben, wem er will.«

Nun verstand Umslopogaas, was sie ihm sagen wollte, und er wußte, daß er ihr Gefallen gefunden hatte, und dieser Gedanke ließ sein Herz schneller schlagen, denn Frauen waren ihm noch fremd.

»Wenn ich zufällig dort sein sollte«, sagte er, »und wenn ich zufällig die Axt *Witwenmacher* gewinnen und zum Herrscher des Volkes der Axt werden sollte, wirst du nicht weit vom Schatten der Axt leben, Mädchen Zinita.«

»Das ist gut, Wolf-Mann; obwohl manche sicher nicht in ihrem Schatten leben wollen. Doch zuerst mußt du die Axt erobern. Viele haben es versucht, und keinem ist es gelungen.«

»Aber einem muß es schließlich gelingen«, sagte er, »und nun lebe wohl«, und er sprang in den Fluß und schwamm zum anderen Ufer hinüber.

Das Mädchen Zinita sah ihm nach, bis er verschwunden war, und die Liebe drang in ihr Herz — eine Liebe, die stolz und eifersüchtig und stark war. Doch als Umslopogaas den Geisterberg hinaufstieg, dachte er mehr an die Axt *Witwenmacher* als an das Mädchen Zinita, denn von Anfang an und immer hatte er den Krieg mehr geliebt als die Frauen, obwohl es sein Schicksal war, daß Frauen ihm Unglück bringen sollten.

Fünfzehn Tage mußten noch vergehen bis zum neuen Mond, und während dieser Zeit dachte Umslopogaas viel und sprach wenig. Trotzdem erzählte er Galazi einiges von seinem Erlebnis, und daß er entschlossen sei, mit Jikiza, dem Unbesiegbaren, um die Axt *Witwenmacher* zu kämpfen. Galazi sagte, daß er es lieber lassen solle, und daß es besser sei, bei den Wölfen zu bleiben als auszuziehen, um verzauberte Waffen zu erobern. Er sagte auch, daß, selbst wenn er die Axt gewänne, es damit nicht getan sei, weil er dann auch das Mädchen nehmen müsse, und in seinem Herzen gab es keinen Platz für Frauen. Es war eine Frau gewesen, die seinen Vater in den Kraals der Halakazi vergiftet hatte.

Zu all dem sagte Umslopogaas nichts, denn er hatte sein Herz sowohl an die Axt als auch an das Mädchen gehängt — wenn auch mehr an die erstere als an letztere.

So verging die Zeit, und schließlich kam der Tag des neuen Mondes. Bei Anbruch dieses Tages stand Umslopogaas auf und band sich sein Wolfsfell unter die *Moocha.* In seine Hand nahm er einen starken Kampfschild, den er aus Büffelhaut gefertigt hatte, und die leichte Axt mit der halbmondförmigen Klinge, mit der er den Hauptmann Chakas getötet hatte.

»Eine armselige Waffe, um Jikiza, den Unbesiegbaren, zu töten«, sagte Galazi zweifelnd.

»Sie wird ihren Zweck erfüllen«, antwortete Umslopogaas.

Nun aß er, und dann verließen die beiden Wolfsbrüder den Berg und durchquerten den Fluß bei einer Furt, denn er wollte seine Kräfte schonen. Auf der anderen Seite des Flusses verbarg Galazi sich im Ried, da sein Gesicht bekannt war, und dort sagte Umslopogaas ihm Lebewohl, ohne zu wissen, ob er ihn wiedersehen würde. Dann ging er zum Kraal Jikizas. Als er das Tor des Kraals erreichte, sah er, daß viele Menschen hineinströmten, und er mischte sich unter sie. Schließlich kamen sie zu einem offenen Platz vor der Hütte Jikizas, und dort waren die Dorfältesten versammelt. In ihrer Mitte, und vor einem Haufen aufgeschichteter Schädel, saß Jikiza, ein riesiger Mann, behaart und stolz, der mit rollenden Augen umherblickte. Mit einer Lederschnur an seinem Arm befestigt war die Axt *Witwenmacher,* und jeder Mann, der herantrat, grußte die Axt und nannte sie *Inkosikaas,* oder Königin. Umslopogaas setzte sich zu den Menschen, die vor den Beratern hockten, und nur wenige nahmen Notiz von ihm, außer Zinita, die mürrisch hin und her ging und den Beratern Kalebassen mit Bier brachte. Neben Jikiza, zu seiner Rechten, saß ein fetter Mann mit winzigen, zwinkernden Augen, der das Mädchen Zinita mit gierigen Blicken anstarrte.

Jener Mann, dachte Umslopogaas, ist Masilo. Man sollte etwas von dem Fett aus ihm herauslassen.

Schließlich sagte Jikiza: »Dies ist die Sache, die ich vor euch lege, meine Berater. Ich habe mich entschlossen, meine Stieftochter Zinita dem Mann Masilo zur Frau zu geben; aber die Hochzeitsgabe ist noch nicht geregelt. Ich verlange hundert Rinder von Masilo, denn das Mädchen ist schön und gut, und außerdem meine Tochter, wenn auch nicht von meinem Blut. Doch Masilo bietet nur fünfzig Rinder, und deshalb sind wir hier, um diese Sache zu regeln.«

»Wir hören dich, Herr der Axt«, antworteten die Berater, »aber zuvor, o Unbesiegbarer, mußt du an diesem Tage des Jahres, nach einem alten Brauch, jeden Mann öffentlich herausfordern, mit dir um den *Witwenmacher* und um deinen Platz als Häuptling des Volkes der Axt zu kämpfen.«

»Das ist eine lästige Sache«, knurrte Jikiza. »Kann ich nicht endlich davon verschont sein? Fünfzig-und-drei habe ich in meiner Jugend erschlagen, ohne auch nur eine Wunde zu erhalten, und jetzt rufe ich seit vielen Jahren meine Herausforderung, wie ein Hahn auf dem Misthaufen, doch keiner kräht eine Antwort.

Nun gut.« Er stand auf und sagte: »Ist unter euch ein Mann, der vortreten und gegen mich, Jikiza, um die Axt *Witwenmacher* kämpfen will? Dem, der mich besiegt, soll sie gehören, und mit ihr die Herrschaft über das Volk der Axt.«

So sprach er, und sehr schnell, wie ein Mann ein Gebet zu einem Geist murmelt, zu dem er nur wenig Zutrauen hat. Dann setzte er sich wieder hin, um weiter über die Angelegenheit von Masilo und dem Mädchen Zinita zu sprechen. Doch plötzlich sprang Umslopogaas auf und sah ihn über die Oberkante seines Kampfschildes hinweg an. »Hier steht einer, o Jikiza«, rief er, »der mit dir um die Axt *Witwenmacher* und um die Häuptlingswürde kämpfen will!«

Nun begannen alle Leute zu lachen, und Jikiza starrte ihn an.

»Tritt hinter deinem großen Schild hervor«, sagte er. »Tritt hervor und nenne mir deinen Namen und deine Abstammung — du, der du mit dem Unbesiegbaren um die Große Axt kämpfen willst.«

»Was bedeuten dir mein Name und meine Abstammung,

Jikiza?« sagte Umslopogaas. »Verschwende keine Zeit damit und stelle dich mir zum Kampf, wie es der Brauch von dir fordert, denn ich sehne mich danach, den *Witwenmacher* in meiner Hand zu halten und auf deinem Platz zu sitzen und diese Sache der Rinder von Masilo, dem Schwein, zu regeln. Wenn ich dich getötet habe, werde ich mir einen Namen geben, ich, der jetzt keinen hat.«

Jetzt lachten die Leute wieder, doch Jikiza zitterte vor Wut und sprang auf.

»Was!« schrie er. »Du wagst es, so zu mir zu sprechen, du Kind, das kaum der Brust entwöhnt ist, zu mir, dem Unbesiegbaren, dem Halter der Axt! Nie hätte ich geglaubt, solche Worte von einem langbeinigen Welpen zu hören. Auf zum Rinder-Kraal, zum Rinder-Kraal, Volk der Axt, auf daß ich diesem Großmaul den Kopf von den Schultern schlage! An meinen Platz will er sich setzen, wie? — An den Platz, den ich und meine Väter durch die Kraft der Axt seit vier Generationen besitzen. Ich sage euch, daß ich bald auf seinem Kopf stehen werde, und dann werden wir die Angelegenheit mit Masilo regeln.«

»Quassele nicht soviel, Mann«, sagte Umslopogaas, »oder wenn du schon quasseln mußt, so sage die Worte, die du noch sagen willst, bevor du der Sonne Lebewohl sagst.«

Jetzt erstickte Jikiza fast an seiner Wut, und Schaum trat ihm vor den Mund, so daß er nicht sprechen konnte. Aber für die Menschen war das alles ein Spaß — für alle außer Masilo, der den Fremden feindselig anstarrte.

So zogen sie alle zum Rinder-Kraal, und Galazi, der alles aus der Ferne beobachtete, konnte sich nun nicht länger zurückhalten, sondern kam zum Kraal und mischte sich unter die Leute.

17

Umslopogaas wird Häuptling des Volkes der Axt

Als nun Umslopogaas und Jikiza, der Unbesiegbare, zum Rinder-Kraal kamen, wurden sie in seine Mitte gestellt, mit einem Abstand von zehn Schritten zwischen ihnen. Umslopogaas war mit dem großen Schild und der kleinen, halbmondförmigen Axt bewaffnet, Jikiza trug den *Witwenmacher* und einen kleinen Tanzschild, und wenn man die Waffen der beiden ansah, konnte man meinen, daß dieser Fremde wahrhaft kein ebenbürtiger Gegner für den Herrn der Axt sei.

»Er ist schlecht bewaffnet«, sagte ein alter Mann. »Es sollte umgekehrt sein: große Axt, kleiner Schild. Jikiza ist unbesiegbar, und der große Schild wird diesem langbeinigen Fremden nicht helfen, wenn der *Witwenmacher* an das Büffelfell klopft.« Der alte Mann, der das sagte, befand sich in Hörweite von Galazi, dem Wolf, und Galazi dachte, daß seine Worte weise seien, und er sorgte sich um das Schicksal seines Bruders.

Jetzt war das Wort gegeben worden, und Jikiza stürzte sich auf Umslopogaas, und er brüllte dabei wie ein Büffel, denn seine Wut war groß. Aber Umslopogaas rührte sich nicht, bis sein Feind zuschlug. Erst jetzt sprang er zur Seite und schlug Jikiza die flache Klinge seiner kleinen Axt in den Rücken, denn er hatte nicht vor, ihn mit der kleinen Axt zu töten. Ein schallendes Gelächter brandete auf von den Hunderten von Menschen, die um den Kraal versammelt waren, und Jikizas Herz barst beinahe von Scham und Wut. Er fuhr herum wie ein gereizter Bulle und stürzte sich wieder auf Umslopogaas, der seinen Schild emporriß, um sich zu schützen. Doch plötzlich, kurz bevor die große Axt niederfuhr, stieß Umslopogaas einen Schrei aus, als ob er Angst hätte, warf sich herum und floh vor Jikiza. Wieder dröhnte lautes Lachen, als Umslopogaas wie ein gehetzter Bock floh, verfolgt von Jikiza, der in blinder Wut hinter ihm herjagte. Hin und her ging diese Jagd, und Umslopogaas war immer nur eine knappe Speerlänge vor seinem Verfolger, und er lief immer so, daß er die Sonne im Rücken hatte, damit er den Schatten Jikizas sehen konnte. Weiter ging die Jagd, und die Menschen jubelten, als wenn sie einen Hund anfeuerten, der einen Bock hetzt. Jetzt tat Umslopogaas so, als ob er vor Erschöpfung taumelte, und die Menschen glaubten, daß er keine Luft mehr hatte, doch er lief schneller und schneller und zog Jikiza hinter sich her.

Jetzt, als Umslopogaas am Atem Jikizas und an den taumelnden Bewegungen seines Schattens erkannte, daß seine Kraft verbraucht war, tat er so, als ob er zusammenbräche, und stolperte scharf nach rechts, und während er fiel, ließ er den großen Schild Jikiza direkt vor die Füße fallen. Jikiza, der jetzt völlig ausgepumpt war, stolperte blind in den Schild hinein und stürzte zu Boden. Umslopogaas stürzte sich auf ihn wie ein Adler auf eine Taube. Bevor irgend jemand wußte, was geschah, hielt er ein Messer in der Hand und durchschnitt damit den Lederriemen, mit dem die Axt *Witwenmacher* am Handgelenk Jikizas festgebunden war, dann sprang er zurück, die große Axt in der Hand, und warf seine eigene, kleine Waffe zu Boden. Jetzt erst erkannten die Zuschauer die List, mit der er gekämpft und gesiegt hatte, und alle, die Jikiza haßten, jubelten laut. Doch andere waren still.

Langsam erhob sich Jikiza vom Boden, erstaunt, daß er noch am Leben war, und während er aufstand, nahm er die kleine Axt Umslopogaas' auf, sah sie an und weinte. Umslopogaas aber hielt den *Witwenmacher,* das Zeichen der Häuptlingswürde, und betrachtete die halbrunde Klinge aus blauem Stahl, die Schönheit des Stiels, der mit Messingbändern zusammengehalten wurde und an seinem Ende einen kleinen Knopf hatte wie der Knauf eines Stockes. Er sah die große Axt an, wie ein Liebender die Schönheit seiner Braut genießt, und dann küßte er die breite Klinge und rief laut: »Sei gegrüßt, meine Königin, Frau meiner Jugend, die ich im Kampf gewonnen habe. Niemals wollen wir uns trennen, du und

CHARLES KERR

ich, und zusammen wollen wir sterben, du und ich, denn ich werde nicht zulassen, daß ein anderer dich besitzt, wenn ich gegangen bin.«

So rief er angesichts aller Menschen, die um den Rinder-Kraal versammelt waren. Dann wandte er sich Jikiza zu, der noch immer weinte, weil er alles verloren hatte.

»Wo ist dein Stolz jetzt, o Unbesiegbarer?« lachte Umslopogaas. »Kämpfe weiter. Du bist jetzt genauso gut bewaffnet, wie ich es vorher war, und ich hatte keine Angst, mich gegen dich zu stellen.«

Jikiza sah ihn an, dann stieß er einen Fluch aus, schleuderte die kleine Axt nach ihm und floh zum Tor des Rinder-Kraals.

Umslopogaas bückte sich, und die kleine Axt fuhr über ihn hinweg. Dann stand er eine Weile und sah dem flüchtenden Jikiza nach, und die Leute glaubten, er wollte ihn entkommen lassen. Doch das war nicht seine Absicht. Er wartete, bis Jikiza etwa die Hälfte der Strecke bis zum Tor zurückgelegt hatte, dann stieß er einen Schrei aus und raste ihm nach, so schnell, wie ein Blitz aus einer Wolke schießt, so schnell, daß die Zuschauer kaum der Bewegung seiner Beine folgen konnten. Jikiza lief auch schnell, doch schien es, als ob er auf der Stelle liefe. Jetzt hatte er das Tor des Kraals erreicht, und im gleichen Augenblick sah man das Blitzen niederfahrenden Stahls, und dann lag Jikiza zwischen den Torpfosten des Rinder-Kraals, und alle sahen, daß er tot war, getötet von der mächtigen Axt *Witwenmacher,* die er und seine Väter viele Jahre lang gehalten hatten.

Ein lauter Schrei ertönte aus der Menge der Zuschauer, als die Menschen sahen, daß Jikiza, der Unbesiegbare, endlich getötet worden war, und es waren viele, die Umslopogaas zujubelten und ihn den Häuptling und Herrn des Volkes der Axt nannten. Aber die Söhne Jikizas — es waren ihrer zehn —, starke und mutige Männer, liefen auf Umslopogaas zu, um ihn zu töten. Umslopogaas wich zurück und hob den *Witwenmacher,* als einige der Berater sich zwischen ihn und die Söhne Jikizas drängten und riefen: »Halt!«

»Ist es nicht euer Gesetz, ihr Berater«, sagte Umslopogaas, »daß ich nach dem Sieg über den Häuptling des Volkes der Axt nun selbst dessen Häuptling bin?«

»So lautet unser Gesetz, Fremder«, antwortete ein alter Berater. »Aber auch dies ist unser Gesetz: daß du jetzt mit allen kämpfen mußt — einem nach dem anderen —, die sich gegen dich stellen. So war es zu Zeiten meines Vaters, als der Großvater dessen, der jetzt dort tot liegt, die Axt eroberte, und so muß es noch heute sein.«

»Ich habe nichts gegen dieses Gesetz«, sagte Umslopogaas. »Wer also ist da, der sich gegen mich stellen und um die Axt *Witwenmacher* und die Herrschaft über das Volk der Axt kämpfen will?«

Nun traten alle zehn Söhne Jikizas vor wie ein Mann, denn in ihren Herzen brannte der Rachedurst über den Tod ihres Vaters, und weil die Häuptlingswürde ihrer Sippe genommen worden war, so daß ihnen nicht mehr viel daran lag, ob sie lebten oder starben. Doch außer diesen trat niemand vor, denn alle Menschen fürchteten sich, vor dem *Witwenmacher* bestehen zu müssen.

Umslopogaas zählte die Söhne Jikizas. »Ihr seid zehn«, sagte er. »Nun muß ich mich euch allen nacheinander zum Kampf stellen, und da bleibt mir heute keine Zeit mehr, die Sache von Masilo und dem Mädchen Zinita zu regeln. Hört zu! Was sagt ihr dazu, ihr Söhne Jikizas, des Besiegten? Wenn ich einen finde, der sich neben mich stellt bei diesem Kampf, und ihr greift uns gemeinsam an — zehn gegen zwei —, um uns zu töten oder getötet zu werden, wäre euch das recht?«

Die Brüder berieten sich untereinander und erkannten, daß es für sie so besser war, als wenn sie einzeln gegen Umslopogaas und den *Witwenmacher* kämpfen mußten.

»Es soll so sein«, sagten sie, und die Berater gaben ihre Zustimmung.

Während Umslopogaas bei seinem Kampf gegen Jikiza vor ihm hin und her durch den Rinder-Kraal geflohen war, hatte er in der Menge das Gesicht Galazis, seines Bruders, entdeckt und wußte, daß der nach einem Kampf hungerte. Also rief er laut, daß er einen suche, der bei dem Kampf

Rücken an Rücken mit ihm stehen wolle, und wenn sie den Sieg erringen würden, sollte dieser der Erste nach ihm unter dem Volk der Axt sein. Und während er so rief, ging er langsam vor der Menge entlang und blickte in ihre Gesichter, bis er zu Galazi kam, der auf den *Wächter* gestützt unter den anderen stand.

»Hier sehe ich einen kräftigen Burschen, der eine große Keule hat«, sagte Umslopogaas. »Wie ist dein Name, Bursche?«

»Man nennt mich Wolf«, antwortete Galazi.

»Sage mir, Wolf, bist du gewillt, Rücken an Rücken mit mir gegen zehn Männer zu kämpfen? Wenn wir den Sieg erringen, sollst du der Erste nach mir sein unter dem Volk der Axt.«

»Ich bin lieber in der Wildnis der Wälder und an der Brust der Berge als in den Kraals der Männer und Frauen, Axtträger«, antwortete Galazi. »Aber weil du dich als ein gewaltiger Krieger gezeigt hast und ich lange nicht die Freude eines Kampfes geschmeckt habe, werde ich Rücken an Rücken mit dir stehen, Axtträger, und diese Sache zu Ende bringen.«

»Gut so, Wolf!« rief Umslopogaas. Und sie gingen Seite an Seite — ein mächtiges Paar! —, bis sie in der Mitte des Rinder-Kraals standen. Alle blickten sie verwundert an, und so mancher dachte, daß diese beiden niemand anderes sein konnten als die Wolfsbrüder, die auf dem Geisterberg lebten.

»Nun sind Axt *Witwenmacher* und Keule *Wächter der Furten* endlich zusammen, Galazi«, sagte Umslopogaas, »und ich denke, daß es nur wenige gibt, die vor ihnen standhalten können.«

»Das werden noch einige feststellen«, antwortete Galazi. »Zumindest wird dies ein fröhlicher Kampf, ganz egal, wie er ausgehen wird.«

»Ah«, sagte Umslopogaas. »Der Sieg ist gut, doch der Tod macht allem ein Ende und ist das Beste von allem.«

Dann besprachen sie, wie sie den Kampf führen wollten, und Umslopogaas blickte nachdenklich auf die Axt, die er in seinen Händen hielt, besonders den kleinen Knopf am unteren Stielende, der wie der Kopf eines Hammers aussah. Als er ihn lange genug betrachtet hatte, nahmen die beiden ihren Platz in der Mitte des Kraals ein, Rücken an Rücken, und die Menschen um den Kraal wunderten sich, wie Umslopogaas die Axt hielt, die gekrümmte Schneide seiner Brust zugewandt, den hammerartigen Knopf zum Gegner gerichtet. Nun nahmen auch die zehn Brüder Aufstellung und schüttelten ihre Speere; fünf von ihnen standen Umslopogaas gegenüber und fünf vor Galazi, dem Wolf. Sie waren alle große und kräftige Männer und wütend vor Schande und Schmach.

»Nichts außer Zauberei kann diese beiden retten«, sagte einer der Berater zu dem, der neben ihm stand.

»Doch es liegt eine geheime Kraft in der Axt«, antwortete der andere, »und was die Keule betrifft, so glaube ich sie zu kennen: ich denke, sie wird *Wächter der Furten* genannt, und wehe dem, der sich vor den *Wächter* stellt. Ich habe ihn selbst herabsausen sehen, als ich noch jung war. Außerdem sind dies keine Feiglinge, die die Axt und die Keule halten. Es sind zwar noch Jungen, aber sie haben Wolfsmilch getrunken.«

Inzwischen war ein alter Mann in die Mitte des Kraals getreten, um das Zeichen zum Beginn des Kampfes zu geben. Es war derselbe Mann, der Umslopogaas die Gesetze erklärt hatte. Er mußte das Zeichen geben, indem er einen Speer in die Luft schleuderte, und in dem Augenblick, wenn der Speer den Boden berührte, würde der Kampf beginnen.

Der alte Mann nahm den Speer und schleuderte ihn in die Luft, doch seine Hand war schwach und warf ihn so ungeschickt, daß er zwischen den Söhnen Jikizas, die Umslopogaas gegenüberstanden, in den Boden fuhr. Sie sprangen auseinander, um nicht getroffen zu werden, und ihre Aufmerksamkeit wurde auf den Speer gelenkt. Umslopogaas jedoch achtete nur auf den Moment, in dem der Speer den Boden berührte, ohne sich darum zu kümmern, wo er zu Boden kam. Als die Speerspitze die Erde küßte, rief er ein Wort — und er und Galazi stürmten, ohne auf den Angriff der zehn Männer zu warten, wie diese es angenommen hatten, auf sie los. Während die Söhne Jikizas noch verwirrt waren

— denn es war ihr Plan gewesen, zuerst anzugreifen —, fielen die Wolfsbrüder über sie her. Der Witwenmacher fuhr empor, aber nicht zu einem gewaltigen Schlag. Das Hammerende klopfte nur leicht, so wie ein Specht an die Baumrinde klopft, und der Mann fiel tot um. Der *Wächter* war ebenfalls erhoben, doch er kam herab wie ein stürzender Baum, und ein zweiter Mann war tot. Nach diesem Angriff, der nur ein paar Augenblicke gedauert hatte, liefen die beiden Wolfsbrüder durch die Reihen der Jikiza-Söhne zurück, und wieder klopfte der *Witwenmacher* an, und wieder dröhnte der *Wächter,* und dann standen Umslopogaas und Galazi wieder Rücken an Rücken, doch vier ihrer Feinde waren tot.

Vorstoß und Rückzug waren so schnell, daß die Zuschauer kaum begriffen, was geschehen war. Selbst die Söhne Jikizas, die noch auf ihren Beinen standen, starrten einander verwundert an. Dann begriffen sie, daß sie nur noch zu sechst waren, denn vier von ihnen waren tot. Mit einem Wutschrei stürzten sie sich von beiden Seiten auf Umslopogaas und Galazi, doch bei jeder der beiden Gruppen war einer der Eifrigste und den anderen ein wenig voraus, und dieser kurze Vorsprung reichte den Wolfsbrüdern, sie zu erledigen, bevor die anderen heran waren. Der, welcher auf Umslopogaas zustürzte, stieß mit dem Speer nach ihm, doch Umslopogaas wich dem Stoß aus, indem er sich zur Seite beugte, so daß nur seine Haut aufgeritzt wurde, und während er sich zur Seite beugte, klopfte er mit dem Hammerende der Axt auf den Kopf seines Angreifers, und das war dessen Ende.

»Dieser Specht hat einen Schnabel aus Stahl, und er weiß ihn gut zu gebrauchen«, sagte der Berater, der unweit von Umslopogaas stand.

»Der ist wirklich ein Schlächter«, sagte der andere Mann, und die Menschen hörten die Namen. Von nun an kannten sie Umslopogaas als ›den Specht‹, und als *Bulalio,* oder ›den Schlächter‹, und bei keinem anderen Namen.

Nun war der, der Galazi, den Wolf, angriff, blind vor Wut und stürzte sich auf ihn, den Speer kurz haltend. Aber Galazi war ein erfahrener Krieger, der alle Tricks kannte. Er trat dem anderen einen Schritt entgegen, schwang den *Wächter* über den Kopf und ließ ihn mit voller Kraft auf Arm und Speer seines Gegners fallen. Der Sohn Jikizas riß seinen Schild empor, um den Schlag abzufangen, doch für den *Wächter* war der Schild nicht mehr, als ein Blatt für den Wind ist. Dröhnend schlug der *Wächter* auf den Schild, und die Büffelhaut zerriß unter seiner Wucht wie ein trockener Grashalm, und der, der den Schild trug, fiel zerschmettert zu Boden.

Jetzt hielten die vier, die übriggeblieben waren, Abstand von den beiden, sprangen hin und her und finteten mit ihren Speeren, trauten sich aber nicht mehr in die Reichweite von Axt und Keule. Einer von ihnen warf seinen Speer, und obwohl Galazi zur Seite sprang und den fliegenden Speer mit der Keule in zwei Teile zerhieb, traf ihn das kurze Schaftende mit der Eisenspitze doch in die Hüfte. Jetzt warf sich der Mann, der den Speer geworfen hatte, herum und floh, da seine Hände leer waren, und die anderen folgten ihm, denn ihr Mut hatte sie verlassen, und sie wagten nicht länger, gegen diese beiden zu kämpfen.

So kam das Ende, und vom Anfang an hatte es nicht länger gedauert, als ein Mann braucht, um langsam bis hundert zu zählen.

»Es scheint, daß niemand mehr da ist, den wir töten können, Galazi«, sagte Umslopogaas und lachte laut. »Ah! Das war ein guter Kampf! Ho! Ihr Söhne des Unbesiegbaren, die ihr so schnell laufen könnt, schont eure Füße. Ich gebe euch Frieden; ihr sollt leben, um meine Hütten zu kehren und meine Felder zu pflügen, zusammen mit den anderen Frauen meines Kraals. — Nun, Berater, der Kampf ist vorüber, also laßt uns wieder zur Hütte des Häuptlings gehen, wo Masilo uns erwartet.« Und er wandte sich um und ging mit Galazi zur Hütte des Häuptlings zurück, und alle Menschen folgten ihm, schweigend und verwundert.

Als sie die Hütte erreichten, setzte sich Umslopogaas auf den Platz, an dem vorher Jikiza gesessen hatte, und das Mädchen Zinita brachte ihm ein feuchtes Tuch und wusch die Wunde aus, die der Speer ihm gerissen hatte. Dann wollte sie auch Galazis Wunde auswaschen, und die seine war tiefer, doch Galazi sagte ihr grob, sie solle ihn in Ruhe lassen, da er nicht zulassen wollte, daß eine Frau an seiner Wunde herumfummelte. Denn weder jetzt noch später wandte Galazi sich einer Frau zu; doch Zinita haßte er mehr als alle anderen.

Jetzt sprach Umslopogaas zu Masilo, dem Schwein, der mit ängstlichem Gesicht vor ihm saß. »Es scheint, o Masilo, daß du dieses Mädchen Zinita zur Frau haben wolltest und gegen ihren Willen, sogar mit Zwang. Nun, eigentlich hatte ich vor, dich zu töten, um ihre Wut zu beschwichtigen, aber es ist heute schon genug Blut geflossen. Doch sollst du eine Hochzeitsgabe von hundert Rindern diesem Mädchen geben, das ich selbst heiraten werde. Und danach wirst du von hier gehen und das Volk der Axt verlassen, damit dir nicht Schlimmeres geschehe, Masilo, du Schwein.«

Masilo stand schweigend auf und ging, und sein Gesicht war grün vor Angst, doch er zahlte die hundert Rinder und floh zum Kraal Chakas. Zinita sah ihn gehen, und sie war froh darüber, und noch mehr, weil der Schlächter sie zur Frau genommen hatte.

»Ich bin froh, Masilo los zu sein«, sagte sie in Hörweite von Galazi, »aber es hätte mir noch besser gefallen, wenn ich ihn tot vor mir gesehen hätte.«

Diese Frau hat ein grausames Herz, dachte Galazi, und sie wird Umslopogaas, meinem Bruder, kein Glück bringen.

Nun huldigten die Berater und die Hauptleute vom Volk der Axt dem, den sie ›den Schlächter‹ genannt hatten, und ehrten ihn als ihren Häuptling und Halter der Axt, und auch der Axt erwiesen sie Ehrfurcht. So wurde Umslopogaas der Häuptling dieses Volkes, und es war ein großes Volk, und er wurde fett an Rindern und Frauen, und niemand wagte ihm zu widersprechen. Von Zeit zu Zeit kam es allerdings vor, daß ein Mann es wagte, ihn zum Kampf herauszufordern, doch konnte keiner ihn besiegen, und nach einer Weile hatte niemand mehr Lust, dem *Witwenmacher* gegenüberzutreten.

Auch Galazi wurde ein Großer unter dem Volk, doch er lebte nur selten in seinen Kraals, denn er liebte die Wildnis der Wälder und die Brust der Berge, und oft jagte er wie früher durch die Wälder und über die Ebene, und die heulende Meute jagte mit ihm.

Doch Umslopogaas, der Schlächter, war nur sehr selten dabei, wenn Galazi und seine Wölfe nächtens jagten. Er schlief an der Seite Zinitas, und sie liebte ihn sehr und gebar ihm Kinder.

18

Der Fluch Balekas

Jetzt, mein Vater, windet sich meine Geschichte zurück, so wie sich ein Fluß seiner Quelle zuwindet, und ich werde dir von den Ereignissen berichten, die im Kraal des Königs Gibamaxegu geschahen, den ihr Weißen Gibbeclack nennt. In eurer Sprache wird er ›Heraussuchen-der-alten-Männer‹ genannt, denn es war dort, wo Chaka all die Alten ermordete, die nicht mehr für den Krieg taugten.

Nachdem ich, Mopo, dort vor dem König gestanden hatte und er mir fette Rinder und neue Frauen gegeben hatte, und einen Kraal, in dem ich wohnen konnte, wurden die Knochen von Unandi, der Großen Elefantin, der Mutter der Himmel, aus der Asche meiner Hütte zusammengesucht, und weil nicht alle gefunden werden konnten, sammelten wir auch ein paar Knochen meiner Frauen, um das Gerippe vollständig zu machen, doch Chaka erfuhr nichts davon. Als nun alles beisammen war, machten wir eine große Grube, und die Knochen wurden in ihrer richtigen Ordnung hineingelegt und begraben, aber nicht allein, denn um sie herum setzten wir zwölf Mädchen und Dienerinnen Unandis, und auch diese wurden mit Erde bedeckt, so daß sie starben, und sie blieben bei den Knochen von Unandi, ihrer Herrin. Außerdem wurden alle, die bei dem Begräbnis dabei waren, in Regimenter eingeteilt und mußten ein Jahr lang bei dem Grab leben. Es waren dies sehr viele, mein Vater, doch ich war nicht einer von ihnen. Auch gab Chaka Befehl, daß in diesem Jahr kein Korn gesät werden sollte, und die Milch der Kühe mußte auf den Boden geschüttet werden, und ein volles Jahr lang durfte keine Frau ein Kind gebären, und wenn eine ein Kind gebären sollte, so sollte sie getötet werden, und ihr Mann mit ihr. Und alle diese Dinge wurden getan, mein Vater, und großer Kummer kam über das Land.

Doch sonst war jetzt Stille. Chaka war voller Unruhe und schweren Gemüts, und er weinte oft, und wir, die wir seine Diener waren, weinten ebenfalls, bis wir uns so daran gewöhnten, daß wir stundenlang ohne aufzuhören weinen konnten. Keine wütende Frau kann so weinen, wie wir an jenen Tagen weinten; es war eine Kunst, mein Vater, und für das Lehren dieser Kunst habe ich viele Rinder erhalten, denn wehe dem, der in jenen Tagen keine Tränen hatte. Damals war es auch, daß Chaka einen Hauptmann und fünfzig Soldaten ausschickte, um nach Umslopogaas zu suchen, denn obwohl er kein Wort mehr über diese Sache verlor, glaubte er mir doch nicht die Geschichte, die ich ihm erzählt hatte, daß Umslopogaas zwischen den Zähnen eines Löwen gestorben sei, und er glaubte auch nicht denen, die bei mir gewesen waren. Wie es diesen Soldaten Chakas in den Händen von Umslopogaas und Galazi, dem Wolf, und in den Fängen des Volkes der Geisterwölfe ergangen ist, habe ich dir schon erzählt, mein Vater. Keiner von ihnen ist jemals zurückgekommen. Und Tage später wurde dem König berichtet, daß sie vermißt und nicht zurückgekehrt seien, doch er lachte nur und sagte, daß der Löwe, der Umslopogaas gefressen habe, sicher auch sie verschlungen hätte.

Schließlich kam die Nacht des neuen Mondes, diese schreckliche Nacht, die von einem noch schrecklicheren Morgen gefolgt werden sollte. Ich saß am Kraal Chakas, und er legte seinen Arm um meine Schultern und stöhnte und weinte um seine Mutter, die er ermordet hatte, und ich stöhnte auch, aber ich weinte nicht, weil es dunkel war und ich tags darauf viel weinen mußte, angesichts des Königs und aller Männer. Deshalb sparte ich mir meine Tränen auf, damit ich sie hatte, wenn sie gebraucht wurden.

Die ganze Nacht über kamen von allen Seiten Menschen auf den Kraal zu, und da sie zu Tausenden und Zehntausenden kamen, füllten sie die Nacht mit ihren Schreien, bis es schien, als ob die ganze Welt mit Wehklagen erfüllt wäre. Niemand wagte, mit seinem Wehklagen aufzuhören, und niemand wagte, auch nur einen Schluck Wasser zu trinken. Dann wurde es Tag, und Chaka stand auf und sagte: »Komm, Mopo, laß uns gehen und uns diese ansehen, die gekommen sind, um mit uns zu trauern!« Also gingen wir hinaus, gefolgt von Männern mit Keulen, die den Befehlen des Königs gehorchen sollten.

Außerhalb des Kraals waren die Menschen versammelt, und es waren so viele wie Blätter auf den Bäumen. Überall war das Land schwarz von ihnen. Als sie den König erblickten, hörten sie mit ihrem Heulen auf und sangen das Kriegs-Lied, und dann heulten sie weiter, und Chaka ging zwischen ihnen hindurch und weinte. Jetzt wurde der Anblick ziemlich schrecklich, mein Vater, denn als die Sonne höherstieg und der Tag immer heißer wurde, wurden die Menschen, die dicht gedrängt wie eine Herde Rinder standen, immer schwächer und schwächer, und obwohl geopferte Ochsen herumlagen, durften sie doch weder essen noch trinken. Viele sanken zu Boden und wurden zu Tode getrampelt, andere nahmen viel Schnupftabak, damit sie weinen konnten, andere beschmierten ihre Augen und Wangen mit Speichel, andere gingen auf und ab, mit heraushängender Zunge, und lautes Stöhnen kam aus ihrer ausgedörrten Kehle.

»Jetzt, Mopo, werden wir erfahren, wer die Zauberer sind, die Unglück über uns gebracht haben«, sagte der König, »und welches die Männer mit den ehrlichen Herzen.«

Während er so sprach, gingen wir auf einen Mann zu, einen bekannten Häuptling. Sein Name war Zwaumbana, und er war der Häuptling der Amabovus, und bei ihm waren seine Frauen und Männer seines Stammes. Dieser Mann konnte nicht mehr weinen; er keuchte vor Hunger und Durst. Der König sah ihn an.

»Sieh, Mopo«, sagte er zu mir, »sieh dieses Tier, das keine Tränen für meine Mutter hat, die tot ist! Ein Monster ohne

Herz! Sollen solche wie er leben, um die Sonne zu sehen, Mopo, während du und ich weinen müssen? Niemals! Niemals! Bringt ihn fort, und alle, die bei ihm sind! Bringt sie fort, diese Menschen ohne Herz, die nicht um meine Mutter weinen, die durch Zauberei getötet wurde!«

Und Chaka ging weinend weiter, und ich folgte ihm und weinte auch. Aber der Häuptling Zwaumbana und alle, die bei ihm waren, wurden von den Männern mit den Keulen erschlagen, und diese mußten auch weinen, während sie die anderen erschlugen. Nun trafen wir einen anderen Mann, der, als er den König sah, heimlich eine Prise Schnupftabak nahm, um Tränen in seine Augen zu bringen. Doch Chaka hatte scharfe Augen, und er bemerkte es.

»Sieh ihn an, Mopo«, sagte er, »sieh dir diesen Zauberer an, der keine Träne hat, obwohl meine Mutter durch Zauberei getötet wurde. Sieh, er nimmt Schnupftabak, um Tränen in seine Augen zu bringen, die trocken sind vor Schlechtigkeit. Bringt ihn fort, diesen herzlosen Burschen! Oh, bringt ihn fort!«

So wurde auch dieser erschlagen, und dies waren nur die ersten von Tausenden, denn jetzt trat Chakas ganze Bösartigkeit zutage, und mit ihr kam ein Blutrausch. Er ging hin und her und weinte, und trat immer wieder in seine Hütte und nahm einen Schluck Bier, und ich ging mit ihm, denn er sagte, da wir die Trauernden wären, müßten wir auch trinken. Und immer wieder, während wir so unter den Menschen auf und ab gingen, hob er seinen Arm oder den kurzen Assegai und rief: »Bringt sie fort! Bringt sie fort, diese herzlosen Bestien, die nicht weinen, wo meine Mutter tot ist«, und die, die in der Richtung standen, in die er deutete, wurden auf der Stelle getötet, bis die Totschläger keine Kraft mehr hatten und nun selbst getötet wurden, weil ihre Kraft erlahmt war und sie keine Tränen mehr hatten. Und auch ich mußte töten, ich mußte töten, um nicht selbst getötet zu werden.

Jetzt wurden die Menschen wahnsinnig vor Durst und Wut und Angst. Sie fielen übereinander her und töteten einander; jeder Mann, der einen Feind hatte, suchte ihn und tötete ihn. Niemand blieb verschont, und das Land wurde zum Schlachtfeld. An diesem Tag wurden siebentausend Menschen umgebracht, und Chaka ging noch immer weinend zwischen ihnen auf und ab und sagte: »Bringt sie fort, die herzlosen Bestien, bringt sie fort!« Doch, mein Vater, es war auch viel List in dieser Grausamkeit, denn obwohl er viele aus reiner Freude am Töten umbrachte, starben an diesem Tag auch alle, die er haßte oder fürchtete.

Schließlich wurde es Nacht. Die Sonne ging an diesem Abend blutrot unter, und der Himmel war wie Blut, und Blut bedeckte die Erde unter dem Himmel. Jetzt hörte das Töten auf, weil niemand mehr die Kraft hatte, zu töten, und die Menschen lagen in Haufen auf dem Boden, die Toten und die Lebenden zusammen. Ich sah die Lebenden an und wußte, wenn sie nicht essen und trinken würden, wären die meisten von ihnen tot, bevor der Morgen graute, und ich sagte das dem König, denn zu dieser Stunde war es mir egal, ob ich leben oder sterben würde. Selbst mein Rachedurst war verschwunden, erdrückt von dem Gram in meinem Herzen.

»Wir haben getrauert, o König«, sagte ich, »und es war ein fröhliches Trauern für Männer, die reinen Herzens sind, doch für Zauberer ein Trauern, wie sie es nicht lieben. Ich denke, daß dein Gram nun gestillt ist, o König, deiner, und auch der meine.«

»Noch nicht, Mopo«, antwortete der König. »Dies war erst der Anfang. Unsere Trauer war fröhlich heute, doch morgen soll es noch fröhlicher sein.«

»Morgen, o König, werden nur noch wenige Menschen leben, um mit dir zu trauern, denn das Land wird von ihnen leergefegt sein.«

»Wie, Mopo, Sohn Makedamas? Nur ein paar von den vielen Tausenden, die sich hier versammelt haben, sind heute gestorben, so wenige, daß man sie nicht einmal vermissen wird.«

»Nur wenige sind unter dem Assegai und dem Kerrie und der Keule gestorben, o König. Aber Hunger und Durst werden das Werk der Speere beenden. Die Menschen haben einen Tag und eine Nacht weder gegessen noch getrunken, und einen Tag und eine Nacht haben sie geweint und gestöhnt. Sieh dich doch um, Schwarzer, dort liegen sie in Haufen mit den Toten. Beim Licht des morgigen Tages werden auch sie tot sein oder im Sterben liegen.«

Nun überlegte Chaka eine Weile, und er sah, daß er nur noch eine Handvoll Menschen unter seiner Herrschaft behalten würde, wenn er zu weit ginge.

»Es ist hart, Mopo«, sagte er dann, »daß du und ich alleine um unsere Toten trauern müssen, während diese Hunde sich vollstopfen und Feste feiern. Doch aus der Güte meines Herzens will ich gnädig zu ihnen sein. Also geh, Mopo, Sohn Makedamas, und sage meinen Kindern, daß sie essen und trinken mögen, wenn ihnen das Leid nicht die Kehle zuschnürt, denn das Trauern ist zu Ende. Meine Mutter, Unandi, wird sicher nicht schlafen, da so wenig Blut auf ihrem Grab vergossen wurde — und ihr Geist wird mich in meinen Träumen heimsuchen. Doch aus der Güte meines Herzens erkläre ich das Trauern nun als beendet. Laß meine Kinder essen und trinken, wenn sie das Herz dazu haben.«

»Glücklich ist das Volk, über das so ein König gesetzt wurde«, sagte ich, dann ging ich hinaus und sagte die Worte Chakas den Häuptlingen und den Hauptleuten und allen anderen, die noch soviel Stimme hatten, die Güte des Königs zu preisen. Doch die meisten, die schon so durstig waren, daß sie den Tau von ihren Stöcken leckten, liefen zum Wasser, wie Rinder, die fünf Tage lang durch die Wüste gezogen sind, und füllten sich den Bauch mit Wasser, und manche von ihnen wurden am Ufer zu Tode getrampelt.

Danach schlief ich, so gut ich es konnte; und mein Herz war schwer, mein Vater, denn ich wußte, daß Chakas Blutdurst noch lange nicht gestillt war.

Am nächsten Morgen zogen viele Menschen wieder zu ihren Kraalen zurück, nachdem sie vom König die Erlaubnis dazu eingeholt hatten, andere zerrten die Toten zum Platz der Knochen, und wieder andere wurden in *Impis* ausgeschickt, um die zu töten, die nicht zur Trauer des Königs erschienen waren. Als die Mitte des Tages vorüber war, sagte Chaka, daß er etwas umhergehen wolle, und befahl nun einigen anderen *Indunas* und Dienern, ihn zu begleiten. Wir gingen schweigend, der König lehnte sich auf meine Schulter wie auf einen Stock. »Was ist mit deinem Volk, Mopo?« sagte er schließlich. »Was ist mit dem Stamm der Langeni? Waren sie hier? Ich habe sie nicht gesehen.«

Ich antwortete ihm, daß ich es nicht wüßte. Sie seien hergerufen worden, doch der Weg sei lang und die Zeit kurz, um mit so vielen Menschen so weit zu marschieren.

»Hunde müssen schnell laufen, wenn ihr Herr sie ruft, Mopo, mein Diener«, sagte Chaka, und das schreckliche Feuer trat in seine Augen, das ich nie in den Augen eines anderen Mannes gesehen. Da wurde mir schwer ums Herz, mein Vater — ja, obwohl ich wenig Liebe für mein Volk hegte, das mich fortgejagt hatte, wurde mir schwer ums Herz. Jetzt hatten wir eine Stelle erreicht, an der sich eine schmale, tiefe Schlucht im schwarzen Gestein befindet, und der Name dieser Schlucht ist U'Donga-lu-ka-Tatiyana. Zu beiden Seiten dieser Schlucht neigt sich der Boden steil auf ihre klaffenden Lippen zu, und hier setzte Chaka sich hin und dachte nach. Schließlich sah er auf, als eine große Menschenmenge, Männer, Frauen und Kinder, über die Ebene kam, wie eine lange, riesige Schlange, die auf den Kraal Gibamaxegu zukroch.

»Ich denke, Mopo«, sagte der König, »daß ich an der Farbe der Schilde diese als den Stamm der Langeni erkenne — dein eigenes Volk, Mopo.«

»Es ist mein Volk, o König«, antwortete ich.

Nun sandte Chaka Boten aus, die das Volk der Langeni zu ihm rufen sollten, an den Ort, an dem er saß. Andere Boten wurden zum Kraal geschickt, nachdem er ihnen seine Befehle in die Ohren geflüstert hatte, doch was er ihnen sagte, wußte ich damals noch nicht.

Nun saß Chaka reglos und schweigend und blickte zu der langen Schlange von Menschen hinüber, die auf den Kraal zugingen, bis die Boten sie erreichten und sie ihre Richtung änderten und begannen, den Hügel emporzusteigen.

»Wie viele Menschen sind es, dieses, dein Volk?« fragte der König.

»Ich weiß es nicht, o Elefant«, antwortete ich, »denn ich habe es seit vielen Jahren nicht gesehen. Sie haben vielleicht die Zahl dreier Regimenter.«

»Nein, mehr«, sagte der König. »Was denkst du, Mopo, würde dieses, dein Volk die Schlucht hinter uns füllen?« Und er deutete auf den tiefen Spalt im Fels.

Jetzt, mein Vater, begann ich am ganzen Körper zu zittern, da ich den Plan Chakas erkannte; doch ich fand keine Worte, denn meine Zunge klebte am Gaumen.

»Es sind viele Menschen«, sagte Chaka, »und doch, Mopo, wette ich mit dir um fünfzig Rinder, daß sie nicht die Schlucht füllen.«

»Der König beliebt zu scherzen«, sagte ich.

»Ja, Mopo, ich scherze; doch auch im Scherz sollst du die Wette annehmen.«

»Wie es der König befiehlt«, murmelte ich — der ich seinen Wunsch nicht abschlagen durfte.

Jetzt waren die Menschen meines Stammes herangekommen; an ihrer Spitze ging ein alter Mann mit weißem Haar und weißem Bart, und als ich ihn ansah, erkannte ich meinen Vater, Makedama. Als er in Hörweite des Königs gekommen war, entbot er ihm den königlichen Gruß *Bayéte* und warf sich vor ihm auf den Boden und kroch auf Händen und Knien auf Chaka zu und pries ihn, während er so kroch. Und all die Tausende von Menschen warfen sich auch zu Boden und priesen den König mit lauter Stimme, und der Hall ihrer Stimme, als sie ihn priesen, klang wie Donner.

Schließlich lag Makedama, mein Vater, der das letzte Stück auf Bauch und Brust gekrochen war, wie eine Schlange, vor dem König. Chaka sagte ihm, daß er aufstehen solle und begrüßte ihn freundlich; doch alle anderen — und es waren Tausende — lagen noch immer auf dem Bauch und schlugen den Kopf in den Staub.

»Steh auf, Makedama, mein Kind, Vater des Volkes der Langeni«, sagte Chaka, »und sage mir, warum seid ihr so spät zu meiner Trauer gekommen?«

»Der Weg ist weit, o König«, antwortete Makedama, mein Vater, der mich nicht erkannte. »Der Weg ist weit, und die Zeit war kurz. Und die Frauen und Kinder wurden müde und haben sich die Füße wundgelaufen, und sie sind jetzt am Ende ihrer Kraft.«

»Sprich nicht davon, Makedama, mein Kind«, sagte der König. »Sicherlich hat dein Herz getrauert, und auch die Herzen deines Volkes, und bald sollen sie sich ausruhen und ihre Mattigkeit vergessen. — Sage, sind alle hier, jeder einzelne?«

»Jeder, o Elefant! Nicht einer ist zurückgeblieben. Meine Kraale sind verlassen, die Rinder weiden unbewacht auf den Hügeln, Vögel mästen sich am Korn, da niemand da ist, sie zu verscheuchen.«

»Das ist gut, Makedama, mein treuer Diener! Und doch bist du gekommen, um mit mir zu trauern, ist es nicht so? Jetzt höre! Sage allen deinen Leuten, daß sie sich links und rechts von mir aufstellen, auf das Gras der steilen Hänge, die zu den Rändern jener Schlucht abfallen.«

Also sagte Makedama, mein Vater, seinen Leuten, das zu tun, was der König befohlen hatte, denn weder er noch die *Indunas* ahnten auch nur, was Chaka vorhatte; doch ich, der ich sein schwarzes Herz kannte, ich wußte es. Nun zogen die Menschen zu Hunderten und zu Tausenden vorbei und stellten sich zu beiden Seiten des Königs auf das Gras der Abhänge, und sie standen so dicht gedrängt, daß von dem Gras nichts mehr zu sehen war. Als alle so auf den Abhängen standen, sprach Chaka wieder zu Makedama, meinem Vater, und befahl ihm, auf den Boden der Schlucht hinabzusteigen und dort seine Stimme in lauter Klage zu erheben. Der alte Mann gehorchte dem König. Langsam und mühselig stieg er zum Boden der Schlucht hinab und stand dort. Die Schlucht war so tief und eng, daß das Licht nicht bis auf ihren Boden fiel, auf dem er jetzt stand, und ich konnte nur sein weißes Haar aus dem Dunkel leuchten sehen.

Dann erhob er seine Stimme, und sie erreichte die Tausende von Menschen, die sich auf den Abhängen drängten. Sie schien leise und dünn, aber sie klang doch wie die Stimme von einem, der zur Zeit des Schnees vom Gipfel eines Berges spricht.

»Trauert, Kinder Makedamas!«

Und all die Tausende von Menschen — Männer, Frauen und Kinder — wiederholten seine Worte in dröhnenden Lauten:

»Trauert, Kinder Makedamas!«

Und wieder schrie er:

»Trauert, Kinder Makedamas! Kinder der Langeni, trauert mit der ganzen Welt!«

Ein drittes Mal klang seine Stimme aus der Tiefe:

»Trauert, Kinder Makedamas, trauert, Kinder der Langeni, trauert mit der ganzen Welt!

Heult, ihr Krieger; weint, ihr Frauen, schlagt euch auf die Brüste, ihr Mädchen, schluchzt, ihr Kinder!

Trinkt vom Wasser der Tränen, bedeckt euch mit dem Staub des Leides.

Trauere, o Stamm der Langeni, weil die Mutter der Himmel nicht mehr ist.

Trauert, ihr Kinder Makedamas, weil der Geist der Fruchtbarkeit nicht mehr ist.

Trauert, o ihr Menschen, weil der Löwe der Zulus verlassen worden ist.

Laßt eure Tränen fallen, wie der Regen fällt, laßt eure Schreie sein wie die Schreie von Frauen, die gebären.

Denn Gram ist auf uns herabgefallen wie Regen, die Welt hat Tod empfangen und geboren.

Große Finsternis ist auf uns gekommen, die Finsternis und die Schatten des Todes.

Der Löwe der Zulus wandert und wandert in Verzweiflung, weil die Mutter der Himmel nicht mehr ist.

Wer soll ihm Trost bringen? Es liegt Trost in den weinenden Augen seiner Kinder.

Trauert, Volk der Langeni; laßt die Stimmen eurer Trauer gegen den Himmel schlagen und ihn aufreißen.

Ou-ai! Ou-ai! Ou-ai!«

So sang der alte Mann, mein Vater Makedama, tief unten im Dunkel der Schlucht. Er sang mit einer leisen, dünnen

Stimme, doch Vers für Vers wurde sein Gesang aufgenommen von den Tausenden, die auf den Hängen standen, und der Berg wurde erschüttert von ihrem Gesang. Außerdem öffnete ihr Schreien den Busen einer schweren Regenwolke, die sich über uns gebildet hatte, und der Regen fiel in großen, schweren Tropfen, als ob selbst der Himmel weinte, und mit dem Regen kamen Blitze und das Grollen von Donner.

Chaka lauschte, und große Tränen rannen über seine Wangen, denn sein Herz konnte von Gesang leicht gerührt werden. Jetzt prasselte der Regen herunter und senkte sich wie ein Schleier über die Tausende von Menschen; doch ihr Singen klang weiter durch den Regen, und das Grollen des Donners ging darin unter. Plötzlich wurde es still, und ich blickte nach rechts. Dort, über die Köpfe der Menschen hinweg, sah ich eine lange Reihe von Kriegern auf dem Kamm oberhalb der Senke auftauchen, und in ihren Händen glänzte eine Hecke von Speeren. Ich blickte nach links; auch dort sah ich eine Kette von Kriegern, und in ihren Händen eine Hecke von Speeren.

Plötzlich gellte wieder ein Schrei auf, doch diesmal war es kein Schrei der Trauer, sondern ein Schrei von Angst und Entsetzen.

»Ah! Jetzt trauern sie wirklich«, sagte Chaka in mein Ohr; »jetzt trauert dein Volk mit dem Herzen, und nicht nur mit den Lippen.«

Während er sprach, drängte die Menge auf beiden Seiten der Schlucht nach vorn, wie eine Welle, brandete wieder zurück, dann wieder nach vorn und dann, mit entsetzlichen Schreien, vorwärtsgetriebenen von den Speeren der Soldaten, begannen sie in die Schlucht zu stürzen, eine Kaskade von Männern, Frauen und Kindern, und verschwanden in der dunklen Tiefe.

Mein Vater, vergib mir die Tränen, die aus diesen blinden Augen quellen; ich bin sehr alt; ich bin wie ein kleines Kind, und wie ein kleines Kind weine ich. Ich kann nicht weitersprechen, nicht alle entsetzlichen Einzelheiten schildern. Aber schließlich war es vorbei, und alles war still.

So wurde Makedama, mein Vater, unter dem Leib seines Volkes begraben; so wurde das Leben des Stammes der Langeni beendet; so wie es meine Mutter geträumt hatte, war es geschehen, und so hatte Chaka grausam Rache genommen für die Tasse Milch, die man ihm vor vielen Jahren verweigert hatte.

»Du hast deine Wette nicht gewonnen, Mopo«, sagte der König jetzt. »Sieh, dort ist noch ein kleiner Platz, gerade groß genug, daß einer dort schlafen könnte. Gefüllt bis zum Rand ist diese Kornkammer mit den Ähren des Todes, in denen kein lebendiges Korn zurückgeblieben ist. Doch ist da noch ein kleiner Platz. Gibt es keinen, der ihn füllen kann? Sind wirklich alle Kinder vom Stamm der Langeni tot?«

»Einen gibt es noch, o König!« antwortete ich. »Ich bin vom Stamm der Langeni, laß meine Leiche diesen Platz füllen.«

»Nein, Mopo, nein. Wer sollte dann die Wette halten? Außerdem kann ich dich nicht töten, es wäre gegen meinen Eid. Und trauern wir nicht gemeinsam, du und ich?«

»Sonst gibt es niemanden mehr vom Stamm der Langeni, o König! Ich habe die Wette verloren, ich werde bezahlen.«

»Ich glaube, daß es doch noch jemand gibt«, sagte Chaka. »Da ist diese Schwester von dir und mir, Mopo. Ah, dort kommt sie.«

Ich blickte auf, mein Vater, und ich sah dies: Ich sah Baleka, meine Schwester, auf uns zukommen, und über ihren Schultern lag ein *Kaross* aus Wildkatzenfellen, und hinter ihr waren zwei Soldaten. Sie ging stolz erhobenen Hauptes, und ihr Schritt war wie der Schritt einer Königin. Jetzt sah sie das Bild des Todes, denn die Toten lagen vor ihr wie schwarzes Wasser in einem sonnenlosen Teich. Einen Augenblick lang stand sie zitternd da, nun wußte sie, was ihr bevorstand, dann ging sie weiter und trat vor Chaka.

»Was ist es, das du von mir willst, o König?« sagte sie.

»Du bist zu einer guten Stunde gekommen, meine Schwester«, sagte Chaka und wich ihrem Blick aus. »Es ist dies: Mopo, mein Diener und dein Bruder, hat eine Wette mit mir gemacht, eine Wette um Rinder. Es ist nur eine Kleinigkeit, auf das wir gewettet haben: ob alle Menschen vom Stamm der Langeni — dein eigener Stamm, Baleka, meine Schwester — jenen Platz dort bis zum Rand füllen würden. Als die Langeni von meiner Wette hörten, Schwester, stürzten sie sich freudig zu Tausenden in die Schlucht, so eifrig waren sie, diese Wette zu entscheiden. Doch nun scheint es, als ob dein Bruder die Wette verloren hat, denn es ist noch immer Platz für einen, bis die Schlucht voll ist. Nun, meine Schwester, erinnerte mich dein Bruder Mopo daran, daß noch ein Mitglied des Langeni-Stammes auf Erden lebt, das auf diesem frei gebliebenen Platz schlafen sollte, damit die Wette in seinem Sinn ausgehe, und er flehte mich an, nach diesem Menschen zu schicken. Und, meine Schwester, da ich nicht nehmen will, was ich nicht ehrlich gewonnen habe, bin ich seiner Bitte gefolgt. Und nun magst du zur Seite treten und mit Mopo sprechen, allein — *wie du schon einmal mit ihm gesprochen hast, als dir ein Kind geboren wurde, Schwester!*«

Baleka achtete nicht auf seine Worte, denn sie wußte, was er damit sagen wollte. Sie sah ihm in die Augen und sagte: »Von dieser Nacht an sollst du nicht mehr ruhig schlafen, Chaka, bis du in das Land kommst, in dem es keinen Schlaf gibt! Ich habe gesprochen.«

Chaka sah und hörte, und plötzlich trat er zwei Schritte zurück, denn Angst nagte an seinem Herzen, und er wandte den Kopf zur Seite.

»Mopo, mein Bruder«, sagte Baleka, »laß uns zum letztenmal miteinander sprechen. Es ist der Befehl des Königs.«

So trat ich zur Seite mit Baleka, meiner Schwester, und ein Speer war in meiner Hand. Wir standen allein vor den Toten, und Baleka zog einen Zipfel ihres *Kaross* vor ihr Gesicht und sprach zu mir mit leiser Stimme aus seinem Schatten:

»Was habe ich dir vor einer Weile gesagt, Mopo? So ist es nun gekommen. Schwöre mir, daß du leben wirst, und daß diese, deine Hand, die ich jetzt in der meinen halte, mich rächen wird.«

»Ich schwöre es dir, meine Schwester.«

»Schwöre mir, daß du dann, wenn die Rache getan ist,

hinausgehen wirst, um meinen Sohn Umslopogaas zu suchen, wenn er noch leben sollte, und ihn in meinem Namen segnest.«

»Ich schwöre es dir, meine Schwester.«

»Lebe wohl, Mopo! Wir haben uns immer lieb gehabt, und nun ist alles verblichen, und es kommt mir vor, als seien wir wieder die kleinen Kinder, die in den Kraals der Langeni spielen. Mögen wir einstmals in einem anderen Land spielen! Nun, Mopo ...« — und sie blickte mich mit ihren großen Augen an —, »nun bin ich müde. Ich will zu den Geistern meines Volkes. Ich höre sie nach mir rufen. Es ist vorbei.«

Was ich dann tat, will ich dir nicht sagen, mein Vater.

19

Masilo kommt zum Kraal Duguza

In jener Nacht fiel der Fluch Balekas auf Chaka, und er schlief schlecht. So schlecht schlief er, daß er mich zu sich rief und mir befahl, mit ihm zu gehen. Wir gingen, und wir gingen allein und schweigend. Chaka bestimmte den Weg, und ich folgte ihm. Nun sah ich, daß seine Füße ihn zum Donga-lu-ka-Tatiyana trugen, jenem Ort, wo all mein Volk tot lag, und mit ihm Baleka, meine Schwester. Wir stiegen langsam den Hang hinauf, und dann standen wir am Rand der Schlucht, an derselben Stelle, an der Chaka gestanden hatte, als die Menschen meines Volkes in die Tiefe gestürzt waren wie ein Wasserfall. Damals hatten Stöhnen und Schreie die Luft erzittern lassen, doch jetzt herrschte Stille. Der Mond war auch heute voll, und sein Licht fiel auf die Toten, die vor uns in der Schlucht lagen; ja, ich sah sie alle, ich konnte sogar das Gesicht Balekas erkennen, meiner Schwester. Sie hatten sie in die Mitte der Toten geworfen. Noch nie war sie so schön gewesen wie in dieser Stunde, und doch, als ich sie anblickte, kroch Angst in mein Herz.

»Jetzt hättest du deine Wette nicht gewonnen, Mopo, mein Diener«, sagte Chaka. »Sieh, wie sie zusammengesunken sind! Die Schlucht ist nicht voll; es ist noch so viel Platz wie die Länge eines Kampfspeers.«

Ich antwortete nicht; aber beim Klang der Stimme des Königs regten sich die Schakale und schlichen davon.

Jetzt lachte er laut und sagte: »Du solltest gut schlafen heute nacht, meine Mutter, denn ich habe dir viele geschickt, die dich in den Schlaf wiegen. Äh, ihr Leute vom Stamm der Langeni, ihr habt vergessen, aber ich habe mich erinnert! Ihr habt vergessen, wie eine Frau und ein Junge zu euch kamen und euch um Nahrung und Unterkunft baten, und ihr habt sie ihnen verweigert — sogar eine Kalebasse Milch habt ihr ihnen verwehrt! Was habe ich euch an jenem Tag geschworen, Leute vom Stamm der Langeni? Habe ich nicht geschworen, daß ich für jeden Tropfen Milch in der Kalebasse, die ihr mir verweigert habt, einen Mann eures Stammes töten würde? Und habe ich mein Versprechen nicht gehalten? Liegen hier nicht mehr Männer, als eine Kalebasse Tropfen fassen könnte, und bei ihnen ihre Frauen und Kinder, so unzählig wie Blätter an einem Baum? O ihr Leute vom Stamm der Langeni, die ihr mir Milch verweigert habt, als ich klein war, nachdem ich groß geworden bin, habe ich meine Rache genommen! Nachdem ich groß geworden bin! Ah! Wer ist so groß wie ich?

Die Erde erbebt unter meinen Füßen; wenn ich spreche, zittern die Menschen; wenn ich die Stirn runzele, sterben sie — sterben sie zu Tausenden. Ich bin groß geworden, und groß werde ich bleiben! Das Land ist mein, so weit einen Mann seine Füße tragen können, ist das Land mein, und mein sind alle, die darin leben. Und ich werde noch größer sein — größer und größer. Ist es dein Gesicht, Baleka, das zu mir aufblickt aus den Tausenden von Gesichtern derer, die ich getötet habe? Du hast mir geschworen, daß ich von nun an schlecht schlafen soll. Baleka, ich fürchte dich nicht — denn wenigstens du schläfst gut. Sage mir, Baleka — erwache aus deinem Schlaf und sage mir, wer es ist, den ich fürchten muß!«

Und plötzlich hörte er auf, von seinem Ruhm und seiner Größe zu prahlen.

Nun mein Vater, während Chaka, der König, so sprach, kam es mir in den Sinn, allem ein Ende zu machen und ihn zu töten, denn mein Herz war krank vor Zorn und vor Durst nach Rache. Schon stand ich hinter ihm, schon hatte ich den Stock, den ich in der Hand trug, erhoben, um sein Gehirn zu verspritzen, als ich innehielt — denn ich sah etwas …

Dort, mitten unter den Toten, bewegte sich ein Arm. Er bewegte sich, er hob sich, er wies zum Ende der Schlucht, die im tiefen Schatten lag, und es schien, als sei es der Arm Balekas. Vielleicht war es auch nicht ihr Arm, vielleicht war es der Arm von einem der Tausende von Toten, die dort lagen, magst du sagen, mein Vater! Doch zumindest hob sich der Arm an der Seite Balekas, und er war geschmückt mit solchen Armreifen, wie sie Baleka getragen hatte, und er hob sich von ihrer Seite, wenngleich ihr kaltes Gesicht unbeweglich blieb. Dreimal hob sich der Arm, und dreimal richtete er sich auf das dunkle Ende der Schlucht, und dreimal gab er ein Zeichen mit einem gekrümmten Finger, wie um jemanden herbeizurufen aus dem Dunkel der Schlucht, und aus der Masse der Toten. Dann fiel der Arm wieder herab, und in der tiefen Stille hörte ich ihn herabfallen, und ich hörte das Klirren der Armreifen. Und als der Arm herabfiel, tönte aus dem tiefen Schatten Gesang, ein Gesang, von solcher Wildheit und Süße, wie ich ihn nie zuvor gehört hatte. Die Worte des Gesangs habe ich damals deutlich verstanden, mein Vater, aber später wurden sie aus meiner Erinnerung gelöscht, und ich weiß sie nicht mehr. Nur dies weiß ich noch, daß die Worte des Gesangs vom Werden der Dinge handelten, vom Anfang und vom Ende der Menschen. Sie erzählten, wie die schwarzen Völker wurden, und wie sie wuchsen, und wie die weißen Menschen sie auffressen würden, und warum sie da waren, und warum sie aufhören würden, zu sein. Sie erzählten vom Bösen und vom Guten, von Frauen und von Männern, und wie die Menschen einander bekämpfen, und warum sie es tun, und was das Ende dieser Kämpfe sein wird. Der Gesang erzählte auch vom

Volk der Zulu, und er sprach von einem Ort der Kleinen Hand, den es erobern würde, und von einem Ort, an dem die Weiße Hand über sie herrschen würde, und wie sie dahinschmelzen würden unter dem Schatten der Weißen Hand und vergessen sein sollten, und wie sie hinübergehen würden in ein anderes Land, wo die Dinge nicht sterben, sondern ewig leben, die Guten mit den Guten, die Bösen mit den Bösen. Der Gesang erzählte vom Leben und vom Tod, von Freude und von Leid, von der Zeit und von dem Meer, in dem die Zeit nichts weiter ist als ein treibendes Blatt, und warum all diese Dinge so sind. Viele Namen kamen auch in diesem Gesang vor, und ich kannte nur wenige davon, doch mein Name war darunter, und der Balekas, und der Name Umslopogaas', und der Name von Chaka, dem Löwen. Nur eine kurze Zeit sang die Stimme, und doch war dies alles in ihrem Gesang — ja, und noch vieles mehr; doch die Bedeutung dieses Gesangs ist mir entfallen, obwohl ich sie damals kannte, aber ich werde sie wieder wissen, wenn alles getan ist. Die Stimme aus dem Schatten sang, bis die ganze Schlucht mit ihrem Klang erfüllt war, und selbst die Toten schienen ihr zu lauschen. Chaka hörte sie auch, und er zitterte vor Angst, doch seine Ohren waren taub für die Last seiner Schuld.

Die Stimme kam näher, und jetzt erschien im Dunkel ein mattes Leuchten; es war wie das Leuchten auf den Körpern von Menschen, die sechs Tage tot sind. Langsam kam es näher, durch den tiefen Schatten, und während es näher kam, sah ich, daß die Form dieses Leuchtens die Gestalt einer Frau hatte. Ich hatte damals sehr scharfe Augen, und ich erkannte ihr erhabenes Gesicht sofort. Mein Vater, es war das Gesicht der *Inkosazana-y-Zulu,* der Königin der Himmel! Langsam kam sie auf uns zu, und ihre Füße glitten über den Golf, der voll war mit Toten; und während sie näher kam, schien es mir, als ob sich Schatten von den Leibern der Toten erhöben und ihr folgten, der Königin der Toten — Tausende und Tausende von ihnen. Und, ah! — ihre erhabene Schönheit, mein Vater —, der Schimmer ihres Haares von geschmolzenem Gold, ihrer Augen, die strahlend waren wie der Mittagshimmel, die Ebenmäßigkeit ihrer Arme und Brüste, die die Farben von Schnee hatten, der im Licht der untergehenden Sonne glüht. Ihre Schönheit war überwältigend und furchtbar, doch ich war froh, daß ich lebte, um sie zu sehen, mein Vater.

Nun trat sie vor uns, und Chaka warf sich zu Boden, kraftlos vor Angst, und verbarg sein Gesicht in den Händen; ich jedoch hatte keine Angst, mein Vater — denn nur die Bösen müssen den Anblick der Königin der Himmel fürchten. Nein, ich hatte keine Angst, ich stand aufrecht und Angesicht zu Angesicht vor ihrer erhabenen Schönheit. In ihrer Hand hielt sie einen kleinen Speer mit einem Schaft aus dem roten, königlichen Holz; es war ein Zwilling zu dem Speer, den Chaka in seiner Hand hielt, der Speer, mit dem er seine Mutter getötet hatte, und mit dem er selbst getötet werden sollte.

Jetzt beendete die Königin der Himmel ihren Gesang und stand vor dem am Boden liegenden König und vor mir, der ich hinter dem König stand, und das Leuchten, das von ihr ausging, fiel auf uns. Sie hob ihren kleinen Speer und berührte mit ihm die Stirn von Chaka, Sohn des Senzancagona, und das war ihr Zeichen der Verdammung. Dann begann sie zu sprechen, doch obwohl Chaka die Berührung gespürt hatte, konnte er ihre Worte nicht hören, denn sie waren für mich allein bestimmt.

»Mopo, Sohn des Makedama«, sagte sie mit leiser Stimme, »halte deine Hand zurück, denn sein Becher ist noch nicht gefüllt. Wenn du mich zum drittenmal erblickst, wenn du mich durch den Sturm reiten siehst, dann schlage zu, Mopo, mein Kind.«

So sprach sie zu mir, und eine Wolke zog am Angesicht des Mondes vorüber.

Als sie vorbeigezogen war, war die Königin der Himmel fort, und ich war wieder allein mit Chaka, mit der Nacht und mit den Toten.

»Wer war das, Mopo?« fragte er mit hohler Stimme.

»Es war die *Inkosazana* der Himmel, sie, die für ewig über die Menschen unserer Rasse wacht, o König, und die sich von Zeit zu Zeit den Menschen zeigt, bevor große Dinge geschehen.«

»Ich habe von dieser Königin gehört«, sagte Chaka. »Warum ist sie jetzt gekommen, was war das für ein Lied, das sie gesungen hat, und warum hat sie mich mit dem Speer berührt?«

»Sie ist gekommen, o König, weil die tote Hand Balekas sie herbeigewinkt hat, wie du es selbst gesehen hast. Das Lied, das sie sang, handelt von Dingen, die zu hoch für mich sind; und warum sie dich mit dem Speer an der Stirn berührt hat, weiß ich nicht, o König! Vielleicht war es, um dich zum König eines größeren Reiches zu krönen.«

»Ja! Vielleicht zum König des Reiches der Toten!«

»Das bist du schon, Schwarzer«, antwortete ich mit einem Blick auf die schweigende Menge in der Schlucht.

Wieder zitterte Chaka. »Komm, laß uns gehen, Mopo«, sagte er. »Jetzt habe ich gelernt, was es heißt, Angst zu haben.«

»Die Angst ist ein Gast, den jeder bewirten muß, früher oder später, selbst die Könige, o Erschütterer der Erde!« sagte ich, und wir wandten uns um und gingen schweigend zum Kraal zurück.

Nach dieser Nacht erklärte Chaka, daß der Kraal Gibamaxegu verhext sei, und verhext sei auch das Land der Zulus, da er nicht mehr ruhig schlafen könne, sondern von Angst geschüttelt auffähre und den Namen Balekas schrie. Deshalb wurde sein Kraal schließlich verlassen, und er baute sich weit entfernt einen neuen, die große Stadt Duguza, hier in Natal.

Dort, auf der Ebene, ist ein Ort des weißen Mannes — er wird Stanger genannt; an diesem Platz, wo jetzt die Stadt des weißen Mannes steht, war einst der große Kraal Duguza. Ich kann nicht sehen, mein Vater, denn meine Augen sind dunkel; aber du kannst sehen. Wo das Tor des Kraals errichtet wurde, steht jetzt ein Haus; es ist das Haus, in dem der weiße Mann Gerechtigkeit spricht; das ist der Ort, an dem sich das Tor des Kraals befand, durch das die Gerechtigkeit niemals schritt. Dahinter ist ein anderes Haus, in dem die weißen Männer, die gegen den König des Himmels gesündigt haben, um Vergebung beten; an jener Stelle sah ich viele, die nichts Böses getan hatten, einen König um Gnade anflehen, doch nicht einem wurde sie gewährt. *Ou!* Die Worte Chakas sind Wahrheit geworden! Ich werde dir bald davon erzählen, mein Vater. Der weiße Mann hält das Land und geht her und hin, seinen friedlichen Geschäften nach, wo damals *Impis* auszogen, um zu töten; seine Kinder lachen und sammeln Blumen, wo Hunderte von Männern in ihrem Blute lagen; sie baden im Wasser des Imbozamo, wo einst die Krokodile mit dem Fleisch von Menschen gefüttert wurden; seine jungen Männer küssen die Mädchen, wo damals andere Mädchen vom Assegai geküßt wurden. Alles hat sich geändert, nichts ist so, wie es früher war, und von Chaka ist nichts mehr da als ein Grab, irgendwo dort drüben, und ein Name der Angst.

Nachdem Chaka nun zum Duguza-Kraal gekommen war, blieb er für eine Weile ruhig, doch dann kam der alte Blutdurst wieder über ihn, und er schickte seine *Impis* gegen das Volk der Pondos, und sie vernichteten dieses Volk und brachten ihre Rinder mit sich. Doch die Krieger durften nicht ruhen; wieder wurden sie in den Krieg geschickt — zu Zehntausenden — um Sotyangana zu schlagen, den Häuptling des Volkes, das nördlich des Limpopo lebt. Singend zogen sie hinaus, nachdem der König sie angesehen und ihnen befohlen hatte, siegreich zurückzukehren, oder gar nicht. Ihre Zahl war so groß, daß sie von der Stunde der Dämmerung bis fast zur Mitte des Tages durch das Tor des Kraals zogen, wie eine riesige Herde von Vieh, sie, die Unbesiegten. Sie konnten nicht wissen, daß der Sieg sie nicht mehr anlächeln würde; daß sie zu Tausenden in den Marschen des Limpopo an Hunger und Fieber sterben mußten, und daß die von ihnen, die zurückkehrten, ihre Schilder in den Bäuchen trugen, da sie das Leder ihrer Schilde gegessen hatten, um nicht zu verhungern! Doch was gehen sie uns an? Sie waren nichts. *Staub* war der Name eines der großen Regimenter, die gegen Sotyangana auszogen, und zu Staub wurden sie

— Staub, der in den Tod geweht wurde vom Atem Chakas, des Löwen der Zulus.

Jetzt waren nur noch wenige Männer am Kraal Duguza zurückgeblieben, denn fast alle waren mit den *Impis* fortgezogen, und nur die Frauen und Alten lebten im Kraal. Dingaan und Umhlangana, die Brüder des Königs, waren auch dort, denn Chaka ließ es nicht zu, daß sie den Kraal verließen, aus Furcht, daß sie ein Komplott gegen ihn schmieden könnten, und er blickte sie immer böse an, so daß sie um ihr Leben zitterten, obwohl sie nicht wagten, ihre Angst zu zeigen, da sonst leicht aus der Angst Schicksal werden konnte. Doch ich wußte, daß sie Angst vor Chaka hatten, und wie eine Schlange kroch ich in ihr Vertrauen, und wir sprachen miteinander, verstohlen und in Andeutungen. Aber davon später, mein Vater, denn jetzt muß ich dir erst von der Ankunft Masilos erzählen, von ihm, der Zinita heiraten wollte, und den Umslopogaas, der Schlächter, aus den Kraals des Volkes der Axt vertrieben hatte.

Es war an dem Tag, nachdem die *Impis* ausgezogen waren, daß Masilo in den Kraal Duguza kam und um Erlaubnis bat, mit dem König sprechen zu dürfen. Chaka saß vor seiner Hütte, und bei ihm waren Dingaan und Umhlangana, seine königlichen Brüder. Ich war ebenfalls dort, und auch andere *Indunas,* Berater des Königs. Chaka war müde an diesem Vormittag, denn er hatte schlecht geschlafen, wie immer in der letzten Zeit. Deshalb, als einer ihm sagte, daß ein gewisser Wanderer namens Masilo mit ihm reden wolle, befahl er nicht, daß der Mann getötet würde, sondern sagte, man solle ihn vor ihn bringen. Kurz darauf hörte man lautes Preisen, und ich sah einen fetten Mann, der durch den Staub auf uns zukroch und die *Sibonga* sagte, daß heißt, alle königlichen Namen Chakas. Der König befahl ihm, mit dem Preisen aufzuhören und ihm zu sagen, was er wolle. Da setzte der Mann sich auf und erzählte die ganze Geschichte, die du, mein Vater, bereits gehört hast: wie ein junger Mann, groß und stark, zu den Kraals des Volkes der Axt gekommen sei und den Häuptling Jikiza, den Halter der Axt, besiegt habe und selbst Häuptling dieses Volkes geworden sei, und wie er die Rinder Masilos genommen und ihn fortgejagt habe. Nun wußte Chaka nichts von diesem Volk der Axt, denn das Land war weit in jenen Tagen, mein Vater, und es lebten viele kleine Stämme darin, von denen der König nicht einmal gehört hatte. Also befragte er Masilo über dieses Volk der Axt, über die Anzahl seiner Krieger, ihren Reichtum an Rindern, und besonders über den Tribut, den sie dem König zahlten.

Masilo antwortete, daß die Anzahl ihrer Krieger vielleicht ein halbes Regiment ausmache, daß ihr Reichtum an Vieh groß sei, daß sie keinen Tribut zahlten, und daß der Name des jungen Mannes *Bulalio,* der Schlächter, sei — zumindest sei er unter diesem Namen bekannt.

Nun wurde der König wütend. »Steh auf, Masilo«, sagte er, »und laufe zu diesem Volk, und spreche in das Ohr dieses Volkes, und in das Ohr dessen, den sie den Schlächter nennen, und sage dieses: ›Es gibt einen anderen Schlächter, der in einem Kraal namens Duguza sitzt, und diese ist seine Botschaft an euch, o Volk der Axt, und an dich, der du die Axt hältst. Erhebt euch mit allem Volk und allem Vieh eures Volkes, und tretet vor den, der in dem Kraal Duguza sitzt, und legt in seine Hände die große Axt *Witwenmacher.* Erhebt euch eilends und folgt seinem Befehl, wenn ihr nicht bald für immer sitzen wollt*.‹«

Masilo nickte und sagte, so solle es sein, doch der Weg sei weit, und er habe große Furcht, vor dem zu erscheinen, den man den Schlächter nenne, und der zwanzig Tagesreisen nach Norden säße, im Schatten des Geisterberges.

»Geh«, sagte der König, »und stehe am dreißigsten Tage von heute wieder vor mir, mit der Antwort dieses Jungen mit seiner Axt! Wenn du nicht vor mir stehst, wie ich es befehle, dann werden einige kommen und dich suchen, und auch diesen Jungen mit einer Axt.«

Also brach Masilo auf, um dem Befehl des Königs zu gehorchen, und Chaka sprach nicht mehr über diese Sache. Ich aber fragte mich in meinem Herzen, wer dieser junge Mann

* Die Zulus werden in sitzender Stellung begraben.

mit der Axt sein mochte; denn ich dachte, daß er mit Jikiza und den Söhnen Jikizas auf seine Art fertiggeworden war, wie sie Umslopogaas gehabt hätte, wenn er noch am Leben wäre und ein Mann geworden sei. Doch auch ich sagte nichts über diese Sache.

Nun erhielt ich an diesem Tage auch die Nachricht, daß meine Frau Macropha und meine Tochter Nada bei ihrem Volk in Swaziland getötet worden seien. Es wurde gesagt, daß die Männer des Häuptlings der Halakazi ihren Kraal überfallen und alles, was lebte, vor den Assegai gestellt hätten, darunter auch Macropha und Nada. Ich hörte die Nachricht, aber ich hatte keine Tränen, mein Vater, denn ich war so tief in Sorgen versunken, daß mich nichts mehr berühren konnte.

20

Mopo verhandelt mit den Prinzen

Zwanzig-und-acht Tage vergingen, mein Vater, und am zwanzig-und-neunten Tag geschah es, daß Chaka, nachdem er in seinem unruhigen Schlaf einen Traum geträumt hatte, eine Anzahl der Frauen des Kraals vor sich kommen ließ, und es waren hundert oder mehr. Einige davon waren seine eigenen Frauen, die er seine ›Schwestern‹ nannte, und andere waren Mädchen, die noch keinem Mann gegeben worden waren; aber alle waren sie jung und schön. Was dieser Traum war, den Chaka geträumt hatte, weiß ich nicht, oder ich habe es vergessen, denn in jenen Tagen träumte er viele Träume, und alle seine Träume führten zu einem Ende, dem Tod von Menschen.

Er saß vor seiner Hütte, mit finsterem Gesicht, und ich war bei ihm. Zu seiner Linken standen die Frauen und Mädchen, und ihre Knie waren schwach vor Angst. Eine nach der anderen wurden sie nun vor ihn geführt und standen dort, den Kopf gesenkt. Dann sagte er ihnen, sie sollten frohen Mutes sein, und sprach in freundlichem Ton mit ihnen, und schließlich stellte er ihnen diese Frage: »Hast du, meine Schwester, eine Katze in deiner Hütte?«

Nun sagten einige, daß sie eine Katze in ihrer Hütte hätten, und andere, daß sie keine Katze in ihrer Hütte hätten, und manche sagten gar nichts, weil sie vor Angst die Sprache verloren hatten. Doch ganz egal, wie ihre Antwort lautete, das Ende war immer dasselbe, denn der König seufzte schwer und sagte: »Lebe wohl, meine Schwester; es ist schade, daß eine Katze in deiner Hütte ist«, oder: »daß keine Katze in deiner Hütte ist«, oder: »daß du mir nicht sagen kannst, ob eine Katze in deiner Hütte ist oder nicht.«

Dann wurde die Frau von Männer hinausgezerrt und zu einem Ort außerhalb des Kraals gebracht und erschlagen. So ging es viele Stunden lang, bis schließlich sechzig-und-zwei Frauen und Mädchen hingemordet worden waren. Doch dann wurde ein Mädchen vor den König gebracht, und ihre Schlange hatte ihr einen raschen Verstand gegeben; denn als Chaka sie fragte, ob es in ihrer Hütte eine Katze gäbe oder nicht, antwortete sie, daß sie es nicht wüßte, »aber es ist eine halbe Katze auf mir«, und sie deutete auf ein Katzenfell, das vor ihr Geschlecht gebunden war.

Nun lachte der König und klatschte in die Hände und sagte, daß er endlich die Antwort auf seinen Traum erhalten habe; und er tötete niemanden mehr an diesem Tag, und auch nie wieder — bis auf ein einziges Mal.

An diesem Abend war mir das Herz schwer in meiner Brust, und ich weinte in meinem Herzen: »Wie lange noch?« — und ich fand keine Ruhe. Also verließ ich den Kraal Duguza und ging hinaus zu den Bergen, die hinter dem Kraal waren, und setzte mich auf einen Felsen auf der Höhe eines Hanges, so daß ich weit auf das Land hinausblicken konnte, das sich nach Norden und nach Süden erstreckte, nach links und nach rechts. Der Tag neigte sich jetzt der Nacht zu, und die Luft war still, denn es war sehr heiß, und ein Gewitter braute sich zusammen. Die Sonne sank blutrot und färbte das Land mit der Farbe des Blutes; es war, als ob alles Blut, das Chaka vergossen hatte, über das Land flösse, das von Chaka beherrscht wurde. Dann lösten sich aus dem Schoß der Nacht riesige Wolken und legten sich vor die Sonne, und die Sonne krönte sie mit ihrem Licht, und in ihren Herzen zuckten Blitze, wie ein Blut aus Feuer. Der Schatten ihrer Flügel fiel auf die Berge und auf die Ebene; und unter ihren Flügeln war Schweigen. Langsam versank die Sonne, und die Formen der Wolken strömten zueinander wie ein *Impi* auf den Befehl seines Hauptmannes, und das Zucken der Blitze war wie das Schimmern der Speere dieses *Impis.* Ich blickte hinauf, und eine starke Angst ergriff mein Herz. Das Blitzen erstarb, und die Stille wurde tiefer und tiefer, bis ich sie hören konnte; nicht ein Blatt regte sich, kein Vogel erhob seine Stimme, die Welt schien tot — und ich allein lebte in dieser toten Welt.

Doch plötzlich, mein Vater, fiel ein heller Stern vom Himmel und beleuchtete die Ränder der Wolken, und als er in die Wolken hineinfiel, brach der Sturm los. Die graue Luft erzitterte, ein Stöhnen rann durch die Felsen, und ein eisiger Hauch kam aus dem Mund des Sturms und fegte über die Erde. Er packte den fallenden Stern und trieb ihn auf mich zu, und jetzt war er ein großer Ball von Feuer, und er wurde größer und immer größer, und dann nahm er die Gestalt einer Frau an. Ich kannte diese Frau, mein Vater, ja, als sie noch weit entfernt war, wußte ich, wer sie war: die *Inkosazana* war gekommen, so wie sie es mir versprochen hatte, und sie ritt durch den Sturm. Immer näher kam sie, vorangerissen von dem scharfen Wind, und — oh! — es war ein entsetzlicher Anblick, denn ihre Robe waren die Blitze des Sturmes! Blitze zuckten aus ihren großen Augen, und Blitze waren in ihrem wallenden Haar, und in ihrer Hand trug sie einen Speer von Feuer, und sie schüttelte ihn, während sie näher kam. Jetzt war sie am Eingang des Passes; vor ihr war Stille, doch hinter ihr schlugen die Schwingen des Sturms, und Donner rollte, und der Regen zischte wie viele Schlangen. Sie flog an mir vorbei, und als sie vorbeiflog, wandte sie den Kopf und sah mich mit ihren furchtbaren Augen an, so daß ich erstarrte. Sie war da! Sie war fort! Aber sie sagte nicht ein Wort zu mir, sondern schüttelte nur ihren flammenden Speer. Und doch schien es mir, daß der Sturm sprach, daß der Felsen schrie, daß der Regen mir drei Worte ins Ohr zischte, und diese drei Worte waren:

SCHLAG ZU, MOPO!

Ich hörte sie in meinem Herzen, oder mit meinen Ohren, was kommt es darauf an? Dann blickte ich auf: durch den heulenden Sturm und den prasselnden Regen konnte ich sie noch immer sehen, hoch in der Luft. Jetzt lag der Kraal Duguza direkt unter ihr, und der flammende Speer fiel aus ihrer Hand in den Kraal, und rote Flammen züngelten auf.

Dann glitt sie über das Ende der Welt hinweg, um in ihre eigene Welt zurückzukehren. So, mein Vater, sahen meine Augen die Königin der Himmel zum dritten- und letztenmal, oder vielleicht träumte mein Herz nur, daß ich sie sah. Bald werde ich sie wiedersehen; aber das wird nicht mehr hier sein.

Für eine Weile saß ich so, dann stand ich auf und kämpfte meinen Weg zurück zum Kraal Duguza. Als ich mich dem Kraal näherte, hörte ich laute Angstschreie durch das Heulen des Sturms und das Prasseln des Regens. Ich trat hinein und fragte einen, was denn wäre, und er sagte mir, daß Feuer vom Himmel auf die Hütte des Königs gefallen sei, während er schlief, und daß das ganze Dach der Hütte verbrannt sei, doch schließlich hätte der Regen das Feuer gelöscht.

Ich ging weiter, bis ich zu der großen Hütte des Königs kam, und ich sah im Licht des Mondes, der nun wieder vom Himmel schien, daß Chaka vor seiner Hütte stand und vor Angst zitterte, und das Regenwasser lief an ihm herab, während er auf seine Hütte starrte, deren Strohdach verbrannt war.

Ich grüßte den König und fragte ihn, was für ein Übel ihm widerfahren sei. Als er mich sah, packte er mich beim Arm und klammerte sich an mich, wie sich ein Kind an seinen

Vater klammert, wenn die Schlächter und Totschläger des Königs kommen, und zog mich in eine kleine Hütte, die in der Nähe stand.

»Was für ein Übel ist dir widerfahren, o König?« fragte ich noch einmal, als er Licht gemacht hatte.

»Bis jetzt habe ich nur selten Angst gehabt, Mopo«, sagte er, »doch jetzt bin ich voller Angst; ja, meine Angst ist so mächtig wie in jener lange zurückliegenden Nacht, als die tote Hand Balekas etwas herbeiwinkte, das über die Gesichter der Toten schritt.«

»Und was fürchtest du, o König, der du der Herr der Erde bist?«

Nun beugte Chaka sich vor und flüsterte mir zu: »Höre, Mopo, ich habe einen Traum geträumt. Als das Urteil an diesen Zauberern vollstreckt war, ging ich und legte mich schlafen, während es noch heller Tag war, denn ich kann kaum noch Schlaf finden, wenn die Dunkelheit die Welt verschluckt hat. Der Schlaf ist von mir gegangen — diese, deine Schwester, Baleka, hat ihn mit sich genommen in das Reich der Toten. Ich legte mich hin und schlief, aber ein Traum kam über mich und saß bei mir, das Gesicht verdeckt, und zeigte mir ein Bild. Es schien mir, daß die Wand meiner Hütte zusammenfiele, und ich sah ein weites Land, und in der Mitte dieses Landes lag ich tot, von vielen Wunden bedeckt, während um meine Leiche meine Brüder Dingaan und Umhlangana herumschritten wie stolze Löwen. Auf der Schulter Umhlanganas war mein königliches *Kaross,* und es war Blut an dem *Kaross;* und in der Hand Dingaans war mein königlicher Speer, und es war Blut an dem Speer. Dann, in der Vision dieses, meines Traumes, tratest du heran, Mopo, und hobst deine Hand und gabst den königlichen Gruß *Bayéte* diesen, meinen Brüdern, und mit deinem Fuß tratest du meine Leiche, die Leiche deines Königs. Dann deutete der Traum mit dem verhüllten Gesicht nach oben und war plötzlich verschwunden, und ich erwachte, und — *Ay!* — Feuer brannte im Dach meiner Hütte. So habe ich geträumt, Mopo, und nun, mein Diener, sage mir, warum ich dich nicht töten sollte, dich, der du anderen Königen dienst, dich, der du meinen königlichen Gruß den Prinzen erweist, meinen Brüdern?« Und er blickte mich finster an.

»Wie du es willst«, sagte ich leise. »Es war ein böser Traum, o König, und ein noch schlimmeres Omen war das, was auf deine Hütte fiel. Und doch ...« Ich sprach nicht weiter.

»Und doch — Mopo, du treuloser Diener?«

»Und doch, o König, erscheint es mir in meiner Torheit, daß man den Kopf der Schlange zertreten sollte, und nicht ihren Schwanz, denn ohne den Schwanz kann der Kopf weiterleben, doch nicht der Schwanz ohne den Kopf.«

»Du willst sagen, Mopo, wenn diese Prinzen tot wären, könnten weder du noch ein anderer Mann ihnen den königlichen Gruß erweisen. Habe ich dich richtig gehört, Mopo?«

»Wer bin ich, daß ich meine Stimme erheben dürfte, um nach dem Blut von Prinzen zu verlangen?« antwortete ich. »Urteile du, o König!«

Nun brütete Chaka eine Weile vor sich hin, dann sagte er: »Sage, Mopo, kann es heute nacht getan werden?«

»Es sind nur wenige Männer im Kraal, o König. Fast alle sind in den Krieg gezogen; und von den wenigen sind viele Diener der Prinzen, und sie könnten Schlag mit Schlag vergelten.«

»Wie dann, Mopo?«

»Ich weiß es nicht, o König; doch in dem großen Kraal jenseits des Flusses ist ein Regiment, das ›Die Schlächter‹ genannt wird. Morgen mittag könnte es hier sein, und dann ...«

»Du sprichst weise, mein Kind Mopo; es wird also morgen sein. Rufe dieses Regiment der Schlächter, und Mopo, ich rate dir, mich nicht zu enttäuschen.«

»Wenn ich dich enttäuschte, o König, enttäuschte ich mich selbst, denn ich weiß, daß mein Leben an dieser Sache hängt.«

»Wenn alle Worte, die jemals über deine Lippen kamen, Lügen waren, dieses Wort ist die Wahrheit, Mopo«, sagte Chaka. »Außerdem merke dir dies, mein Diener: falls es fehlschlagen sollte, wirst du keinen gewöhnlichen Tod sterben. Geh jetzt!«

»Ich höre den König«, antwortete ich und ging hinaus.

Nun, mein Vater, wußte ich, daß Chaka mich für den Tod bestimmt hatte, nachdem er mich vorher dazu benutzt haben würde, die Prinzen zu töten. Doch ich hatte keine Furcht, da ich wußte, daß die Stunde Chakas endlich gekommen war.

Eine Weile saß ich in meiner Hütte und dachte nach. Dann, als alle Männer schliefen, stand ich auf und kroch wie eine Schlange auf vielen Umwegen zur Hütte Dingaans, des Prinzen, der mich in dieser Nacht erwartete. Im Schatten der Hütte kroch ich zur Tür und kratzte auf eine bestimmte Weise daran. Kurz darauf wurde sie geöffnet, und ich kroch hinein, und die Tür wurde wieder geschlossen. Es brannte nur eine kleine Lampe in der Hütte, doch in ihrem Licht sah ich die beiden Prinzen nebeneinander sitzen, in Decken gewickelt, die sie sich über die Gesichter gezogen hatten.

»Wer ist es, der gekommen ist?« fragte der Prinz Dingaan.

Nun zog ich die Decke, die ich wie sie vor mein Gesicht gezogen hatte, beiseite, und auch sie enthüllten ihre Gesichter. Ich sagte: »Heil euch, ihr Prinzen, die ihr morgen Staub sein werdet! Heil euch, ihr Söhne Senzangaconas, die ihr morgen Geister sein werdet!« Und ich deutete auf sie mit meiner verdorrten Hand.

Jetzt wurden die Prinzen unruhig und zitterten vor Angst.

»Was willst du, du Hund, daß du Worte von so schlechtem Omen zu uns zu sprechen wagst?« sagte Prinz Dingaan mit leiser Stimme.

»Warum deutest du auf uns mit deiner weißen, verdorrten Hand, du Zauberer?« zischte Prinz Umhlangana.

»Habe ich es euch nicht gesagt, ihr Prinzen«, flüsterte ich, »daß ihr zuschlagen müßt oder sterben, und hat nicht euer Mut euch verlassen? Hört mir jetzt zu! Chaka hat wieder einen Traum geträumt; jetzt ist es Chaka, der zuschlagen wird, und ihr seid schon so gut wie tot, ihr Kinder Senzangaconas.«

»Falls die Schlächter des Königs schon vor der Tür stehen, wirst du als erster sterben, du, der du uns verraten hast!« sagte Prinz Dingaan und zog einen kurzen Assegai unter seinem *Kaross* hervor.

»Höre zuerst den Traum des Königs, o Prinz«, sagte ich;

»dann, wenn du es willst, töte mich und stirb selbst. Chaka, der König, schlief und träumte, daß einer von euch, den Prinzen, das königliche *Kaross* trüge.«

»Wer von uns trug das königliche *Kaross?*« fragte Prinz Dingaan begierig; und beide sahen mich an und warteten auf meine Antwort.

»Prinz Umhlangana trug es — im Traum Chakas —, o Dingaan, Reis eines königlichen Baums!« sagte ich langsam und nahm Schnupftabak, während ich sprach, und beobachtete die beiden über meinen Schnupftabaklöffel hinweg.

Nun blickte Dingaan seinen Bruder mit finsterem Gesicht an; doch das Gesicht Umhlanganas war wie der Morgenhimmel.

»Chaka träumte auch dies«, fuhr ich fort; »daß einer von euch, den Prinzen, den königlichen Speer hielte.«

»Wer hielt den königlichen Speer?« fragte Umhlangana.

»Prinz Dingaan hielt ihn — in dem Traum Chakas —, o Umhlangana, der du aus einer königlichen Wurzel entsprossen bist! —, und es tropfte Blut von dem Speer.«

Nun verdüsterte sich das Gesicht Umhlanganas, und Dingaans Gesicht strahlte wie der Sonnenaufgang.

»Chaka träumte auch dies: daß ich, Mopo, euer Hund, der ich nicht würdig bin, zusammen mit solchen Namen erwähnt zu werden, zu euch trat und euch den königlichen Gruß erwies, sogar das *Bayéte.*«

»Wem erwiesest du das *Bayéte,* o Mopo, Sohn Makedamas?« fragten die Prinzen wie aus einem Mund und warteten auf meine Worte.

»Ich erwies es euch beiden, o Zwillingssterne des Morgens, Prinzen der Zulus — in dem Traum Chakas erwies ich es euch beiden.«

Nun blickten die beiden Prinzen hierhin und dorthin und schwiegen, da sie nicht wußten, was sie sagen sollten, denn diese Prinzen haßten einander, und nur die Angst hatte sie zu Bettgenossen gemacht.

»Aber was nützt dieses Gerede, ihr Herren des Landes«, fuhr ich fort, »da ihr doch beide schon so gut wie tot seid und die Geier, die heute noch hungrig sind, schon morgen ihre Bäuche mit Fleisch vom Besten füllen können? Chaka, der König, ist jetzt ein Medizinmann der Träume, und um solche Träume zu verscheuchen, hat er ein sicheres Mittel.«

Nun verfinsterten sich die Stirnen der beiden wirklich, denn sie sahen, welches Schicksal auf sie wartete.

»Dies sind die Worte Chakas, des Königs, ihr Bullen, welche die Herde führen! Alle sind zum Tode verdammt, ihr und ich, und viele andere Männer, die uns lieben. In dem großen Kraal jenseits des Flusses ist ein Regiment; es wird herbeigeholt, und dann — gute Nacht! Habt ihr noch Worte, die ihr denen sagen wollt, die auf der Erde bleiben? Vielleicht lebe ich noch eine kleine Weile, nachdem ihr gegangen seid, und kann sie zu ihren Ohren tragen.«

»Können wir uns nicht erheben und Chaka überfallen?« fragte Dingaan.

»Das ist nicht möglich«, sagte ich. »Der König ist bewacht.«

»Hast du keinen Plan, Mopo?« stöhnte Umhlangana. »Ich glaube, du hast einen Plan, um uns zu retten.«

»Und wenn ich einen Plan hätte, ihr Prinzen, was soll meine Belohnung sein? Sie muß groß sein, sehr groß, denn ich bin müde, und ich will meine Weisheit nicht für ein kleines Ding hergeben.«

Nun boten die beiden Prinzen mir gute Dinge an, und jeder von ihnen versprach mir mehr als der andere, wie zwei junge Männer, die Rivalen um die Gunst eines Mädchens sind, dessen Vater sie mehr und mehr versprechen. Ich hörte ihnen zu und sagte immer wieder, es sei nicht genug, bis beide schließlich bei ihren Köpfen schworen, und bei den Knochen Senzangaconas, ihres Vaters, daß ich der erste Mann sein sollte, nach ihnen, den Königen des Landes, und Kommandeur all seiner *Impis,* wenn ich ihnen einen Weg zeigte, um Chaka zu töten und Könige zu werden. Dann, als sie so geschworen hatten, sprach ich und überlegte mir jedes meiner Worte.

»In dem großen Kraal jenseits des Flusses, o ihr Prinzen, ist nicht nur ein Regiment, sondern deren zwei. Eines heißt ›Die Schlächter‹ und liebt Chaka, den König, der ihnen viele Rinder und Frauen gegeben hat. Das andere heißt ›Die Bienen‹, und dieses Regiment ist hungrig und verlangt nach Rindern und Frauen; außerdem ist Prinz Umhlangana General dieses Regiments, und es liebt ihn. Dies nun ist mein Plan: wir werden das Regiment ›Die Bienen‹ im Namen Umhlanganas herbefehlen, und nicht ›Die Schlächter‹ im Namen Chakas. Beugt euch vor, o Prinzen, damit ich in eure Ohren flüstern kann.«

Sie beugten sich vor, und ich flüsterte zu ihnen eine Weile über den Tod eines Königs, und die Söhne Senzangaconas nickten zur Antwort mit ihren Köpfen. Dann stand ich auf, kroch aus der Hütte, so wie ich hereingekommen war, weckte einige meiner zuverlässigen Boten und schickte sie in die Nacht hinaus.

21

Der Tod Chakas

Am nächsten Morgen, zwei Stunden vor der Mitte des Tages, trat Chaka aus der Hütte, in der er während der Nacht gesessen hatte, und ging in einen kleinen Kraal, der fünfzig Schritte von seiner Hütte entfernt lag. Denn es war meine Pflicht, den Platz auszuwählen, an dem der König sitzen sollte, um den Rat seiner *Indunas* zu hören und Urteil über die zu sprechen, die er töten wollte, und für den heutigen Tag hatte ich diesen Ort dazu ausgewählt. Chaka ging allein von seiner Hütte zu dem kleinen Kraal, und, aus eigenen Gründen, begleitete ich ihn und ging hinter ihm, und während wir so gingen, blickte der König mich über seine Schulter hinweg an und sagte leise:

»Ist alles bereit, Mopo?«

»Es ist alles bereit, Schwarzer«, antwortete ich. »Das Regiment ›Die Schlächter‹ wird gegen Mittag hier sein.«

»Wo sind die Prinzen, Mopo?« fragte der König.

»Die Prinzen sind in den Häusern ihrer Frauen, o König«,

antwortete ich; »sie trinken Bier und schlafen in den Schößen ihrer Frauen.«

Chaka lächelte zufrieden. »Zum letztenmal, Mopo!«

»Zum letztenmal, o König!«

Wir kamen zu dem Kraal, und Chaka setzte sich in den Schatten des Riedzauns auf ein weichgeklopftes Ochsenfell. In seiner Nähe stand ein Mädchen, das eine Kalebasse mit Bier für ihn bereithielt; außerdem war noch der alte Häuptling Inguazonca da, ein Bruder Unandis, der Mutter der Himmel, und der Häuptling Umxamama, den Chaka liebte. Als wir eine Weile in dem Kraal gesessen hatten, kamen einige Männer, die der König ausgesandt hatte, um Kranichfedern zu holen. Nun lag der Ort, wo man solche Federn finden konnte, eine Monatsreise vom Kraal Duguza entfernt, und diese Männer hatten lange gebraucht, um dem Befehl des Königs zu folgen, und Chaka war zornig auf sie. Der Führer dieser Männer war ein alter Hauptmann Chakas, der in vielen Schlachten unter ihm gekämpft hatte, aber jetzt nicht mehr zum Krieg taugte, da seine rechte Hand von einer Axt abgeschlagen worden war. Er war ein großer Mann und sehr tapfer.

Chaka fragte ihn, warum er so lange gebraucht habe, um die Federn zu finden, und er antwortete, daß die Kraniche aus dem Teil des Landes, wohin er geschickt worden sei, abgezogen waren, und er warten mußte, bis sie zurückkehrten, um sie dann mit seinen Schlingen zu fangen.

»Du hättest den Kranichen folgen sollen, ja, und wenn sie bis zum Sonnenuntergang geflogen wären, du ungehorsamer Hund!« sagte der König. »Bringt ihn fort, und auch die anderen, die bei ihm gewesen sind! Und tötet sie!«

Nun bettelten einige der Männer um Gnade, doch der Hauptmann salutierte dem König, nannte ihn Vater und bat nur um eine Gunst, bevor er stürbe.

»Was willst du?« fragte Chaka.

»Mein Vater«, sagte der Mann, »ich möchte zwei Dinge. Ich habe viele Male an deiner Seite gekämpft, als wir beide jung waren; und niemals habe ich dem Feind meinen Rükken gezeigt. Der Hieb, der die Hand von meinem Arm trennte, galt deinem Kopf, o König; ich habe ihn mit meinem bloßen Arm abgefangen. Es ist nichts; nach deinem Willen habe ich gelebt, und nach deinem Willen werde ich sterben. Wer bin ich denn, daß ich das Wort des Königs in Frage stellte? Doch möchte ich um dieses bitten: daß du dein *Kaross* ablegst, o König, damit meine Augen zum letztenmal den Körper des Mannes sehen dürfen, den ich vor allen anderen liebe.«

»Du machst viele Worte«, sagte der König ungeduldig. »Was noch?«

»Dies, mein Vater: daß ich meinem Sohn Lebewohl sagen darf; er ist noch ein Kind, so groß, o König«, und er hielt seine Hand in Kniehöhe.

»Dein erster Wunsch sei gewährt«, sagte der König, nahm das *Kaross* von den Schultern und entblößte seine mächtige Brust. »Und auch den zweiten will ich dir gewähren, denn ich bin nicht willens, den Vater von dem Sohn zu trennen. Bringt den Jungen her; du sollst ihm Lebewohl sagen und ihn dann mit deiner eigenen Hand töten, bevor du selbst stirbst. Es wird ein Spaß sein, das zu sehen.«

Nun wurde der Mann grau unter seiner schwarzen Haut, und er zitterte ein wenig, als er sagte: »Des Königs Wille ist der Wille seines Dieners; laßt das Kind herbringen.«

Doch ich blickte Chaka an und sah, daß große Tränen über sein Gesicht rollten, und da wußte ich, daß er alles nur gesagt hatte, um diesen Hauptmann auf die Probe zu stellen, der ihn über alles liebte.

»Laßt den Mann gehen«, sagte der König, »ihn und die bei ihm sind.«

So gingen sie, und ihre Herzen waren leicht, und sie priesen den König.

Ich habe dir dies erzählt, mein Vater, obwohl es nichts mit meiner Geschichte zu tun hat, weil ich nur dieses Mal, dieses einzige Mal, erlebt habe, daß Chaka einem Mann Gnade erwies, den er zum Sterben verdammt hatte.

Als der Hauptmann und seine Leute den Kraal verlassen hatten, wurde dem König mitgeteilt, daß ein Mann gekommen sei, der ihn sprechen wolle. Der König nickte, und Masilo kam auf Händen und Knien herangekrochen, Masilo, dem Chaka befohlen hatte, eine Botschaft zu dem zu tragen, den sie Bulalio nannten, oder den Schlächter, und der über das Volk der Axt herrschte. Es war wirklich Masilo, doch er war nicht mehr fett, denn die Reise hatte ihn mager gemacht; außerdem waren auf seinem Rücken Wunden von Stockschlägen, die kaum zugeheilt waren.

»Wer bist du?« fragte Chaka.

»Ich bin Masilo, vom Volk der Axt, dem du befohlen hast, seinem Häuptling, Bulalio, dem Schlächter, eine Botschaft zu bringen und am dreißigsten Tag zurück zu sein. Sieh, o König, ich bin zurück, wenn auch in einem traurigen Zustand!«

»So scheint es!« sagte der König und lachte laut. »Ich erinnere mich jetzt: sprich, Masilo, der Dünne, der du einmal Masilo, der Fette, warst; was ist mit diesem Schlächter? Wird er herkommen mit all seinem Volk und die Axt *Witwenmacher* in meine Hände legen?«

»Nein, o König, er kommt nicht. Er empfing mich im Zorn, und im Zorn jagte er mich aus seinem Kraal. Und als ich ging, ergriffen mich die Diener Zinitas, der, die ich haben wollte, die aber jetzt die Frau des Schlächters ist, und sie drückten mein Gesicht in den Staub und schlugen mich mit Stöcken, während Zinita dabeistand und lachte und die Schläge zählte.«

»Hah!« sagte der König. »Und was waren die Worte dieses Welpen?«

»Dies waren seine Worte, o König: ›Bulalio, der Schlächter, der im Schatten des Geisterberges sitzt, an den Schlächter, der im Kraal Duguza sitzt: Dir zahle ich keinen Tribut, denn du bist ein Nichts. Und wenn du die Axt *Witwenmacher* haben willst, so komme zum Geisterberg und hole sie dir. Dieses verspreche ich dir: du sollst in ein Gesicht blicken, das du kennst, denn es ist einer, der Rache nehmen wird für einen gewissen Mopo.‹«

Nun, während Masilo so sprach, sah ich zwei Dinge: erstens, daß ein kleiner Stock durch das Ried des Zauns gesteckt wurde, und zweitens, daß das Regiment ›Die Bienen‹

den Hang außerhalb des Kraals herunterkam, in Befolgung des Befehls, den ich ihm im Namen Umhlanganas erteilt hatte. Der Stock sagte mir, daß die Prinzen hinter dem Zaun versteckt saßen und auf mein Zeichen warteten, und die Ankunft des Regiments, daß die Zeit zum Handeln gekommen war.

Als Masilo zu Ende gesprochen hatte, sprang Chaka wütend auf. Seine Augen rollten, und Schaum stand vor seinem Mund, denn solche Worte hatten noch niemals seine Ohren beleidigt, seit er König war, und Masilo kannte ihn nicht, denn sonst hätte er es nicht gewagt, sie zu äußern.

Eine Weile stand er so, sprachlos vor Wut und keuchend, und schüttelte seinen kleinen Speer. Endlich fand er wieder Worte.

»Dieser Hund!« zischte er. »Dieser Hund, der es wagt, mir ins Gesicht zu spucken! Hört her, alle! Ich befehle, daß dieser Schlächter in Stücke gerissen wird, er und sein ganzer Stamm! Und auch du, der du es gewagt hast, mir diese Worte eines Stinktiers der Berge ins Gesicht zu schleudern! Und auch du, Mopo, denn dein Name wurde genannt! Ho! Umxamama, mein Diener, töte mir diesen Sklaven von einem Boten, schlage ihm das Gehirn aus dem Schädel! Sofort!«

Der alte Häuptling Umxamama sprang auf, um dem Befehl des Königs zu gehorchen, doch er war alt und nicht mehr schnell auf den Beinen, und am Ende war es Masilo, der, verrückt vor Angst, Umxamama tötete, und nicht Umxamama Masilo. Dann sprang Inguazonca, der Bruder Unandis, der Mutter der Himmel, auf Masilo zu und schnitt ihm die Kehle durch, doch wurde er dabei selbst verwundet. Nun sah ich Chaka an, der seinen kleinen Speer schüttelte, und überlegte rasch, denn die Stunde war gekommen.

»Hilfe!« schrie ich. »Der König wird ermordet!«

Als ich das rief, wurde der Riedzaun zerrissen, und die Prinzen Umhlangana und Dingaan brachen hindurch, wie Bullen durch eine Hecke brechen.

Nun deutete ich mit meiner verdorrten Hand auf Chaka und sagte: »Dort steht euer König!«

Die beiden Prinzen rissen kurze Stoßspeere unter ihren

Karossen heraus und stießen sie in Chakas Körper. Umhlanganas Speer drang in seine linke Schulter, Dingaans Speer in seine rechte Seite. Chaka ließ den kleinen Speer mit dem roten Schaft fallen und starrte die beiden an, so daß die Prinzen, seine Brüder, ängstlich vor ihm zurückwichen.

Dann sagte er: »Was! Ihr wollt mich ermorden, meine Brüder — Hunde meines eigenen Hauses, die ich gefüttert habe? Ihr wollt mich ermorden, um mein Land zu nehmen und darüber zu herrschen? Ihr werdet nicht lange auf meinem Platz sitzen! Ich höre das Geräusch vieler Schritte — Schritte von Füßen eines großen, weißen Volkes. Sie werden euch zertreten, Kinder meines Vaters! Sie werden über das Land herrschen, das ich erobert habe, und ihr und euer Volk werdet ihr Sklave sein!«

So sprach Chaka, während des Blut an ihm herabrann und zu Boden tropfte, und wieder blickte er sie an.

»Macht ein Ende, o ihr, die ihr Könige sein wollt!« schrie ich; aber ihre Herzen waren zu Wasser geworden, und sie konnten es nicht tun. Da sprang ich, Mopo, vor und nahm den kleinen Assegai mit dem roten Schaft vom Boden auf — denselben Assegai, mit dem Chaka Unandi, seine Mutter, ermordet hatte, und Moosa, meinen Sohn, und ich hob ihn empor, und während ich ihn emporhob, mein Vater, war wieder, wie in den Tagen, als ich jung war, ein roter Schleier vor meinen Augen.

»Warum willst du mich töten, Mopo?« fragte der König.

»Für Baleka, meine Schwester, der ich geschworen habe, es zu tun, und für alle meine Frauen und Kinder«, schrie ich und stieß den Speer tief in seine Brust. Er fiel zu Boden und lag sterbend auf seinem Ochsenfell. Noch einmal sprach er, und nur noch einmal, und er sagte: »Ich wünschte jetzt, daß ich auf die Stimme Nobelas gehört hätte, die mich vor dir gewarnt hat, du Hund.«

Dann schwieg er für immer. Ich aber kniete mich neben ihn und flüsterte in sein Ohr die Namen aller, die von meinem Blut waren, und die er getötet hatte — den Namen Makedamas, meines Vaters, den Namen meiner Mutter, den Namen Anadis, meiner Frau, den Namen Moosas, meines

Sohnes, und die Namen meiner anderen Frauen und Kinder, und den Namen Balekas, meiner Schwester. Seine Augen und Ohren waren offen, und ich glaube, mein Vater, daß er noch sah und verstand; und ich denke, daß der Haß in meinem Gesicht, als ich meine verdorrte Hand vor seinen Augen schüttelte, ihm mehr Angst machte als der Schmerz des Todes.

Schließlich wandte er den Kopf ab, schloß seine Augen und stöhnte. Er war tot.

So, mein Vater, ging Chaka, der König, der größte Mann, der jemals im Zululand lebte, und der grausamste, durch meine Hand zu jenen Kraals der *Inkosazana*, in denen es keinen Schlaf gibt. Im Blut starb er, der im Blut gelebt hatte, denn der Kletterer fällt schließlich mit dem Baum, und der Schwimmer wird am Ende vom Fluß fortgetragen. Jetzt ging er den Weg, der für ihn flachgetreten war von den Füßen der Menschen, die er abgeschlachtet hatte, und es waren so viele wie Grashalme auf einem Berghang. Doch ist es eine Lüge, zu sagen — wie es manche tun —, daß er feige gestorben sei und um Gnade gewinselt habe. Chaka starb so, wie er gelebt hatte, als tapferer Mann. *Ou!* Mein Vater, ich weiß es, denn diese Augen haben es gesehen, und diese Hand war es, die sein Leben genommen hat.

Nun war er tot, und das Regiment ›Die Bienen‹ kam heran, und ich konnte nicht wissen, wie sie die Sache aufnehmen würden, denn obwohl Prinz Umhlangana ihr General war, liebten doch alle Soldaten den König, weil im Kampf ihm keiner gleichkam, und wenn er gab, so gab er mit offener Hand. Ich blickte umher: Die Prinzen standen reglos, als ob sie nicht glauben könnten, was ihre Augen sahen; das Mädchen war davongelaufen; der Häuptling Umxamama war tot, durch die Hand Masilos, der ebenfalls tot war; und der alte Häuptling Inguazonca, der Masilo getötet hatte, stand verwundet und verwirrt an der Wand; sonst war niemand im Kraal.

»Wacht auf, ihr Könige!« schrie ich den Brüdern zu. »Das *Impi* steht vor dem Tor! Rasch! Ersticht diesen Mann« —

CHARLES KERR

und ich deutete auf den alten Häuptling —, »und überlaßt alles andere mir!«

Nun wachte Dingaas auf, sprang auf Inguazonca, den Bruder Unandis, zu und durchbohrte ihn mit seinem Speer, so daß er ohne einen Laut tot zu Boden sank.

»Dieser kann nichts mehr erzählen«, sagte ich und deutete auf den toten Häuptling.

Inzwischen waren unter den Frauen Gerüchte im Umlauf über den Tod des Königs, denn manche hatten die Schreie gehört und das Aufblitzen von Speeren über dem Zaun des Kraals gesehen, und von den Frauen kamen die Gerüchte zu dem Regiment ›Die Bienen‹, das singend zum Tor des Kraals zog. Und plötzlich brach das Singen ab, und die Männer liefen auf die Hütte zu, vor der wir standen.

Ich lief ihnen entgegen, stieß laute Klagerufe aus und hielt in meiner Hand den kleinen Assegai des Königs, der vom Blut des Königs rot war, und sagte zu den Hauptleuten des Regiments: »Wehklagt, ihr Hauptleute und Soldaten, weint und wehklagt, denn euer Vater ist nicht mehr! Er, der euch nährte, ist nicht mehr! Der König ist tot! Jetzt werden Erde und Himmel ineinanderstürzen, denn der König ist tot!«

»Wie denn, Mopo?« rief der Führer des Regiments. »Wie kommt es, daß unser Vater tot ist?«

»Er ist tot durch die Hand eines bösen Wanderers namens Masilo, der, nachdem er vom König zum Sterben verdammt worden war, den Assegai aus der Hand des Königs riß und ihn erstach. Und danach, bevor er von uns dreien, den Prinzen und mir, überwältigt werden konnte, tötete er auch noch die Häuptlinge Inguazonca und Umxamama. Kommt her und seht ihn an, ihn, der euer König war, damit die Geschichte von seinem Tod durch die Hand Masilos durch das ganze Land getragen werde.«

»Du bist besser als Macher von Königen, Mopo, denn als Beschützer des einen, der dein König war, vor dem Speer eines Wanderers«, sagte der Führer des Regiments ›Die Bienen‹ und blickte mich mißtrauisch an.

Doch sein Wort wurde nicht beachtet, denn nun drängten sich die Hauptleute, um den anzusehen, der tot war, und andere, zusammen mit vielen Soldaten, liefen nach allen Richtungen auseinander und schrien in ihrer Angst, da nun Erde und Himmel ineinanderstürzen würden und die Rasse der Menschen aufhören würde zu bestehen, weil Chaka, der König, tot war.

Nun, mein Vater, wie soll ich, dessen Tage gezählt sind, dir von all den Dingen erzählen, die nach dem Tod Chakas geschahen? Wenn ich von allen berichten wollte, würde es viele Bücher des weißen Mannes füllen, und vielleicht sind einige davon auch in solchen Büchern aufgeschrieben. Nur aus diesem Grund — um meine Worte nicht zu lang werden zu lassen — habe ich nur einige der Dinge erwähnt, die während der Regierung Chakas geschahen, denn meine Geschichte handelt nicht von seiner Herrschaft, sondern von dem Schicksal einer Handvoll Menschen, die in jenen Tagen lebten, und von denen nur noch Umslopogaas und ich am Leben sind — falls Umslopogaas, der Sohn Chakas, wirklich noch auf dieser Erde weilen sollte. Deshalb will ich nur ein paar kurze Worte über die Dinge sagen, die geschahen, nachdem Chaka tot war, und bis zu dem Tag, an dem ich von Dingaan, dem neuen König, ausgeschickt wurde, um den herbeizuholen, den man den Schlachter nannte, und der über das Volk der Axt herrschte, damit er sich dem König unterwürfe. Ah! Wenn ich damals nur gewußt hätte, daß dieser kein anderer war als Umslopogaas, denn dann wäre Dingaan den Weg gegangen, den Chaka ging, und auf dem Umhlangana ihm folgte, und Umslopogaas hätte über das Volk der Zulus als König regiert. Aber — ach! — meine Weisheit hatte mich verlassen. Ich hörte nicht auf die Stimme meines Herzens, die mir sagte, daß es Umslopogaas war, der jene Botschaft an Chaka schickte, in der er Rache für einen Mopo schwor, und ich wußte es erst, als es zu spät war, denn ich dachte, daß dieser Mann von einem anderen Mopo spräche. So, mein Vater, macht das Schicksal oft einen Mann zum Narren. Wir glauben, daß wir unser Schicksal selbst gestalten könnten, doch das Schicksal gestaltet uns, und nichts geschieht, was das Schicksal nicht will. Alle Dinge gehören zu einem großen Plan, mein Vater, der von der Hand des

Umkulunkulu in den Becher geritzt ist, aus dem er das Wasser seiner Weisheit trinkt; und unser Leben, und was wir tun, und was wir nicht tun, sind nichts als winzige Teile dieses Plans, der so groß ist, daß nur das Auge dessen, der hoch oben sitzt, des *Umkulunkulu,* ihn ganz überblicken kann. Selbst Chaka, der Töter vieler Menschen, und alle, die er getötet hat, sind nur winzige Staubkörner in der Größe dieses Plans. Wie können wir weise sein, mein Vater, die wir doch nur die Werkzeuge der Weisheit sind? Wie können wir bauen, die wir doch nur Kiesel in der Wand sind? Und wie können wir Leben geben, die wir doch nur Kinder im Schoß des Schicksals sind? Und wie können wir töten, die wir doch nur Speere in der Hand des Töters sind?

Dies geschah, mein Vater: Nach dem Tod Chakas wurden alle Dinge im Lande in Ordnung gebracht. Zuerst sagten die Leute, daß Masilo, der Fremde, den König erstochen habe; dann wurde behauptet, daß Mopo, der weise Mann, der Medizinmann und Leibdiener des Königs, ihn ermordet habe, und daß die beiden großen Bullen, die Brüder Umhlangana und Dingaan, auch ihre Speere gegen ihn erhoben hätten. Doch er war tot, und Erde und Himmel waren nicht ineinandergestürzt, was also sollte es? Außerdem hatten die beiden neuen Könige versprochen, die Menschen gnädig zu behandeln und das schwere Joch Chakas von ihren Schultern zu nehmen, und Menschen, denen es schlecht geht, sind immer bereit, auf eine Besserung ihres Loses zu hoffen. So kam es, daß die einzigen Feinde, die die Prinzen hatten, sie selber waren, das heißt, jeder war der Feind des anderen, und Engwade, Sohn von Unandi, Chakas Halbbruder. Doch ich, Mopo, der jetzt der erste Mann im Lande war, nach den beiden Königen, hörte auf, Medizinmann zu sein und wurde General, und ich zog mit dem Regiment ›Die Bienen‹ und dem Regiment ›Die Schlächter‹ gegen Engwade und seine Kraals. Es war ein harter Kampf, doch am Ende schlug ich ihn und tötete ihn und sein ganzes Volk; Engwade tötete acht Männer mit eigener Hand, bevor ich ihn tötete. Dann zog ich mit den wenigen Männern, die von den beiden Regimentern geblieben waren, zum Kraal zurück.

Nachdem Engwade nicht mehr war, stritten die beiden Könige immer heftiger, und ich überlegte mir, welcher von ihnen der bessere sei — der bessere für meine Pläne. Ich fand heraus, daß beide mich fürchteten, daß Umhlangana mich jedoch mit Sicherheit töten würde, wenn er die Oberhand gewänne, während in Dingaan dieser Gedanke noch nicht war. Also drückte ich die Waagschale Umhlanganas herunter und hob die Dingaans, und schickte seine Angst vor Umhlangana zur Ruhe, indem ich Umhlangana den Weg seines Bruders Chaka gehen ließ, den Weg des Assegai, und Dingaan nun allein regieren konnte. Das ist das Schicksal der Fürsten dieser Erde, mein Vater. Sieh, ich bin nur ein kleiner Mann, und mein Leben ist jetzt bescheiden, und doch habe ich den Tod dreier solcher Fürsten herbeigeführt, und zwei von ihnen sind von meiner eigenen Hand gestorben.

Es war vierzehn Tage nach dem Hinscheiden von Prinz Umhlangana, daß die große Armee in einem jämmerlichen Zustand aus den Marschen des Limpopo zurückkehrte, denn die Hälfte von ihr war vom Feind erschlagen oder vom Fieber hinweggerafft worden, und der Rest war fast verhungert. Es war ein Glück für die, welche am Leben geblieben waren, daß Chaka tot war, weil sie sonst wahrscheinlich zu ihren Brüdern geschickt worden wären, die am Limpopo gestorben waren; denn noch nie war ein Zulu-*Impi* ohne Sieg und ohne ein einziges Rind zurückgekommen. So geschah es, daß sie glücklich waren, einen König zu begrüßen, der ihnen das Leben ließ, und von nun an, bis sein Schicksal ihn ereilte, regierte Dingaan unbehelligt.

Nun ließ sich nicht verleugnen, daß Dingaan vom Blut Chakas war, denn wie Chaka war er mächtig in seinem Auftreten und grausam in seinem Herzen, doch besaß er nicht die Macht und den Verstand Chakas. Außerdem war er hinterhältig und verlogen, was Chaka nicht gewesen war, und er liebte die Frauen und verbrachte mit ihnen die Zeit, die er den Angelegenheiten des Landes hätte geben sollen. Aber dennoch regierte er für eine Weile in dem Land, und auch dies muß ich erzählen: Dingaan wollte Panda töten, seinen

Halbbruder, damit das Haus Senzangaconas, seines Vaters, sein sei. Nun war der Panda ein Mann von harmlosem Gemüt, der den Krieg nicht liebte, und deshalb hielt man ihn für schwachsinnig; und weil ich Panda liebte, sprachen ich und Häuptling Mapita für ihn, als Dingaan davon sprach, ihn zu töten, indem wir dem König erklärten, daß er von einem schwachsinnigen Narren nichts zu befürchten hätte. Und deshalb gab Dingaan schließlich nach und sagte: »Nun gut, ihr bittet mich, das Leben dieses Hundes zu verschonen, und ich werde es auch tun. Doch eines Tages wird er mich beißen.«

So wurde Panda zum Aufseher über die Rinder des Königs. Doch am Ende wurden die Worte Dingaans wahr, denn es waren die Zähne Pandas, die ihn von seinem Thron zerrten. Aber wenn Panda der Hund war, der zubiß, so war ich, Mopo, der Mann, der ihn auf die Fährte setzte.

22

Mopo zieht aus, um den Schlächter zu suchen

Nun verließ Dingaan den Kraal Duguza, ging zurück ins Zululand und baute einen großen Kraal bei Mahlabatine, das ›Umgugundhlovu‹ genannt wird, das heißt ›das Poltern eines Elefanten‹. Auch befahl er, daß die hübschesten Mädchen aus dem ganzen Land zu ihm gebracht würden, als seine Frauen, und obwohl viele gefunden wurden, verlangte er immer mehr. In dieser Zeit kam das Gerücht zu Dingaans Ohren, daß in Swaziland, beim Stamm der Halakazi, ein Mädchen von außergewöhnlicher Schönheit lebe, das ›die Lilie‹ genannt würde, und deren Haut heller sei als die Haut unserer Rasse, und er bestand darauf, dieses Mädchen als Frau zu haben. Deshalb schickte er eine Gruppe von Boten zum Häuptling der Halakazi und verlangte, daß dieses Mädchen ihm gegeben würde. Einen Mond später kehrten die Boten wieder zurück und sagten dem König, daß sie im Kraal der Halakazi nichts als harte Worte bekommen hätten und mit Flüchen und Schlägen hinausgejagt worden wären.

Dies war die Botschaft des Häuptlings der Halakazi an Dingaan, den König der Zulus: daß das Mädchen, welches ›die Lilie‹ genannt wurde, in der Tat ein Wunder an Schönheit und bis jetzt keinem Mann gegeben worden sei; denn sie habe noch keinen Mann gefunden, dem sie ihre Gunst geben könne, und sie würde von dem Volk so hoch geachtet, daß man ihr keinen Mann aufzwingen wolle. Außerdem, ließ der Häuptling sagen, verachteten er und sein Volk Dingaan und alle Zulus, so wie ihre Väter vorher Chaka verachtet hätten, und spuckten auf seinen Namen, und niemals würde ein Mädchen der Halakazi die Frau eines Zulu-Hundes sein.

Dann ließ der Häuptling der Halakazi das Mädchen, das ›die Lilie‹ genannt wurde, vor die Boten Dingaans bringen, und sie sahen, daß sie wirklich wunderschön war, und sie beschrieben sie so: groß und schlank wie ein Ried, und sie bewegte sich auch mit der Grazie eines Rieds, das vom Wind bewegt werde. Ihr Haar sei gelockt und hinge ihr bis auf die Schultern herab, ihre Augen seien groß und sanft wie die einer Antilope, ihre Haut habe die Farbe von Sahne, ihr Lächeln sei wie das Kräuseln von Wasser, über das der Wind streiche, und wenn sie spräche, sei ihre Stimme sanfter und süßer als der Klang eines Instruments der Musik. Sie berichteten auch, daß das Mädchen mit ihnen sprechen wollte, der Häuptling es jedoch verboten und es mit allen Ehren habe fortbringen lassen.

Nun, als Dingaan dies hörte, wurde er so wild wie ein Löwe im Netz, denn sein Verlangen nach diesem Mädchen war groß und wichtiger als alles andere, und es erboste ihn, daß er, der alles hatte, dieses Mädchen nicht haben sollte. Also befahl er, ein großes *Impi* aufzustellen und es nach Swaziland zu schicken, um den Stamm der Halakazi auszulöschen und das Mädchen gefangen zu nehmen. Doch als diese Sache mit den *Indunas* beraten wurde, sprach ich, als Oberster der *Indunas*, dagegen, indem ich sagte, daß der Stamm der Halakazi groß und stark sei, und daß ein Krieg gegen die Halakazi auch einen Krieg gegen die Swazi bedeute; außerdem wohne dieser Stamm in Höhlen, die schwer einzunehmen seien. Und weiter, so sagte ich, sei dies nicht die Zeit, ein *Impi* wegen eines einzigen Mädchens auszuschicken, denn es seien erst wenige Jahre vergangen, seit der Schwarze gestürzt wurde, und der Feinde seien viele, und die Zahl der Soldaten sei gering geworden, da die Hälfte von ihnen in den Marschen des Limpopo verdorben sei. Jetzt müsse die Zeit genutzt werden, um das Volk der Zulus wieder stark zu machen, denn noch sei es schwach wie ein kleines Kind, oder wie ein Mann, dessen Fleisch vom Hunger aufgezehrt sei. Mädchen gäbe es viele; solle der König sie doch alle nehmen, um sein Herz zu befriedigen, doch solle er keinen Krieg machen für dieses eine.

So sprach ich mutig im Angesicht des Königs, wie es kein Mensch gewagt hätte, zu Chaka zu sprechen, und mein Mut ging über auf die Herzen der anderen *Indunas* und Generäle, und sie wiederholten meine Worte, weil sie wußten, daß von allen möglichen Torheiten ein Krieg gegen die Swazis die größte war.

Dingaan hörte zu, und seine Stirn umwölkte sich, doch saß er noch nicht so fest auf dem Thron, als daß er es hätte wagen können, unsere Worte beiseitezuschieben, denn es gab noch viele im Land, die die Erinnerung an Chaka liebten und wußten, daß Dingaan ihn ermordet hatte, und auch Umhlangana. Denn nun, da Chaka tot war, vergaßen die Menschen sehr schnell, wie grausam er sie behandelt hatte, sondern erinnerten sich nur daran, daß er ein großer Mann gewesen war, der das Volk der Zulus aus dem Nichts geschaffen hatte, so wie ein Schmied einen blitzenden Speer aus einem Eisenklumpen formt. Und außerdem war durch den Wechsel ihrer Herren ihr Los nicht leichter geworden, denn so wie Chaka mordete, mordete auch Dingaan, und so wie Chaka die Menschen unterdrückte, so unterdrückte sie auch Dingaan. Deshalb hörte Dingaan auf die Stimmen der *Indunas*, und kein *Impi* wurde gegen die Halakazi geschickt, um das Mädchen zu holen, das ›die Lilie‹ genannt wurde. Doch in seinem Herzen blieb das Verlangen nach ihr, und von dieser Stunde an haßte er mich, weil ich mich seinem Willen widersetzt und die Erfüllung seines Verlangens verhindert hatte.

Nun, mein Vater, muß ich dieses erzählen: Obwohl ich es damals nicht wußte, war das Mädchen, das ›die Lilie‹ genannt wurde, niemand anderes als meine Tochter Nada. Mir kam zwar der Gedanke in mein Gehirn, daß keine außer Nada so schön sein konnte; doch wußte ich mit Sicherheit, daß Nada und ihre Mutter Macropha tot waren, denn der, welcher mir diese Nachricht gebracht hatte, hatte ihre Leichen beieinander liegen sehen, wie sie einander in den Armen hielten, getötet durch einen einzigen Speerstoß. Doch, wie es sich herausstellte, hatte er sich geirrt; denn obwohl Macropha tatsächlich getötet worden war, war es ein anderes Mädchen gewesen, das in seinem Blut bei ihr lag; denn die Menschen, zu denen ich Macropha und Nada geschickt hatte, waren eine Seitenlinie des Halakazi-Stammes, und jener Häuptling der Halakazi, der auf dem Platz saß, der eigentlich Galazi, dem Wolf, gehörte, hatte Streit mit ihnen und war eines Nachts über sie hergefallen und hatte sie aufgefressen.

Wie wir später erfuhren, war der Grund ihrer Vernichtung, genau wie danach die Vernichtung der Halakazi, die Schönheit Nadas, und nichts anderes, denn der Ruhm ihrer Schönheit hatte sich im ganzen Land verbreitet, und der alte Häuptling der Halakazi hatte befohlen, daß dieses Mädchen in seinen Kraal gebracht werden und dort leben sollte, damit ihre Schönheit seinen Kraal erleuchte wie die Sonne und daß sie, so sie gewillt sei, einen der Großen vom Stamm der Halakazi zum Manne nehmen solle. Doch der Dorfälteste des Kraals weigerte sich, sie herauszugeben, denn niemand, der sie jemals angesehen hatte, konnte es zulassen, daß seine Augen die Lilie nicht mehr sehen sollten, obwohl man ihr zugestanden hatte, daß sie nicht gegen ihren Willen einem Mann gegeben werden sollte. Viele Männer hatten um sie geworben, doch sie hatte immer nur den Kopf geschüttelt und gesagt: »Nein, ich will keinen Mann nehmen.« Und das war genug.

Denn die Männer sagten sich, daß es besser sei, wenn sie unverheiratet bliebe und alle sie ansehen könnten, denn daß sie aus ihrem Angesicht in die Hütte eines Mannes gehen würde, weil sie dachten, daß ihre Schönheit zur Freude aller da sein solle, wie die Schönheit der Morgenröte und des Abends. Doch war diese Schönheit Nadas ein Unheil und die Ursache für vieles Sterben, von dem ich noch berichten werde, mein Vater, und wegen ihrer Schönheit, und wegen der großen Liebe, die sie in ihrem Herzen trug, sollte sie, ›die Lilie‹, selbst verdorren, und der Becher meines Leides sollte überfließen, und das Herz Umslopogaas', des Schlächters, Chakas Sohn, sollte so öde werden wie ein schwarzes Land, über welches das Feuer gegangen ist. So war es vorbestimmt, mein Vater, und so sollte es geschehen, und wir sehen daran, daß alle Menschen, die schwarzen wie die weißen, das suchen, was schön ist, und wenn sie es schließlich finden, verlieren sie es sehr bald wieder, und manchmal ist es ihr Tod. Denn große Schönheit und großes Glück haben Flügel, und sie verweilen nicht lange auf der Erde. Sie kommen wie Adler vom Himmel herab, und zum Himmel steigen sie sehr bald wieder hinauf.

So kam es, mein Vater, daß ich, Mopo, der ich meine Tochter Nada tot glaubte, nicht ahnte, daß sie die war, die man ›die Lilie‹ nannte, und die in den Kraals der Halakazi lebte; und die Dingaan, der König, zur Frau haben wollte.

Nachdem ich nun vereitelt hatte, daß er ein *Impi* aussandte, um ›die Lilie‹ aus den Gärten der Halakazi zu pflücken, lernte Dingaan, mich zu hassen. Außerdem war ich der einzige, der sein Geheimnis wußte, mit mir hatte er seinen Bruder Chaka getötet, und später auch seinen Bruder Umhlangana, und ich war es, der ihn davon abgehalten hatte, auch seinen Bruder Panda zu töten; deshalb haßte er mich, wie kleinherzige Männer die hassen, die sie emporgehoben haben. Doch noch traute er sich nicht, mich zu beseitigen, denn meine Stimme klang laut in dem Land, und wenn ich sprach, hörten die Menschen mir zu. Deshalb suchte er schließlich nach einem Weg, mich für eine Weile los zu sein, bis er stark genug geworden war, mich töten zu können.

»Mopo«, sagte der König eines Tages zu mir, als ich mit den anderen *Indunas* und Generälen in seinem Rat saß, »denkst du noch an die letzten Worte des Großen Elefanten, der tot ist?« Damit meinte er Chaka, seinen Bruder, doch nannte er nicht seinen Namen, den der Name Chaka war *hlonipa* im Land, so wie es der Brauch ist bei den Namen toter Könige — das heißt, es ist nicht erlaubt, daß sie über die Lippen kommen.

»Ich erinnere mich an seine Worte, o König«, antwortete ich. »Es waren düstere Worte, denn dies war ihre Last: daß du und dein Bruder nicht für lange auf dem Thron der Könige sitzen solltet, sondern daß die weißen Männer kommen und dir dein Königtum nehmen und dein Land aufteilen würden. So lautete die Prophezeiung des Löwen der Zulus, doch warum davon reden? Schon einmal habe ich eine Prophezeiung von ihm gehört, und seine Worte sind Wahrheit geworden. Möge dieses Omen ein Ei ohne Dotter sein; möge nichts daraus schlüpfen; möge dieser Vogel nie auf deinem Dach hocken, o König!«

Jetzt zitterte Dingaan vor Angst, denn die Worte Chakas waren Tag und Nacht in seinem Kopf; dann wurde er wütend, biß sich auf die Lippe und sagte: »Du bist ein Narr, Mopo! Wenn du einen Raben am Tor eines Kraals krächzen hörst, muß du auch noch denen, die darin wohnen, erzählen, daß er nur darauf wartet, ihnen die Augen auszupicken? Solche Schreier böser Omen können selbst Böses erfahren, Mopo.« Er schwieg, starrte mich eine Weile an und fuhr dann fort: »Ich habe nicht jene Worte gemeint, die von einer Zunge rollten, die der Tod schon gelöst hatte, sondern die anderen, die von einem gewissen Bulalio, dem Schlächter, handelten, der über das Volk der Axt herrscht und im Schatten des Geisterberges weit im Norden wohnt. Ich habe diese, seine Worte klar vernommen, als ich im Schatten des Riedzauns hockte, bevor ich in den Kraal lief, um den, der mein Bruder war, vor dem Speer Masilos zu retten.«

»Auch ich erinnere mich an diese Worte, o König!« sagte

ich. »Ist es der Wille des Königs, ein *Impi* zu sammeln, um diesen Emporkömmling aufzufressen? So lautete der Befehl dessen, der von uns gegangen ist, und es war sein letzter Befehl.«

»Nein, Mopo, das ist nicht mein Wille. Wenn kein *Impi* zu finden ist, um die Halakazi auszulöschen und mir die zu bringen, die mein Herz begehrt, so kann man sicher auch keines finden, um den Schlächter und sein Volk aufzufressen. Außerdem hat Bulalio, der Schlächter, nicht mich beleidigt, sondern einen Elefanten, dessen Trompeten man nicht mehr hört. Dies ist mein Befehl, Mopo, mein Diener: daß du mit nur ein paar Männern in Frieden zu diesem Bulalio gehst und ihm sagst: ›Ein größerer Elefant als der, welcher schlafen gegangen ist, trampelt jetzt über dieses Land, und es ist zu seinen Ohren gekommen, daß du — Häuptling des Volkes der Axt — keinen Tribut zahlst und gesagt hast, daß du wegen des Todes eines gewissen Mopo nichts mit dem zu tun haben willst, dessen Schatten auf diesem Land liegt. Nun wird ein Mopo zu dir geschickt, Schlächter, um festzustellen, ob diese Geschichte wahr ist, denn, sollte sie wahr sein, so sollst du das Gewicht der Beine des Elefanten spüren, der jetzt in dem Kraal Umgugundhlovu trompetet. Denke also nach, und wäge deine Worte, bevor du antwortest, Schlächter.‹«

Als ich nun diesen Befehl des Königs vernahm und über ihn nachdachte, wußte ich sofort, daß es eine List war, um mich für eine Weile los zu sein, damit er Zeit hatte, meinen Sturz vorzubereiten, und daß es ihn wenig interessierte, was mit einem kleinen Häuptling war, der weit entfernt lebte und es einmal gewagt hatte, Chaka zu trotzen. Doch ich wollte selbst gehen, denn in mir war ein starkes Verlangen, diesen Bulalio zu sehen, der Rache für einen Mopo geschworen hatte, und dessen Taten solche waren, wie Umslopogaas sie vollbracht haben mochte, wenn Umslopogaas gelebt hätte, um das Licht zu sehen. Deshalb antwortete ich: »Ich höre den König. Des Königs Wille geschehe, aber, o König, du schickst einen großen Mann für einen kleinen Auftrag.«

»Nein, Mopo«, antwortete Dingaan. »Mein Herz sagt mir, daß dieses Küken von Schlächter zu einem großen Hahn heranwachsen wird, wenn man ihm nicht rechtzeitig den Kamm stutzt! Und mit der Kunst des Kammstutzens, Mopo, bist du wohl vertraut.«

»Ich höre den König«, sagte ich.

So, mein Vater, kam es, daß ich am nächsten Morgen aufbrach, mit nur zehn ausgesuchten Männern, und mich auf den weiten Weg zum Geisterberg machte. Und während dieses Marsches dachte ich viel an eine lange zurückliegende Zeit, in der ich diesen selben Weg schon einmal gegangen war. Damals waren Macropha, meine Frau, und Nada, meine Tochter, und Umslopogaas, der Sohn Chakas, den man für den meinen hielt, an meiner Seite gegangen. Jetzt waren sie, wie ich glaubte, alle tot, und ich ging allein; und auch ich würde sicher bald tot sein. Nun, die Menschen lebten nur wenige Tage in jener Zeit, was kam es also darauf an? Zumindest hatte ich Rache an Chaka genommen, und mein Herz war zufrieden.

Schließlich kam ich eines Abends an jene einsame Stelle, an der wir damals gelagert hatten, und wo Umslopogaas von der Löwin weggeschleppt worden war, und wieder blickte ich zu der Höhle hinauf, aus der er das Junge geholt hatte, und auf das schreckliche Gesicht der Stein-Hexe, die auf dem Gipfel des Geisterberges sitzt und auf den Untergang der Welt wartet. Ich fand kaum Schlaf in jener Nacht, weil der Kummer an meinem Herzen nagte, sondern saß wach und blickte zu dem hellen Mond hinauf, und zu dem grauen Gesicht der Stein-Hexe, und zu dem Dunkel des Waldes, der sich unterhalb ihrer Knie ausbreitete, wie ein schwarzes Fell, und fragte mich, ob die zerbrochenen Knochen von Umslopogaas irgendwo in diesem Wald lägen. Während der langen Reise hatte ich viele Geschichten über den Geisterberg gehört, von dem alle schworen, daß er verhext sei, von Menschen in der Gestalt von Wölfen, sagten einige; von den *Esemkofu,* sagten andere, das sind Menschen, die gestorben und durch Zauberei wieder zum Leben erweckt worden sind. Sie haben keine Zungen, diese *Esemkofu,* denn wenn sie Zungen hätten, würden sie den Sterblichen mit lauter Stimme die entsetzlichen Geheimnisse der Toten zuschreien; so aber können sie nur einen heulenden Laut von sich geben, und man kann ihr Heulen nächtens aus den Wäldern hören *»Ai — ah! Ai — ah!«*

Du lachst, mein Vater, aber ich lachte nicht, als ich an diese Geschichten dachte; denn wenn die Menschen Seelen haben, wohin gehen die Seelen, wenn der Körper tot ist? Sie müssen doch irgendwohin gehen, und wäre es so seltsam, wenn sie in das Land zurückgingen, in dem sie geboren wurden? Aber ich habe nicht viel über solche Dinge nachgedacht, obwohl ich ein Medizinmann bin und etwas über das Wesen der *Amatonga,* des Volkes der Geister, weiß. Um die Wahrheit zu sagen, mein Vater, ich hatte so viel mit dem Lösen der Seelen von Menschen zu tun, daß ich mir nicht mehr viele Gedanken über sie machte, nachdem sie gelöst waren; dazu werde ich noch viel Zeit haben, wenn ich selbst zu ihnen gehöre.

So saß ich also unter dem hellen Mond und starrte zu dem Berg hinauf und zu dem Wald, der an ihm wuchs wie Haar auf dem Kopf einer Frau, und als ich so saß und starrte, hörte ich einen Laut, der von weither zu kommen schien, aus dem Herzen des Waldes, glaubte ich. Zuerst klang er leise und weit entfernt, doch kam er rasch näher und näher und näher, und dann wußte ich, was es war: es waren die Laute wilder Tiere auf der Jagd. Immer näher und näher scholl die Musik der Jagd, und die Felsen hallten wider von ihr, und sie ließ das Herz schneller schlagen, wenn man sie hörte.

Es mußte ein riesiges Rudel sein, das da durch die stille Nacht jagte; und jetzt kam es in Sicht, auf der anderen Seite des Hanges, und das Heulen und Toben war so laut, daß die, welche mit mir waren, erschrocken aus dem Schlaf fuhren. Plötzlich erschien ein riesiger Kudu-Bulle für einen Augenblick auf der oberen Kante des Hanges, dann verschwand er wieder im Schatten. Er raste auf uns zu, und hinter ihm hetzten graue, hagere Bestien, Hunderte von ihnen, und mit ihnen liefen zwei andere Gestalten — zwei Männer!

Jetzt polterte der Kudu-Bulle an uns vorbei, kaum eine halbe Speerwurfweite entfernt, und hinter ihm raste das riesige Rudel der Wölfe, und aus den Kehlen der Wölfe tönte die schreckliche Musik. Und wer waren die beiden, die mit den Wölfen jagten, zwei Männer, groß und kräftig? Sie liefen lautlos und schnell, Wolfsfänge glänzten auf ihren Köpfen, und Wolfsfelle hingen von ihren Schultern. In der Hand des einen sah ich eine Axt — das Mondlicht spiegelte sich auf ihrem Blatt —, und in der Hand des anderen eine mächtige Keule. Schulter an Schulter liefen sie; noch nie zuvor hatte ich Männer so laufen sehen: Wie ein Sturmwind kamen sie den Hang herab auf uns zu, das Rudel der Wölfe fiel zurück; nur vier von ihnen konnten mithalten. Sie kamen heran, sie waren vorbei, sie waren fort, und mit ihnen ihre unheimlichen Begleiter. Die Musik wurde leiser, erstarb, war tot; die Jagd war weit entfernt, die Nacht war wieder still.

»Nun, meine Brüder«, fragte ich einen von denen, die bei mir waren, »was war das, was wir eben gesehen haben?«

Und einer antwortete: »Wir haben die Geister gesehen, die im Schoß der alten Hexe leben, und es sind die Wolfsbrüder, die Zauberer, welche die Könige der Geister sind.«

23

Mopo enthüllt sich dem Schlächter

Die ganze Nacht hindurch hielten wir Wache, doch sahen und hörten wir nichts mehr von den Wölfen oder von den beiden Männern, die mit ihnen jagten. Am Morgen, bei Anbruch der Dämmerung, schickte ich einen Boten zu Bulalio, dem Häuptling des Volkes der Axt, und ließ ihm sagen, daß ein Abgesandter Dingaans, des Königs, zu ihm gekommen sei und in Frieden in seinem Kraal mit ihm zu sprechen wünsche. Ich trug dem Boten jedoch auf, nicht meinen Namen zu nennen, sondern nur zu sagen, daß ich ›der Mund Dingaans‹ sei. Dann gingen ich und die anderen langsam dem Boten nach, der vorauslief, denn es war noch immer ein weiter Weg bis zu dem Kraal, und ich hatte dem Boten befohlen, zurückzukommen und mir die Antwort des Schlächters, des Trägers der Axt, mitzuteilen.

Wir gingen den ganzen Tag, bis die Sonne tief am Himmel stand, und wir gingen um den Fuß des Geisterberges herum, am Ufer eines Flusses entlang, der dort fließt. Wir trafen keinen Menschen, doch stießen wir auf die Reste eines Kraals, in denen die Knochen vieler Männer lagen, und bei den Knochen rostige Assegais und die Reste von Schilden aus Büffelhaut. Die Schilde waren schwarz-und-weiß, und ich kannte diese Farben; sie gehörten den Soldaten, die Chaka vor Jahren ausgeschickt hatte, um nach Umslopogaas zu suchen, und die nicht mehr zurückgekehrt waren.

»Nun«, sagte ich, »sie haben es böse getroffen, diese Soldaten des Schwarzen, der fortgegangen ist, denn ich glaube, dies sind die Schilde, die sie getragen haben, und daß ihre Augen einst durch die Löcher in jenen Schädeln das Licht sahen.«

»Ja, dies sind die Schilde, die sie trugen, und das die Schädel, die auf ihren Schultern saßen«, antwortete einer. »Sieh, Mopo, Sohn Makedamas, daß es nicht Menschenwerk war, das ihnen den Tod brachte. Männer brechen die Knochen ihrer Feinde nicht in Stücke, so wie diese Knochen in Stücke zerbrochen sind. *Ou!* Männer zerbrechen sie nicht, aber Wölfe tun es, und gestern nacht sahen wir Wölfe jagen, und sie jagten nicht allein, Mopo. *Ou!* Dies ist ein verhextes Land!«

Schweigend gingen wir weiter, und während der ganzen Zeit starrte die Stein-Hexe, die auf dem Gipfel des Geisterberges sitzt, auf uns herab. Schließlich, eine Stunde vor Sonnenuntergang, kamen wir in offenes Land, und dort, auf einem flachen Hügel jenseits des Flusses, sahen wir den Kraal des Volkes der Axt. Es war ein großer Kraal und gut gebaut, und die Rinder waren auf der ganzen Ebene, und es waren ihrer so viele wie eine Herde von Wild. Wir gingen zum Fluß und durchquerten ihn bei einer Furt, dann setzten wir uns und warteten, bis wir den Mann, den ich ausgeschickt hatte, auf uns zukommen sahen. Er kam und grüßte mich, und ich fragte ihn, was er mir zu sagen habe.

»Dies habe ich dir zu sagen, Mopo«, antwortete er. »Ich habe ihn gesehen, den man Bulalio nennt, und er ist ein gewaltiger Mann — groß und schlank, mit einem finsteren Gesicht, und er trägt eine riesige Axt, eine Axt, wie sie der trug, der gestern nacht mit den Wölfen jagte. Als ich vor den Häuptling gebracht wurde, grüßte ich ihn und sprach zu ihm — die Worte, die du mir auf die Zunge gelegt hattest, sagte ich ihm. Er hörte mir zu, dann lachte er laut und sprach: ›Sage dem, der dich geschickt hat, daß der Mund Dingaans willkommen sein und die Worte Dingaans in Frieden sprechen soll. Doch wollte ich, es wäre der Kopf Dingaans, der zu mir kommt, und nicht nur sein Mund, denn dann würde sich auch die Axt *Witwenmacher* an unserem Gespräch beteiligen — ja! das würde sie, wegen eines Mopo, den sein Bruder Chaka ermordet hat, würde sie auch mit Dingaan sprechen. Aber der Mund ist nicht der Kopf, also soll der Mund in Frieden kommen.‹

Zum zweitenmal hörte ich nun, daß dieser Mopo von Bulalio, dem Schlächter, genannt wurde. Wen gab es, der Mopo so liebte, außer dem, der schon lange tot war? Aber vielleicht sprach der Häuptling von einem anderen Mopo, denn dieser Name gehörte nicht mir allein — tatsächlich hatte Chaka einen Häuptling dieses Namens bei dem großen Trauern getötet, weil er meinte, zwei Mopos im Land seien zuviel, und er tötete diesen Mopo, obwohl der heftig weinte, während die Augen anderer trocken blieben. Also sagte ich nur, daß dieser Bulalio ein starkes Herz habe, und wir gingen zum Tor des Kraals.

Niemand war dort, um uns zu empfangen, und es stand auch niemand vor den Türen im Inneren des Kraals, doch auf der anderen Seite, aus dem Rinder-Kraal, stiegen Staubwolken auf, und ich hörte Geräusche, wie von Männern, die sich zum Krieg sammeln. Jetzt bekamen einige derer, die bei mir waren, Angst und wollten zurücklaufen, weil sie Verrat fürchteten, und ihre Angst wurde noch größer, als wir beim Betreten des Rinder-Kraals fünfhundert Soldaten sahen, die in Kompanien eingeteilt wurden, und vor ihnen zwei riesige Männer, die hin und her liefen und Befehle schrien.

Doch ich rief: »Nein! Nein! Lauft nicht weg! Tapfere Blicke schmelzen die Herzen der Feinde. Außerdem, wenn dieser Bulalio uns ermorden wollte, brauchte er dazu nicht so viele seiner Krieger zusammenzurufen. Er ist ein stolzer Häuptling und will uns seine Macht zeigen, da er ja nicht wissen kann, daß der König für jeden seiner Männer eine Kompanie aufstellen könnte.«

So gingen wir weiter, auf das *Impi* zu, das auf der anderen Seite des Kraals stand. Jetzt bemerkten uns die beiden großen Männer, und sie kamen auf uns zu. Voran ging einer, der eine riesige Axt auf seiner Schulter trug, und ihm folgte einer mit einer gewaltigen Keule. Ich blickte dem ersteren ins Gesicht, und — ah! — mein Vater, mein Herz war betäubt vor Freude, denn ich erkannte ihn über die Kluft der Jahre hinweg. Es war Umslopogaas, mein adoptiertes Kind! Umslopogaas! und kein anderer, der nun zum Mann herangewachsen war — *Ou!* — und zu einem Mann, wie es keinen anderen gab in ganz Zululand. Er war groß und grimmig, etwas mager von Gestalt, aber mit breiten Schultern und schmalen Hüften. Seine Arme waren lang und nicht sehr dick, doch die Muskeln standen hervor wie Taue; seine Beine waren auch lang und genauso mit Muskeln bepackt wie seine Arme. Sein Auge war wie das eines Adlers, die Nase etwas gekrümmt, und er trug den Kopf ein wenig vorgestreckt, wie ein Mann, der ständig nach einem verborgenen Feind Ausschau hält. Er schien langsam zu gehen, doch kam er rasch heran, mit den fließenden, geschmeidigen Bewegungen eines Wolfes oder eines Löwen, und ständig spielten seine Finger an dem Hornstiel der Axt *Witwenmacher.*

Der andere war ebenfalls groß, nur einen halben Kopf kleiner als Umslopogaas, doch kräftiger gebaut. Seine Augen waren klein, und sie zwinkerten ununterbrochen. Er sah sehr wild aus, und wenn er grinste, bleckte er die Zähne wie ein Wolf.

Als ich Umslopogaas sah, mein Vater, wurde mein Herz in mir zu Wasser, und ich wäre am liebsten zu ihm gelaufen und hätte meine Arme um seinen Hals geschlungen. Doch ging ich mit mir zu Rate und tat es nicht — nein, ich zog einen Zipfel des *Kaross,* den ich trug, vor meine Augen und verdeckte so mein Gesicht, damit er mich nicht erkennen sollte. Dann stand er vor mir, sah mich mit seinen scharfen Augen an, und ich trat auf ihn zu und grüßte ihn.

»Sei gegrüßt, o Mund Dingaans!« sagte er mit lauter Stimme. »Du bist ein recht kleiner Mann, um der Mund eines so großen Königs zu sein.«

»Der Mund ist nur ein kleiner Teil des Körpers, selbst wenn es der Körper eines großen Königs ist, o Häuptling Bulalio, Herrscher des Volkes der Axt, Zauberer der Wölfe, die auf dem Geisterberg hausen, der du einst Umslopogaas warst, der Sohn Mopos.«

Nun, als Umslopogaas diese Worte hörte, zuckte er zusammen wie ein Kind, das im Dunkel der Nacht ein Rascheln hört, und er starrte mich durchdringend an.

»Du bist gut informiert«, sagte er.

»Die Ohren des Königs sind groß, auch wenn sein Mund klein ist, o Häuptling Bulalio«, antwortete ich, »und ich, der ich nur der Mund bin, sage, was die Ohren gehört haben.«

»Woher weißt du, daß ich bei den Wölfen auf dem Geisterberg gelebt habe, o Mund?« fragte er.

»Die Augen des Königs sehen weit, o Häuptling Bulalio. So sahen sie in der letzten Nacht eine große, fröhliche Jagd. Es scheint, daß sie einen Kudu-Bullen fliehen sahen, gehetzt von unzähligen Wölfen, die ihre Musik machten, und mit den Wölfen liefen zwei Männer, in Wolfsfelle gekleidet, Männer wie du, Bulalio, und wie der mit der Keule, der hinter dir steht.«

Jetzt hob Umslopogaas den *Witwenmacher,* als ob er mich mit ihm niederschlagen wollte, doch dann ließ er ihn wieder sinken, und Galazi, der Wolf, starrte mich mit weit aufgerissenen Augen an.

»Woher weißt du, daß ich einst Umslopogaas genannt wurde, da ich diesen Namen schon vor so vielen Jahren verloren habe? Sprich, o Mund, damit ich dich nicht töte.«

»Töte mich, wenn du willst, Umslopogaas«, antwortete ich. »Doch wisse, daß, wenn das Gehirn verspritzt ist, der Mund stumm bleibt. Der, welcher Gehirn verspritzt, verliert Weisheit.«

»Antworte!« sagte er.

»Ich antworte nicht. Wer bist du denn, daß ich dir antworten soll? Ich weiß es, und das ist genug. Nun zu meinem Geschäft.«

Umslopogaas knirschte wütend mit den Zähnen. »Ich bin solche Worte in meinem eigenen Kraal nicht gewohnt!« sagte er scharf. »Aber gut: zu deinem Geschäft. Sprich von deinem Geschäft, kleiner Mund.«

»Dies ist mein Geschäft, kleiner Häuptling: Als der Schwarze, der fortgegangen ist, noch lebte, hast du ihm eine Botschaft durch einen Masilo geschickt — eine Botschaft, wie sie seine Ohren noch nie gehört hatten, und das hätte deinen Tod bedeutet, o du von Stolz aufgeblasener Narr. Du hattest Glück, daß der Tod vorher zu dem Schwarzen kam und seine Hand nicht mehr zuschlagen konnte. Nun aber ist Dingaan, dessen Schatten auf diesem Land liegt, der König, dem ich diene, auf dem Platz des Schwarzen, der fortgegangen ist, und er spricht zu dir durch mich, seinen Mund. Er verlangt dies zu wissen: Ist es wahr, daß du dich nicht seiner Herrschaft beugen und ihm keinen Tribut zahlen willst, Tribut an Männern und Mädchen und Rindern, und ihm auch in seinen Kriegen nicht dienen willst? Antworte, du kleiner Dorfältester! — und antworte in kurzen, knappen Worten!«

Jetzt stockte Umslopogaas der Atem vor Wut, und wieder spielte seine Hand mit der großen Axt. »Es ist dein Glück, o Mund, daß ich dir sicheres Geleit geschworen habe, sonst wäre es dir ergangen wie gewissen Soldaten, die vor vielen Jahren hergeschickt worden waren, um einen Umslopogaas zu suchen. Ja, ich will dir antworten, und mit kurzen, knappen Worten: Sieh dir diese Speere an — sie sind nur ein

Viertel der Männer, die ich aufstellen kann; das ist meine Antwort. Und jetzt sieh zu jenem Berg hinauf, zu dem Berg der Geister und der Wölfe — unbekannt, und unpassierbar für alle Menschen, außer mir und dem anderen; das ist meine Antwort: Speere und Berg werden zusammenkommen — der Berg wird lebendig werden mit Speeren und den Fängen der Wölfe. Soll Dingaan kommen und sich seinen Tribut holen! Ich habe gesprochen!«

Ich lachte schrill auf, um das Herz Umslopogaas', meines adoptierten Sohnes, noch weiter zu prüfen.

»Du Narr!« sagte ich. »Du Junge mit dem Gehirn eines Affen! Für jeden Speer, den du besitzt, hat Dingaan, dem ich diene, hundert Speere, und dein Berg wird flachgetrampelt werden von seinen Heeren; und was deine Wölfe und deine Geister angeht, sieh, mit dem Mund Dingaans spucke ich auf sie!« Und ich spuckte auf den Boden.

Jetzt zitterte Umslopogaas vor Wut, und die große Axt zitterte in seinen Händen. Er wandte sich an den Mann, der hinter ihm stand, und sagte: »Sage mir, Galazi, der Wolf, soll ich diesen Mann töten, und die, die bei ihm sind?«

»Nein«, antwortete der Wolf grinsend, »töte sie nicht; du hast ihnen sicheres Geleit geschworen. Außerdem sollen sie zu ihrem Hund von einem König zurückgehen, damit der seine Welpen herschickt, um gegen unsere Wölfe zu kämpfen. Das wird ein hübscher Kampf!«

»Geh, o Mund«, sagte Umslopogaas, »und geh rasch, damit dir kein Unheil geschehe! Außerhalb meines Tores sollst du zu essen finden, um deinen Hunger zu stillen. Und wenn du gegessen hast, ziehe rasch weiter, denn wenn ich dich morgen früh noch innerhalb einer Speerwurfweite von meinem Kraal sehen sollte, werden du und die anderen für immer hierbleiben, o Mund von Dingaan, dem König!«

Nun tat ich so, als ob ich gehen wollte, doch wandte ich mich noch einmal um und sagte: »In deiner Botschaft an den Schwarzen, der tot ist, waren Worte über einen gewissen Mann — wie hieß er noch? — über einen gewissen Mopo.«

Jetzt starrte Umslopogaas mich an, wie ein Mann, der von einem Speer verwundet wurde.

»Mopo! Was ist mit Mopo, o Mund, dessen Augen blind sind? Mopo ist tot; Mopo, dessen Sohn ich war!«

»Ah!« sagte ich. »Ja, Mopo ist tot — das heißt, der Schwarze, der fortgegangen ist, hat einen gewissen Mopo getötet. Wie kommt es, o Bulalio, daß du sein Sohn warst?«

»Mopo ist tot«, sagte Umslopogaas noch einmal, »er ist tot mit all seinem Haus; sein Kraal ist flachgestampft, und darum habe ich den Schwarzen gehaßt, und darum hasse ich auch Dingaan, seinen Bruder, und ich werde wie Mopo und das Haus Mopos sein, bevor ich ihm auch nur einen einzigen Ochsen als Tribut gebe.«

Während der ganzen Zeit hatte ich zu Umslopogaas mit verstellter Stimme gesprochen, mein Vater, doch nun sprach ich mit meiner eigenen Stimme und sagte:

»So! Jetzt sagst du endlich die Wahrheit, junger Mann, und durch stetes Graben bin ich der Sache auf den Grund gekommen. Es ist also wegen dieses toten Hundes Mopo, daß du dem König Trotz bietest!«

Umslopogaas hörte meine Stimme, und nun zitterte er nicht mehr vor Wut, sondern vor Angst und vor Überraschung. Er sah mich durchdringend an, sagte aber nichts.

»Hast du in der Nähe eine Hütte, o Häuptling Bulalio, Feind Dingaans, des Königs, wo ich, der Mund des Königs, eine Weile mit dir allein sprechen kann? Denn ich will die Botschaft, die du mir mitgeben willst, Wort für Wort lernen, damit ich sie ohne Fehler wiedergeben kann. Fürchte dich nicht, Schlächter, allein mit mir in einer leeren Hütte zu sitzen! Ich bin unbewaffnet und alt, und in deiner Hand hältst du etwas, vor dem ich mich fürchten müßte«, und ich deutete auf seine Axt.

Jetzt sagte Umslopogaas, der noch immer am ganzen Körper zitterte: »Folge mir, o Mund, und du, Galazi, bleibe bei diesen Männern.«

Also folgte ich Umslopogaas, und ich kroch hinein, und er folgte mir. Im ersten Augenblick war es völlig dunkel in der Hütte, denn draußen ging die Sonne unter. Ich wartete so lange, wie ein Mann braucht, um bis fünfzig zu zählen und bis sich unsere Augen an die Dunkelheit gewöhnt hatten.

Dann schlug ich das *Kaross* zurück und blickte Umslopogaas in die Augen.

»Sieh mich an, o Häuptling Bulalio, o Schlächter, der einst Umslopogaas hieß — sieh mich an und sage mir, wer ich bin.«

Er sah mich an, und sein Kiefer fiel herab.

»Entweder bist du Mopo, mein Vater, der alt geworden ist — Mopo, der tot ist, oder du bist der Geist Mopos«, sagte er mit leiser Stimme.

»Ich bin Mopo, dein Vater, Umslopogaas«, sagte ich. »Du hast lange gebraucht, mich zu erkennen, mich, der ich dich im ersten Augenblick erkannt habe.«

Da schrie Umslopogaas laut auf, ließ die Axt *Witwenmacher* zu Boden fallen und warf sich an meine Brust und weinte dort. Und ich weinte auch.

»Oh, mein Vater!« sagte er. »Ich dachte, daß du mit den anderen gestorben seist, und jetzt bist du zu mir zurückgekommen, und ich, ich hätte in meiner Torheit beinahe die Axt gegen dich erhoben. Oh, es ist gut, daß du lebst und nicht tot bist, daß ich wieder in dein Antlitz blicken kann — in dieses Antlitz, das ich tot glaubte, das aber lebt, obwohl es traurig verändert ist, durch die Jahre und durch das Leid.«

»Friede, Umslopogaas, mein Sohn«, sagte ich. »Auch ich habe dich für tot gehalten, obwohl es mir seltsam vorkam, daß ein anderer Mann als Umslopogaas die Taten vollbringen könnte, die mir über Bulalio, den Häuptling des Volkes der Axt, zu Ohren gekommen waren — und der es wagte, Chaka die Zähne zu zeigen! Doch du bist nicht tot, und ich, ich bin auch nicht tot. Es war ein anderer Mopo, den Chaka getötet hat. Ich habe Chaka getötet, nicht er mich.«

»Und was ist mit Nada, mit Nada, meiner Schwester?«

»Macropha, deine Mutter, und Nada, deine Schwester, sind tot, Umslopogaas, getötet durch die Hände der Halakazi, die in Swaziland leben.«

»Ich habe von diesem Volk gehört«, antwortete er, »und auch Galazi, der Wolf, kennt es. Er trägt einen Haß gegen die Halakazi in seinem Herzen, den er befriedigen muß — für die Ermordung seines Vaters; jetzt habe auch ich Haß auf sie, weil sie meine Mutter und meine Schwester ermordet haben. Ah, Nada, meine Schwester! Nada, meine Schwester!« und der große Mann bedeckte sein Gesicht mit beiden Händen und wiegte sich hin und her in seinem Schmerz.

Nun, mein Vater, dachte ich daran, Umslopogaas die Wahrheit nicht mehr länger vorzuenthalten und ihm zu sagen, daß Nada nicht seine Schwester sei, und ich nicht sein Vater, sondern daß er der Sohn Chakas sei, der durch meine Hand gestorben war. Doch ich tat es nicht, obwohl ich jetzt wünschte, daß ich es getan hätte. Denn ich sah, wie groß sein Stolz war, und wie groß sein Herz, und wenn er erfahren hätte, daß der Thron von Zululand rechtens ihm gehörte, hätte nichts und niemand ihn zurückhalten können, und er hätte sofort zur offenen Rebellion gegen den König aufgerufen, und nach meiner Ansicht war die Zeit noch nicht reif dafür. Hätte ich nur ein kurzes Jahr vorher gewußt, daß Umslopogaas noch lebte, hätte er dort gesessen, wo Dingaan an jenem Tage saß; doch ich wußte es nicht, und die Gelegenheit war vorüber — jedenfalls für eine Weile. Jetzt war Dingaan König und der Herr über viele Regimenter, denn ich hatte ihn von seinen Kriegen zurückgehalten, wie von dem Überfall auf die Swazis. Die Chance war vorbei, aber es würde wieder eine geben, und bis sie da war, mußte ich schweigen. Ich würde jedoch etwas tun: Ich würde Dingaan und Umslopogaas zusammenbringen, damit Umslopogaas im Land bekannt wurde als ein großer Häuptling und als der erste von allen Kriegern. Dann würde ich dafür sorgen, daß er zu einem *Induna* erhoben wurde, und zum General, der die *Impis* des Königs in die Kriege führte, denn der, der die *Impis* kommandierte, war bereits ein halber König.

Also schwieg ich über diese Sache, aber bis zum Grauen des Morgens saßen Umslopogaas und ich zusammen und sprachen, und jeder erzählte dem anderen, was ihm in all den Jahren geschehen war, seit Umslopogaas mir durch das Maul der Löwin entrissen wurde. Ich erzählte ihm, wie alle meine Frauen und Kinder getötet worden waren, wie Chaka mich gefoltert hatte, und ich zeigte ihm auch meine weiße, verdorrte Hand. Ich erzählte ihm vom Tod Balekas, meiner Schwester, und aller Menschen des Volkes der Langeni, und wie ich für all das an Chaka meine Rache genommen und Dingaan an seiner Stelle zum König gemacht hatte und jetzt der erste Mann im Lande war, nach dem König, obwohl der König mich sehr fürchtete und wenig liebte. Doch ich sagte ihm nicht, daß Baleka, meine Schwester, seine Mutter war.

Als ich mit meiner Geschichte zu Ende gekommen war, erzählte mir Umslopogaas die seine: wie Galazi ihn aus den Fängen der Löwin befreit hatte; wie er einer der Wolfsbrüder geworden war; wie er Jikiza besiegt hatte, und die Söhne Jikizas, und wie er zum Häuptling des Volkes der Axt geworden war und Zinita zur Frau genommen hatte und groß im Land geworden war.

Ich fragte ihn, wie es dann käme, daß er noch immer nächtens mit den Wölfen jage, so wie er es letzte Nacht getan habe. Er antwortete, daß es jetzt, da er groß geworden sei, nichts mehr gäbe, das er gewinnen könne, und von Zeit zu Zeit werde er von der Langeweile geplagt und dann müsse er mit Galazi und den Wölfen jagen, denn nur dadurch könne er Ruhe finden.

Ich sagte ihm, daß ich ihm, wenn die Zeit gekommen sei, ein besseres Wild zeigen würde, das er jagen könne, und dann fragte ich ihn, ob er seine Frau, Zinita, liebe. Umslopogaas antwortete, daß er sie mehr lieben würde, wenn sie ihn nicht so sehr liebte, denn sie sei eifersüchtig und zänkisch, und das sei eine Last für ihn. Dann, nachdem er etwas geschlafen hatte, führte er mich aus der Hütte, und ich und meine Leute bekamen vom Besten vorgesetzt, und ich sprach mit Zinita und mit Galazi, dem Wolf. Letzteren mochte ich sehr. Dies war ein guter Mann, den man im Kampf gern in seinem Rücken hatte. Doch mein Herz hatte kein Gefühl für Zinita. Sie war hübsch und groß, aber ihre Augen waren hart, und sie beobachtete ständig Umslopogaas, meinen adoptierten Sohn; und ich merkte, daß er, der sonst keine Angst kannte, sie zu fürchten schien. Und auch sie mochte mich nicht, denn als sie sah, wie der Schlächter meinen Arm umspannte, erwachte sofort die Eifersucht in ihr — so wie sie bereits auf Galazi eifersüchtig war — und sie hätte mich sicher weggeschickt, wenn ihr das möglich gewesen wäre. So kam es, daß mein Herz gegen Zinita sprach — aber es sagte mir nichts Schlimmeres als das, was sie noch tun sollte.

24

Der Tod der Buren

Am Morgen nahm ich Umslopogaas zur Seite und sagte ihm dieses:

»Mein Sohn, gestern, als du mich noch nicht anders kanntest, denn als den Mund Dingaans, gabst du mir eine Botschaft, die ich Dingaan, dem König, übermitteln sollte, und die, wäre sie den Ohren des Königs gegeben worden, den sicheren Tod für dich und dein Volk bedeutet hätte. Der Baum, der allein auf der Ebene steht, Umslopogaas, hält sich für groß und glaubt, daß es keinen Schatten gibt, der größer ist als der seine. Doch gibt es andere und größere Bäume. Du bist so ein alleinstehender Baum, Umslopogaas, aber die obersten Äste dessen, dem ich diene, sind dicker als dein Stamm, und in seinem Schatten leben viele Holzfäller, die hinausgehen und solche Bäume umschlagen, die zu hoch werden. Du bist Dingaan nicht gewachsen, der du hier allein in einem leeren Land lebst; nur in deinen eigenen Augen, und in den Augen derer, die um dich sind, bist du groß geworden. Außerdem, Umslopogaas, wisse dies: Dingaan haßt dich bereits wegen der Worte, die du in einer vergangenen Zeit durch den Narren Masilo an den Schwarzen, der tot ist, schicken ließest, denn Dingaan hörte diese Worte, und es ist sein Wille, dich aufzufressen. Nur aus einem einzigen Grund hat er mich hergeschickt: um mich für eine Weile los zu sein, und wie immer auch die Worte lauten mögen, die ich zu ihm zurückbringe, das Ende wird das gleiche sein:

daß eine Nacht kommen wird, in der du ein *Impi* vor dem Tor deines Kraals stehen siehst.«

»Wozu machen wir dann noch viele Worte, mein Vater?« fragte Umslopogaas. »Das, was kommen muß, wird kommen. Laß mich hier auf das *Impi* Dingaans warten und kämpfen, bis ich getötet werde.«

»Nein, Umslopogaas, mein Sohn; es gibt andere Mittel als den Assegai, um einen Mann zu töten, und ein krummer Stock kann im Dampf noch geradegebogen werden. Es ist mein Wunsch, Umslopogaas, daß Dingaan dir statt Haß Liebe geben soll; statt Tod Größe; und daß du in seinem Schatten wachsen sollst. Höre! Dingaan ist nicht das, was Chaka war, obwohl er wie Chaka grausam ist. Dieser Dingaan ist ein Narr, und es ist sehr wohl möglich, daß sich ein Mann findet, der, in seinem Schatten groß geworden, ihn am Ende überschattet. Ich könnte es schaffen — ich selbst; doch ich bin alt und ausgezehrt vom Leid, und ich habe nicht mehr den Wunsch zu herrschen. Du aber bist jung, Umslopogaas, und es gibt keinen Mann wie dich in dem Land. Außerdem sind da noch Dinge, über die man besser nicht sprechen sollte, die dir jedoch als Floß dienen können, wenn du zur Macht schwimmst.«

Nun blickte Umslopogaas mich aufmerksam an, denn in jenen Tagen war er ehrgeizig und bestrebt, der Erste unter seinem Volk zu sein. Aber, da das Blut Chakas in seinen Adern floß, wie hätte es anders sein können?

»Wie ist dein Plan, mein Vater?« fragte er. »Sage mir, wie dies getan werden kann.«

»Ich will dir den Weg zeigen, Umslopogaas. Beim Stamm der Halakazi, in Swaziland, lebt ein Mädchen, das ›die Lilie‹ genannt wird, ein Mädchen von fast übernatürlicher Schönheit, und Dingaan brennt vor Begierde, sie als Frau zu haben. Nun, vor einiger Zeit schickte er Boten zu dem Häuptling der Halakazi, die für ihn die Heirat mit diesem Mädchen aushandeln sollten, doch der Häuptling der Halakazi sandte die Boten mit beleidigenden Worten zurück und ließ dem König sagen, daß die Schönheit der Erde niemals einem Zulu-Hund als Frau gegeben würde. Darauf wurde

Dingaan wütend, und er hätte seine *Impis* versammelt und sie gegen die Halakazi geschickt, um sie zu vernichten und ihm das Mädchen zu bringen, wenn ich ihn nicht davon zurückgehalten hätte, indem ich ihm sagte, daß jetzt nicht die Zeit für einen neuen Krieg sei; und das ist der Grund, warum Dingaan mich haßt, weil er besessen ist von dem Verlangen, diese Lilie zu pflücken. Verstehst du nun, Umslopogaas?«

»Etwas«, antwortete er. »Sprich deutlicher.«

»*Ou!* Umslopogaas! Halbe Worte sind oft besser als ganze in diesem, unserem Land. Doch höre mir zu! Dies ist mein Plan: daß du den Stamm der Halakazi überfallen und vernichten sollst und das Mädchen dem König, Dingaan, als Friedensgeschenk bringst.«

»Das ist ein guter Plan, mein Vater«, antwortete er. »Zumindest, Mädchen oder kein Mädchen, gibt es für uns einen Kampf, und Rinder zu verteilen, wenn der Kampf vorbei ist.«

»Erst kämpfe, dann verteile die Beute, Umslopogaas.«

Jetzt dachte er eine Weile nach, und dann sagte er: »Erlaube, daß ich Galazi, den Wolf, herbeirufe. Du brauchst nichts zu fürchten, er ist mein Hauptmann, und man kann ihm vertrauen.«

Kurze Zeit darauf kam Galazi und setzte sich uns gegenüber, und ich erklärte ihm die Sache so: daß Umslopogaas den Stamm der Halakazi überfallen und Dingaan das Mädchen, nach dem es ihn verlangte, als Friedensgabe bringen wolle, ich ihn jedoch davon zurückhalten wolle, da der Stamm der Halakazi groß und stark sei. Ich sagte es so, damit mir eine Hintertür offenblieb, durch die ich schlüpfen konnte, falls Galazi den Plan verraten sollte; und Umslopogaas erkannte das, obwohl meine Vorsicht unnötig war, denn Galazi war ein aufrechter Mann.

Galazi, der Wolf, hörte mir schweigend zu, bis ich fertig gesprochen hatte, dann sprach er, und er sprach mit einer leisen, ruhigen Stimme, doch schien es mir, als ob sich ein Feuer in seinen Augen entzündete, während er sprach.

»Nach dem Gesetz bin ich der Häuptling der Halakazi, o

Mund Dingaans, und ich kenne dieses Volk gut. Es ist ein starkes Volk und kann zwei volle Regimenter aufstellen, während Bulalio nur ein Regiment hat, und nur ein kleines. Außerdem haben sie bei Tag und bei Nacht Wachen aufgestellt, und Spione streifen durch das ganze Land, so daß es schwer sein wird, sie zu überraschen. Dazu ist ihre Festung eine riesige Höhle, die nur in ihrer Mitte zum Himmel offen ist, und es ist noch niemandem gelungen, diese Festung zu nehmen; man kann sie nicht einmal finden, da nur wenige ihr Geheimnis kennen. Nur wenige, wie ich sagte, doch ich bin einer davon, denn mein Vater zeigte mir die Höhle und ihren verborgenen Zugang, als ich noch ein kleiner Junge war. Deshalb, o Mund Dingaans, sollst du wissen, daß es keine leichte Aufgabe ist, die Bulalio sich gesetzt hat, wenn er die Halakazi vernichten will. Das ist die Lage der Dinge, soweit sie Bulalio betrifft, was jedoch mich betrifft, o Mund Dingaans, so trägt sie ein anderes Gesicht. Wisse, daß ich vor vielen Jahren meinem Vater, der im Sterben lag, vergiftet von einer Hexe dieses Volkes, schwor, daß ich nicht eher ruhen würde, bis ich ihn gerächt hätte — bis ich die Halakazi vernichtet, ihre Männer erschlagen und ihre Frauen und Kinder als Sklaven in die Häuser von Fremden gebracht hätte! Jahr um Jahr, Mond um Mond, Nacht um Nacht, wenn ich allein auf dem Geisterberg lag, habe ich mich gefragt, wie ich meinen Schwur einlösen könnte, doch fand ich keinen Weg. Nun aber scheint es, als ob es doch einen Weg gibt, und ich bin glücklich darüber. Dennoch ist dies ein großes Abenteuer, und bevor es vorbei ist, wird es das Volk der Axt vielleicht nicht mehr geben.« Und er schwieg und nahm Schnupftabak. Dabei blickte er über den Rand seines Löffels in unsere Gesichter.

»Galazi, der Wolf«, sagte Umslopogaas, »auch für mich trägt diese Sache ein anderes Gesicht. Du hast deinen Vater durch die Hände der Halakazi-Hunde verloren, und ich — obgleich ich es bis gestern abend noch nicht wußte — habe durch die Speere der Halakazi meine Mutter verloren, und mit ihr eine, die ich mehr liebte als alles andere auf der Welt, meine Schwester Nada, und die auch mich liebte. Beide sind nun tot, von den Halakazi ermordet. Dieser Mann, der Mund Dingaans«, und er deutete auf mich, Mopo, »dieser Mann sagt, wenn es mir gelänge, die Halakazi zu vernichten und dieses Mädchen, das ›die Lilie‹ genannt wird, gefangenzunehmen, würde ich das Herz Dingaans erobern. Mir liegt nichts an Dingaan, ich würde lieber meinen Weg allein gehen und so leben, wie es mir gefällt, und sterben, wenn meine Zeit gekommen ist, sei es durch die Hand Dingaans oder durch eine andere — was kommt es darauf an? Doch aus diesem Grund, wegen der Ermordung Macrophas, meiner Mutter, und Nadas, meiner Schwester, werde ich Krieg führen gegen die Halakazi und sie vernichten, oder von ihnen vernichtet werden. Vielleicht, o Mund Dingaans, wirst du mich bald im Kraal deines Königs sehen, und mit mir das Mädchen, die Lilie, und alle Rinder der Halakazi; aber vielleicht wirst du mich nicht sehen, und dann wirst du wissen, daß ich tot bin, und daß es die Krieger der Axt nicht mehr gibt.«

So sprach Umslopogaas zu mir vor Galazi, dem Wolf; aber später umarmte er mich und sagte mir Lebewohl, denn er hatte wenig Hoffnung, daß wir uns wiedersehen würden. Und auch ich zweifelte daran; denn, wie es Galazi gesagt hatte, war das Abenteuer groß; doch hatte ich viele Male gesehen, daß es oft der mutigste Werfer ist, der den Kampf der Speere gewinnt.

Also trennten wir uns — ich, um zu Dingaan zurückzukehren, und ihm zu sagen, daß Bulalio, der Häuptling des Volkes der Axt, gegen die Halakazi gezogen sei, um die Lilie aus ihrem Garten zu pflücken und sie dem König als Friedensgabe zu bringen, während Umslopogaas in seinem Kraal blieb, um sein *Impi* für den Krieg gegen die Halakazi aufzustellen.

Eilig legte ich den Weg vom Geisterberg zum Kraal Umgugundhlovu zurück und trat vor Dingaan, der mich zuerst kühl anblickte. Doch als ich ihm berichtete und ihm sagte, daß der Häuptling Bulalio auf den Kriegspfad gegangen sei, um seinem König die Lilie zu erobern, änderte sich seine Miene sofort. Er nahm meine Hand und lobte mich und sagte, daß ich meinen Auftrag sehr gut erledigt habe, und daß er ein Narr gewesen sei, an mir zu zweifeln, als ich damals meine Stimme erhoben hatte, um ihn davon abzubringen, ein *Impi* gegen die Halakazi zu schicken. Jetzt erkenne er, daß es von Anfang an mein Plan gewesen sei, das Halakazi-Feuer von einer anderen Hand auseinanderreißen zu lassen, damit seine eigene vor Verbrennungen bewahrt bliebe, und er dankte mir.

Außerdem sagte er zu mir: Wenn dieser Häuptling des Volkes der Axt ihm dieses Mädchen brächte, nach dem ihn verlangte, würde er ihm nicht nur die Worte vergeben, die er durch den Mund Masilos dem Schwarzen, der tot sei, übermitteln ließ, sondern er solle auch alle erbeuteten Rinder der Halakazi für sich behalten dürfen, und er würde ihn groß machen im Land. Ich antwortete, daß alles nach dem Willen des Königs geschehen solle, und daß ich nur meine Pflicht gegenüber dem König getan und alles so geregelt habe, daß, was auch geschehen mochte, ein stolzer Häuptling gestutzt und ein Feind ohne Kosten für den König vernichtet würde, wobei es vielleicht noch möglich sei, daß der König schon bald die Lilie an seiner Seite habe.

Nun konnte ich nur noch abwarten, was geschehen würde.

Jetzt ist der Zeitpunkt gekommen, wo der weiße Mann in meine Geschichte eintritt, der weiße Mann des Volkes, das wir die *Amaboona* nennen, ihr aber die Buren. *Ou!* — Ich habe keine Liebe für diese *Amaboona,* obwohl ich es war, der ihnen den Sieg über Dingaan gab — ich und Umslopogaas.

Vor dieser Zeit waren nur selten weiße Männer zu den Kraals Chakas und Dingaans gekommen, und diese wenigen kamen, um zu beten, und nicht, um zu kämpfen. Doch diese Buren taten beides: beten und kämpfen, und sie stahlen auch, was ich nicht verstehen konnte, da die Gebete des weißen Mannes doch sagen, daß diese Dinge nicht getan werden sollen.

Nun, als ich etwas weniger als einen Mond vom Geisterberg zurück war, erschienen die Buren, sechzig von ihnen, kommandiert von einem Hauptmann namens Retief, einem großen, kräftigen Mann, und sie waren mit *Roers* bewaffnet — den langen Gewehren, die sie zu der Zeit hatten —, aber es konnten ihrer auch hundert gewesen sein, wenn man ihre Diener und Nachreiter mitzählte. Sie wollten eine Überschreibung des Landes in Natal haben, das zwischen den Flüssen Tugela und Umzimoubu liegt. Doch auf meinen Rat und den anderer *Indunas* bestand der König darauf, daß die Buren vorher einen gewissen Häuptling namens Sigomyela angreifen sollten, der Rinder des Königs gestohlen hatte und in der Nähe der Quathlamba-Berge lebte, und diese Rinder zurückbrächten. Die Buren erklärten sich damit einverstanden und ritten fort, um diesen Häuptling anzugreifen, und wenig später waren sie zurück, nachdem sie das Volk Sigomyelas vernichtet hatten, und sie brachten alle Rinder Sigomyelas mit, zusammen mit denen, die er dem König gestohlen hatte.

Das Gesicht Dingaans strahlte, als er die Rinder sah, und in dieser Nacht rief er uns, den Rat der *Amapakati*, zusammen und befragte uns um unsere Meinung wegen der Überschreibung des Landes. Ich sprach als erster und sagte, daß es egal sei, ob er es täte oder nicht, weil der Schwarze, der tot sei, das Land bereits den Engländern, dem Volk von George, gegeben habe, und das Ende wäre, daß das Volk von George und die *Amaboona* um dieses Land kämpfen würden. So begannen die Worte des Schwarzen Wirklichkeit zu werden, denn schon jetzt konnten wir die Schritte eines weißen Volkes hören, welches das Königtum auffressen würde.

Als ich so gesprochen hatte, wurde das Herz Dingaans schwer, und sein Gesicht verdüsterte sich, denn meine Worte staken in seiner Brust wie ein Hakenspeer. Doch sagte er nichts, sondern entließ den Rat.

Am nächsten Morgen versprach der König, das Papier zu unterzeichnen, durch das die Länder den Buren gegeben werden sollten, und alles war so glatt wie ein Wasser, über das kein Wind weht. Vor der Unterzeichnung der Papiere gab der König einen großen Tanz, denn es waren viele Regimenter im Kraal, und dieser Tanz dauerte drei Tage; doch am dritten Tag entließ der König alle Regimenter, bis auf eins, ein *Impi* aus jungen Burschen, dem er befahl zu bleiben. Nun hatte ich mich schon die ganze Zeit über gefragt, was in Dingaans Kopf vor sich gehen mochte, und ich fürchtete für die *Amaboona.* Doch er behielt seine Gedanken für sich und sagte nichts; er sprach nur kurz mit den Hauptleuten dieses Regiments, mit niemandem sonst, nicht einmal mit einem seiner *Indunas.* Doch ich wußte, daß er Böses im Sinn hatte und war halb entschlossen, den Hauptmann Retief zu warnen, tat es aber nicht, da ich befürchtete, mich zum Narren zu machen. Ah! mein Vater, hätte ich nur gesprochen! Wie viele Menschen hätten gelebt, die bald tot waren! Doch was kommt es darauf an? Die meisten von ihnen wären inzwischen ohnehin gestorben.

Am vierten Morgen schickte Dingaan in aller Frühe einen Boten zu den Buren und ließ ihnen sagen, sich am Rinder-Kraal mit ihm zu treffen, denn dort wollte er sein Zeichen auf das Papier setzen. Also kamen sie, und sie stellten ihre Gewehre beim Eingang des Kraals zusammen, denn es bedeutete den Tod für jeden Mann, schwarz oder weiß, bewaffnet vor den König zu treten. Nun, mein Vater, war der Kraal Umgugundhlovu wie ein großer Kreis gebaut, wie es bei königlichen Kraalen üblich war. Umschlossen wurde er von einem hohen Außenzaun; dahinter standen die Tausende von Hütten, und vor diesen war der innere Zaun, so daß diese Hütten zwischen den Zäunen einen riesigen Ring um das Zentrum des Kraals bildeten. In diesem inneren Raum lag der große Platz, von einem Ausmaß, daß fünf Regimenter darauf stehen konnten, und hinter diesem Platz, auf der dem Eingang gegenüberliegenden Seite, war der Rinder-Kraal, der wiederum einen eigenen Zaun hatte. Hinter dem Rinder-Kraal waren das *Emposeni,* das Haus der Frauen des Königs, das Haus der Wachen und das *Intunkulu,* das Haus des Königs.

Dingaan trat an diesem Morgen heraus und setzte sich auf einen Hocker vor den Rinder-Kraal, und neben ihm stand ein Mann, der einen Schild über Dingaans Kopf hielt, um ihn vor der Sonne zu schützen. Und auch wir, die Mitglieder des *Amapakati,* des Rates, waren dort, und entlang des Zaunes des Rinder-Kraals standen die jungen Soldaten dieses Regiments, mein Vater. Sie trugen keine Speere und keine Kerries, sondern nur kurze Stöcke, und der Hauptmann dieses Regiments stand in der Nähe des Königs, zu seiner Rechten.

Jetzt kamen die Buren heran. Sie gingen zu Fuß und traten zusammen vor den König, und Dingaan begrüßte sie freundlich und schüttelte Retief, ihrem Hauptmann, die Hand. Nun zog Retief das Papier aus einer Ledertasche, in dem die Grenzen des Landes, das ihnen übertragen werden sollte, festgelegt waren, und es wurde dem König von einem Dolmetscher übersetzt. Dingaan sagte, daß alles so gut sei und machte sein Zeichen auf das Papier, und Retief und die anderen Buren waren zufrieden und lächelten über das ganze Gesicht. Dann wollten sie sich verabschieden, doch Dingaan erlaubte es ihnen nicht und sagte, daß sie vorher noch essen sollten und dann zuschauen, wenn die Soldaten ein wenig tanzten, und er befahl, ihnen Töpfe mit gekochtem Fleisch und Schüsseln mit Milch vorzusetzen, und sie wurden gebracht. Die Buren sagten, daß sie schon gegessen hätten, doch sie tranken die Milch, wobei sie die Schüsseln von Hand zu Hand gehen ließen.

Nun begann das Regiment zu tanzen, und sie sangen das *Ingomo,* den Kriegsgesang der Zulus, mein Vater, und die Buren zogen sich etwas zur Mitte des Kraals zurück, um den Soldaten Platz zum Tanzen zu lassen. In diesem Augenblick hörte ich, wie Dingaan einem Boten den Befehl gab, sofort zu dem weißen Medizinmann der Gebete zu laufen, der außerhalb des Kraals lebte, und ihm sagen sollte, er möge keine Angst haben; und ich fragte mich, was das zu bedeuten haben mochte, denn warum sollte der Medizinmann der Gebete sich vor einem Tanz fürchten, wie er ihn schon viele Male gesehen hatte? Schließlich stand Dingaan auf und ging, von allen anderen gefolgt, auf Hauptmann Retief zu, und verabschiedete sich von ihm, indem er ihm die Hand schüttelte und ihm das *Hambla Gachle* bot, das heißt, er solle in Frieden gehen. Dann wandte er sich um und ging auf das Tor zu, das zu seinem Haus führte, und ich sah, daß in der

Nähe des Tores der Hauptmann des Regiments stand, und er stand dort wie einer, der auf Befehle wartet.

Plötzlich, mein Vater, blieb Dingaan stehen und schrie mit lauter Stimme: »*Bulalani Abatakati!*« — Erschlagt die Zauberer! Und nachdem er das geschrien hatte, bedeckte er das Gesicht mit dem Zipfel seiner Decke und verschwand hinter dem Zaun.

Wir, die Berater, standen reglos, wie Menschen, die zu Stein geworden waren; doch bevor wir unsere Sinne wieder sammeln und etwas sagen oder tun konnten, schrie auch der Hauptmann des Regiments mit lauter Stimme: »*Bulalani Abatakati!*« Und der Ruf wurde von allen Seiten aufgegriffen. Dann, mein Vater, ertönte ohrenzerreißendes Geschrei, und das Trampeln von Tausenden von Füßen, und durch die aufwirbelnden Staubwolken sahen wir, wie die Soldaten sich auf die *Amaboona* stürzten, und durch das Schreien hörten wir die Schläge ihrer Stöcke.

Die *Amaboona* zogen ihre Messer und kämpften tapfer, aber bevor ein Mann bis hundert zählen kann, war es vorbei, und sie schleppten die *Amaboona* fort, manche tot, doch die meisten noch lebend. Sie schleppten sie durch das Tor des Kraals über das offene Land zu dem Schlachthügel, und dort, auf dem Schlachthügel, wurden sie massakriert, bis zum letzten Mann. Wie? Ah — ich will es dir lieber nicht beschreiben, mein Vater. Doch am Ende waren sie alle tot und wurden auf einen Haufen geworfen.

Jetzt gingen ich und die anderen Berater zum Haus des Königs. Wir fanden ihn vor seiner Hütte stehend und grüßten ihn schweigend durch das Erheben unserer Hände. Keiner von uns sagte ein Wort, und es war Dingaan, der schließlich sprach, und er lachte dabei ein wenig, wie ein Mann, der sich unsicher fühlt.

»Ah, meine Freunde«, sagte er, »als die Geier sich heute morgen ihr Gefieder putzten und zum Himmel nach Blut krächzten, konnten sie nicht wissen, daß sie nicht lange auf das Festmahl zu warten brauchten, das ich ihnen bereitet habe. Und auch ihr, meine Diener, habt nicht gewußt, was für einen großen König die Himmel ausgewählt haben, um über euch zu herrschen, noch konntet ihr die Tiefe des Verstandes eures Königs ermessen, der immerdar auf die Wohlfahrt seines Volkes bedacht ist. Jetzt ist das Land frei von diesen weißhäutigen Zauberern, von deren Schritten der Schwarze krächzte, als er sein Leben aufgab, und bald wird es ganz von ihnen befreit sein, denn dies war nur der Anfang. — Ho! Boten!« Und er wandte sich zu den Männern um, die hinter ihm standen. »Lauft zu den Regimentern, die jenseits der Berge versammelt sind, und bringt ihren Hauptleuten das Wort des Königs. Dies ist des Königs Wort, daß die *Impis* in das Land Natal ziehen und dort alle Buren erschlagen; sie sollen ausgelöscht werden, Männer, Frauen und Kinder! Fort mit euch!«

Nun riefen die Boten den königlichen Gruß *Bayéte* und schnellten los, wie Speere aus der Hand des Kriegers schnellen, und waren fort. Doch wir, die Berater, die Mitglieder des *Amapakati*, standen noch immer schweigend.

Nun wandte Dingaan sich an mich und sagte: »Ist dein Herz jetzt zufrieden, Mopo, Sohn Makedamas? Ständig hast du mir von diesem weißen Volk ins Ohr geblökt, und von dem, was es tun wird. *Ou!* Ich habe sie nur mit meinem Atem angeblasen, und sie sind fort. Sage, Mopo, sind die *Amaboona*-Zauberer da draußen alle tot? Denn wenn noch einer leben sollte, will ich mit ihm sprechen.«

Ich blickte Dingaan ins Gesicht und sagte: »Sie sind alle tot, und du, o König, bist auch tot.«

»Es wäre gut für dich, du Hund«, sagte Dingaan, »wenn du mir sagen würdest, was deine Worte bedeuten sollen.«

»Der König möge mir verzeihen«, antwortete ich, »dies ist ihre Bedeutung: Du kannst diese weißen Männer nicht töten, denn sie sind nicht von einer Rasse, sondern von vielen, und das Meer ist ihre Heimat; sie erheben sich aus dem schwarzen Wasser. Töte die, die hier sind, und andere werden kommen, um sie zu rächen, mehr und mehr und mehr! Heute war deine Stunde des Schlagens; wenn ihre Stunde kommt, werden sie zurückschlagen. Jetzt liegen *sie* in ihrem Blut, getötet von deiner Hand; an einem Tag, der kommen wird, o König, wirst *du* in deinem Blut liegen, durch ihre

Hand. Wahnsinn ist über dich gekommen, o König, daß du dies getan hast, und die Frucht deines Wahnsinns wird dein eigener Tod sein. Ich habe gesprochen, ich, der ich ein Diener des Königs bin. Der Wille des Königs geschehe.«

Ich stand völlig still und wartete darauf, getötet zu werden, denn, mein Vater, in der Wut meines Herzens über die Untat, die er begangen hatte, konnte ich meine Worte nicht mehr beherrschen. Dreimal sah Dingaan mich mit einem finsteren, schrecklichen Blick an, und doch erkannte ich Angst in seinem Gesicht, Angst, die sich mit seiner Wut stritt, und ich wartete darauf, welche Seite diesen Kampf gewinnen würde, die Angst oder die Wut. Als er schließlich sprach, sagte er nur ein Wort: *»Geh!«*, und nicht drei Worte: *»Bringt ihn fort!«* Also verließ ich den Kraal des Königs lebend, und alle anderen Berater gingen mit mir, und wir ließen den König allein.

Ich ging mit einem schweren Herzen, mein Vater; denn von all den schrecklichen Taten, die ich gesehen hatte, schien mir diese die schrecklichste — daß die *Amaboona* auf eine so hinterhältige Art abgeschlachtet worden waren, und daß die *Impis* genauso hinterhältig alle anderen ermorden sollten, zusammen mit ihren Frauen und Kindern.

Ja, und sie taten es, mein Vater — sechshundert von ihnen haben sie erschlagen —, drüben in Weenen, dem Land des Weinens, wie es heute heißt.

Sage mir, mein Vater, warum erlaubt der *Umkulunkulu,* der hoch droben in den Himmeln sitzt, daß solche Dinge unter Ihm auf der Erde getan werden? Ich habe die Predigten des weißen Mannes gehört, und sie sagen, daß sie alles über Ihn wüßten — daß Seine Namen Macht und Gnade und Liebe seien. Warum erlaubt Er dann, daß solche Dinge geschehen? Warum duldet Er, daß Männer wie Chaka und Dingaan die Menschen der Erde quälen und am Ende doch nur einen Tod bezahlen für die Tausende, die sie in den Tod geschickt haben? Es ist wegen der Sündhaftigkeit der Menschen, sagst du; aber nein, nein, so kann es nicht sein, denn gehen nicht die Schuldlosen mit den Schuldigen? Sterben nicht unschuldige Kinder zu Hunderten? Vielleicht gibt es eine andere Antwort, doch wer bin ich, mein Vater, daß ich mir anmaße, in meiner Torheit den Weg des Unsuchbaren zu suchen? Vielleicht ist es nur ein Teil des Großen Plans, von dem ich schon sprach — des Plans auf dem Becher, der das Wasser Seiner Weisheit enthält. *Ou!* Ich verstehe es nicht, ich, der ich nur ein Wilder bin, doch habe ich auch nicht mehr Wissen in den Herzen von euch gezähmten Menschen gefunden. Ihr wißt viele Dinge, doch diese wißt ihr nicht: ihr könnt uns nicht sagen, was wir eine Stunde vor unserer Geburt waren, noch was wir eine Stunde nach unserem Tod sein werden, noch warum wir geboren werden, noch warum wir sterben. Ihr könnt nur hoffen und glauben — das ist alles, und vielleicht, mein Vater, werde ich, bevor viele Tage vergangen sind, weiser sein als ihr alle. Denn ich bin sehr alt, und die Flamme meines Lebens ist heruntergebrannt — sie brennt nur noch in meinem Gehirn; dort ist sie noch hell. Doch bald wird sie ganz erlöschen, und dann werde ich vielleicht verstehen.

25

Der Krieg mit dem Volk der Halakazi

Jetzt, mein Vater, muß ich dir erzählen, wie Umslopogaas, der Schlächter, und Galazi, der Wolf, gegen das Volk der Halakazi zogen. Als ich den Schatten des Geisterberges verlassen hatte, rief Umslopogaas all seine Ältesten zusammen und sagte ihnen, es sei sein Wille, daß das Volk der Axt nicht länger ein kleiner Stamm bleiben solle; daß es groß werden und die Köpfe seiner Rinder nach Zehntausenden zählen solle.

Die Männer fragten ihn, wie das zu erreichen sei — ob er vielleicht gegen Dingaan, den König, Krieg führen wolle? Umslopogaas antwortete, nein, er wolle versuchen, die Gnade des Königs zu finden, und zwar auf diese Weise: Und er erzählte ihnen von dem Mädchen, das ›die Lilie‹ genannt wurde, und vom Stamm der Halakazi in Swaziland und daß er diesen Stamm vernichten wolle. Nun sagten einige der Dorfältesten ja zu diesem Plan, und andere sagten nein, und die Worte wurden hitzig, und sie saßen bis in den Abend. Doch als es Abend geworden war, stand Umslopogaas auf und sagte, daß er der Häuptling unter der Axt sei, und kein anderer, und daß es sein Wille sei, mit seinen Kriegern gegen die Halakazi zu ziehen. Falls es einen Mann gäbe, der sich seinem Willen widersetzen wolle, so solle er vortreten und gegen ihn kämpfen, und der, der in diesem Kampf Sieger bliebe, solle das Sagen haben. Doch es trat niemand vor, denn es gab nur wenige, die der Schneide der großen Axt *Witwenmacher* gegenüberstehen wollten, und deshalb wurde beschlossen, daß das Volk der Axt Krieg gegen die Halakazi führen würde, und Umslopogaas schickte Boten aus, um alle Krieger zu sich zu rufen.

Doch als Zinita, seine Hauptfrau, davon erfuhr, wurde sie wütend und schalt Umslopogaas und verfluchte mich, Mopo, den sie nur als den Mund Dingaans kannte, da sie ganz richtig vermutete, daß ich diesen Plan gemacht und ihn Umslopogaas gegeben hatte.

»Was!« schrie sie. »Du lebst hier in Frieden und Reichtum, und willst hinausziehen und Krieg führen gegen solche, die dir nichts getan haben! Um dort vielleicht zu sterben oder ein anderes Unglück zu erleiden! Du sagst, daß du es tun mußt, um ein Mädchen für Dingaan zu erobern, damit er dir wohlgesonnen wird! Hat Dingaan nicht mehr Mädchen, als er zählen kann? Ich glaube eher, daß du unser, deiner Frauen, müde geworden bist und für dich selbst neue Frauen holen willst, Bulalio; und was das Wohlwollen des Königs betrifft: Verhalte dich ruhig, dann wird sein Wohlwollen am größten sein. Wenn der König seine *Impis* gegen dich ausschickt, dann ist die Zeit zum Kämpfen gekommen, o Narr mit dem kleinen Hirn!«

So sprach Zinita zu ihm, ohne ihre Worte zu wägen, denn sie hielt ihre Zunge nie im Zaum, und da sie eine Frau war, konnte Umslopogaas sie nicht zum Kampf fordern. Also mußte er ihr Gezeter über sich ergehen lassen und es ertragen, denn es ist oft so, mein Vater, daß die größten Männer in ihren eigenen Hütten die kleinsten sind. Außerdem wußte er, daß Zinita nur deshalb so bittere Worte für ihn fand, weil sie ihn liebte.

Drei Tage später waren nun alle Krieger versammelt, und es waren fast zweitausend, gute und tapfere Männer. Umslopogaas trat vor sie hin und sprach zu ihnen und sagte ihnen, was sie vorhätten. Und Galazi, der Wolf, stand an seiner Seite. Sie hörten ihm schweigend zu, und Umslopogaas erkannte sehr klar, daß — genau wie vorher die Dorfältesten — die einen dies dachten und die anderen das. Nun sprach Galazi kurz zu ihnen und sagte ihnen, daß er die Straßen und die Höhlen der Halakazi gut kenne, und auch die Anzahl ihrer Rinder. Doch noch immer blieben viele, die zweifelten.

Da sagte Umslopogaas diese Worte: »Morgen bei Sonnenaufgang werde ich, Bulalio, Halter der Axt, Häuptling des Volkes der Axt, gegen die Halakazi ziehen, mit Galazi, dem Wolf, meinem Bruder. Und selbst wenn nur zehn von euch uns folgen, werden wir gehen. Jetzt wählt, Soldaten! Soll mit uns kommen, wer will, und sollen die anderen bei ihren Frauen und den kleinen Kindern bleiben.«

Nun erhob sich ein Schrei zum Himmel:

»Wir gehen mit dir, Bulalio, zum Sieg oder zum Tod!«

So brachen sie am folgenden Morgen auf, und es war ein großes Jammern und Heulen unter den Frauen des Volkes der Axt. Nur Zinita jammerte nicht, sie stand mit finsterem Gesicht vor der Tür der Hütte und weigerte sich sogar, ihrem Herrn Lebewohl zu sagen; doch als er fort war, weinte auch sie.

Nun marschierten Umslopogaas und sein *Impi* rasch und weit, und sie litten Hunger und Durst, bis sie schließlich in das Land der Swazi kamen, und wenig später erreichten sie das Land der Halakazi an einem hohen, engen Paß. Galazi, der Wolf, befürchtete, daß der Paß besetzt sein würde, denn obwohl sie auf ihrem Weg alle Kraale in Frieden gelassen und sich nur so viele Rinder genommen hatten, wie sie als Nahrung brauchten, wußte er doch, wie schnell sich Nachrichten vom Durchzug eines *Impi* verbreiten, und daß Boten zu den Halakazi geschickt worden waren, um sie zu warnen. Doch sie fanden nicht einen Mann auf dem Paß, und auf der anderen Seite lagerten sie, weil es längst Nacht geworden war. Am nächsten Morgen blickten Umslopogaas und Galazi auf die weite Ebene hinab, und Galazi zeigte seinem Bruder einen langen, niedrigen Hügel, etwa zwei Marschstunden entfernt.

»Dort, mein Bruder«, sagte er, »liegt der Kraal der Halakazi, wo ich geboren wurde, und in dem Hügel ist die große Höhle.«

Sie zogen weiter, und bevor die Sonne hoch am Himmel stand, kamen sie auf die Kuppe eines Hügels, und sie hörten den Ton von Hörnern von der anderen Seite. Sie stiegen auf den höchsten Punkt der Hügelkuppe und blickten den anderen Hang hinab, und dort — noch ziemlich weit entfernt, kam das ganze *Impi* der Halakazi auf sie zu, und es war ein großes *Impi*.

»Sie haben alle ihre Kräfte gesammelt«, sagte Galazi. »Für jeden unserer Männer haben sie drei oder vier!«

Die Soldaten sahen ebenfalls; daß die Zahl der Feinde ihnen überlegen war, und manchen verließ der Mut.

Da sagte Umslopogaas zu ihnen: »Dort drüben sind die Halakazi-Hunde, meine Kinder; sie sind viele und wir nur wenige. Aber soll man in unseren Hütten sagen, daß wir, Männer von Zulublut, vor einer Meute von Halakazi-Hunden geflohen sind? Sollen unsere Frauen und Kinder das Lied in unsere Ohren singen, o Soldaten der Axt?«

Nun schrien einige: »Niemals!« doch andere waren still.

Umslopogaas sprach weiter: »Kehre zurück, wer das will; noch ist Zeit dazu. Ihr anderen aber, die ihr Männer seid, kommt mit mir. Und wenn ihr alle zurückgehen wollt, werden die Axt *Witwenmacher* und die Keule *Wächter der Furten* die Sache allein regeln.«

Nun brandete ein lauter Schrei auf: »Wir werden gemeinsam sterben, so wie wir gemeinsam gelebt haben!«

»Schwört ihr das?« rief Umslopogaas und reckte die Axt *Witwenmacher* in die Luft.

»Wir schwören es bei der Axt!« schrien sie.

Jetzt bereiteten Umslopogaas und Galazi sich für den Kampf vor. Sie postierten alle jungen Männer auf dem unteren Teil des lehmigen, zerklüfteten Hangs, denn diese waren kein großer Verlust, wenn sie vom Speer getroffen wurden, und Galazi, der Wolf, kommandierte sie. Die Veteranen aber blieben auf der Kuppe des Hügels, und mit ihnen Umslopogaas.

Nun kamen die Halakazi heran, und es waren vier volle Regimenter. Die Ebene war schwarz von ihnen, und die Luft erzitterte von ihren Schreien, und ihre Speere blitzten im Licht der Sonne. Am Fuß des Hügels hielten sie an und schickten einen Herold aus, der fragen sollte, was das Volk der Axt von ihnen wolle. Der Schlächter antwortete, daß er drei Dinge wolle: erstens, den Kopf ihres Häuptlings, auf dessen Platz von nun an Galazi sitzen werde; zweitens, das Mädchen, das ›die Lilie‹ genannt würde; und drittens, tausend Rinder. Wenn diese drei Forderungen erfüllt würden, wolle er das Volk der Halakazi verschonen; wenn nicht, würde er sie in den Boden stampfen und sich alles nehmen, was sie hatten.

Der Herold ging zurück, und als er den Halakazi die Worte Umslopogaas' gesagt hatte, brachen sie in schallendes Gelächter aus; sie brüllten so laut, daß der Himmel erzitterte. Die Stirn Umslopogaas', des Schlächters, wurde rot unter seiner schwarzen Haut, und er schüttelte wütend den *Witwenmacher.*

»Ihr werdet ein anderes Lied singen, bevor die Sonne untergegangen ist!« schrie er den Halakazi zu, und dann trat er zu seinen Kriegern und sprach mit diesem Mann und mit jenem und fand Worte, um ihnen Mut zu machen.

Jetzt brachen die Halakazi in ein lautes Geschrei aus und stürmten auf die jungen Männer zu, die von Galazi geführt wurden, doch der Boden des Hangs war schwerer Lehm, aus dem Felsen wuchsen, und sie kamen nur langsam voran, und wenn sie heran waren, fielen Galazi, der Wolf, und die jungen Krieger über sie her und erschlugen sie. Doch es kamen immer mehr, und wegen ihrer Überzahl konnten sie sie nicht lange aufhalten, und nach einer Weile tobte der Kampf auf der ganzen Länge und Breite des Hangs. Doch Galazi führte seine jungen Männer so gut, und sie kämpften so verbissen unter seinem Auge, daß die Halakazi alle ihre Krieger einsetzen mußten, bevor die jungen Männer Galazis getötet wurden oder zurückwichen. *Ou!* Und zweimal machte Galazi einen Vorstoß mit solchen, die er um sich sammeln konnte, und zweimal brachte er den Angriff der Halakazi zum Stehen und schuf eine solche Verwirrung unter ihnen, daß schließlich Kompanie mit Kompanie vermischt war, und Regiment mit Regiment. Doch die Übermacht war zu groß, und bald war die Hälfte der jungen Männer tot, und die anderen wurden den Hang hinauf zurückgetrieben, wenn sie sich auch noch so verbissen wehrten.

Währenddessen saßen Umslopogaas und die Veteranen auf der Kuppe des Hügels und beobachteten den Kampf. »Diese Halakazi-Hunde haben einen Narren zum General«, sagte Umslopogaas. »Er hat keine Reserven, auf die er zurückgreifen kann, und Galazi hat seine Schlachtordnung durcheinandergebracht und seine Regimenter gemischt, wie Milch und Sahne in einer Schüssel gemischt werden. Die Halakazi sind kein *Impi* mehr, sondern ein Mob!«

Die Veteranen rutschten unruhig hin und her, streckten die Beine aus und zogen sie wieder unter sich; sie starrten auf das Getümmel der Schlacht, sie blickten einander an und sprachen leise miteinander.

»Ein guter Schlag, Galazi!« rief einer. »*Ou!* Der ist erledigt! Ein tapferer Mann! Ho! Und eine gute Keule ist dieser *Wächter!*«

»Der Kampf kommt näher, mein Bruder«, sagte ein anderer. Und während sie so sprachen, wurden ihre Gesichter finster und entschlossen, und ihre Hände umfaßten die Speere fester.

Schließlich rief ein Hauptmann Umslopogaas zu: »Sage, Schlächter, wird es nicht Zeit, daß wir auch etwas tun? Das

Gras ist zu feucht, um lange darauf zu sitzen, und wir haben schon Krämpfe in den Beinen.«

»Wartet noch«, sagte Umslopogaas. »Laßt sie noch eine Weile spielen und müde werden.«

Während er so sprach, hatten die Halakazi sich gesammelt und stürmten in einem Haufen auf Galazi zu, und auf die von den jungen Männern, die noch auf den Beinen waren. Ja, und jetzt mußten sie zurückweichen! Und die Halakazi drängten nach, und an ihrer Spitze ihr Häuptling, umgeben von einer Gruppe seiner Tapfersten.

Umslopogaas sah es und sprang auf die Füße. »Jetzt auf sie, Wölfe!« schrie er.

Seine Krieger sprangen auf, wie von Federn hochgeschnellt, wie eine Woge, die von einer Klippe emporgerissen wird. Und wie eine Woge ergossen sie sich auch über den Hang, allen voraus der Schlächter, der seine Axt *Witwenmacher* hoch über seinem Kopf schwang. *Ou!* Und seine Füße waren schnell! So schnell waren seine Füße, daß er den anderen bald um das Viertel einer Speerwurfweite voraus war. Galazi hörte sie kommen und blickte sich um, und während er sich umsah, raste der Schlächter an ihm vorbei. Jetzt stürmte auch Galazi wieder voran, und die beiden Wolfsbrüder rasten den Hang hinab, mit einem Abstand von vier Speerlängen zwischen sich.

Die Halakazi sahen und hörten das auch, und sie suchten sich zu sammeln, um dem Ansturm widerstehen zu können. Umslopogaas sah vor sich den Häuptling der Halakazi, einen großen Mann, von den Assegais seiner Garde umgeben. Umslopogaas lief direkt auf ihn zu, und ein Dutzend Speere wurden erhoben, um ihn zu begrüßen, und ein Dutzend Schilde deckten nach allen Seiten; dies war eine Festung, die kein Mensch einzunehmen vermochte.

Doch der Schlächter nahm sie ein — und allein! Er verlangsamte seinen Lauf, er konzentrierte sich — und dann sprang er hoch! So hoch sprang er, daß seine Füße gegen die Köpfe der Krieger traten und gegen den oberen Rand eines Schildes. Sie stießen nach ihm mit ihren Speeren, doch er flog über sie hinweg wie ein Adler. Er war über sie hinweg!

Er kam zu Boden! *Ou! Witwenmacher* wurde hochgerissen und fuhr herab! Und kein Schild und kein Speer vermochten seiner Schneide zu widerstehen, sie zersplitterten unter dem Schlag der Axt — und auch der Kopf eines Mannes —, und die Halakazi hatten keinen Häuptling mehr!

Der Ring der Schilde drehte sich um sich selbst. Narren! Galazi kommt jetzt über euch! Was war das? Seht nur, seht! Wie viele Knochen mögen ungebrochen geblieben sein in dem, den der *Wächter* eben mit voller Wucht traf? Und wieder geht einer zu Boden! Rückt zusammen, Schild-Männer! Rückt zusammen! *Ou!* Warum flieht ihr?

Die Woge brandet ans Ufer! Hört, wie sie brüllt — hört, wie die Schilde aufeinanderkrachen! Steht, ihr Männer der Halakazi, steht! So, es ist getan! Sie werden zurückgedrängt — sie fliehen! Und jetzt brandet eine Woge des Schlachtens über das Land — der Feind wird wie Sand vor einem Sturm! Und aus den Reihen der Verfolger ertönt ein Zischen, und es klingt wie das Zischen eines dünnen Wasserstrahls.

»*S'gee!*« sagte das Zischen. »*S'gee! S'gee!*«

Ich, mein Vater, bin ein alter Mann. Was habe ich noch mit dem Kampf zu tun, mit dem Kampf und seiner Lust? Doch es ist besser, im Kampf zu sterben, als ohne Kampf zu leben. Ich habe Kämpfe gesehen — viele Kämpfe habe ich gesehen. Oh! Wir konnten kämpfen, als ich ein Mann war, mein Vater, aber keiner, den ich kannte, konnte kämpfen wie Umslopogaas, der Schlächter, der Sohn Chakas, und sein Blutsbruder Galazi, der Wolf! Sie haben sie weggefegt, die Halakazi, sie haben sie weggefegt, so wie eine Frau den Staub aus ihrer Hütte fegt, so wie der Wind die welken Blätter wegfegt. Es war vorüber, kaum daß es richtig begonnen hatte. Manche waren tot, und manche waren geflohen, und das war das Ende des Kampfes. Nein, nein, nicht das Ende dieses Krieges. Die Halakazi wurden im Feld schwer geschlagen, aber viele blieben am Leben und erreichten die große Höhle und mußten noch getötet werden. Zu dieser Höhle ging der Schlächter nun, mit den Männern seines *Impi,* die ihm geblieben waren. Viele waren in dem Kampf getötet

worden; aber gibt es einen besseren Tod, als im Kampf zu sterben? Und jene, die noch lebten, waren so gut wie die ganze Zahl des *Impi,* denn ihr Mut war gewachsen, weil sie nun wußten, daß sie nicht leicht zu überrennen waren, wenn Axt und Keule sie führten.

Jetzt standen sie vor einem Berg, der an seinem Fuß etwa dreitausend Schritte maß. Er war nicht hoch, aber doch nicht zu erklettern, denn ein Stück oberhalb des Fußes, den Sand und Geröll bedeckten, waren steile, glatte Wände aus Fels, an denen sich niemand halten konnte, ausgenommen vielleicht Eidechsen und Käfer. Kein Mensch war zu sehen, weder auf dem Berg, noch außerhalb davon, noch in dem großen Kraal der Halakazi, der östlich des Berges lag, doch im Boden waren Spuren von Rindern und Menschen, und aus dem Innern des Berges hörte man das Muhen von Rindern.

»Hier ist das Nest der Halakazi«, sagte Galazi, der Wolf.

»Hier ist wirklich ihr Nest«, antwortete Umslopogaas, »doch wie kommen wir an die Eier, um sie auszusaugen? Es sind keine Äste an diesem Baum.«

»Aber ein Loch ist in seinem Stamm«, antwortete Galazi, der Wolf.

Nun führte er sie ein Stück weiter, bis sie zu einer Stelle kamen, wo der Boden zertrampelt war wie der Eingang zu einem Rinder-Kraal, und sie sahen, daß sich dort eine kleine Höhlung befand, die in den Berg führte, wie die Öffnung einer Tür, die man in den Häusern des weißen Mannes findet. Aber diese Tür war mit großen Steinblöcken versperrt, die so aufeinandergetürmt waren, daß man sie von außen nicht herausdrücken konnte. Nachdem das Vieh in den Berg getrieben worden war, hatten sie die Tür mit den Steinen geschlossen.

»Hier kommen wir nicht hinein«, sagte Galazi. »Folgt mir.«

Sie folgten ihm und kamen zur Nordseite des Berges, und dort, zwei Speerwurfweiten entfernt, stand ein Soldat der Halakazi. Als er sie sah, verschwand er sofort.

»Hier ist das Schlupfloch«, sagte Galazi, »und der Fuchs ist in seinen Bau gekrochen.«

Nun liefen sie zu der Stelle und sahen ein kleines Loch im Gestein, kaum größer als der Eingang zum Bau eines Ameisenbären, und aus dem Loch kamen Geräusche und etwas Licht.

»Wo ist die Hyäne, die diesen Bau aufreißt?« rief Umslopogaas. »Hundert Rinder für den Mann, der hineinkriecht und uns den Weg freimacht.«

Zwei junge Männer traten vor, trunken von dem Sieg, den sie erkämpft hatten, und begierig, Ruhm und Rinder zu gewinnen.

»Hier sind Hyänen, Balulio!« schrien sie.

»In den Bau mit euch«, sagte Umslopogaas, »und haltet den Gang eine Weile offen, bis die anderen folgen.«

Die beiden jungen Männer rannten auf das Loch zu, und der, der es als erster erreichte, kroch auf Händen und Knien hinein, den Schild unter sich, den Speer in der Hand. Das Licht, das aus dem Loch fiel, verdunkelte sich für eine Weile, dann hörten sie Kampfgeräusche, und kurz darauf fiel wieder Licht aus dem Loch. Der Mann war tot.

»Dieser hatte eine schlechte Schlange«, sagte der zweite Soldat. »Seine Schlange hat ihn im Stich gelassen. Wir wollen sehen, ob meine besser ist.«

Nun kroch er auf Händen und Knien in das Loch, genau wie der erste es getan hatte, aber dieser hielt den Schild über seinen Kopf. Eine Weile hörten sie ihn kriechen und dann das Krachen von Schlägen auf den Ochsenfellschild, und nach den Schlägen Stöhnen. Er war auch tot, doch es schien, als ob sie seine Leiche in dem engen Gang steckengelassen hatten, denn jetzt fiel kein Licht heraus. Dies war der Grund dafür, mein Vater: Als sie auf den Mann eingeschlagen hatten, war er in dem engen Gang wieder ein Stück zurückgekrochen und war dort gestorben, und keiner wollte sich die Mühe machen, ihn herauszuzerren.

Jetzt starrten die Soldaten auf das Loch, das in den Berg führte, und keinem schien sein Anblick zu gefallen, denn es ist ein erbärmlicher Tod, darin zu sterben. Umslopogaas und Galazi blickten ebenfalls in den Eingang.

»Man nennt mich den Wolf«, sagte Galazi nach einer Weile, »und ein Wolf sollte keine Angst vor der Dunkelheit haben; außerdem ist dies mein Volk, und ich sollte der erste sein, der es besucht«, und er ließ sich auf Hände und Knie nieder, ohne weitere Worte zu machen.

Umslopogaas jedoch, der noch immer in den Eingang der Höhle blickte, sagte zu ihm: »Warte, Galazi; ich werde als erster gehen! Ich habe einen Plan. Du folgst mir. Und ihr, meine Kinder, macht ein lautes Geschrei, damit sie uns nicht hören, wenn wir in ihren Bau kriechen; und wenn wir in ihrer Höhle sind, folgt uns, so schnell ihr könnt, denn wir können den Weg nicht sehr lange offen halten. Und hört auch dies! Dies ist mein Rat an euch: Wenn ich falle, wählt sofort einen anderen Häuptling — Galazi, wenn er noch leben sollte.«

»Nein, Schlächter«, sagte Galazi, der Wolf, »nicht mich. Denn wir werden zusammen leben oder sterben.«

»So soll es sein, Galazi. Dann wählt einen anderen Mann und versucht diesen Weg nicht mehr, denn wenn wir ihn nicht freikämpfen können, schafft es kein anderer. Holt euch Nahrung und wartet hier, bis diese Schakale aus ihrem Bau kommen; dann seid bereit. Lebt wohl, meine Kinder!«

»Lebe wohl, Vater«, antworteten sie, »und sei wachsam, damit wir nicht eine Herde ohne Hirten werden, die verlassen durch die Einöde irrt.«

Nun kroch Umslopogaas in die Höhle; er nahm keinen Schild mit, sondern hielt den *Witwenmacher* in beiden Händen, und dicht hinter ihm kroch Galazi. Als er etwa sechs Speerlängen in den Gang gekrochen war, streckte er seine Hand aus und, wie er es erwartet hatte, berührte er die Füße des Mannes, der vor ihm hineingekrochen und getötet worden war.

Nun tat Umslopogaas dies: er drückte seinen Kopf unter die Beine des Toten und schob sich voran, bis der Leichnam des Mannes auf seinem Rücken lag, und er hielt ihn dort fest, indem er beide Unterarme des Toten mit seiner linken Hand umklammerte. Dann schob er sich langsam weiter vor und sah, daß er dicht vor dem Ende des Ganges war; doch es war fast dunkel in der Höhle, die hinter dem Gang lag, und ein großer Felsen verschattete das Licht, das irgendwo weiter hinten brannte.

Das ist gut für mich, dachte Umslopogaas, denn so können sie nicht die Toten von den Lebenden unterscheiden. Es könnte sein, daß ich das Licht der Sonne wiedersehe.

Jetzt hörte er einen der Halakazi-Krieger, die in der Höhle waren, sprechen.

»Die Zulu-Ratten scheinen genug zu haben«, sagte er. »Sie fürchten den Stock des Rattenfängers.«

»Schade, es ist ein lustiger Sport«, sagte ein anderer und lachte.

Umslopogaas schob sich jetzt rasch vorwärts, den Toten auf seinem Rücken, und plötzlich war er aus dem Gang heraus und in einer Höhle, im Schatten eines Felsens.

»Bei der Lilie!« schrie ein Soldat. »Da kommt noch einer! Das ist für dich, Zulu-Ratte!« Und er schlug seinen Kerrie auf den Kopf des Toten.

»Und das auch!« schrie ein zweiter und stieß seinen Speer mit einer solchen Wucht in den Körper des Toten, daß er am Rücken wieder heraustrat und Umslopogaas' Haut aufritzte.

»Und das! Und das! Und das!« schrien andere und schlugen und stießen mit ihren Kerries und Speeren.

Umslopogaas stöhnte laut und lag still.

»Es ist sinnlos, noch mehr Kraft zu verschwenden«, sagte der Mann, der als erster zugeschlagen hatte. »Diese Ratte wird nie wieder ins Zululand zurückrennen, und ich denke nicht, daß es noch mehr gibt, die Lust haben, ihm zu folgen. Wir wollen der Sache ein Ende machen. Sucht Steine zusammen und verstopft das Loch. Der Spaß ist vorbei.«

Er wandte sich um, während er sprach, und auch die anderen kehrten Umslopogaas den Rücken zu. Und darauf hatte der Schlächter gewartet. Er stieß den Toten von sich und sprang auf die Füße. Die anderen hörten ihn und fuhren herum; aber schon klopfte der Hammerknopf auf der Rückseite des *Witwenmachers* an den Kopf des Mannes, der bei der Lilie geschworen hatte, und er würde nie wieder von ihr sprechen. Nun sprang Umslopogaas auf einen der Felsblökke und stand dort wie ein riesiger Bulle vor dem Abendlicht der Sonne.

»Die Zulu-Ratte ist nicht so leicht zu erschlagen, ihr Wiesel!« schrie er, und sie stürzten sich laut schreiend von allen Seiten auf ihn. Die Streitaxt fuhr nach links und nach rechts, und die Klinge sauste mit einer solchen Geschwindigkeit durch die Luft, daß eines Menschen Auge ihr nicht zu folgen vermochte. Aber auch wenn sie die Klinge nicht sahen, mein Vater, so starben doch viele von ihrer Schneide. Jetzt drängten die Feinde aus allen Richtungen auf den Schlächter ein, sie brandeten wie Brecher an dem Felsen empor, auf dem er stand. Überall blitzten Speere, und ihre Klingen fuhren auf ihn zu. Die Krieger, die vor ihm und zu beiden Seiten waren, fielen unter den Schlägen der Axt — doch waren auch welche in seinem Rücken; einer verwundete ihn mit seinem Speer am Hals, und ein anderer riß seinen Speer empor, um ihn Umslopogaas in den Rücken zu stoßen, als der Mann plötzlich in den Staub fiel — um zu Staub zu werden.

Denn jetzt war auch der Wolf aus dem Gang heraus, und der *Wächter* machte sich an die Arbeit; und sein Arbeitseifer war so groß, daß der Schlächter sehr bald keine Angst mehr um seinen Rücken haben mußte — dafür hatten um so mehr die zu fürchten, die hinter seinem Rücken standen. Die beiden Wolfsbrüder kämpften prächtig und machten ein großes Fest des Schlachtens, und nun erschienen — einer nach dem anderen — die federgeschmückten Köpfe des Volkes der Axt im Ausgang des engen Lochs, und starke Arme griffen in den Kampf ein. Sie sprangen aus dem Loch und in die Schlacht, wie Otter in einen Fluß springen — jetzt waren es zehn von ihnen, nun zwanzig —, und dann ergriffen die Halakazi die Flucht, da sie der Mut verließ. Der Rest der Krieger des Volkes der Axt konnte in Ruhe und Frieden durch den Gang in die Höhle kriechen, und es wurde Nacht, bis sie alle hindurch waren.

26

Nada wird gefunden

Umslopogaas rief seine Männer zusammen.

»Es ist fast dunkel geworden«, sagte er, »aber das Licht muß uns reichen, um diese Wiesel aus ihrem Bau zu jagen. Komm, mein Bruder Galazi! Du weißt, wo sie sich verkrochen haben, du wirst uns führen.«

Also führte Galazi das *Impi.* Als sie um die Ecke eines Gangs bogen, gelangten sie auf einen großen offenen Platz in der Mitte des Berges unter freiem Himmel. Eine Quelle sprudelte, und Tausende von Rindern standen auf dem Platz.

Galazi führte sie weiter, zur linken Innenwand des Berges, und dort, unter einer weit überhängenden Klippe, befand sich der Eingang zur Großen Höhle. Es war völlig dunkel in der Höhle, doch neben dem Eingang sahen sie einen großen Haufen von Kienholz, das als Fackeln diente.

»Damit werden wir uns Licht machen«, sagte Galazi, und jeder zweite Mann nahm ein Kienholz und entzündete es an einem Feuer, das in der Nähe des Höhleneingangs brannte. Dann stürmten sie hinein, die brennenden Fackeln und die Assegais über ihren Köpfen schwingend. Hier leisteten die Halakazi zum letztenmal Widerstand, und das flackernde Licht der Kienfackeln warf die Schatten der kämpfenden Krieger an die Wände der Höhle. Doch die Halakazi standen nicht lange, denn der Mut hatte sie verlassen. *Ou!* Was für ein Schlachten! Ich weiß nicht, wie viele getötet wurden, ich weiß nur dies: daß die Halakazi aufhörten, ein Stamm zu sein, als Umslopogaas, den man Bulalio, den Schlächter, nannte, sie in den Boden trampelte; sie sind jetzt nichts mehr als ein Name. Das Volk der Axt trieb sie aus der Höhle auf den offenen Platz in der Mitte des Berges, und beendete den Kampf bei Sternenlicht zwischen den Rindern.

In einer Ecke der Höhle entdeckte Umslopogaas eine Gruppe von Männern, die sich um etwas drängten, als ob sie es schützen wollten, und er lief auf diese Gruppe zu.

Doch als Umslopogaas die Gruppe der Krieger niedergekämpft hatte, sah er im Schein der Kienfackeln einen großen, schlanken Mann an der Wand lehnen. Er hatte keine Waffe und verdeckte seinen Körper mit einem großen Schild.

»Du bist ein Feigling! « schrie Umslopogaas und schlug mit der Axt auf den Schild. Die Schneide der Axt drang durch das Büffelleder des Schildes und klirrte gegen den Fels, verfehlte jedoch den Kopf des Halakazi.

»Ah! Soldat, töte mich nicht! Warum willst du mich töten?« sagte eine helle, klare Stimme.

Nun war der Schild an der Axt hängengeblieben und vor dem Gesicht fortgerissen worden, und etwas in dem Klang der Stimme hielt Umslopogaas davon zurück, noch einmal zuzuschlagen: es war, als ob ein Traum aus seiner Kindheit sich in seine Erinnerung drängte. Seine Fackel war fast heruntergebrannt, doch er streckte sie vor, damit das Licht auf das Gesicht dessen fiele, der dort an der Felswand lehnte. Die Kleidung war die eines Mannes, aber der Körper nicht — nein, es war der Körper einer schönen Frau, deren Haut fast weiß war. Sie nahm die Hände von ihrem Gesicht, und jetzt konnte er es deutlich sehen. Er sah Augen, die wie Sterne strahlten, Haar, das in Locken bis auf die Schultern fiel, und ein Gesicht von solcher Schönheit, wie man sie bei Menschen unseres Volkes nicht findet. Und wie die Stimme ihm von etwas gesagt hatte, das er verloren hatte, so schienen seine Augen ihm über die Dunkelheit vieler Jahre hinweg etwas zeigen zu wollen.

Er sah die Schönheit des Mädchens an, und das Mädchen blickte in sein finsteres Gesicht, auf seinen mächtigen Körper, der vom Kampf und von Wunden rot gezeichnet war. So sahen sie einander an, eine lange Zeit, und das Licht der Kienfackel tanzte auf ihren Gesichtern, und auf den Felswänden der Höhle, und auf dem blutigen Blatt der Axt *Witwenmacher,* und um sie herum tobte noch immer der Kampf.

»Wie wirst du genannt, du, die du so schön bist?« fragte er schließlich.

»Man nennt mich ›die Lilie‹; doch hatte ich früher einen anderen Namen; einst war ich Nada, die Tochter Mopos,

CHARLES KERR.

aber der Name und alle anderen sind tot, und ich werde jetzt zu ihnen gehen. Töte mich und mache ein Ende. Ich werde die Augen schließen, damit ich die große Axt nicht fallen sehe.«

Umslopogaas starrte sie mit weit aufgerissenen Augen an, und die Axt *Witwenmacher* fiel ihm aus den Händen und klirrte zu Boden.

»Sieh mich an, Nada, Tochter Mopos!« sagte er mit leiser Stimme. »Sieh mich an und sage mir, wer ich bin!«

Sie blickte ihn an, und wieder und wieder, dann beugte sie sich näher, und ihr Gesicht war wie das eines Menschen, der über den Rand der Welt hinwegblickt. »Bei meinem Herzen«, flüsterte sie schließlich, »bei meinem Herzen, du bist Umslopogaas, mein Bruder, der tot ist, und den ich, tot und lebend, mehr liebte als alles andere auf der Welt, und nur ihn allein.«

Die Kienfackel erlosch, als Umslopogaas sie zu Boden fallen ließ, und in der Dunkelheit riß er das Mädchen in die Arme, drückte sie an sich und küßte sie, seine Schwester, die er nach so vielen Jahren wiedergefunden hatte, und sie küßte ihn.

»Jetzt küßt du mich«, sagte sie, »doch eben noch hat mir deine Axt Haare abgeschoren und meinen Kopf nur um die Breite eines Fingers verfehlt — und noch immer dringt der Lärm vom Kampf in meine Ohren! Ah! Ich erbitte eine Gunst von dir, mein Bruder, eine Gunst: es soll kein Tod mehr sein, nun, da wir uns wiedergefunden haben. Das Volk der Halakazi ist besiegt, und seine Niederlage ist gerecht, denn so, auf die gleiche Art, haben sie die getötet, bei denen ich vorher lebte. Doch sie haben mich gut behandelt, mich nicht in eine Ehe gezwungen und mich vor Dingaan geschützt; darum verschone die, die noch leben, mein Bruder.«

Also erhob Umslopogaas seine Stimme und befahl, mit dem Töten einzuhalten, und er schickte schnelle Boten aus, mit dieser Botschaft: Dies ist der Befehl Bulalios: Daß jeder, der von nun an seine Hand gegen das Volk der Halakazi erhebt, selbst getötet werden soll. Und die Soldaten gehorchten ihm, obwohl sein Befehl für die meisten zu spät kam, und es wurden keine Halakazi mehr getötet. Man ließ sie fliehen, außer den Frauen und Kindern, die zurückgehalten wurden, um als Gefangene fortgeführt zu werden. Und die Halakazi liefen weit in dieser Nacht, und sie kamen auch nie mehr als ein Volk zusammen, denn sie fürchteten Galazi, den Wolf, der ihr Häuptling sein würde, sondern verstreuten sich über die ganze Welt und lebten in der Fremde.

Nachdem die Soldaten gut und reichlich von den Vorräten der Halakazi gegessen hatten und Wachen aufgestellt worden waren, um die erbeuteten Rinder zu schützen, sprach Umslopogaas lange mit Nada, der Lilie, und fragte sie über alles aus, was ihr geschehen war, seit er von ihr und mir, Mopo, getrennt wurde, und anschließend erzählte er ihr von seinem Leben. Nada erzählte ihm all das, was du bereits weißt, mein Vater, wie sie bei dem kleinen Stamm gelebt hatten, der den Halakazi untertan war, sie und ihre Mutter Macropha, und wie sich der Ruhm ihrer Schönheit über das ganze Land verbreitet hatte. Dann sagte sie ihm, wie die Halakazi sie von dem kleinen Stamm verlangt hätten, und wie sie schließlich mit Gewalt geraubt worden war, wobei alle Menschen des Kraals getötet wurden, auch ihre Mutter, Macropha. Von da an hatte sie bei den Halakazi gelebt, die ihr einen neuen Namen gaben und sie ›die Lilie‹ nannten, und sie hatten sie gut behandelt und sie wegen ihrer Schönheit und ihres Sanftmuts in Ehren gehalten und sie nicht in eine Ehe gezwungen.

»Und warum wolltest du nicht heiraten, Nada, meine Schwester«, fragte Umslopogaas, »die du schon weit über das Alter der Heirat hinaus bist?«

»Das kann ich nicht sagen«, antwortete sie und senkte den Kopf, »doch es ist nun einmal so. Ich habe nur den Wunsch, allein gelassen zu werden.«

Nun dachte Umslopogaas eine Weile nach, und dann sagte er: »Du weißt nicht, warum ich diesen Krieg gemacht habe, und warum das Volk der Halakazi tot oder verstreut ist und sein Vieh die Beute meines Arms. Ich will es dir sagen: Ich bin hergekommen, um dich zu erbeuten, die ich nur durch den Mund anderer als ›die Lilie‹ kannte, die schönste aller Frauen, um dich Dingaan zur Frau zu geben. Deshalb habe ich diesen Krieg begonnen: um dich Dingaan zu geben und meinen Frieden mit ihm zu machen.«

Als Nada, die Lilie, nun diese Worte hörte, begann sie zu zittern und weinte, und sie fiel vor Umslopogaas auf die Knie, umklammerte seine Beine und schrie: »Oh, tue mir das nicht an, mir, deiner Schwester!« flehte sie. »Lieber nimm wieder deine große Axt in die Hände und mach ein Ende mit mir und mit der Schönheit, die so viel Leid über so viele Menschen gebracht hat, und am meisten über mich, die ich sie tragen muß! Oh, hätte ich doch nicht meinen Kopf hinter dem Schild zur Seite gerissen, sondern die Axt treffen lassen. Deshalb war ich wie ein Mann gekleidet: um das Schicksal eines Mannes zu finden. Ah! Verflucht sei die Schwäche der Frauen, die mich dem Tod entriß, um mich nun der Schande auszuliefern!«

So flehte sie Umslopogaas an, mit ihrer sanften, süßen Stimme, und sein Herz wurde zu Wasser in ihm, obwohl er nicht mehr daran dachte, sie Dingaan zu geben, wie einst Baleka Chaka gegeben wurde, damit sie am Ende das gleiche Schicksal habe wie Baleka.

»Es gibt viele Frauen, Nada«, sagte er, »die es nicht für ein Unglück hielten, wenn sie dem obersten aller Häuptlinge zur Frau gegeben würden.«

»Dann gehöre ich nicht zu denen«, antwortete sie. »Nein, lieber will ich sterben durch meine eigene Hand, wenn es sein muß.«

Nun fragte Umslopogaas sich, warum Nada einen solchen Widerwillen vor der Ehe hatte, doch er sprach nicht darüber, sondern sagte nur:

»Kannst du mir dann raten, Nada, wie ich mich aus dieser Pflicht lösen kann? Ich muß zu Dingaan gehen, wie ich es Mopo, unserem Vater, versprochen habe; was soll ich sagen, wenn Dingaan mich nach der Lilie fragt, die zu pflücken ich ausgezogen bin, und nach der sein Herz verlangt? Was soll ich sagen, um mein Leben vor dem Zorn Dingaans zu retten?«

Nada dachte eine Weile nach, dann sagte sie dies: »Du wirst ihm sagen, mein Bruder, daß die Lilie, welche die Kleidung eines Kriegers trug, in der Hitze des Kampfes getötet wurde. Sieh doch: keiner deiner Männer weiß, daß du mich gefunden hast; in der Stunde des Sieges denken Soldaten an andere Dinge, und nicht an Mädchen. Dies nun ist mein Plan: Wir werden hinausgehen und beim Licht der Sterne nach einem hübschen Mädchen suchen, denn sicher wurden einige von ihnen in der Hitze der Kämpfe getötet, und sie werden wir wie einen Krieger kleiden und sie neben die Leiche eines deiner eigenen Männer legen. Morgen, wenn es Tag geworden ist, wirst du mit einigen deiner Hauptleute und Soldaten nach der Lilie suchen, und ihr werdet sie in der Dunkelheit der Höhle entdecken, wohin du sie in dieser Nacht gebracht hast. Du darfst die anderen nur einen kurzen Blick auf dieses tote Mädchen werfen lassen und mußt ihnen sagen, daß diese die Lilie war, die von einem deiner eigenen Krieger getötet wurde, und den du in deinem Zorn auch tötetest. Sie werden sich bei einem so gewohnten Anblick nicht lange aufhalten, und wenn einer sie doch genauer ansehen und feststellen sollte, daß sie nicht so besonders schön sei, so wirst du ihm sagen, daß der Tod sie all ihrer Schönheit beraubt habe. So wird die Geschichte, die du Dingaan erzählen wirst, von anderen bestätigt, und Dingaan muß sie dir glauben.«

»Und was dann, Nada?« fragte Umslopogaas. »Was ist, wenn meine Männer unter den gefangenen Frauen und Kindern ein Mädchen von solcher Schönheit entdecken und dich daran erkennen?«

»Niemand wird mich sehen, Umslopogaas«, sagte Nada. »Du mußt dafür sorgen, daß ich unbemerkt aus dem Berg komme. Ich werde durch das Land wandern, als Junge verkleidet und das Gesicht hinter einer Decke versteckt, und wenn welche mich treffen, wer wird dann sagen, daß ich die Lilie bin?«

»Und wohin willst du wandern, Nada? In den Tod? Müssen wir, die wir uns nach so langen Jahren wiedergefunden haben, uns nun für immer trennen?«

»Wo, sagtest du, ist der Ort, an dem du lebst, mein Bruder? Im Schatten des Geisterberges, den die Menschen an der Form eines Felsens erkennen, der wie eine zu Stein erstarrte alte Frau aussieht, nicht wahr? Erzähle mir, welcher Weg dorthin führt.«

Also beschrieb Umslopogaas ihr den Weg zum Geisterberg, und sie hörte ihm schweigend zu.

»Gut«, sagte sie, als er zu Ende gekommen war. »Ich bin kräftig, und meine Füße sind schnell; vielleicht werden sie mich so weit tragen, und wenn ich den Schatten dieses Berges erreiche, wirst du vielleicht eine Hütte finden, in der ich mich verstecken kann, Umslopogaas, mein Bruder.«

»So soll es sein, meine Schwester«, antwortete Umslopogaas, »aber der Weg ist weit, und es gibt viele Gefahren für ein Mädchen, das allein wandert, ohne Nahrung und ohne Obdach.« Während er das sagte, dachte er an Zinita, seine Frau, und er wußte, daß sie Nada nicht mögen würde, obgleich sie nur seine Schwester war.

»Trotzdem muß ich diesen Weg gehen, und die Gefahren auf mich nehmen«, sagte sie lächelnd.

Nun ließ Umslopogaas seinen Bruder Galazi, den Wolf, rufen, und er erzählte ihm alles, denn Galazi war der einzige Mann, dem er vertraute. Der Wolf hörte ihm schweigend zu, und er bewunderte die Schönheit Nadas im Licht der Sterne.

Als alles berichtet war, sagte er nur, daß er sich nun nicht länger wundere, daß die Halakazi wegen der Schönheit dieses Mädchens Dingaan getrotzt und den Tod über sich gebracht hatten. Trotzdem hatte er jedoch in seinem Herzen ein schlechtes Gefühl bei dieser Sache, und er wußte, daß der Tod noch nicht überstanden war, und er sagte es den beiden. »Dort, vor uns, sitzt der Stern des Todes«, schloß er und deutete auf die Lilie.

Nada begann zu zittern wegen des bösen Omens dieser Worte, und der Schlächter wurde wütend, doch Galazi weigerte sich entschieden, seine Worte zurückzunehmen, noch wollte er ihnen etwas hinzufügen. »Ich habe nur gesagt, was in meinem Herzen ist«, sagte er nur.

Sie standen auf und gingen, um unter den Toten nach einem Mädchen zu suchen, das für ihren Zweck geeignet war, und sie fanden auch bald eins, ein großes hübsches Mädchen, und Galazi trug es auf seinen Armen in die Große Höhle.

Hier, in der Höhle, war jetzt niemand mehr außer den Toten, und sie sahen schrecklich aus im Licht der Fackeln, wie sie so dalagen in ihrem Blute.

»Sie schlafen fest«, sagte die Lilie, als sie auf die Toten blickte. »Die Rache ist süß.«

»Auch wir werden sie bald gewinnen, Mädchen«, sagte Galazi bitter, und wieder begann Nada zu zittern.

Dann, nachdem sie dem toten Mädchen die Kleidung eines Kriegers angezogen und Schild und Speer neben sie gelegt hatten, suchten sie unter den toten Kriegern nach einem vom Volk der Axt und legten ihn neben das Mädchen. Dann verließen sie die Höhle, und Umslopogaas und Galazi gingen unter dem Vorwand, die Wachen zu kontrollieren, von einem Ort zum anderen, und die Lilie ging hinter ihnen, wie eine Leibwache, das Gesicht hinter einem Schild verborgen, einen Speer in der Hand, und einen Beutel mit Mais und Trockenfleisch an ihrem Gürtel.

So gelangten sie zu dem Eingang, der in den Berg führte. Die Steine, mit denen er blockiert gewesen war, waren zur Seite geräumt worden von den Halakazi, die noch lebten, als Umslopogaas den Befehl zur Beendigung des Kampfes gegeben hatte, und die aus dem Berg geflohen waren. Doch standen jetzt Wachen dort, die verhindern sollten, daß einige von ihnen zurückkämen. Umslopogaas rief die Wachen an, und sie grüßten ihn, und er sah, daß sie von dem Kampf völlig erschöpft waren und kaum noch sahen oder hörten, was um sie herum vorging. Umslopogaas, Galazi und Nada gingen an ihnen vorbei aus dem Berg und über die Ebene, die nun vor ihnen lag.

Nach einer Weile blieben sie stehen, und der Schlächter und die Lilie verabschiedeten sich voneinander. Galazi blickte sie schweigend an, und als sie zurückgingen, erkannte er, daß Umslopogaas' Herz schwer war. Sie blieben stehen und sahen der Lilie nach, die rasch und leichtfüßig wie eine Gazelle über die Ebene lief.

»Ich weiß nicht, wann ich sie wiedersehen werde«, sagte Umslopogaas, als sie in den Schatten der Nacht verschwunden war.

»Mögest du sie niemals wiedersehen«, antwortete Galazi, »denn ich bin sicher, wenn du diese, deine Schwester, wiedersiehst, wird sie noch viel mehr Menschen den Tod bringen als jetzt dort um ihrer Schönheit willen liegen. Sie ist ein Stern des Todes, und wenn dieser Stern untergeht, wird der Himmel blutrot sein.«

Umslopogaas antwortete nicht, sondern trat langsam in die Öffnung, die in den Berg führte.

»Wie kommt es, o Häuptling«, fragte der Mann, der der Hauptmann der Wache war, »drei sind hinausgegangen, doch nur zwei kommen zurück?«

»Du Narr!« antwortete Umslopogaas. »Bist du betrunken vom Bier der Halakazi oder blind vor Müdigkeit? Zwei sind hinausgegangen, und zwei kommen zurück. Ich habe den, der bei uns war, längst fortgeschickt.«

»So ist es, Vater«, sagte der Hauptmann. »Zwei gingen hinaus, und zwei kamen zurück.«

27

Das Zertreten des Feuers

Am nächsten Morgen erwachte das *Impi* vom Schlaf erfrischt, und nachdem die Soldaten gegessen hatten, rief Umslopogaas sie zusammen. Ach! Fast die Hälfte derer, die tags zuvor noch die Sonne gesehen hatten, sahen sie nicht mehr. Der Schlächter sprach zu seinen Kriegern und dankte ihnen für das, was sie getan hatten, um Ruhm und Rinder zu gewinnen. Sie waren fröhlich und guter Dinge und dachten kaum an die, welche tot waren, und sie sangen Lieder vom Ruhm Bulalios, und vom Ruhm Galazis, und sie sangen mit lauter Stimme. Als der Gesang zu Ende war, sprach Umslopogaas wieder zu ihnen; er sagte, daß sie einen großen Sieg errungen hätten, und daß die erbeuteten Rinder zahllos seien. Etwas jedoch fehle — es fehle die, deretwegen sie hergekommen seien, um sie dem König zum Geschenk zu machen. Wo war die Lilie?

Gestern sei sie gesehen worden, fuhr er fort, in ein *Moocha* gekleidet, wie ein Mann, und mit einem Schild in der Hand; das habe er von Gefangenen erfahren. Aber wo war sie jetzt?

Nun sagten alle Soldaten, daß sie sie nicht gesehen hätten. Als sie wieder schwiegen, sagte Galazi das, was sie zwischen sich ausgemacht hatten. Er sagte, daß er gestern, als sie die Große Höhle stürmten, einen Mann auf einen Krieger der Halakazi zulaufen gesehen habe, um ihn zu töten. Doch im letzten Augenblick habe der, der getötet werden sollte, seinen Schild fallen lassen und um Gnade gebeten, und Galazi habe erkannt, daß es kein Krieger war, sondern ein sehr schönes Mädchen. Also habe er dem Mann zugerufen, sie am Leben zu lassen, denn es war der Befehl gegeben worden, keine Frau zu töten; doch der Mann habe in seinem Blutrausch zurückgeschrien, ob Mann oder Mädchen, sie müsse sterben — und er habe sie getötet. Daraufhin habe er — Galazi — in seinem Zorn diesen Mann mit dem *Wächter* erschlagen, und er hoffe, daß er nichts Falsches getan habe.

»Du hast richtig gehandelt, mein Bruder«, sagte Umslopogaas. »Kommt mit uns, ein paar von euch, und laßt uns dieses tote Mädchen suchen. Vielleicht ist es die Lilie, und wenn sie es ist, ist es ein Unglück für uns, denn ich weiß nicht, wie ich es Dingaan sagen sollte.«

So gingen einige der Männer mit Umslopogaas und Galazi, und sie kamen zu der Stelle, an die sie das tote Mädchen gelegt hatten, und neben sie den Krieger vom Volk der Axt.

»Es ist alles so, wie es mein Bruder, der Wolf, gesagt hat.« Umslopogaas schwenkte seine Kienfackel über den beiden, die tot am Boden lagen. »Ohne Zweifel, hier liegt sie, um die wir hergekommen sind, und neben ihr der Narr, der sie getötet hat und dann selbst von dem *Wächter* getötet wurde. Ein trauriger Anblick, und eine traurige Geschichte, die ich im Kraal Dingaans erzählen muß. Doch ist es nun einmal so, und wir können nichts mehr daran ändern; und dieses Mädchen, das einmal die Schönste im ganzen Land war, ist nun kein schöner Anblick mehr. — Laßt uns gehen!« Und er wandte sich rasch ab, und erst als sie zurückgingen, sagte er: »Bindet dieses tote Mädchen in Ochsenfelle, nachdem ihr den Körper gut eingesalzen habt; wir wollen sie mit uns nehmen.« Und so geschah es.

Nun sagten die Hauptleute: »Ja, es ist so, mein Vater, und nichts läßt sich mehr ändern, und Dingaan wird auf seine Braut verzichten müssen.« So sprachen sie alle, bis auf den Mann, der in der vergangenen Nacht Hauptmann der Wache gewesen war, als Umslopogaas und Galazi und noch jemand durch den Ausgang auf die Ebene gegangen waren. Dieser Mann sagte nichts, doch dachte er sich sein Teil. Denn er war sicher, daß es drei waren, die hinausgingen, und nicht zwei. Außerdem schien es ihm, daß sich das *Kaross* des dritten etwas verschob, als er sich an ihm, dem Hauptmann der Wache, vorbeidrängte, und daß er die gerundeten Formen einer Frau darunter gesehen hätte, und darüber die Augen einer Frau — groß und dunkel, wie die Augen einer Gazelle.

Auch war diesem Hauptmann aufgefallen, daß Bulalio keinen der Hauptleute gerufen hatte, um den Leichnam des toten Mädchens anzusehen, und daß er die Kienfackel ständig hin und her geschwenkt hatte, als er sie über das Mädchen hielt — er, dessen Hand sonst immer die ruhigste war. All das dachte er bei sich, und er vergaß nichts davon.

Nun wollte es der Zufall, mein Vater, daß Umslopogaas während des Rückmarsches Grund hatte, diesem Mann harte Worte zu sagen, weil dieser versucht hatte, einem anderen einen Teil der Beute zu stehlen, die sie bei den Halakazi gemacht hatten. Er gab ihm harte Worte dafür, nahm ihm seinen Rang und stellte einen anderen über ihn. Außerdem nahm er ihm einige der erbeuteten Rinder fort und gab sie dem, den er hatte bestehlen wollen.

Und obwohl er zu Recht bestraft worden war, wurde dieser Mann bitter auf Umslopogaas und dachte mehr und mehr an den Dritten, der die Höhle verlassen hatte und nicht zurückgekehrt war, und an dem er die Rundungen einer Frau und die Augen einer Frau gesehen zu haben glaubte.

Umslopogaas begann seinen Marsch zum Kraal Umgugundhlovu, in dem Dingaan saß. Doch bevor sie aufbrachen, fragte er Galazi, den Wolf, in Gegenwart aller Soldaten, ob er mit ihm kommen oder lieber hierbleiben und Häuptling der Halakazi sein wolle, wie es ihm durch das Recht seiner Geburt und des Sieges zustand. Der Wolf lachte und sagte, daß er hergekommen sei, um Rache zu üben, nicht um seinen Platz als Häuptling zu beanspruchen, und daß auch nicht mehr viele von den Halakazi übrig seien, über die er herrschen könne, falls er es wollte. Und dann sagte er noch dies: daß sie als Blutsbrüder nebeneinander aufgewachsen seien wie ein Baum mit einem zweigeteilten Stamm, bis ihre Wurzeln ineinander verflochten waren, und daß, wenn einer von ihnen ausgegraben würde, um im Boden des Swazilandes neu eingesetzt zu werden, beide verdorren würden, oder daß zumindest er, Galazi, verdorren würde, der nur einen Mann und gewisse Wölfe liebe.

Also sprach Umslopogaas nicht mehr von der Häuptlingswürde, sondern gab den Befehl zum Aufbruch. Er führte eine große Zahl an Rindern mit, die er Dingaan zum Geschenk geben wollte, und einen langen Zug von Gefangenen — junge Mädchen und Kinder —, denn er wollte versuchen, das Herz Dingaans zu beschwichtigen, da er ihm nicht die brachte, nach der Dingaan verlangte, die Lilie, die Blume der Blumen. Doch da er ein vorsichtiger Mann war und wenig Vertrauen in die Güte von Königen hatte, sandte er, sobald sie die Grenze von Zululand erreicht hatten, die besten der Rinder und die hübschesten der Mädchen zum Kraal des Volkes der Axt im Schatten des Geisterberges. Und der, der früher ein Hauptmann der Wache gewesen und jetzt nur ein einfacher Soldat war, merkte sich auch dieses.

Nun ergab es sich, daß ich, Mopo, eines bestimmten Morgens im Kraal Umgugundhlovu saß, unter den Beratern des

Königs. Denn ich gehörte noch immer zu seinen Beratern, obwohl er kein Wort mehr mit mir gesprochen hatte seit der Stunde, da ich ihm prophezeit hatte, daß aus dem Blut der weißen Männer, die er heimtückisch ermordet hatte, die Blume seines eigenen Todes sprießen würde. Denn, mein Vater, es geschah am Tag nach der Ermordung der *Amaboona*, daß Umslopogaas in den Kraal Umgugundhlovu kam.

Nun war an diesem Morgen das Herz Dingaans bedrückt, und er suchte nach etwas, womit er seinen Sinn erfreuen konnte, und er besann sich auf den weißen Mann der Gebete, der zum Kraal gekommen war, um uns, das Volk der Zulus, zu lehren, andere Götter zu ehren, als den König und den Assegai. Er war ein guter Mann, doch glücklos mit seinen Lehren, die schwer zu verstehen waren; und außerdem waren die *Indunas* gegen sie, weil sie anscheinend einen Herrn über den Herrn, und einen König über den König setzen und denen vom Frieden predigen wollten, deren Geschäft der Krieg war. Trotzdem ließ Dingaan diesen weißen Mann zu sich rufen, um mit ihm zu disputieren, denn Dingaan hielt sich für den klügsten aller Menschen.

Der weiße Mann erschien, doch sein Gesicht war noch bleicher als sonst, weil er gesehen hatte, was mit den Buren geschehen war, und weil er ein freundlicher Mann war, der so einen Anblick nicht mochte.

Der König bot ihm an, sich zu setzen, und sagte ihm dann: »An einem anderen Tag, o Weißer Mann, erzähltest du mir von einem Ort des Feuers, wohin nach ihrem Tod alle die Menschen gehen, die im Leben böse gewesen waren. Sage mir nun aus deiner Weisheit: Liegen meine Väter in jenem Ort des Feuers?«

»Wie kann ich das wissen, König«, antwortete der Medizinmann der Gebete, »der ich nicht befugt bin, über die Taten der Menschen zu richten? Dies nur will ich sagen: daß jene, die Unschuldige morden und berauben und unterdrükken und falsch Zeugnis reden, an diesem Platz des Feuers sind.«

»Es scheint, als ob meine Väter all diese Dinge getan haben, und wenn sie an jenem Ort sind, so will auch ich dorthin gehen, denn ich möchte bei meinen Vätern sein. Doch denke ich, daß ich dem Feuer entkommen kann, sollte ich an jenen Ort gehen.«

»Wie, König?«

Nun hatte Dingaan eine Falle für diesen Medizinmann der Gebete vorbereitet. In der Mitte des freien Raums vor dem Rinder-Kraal, wo er tags zuvor die Buren überfallen lassen hatte, war jetzt ein riesiger Scheiterhaufen errichtet worden — zuunterst trockenes Buschwerk, über dem Buschwerk Holzscheite und darauf sogar ein paar ganze Baumstämme. Es mochten an die sechzig Karrenladungen trockenen Holzes dort aufgeschichtet worden sein, mein Vater.

»Du sollst es mit deinen eigenen Augen sehen, Weißer Mann«, sagte Dingaan und gab den Befehl, den riesigen Holzstoß von allen Seiten in Brand zu setzen. Dann rief er das Regiment zu sich, das im Kraal zurückgeblieben war — es waren tausend und ein halbes tausend junger Burschen —, dasselbe Regiment, das am Vortag die Buren massakriert hatte.

Als nun das Feuer brannte, nahm das Regiment Aufstellung in langen Reihen. Inzwischen waren fast alle Menschen im Kraal herbeigelaufen, denn die Flammen schlugen hoch zum Himmel empor, und obwohl wir gut hundert Schritte von dem Feuer entfernt saßen, war die Hitze kaum zu ertragen, wenn der Wind aus der Richtung des Feuers wehte.

»Jetzt, Medizinmann der Gebete, will ich dich fragen: Ist dein Ort der Feuer heißer als dieses Feuer?«

Er antwortete, daß er es nicht wisse, doch sei dieses Feuer sicherlich sehr heiß.

»Dann will ich dir jetzt zeigen, wie ich ihm entkommen kann, falls ich jemals in einem solchen Feuer liegen sollte — ja, und wenn es zehnmal so groß und hundertmal so heiß wäre wie dieses. — Ho! meine Kinder!« rief er den Soldaten zu und sprang auf. »Seht ihr das Feuer dort? Lauft und zertretet es mit euren Füßen! Wo jetzt noch Feuer ist, soll nichts als Schwärze und Asche sein!«

Nun hob der weiße Mann seine Hände und flehte zu Dingaan, dies nicht zu befehlen, da viele dabei den Tod finden würden. Doch der König gebot ihm zu schweigen. Da blickte der weiße Mann zum Himmel empor und begann laut zu seinen Göttern zu beten.

Ein paar Augenblicke lang sahen auch die Soldaten einander zweifelnd an, denn das Feuer tobte entsetzlich, und die Flammen loderten hoch gen Himmel empor, und über ihnen tanzte die kochende Luft. Doch ihr Hauptmann schrie ihnen zu: »Der König ist groß! Hört die Worte eures Königs, der euch ehrt! Gestern haben wir die *Amaboona* aufgefressen — das war nichts, denn sie waren unbewaffnet. Hier ist ein Feind, der eurer würdiger ist! Kommt, meine Kinder, wir wollen uns im Feuer waschen — wir, die wir heißer sind als das Feuer! Groß ist der König, der uns ehrt!«

So sprach er und lief vorwärts, und mit gellenden Kampfschreien folgten ihm die Soldaten, Reihe um Reihe. Es waren noch Jungen, doch sie waren tapfer. Außerdem wußten sie, daß der Tod nicht nur vor ihnen war, sondern auch hinter ihnen, und daß er alle die treffen würde, die zögerten oder zurückblieben; und es war weitaus besser, ehrenvoll zu sterben als mit Schande. Reihe um Reihe liefen sie auf die Flammen zu wie in die Lust einer Schlacht, und als sie in die Flammen liefen, sangen sie das *Ingomo,* den Kriegsgesang der Zulus. Nun hatte der Hauptmann das Feuer erreicht. Wir sahen, wie er seinen Schild hob, um die Hitze abzuwehren — und dann war er verschwunden; er sprang mit einem großen Satz mitten in die Flammen, und man sollte keine Spur von ihm wiederfinden.

Ihm folgte die erste Kompanie. Die Männer stürzten sich ins Feuer, schlugen die Flammen mit ihren Schilden aus Ochsenleder, trampelten sie mit ihren nackten Füßen nieder, rissen die brennenden Scheite heraus und schleuderten sie zur Seite. Nicht ein Mann dieser Kompanie lebt, mein Vater; sie stürzten ins Feuer wie Motten, die durch die Flamme einer Kerze flattern, und dort, wo sie fielen, starben sie und verbrannten.

Doch nach ihnen kamen andere Kompanien, und bei dem Kampf gegen diesen Feind waren die glücklicher dran, die als letzte kamen. Jetzt quollen dicke Rauchwolken aus den

Flammen, und das Feuer brannte niedriger und niedriger, und der Rauch wurde dichter und dichter; und nun taumelten Männer aus den Flammen hervor, verbrannt, mit abgesengtem Haar, nackt und voller Brandblasen, und jenseits der Flammen sanken sie zu Boden und blieben so liegen. Nach ihnen kamen andere; und jetzt gab es kaum noch Flammen, nur noch dichten Rauch, in dem wir die Menschen wie vage Schatten umhertaumeln sahen, und dann, mein Vater, war es vorbei; sie hatten das Feuer besiegt, und das ohne große Verluste bei den letzten sieben Kompanien, obwohl jeder Mann daran beteiligt war, es zu zertrampeln. Wie viele dabei umgekommen sind? Nein, das weiß ich nicht, sie wurden nie gezählt; aber durch Tote und Verletzte war das Regiment auf seine halbe Stärke reduziert worden, bis der König ihm neue Soldaten gab.

»Siehst du, Medizinmann der Gebete«, sagte Dingaan lachend, »so werde ich dem Ort des Feuers entkommen in dem Land, von dem du uns immer erzählst, falls es diesen Ort überhaupt gibt: Ich werde meinen *Impis* befehlen, es auszutreten.«

Da verließ der Mann der Gebete den Kraal Dingaans und sagte, er würde die Zulus nicht mehr lehren, und er hat das Land verlassen. Als er gegangen war, wurden das verbrannte Holz und die verbrannten Männer weggeräumt, die Verletzten verbunden oder getötet, je nach der Schwere ihrer Wunden, und die, die nur wenig verletzt waren, traten vor den König und priesen ihn.

»Ich werde euch neue Schilde und Federbüsche geben lassen, meine Kinder«, sagte Dingaan, denn ihre Schilde waren schwarz und verkohlt, und von den weißen Federbüschen waren nur noch wenige im ganzen Regiment geblieben.

»*Ou!*« sagte Dingaan und sah die Soldaten an, die noch lebten. »Rasieren wird leicht und billig sein an dem Ort, von dem der Weiße Mann spricht.«

Dann befahl er, den Männern Bier zu bringen, denn die Hitze hatte sie durstig gemacht.

Ich habe dir dies erzählt, mein Vater, da es, auch wenn du es nicht glauben magst, mit meiner Geschichte zu tun hat;

denn kaum war diese Sache vorbei, als Boten vor den König traten und ihm sagten, daß Bulalio, der Häuptling des Volkes der Axt, mit seinem *Impi* vor dem Kraal sei, nachdem er die Halakazi in Swaziland vernichtet und mit reicher Beute zurückgekehrt sei. Nun, als ich dies hörte, hüpfte mein Herz vor Freude, da ich sah, daß es ein guter Rat gewesen war, den ich Umslopogaas, meinem adoptierten Sohn, gegeben hatte. Und Dingaan war ebenfalls sehr froh; er sprang auf und tanzte hin und her wie ein Kind.

»Endlich haben wir gute Nachrichten«, rief er und hatte das Zertreten des Feuers schon vergessen, »nun sollen meine Augen endlich die Lilie sehen, die meine Hand schon so lange pflücken wollte. Bulalio und seine Männer sollen sofort vor mich treten!«

Eine Weile war es still, dann hörte man aus der Ferne, von außerhalb des hohen Zauns, der den Großen Platz umgab, einen Gesang, und dann liefen zwei Männer durch das Tor des Kraals; zwei Männer mit schwarzen Federbüschen auf ihren Köpfen und schwarzen Schilden in ihren linken Händen, und in der rechten Hand des einen war eine Axt, und in der des anderen eine Keule, und von ihren Schultern hingen Wolfsfelle. Sie liefen mit weitausgreifenden Schritten, Schulter an Schulter, die Schilde und die Köpfe vorgestreckt, so wie ein Bock läuft, wenn ihm die Hunde dicht auf der Spur sind, und noch nie hatte man im Kraal Umgugundhlovu Männer so laufen sehen wie die beiden Wolfsbrüder.

So liefen sie über die halbe Weite des Großen Platzes und blieben dann plötzlich stehen, und da, wo sie stehenblieben, stob die Asche des zertretenen Feuers von ihren Füßen auf wie eine Wolke.

»Bei meinem Kopf! Seht! Diese beiden treten in Waffen vor mich!« sagte Dingaan mit finsterem Gesicht, »und das bringt den Tod! — Sagt mir, wer ist dieser große Mann mit dem finsteren Gesicht, der die Axt trägt? Wüßte ich nicht, daß er tot ist, so würde ich sagen, daß es der Schwarze ist, mein Bruder, so wie er war, als wir Zwide erschlugen; genauso trug er seinen Kopf auf den Schultern und genauso blickte er um sich wie ein Löwe.«

»Ich denke, das ist Bulalio, der Schlächter, der Häuptling des Volkes der Axt, o König«, sagte ich.

»Und wer ist der andere, der bei ihm ist? Auch er ist ein großer Mann. Noch nie haben meine Augen ein solches Paar gesehen!«

»Ich denke, das ist Galazi, der Wolf, der Blutsbruder des Schlächters und sein General«, antwortete ich wieder.

Jetzt kamen die Soldaten des Volkes der Axt heran, nur mit kurzen Stöcken bewaffnet. Sie kamen in Reihen von vieren, und sie trugen den Kopf gesenkt, und die schwarzen Schilde vorgestreckt, und sie formierten sich in Kompanien hinter den Wolfsbrüdern, bis alle versammelt waren. Dann wurden die gefangenen Frauen und Kinder der Halakazi auf den Großen Platz getrieben, und sie drängten sich hinter den Soldaten zusammen wie verängstigte Kälber.

»Ein schöner Anblick, wahrhaftig!« sagte Dingaan, als er die Kompanien der Soldaten mit ihren schwarzen Federbüschen und ihren schwarzen Schilden vor sich sah. »Ich habe keine besseren Soldaten in meinen *Impis,* doch meine Augen sehen diese zum erstenmal.« Und wieder verfinsterte sich sein Gesicht.

Nun hob Umslopogaas plötzlich seine Axt und stürmte vor, und hinter ihm dröhnten die nackten Füße seiner Soldaten auf den Boden. In vollem Tempo rasten sie auf uns zu, und der Wind drückte ihnen die Federbüsche auf die Köpfe, bis ich sicher war, daß sie uns in den Boden trampeln würden. Doch als Umslopogaas nur noch zehn Schritte vom König entfernt war, riß er wieder die Axt empor, und Galazi hob den *Wächter,* und das *Impi* stand, und wieder stoben Wolken von Staub und Asche empor. Die Soldaten standen in langen ausgerichteten Reihen, die Schilde vorgestreckt, die Köpfe gesenkt. Nicht ein Kopf ragte mehr als die Breite eines Kerries über den Rand des Schildes hinweg.

So standen sie etwa eine Minute lang, dann hob Umslopogaas zum drittenmal seine Axt, und in diesem Augenblick richteten die Männer sich auf, warfen ihre Schilde hoch in die Luft, und aus allen Kehlen dröhnte der königliche Gruß: *»Bayéte!«*

»Ein schöner Anblick, wahrhaftig!« rief Dingaan. »Aber diese Soldaten sind zu gut ausgebildet, um mir niemals gedient zu haben, und auch nicht dem Schwarzen, der vor mir war, und dieser Schlächter ist ein zu guter Hauptmann, würde ich sagen. Kommt her, ihr beiden!« rief er laut.

Die beiden Wolfsbrüder traten vor und standen vor dem König, und er blickte sie eine Weile an, und sie blickten ihn an.

28

Die Lilie wird zu Dingaan gebracht

»Wie heißt ihr?« fragte Dingaan.

»Wir heißen Bulalio, der Schlächter, und Galazi, der Wolf«, antwortete Umslopogaas.

»Warst du es, Bulalio, der einmal eine gewisse Botschaft an den Schwarzen sandte, der tot ist?«

»Ja, o König, ich habe eine Botschaft gesandt, doch nach allem, was ich gehört habe, hat Masilo, mein Bote, mehr getan, als nur meine Worte übermittelt, denn er hat den Schwarzen erstochen. Masilo hatte ein böses Herz.«

Jetzt zuckte Dingaan zusammen, denn er wußte sehr gut, daß er selbst und ein gewisser Mopo den Schwarzen erstochen hatten, doch glaubte er, daß dieser Häuptling aus dem Hinterland nichts davon gehört hatte, also sprach er nicht mehr über die Botschaft.

»Wie kommt es, daß du in Waffen vor mir stehst? Kennst du nicht das Gesetz, daß jeder, der in Waffen vor den König tritt, stirbt?«

»Wir kennen dieses Gesetz nicht, o König«, sagte Umslopogaas. »Außerdem gibt es dies dazu zu sagen: Ich herrsche allein durch den Besitz dieser Axt. Wenn ich ohne die Axt gesehen werde, kann mir jeder Mann meinen Platz nehmen, der dazu fähig ist, denn diese Axt ist die Königin des Volkes der Axt, und der, der sie hält, ihr Diener.«

»Ein seltsamer Brauch«, sagte Dingaan, »doch wollen wir nicht mehr davon reden. — Doch du, Wolf, was hast du zu sagen über die große Keule, die du trägst?«

»Dies ist über die Keule zu sagen, o König«, antwortete Galazi; »die Keule ist der Wächter meines Lebens. Wenn ich ohne diese Keule gesehen werde, kann mir jeder Mann mein Leben nehmen, der dazu fähig ist, denn die Keule ist mein Wächter, und nicht ich bin der Wächter der Keule.«

»Noch nie warst du näher daran, sowohl die Keule als auch dein Leben zu verlieren«, sagte der König finster.

»Es mag so sein, o König«, antwortete der Wolf. »Wenn die Stunde gekommen ist, wird der *Wächter* aufhören zu wachen.«

»Ihr seid ein seltsames Paar«, sagte Dingaan. »Wo kommt ihr her, und was ist euer Geschäft im Palast des Elefanten?«

»Wir waren in einem fernen Land, o König!« antwortete Umslopogaas. »Wir sind in ein fernes Land gezogen, um eine Blume zu suchen, die ein Geschenk für den König sein sollte, und bei unserer Suche nach dieser Blume haben wir einen Garten der Halakazi zertrampelt, und dort stehen einige von denen, die diesen Garten bearbeiteten« — und er deutete auf die Gefangenen — »und draußen stehen die Rinder, die ihn pflügten.«

»Gut, Schlächter! Ich sehe die Gärtner, und ich höre das Brüllen der Rinder, doch was ist mit der Blume? War diese Blume zufällig eine Lilie?«

»Es war eine Lilie, o König! Aber ach! die Lilie ist verwelkt. Nichts ist von ihr übriggeblieben als der Stengel, weiß und verdorrt, wie die Knochen der Menschen.«

»Was soll das heißen?« rief Dingaan und sprang auf die Füße.

»Das soll der König erfahren«, antwortete Umslopogaas, wandte sich um und sprach ein paar Worte zu seinen Hauptleuten, die hinter ihm standen. Die Reihen der Soldaten öffneten sich, und dann kamen vier Männer aus den hinteren Rängen auf uns zugelaufen. Auf ihren Schultern trugen sie eine Bahre, und auf der Bahre lag etwas, das in rohe Ochsenfelle geschlagen und mit Lederschnüren umwickelt war.

Die vier Männer salutierten und legten ihre Last vor die Füße des Königs.

»Öffnet!« sagte der Schlächter; und sie öffneten das Bündel, das auf der Bahre lag, und vor den Augen des Königs lag, in Salz gepackt, der Körper eines Mädchens, das einmal groß und hübsch gewesen war.

»Hier liegt sie, die Lilie, o König«, sagte Umslopogaas, und deutete mit seiner Axt, »doch wenn diese Blume noch blüht, so nicht hier.«

Dingaan starrte auf die Tote, und Bitternis kam über ihn, weil es sein größter Wunsch — vor allen anderen — gewesen war, die Schönheit dieser Lilie zu besitzen.

»Schafft mir dieses Aas aus den Augen und werft es den Hunden vor!« schrie er, und so sprach er von der, die er hatte zur Frau nehmen wollen, nun, da sie tot war. »Schafft es fort! Und du, Schlächter, sag mir, wie es geschehen konnte, daß dieses Mädchen getötet wurde, und es wäre gut für dich, wenn du mir eine gute Antwort gäbest, denn dein Leben hängt an deinen Worten.«

Also erzählte Umslopogaas dem König die Geschichte, die er vorbereitet hatte, um sich gegen den Zorn Dingaans zu schützen. Und als er zu Ende gesprochen hatte, berichtete Galazi, wie er gesehen habe, daß ein Soldat das Mädchen tötete und er in seinem Zorn diesen Mann selbst erschlug.

Dann traten die Hauptleute und Soldaten vor, die das Mädchen und den Soldaten tot nebeneinander liegen gesehen hatten, und sagten das dem König.

Jetzt wurde Dingaan sehr wütend, doch war nun nichts mehr zu ändern. Die Lilie war tot, und niemand hatte die Schuld daran außer einem, der auch tot war, und damit unerreichbar für den Zorn des Königs.

»Geh! Du und dein Volk«, sagte er zu Umslopogaas. »Ich nehme alle Rinder und alle Gefangenen. Seid dankbar, daß ich nicht auch euer Leben nehme — einmal, weil ihr es gewagt habt, ohne meinen Befehl Krieg zu machen, und zum anderen, weil ihr, als ihr diesen Krieg machtet, mir nur die Leiche derjenigen bringt, nach der ich verlangte.«

Als der König so davon sprach, alle Männer vom Volk der

Axt zu töten, lächelte Umslopogaas grimmig und blickte seine Soldaten an. Dann grüßte er den König und wandte sich zum Gehen. Doch in diesem Augenblick sprang ein Mann aus den Reihen seines *Impi,* lief vor den König und rief: »Ist es erlaubt, vor dem König die Wahrheit zu sagen und danach im Schatten des Königs zu schlafen?«

Nun war dies der Mann, der in der Nacht, als drei aus dem Tor des Berges gingen, und nur zwei zurückkamen, Hauptmann der Wache gewesen war, derselbe Mann, dem Umslopogaas später seinen Rang genommen hatte.

»Sprich, du bist sicher«, sagte der König.

»O König, man hat deine Ohren mit Lügen gefüllt«, sagte der Soldat. »Höre, o König! Ich war Hauptmann der Wache in der Nacht, als wir die Halakazi vernichteten. Drei traten durch das Tor, das aus dem Berg führt — es waren Bulalio, der Wolf Galazi und ein anderer. Dieser andere war groß und schlank, und er trug seinen Schild so, daß sein Gesicht verdeckt war. Als dieser dritte an mir vorbeitrat — das Tor aus dem Berg ist sehr eng, o König! —, streifte er mich, und sein *Kaross* verschob sich ein wenig. Unter diesem *Kaross* sah ich seine Brust, und es war nicht die Brust eines Mannes, o König, sondern die Brust einer Frau, und ihre Haut war hell, fast weiß. Als das *Kaross* sich verschob, senkte dieser dritte seinen Schild, und hinter dem Schild war nicht das Gesicht eines Mannes, sondern das eines Mädchens, das schöner war als der Mond, und mit Augen, die heller funkelten als die Sterne. Drei gingen hinaus durch das Tor im Berg, o König, und nur zwei kamen zurück, und als ich ihnen nachblickte, schien es mir, als ob ich den dritten über die Ebene nach Osten laufen sähe, und er lief, so wie ein junges Mädchen läuft, o König. Und, o Elefant, dies alles hat Bulalio, der dort steht, abgestritten, als ich ihn, als Hauptmann der Wache, nach dem dritten fragte, der hinausgegangen sei, und er sagte, es seien nur zwei gewesen, er und Galazi, der Wolf. Außerdem wurde niemand von den Gefangenen gerufen, um den Leichnam des Mädchens anzusehen und zu sagen, ob diese die Lilie sei, und jetzt ist es zu spät dazu, und der Mann, der neben ihr lag, wurde nicht von Galazi in der

Höhle getötet. Ich habe ihn draußen mit eigenen Augen fallen sehen; er wurde durch ein Kerrie der Halakazi getötet, und nicht von der Keule Galazis. Und noch etwas, König der Welt, die besten der Gefangenen und die besten der Rinder sind nicht unter denen, die eine Gabe für dich sein sollen — sie sind im Kraal von Bulalio, dem Häuptling des Volkes der Axt. Ich habe gesprochen, o König! Ich habe gesprochen, weil mein Herz die Lüge nicht liebt. Ich habe die Wahrheit gesprochen, und nun mußt du mich vor diesen Wolfsbrüdern schützen, o König!«

Während der ganzen Zeit, in der der Verräter seine Geschichte erzählte, trat Umslopogaas, langsam und unmerklich, Fußbreite um Fußbreite, näher auf ihn zu, bis er nur noch so weit von ihm entfernt war, daß er ihn mit dem ausgestreckten Arm hätte berühren können. Niemand sah es, außer mir, Mopo, und vielleicht Galazi, weil alle anderen in das Gesicht Dingaans blickten, so wie man Sturmwolken anblickt, kurz bevor das Unwetter losbricht.

»Fürchte die Wolfsbrüder nicht, Soldat«, sagte Dingaan mit vor Wut keuchender Stimme und rollenden Augen. »Die Pranke des Löwen schützt dich, mein Diener.«

Doch bevor der König ganz zu Ende gesprochen hatte, sprang Umslopogaas den Verräter an. Er landete mit seinem ganzen Gewicht auf ihm, und er sprach kein Wort, aber — oh! — seine Augen waren schrecklich. Er packte den Mann mit seinen Händen und zerbrach ihn so wie ein Kind einen dürren Stecken zerbricht — nein, ich kann nicht sagen, ob es so war, weil es so schnell geschah, daß das Auge nicht zu folgen vermochte. Er zerbrach ihn, riß ihn über seinen Kopf und warf den Toten vor die Füße des Königs.

»Nimm deinen Diener, König!« schrie er. »Jetzt schläft er für immer in deinem Schatten!«

Nun war Totenstille, in der man nur erregtes Atmen hörte, denn so eine Tat war noch nie im Angesicht des Königs begangen worden — nein, nicht seit den Tagen von Senzangacona, der Wurzel.

Nun sprach Dingaan, und seine Stimme war heiser vor Wut, und sein Körper zitterte.

CHARLES KERR

»Tötet ihn!« schrie er. »Tötet diesen Hund und alle, die bei ihm sind!«

»Jetzt kommen wir endlich zu einem Spiel, das ich spielen kann«, antwortete Umslopogaas. »Ho! Volk der Axt! Wollt ihr stillhalten und euch von diesen angesengten Ratten abschlachten lassen?« und er deutete mit seiner Axt *Witwenmacher* auf die Soldaten, die dem Feuer unverletzt entkommen konnten, deren Gesichter jedoch von den Flammen versengt worden waren.

Als Antwort schallte ihm ein Schrei entgegen, ein Schrei und lautes Lachen.

»Nein, Schlächter, wir denken nicht daran!« Und sie wandten sich nach links und rechts und stellten sich den Soldaten Dingaans gegenüber und schüttelten ihre Schilde.

Umslopogaas sprang zurück zu seinen Männern. Die Soldaten des Königs liefen auf die Männer des Volkes der Axt zu, um dem Willen des Königs zu gehorchen. Doch Galazi sprang vor den König und hob den Wächter über Dingaans Kopf.

»Halt!«

Wieder war Stille, denn die Männer sahen, daß der Schatten des *Wächters* über dem Kopf Dingaans lag.

»Es wäre schade, wenn viele sterben müßten, wo einer genügt!« rief der Wolf. »Wenn auch nur ein Schlag fällt, dann liegt der *Wächter* dort, wo jetzt nur sein Schatten liegt, und ein Volk hat keinen König mehr. — Ein Wort, König!«

Dingaan starrte zu dem großen Mann empor, der über ihm stand, und fühlte den Schatten der riesigen Keule wie einen Eishauch auf seiner Stirn, und wieder zitterte er am ganzen Körper, doch diesmal vor Angst.

»Geht in Frieden!« sagte er.

»Ein gutes Wort für dich, König«, sagte der Wolf grinsend und trat langsam zu seinen Kompanien zurück. »Preist den König!« rief er dabei. »Der König befiehlt, daß seine Kinder in Frieden gehen sollen.«

Doch als Dingaan den eisigen Schatten des *Wächters* nicht mehr auf seiner Stirn fühlte, kehrte seine Wut zurück, und er wollte seinen Soldaten befehlen, über das Volk der Axt herzufallen, doch ich hielt ihn davon zurück.

»Es wäre dein Tod, o König! Der Schlächter zertritt Männer, wie du sie hast, unter seinen Füßen zu Staub, und dann wird wieder der *Wächter* auf dich herabblicken.«

Dingaan sah ein, daß ich recht hatte, und gab nicht den Befehl, das Volk des Schlächters anzugreifen, weil er nur noch die Männer bei sich hatte, die vom Feuer verschont geblieben waren. Und alle anderen *Impis* waren nach Natal gezogen, um die Buren zu töten. Trotzdem aber wollte er Blut haben, und so wandte er sich an mich.

»Du bist ein Verräter, Mopo, wie ich es schon lange geahnt habe, und ich werde dir geben, was jener Hund seinem treulosen Diener gegeben hat!« Und er sprang mit erhobenem Assegai auf mich zu.

Doch ich sah den Stoß kommen und wich ihm aus, indem ich hoch in die Luft sprang. Dann fuhr ich herum und floh, verfolgt von einigen der Soldaten. Ich hatte es nicht weit bis zu den letzten Kompanien des Volkes der Axt, und sie sahen mich kommen und blieben stehen, und Umslopogaas, der als letzter ging, lief mir entgegen. Nun blieben die Soldaten, die mich verfolgten und mich töten wollten, zurück, da sie nicht in die Reichweite der Axt kommen wollten.

»Bei diesem König ist kein Platz mehr für mich, mein Sohn«, sagte ich zu Umslopogaas.

»Fürchte nichts, mein Vater, ich werde dir einen anderen Platz finden«, antwortete er.

Nun rief ich den Soldaten, die mich verfolgt hatten, zu: »Sagt dies eurem König: daß es ein Fehler war, mich von sich zu schicken, denn ich, Mopo, habe ihn auf seinen Thron gesetzt, und nur ich kann ihn auf diesem Thron halten. Und sagt ihm auch dies: daß er einen noch größeren Fehler begehen würde, sollte er mich dort suchen, wohin ich jetzt gehe, denn der Tag, an dem wir uns wieder von Angesicht zu Angesicht gegenüberstehen, wird der Tag seines Todes sein. So spricht Mopo, der *Inyanga*, Mopo, der Medizinmann, der niemals prophezeit, was nicht sein wird.«

Dann marschierten wir aus dem Kraal Umgugundhlovu,

und als ich diesen Kraal wiedersah, war es, um alles zu verbrennen, was Dingaan unverbrannt gelassen hatte, und als ich Dingaan wiedersah ... Ah! das werde ich dir erzählen, wenn die Zeit dazu gekommen ist, mein Vater.

Wir marschierten aus dem Kraal, und niemand hinderte uns daran, weil es niemanden gab, der uns hätte hindern können, und als wir ein Stück vom Kraal entfernt waren, ließ Umslopogaas halten und sagte: »Ich hätte gute Lust, dahin zurückzukehren, woher wir gekommen sind, um diesen Rattenkönig zu töten, bevor er mich tötet.«

»Es ist besser, einen furchtsamen Löwen in seinem Dickicht zu lassen, mein Sohn«, sagte ich ihm, »denn ein Löwe, der gestellt wird, ist gefährlich. Du kannst sicher sein, daß jeder Mann, jung und alt, jetzt in Waffen an den Toren von Umgugundhlovu steht, für den Fall, daß dir einfallen sollte, zurückzukehren, mein Sohn; und obwohl er jetzt Angst hat, wird Dingaan um sein Leben kämpfen. Als du die Gelegenheit hattest, ihn zu töten, hast du es nicht getan; jetzt ist die Stunde vorbei.«

»Weise Worte!« sagte Galazi. »Ich wünschte, daß der *Wächter* dorthin gefallen wäre, wohin sein Schatten fiel.«

»Welchen Rat gibst du mir jetzt, Vater?« fragte Umslopogaas.

»Diesen: daß ihr beiden nicht länger im Schatten des Geisterberges leben sollt, sondern euer Volk und eure Rinder versammelt und nach Norden geht, auf der Spur Mosilikatzes, des Löwen, der die Herrschaft Chakas abschüttelte. Dort könnt ihr beide herrschen, gemeinsam und jeder für sich, und du brauchtest nie wieder an Dingaan zu denken.«

»Das werde ich nicht tun, mein Vater«, antwortete er. »Ich will im Schatten des Geisterberges leben, solange es mir vergönnt ist.«

»Und das will auch ich«, setzte Galazi hinzu, »doch nicht nur im Schatten des Geisterberges, sondern zwischen seinen Felsen. Was! Sollen meine Wölfe ohne Führer sein, wenn sie jagen? Sollen Grauschnauze und Schwarzfang, Blut und Todesbiß und alle anderen der Schwarzen und Grauen vergeblich nach mir heulen?«

»So sei es, meine Kinder. Ihr seid jung und hört nicht auf den Rat der Älteren. Soll alles so werden, wie es kommen soll.«

So sprach ich, weil ich nicht wußte, aus welchem Grund Umslopogaas seine Kraals nicht verlassen wollte. Dies aber war der Grund: weil er Nada befohlen hatte, dort auf ihn zu warten.

Später, als sie zu ihm gekommen war, wäre er vielleicht fortgezogen, aber da war der Himmel wieder klar, und die Wolken der Gefahr hatten sich für eine Weile verzogen.

Oh! Wenn Umslopogaas, mein adoptierter Sohn, nur auf mich gehört hätte! Er würde jetzt als König regieren und nicht als Ausgestoßener durch fremde Länder wandern; und Nada würde leben und wäre nicht gestorben, und das Volk der Axt wäre nicht ausgelöscht worden.

Dieses noch über Dingaan: Als er meine Botschaft hörte, wurde er wieder von Angst geschüttelt, weil er wußte, daß ich kein Lügner war.

Deshalb hielt er seine Hand für eine Weile zurück und sandte kein *Impi* aus, um Umslopogaas zu vernichten, um nicht zu Tode zu kommen, wie ich es ihm versprochen hatte. Und bevor er diese Angst überwinden konnte, hatte er alle Hände voll zu tun mit dem Krieg gegen die *Amaboona*, wegen der Ermordung der weißen Männer, und er hatte keine Soldaten übrig, um sich an einem kleinen Häuptling zu rächen, der weit entfernt von seinem Kraal lebte.

Doch seine Wut war gewaltig, und wie es seine Art war, mordete er viele unschuldige Menschen, um sie zu stillen.

29

Mopo erzählt seine Geschichte

Später nun, während des langen Marsches zum Geisterberg, erzählte mir Umslopogaas alles, was es zu erzählen gab über die Vernichtung der Halakazi und des Wiederfindens von Nada.

Als ich hörte, daß Nada, meine Tochter, noch lebte, weinte ich vor Glück, obwohl ich, wie Umslopogaas, große Angst um sie hatte, denn der Weg zum Geisterberg war weit und voller Gefahren für ein Mädchen, das allein wanderte.

Aber noch immer sagte ich Umslopogaas nicht die Wahrheit über seine Geburt, da wir während des Marsches niemals allein sein konnten, und selbst die Bäume Ohren hatten, und derselbe Wind, der im Laub der Bäume flüsterte, auch in das Ohr des Königs flüstern konnte. Aber ich wußte, daß die Stunde gekommen war, wo ich reden mußte, denn ich war entschlossen, daß Umslopogaas zum Sohn Chakas erklärt und zum König der Zulus gemacht werden und den Platz Dingaans einnehmen sollte, seines Onkels. Doch alle diese Dinge sollten nicht Wirklichkeit werden, weil es vom Schicksal anders bestimmt worden war, mein Vater. Hätte ich gewußt, daß Umslopogaas noch lebte, als ich Chaka tötete, dann, glaube ich, hätte ich es schaffen können, ihn zum König zu machen. Aber es war alles schiefgegangen. Die Lilie war niemand anderes als Nada, und wie konnte Umslopogaas Nada, die er für seine Schwester hielt, und die meine Tochter war, gegen ihren Willen Dingaan geben? Wegen Nada war es auch, daß Dingaan und Umslopogaas zu Todfeinden wurden, und aus demselben Grund war ich in Ungnade gefallen und zum Flüchtling geworden, und mein Rat wurde nun nicht mehr gehört vom Ohr des Königs.

Also mußte alles neu begonnen werden; und während ich mit dem *Impi* zum Geisterberg zog, dachte ich viel und oft darüber nach, wie dieser Neubeginn aussehen sollte. Doch ich sprach nicht darüber.

Schließlich erreichten wir alle den Schatten des Geisterberges und die Stein-Hexe, die für immer dort oben sitzt und auf das Ende der Welt wartet; und an diesem Abend kamen wir zum Kraal des Volkes der Axt und zogen mit lautem Gesang durch das Tor. Doch Galazi war nicht bei uns; er war zurückgeblieben und auf seinen Berg gestiegen, um sein Wolfsrudel zusammenzurufen, und als wir am Fuß des Berges auf den Kraal zugingen, hörten wir das laute Heulen der Wölfe, als sie ihn willkommen hießen.

Als wir uns dem Kraal näherten, kamen alle Frauen und Kinder heraus, um uns zu begrüßen, an ihrer Spitze Zinita, die Hauptfrau Umslopogaas'. Sie kamen voller Freude, doch als sie sahen, wie viele von denen, die hinausgezogen waren, nicht zurückkamen, wurde aus ihrer Freude Trauer, und lautes Weinen stieg zum Himmel empor.

Umslopogaas begrüßte Zinita freundlich; und doch fand ich, daß da etwas fehlte. Anfangs sprach sie mit leiser Stimme zu ihm, doch als sie erfuhr, was geschehen war, waren ihre Worte nicht mehr sanft, denn sie verfluchte mich und sang ein lautes Lied für Umslopogaas.

»Siehst du, Schlächter!« rief sie. »Siehst du jetzt, was geschehen ist, nur weil du auf diesen alten Narren gehört hast« — mit dem alten Narren meinte sie mich, mein Vater —, »auf diesen alten Narren, der sich der ›Mund Dingaans‹ nennt! Wahrlich, ein Mund ist er, ein Mund, aus dem nichts als Torheiten und Lügen kommen! Was war es, das er dir geraten hat? Daß du gegen die Halakazi ziehen und Dingaan ein Mädchen holen solltest! Und was hast du getan? Du bist über die Halakazi hergefallen und hast ohne Zweifel viele unschuldige Menschen erschlagen mit deiner großen Axt, und du hast auch die Hälfte unserer Männer verloren, deren Knochen jetzt in den Höhlen von Swaziland bleichen, und zurückgebracht hast du nichts als ein paar Rinder von schlechter Rasse und Weiber und Kinder, die wir nun durchfüttern müssen!

Und das ist noch nicht alles. Du bist angeblich ausgezogen, um ein Mädchen zu holen, das Dingaan haben wollte, doch als du dieses Mädchen fandest, hast du es gehen lassen, weil es, wie du sagst, deine Schwester sei und Dingaan nicht heiraten wolle. Bei den Himmeln, ist der König nicht gut genug für eine Schwester von dir? Und was ist das Ende dieser Geschichte? Du versuchst, den König zu täuschen, und man kommt dir auf die Schliche. Dann tötest du einen Mann vor den Augen Dingaans und fliehst und bringst diesen alten Narren mit in den Kraal, damit er dich noch mehr von seinen Torheiten lehre. Du hast also die Hälfte deiner Männer verloren und dir den König zum Feind gemacht, was uns allen den Tod bringen wird, und einen Narren als Berater! *Ou!* Schlächter, halte dich an deine Axt und laß andere für dich denken, die mehr Verstand haben als du!«

So ging es ohne Unterlaß, und es war einige Wahrheit in ihren Worten.

Zinita hatte eine scharfe Zunge. Ich saß schweigend, bis sie zu Ende gesprochen hatte, und auch Umslopogaas schwieg, obwohl man ihm seine Wut anmerkte, doch sie sprach ohne Pause, so daß ein Mann nicht ein einziges Wort einwerfen konnte.

»Friede, Frau«, sagte ich schließlich, »sprich nicht schlecht von solchen, die weise sind und schon viel gesehen haben, bevor du geboren wurdest.«

»Sprich nicht schlecht von ihm, der mein Vater ist«, knurrte Umslopogaas. »Ja! Obwohl du es nicht weißt, dieser ›Mund‹ den du verhöhnst, ist Mopo, mein Vater.«

»Dann gibt es einen Mann unter dem Volk der Axt, der einen Narren zum Vater hat. Von allem, was ich heute gehört habe, ist dies das schlimmste.«

»Es gibt einen Mann unter dem Volk der Axt, der eine zänkische Schlange zur Frau hat«, sagte Umslopogaas und sprang auf. »Geh! Zinita! — und merke dir dies: sollte ich dich noch einmal solche Worte gegen meinen Vater zischen hören, wirst du weiter gehen, als nur zu deiner Hütte, denn ich werde dich verstoßen und aus meinem Kraal jagen. Ich habe dich schon zu lange ertragen.«

»Ich gehe«, sagte Zinita. »Oh! Womit habe ich dies verdient! Ich habe dich zum Häuptling gemacht, und nun drohst du mir, mich zu verstoßen?«

»Meine eigenen Hände haben mich zum Häuptling gemacht«, sagte Umslopogaas, trat auf sie zu und stieß sie aus der Hütte.

»Es ist eine Strafe, mit einer solchen Frau verheiratet zu sein, mein Vater«, sagte er dann.

»Ja, eine schwere Strafe, Umslopogaas, doch das sind die Lasten, die einem Manne auferlegt sind. Lerne daraus, Umslopogaas, und habe so wenig wie möglich mit Frauen zu tun; vor allem, liebe sie nicht zu sehr, dann wirst du mehr Frieden finden.« So sprach ich zu ihm, und ich wollte, er hätte auf diesen meinen Rat gehört, denn es war die Liebe von Frauen, die schließlich Unheil auf Umslopogaas' Haupt brachte.

All dies liegt nun schon viele Jahre zurück, doch erst kürzlich habe ich gehört, daß Umslopogaas nach Norden geflohen sei, und dort wird er bis zu seinem Tod ein Wanderer sein, wegen einer Frau, die ihn verriet, indem sie behauptete, er habe einen Lousta ermordet, der sein Blutsbruder war, genau wie Galazi, der Wolf, sein Blutsbruder gewesen ist. Ich weiß nicht, wie es dazu kommen konnte, doch Umslopogaas, der so mutig und stark war, hatte diese eine Schwäche, genau wie sein Onkel Dingaan, und sie hat ihn am Ende zerstört, und wegen dieser Schwäche werde ich ihn nicht wiedersehen.

Nun, mein Vater, saßen wir eine Weile schweigend in der Hütte, Umslopogaas und ich, und während wir so saßen, war es mir, als ob ich eine Ratte im Strohdach der Hütte rascheln hörte.

Dann sagte ich: »Umslopogaas, die Stunde ist gekommen, in der ich ein Wort in dein Ohr flüstern will, ein Wort, das ich als Geheimnis seit der Stunde deiner Geburt in meiner Brust verschlossen hielt.«

»Sprich, mein Vater«, sagte er und sah mich erstaunt an.

Ich kroch zur Tür der Hütte und sah hinaus. Die Nacht war dunkel, und ich konnte niemanden entdecken, und ich konnte auch niemanden hören, doch, da ich ein vorsichtiger Mann bin, ging ich einmal um die Hütte herum. Ah, mein Vater, wenn du ein Geheimnis offenbaren willst, darfst du dich nicht so leicht täuschen lassen. Es ist nicht genug, nur hinaus- und umherzublicken. Grabe den Boden auf und suche auch auf dem Dach! Dann, nachdem das alles getan ist, geh an einen anderen Ort und sage, was du zu sagen hast. Die Frau hatte recht: Ich war ein Narr, trotz all meiner Weisheit und meiner weißen Haare war ich ein Narr. Wäre ich nicht so ein Narr gewesen, hätte ich die Ratte ausgeräuchert, die im Stroh des Daches geraschelt hatte, bevor ich meine Lippen öffnete, denn diese Ratte im Dach der Hütte war Zinita, mein Vater, Zinita, die auf das Dach gestiegen war und nun dort im Dunkel lag, ihr Ohr am Abzugsloch der Feuerstelle, und uns belauschte. Es war eine große Arglist, und dazu ein böses Omen, das böseste aller Omen, doch es ist nur wenig Ehre in den Frauen, wenn sie das erfahren wollen, was andere vor ihnen geheimzuhalten versuchen, und dabei wägen sie nicht einmal die Omen.

Nachdem ich also gesucht und nichts gefunden hatte, sprach ich zu Umslopogaas, meinem adoptierten Sohn, ohne zu ahnen, daß der Tod, in der Gestalt einer Frau, über unseren Köpfen auf dem Dach der Hütte lag.

»Höre, Umslopogaas«, sagte ich, »und wisse, daß du kein Sohn von mir bist, wenngleich du mich von deinen ersten Tagen an Vater genannt hast. Du bist aus einer edleren Wurzel gesprossen, Schlächter.«

»Ich war immer zufrieden mit der meinen«, sagte Umslopogaas, »die Rasse ist mir gut genug. Aber sage, wessen Sohn bin ich dann?«

Nun beugte ich mich vor und flüsterte ihm meine Worte ins Ohr, aber — ach! — nicht leise genug. »Du bist ein Sohn des Schwarzen, der tot ist. Ja! Du bist vom Blut Chakas und Balekas, meiner Schwester!«

»Also bin ich doch mit dir verwandt, Mopo, und darüber bin ich froh. *Ou!* Wer hätte gedacht, daß ich der Sohn des *Silwana* bin, der Sohn des Hyänen-Mannes! Vielleicht ist das der Grund dafür, daß ich, wie Galazi, die Gesellschaft der Wölfe liebe, obwohl in meinem Herzen keine Liebe für meinen Vater oder irgendeinen seines Hauses gewachsen ist.«

»Du hast auch wenig Grund, ihn zu lieben, Umslopogaas, denn er hat deine Mutter, Baleka, ermordet, und auch dich wollte er töten. Aber du bist der Sohn Chakas, und nicht der meine.«

»Nun, die Augen dessen müssen wahrhaftig scharf sein, der seinen eigenen Vater in der Menge erkennt, mein Onkel. Und doch hörte ich einst diese Geschichte, obgleich ich sie längst vergessen hatte.«

»Von wem hast du sie gehört, Umslopogaas? Bis jetzt war sie nur einem Menschen bekannt, die anderen, die davon wußten, sind tot. Jetzt ist sie zweien bekannt« — ah! Mein Vater, ich erriet nicht, wer der dritte war —, »von wem also hast du sie gehört?«

»Von einem Toten; das heißt, Galazi, der Wolf, hat sie von dem Toten gehört, der in der Höhle im Geisterberg saß, denn der Tote sagte ihm, daß ein Mann kommen und sein Bruder sein würde, und er würde ihm von einer Löwin gebracht werden, und sein Name sei Umslopogaas Bulalio, der Sohn Chakas, und Galazi hat es mir wiedererzählt, doch ich hatte es vergessen.«

»Es scheint, daß es Weisheit unter den Toten gibt«, antwortete ich, »denn siehe! jetzt wirst du wirklich Umslopogaas Bulalio genannt, und ich sage dir heute, daß du der Sohn Chakas bist. Doch höre mir weiter zu.«

Nun erzählte ich ihm alles, was geschehen war, von der Stunde seiner Geburt an, und als ich ihm die Worte seiner Mutter, Baleka, sagte, die sie sprach, nachdem ich ihr meinen Traum erzählt hatte, und wie sie gestorben sei, auf Befehl Chakas, und von ihrer großen Würde, mit der sie in den Tod gegangen sei, begann Umslopogaas zu weinen, und ich denke, daß er ein Mann war, der selten weinte, weder vorher noch danach. Doch als ich mit meiner Erzählung fertig war, bemerkte ich, daß er mir kaum noch zuhörte, wie ein Mann, auf dessen Herzen eine gewichtigere Last liegt, und bevor ich ganz zu Ende gesprochen hatte, unterbrach er mich.

»Also, Mopo, mein Onkel, wenn ich der Sohn Chakas und Balekas bin, dann ist Nada, die Lilie, nicht meine Schwester.«

»Nein, Umslopogaas, Nada ist eine Kusine von dir.«

»Auch dann ist unser Blut nahe verwandt«, sagte er,

»doch das soll nicht zwischen uns stehen.« Und sein Gesicht lächelte.

Ich blickte ihn fragend an.

»Du wirst alt, mein Onkel. Dies will ich damit sagen: daß ich Nada heiraten will, wenn sie noch lebt, denn ich erkenne jetzt, daß ich noch nie eine Frau so geliebt habe, wie ich Nada liebe, die Lilie.«

Und während er so sprach, hörte ich wieder eine Ratte im Strohdach der Hütte rascheln.

»Heirate sie, wenn du willst, Umslopogaas«, sagte ich. »Doch glaube ich, daß eine Zinita, deine *Inkosikasi,* dir dazu eine Menge zu sagen haben wird.«

»Zinita ist zwar meine Hauptfrau«, sagte Umslopogaas, »aber sollte sie mich davon abhalten, mir andere Frauen zu nehmen, wie es der rechtmäßige Brauch ist?« Seine Stimme klang gereizt und wütend, und ich erkannte daran, daß er den Zorn Zinitas fürchtete.

»Der Brauch ist rechtens, und er ist gut«, sagte ich, »aber er hat zeitweilig viel Unheil gebracht. Zinita kann dir wenig vorwerfen, wenn du ihr ihren Platz läßt und sie genauso liebst wie bisher. Doch genug davon. Noch steht Nada nicht vor deinem Tor, und vielleicht wird sie nie dort stehen. Sieh, Umslopogaas, es ist mein Wunsch, daß du einst als König über Zululand herrschen sollst, durch das Recht deiner Geburt, und wenngleich die Dinge für dich zur Zeit sehr schlecht zu stehen scheinen, bin ich doch überzeugt, daß sich ein Weg finden läßt, um dieses Ziel zu erreichen.«

»Und wie?«

»Auf diese Art: Viele der großen Häuptlinge, die Freunde von mir sind, hassen Dingaan und fürchten ihn, und wenn sie wüßten, daß ein Sohn Chakas lebt, und daß dieser Sohn der Schlächter ist, könnte dieser über die Schultern dieser Häuptlinge auf den Thron steigen. Außerdem lieben die Soldaten den Namen Chakas, denn wenn er auch oft grausam zu ihnen war, hat er sich doch immer großzügig gezeigt. Dingaan aber lieben sie nicht, denn seine Last ist die Last Chakas, doch seine Gaben sind die Gaben Dingaans; deshalb würden sie Chakas Sohn mit Jubel begrüßen, wenn sie sicher wären, daß er wirklich ein Reis dieses Stammes ist. Doch dies ist der Punkt, wo der Halsring scheuert, denn es gibt keinen anderen Beweis dafür, als mein Wort. Dennoch, ich will es versuchen.«

»Vielleicht ist es einen Versuch wert, vielleicht auch nicht, mein Onkel«, antwortete Umslopogaas. »Eines aber weiß ich: Mir wäre es lieber, Nada heute nacht vor meinem Tor zu sehen, als alle Häuptlinge des Landes ›Heil dem König!‹ schreien zu hören.«

»Eines Tages wirst du anders darüber denken, Umslopogaas; und nun müssen wir Spione in den Kraal Umgugundhlovu setzen, die uns ständig über die Pläne des Königs informieren, damit nicht plötzlich ein *Impi* vor deinem Tor steht, um dich aufzufressen. Aber vielleicht ist er für eine Weile mit anderen Dingen beschäftigt, denn diese weißen *Amaboona* werden seine Assegais mit Kugeln erwidern. Noch ein letzter Rat: Laß vorläufig nichts über diese Sache von deiner Geburt verlauten, am wenigsten vor Zinita, deiner Frau, oder vor irgendeiner anderen Frau.«

»Fürchte nichts, mein Onkel«, sagte er. »Ich kann schweigen.«

Kurz darauf verließ Umslopogaas mich und ging zur Hütte Zinitas, seiner *Inkosikasi,* die auf ihren Decken lag und zu schlafen schien.

»Sei gegrüßt, mein Mann«, sagte sie langsam und verschlafen, wie jemand, der gerade erwacht. »Ich habe einen seltsamen Traum geträumt. Ich träumte, daß man dich ›König‹ nannte, und daß alle Regimenter der Zulus an dir vorbeizogen und dir den königlichen Gruß *Bayéte* erwiesen.«

Umslopogaas blickte sie prüfend an, denn er wußte nicht, ob sie auf irgendeine Weise etwas erfahren hatte oder ob dies ein Omen war. »Solche Träume sind gefährlich«, sagte er, »und wer sie träumt, sollte sie in seiner Brust verschließen, bis sie vergessen sind.«

»Oder bis sie erfüllt werden«, sagte Zinita, und wieder wußte Umslopogaas nicht, was er von ihren Worten halten sollte.

Nach diesem Abend begann ich nun mit meiner Arbeit: Ich setzte Spione in den Kraal Dingaans, und von ihnen erfuhr ich alles, was dort vorging.

Zunächst gab der König den Befehl, daß ein *Impi* aufgestellt würde, um das Volk der Axt aufzufressen, doch kurz darauf kam die Nachricht, daß die Buren, in einer Stärke von fünfhundert berittenen Männern, auf den Kraal Umgugundhlovu zögen. Also konnte Dingaas kein *Impi* entbehren, um es zum Geisterberg zu schicken, und wir, die wir im Schatten des Geisterberges lebten, behielten unseren Frieden.

Dieses Mal wurden die Buren geschlagen, denn Bogoza, der Spion, führte sie in einen Hinterhalt; aber nur wenige von ihnen wurden getötet, und sie zogen sich nur zurück, um erneut zuzuschlagen, und Dingaan wußte das.

Um diese Zeit wurden auch die englischen weißen Männer, das Volk Georges, die Dingaan am unteren Tugela-Fluß angegriffen hatte, von unseren Soldaten geschlagen und getötet, und auch alle, die bei ihnen waren.

Noch eine zweite Arbeit hatte ich mir vorgenommen: Mit der Hilfe gewisser Medizinmänner füllte ich das Land mit Gerüchten, Prophezeiungen und dunklen Sprüchen, und ich beeinflußte die Gehirne vieler Häuptlinge, die mir bekannt waren, indem ich ihnen Botschaften sandte, deren Sinn kaum zu verstehen war, aus denen sie nur entnehmen konnten, daß sie sich auf die Ankunft Eines vorbereiten müßten, der ihnen offenbart werden würde, wenn die Zeit gekommen sei. Es war dies eine langwierige und zeitraubende Arbeit, denn die Stämme dieser Häuptlinge lebten weit voneinander entfernt, und manche von ihnen waren mit ihren *Impis* unterwegs.

So verstrich die Zeit, und viele Tage waren vergangen, seit wir im Kraal am Geisterberg eingetroffen waren. Umslopogaas hatte keinen Streit mehr mit Zinita, doch sie beobachtete ihn ständig, und er hatte ein schweres Herz. Denn er wartete auf Nada, und sie kam nicht.

Und dann kam sie doch.

30
Die Ankunft Nadas

Eines Nachts — es war eine Vollmondnacht — saßen ich und Umslopogaas allein in meiner Hütte, und wir sprachen über unser Komplott, und dann, als wir damit fertig waren, sprachen wir über Nada, die Lilie.

»Ach, mein Onkel«, sagte Umslopogaas niedergeschlagen, »wir werden Nada nie wiedersehen; sicher ist sie tot oder als Gefangene verschleppt worden, denn sonst hätte sie längst hier sein müssen. Ich habe überall nach ihr suchen lassen, doch niemand hat sie gesehen oder auch nur von ihr gehört.«

»Nicht alles, was verborgen ist, ist verloren«, sagte ich; doch war auch ich überzeugt, daß Nada umgekommen sei.

Wir saßen eine Weile schweigend, und in dieses Schweigen hinein hörten wir einen Hund bellen. Wir standen auf und krochen aus der Hütte, um zu sehen, was den Hund aufgestört hatte, denn es war schon spät in der Nacht, und wir mußten wachsam sein. Vielleicht hatte der Hund nur gebellt, weil ein Blatt geraschelt hatte, es konnte aber auch sein, daß er gebellt hatte, weil aus der Ferne die Schritte eines *Impi* klangen.

Wir brauchten nicht lange zu suchen, denn wenige Schritte entfernt entdeckten wir einen großen, schlanken Mann, der einen Assegai in der einen Hand hielt und einen kleinen Schild in der anderen, und zu den Hütten herüberstarrte, wie einer, der sich fürchtet. Wir konnten das Gesicht des Mannes nicht sehen, weil das Licht hinter ihm war. Eine zerfetzte Decke hing von seiner Schulter, und seine Füße waren wund, denn er stand auf einem Bein und hatte das andere angezogen. Jetzt blickte er vorsichtig um die Hütte herum, doch wir standen in ihrem Schatten, und er sah uns nicht. Eine Weile stand er so, anscheinend unentschlossen, dann sprach er zu sich selbst, und seine Stimme klang seltsam weich und sanft.

»Es sind viele Hütten hier. Wie kann ich wissen, welche von ihnen das Haus meines Bruders ist? Wenn ich von einem der Soldaten entdeckt werde, muß ich vor ihm den Mann spielen, und ich bin dessen müde geworden. Am besten, ich lege mich hier an den Zaun und warte, bis es Morgen wird; das Bett ist weicher als viele andere, in denen ich geschlafen habe, und ich bin müde von dem langen Weg — ich muß schlafen.«

Und die Gestalt wandte sich um, so daß das Licht des Mondes auf ihr Gesicht fiel.

Mein Vater, es war das Gesicht Nadas, meiner Tochter, die ich seit so vielen Jahren nicht gesehen hatte, und doch erkannte ich es sofort über die Kluft der Jahre hinweg. Ja, obwohl die Knospe sich zur Hälfte entfaltet hatte, erkannte ich sie. Ihr Gesicht war müde, doch — ach! — es war schön, denn es war dies um die Schönheit meiner Tochter Nada, der Lilie: Sie schien von innen heraus zu glühen — ja, so wie Licht durch die dünne Rinde einer Kalebasse glüht, und darin unterschied sie sich von allen anderen Frauen unseres Volkes, die, wenn sie hübsch sind, nur hübsch im Fleisch sind.

Mein Herz rief nach Nada, als sie dort im Licht des Mondes stand, verlassen und allein, ohne einen Ort, an dem sie ihr Haupt zur Ruhe betten konnte, Nada, die allein von allen meinen Kindern mir geblieben war. Ich gab Umslopogaas ein Zeichen, sich im Schatten zu verbergen, und trat vor.

»Ho!« rief ich mit rauher Stimme. »Wer bist du, Wanderer, und was willst du hier?«

Nada fuhr zusammen wie ein erschreckter Vogel, doch sie faßte sich sofort wieder und wandte sich mir zu.

»Wer bist du, daß du mich das fragst?« sagte sie mit verstellter, tiefer Stimme.

»Einer, der einen Stock auf den Rücken von Dieben und Herumtreibern tanzen läßt, Junge. Komm her, sage mir, was du hier willst, oder verschwinde. Du bist nicht von diesem Volk. Dein *Moocha* sieht aus, als ob es von der Machart der Swazi wäre, und hier lieben wir die Swazis nicht.«

»Wenn du nicht ein alter Mann wärst, würde ich dich schlagen für deine Unverschämtheit«, sagte Nada und versuchte, tapfer zu wirken, während ihre Blicke hin und her fuhren und nach einem Fluchtweg suchten. »Außerdem habe ich keinen Stock, sondern nur einen Speer und der ist für Krieger, nicht für einen alten *Umfagozan* wie dich.« Ja! mein Vater, ich mußte es erleben, von meiner eigenen Tochter ein *Umfagozan* genannt zu werden — ein nichtswürdiger Halunke!

Nun tat ich, als ob ich sehr wütend würde, und sprang auf sie zu, das Kerrie über den Kopf geschwungen, und nun war es zu Ende mit ihrer Tapferkeit; sie ließ den Speer fallen und stieß einen leisen Schrei aus. Aber sie hielt noch immer den kleinen Schild vor ihr Gesicht. Ich packte sie beim Arm und schlug mit meinem Kerrie auf ihren Schild — es war ein Schlag, der kaum eine Fliege zerdrückt hätte, doch dieser tapfere Krieger begann am ganzen Körper zu zittern.

»Wo ist dein Mut jetzt, du, der es wagt, mich einen *Umfagozan* zu nennen«, sagte ich; »du, der du wie ein Mädchen schreist und dessen Arm weich ist wie der eines Mädchens?«

Sie antwortete nicht, sondern zog ihre zerfetzte Decke um sich, und ich ließ ihren Arm los, packte die Decke und riß sie herunter, so daß ihre Schultern und Brüste entblößt waren. Nun lachte ich laut und gab sie frei.

»Seht! Hier steht der Krieger, der einen alten *Umfagozan* für seine Unverschämtheit schlagen wollte, ein Krieger, dessen Gestalt bestens für den Kampf geeignet ist! Nun, du hübsches Mädchen, das nächtens in Männerkleidung durch das Land zieht, was hast du mir zu sagen? Und beeile dich mit deiner Geschichte, wenn du nicht willst, daß ich dich dem Häuptling als Beute schenke! Der alte Mann sucht schon lange eine neue Frau!«

Als Nada sah, daß ich sie als Frau erkannt hatte, warf sie den Schild neben den Speer und ließ den Kopf hängen. Doch als ich sagte, daß ich sie zum Häuptling schleppen würde, warf sie sich vor mir zu Boden und umklammerte meine Knie, denn da ich von einem alten Häuptling gesprochen hatte, konnte es nicht Umslopogaas sein.

»Oh, mein Vater!« flehte die Lilie. »Oh, mein Vater, habe Mitleid mit mir! Ja, ja! Ich bin ein Mädchen — ein Mädchen, keine Frau — und du bist alt, und vielleicht hast du Töchter, die so sind wie ich; in ihrem Namen flehe ich um Mitleid! Mein Vater, ich bin lange und weit gegangen und habe vieles ausgehalten, um den Weg zu dem Kraal zu finden, in dem mein Bruder herrscht, doch nun scheint es, als ob ich zu einem falschen Kraal gekommen bin. Vergib mir, daß ich so ungehörig zu dir gesprochen habe, mein Vater; es war nur die List einer Frau, mit der ich mein Geschlecht verheimlichen wollte, mein Vater, denn du weißt, wie schwer es ist, als Frau allein unter fremden Männern zu sein.«

Nun gab ich ihr keine Antwort, und aus diesem Grund: Als ich hörte, wie Nada mich Vater nannte — ohne zu wissen, daß ich wirklich ihr Vater war —, und wie sie so vor mir am Boden lag und meine Knie umklammerte und mich um Mitleid bat im Namen meiner Tochter, mich, der ich kinderlos war bis auf sie, hätte ich fast geweint. Doch sie dachte, ich antwortete nicht, weil ich wütend auf sie sei und sie gleich zu diesem alten Häuptling schleppen wollte, und sie flehte mich weiter an, und jetzt weinte sie sogar.

»Mein Vater«, sagte sie, »tu mir das nicht an. Laß mich gehen und zeige mir den richtigen Weg, den ich gehen muß; du, der du alt bist, weißt, daß ich zu hübsch bin, um zu deinem Häuptling geschleppt zu werden. Höre! Alle, die ich kannte, sind tot, ich bin allein auf der Welt, bis auf diesen Bruder, den ich suche. Oh! Wenn du mich verrätst, möge so ein Schicksal auch deiner eigenen Tochter widerfahren! Möge auch sie die Sklaverei kennenlernen, und nicht die Liebe, die sie sucht!« Und sie sank schluchzend zusammen.

Nun wandte ich den Kopf und sagte in Richtung auf die Hütte: »Häuptling«, sagte ich, »dein *Ehlosé* ist dir heute günstig gesonnen, denn es hat dir ein Mädchen geschickt, das so schön ist wie die Lilie der Halakazi« — bei diesen Worten hob Nada den Kopf und blickte mich mit wilden Augen an. »Komm und nimm dir das Mädchen!«

Nada sprang auf und griff nach dem Assegai, den sie fallengelassen hatte, doch ob sie damit mich töten wollte oder den Häuptling, den sie so sehr fürchtete, oder sich selbst, kann ich nicht sagen, denn als sie aufsprang, rief sie in ihrer Not den Namen Umslopogaas'. Sie nahm den Speer vom Boden auf, und als sie sich wieder aufrichtete — da stand er vor ihr auf seine große Axt gestützt; und der alte Mann, der sie bedroht hatte, war verschwunden — nicht sehr weit, ehrlich gesagt, nur um die Ecke der Hütte.

Nun starrte Nada, die Lilie, den großen Mann an, der auf seine Axt gestützt vor ihr stand. Dann rieb sie sich die Augen und starrte ihn weiter an.

»Ich träume«, murmelte sie schließlich. »Eben noch habe ich mit einem alten Mann gesprochen, und jetzt steht vor mir der, nach dem ich mich so lange sehnte.«

»Ich glaubte eben, Mädchen, die Stimme einer gewissen Nada gehört zu haben, die nach einem Umslopogaas rief«, sagte der Mann, der sich auf die Axt lehnte.

»Ja, ich habe nach ihm gerufen; doch wo ist der alte Mann, der mich so schlecht behandelt hat? Ach, was kommt es darauf an? Soll er doch sein, wo er will, und dort bleiben. Doch du bist Umslopogaas, mein Bruder, oder solltest es sein, bei der Größe deiner Axt. Den Mann hinter der Axt kann ich bei dem Licht nicht genau erkennen; aber die Axt erkenne ich, denn sie ist einmal dicht vor meinen Augen niedergefahren.«

So sprach sie immer weiter, um Zeit zu gewinnen, und dabei ließ sie nicht eine Sekunde ihren Blick von Umslopogaas, bis sie sicher war, daß er es war und kein anderer. Dann hörte sie auf zu sprechen, warf sich an seine Brust und küßte ihn.

»Hoffentlich schläft Zinita fest«, murmelte Umslopogaas, der sich plötzlich daran erinnerte, daß Nada nicht seine Schwester war, auch wenn sie es noch glaubte.

Er nahm sie bei der Hand und sagte: »Tritt ein, Schwester. Von allen Mädchen der Welt bist du mir am meisten willkommen, da ich dich schon tot glaubte.«

Ich aber, Mopo, lief vor ihnen in die Hütte, und als sie hereingetreten, sah Nada mich beim Feuer sitzen.

»Hier ist er, mein Bruder«, sagte Nada und deutete mit

dem Finger auf mich, »hier ist der alte *Umfagozan*, der erst vor einer kurzen Weile Schande auf mich gebracht hat. Ah! Mein Bruder, er hat mich, ein Mädchen, mit seinem Kerrie geschlagen, und das nur, weil ich ihm sagte, ich würde ihn für seine Unverschämtheit mit dem Assegai durchbohren. Und er hat etwas noch Schlimmeres getan: Er schwor, daß er mich zu irgendeinem alten Häuptling schleppen und mich ihm zum Geschenk machen würde, und das wollte er gerade tun, als plötzlich du da warst. Wirst du zulassen, daß diese Dinge ungestraft bleiben, mein Bruder?«

Nun lächelte Umslopogaas grimmig, und ich antwortete: »Wie hast du mich vorhin genannt, als du mich anflehtest, dich zu schützen? Mein Vater, hast du mich genannt, war es nicht so?« und ich wandte mein Gesicht so, daß das Licht des Feuers darauf fiel.

»Ja, ich habe dich Vater genannt, alter Mann. Das ist nicht ungewöhnlich, denn ein heimatloser Wanderer muß Väter finden, wo er kann — und doch! ... Nein, es kann nicht sein! So verändert ... Und diese weiße Hand! Und doch ... Oh! Wer bist du? Einst gab es einen Mann namens Mopo, und er hatte eine kleine Tochter, die Nada hieß. — Oh! Mein Vater, mein Vater! Jetzt erkenne ich dich!«

»Ja, Nada — doch ich habe dich schon im ersten Augenblick erkannt; durch all deine Verkleidung und nach all den Jahren habe ich dich sofort erkannt.«

Nun fiel mir die Lilie um den Hals und schluchzte, und ich glaube, ich habe auch geweint.

Als sie dann mit dem Schluchzen fertig war, brachte Umslopogaas Nada, der Lilie, *maas* zu essen und einen Maisbrei. Sie aß die geronnene Milch, doch von dem Maisbrei aß sie nichts, weil sie zu müde sei, sagte sie.

Nun erzählte sie uns die Geschichte ihrer langen Wanderung, seit sie sich von der Höhle der Halakazi von Umslopogaas getrennt und in die Ebene hinausgeflohen war, und ihre Erzählung war so lang, so lang, daß ich sie nicht wiederholen möchte. Nur dies will ich erzählen: daß Nada unterwegs von Räubern gefangengenommen wurde und eine Weile als Junge unter ihnen lebte; doch schließlich fand man heraus, daß sie eine Frau war und wollte sie dem Häuptling geben. Aber Nada überredete sie, den Häuptling zu töten und sie zum Häuptling zu machen, und sie taten es auch, wegen der Medizin in ihren Augen, die nur Nada von allen Frauen besaß, und wie sie durch diese Medizin in ihren Augen die Halakazi beherrscht hatte, so beherrschte sie jetzt auch diese Räuber. Doch am Ende liebten alle Räuber sie, und sie verkündete, daß sie nur den stärksten von ihnen nehmen würde. Da begannen sie übereinander herzufallen, und während sie einander töteten — so brachte Nada den Tod über die Räuber, wie sie den Tod über alle anderen brachte —, gelang ihr die Flucht, indem sie den Männern sagte, sie wolle sich ihren Kampf nicht mitansehen, sondern würde etwas entfernt auf den Sieger warten.

Danach hatte sie noch eine Reihe anderer Abenteuer zu bestehen, doch schließlich traf sie eine alte Frau, die ihr den Weg zum Geisterberg wies. Wer diese alte Frau war, konnte natürlich niemand herausfinden, doch Galazi schwor, als er später davon hörte, daß es die Stein-Hexe des Geisterberges selbst gewesen sei, die sich in eine alte Frau verwandelt habe, um Nada zu Umslopogaas zu führen, damit sie das Leid und die Freude des Volkes der Axt würde. Ich weiß nicht, ob es so gewesen ist, mein Vater, doch kann ich mir kaum vorstellen, daß die alte Hexe wegen einer so unwichtigen Sache aus ihrem Stein herausgekrochen ist.

Als Nada nun mit ihrer Erzählung zu Ende gekommen war, berichtete Umslopogaas ihr, wie es ihm bei Dingaan ergangen war. Als er ihr erzählte, wie er die Leiche des Mädchens vor den König gelegt und ihm gesagt habe, dies sei der Stengel der verwelkten Lilie, sagte sie, so sei es gut gewesen; und als er ihr erzählte, wie er den Verräter zerbrochen habe, klatschte sie in die Hände, obwohl Nada ein weiches Herz hatte und Erzählungen vom Töten sonst nicht mochte. Doch als er zum Ende kam, war sie plötzlich sehr bedrückt und sagte, es schiene, als ob ein böses Schicksal sie verfolge und daß die Menschen vom Volk der Axt nun ihretwegen in Gefahr seien, von Dingaan getötet zu werden.

»Ach! Mein Bruder«, sagte sie, und umklammerte die Hand Umslopogaas', »lieber würde ich sterben, als auch dir Unheil zu bringen!«

»Das würde nichts mehr ändern, Nada«, antwortete er. »Ob du nun tot bist oder lebst, der Haß Dingaans lastet bereits auf mir. Und, Nada, dieses sollst du wissen: *Ich bin nicht dein Bruder!*«

Als die Lilie diese Worte vernahm, stieß sie einen kleinen Schrei aus, ließ die Hand Umslopogaas' fahren, umklammerte die meine und drängte sich an mich.

»Was soll das heißen, mein Vater?« fragte sie. »Er, der mein Zwilling war, er, mit dem ich aufgewachsen bin, sagt, daß er mich all die Jahre belogen hat, daß er nicht mein Bruder ist; wer, dann, ist er, mein Vater?«

»Er ist dein Vetter, Nada.«

»Ah«, antwortete sie, »das macht mich froh. Ich wäre unglücklich gewesen, wenn der, den ich liebe, sich mir als ein Fremder enthüllt hätte, an dem ich kein Teil habe.« Und sie lächelte ein wenig mit den Augen und mit den Mundwinkeln. »Doch erzähle mir auch diese Geschichte.«

Also erzählte ich ihr die Geschichte von der Geburt Umslopogaas', denn ich vertraute ihr.

»Ah«, sagte sie, als ich zu Ende gesprochen hatte, »ah, du bist der Sproß einer bösen Rasse, Umslopogaas, selbst wenn es eine königliche ist. Ich werde dich von nun an nur noch ein wenig lieben, Kind des Hyänen-Mannes.«

»Das wäre schlimm«, sagte Umslopogaas, »denn du sollst wissen, Nada, daß ich mir wünsche, du würdest mich noch mehr lieben als bisher daß du meine Frau sein und mich als deinen Mann lieben sollst!«

Jetzt wurde das Gesicht der Lilie ernst und sanft, und aller versteckter Spott schwand aus ihren Zügen und aus ihren Worten.

»Hast du mir nicht in jener Nacht in den Höhlen der Halakazi von einer Zinita gesprochen, die deine Frau ist und die *Inkosikaas* des Volkes der Axt?«

Umslopogaas runzelte die Stirn. »Was ist mit Zinita?« sagte er. »Es ist wahr, sie ist meine Hauptfrau, aber ist es nicht erlaubt, daß ein Mann mehr Frauen nehmen kann als nur eine?«

»So ist es wohl«, antwortete Nada lächelnd, »denn sonst würden viele Männer lange unverheiratet bleiben, weil nur wenige Mädchen die nehmen würden, bei denen sie ihr ganzes Leben lang allein arbeiten müßten. Aber, Umslopogaas, auch wenn zwanzig Frauen da sind, muß doch eine von ihnen die erste sein. Nun ist es so mit mir: Wo immer mich das Schicksal bis jetzt hingeworfen hat, hat es mich auch zur ersten gemacht, und so mag es auch dieses Mal kommen — was dann, Umslopogaas?«

»Laß die Frucht reifen, bevor du sie pflückst, Nada«, antwortete er. »Wenn du mich liebst und mich heiratest, so ist es mir genug.«

»Ich hoffe, daß es dir nicht mehr als genug sein wird«, sagte sie und streckte ihm die Hand entgegen. »Höre, Umslopogaas! Frage meinen Vater, wie die Worte lauteten, die ich ihm vor vielen Jahren sagte, bevor ich zur Frau wurde, als ich ihn, mit meiner Mutter, Macropha, verließ, um zum Volk der Swazi zu gehen. Es war, nachdem du von einer Löwin fortgeschleppt worden warst, Umslopogaas. Ich sagte meinem Vater, daß ich nie in meinem Leben einen Mann heiraten würde, weil ich nur dich liebe, und du seist tot. Mein Vater schalt mich dafür und sagte, ich dürfe nicht so von meinem Bruder sprechen; doch es war mein Herz, das gesprochen hatte, und es sprach die Wahrheit, denn, Umslopogaas, du bist nicht mein Bruder! Ich habe meinen Schwur gehalten. Wie viele Männer waren es, die mich heiraten wollten, seit ich zur Frau geworden bin, Umslopogaas? Ich sage dir, es waren mehr, als es Blätter an einem Baum gibt. Doch habe ich mich keinem gegeben, und es war ein Glück für mich, daß mich niemand in eine Ehe gezwungen hat. Jetzt erhalte ich die Belohnung für mein Warten, denn der, den ich verloren glaubte, wurde wiedergefunden, und ihm allein gebe ich all meine Liebe.

Doch hüte dich, Umslopogaas! Über alle ist Unglück gekommen, die mich geliebt haben; selbst über die, die mich nur um sich haben wollten, um mich immer sehen zu können.«

»Ich werde dieses Risiko auf mich nehmen, Nada«, sagte der Schlächter, und er zog sie an seine breite Brust und küßte sie.

Schließlich löste sie sich aus seinen Armen und bat ihn, sie allein zu lassen, denn sie sei müde und wolle schlafen.

Und er ging.

31

Der Krieg der Frauen

Beim Morgengrauen des folgenden Tages kam Galazi vom Geisterberg herab und trat durch das Tor des Kraals.

Vor meiner Hütte sah er Nada, die Lilie, sitzen, und er grüßte sie, da er sich an sie erinnerte. Dann trat er auf den Großen Platz und sprach mit mir.

»Ich sehe, daß der Stern des Todes beim Volk der Axt aufgegangen ist, Mopo«, sagte er. »War es wegen ihrer Ankunft, daß meine grauen Freunde gestern nacht so seltsam heulten? Ich weiß es nicht, aber ich weiß dies: Der Stern schien als erstes auf mich an diesem Morgen, und das ist mein Unheil. Nun, sie ist schön genug, um vielen Unheil zu bringen, Mopo.« Und er lachte und ging, seine Keule schwingend, weiter. Doch seine Worte bedrückten mich, weil sie in mir die Erinnerung weckten, daß überall dort, wo der Anblick Nadas die Herzen der Männer erfreut hatte, auch Männer zu Tode gekommen waren.

Dann ging ich zu meinem Haus zurück, um Nada abzuholen und sie zum Großen Platz zu bringen. Sie erwartete mich bereits; sie hatte einige der Kleider angelegt, die ich ihr gebracht hatte; ihr lockiges Haar fiel ihr auf die Schultern, um ihren Hals und um die Handgelenke und unter dem linken Knie trug sie Ringe aus Elfenbein, und in der Hand hielt sie eine Lilie, die sie gepflückt hatte, als sie zum Baden ans Flußufer gegangen war. Vielleicht hatte sie das getan, mein Vater, weil sie auch hier die Lilie genannt werden wollte, und es ist ein Brauch der Zulu, Menschen nach solchen Kleinigkeiten zu benennen. Doch welcher Mann kennt schon die Gedanken einer Frau und könnte sagen, was sie mit einer bestimmten Absicht tut und was Zufall ist?

Sie hatte mich auch um einen Umhang gebeten, den ich besaß; es war dies eine wunderbare Arbeit der Basutos, aus den weißesten Straußenfedern, die ich jemals gesehen habe; und diesen Umhang legte sie sich um ihre Schultern, und er hing ihr bis zur Hüfte herab. Schon in ihrer Kindheit hatte Nada immer versucht, von anderen abzustechen und sich nie so zu kleiden wie die anderen Mädchen, die nackt herumliefen, bis auf ihre Gürtel; sie hatte immer ein Tuch oder ein Fell gefunden, das sie sich um ihre Brüste binden konnte. Vielleicht lag es daran, daß ihre Haut heller war als die anderer Mädchen, oder weil sie wußte, daß die, welche ihre Schönheit verbirgt, oft als die Schönste erscheint, oder weil vielleicht etwas Wahres war an der Geschichte von ihrem weißen Blut, und diese Gewohnheit ihr durch das Blut mitgegeben worden war. Ich weiß es nicht, mein Vater; auf jeden Fall machte sie es so.

Nun nahm ich Nada bei der Hand und führte sie durch die Morgenluft zum Großen Platz, den wir auch den Platz der Versammlung nennen, und — ah! — sie war süßer als die Luft und schöner als die aufgehende Sonne.

Es waren viele Menschen auf dem Platz, denn es war der Tag der monatlichen Versammlung des Rates, und auch alle Frauen des Kraals waren gekommen, und an ihrer Spitze stand Zinita. Nun hatte es sich bereits herumgesprochen, daß das Mädchen, das der Schlächter aus den Höhlen der Halakazi geholt hatte, in den Kraal des Volkes der Axt gekommen war, und alle warteten auf sie.

»*Ou!*« sagten die Männer, als sie lächelnd an ihnen vorbeischritt, ohne nach links oder nach rechts zu blicken, und doch alles sah. »*Ou!* Ist diese Blume schön! Kein Wunder, daß die Halakazi für sie gestorben sind!«

Die Frauen sahen sie auch an, doch sie sagten kein Wort über die Schönheit Nadas; sie schienen sie kaum zu bemerken.

»Das ist die, für die so viele unserer Männer unbeerdigt liegen«, sagte eine.

»Wo hat sie diese feinen Kleider gefunden«, sagte eine andere, »sie, die gestern nacht als abgerissener Wanderer hier ankam?«

»Federn allein reichen ihr nicht; seht, sie muß auch noch Blumen tragen; aber sie passen besser zu ihren Händen als der Stiel einer Grabhacke«, bemerkte eine dritte.

»Ich denke, daß der Häuptling des Volkes der Axt jetzt eine gefunden hat, die er mehr verehrt als die Axt, und daß einige darüber in Trauer gehen werden«, sagte eine vierte und warf einen raschen Blick auf Zinita und die anderen Frauen aus dem Haushalt des Schlächters.

So sprachen die Frauen und warfen ihre Worte wie Assegais, und Nada hörte sie alle, und sie wußte auch, was sie bedeuteten, doch das Lächeln wich nicht für eine Sekunde von ihrem Gesicht.

Nur Zinita sagte nichts, sondern blickte Nada unter gesenkter Stirn an, während sie an der linken Hand die kleine Tochter Umslopogaas' hielt, ihr Kind, und durch die Finger der rechten Hand Kugeln der Kette gleiten ließ, die um ihren Hals lag. Wir gingen an ihr vorbei, und Nada, die sehr wohl ahnte, wer diese Frau war, wandte ihren Kopf und sah mit direktem Blick in die zornigen Augen Zinitas. Was in diesem Blick lag, kann ich nicht sagen, doch weiß ich, daß Zinita, die Angst kaum kannte, etwas in Nadas Blick sah, das sie fürchten ließ. Zumindest war sie es, die sich abwandte — und die Lilie ging sanft lächelnd weiter, auf Umslopogaas zu, den sie mit einem leichten Kopfnicken begrüßte.

»Sei gegrüßt, Nada!« sagte der Schlächter. Dann wandte er sich an seine Dorfältesten und sagte: »Dies ist sie, um die wir zu den Höhlen der Halakazi gezogen sind, und die Dingaan haben wollte. *Ou!* Die Sache ist jetzt heraus! Einer erzählte sie im Kraal des Königs, der sie nicht mehr erzählen kann. Sie hat mich gebeten, sie vor Dingaan zu retten, und das habe ich auch getan, und alles wäre gut gegangen, wenn nicht dieser Verräter gewesen wäre, den ich zerbrochen habe, denn ich hatte für Dingaan eine andere mitgenommen.

Seht sie euch an, meine Freunde, und sagt mir, ob ich nicht recht daran getan habe, sie für mich zu gewinnen — die Lilie, wie es keine zweite auf der Welt gibt —, zur Freude des Volkes der Axt, und zur Frau für mich.«

Mit einer Stimme antworteten die Dorfältesten: »Du hast wahrhaftig recht getan, Schlächter«, denn die Schönheit Nadas blendete sie, und sie würden sie verehren, wie andere vor ihnen sie verehrt hatten. Nur Galazi, der Wolf, schüttelte den Kopf. Aber er sagte nichts, denn Worte sind machtlos gegen das Schicksal. Da nun Zinita, wie ich später erfuhr, herausgefunden hatte, aus welcher Wurzel Umslopogaas war, wußte sie auch, daß Nada nicht seine Schwester sein konnte. Trotzdem fragte sie, als Umslopogaas erklärte, daß er die Lilie zur Frau nehmen wolle: »Wie kann das sein, Herr?«

»Was soll diese Frage, Zinita?« antwortete er. »Ist es nicht erlaubt, daß ein Mann eine andere Frau nehmen kann, wenn er es will?«

»Das kann er, Herr«, sagte sie; »aber Männer heiraten nicht ihre Schwestern, und ich habe gehört, du habest sie nur deshalb vor Dingaan gerettet, weil sie deine Schwester ist.«

»So habe ich es damals auch geglaubt, Zinita«, antwortete er; »doch jetzt weiß ich es besser. Nada ist die Tochter Mopos, der dort drüben steht, aber er ist nicht mein Vater, obwohl er mich immer seinen Sohn nannte, noch war die Mutter Nadas meine Mutter. So ist es, ihr Leute.«

Jetzt sah Zinita mich an und murmelte: »O du Narr von einem Mund, nicht umsonst habe ich gefürchtet, daß Unheil von dir kommen wird.«

Ich hörte ihre Worte, ließ mir jedoch nichts anmerken, und sie sagte nun: »Hier liegt ein Geheimnis, o Herr Bulalio. Wirst du uns erklären, wer dein Vater ist?«

»Ich habe keinen Vater«, antwortete er, und sein Gesicht verfinsterte sich. »Die Himmel über uns sind mein Vater. Ich bin aus Blut und Feuer geboren worden, und sie, die Lilie, ist von der Schönheit geboren worden, um meine Gefährtin zu sein. Und jetzt schweige, Frau.« Er überlegte einen Augenblick lang, dann setzte er hinzu: »Nein, wenn du es unbedingt wissen mußt: mein Vater war Indabazimbi, der Hexen-Sucher, der Ausschnüffler des Königs, der Sohn Arpis.« Dies sagte Umslopogaas aus einem Einfall des Augenblicks heraus, da er bestritten hatte, mein Sohn zu sein, und den Schwarzen, der tot war, seinen wirklichen Vater, nicht zu nennen wagte. Doch der Ausspruch wurde in späteren Jahren im ganzen Land verbreitet, und die Leute sagten, Umslopogaas sei der Sohn Indabazimbis, des Hexen-Suchers, der geflohen war, und er widersprach diesem Gerücht nicht. Denn als dieses Spiel zu Ende gespielt worden war, wollte er es nicht mehr bekanntwerden lassen, daß er der Sohn Chakas war, da er nun nicht mehr König der Zulus werden wollte und fürchtete, den Zorn Pandas heraufzubeschwören, wenn ihm zu Ohren käme, daß er ein Sohn Chakas war und dadurch ein Geburtsrecht auf den Thron hatte, auf dem nun Panda saß.

Als die Leute dies hörten, dachten sie, daß Umslopogaas es nur gesagt hätte, um sich über Zinita lustig zu machen, und doch sagte er die Wahrheit, als er in seinem Zorn behauptete, von den ›Himmeln über uns‹ geboren zu sein, denn so nennen die Zulus ihren König, und mit diesem Namen hatte der Medizinmann Indabazimbi Chaka an dem Tag des großen Ausschnüffelns angesprochen. Doch die Leute verstanden es nicht in diesem Sinn. Sie glaubten, daß er die Wahrheit spräche, als er sagte, er sei der Sohn Indabazimbis, des Hexen-Suchers, der inzwischen aus dem Land geflohen war, und niemand wußte, wohin.

Jetzt wandte sich Nada an Zinita und sagte zu ihr mit einer süßen, freundlichen Stimme: »Wenn ich auch keine Schwester Bulalios bin, so werde ich doch bald eine Schwester von dir sein, der *Inkosikaas* des Häuptlings. Sollte dich das nicht freuen, Zinita, und solltest du mich nicht in Freundschaft und mit dem Kuß des Friedens begrüßen, die ich von so weit her gekommen bin, um deine Schwester zu sein?« Und Nada streckte ihr beide Hände entgegen, aber ob sie dies mit ihrem Herzen tat, oder nur, um sich vor den Leuten ins rechte Licht zu setzen, daß weiß ich nicht. Doch Zinita blickte sie mit finsterem Gesicht an und zerrte an ihrer Halskette, daß die Schnur riß und die Kugeln, die mit dieser Schnur aufgereiht waren, nach allen Seiten zu Boden sprangen.

»Behalte deine Küsse für unseren Herrn, Mädchen«, sagte Zinita mit vor Zorn bebender Stimme. »So wie die Kugeln meiner Halskette in alle Richtungen verstreut sind, so wirst du das Volk der Axt in alle Winde zerstreuen.«

Nada wandte sich mit einem leisen Seufzen ab, und die Leute begannen zu murmeln, denn sie dachten, daß Zinita sie schlecht behandelt habe. Dann streckte Nada ihre Hand aus und reichte Umslopogaas die Lilie mit den Worten: »Hier ist ein Pfand unserer Heirat, Herr, denn mein Vater und ich haben nicht ein einziges Rind, um es dir geben zu können — wir, die wir Ausgestoßene sind; möge ich dir Glück und Frieden bringen, mein Herr!«

Umslopogaas nahm die Blume und sah etwas lächerlich damit aus — man war den Anblick der Axt in seinen Händen gewöhnt, nicht den einer Blume; und damit war jenes Gespräch zu Ende.

Nun wollte es der Zufall, daß dies der Tag des Jahres war, an dem, nach altem Brauch, der Halter der Axt alle Männer herausfordern mußte, um mit ihm um den Besitz des *Witwenmachers* und um die Häuptlingswürde über das Volk der Axt zu kämpfen. Deshalb erhob sich Umslopogaas, nachdem dieses Gespräch zu Ende war, und sprach die vorgeschriebenen Worte der Herausforderung, in der festen Überzeugung, daß niemand sie annehmen würde, denn schon seit Jahren hatte es keiner mehr gewagt, sich ihm zu stellen. Doch an diesem Tag traten drei Männer vor, und zwei von ihnen waren Hauptleute, die der Schlächter liebte. Zusammen mit allem Volk blickte er sie verwundert an.

»Was soll das!« sagte er mit leiser Stimme zu dem Hauptmann, der ihm am nächsten stand und als erster gegen ihn kämpfen würde.

Zur Antwort deutete der Mann schweigend auf die Lilie. Nun begriff Umslopogaas, daß die Medizin von Nadas Schönheit in allen Männern den Wunsch weckte, sie zu besitzen, und da der, der die Axt gewann, auch sie bekam, würde er gegen viele kämpfen müssen. Nun, so mußte er eben kämpfen oder sich beschämen lassen.

Von diesem Kampf gibt es wenig zu sagen, mein Vater. Umslopogaas erschlug den ersten Mann und auch den zweiten, und der dritte verlor daraufhin seinen Mut und erklärte eilig, auf den Kampf gegen den Schlächter verzichten zu wollen.

»Ah!« sagte Galazi, der neben mir stand und zusah: »Was habe ich dir gesagt, Mopo? Der Fluch beginnt schon zu wirken. Er ist der ständige Begleiter deiner Tochter, alter Mann.«

»Das fürchte ich auch«, antwortete ich, »und doch ist dieses Mädchen schön und gut und sanft.«

»Das ändert nichts daran«, sagte Galazi.

An diesem Tage nun nahm Umslopogaas Nada, die Lilie, zur Frau, und für eine Weile war alles ruhig und friedlich. Doch wuchs in dieser Zeit die Wurzel des Unheils, das über uns kommen sollte, denn von dem Tag an, an dem Umslopogaas Nada zur Frau genommen hatte, haßte er selbst den Anblick seiner anderen Frauen — und am meisten den Anblick Zinitas. Galazi sagte, das sei, weil Nada ihn verhext habe, doch ich weiß, daß die einzige Hexerei, die sie anwandte, die Medizin ihrer Augen, ihrer Schönheit und ihrer Liebe war. Trotzdem geschah es, daß der Schlächter von nun an und bis lange nach ihrem Tod nur sie liebte, sie allein, und das ist die schlimmste Krankheit, die einen Mann befallen kann.

Wie du dir sicher denken kannst, mein Vater, nahmen Zinita und seine anderen Frauen ihm das sehr übel. Eine Weile warteten sie ab, weil sie glaubten, seine Liebe zu Nada würde sich bald abgenutzt haben, doch dann begannen sie sich zu beklagen, bei ihrem Mann und bei anderen, bis die Menschen des Kraals schließlich in zwei Parteien gespalten waren: die Partei Zinitas und die Partei Nadas.

Die Partei Zinitas bestand nur aus Frauen und aus solchen Männern, die ihre Frauen liebten und fürchteten. Die Partei Nadas aber war weitaus stärker, und sie bestand nur aus Männern, und aus dieser Spaltung entstand viel Bitterkeit auf den Plätzen und viel Streit in den Hütten. Aber weder die Lilie noch Umslopogaas kümmerten sich darum, sie kümmerten sich eigentlich um gar nichts, da sie völlig in ihrer Liebe zueinander aufgingen.

Eines Tages nun, als sie schon drei Monde lang verheiratet waren, kam Nada aus der Hütte ihres Mannes, als die Sonne schon hoch am Himmel stand, und ging einen steinigen Weg entlang zum Flußufer, um zu baden. Zur Rechten dieses Weges lagen die Maisfelder des Häuptlings, und Zinita und die anderen Frauen Umslopogaas' arbeiteten auf diesen Feldern und rissen Unkraut heraus. Sie blickten auf und sahen Nada vorbeigehen, und ihre Gesichter wurden finster. Nach einer Weile sahen sie sie vom Fluß zurückkommen, vom Bad erfrischt und mit Blumen im Haar, und während sie so ging, sang sie ein Liebeslied.

Nun warf Zinita ihre Grabhacke zu Boden.

»Müssen wir uns das bieten lassen, meine Schwestern?« rief sie empört.

»Nein«, antwortete eine andere, »das lassen wir uns nicht bieten. Was sollen wir tun? Sollen wir über sie herfallen und sie töten?«

»Es wäre gerechter, Bulalio zu töten, unseren Herrn«, sagte Zinita. »Nada ist nur eine Frau, und nach Art der Frauen nimmt sie sich alles, was sie bekommen kann. Doch er ist ein Mann und ein Häuptling und sollte mit Weisheit handeln und mit Gerechtigkeit.«

»Sie hat ihn mit ihrer Schönheit verhext«, sagte die andere Frau. »Kommt, wir wollen sie töten.«

»Nein«, sagte Zinita, »ich werde mit ihr sprechen«, und sie ging und trat Nada in den Weg, die Arme vor der Brust gekreuzt.

Als Nada sie sah, hörte sie auf zu singen und streckte ihr die Hand entgegen. »Sei gegrüßt, Schwester«, sagte sie mit einem freundlichen Lächeln. Doch Zinita nahm ihre Hand nicht. »Es schickt sich nicht, Schwester«, sagte sie, »daß meine Hand, die von der Arbeit rauh und schmutzig ist, die deine verunreinigt, die frisch ist vom Bad und vom Duft der Blumen. Doch will ich dir eine Botschaft geben, eine Botschaft von mir und von jenen dort, den anderen Frauen unseres Herrn, Bulalio: Das Unkraut wächst dicht auf jedem Feld, und wir sind nur wenige Frauen; nun, da eure Liebestage vorüber sind, willst du nicht kommen und uns helfen? Wenn du keine Hacke von deinem Kraal in Swaziland mitgebracht hast, wollen wir dir gerne eine besorgen.«

Jetzt erkannte Nada, was die andere vorhatte, und das Blut schoß ihr ins Gesicht. Doch antwortete sie mit ruhiger, freundlicher Stimme: »Gerne würde ich euch helfen, meine Schwester, obwohl ich noch nie in den Feldern arbeiten mußte, denn wo immer ich lebte, haben die Männer verhindert, daß ich eine Arbeit verrichtete — mit Ausnahme des Windens von Blumenkränzen und des Aufreihens von Kugeln zu Ketten. Doch steht dies dagegen: Umslopogaas, mein Mann und mein Herr, hat verboten, daß ich mit meinen Händen arbeite, und ich darf ihm nicht ungehorsam sein.«

»Unser Mann hat dir verboten, zu arbeiten, Nada? Das ist seltsam. Sieh, ich bin seine Hauptfrau, seine *Inkosikaas* — ich war es, die ihm sagte, wie er die Axt gewinnen könne. Und doch hat er weder mir noch einer meiner Schwestern so ein Verbot erteilt, in den Feldern zu arbeiten, wie es den Frauen zukommt — selbst mir nicht, seiner Hauptfrau, die ich ihm Kinder geboren habe. Könnte es sein, Nada, daß Bulalio dich mehr liebt als uns?«

Nun saß die Lilie in einer Falle, und sie wußte es. Also spielte sie ihren Stolz aus.

»Eine muß die Meistgeliebte sein, Zinita«, sagte sie, »so wie auch eine die Schönste sein muß. Du hattest deine Stunde, gönne mir jetzt die meine; sie wird vielleicht nur kurz sein. Außerdem haben Umslopogaas und ich uns schon lange geliebt, viele Jahre, bevor du und seine anderen Frauen ihn kannten, und wir werden uns bis zum Ende lieben. Mehr ist dazu nicht zu sagen.«

»Nein, Nada, es gibt noch etwas, das gesagt werden muß: Du hast zwei Möglichkeiten: Geh fort und laß uns mit unserem Herrn glücklich sein, oder bleibe und bringe über uns alle den Tod.«

Nun dachte Nada eine Weile nach, dann antwortete sie: »Wenn ich glaubte, daß meine Liebe dem, den ich liebe, den Tod brächte, würde ich keine Minute zögern und ihn verlassen; aber, Zinita, ich glaube es nicht. Der Tod liebt die Schwachen, und wenn er kommen sollte, so um die Blume zu holen und nicht den Schlächter.« Sie trat an Zinita vorbei und ging weiter, auf den Kraal zu; doch sie sang nicht mehr.

Zinita sah ihr nach, bis sie hinter einer kleinen Anhöhe verschwand, und ihr Gesicht war so finster wie der Himmel vor einem Unwetter. Dann kehrte sie zu den anderen Frauen zurück.

»Die Lilie verhöhnt uns alle, meine Schwestern«, sagte sie. »Hört meinen Rat: Wir werden verkünden, daß ein Frauenfest stattfinden soll, und zwar bei Anbruch des neuen Mondes und an einem geheimen Ort. Alle Frauen und Kinder werden zu diesem Fest kommen, alle außer Nada, die ihren Geliebten nicht verlassen wird, und wenn es einen Mann gibt, den eine Frau wirklich liebt, so täte sie gut daran, meine Schwestern, ihn zur Zeit des neuen Mondes auf eine Reise zu schicken, denn großes Unheil könnte über den Kraal des Volkes der Axt hereinbrechen, während wir fort sind und unser Fest feiern.«

»Was für ein Unheil, meine Schwester?« fragte eine.

»Wie kann ich das wissen?« antwortete Zinita. »Ich weiß nur, daß wir uns entschlossen haben, diese Nada loszuwerden, um uns dadurch an einem Mann zu rächen, der unsere Liebe verschmäht — und auch an solchen Männern, die der Schönheit Nadas huldigen. Ist es nicht so, meine Schwestern?«

»So ist es«, antworteten sie.

»Dann schweigt über diese Sache und laßt uns unser Fest geben.«

Nun berichtete Nada Umslopogaas von dem Wortwechsel, den sie mit Zinita gehabt hatte, und der Schlächter war verärgert. Doch seine Torheit und die Medizin der Augen Nadas hinderten ihn daran, sein Verhalten zu ändern, sondern er wich nicht eine Minute von ihrer Seite und dachte nur noch an sie. Als also Zinita später zu ihm kam und ihn um die Erlaubnis bat, ein Frauenfest geben zu dürfen, das weit vom Kraal entfernt gehalten werden sollte, gab er bereitwillig seine Zustimmung, denn vor allem anderen wollte er Zinita und ihr zorniges Gesicht für eine Weile nicht mehr sehen, und er dachte mit keinem Gedanken daran, daß dieses Fest Teil eines Komplotts sein könnte. Er sagte ihr nur, daß Nada nicht daran teilnehmen würde; und beide Frauen, Zinita und Nada, sagten sofort und wie aus einem Mund, daß sein Wille ihnen Befehl sei.

Nun sah ich, Mopo, wie sehr Umslopogaas, mein adoptierter Sohn, im Bann der Schönheit Nadas stand, und ich sprach mit Galazi darüber und sagte ihm, daß wir einen Weg finden müßten, um diesen Bann zu brechen. Dann zog ich Galazi ganz in mein Vertrauen und erzählte ihm alles, was er über Umslopogaas noch nicht wußte, und das war sehr wenig. Ich erzählte ihm auch von meinem Plan, den Schlächter auf den Thron der Zulus zu bringen, und was ich bereits getan hatte, um dieses Ziel zu erreichen, und was ich noch zu tun gedächte, und dies war, einige der großen Häuptlinge selbst aufzusuchen und sie auf unsere Seite zu ziehen.

Galazi hörte mir schweigend zu und sagte dann, es könne gut oder schlecht sein, wie es das Schicksal wolle. Er sei jedoch fest davon überzeugt, daß die Tochter schneller niederreißen würde, als ich, der Vater, aufbauen könne, und er deutete dabei auf Nada, die gerade an uns vorüberging an der Seite Umslopogaas'.

Doch ich war fest entschlossen, diese lange Reise zu den Häuptlingen zu unternehmen, und ich brach zu ihr am Vorabend des Tages auf, an dem Zinita Umslopogaas' Erlaubnis erhielt, ein Frauenfest zu geben. Ich suchte Umslopogaas auf und teilte ihm meinen Plan und meinen Entschluß mit, doch er hörte mir nur mit halbem Ohr zu, weil er wieder bei Nada sein wollte und meine Reden über Politik ihn langweilten. Also verabschiedete ich mich von ihm und ging; ich verabschiedete mich auch von Nada, doch der Name ihres Mannes vermischte sich mit dem meinen bei ihrem Lebewohl.

»Jetzt hat der Wahnsinn diese beiden befallen«, murmelte ich. »Aber das wird sich legen; noch bevor ich wieder zurück bin.«

32

Zinita kommt zum König

Eines Tages saß Dingaan, der König, in seinem Kraal Umgugundhlovu und wartete auf die Rückkehr seiner *Impis* vom Income, der jetzt der Blut-Fluß heißt. Er hatte sie dorthin geschickt, um das Lager der Buren zu zerstören, und er erwartete, daß sie bald siegreich zurückkehren würden. Als er so auf die Rückkehr seiner *Impis* vom Income wartete, blickte er zum Himmel hinauf und sah die Geier über dem Hügel des Schlachtens ihre Kreise ziehen, und bei ihm stand ein Regiment.

»Meine Vögel sind hungrig«, sagte er zu einem seiner Berater.

»Sicher wird es bald Fleisch geben, um sie zu füttern, o König!« antwortete der Berater.

Während er das sagte, trat einer heran und sagte, daß eine Frau um die Gnade bäte, den König sprechen zu dürfen; es handele sich um eine sehr wichtige Sache.

»Sie soll kommen«, sagte der König. »Ich hungere nach Neuigkeiten; vielleicht kann sie mir etwas über meine *Impis* sagen.«

Die Frau wurde vor den König geführt. Sie war groß und hübsch, und sie führte zwei Kinder an ihren Händen.

»Was ist dein Geschäft?« fragte Dingaan.

»Gerechtigkeit, o König«, antwortete sie.

»Bitte mich um Blut, das ist leichter zu finden als Gerechtigkeit.«

»Ich bitte um Blut, o König.«

»Um wessen Blut?«

»Um das Blut von Bulalio, dem Schlächter, dem Häuptling

des Volkes der Axt, um das Blut von Nada, der Lilie, und all derer, die sie bewundern.«

Als er diese Namen hörte, sprang Dingaan auf, stieß einen Fluch aus und schrie:

»Was? Die Lilie lebt also tatsächlich, wie dieser Soldat es mir gesagt hat?«

»Sie lebt, o König. Sie ist die Frau des Schlächters, und durch ihre Hexerei hat sie mich, seine Erste Frau, verdrängt, gegen alle Gesetze und Sitten unseres Volkes. Deshalb bitte ich um Rache an dieser Hexe, und auch um Rache an dem, der mein Mann war.«

»Du bist wirklich eine gute Ehefrau«, sagte der König. »Mögen die Himmel mich vor einer wie dir bewahren. Höre! Ich würde dir deine Bitte gern erfüllen, denn auch ich hasse den Schlächter, und auch ich möchte diese Lilie zertreten. Doch, Frau, kommst du zu einer schlechten Stunde. Ich habe nur ein Regiment hier, und ich glaube, daß man mehr braucht, um den Schlächter zu töten. Warte, bis meine *Impis* zurück sind, die ich ausgesandt habe, um die weißen *Amaboona* aufzufressen, dann soll geschehen, was du verlangst. — Wessen Kinder sind diese?«

»Es sind meine Kinder, o König, und die Bulalios, meines Mannes.«

»Die Kinder dessen, den du töten lassen willst?«

»Ja, o König.«

»Wahrlich, du bist als Mutter genauso gut wie als Frau!« sagte Dingaan. »Ich habe gesprochen. Geh!«

Doch das Herz Zinitas war hungrig auf Rache, und sie sollte rasch und schrecklich sein, die Rache an der Lilie, die auf ihrem Platz lag, und an ihrem Mann, der sie der Lilie wegen zur Seite gestoßen hatte. Sie wollte nicht warten — nein! —, nicht einmal eine Stunde.

»Höre, o König!« rief sie. »Das ist noch nicht alles! Dieser Mann, Bulalio, schmiedet ein Komplott gegen deinen Thron, gemeinsam mit einem Mopo, Sohn Makedamas, der dein Berater war.«

»Er macht ein Komplott gegen den Thron, Frau? Die Eidechse macht ein Komplott gegen die Felswand, auf der sie sich sonnt? Nun, soll er. Und was diesen Mopo angeht, den werde ich eines Tages schon erwischen!«

»Das wirst du, o König! Doch ich habe dir noch nicht alles gesagt. Dieser Mann hat einen anderen Namen: Umslopogaas, Sohn Mopos. Aber er ist nicht der Sohn Mopos; er ist der Sohn des Schwarzen, der tot ist, des mächtigen Königs, welcher dein Bruder war, und von Baleka, der Schwester Mopos. Ich habe dies von Mopos eigenen Lippen gehört. Er ist der Erbe dieses Throns durch sein Blut, o König, und du sitzt auf seinem Platz!«

Ein paar Sekunden lang saß Dingaan reglos. Dann befahl er Zinita, näher zu kommen und ihm alle Einzelheiten zu berichten.

Nun standen hinter dem Stuhl, auf dem er saß, zwei Berater, und nur diese beiden hatten die letzten Worte Zinitas gehört. Jetzt befahl er ihnen, vor ihn und außer Hörweite zu treten, und auch außer Hörweite aller anderen, die dort standen. Dann trat Zinita näher und erzählte Dingaan die Geschichte von der Geburt Umslopogaas' und alles, was folgte, und an vielen Einzelheiten und gewissen anderen Dingen erkannte Dingaan, daß es eine wahre Geschichte war.

Als sie zu Ende erzählt hatte, ließ Dingaan den Hauptmann des Regiments kommen, das im Kraal war; es war ein großer, kräftiger Mann namens Faku, und einige der Männer, welche die Befehle des Königs vollstrecken.

Zu dem Hauptmann des *Impi* sagte er: »Nimm drei Kompanien und Führer, und komme bei der Nacht über den Kraal des Volkes der Axt, der beim Geisterberg liegt, und brenne ihn nieder und vernichte alle Zauberer, die darin leben. Vor allem aber töte den Häuptling dieses Volkes, den man Bulalio, den Schlächter, nennt, oder auch Umslopogaas! Töte ihn mit der Folter, wenn es dir möglich ist, aber töte ihn und bringe mir seinen Kopf! Bringe mir auch diese Frau, die bei ihm ist, welche Nada, die Lilie, genannt wird, lebend, wenn es geht, denn ich will, daß sie hier vor meinen Augen getötet wird. Und bringe auch die Rinder! Nun geh und geh schnell, noch in dieser Stunde! Wenn du zurückkommst und auch nur eine Winzigkeit meiner Befehle nicht erfüllt hast, wirst du sterben — werdet ihr alle sterben — und langsam. Geh!«

Der Hauptmann salutierte, lief zu seinen Soldaten zurück und schrie Befehle. Drei volle Kompanien traten an und folgten ihm aus dem Tor des Kraals, um zum Geisterberg zu gehen.

Nun rief Dingaan die, welche den Befehl des Königs vollstrecken, deutete auf die beiden Berater, die die Worte Zinitas gehört hatten, und befahl, sie zu töten.

Die Berater hörten es, grüßten den König und bedeckten ihre Gesichter, denn sie wußten, daß sie sterben mußten, weil sie zuviel gehört hatten. Sie wurden getötet. Und einer der beiden war der Berater, der dem König gesagt hatte, daß es sicher bald Fleisch geben würde, um die Vögel des Königs zu füttern.

Dann befahl der König, daß man auch die Kinder Zinitas töten sollte.

Als Zinita das hörte, begann sie zu schreien, denn sie liebte diese Kinder.

Dingaan sagte voller Spott: »Was? Bist du nicht nur falsch, sondern auch dumm? Du hast gesagt, daß dein Mann, den du dem Tod ausgeliefert hast, aus dem Stamme des Schwarzen ist und Erbe des Throns. Du hast gesagt, daß diese Kinder von seinem Samen sind; also sind sie, wenn er tot ist, die Erben meines Throns. Bin ich denn verrückt, sie am Leben zu lassen? Frau, du bist in deine eigene Falle gefallen. Bringt sie fort!«

So mußte Zinita den Trank, den sie für andere Lippen gebraut hatte, selbst kosten, und sie schrie vor Verzweiflung und rang die Hände und rief, daß sie bereue, was sie getan hätte, und Umslopogaas und die Lilie vor dem Unheil warnen wolle, das auf sie warte. Und sie wandte sich und lief auf das Tor zu. Doch der König lachte und gab seinen Männern einen Wink, und sie brachten sie zurück und erschlugen sie zu seinen Füßen mit ihren Keulen.

Dies, mein Vater, waren die Früchte der Falschheit Zinitas, der Hauptfrau Umslopogaas', meines adoptierten Sohnes.

Doch waren dieses die letzten Morde im Kraal Umgugundhlovu, denn kurz nachdem Dingaan Zinita hatte töten lassen und sich wieder langweilte, hob er den Blick und sah den Hang des Hügels, der vor dem Kraal lag, schwarz von Männern, die er als sein *Impi* erkannte, das er gegen die Buren ausgeschickt hatte.

Doch wo waren ihre stolzen Federbüsche, wo ihre Schilde, wo war der Siegesgesang? Ja, es waren seine Soldaten, die dort herankamen, doch sie gingen in Gruppen, wie Frauen, und sie ließen die Köpfe hängen wie gescholtene Kinder.

Und dann erfuhr er den Grund: das *Impi* war am Ufer des Income geschlagen und fast vernichtet worden; Tausende waren vor dem Lager gestorben, niedergemäht von den Gewehren der Buren, Tausende anderer waren im Fluß Income ertrunken, dessen Wasser rot war, und in dem die Leichen sich übereinandertürmten, so daß die, die noch lebten, auf ihnen den Fluß überqueren konnten.

Dingaan hörte, und er wurde vor Angst geschüttelt, denn er erfuhr auch, daß die *Amaboona* dem geschlagenen *Impi* dicht auf den Fersen folgten.

An diesem Tag floh er in den Busch am Schwarzen Umfolozi, und in der folgenden Nacht war der Himmel rot von den Flammen, die den Kraal Umgugundhlovu verbrannten, in dem der Elefant nie wieder trompeten sollte, und die Geier wurden durch die Flammen vom Hügel des Schlachtens vertrieben.

Galazi saß auf dem Schoß der Stein-Hexe und blickte auf die weite Ebene hinaus, die unterhalb des Geisterberges lag. Helles Mondlicht fiel auf das Land, obwohl es schon kurz vor Tagesanbruch war. Todesbiß winselte an seiner Seite, doch Galazi kümmerte sich nicht um ihn; er dachte über Umslopogaas nach, über seinen Sturz von dem Mann, der er einmal gewesen war, zum Sklaven einer Frau, und über den Zerfall des Volkes der Axt durch die Ankunft Nadas. Alle Frauen und Kinder waren zu diesem Frauenfest gegangen und würden für eine ganze Weile nicht zurückkehren, und Galazi hatte den Eindruck, als ob auch eine ganze Anzahl von Männern mit ihnen verschwunden wäre, als ob sie eine nahe Gefahr witterten.

»Ach, Todesbiß«, sagte Galazi leise zu dem wilden Tier, das an seiner Seite lag, »der Wolfskönig, mein Bruder, hat sich sehr verändert, und nur wegen der Küsse einer Frau. Er jagt jetzt nicht mehr, und der *Witwenmacher* wird nicht mehr geschwungen; ihn verlangt es nur noch nach dem Kuß einer Frau, nicht nach der Berührung deiner Zunge, es ist die Hand einer Frau, die er hält, nicht der Hornstiel der Axt, er, der einst der stärkste aller Männer war und der erste in der Schlacht; durch eine Frau hat er seine Ehre verloren. Chaka war ein großer König, wenn auch ein grausamer, und es war ein Zeichen seiner Größe, als er allen Kriegern die Heirat verbot, denn sie schwächt das Herz und läßt das Blut zu Wasser werden.«

Galazi hörte auf zu sprechen und blickte zum Kraal des Volkes der Axt hinunter, und als er das tat, glaubte er ein Aufblitzen zu sehen, das an einer Hecke im Schatten des Geisterberges entlangzog, so wie die Nadel einer Frau durch ein Leder fährt, einmal sichtbar und dann wieder nicht.

Er richtete sich auf und beobachtete. Ah! Jetzt erkannte er dieses Aufblitzen aus dem Schatten: es war der Widerschein der Sonne auf Speerklingen!

Galazi beobachtete weiter. Es war ein kleines *Impi*, vielleicht zweihundert Männer, die geräuschlos gingen, um unbemerkt zu bleiben. Doch die zogen nicht in den Krieg, da sie keine Federbüsche auf ihren Köpfen trugen. Und doch wollten sie töten, denn sie waren zu Kompanien formiert, und jeder Mann trug mehrere Assegais und einen Schild.

Nun hatte Galazi von solchen *Impis* gehört, die bei Nacht jagen, und ihm war klar, daß dies die Hunde des Königs waren, und daß ihre Beute Menschen sein sollten, ein großer Kraal voller schlafender Menschen, denn sonst wären es weniger Hunde gewesen. Man schickt ja auch nicht eine ganze Meute auf die Hatz, um eine einzige Antilope zu jagen. Galazi fragte sich, wem diese Jagd galt. Ah! Jetzt bogen sie zur Furt ab, und nun wußte er: es waren sein Bruder Umslopogaas und Nada, die Lilie, und das Volk der Axt. Dies war die

KERR

Meute des Königs, und Zinita hatte sie losgelassen. Das also war der Grund, warum sie die Frauen und Kinder aus dem Kraal geholt hatte, und warum auch viele der Männer einen Vorwand gefunden hatten, ihn zu verlassen: um dem Abschlachten zu entkommen.

Galazi sprang auf die Füße. Einen Moment überlegte er: Sollte er nicht diese Jäger zu Gejagten machen? Konnte er sie nicht von den Fängen seiner Wölfe zerreißen lassen, so wie sie vor Jahren ein anderes *Impi* des Königs zerrissen hatten? Ach! Wenn er sie nur eine Stunde früher entdeckt hätte, dann wäre kein Mann mehr am Leben, noch bevor sie den Fluß erreicht hätten, denn er hätte ihnen mit seinen Wölfen einen Hinterhalt gelegt. Jetzt aber war das nicht mehr möglich; die Soldaten näherten sich der Furt, und Galazi wußte nur zu gut, daß seine Grauen Brüder nicht auf der anderen Seite des Flusses jagten, obwohl er den Grund dafür nur von den Lippen eines Toten in einem Traum gehört hatte.

Was also konnte er tun? Es gab nur noch eines: er mußte Umslopogaas warnen. Aber wie? Für ihn gab es einen schnelleren und kürzeren Weg zum Kraal des Volkes der Axt — einen Weg, der zu dem des *Impi* verlief wie die Bogensehne zu der Krümmung eines gespannten Bogens. Aber sie hatten die Hälfte dieses Bogens bereits hinter sich gebracht. Trotzdem konnte er es noch schaffen, er, dessen Füße die schnellsten im Land waren — mit Ausnahme der Füße Umslopogaas'. Zumindest mußte er es versuchen. Vielleicht würde das *Impi* am Fluß eine Pause machen, um zu trinken.

So waren die Gedanken Galazis, und seine Gedanken waren so schnell wie ein Blitz. Dann lief er mit großen Sätzen den Berghang hinab. Von Fels zu Fels sprang er wie ein Bock; brach durch Gestrüpp wie ein Bulle und flog wie eine Schwalbe über ebene Strecken. Dann lag der Berg hinter ihm, und vor ihm der gelbe Fluß, der mit Hochwasser schäumte und gischtete wie damals, als er ihn durchschwommen hatte, um den Toten zu suchen. Ah! Ein weiter Sprung mitten in die Strömung; sie war stark und riß ihn mit sich, doch er war stärker als sie. Er war am anderen Ufer und schüttelte das Wasser von sich wie ein Hund, und dann lief er den steinigen Weg entlang, der in leichter Steigung zum Kraal führte, und er lief geduckt, so wie Wölfe laufen.

Vor ihm lag der Kraal — die eine Seite glänzte silbrig im Licht des sinkenden Mondes, die andere war grau vom Dämmern des Morgens. Ah! Dort waren sie; er sah sie durch das Gras zum Osttor des Kraals ziehen; er sah, wie sich die Mörder des Königs nach links und rechts verteilten und geduckt weiterliefen.

Wie konnte er die Männer im Kraal warnen, bevor sich der Ring des Todes schloß? Noch sechs Speerwurfweiten lagen vor ihm, und sie hatten nur noch wenige Schritte! Der Mais stand hoch, und an einer Stelle reichte das Feld fast an den Zaun des Kraals. Er hetzte weiter. Würde Umslopogaas, sein Bruder, schneller sein als der Wolf, der heranlief, um ihn zu retten? Jetzt war er beim Zaun, gedeckt durch die hohen Maisstauden, und links und rechts von ihm krochen die Mörder.

»Ho! Was war das?« sagte einer der Soldaten des Königs zu einem anderen. »Ho! Etwas Großes, Schwarzes ist eben neben mir über den Zaun gesprungen.«

»Ich habe es gehört, Bruder«, antwortete der andere Mann. »Ich habe es gehört, aber nichts gesehen. Es muß ein Hund gewesen sein; kein Mensch kann so hoch springen.«

»Eher ein Wolf«, sagte der erste. »Mindestens ein Wolf, und wir wollen beten, daß es kein *Esedowan** war, der uns in das Loch im Rücken stecken will. Ist dein Feuer bereit, Bruder? Ho! Diese Zauberer sollen warm aus ihren Träumen erwachen!«

In diesem Augenblick schrie eine laute Stimme: »Wacht auf, ihr Schläfer! Der Feind steht vor euren Toren!«

---

* Ein Fabeltier, von dem die Zulus glauben, daß es Menschen in einem auf seinem Rücken befindlichen Loch entführt.

33

Das Ende der Geisterwölfe

Galazi lief durch den Kraal und schrie mit lauter Stimme, und aus den Hütten kamen die Geräusche der aus dem Schlaf gerissenen Männer. Sie schliefen alle, es waren keine Wachen aufgestellt, denn Umslopogaas hatte sich so in seiner Liebe zu Nada, der Lilie, verloren, daß er auch seinen Verstand verloren hatte und nicht mehr an Krieg und Tod dachte, noch an den Haß Dingaans. Endlich erreichte Galazi, der Wolf, die große Hütte, die Umslopogaas für Nada hatte errichten lassen, und kroch hinein, weil er wußte, daß er hier seinen Bruder Bulalio finden würde. Und er hatte recht: sie lagen beide schlafend auf einem Lager aus Fellen, und Umslopogaas' Kopf ruhte auf den Brüsten Nadas, und neben ihm lag seine große Axt *Witwenmacher.*

»Wach auf!« schrie der Wolf.

Umslopogaas fuhr hoch und sprang sofort auf die Füße und griff nach der Axt, doch Nada drehte sich nur auf die andere Seite und murmelte: »Laß mich schlafen, der Schlaf ist süß.«

»Vielleicht wirst du bald für immer schlafen!« rief Galazi. »Schnell, Bruder, wirf dir das Wolfsfell über und nimm deinen Schild! Schnell, sage ich dir. Die Mörder des Königs stehen vor deinen Toren!«

Jetzt sprang Nada ebenfalls auf, und sie taten, was er ihnen gesagt hatte, und während sie sich anzogen und Umslopogaas nach seinem Schild griff, nahm Galazi einen Schluck Bier, um wieder zu Atem zu kommen. Dann standen sie vor der Hütte. Der Himmel war jetzt grau, und im Norden und Süden, im Osten und Westen loderten Flammen zu dem grauen Himmel empor, denn der Kraal war von den Mördern des Königs in Brand gesteckt worden.

Umslopogaas sah die Flammen, und seine Sinne kehrten wieder zu ihm zurück; er verstand. »Wohin, Bruder?«

»Durch das Feuer und das *Impi* zu unseren schwarzen und

grauen Brüdern auf dem Geisterberg. Wenn wir es schaffen, sind wir sicher.«

»Und was ist mit den Leuten im Kraal?«

»Es sind nicht sehr viele, mein Bruder; die Frauen und Kinder sind fort. Ich habe die Männer geweckt; die meisten werden entkommen. Kommt jetzt, bevor wir verbrennen!«

Sie liefen auf den Zaun zu, und während sie liefen, schlossen sich ihnen zehn andere Männer an, halbwach, verstört, bewaffnet — einige mit Speeren, andere mit Keulen — und die meisten von ihnen waren nackt. Sie liefen gemeinsam weiter, auf den Zaun zu, der jetzt ein Feuerring um den ganzen Kraal war, Umslopogaas und Galazi voran, und jeder der beiden hielt eine Hand der Lilie umklammert. Sie näherten sich dem Zaun, und von draußen hörten sie das Schreien der Mörder. Der Zaun war ein Flammenmeer. Nada stieß einen leisen Angstschrei aus und wollte stehenbleiben, doch Umslopogaas und Galazi rissen sie mit sich. Sie stürzten auf den brennenden Zaun zu und schlugen mit Axt und Keule eine Bresche in das flammende Ried. Sie waren hindurch, nur leicht verbrannt. Draußen stießen sie auf eine Gruppe der Mörder. Sie standen ein Stück vom Zaun entfernt, um der Hitze zu entgehen. Die Mörder sahen sie und schrien: »Hier ist Bulalio! Tötet den Zauberer!« Und sie drangen mit erhobenen Speeren auf ihn ein. Jetzt bildeten die zehn Männer vom Volk der Axt einen Kreis um Nada, und Umslopogaas und Galazi stürzten sich auf die Mörder des Königs, und sie wurden von *Witwenmacher* und *Wächter* niedergemäht wie Gras von einer Sichel.

Sie waren hindurch, und nur einer der Männer war getötet worden, doch der Alarmruf, daß der Häuptling der Zauberer und die Lilie, seine Frau, geflohen seien, war inzwischen bis zum letzten Mann des *Impi* weitergegeben worden. Und da der Hauptmann den Befehl hatte, vor allem diese beiden zu töten, rief er die Männer zusammen, die in den Kraal eingedrungen waren, und machte sich an die Verfolgung Umslopogaas'. Inzwischen waren um die hundert Männer des Volkes der Axt getötet worden und von den Soldaten des Königs fünfzig, denn nachdem die Männer des

Kraals von Galazi aus dem Schlaf gerissen worden waren, kämpften sie tapfer, obwohl keiner von ihnen wußte, wo die anderen waren oder wohin der Häuptling geflohen war, außer den zehn, die bei den beiden Wolfsbrüdern waren.

Inzwischen hatten die Wolfsbrüder und die, die bei ihnen waren, einen guten Vorsprung gewinnen können, da sie die Schnellsten im ganzen Land waren. Doch das Tempo eines Regiments wird von seinem langsamsten Mann bestimmt, und Nada konnte das Tempo der Wolfsbrüder nicht durchhalten. Trotzdem aber kamen sie gut voran und hatten die Hälfte des steinigen Wegs, der zum Fluß führte, schon hinter sich, als die Soldaten Dingaans ihn erreichten. Doch als sie sich dem Ende des Weges und dem Flußufer näherten, hatten die Feinde sie fast eingeholt — das Ende des Wegs war eine tiefe, enge Schlucht, mein Vater, wie der Hals einer Kalebasse — und Galazi blieb stehen und sagte: »Halt, ihr Männer der Axt. Wir wollen uns mit den anderen ein wenig unterhalten, bis wir wieder zu Atem gekommen sind. Du aber, mein Bruder, wirst mit der Lilie durch den Fluß schwimmen. Wir werden euch im Wald wiedertreffen; aber falls ich aus irgendeinem Grund nicht nachkommen kann, so weißt du, was du zu tun hast: bringe die Lilie in die Höhle und rufe mein graues *Impi* zusammen. Ho! Mein Bruder, ich muß dich dort treffen, wenn ich es kann, denn diese Männer Dingaans haben einen Sinn für Sport, und es soll auf dem Geisterberg eine Jagd geben, wie sie die alte Hexe noch nie gesehen hat. Geh jetzt, mein Bruder!«

»Es ist nicht meine Art wegzulaufen, wenn andere bleiben und kämpfen«, knurrte Umslopogaas, »doch Nadas wegen muß ich es wohl tun.«

»Oh! Kümmere dich nicht um mich, Liebster«, sagte Nada. »Ich habe dir Leid gebracht — ich bin müde, laß mich sterben. Tötet mich und rettet euch!«

Anstelle einer Antwort nahm Umslopogaas sie bei der Hand und lief mit ihr auf den Fluß zu; doch noch bevor sie das Ufer erreichten, hörten sie Kampfeslärm, den Schlachtruf der Mörder, als sie über die Männer vom Volk der Axt herfielen, und den Schrei seines Bruders, des Wolfs, als der sich in den Kampf stürzte — und das Krachen der Keule, als sie niedersauste.

»Gut gebissen, Wolf«, sagte er grimmig, »der braucht nichts mehr. Oh, wenn ich doch nur ...« Doch ein Blick in die Augen Nadas genügte, um seinen Wunsch, bei diesem Kampf dabeisein zu können, zu ersticken.

Sie sprangen in den schäumenden Fluß, und zu ihrem Glück war Nada eine gute Schwimmerin, denn sonst wären sie beide ertrunken. Doch sie erreichten sicher das andere Ufer und liefen weiter, auf den Hang des Geisterberges zu. Durch den Wald gingen sie langsamer, und sie hatten fast seinen anderen Rand erreicht, als Umslopogaas endlich das Heulen eines Wolfes hörte.

Jetzt mußte er Nada auf seinen Schultern tragen, so wie Galazi einst ihn getragen hatte, denn es war tödlich für jeden, außer den Wolfsbrüdern, auf den Hängen des Geisterberges zu gehen, wenn die Wölfe unterwegs waren.

Schließlich drängten sich die Wölfe um ihn, sprangen vor Freude winselnd an ihm empor und starrten mißtrauisch auf die, welche auf seinen Schultern saß. Nada wurde fast ohnmächtig vor Angst und wäre fast heruntergefallen, denn es waren viele Wölfe, und ihre Augen glühten vor Blutdurst, und wenn sie heulten, wurde ihr Blut zu Eis.

Doch Umslopogaas beruhigte sie und sagte ihr, dies seien die Hunde, mit denen er auf die Jagd ginge und mit denen er heute wieder jagen würde.

Schließlich kamen sie zu den Knien der Stein-Hexe und dem Eingang der Höhle. Sie war leer, mit der Ausnahme von zwei, drei Wölfen, denn Galazi wohnte nur noch selten hier; und wenn er auf dem Berg war, schlief er im Wald, weil er dort dem Kraal näher war, in dem sein Bruder Umslopogaas lebte.

»Hier mußt du bleiben, Geliebte«, sagte Umslopogaas, nachdem er die Wölfe hinausgescheucht hatte. »Ruhe dich hier aus, bis wir die Mörder erledigt haben. Ich wünschte, wir hätten etwas zu essen mitgebracht, aber es war keine Zeit dafür. Sieh her, ich will dir jetzt das Geheimnis des Steins erklären; man darf ihn nur bis an diesen Punkt schieben, kein Stück weiter. Dann braucht man ihn nur zu berühren, wenn man den Zugang wieder öffnen will; doch wenn man ihn über diesen Punkt hinaus dreht, braucht man zwei kräftige Männer, um ihn wieder zurückzuschieben. Darum darfst du ihn auf keinen Fall weiter drehen, sonst bist du in der Höhle gefangen. Habe keine Angst, du bist hier sicher; niemand kennt diesen Ort, außer Galazi und mir und den Wölfen, und niemand wird ihn finden. Doch jetzt muß ich gehen und Galazi suchen, wenn er noch am Leben sein sollte; wenn nicht, dann muß ich eben allein mit den Wölfen gegen die Mörder des Königs kämpfen.«

Jetzt begann Nada zu weinen und sagte, sie habe Angst, allein hierzubleiben, und daß sie ihn nie wiedersehen würde, und sein Herz wurde von Mitleid zerrissen. Trotzdem nahm er Abschied und ging, und er schloß die Höhle, indem er den Stein so vor den Eingang drehte, wie er es ihr gezeigt hatte.

Als das geschehen war, wurde es fast dunkel in der Höhle, denn der Stein verschloß den Eingang fast ganz, und nur ein kleines Loch von der Größe einer Männerfaust blieb offen, durch das Licht hereinfallen konnte. Nada setzte sich so auf den Boden, daß der Lichtstrahl ihr direkt ins Gesicht fiel, weil sie Licht liebte; ohne Licht würde sie verwelken wie eine Blume. So saß sie in der dunklen Höhle, und ihre Gedanken waren voll von Trauer und Angst. Und plötzlich verdunkelte sich das Loch, durch das Licht hereingefallen war, und sie hörte ein Geräusch wie von einem wilden Tier, das Beute wittert. Sie starrte auf das dunkel gewordene Loch und sah die spitze Schnauze und die gebleckten Fänge eines Wolfs.

Nada stieß einen gellenden Angstschrei aus, und die Schnauze mit den gebleckten Fängen fuhr zurück, doch jetzt hörte sie ein Kratzen und sah, wie der Stein, der den Eingang der Höhle verschloß, sich bewegte. In ihrer Torheit kam ihr der Gedanke, daß der Wolf vielleicht wüßte, wie man den Stein zur Seite dreht, und daß er hereinstürzen und sie verschlingen würde, denn sie hatte die Mär gehört, daß all diese Wölfe die Geister böser Menschen seien und menschlichen Verstand besäßen. In ihrer Angst und Torheit sprang sie auf und drehte den Stein über den Punkt hinweg, an dem er leicht wieder zurückgeschoben werden konnte. Der Stein wackelte, löste sich von seinem Sockel und fiel in den Eingang der Höhle, wo er so an der schmalsten Stelle steckenblieb und sie verschloß wie ein Kiesel den Hals einer Kalebasse.

»Jetzt bin ich vor den Wölfen sicher«, sagte Nada. »Ich kann den Stein von innen nicht einmal rütteln, und die Wölfe können es von außen erst recht nicht.« Und sie lachte ein wenig, hörte aber bald wieder auf, weil Furcht sie beschlich. »Doch es wäre schlimm, wenn Umslopogaas nicht zurückkäme, um den Stein herauszurollen, denn dann säße ich hier wie in einem Grab — lebendig begraben.« Sie erschauerte, als sie daran dachte, doch dann fuhr sie zusammen und lauschte, denn vom unteren Hang des Berges hörte sie Kampfeslärm, das Schreien von Männern und das wütende Heulen der Wölfe.

Nachdem Umslopogaas die Höhle geschlossen hatte, lief er rasch den Berghang hinab, und mit ihm liefen einige der Wölfe. Sein Herz war schwer, denn er befürchtete, daß Galazi nicht mehr lebte. Und er war wild vor Wut und entschlossen, die Mörder des Königs zu vernichten, bis auf den letzten Mann; doch vorher mußte er feststellen, was sie vorhatten. Während er weiterlief, hörte er ein langes, lautes Heulen aus der Tiefe des Waldes, und sein Herz machte einen Sprung; er kannte diesen Ruf — es war Galazi, der den Speeren der Mörder entkommen war.

Er lief rascher und erwiderte den Ruf, und kurz darauf fand er Galazi. Er saß auf einem Stein und ruhte sich aus, und um ihn waren die Grauen und Schwarzen.

Umslopogaas trat zu ihm und blickte ihn prüfend an, denn Galazi sah müde aus. Auf Brust und Armen hatte er mehrere tiefe Wunden, sein kleiner Schild war in Streifen geschlagen, und der *Wächter* zeigte Spuren heftigen Gebrauchs.

»Wie ist es gegangen, Bruder?« fragte Umslopogaas.

»Nicht schlecht, aber alle, die bei mir waren, sind tot, und mit ihnen einige der Feinde. Ich allein bin entkommen; ich bin geflohen wie ein Feigling. Dreimal haben sie angegriffen, doch wir haben sie zurückgehalten, bis die Lilie in Sicherheit war; und dann, als der letzte unserer Männer am Boden lag, bin ich gelaufen, Umslopogaas, und durch den Fluß geschwommen, weil ich hier, auf meinem Berg, sterben will.«

Galazi hatte wenige Worte gemacht, mein Vater, doch ich muß dir sagen, daß er dort, im Engpaß des Steinweges, ein großes Schlachten gemacht hatte. Später habe ich die Toten gezählt, es waren so viele, daß die neun Männer vom Volk der Axt tief unter ihnen begraben waren.

»Vielleicht werden es die Mörder des Königs sein, die hier sterben, mein Bruder.«

»Vielleicht, zumindest werden einige von ihnen hier sterben. Trotzdem habe ich das Gefühl, Schlächter, daß unsere Bruderschaft ihrem Ende zugeht, denn das Schicksal dessen, der den *Wächter* hält, und das mein Vater mir vorausgesagt hat, schwebt über mir. Und wenn es zu Ende sein sollte, so lebe wohl, mein Bruder. Unsere Freundschaft war gut, und auch ihr Ende wird gut sein. Aber sie hätte noch viele Jahre länger währen können, wenn du, Schlächter, nicht versucht hättest, das Glück, das Kampf und Freundschaft bringen, durch die Liebe von Frauen noch zu vergrößern. Aus dieser Quelle fließen alle Übel; doch hat das Schicksal es so gewollt. Wenn ich in dieser Schlacht fallen sollte, mögest du noch viele Jahre leben und kämpfen, um schließlich mit erhobener Axt zu sterben; und mögest du einen besseren Mann und einen besseren *Wächter* finden, die dir in der Not beistehen. Falls aber du fallen und ich weiterleben sollte, verspreche ich dir dies: Ich werde bis zum letzten Atemzug Rache üben an deinen Feinden, und ich werde die Lilie, die du liebst, hüten und beschützen, aber nicht mehr. Der Feind wird jetzt bald hier sein. Sie haben den Umweg zur Furt genommen, weil sie nicht wagten, durch den Fluß zu schwimmen, und sie haben mir zugeschrien, daß sie uns töten müßten oder selbst von Dingaan getötet würden. Es wird also ein guter Kampf werden, mein Bruder, falls sie nicht vor den Fängen unserer grauen Freunde davonlaufen. Und nun, o Häuptling, gib mir deinen Befehl, damit ich ihm gehorchen kann.«

So sprach Galazi im Kreis der Wölfe, während Umslopogaas auf seine Axt *Witwenmacher* gelehnt stand und ihm zuhörte — und er weinte, während er Galazi zuhörte, denn nach der Lilie und mir, Mopo, liebte er Galazi, den Wolf, am meisten.

Dann sagte er: »Wäre es nicht um die, die oben in der Höhle sitzt und die hilflos und schwach ist, würde ich dir schwören, Wolf, daß, wenn du fallen solltest, ich auf deiner Leiche sterben würde; doch ich schwöre dir jetzt dieses: Solltest du fallen und ich leben, so wird der *Witwenmacher* viel Arbeit haben, Jahr um Jahr, bis alle Männer jenes *Impi* dort sein werden, wo du bist. Vielleicht habe ich einen Fehler begangen, als ich damals auf die Worte Zinitas hörte und es zuließ, daß Frauen zwischen uns traten. Mögen wir eines Tages ein Land finden, in dem es keine Frauen gibt, sondern nur Krieger, denn in einem solchen Land würden wir groß werden. Doch jetzt wollen wir unserer Freundschaft ein gutes Ende bereiten, und die Frauen sollen nach Herzenslust kämpfen, und die alte Hexe, die dort oben sitzt und auf das Ende der Welt wartet, soll lächeln, wenn sie diesen Kampf sieht, so wie sie noch nie zuvor gelächelt hat. Dies ist mein Plan: daß wir zweimal über die Männer Dingaans herfallen, einmal auf der Lichtung im Wald, die sie bald erreichen müssen, und dann, falls sie uns zurückschlagen sollten, müssen wir zum letztenmal auf den Knien der Stein-Hexe stehen, vor der Höhle, in der Nada ist. Sage, Wolf, wird das Graue Volk kämpfen?«

»Bis zum letzten Atemzug, Bruder, solange noch einer von ihnen auf seinen Beinen steht. Aber sie haben nur ihre Fänge gegen die Speere von Dingaans Mördern. Dein Plan ist gut, Schlächter. Komm, ich bin ausgeruht!«

Sie standen auf und zählten ihr Rudel, und es waren alle bei ihnen, doch war seine Zahl geringer als vor Jahren, als die Wolfsbrüder zum erstenmal mit ihnen jagten; denn viele der Wölfe waren von Speeren getötet worden, wenn sie die Rinder-Kraals der Menschen überfielen, und den Geisterwölfen wurden keine Jungen geboren. Nun wurde das Rudel, wie immer, geteilt, die Wölfinnen sammelten sich um Umslopogaas und die Wolfs-Rüden um Galazi.

So gingen sie durch den Wald und verbargen sich in den dichten Büschen am Rand der Lichtung, zu allen Seiten im Gebüsch. Hier warteten sie, bis sie die Schritte des *Impis* hörten, der Mörder des Königs, die langsam durch den Wald kamen, um sie zu suchen. Voraus gingen zwei Späher, die nach einem Hinterhalt Ausschau halten sollten, und diese beiden waren dieselben, die miteinander gesprochen hatten, als Galazi zwischen ihnen über den Zaun gesprungen war. Jetzt sprachen sie wieder miteinander, während sie mit vorsichtigen Schritten auf die Lichtung zugingen und in diese oder jene Richtung blickten. Als sie nichts sahen, blieben sie am Rand der Lichtung stehen und warteten auf die anderen Männer des *Impi,* und Umslopogaas konnte ihre Worte deutlich verstehen.

»Ein schrecklicher Ort ist dies, mein Bruder«, sagte der eine. »Ein Ort voller Geister und unheimlicher Geräusche, mit Händen, die uns zurückzudrängen scheinen, und dem Heulen unsichtbarer Wölfe. Man nennt ihn den Geisterberg, und das ist wirklich ein passender Name. Ich wollte, der König hätte uns eine andere Arbeit gegeben, als diese Zauberer zu töten — denn Zauberer sind sie, mein Bruder, und dies ist das Haus ihrer Zaubereien. Sage mir, Bruder, was war es, das heute morgen zwischen uns hindurchgesprungen ist? Ich sage, es war einer der Zauberer. *Ou!* Sie sind alle Zauberer. Oder könnte jemand, der nur ein Mensch ist, sich so schlagen wie der, den sie den Wolf nennen, unten am Fluß, und uns dann entkommen? Wenn die Axt bei der Keule geblieben wäre, hätten sie unser *Impi* aufgefressen.«

»Die Axt hat eine Frau zu bewachen«, lachte der andere. »Ja, du hast recht, dies ist ein Ort von Zauberern und unheilvollen Wesen. Ich glaube, ich sehe die roten Augen des *Esedowana* aus dem Dunkel der Bäume zu uns herüberstarren, und ich rieche seinen Geruch. Doch wir müssen diese Zauberer fangen, denn du weißt doch, mein Bruder: Wenn wir in den Kraal Umgugundhlovu zurückkehren, ohne den Befehl des Königs ausgeführt zu haben, so wird man Pfähle im Feuer härten, und wir werden ihre Spitzen zu spüren bekommen. Und wenn wir alle dabei getötet werden — und ich denke, viele von uns sind schon nicht mehr da —, wir müssen sie fangen! Sage, mein Bruder, sollen wir weiterziehen? Das *Impi* hat uns fast erreicht. Ich wollte, daß Faku, unser Hauptmann, zwei andere bestimmen würde, um unsere Stelle einzunehmen, denn in diesem Dickicht gehe ich lieber als letzter, denn als erster. Sieh! Da sind Spuren, eine Menge Wolfsspuren, und die Fußabdrücke von zwei Männern; vielleicht sind sie einmal das eine und dann das andere — wer weiß, mein Bruder? Dies ist ein Land der Geister und Zauberer. Gehen wir weiter! Gehen wir weiter!«

Inzwischen hatten die Wolfsbrüder alle Mühe, ihr Volk der Grauen und Schwarzen ruhig zu halten, denn von ihren Lefzen tropfte der Speichel, und ihre Augen glühten, als sie die Menschen sahen, und schließlich konnte es eine der Wölfinnen nicht länger ertragen und sprang mit einem wütenden Heulen dem Mann, der gerade gesprochen hatte, an die Kehle. Ihre Fänge bissen sich dort fest, und zusammen rollten Mensch und Wolf auf dem Boden hin und her, und sie töteten sich gegenseitig.

»Die *Esedowana!* Die *Esedowana* sind über uns gekommen!« schrie der andere Mann und floh zum *Impi* zurück. Doch er sollte es nie erreichen, denn jetzt stürzten auch die anderen Geisterwölfe heulend aus den Büschen und fielen von allen Seiten über ihn her, und nach wenigen Sekunden war nichts mehr von ihm übrig als sein Speer.

Nun stiegen Angstschreie aus den Reihen des *Impi* auf, und einige der Männer wollten fliehen, doch Faku, ihr Hauptmann, ein großer und tapferer Mann, rief ihnen zu: »Bleibt stehen, Kinder des Königs! Bleibt stehen! Dies sind keine *Esedowana,* sondern nur die Wolfsbrüder mit ihrem Rudel. Was! Wollt ihr vor Hunden davonlaufen, ihr, die ihr die Speere von Männern verlacht habt? Macht einen Kreis! Macht einen Kreis und steht!«

Die Soldaten hörten den Befehl ihres Hauptmanns, und sie gehorchten ihm; sie formierten sich zu einem Doppelkreis, ein Kreis in dem anderen. Sie blickten nach rechts, und dort stürmte Bulalio heran, den *Witwenmacher* über den Kopf geschwungen, das abgewetzte Wolfsfell über den Schultern, und hinter ihm sein rotäugiges *Impi.* Sie blickten nach links, und — ah! — sie kannten den mächtigen *Wächter* nur zu gut! Hatten sie nicht seine dumpfen Schläge unten am Fluß gehört? Und sie kannten auch den Riesen, der die Keule schwang wie einen leichten Stecken, den Wolfskönig, der die Kraft von zehn Männern besaß! *Ou!* Jetzt waren sie heran. Seht das Volk der Schwarzen und Grauen, hört, wie sie ihren Kriegsgesang heulen! Seht, wie sie die Männer anspringen — eine Welle gebleckter Fänge gegen einen Zaun von Speeren! Der Kreis ist zerbrochen; der *Witwenmacher* hat ihn zerbrochen! Ha! Galazi ist auch durch den Doppelring gestoßen; jetzt müssen die Männer des Königs Rücken an Rücken kämpfen oder sterben!

Wie lange es dauerte? Wer kann das sagen? Die Zeit fliegt rasch, wenn die Hiebe dicht fallen. Sie brechen aus dem Kreis der *Impi* heraus, so wie sie in ihn eingebrochen sind, und fort sind sie, zusammen mit den Wölfen, die noch leben. Doch das *Impi* hatte mehr abbekommen: Nur ein Drittel der Männer, die am Fluß die Sonne gesehen hatten, war noch am Leben, die anderen lagen erschlagen, zerrissen und zerfleischt neben den Kadavern der toten Wölfe.

»Dies war eine Schlacht gegen böse Geister, die in Wolfsgestalt leben«, sagte Faku, der Hauptmann, »und diese Wolfsbrüder sind Zauberer, wie man sie selten findet, und solche Zauberer mag ich, denn sie sind wilde Kämpfer. Doch wir werden sie töten, oder von ihnen getötet werden. Und wenn auch nur wenige von uns übriggeblieben sind, auch die meisten Wölfe sind tot, und die Arme der Zauberer werden müde.«

So stieg er den Hang des Berges hinauf, mit den Soldaten, die ihm verblieben waren, und während des ganzen Weges wurden sie immer wieder von Wölfen angefallen, und sie rissen hier einen Mann zu Boden, und dort einen anderen; aber obwohl sie die Stimmen der Wolfsbrüder hörten, die das Rudel anfeuerten und auf den Rest des *Impi* hetzten, konnten sie sie nirgends entdecken und wurden auch nicht von ihnen angegriffen; denn die beiden sparten ihre Kräfte für den letzten Kampf.

Der Weg war lang und steil, und die Soldaten kannten ihn nicht, und immer wieder fielen die Geisterwölfe sie von den Flanken her an. So wurde es Abend, bis sie die Füße der Stein-Hexe erreichten und begannen, zur Plattform ihrer Knie hinaufzuklettern. Dort oben, auf den Knien der Stein-Hexe, standen die beiden Wolfsbrüder Seite an Seite, und es gab kein zweites Paar wie dieses auf der Welt, und sie schienen in Flammen zu stehen, denn das rote Licht der untergehenden Sonne fiel auf ihre Körper, und die Wölfe, die sprungbereit zu ihren Füßen hockten, waren rot von Blut.

»Ein herrliches Paar!« rief der große Faku. »Ich wünschte, ich würde auf ihrer Seite kämpfen, und nicht gegen sie! Doch sie müssen sterben!« Und er stieg auf die Knie der Steinhexe.

Umslopogaas wandte den Kopf und blickte in das Gesicht von ihr, die dort oben saß, und es glühte im Licht der untergehenden Sonne.

»Habe ich nicht gesagt, daß die alte Hexe lächeln wird, wenn sie diesen Kampf sieht?« rief er. »Ja! Sie lächelt wirklich! Auf, Galazi, wir wollen den Rest unseres grauen Volkes auf den Feind hetzen, und wenn der letzte tot ist, das Ende im Kampf Mann gegen Mann suchen! Ho! Blut und Grauschnauze! Ho! Todesbiß! Ho! Ihr Schwarzen und Grauen! Auf sie, meine Kinder!«

Die Wölfe hörten seine Stimme; sie waren nur noch wenige, und auch sie trugen Spuren der Schlacht, doch ihre Angriffslust war ungebrochen. Laut aufheulend stürzten sie sich zum letztenmal auf die Feinde, bissen und rissen, bis sie von den Speeren getötet wurden, alle bis auf Todesbiß, der schwer verwundet zurückgekrochen kam, um bei Galazi zu sterben.

»Jetzt bin ich ein Häuptling ohne Volk!« rief Galazi. »Nun, so scheint es mir vom Schicksal bestimmt zu sein. So war es in den Kraals der Halakazi, und nun ist es auch auf dem Geisterberg so gekommen, und so ist es selbst für die größten Könige, wenn ihr Ende kommt, denn auch sie müssen allein sterben. So, Schlächter, nun sage mir, auf welchem Platz du stehen willst, rechts oder links.«

Denn, mein Vater, der Weg, der zu den Knien der Stein-Hexe heraufführte, teilte sich, da ein Felsen in seiner Mitte lag und ihn in zwei schmale Pfade spaltete, die etwa zehn Schritte zwischen sich hatten. Umslopogaas bewachte den linken Pfad, und Galazi den rechten. Dann warteten sie, und sie hielten Speere der toten Krieger in ihren Händen. Plötzlich kamen die Soldaten um den Fels herum und stürmten auf sie zu, einige auf dem linken Pfad, und andere auf dem rechten.

Die beiden Wolfsbrüder schleuderten ihnen ihre Speere entgegen, und drei Männer blieben tot liegen. Jetzt hatten sie keine Assegais mehr, und die Feinde fielen über sie her. Umslopogaas beugte sich vor, sein langer Arm schoß vor, die Axt blitzte auf, und der, den sie traf, stand nie wieder auf.

»Eins!« schrie Umslopogaas.

»Eins, mein Bruder!« antwortete Galazi von der anderen Seite, als er den *Wächter* nach einem Schlag wieder emporriß.

Die Soldaten drangen auf sie ein. Hin und her tobt der Kampf um Umslopogaas. Einer springt mit erhobenem Speer auf ihn los. *Witwenmacher* fährt herab, doch der Mann springt zurück, der Schlag verfehlt sein Ziel, und Umslopogaas ist für einen Augenblick deckungslos.

»Ein armseliger Zauberer!« schreit der Mann und springt auf ihn zu, um ihn zu erstechen. Doch im gleichen Augenblick fährt die mächtige Axt empor und schlägt aufwärts; bevor der Speermann zustechen kann, hat ihm der Stahl den Kopf vom Kinn bis zum Gehirn gespalten.

»Zwei!« schreit Galazi von rechts.

»Zwei, mein Bruder!« antwortet Umslopogaas.

Wieder greifen zwei Männer an, jeder einen der Wolfsbrüder, in der Hoffnung, mehr Glück zu haben als die beiden vor ihnen. Und der Ruf »Drei!« schallt von einem zum anderen, und kurz darauf lautet der Ruf »Vier!«

Nun befiehlt Faku den Männern, die noch auf den Füßen stehen, ihre Schilde aneinanderzuhalten und die beiden damit vom Pfad zu drängen, und sie tun es; aber sie verlieren vier Männer, bis sie es geschafft haben.

»Jetzt haben wir sie ins Freie gedrängt! Umzingelt sie, und dann macht ein Ende!« rief Faku.

Doch wer soll die Axt *Witwenmacher* umzingeln, deren Blatt an allen Seiten gleichzeitig aufzublitzen scheint, und die klopft und klopft und klopft, wie ein Specht, und niemals vergeblich. Wer soll diese Füße umzingeln, die schneller sind als die einer Gazelle? *Ou!* Er ist hier! Er ist dort! Er ist ein Zauberer! Tod ist in seiner Hand, und Tod strahlt aus seinen Augen!

Auch Galazi steht noch auf den Beinen, und man hört das Donnern des *Wächters* auf Schilden, und die rauhe Stimme des Wolfs, wenn er die Zahl der Toten zu Umslopogaas hinüberruft. Er blutet aus mehr als einem Dutzend Wunden, doch er kämpft weiter! Sein rechtes Bein ist von einem Axthieb fast abgetrennt, doch er kämpft weiter! Sein Rücken ist wieder und wieder von Speeren getroffen worden, doch er kämpft weiter! Zwei stehen noch vor ihm. Einer von ihnen springt hinter ihn und stößt ihm den Speer in den Rücken. Er kümmert sich nicht um ihn, sondern erschlägt den, der vor ihm ist, und erst dann dreht er sich um, und die Keule fällt mit solcher Wucht, daß sie den Schädel des Mannes zertrümmert wie ein Ei.

Galazi wischt sich das Blut aus den Augen und wirft einen Blick auf die Toten, die vor ihm liegen.

»Das sind alle, Schlächter!« ruft er.

»Alle bis auf zwei!« kommt die Antwort durch das Krachen von Stahl und das Zerbersten eines Schildes.

Der Wolf will ihm zu Hilfe kommen, doch er hat keine Kraft mehr; sein Leben verebbt.

»Lebe wohl, Bruder! Der Tod ist gut! Und so wollte ich immer sterben, mit dem Klang von Stahl und berstenden Schilden in meinen Ohren. Und ich habe mir ein weiches Bett von Männern gemacht, auf denen ich ruhen kann«, rief er.

»Lebe wohl! Schlafe sanft, Wolf!« kam die Antwort. »Jetzt alle bis auf *einen!*«

Galazi fiel sterbend auf die Toten, doch er war noch nicht tot. »Alle bis auf einen! Haha! Schlimm für den einen, der nun allein vor dem *Witwenmacher* steht! Es ist schön, so gelebt zu haben, und so zu sterben. *Sieg! Sieg!*«

Galazi, der Wolf, stemmte sich auf die Knie und schüttelte zum letztenmal den *Wächter der Furten* über seinem Kopf. Dann sank er zurück und starb.

Umslopogaas, der Sohn Chakas, und Faku, der Hauptmann Dingaans, standen einander gegenüber. Sie waren die einzigen, die noch auf den Füßen standen, alle anderen waren zu Boden gegangen. Umslopogaas hatte viele Wunden; Faku war unverletzt. Er war ein kräftiger Mann und mit einer Axt bewaffnet.

Faku lachte laut. »Nun ist es also dazu gekommen, Schlächter«, sagte er, »daß du und ich entscheiden müssen, ob der Wille des Königs erfüllt wird oder nicht. Dies aber will ich sagen, wie es auch ausgehen mag: Es war ein großartiger Kampf, und ich bin glücklich, daß ich dabei sein konnte, und geehrt, gegen zwei so gewaltige Krieger gestanden zu haben. Ruhe ein wenig, Schlächter, bevor wir zum Ende kommen. Dein Wolfsbruder ist gut gestorben, und wenn es mir gegeben sein sollte, diesen Kampf zu gewinnen, werde ich die Geschichte seines Endes von einem Kraal zum anderen im ganzen Land verbreiten, und es soll eine Geschichte sein, die niemals in Vergessenheit gerät.«

34

Der Abschied der Lilie

Umslopogaas hörte die Worte Fakus, des Hauptmanns, doch er antwortete nicht darauf, obwohl sie ihm gefielen, weil er keinen Atem zum Reden verschwenden wollte, und das letzte Licht des Tages verging.

»Ich bin bereit, Mann Dingaans«, sagte er und hob die Axt.

Eine Weile umkreisten die beiden einander, und jeder suchte nach einer Chance zum Zuschlagen. Schließlich schlug Faku nach Umslopogaas' Kopf, doch der Schlächter riß seine Axt empor und fing den Schlag mit dem Blatt ab. Doch im Abgleiten am Stahl des *Witwenmachers* streifte sie seine Stirn und riß die Haut auf.

Wütend von dem Schmerz packte der Schlächter seine Axt mit beiden Händen und schlug dreimal hintereinander zu. Der erste Hieb schlug Faku den Federbusch vom Kopf und riß ihm den Schild aus der Hand. Der zweite Schlag ging daneben. Der dritte und mächtigste traf nicht mit der Schneide, sondern mit der Breitseite der Axt, da Umslopogaas' schweißfeuchte Hände keinen festen Griff mehr hatten. Trotzdem traf sie Faku voll in die Brust, zerschmetterte ihm die Rippen und schleuderte ihn von der Plattform auf den Hang, wo er reglos liegenblieb.

»Mit dem Tag ist auch die Schlacht vorbei«, sagte Umslopogaas mit einem grimmigen Lächeln. »Jetzt, Dingaan, mußt du mehr Töter schicken, um deine Getöteten zu suchen.« Und er wandte sich um und schritt auf die Höhle zu, in der Nada saß.

Doch Faku, der Hauptmann, war noch nicht tot, auch wenn er tödlich verwundet war. Er richtete sich auf, und mit letzter Kraft schleuderte er seine Axt nach dem, der ihn besiegt hatte. Und sein Ziel war gut, und Umslopogaas sah die Axt nicht kommen. Sein Ziel war gut, und die Spitze der Axt schlug Umslopogaas in die linke Schläfe und zertrümmerte den Knochen.

Faku sank sterbend zurück, und Umslopogaas warf beide Arme in die Luft und stürzte wie ein gefällter Ochse zu Boden. Dort lag er wie tot, im Schatten eines Felsens.

Den ganzen Tag lang kauerte Nada in der Höhle und lauschte auf den Kampflärm, der den Hang herauf und immer näher kam: das Heulen der Wölfe, das Schreien von Männern, und das Krachen von Eisen auf Eisen. Den ganzen Tag lang saß sie so, und jetzt wurde es Nacht, und der Lärm der Schlacht war nahe der Höhle, schwoll an und ab, wurde leiser und verstummte schließlich ganz. Sie hörte die Stimmen der Wolfsbrüder, wie sie einander die Anzahl der erschlagenen Gegner zuriefen. Sie hörte Galazi »Sieg! Sieg!« schreien, als er starb, und ihr Herz schlug schneller vor Freude, obwohl sie hörte, daß der Tod in seiner Stimme klang. Noch einmal hörte sie dann das Klingen von Eisen auf Eisen, dann wurde es still, und das letzte Licht verschwand.

Alles war still geworden, still wie die Nacht. Kein Rufen von Männern, kein Kampflärm, kein Heulen der Wölfe, keine Schreie von Schmerz und Triumph — alles war so still wie der Tod, denn der Tod hatte alle genommen.

Eine Weile saß Nada, die Lilie, im Dunkel der Höhle und sagte sich: »Gleich wird er kommen, mein Mann, sicher wird er gleich kommen; die Mörder des Königs sind getötet — er hält sich nur noch etwas auf, seine Wunden zu verbinden; ein paar Kratzer hier und dort. Ja, er wird kommen, denn ich bin der Einsamkeit leid, und dieser Ort ist schrecklich und öde.«

So sprach sie mit leiser Stimme, doch nichts geschah; alles blieb still. Sie sprach wieder, und ihre Stimme hallte wider von den kahlen Felswänden der Höhle. »Ich muß mutig sein, ich fürchte mich vor nichts, ich werde jetzt den Stein zur Seite drücken, hinausgehen und ihn suchen. Wahrscheinlich hält er sich noch damit auf, welche zu verbinden, die verwundet sind — vielleicht Galazi. Bestimmt ist Galazi verwundet. Ich muß hinausgehen und ihn pflegen, obwohl er mich nie mochte, und obwohl auch ich ihn nicht mag, weil er zwischen mir und meinem Mann steht. Dieser wilde

Wolfsmann ist der Feind aller Frauen, und vor allen anderen mein Feind; doch will ich mich trotzdem um ihn kümmern. Ja, ich werde jetzt hinausgehen, sofort.« Und sie stand auf und stemmte sich gegen den Stein.

Doch was war das? Der Stein rührte sich nicht. Da erinnerte sie sich, daß sie ihn aus seinem Sockel gestoßen hatte in ihrer Angst vor den Wölfen, und daß der Stein nun ein kleines Stück in den engen Hals des Höhleneingangs geglitten war. Umslopogaas hatte sie davor gewarnt, den Stein über einen bestimmten Punkt hinauszudrehen, und in ihrer Torheit und Angst hatte sie seine Warnung vergessen. Aber vielleicht gelang es ihr doch, den Stein zu bewegen. Nein, er rührte sich nicht einmal um die Breite eines Korns. Sie war eingeschlossen, ohne Nahrung und Wasser, und sie mußte hier bleiben, bis Umslopogaas kam.

Und wenn er nicht kam?

Dann würde sie sterben.

Jetzt schrie sie vor Angst laut auf, und dann rief sie seinen Namen, wieder und wieder und immer wieder, und die Wände der Höhle warfen das Echo zurück: »Umslopogaas! Umslopogaas! Umslopogaas!«

Doch außer dem Echo antwortete ihr niemand.

Später senkte sich Irrsinn auf Nada, meine Tochter, und sie lag Tage und Nächte in der Höhle und wußte nicht, wie lange sie dort lag. Und mit dem Irrsinn kamen Visionen, denn sie träumte, daß der Tote, von dem Galazi ihr erzählt hatte, wieder in seiner Nische in der Rückwand der Höhle säße und zu ihr spräche.

»Galazi ist tot«, sagte er. »Das Geschick dessen, der den *Wächter der Furten* trägt, hat ihn ereilt. Tot sind auch die Geisterwölfe; ich bin auch tot, hier in dieser Höhle bin ich vor Hunger gestorben; und so wie ich starb, wirst auch du sterben, Nada, die Lilie! Nada, Stern des Todes, wegen deren Schönheit und Torheit jetzt die vielen Toten auf dem Geisterberg liegen.«

So, schien es Nada, sprach der Schatten dessen, der in der Nische gesessen hatte, zu ihr, von einer Stunde zur anderen.

Und so schien es Nada, als ob zweimal Licht durch das kleine Loch neben dem Stein in die Höhle fiele, und daß es Tag war, und daß es zweimal erlosch, als es Nacht wurde. Ein drittes Mal fiel der Lichtstrahl durch das Loch und erlosch wieder — und plötzlich verließ sie der Irrsinn, und sie wachte auf und wußte, daß sie sterben würde und daß eine Stimme, die sie liebte, durch das Loch sprach.

»Nada?« sagte die Stimme, und ihr Echo wurde hohl von den Wänden zurückgeworfen. »Nada, lebst du noch?«

»Ja«, antwortete sie heiser. »Wasser! Gib mir Wasser!«

Dann hörte sie ein Geräusch, als wenn eine große Schlange sich mühsam vorwärtsschleppte. Lange Zeit verging, dann streckte eine Hand eine kleine Kalebasse mit Wasser durch das Loch. Sie trank sie mit einem Zug leer, und jetzt konnte sie wieder sprechen.

»Bist du es wirklich, Umslopogaas?« fragte sie. »Oder bist du tot und ich träume nur von dir?«

»Ich bin es wirklich, Nada«, sagte die Stimme. »Höre! Hast du den Stein ganz fortgeschoben?«

»Ja, leider!« antwortete sie. »Vielleicht, wenn wir zwei gegen ihn drücken, können wir ihn bewegen.«

Sie schoben und zerrten an dem Stein, doch beide zusammen hatten nicht einmal die Kraft eines Mädchens, und er rührte sich nicht.

»Gib es auf, Umslopogaas«, sagte Nada; »wir vergeuden nur die wenige Zeit, die mir noch bleibt. Sprich mit mir.«

Eine Weile bekam sie keine Antwort, denn Umslopogaas war ohnmächtig geworden, und Nada schlug sich verzweifelt auf die Brust, weil sie glaubte, er sei tot.

Schließlich aber hörte sie seine Stimme wieder. »Es soll nicht sein«, sagte Umslopogaas, »wir müssen beide hier sterben, jeder auf seiner Seite des Steins, ohne das Gesicht des anderen sehen zu können, denn meine Kraft ist zu Wasser geworden; ich kann nicht einmal auf den Beinen stehen und Nahrung suchen.«

»Bist du verwundet, Umslopogaas?«

»Ja, Nada; die Spitze einer Axt hat mir den Schädelknochen durchschlagen; und es war kein fairer Schlag; der

Hauptmann Dingaans warf sie nach mir, als ich ihn für tot hielt, und ich brach zusammen. Ich weiß nicht, wie lange ich im Schatten des Felsens gelegen habe, doch muß es eine lange Zeit gewesen sein, denn meine Muskeln sind erschlafft, und alle, die in der Schlacht fielen, waren schon von den Geiern gefressen worden, und ich sah nur noch ihre Knochen, als ich erwachte; alle außer Galazi, weil der alte Wolf Todesbiß sterbend auf seiner Brust liegt und die Vögel verscheucht. Es war der Schnabelhieb eines Geiers, der mich schließlich weckte, Nada, und ich bin sofort hierhergekrochen. Ich wünschte, der Geier hätte mich nicht geweckt; ich wünschte, ich wäre dort im Schatten des Felsens gestorben, anstatt nun noch eine kleine Weile leben zu müssen, während du stirbst wie ein gefangener Fuchs, um dir dann bald zu folgen.«

»Es ist schwer, so zu sterben, Umslopogaas«, antwortete sie, »ich bin noch jung und schön, und ich liebe dich und hatte gehofft, dir Kinder schenken zu können; aber es ist anders gekommen, und wir können nichts daran ändern. Ich bin fast am Ende, Umslopogaas; Schrecken und Angst haben meine Kräfte aufgezehrt, aber ich leide nicht. Laß uns nicht mehr vom Tod reden; sprechen wir lieber über unsere Kindheit, als wir Hand in Hand gingen; laß uns von unserer Liebe sprechen, von den glücklichen Stunden, die wir verlebt haben, seit deine große Axt neben meinem Kopf an die Felswand der Halakazi-Höhle krachte und ich dir in meiner Angst gestand, daß ich eine Frau sei. Sieh, ich kann die Hand durch dieses Loch stecken. Küsse meine Hand, Umslopogaas.«

Umslopogaas beugte seinen zerschlagenen Kopf über die Hand der Lilie und küßte sie, dann hielt er sie in seiner Hand, und so saßen sie bis zum Ende — er draußen, den Rücken an den Fels gelehnt, sie drinnen, auf der Seite liegend, den Arm aus dem kleinen Loch gestreckt. Sie sprachen von ihrer Liebe und versuchten, ihr Leid zu vergessen, und er berichtete ihr auch von der Schlacht und wie sie verlaufen war.

»Ah«, sagte sie, »das war Zinitas Werk. Zinita haßte mich,

und zu Recht. Ich bin sicher, daß sie Dingaan auf unsere Spur gesetzt hat.«

»Wieder ist ein Stück der Zeit vergangen«, sagte Umslopogaas, »und ich hatte gehofft, daß wir unseren letzten Atemzug gemeinsam tun würden, Nada, und daß wir gemeinsam den großen Galazi suchen, meinen Bruder, dort, wo er jetzt ist. Jetzt aber hoffe ich, daß mich Hilfe findet und ich noch eine Weile lebe, um eine Rache zu tun, die getan werden muß.«

»Sprich nicht von Rache, mein Mann«, antwortete sie. »Auch ich bin schon nahe an der Grenze des Landes, wo die Töter und die Getöteten, solche, die Blut vergossen haben, und die, welche vergossenes Blut gerächt haben, in derselben Dunkelheit sitzen. Ich möchte mit Liebe in meinem Herzen sterben, nur mit Liebe, und mit deinem Namen, und nur dem deinen, auf meinen Lippen, so daß ich an jenem Ort, an dem wir wieder leben werden, bereit bin, aufzuspringen und dich zu begrüßen. Doch, mein Mann, in meinem Herzen weiß ich, daß du nicht mit mir gehen wirst, sondern weiterlebst, um weit entfernt von hier den größten aller Tode zu sterben, und es wird wegen einer anderen Frau sein. Als ich im Dunkel dieser Höhle lag, schien es mir, als ob ich dich sähe, Umslopogaas, einen großen Mann, hager und grauhaarig, und tödlich getroffen, und du schwangst die Axt *Witwenmacher* über deinem Kopf, und viele tote Männer lagen auf einem weißen, glänzenden Weg, und um dich sah ich die Gesichter weißer Frauen; und du hattest ein Loch im Kopf und eine Wunde in deiner linken Brust.«

»Das kann so kommen, wenn ich leben sollte«, sagte er, »denn der Knochen meiner Schläfe ist zerschmettert.«

Nada sprach nicht mehr, und auch Umslopogaas schwieg, und so blieben sie eine lange Weile. Umslopogaas war von Schmerz und Leid zerrissen, weil er die Lilie verlieren und sie auf eine so grausame Art sterben mußte, und das nur, weil die Axt Fakus ihn feige getroffen und ihn seiner Kraft beraubt hatte. Ach! Er konnte nichts tun, um sie zu retten; er konnte kaum an den Felsen gelehnt aufrecht sitzen. Tränen quollen ihm aus den Augen und fielen auf die Hand der Lilie.

»Weine nicht, mein Mann«, sagte sie. »Ich bin dir eine schlechte Frau gewesen. Trauere nicht um mich, doch erinnere dich daran, daß ich dich sehr geliebt habe.« Und dann schwieg sie wieder eine lange Weile.

Und dann sprach sie zum letztenmal, und ihre Worte drangen als kaum hörbares Flüstern aus dem Loch im Fels.

»Lebe wohl, Umslopogaas, mein Mann und mein Bruder. Ich danke dir für deine Liebe, Umslopogaas. — Ah! Ich sterbe ...«

Umslopogaas konnte nicht antworten, er blickte schweigend auf die kleine Hand, die er in der seinen hielt. Zweimal öffnete sie sich, zweimal schloß sie sich wieder um die seine, dann öffnete sie sich zum drittenmal, erzitterte, und lag für immer still.

Es wurde gerade Tag, als Nada starb.

35

Die Rache Mopos und seines Adoptivsohns

Der Zufall wollte es, daß ich, Mopo, am Tage, an dem Nada starb, und sogar in derselben Stunde der Morgendämmerung, von meiner Reise zum Kraal des Volkes der Axt zurückkehrte; und meine Reise war erfolgreich gewesen, denn der große Häuptling, dessen Besuch ihr Zweck gewesen war, hatte auf meine Worte gehört. Ich erreichte den Kraal zur Stunde des ersten Morgenlichts — und erblickte eine Stätte der Verwüstung.

Dies sind die Spuren der Schritte Dingaans, wußte ich, als ich niedergeschlagen zwischen den verkohlten Resten des Kraals hin und her ging. Schließlich traf ich auf eine Gruppe von Männern, die dem Blutbad entkommen waren, da sie sich in den Maisfeldern versteckt hatten, und sie waren noch immer dort, aus Angst, daß die Mörder des Königs zurückkommen könnten. Von ihnen erfuhr ich, was geschehen war. Ich hörte ihnen schweigend zu, denn, mein Vater, ich war im Unglück alt geworden. Als sie zu Ende gekommen waren, fragte ich, wo die Mörder des Königs seien. Sie antworteten, daß sie es nicht wüßten; die Soldaten seien in Verfolgung der Wolfsbrüder und Nadas, der Lilie, auf den Geisterberg gegangen, und aus dem Wald habe man später das Heulen der Wölfe und Kampflärm gehört; doch dann nichts mehr, und niemand sei vom Berg zurückgekommen, aber den ganzen Tag über hätten die Geier über ihm gekreist.

»Laßt uns zum Berg gehen«, sagte ich.

Zuerst wollten sie nicht; sie hatten Angst vor dem üblen Ruf des Berges, doch schließlich kamen sie alle mit mir, und wir folgten den Spuren von Dingaans *Impis* und errieten, was geschehen war. Schließlich erreichten wir die Knie der Stein-Hexe und standen auf dem Platz, an dem die Wolfsbrüder ihre letzte, große Schlacht geschlagen hatten. Alle, die daran beteiligt gewesen waren, waren nur noch Gerippe, denn die Geier hatten nur ihre Knochen gelassen, mit der Ausnahme von Galazi, auf dessen Brust der alte Wolf Todesbiß lag, der noch immer lebte. Ich trat auf Galazi zu, und der riesige Wolf stellte sich mühsam auf die Beine und stürzte sich auf mich, mit gesträubtem Nackenfell und aufgerissener Schnauze, aus der kein Ton kam. Doch bevor er mich erreichte, brach er zusammen und war tot.

Nun sah ich mich um und suchte nach der Axt *Witwenmacher* zwischen den Knochen der Toten, und als ich sie nicht fand, erwachte in mir die Hoffnung, daß Umslopogaas dem Abschlachten entkommen sei. Wir gingen nun schweigend zu dem Ort, an dem sich der Eingang der Höhle befinden mußte, und dort fanden wir den Körper eines Mannes. Ich lief auf ihn zu — es war Umslopogaas, abgezehrt vom Hunger, mit einer großen Wunde an seiner Schläfe und anderen Wunden an Brust und Gliedern. Und in seiner Hand hielt er eine andere — eine tote Hand, die durch ein Loch im Felsen heraushing. Ich kannte diese kleine Hand — es war die Hand meines Kindes, die Hand Nadas, der Lilie.

Nun verstand ich, kniete mich neben Umslopogaas und

legte die Hand auf sein Herz und eine Vogelfeder auf seine Lippen. Meine Hand fühlte, daß sein Herz noch schlug, und die Vogelfeder bewegte sich ein wenig.

Ich befahl denen, die bei mir waren, den Stein im Eingang der Höhle zur Seite zu rollen, und sie taten es. Jetzt fiel helles Sonnenlicht in die Höhle, und wir sahen Nada, meine Tochter, auf dem Felsboden liegen. Sie war abgezehrt, aber auch im Tod noch immer schön. Ich fühlte auch nach ihrem Herzen; doch es schlug nicht mehr, und ihre Brust war kalt.

Dann sagte ich: »Die Tote zu den Toten. Wir wollen uns um den Lebenden kümmern.«

So trugen wir Umslopogaas in die Höhle, und ich ließ Brühe kochen und flößte sie ihm ein; dann reinigte ich die tiefe Wunde und band heilende Kräuter darauf und setzte meine ganze Kunst ein. Ich kannte die Kunst des Heilens gut, mein Vater, war ich doch der erste der *Izinyanga* der Medizin, und ohne meine Kunst hätte Umslopogaas nicht gelebt, denn er stand hart an der Schwelle des Todes. Aber dort, wo er schon einmal dem Tode entrissen worden war, von Galazi, dem Wolf, brachte auch ich ihn zum Leben zurück. Es dauerte drei Tage, bevor er wieder sprach und seine Sinne zu ihm zurückkehrten. Ich ließ ein tiefes Loch in den Boden der Höhle graben, und in diesem Loch begrub ich Nada, meine Tochter, und wir bedeckten sie mit einer dicken Schicht von Lilienblüten, damit sie vor der Erde geschützt war, die wir dann in die Grube füllten, um das Grab zu schließen. Denn ich wollte nicht, daß Umslopogaas sie tot liegen sähe, weil dieser Anblick ihn vielleicht getötet hätte, durch sein Verlangen, ihr zu folgen. Ich begrub auch Galazi, den Wolf, in der Höhle und legte ihm seine Keule, den *Wächter der Furten,* in die rechte Hand, und so schlafen die beiden dort Seite an Seite, endlich zu Freunden geworden, die Lilie und der Wolf. Ah! Wann wird es jemals wieder einen solchen Mann geben, und ein solches Mädchen?

Schließlich, am dritten Tag, sprach Umslopogaas, und seine ersten Worte galten Nada. Ich deutete schweigend auf den Boden der Höhle, und da erinnerte er sich und verstand. Danach kam Umslopogaas allmählich wieder zu Kräften, und die Wunde in seinem Kopf heilte zu. Doch sein Haar war in dieser Zeit grau geworden, und wir sahen ihn fast nie mehr lächeln.

Bald erfuhren wir die Wahrheit über Zinita, denn die Frauen und Kinder kehrten zum Kraal des Volkes der Axt zurück, nur Zinita und ihre Kinder nicht. Kurz darauf kam auch ein Spion aus Mahlabatine und berichtete mir vom Ende Zinitas und von der Flucht Dingaans vor den Buren.

Als Umslopogaas endlich wieder ganz wiederhergestellt war, fragte ich ihn, was er zu tun gedenke, und ob ich weiterhin meinen Plan verfolgen sollte, ihn zum König des Landes zu machen oder nicht.

Doch Umslopogaas schüttelte den Kopf und sagte, daß ihm nicht mehr der Sinn danach stünde. Er würde einen König vernichten, sei jedoch nicht mehr daran interessiert, seinen Platz einzunehmen. Er suche nur noch Rache. Ich sagte, es sei gut so, da auch ich Rache suche, und gemeinsam würden wir sie wohl finden.

Es gäbe hier noch sehr viel zu erzählen, mein Vater, aber soll ich es erzählen? Der Schnee ist weggetaut, deine Ochsen sind wiedergefunden worden an dem Ort, den ich dir genannt habe, und du willst aufbrechen. Und auch ich muß jetzt auf eine weite Reise gehen.

Höre, mein Vater, ich werde mich kurz fassen. Dieser Plan kam mir in den Sinn: Panda gegen Dingaan auszuspielen; es war für eine solche Stunde der Not, daß ich Dingaan am Leben erhalten hatte. Nach der Schlacht am Blut-Fluß befahl Dingaan seinen Bruder Panda zu einer Jagd. Dies war zu der Zeit, als ich zum Kraal Pandas am Unteren Tugela reiste, und mit mir Umslopogaas. Ich warnte Panda, nicht auf diese Jagd zu gehen, denn er selbst würde das Wild sein und die Beute dieser Jagd, und riet ihm, mit seinem ganzen Volk nach Natal zu fliehen. Das tat er auch, und ich begann Verhandlungen mit den Buren, besonders mit einem, der *Ungalunkulu* hieß, oder Großer Arm. Ich machte den Buren klar, daß Dingaan böse sei, und daß man ihm nicht trauen könne, Panda dagegen ehrlich und gut. Das Ende davon war, daß die Buren und Panda gemeinsam Krieg gegen Dingaan machten. Ja, ich, Mopo, habe diesen Krieg angezettelt, um mich an Dingaan zu rächen. So, mein Vater, haben kleine Ursachen oft eine große Wirkung.

Wir waren dabei in diesem Krieg, mein Vater; wir waren dort. Als Dingaans Krieger uns zurücktrieben, war ich es, der Nongalaza, dem General, sagte, wo die Buren angreifen sollten, denn die *Amaboona* hielten sich noch zurück und überließen den Kampf uns Schwarzen. Es war Umslopogaas, der sich mit seiner Axt *Witwenmacher* einen Weg durch eins der Regimenter Dingaans schlug, bis er den Buren-Hauptmann *Ungalunkulu* erreichte und ihm zurief, die Flanke von Dingaans Truppen einzudrücken. Das war das Ende, mein Vater, denn sie hatten Angst, gegen beide zu kämpfen, gegen die Schwarzen und die Weißen zusammen. Sie flohen, und wir folgten ihnen und erschlugen viele von ihnen, und Dingaan war nicht mehr König.

Er war zwar kein König mehr, aber immer noch am Leben, und unsere Rache blieb hungrig. Also gingen wir zu diesem Buren-Hauptmann und zu Panda und sagten ihnen dieses: »Wir haben euch treu gedient, wir haben für euch gekämpft, und wir haben alles so geregelt, daß der Sieg auf eurer Seite war. Nun erfüllt uns unsere Bitte, daß wir Dingaan verfolgen mögen, der sich irgendwo versteckt, und ihn töten, wo immer wir ihn finden, denn er hat großes Unrecht an uns getan, und wir wollen Rache.«

Da lächelten die beiden, der weiße Hauptmann und Panda, und sagten: »Geht, Kinder, und möge eure Suche erfolgreich sein. Nichts würde uns mehr erfreuen als die Nachricht, daß Dingaan tot ist.« Und sie gaben uns Männer, die mit uns gehen sollten.

Jetzt jagten wir diesen König, Woche um Woche, so wie Männer einen verwundeten Büffel jagen. Wir jagten ihn in den Dschungeln des Umfolori und auf der Steppe, die dahinter liegt. Doch er floh ständig vor uns her, denn er wußte, daß die Rächer auf seiner Spur waren. Danach verloren wir seine Spur für eine Weile. Dann hörten wir, daß er den Pongolo überquert habe, zusammen mit einigen Männern seines Stammes, die ihm treu geblieben waren. Wir folgten ihm zu dem Ort Kwa Mayawo, und dort lagen wir im Busch und lauerten ihm auf. Endlich kam unsere Chance: Dingaan ging in den Busch, und es waren nur zwei seiner Männer bei ihm. Wir erstachen die beiden Männer und ergriffen Dingaan.

Er sah uns an und erkannte uns, und seine Knie begannen zu zittern.

Dann sagte ich: »Wie lautete die Botschaft, die ich dir sandte, o Dingaan, der du nicht mehr König bist, daß du falsch daran tätest, mich zu verjagen, war es nicht so? — weil ich dich auf deinen Thron gesetzt habe und ich allein dich auf ihm halten könne?«

Er antwortete nicht, und ich fuhr fort: »Ich, Mopo, Sohn Makedamas, habe dich auf deinen Thron gesetzt, o Dingaan, der du einst König warst, und ich, Mopo, habe dich von deinem Thron herabgerissen. Doch war meine Botschaft damit noch nicht zu Ende. Sie sagte dir, daß du falsch daran tätest, mich zu verjagen, daß es jedoch noch schlimmer für dich kommen würde, solltest du jemals mein Gesicht wiedersehen, denn das sei der Tag deines Endes.«

Noch immer antwortete er nicht.

Nun sagte Umslopogaas: »Ich bin jener Schlächter, o Dingaan, der nicht mehr König ist, dem du eine große Zahl von Mördern schicktest, um den Kraal des Volkes der Axt aufzufressen. Wo sind deine Mörder jetzt, o Dingaan? Bevor wir mit dir fertig sind, wirst du sie wiedertreffen.«

»Tötet mich und macht ein Ende«, sagte Dingaan. »Dies ist eure Stunde.«

»Noch nicht gleich, o Sohn Senzangaconas«, antwortete Umslopogaas, »und nicht hier. Es gab einmal eine Frau, die Nada, die Lilie, hieß. Ich war ihr Mann, o Dingaan, und Mopo, der neben mir steht, war ihr Vater. Doch Nada ist tot, und sie ist einen schweren Tod gestorben — drei Tage und drei Nächte hat es gedauert, bis sie endlich tot war. Du sollst den Ort sehen und die Geschichte hören, o Dingaan, der du einst König warst. Sie, die immer zart war, wird dir dein Herz zerreißen. Es lebten damals auch zwei Kinder, von ei-

CHARLES KERR

ner anderen Frau geboren — sie hieß Zinita — und es waren kleine Kinder, liebenswert und liebevoll. Ich war ihr Vater, o Elefant in der Fanggrube, und ein Dingaan hat sie getötet. Auch von denen sollst du hören. Und jetzt wollen wir gehen, denn der Weg ist weit.«

Zwei Tage vergingen, mein Vater, und dann saß Dingaan allein und gefesselt in der Höhle des Geisterberges. Wir hatten ihn langsam und mit viel Mühe den Berg hinaufgeschleppt, denn er war schwer wie ein Ochse. Drei Männer schoben ihn, und drei andere zogen an einem Seil, das wir um seine Mitte geknotet hatten, und so zerrten wir ihn den Berg hinauf und blieben immer wieder stehen, um ihm die Knochen jener zu zeigen, die er ausgesandt hatte, uns zu ermorden, und wir beschrieben ihm den Kampf, in dem sie umgekommen waren.

Schließlich waren wir in der Höhle, und nun schickte ich die fort, die bei uns waren, denn Umslopogaas und ich wollten in den letzten Minuten Dingaans mit ihm allein sein. Er saß vor uns auf dem Boden der Höhle, und ich sagte ihm, daß unter der Erde, auf der er säße, die Knochen Nadas lägen, die er ermordet habe, und die Knochen von Galazi, dem Wolf.

Dann rollten wir den Stein in den engen Eingang der Höhle und ließen ihn allein mit dem Geist von Galazi und dem Geist Nadas.

Am dritten Tag, vor Anbruch der Dämmerung, kamen wir zurück und sahen nach ihm.

»Tötet mich«, flehte er, »denn die Geister quälen mich!«

»Du bist nicht mehr groß, o Schatten eines Königs«, sagte ich, »der du jetzt vor zwei Geistern zitterst, vor nur zweien all der Tausende von Geistern, die du gemacht hast. Sage mir dann, wie du es ertragen wirst, wenn wir dich jetzt zu ihnen schicken?«

Nun bettelte Dingaan um Gnade.

»Gnade, du Hyäne?« antwortete ich. »Du bittest um Gnade, der du niemals und niemandem Gnade gewährt hast?

Gib mir meine Tochter zurück! Gib diesem Mann seine Frau und seine Kinder wieder! Dann können wir über Gnade sprechen! Und jetzt komm, Feigling, und stirb den Tod eines Feiglings!«

So, mein Vater, schleppten wir ihn aus der Höhle und zu der Kluft, die zwischen den Brüsten der alten Stein-Hexe ist, derselben Kluft, in der Galazi einst die Menschenknochen entdeckt hatte. Dort standen wir und warteten auf den Anbruch der Dämmerung, auf den Augenblick, an dem Nada gestorben war. Dann schrien wir ihm ihren Namen ins Ohr, und die Namen der Kinder Umslopogaas' und stießen ihn in die Kluft.

Das war das Ende Dingaans, mein Vater, das Ende des Königs, der die Grausamkeit Chakas besaß, doch nicht seine Größe.

36

Mopo beendet seine Geschichte

Das ist die Geschichte von Nada, mein Vater, und von der Rache, die wir für ihren Tod übten. Eine traurige Geschichte — ja, eine traurige Geschichte; aber es war alles traurig in jenen Tagen. Später wurde es besser, als Panda regierte, denn Panda war ein Mann des Friedens.

Es gibt nun kaum noch etwas zu sagen. Ich verließ das Land, in dem ich nicht länger bleiben konnte, da ich zwei Könige getötet hatte, und kam hierher, nach Natal, und lebte nahe dem Ort, an dem einst der Kraal Duguza stand.

Die Knochen Dingaans, wie sie in der Kluft zwischen den Brüsten der Stein-Hexe lagen, waren das letzte, das meine Augen sahen, denn kurze Zeit später wurde ich blind und sah die Sonne nicht mehr — und auch kein anderes Licht. Warum das so ist, weiß ich nicht, mein Vater — vielleicht kam es von zu vielem Weinen. Ich änderte nun meinen Namen, damit nicht doch ein Speer das Herz träfe, das den Tod von zwei Königen und einem Prinzen geplant hatte — Chaka, Dingaan und Umhlangana. Heimlich und bei Nacht führte mich Umslopogaas, mein adoptierter Sohn, über die Grenze und brachte mich nach Stanger, an diesen Ort, und hier habe ich viele, viele Jahre lang als alter Medizinmann gelebt. Ich bin reich, mein Vater; Umslopogaas hat dafür gesorgt, daß Panda alle Rinder mir zurückgab, die Dingaan mir geraubt hatte, und er hat sie hierhergetrieben. Doch niemand war hier, der früher im Kraal Duguza gelebt hatte, niemand erkannte in Zweete, dem alten, blinden Medizinmann, jenen Mopo, der Chaka, dem Löwen der Zulus, den Todesstoß gegeben hatte. Und niemand weiß es bis heute. Nur du hast diese Geschichte gehört, du allein, mein Vater. Erzähle sie nicht, bevor ich tot bin.

Umslopogaas? Ja, er ist zum Volk der Axt zurückgekehrt und hat es regiert, doch wurden sie nie wieder so stark wie vor der Zeit, als sie die Halakazi in ihren Höhlen vernichteten und Dingaan sie auffraß. Panda ließ ihn in Frieden und mochte ihn sehr, da er nicht wußte, daß der Schlächter der Sohn Chakas war, seines Bruders, und Umslopogaas weckte diesen schlafenden Hund nicht, denn mit Nada war auch sein Wunsch gestorben, groß zu werden. Doch wurde er Hauptmann des Nkomabakosi-Regiments, kämpfte in vielen Schlachten und vollbrachte große Taten, und er stand Umbulazi, dem Sohn Pandas, in der großen Schlacht am Tugela bei, als Cetywayo seinen Bruder Umbulazi tötete.

Danach machte er auch ein Komplott gegen Cetywayo, den er haßte, und wenn nicht ein gewisser weißer Mann gewesen wäre, ein Jäger namens Macumazaho*, wäre Umslopogaas dabei getötet worden. Doch der weiße Mann rettete ihn mit seinem großen Verstand. Ja, und von Zeit zu Zeit hat er mich besucht, denn er liebte mich noch immer so wie früher; aber jetzt ist er nach Norden geflohen, und ich werde seine Stimme nicht mehr hören. Nein, ich kenne seine ganze

* Alain Quatermain, siehe HEYNE-BUCH Nr. 3647

Geschichte nicht; es war eine Frau darin. Frauen waren immer das Unheil Umslopogaas', meines adoptierten Sohnes. Ich kenne die Geschichte mit dieser Frau nicht, denn ich erinnere mich nur an die Dinge, die vor langer Zeit geschahen, bevor ich sehr alt wurde.

Sieh dir diese weiße, verdorrte Hand an, mein Vater! Ich kann sie nicht sehen; doch ich, Mopo, Sohn des Makedama, stelle sie mir noch immer so vor, wie sie einst war, rot von dem Blut zweier Könige. Sieh ...!

Plötzlich hörte der alte Mann auf zu sprechen, und sein Kopf sank auf seine eingefallene Brust. Als der Weiße Mann, dem er diese Geschichte erzählt hatte, seinen Kopf hob und ihn anblickte, sah er, daß er tot war.

Dr. Franz Rottensteiner

NACHWORT

Unter den vielen afrikanischen Abenteuerromanen, die den Ruhm Henry Rider Haggards (1856—1925) begründeten, nimmt *Nada, die Lilie,* eine Sonderstellung ein. In diesem Roman verzichtet der Autor völlig auf seine weißen Abenteuer-Helden und schildert in legendenhafter Form die Geschichte des Zululandes vor der Herrschaft der Weißen. Weiße sind in diesem Buch, wiewohl die Titelgestalt teilweise weißes Blut in den Adern hat, entweder nur Opfer in nebensächlichen Episoden (wie die Buren, die Dingaan gegen Schluß hinmetzeln läßt) oder eine ferne Drohung, ein Schatten an der Wand; mit seinen letzten Atemzügen prophezeit der tödlich getroffene Chaka ihr Kommen und damit das Ende einer Kultur, der er den Stempel aufgedrückt hat. Alle Personen sind Schwarze, unangekränkelt von europäischen Vorstellungen, und damit enthält dieser phantastische Abenteuerroman das, was die Science Fiction so oft anstrebt, was zu schildern ihr aber höchst selten gelingt: das Bild einer wahrhaft fremden Kultur, mit Werten und Überzeugungen, die mit dem europäischen Kulturkreis nichts gemein haben. Daß diese Werte von den humanistischen Idealen der abendländischen Welt grundsätzlich verschieden sind, ist offensichtlich; auf den empfindsamen Europäer muß sie erschreckend wirken, denn es ist von Taten die Rede, die nur als Greueltaten zu bezeichnen sind. Und doch hat der Autor nach eigenen Worten viele Einzelheiten ausgelassen, weil sie, wie er im Vorwort mit sanfter Ironie schreibt, in diesem ›höflichen Zeitalter des Melanits und der Torpedos‹ nicht veröffentlicht werden könnten. Aber man hat inzwischen ja gesehen, was diese angeblich so zivilisierten Europäer zu tun imstande sind, und jeder Blick in die Tageszeitung belehrt uns, in welcher Welt wir leben, und welch großartige Fortschritte wir seit dem Jahre 1892, in dem *Nada, die Lilie,* erstmals erschien, gemacht haben. Übel steht es uns an, über die sogenannten Wilden zu richten, und selbst ihre grausigsten Verbrechen müssen verblassen gegenüber dem, was diese Weißen an industrialisiertem Massenmord verübt haben.

Gewiß, ein Menschenleben galt in dieser Kultur gar nichts; die Herrschaft Chakas (wie Haggard ihn schrieb; die heute übliche Transkription dieses Namens ist Schaka), der um 1800 als Häuptling eines kleinen Stammes in die Geschichte eintrat und 1828 unter den Assegais seiner Brüder Dingaan (oder Dingane) und Umhlangana und seines Vertrauten Mopo (Umbopo), des Helden dieses Buches, fiel, war reine Despotie. Gesetz war der Wille des Herrschers, und sonst nichts. Jeder konnte grundlos getötet werden, alles konnte als Anlaß dienen, und der ›Große Elefant‹ war so krankhaft mißtrauisch gegen alle potentiellen Rivalen, daß er selbst alle seine Kinder töten ließ, damit sie nicht zu Gegnern heranwüchsen. Dieses Mißtrauen gegen die eigene Verwandtschaft erwies sich als nicht völlig unbegründet, denn es waren die eigenen Brüder, die ihn töteten, ehe er selbst zum Schlag gegen sie ausholen konnte. Ein eigenes Regiment, die ›Totschläger‹, stand bereit, um dem König Mißliebige auf der Stelle umzubringen. Chaka war einer der größten Massenmörder der Weltgeschichte, er soll beinahe eine Million Menschen auf dem Gewissen haben. In einem Wutanfall tötete er, wie der Roman nur wenig ausgeschmückt beschreibt, auch die eigene Mutter, als sie mithalf, eines seiner Kinder vor ihm zu verbergen. Was zeigt deutlicher die absolute Willkür seiner Herrschaft, als die daraufhin angeordnete Staatstrauer für die durch ›Zauberei‹ umgekommene Mutter, bei der alle, die sich keine Tränen mehr abpressen konnten, von den Leibwachen des Königs als herzlose Gesellen erschlagen wurden (wobei der König freilich nicht verfehlte, bei dieser Gelegenheit sich seiner Feinde zu entledigen; so sehr zufällig waren die Zufallsopfer auch wieder nicht). Und als das Gemetzel vorbei ist, meint er, seine Mutter werde unzufrieden sein im Jenseits, daß ihretwegen so wenig Blut geflossen sei. An Zynismus kaum mehr zu überbieten ist auch die Vernichtung des gesamten Langeni-Stammes, angeblich in Erfüllung einer Wette, um zu sehen, ob der Stamm eine Schlucht ausfülle. Seine Krönung findet dieser Zynismus und diese Mißachtung menschlichen Lebens in der Art, wie Chaka seine Frau Baleka, die ebenfalls vom Langeni-Stamm ist, den vielen Toten hinterherschickt und damit den Schwur, den er als kleines Kind getan, erfüllt: den ganzen Stamm auszurotten bis auf seinen Diener Mopo, der allein dem Dürstenden und seiner Mutter einst den Becher Wasser nicht verweigert hatte.

Diese Episode aus Kindertagen, mit der der Roman beginnt, und in der die ganze verhängnisvolle spätere Entwicklung bereits angelegt ist, zeigt, wie die Handlung des Romans bloße Abenteuer und Greueltaten transzendiert und in Mythisches hineinreicht. Haggard beschreibt nicht einfach isolierte Ereignisse, sondern stellt sie in den größeren Zusammenhang einer Kultur, einer Lebensauffassung und läßt Schicksalhaftes anklingen. Menschliche Einzelschicksale sind auf raffinierte Weise mit dem Kontakt historisch belegter Ereignisse verknüpft; nichts in *Nada, die Lilie,* ist zufällig, alles fügt sich zusammen zu einem Gewebe, dessen Fäden sehr kunstvoll geknüpft sind. In den persönlichen Taten, dem Unrecht, das den Personen zugefügt wird, aus dem wiederum Rache erwächst, liegt etwas Zwangsläufiges, Unausweichliches, und in diesen Schicksalsfügungen, in denen die Personen verstrickt sind, liegt das eigentlich phantastische Element des Romans, über einzelne phantastische Episoden hinaus, so beeindruckend diese sein mögen (etwa die nächtlichen Jagden der ›Wolfsbrüder‹ Galazi und Umslopogaas mit den Wölfen — Szenen, die ihren Niederschlag in Rudyard Kiplings *Dschungelbüchern* fanden, der durch sie zu seinem Mowgli angeregt wurde; Kipling und Haggard waren eng befreundet).

Was es im Roman an einzelnen phantastischen Elementen gibt, entspricht fast völlig dem Volksaberglauben. Haggard entwirft ja keine völlig phantastische Welt, die in rein mythischen Räumen existierte, er beschreibt auch nicht das Eindringen dämonischer Mächte in unsere Alltagswelt, sondern er beschreibt eine Welt des Volksglaubens, die aus einem Guß ist und in der Natürliches und Übernatürliches zwanglos ineinander übergehen.

Die phantastischen Elemente sind Teil der Grundüberzeugung der geschilderten Personen und ihrer Eingeborenenkultur; fast ausnahmslos handelt es sich um Elemente, wie sie in Volkssagen und Heldengedichten der Stämme immer wieder vorkommen. Zumeist handelt es sich um prophetische Gesichter, um Visionen und Vorahnungen, die den Personen — meist in der Stunde ihres Todes — zuteil werden (wie Chakas Prophezeiung von der Herrschaft der Weißen oder die Voraussage des Medizinmannes, wer Chaka töten wird) oder um den Fluch von Sterbenden (Baleka verflucht ihren Mörder Chaka, er solle künftig nie mehr ruhig schlafen können — bei dem vielen vergossenen Blut kaum ein Wunder). Es erscheint auch die Himmelsprinzessin *Inkosazana-ye-Zulu* oder *Numkubulwana,* der Zulu-Geist, um durch ihre dritte Ankunft Mopo das Zeichen zur Ermordung Chakas zu geben. An Warnungen und Vorahnungen fehlt es also nicht, aber wie es der besten mythischen Tradition entspricht, schenkt ihnen jedermann erst dann die rechte Beachtung, wenn es zum Handeln bereits zu spät ist. So ahnen denn die Helden, was ihnen zum Schicksal werden wird, aber sie sind machtlos, dem Verhängnis zu entrinnen, und was sie auch tun, ihr Fatum abzuwenden, sie führen es durch alle ihre Taten nur um so unabwendbarer und schrecklicher herbei. Was Mopo auch tut, es fruchtet nichts; als mächtiger Medizinmann und Vertrauter Chakas kann er weder seinen Stamm noch seine Frauen und Kinder retten, und er wird auch seine wunderschöne Tochter Nada nicht vor ihrem Schicksal bewahren. Er kann nur eine Rache nehmen, die zum Zeitpunkt, als sie geübt wird, schon reichlich schal ist.

Mythisch ist schließlich vor allem die Gestalt Nadas, die eine Art afrikanische Helena ist; sie wird von allen begehrt, um ihretwillen brechen Kriege aus und werden ganze Stämme ausgerottet, und sie, die selbst unberührt bleibt in ihrer eisigen Schönheit, bringt allen, die mit ihr in Berührung kommen, nur Unglück und Tod. Sie ist ein Engel des Todes, nur um so schauerlicher in ihrer Unschuld. So wird sie auch Umslopogaas zum Schicksal, den eine andere Frau, von Eifersucht zerrissen, an Dingaan verrät. In einem solchen Schicksalsdrama, in dem der einzelne, der in dieser Kultur a priori nicht viel gilt, völlig machtlos ist, in dem er nichts ist als ein kleines Element in einer Kette des Werdens und Vergehens, ausgesetzt dem Willen eines Despoten und seiner Handlanger, bleibt dem Krieger nur eines übrig: die uralte Rolle des Helden in allen Heldensagen — zu kämpfen bis zum Untergang und stoisch und in Würde zu sterben. So sterben die Personen Haggards in diesem Roman, aber sie tun es stolz und mit Würde.

»Wir im Kraal von Chaka werden tapfer«, erklärt ein Offizier seiner *Impis.* »Dort fürchten die Männer weder Speere, noch Geister, noch wilde Tiere oder Zauberei; sie fürchten allein des Königs Wort.«

Mut und Kampf bis zum Untergang, weder Schonung des Feindes noch des eigenen Lebens, das sind die Maximen dieser schaurig-schönen Heldensage einer fremden Kultur. Es gibt zwar schreckliche Untaten, aber auch Heldentaten, tapfere Hingabe und Wagemut angesichts des Todes. Auch Chaka war nicht bloß ein Tyrann, ein unberechenbarer Unterdrücker, sondern er bewies auch Mut und Großzügigkeit. Anders als so viele Gemetzel in der Fantasy-Literatur, in denen sich meist bloß die Phantasielosigkeit der Autoren spiegelt, wirken Haggards Schlachten echt, sie sind erschütternd glaubwürdig und Ausdruck einer anderen, einer barbarischen, kämpferischen Kultur. Haggard beschreibt die Gebräuche und Sitten der Zulus, aber er spielt sich nicht zum Richter über sie auf, und er hat nichts von jener Herablassung gegenüber den Eingeborenen an sich, die viele Vertreter des imperialen Gedankens zur Schau trugen. Sein Standpunkt ist eher der eines Historikers. Er ist sich der Bedingtheit und Vergänglichkeit einer jeden Kultur bewußt und achtet ihre Eigenständigkeit. Diese Toleranz für die eingeborene Kultur und seine Achtung vor ihr, zeichnet ihn vor vielen anderen Autoren phantastischer Abenteuerromane aus. Und dieses Verständnis gibt gerade dem Roman *Nada, die Lilie,* seine eigenartige Faszination.

Henry Rider Haggard wußte, wovon er schrieb. Als junger Mann von kaum 19 Jahren war er 1875 nach Südafrika gekommen, als Angestellter des Nachbarn und Freundes seines Vaters in Norfolk, Sir Henry Bulwers, der zum Lieutenant-Gouverneur von Natal ernannt worden war. In verschiedenen Beamtenfunktionen, zuletzt beim Gericht in Pretoria, wurde er Zeuge der Auseinandersetzungen der Engländer mit den Buren und den Eingeborenen, machte sich mit den Problemen des Landes vertraut, lernte die Sprache der Zulus, ließ sich ihre Legenden und Sagen erzählen und führte ein Tagebuch über seine Erlebnisse. Seine ersten Veröffentlichungen waren Zeitungsaufsätze über Südafrika. Die südafrikanische Landschaft hielt er für die schönste der Welt und beschrieb sie in glühenden Farben sowohl in *Nada, die Lilie,* wie auch in seinen anderen Zulu-Romanen. Die Eingeborenen verliehen ihm auch einen Zulu-Namen, Lundanda u Ndandokalweni oder abgekürzt Indanda, was soviel bedeutet wie ›der Große, der hoch oben daherkommt‹. Zu Haggards Freunden in Afrika zählte ein Mann namens H. Bernard Fynney, der für die britische Kolonie als Hauptdolmetscher fungierte, und der ihm viele Informationen über die Sitten der Zulus und ihre Geschichte lieferte; seine Hilfe wird im Vorwort zu *Nada, die Lilie,* dankend vermerkt.

Als die Engländer 1877 die Buren-Republik Transvaal annektierten, war es H. Rider Haggard, der am Geburtstag von Königin Victoria die englische Flagge in Pretoria hißte; nach dem 1. Burenkrieg, als Haggard bereits aus Regierungsdiensten ausgeschieden war und sich zeitweilig der Straußenzucht widmete, war es seine Farm, auf der der Friedensvertrag zwischen Buren und Engländern ausgehandelt wurde. Haggard war so Zeuge von wichtigen historischen Ereignissen im Süden Afrikas, und seine Erfahrungen und die ihm bekannt gewordenen Erzählungen der Eingeborenen lieferten ihm viel Stoff für seine Bücher. Manches hat er direkt aus dem Leben in seine Abenteuergeschichten verpflanzt. Zu den Mitgliedern der britischen Annexionsexpedition in den Transvaal zählte auch ein Swazi-Krieger namens M'hlopekazi, ein Sohn Mswazis, des Königs von Swaziland. Dieser trug stets eine Streitaxt mit sich herum, die er *Inkosikass*, die Herrin, den weiblichen Häuptling, zuweilen auch ›Graanmaker‹ (›Stöhnenmacher‹, hier als ›Witwenmacher‹ übersetzt) nannte, und wurde ›Umslopogaas‹ genannt. Diesen Namen hat Haggard in seinen Roman als den eines Zulu-Kriegers von unübertrefflicher Tapferkeit und Ausdauer im Kampfe unsterblich gemacht, zuerst in *Allan Quatermain* (1887)*, wo er seinen letzten Kampf ausficht. Umslopogaas ist zum Inbegriff des schwarzen Kriegers geworden. In *Nada, die Lilie*, wird Umslopogaas' Jugend beschrieben, und wie er, durch den Verrat einer Frau und den Verlust einer anderen, zu dem ruhelosen Wanderer wird, als der er in den vielen Quatermain-Romanen erscheint.

Die Beschreibung, die Haggard in seinen Tagebüchern von ihm gibt, zeigt, wie sehr die physischen Attribute seines Helden dem lebenden Vorbild entnommen sind:

> »Er war ein großer schlanker Bursche mit wildem Gesichtsausdruck und einem großen Loch oberhalb der linken Schläfe, wo man durch die Haut das Blut pulsieren sah, und das er in irgendeiner Schlacht erhalten hatte. Er behauptete, zehn Männer im Zweikampf getötet zu haben, von denen der erste ein Häuptling namens Shive war; alle mit der Streitaxt.«

Die Streitaxt ist das unverzichtbare Attribut Umslopogaas'; sie macht ihn zum unüberwindbaren Kämpfer, wie ihn jeder Haggard-Leser kennt. Haggard hat über eine Vielzahl von Völkern und Kulturen geschrieben, von den alten Ägyptern und den Juden über die Wikinger bis hin zu den Azteken; aber am besten und glaubwürdigsten sind ihm zweifellos seine Schilderungen der Zulus gelungen. Später

---

* HEYNE-BUCH Nr. 3647

hat er eine Trilogie über den Untergang dieser Nation verfaßt: *Marie* (1912), *Child of Storm* (1913, worin er unter anderem die berühmte Schlacht am Fluß Tugela beschreibt, wo die Armeen Cetywayos und seines Bruders und Gegners Umbelazi aufeinandertrafen) und *Finished* (1917). In *Nada, die Lilie,* jedoch sind die Zulus auf dem Höhepunkt ihrer militärischen Macht, eben erst aus dem Dunkel der Geschichte emporgetaucht, dazu verurteilt, bald wieder von der Bühne abzutreten. Ihrem kriegerischen Geist hat er in *Nada, die Lilie,* ein literarisches Denkmal gesetzt. Auch hier neigt Haggard zuweilen zu einem Pathos, das um so bedenklicher, weil blutig und grausam ist, gleichwohl ist es ein Roman von echter Dramatik, von einer Überzeugungskraft und einer Folgerichtigkeit von Fabel und Handlung, der sich heute noch ebenso hinreißend liest wie vor fast neunzig Jahren, als er veröffentlicht wurde. Phantastik und Abenteuerlichkeit des Buches erwachsen aus den genuin anthropologischen Elementen, und die Schicksale der handelnden Personen sind ins Visionäre und Mythische erhöht. In einer seiner letzten Reden im Jahre 1924 erklärte Haggard:

»Die Phantasie ist die Kraft, die uns, wir wissen nicht von wo, zukommt. Vielleicht ist sie eine vorhandene, aber unerkannte Wahrheit, eine Ritze im Vorhang des Ungesehenen, das manchmal so nahe auf uns eindringt. Sie bedeutet Leiden, aber auch die Vision, und ist Licht nicht besser als Finsternis? Wer kennt ihr Ziel? Niemand; doch mag es sein, daß diejenigen, die Phantasie haben, Toren sind, durch die die Kräfte des Guten und des Bösen mit Macht auf die Welt eindringen: Instrumente, die an ihrem Schicksal unschuldig sind. Denn es kommt mir mit dem Älterwerden so vor, als sei der Geist jenen Rieseneisbergen ähnlich, die im arktischen Meer treiben — sich auftürmende Massen glitzernden blaugrünen Eises, die dennoch vier Fünftel ihrer Masse unter dem Wasser verbergen. Sie ist die verborgene Macht des Geistes, die das Sichtbare mit dem Unsichtbaren verbindet, die die kleine stumme Stimme hört, die aus der Unendlichkeit ruft.«

Die Phantasie als Macht, die das Sichtbare mit dem Unsichtbaren verbindet: Haggard besaß sie in reichlichem Maße, und doch wirkt seine Fiktion so, als handelte es sich um eine echte Volkssage, die eine längst dahingegangene Kultur vor den Augen des Lesers wieder auferstehen läßt. Und was Rühmenderes könnte man von *Nada, die Lilie,* behaupten?